小説 木戸孝允 上

―愛と憂国の生涯―

中尾實信

鳥影社

小説　木戸孝允（上巻）　目次

―愛と憂国の生涯―

小説　木戸孝允（上巻）

―愛と憂国の生涯―

献辞

人は煩悩の器であり
病の器でもある
誰しも
生き抜くことは難しい
ましてや
美しく生きることは
至難の業である

第一章　春　燈

一

生きて再び逢えるとは、思ってもみなかった。

桂小五郎は、一瞬わが目を疑った。

(夢ではないか)

「すみまへん。もし……」

店先で京なまりの女の声がした。

菅笠《すげがさ》で半ば顔を隠し、地味な矢絣《やがすり》の旅装束《しょうぞく》をまとっていたが、上品な物腰は日ごろ目にする姿ではなく、小五郎をとらえた。

「へい、何かご用で」

商人《あきんど》になりきろうと努めてはいたが、声の質までは変えようがない。

暮れなずむ春の光を細面《ほそおもて》の顔へ招き入れるかのように、菅笠をとった旅姿の女性《にょしょう》は、まぎれもなく、京に残したはずの幾松だった。

「あんさん」

幾松は、やっとの思いでかすれた声を出すと、絶句し、立ちつくした。

両の眼《まなこ》から澄んだ泪《なみだ》が、ふくらむようにこぼれ落ちた。蓮の花びらに結ぶ朝露を想わせ、万感《ばんかん》の思いが、あふれでる際《きわ》に結晶していた。

「おう。お松ではないか」小五郎はかけ寄ると、

「お松」今にも気を失って倒れそうな幾松を、夢中で抱きしめた。

「逢いたかった」

「お松」

〈蛤御門《はまぐりごもん》(禁門)の変〉で長州藩が敗北し、都から落ちのびて以来、幾度となく呟《つぶや》いた愛《いと》しい女性の名を、さらに思いをこめて口にした。なぜ目の前に幾松が立っているのか理解できず、全身に鳥肌がたつような感覚につつまれた。

「さあ、奥に入って」

店先で男女が抱き合っている姿を目撃でもされれば、荒物屋に変装した正体を疑われる。我に返った小五郎は、幾松の細い肩を抱くようにして土間の奥へ導いた。

「甚助《じんすけ》はどうした」

小五郎はまだ、幾松が大坂で道案内の広戸甚助から置き去りにされたことを知らない。

「それが……」幾松は言葉につまった。

彼女が馬関（下関）へ逃れたことを確かめたのも、小五郎の密使役を勤めた甚助である。

潜伏先を長州藩の俗論党（幕府恭順派）に覚《さと》られないよう、極秘で村田蔵六（のちの大村益次郎）や伊藤俊輔《しゅんすけ》（博文）と連絡をとるため、二度目の密行をさせ、帰りを待ちわびていた。

まさか、幾松が単身で訪ねてくるとは、予期せぬことである。

「俊輔や村田先生は無事か」

「へえ。でもな、お国はまだ落ち着かずやし、高杉はんが行方知れずとか」

小五郎がかけがえのない同志として、寝物語に話してくれた久坂義助《くさかよしすけ》（玄瑞《げんずい》）や高杉晋作《しんさく》の名前を幾松は覚えていた。久坂は小五郎と似て医者の息子で、高杉は同じ呉服町の菊屋横丁に生まれ育ったことなど、よく聞かされた。年下の同志たちを、小五郎は尊敬をこめて語ることもあった。

「そうか。高杉までも……」

〈禁門の変〉で久坂らが自刃《じじん》し、京都六角の獄中で平野國臣《くにおみ》ら勤皇の志士たちが斬殺《ざんさつ》された噂は、戦火から逃げ惑う京の難民より聞いた。一途《いちず》な久坂の性格からして、敗戦の責任をとったに違いない。

小五郎は、敗戦後の集結地、大山崎へ向かわんとして伏見まで潜行したが、検問が厳しく京へ舞い戻り、避難民にまぎれた。潜伏中、幾度となく自裁すべきか、悩みに悩んだ末、生きて志をまっとうする道を選んだ。いかなる非難にも、恥辱にも耐え抜く覚悟を決めた。

おぼろな月のかかる春の宵は甘美である。再会したばかりの幾松を、苦悩の淵《ふち》に引きずりこむ愚かさに気づいた。ひと時の忘我は、愛する女《ひと》への感謝でもある。

「積りつもった話もあろう。後でゆっくり聞かせてくれ」

「甚助は、大坂まで一緒やったのやけど」

何かあったのか、幾松は広戸甚助を素っ気なく呼び捨てにした。

「えっ、大坂から、ひとり旅じゃったのか」

小五郎には信じ難いことである。

女の身で山深い但馬《たじま》の出石《いずし》へ旅することは、ほぼ不可能にちがいない。

「何から話したらええのんか、頭がこんがらがってしもうて」

胸にこみあげる万感の思いは、かえって幾松の口をふさいでしまう。

「疲れたじゃろう。詳しい話は後にしよう。むさくるしい所じゃが、ひとまず上がってくれ。今、足湯を用意するから」

幾松を土間の上がり框《かまち》に座らせ、焙茶《ほうじちゃ》をすすめた。

「ありがとさんどす」

立ったまま、おいしそうにのどを潤《うるお》すと、たすきがけに負った荷をおろした。

長旅で擦り切れ埃《ほこり》にまみれた脚絆《きゃはん》をとき、

「泥まみれやし」と、足袋《たび》をぬいで素足になった。

小五郎は、竈《かまど》の鉄瓶《てつびん》から盥桶《たらいおけ》にお湯を注ぎ、幾松の足もとまで運んだ。

「ちょっと待ってくれ、熱いから」

甕《かめ》から柄杓《ひしゃく》で汲んだ井戸水を加えながら、肌にやさしい温もりにした。

幾松は男の優しさに感動すら覚え、声をうるませた。

「おおきに。すみまへんな」

懐かしい京ことばに、小五郎の顔がほころんだ。

「さあ、足をつけて」そう声をかけ、ふと視線を幾松の華奢《きゃしゃ》な両足に落とすと、息をのんだ。

草履《ぞうり》ですれたのだろう、いたるところに痣《あざ》ができ、親指のつけ根は鼻緒《はなお》がくい込んだためか、血がにじむ傷になっていた。

「これはひどい。痛かったやろう」

幾松は、ちょっと唇をかんで、素直にうなずいた。

(これ以上はもう歩けへん)たしかに、幾度となく絶望しかかった峠道もあった。

そのたびに小五郎の顔が瞼《まぶた》に浮かび、立ち上がることができた。

「そのまま少し待ちなさい。傷薬《きずぐすり》をとってくるから」

小五郎は、足の傷口からばいきんが入り、やっかいな病気になることを熟知していた。

子供のころ、外科と眼科の医師だった実父、和田昌景《まさかげ》から言い聞かされていたからだ。

萩城下の呉服町江戸屋横丁にある和田家は、藩主の侍医を勤め、昌景は毛利斉広《なりとう》、慶親《よしちか》(禁門の変後に敬親《たかちか》)と二代の藩主の側近くに仕《つか》えた。さらに藩校の好生堂医学館では眼科教授として、後進を指導していた。

好生堂は和田家からごく近い場所にあった。

和田昌景は、シーボルト事件に関係する日本眼科の草分け土生玄碩《はぶげんせき》門下で、「阿蘭陀《おらんだ》流眼科」を名のっていた。和田家は、毛利元就《もとなり》の七男毛利（天野）元政の血筋を引き、藩主から重用された。同じ江戸屋横丁には、背中合わせで高名な蘭医青木周弼《しゅうすけ》・研蔵兄弟の屋敷があり、彼らは小五郎の生涯にも光明を灯す。

昌景は二度結婚し、先妻には二人の娘捨子と八重子、五十を過ぎて後妻清子との間に小五郎とその妹治子《はるこ》をもうけた。

小五郎は天保四年（一八三三）六月二十六日の生まれで、西郷吉之助（のちの隆盛）は五歳、大久保一蔵（のちの利通）は三歳年長である。幕末の中心人物、吉田松陰は大久保と同年で三歳年上、孝明天皇は二歳ご年長である。

小五郎と同年には、維新後ともに参議を務める波多野金吾（のちの広沢真臣《さねおみ》）、一年後に〈萩の乱〉を起す佐世彦太郎（のちの前原一誠）や新撰組を率いる近藤勇が産声をあげた。二年後には福沢諭吉、三年後には坂本龍馬や井上聞多（のちの馨《かおる》）、終生の友杉孫七郎、さらに松平容保《かたもり》が誕生し、その一年後に徳川慶喜《よしのぶ》が産声を上げ、それぞれの運命を生きていく。

全国的な天保の大飢饉《ききん》が始まり、四年後には〈大塩平八郎の乱〉が勃発《ぼっぱつ》する。

他方、江戸の伊東玄朴《げんぼく》が蘭学塾「象先堂《しょうせんどう》」、大坂の緒方洪庵が「適塾」を開くなど、時代の光と影が大きく渦巻こうとしていた。

文化の面からいえば、天保二年に葛飾《かつしか》北斎が「富嶽三十六景」を、天保四年から七年に歌川広重が「東海道五十三次」を相次いで世に送り出していた。

成人してからの小五郎は五尺八寸の長軀で剣道により鍛えられていたが、幼少のころは虚弱だったらしい。そのため先妻の娘に婿養子として町医者小泉雄仙の弟文譲を迎え、医業を継がせた。文譲と結婚した長女捨子が病死すると、次女八重子を嫁にして、侍医の和田家を護ろうとした。だが、実子の小五郎が数え年八歳になり、請《こ》われて武家に養子縁組させると、強《し》いて医師に育てようとはしなかった。

「医者は患者一人を救うだけでも大変なのだよ。世の中には、流行病《はやりやまい》や貧しさゆえの病も多い。ひろく世の人を救う道を選びなさい」

口癖のように諭《さと》す父親は、日本中で天保の大飢饉《だいききん》が続く時代を、ひとりの医師として諦観《ていかん》するしかなかったのだろう。『国医』という難しい言葉は使わなかったが、父の思いは小五郎に伝わった。

縁組の相手は懇意《こんい》な隣人で、百五十石の大組士《おおくみし》（馬廻り）桂九郎兵衛孝古《たかふる》だった。

桂家は毛利庶家の坂氏一族桂広澄を祖とし、毛利氏の重臣として代々仕えた名門である。和田家も毛利一族であり、大江広元を祖先とするため、桂家とは遠い縁戚関係にあった。

桂孝古は長く病に臥《ふ》せ、主治医として青木研蔵や和田昌景が治療をしていた。

桂には子供がなく、小五郎は末期《まつご》養子として迎えられた。ところが、縁組後二十日足らずで、義父桂孝古が病没したため、小五郎は八歳で桂家を継ぐことになった。身分は大組士だが、藩の慣例により知行は九十石に減俸された。義母も間もなく病死し、幼い小五郎は実家の和田家で育てられ、元服するまで和田小五郎を名乗った。

父昌景は教育熱心で、小五郎は十歳のときに藩士の岡本権九郎（栖雲《すうん》）が開いた「向南塾」で経書の句読を学んだ。この塾は萩城下でも評判で武士の子弟が多く学んでいた。十三歳になると藩校明倫館に入り、漢学を佐々木源吾に、翌年から柳生新陰流剣術を内藤作兵衛に、八条流馬術を仙波喜間太《きまた》に学んだ。詩作に優れた才能を認められ、毛利敬親公より金三百疋《ひき》を賜り、勉励の言葉をかけられることもあった。

だが、嘉永元年三月十二日、十六歳の時、必死の看病もかいなく、実の母清子と死別した。この年、異母姉も病死し、多感な少年時代に肉親を相継いで失った衝撃に打ちのめされ、この世の無常を痛感した。ついには病臥《びょうが》してしまい、瀕死《ひんし》の瀬戸際をさまよった。

藩主毛利慶親に従い江戸に出ていた父昌景の帰りが遅れていたら、小五郎の命は露と消えていたのかもしれない。昌景は近所に住む藩医青木周弼・研蔵兄弟の助けもこい、懸命の治療を数ヵ月ほどこし、ようやく快癒《かいゆ》に導いた。

その際、父の勧めで土屋矢之助につき漢学を修めた。明倫館へも復学し、十七歳のとき、吉田寅次郎（松陰）に兵学を学び、師事する。これが縁で、後に松下村塾の門下生とも交流するようになる。

父昌景は、小五郎が病弱なため、遺言状を認《したた》め、裕福な和田家の財産相続を記していた。侍医の和田家は二十石取りであったが、住民の診療も許されていたため、貸家や多額の現金を財産として遺《のこ》した。小五郎への遺産は妻帯するまで、義兄の文譲が管理することがきめられ、利息のみが送金されていた。

父昌景は嘉永四年正月十二日に享年七十歳で他界した。ジョン万次郎（中浜万次郎）が漂流のはてにアメリカで学び、ようやく帰国した年でもある。十八の歳までに小五郎は六人の親族を喪《うしな》い、自立しなければならなかった。人生の旅立ちである。

この年、小五郎は友人の山県武之進（のちの藩重役大和国之助）とともに江戸遊学を計画したが、頓挫《とんざ》してしまう。

その翌年嘉永五年九月、萩を訪れた神道無念流二代目の斎藤新太郎に伴われ、江戸の練兵館へ自費留学をする。小五郎の希望をかなえたのは、剣術の師内藤作兵衛の藩政府への推薦状だった。小五郎は三年間の江戸遊学を認められた。師の恩を小五郎は終生忘れない。

思えば、小五郎の人生と日本の歴史を大きく変える運命に導かれた旅立ちになる。翌嘉永六年（一八五三）六月三日、ペリーの黒船艦隊（米国東インド艦隊）が浦賀沖に現れ、日本は太平の眠りから覚まされる。小五郎にとっても、大きな衝撃になった。

そのころ小五郎には、桂家の禄米十二、三両相当に加え、実家から遺産の利息が渡されていた。和田家の裕福さを藩の重役が勘案し、あえて自費留学にしたのだろう。

小五郎は金銭に淡泊な方だが、潜伏中の今ほど、金子《きんす》が欲しいと思ったことはない。

京から落ちのびる際、身につけていた潜伏資金も次第に目減りしていた。

遺産にもまして、父昌景が婿養子の文譲に伝えた漢方薬や膏薬《こうやく》などを、自家薬籠《じかやくろう》の形見として持ち続けた。年を経て、内服薬は下痢止の黄蘗《きはだ》丸薬くらいになったが、火傷《やけど》の紫雲膏《しうんこう》をはじめ、保存の効く膏薬はいくつか持参していた。

愛する女《ひと》に、それを役立てることは、思いがけない喜びでもある。

「さあ、足を洗おう」小五郎にうながされると、幾松は着物の裾《すそ》をまくった。緋色《ひいろ》の二布《ふたの》が、ほの暗い土間に温かい春の訪れを告げていた。

「なんや恥ずかしいな」

そう言いながらも、幾松は左右に腰を浮かせ、二布を両膝までめくった。

小五郎は、片膝をついて土間にしゃがむと、両手にすくったお湯を幾松の足に注ぎ、盥《たらい》の外で白いふくらはぎを優しくもみほぐすように洗った。

忘れもしない幾松のしっとりとした肌の感触とともに、歩き疲れた筋肉と筋《すじ》のこりが掌《てのひら》に伝わり、愛おしさがこみあげた。

「さあ、お湯につけて」

目を閉じて小五郎に委ねていた足を、幾松はおそるおそるつけた。

「痛くないか。鼻緒擦《はなおず》れはしみるだろう。ばい菌が入ると厄介《やっかい》だ。焼酎をかけておこう。気休めでも、放って置くよりましかもしれない」

小五郎は、真新しい晒《さらし》で傷をおさえ水気をとってから、焼酎を幾松の足に注いだ。

「観音様のお神酒《みき》だな。なめてみようか」

小五郎は軽口をたたきながら、膝に幾松の足をのせ、傷薬を塗《ぬ》った。

「これは、亡くなった親父の形見の塗薬だよ。効くとよいのだが」

「おおきに」礼を言って声をつまらせたので、見ると幾松は泪を浮かべていた。

「痛かったのか」

「いいえ」幾松は照れて首を左右にふった。

あふれた泪は小五郎の姿を映しながら頰を伝わった。

土間口から店が見える。

家は間口三間半の平屋で、荒物屋としては一間半ほどの店頭になっていた。

束子《たわし》や笊《ざる》・篭《かご》などの竹細工や、莚《むしろ》や鋤《すき》・鍬《くわ》などの農作業用具、各種の箒《ほうき》や熊手《くまで》、さらには米櫃《こめびつ》までもが雑然と置かれている。

六畳と四畳半の二間しかない商家で、居間に小さな水屋と手火鉢があるだけの殺風景さを、幾松はもの珍しそうに見まわした。

「病気でもしてはったら、どないしょう思うて、心配してたんや」

「このとおり、大丈夫」小五郎は半ば虚勢をはっていたのだが、闇夜を手さぐりで歩くような潜伏中の苦労を口にはせず、

「さあ、肢《あし》をくずして、からだを休めなさい」

努めて明るい声を出し、薄い座布団《ざぶとん》を二枚重ねて、幾松にすすめた。

「あら、人形や」水屋の上に飾られた一対の小さな雛人形を、幾松は目ざとく眼に入れる。

小五郎が湯島（城崎《きのさき》）の土産《みやげ》に買った麦藁《むぎわら》細工の人形だった。湯島の麦藁細工は、シーボルトも蒐集《しゅうしゅう》し、ヨーロッパで評判になった民芸品だ。

「そういえば、今日は桃の節句。それは甚助の末の妹が飾ったものじゃ」

実のところ、昨夜はその雛人形を眺め、五年前（万延元年）の桃の節句に、大老井伊直弼《なおすけ》が桜田門外で暗殺され、春の雪を血で染めた歴史の転機を思い出していた。

安政の大獄で、小五郎の師・吉田松陰も処刑され、門下の志士が井伊大老の命を狙い続けた。結果的には、水戸と薩摩の浪士が怨念《おんねん》をはらした。

血で血を洗う、日本人同士の殺し合いが今もなお続いている。

（安政の大獄がなかったなら、ここまで国内が分断され、争うこともなかっただろう）

小五郎は、江戸の桜が雪でおおわれた日の出来事を、忘れることができない。

「おすみさんとか」幾松は、小五郎の複雑な胸中を知らず、女として現実を見つめている。

「甚助に聞いたのか。まだ幼いが、よく気のきく娘でのう、身の回りを世話してくれる」

甚助には弟の直蔵と三人の妹がいて、当年十三のすみは末の妹である。

彼等の両親にも引き合わせてもらったが、幸運にも、みんな善良そうな人たちだった。

「おでかけなのやろか」幾松は裏庭に人の気配がないか、少しかしげた頸《くび》をのばした。

「節句なので、今日は一晩、甚助の実家にかえしたのじゃ。まだ父母が恋しいに相違ない」

「旅のお土産でもあれば良かったのに……。甚助はんが大坂で博打《ばくち》にはまり、すってんてんに負けてしまい、逐電《ちくでん》しはりましたんや」

「えっ、まさか」

「そのまさかなんやもの。あきれてしまうわ」幾松は肩で大きくため息をついた。

瀬戸内の船旅は順調で、無事に大坂の宿へ着いたその夜、村田蔵六から預《あずか》った五十両もの大金を、甚助は博打《ばくち》ですっからかんにしてまったのだ。幾松のみでなく、小五郎へも会わす顔がないと、甚助は小僧に詫び状を託して、姿をくらました。

「路銀に困ったやろう」

「ほんまに。身につけてたのが僅かやったし、途方に暮れました。そやけど、あんさんに会いたい一心で、甚助が背負ってくれた着替えの着物と、簪《かんざし》や櫛《くし》など身の回りの物を質に入れ、どうにかここまで」

小五郎に再会できたら、その着物で装うつもりだったのだが、背に腹はかえられない。

三本木で小五郎に贈られた舞扇に特製の平打ちや鼈甲《べっこう》の大櫛《おおぐし》だけは、今生《こんじょう》の形見として残したらしい。

「そうか、すまなかったな。京を抜けるとき、甚助には助けられた。恩人だよ。じゃから許してやってくれんか」

「…………」

小五郎にそう言われても、甚助を許せなかった。

「大切なお金どす。それを博打ですってしまうやなんて、許せしまへん」

幾松は、小五郎が国の将来にかけがえのない人物であることを、理解しているつもりだ。

小五郎の語る未来への夢は、幾松の夢でもある。だから、その大事を博打で捨てた甚助を、やすやすと許すつもりはなかった。

小五郎の愛妾《あいしょう》幾松は、丸太町通を少し上がった鴨川西土手に紅燈をともす三本木、「吉田屋」の養女だった。若狭小浜《わかさおばま》藩の武士の娘ながら、故あって京に出て左褄《ひだりずま》をとるようになった。小浜藩主酒井忠義《ただあき》は京都所司代を勤め、代々幕閣を輩出した名門の家柄だ。

父生咲《きさき》市兵衛は、小浜藩の奉行だった上司が汚職事件を起し、その祐筆《ゆうひつ》を勤めていたため、責任を問われ、藩を辞さねばならなかった。一家は困窮し、知人を頼って京都へ出たが、市兵衛は病に臥《ふ》せてしまった。母スエは細腕で一家を養うこともできず、次女の計子《かずこ》(松子)は三本木の置屋「滝中」に預けられた。ほどなく、彼女は「吉田屋」の主、難波常次郎の養女として引取られる。母スエは、医師細川益庵(太仲)の娘で、不本意に手放した松子のことを案じ、桂小五郎との恋が実るように願い、危険に身をさらすこともする。スエは、夫の病が癒えるまで、松子の他にも四人の男子、政太郎・才三郎・油次郎・清祐と二人の娘、信・遠を養わねばならなかった。

松子は九歳で舞妓になり、十四歳で芸妓《げいこ》二代目幾松を襲名した。その店出しには、三日間、黒紋付の友禅にだらりの帯を締め、割れしのぶに鼈甲《べっこう》のかんざしを挿し、「お盃《さかずき》」の儀式をしてもらった。専属の男衆さんの手引きで、招かれた座敷へあがることもした。

彼女を妹のように可愛がり、井上流の京舞などの芸を仕込んだのは、初代幾松である。

地方《じかた》の長唄、常磐津《ときわず》や浄瑠璃《じょうるり》の語りまで教えてくれたが、松子の得意は三味線で、お囃子《はやし》の鼓《つづみ》と笛はほどほどの腕前だった。むしろ立方《たちかた》の舞や踊りは、その美貌もあって評判の芸妓になっていた。

初代の幾松は、もと祇園の芸妓で、難波常次郎に身受けされ、「吉田屋」の経営をまかせられていた。教養のある女性で、松子にお茶や香道、活け花なども教えていた。

三本木の「吉田屋」は、頼山陽が『日本外史』を執筆した「山紫水明荘」に隣接していた。

障子を開ければ、鴨の清流が涼やかに流れ、聖護院御殿や越前藩屋敷、さらに吉田山や紫雲山を前景に、大文字の如意《にょい》ヶ嶽から叡山に連なる東山連峰を一望に見渡すことができた。

河原町御池の長州藩邸からもごく近く、「吉田屋」にとって長州藩士は上客だった。

他方、薩摩藩の西郷吉之助などは、同じ三本木でも、「清輝楼《せいきろう》」をひいきにしていた。

小五郎がたおやかな舞姿の幾松を見染めたのは、文久二年の夏、六月ころである。

三十歳の小五郎は右筆《ゆうひつ》となり、御所の学習院用掛を命じられ、十歳若い幾松を愛した。

当時、藩の方針が長井雅楽《うた》の主導する開国と公武融和の〈航海遠略策〉から、幕府との対峙《たいじ》も辞さない〈尊皇攘夷《そんのうじょうい》〉へ大転換する、多忙の時節だった。そのため、在京は僅か一カ月で、任務をはたすと、江戸へ去らねばならなかった。しかし、政局の中心は江戸から京都へ移ろうとしていた。その年の秋、再び上洛した小五郎と幾松は再会し、深い仲になる。

小五郎は幾松を落籍させようとしたが、彼女にほれ込んでいた山科の素封家が高額の金子《きんす》を積もうとしていて、「吉田屋」はなかなか応じてくれなかった。

幾松は、美貌に加え京舞の名手で、「吉田屋」の売れっ子だったから、簡単には手放すはずがない。小五郎の情人となったが、「吉田屋」の養女として店を支えなければならず、座敷づとめは当分続けることで折合った。結果的には、「吉田屋」を舞台として催される種々の会合から、有用な情報を小五郎は入手することができ、一命をも救われることになる。

文久三年（一八六三）八月十八日の薩摩・会津連合によるクーデターで、三条実美《さねとみ》ら七卿と共に長州勢が都を追われて以来、小五郎は久坂玄瑞《げんずい》らと共に幕府のおたずね者になった。

三本木は監視の目が厳しく、小五郎は新堀松輔の偽名で、御所南（高倉夷川《えびすがわ》上ル）の大黒屋（屋号大文字屋）に、松下村塾門下の品川弥二郎とまだ十九歳の山田市之允《いちのじょう》（のちの顕義《あきよし》）を連れ潜伏した。山田は大黒屋の風呂焚きまでした。

品川と山田は、小五郎にとって生涯の同志となる。

主人の今井太郎右衛門は長州藩の御用商人で、勤皇の志もあり、小五郎を援けた京町衆の一人である。幾松が、小五郎の愛人であることも承知していて、危険な逢瀬の場を邸内にもうけた。彼女は、町娘に変装して訪れたこともある。

当時三十一歳の小五郎は「長身で鼻筋が通り、髪は濃い」と人相書に記されていた。

「ところで、まともに食べていないのでは」再会の歓喜がしずまると、ふたりとも空腹をおぼえた。

「あんさんこそ。少しやせはったのとちがう」

「まあな。贅沢《ぜいたく》はできぬからな。幸い、広戸のおすみはできた娘で、三度の食事も作ってくれる。今日は留守で、久しぶりの自炊といったところだな」

実のところ、すみは油揚げばかりを食べさせ、小五郎を閉口させたが、この際、感謝の気持ちを口にしたかった。

「春の宵は、ほんに暮れやすい。今のうちに夕餉《ゆうげ》の支度《したく》をしまひょうか」

「ありがたいが、長旅で疲れたじゃろう。しばらくは、お客さんでいてくれ。何もないが、豆腐に野菜はある。出石の蕎麦《そば》と湯豆腐ではどうじゃろう」

「あんさんに、お料理をさせたら、罰《ばち》があたるのとちやうやろか」

「それは、あべこべじゃ」

小五郎は、ひとりで夕餉をすますつもりでいたので、土間に降り、てきぱきと準備を始めた。白菜や春大根、それに春菊まで、すみは準備してくれていた。

小五郎の手料理に興味をおぼえたのか、幾松も、おすみの下駄《げた》をつっかけ台所に立った。

「すまぬが、そこに水切りの笊《ざる》がある。取ってくれんか」

幾松に渡された笊に豆腐を移し水を切ると、小五郎は手際よく庖丁《ほうちょう》を入れ、食べやすい大きさに切っていく。

「何かお皿は」幾松は具《ぐ》を盛り付ける大皿を求めた。

「水屋に一枚だけあるはずじゃ。野菜もそこに盛ってくれんか」

小五郎は、おすみが昨日洗っておいた野菜を、まな板でサクサクと切っていく。

「まあ、器用なこと。板前さんになれるえ」

幾松は、ようやくゆとりをもって、情人と一つ屋根の下での営みを愉《たの》しむことができた。

(ああ、これが夢にまでみた、小五郎はんとの所帯なんや)そう思って、嬉しさのあまり大きくため息をつくと、頬を温かい泪が伝わっていく。

〈禁門の変〉前夜、小五郎に抱かれたとき、これがさいごの契《ちぎ》りだと、ひそかに覚悟した。

「どうした」幾松の頬に光るものを目にとめ、ぶっきらぼうにたずねた。

女心の機微を理解できない情人をじれったく思う。

「うれしかったの。やっと一緒になれて」

小五郎は、幾松が愛おしくてたまらないのに、まだ平静を装っている。

「そうだ、火鉢に炭をついで、少し火を起してくれんか。五徳《ごとく》の上に土鍋をかけて湯をわかしておくつもりじゃ」

「そうか。お料理は段取りが難しいのやな」

「お松は姫じゃのう」

「いや、それは皮肉やないの」

「ほんとうにそうなのじゃから、仕方ないのう」

「ほんなら、うちを仕込んでくれはるか」

「よろこんで」

その日、小五郎は幾松と生涯添いとげようと、心に決めた。

彼女の美貌にもまして、こころの美しさと一途《いちず》な情愛の温かさを尊く思う。

江戸の斎藤弥九郎道場時代から、若さゆえに快楽を求め、吉原などで一夜を共に過ごした女たちは確かにいたが、幾松に巡り逢うまで、生涯を誓い合える女はいなかった。

（自らの命を懸けて愛してくれる幾松を、幸せにしてやりたい）小五郎は、早くに実家と養家の両親と母親ちがいの姉二人をうしない、家庭的な情愛に飢えていた。

さらに、裏切りと謀略の渦巻く政事《まつりごと》の世界に踏みこみ、人の真心をなによりも貴重に思うのだ。〈禁門の変〉では、通じあったつもりの諸藩から裏切られ、見捨てられた。

だからとは言い切れないが、男女の仲でも肉欲よりも、心の充足や癒しを求めた。

愛し合う男女にとっては、夕餉《ゆうげ》の支度《したく》さえ幸せの素《もと》になる。

四角に杉板を並べ打っただけの小卓に、湯豆腐の具を盛った皿を置き、火鉢で土鍋《どなべ》の湯をわかすと、おかずの準備はほぼ整った。甚助がそろえた漆塗りの膳《ぜん》を二つ、座布団の前に置く。幾松は感心して小五郎の配膳《はいぜん》を見つめていた。

あとは主食の蕎麦《そば》である。小五郎も暇にあかせて蕎麦打ちを試みたが上達しなかった。

広戸の家からおすみがもらってくる蕎麦に湯通しして、井戸水でしめ、それを出石焼の皿に盛り、山葵《わさび》をおろして添えるだけだ。蕎麦汁《そばつゆ》もおすみが作ってくれたものである。

「小葱《こねぎ》がないが。我慢してくれ」

お膳立ての目途《めど》が立つと、小五郎は日の暮れぬうちに表の引戸を閉め、壁ぎわの棚に飾っていた新しい出石焼の蕎麦ちょこを取って、丁寧に洗い清めた。

「この器も蕎麦を盛った皿も、出石の窯で焼かれている。京焼とちがって、素朴な風合いがあるやろう。殿さまが肥前まで習いに行かせ、御庭焼として育てたらしい」

職人の話では、雄略天皇の時代に近江の国から陶人《すえびと》が当地に来て、陶器を焼いたのがはじめらしい。磁器を焼く上質の土が採れることが、昔から知られていた。

それを洗練させたのが、仙石氏の時代なのだろう。

「故郷の萩焼は、輝元公の時代に、太閤の朝鮮出兵で連れ帰った陶工の李兄弟が焼きはじめたもの。だから出石が先じゃ」

「そやけど、一楽二萩三唐津やし、お茶事には萩どすえ」

実のところ、茶事の初歩を教えてくれたのは和田の父だが、茶の湯の味わいを身近にしたのは、幾松だった。京都で忙殺される日々に、幾松の点《たて》てくれた濃茶は小五郎を癒《いや》した。

「荒物屋は、身を隠すためじゃ。それでも生業《なりわい》の厳しさを教えられたな」

腰が低く好男子の小五郎は町の女たちに人気があり、それなりの商売はできていた。

文久三年八月の〈七卿都落ち〉以来、京や大坂でも、長州の志士たちは商人のなりをして潜伏したものである。薩摩や会津、それに新撰組への憎悪は、極限に達していた。

その思いは長州人のみでなく、幾松も共有していた。

固く口を閉ざしていたが、客として「吉田屋」に上った会津家中の者に、幾松は襲われ危うく手込めにされかかった。三味線を膝の上で折って投げつけ、危機一髪で逃れた。木屋町沿いに加賀藩邸の築地塀わきを小走りに抜け、河原町通りへ曲がってすぐの対馬《つしま》藩邸に逃げ込んだ。小五郎に恩義のある京都留守居役の多田荘蔵が彼女を保護した。

多田は、甚助により出石に小五郎が落ちのびたことを知っていたが、幾松には教えなかった。恋しさのあまり後を追えば、新撰組に追跡される恐れがあるからだ。

さらに親長州派の多田自身も、京都では危険にさらされていた。思案の末、都落ちを決断する。多田は、幾松に加え、自らの愛妾《あいしょう》や下男など六、七人を連れ、大坂から対馬へ避難するつもりだった。幾松にとっては、万一に備え、小五郎から言いふくめられていたことだ。

途中の馬関まで下って、長州藩越荷方の筋向かいにある紅屋喜助方に一行は逗留《とうりゅう》した。

だが、長州の政情はまだ二転三転し、混沌《こんとん》としていた。多田自身も対馬へ帰れなくなった。というのも、幕府に追いつめられた長州を横目に見て、対馬でも親長州派がクーデターで一掃されていたからだ。幾松のみでなく多田自身も馬関(下関)に滞在することになる。

小五郎は幾松の安否を気づかい、探索を甚助に頼んだ。甚助は、小五郎が出石に潜伏した年(元治元年)の晩秋に京へ行き、幾松が馬関に多田らと逃れたことを確かめてくれた。年明け(今年・慶応元年)二月の初めに馬関を訪れ、幾松や村田蔵六に小五郎の無事を知らせたわけである。幾松は偶然、帰国して間もない伊藤俊輔と紅屋で出くわした。

伊藤俊輔は、密出国で五人の仲間（長州ファイブ）と英国留学中、ロンドンタイムズで四国連合艦隊により馬関が報復砲撃されることを知り、井上聞多《ぶんた》と六月十日に横浜へ帰国した。他方、野村弥吉（のちの井上勝）、山尾庸三《ようぞう》、遠藤謹助《きんすけ》の三人は留学を続けた。

皮肉なことに、彼らが横浜を出航したのは、文久三年五月十二日で、その直前二日前に攘夷決行として、馬関でアメリカ船に砲撃が加えられたのだ。当然、彼らは〈馬関戦争〉を知らなかった。一年ぶりの帰国で、祖国の情況は一変していた。

彼らを世話した周布政之助《すふまさのすけ》は、藩の没落に責任を感じ、前途をはかなみ自害した。

久坂玄瑞をはじめ、松陰門下の俊英が戦場に赴き、晋作は獄中にいた。

桂小五郎の生死さえ不明になっていた。

密出国に際し、横浜の大黒屋とかけあってくれた江戸藩邸の村田蔵六は、長州へ帰り、明倫館の兵学校教授役として、馬関の海防にも関係していた。

俊輔と聞多は、イギリス公使館の通訳アーネスト・サトウと彼の日本語教師中沢見作《けんさく》（唐津藩士）の援けにより、英艦バロサ号で国東半島沖の姫島まで送ってもらい、漁船で三田尻にたどりついた。直目付毛利登人《のぼる》の取次で、毛利敬親・定広父子に拝謁《はいえつ》し、攘夷の無謀を説明した。しかし、重役会議で攘夷継続の藩論は変わらず、二人の命を狙う者まで現れる。

〈池田屋事件〉で過激な主戦論が優勢になり、久坂玄瑞までもが兵を率いて上洛した。

途方に暮れていると、藩庁より四国艦隊の報復制裁を緩和する交渉を命じられた。

七月二十二日、俊輔が備前岡山まで来たとき、〈禁門の変〉で敗北し帰国する長州兵に出会った。やつれきった品川弥二郎から、敗戦のあらましを聴くことができた。桂小五郎は行方不明、久坂玄瑞と入江九一は鷹司《たかつかさ》邸で自害したとのことだった。俊輔は入江九一の妹すみと結婚したばかりで義兄の訃報に接し。敗残兵とともに引き返さねばならなかった。

過ぎた時をさすらう幾松と小五郎の想いが一瞬行きかい、沈黙を生じた。

「蕎麦掻きは作らへんの」幾松は、苦しく不快な出来事を振り払おうとした。

「いつもは蕎麦掻なんじゃ。蕎麦粉しかない時の方が多いので……。出石の蕎麦は殻つきの実をすり潰すので、こげ茶だが、しっかり腰があって美味《うま》い。なんでも仙石の殿さまは、信州上田から来た人らしく、信州蕎麦の伝統が伝えられたようじゃ」

潜伏の身では、好きな物を買って食べることすら、危険と背中合わせなのだ。

「三度の食事ができさえすれば、今は感謝している」

「あんさんがそんな苦労をしてはるなんて。村田先生も伊藤はんも知らしまへんやろ」

「いや、二人とも苦労人じゃ。村田先生はお一人の生活も長い。湯豆腐は好物じゃし、いろいろな料理方法を知っちょる。江戸でご馳走になったこともある」

小五郎も豆腐好きなのだが、村田蔵六に好みを肩代わりさせた。

「へぇーそうどすの」幾松は、謹厳なしかめ面をくずさず、独特のもの言いをする村田蔵六を思い出し、微笑ましく思った。不器用な人付き合いを見かねて、小五郎を連れ戻す役目を引受けたのである。

「花冷えとはよくいったものだ。今、明りを入れるから、ちょっと待ってくれ」

小五郎は炭火から紙縒《こより》の穂先に火をつけ、手燭《てしょく》の蠟燭《ろうそく》に灯《とも》し、そこから火をうつす。

幾松は、手品でもみるように、感心して見惚《みと》れていた。

「どうした。ぼうっと口をあけて」

「あんさんが、世直しの灯火《ともしび》を点々と継ぎたしているように思うて……。胸がいっぱいになったものやから」

「そうか。そう見えたのか」

小五郎は幾松の感性に驚き、「ありがとう」とつぶやいた。

「ざる蕎麦からどうぞ。お代りも遠慮なく」質素な食卓がとても豊かに輝いて見えた。

「おおきに、いただきますえ」

幾松の幸せそうな笑顔を目にすると、昨日までの歎息《たんそく》が信じられぬ他人事に思われた。

（かよわい女が、雌伏《しふく》する男を甦らせている）そのことに、小五郎は驚いてしまう。

「さあ、そろそろ野菜を入れようか」

声の響きまでもが弾んでいた。土鍋のお湯がよい加減になってきたので、小五郎は長い竹箸《たけばし》で野菜を次々に入れ、見計らって豆腐を加えた。

「京の七味があると良いのじゃが」

「そやなあ。そやけど、お醬油《しょうゆ》だけでも、ありがたいことやと思わなあきまへんな」

小五郎はあらためて幾松を見直した。


小五郎は風呂好きである。出石に隠れ棲んでからも、甚助に頼んで風呂付の借家を探してもらった。あいにく五衛門風呂しかなく、尻を火傷《やけど》しないよう気配りが必要だった。

それでも人間は慣れるもので、最近では丸い底板さえ両足で押さえこめば、鉄の壁に触れずに入浴できるまでになっている。だが檜《ひのき》の湯船になれている幾松には、たやすいことではないかもしれない。

「五衛門風呂しかないがどうする」

食器を二人で洗いながらたずねてみた。

「おおきに。子供のころ入っていましたえ」

幾松は逆境にはすこぶる勁《つよ》い女だ。

「そうか、それは助かる。竈《かまど》のお湯を移すから、少しぬるる目で我慢してくれ」

小五郎は、五衛門風呂に竈の湯を移し、井戸水と混ぜた上で薪を燃やすと、むだが生じないと思っていた。

ほどよい湯加減になるまで、小五郎は潜伏生活の滑稽《こっけい》な失敗談だけを選んで、面白おかしく話して聞かせた。実のところは深刻極まりない苦悩の日々だったのに、幾松を心配させることは避けたかった。考えつくかぎりの気配りで、長旅を癒《いや》してやりたかった。

手拭いも新しいものをおろし、晒《さらし》を風呂敷にして杉板の床に敷いておいた。

「花冷えで寒かったらいってくれ。風邪をひくと困るから」

「すみまへんな。あんさんにお風呂をわかしてもらうやなんて、思いもかけなんだわ」

幾松は、小五郎が小さな盥《たらい》にくみ取ったお湯へ手をひたしながら、

「ええ湯加減やわ。あんさんがお先にどうぞ」とゆずった。

「お客さんが先じゃ。二、三日すれば湯島の温泉で湯治ができる。それまで辛抱《しんぼう》してくれ」

そういいながら、(温泉の湯舟なら、幾松と一緒に入れるのに)と残念に思う男ごころが、我ながらおかしかった。

帯を解き、着物を脱ぐ衣擦《きぬず》れの音が春の夜をなまめかくしていた。

すると、急に幾松の改まった声がした。

「あら、いややわぁ。うちは大事なことをとんと忘れてましたえ」

「急にどうした」

「野村靖之助はんからお手紙を預かってましたのや。襦袢《じゅばん》の襟《えり》に縫い込んでいます」

「靖之助は生きていたのか」小五郎は大きく息をつき、

「だったらやっておくから、お湯につかりなさい。身体が冷えるじゃろう」

「ほんなら、頼みますぇ。ほれ、ここのとこやし」

うずくまって下半身を隠した幾松の白い二の腕がのび、襦袢の襟をはさんでいた。

小五郎が糸切鋏《いときのばさみ》で縫い込んだ手紙を取り出すと、ほのかな幾松のにおいがした。

野村靖之助（のちの靖・入江九一の弟）の手紙は、慶応元年二月十日付になっていた。

小五郎は、漢字の多い野村の候文《そうろうぶん》を、声を出して幾松にも読み聞かせようとした。だが、漢語の多い候文は当時の女性にはなじめなかった。

「あとで要点だけ話そう。ゆっくりお湯に入って疲れをとるがよい」

『御風姿日夜想像に堪へず、先ず以て御清適に在らせられ候《そうろう》事、之《これ》を承り』で、書き起こした長文の手紙は、「禁門の変」後の長州国内の困難が綴られていた。

「そなたから詳しくは聞いてくれと書いちょるがのう」

「そういわれましたなぁ。そやけど」

「まてよ、詳しく書いてくれておる」

目を走らせると、諸隊追討令と絵堂の戦いについての報告を認めた。

『天下国家のため止むを得ず、過日正月六日夜絵堂駅において追手奉行粟屋帯刀《たてわき》え戦書を送り、一戦に及び、奸魁《かんかい》財満《たからま》新三郎を討取り、』

ここまで読んで、小五郎は思わずため息をつき、

「絵堂村で戦があったようじゃ。諸隊に討ち取られた財満は、練兵館道場の同期入門者じゃ、いつの間にやら、敵味方に分かれて戦わねばならぬとはのう」

つかの間、脳裡《のうり》をよぎった青春の明るい日々の思い出を、振り払わねばならなかった。

再び野村靖之助の手紙を黙読する。

『その後七戦に及び候頃、清末公御周旋を以て、長府公においても殊に御尽力下され、両公共御出萩《ごしゅつしゅう》に相成り、過る四日頃、諸隊嘆願筋御採用仰せ付けらるとの御事にて、是れまでの政府奸吏椋梨藤太《むくなしとうた》・中川宇《う》右

衛門《えもん》・進藤吉兵衛《きちべえ》・岡本吉之助・工藤半左衛門・三宅忠蔵、其の他悉く《ことごとく》一掃に相成り候様相成り、玉木翁・山田・杉徳輔（のちの孫七郎）・中村誠市、其の外登用にも相成り候（後略）』

「七回も戦った末、俗論党に諸隊が勝ったらしい」と、小五郎の声が弾んだ。

野村の手紙には、小五郎も初見の諸隊の名前が連なっていた。小五郎は苦しそうに大きく息を吸い、

「想像以上じゃ。同志は、苦しみを味わったのじゃのう」と幾松の顔を見た。

「ほんになあ。同じ長州の人どうしやのに」

幾松には骨肉相争う男の世界が理解できなかった。

「靖之助も、忙しい中、これだけの長文をよくも書いてくれたのものじゃ」

小五郎は声を嗄《か》らし、小さく咳《せき》ばらいをして音読に切り替えた。

『ついては過日より、東行其の外申し談じにて、是非とも尊台御帰国相願うため、一人差越し候手段に一決仕り候ところ、繁雑中未だ其の事に及ばず、今般の一夢幸い中の幸いにて、即ち一書呈上仕り候。何分にも国家のため屹度《きっと》御堪忍下され、是非とも一日も早く御帰りなされ候様願い奉り候。申し上げ候も恐懼《きょうく》候へども、万一も何かと御用捨《ごようしゃ》候て、或いは外で尽すなどの御論は、御本意もとよりこれ無き事に候へども、左様の儀絶えて御断り申し上げそうろう。此の一儀くれぐれも願い上げ候事に候へば、決して御不審下さるまじく、一日も急速に御馳せ帰り願い奉り候。其の為わざわざ、一人差越たく存じ奉り候事につき、いづれ罷《まか》り出づべきかと存じ奉り候へども、今般の夢幸いにつきては、山口表の会議の論、一人差越し候事は兎まれ角まれ、是非是非御帰りの上、縷々《るる》御咄《おはな》し仕るべく候。同志中は一人もけがなし、実に神明の御蔭と存じ奉り候。ご安心下さるべく候。』

その後、野村は対馬へ渡ることを記していた。

読みながら小五郎は、幾度となくこみあげてくる思いに耐えきれず、涙をぬぐった。

激動を生き抜いた野村靖之助が、小五郎の無事を喜びながら、切々と帰国を訴えていた。彼自身、使命を帯びて対馬へ渡る前日に記した手紙で、その誠心には心を打たれる。

宛名の「月兎君」は、手紙が奪われたときのことを配慮したもので、月を愛した桂小五郎の愛称で、野村

からのつきせぬ友愛の情として伝わった。

この正月以来、諸隊が決起して、長州の情勢が好転していることをうかがわせる内容である。しかし、幾松の話では、高杉晋作の行方が分からなくなっているという。

ひと月のうちに天地が動転するのが、昨今の情勢で、帰国の覚悟を決めながらも、まだ即決すべきではないと読後に思った。野村の手紙は、小五郎を憂国の志士に甦らせ、その間、幾松の存在が空白になっていた。お湯を使う音に、はっと現実に戻ると、小五郎は再び幾松との再会に温かくふくらむ胸の思いを大切にしようと思った。

幾松がお湯を使っている間、小五郎は男臭さのしみついたせんべい布団を敷いた。あいにく客人用の布団はなく、そこに敷かれた寝具が現状でのすべてだった。

くもりがちな手鏡も、あわてて拭《ぬぐ》い、幾松の湯あがりに役立つようにつとめた。

手燭のほのかな明かりに横たわると、幾松は艶《つや》やかな女に変身していた。

小五郎が額にかかるほつれ毛を優しくはらうと、幾松は静かにまぶたを閉じ、すべてを委ねていた。つぼみを隠す花被《かひ》のようなまぶたに口づけすると、

「あいたかった」思いをこめた幾松の唇がひめやかに湿ってひらいた。

小五郎は頬を寄せ、耳元でささやこうとして感きわまり、熱い吐息をもらした。

「ああ」と幾松もせつない声をはく。

愛するものたちに言葉は無用である。触れあう肌をさえぎるものはいつしか脱ぎすてられ、やわ肌が小五郎のたくましい身体を包もうとしていた。

ゆるやかに、だが切なげに、指は懐かしいふくらみや、しっとりと湿ったくぼみを、熱した戦《おのの》きに触れながら訪ねさまよう。

「あんさん」誘うような声はすでに喘《あえ》いでいる。

「おまつ」小五郎は幾松の耳朶《じだ》をかるく噛んでいた。少し反《そ》らしたほの白いうなじに沿って小五郎はおりていく。華奢《きゃしゃ》な鎖骨の下に品よく膨らんだ二つの丘も、なぜか故郷のような懐かしい香がして、そのくせ近寄りがたい気品を漂わす。幾松の訴えるような指の感触が、小五郎の背中に無言の言葉を伝える。たがいに腕

をからめ、胸と乳房を合わせ、開かれた膝の谷間に、小五郎は静かに初めての夜のように入っていった。

二

おぼろな春の夜が明けた。

相思相愛の二人にとって、初夜を過ごしたような、満ち足りた感慨があった。

幾松の体には、強く貫《つらぬ》かれた甘美な疼《うず》きが、余韻として残されていた。

目醒めると、頬を小五郎の胸にぴったりとつけるように添寝していた。小五郎の逞《たくま》しい腕に肩を抱かれている。竹刀胼胝《しないだこ》のできた掌《てのひら》の感触さえ懐かしい。

（もう死ぬまで離れとうない）祈るような気持ちで、上目づかいに小五郎の寝顔を見る。

（ほんに、ええ男前や）初めて結ばれたころ、寝物語に聞かされた額《ひたい》の傷痕《きずあと》の由来を思い出した。十歳を過ぎて小五郎は背たけが伸び大柄な少年になり、かなりの悪童だったらしい。

吉田松陰の生家に近い松本村の団子岩から眺望すると、萩城下が一望され、日本海の光芒《こうぼう》を背景に、指月《しづき》山と萩城が懐かしい思い出のように浮かんで見える。萩の城下町は、阿武川が西の橋本川と東の松本川に分岐した中州にある。夏は菊ガ浜で海水浴をするか、川で遊ぶことが多かった。椿の原生林がある越ヶ浜の笠山まで遠出すれば、素潜《すもぐ》りでサザエやアワビが採れた。

小五郎は泳ぎにかけては自信があり、川舟の底に潜っては、櫓《ろ》をはずして押流したり、船端に手をかけて揺すったりして、船頭があわてる姿を見て喜ぶ悪童ぶりだった。

一日《いちじつ》、小五郎が舟をひっくり返そうとして、両手を舟べりにかけたとき、堪忍袋の緒《お》が切れた船頭に櫂《かい》で額を殴られた。目から火花が出ると同時に一瞬、意識がもうろうとなり、水中に沈んだ。幸い下流に泳ぎついたが、額から流れ出る血で目がかすんだ。

顔面を血に染めて帰宅した小五郎に、驚いたのは老いた父、和田昌景だった。

急いで傷を消毒し、細い絹糸で傷の両端と中央を三針縫って、どうにか止血した。

小五郎から傷を負ったわけを聞くと、温厚な好々爺《こうこうや》が烈火のごとく怒った。

「馬鹿もほどほどにせんか。愚か者めが。もっといのちを大切にしろ。船頭は、お前に喝《かつ》を入れたのじゃ。感謝しろ。今日のことは死ぬまで忘れるなよ」

いつもは冗談をいって人を笑わす柔和《にゅうわ》な父なので、小五郎は身を縮めて聞きいった。

「悪さをする暇があるのなら、もっと学問をしろ」

小五郎は別人に生まれ変わったように、書物を読み、父や義兄の施療に興味を示すようになった。十四歳から通った藩校明倫館で、小五郎は運命的な出会いをする。まだ無名に近い青年兵学者吉田寅次郎（のちの松陰）である。三歳だけの年上なのだが、学問の師と仰ぐ吉田松陰の講義を聴講し、自ら考える習慣を身につけた。この時期の松下村塾では、まだ玉木文之進（松陰の叔父）が教えていた。

小五郎は、病弱な身体を鍛錬するため、馬術や剣術も習いはじめる。

明倫館の武道師範は柳生新陰流の内藤作兵衛で、数年遅れで高杉晋作も通った。

そこでは武術としての教練が主で、成長するにつれ物足りないものを感じ、そのことが、江戸の斎藤弥九郎道場入門につながる。江戸出府を願う萩の若者たちの夢をかなえる数少ない手だてだった。

船頭と父昌景の一喝《かつ》は、桂小五郎の怠惰《たいだ》に眠っていた自我と意思を目覚めさせた。

それ以来、己《おのれ》にやましいことがあると、小五郎は額の傷痕《きずあと》に手を触れてみる。

幾松はその逸話を聞き、傷痕《きずあと》にそっと口づけをした記憶がある。今朝もそうしようかと思って顔を近づけると、幾松の鼓動と上気した気配を感じたのか、小五郎は目を開いた。

「そのまま……動かないで」

昨夜、小五郎が果てた後でつぶやいた言葉を、幾松はふたたび口にした。

「この幸せを逃がしたくないの」

小五郎は黙ったまま幾松を強く抱きしめた。

だが、男として考えなければならない障碍《しょうがい》が、幾重にも前途に横たわっていることを、あらためて凝視しなければならなかった。同志から求められている帰国を何時《いつ》にするのか、それ一つさえ、確固たる信念が持てないでいる。

（はたして藩庁から受け入れられるのか。藩主慶親公に胸の裡《うち》を述べられるのか）

何よりも、〈七卿都落ちの政変〉、〈池田屋事件〉、〈禁門の変〉と敗北続きの京都政局に対して、京都留守居役だった小五郎は自責の念にかられる。

（もう少し勇気を出して自己主張していたら、異なる局面を展開できたのではないか。周囲に引きずられ、客観的な決断ができなかった）

我が命を賭《と》して、真木和泉や、来島又兵衛や、久坂玄瑞を制していたら、みすみす死なせずともすんだと思う。

（四面楚歌《しめんそか》、前途霧中の状況は続いている。しかし、このまま坐視すれば、長州は滅亡し、殉死《じゅんし》した志士たちの夢が霧散してしまうにちがいない）

温かくせつないまでの幸せを与えてくれた幾松から静かに離れ、立ちあがった。

（まず今日も一日、生き抜かねばなるまい）自らに、そう言い聞かせる。

小五郎は〈禁門の変〉以来、生き残った者の苦しみを味わい続けていた。

（あの日、なぜ死ななかったのか。犬死だけはすまいと言い聞かせて、生き延びてきたが、戦死した同志への悔恨の情はぬぐえぬのではあるまいか）来る日も来る日も、小五郎は自らを責め続けた。真っ白の雪が汚れながらも溶けて流れ去る様さえ、うらやましく思った。

（跡形もなくこの地上から消え去ることができたら、もう苦しまずともすむのに）虚ろな目で雪解けを見つめたこともあった。だが、苦しくとも生きることを選んだ。

とはいえ、緊張の連続である。油断をすれば、身元が割れ、出石藩に捕《と》らわれの身になる。

藩主の仙石氏は佐幕派で、七卿都落ちの一人沢宣嘉《のぶよし》や筑前の尊皇派志士平野国臣、長州奇兵隊二代目総督河上弥一らによる〈生野の義挙〉にも、昨年（元治元年）七月の〈禁門の変〉にも出兵していた。平野は出石藩兵に逮捕され、〈禁門の変〉の戦乱の中、斬首されている。表むきには、出石でも長州人逮捕の命令が出されていた。

出石潜伏に際し、〈禁門の変〉後、焦土と化した京都に幾松を置き去りにしたことは、男として胸がいたんだ。だが、囚われ斬首《ざんしゅ》されることは、犬死に過ぎないと思った。

落武者狩りは厳しさを増し、日々身の危険を感じた。具体的にどのような脱出の手立てがあるのか、思案するものの、光明は見い出せなかった。

土佐藩や安芸藩のみでなく、因州藩も加賀藩も列藩同盟に加わった藩内の尊皇攘夷派（尊攘派）は鳴りを潜めていた。〈禁門の変〉での桂小五郎は、京都留守居役として、諸藩の勤皇派と連携し、帝《みかど》の御動座を実現させる大役を分担していた。長州藩の手勢に加え、因州と加賀の両藩が加勢してくれる手はずだった。因州の池田藩は、長州が劣勢になると、小五郎との約束を反古《ほご》にして保身に走った。

（落人《おちうど》として潜伏してみると、因州藩の批判は正しかったのではないか）と小五郎は思う。

青臭く馬鹿正直な長州藩と異なり、加賀藩もしたたかな対応をした。

加賀藩尊皇派の不破《ふわ》富太郎（百五十石）は、世子《せいし》前田慶寧《よしやす》に近侍《きんじ》した人物で、帝の輦輿《れんよ》を守護し、飛び地のある大津から叡山へ向かう案を承諾していた。しかし、長州の敗勢が明らかになると、世子は佐幕派の家臣団に囲まれるようにして、近江海津《かいづ》へ向かった。藩主前田斎泰《なりやす》は、幕府からの咎《とが》めをおそれ、世子を謹慎させた。

さらに在京家老の松平康正（四千石）の切腹、不破富太郎や大野木仲三郎らにも切腹を命じ、恭順した。

流罪・禁牢・閉門など連累は四十人にもおよび、加賀勤皇派は息の根を絶たれた。

いずれにせよ、〈禁門の変〉で、尊皇派志士のまとめ役として、小五郎の京都潜伏はひとまず目的を失った。心ならずも、〈七卿都落ち〉に続く〈池田屋事件〉で沸騰《ふっとう》した藩論を抑えることができず、敗北すると分かっていながら〈禁門の変〉への暴走を許してしまった。

その結果、長州藩は存亡の危機を招き、久坂玄瑞をはじめ多くの人材を失った。さらに、都の大半は灰塵《かいじん》に帰し、多くの民へ苦難を背負わせてしまった。高杉晋作なら、これも革命のためと割り切るかもしれない。だが小五郎は、良心の呵責《かしゃく》に苦しめられた。

焼野原となった京の町を逃げまどい、雨にうたれる町衆を正視できなかった。小五郎の理性はかえって冴《さ》えわたり、自虐の刃《やいば》はわが心中に切《き》っ先をつきつけた。

（おめおめと故郷へ帰るわけにはいかぬ）幾松と再会するまで、小五郎はほとんど空蟬《うつせみ》のようになっていた。しかも、藩政は恭順派（俗論党）に牛耳られ、藁《わら》にもすがりたい心境で潜伏を続けていた。昨年（元治元年）三月、〈禁門の変〉に先だって筑波山で挙兵した、水戸勤皇派（天狗党）の武田光雲斎や藤田小四郎（東湖の四男）の動きも気になった。行き場を失った小五郎は、彼らに合流することも考えた。

　そもそも小五郎が尊皇攘夷の思想に感化されたのも、吉田松陰や水戸学派の志士たちによる影響である。水戸光圀《みつくに》公の『大日本史』編纂《へんさん》を機に、水戸学がおこり、脈々と続き、ペリー来航以来、具体的に政治行動と結びついたのである。小五郎も、水戸の西丸帯刀《さいまるたてわき》らと水長（水戸・長州）同盟を結び、江戸での尊皇攘夷派の結集に関与してきた。

　ところが、天狗党は幕府追討軍に追われ、水戸藩出身の一橋慶喜《よしのぶ》を頼って越前敦賀まで西下した。非情にも、待受ける追討軍の指揮官が当の慶喜であることを知り、絶望の末、加賀藩に投降した。水戸徳川家と血縁関係にある加賀藩は、温情をもって遇したらしい。

　そこまでの経緯は、湯島（城崎）の旅宿で風評として耳にした。しかし今年（慶応元年）の二月、武田光雲斎・藤田小四郎以下の処刑が行われ、塩漬けの首は水戸へ送られた。三日間城下引き回しの上、那珂湊《なかみなと》にさらされ、野捨てとされたことを、小五郎はまだ知らない。

　寛容な加賀藩から身柄を引き取った幕府は、冷酷極まりなかった。極寒の中、手枷足枷《てかせあしかせ》で下帯一本の姿にされ、悪臭こもる鰊倉《にしんくら》に大人数がぶちこまれ、死者が続出した。投降した天狗党員八二八名のうち、三五二名が処刑され、合流していたら、小五郎は極刑に処せられたはずだ。

〈禁門の変〉直後、残された選択肢は、やはり対馬藩を頼るしかなかった。

　そこも幕吏や新撰組が見張っていて、とても近づけない。桂小五郎は天下のお尋ね者なのだ。〈七卿の都落ち〉以来、命を狙われ、京に潜伏してはいても、偽名を使い居所を転々と変えていた。今出川東の鴨川原にある掘立小屋もその一つである。鴨川の橋下や三本木の吉田屋など、そのつど変装して逃げ回ったが、追いつめられ、人気の少ない掘立小屋に隠れた。

　頬かぶりをし、みすぼらしい乞食同然の姿で、野菜を作るふりをしながら、筵《むしろ》と筵の間にはさまるように寝転がっていた。食物は、幾松と彼女の実家の母親スエが運んでくれるお結びで飢えをしのぎ、川の水を飲んだ。当時の小五郎は、質素な身なりなのに品のある中年の女性が、幾松の母であることを知らなかった。

吉田屋の仲居か、調理場の使用人だと、思いこんでいた。正式に紹介されるのは、明治になってからである。

監視される彼女たちも危険になり、小五郎の命運はまさしく風前の灯となる。川原にすだく虫の音さえもわびしく、秋の夜長は急速に肌寒さを増す。金木犀《きんもくせい》の香が漂う夕べなど、無性に故郷萩城下の屋敷町が恋しくなる。だが、季節の移ろいは無情なまでに速く、底冷えの厳しい京の冬はすぐそこまで近づいていた。

（このまま路頭で冬を越すのは無理かもしれぬ。甚助に頼み、出石へ行こう）成功するか否か、五分五分以下なのだが、ほかに残された方策は考えつかなかった。

眠れぬ夜の想いに、対馬藩邸出入りの商人・広戸甚助の姿が浮かんだ。博打《ばくち》好きだが、義理がたく憎めない男である。甚助の裏表の少ない性格が好きで、懇意にしていた。

甚助にしてみれば、永い間、小五郎は対馬藩士だと思い込んでいた。それほど小五郎は対馬藩士に信頼され、藩邸の出入りも自由だった。

変の後、対馬藩邸の多田荘蔵の小屋に隠れていた甚助と連絡をとったのは、幾松の使い（実は母親スエ）だった。

「吉田屋幾松の使いどす。旦那さまのことで……」

身動きのとれない幾松にかわって、多田の住居に甚助を訪ねた。

「旦那はご無事で」二人の間では、〈幾松の旦那〉の一言で桂小五郎云々《うんぬん》は通じた。

「へえ、会ってくれはりますか」

「もちろん。今はどちらに」

「わたしの少し後をつけて」

言われた通り三間ほど間をとってついて行くと、案内されたのは川原の掘立小屋だった。

「お連れしました」入り口の筵《むしろ》をくぐるように入ると、小五郎が胡坐《あぐら》を組んで坐っていた。

「甚助。嬉しいのう。会えてよかった」

「ご無事で」甚助は泪声になっていた。

「ここも危なくなってきた。すまぬが、出石へ連れて行ってくれんか」

出石は、平野國臣らの指揮で農民兵が蜂起した、〈生野の義挙〉の舞台に近い。

甚助がよく口にする故郷であることから、小五郎の頭に浮かんだ潜伏地だった。

「やってみましょう」甚助は準備を始め、上方《かみがた》で病を患う船頭に仕立て、駕籠《かご》で出石を目ざした。世慣れた甚助は、関所での尋問を予期して、言葉の壁をとりつくろうため、小五郎を西回り廻船の船頭宇右衛門《うえもん》として変装させた。雇主は甚助の親類塩屋重兵衛で、病気養生のため連れて帰るのだと、釈明することにした。

京街道を出石城下に入る但馬久畑の関所で、怪しまれ、尋問された。言葉に関西訛《なまり》がなく、面構《つらがま》えに品があるため、どうしても船頭には見えない。関所役人は、長岡市兵衛と高岡十左衛門の二人だった。長岡と甚助は家も近く、顔なじみである。甚助は出石でも評判の道楽者で非人として扱われていたらしい。博徒が、まさか世に聞こえた勤王の志士桂小五郎と連れだっているなど、想像もせず、甚助の芝居に笑ってごまかされた。勧進帳《かんじんちょう》の弁慶よろしく、甚助は小五郎に罵声《ばせい》を浴びせ、頭をこづいたりした。

「義経と弁慶か。それにしても冷や汗が出たぞ」

「旦那、すんまへんな。ご無礼は堪忍してくれはるか」

「気にするな。助かったぞ」

小五郎は、甚助の気転に救われた。

甚助は親戚の魚屋、塩屋重兵衛の持つ家作が宵田町にあるのを思い出し、借りることにした。それが今暮らす広江屋の屋号で開いた荒物屋である。だが、端正で男らしい風貌は、いつも女たちの視線を引きつけてしまう。出石城下に桂小五郎が潜伏しているという風評が、回り回って小五郎の耳にも入るようになっていた。(そろそろ出石を離れる頃あいかも)そう思い始めた矢先に、幾松が姿を現したのだ。

今朝は広戸すみが帰ってくるにちがいない。

(はて、どうしたものか)幾松の肌の温もりにとらわれながらも、小五郎は粗末な木綿の着物を身につけた。すでに雨戸の隙間から、春の朝のやわらかな光がさしこんでいる。

「おすみが帰ってくる。甚助がいてくれたら難儀はせぬが、どうしたものかのう」

「うちらは夫婦《みょうと》やさかい、隠すことは何もあらしまへん」小五郎の襟元を直しながら、幾松はきっぱりとした口調で言った。

(窮地に立つと女の方が勁《つよ》いものだ)霧の中で、小五郎は視界が一気に開けたような気持ちになっていた。

「あら、どこかで小鳥がさえずっている」

幾松は外の気配に耳を澄ましていた。

「ツバクロのつがいが軒下に巣を作った。幸先のよいことと思ったら、的中した」

「子育てをするのやなぁ」幾松は、明るくさえずりかわす燕《つばめ》の夫婦を、羨《うらや》ましく思った。

（うちは産《う》まず女《め》かもしれへん）漠然とした不安が頭をもたげていたのである。


出石は、山また山の中国山脈に抱かれた盆地である。城山と出石川の間にあるごく小さな城下町で、武士は足軽をふくめても、せいぜい二百人に満たない。武士も町人も顔見知りが多く、他所者《よそもの》が入りにくい環境である。


小五郎ひとりでさえ、面割れしそうな危うさなのに、京ことばを話す垢抜《あかぬ》けした女が同棲を始めれば、とても隠し通せるものではない。

「悪いが、今日は家の中に籠《こも》ってくれ。明日は早起きして、湯島（城崎）の温泉へ行こう。湯治場なら、旅人も怪しまれることはあるまい」

ちなみに湯島は幕府の天領で、後に城崎《きのさき》と呼ばれる。

但馬の大河、円山川にそそぐ大谿《おおたに》川に沿った温泉町で、湯治客《とうじきゃく》が各地から来ている。


湯治場としての湯島を有名にしたのは、名医後藤艮《こん》山《ざん》の高弟香川修庵が徳川吉宗の時代に、『一本堂薬選』を著し、書中に〈但州城崎新湯《あらゆ》を最第一とす〉と絶賛したためである。

ちなみに新湯は一の湯のことで、低温の有馬や熱海よりも高温の新湯を評価したらしい。また、『薬選』は広く頒布《はんぷ》された書物だった。

さらに出石出身の傑僧沢庵宗彭《たくあんそうほ》和尚が愛した温泉としても知られ、極楽寺で旅の疲れを癒した。沢庵の詠んだ歌が遺されていた。

来ん春を深雪の底にひきよせて
冬ひとしおの出湯なりけり

出石が危うくなると、小五郎は湯島の御所の湯前にある「松本屋」に湯治客としてもぐりこんだ。向かいは代官陣屋で、灯台下暗しといったところだ。

京都の土手町界隈《かいわい》と雰囲気が似通っていて、川沿いの小路は木屋町通と呼ばれていた。

「松本屋」は女将《おかみ》が切盛りしていて、広江孝助こと桂小五郎を援《たす》けた。

しばらく経ってからのことだが、女将は文久三年の〈生野義挙〉の話をしてくれた。

尊攘過激派の天誅組が、三条実美《さねとみ》らの暴発制止をも聞かず、八月十七日に大和で挙兵したが失敗。その翌日、会津と薩摩が結び孝明天皇を動かし、〈八月十八日の政変〉を起した。

天皇の大和行幸延期と長州藩の御門警備解任のみでなく、三条実美ら攘夷派公卿七人の京都追放を決めた。長州三田尻へ都落ちした七卿は「招賢閣」に滞在したため、勤皇派の志士が集まるようになる。福岡藩の平野国臣と但馬の北垣晋太郎（国道）が但馬義挙を呼び掛け、七卿の一人沢宣嘉《のぶよし》を主将として、奇兵隊総監河上弥一らを誘った。同年十月に生野の代官所を襲撃したが、鎮圧された。河上は高杉晋作の友人だったが、暴発した責任から十三人の奇兵隊員と自刃する。

驚いたことに、すぐ隣の「三木屋」に平野国臣が潜伏していたというのだ。

さらに、湯島の田井屋主人鯰江《なまずえ》伝左衛門は、北垣晋太郎（のちの京都府知事）らの志士に宿を提供し、武器の調達をしたため、義挙失敗後は逃亡生活をしているらしい。北垣は、但馬出身だが、勤皇の志から長州三田尻で脱藩志士と交流を深め、義挙に加わった。

温泉町の医師朝倉心斎も義挙に連座し、閉門の境寓にあるという。つまり湯島は、尊皇の志を抱く草の根の篤志家が結構住んでいることを、女将は暗に教えたのである。

小五郎は、油断することなく湯治客を装い、近くの鴻《こう》の湯や御所の湯、少し川下の一の湯など外湯を訪ねては、湯あたりすれすれの温泉めぐりを日課にしていた。近くには温泉寺の薬師《やくし》堂が古色蒼然《こしょくそうぜん》と建ち、薬師泉源を病者のために護っているようだった。

天気さえよければ、早朝、小五郎は樫の杖をつくふりをして大師山の森へ足を運び、素振《すぶ》りを繰り返して、心身の衰えを防ぐ努力も怠らなかった。

人の目は極度に警戒し、気配を感じれば病人を装った。

女将は、うすうす小五郎がただ者ではないと気づいていたのだろう。

浜坂など日本海で水揚げされる鮮魚や地野菜など心をこめて料理し、食卓に運んだ。

彼女には二人の娘がいて、食事の世話などを手伝っていた姉娘のタキと小五郎は、いつとはなしに男女の仲を深めてしまった。女将は、二人のために人目につかぬ奥まった部屋を用意した。裏は大谿川で、添い寝をするとせせらぎの音が聞こえた。

やがて、タキは小五郎の子を身ごもった。半ば男としての欲情を抑えきれず、罪深いことをしてしまったのだが、タキは身ごもったことを隠していた。旅の男との情事が浮草のように流されやすいものであることを、若い身空ながら察知していたのかもしれない。人目を欺くことができなくなった体形でも、母娘は父親を特定することはせず、父なし子として育てる覚悟をしていた。

漠然と、広江孝助なる男が単なる湯治客でないことを知ってはいても、問いただす野暮はしなかった。それでも、小五郎は男としての責任は感じていて、時が来れば、我が子として育てるつもりにしていた。タキは早期の流産をしたのだが、母娘は小五郎を責めなかった。いつか恩義に報いるつもりで、小五郎は春を迎えた。その矢先に幾松が姿を現したのだ。

松本屋へ幾松を連込む後ろめたさは、小五郎を憂《ゆう》うつにした。しかし後はなかった。

（鉄面皮《てつめんぴ》な男だと思われても、母娘の情けにすがらざるを得ない）腹を決めて、頼むつもりだった。

（帰郷するにしても、もう少し幾松から長州の情勢を聞き、むざむざ火中の栗を拾うこともないはずだ）自らのはやる気持ちを抑えようとした。加えて、少なくとも大坂までの旅費を工面する必要を痛感していた。大坂に出れば、対馬藩邸で借金することも可能になるはずだ。親友の大島友之允《とものじょう》が大坂藩邸にいて、何度か甚助を使って文通はしていた。

（とりあえず湯島に潜み、甚助と直蔵兄弟に大坂の対馬藩と連絡をとってもらおう。それから大坂へ出ることにしよう）小五郎は帰郷への具体策をあれこれ思案した。

（なんとしても幾松を守る。これまでの恩に報いなければ、人間として失格だ）自らに言い聞かせ、それを再生への力に変えようと努力した。

「疲れが取れるまで休むがよい。明日は豊岡に出て、川舟で湯島を目指すことになる。弁当の握飯を作らねばならぬ。飯が炊けるまで、そのままで……」

明朝は早暁《そうぎょう》より出発するつもりにしている。小五郎は米をとぎ釜の水量を整えると、火鉢の灰から炭火を掘り起こして種火にし、干藁《ほしわら》を燃やしてかまどの薪《たきぎ》に点火させた。

「慣れてはるのやなぁ」幾松が手ぬぐいを姉さんかぶ

りにして降りてきた。

いつの間にか朝化粧をして、唇に紅をさしていた。昨夜、小五郎にきつく吸われた唇は、猪口《ちょこぐち》の紅を塗ると敏感になっていた。

「まだお客さんじゃけん」

との小五郎の制止も聞き流して、

「お味噌《みそ》汁でも作らせてぇな」と、少し甘えた声をだす。

「そうか、昆布《こんぶ》と鰹節《かつおぶし》はここにある。昨夜の土鍋を使ってくれぬか」

三本木の名妓とはいえ、少女のころから人並み以上の苦労を重ねてきた幾松は、てきぱきと朝餉《あさげ》の準備をした。

「味噌汁ができたら、干し鰈《かれい》を焼こう。青のりもある」

湯島は海に近く鮮魚に恵まれているが、山郷《やまさと》の出石では干物《ひもの》が多い。

「懐かしいな。馬関は新鮮な魚がいつも食べられ、嬉しかった。そやけど、干物は京の味がするかもしれへんな」

「河豚《ふぐ》は食べたのか」

「おそるおそる。勧められて、ひと口、ふた口。ほんに美味しいものやなあ」

「命知らずじゃのう。寒の河豚は馬関の名物じゃけん。酒がすすむからなあ」

故郷を思い出し、感傷的になっていたが、幾松を迎え、より具体的に帰郷を考えねばならなかった。

出石へも会津藩の探索方が来るとの噂が立ち、甚助は小五郎を湯島の宿に泊めさせたり、広戸家の檀那《だんな》寺・昌念寺の住職へ預けたりする。沢庵和尚ゆかりの崇鏡《すきょう》寺を訪ねてみたかったが、思いどおりには動けなかった。歴史の歯車が逆回転する軋《きし》みに、つぶされそうな苦痛があった。だが、幾松を前にして弱音は吐けない。

〈禁門の変〉敗北による打撃は長州のみでなく、最大の被害者は町衆《まちしゅう》である。

昨夜、気になって幾松に訊ねてみた。

「戦の後は、身を隠すのに精一杯じゃった。どれほど燃えひろがったのかのう」

「うちにも、どこまで焼野原になったのか分からしまへん。下京がひどかったらしいえ」

京の人々は〈どんどん焼け〉といっている。あまりにも広範囲に焼けてしまったので、幾松にも想像がつかぬらしい。元治元年七月十八日に勃発した〈禁門の変〉により、長州藩邸付近と堺町御門付近から出火した火の手は、北東の風にあおられ、御所の西から南東方面の広範囲に燃え広がった。〈どんどん焼け〉で、都の半分以上が焼失し、約二万七千世帯が焼け出された。武家屋敷五十三も焼失してしまった。

原因は留守居助役の乃美織江が撤退時に放火したためと、風評では長州藩に全責任を負わせた。だが、客観的に〈どんどん焼け〉を分析してみると、ここでも冤罪《えんざい》の臭いがする。

長州藩邸より西南に位置する本能寺が、制圧を狙った薩摩兵の砲撃により真っ先に焼けたこと。北側の角倉邸や、すぐ南の加賀藩邸や対馬藩邸は火災から免れたこと。さらに長州藩邸の火はすぐに鎮火されたこと。寺町より東は本能寺を除いて焼けなかったこと。等々から別の原因が疑われる。

つまり、長州の敗残兵が逃げ込んだ鷹司《たかつかさ》邸や町家が会津・薩摩・新撰組などの炙《あぶ》り出し作戦で放火され、その火が延焼を招いた可能性が高い。鷹司邸を攻撃したのは一橋勢で、新撰組が加勢し放火したことが、隊員永倉新八の回顧録に記されている。

「うちは大黒屋はんのことが気になり、おかあはんに見に行ってもらいましたのどすえ」

「どうだった」

「跡形もないくらいに焼き払われはったらしい」

「そうか」木戸は恩義のある一家の消息が気になった。

鷹司邸で久坂玄瑞たちが切腹した直後、御所南の大黒屋も焼き打ちにあい全焼した。長州藩御用商人の大黒屋は主人の今井夫婦に妻の老母と五人の子どもたち、それに使用人がいる。主人は長州の兵站《へいたん》を監督するため前夜から出かけていた。逃亡の準備はあらかじめしていたので、妻は使用人に命じて柳行李《やなぎこうり》を背負わせ、子どもたちを連れて逃れた。二つの行李には桂小五郎から託された通信書簡などの書類が入っていた。

幕府勢は消火せず、燃えるにまかせたので、〈どんどん焼け〉となり、北は中立売、南は塩小路、東は寺町、西は堀川にいたる町々が灰になってしまった。

幕府は、被災町民を救済するため、戦利品として押収した京都と大坂の長州藩備蓄米の払い下げを行った。が、非難を抑える効果はとぼしく、むしろ長州藩への同情が勝ったという。

勤皇派を匿《かくま》った寺院への弾圧も激しく、東本願寺や本能寺など二百五十三の寺社が焼失した。西本願寺も新撰組や会津兵に焼き払うと恫喝《どうかつ》されたが、一橋の仲介で放火は免れた。しかし、新撰組屯所として北集会所と太鼓楼が接収された。さらに不動村への移転費用を全額負担させられる。西本願寺は、戦国時代に信長の弾圧に抵抗した大坂石山本願寺を、毛利が援けて以来の間柄である。長州には浄土真宗の門徒が多い。

京は経済的に大きな損害をこうむり、祇園祭も山鉾が焼失し、復活が困難になっていた。

幾松が面白い話を聞かせてくれた。

「うちが身びいきで作り話をするのやあらへんえ」そう前置して、

「秋のお彼岸ころから、〈長州おはぎ〉がえらい勢いで売れだしましたのや」

「えっ、それは何のことだ」

「赤飯を丸め、盆に三つ入れて、毛利さまの家紋になぞらえたものどす」

「なるほど、一文字三星なのだ」

「そのおはぎを三十六文まけなしと申して、売りだしたそうなの」

「わかったぞ、三十六文は長州藩の石高にちがいない」

「当たりやわ。まけなしはな、洒落《しゃれ》や」

「そうか、長州は負けていないとの励ましやろ」

「そうなんや。そやし買う人も面白がって、まけてくれへんかというわけ」

「負けへんぞ」小五郎はついつい本気になっていた。

「負けへんのか。ほんまやな」幾松も語気を強める。

「どんなことがあっても、負けへんぞ」小五郎は真顔になっていた。

「あんさん、その意気や」

幾松はいつの間にか、小五郎を励ましていたのである。

しかし、現実の厳しさは、精神力だけでは変わらない。九月には、長州敗退の影響が各地に波及していった。幕藩体制の終末期にあたり、各藩に内部対立が芽生えていたからでもあろう。水戸藩天狗党しかり、長州藩、土佐藩及び加賀藩尊攘派しかりである。対馬では、藩主宗義達《そうよしあきら》の叔父にあたる勝井五八郎がクーデターを起こした。これまで桂小五郎が支援してきた、親長州派の家老大浦教之助《のりのすけ》以下二百数十人を粛清したのである。多田荘蔵が幾松を連れて対馬へ帰れなくなる原因にもなった。

その話は、おって詳しく語らねばなるまい。

因州池田藩でも、尊攘派の弾圧が始まり、京都留守居役河田左久馬《さくま》は長州に通じた罪で解任され、国元で幽閉された。ちなみに河田は、第二次長州征討の石州口戦で大村益次郎率いる長州軍が浜田藩を破ると、同志と共に脱藩し、長州へ逃れる。戊辰戦争には、東山道征討軍参謀として参戦し、維新後は京都府や福岡県の権参事として活躍する。

折々、河田の活躍には触れることにする。

三

むやみに戦を好む輩《やから》は異常だと、小五郎は常々思っている。

同志として認めあってはいても、久坂や高杉が松陰ゆずりの『狂』にかられ、過激な行動を計画しても、一歩間合いをとって、直接には参加しなかった。

一時期、過激派の若者たちからは、そうした態度を「逃げの小五郎」と揶揄《やゆ》されたこともある。だが小五郎は、吉田松陰をも抑えようとしたように、不条理な暴走で有為の人材が犬死することは間違いだと考えていた。

小五郎は「逃げる」のではなく、「避けた」のである。医師である父昌景の教えでもあり、斎藤道場で叩きこまれた信念でもあった。それでも大義のために命を賭《と》して戦わねばならぬ戦もある。長州の気風として『義』を重んじた。『義』の語源は「我を美しく生きることにある」と教えられた。対して薩摩人はより現実に即応し、政治的なかけひきにたけている。

会津は、藩祖が徳川家光の異母弟保科《ほしな》正之であり、幕府の補佐役としての義を重んじ、孝明天皇の信頼篤い尊皇藩である。「会津士魂」は愚直なまでの誠心に貫かれていた。

長州とは対立軸の両端に立っていたが、一途で男らしい藩である。（その会津と同盟している薩摩は、ヌエそのものの行動をしている）小五郎は、巧みな薩摩の外交にからめとられていく長州藩がみじめだった。

〈禁門の変〉は避けなければならない戦だった。

長州の国元での暴発を抑えるため、必死に動いたのは小五郎の他、謹慎中の周布政之助と高杉晋作である。勝算のない無謀さを自覚しながら、過激派の勢いに圧倒された。

その時点で、すでに負けていたのだ。京都留守居役として、動かせる兵士は限られていて、いざ戦争となると、諸隊の参謀にくらべ、小五郎の発言力は相対的に小さく制約を受けてしまった。瀬戸際に追いつめられた集団では、過激な意見が受け入れられやすい。過激な論理は純粋だと錯覚され、さらに過激さを増す。それどころか、先見の明も臆病《おくびょう》者の逃げ口上ととられてしまう。

(それに……)と小五郎はつい、自己弁護をしたくなる。〈池田屋事件〉で、冤罪《えんざい》にも近い罪条を喧伝《けんでん》され、有為の人材を殺され、牢につながれた若者は多数にのぼる。

(長州の国元が、上下を問わず激昂《げっこう》するのも、無理からぬことである)そう思いつつ、冷静沈着な小五郎は、ぎりぎりの極点まで沸騰《ふっとう》を抑える努力をした。

京都の政局で、雄藩としての主導権を確保せんとする西郷吉之助や大久保一蔵の挑発に乗れば、長州が孤立して破滅することを、小五郎らは鋭く洞察していた。

薩摩藩は、古くから近衛家とつながりがあり、公武融和をすすめてきた。当時はまだ倒幕の意思などはなく、列藩同盟による国政の主導権掌握を第一の目標にしていた。

島津久光から許され、西郷吉之介が二度目の遠島地、沖之良部島《おきのえらぶしま》から京の藩邸へ復帰していることを、小五郎は誰よりも重視していた。小五郎が江戸から京都へ活動の場を移した背景に、薩摩や一会桑(一橋・会津・桑名)との京都政局での主導権争いがあった。

それはまた、幾松との愛を深めた時節でもあった。

思い出してみると、大老井伊直弼による安政の大獄が〈桜田門外の変〉で終止符をうち、文久年間の日本は、和宮降嫁に象徴される公武融和と尊皇攘夷の二大潮流が激突して、大きく渦巻いた時代だった。長州も藩論が割れ、松陰門下の攘夷過激派と公武融和の〈航海遠略策〉がせめぎ合っていた。長州が尊皇攘夷を旗印に京都政局の担い手になってからまだ日が浅く、それまでは地方外様大名の一雄藩にすぎなかった。

安政元年に相模警備を命じられ、軍役負担も加わり藩財政は悪化し、大坂の豪商鴻池善五郎や広岡久右衛門らから四千五百貫余を借り、急場をしのいだ。しかし負債利子の年賦償還額だけでも莫大になっていた。財政再建を担って天保の改革を行った村田清風は、三十七ヵ年賦皆済仕法を発令し、豪商に対し、元金据え置きの上、完済する施策を強行した。しかし豪商たちの猛反発にあって退陣した。

　後継の坪井九右衛門は、やむなく三十七ヵ年皆済仕法を破棄し、公内借捌仕法を採用した。

　これは藩士の負債のうち公債は破棄するが、内債は藩が肩代わりで支払い、商人には迷惑をかけないよう、返済の財源として新たな負債五千貫を大坂で起こした。結果的に、再び藩財政は悪化し、坪井は引責辞任した。その後、村田清風の流れをくむ周布政之助らと坪井九右衛門系の椋梨藤太らが対立する構図が生じてしまった。

　とはいえ、小五郎が江戸遊学中、江戸藩邸には、優れた政務指導者がいて、薫陶を受けた。

　天保の藩政改革を行った家老村田清風の流れをくむ、周布政之助と長井雅楽《うた》の二人だ。

　文久元年（一八六一）春以来、藩論を主導したのは長井雅楽の〈航海遠略策〉である。当初は周布も支持したほどで、幕府にも朝廷にも賞賛された。

　小五郎にも、その論旨は理解でき、松陰の〈大攘夷論〉と目指すところは共通しているかに思われた。しかし、開国と公武一和を支柱にしていたため、長井は幕府と朝廷の橋渡し役になり、結果として、どうしても佐幕色をぬぐいきれなかった。

　長井は『公武合体、海内一和すれば、皇国をもって五大洲を圧倒できる。長州藩は諸藩に率先して、この策をもって公武のあいだに周旋する』というような文章を交えて、正親町《おおぎまち》三条実愛《さねなる》を通じて天皇へ献奏した。

　妹和宮の徳川家茂への降嫁など、公武一和を尊ばれる孝明天皇は、この策を嘉納《かのう》され、幕府への周旋を内命された。歓喜した長井は、江戸にもどり幕閣へ建言することにした。

　他方、尊皇攘夷（尊攘）派の動きも活発になっていた。誤解から生じたことなのだが、火をつけたのは、島津久光だった。尊攘派は、久光を倒幕の盟主と思いこみ、とんでもない深手を負ってしまう。

　文久二年正月元旦に二通の書簡が久坂玄瑞のもとへ届けられた。

　薩摩精忠組の樺山三円《さんえん》と大山弥助（のちの巌）から、『四月に島津久光が大兵を率いて上洛する』との機密情報が記されていた。前年の歳末に、三円は江戸にて武市瑞山、久坂玄瑞と会談し、志士の連携役を買ってでたのである。

三円は、島津斉彬《なりあきら》の茶坊主で機密に関与し、江戸で水戸の藤田東湖らと親交を結び、西郷吉之助を紹介している。井伊大老暗殺計画にも参与していたが、決行には参加しなかった。

三円の期待とは裏腹に、久光には攘夷・倒幕の目的はまったくなく、薩摩藩の藩威を見せつけ雄藩連合政治の主導権を握るためだった。攘夷派の誤解から、〈寺田屋事件〉として有名な島津の上意討ちの悲劇になるのだが、詳細は後ほど述べることにしよう。

小五郎は、久坂の動きを完全に把握していたわけではなく、むしろ別行動になっていた。

吉田松陰直系の純粋至誠の志には共感できても、暗殺に直接加わる過激さには、やはり間合いをとりたかった。

同年正月十五日、公武合体を推進する老中安藤信正が、坂下門外で水戸浪士らに襲撃された。幕府は長井の策を採用する方針で、長州藩主毛利慶親《よしちか》（のちに敬《たか》親《ちか》）に周旋を依頼した。

三月に再度上洛した長井は、正親町三条実愛に面会し、江戸での周旋の様子を書面に記し、報告した。天皇へ内奏する目的は成功する。しかし、薩摩、長州、土佐などの尊攘派は、こぞって長井打倒を口にする。長井の動きは、幕府の窮地を救い、尊攘派の基盤を弱めるとの判断である。長州では、過激派の指導者久坂玄瑞らを中心に、長井暗殺計画が練られていた。

藩主も政務の首脳も、久坂らの過激な計画は行き過ぎと考え、抑えようとした。

小五郎はその中間にあり、人知れず悩んだ。松陰を中にして、小五郎と松下村塾門下生との関係には、微妙な温度差と距離感があった。

小五郎の場合、青年期の人間形成は、出身地の萩城下よりも、幕府のお膝下大江戸で培《つちか》われたといえよう。話はさかのぼるのだが、嘉永五年の江戸出府以来、斎藤弥九郎の練兵館で、小五郎は多彩な人脈を作った。道場には全国から春秋に富んだ若者が集っていた。

江川太郎左衛門の人脈や水戸学の藤田東湖の人脈などは、幕末の歴史を動かす人々が織りなす曼荼羅《まんだら》にも似ていた。

小五郎が練兵館の仲間として親しく付き合った東湖の門人は、袴田行蔵（孝蔵）である。二人で経書を講じ、撃剣を試み、世間話を交わし、詩作を試み、海防を論じ合った。新鮮な若者の魂と魂が触れ合った青春の仲間である。幕末の動乱で互いに消息を絶ったが、明治三年に再会する。

小五郎は藤田東湖の水戸学に影響されるが、豪胆な書も愛し、愛蔵したものを高杉晋作へ譲ったこともある。だが『忠義塡骨髄』の軸だけは手放さなかった。

さらに来原《くるはら》良蔵の後継として江戸藩邸有備館の舎長に就任し、松陰門下の久坂や高杉ら、あるいは練兵館の後輩井上聞多《ぶんた》らと、日夜、議論を重ね、互いに成長する。

高杉晋作との出会いも、思いがけないきっかけから生まれた。

小五郎は、藩首脳へ海軍の増強を進言し、丙辰《へいしん》丸の江戸遠洋航海を求めた。藩庁はやっと外洋への航海を認め、訓練のため武士の子弟を乗組ませた。その中の一人が高杉晋作だった。ところが航海中の船酔いが激しく、晋作は江戸に着くと、航海士の適性がないと判断し、船には戻らず、藩邸に滞在し小五郎の世話になる。

小五郎の聞くところでは、それより前十六歳の時、晋作はペリーが二度目に来航中の安政元年（一八五四）二月に、世子毛利定広に従う父高杉小忠太の従者として、初めて江戸の土を踏んでいる。つまり、黒船来航の衝撃を小五郎より遅れて体感したわけだ。

晋作は、幼少のころから、萩城下の吉松淳三塾で漢文を学んでいた医師の子久坂玄瑞と友人だった。彼のすすめで、晋作は江戸から帰って三年目に、吉田松陰の塾生になり、運命の門が開かれる。黒船来航により目覚めた青年は、吉田松陰の説く尊皇攘夷論に傾倒してゆく。

松陰は、天保元年（一八三〇）に長州藩士杉百合之《ゆりゆき》助《すけ》の次男大次郎として、萩郊外の松本村で生まれた。桂小五郎より三歳年長、大久保利通とは同年の生まれである。

杉家には百合之助の弟で山鹿流軍学師範の吉田大助が同居していて、大次郎を養子に迎えた。大次郎はもう一人の叔父玉木文之進から厳しい教育を受けた。松下村塾はこの玉木文之進が開いた私塾だった。それ故、玉木の影響力は大きい。

十九歳のとき大次郎は明倫館の軍学教授となり、このとき小五郎も教えを受けた。
松下村塾を受け継ぐのは後のことで、諸国を旅しながら学び、脱藩の罪で入牢し、解放される安政三年八月以降のことである。諸国遊学の間に松陰の人脈も広がった。

同年暮れから翌一月には、京都の梅田雲浜《うんぴん》が松下村塾を訪ねて来て、松陰は全国的に知名度を高める。振り返ってみると、雲浜との交流が松陰の刑死を招く遠因になる。

安政四年になると、新しい入門者が増えた。

その中に、久坂玄瑞、高杉晋作、佐世彦太郎（のちの前原一誠）、有吉熊次郎、吉田栄太郎（稔麿《としまろ》）らがいた。翌年には伊藤俊輔《しゅんすけ》（博文）や山県小輔（有朋）などが加わる。

丙辰丸による晋作の二度目の出府は、周布政之助、桂小五郎あるいは久坂玄瑞らとの深い交流が生まれるきっかけになる。丙辰丸の艦長は松島剛蔵である。

代々鍼医《しんい》を家業とした松島瑞蟠《ずいばん》の長男で、向学心に富み、蘭医坪井信道に四年間学び、世子定広の侍医になった。さらに長崎の海軍伝習所で、カッテンディーケに航海術を三年間学んでいる。藩の洋学所初代局長、海軍局の頭人（長官）などを歴任し、洋学の指導者として活躍していた。吉田松陰の友人でもあり、実弟の小田村伊之助（のちの楫取素彦《かとりもとひこ》）は松陰の妹寿《ひさ》と結婚し、同じく松陰の妹文と結ばれた久坂と小田村は義兄弟だった。

松島の周旋で、小五郎は水戸藩西丸帯刀《さいまるたてわき》らと、江戸に着いた丙辰丸の船内にて、水長（水戸・長州）の盟約を結んだ。その上で、江戸留守居手元役の宍戸九郎兵衛や周布政之助に理解を求めた。そのため、小五郎の動静は幕府の密偵に注視されはじめる。

折から、和宮降嫁が老中安藤信正（磐城《いわき》平城主）の主導でとりおこなわれようとしていた。ところが水長同盟に基づき、尊皇攘夷派の水戸藩士は安藤暗殺や横浜の外国人襲撃を計画した。ちなみに、朝廷での和宮降嫁推進派の中心は岩倉具視《ともみ》だった。

和宮は文久元年十月に江戸へ向かい、翌年二月に婚儀が華やかに執《と》り行われた。

他方、長州藩では長井の〈航海遠略策〉による公武融和が主流となった。

そのため水戸藩の実行部隊への参加が困難になり、

計画を先送りするよう提案した。だが、和宮降嫁に反対する諸藩の尊皇攘夷派は、時が迫り焦っていた。二度延期されたが待ち切れず、正月十九日、安藤襲撃が水戸藩士を中心に、登城門である坂下門外で実行に移された。水戸藩士は平山平介、高畠総次郎《ふさじろう》、黒沢五郎、小田彦三郎の四人で、越後の川本杜太郎《もりたろう》と宇都宮の河野顕三が加わった。

登城中の駕籠を襲ったが、五十人余の供回りはいつでも抜刀応戦できる体制にあり、斬り合い僅かにして、全員が討ち死にする。かろうじて平山が駕籠に突き刺した刃により、安藤は背中に軽傷を負っただけで、暗殺は失敗する。〈坂下門外の変〉の結末だった。

小五郎の危機は直後の事件によって生じ、国事犯として処刑されそうになった。

同日昼ころ、有備館に小五郎を訪ねて、水戸藩士川辺左治右衛門なる者が来た。

こわばった表情はひどく青ざめていて、小五郎が面会すると、

「不覚にも義挙に遅れ、同志に申しわけがたたぬ。ご迷惑は承知の上ながら、切腹の場所をお貸しいただきたい」と、思いがけないことを口走った。

驚いたことに、安藤対馬守襲撃の斬奸状《ざんかんじょう》を小五郎に託して、切腹するつもりらしい。しかし、有備館は文武の道場で、諸国の藩士や浪人の出入りが多く、ここで事件が起これば、幕吏の耳に達することは間違いない。

それでなくとも、桂小五郎は幕府にとって要注意人物である。暗殺未遂事件のかたわれが長州の藩邸内で切腹したとなれば、奉行所の捜査は小五郎に向けられ、藩そのものにも迷惑が及ぶにちがいない。（これはまずいことになった）正直なところ小五郎も青くなった。なんとしても思い留まらせねばならなかった。

困惑した小五郎は、川辺を部屋に上げ、館員に酒肴《しゅこう》を準備させた。

「さあ、ぐいと呑みなされ。気のふさぐときは、酒が薬でのう」

「すみません」

「しばらく身を隠しておくがよい。これからまだ、お国のために役立つ仕事があるはずじゃ。都へでも上られませんか。金子《きんす》は当方で用立てるゆえ」

小五郎は、川辺の気持ちを変えようとして、思いつ

く誘いを試みた。

「ほんとうに有難いことで」

川邊は実直な性格らしく、小五郎の厚意に恐縮しながらも、

「少し書いておきたいものがござるゆえ、どこか部屋を拝借できませぬか」

と懇願するような眼ざしを向けた。

「講堂なら使っていただいても」

小五郎は青年が落着きをとりもどしたのを見届け、有備館の舎長室へもどった。

その間に麻布《あざぶ》の藩邸に直目付長井雅楽を訪ね、事情を説明した。間もなく伊藤俊輔が外出から帰ってきたので、小五郎が川邊のことを説明していると、講堂から、

「愉快、愉快」と意味不明な大声がした。

何事かと伊藤が駈けつけてみると、川辺が腹に脇差を突刺し、咽喉《のど》を横一文字に斬り裂いて前のめりにうつ伏せていた。あわてて伊藤が体を起すと、まだ生きていたが、ドクドクと血を吐いて痙攣《けいれん》し息絶えた。

懐《ふところ》には辞世の和歌と七言絶句が遺されていた。

川辺の遺体は検死を待って、翌日までそのまま放置された。

北町奉行所は桂小五郎と伊藤俊輔を拘束した。

取り調べに対して、伊藤が小五郎をかばうため被疑者になろうと努めた。

「かの者が訪ねてまいったので、桂さま御手付役の私が応対いたしました」

だが、奉行所はだまされず執拗《しつよう》に取り調べを続け、拷問《ごうもん》も辞さない態度だった。

これに対して、有備館の全員が奉行所へ歎願書を出した。事と次第によっては、長州藩をあげて幕府と対抗する姿勢をふくませた内容である。

安藤襲撃を支援したのは、水長同盟に加担した桂小五郎のみでなく、周布政之助も知ってのことと、公然の秘密だったからでもある。

江戸の長州藩行相府は、周布に二十日間の逼塞《ひっそく》を命じた。

小五郎も半ば観念し、小塚原の露と消えた吉田松陰の最期を思い出した。

ところが、天は桂小五郎を生かし、皮肉なもので、長井雅楽に命を救われる。

折から幕府は、二月十一日に将軍家茂と和宮の婚儀を控えていた。朝廷がひきかえに迫った攘夷実行を、

どうしてもはぐらかす必要があった。そのため、長井雅楽の〈航海遠略策〉は公武間の和解に有益とみなされた。

婚儀ののち、久世《くぜ》大和守広周《ひろちか》ら四人の老中は長井を招き、公武間の周旋を依頼した。

その際、長井は国事犯共謀疑いの桂五郎を不問に付し、水戸の攘夷派を説得させるべきだと、幕閣を説得した。長井は、小五郎の紹介で、穏健な水戸藩側用人美濃部又五郎と会談したことがある。助命すれば、水戸藩尊攘派と幕閣の交渉役に使えると錯覚したのだろう。

そうした折、薩摩の島津久光が二千の精兵を率いて上洛するとの情報が伝わった。

幕府は薩摩と対抗するためにも、長州と事を荒立てることは得策でないと判断した。

桂小五郎は不問に付されたのだ。

その後の歴史を思えば、幕府は網に捕えた大魚を逃がしたことになる。

こうして、吉田松陰の二の舞になりかけた小五郎は窮地を脱した。

しかも幕府にとっては、〈桜田門外の変〉に続く幕閣の暗殺未遂事件で、権威の失墜を早める打撃になった。当の安藤は老中を失脚する。

運、不運は誰にでもあることだが、小五郎を助けながら、長井に不運がまとわりつく。

それにしても、命までうしなう不運には小五郎も考えこんでしまう。

（先輩である長井雅楽ほどの優れた人材が、葬られてもよいものだろうか）

小五郎は、良心の痛みを覚えながらも、事態の推移を見守るしかなかった。

「吉田松陰を江戸送りとすべし」との沙汰を萩へ伝えたのが、他でもない江戸藩邸直目付の長井だったからだ。「松陰の過激な思想と行動は国益に反す」と批判したため、松門の志士に命を狙われた。

久坂は京都木屋町の旅宿にあって、同志の佐世彦太郎、福原乙之進、寺島忠三郎、堀真五郎、野村和作（靖之助のちの靖）、伊藤俊輔らと謀って、長井雅楽の暗殺を狙っていた。上洛途中の長井を近江草津あたりで襲う計画だった。

これを察知した長井は、近江守山より伊勢路に入り、伊賀越えをして、大坂より萩へ帰国した。一説では、長井に帰国の道順を変えるように知らせたのは、桂小五郎だともいわれる。〈航海遠略策〉はそれなりの説得力を持っていた。

一方の久坂は、京都藩邸に自首し、法雲寺で裁きを待ち、約一ヵ月の謹慎で許される。

ところで、幕府の詮議から解放された小五郎は、黙って謹慎することはなかった。従者の伊藤俊輔を使って、川辺から預った斬奸状《ざんかんじょう》の写しを諸藩の志士へ配布した。

またたく間に安藤老中の罪状が世に広まる。ことに、和宮降嫁の裏で廃帝の事例を調査させた事実は、孝明天皇の知られるところとなり、公武融和を大きく傷つけた。そのため、安藤は老中を失脚したわけで、老中の座は権力闘争の暗部でもあった。

〈坂下門外の変〉は〈航海遠略策〉にも影響を与え、長井の上洛を二ヵ月遅らせた。その間に藩論が否定的になり、久光の上洛が足を引っぱった。

同じ公武合体の考えながら、久光は長州に先行されることを嫌った。久光の上洛により、一気に薩摩の地位が高まり、長州は二番手になってしまう。

五月初旬、朝廷から長井の航海遠略策についての批判の声があがる。

長井が上奏した文書の中に『攘夷は浅薄な慷慨家《こうがい》の唱えることだ』という趣旨の文言があり、攘夷を希望してやまない孝明天皇の誹謗《ひぼう》をしているのではないかというのだ。

正論が正論でなくなる時代の奔流がある。

五月末、周布《すふ》政之助と小五郎は藩論転換を決意する。

小五郎は、恩義のある長井を追い落とす立場になり、私情を抑え、公情を優先させねばならなかった。周布に背中を押された小五郎は、世子毛利定広に拝謁《はいえつ》した。

〈航海遠略策〉では朝廷の理解を得られず、薩摩の風下に立つことになる状況を理解した世子毛利定広は、

「桂、これから京へ上り、君上へ与に話した主意を申し上げよ」

小五郎に中仙道を京へ向かう藩主毛利慶親《よしちか》への上申を命じた。小五郎の健脚は、のんびりした大名行列を速やかにとらえた。

中津川で藩主毛利慶親に拝謁した小五郎は、

「僭越《せんえつ》ながら言上《ごんじょう》つかまつります。長井様の航海遠略策は、言葉としては理にかなって聞こえまするが、現実には幕府を援けるのみにて、当藩は利用されるだ

けに終りましょう。攘夷をことのほか大切にされます帝のご意向は、開国とは相反しておりまする。何よりも井伊直弼《なおすけ》の専横を是認することになり、尊皇攘夷を訴える諸藩の支持を失うやもしれませぬ。薩摩藩は、朝廷とわが藩の間に越えがたき塀を築くやもしれませぬ」

　小五郎は、論理として長井の建策を全否定することに困難を感じながらも、激動する京都の政局にあって、朝廷と幕府の狭間に埋没する不利を訴えた。小五郎も周布も、開国が必要であることを理解しながら、この時は現実的な政略をとらざるを得なかった。

　京都藩邸にて、毛利慶親《よしちか》は家老益田弾正、周布政之助、桂小五郎をまじえ、議論を重ねた。

　その結果として、〈航海遠略策〉を藩是とせず、〈尊皇攘夷〉を藩論とすることに決した。

　長井に救われた小五郎の心中は微妙であったが、命までも奪うべきではないと考えていた。しかし毛利慶親は、結果的に藩論が分断され、混乱することを恐れた。

　曲解かもしれないが、孝明天皇を誹謗《ひぼう》したと抗議されれば、謝罪するしかなかった。

　藩主として、内心で功臣の長井に済まなく思う気持ちがあったのかも知れないが、七月初旬になって帰国謹慎・免職を申しつけた。久坂ら若手からの突き上げも政庁重役への重圧になる。彼らは長井の失脚では満足せず、執拗《しつよう》に命まで狙った。

　翌年二月初旬、藩内の混乱を回避するため、長井は享年四十五歳で自害した。

　切腹の前日、高杉晋作の父・小忠太へ長文の手紙を届けた。そこには身の潔白と遺児の庇護依頼が記され、辞世として、

　　ぬれ衣のかかるうき身は数ならで
　　　唯思はるる国の行く末

哀切きわまりない歌が記されていた。

　毛利家の重臣として高杉小忠太とほぼ同職を勤めた忠節の人物ながら、吉田松陰を批判したため、誤解を招き不幸な最期に終わった。浮き沈みの激しい動乱の時代を象徴する人生である。

　話は前後したが、文久二年三月中旬、島津久光が小松帯刀・大久保一蔵（のちの利通）ら腹心と精兵千余名を率いて鹿児島を発ち、攘夷の気運が高まるかに見えた。小松と大久保が軍勢に従っているとの情報は、

攘夷派に誤った期待を抱かせてしまった。ところが、久光に倒幕の意志はなく、薩摩の武威を天下に鳴らすためで、公武合体の推進にすぎなかった。

久光の狙いどおり、公武融和を願う孝明天皇の親任を得て、京都の政局で薩摩の地位が急上昇する。だが、不満を抱く攘夷過激派の若者たちは、それではおさまらず、伏見の「寺田屋」に集まり、洛中の同志と呼応して、蜂起しようとした。

久光一行より先発していた西郷はそれを知り、馬関待機を命じられていたのに、京都へ急行し、過激派を鎮めようとした。ところが、誤解した久光を激怒させ、帰国の上、遠島を命じられる。西郷は家族に別れを告げることも許されず、徳之島を経て沖永良部《おきのえらぶ》島へ流された。

四月十日、大坂藩邸に入った島津久光は四月十六日に上洛した。

その夜、大坂藩邸の長屋では有馬新七、西郷信吾、大山弥之助ら三十人余の精忠組強硬派が京都の同志からの連絡を待っていた。だがしびれを切らして伏見寺田屋へ移動した。同志の合言葉は「回天」と呼びかければ、「天」と応えることになっていた。京都の長州藩邸には、久坂玄瑞、品川弥二郎、山県狂助ら二十人余も待機していた。

ところが島津久光は公武融和を考えていて、近衛忠房より受けた勅命も、『浪士共蜂起不穏の企て之あり候ところ（中略）当地滞在の間鎮静之あり候様思召し候事』とあって、過激派を抑えよとの命であった。そこで久光は、側近の大久保一蔵を派遣し、過激派を抑えようとしたが説得は失敗する。

過激派の首領格は田中河内介と久留米水天宮神官の真木和泉《まきいずみ》だった。田中河内介は権大納言中山忠能《ただよし》の家臣で、明治天皇の幼少期（祐宮《さちのみや》）の保育係を務めた尊皇の人だった。

久光は、大山格之助（のちの綱良）、奈良原喜八郎（のちの繁）、江夏仲左衛門ら腕のたつ者をに、君命で鎮撫使として遣わし、上意討の許可も与えていた。大久保の説得で久光の深意を察知していた強硬派は、押し問答を繰り返しても恭順しなかった。

「上意」の怒声とともに、一階ですさまじい殺戮《さつりく》がはじまった。

〈寺田屋事件〉である。

二階で評議をしていた真木和泉が、

「もはや、これまで」と、大声で薩摩藩士の同志討を制し、一同は伏見薩摩藩邸に帰順した。

この時、大久保は凄惨《せいさん》な上意討ちを予測できる立場にいながら、虐殺を諫止《かんし》せず、当日、吉井友実を誘って知恩院に見物へ行った。西郷と共に育てた精忠組なのに、同志との間合いは、大久保らしい冷徹な打算が感じられる。藩主の命に反してでも同志である若者たちを救おうとした西郷と、素知らぬふりをした大久保の差が、よくわかる事件になった。

精忠組の過激派が脱藩して井伊直弼らを襲う計画を練ったとき、大久保は藩首脳と結び、彼らを抑えたことにより、島津久光の信任を増した。つまり、精忠組の若者たちを、手先として時宜に応じて使いわけていた節がある。立身出世のためには、上意討ちも看過《かんか》した。遠島に流された西郷とは際だった処世で、維新後の治世にも、随所に地金が見え隠れする。

薩摩攘夷派は、長州藩邸の久坂義助（玄瑞）、品川弥二郎ら二十余名、土佐藩の吉村寅太郎一派や豊後岡藩重役小河一敏の一派などと決起するはずだった。寺田屋では、有馬新七ら六名が殺され。二名が重傷を負い、翌日切腹を命じられた。年少のため許された若者には、大山弥助（のちの巌《いわお》）、西郷信吾（のちの従《つぐ》道《みち》）、三島弥兵衛（のちの通庸《みちつね》）、篠原冬一郎（のちの国幹《くにもと》）ら維新に貢献する人々がいた。彼らは鹿児島へ護送され謹慎した。ところが、田中河内介父子は捕らえられ鹿児島に送られる瀬戸内の海上で惨殺され、海に投げ捨てられた。小豆島の浜に打ち上げられた遺体の着物に名前が遺されていて、身元が割れる。

維新後に初代の堺県知事になる小河《おごう》一敏は、怨《うら》みのためか、田中父子の暗殺を命じたのは大久保だと言った。以後、豊後岡藩出身の小河は、なぜか公職を再三免官になり不遇となる。

制裁後、久光は公武合体を推進するため、勅使大原重徳《しげとみ》の守護を名目に江戸へ向かう。

薩摩の武威を誇示する目的がつよく、幕府の弱体化を印象づけた。久光は、一橋慶喜を将軍後見職に、越前の前藩主松平春嶽を大老にするよう、幕閣に求めたのである。つまり、外様大名が幕閣人事に干渉したことになる。さらに帰途、大名行列の前を横切ったイギリス人を奈良原は殺傷し、〈生麦事件〉を起こす。〈薩英戦争〉の導火線に火をつけた。

当時、長井を幕府よりの人物と見なしていたのは、薩摩の精忠組を率いる西郷吉之助や大久保一蔵も同じだった。しかし彼等は、〈寺田屋事件〉を機に、久光との対立を避け、より慎重な行動をとる。同時に京都の朝廷をまきこみ、一会桑（一橋慶喜と会津・桑名）と長州や薩摩の主導権争いも激しくなった。

四

この年（文久二年）、桂小五郎も江戸から京都へ活動の場を移した。

思想的な立場が、各人の属す藩の利害と複雑にからみ、幕末の混沌とした人間関係を生み出していく。激論が火花を散らし、不幸な誤解も生じてしまう。薩長などの大藩から一万石余の小藩まで藩論は分裂し、どの藩にも内部抗争の火種が生まれていたのである。

長州藩の桂小五郎も例外ではなかった。妹治子の夫来原《くるはら》良蔵を自死に追い込むきっかけが、長井雅楽の〈航海遠略策〉になる。今もって後悔してもしきれないほど、来原の死は小五郎の心を深く傷つけた。来原は小五郎より四歳年長で、家禄七十石の大組士であり、松陰が兄事したほど文武に秀でた人物で、人柄も良かった。

小五郎の一歩前を歩むかのように、嘉永四年吉田松陰と同時期に江戸へ出て、安積艮斎《あさかごんさい》に学んだ。艮斎は儒学者ながら洋学にも通じた人物である。その間、松陰が脱藩し無断で東北遊歴をした際に支援をしたため、藩庁から譴責《けんせき》をうけた。江戸藩邸有備館の舎長も務め、嘉永六年のペリー来航では、浦賀の形勢を視察し、藩の相模湾警備に従事した。その際、足軽の伊藤俊輔を身辺に伴い、一から指導した。安政元年夏には、浦賀奉行支配組与力中島三郎助に学び、火薬の合薬製造掛となり、操銃を習い、西洋銃陣の重要性を知った。その後、長崎海軍伝習所へ入り、主として陸軍の西洋銃陣を学んだ。伊藤俊輔も長崎へ伴い、進んだ文物を見せ、体験もさせた。

少し遅れて小五郎も、中島三郎助の役宅にある物置小屋に住み込み、造船術や西洋兵学の教えを受けた。この時、二人の船大工藤井勝之進と藤蔵を伴い、幕府の鳳凰丸建造に従事した棟梁勘右衛門に指導を頼む。中島は浦賀の造船場に住み込みを許可し、小五郎には伊豆戸田《へだ》のロシア人による造船を視察するようすすめた。

中島は、ペリー来航時に浦賀奉行所から検問のため、アメリカ艦船に最初に乗り込んだ人物である。矢田堀景蔵や勝麟太郎らとともに、第一期伝習生として長崎海軍伝習所へ派遣された。その際、小五郎は中島の従者として同行を試みたが、かなわなかった。長州からは、海軍の松島剛蔵、陸軍では前原彦太郎らが学んだ。薩摩の五代才助、河村純義《すみよし》、佐賀の佐野常民、中牟田倉之助なども海軍伝習所で学んだ人物である。

その後、来原は、明倫館助教兼兵学科総督となり、兵制の改革に力を入れた。長井にとって母方の従弟で、一時は公武周旋のため、熊本や鹿児島へ足を運ぶ労もいとわなかった。だが、熊本や鹿児島で攘夷派の活動に触れ、その信条にぶれを生じる。藩論も急激に攘夷に傾き、義兄となる桂や、高杉、久坂ら松陰門下生の影響もあり、長井排斥へ動く。長井暗殺未遂事件での責任をとって自害を申し出たが、許されなかった。思いつめた末、反動的に攘夷決行策として横浜の外国公使館襲撃を企てたが、失敗に終わる。おそらく、長崎で西洋の文明に触れ、開国の必要性を知りながら攘夷を唱える自己矛盾に、苦悩していたのだろう。

「相模の警備は何のためじゃったのかのう。攘夷を叫びながら、わしは馬鹿なことをしているような気がしてならんちゃ。長崎で学んだことは無駄な骨折り損か」

浮かぬ顔をして小五郎に問いかけたことがある。

「良蔵さん、悩んでいるのはぼくも同じじゃ。久坂らのように突きつめちゃいけん」

小五郎は、この世に絶対的な正義などありえないと思っている。

「ふらふらして、足元の定まらぬ酔っぱらいの様だとは思わぬのか」

来原は生真面目な生き方をしてきた人間である。自己嫌悪の情念に押し流されようとしていた。

「世の中、白か黒か、割り切れぬことの方が多いと思うけどのう」

小五郎は、理屈では来原の悩みを救えないと思ったので、ありふれた言葉を使った。難しい学問を習得してきた男が、しごく単純な悩みかたをしていた。死を賭《と》してまで懊悩《おうのう》するようなしこりが心中に増殖しているとは、正直にいって小五郎は見抜いていなかった。

「妹の手紙に、子らのことが書いてあった。元気に育っちょるそうじゃ」

愛すべき家族を思い出させようとの下心である。

「こげいな乱世じゃから、お互い明日はどうなるか分からんのう。もしものことがあれば、治子と子らを頼みたい」

後から思い起こすと、来原は遺言めいた意味深長なことを語り、その場を去った。

自裁はそれから数日後のことだった。結果的に右往左往し、世子毛利定広（のちの元徳）に迷惑をかけたことを悔い、来原は長州桜田藩邸で自害した。公武一和か尊皇攘夷か、同一人の心の裡《うち》でも、時代の奔流にもまれ、もがき苦しんだにちがいない。来原も、最初は松陰の〈大攘夷論〉を支持し、攘夷の力量をつけるための文明開化を目指した。そのため長崎にも遊学したし、長井の〈航海遠略策〉を理解することもできた。〈攘夷〉は漠然としていたし、幅広く志士を糾合するための旗印に過ぎなかった。さらに薩英戦争、四国連合艦隊戦争を経て、薩摩も長州も尊攘論の根底が揺らいだ。

実直な来原の自裁は心配されていて、前原彦太郎は、長井暗殺計画にも久坂らと加わっていたので、目付役を命じられていた。だが、制止することができなかった。彼はそのことを終生忘れることができず、自責の念にかられ続ける。前原は十七歳のとき落馬して瀕死の重傷を負い、下肢が不自由になり、屈折したらしい。小五郎にとっても痛恨の自害で、妹治子の心中を想うと、歎いても歎ききれぬものがあった。前原との葛藤の一因になってしまう。

小五郎は、来原を自害に追いやった直接の原因ではなくとも、義兄として制止できなかったことに悔いが残った。（もう少し親身に相談相手になるべきだったのでは）小五郎は、潜伏中も自責の念にかられ、来原と妹治子の幸せな姿を夢で見ることがあった。

来原の死後、小五郎は遺児たちを自らの養子として養育する。また、来原から預けられた伊藤俊輔の大成を、終生助けることになる。

薩摩藩では、島津斉彬《なりあきら》に心服していた西郷吉之助と、お家騒動の一端おゆらの子島津三郎久光は和解できず、その間で中傷する者もいた。西郷と島津久光の不和は生涯続き、その間隙を縫って大久保一蔵（利通）が台頭することとなる。

西郷は過激な尊攘派を説得するつもりだったらしいが、無断先行として誤解された。久光の勘気《かんき》にふれ、西郷は四月十一日に大坂から薩摩へ送還。寺田屋事件の十日ほど前のことで、若手の攘夷派を西郷から切り離したと考えられる。国元で寺田屋の惨劇を知った。西郷が、心の奥深い暗部で、大久保一蔵を疑いはじめた端緒かもしれない。さらに六月末から閏八月にかけて、西郷は徳之島から沖之良部《おきのえらぶ》島へ、側近の村田新八は喜界島へ流される。西郷にとって、奄美大島から復帰して間もない処分だった。

小五郎のみでなく同時代の若者たちは、否応なしに時代の潮流に流された。思い出してみると、「天誅《てんちゅう》」の美名に隠れ、京都でもこれ見よがしな暗殺が吹き荒れる時代が続いた。

翌年（文久三年）正月知恩院宮家臣が大坂で殺され難波橋に梟首《きょうしゅ》され、耳は正親町三条実愛《さねなる》邸や大納言中山忠能《ただなる》の伝奏屋敷に投げ込まれた。同月、京都町奉行所出入加川肇宅に押し入った一団が殺害に及び腕を和宮降嫁にかかわった千種《ちぐさ》・岩倉両家に投げ込んだ。

京都町奉行には、幕臣永井主水丞尚志《もんどのしょうなおゆき》が前年九月から就任していて、桂小五郎の宿敵として、戊辰戦争・箱館戦争まで対峙《たいじ》することになる。永井は木戸より十三歳年長である。

その永井をしても京都の治安を安定化できず、京都守護職が設置される。二月には、洛中の等持院に安置された歴代足利将軍の木像のうち尊氏《たかうじ》・義詮《よしあきら》・義満三代の首が切り取られ、鴨川原にさらされる事件が起きた。徳川将軍家に対する示威行為として、風評は京から諸国へ広まった。さらに五月二十日、御所朔平門《さくへいもん》外で象徴的な事件が起きた。姉小路公知《あねがこうじきんさと》の暗殺である。前年十月、幕府へ攘夷督促《とくそく》の使節・正使三条実美《さねとみ》の副使として江戸下向をした人物だ。三条は小五郎より四歳、姉小路は七歳若い青年公卿である。攘夷派公卿の先鋒として、長州や土佐の志士から信頼されていた人物だった。

事件の背景として単独犯でなく黒幕の存在が疑われた。公武合体派の前関白近衛忠熙《ただひろ》や右大臣二条斉敬《なりゆき》とそれに連なる薩摩藩の関与を、小五郎らは推察した。現場に残された賊の刀から、薩摩の刺客田中新兵衛が逮捕され、取り調べ中に自害する。土佐の岡田以蔵とともに、〈天誅〉の名のもとに多くの暗殺にかかわった刺客だ。だが小五郎は疑問に思った。

（それほどの刺客が刀を現場に残すだろうか。真犯人は別にいるような気がする）姉小路の親戚筋の公卿侍などが真犯人として疑われたが、うやむやになってしまった。

この後、小五郎はかけがえのない同志の暗殺に遭遇し、自らも狙われるのだが、暗殺の不気味な背景には人間の底知れぬ心の闇が覗かれ、幾度となく戦慄《せんりつ》する。

朝廷でも禁裏《きんり》九門の警備が強化され、その際、薩摩は乾《いぬい》御門警備の任務を解かれた。薩摩藩士の宮中出入りは制限され、孝明天皇と薩摩藩の距離が一時的に遠くなった。前年（文久二年）、島津久光の上洛と江戸出府で朝廷への影響力を増していた薩摩藩は、大きくつまずいた。その上、久光の一行は江戸から帰国の途中、八月に〈生麦事件〉を起こし、イギリスの報復に対処する湾岸防備が火急の課題になっていた。

一方、同年閏八月、京都守護職に任命された会津藩主松平容保《かたもり》が、先行した秋月悌次郎《ていじろう》・広沢安任《やすとう》に続いて、歳末に会津藩士を率いて上洛した。国家老西郷頼母《たのも》・江戸家老横山主税《ちから》らの諫止《かんし》を振り切って、不運の扉を開いたわけである。

松平容保の京都守護職起用に動いたのは、越前藩の松平春嶽・一橋慶喜・老中板倉勝静《かつきよ》・水野忠精《ただきよ》で、いずれも幕臣からは京都方と目された人物である。

松平容保は、美濃高須藩から養子として迎えられたため、徳川宗家への忠誠という会津藩の家訓に縛られた。高須藩は尾張徳川の分家であり、水戸徳川家の血筋も入った名門である。

次男慶勝《よしかつ》は尾張徳川家、三男武成《たけしげ》は石見浜田の松平家、五男茂栄《もちはる》（茂徳《もちなが》）は一橋家、六男容保は会津松平家、七男定敬《さだあき》は桑名松平家、八男義勇《よしたけ》は美濃高須家の当主である。名門の華麗なる兄弟も歴史の渦に翻弄《ほんろう》されていく。

翌文久三年正月、幕末の歴史を彩るもう一人の主人公一橋慶喜も京都に入っていた。さらに越前の松平春嶽《しゅんがく》、土佐前藩主山内容堂《ようどう》、宇和島藩主伊達宗城《むねなり》、薩摩の島津久光が続々と京に集う。遠島流刑中の西郷を欠くが、幕末の歴史を彩る要人の上洛である。〈坂下門外の変〉が老中安藤信正の失脚で幕を閉じると、桂小五郎もまた京都に活動の拠点を移した。

将軍家茂の上洛を前に、毛利敬親が三条実美邸を訪れ、中山大納言忠能《ただよし》の助言も得て、有栖川熾仁《たるひと》親王に会っていた。攘夷を緊急の課題として、徳川幕府を形の上で朝廷の意志に従わせ、君臣の序列を天下に明らかにするもくろみである。毛利慶親は藩の方針を決めると、小五郎らに後事を託して帰国した。摂洲沿岸防備を口実に、小五郎は、三条実美を通じて朝廷に一万両を献上し、永代家老益田弾正右衛門介の率いる兵二千を上京させた。相対的に権力を増した三条実美ら攘夷派の公卿や長州藩が、朝廷を牛耳るようになる。仙洞御所《せんとうごしょ》のすぐ北にある学習院へ、小五郎の他にも、真木和泉や久坂玄瑞が出仕し、朝廷への影響力を強めた。この機会に、小五郎は広い御所の内部を観察することができ、日本の伝統について思索する。禁裏の奥深くへ立ち入ることは許されなかったが、紫宸殿《ししんでん》や御常御殿《つねごてん》の雅な建築に目をみはる。たび重なる火災で御所も焼失を繰り返していたが、当時の建物は再建されて間もなく、匠《たくみ》たちの力が結実されていた。政事だけに目を奪われがちな日々にあって、小五郎は京に脈々と伝わる建物や美術工芸品や祭りなどにも関心をもち、京の雅《みやび》が幾松から伝えられた。

文久三年三月七日、和宮降嫁の御祝言上《ごんじょう》と国是《こくぜ》の協議のため上洛した将軍家茂は、一橋慶喜以下十数人の大名を従え参内し、孝明天皇に拝謁《はいえつ》した。家茂は幕府の先例にならって、洛中の民へ六万三千両を与え、二条城で優越感にひたっていた。ところが、政局は容赦なく動きはじめ、直後に家茂は予期せぬ勅令を受け取る。三月十一日、天皇は下賀茂神社に行幸《ぎょうこう》されるとのことである。これまで天皇を九門の外へ出さない方針を貫いてきた幕府にとって、驚愕《きょうがく》の大事だった。京都守護職松平容保に調べさせると、三条実美が采配をふるい、有栖川《ありすがわ》宮以下の公卿が天皇に従い、鳳輦《ほうれん》を勤皇派大名が護るとのことだった。事もあろうに、公家たちの後から、将軍家茂が親藩大名や幕閣を引き連れて従う序列が組み上げられていた。この舞台裏で演出役をしたのが小五郎らである。

仕組まれた罠《わな》に気づいたときはすでに遅く、家茂は輿《こし》でなく、征夷大将軍の官職として馬上にてしたがう手順が決められていた。天皇は昇殿して御拝礼をされた。ところが、将軍家茂や諸大名は、階下の砂利に敷かれた薄べりで、折からの雨に濡れながらの拝礼になった。

衆人環視のなか、将軍家茂は天皇の臣下として処遇されたわけである。

そのさい、高杉晋作が群衆のなかから、「いよう、征夷大将軍」と叫んだとの逸話が残されている。高杉を英雄化する後世の崇拝者の作り話と思われ、真偽は確かでない。ただ高杉には、そうした気風があったのだろう。莫大な行幸費用を献上した毛利敬親の姿は、すでに都から消えていた。

その後四月十一日に、天皇の石清水八幡《いわしみずはちまん》行幸による攘夷祈願が行われ、攘夷親政のための大和行幸などが企てられた。ついには、参内した将軍徳川家茂に、文久三年五月十日の攘夷決行を約束させた。長州は、その命に従い、馬関でアメリカ商船ついでフランス船を砲撃し、攘夷決行に走る。久坂玄瑞らの光明寺党は急ぎ西下し、馬関（下関）へ向かった。しかし諸藩からは孤立し、六月には米仏の報復で惨めな敗北を味わう。その結果として、兵庫開港が現実味を帯び、朝廷にとって、忌避《きひ》すべき重大事だった。

満ちてきた尊皇攘夷の潮流に、反作用としての逆流がはじまった。

京都では、危機感をいだいた公武合体派の天皇側近により、過激な攘夷派排除の策謀が進められた。薩摩藩士高崎正風《まさかぜ》、尊融《そんゆう》法親王（のちの中川宮朝彦《あさひこ》親王）らは、会津藩公用方秋月悌次郎《ていじろう》に接触し、薩会同盟の秘策が練られた。歌人として一部の公家に親しまれた高崎は、藩内の政争で家門が没落する中を、大久保一蔵にひきたてられた人物である。薩摩攘夷派の寺田屋集結を久光へ報告し、藩主にとっては忠臣だったのかもしれない。

会津は藩兵の交代期を巧みに利用した。国元へ帰る兵を途中で京都へ反転させる。兵力を約千八百人に倍増した上で、薩摩との同盟に動いた。これで長州を上回る兵力を得た。当時、薩摩藩の在京勢力は多くなかったのだが、拮抗した長州と会津の間にあって、決定権を握ることができた。薩摩の動きを見て、日和見の諸藩が、反長州へなびいてしまう。

そのころ長州藩は、天皇の大和御親征計画を推進することに夢中で、薩会のクーデター計画にまったく気づいていなかった。それどころか、真木和泉は薩摩を味方にできると錯覚していた。後醍醐天皇による建武の親政（建武の中興）を再現する夢をみていたのだ。理想主義で思想を重んじる長州系の人物に対して、薩摩は戦国武将と同質の現実主義を特質としてもっていたのだろう。会津と組み、長州を失脚させ、数年後にはその長州と同盟し、会津のみでなく幕府までも倒していく。歴史の時間軸を俯瞰《ふかん》してみると、すさまじいまでの権力志向の現実主義が浮かびあがる。

小五郎も玄瑞も、孝明天皇が攘夷よりも公武一和を優先なされておられることを、心底理解していなかったのだろう。真木和泉らの攘夷親征に傾いていく。

六月十七日、東山の翠紅館《すいこうかん》（西本願寺別館）に、小五郎をはじめ在京の勤皇派志士が集い、毛利家世子定広を迎えての謀議を行った。山田市之允（のちの顕義《あきよし》）も世子の警護役で同席していた。会合を主導したのは久留米水天宮の神主真木和泉で、攘夷親征を熱した口調で説き、賛同を求めた。

「皆の衆、今日はご多忙の折、一同にご参集くださり、かたじけない次第でござる。ようやく王政復古の時が熟し、慶ばしいことでござろう」

もったいぶった前置きをして、本題に入った。

「幸い長藩の世子様がご臨席くださり、我らに熱烈なる支援を申し出られ、有りがたきことでござる。雌伏のときは去り、勤皇の志がある同志は、心に期して立つべきであろう」

志士たちを鼓舞し巧みに煽《あお》った。

「攘夷の軍を起こし、天子様を戴《いただ》いて親政の御旗を天下になびかすことに、何のためらいも要らぬと思う」

真木和泉の独壇場で、自らの考えを述べた。

真木の親征は、土地や人民の権を朝廷が握り、尾張以西の攘夷は天皇が行い、畿内五ヵ国を朝廷の直轄地にし経費にあてるというものだった。具体案は天皇の大和行幸で、神武天皇陵と春日大社を参拝し親征の儀式をあげ、錦旗を作り、在京の各藩藩兵を天皇の下に掌握すること、租税を軽減し民心を得ること等々である。世子の顔色をうかがう素振りで、「いかがでござろう。ご意見をうかがえますまいか」と参会の志士を見回した。真木が藩主父子の信任を得ていることを知っていたためか、大きな異論はなく、実行を誓いあった。天皇の大和行幸は着々と準備され、何ら支障はないかに見えた。

六月初旬、京都の形勢を案ずる老中小笠原長行《ながみち》が幕兵千六百を率いて海路大坂に進駐し朝廷を威嚇《いかく》した。驚いた将軍家茂は、大坂城へ向かい、これを鎮め、そのまま海路で江戸へ帰った。

小笠原の動きに対抗すべく、六月十八日には、長州藩家老益田右衛門介が藩主の命を受けて二千の藩兵を率い京都へ向かった。さらに真木和泉は、土佐や肥後の勤皇派志士を味方につけ、三条実美らと同調しながら政局を動かすようになる。岩国藩主吉川経幹《きっかわつねまさ》らは、鷹司《たかつかさ》関白に攘夷親征の聖断を仰ぐよう迫った。六月末、真木和泉の献策で、将軍を京都へ連れ戻すため、京都守護職松平容保に東下を命じる偽勅が出されたりもした。あまりにも無謀なことで、孝明天皇は迷惑に思われ、前関白近衛忠熙《ただひろ》を通じて松平容保に宸翰《しんかん》を届けた。

七月十一日、在京中の因州藩主池田慶徳《よしとみ》、備前藩主池田茂政《もちまさ》、米沢藩主上杉斉憲《なりのり》、徳島藩世子蜂須賀茂韶《もちあき》らは会合し、攘夷親政を話し合った。その結果、攘夷には参加するが、王政復古を目指す親征は時期尚早として、反対の意見を朝廷に申し入れた。公武合体派の公卿も反対の声をあげた。その中心は孝明天皇の信任あつい中川宮（青蓮院宮朝彦《しょうれんいんみやあさひこ》親王）である。この年四十歳の宮は、政治的に筋金入りの公卿で、安政の条約勅許に反対した。将軍継承では一橋派に加担して安政の大獄に連座し、永蟄居《ながちっきょ》に処せられたこともある人物だった。

七月末と八月初旬の二度にわたり、孝明天皇は、松平容保に武威を示すための馬揃えを命じられた。両者のせめぎ合いが続き、京都は不穏な空気に包まれた。朝廷の攘夷方針を変更させるため、越前藩主松平春嶽が上洛した。ところが、その宿所に指定されていた高台寺が放火にあい、多くの塔頭《たっちゅう》が焼失してしまった。またしても貴重な文化財の消失である。

不穏な情勢をうけ、この年（文久三年）三月、江戸で徴集され京都に派遣された壬生《みぶ》浪士近藤勇・土方歳《ひじかたとし》三《ぞう》らを中心に結成された新撰組が、活躍の場をえた。京都守護職から「預かり」の身分を許され、乱世の表舞台に登場しようとしていた。

八月十三日、鳥取藩主池田慶徳らは参内し、再度攘夷親征反対を開陳《かいちん》するものの、尊皇攘夷派でかためられた議奏・国事掛の公卿らにより拒絶された。

この日、天皇の大和行幸の詔勅がくだった。翌日、朝廷は益田右衛門介、桂小五郎、久坂玄瑞、真木和泉、平野国臣、宮部鼎蔵《ていぞう》、土方楠左衛門（のちの久元）、福羽文三郎（のちの美静）らに学習院出仕を命じた。その上で、彼らに守衛・休泊・在京兵数など行幸に必要な具体計画を立てさせ、長州など六藩に親征の軍費として十万両の献納を命じた。大和行幸は八月二十七日に京都出発と決まり、関白以下公卿・堂上の列順も定まり、因州・備前・徳島・米沢・久留米・肥後・土佐・津和野・広島など十余藩主と長州藩世子と吉川経幹にも供奉が命じられた。ところが、その裏で攘夷親征反対の薩摩と会津の密謀が同時進行をしていたのである。

八月十六日早朝、中川宮は、近衛左大臣・二条右大臣に会い、攘夷親征派に対抗する謀議を進めた。翌日夜、中川宮らは決行を約束し、会津藩に伝えた。令旨《りょうじ》をくだし、守護職・所司代は兵を率いて翌十八日の子《ね》の刻（深夜十二時）に参内するよう命じ、同時に薩摩藩へも通達を送った。

〈八月十八日政変〉は、午前一時ころ中川宮と守護職松平容保《かたもり》、ついで近衛忠熙《ただひろ》・近衛忠房父子、二条斎敬《なりゆき》らの緊急参内から変事が始まった。薩摩兵の到着を待って九門のすべてを閉ざした。朝四時ころに、御所内で砲声が轟《とどろ》く。空砲なのだが、これを合図に会津・薩摩・淀三藩の兵が御所九門の警備についた。淀兵は京都所司代稲葉正邦の配下である。新撰組五十余名も守護職の命で御所警備に当たった。その時点で在京諸藩主の参内《さんだい》を命じ、三条実美ら攘夷派公家の禁足と面会禁止、国事参政と国事寄人《よりうど》の二職が廃止された。

攘夷派志士はあわてた。久坂と佐々木男也《おなり》（のちの南園隊軍監）は三条邸へ駆けつけた。

「朝彦殿下に梯子《はしご》を外され申した。二階から下りられへんな。久坂、どないしょう」

攘夷派公卿の指導者三条卿は、歯ぎしりせんばかりに口惜しがった。

「会津と薩摩が手を組むなど、思いがけぬことでござりました」

久坂はまだ、どんでん返しの舞台裏を完全には、把握できていなかった。

「帝は攘夷のはずやのに、いつの間にか、朝彦殿下に違う道へ案内されてしもうた。もうお引き留めはできひんなぁ」

朝廷での力関係が一転してしまったことを、三条卿は久坂らに教えた。明け方、堺町御門の守備に赴いた長州藩兵は、薩摩兵に入門を阻《はば》まれ、藩邸へ戻った。そこへ東久世通禧《みちとみ》が政変を知らせてきた。まもなく守備解任の勅諚《ちょくじょう》が正式に届けられ、家老の益田弾正を中心に会議を開いた。関白鷹司より政変の内実を知らされ、怒りがわき、慎重な桂小五郎まで主戦論に傾いた。

当時、藩邸には四百余の兵がいた。小五郎は藩邸で白の鉢巻をしめ、鉄製の陣笠をかぶり、陣羽織をまとうと、手勢を率いて鷹司邸へ走った。血気にはやってしまい、政事にかかわる者として、まだ未熟で若かったということだろう。漸進的な急がば回れの政治手法がまだ身についていなかったわけである。

毛利家と鷹司家は縁戚関係にあり、七代藩主毛利重就《しげたか》の佐代姫が鷹司輔平《すけひら》に嫁いでいた。

鷹司邸は堺町御門のすぐ側にあり、玄関は御門の内側、裏口は御所の外へ開いている。長州の兵は裏口から邸内へ入り、一戦を交える覚悟だった。午《うま》の刻ちかくには、真木和泉が親兵千人を率いて加わり、決戦に備えた。白木綿数十反を運び込み、目印にする鉢巻と襷《たすき》を急造した。そこへ中納言柳原公愛《きんなり》が勅使として派遣され、「勅諚《ちょくじょう》にて親征は中止したが、攘夷の意は変わらず、これからもなお長州藩は忠節をつくすべし」との伝達があった。誰の発案なのか不明だが、実に巧妙な政略で、勤皇派長州藩は手足を縛られた。

久坂や小五郎らの主戦論は、岩国藩主吉川監物《きっかわけんもつ》により説得された。

「一時の怒りにより、長州藩を朝敵にしてはならぬ」

吉川の殺し文句に、両人は歯ぎしりして沈黙した。

「撤兵の条件として、薩・会の兵も同時に撤退させ、堺町御門を開くべし」

小五郎らは鷹司卿を介して妥協案を朝廷へ申し入れた。しかし、薩摩と会津は、天皇を戴《いただ》いている以上は、梃《てこ》でも動こうとはしなかった。

十八日夕までに、攘夷親政派は兵を東山の妙法院に移し、方広寺三十三間堂にかけて篝火《かがりび》を焚き、万一の夜襲に備えた。大仏殿焼け跡に五門の大砲をすえ、威嚇《いかく》の空砲を放った。

その夜、長州の桂小五郎、久坂玄瑞、久留米の真木和泉、土佐の土方久元、熊本の宮部らを中心に軍議が開かれた。

「一戦を交えてでも攘夷親政を貫くべきではなかろうか」

主戦論の真木をはじめ久坂や宮部は、会津と薩摩連合軍との決戦を主張した。

「親政には天子さまが不可欠でござろう。我らの不覚でござる。今となっては朝敵の汚名を着せられる。捲土重来《けんどちょうらい》を期すべきかも知れませぬのう」

桂小五郎は土方久元らと戦争回避を訴えた。冷静に考えてみると、天皇の軍は相手方にすり替えられていて、戦えば逆賊になり、京の町を灰にしてしまう恐れも十分にあった。紛糾したが、西下が決まり、親兵の解散がおこなわれた。

一方、薩会側は反攻を警戒し、さらに長州の独走を嫌う諸藩兵が動員されていた。朝議では、堺町御門の守備解任のみでなく、大和行幸の中止、尊攘派公家の処罰、毛利慶親・定広父子の処分が決められていた。

翌日、雨の中を長州兵千余人と失脚した七人の公家は長州へ下って行った。都落ちした七卿は、三条実《さね》美《とみ》、三条西季知《すえとも》、四条隆謌《たかうた》、東久世道禧《みちとみ》、壬生《みぶ》基修《もとおさ》、錦小路頼徳《よりのり》、沢宣嘉《のぶよし》である。小五郎は、兵庫まで落ち行く人々を見送った。当地では、長州の御用商人鉄屋が、七卿の宿泊から献金まで誠意のこもった接待をした。前後は一千余の兵に警護され、それぞれが捲土重来《けんどちょうらい》を心に誓っていた。

小五郎はその足で大坂の藩邸にもどり、新堀松輔と偽名を使って、京都へ潜入することにした。長州藩の御用商人大黒屋が商家の二階にかくまった。クーデターの真相と、その後の政局を小五郎は把握しようと思った。

久坂玄瑞も名前を久坂義助《よしすけ》に戻し、島原にもぐりこんだ。「桔梗屋《ききょうや》」のお抱え芸子お辰と久坂は深い仲になっていた。格式ある「角屋《すみや》」の宴席にお辰を呼ぶこともできるが、大金を懐にしていなければ難しい。小五郎は、久坂がどのようにお辰と会っているのか知らない。

「日陰暮らしの身分で角屋とは。豪勢じゃのう」小五郎が冷やかしても、平気なもので、

「世の中、捨てる神あれば、拾う神ありじゃ」

「玄瑞が髪結いの亭主では泣けるのう」

「桂さん、それは断じてない。表には出せんが、いつか幾松さんにも紹介したい女子《おなご》がいるのじゃ。まあ、目をつぶってくれんかのう」

久坂に言われてみれば、小五郎とて幾松との逢瀬が、潜伏生活の唯一の救いになっていた。

当時の京都留守居役福原予三郎なら、藩の交際費を使えるので、角屋で宴席を張ることもある。久坂は便乗していたのかもしれず、小五郎は藪蛇をつくことはしなかった。

〈八月十八日の政変〉は、尊攘派を都から一掃する宮

廷クーデターに見え、その実、一会桑と手を結んだ薩摩の長州追い落としでもあった。政変後、土佐でも尊攘派の弾圧が始まり、久坂らと親交のあった武市半平太が獄に投じられた。薩摩の精忠組も二分され、久光側近の大久保一蔵、堀仲左衛門、伊地知正治らが力をつけた。西郷はまだ遠い南海に流されている。

小五郎に近い対馬藩や因州池田藩でも尊攘派への圧力が強まった。

新撰組が京の市中見回りを開始するのは、政変後の八月二十一日からである。長州が都落ちした京の政局は、薩摩と会津の主導で動く。薩摩の島津久光、越前の松平春嶽、土佐の山内容堂、宇和島の伊達宗城《むねなり》に一橋慶喜を加え、参与会議が開かれた。

そのころ、無断で出国し、京へ出た高杉晋作を加え、小五郎や久坂は政局の分析を続けた。

「高杉、お偉方の許しは得ているのだろうな」

兄貴分の小五郎が、脱藩まがいの上京をしている晋作の身を案じたが、

「天下の大事におとなしくはできませんやろ」

やがて我が身に降りかかる厄災を無視した。

晋作は祇園に近い寓居《ぐうきょ》から、ふらりと小五郎の潜伏先に姿を見せた。酒と女に浸っているのかと思えば、しっかり京都の政局を探索していて、小五郎を驚かせた。久坂とも緊密に連絡を保っていたのである。三人は参与会議が呉越同舟で長続きしないと看破《かんぱ》していたものの、国元の長州に懸念材料が多すぎた。

高杉は、縄手《なわて》の大和橋近くにある「魚品楼」で遊び、「祇園井筒屋」の芸子おりかを呼びよせることが多い。遊び慣れた晋作は、京都でも女たちの受けはよかった。

小五郎は、女たちのもとから集まってくる高杉と久坂が、刺客に襲われないよう気配りをしていた。

その頃、京都町奉行永井尚志《なおゆき》は江戸に戻って、将軍家茂の再上洛が必要であることを、要路に説得して回り、翌年正月の上洛に漕ぎつける。さらに永井は、押し迫った大晦日《おおみそか》に在京の一橋慶喜・松平容保・松平春嶽・山内容堂に参与就任を承諾させた。その上で、参与会議を開く御膳立てに成功する。翌月には、上京した島津久光も参与として加わることになった。

小五郎は、高杉と久坂を交えて、京都政局の動向を注視していた。

こうした中、文久三年の歳末、西郷（大島吉之助）の赦免《しゃめん》が決定した。

翌元治元年一月十五日に将軍家茂が上洛し、沿海の防備強化と横浜鎖港実施を孝明天皇へ上奏した。前年歳末に、池田長発《ながおき》を正使とする「横浜鎖港談判使節団」をフランスへ派遣したことも加えた。しかし、実現不可能を見込んだ見せ金的な使節団でもあった。前後して一橋慶喜と松平春嶽も、将軍補佐のため京都へ入っていた。さらに、薩摩の島津久光に加え、土佐の山内容堂、宇和島の伊達宗城が再上洛する。

二月には京都守護職松平容保《かたもり》を軍事総裁、京都守護職に松平慶永《よしなが》(春嶽)を任命した。これよりしばらく「一会桑の時代」といわれる一ツ橋・会津・桑名の影響力が政局を動かすことになる。

同じころ、吉井友実は、横浜で購入したばかりの蒸気船胡蝶《こちょう》丸で帰国し、西郷を迎えに沖之良部島へ向かった。西郷は、喜界島へ寄港させ、村田新八を救出して山川湊へ戻った。京都に到着したのは三月十四日で、三日後に久光に目通りを許され、軍賦《ふやく》役と諸藩対応掛に任命された。

その数日前(三月九日)一橋慶喜らは、参与会議の主導権争いから参与を辞した。小五郎らが予測したように、呉越同舟の参与会議は中核をなくし、自然消滅する。そのため、島津久光は大久保一蔵を伴い帰国の途につく。薩摩藩京都藩邸には、家老の小松帯刀、軍賦役大島(西郷)吉之助、軍役奉行伊地知正治、小納戸頭取吉井友実らが、諸隊とともに留まった。当時の小松帯刀は扇の要《かなめ》であり、島津久光、西郷、大久保を結ぶだけでなく、一橋慶喜の側近原市之進らとも交流していた。大久保はまだ水面下に顔を隠した状態で、ひたすら島津久光の側近として活動していた。当時三十一歳の小五郎より、慶喜は十歳下、小松は三歳下、原は六歳下だった。

話は前後するのだが、二月九日には、永井主水正尚志は大目付に任じられた。当時、参与会議の主な議題は、長州の処分問題と横浜などの鎖港問題だった。彼らの動きは読みにくく、長州征討が企てられているのか、木戸は情報収集につとめた。参与会議は島津久光の長州征討を求める強硬論は否定され、責任者を大坂へ呼び出す事でまとまった。また鎖港問題については、様々な意見が出されたが、幕府が鎖港交渉の使節を派遣しているので、その経緯を見守ることになった。ところが、前述のように徳川慶喜が参与会議を抜け、自然消滅させていたわけだ。そのため、参与会議での長州処分問題は宙に浮いてしまった。

長州の国元では失地回復のため、軍勢の上洛を求める諸隊の活動が活発化する。

小五郎は感情に流される無謀を止めたかった。

「このまま真木さんらにあおられ、国元が暴発すれば、長州は滅びる」

小五郎は真摯《しんし》に情勢分析をし発言をした。

「同感じゃ。七卿都落ちがあまりに惨めじゃったから、あおられれば、皆、一たまりもなく舞い上がる。困ったもんじゃ」

高杉も、随分大人になったもので、過激な行動を抑えようとしていた。

「君らの方が説得力がある。せめて松門の同志だけでも、自重するように話してくれんか」

小五郎は、松下村塾の出身というより客分格だったので、久坂や高杉の指導力に期待した。

「わかった木戸さん、山口に帰り時節到来まで待機するよう話してみる」

小五郎の依頼に応じ、高杉と久坂は帰国し諫止《かんし》することになり、三月十一日に京を発った。

五

だが、国元で晋作を待ち受けていたのは、かつて吉田松陰にくだされた処分だった。

晋作は、脱藩の罪で野山獄への入牢を申し付けられたのである。前回の脱藩では、周布政之助のはからいでお咎《とが》めなしだったが、今回の罪状は二度の脱藩を咎められてしまう。そのため晋作は、裁決に周布が関与したのか否か困惑した。入獄してひと月余が過ぎた端午《たんご》の節句に、事件がおきた。泥酔した周布が騎馬で野山獄の門前に乗りつけ、馬上で抜刀して大声を発したのだ。

「周布じゃ。開門せよ」と門番に命じ、敷地内に入ると、「晋作、晋作」と怒鳴るようにわめいた。心配した晋作が牢の小窓から顔をのぞかせると、

「晋作よ、京への進発は止められぬ。わしが悪いのじゃ。貴様は、お国のために生かすことにした。牢で三年は学べ。耐えられぬようでは、だめじゃけんのう」

叫ぶように言葉を発すと、馬腹を蹴って門外へ駆け去った。突然の出来事に、晋作は言葉もなく茫然《ぼうぜん》とし

て、その場に座りこんでしまった。（いつもの酒乱ではない）と直感した。

思い出すのは、文久二年、江戸の藩邸にいたころ蒲田《かまた》の「梅屋敷」で起きた周布による土佐藩主山内容堂への舌禍事件である。当時、晋作は過激な攘夷思想を信奉し、行動で示すため外国人襲撃を計画した。松陰門下の同志からも協力を申し出る者が多かった。ところが、無謀な計画が日本の存亡に関わる危険があることを憂慮した小五郎が諫止《かんし》し、周布と諮《はか》って晋作を幕府の上海視察団に加え渡海させた。

晋作は文久二年の四月から七月まで清国の上海に滞在した。短い期間ながら、感受性に富んだ晋作は、常人の数倍の密度で、西欧列強の熾烈《しれつ》な植民地政策と清国の窮状を感知した。

松陰に幾度となく聞かされたアヘン戦争の帰結を、眼前に目撃したのである。

見せかけの繁栄の陰で、清国の人々が廃人のような生活を強いられ、治外法権の租界《そかい》を白人は我がもの顔で闊歩《かつぽ》していた。巨大な洋館も碇泊する数十の船舶も、欧米列強の支配を象徴するだけである。清国の富は確実に搾取《さくしゅ》され、国外へ持ち去られていた。

帰国後、いったん熱がさめたと思われたが、晋作は脱藩して再び外国人襲撃を実行しようとした。賛同者は十人近くになり、久坂義助、寺島忠三郎、有吉熊次郎、赤祢武人《あかねたけと》、品川弥二郎、大和弥九郎、長峰内蔵太《くらた》、井上聞多、松島剛三、山尾庸三らが土蔵相模で謀議をした。

当時、小五郎は京都にあって活動を続けていたので、高杉・久坂らの不穏な動きは正確に把握できていなかった。詳細は後日、井上聞多から教えられる。文久二年十月に勅使として三条実美と姉小路公知両卿が江戸へ東下した際のことだった。

そこへある国の公使が横浜の金沢へ遊覧に出かけるとの情報が入り、高杉晋作を首謀として、金沢焼討計画が練られた。藩邸出入りの商人から硝石や硫黄を買入れ、焼玉を作って準備をした。

高杉は「ただちに襲撃すべし」として、神奈川の下田屋へ泊まることにする。

ところが、指導者争いもあったのか、久坂は、

「土佐の武市半平太と連携をとるまで待っちょってくれ」と異議を申し立てた。

すると高杉が久坂を制し、

「久坂、そねえなことはいけんちゃ。彼は正論家なの

で、必ず反対するにきまっとるけ。それにもれるぞ」と決めつけた。しかし、久坂もひきさがらず、

「武市とは国事をともにしてきた同志じゃけ。秘め事の抜け駆けは信義に反す。これを告げて永訣《えいけつ》すべきではないか」

「おぬし死ぬつもりか」

「相手は飛び道具をそなえちょる。それに横浜は駐屯兵も多い。十人そこらじゃ、事がなっても還《かえ》れんぞ」

「おじけづいたのか」高杉の売り言葉に、

「なにお。晋作、もう一度言ってみろ」

ついには口論となり、斬り合いにまで沸騰《ふっとう》しそうな状況になる。

井上聞多らがなだめたが、収まらなった。

怒った久坂は飛び出し、武市に計画を知らせると、やはり反対した。

「久坂さん、そげえな暴挙は慎むべきじゃ」

高杉の危惧は的中し、計画を知った武市はまず勅使の三条・姉小路両卿に伝えた。

驚いた三条卿は、制止のための書状を松延次郎に託して後を追わせた。

武市は鍛冶橋の土佐藩邸へも駆けつけ、山内容堂へ報告する。

容堂は事の重大さに驚き、長州藩世子毛利定広に制止すべきだと急使を出し勧告した。

事態の深刻さを察知した定広は、急使を「下田屋」に派遣し、寸前で高杉らを止める。

彼らは蒲田の「梅屋敷」まで連れ戻された。

そこで世子定広が周布政之助ら藩士を伴い「梅屋敷」まで出向いて、思い留まるように直々に諭した。高杉以外は、泪を流しながら世子の言葉を拝聴した。

これで収まるかに見えたのだが、続きがあった。

そこへ、土佐藩が山内容堂と藩主豊範の命令で、お見舞いの使者も兼ね、長州の攘夷決行を止めんがために武市ら八名を遣わした。

世子の説諭を受け入れた晋作らもふくめて、土佐藩士と盃をかわした。

これで円く収まるかと思われたのだが、高杉ら一行が散会して帰ろうとしていたとき、酒に酔った周布が馬上から、

「容堂公は世渡りがお上手じゃ。尊皇攘夷など児戯《じぎ》と思ってござるのかのう」と、容堂をこきおろしたため、土佐藩士が烈火のごとく怒る。

周布は長州藩の重職としてあるまじき言葉を口にしていたのだ。

「何と申される。もう一度、言ってみろ」

刀の鯉口《こいくち》をきり、両藩藩士の間で切りあいになりかけた。晋作はとっさの機転で、周布の乗った馬の尻を刀の鞘で叩いて逃がした。

だが、土佐藩は収まらず、容堂より直々、世子定広へ処刑するよう申し入れた。そこで世子定広は、周布に麻田公輔の偽名を名乗らせ、国元で謹慎するよう命じた。土佐藩内でも、高杉らの説得に向かった使者の責任が問われ、危うく切腹に至る寸前で、容堂に制止された。

この未遂事件は、やはり高杉晋作の暴発で、未然に止めた久坂玄瑞の判断は、正しかったと考えられる。もし実行されていたら、文久二年十月に日本を危機に陥しいれたことだろう。

周布政之助ひとりの命では、とうてい購《あがな》うことはできなかったにちがいない。

その事件を思い出した晋作は、「またしても酒乱か」、と思わなくもなかった。だが、冷静になると同時に、背筋に冷たいものが走り下るのを感じた。

(周布さんは自裁する。藩論の暴発を止められなかった責任をとるつもりにちがいない)

次の瞬間、晋作は周布に生きることを命じられたような気がした。

京都で桂小五郎が語ったように、長州軍が上洛すれば、他藩の援けは望めず、薩摩や一会桑の思惑《おもわく》どおり、見殺しにあうだけである。

(桂さんは尊皇派の列藩同盟結成に向けて心血を注いでいるが、流動的で援軍になるかまだ分からぬ)長州が戦端を開けば、久坂や桂も渦中に巻き込まれ、落命するにちがいない。

(周布さんは、この俺に犬死するなといい聞かせたかったのじゃろか)

周布の秘めた意図を、晋作以外は、国元では誰も読めなかった。危惧したとおり、周布は咎《とが》めを受け、六月三日に役職を罷免《ひめん》され、蟄居《ちっきょ》を命じられた。不幸にも、長州藩の暴発を国元で制止できる重臣は皆無《かいむ》となった。

周布が失脚した二日後の六月五日夜、悪い事が重なった。

〈池田屋事件〉の勃発である。事件後、新撰組は英雄視された。だが小五郎には耐えがたい冤罪《えんざい》が、巷《ちまた》に流布することになる。志士たちにとって、新撰組は恐るべき殺人集団にすぎず、幕府の威光を盾に、京の町を肩をいからせ横行していた。暴力団まがいの悪い噂もつきず、花街までその名でなびかす風情《ふぜい》があった。少数で戦っても、被害をこうむるだけで、小五郎も避けて通るようにしていた。薩摩の小松帯刀や大久保一蔵は、薩会盟約以来、新撰組とも交流があり、狙われることはなかった。しかし長州藩士は監視され、危険にさらされた。

いつだったか、小五郎は怪しまれて新撰組に囲まれ、屯所まで連行されそうになった。とっさの機転で下痢を装い、民家の厠《かわや》の近くまで行き、袴《はかま》を脱いで褌《ふんどし》姿になった。大小両刀を地べたに置き、油断させ、その隙に脱兎のごとく駆けだし、対馬藩邸に逃げ込んだ。

強がって白刃を交わす相手ではない。真剣勝負では、万一のことが命とりになる。（まだまだしなくてはならないことばかりじゃ。かけがえのない命を捨てるわけにはいけんちゃ）小五郎は、常々そう思い、武士の体面よりも大切なものを心に銘じていた。

〈池田屋事件〉の発端は、尊攘派の復権を目指していた志士の多くが、町人として京・伏見に潜伏していたことにある。

小五郎が推進していた在京諸藩尊皇派の連帯を深める京都栂尾《とがのお》の会合に、大宰府から三条実美の代理として、宮部鼎蔵《ていぞう》が参加していた。宮部は松陰の古くからの友人だったから、松陰門下から一目置かれていた。小五郎や久坂と同じく医者の息子だが、熊本の尊攘派を率いる人物だ。

宮部と従者の忠蔵は、四条小橋の枡屋《ますや》こと古高《こたか》俊太郎の店に滞在していた。たまたま見物に出た忠蔵が、南禅寺辺で新撰組に捕まり、拷問を受けた。だが、宮部の所在を白状しなかったため、罠をしかけた。忠蔵をさらし者にし、見張りをつけたのである。

宮部は用心をして、小川亭に宿を移したまではよかったが、女将に忠蔵の話をした。気をきかせた女将は、南禅寺へ行き、番人に金を握らせ、釈放させた。忠蔵は尾行されていることを知らず、枡屋へすたこら帰ってしまう。枡屋の素性が割れ、新撰組に逮捕される。

古高俊太郎は、近江大津の出身で、山科毘沙門堂《やましなびしゃもんどう》の門主・慈性《じしょう》法親王の近習《きんじゅう》を勤め、梅田雲浜《うんぴん》の弟子だった。法親王の実兄は尊皇攘夷派を支援される有栖《ありす》川宮《がわみや》幟仁親王《たかひと》である。つまり古高は志士と宮廷を結ぶ重要な役目を果たしていたわけである。

枡屋に新撰組が踏込むと、武器や会津藩の『會』の字が入った提灯や長州人からの手紙が発見された。

壬生《みぶ》の屯所での拷問にも白状しなかったため、土方歳三が梁《はり》から逆さに吊るし、足の甲に五寸釘を打込み、百目蠟燭《ろうそく》を立てて火をつけた。そこでの白状が歴史に記録される驚くべき内容だった。近藤勇は、会津藩の御用所へ注進の使者を走らせた。

実は、拷問《ごうもん》の最中に浪士たちは枡屋に入り、封印された土蔵を破って武器などを持ち去っていた。本当の目的は、同志の血盟書を奪い返すためだったといわれている。しかしよく考えてみると、土方の極めて残忍な拷問により聴取された自白内容にこそ問題がある。

『祇園祭の宵山の夜、御所に火を放ち、混乱に乗じて中川宮朝彦《あさひこ》親王（尹宮）を幽閉し、一橋慶喜、松平容保らを暗殺し、孝明天皇を長州へお連れする』との、とてつもない内容だった。

冷静に考えれば、数十人、多くみても百人程度の志士では、実現不可能な謀略である。

京、大坂に潜伏する長州藩士が数百人との噂も、根拠に乏しい。

（近藤勇と土方歳三にはめられた）風評を耳にした小五郎は、文字通り切歯扼腕《せっしやくわん》した。

古今東西、残酷な拷問による自白は捏造《ねつぞう》が多い。過酷な拷問は失神状態に近く、脳の働きは著しく低下している。（拷問者の誘導でいかようにも筋書きは作れるものだ）小五郎の言い分でもあった。

池田屋での会合は、古高逮捕の知らせが入り、急に開かれたもので、自白書の内容にあるような恐ろしいほどの謀略を立案する余裕などなかった。

小五郎が、古高救出を考えたのは、自白の内容しだいで、嫌疑が有栖川宮に及ぶことだった。過激な内容がもし事実だとしても、慎重な小五郎には知らせぬ秘密の事項だったにちがいない。御所に放火して政変を起すなど、浪士たちの無謀な計画は、小五郎の諸藩同盟路線から逸脱するもので、むしろ許しがたいものがある。小五郎は、放火を嫌った。標的だけでなく、類焼して多くの民に迷惑をかけるからだ。

高杉晋作らが、江戸の英国公使館を焼討ちしたときも、参加することはなかった。臆病《おくびょう》と云われようが、「逃げの小五郎」と陰口をたたかれようが、信条にそむくことは極力さけ、加担したくない。(それが真の勇気だ)と信じていた。

ことに「御所放火」「一橋慶喜暗殺」「孝明天皇拉致《らち》」など、でっち上げもはなはだしい。

新撰組は、勢力拡大と尊攘派の信用を失墜《しっつい》させる、一石二長の冤罪《えんざい》を狙ったに違いない。事実、そのたくらみは成功し、歴史の事実としてひとり歩きしている。〈新撰組おそるべし〉小五郎にとって、〈池田屋事件〉は完敗で、〈勝者の歴史〉と〈敗者の歴史〉とがあることを痛感した。

小五郎は、池田屋の集会は、古高の奪回にしぼられるものと思い込んでいた。そのため長州からは、古高や宮部と親しい吉田稔麿《としまろ》ら三人だけを参加させた。

吉田稔麿は、松下村塾四天王の一人に数えられるほど、松陰に信頼された男である。松陰の死後わずか一年で脱藩し流浪の後、松里久輔と変名し、旗本妻木田宮に仕えた。

これは素性《すじょう》を隠して毛利家家臣を潜入させる「入《いれ》込《こみ》」だった。

同じように入江九一を川島千太郎と変名させ、有栖川宮家諸大夫の豊島家へ入れようとした。つまり〈八月十八日政変〉で絶たれた長州藩と朝廷を結ぶ隠密《おんみつ》の役割を担った若者が、京都で暮らしていた。吉田稔麿はその世話役的な役割をした。

ただ彼自身は江戸へ行く別用があったのだが、久坂らが長州軍の進発派に鞍替えしてしまい、桂小五郎や大坂留守居役宍戸左馬介ら反対派とのせめぎ合いが生じてしまったため、久坂と小五郎の連絡役として京都滞在中だった。それ故、いきがかり上、吉田は古高の事件に巻き込まれたといえる。

古高逮捕でもっとも心配されたのは、その「入込」が芋蔓《いもづる》式に暴かれることにあった。

つまり尊皇攘夷派は「攻め」より「守り」の状態にあった。こうしたことからも、新撰組による古高の自白内容は、かなり誇張された冤罪《えんざい》であることがわかる。

小五郎の池田屋事件関与も、古高自白とはかけ離れていて、京都騒乱を狙ったものではないことが歴然としている。何よりも小五郎は、久坂や来島又兵衛の進発論を時期尚早として、必死に抑えようとしていたのだ。京都が戦場になることを極力避けたかった。

この日、小五郎が平素から世話になっている対馬藩で、問題が生じていた。周旋方兼大目付の大浦作兵衛が同藩の八坂順之助に斬られた。その原因に小五郎が関係していた。対馬藩主の手紙を大島友之丞から小五郎があずかり、長州藩士に渡した。その手紙が手違いで大浦作兵衛の政敵に渡り、事件が起きたのである。大浦の父教之助《のりのすけ》は親長州派の藩老で、藩政を主導してきた。ところが藩主宗義達《そうよしあきら》の伯父勝井五八郎が新興勢力として台頭。義達の手紙には勝井派の悪口が書かれていたので、それを読んだ勝井は激高《げきこう》し、刺客を上京させ、大浦の刺殺を命じた。

大島は勝井の従姉の息子で、尊攘派なのだが大浦派から孤立し、複雑な人脈が政局の動きと絡みあい、対馬藩を混迷させていた。小五郎は責任を感じ、池田屋の集会よりも優先させて、対馬藩でのもつれた糸をほどく相談に乗っていたのだった。

逆にいえば、池田屋で話されるはずの内容が、新撰組が摘発したほどの重要性をもっていなかったことを示唆している。小五郎は対馬藩の案件を優先させた。逆に、それが小五郎の命を救うことになる。寸分の差で、天は小五郎を死地から遠ざけた。だが、小五郎にとって〈池田屋事件〉は痛恨の悲劇にちがいない。

あれは祇園祭の宵山の夜だった。その夏の終わりに、京の町の大半が焼け野原になるとも思わず、新しい浴衣をまとった若者や娘たちが、鉾町《ほこまち》を肩を寄せ合って歩き回っていた。

実のところ小五郎は、幾松に鱧《はも》料理を食べにきてほしいと誘われたのを、所用で無下《むげ》に断っていたのだった。小五郎は絽の羽織に普段より短めの刀を差し河原町の藩邸を出た。山鉾から流れるお囃子《はやし》は、戦など無縁に思われるほど、懐かしく優しい調べで、人々をなごませていた。五ッ刻《どき》（夜八時）なじみの「池田屋」に入ると、主人の池田屋惣兵衛が顔を出し、

「桂さま、お早いことで。みなさん、まだお出でになっていませんな」とのこと。

「そうか。それなら、対馬藩邸で先用をすませてくるので、肥後の宮部さんにその旨伝えておいてくれんか」

小五郎は座長格の宮部鼎蔵へ伝言を頼んだ。

「へい、たしかにうけたまわりました」

「池田屋」から対馬藩邸まで、すぐ近くなので宵山の人出も苦にならなかった。そうした雅な京の空気を突

然切り裂くような突風が吹きはじめた。殺し屋たちが血走ったまなじりをギラつかせて、狭い京の通りを震撼《しんかん》させていく。総合指揮は京都守護職と京都所司代で、会津藩を中心とした諸藩藩兵三千が、夜も更けてから木屋町三条周辺を包囲することになっていた。市民を巻き込まない配慮なのだろう。

祇園町の会所で午後十時ころまで待機した新撰組は、二手に分かれ、近藤勇隊は池田屋を、土方歳三隊は四国屋重兵衛の「丹虎」を目指して探索を進めた。その結果、亥《い》の刻《こく》（午後十時）ころになって、三条小橋近くの池田屋をつきとめる。近藤勇以下、沖田総司、永倉新八、藤堂平助という腕のたつ一団は、土方歳三率いる別動隊の到着を待つべきか思案したのは瞬時で、斬り死に覚悟で飛び込んだ。

「御免、亭主はおるか。御用改めであるぞ」

額に鉄片をつけた鉢巻を巻き、浅黄の羽織に撃剣の胴を身に着け、野袴のももだちをとった戦闘装束の近藤に、池田屋の使用人たちは腰をぬかさんばかりによろめいた。二階では酒宴がたけなわで、高ぶった志士たちの声が響いていた。重兵衛は気丈夫に二階へ声をかけ、

「御用改めでございますぞ」と大声をあげた。

「馬鹿者、邪魔をするな」

近藤は足で蹴とばし、階段を駆け上がった。

それからは修羅場が繰りひろげられた。宮部鼎蔵はじめ攘夷派志士も激しく奮戦し、斬り合いはすさまじいものがあった。沖田総司が喀血したのもこの時で、新撰組は窮地に追い込まれたが、土方らが応援に駆け付け、一気に形勢は逆転した。

池田屋の変事を知った藩邸の杉山松介が、小五郎の身を案じ、槍を小脇に駆け付けた。だが、土方らの別働隊も到着していて、松介は包囲され腕を切り落とされる。藩邸まで逃げかえったが、藩医所郁太郎の治療のかいなく出血多量で、翌日落命した。さらに、小五郎も大成を期待していた松陰門下四天王の一人吉田稔麿が、加賀藩邸の近くで討ち死にした。

宵山の夜を震撼《しんかん》させた騒動は、対馬藩邸の奥座敷にも達していた。何事かと怪訝《けげん》に思っていると、廊下から駆けつける足音がして、

「大変じゃ、新撰組が池田屋へ討ち入った」

外出の藩士が注進した。

「なに、池田屋じゃと」

小五郎は、とっさに重大事の勃発を察知し、

「大島さん、放っちゃおけん」

小五郎は刀をとって駆け付けようとした。

しかし、大島と配下の者は抱きとめるようにして制止した。

「いけんちゃ。放してくれ」小五郎は絶叫して振り切ろうとしたが、大島も必死だった。

「桂さん、だめじゃ。大兵に囲まれている」

大島の部下は、会津兵らが厳重に包囲している情況を告げた。

「犬死にはいけん。桂さん、大事な身体じゃ」

大島は目を血走らせていた。

「しまった。近藤にやられた」小五郎は、喘ぐような荒い息づかいで、かろうじて自制した。翌朝までに、小五郎はみじめな報告を耳にきざまねばならなかった。

しばらく藩邸に戻れなかった小五郎は、斬殺されたと信じられていた。

幕府は、新撰組の戦功をほめ、京都守護職に対して感状をくだした。新撰組には、当座のほうびとして近藤勇に三善長道の銘刀ひとふりを賜り、隊士一統に五百両、負傷者には一人五十両が贈られた。朝廷からも隊士慰労の名目で百両が下賜された。そうした恩賞の噂はまたたくまに京雀のささやくところとなる。

池田屋事件の山口への報告は、有吉熊次郎が長府藩の飛脚に変装して伝えた。藩邸が会津・桑名の兵に包囲されたことや、留守居役からの伝言も添えられた。

彼は二年前、御殿山のイギリス公使館焼き打ちに、高杉らと行を共にした男である。池田屋事件が伝わると、長州藩は上下の別なく激高した。小五郎や晋作の必死の鎮静化努力も焼け石に水だった。

吉田松陰は、教育者としての天与の才と同時に、煽動者としての貌《かお》をもっていた。松陰没後、長州の過激な奔流を作りだしているのは誰か。久坂は一皮むけて思慮ぶかくなっていて、黒幕は真木和泉でなかったかと、小五郎は後に思った。彼は久留米藩士で水天宮の神官であり、吉田松陰没後の尊攘派にとつて、精神的支柱になった人物である。当初は大久保一蔵らと行動したが、〈寺田屋事件〉で裏切られる。〈寺田屋事件〉で幽閉され、その後長州藩に接近し、七卿の都落ちに随行した。長州にあって、来島又兵衛らとともに京への進発を宿望していた。京に騒乱が起これば、長州は沸騰《ふっとう》し、思うつぼなのだ。

小五郎は天に命を助けられたものの、京都留守居役乃美織江の無責任な報告で、名誉を著しく傷つけられる。当夜、小五郎が池田屋から屋根伝いに対馬藩邸へ脱出したなど、見て来たかのように不確実な報告をしていた。「逃げの小五郎」など、不名誉なあだ名をつけられ、司馬遼太郎氏さえ、小説の人物評に引用している。しかし、客観的に見ても、当夜の池田屋は、京都所司代の役人や会津藩士らにより厳重に包囲されていて、屋根伝いに逃げることは、軽業師でも不可能だった。どちらかといえば巨漢の小五郎には無理だ。文字として遺されたものをすべて正しいと信じては、歴史を曲解する惧《おそ》れがある。

六

元治元年六月五日夜の〈池田屋事件〉から、〈禁門の変〉が勃発する七月十九日まで、悪夢のような疾風怒濤《しっぷうどとう》に、さすがの小五郎も翻弄《ほんろう》されていった。孤《ひと》り声高に叫んで暴挙を阻止しようとしても、歴史の濁流にあっけなく押し流される。長州は藩をあげて怒りの火の玉になり、過熱してしまったのだ。

六月十五日に先発として、来島又兵衛が第一陣の遊撃軍を率いて出陣した。来島は、出雲の大名尼子氏の末裔《まつえい》で、戦国時代には備中高松城の戦いで羽柴秀吉軍の水攻め包囲にあい、清水宗治とともに切腹した来島就親《なりちか》以来、毛利家家臣の家柄である。

二日後、久坂玄瑞や真木和泉を指揮官とする忠勇隊をはじめ、八幡、義勇、集義、尚義などの諸隊が三田尻を出港した。さらに藩主の黒印状を持つ国司《くにし》信濃、福原越後、益田右衛門ら三家老の指揮下に藩兵が動員された。

六月二十六日から二十七日にかけて、長州兵は伏見、嵯峨天竜寺・山崎・天王山・石清水八幡に布陣し、家老の福原越後が七卿と藩主父子の免罪・復帰を歎願した。しかし認められず、ついに薩摩・会津連合の餌食となる。とはいえ、小五郎らの地道な活動により、京都の情勢は微妙な力関係にあり、鳥取藩など在京六藩の留守居役が長州支援の建言を行っていた。鳥取・岡山の両池田家当主はいずれも禁裏守衛総督一橋慶喜の兄弟で、慎重な対応をしていた。

七月二日、慶喜も参内し小御所《こごしょ》で朝議が開かれた。長州軍総師格の福原越後に撤退勧告をすることになり、翌日、大目付永井尚志と目付戸川鉾三郎（安愛《やすなる》）が説得に使者として伏見へ向かった。だが福原越後は面会を謝絶した。翌日、再訪した永井・戸川両使者は小御所会議の趣旨を伝達した。福原越後はこれに従わず、逆に毛利父子の建白書を提出した。

これに対して西郷吉之助らは、七月十六日に三本木の料亭「清輝楼」に土佐・福井・久留米など諸藩の代表者を集め、朝廷に長州征討の決断を迫ることで合意を取り付けた。

翌日、関白二条斉敬《なりゆき》と一橋慶喜に開戦の圧力をかける。そこで慶喜は、最後通告として永井・戸川を伏見に送り、伏見奉行所に福原を呼び出し、会津・桑名両藩士同席のもとで、七月十七日を期して撤退するよう説諭した。

その間、伏見に布陣した福原越後の軍勢には、小五郎の養子桂勝三郎孝政が従軍していた。

義兄和田文譲の子で当年十七歳である。ひそかに京へ入り小五郎に会ったことを、萩の叔母来島治子へ知らせた。それが最後の便りになるとも知らず、若者は戦を待った。

都での戦火を避けるため、一橋慶喜は、長州、因州、対州三藩の京都留守居役を二条城へ呼び、長州軍諸将へ説得の使者として向かわせた。因州の河田左久馬、対州の多田荘蔵が、小五郎の盟友であることを、慶喜は知っていたのだろう。言い変えるならば、慶喜と小五郎は共通の支持者をもっていたのかもしれない。小五郎は、尊皇攘夷を旗印に公武合体派と対抗するため、諸藩連合の結成に動いていた。幕府にとって、最も危険視される人物だった。

討幕の意図《いと》は秘めて、誰にも話はしない。

小五郎は身の安全をはかるため、この時期、長州藩邸への出入りを控え、偽名で対馬藩士のごとくに振る舞っていた。多田荘蔵が対馬に帰国中は、留守部屋を使わせてもらい、大坂留守居役の大島友之丞に頼んで、諸藩攘夷派有志の集いを画策した。

三月半ばには因幡、備前、加賀、水戸、津和野など十四藩から四十数名の志士が東山の「曙亭《あけぼのてい》」に集まり、尊攘派列藩同盟の第一歩を記していた。因州の河田や松田とは、この会議の準備を通じて友誼《ゆうぎ》を交わす仲になった。松田は、鳥取池田藩家老の書状を携え山口へ赴き、過激派の暴発を心配している内容の親書を届けていた。国元の過激な動きを危惧する、小五郎の内意をくんだ裏面工作である。小五郎は、攘夷に純粋なまでこだわられた孝明天皇の叡慮《えいりょ》を旗印にして、全国的に同志を糾合《きゅうごう》しようと試みた。つまり「尊皇攘夷」が合言葉なのである。政策や思想が統一されていたわけではない。

三月末に藤田小四郎などの水戸尊攘派が筑波山で挙兵すると、小五郎は、山田市之允（のちの顕義）と北垣晋太郎（のちの国道）に命じ、越後村松藩藩士泉仙助を介して、多額の軍資金を密送させた。小五郎は、京都留守居役に任じられ、公金の運用にも裁量が許されていた。

すでに述べたように、鳥取藩主池田慶徳《よしのり》と岡山藩主池田茂政《もちまさ》の両池田家とも水戸斉昭の子であり、慶喜とは異母兄弟だ。両家からの裏献金も否定できない。事実、筑波の尊攘派は両藩主宛に支援を乞う書簡を出している。さらに京都の岡山藩邸からは、小五郎へ鉄砲百挺の提供を依頼される。

また北垣は、生野の挙兵が失敗に終わると、但馬の湯島（城崎）に潜伏し、その後、鳥取藩にかくまわれ、京に出たあと鳥取藩邸に潜んでいた。小五郎は、湯島や出石での潜伏に、北垣の体験談を参考にしたのかもしれない。また北垣と共に生野へ向かい戦死した奇兵隊の河上弥一は山田市之允の親戚で、市之允と北垣は話が通じる間柄だった。

ちなみに北垣は、維新後、京都府知事として琵琶湖疏水《そすい》建設事業を成功させる。

同志として小五郎が生涯信頼し続けた山田市之允も、松下村塾出身者だ。山田家の祖先は守護大名大内氏の家臣で、陶晴賢《すえはるかた》の謀叛で滅亡後に毛利氏に仕えた。大伯父が天保の藩政改革を主導した村田清風である。藩財政を倹約のみでなく殖産や農業改革、馬関に「越荷方《こしにかた》」という金融兼倉庫業の貿易商社設立などで建て直し、藩校明倫館の拡充や兵制改革も断行した。清風の人脈が、周布政之助から桂小五郎や高杉晋作に連なっていた。

伯父の山田亦介《またすけ》は長沼流兵学者で吉田松陰の師でもある。当時、隠居の身ながら軍艦「庚申《こうしん》丸」建造に関わり、大村益次郎の兵制改革に先だって銃士隊の編成を進言している。

〈禁門の変〉後、実権を握る俗論党により、萩の野山獄で処刑される甲子殉難《きのえねじゅんなん》十一烈士の一人である。

話が横道に逸《そ》れたので、〈禁門の変〉に戻すことにしよう。

小五郎は、列藩同盟がしっかりと固まるまで忍耐するよう、国許の諸隊を説得し続けた。

中でも因州と備前の両池田家は、かなり協力的になっていた。因州が親長州派であることは、久坂のみでなく軍議に集まった幹部には知られていた。長州の諸将に対して河田左久馬は誠意をもって説いた。

「ひとまず大坂へ兵をひかれるのが、賢明と思われませぬか。会桑と薩の兵を洛外に誘いだすべきでござろう」

意中には、天皇と御所を戦火に巻き込む不利を説得したかったのだろう。

「さすれば、弊《へい》藩が有栖川宮を奉戴《ほうたい》いたしましょうぞ」

すると、来島又兵衛が、眉をいからせ、

「それはならぬ。死に進むを知っても、生に退くは匹夫《ひっぷ》のすること。断じて引き申さず」

それどころか又兵衛は、河田が小五郎と親しいことを知っていて、

「桂小五郎は卑怯者だ」とののしった。一部の過激分子は、「桂小五郎を斬って血祭に上げる」とまで息まいていた。彼らにしてみれば、前年の秋以来、半年以上も三田尻で待機させられ、焦《じ》れていた。長州の単独決起のみでは、前途に悲劇しか待ち受けていないことを、悲しいかな見通すことができない。因州藩としては、この時点で長州との共闘を断念したのかもしれない。因州藩士は長州の陣営に出入りを許されていたので、表面的には、路線の変更は見えていず、軍監時山直八の報告を小五郎はそのまま疑わずに過ごしていた。

過激派の主導する長州派遣軍は、小五郎にとって異質の兵に思われた。それ故、積極的に軍議に加わる気がしなかった。先制攻撃を抑える発言をすれば、臆病者となじられるか、はずみで血祭に上げられる可能性もあった。さらに不手際が重なった。斥候《せっこう》に出た福原越後の手の者が新撰組に捕《つか》まり、壬生《みぶ》の屯所へ連行され、泣き叫んで命ごいをし、陣容を白状してしまった。

久坂玄瑞と真木和泉の率いる軍勢三百余は山崎に、国司信濃と来島又兵衛らの率いる遊撃隊六百余は嵯峨天龍寺、益田右衛門介らの六百余は石清水八幡宮に、福原越後らの三百余が伏見の長州藩邸に陣を構えていた。布陣する長州の軍勢が噂より少なく、寡兵《かへい》であることがわかった。新撰組の記録によると、

『嵯峨天龍寺に森鬼太郎の兵四、五百と大砲二門、木砲二門、山崎天王山には諸国浪士四百』などとなっている。森は来島又兵衛のことである。桂小五郎と久坂義助（玄瑞）の居所を尋問されたが、山口としか答えられなかった。潜伏中の二人がどこにいるのか、長州でも限られた人物しか知らない。

そのころ、久坂（松野三平と偽称）は宿営中の山崎宝寺を抜けだし、島原角屋《すみや》（正確には桔梗屋）の愛人お辰に会っていた。彼女は久坂の子（のちの秀次郎）を宿していた。久坂にしてみれば、今生の別れをしたかったのだろう。ちなみに久坂の正妻は、萩で待ち続ける松陰の妹文である。筆まめな久坂は妻文へ手紙をしきりに送っていた。死後、義兄の楫取素彦《かとりもとひこ》がその手紙をまとめたものが『涙袖帖』である。

来島と連名で進発を上申し過激派志士を率いてきた久坂も、いざ戦争となれば慎重な対応を心がけた。二千の兵を四隊に分けての進軍では、よほどの幸運に恵まれなければ、勝算はむつかしい。

「定広公の主力がご到着するまでは待機し、我らから先に戦を仕掛けるべきではない。必ずや朝敵の汚名を着せられる」

久坂は懸命に主張した。だが、来島らに意気地なしと揶揄《やゆ》されるだけだった。もはや煽動された兵を抑えることが困難になっていた。

一方の桂小五郎は、松陰門下の時山直八と、裁量のきく七、八十人の別働隊を編成していた。敗北が目に見える形勢の中、起死回生の秘策を練らねばならなかった。

天皇を奉じて比叡山に御動座願う秘策の遂行だ。男山の石清水八幡に布陣する永代家老益田右衛門の下には、小五郎の知人も加わる吉敷《よしき》隊がいた。吉敷毛利家（一万八百石）の陪臣で結成された部隊で、当初は宣徳隊と名乗った。隊長服部哲二郎（のちの名和緩）と副隊長格の吉田義助（のちの内海《うつみ》忠勝）が協力を申し出た。小五郎は、吉田ら五名を選んで、京都の長府藩邸にひそかに入れた。こうして特殊部隊が編成され、軍監に時山直八と馬屋原《まやはら》二郎を任命した。

前後して会津藩大坂留守居役から、世子毛利定広進発の情報がもたらされる。一会桑と薩摩は、長州主力の上洛前に、前衛部隊の一掃をはかる必要性を共有した。挑発にのり長州が進軍すれば、朝敵であり、軍事力においても圧倒できる確信が西郷にはあった。

薩摩・会津・桑名の勢力に担がれ、ここが勝負所とばかりに決意した一橋慶喜は、七月十七日を撤兵期限にすると、開戦の準備を命じた。日和見をしていた在京諸藩の部隊が、幕府寄りの姿勢に転じ始める。

一方の長州軍は、血気にはやりすぎ、情況判断を誤ってしまう。小五郎が危惧したように、天皇を護る形で迎え撃つ軍勢の有利さを過小評価していた。期限の日、蟬しぐれに包まれた男山八幡宮社務所で、諸部隊幹部の軍議が開かれた。伏見の陣から福原越後・竹内庄兵衛・作久間佐兵衛。嵯峨天竜寺の陣から来島又兵衛・児玉小民部・中村九郎・太田市之進。山崎天王山の陣から久坂玄瑞・真木和泉・寺島忠三郎・宍戸左馬介・佐々木男也《おなり》。総勢二十余人が結集したが、桂小五郎は加わっていない。

例によって来島又兵衛がまるで総大将のように構えて檄《げき》を飛ばした。

「いよいよ明日をもって進軍じゃ。支度はよいな」

だが、一座には暗く重苦しい沈黙が流れるだけで、久坂も家老たちも、まだ慎重な立場を護っていた。

「貴殿の気持ちはわかるが、定広公のご到着をお待ちしたい。ひとまず大坂まで撤兵すべきじゃろう」と、久坂は反論した。

「明日が期限じゃぞ。この期《ご》におよんで何を恐れているのじゃ。戦は数ではあるまい。桶狭間じゃ。勝機を逸してはなるまい。先手必勝と心得る」

熱しきった来島又兵衛は聞く耳をもたなかった。

「こちらから先に手を出せば、朝敵になる」久坂はなおも譲らなかった。

長州一藩の命運のみでなく、積年の宿願が水泡に帰すことが目に見えていた。

「医者坊主に戦のことがわかるのか。卑怯者めが」と、又兵衛は罵倒《ばとう》し、

「おぬしらには頼まぬ、高台寺へでも登って、又兵衛の戦いぶりを見ちょれ」

捨てぜりふまで残して天龍寺へ帰ってしまった。

収拾がつかなくなり、福原越後が真木和泉の意見を求めた。

「ことここに至っては、来島翁の討入りに同意いたす所存でござる」

真木和泉も開戦論に同調したため、内心では慎重だった面々も久坂を援護しなかった。

七月十八日夜半をもって進軍開始と軍議は決せられた。同席していた高杉百合三郎らによると、久坂は茫然として口を閉じ、八幡宮の鳥居を出ると、水杯《みずさかずき》を交わし寂しそうに宝寺へ帰ったらしい。暴言に対し白刃を交わせば、内紛となり、長州は戦わずして敗北する。明晰《めいせき》な久坂には、奈落の底が見えてしまったのだっ

軍議一決を耳にすると、小五郎は肩を落とし、孤独感に襲われた。しかし、戦はすでに始まったも同然。気を取り直して動き始めた。広戸甚助に弾薬の入った箱を因州藩の松田正人の家へ運ばせた。準備を終えると、三本木の吉田屋へ向かった。小五郎は死を覚悟し、幾松へ別れを告げるためだった。

「死んじゃあいや。きっとうちのところへ帰ってきて」

幾松は、立ち去る小五郎の背中に必死の思いを背負わせた。襖を開けようとして、小五郎はこわばったように脚をとめ、幾松のもとに引き換えすと、

「犬死にはせん。首がさらされぬ限り、どこかで生きちょると思うてくれ」

そう言って、もう一度、幾松を抱きしめ、唇を合わせた。

皮肉なことに、数日前、すぐ北の「清輝楼」では、西郷が土佐、肥前、久留米、宇和島など十一藩の在京幹部を集め、長州を討伐すべしとの趣旨で弁舌をふるっていた。朝廷から追討令がなかなか出ないため、「吉之助、血涙を呑む思ひながら云々」の内容だった。共鳴した薩摩、土佐、久留米の三藩が、長州御処置の建白書を提出した。三月に遠島から現役復帰したばかりの西郷は、まだ大島吉之助と名乗っていた。

翌日未明、長州藩留守居役乃美織江は六条有容《ありかた》邸に召し出され、六人の議奏伝奏から最後通牒《つうちょう》を手渡された。藩邸に戻ると小五郎が待っていた。伏見長州屋敷に陣取る福原越後のもとに、再度撤兵を勧告に行くので、同行を頼んだ。しかし、軍議決定後に無益なことは明らかで、小五郎は動かなかった。乃美は、若き同役桂小五郎に半ば嫉妬していた。

〈池田屋事件〉の藩への報告書でも、『桂小五郎は屋根伝いに逃げた』と虚偽の風評を真実の如くに藩庁へ書き送った。明らかに小五郎を貶《おとし》める底意地の悪さがある。

家老の福原は、徳山毛利家から養子に入った人物で、文人肌の人であり、人を介して高松藩に仲介を依頼し

ていたのだが遅きに失した。急ぎ嵯峨天龍寺から太田市之進（のちの御堀耕助）ら二十余人の援兵を送ってもらい、進軍に備えていた。太田は、斎藤弥九郎の道場で小五郎の後輩にあたり、大村藩士渡邉昇についで塾頭を頼んだ人物である。後年、彼は品川弥二郎、山田市之允らと御楯隊を結成し、総督として四境戦争では広島口を指揮する。

福原隊はこの日夜四つ時（十時）を期して進軍する。〈禁門の変〉勃発《ぼっぱつ》である。

先頭は太田市之進が率いる精鋭の鉄砲二十人と槍組三十人の先鋒に続き、中軍の鉄砲隊と抜刀隊が大将福原越後の指揮下に進軍し、殿軍《しんがりぐん》の大砲二門と槍隊・抜刀隊も従った。陽動作戦で幕府軍の注意をひきつけ、その間に主力の嵯峨天龍寺の兵が御所へ向かう作戦だ。実際には二時間遅れて出撃し、深草で待ち受ける大垣藩兵と接触し交戦した。

大垣藩は藩老小原鉄心（のちの大垣藩大参事）の見事な戦術で対抗。伏兵の銃隊を潜ませておき、長州兵が橋を渡り切るのを待って、背後からいっせい射撃をした。路上にかがり火を焚き、進軍してくる長州兵を照らし出して銃撃する。またブリキトーズ砲を効果的に放った。ブリキ缶に五十発ほどの鉄弾をつめ、大砲から発射するので、飛散した弾丸は数倍の威力を発揮した。寺の暗闇に隠れて攻撃するので、長州側に一方的な被害が出た。

馬上の福原も顎を銃撃で撃ち抜かれ、兵は潰走《かいそう》した。

小五郎は別動隊の任務を重視していた。長州藩と親しい有栖川宮の邸宅は、御所内の建礼門のすぐ南に位置している。帝の御動座を実行に移すには、輦輿《れんよ》を移すのに適した場所にある。しかも因州藩が警護役なのである。因州との密約は、孤立した長州にとって、小五郎が背水の陣として策定した切札だった。

それをもっとも恐れていたのは、一橋慶喜だった。慶喜にとって異母兄弟の因州と備前の両池田家藩主のみでなく、兄の水戸藩主徳川慶篤《よしあつ》からも、尊皇の長州と戦争することを避けるよう内々伝えられていたからだろう。当初は慶喜の態度が煮え切らないため、在京諸藩が形勢を日和見していた。

慶喜は、藩邸が隣接する黒田藩に因州藩の見張り役を申しつけ、長州への加担を抑えた。

小五郎は、時山直八を軍監とする別働隊八十人余をひきいて、因州藩邸に駆けつけた。

ところが邸内の空気に微妙な違和感があった。

因州藩京都留守居役河田左久馬（景与《かげとも》）と同席者の表情がぎこちなく強張《こわば》っていて、口数も少なくなっていた。河田は、因州藩尊攘派の中心人物で、前年八月に本圀《ほんこく》寺に宿泊中の公武合体派重臣黒部権之介らを同志二十一人とともに襲撃の上、殺害していた。

「助勢はかたじけないが、有栖川宮のお屋敷は弊藩のみでお護りいたす所存でござる」

小五郎より五歳年上の河田は、温和な顔立ちながら、思いがけないことを口にした。

「桂さんは兵を率いて延暦寺へ登り、戦況を御覧なされよ」と、別人のような態度だった。

「河田殿、この期《ご》におよんで何をおっしゃる。成敗は期すべからずでござろう。約束を守り、お互いにその分をつくすことこそ肝要では」

あらぶる気持ちを努めて抑えながら、小五郎はいった。

「はて、どのような約束でござったか」

河田はしらを切っているようにも見えた。

「武士なら、今日の令にもとるべからずでござろう」

因州兵と一致協力して有栖川宮を奉じ、禁裏《きんり》へ赴《おもむ》く約束を、小五郎は信じ切っていた。

男山の軍議で、因州藩と別働隊の役目が定まっていると、小五郎は思いこんでいた。さらに、軍議の場へ説得に行った河田を来島又兵衛が怒らせてしまったことも知らなかった。

「今日の令など存ぜず」

河田はぶっきらぼうにつきはなした。

小五郎と河田の後日談で分かることだが、因州藩は男山の軍議には参加していなかったらしい。冷静に考えれば、因州藩の重臣として河田の立場もあったはずだ。時山の誤認であり、その時点で因州藩の動きを察知するべきだった。

「家老の鵜殿主水介《うどのもんどのすけ》より、有栖川邸の守備に専念するよう、厳しく達しが出ていますゆえ」

河田にすれば、そのように返答するより仕方なかったのだろう。隣接する黒田藩を通じて、慶喜から再三釘を刺されていた。薩摩と黒田が親戚関係にあることは、小五郎も熟知していたのだが、ここまで尊皇攘夷派が縛りにあっているとは想ってもみなかった。

「それでは、あらためてご確認を」しかたなく、上意の確認を求めた。すると河田は、後ろめたく思ったのか、

「これにて、しばらくお待ちくだされ。これより有栖川邸に参り、機を見てお伝えいたそう」

と、御所へ向かう指図をした。

「吉報をお待ち申す」

小五郎には、待機するより手立てがなかった。

有栖川宮父子は、夜八時に参内し、深夜を過ぎても帰ってこなかった。因州藩士たちは、禁裏の情勢がまったく分からないまま、宮を待ち続けた。同時刻には、親長州の中山前《さきの》大納言忠能《ただやす》ら四人の公卿が参内し、松平容保の御所からの退去を奏上していた。有栖川宮はこの奏聞《そうもん》を支持する。ところが公武融和派の中川宮朝彦親王が反撃に出た。

御所内の松平容保へ使者を出し、そこからの急報が関白二條斎敬《なりゆき》と一橋慶喜に達した。

彼等は急ぎ参内した。関白二條斎敬より、慶喜は長州の三家老連名の訴願書を見せられ、

「叛逆の体あきらかなり。御誅伐《おんちゅうばつ》のほかござりませぬ」

と即座に言上すると、玉座近くへ伺候《しこう》した。容保への帝の信任は極めて厚く、「すみやかに誅伐すべし」との勅諚《ちょくじょう》を賜った。そこで形勢逆転を願った有栖川宮らは、帝の御動座を口々に主張した。神器を入れた唐《から》櫃《びつ》が縁側に持ち出され、遷幸《せんこう》に備え草履や草鞋《わらじ》を手に持つ堂上もいたらしい。しかし、戦火の中の御動座はたやすいことではなかった。護衛する兵が居さえすれば、小五郎の遷幸計画はほぼ成功し、朝敵は逆転していたことだろう。

二十三歳の若き家老国司《くにし》信濃（親相《ちかすけ》）を総師とする嵯峨勢の攻撃が始まった。遊撃軍の精鋭部隊は来島又兵衛が率い、夜明けを期して蛤御門《はまぐりごもん》へ迫った。その一部を児玉小民部が指揮し、下立売門《しもたちうりもん》へ向かう。

さらに前夜から、御所内の日野、烏丸《からすま》、勧修寺《かじゅうじ》、石山の公卿《くげ》邸内に七、八十人の長州兵を潜伏させていた。とくに日野邸部隊には、松平容保襲撃の特命が出されていた。門前には宣秋門《せんしゅうもん》（俗称公家門）があり、参内を狙ったものである。だが、容保もしたたかで、反対側の建春門から参内し、難を逃れた。おそらく日野家からの内通で中川宮が待ち伏せを察知し、「建春門より参内あらしゃりませ」との命を伝えていたのだろう。

中立売門守備の筑前黒田藩兵は、長州兵から背腹の攻撃を受け逃げた。蛤御門南の藤堂藩兵は、長州の説得により持ち場を離れた。

こうして藤の森の福原隊以外は、かなり順調な戦果をあげていた。

今か今かと伝騎の到着を因州藩邸で待ち続けた小五郎は、ほとんど睡眠をとっていなかった。夜明けとともに、決断して藩邸を出ることにした。全員が肩に因州藩の標識をつけた別動隊は二手に別れた。小五郎は馬屋原二郎や佐々木男也らの少人数で御所へ潜入する。他は軍監の時山直八が副長格の吉田義助（のちの内海忠勝）と武装兵を率いた。烏丸通りに出ると、国司信濃の軍勢が交戦中で、弾丸飛び交う危険な状況だった。小五郎は北へ迂回《うかい》し今出川門から御所に入った。混戦の中、有栖川宮邸にたどり着いたとき、そばには馬屋原、田村、松浦など四、五人になっていた。門番に河田との面会を願うと、姿を見せ、

「あなた方は禁裏に向かって発砲された。これではとても、御約束をはたせませぬぞ」

怒りもあらわに吐き出すように言いはなった。表向きには、朝敵になるような行動には加勢せぬとのことだろう。だが、日和見に他ならない。背信行為をとがめて馬屋原が刀の柄《つか》に手をかけたが、小五郎は黙したまま制した。

「残念。それではこれまでじゃ。御免」

河田へ、すべてが終わったことを悟らせ、静かに去って行った。後に河田が示した小五郎への友情を思うと、この時、河田を斬らなかったことは正しかったといえよう。

一方の時山らには、接近することも困難な戦場で、ようやく因州藩との共同作戦が霧散したことだけは伝えられた。時山、吉田らは、小五郎らと別れ、とりあえず因州藩邸へ引き揚げることになった。何しろ因州藩の肩章をつけたままなので、長州兵は味方と信じてくれない。途中で追われる長州兵を見ても、助勢できなかった。もし因州藩が約束どおり決起してくれていたら、小五郎の目論見どおり、幕府軍が御所の西に集中している背後を突くことになり、勝機が生まれたことだろう。混乱の中、小五郎は、輦輿《れんよ》が下鴨神社へ移るとの噂を耳にしたため、馬屋原と朔平門《さくへいもん》の側で待っていた。

「まだ遷幸《せんこう》の行われた形跡はない。ここを死処と定め、動きを見張っているので、諸君は自由にしたまえ」

そう言って、目的を失った別動隊の同志に自由な裁

量の機会をあたえた。

まだ情勢は混沌としていた。国司信濃の軍勢は、筑前兵を追いつめたが、中立売門へ突入する手前で薩摩、会津、一橋の連合軍に攻め込まれ敗退した。

来島又兵衛と児玉民部の率いる軍勢は蛤御門を突破して、会津兵を追いつめつつあった。だが、獲物を待ち構え、勝機を虎視眈々《こしたんたん》と狙っていた西郷吉之助が、北の乾門《いぬいもん》から指揮する三百余名の薩摩精鋭部隊に、嵯峨勢の側面をつかせた。戦国時代以来、側面攻撃は必勝の策でもある。時代錯誤の風折烏帽子《かざおりえぼし》に具足《ぐそく》と陣羽織姿で馬上に槍を振りかざす来島又兵衛に、集中して銃撃を加え、葬った。狙撃したのは、維新後大警視になる川路利良だったらしい。

薩摩兵は射程距離の長いエンフィールド銃をすでに使っていた。主将をうしなった来島の部隊は雪崩《なだれ》を打って敗走した。窮地を脱した会津・桑名藩兵も勢力を盛り返し、新撰組二百余名も参戦した。

一方、久坂、入江、寺島らは、深夜に少数の兵を率いて宝寺の陣営を出陣し、明け方に鷹司邸の裏門から入り、決戦に備えた。だが真木和泉らの山崎勢五百人は、遅れて堺町門に到着した。すでに越前兵が御門をかためていて、突破できなかった。それどころか戦の大勢は決していて、幕府側に包囲されてしまう。追われるように、彼らは鷹司邸に入った。

久坂は、権大納言鷹司輔政《すけまさ》に長州藩の誠意を伝え、参内の供を願ったが、拒絶される。

すでに邸は越前、薩摩を主力とする諸藩の兵に包囲されていた。大砲を持ち込んでいた久坂らが必死に抵抗し、掃蕩《そうとう》に手間どると、業を煮やした一橋慶喜の命で鷹司邸は放火された。そのため退路を断たれた久坂玄瑞、寺島忠三郎、入江九一らは火煙に包まれた。

朔平門《さくへいもん》近くにいた小五郎は、有栖川宮への御動座が失敗し、因州藩が動かなかったことを諸隊に伝えていないことに気づいた。嵯峨勢へは最早困難としても、山崎勢には伝えなくてはならない。馬屋原に使命を託した。

「すまん、久坂らを犬死にさせたくない。撤退させるべきじゃ。危険じゃが行ってくれんか」

「一命にかえて」言葉短く、馬屋原は決死の眼ざしで駆けだした。同盟したはずの因州藩から助勢を得られなかったことを、桂小五郎の使者馬屋原二郎から邸内の入江九一に報告された。作戦はことごとく打ち砕かれたのである。

　絶望のはてに、勤皇の志士久坂玄瑞は大砲を建礼門の方角へ向け発砲させた。師、吉田松陰と似て、あまりにも純粋すぎた志が、現実の政事《まつりごと》に大きく裏切られた怒りだったのかもしれない。情勢しだいで二転三転する朝廷へ、尊皇の誠意が踏みにじられた悔しさもこめられていた。会津藩も大砲を放ち轟音《ごうおん》が御所内に響き渡った。この戦で会津の砲兵隊長山本覚馬は眼を傷つけ、徐々に視力を失う。

　久坂らを案じ、小五郎は鷹司邸へ向かって走ったが、仙洞御所のそばで襲撃を受け、抜刀して戦った。混戦のさなか、肩にかけていた布が三寸ほど斬り割かれていた。鷹司邸が黒煙に包まれるのを目撃し、小五郎は唇を噛んだ。包囲網は厳重で、近寄ることはもとより、脱出は極めて困難になっていた。


　堺町門から御所へ突入しようとした長州兵は、越前兵や薩摩兵の猛攻に耐えられず後退し、柳の馬場から鷹司邸の裏門へ殺到する。元関白鷹司輔熙《すけひろ》は参内するところだったので、久坂らは口々に、「是非ともお供をお許しくだされ」と平伏して頼んだが、かなえられなかった。

　すでに包囲は狭まり、越前・薩摩・彦根・桑名などの兵が一斉に銃撃をはじめた。

「塀を壊せ」

「賊臣の屋敷などつぶしてしまえ」

　怒鳴り声が続き、彦根藩の工兵隊が塀に肉薄した。鷹司邸の塀を突き破った彦根藩兵が乱入し、白刃を交えた接近戦になる。大腿を撃ち抜かれた久坂は敗北を覚悟した。

「宰相さま御父子に申しわけない。諸君はここから脱して、今日のありさまを詳しく申し上げ、若殿さまの御出向をお止め申してほしい」

　品川弥二郎や山田市之允（のちの顕義）ら同志に脱出を促した。出血のため衰弱していくのがよくわかっていた。入江九一は、弟の野村靖之助（のちの靖）とともに、晩年の松陰のそば近くにいた。久坂と運命をともにする覚悟だったが、その遺志を伝えようとした。

　別れに久坂のざんばら髪を櫛で整え、「久坂、さらば」と言い放って槍を手に部屋を出た。

　すでに屋敷に火の手が上がり、裏の通用門から外に出て血路を開かんとした。だが、槍で目を突かれ、相手は山田市之允が助太刀で倒したものの、おびただしい出血は止まらず、邸内に戻った入江は火中に消えた。享年二十八歳だった。直後に自刃する久坂は二十五歳、相い方を勤める寺島は二十二歳で、小五郎にとっては、かけがえのない同志で、愛すべき弟分でもあった。

真木和泉らは一団となって退路を切り開き、脱出に成功した。しかし鷹司邸の内外には、二十八人の長州兵の死体が遺棄《いき》され、丸太町通りにも、彦根藩兵に殺された九人が横たわっていた。敗走の跡が歴然としている。

品川や山田は西本願寺まで逃げ、全員が頭を丸めて僧形《そうぎょう》になって、新撰組や京都見廻組の目をかわす。どんどん焼けの火の手が迫り、類焼のおそれが出たため、親鸞聖人の尊像をはじめ寺宝とともに門主を大谷の別院へ移すことになった。長州兵はその僧たちにまぎれ、大谷から大津へ向かい、信楽から伊賀越えで大和に達し、大坂へ出ることができた。

鷹司邸の戦況は、後日、生き延びた松下村塾門下の河北義次郎や山田市之允から、小五郎へかなり時間が経って詳しく伝えられる。聞く小五郎も落涙を止めることができず、語る者たちも泪で言葉をつまらせた。久坂を中心とする松陰門下の志士たちは、最期の瞬間までゆるぎない友情をつらぬいた。まだ無傷の寺島を見て、鷹司の家臣が落ちのびるよう勧めたが、久坂の側に留まった。深手を負った入江の代わりに河北が報告の使命を托されたのだ。

来島又兵衛と共に猪突《ちょとつ》な報復戦を主導した真木和泉は、敗残兵約二百人とともに天王山まで落ちのび、ここで自刃した。篝火《かがりび》で新撰組や会津の兵を引きつけ、その間に残兵を兵庫へ逃れさせた。最期は、十六人の同志とともに、武士道に自己陶酔した人物らしい死に方だったという。

〈禁門の変〉での長州藩の死者は二百七十人にのぼり、総勢千余の兵であるから、五人に一人は戦死したことになる。その中には、小五郎の養子桂勝三郎もいた。藤の森で破れ、船で大坂に逃げる途中、桜宮あたりで高松藩の手に落ち、自決した十人中の一人である。捕縛された二十二人も、大坂の千日で斬殺された。

桂小五郎は、〈禁門の変〉で、朝敵の汚名を着せられることを心配した。京都での敗戦にとどまらず、朝敵になれば再起不能の刻印を押されるに等しい。まさに雄藩割拠時代に入り、藩益を優先させる西郷の戦略にのせられるわけだ。小五郎は、どうしても帝を尊攘派にお迎えしたかった。近江に飛び地のある加賀藩の協力を得て、延暦寺か大津の三井寺へ帝を御動座いただき、戦火より御護りすることが、大きな使命になっていた。そのため、加賀藩と因州藩の助勢を得ることに、別働隊として桂小五郎は働いた。しかし、敗勢が色濃くなり、いずれも失敗に終わった。混乱の渦に呑まれ、藩士は散り散りになり、小五郎もまた行方不明者として歴史の表舞台から姿を消した。

世子毛利定広は、海軍局総裁松島剛蔵の指揮する艦艇に乗り、三条実美ら五卿を奉じて、讃岐《さぬき》の多度津まで進軍していた。ここで大敗北の報に接し、反転帰国した。そのころ横浜では、英・仏・米・蘭四ヵ国艦隊が長州報復攻撃の準備をしていることさえ、考慮できていなかった。まさに中枢機能麻痺の状態である。

七

吉田松陰門下の四天王のうち、生き残っていたのは、萩の野山獄に入っていた高杉晋作のみになってしまった。周布政之助の深慮が生かされたことになる。六月二十一日には、高杉晋作が萩の野山獄から出され、実家の座敷牢に預けられた。つまり自由な私生活は許されていたので、夜は妻の雅と添い寝をしていたし、好きな読書もできた。晋作は詩作に精進し、偏狭な攘夷から飛躍する思索の時間を与えられた。父小忠太は、京屋敷での直目付・学習館御用掛を辞し、隠居したばかりだった。父から聞かされる藩の大事に、晋作は愕然《がくぜん》とする。

小忠太は藩主慶親の小納戸役、世子定広の奥番頭を歴任した重臣で、長井雅楽とも親しかった。藩を憂う気持ちは人後に落ちない。一人息子の晋作に、その思いは伝わっていた。桂小五郎にあれほど出兵を抑えるよう頼まれていたのに、来島又兵衛の挑発に乗せられ、諸隊を根気よく説得できなかったことは、悔やんでも悔やみきれなかった。一見無頼に見える晋作も、藩主父子や父小忠太への忠孝は一途なものがある。

各国大使は、六月十九日に覚書を取り交わし、長州への制裁を行う意思決定をしていた。

帰国した伊藤と井上は、イギリス公使オールコックスに面会し、平和解決を目指した。藩主宛の書面を預かり、イギリス軍艦で姫島まで送ってもらい、漁船で帰国した。六月二十四日、藩庁へ出頭し、攘夷の無謀さを説明し、開国による富国強兵策を説いた。しかし藩首脳は聞く耳を持たず、七月二日には、外国艦隊との応接を命じる。

七月十日付で、伊藤は京都の桂小五郎に手紙を出したが、梨《なし》の礫《つぶて》で返信はなく、〈禁門の変〉が勃発し、小五郎が戦死したのかと思ってしまう。悲しみにひたる間もなく、二人には厳しい現実が待ち受けていた。過激な攘夷派からは、裏切り行為と見なされ、暗殺の危機に直面した。井上と伊藤が帰国し、藩主父子へ建言した内容についても、晋作はあらまし教えられた。噂をすれば影とやら、当の聞多が、帰国の挨拶と見舞いがてらに、萩の高杉家を訪れた。聞けば、大庄屋吉富藤兵衛（のちの簡一）の分家に仮住まいしているらしい。しかも、周布政之助も藤兵衛邸の離れに、妻子と暮らしているという。晋作は周布に会いたかったが、共に謹慎中で身動きがとれなくなっていた。

七月二十三日の京都での大敗北は、座敷牢で悶々とすごす高杉晋作のもとへも、容赦なく伝わった。秋立つ気配の中、虫の音《ね》がきわだって悲しく聞こえた。松下村塾以来の同志、久坂玄瑞、入江九一、有吉熊次郎、寺島忠三郎らの戦死が報じられたのである。兄貴分だった桂小五郎の消息も絶えた。長州の尊皇攘夷派は潰滅《かいめつ》したかに見えた。

息を吹き返した幕府は、朝敵となった長州に対し、西国二十一藩へ出兵を命じた。

四面楚歌の長州には、新たな強敵が襲いかかろうとしていた。八月二日、報復攻撃を期す連合艦隊は、国東《くにさき》半島に近い姫島沖に集結していた。旗艦ユーリアラス号を筆頭に八隻のイギリス艦隊が主力で、オランダ艦隊が四隻、フランスとアメリカも加わった大艦隊が、関門海峡を目指していた。藩庁は、井上と伊藤を現地に派遣し、和平交渉に持ち込もうとしたが、すでに時機を失していた。

八月五日、沿岸住民を恐怖におののかせる大艦隊が、黒煙をあげ関門海峡に進攻。夕刻、縦列に間隔を保った連合艦隊は、砲門を一斉に開き、猛烈な艦砲射撃が始まった。攘夷のため海岸に十四の砲台を築き、百十七門の大砲を備えていたが、射程距離と性能の差は歴然としていた。数刻のうちに沈黙させられた。前田砲台と壇ノ浦砲台は、奇兵隊総督となっていた赤祢《あかね》武人《たけと》と山県狂介や前原彦太郎が指揮していた。奇兵隊のほか膺懲《ようちょう》隊、荻野隊、長府藩藩兵など約千人が守りについた。しかし、連合艦隊は圧倒的な強さを見せつけ、五日夜から六日午前にかけ上陸作戦を敢行した。砲台を占領し、長州藩は完敗した。〈禁門の変〉で大敗した長州の攻略は、赤子の手をねじるに等しい。あわてた藩庁は、高杉晋作の罪を許し、政務座役・軍勢掛に任命し、山口の政事堂へ呼び出した。相も変わらぬ、ご都合主義の人事である。

兵を率いる世子毛利定広は、山田宇右衛門らの重臣や高杉、井上を従え、馬関へ向かった。舟木まで進んだ八月七日、撤退する敗残の守備兵に出会い、惨敗の状況を知り、その場で評定が開かれた。いくら議論を重ねても、和睦しか選択の余地はなかった。怒りをためこんだ井上聞多は、世子自ら責任をとって講和使節に出馬すべきだと主張。ロンドンから諫止《かんし》のために必死で帰国した誠意を、無視された悔しさが聞多にはあった。だが重臣たちは許さず、高杉晋作に託されることになる。

桂小五郎が出石で雌伏《しふく》していたころ、歴史を動かしたのは一会桑であり、薩摩の西郷であった。長州では逆風の中、高杉晋作が毅然《きぜん》として立ち向かっていた。

講和使節正使の晋作は、主席家老宍戸備前《しど》の養子という名乗りで、宍戸刑馬《ぎょうま》と称することにした。杉孫七郎と長嶺内蔵太《くらた》が副使を勤め、英国帰りの伊藤俊輔が通訳についた。当時の伊藤はそれほど英会話が堪能ではなかったが、度胸で矢面に立った。幕末・維新にかけて、伊藤俊輔が政治の表舞台に登場するきっかけになる。

四ヵ国連合艦隊の代表はイギリスのクーパー提督、通訳は日本語を話せるアーネスト・サトウとシーボルトの長男アレクサンドルだった。会談はイギリス艦隊旗艦のユーリアラス号の艦上で行われた。サトウは日系人かと間違われやすいが、生粋《きっすい》の英国紳士で、文久二年八月に横浜の地を踏んだ。その六日後に生麦事件がおこり、激動の歴史に身を投じ、数奇な体験をする。端正な風貌と巧みに日本語を話すことで、晋作を感嘆させた。晋作は正使としての演出も心がけ、黒の烏帽子《えぼし》をかぶり、五三の桐紋入り萌黄《もえぎ》の直垂《ひたたれ》といういでたちだった。

「江戸でエゲレスの公使館を焼き打ちした張本人が、講和に向かうとはのう」

晋作は感慨ぶかげに俊輔と顔を見合わせた。皮肉な運命が、歴史の潮流に翻弄《ほんろう》される長州藩を象徴していた。甲板に現れた晋作の姿を記したサトウの言葉が残っている。

『使者が艦上に足を踏み入れた時には、悪魔《ルシフェル》のように傲然《ごうぜん》としていた』

並み居る連合艦隊の艦長たちを、鋭い気迫で睥睨《へいげい》したのである。

互いの紹介がすむと船室に導かれ、交渉が始まった。

「あくまでも朝廷と幕府の命令に従ったにすぎない」と晋作は主張した。

ところが思わぬ横槍が藩内の攘夷派から入った。和睦交渉そのものを反対され、つき挙げられた藩の首脳たちは、

「高杉、井上、伊藤らが世子様に迫って行っているものだ。われらはいっさい預かり知らぬ」

と、卑劣な責任転嫁をした。それどころか、過激な攘夷派は三人の抹殺を公言し、機会を狙った。危険を感じ、高杉晋作と伊藤俊輔は近くの農家に身を潜めた。

そのため、正使が突然いなくなり、クーパー提督が不信感を抱き、交渉が停滞した。馬関で待機していた井上聞多が局面打開のため、舟木へ走り、世子定広へ懇々と説得する。聞多は、かつて世子定広の小姓を勤め、信頼されていたからでもある。さらに、幕府の征長軍が進発するとの情報が入り、講和が急務との藩論に急展開する。いい加減なもので、高杉殺害を声高に叫んでいた者たちが、逆に高杉頼みに変貌する。連合艦隊の要求は妥当なものも多かったので、大筋で了承したが、三百万ドルの賠償金要求は激しく突っぱね、幕府と交渉するように誘導した。関門海峡での攘夷実行は、幕府命令だったからである。サトウの記録にその状況が的確に記される。

『驚いたことには、かれらの目的は、長州人の士気が喪失していないことを、知らせることにあったのだ。わが方の要求が過大である場合には、屈服よりも、むしろ戦うことを望んでいたのである。』

さらにイギリスが、自国の利益を狙い、単独交渉で彦島の租借を打診すると、古事記や日本書紀の記述を大声でペラペラと述べ、通訳サトウらの目を白黒させてしまったらしい。

高杉の凄《すご》さはそれに留まらず、馬関を開港して交易を行い、雄藩割拠のための富国強兵を図らんとしたことであろう。サトウは、高杉の人物を大きく評価し、手記に書きのこした。

『長州を破ってからは、われわれは長州人が好きになっていたのだ。また長州人を尊敬する念も起こっていた。それに比べ大君の家臣たちは弱い上に、行為に表裏があるので、われわれの心に憎悪の情が起き始めていた』

サトウの心証を好意的にするため、俊輔は会談の裏で接待外交に努めた。サトウは、俊輔と二歳だけ年長で同年輩の気安さもあり、飾り気のない片言の英語を話す青年に好意をいだいた。俊輔は彦島租借の提案を撤回させることに成功する。馬関でも指折りの妓楼「大坂屋」で宴会をもち、綺麗どころを侍《はべ》らせ、サトウらを接待することも忘れなかった。俊輔の最も得意にするところである。

最終的な講和条件は、外国船の海峡通航の自由、石炭・食料・薪水《しんすい》の供給、海難の際の上陸許可、長州による新設砲台の設置禁止、それと三百万ドルもの多額賠償金支払いだった。賠償金については、晋作の奮闘で幕府にその責任を転嫁することに成功する。九月末、横浜にて、若年寄酒井忠枡《ただます》（若狭小浜藩主）は四ヵ国公使と会見し、馬関事件につき賠償金三百万ドルを支払うか、あるいは、馬関ないしは瀬戸内海の他の一港を開くことを約定させられる。四ヵ国は江戸湾に艦隊を集結させ、賠償金支払いに応じさせた。あまりの巨費で、幕府は分割払いをしていたが、完済できぬまま維新政府へ引き継がれる。

九月二十五日、山口の政事堂で藩主毛利敬親が出座して御前会議が催された。

幕府の謝罪要求に対する対策である。幕府は、講和成立直後の八月二十二日に藩主父子の官位を剝奪し、征長軍派遣を決定した。これに対し、〈禁門の変〉の罪を謝罪し、毛利家の存続を図るべきとする恭順派（俗論党）が台頭する。文久三年の八月政変後も、俗論党の椋梨藤太《むくなしとうた》らが山口政庁へ入り、毛利登人《のぼる》、前田孫右衛門、周布政之助を免職させた。しかし、奇兵隊を率いる高杉晋作の反撃で、俗論党の坪井九右衛門は失脚し、切腹を申しつけられた。

今回、〈禁門の変〉で桂小五郎が消息不明となる中、俗論党は配下の上士家臣団である先鋒隊を山口へ送り、支配を強めた。そのため高杉、伊藤、井上らの武備恭順派との対立が先鋭化した。しかし多勢に無勢で、藩内を恭順派が牛耳ろうとしていた。それでも井上聞多は、御前会議で武備恭順を論じ切って、高揚した気分で帰宅の途についた。その帰途、複数の刺客に襲われ、瀕死の重傷を負う。緒方洪庵門下の蘭医所郁太郎が五十針縫う手術をし、満身創痍《まんしんそうい》のまま死線をさまよう。

同じ夜、不幸は重なるもので、山口の庄屋吉富藤兵衛（簡一）邸に謹慎中の周布政之助が、自刃して果てた。享年四十二歳で、遺書には、〈人ハ死スベキトキニ死セザレバ、カエッテ恥シメヲ受ク〉と書かれていた。桂小五郎や高杉晋作を指導者として自立させた功績は大きなものがある。出石潜伏中の小五郎が最も案じていたのが、周布政之助の安否だった。小五郎は、麻田公輔と変名した周布が政敵椋梨一派に投獄されているものと思っていた。周布政之助の不幸と井上聞多の遭難は、出石では知るすべもなく、その詳細は帰国後に吉富藤兵衛から教えられる。ここでは事実だけを記しておこう。

さらに九月三十日、加判の家老清水清太郎に謹慎が申し渡された。彼も京都藩邸で小五郎を側面支援した人物だ。先祖は、羽柴秀吉の高松城水攻めで和睦にさいし切腹した清水宗治である。十月になり、藩主敬親は恭順派に擁《よう》され萩へ戻り、正義派の重臣はことごとく罷免《ひめん》された。恭順派の巨魁《きょかい》椋梨藤太《むくなしとうた》が、政務役と国事用掛に就任し、政権を掌握した。

十月九日、毛利登人《のぼる》、大和国之助、前田孫右衛門、渡邉内蔵太《くらた》の謹慎《きんしん》、十三日には、山県半蔵、小田村伊之助（のちの楫取素彦《かとりもとひこ》）、寺内暢蔵《ようぞう》の免職、十七日には高杉晋作の政務役罷免が沙汰された。椋梨一派による血の粛清はさらに広がり、謹慎中の毛利登人・大和国之助・前田孫右衛門・渡邉内蔵太が斬殺刑に処せられた。

再び身の危険を感じた高杉は藩外へ脱出した。十月二十五日、晋作は湯田の実家で療養中の井上聞多を見舞い、奇兵隊駐屯地の徳地へ赴き山県狂介に会って、九州へ行くことを告げた。狂介は足軽の子で、短期間だが吉田松陰の教えを受けた。晋作にとって後輩である。秀才ではないが覇気《はき》があり着実に実務をこなし、奇兵隊軍監を勤めるまでに成長していた。慎重居士《しんちょうこじ》の側面もあり、先頭を走って危険を冒すことはしない。晋作が九州へ脱出する計画を打ち明けても、引きとめはしなかった。

下関の白石正一郎のもとを訪れると、さすがに説得され、杯を酌みかわした。白石は、晋作を引き留めるため、寝所にうのを向かわせた。その夜、晋作はうのを抱いたが、女のために留まることはなかった。

十一月二日、下関で会った福岡藩の尊攘派志士中村円太と博多へ向かい、彼の紹介で領袖《りょうしゅう》の月形洗蔵に会った。月形は九州諸藩連合に賛同し、各藩の同志と連絡をとってくれた。しかし現実には、各藩の事情が異なり、同床異夢にすぎなかった。福岡城下でも晋作は身に危険を覚え、近郊の平尾村に棲む野村望東尼《もとに》を紹介され、山荘にかくまわれた。彼女は夫の福岡藩士野村新三郎と死別後、尼になり、同じ藩の志士平野國臣と親交を結び、勤皇歌人として有名な女性だった。晋作は彼女の世話になり、風雅な世界で、ひと時の安息を得た。しかし、歴史の奔流は流れを緩《ゆる》めることはない。

元治元年七月二十四日、禁裏守衛総督一橋慶喜に対して、長州藩追討の勅令が発せられた。罪状は禁門への発砲と藩主父子の黒印軍令書の存在である。薩摩藩家老小松帯刀の将軍進発の進言もあり、一橋慶喜は永井尚志を江戸に向かわせ、将軍上洛の上、征討軍派遣とする策を講じた。その結果、幕閣は八月初旬に、将軍進発と征長総督として尾張藩主徳川慶勝を命じた。九月には、文久の改革で廃止していた参勤交代制度を復活する。そのため幕府に流れかけた政権運営の力関係に微妙な変化が生じた。

上京した徳川慶勝は付家老成瀬正肥《まさみつ》（犬山城主）を伴い、宿舎の知恩院で副総督松平茂昭《もちあき》（越前藩主）、老中稲葉正邦《まさくに》および永井・戸川らと軍議を開いた。十月十日、永井尚志《なおゆき》・戸川安愛《やすなる》は征長総督府から長州詰問使に命じられ、翌日、諸藩へ出動命令が出される。しかし諸藩の多くが財政的に窮迫していて、戦意に欠けることを理解していた。十月十八日、大坂城内で総督を中心に幕藩の重臣を集めた軍議が催され、十一月十一日までに各藩は定められた攻め口に着陣し、同月十八日をもって総攻撃の日と決められた。

十一月に入り、長州の四境〈芸州、石州、小倉、大島〉に幕府の第一次征長軍十五万が集結した。福岡藩一万五千、阿波藩一万二千、因州藩一万二千、熊本藩一万、芸州藩一万など、西国の外様を主として三十五藩を動員した。総督徳川慶勝は十一月十六日に広島へ着き、国泰寺に総督府、豊前小倉城に松平茂昭の副総督府を置くことになる。長州藩の最終的な公裁は将軍が行うものの、降伏条件や解兵時期の決定権は総督にある。幕府は、長州藩が朝敵となった時点で、江戸・京都・大坂・長崎などの藩邸をすべて没収し、毛利父子の謹慎を命じていた。

これより先、十月二十四日に、徳川慶勝は、薩摩藩の西郷吉之助と対面し、信認の証として脇差し一刀を与え、参謀格として全権を委任した。だが西郷は〈禁門の変〉を指揮した西郷ではなかった。彼は神戸海軍操練所の勝海舟に会い、その見識に魅せられていた。

勝は万延元年に咸臨《かんりん》丸でアメリカへ親善使節として渡航し、国際的な視野を身につけていた。江戸っ子のべらんめえ口調で相手を煙にまく独特の話術があり、多少のホラもまじえて大きく物語ることができた。長崎海軍伝習所の同僚は、そのはったりを嫌ったが、西郷吉之助や坂本龍馬は差引き勘定の上で尊敬したようだ。西郷は、勝海舟が腐敗しきった幕府の内情を語るのに驚いた。余談になるが、桂小五郎は、後年になって親交を結ぶ福沢諭吉らから、勝海舟の裏面を知らされていたためか、自分から近づくことはしなかった。

西郷は、長州の息の根を止めようとした、これまでの姿勢を変えた。これより先九月十九日付大久保一蔵宛書状によれば、

『攻め掛くる日限相分り候わば、直様《すぐさま》私には芸（芸州）へ飛び込み、吉川・徳山両辺の処引き離し候策を尽し申したく、内輪余程混雑の様子に御座候間、長人の処置を長人に付させ候道も御座あるべきかと相考え居り申し候。吉川または末家（清末家）等ことごとく死地に追い込め候えば、うち破りながらも大きな怪我いたす事に御座候間、兵力を以て相迫り候て、右等の策を用い候はば、十に五、六は背《そむ》き立ち候わん。基の処を以て突然乗り込み候はば、容易に攻め落し申すべきか相考え居り候に付、いよいよ征討の御決着に相成り候はば速やかに芸州へ飛び入り申すべく候間、左様御得心下さるべく候』とある。

西郷は勝海舟に会う以前から、長州をほどほどに弱体化させ、使い勝手をよくしておこうとの戦略を温めていたことが分かる。つまり征長軍の消耗をさけ、長州人同士で戦わせるのが最善だと考えた。内訌《ないこう》による

弱体化である。西郷は巨漢だが、その心情はきわめて繊細だった。味方であれば、これほど頼りになる人物はいないが、一旦、敵に回すと、これほど恐ろしい人物もいない。坂本龍馬が西郷の人物を評して、『西郷は馬鹿だが大きく叩けば大きく響き、小さく叩けば小さく響く』と語ったという。その西郷はすでに動いていた。

十月二日吉井友実、税所篤《ざいしょあつし》らと大坂を発ち、十一月二日広島入りした。太田川河口の複雑な三角州に毛利輝元が築城して以来、干拓工事が進み、水運の便に恵まれた城下町になっていた。瀬戸内交通の要でもあり、護岸には雁木《がんぎ》と呼ばれる階段状の船着き場がいたるところに設置されていた。だが〈大坂夏の陣〉後、毛利は西に追われてしまった。西郷は、水利に恵まれた浅野家の城下広島を征長軍の本営に定め、戦略を練った。二日後、岩国に入り、藩主吉川経幹《きっかわつねまさ》（監物《けんもつ》）に会い、責任者の厳重な処分を求めた。吉川には徳川慶勝から密書が送られ、工作が行われていたので、西郷の要求は萩の本藩へ伝えられた。幕府の攻勢は長州藩へも大きく及び、恭順派の領袖《りょうしゅう》椋梨藤太《むくなしとうた》による粛清が始まる。他方、奇兵隊などの諸隊およそ七百五十名は、五卿を奉じて長府に陣どった。

西郷との会談二日前、吉川は総督府へ三家老（国司《くにし》親相《ちかすけ》、益田親施《ますだちかのぶ》、福原元僴《もとたけ》）の切腹、四参謀（宍戸《ししど》左馬介、竹内正兵衛、中村九郎、作久間佐兵衛）の斬首、五卿の藩外移動などの降伏条件を申し入れ、開戦猶予《ゆうよ》を請願していた。西郷は大筋で了解し、処罰の実施を早めるように勧めた。吉川は本藩へ三家老切腹と参謀の斬首を催促《さいそく》した。

長州藩は、参謀まで斬首すべきか意見が割れたが、恭順派の意向で、この案を受け入れた。

十一月十一日に徳山藩で国司（享年二十三）と益田（享年三十二）が、一日後に岩国藩で福原が切腹（享年五十）、同日、野山獄で四参謀が処刑された。十一月十六日には、広島国泰寺で三家老の首実検が行われた。征長軍は総督名代の尾張藩家老成瀬正肥《まさみつ》、大目付永井尚志、軍目付戸川安愛が出席。次室には参謀の西郷吉之助と広島藩家老の辻将曹《しょうそう》が控えた。

強硬な永井は藩主父子の引き渡しと、萩城開城を通告した。だが、あまりに苛酷で長州には受理できない。西郷が間に入り、藩主父子からの謝罪文書提出、五卿の始末、山口城の破却が命令された。

しかし、降伏条件が寛大すぎるとして、副総督松平茂昭や小倉口の越前藩などより不満が出たため、西郷は説得のため小倉城へ向かった。

十一月二十二日、萩政庁は下関へ諸隊鎮撫掛の杉孫七郎を、翌日に粟屋帯刀《たてわき》を派遣。粟屋により長府藩藩主毛利元周《もとちか》を諸隊の鎮撫《ちんぶ》にあたらせた。謝罪恭順を徹底させるため、諸隊へ藩主への歎願を禁じた。そのため、諸隊が藩庁へ出す武備恭順や正義派の登用は無視され続ける。結果論になるが、馬関防衛のため奇兵隊などを解散せず、武器弾薬と兵糧も与え温存したことが、後日、諸隊により恭順派政権が打倒される伏線になった。

十二月八日、奇兵隊総督赤祢《あかね》武人は萩政庁と諸隊の協調により事態を鎮静化させるため、調和すべきと説いたが、賛同は得られず、奇兵隊軍監山県狂介が政庁へ反対の意見書を提出した。

赤祢は諸隊から浮き上がり、十二月十五日夜高杉晋作の功山寺蜂起で決定的に遊離してしまう。十二月二十五日赤祢は独り寂しく下関を旅立つ。赤祢は時代の潮流に翻弄《ほんろう》された不幸な男である。第一次長州征討を前に、藩内の融和を図ろうとして、高杉の功山寺決起を支援せず、浮き上がってしまったわけだ。出奔後、幕府に捕らわれ、大目付永井尚志《なおゆき》や新撰組参謀伊東甲太郎らにより、釈放を条件に長州藩への工作要員として利用された。長州尋問のため広島入りする永井の随員になり、長州へ潜入する。赤祢は藩を滅亡から救いたい一心から、旧知の同志と接触し、武備恭順の藩論を変えようとする。故郷の桂島に潜伏するが、御用御密聴聞使の槇村《まさむら》半九郎（のちの正直、京都府知事）に逮捕された。翌慶応元年一月、弁明の機会も与えられず山口で処刑された。

永井は、〈禁門の変〉で幕府大目付として朝廷との交渉にあたり、第一次長州征討では、藩主毛利敬親の厳刑を求めたことで知られ、当時は長州藩士に最も憎まれた人物の一人だ。

彼に利用された赤祢は、やはり俯瞰《ふかん》的な視野に欠けていた。奇兵隊もさまざまな考えで集まった集団であり、維新後の諸隊叛乱の萌芽が、赤祢の不幸な生涯にも萌《きざ》していたのだろう。

八

元治元年（一八六四）十一月二十五日は、歴史の大きな転換点となった。

福岡平尾山荘庵主・望東尼《もとに》のもとより、高杉晋作が馬関に帰って来たのだ。まだ水滴にすぎなかったが、やがて輝きを増し、細く途絶えがちな小川となり、伏水を集め、大河の勢いを増す。封建体制へ逆戻りしかけた歴史の歯車を、再び新しい時代へ向けて動かし始めた。

歴史の転換点には、偶然と必然が背中合わせで同居していることがある。

晋作が真っ先に支援者白石正一郎の屋敷を訪れると、意外な人物が待ち受けていた。福岡藩勤皇派の月形洗蔵で、藩主黒田長溥《ながひろ》の密命をもって、長州周旋のため遣《つか》わされたと話す。

晋作の動きは見張られていたのだろうか。（西郷が動いたな）晋作は直観的に、征長軍参謀西郷吉之助の深謀遠慮を想う。黒田長溥は、いち早く蘭学に目覚めた開明大名島津重豪《しげひで》の十三男で、黒田家に養子として迎えられた人物である。彼の年上の甥島津斉彬《なりあきら》こそ、西郷を引きたてた人物である。斉彬を中にして黒田長溥と西郷は熟知の間柄だった。

（五卿動座に反対している諸隊の説得工作にちがいない）明晰《めいせき》な晋作の頭脳には、月形の動きが手にとるように映っていた。すでに月形は三条実美《さねとみ》に面会し、五卿の動座を打診したが、諸隊及び脱藩浪士が反対し、混乱することを示唆された。都落ちした七卿のうち、沢宣義は生野の義挙に参加後、行方知れず、錦小路頼徳は肺病（肺結核）で死去していた。

西郷は、長州から五卿を動座させれば、二重の利益があることを計算ずみだった。まず幕府の要求に答えることが出来る。次に筑前の大宰府なら黒田藩内であり、薩摩の影響下に五卿を置くことになり、将来、中原《ちゅうげん》に覇《は》を競うとき、何かと好都合である。しかも、黒田藩は薩摩の縁戚なのだ。

「薩摩の西郷さんが小倉に入っておらっしゃる」

「それがどうかしたとでも」

晋作にとって、長州をおとしめた仇敵《きゅうてき》でしかない。

「これ以上、貴藩を追いつめたくないとのことで」

月形は西郷の意中を汲んでいるのだろう。

「七卿を都から追っていながら、今さらどうしようと」

「お気持ちは、痛いほどわかる。ばってん、四境の大軍は無視できまっせん」

月形は、長州の苦境を見透かしていた。

しかし晋作も、動員された諸藩が、追いつめられた長州と戦になれば、財政上も人的損害も増大することを熟知していた。恩賞のない戦に、兵の動きは鈍いものである。

「幕府がこれ以上の難題を吹きかけるのなら、長州は徹底抗戦するだけじゃけ。そのために帰国したのじゃから」

晋作は毅然《きぜん》としていた。

「西郷さんに会ってくんさい。高杉さんがその気なら、当地へ渡って来《き》んさる」

「ほう」西郷にとって、死地に飛び込むようなものだ。

晋作は顎に手をやって考えた。

個人的には、西郷は嫌いだ。というより、殺したいほど憎い。久坂玄瑞をはじめ松下村塾の同志たち、さらには三家老に参謀たちを抹殺した男である。

（俺は、肝っ玉の太さだけは誰にも負けぬつもりだったが、それほど器の大きな男なのか）

しばらく思案したが、晋作は西郷の人物を知っておくのも悪くはないと思った。

「よし、決めた。貴殿には、助けていただいた恩義もある。高杉としては、立場上会えんが、谷梅之助としてなら会ってもよかろう」

潜伏中の偽名であり、妥協したとしても、架空の人物として消去できる。

「さすがでござる。早速、小倉へ」月形は薩長の和解を望んでいた。

歴史の綾は微妙で摩訶不思議《まかふしぎ》な側面がある。五卿動座にからんだ人々により、ほどなく薩長盟約への端緒《たんちょ》がひもとかれようとは、誰も予測していなかった。その場では、第一次征長の終結のみが当事者の頭を去来していたのである。月形らの活動を援助すべく、小倉藩とも交易のある白石正一郎が、配下に手配したのは勿論のことである。

十二月十二日、半信半疑で待った西郷吉之助が、月形に案内され、吉井幸輔《こうすけ》と税所《ざいしょ》長蔵を伴って馬関の妓楼「大坂屋」に巨体をあらわした。稲荷《いなり》町の「大坂屋」は、馬関でも指折りの妓楼だ。かつて四国連合艦隊との和睦交渉で、伊藤俊輔がアーネスト・サトウをもてなした場所でもある。

晋作は自ら進んで西郷に会うつもりはなかった。広間で諸隊の幹部と大島三右衛門こと西郷吉之助が杯を傾けながら談合していた。その間、「大坂屋」の離れで、着流し姿のまま愛用の三味線を爪弾《つまび》き、小酌を愉しむことにした。ほどなく、

「どうぞこちらへ」

仲居らしい女の声がして、渡り廊下から重量感のあるゆったりとした足音が近づいてきた。

晋作は姿勢をただすこともせず、三味線も手放さなかった。

「ごめんください。失礼します」

仲居は声をかけて、襖《ふすま》を半開きにした。

「ごめん。お邪魔しもす」

仲居が大きく襖を引くと、羽織袴《はかま》姿の巨漢が、のっしと姿を見せ、

「はじめてお目にかかる大島三右衛門でごわす」

大きな目でぐいと晋作の全体をつかむように見ると、仲居のすすめる座布団に座った。

その際、巨体のせいか脚の動きが少し不自由そうに見えた。ちなみに西郷は遠島にあったとき、象皮病(フィラリア感染症)に罹患し、陰のう水腫が徐々に進行していた。この後、西郷の政治活動に色濃く影をおとす病である。

「谷梅之助でござる」晋作は努めて無愛想を装った。

お互いに名乗りはしたが、苦痛なほど沈黙の時が続いた。だが、見つめ合う西郷の黒く光った大きな瞳と、高杉の細くやや切れあがった眼ざしが火花のように交差し、微妙な交流を続けていた。やがて、お互いに人としての誠意と優しさを認めあっていたにちがいない。

「これ以上の争いは無益でごわはんか」西郷の目に強く光るものが見えた。

「攻めてきたのは幕府ですぞ」

晋作は聞き手にまわるつもりでいた。

「おいは、あちらで諸隊の面々と話して来もした」

「それで」

「たのもしか連中じゃけんど、バラバラでごわすの」

「なるほど」西郷の指摘が鋭いことに驚いた。

「他国のもんが、干渉することじゃなか、と、云いたいとこじゃが、日本は今、外国に狙われとるとでごわす。薩摩もエゲレスと戦い、勝負にならんことを知りもした」

「たしかに、われらも負けました」

「早く日本の国をまとめて、立ち向かわねば、本当の

攘夷はかないもはん」

師、吉田松陰の教えと同じ趣旨を西郷の口から聞き、晋作は黙ったままうなずいた。

「五卿を大宰府へ動座願えれば、幕軍を解くことができもそう。そうすれば、長州の内のことには、口出し無用と説くつもりでごわす」

西郷は、晋作が諸隊をまとめ恭順派を打倒しようとしていることを、見抜いていた。

「薩摩も同じことでごわす。貴殿は精忠組をご存じか」

「もちろん、西郷、大久保、吉井等々」

西郷の顔に、一瞬穏やかさが増したが、暗く曇った。

「寺田屋で同志討ちが」珍しく西郷が目を伏せた。

島津久光の命で鹿児島へ帰国させられた直後の惨事だった。

「長州の同志も心を痛めました」

長州藩邸では、久坂らが呼応すべく待機していたのである。

「お互い腹を割って話せば、分かり合えることもごわはんか」

「なるほど」

「諸隊をまとめ、大宰府動座をお頼みもす」西郷は謙虚に頭をさげた。

「わかりました。説得してみましょう」

「あいがと。これから向こうの連中が何をしでかすのか、楽しみでごわすのう」

西郷は宴席の方へ視線を移しながら、その心は晋作を正視していた。二人はすでに、西郷と高杉にもどって話しこんでいたのである。


晋作にとって頼れる兵力は、自ら育てた奇兵隊を筆頭に、松下村塾同門の同志であるが、その主力は〈禁門の変〉で他界していた。京都へ出兵しなかった奇兵隊はほぼ無傷のままなのだが、赤祢が椋梨の顔色をうかがっていて、軍監の山県狂介や福田侠平も慎重な態度を崩さなかった。

そこで足を運んだのが、功山寺で五卿の警護にあたっていた御楯隊である。八月に三田尻に逃げ帰った太田市之進・山田市之允《いちのじょう》・品川弥二郎らは御楯隊を結成していた。総督は太田、軍監山田、書記品川が統率する精鋭である。高杉がその本営を訪れたのは、十二月二日のことだった。

「決起してくれんか」高杉は、彼らなら二つ返事で打診を受けてくれるものと思っていた。

ところが、太田は山田や品川と同じく、〈禁門の変〉に敗れ、死地から生還して間もなく、慎重になっていた。

「奇兵隊が動けば、われらも共に」

太田が代表して正直な気持ちを語る。

「市之允、お前もそう思っちょるのか」

晋作は、松下村塾の後輩山田を責めるように、切れ長の目をキラリと光らせた。

「相手は藩兵じゃけ、諸隊が足並みをそろえにゃ勝てんのでは」

市之允は久坂を死なせてしまった無謀な戦いを悔いていた。

「高杉さん、奇兵隊を何とかしてくれませんやろか」

弥二郎は赤祢が総督の役割を果たしていないことを知っていた。

「うむ、狂介は相変わらずの石橋叩きじゃ。危ない橋は渡ろうとせんけ」

「松陰先生の『鎮魂録』を覚えちょりますか」

市之允は松陰の死生観を思い出していた。

「もちろんじゃけ、立つのじゃ」

「死して不朽の価値があるのは、今じゃろうか」

「そうちゃ。市之允。それが今と思わんのか」

晋作の眼ざしは、鋭く三人を射ぬいていた。言葉を失った者たちを一瞥して、その日、晋作は立ち去った。落胆を隠しえない背中を見送りながら、弥二郎は、

「高杉さんは、周布翁や久坂さんらの後を追うつもりじゃのう」とつぶやいた。

志のある若者にとって、生きのびていることが、死ぬことよりも辛く苦しい時代だった。

晋作はその後もう一度、奇兵隊本営を訪れ、山県や福田を説得したのだが、失敗に終わり、やはり死に場所を求めて馬関へ向かったのだろう。


朝から降り続く雪は長州を白銀におおい、重苦しい沈黙の世界に変えていた。

十二月十六日深夜、桃実兜《ももざねかぶと》を背負い、小具足で戦装束に身をかためた高杉晋作は、長府毛利家の菩提寺功《こう》山寺《ざんじ》で決起する。大宰府動座を前に、仮寓中の三条実美ら五卿へ決起の挨拶をした。五卿には、土佐藩士楠《くす》左衛門《ざえもん》（のちの久元）らが随従していた。ちなみに土方は、薩長盟約の根回しをし、維新後も三条実美の側近としてつくす。かれは同じ土佐藩の坂本龍馬や中岡

慎太郎とも親しく、薩長盟約へ触媒《しょくばい》の働きをする。

ところで奇兵隊総督の赤祢武人は、英国公使館焼討で、高杉と行を共にしたが、今回は恭順派との間に立って、藩の分裂を防ぐため、決起に反対の立場を固執した。功山寺のある長府藩の家老も、制止に駆けつけたが、高杉は聞く耳を持たない。山県ら奇兵隊の面々を前に高杉が吐露した言葉がある。

『こんにちの場合、一里ゆけば一里の忠をつくし、二里ゆけば二里の義をあらわす』

晋作らは別杯を交わし馬上の人となった。

「高杉さん、犬死にはいけん」

行く手の雪上に飛び出した奇兵隊軍監福田俠平《きょうへい》も、無謀な決起を諫止《かんし》したが、

「ごめん」と晋作は黙礼しただけで、馬腹を蹴って雪の中に消えていった。

門前に参集したのは伊藤俊輔率いる力士隊と石川小五郎（後の河瀬真孝《まさたか》）の指揮する遊撃隊のみで、八十人余りの若者たちだった。遊撃隊は、禁門の変で来島又兵衛の戦死後、石川が指揮を執り継承した実戦経験のある精鋭だ。彼らは晋作の後を追い馬関へ向かった。目指すは馬関新地の長州藩会所である。高杉らと死地に向かおうとして、石川は偶然にもすれ違うように幾松と会った。桂小五郎の消息をお互いに尋ね合うものの、まだ誰も生存を知らなかった。

馬関の新地会所はわずかな役人がいるだけで、抵抗なく占拠でき、兵糧なども手にいれた。

了円寺を屯所とし、晋作は山口矢原の大庄屋吉富藤兵衛に軍資金を求める密書を送り、二分金二百両を入手する。

十二月十八日、高杉蜂起の報に接した萩政庁は、諸隊への協力を禁じる布告を出した。

同時に、謹慎を命じていた前政務員の前田孫右衛門・毛利登人《のぼる》・大和邦之助・渡辺内蔵太《くらた》・山田亦介《またすけ》・楢崎弥八郎・松島剛蔵の七人を野山獄に投じ、翌十九日夜、斬首《ざんしゅ》した。彼らは有為の人物であり、〈禁門の変〉に続き、長州はかけがえのない人材を喪《うしな》ってしまう。さらに、家老の清水清太郎や小田村素太郎（楫取素彦）を謹慎処分とし、同月二十五日には清水を切腹させた。椋梨らの過剰な弾圧は、日和見をしていた諸隊を刺激した。

十二月十九日から二十三日にかけて幕府目付の戸川安愛らが山口・萩を巡検した。西郷は、十九日付の小

松帯刀宛書状で、前日、永井・戸川に在陣が長引くことの損失を説き、藩主父子の隠居、十万石の減封、山口城破却などの条件を提案したことを伝えた。

その間、晋作は十八人の決死隊を率いて三田尻に向かい、三隻の小舟に分乗し、癸亥《きがい》丸や庚申《こうしん》丸などの西洋式軍艦三隻を船将との談判で乗っ取る。戦争に負ければ幕府の戦利品として奪われることを、晋作は教唆した。かつて丙辰《へいしん》丸や庚申丸の艦長をしていた松島剛蔵が殺された今、晋作に抵抗する理由はない。

十二月二十八日、俗論党は藩主の名を使って諸隊追討令を発し、粟屋帯刀《たてわき》の指揮下に美祢郡大田村絵堂に進軍してきた。さらに諸隊鎮撫奉行毛利宣次郎《せんじろう》の一隊は阿武郡明木《あきちぎ》村、児玉若狭の一隊は大津郡三隅《みすみ》村に布陣した。ここに来て奇兵隊の山県狂介が重い腰をあげた。また西郷の説得で五卿が大宰府へ移られたため、護衛役の御楯隊は任務を解かれ、高杉に従う決断をする。

しかしながら、小五郎が椋梨藤太ら俗論党による血の粛清《しゅくせい》について知ったのは、幾松と帰郷してからである。西郷が長州の内紛による弱体化を狙い、ここまで凄惨な状況になることを読みこんでいたのかは、推測することができない。歴史を俯瞰《ふかん》すれば、古来、身内の憎悪による戦乱ほど凄惨《せいさん》を極めている。これまで赤祢の融和論により静観していた諸隊も、これを知り、ついに決起した。参陣が遅れた奇兵隊の山県、御楯隊の太田・山田・品川らは頭を丸めて謝罪の意を表す。諸隊は伊佐に集結する。

十二月二十六日、五卿の渡海承諾書が小倉滞在中の西郷吉之助に届けられた。その最中に、正義派要人処刑の報が西郷の耳に入る。長州の自滅を察知し、長居は無用とばかり広島へ向かい、征討総督徳川慶勝に解兵を建言した。幕府大目付の永井尚志らが反対したが、西郷は一刀両断で、「いたずらに解兵を引き延ばすことは、征討軍になんら益もなく、泥沼に足をとられるだけでごわっそ。長州の内紛にかかわる余裕はありもはん」と一歩も引かぬ気迫を見せた。西郷にとって、五卿を長州から薩摩の影響力下に移してしまえば、これ以上望むものはない。分裂した長州がほどほどに弱体化するのは、高みの見物だった。

他方、幕府に動員された諸藩にも厭戦《えんせん》気分が蔓延《まんえん》していた。それぞれの国元では一揆が頻発し、米価の高騰で上方《かみがた》一円にも混乱が広がっていた。征討軍総裁徳川慶勝は十二月二十七日に解兵令を発令した。同時に永井・戸川に、状況報告と処分内容について慶勝の建議を江戸の幕閣に伝えるように命じた。永井・戸川両名は、海路、大江丸で江戸へ向かい、年明けの慶応元年一月十一日に江戸城へ入った。

慶勝自身は、一月四日に広島の陣払いをし、途中で江戸幕閣の十二月二十四日付命令書を受け取ったが、そのまま京都へ向かい、一月二十四日に入京した。命令書には、毛利父子と五卿の江戸護送が明記されていた。慶勝は、西郷よりも長州へ寛大であったことが分かる。

江戸幕閣のみでなく小倉布陣の副総督松平茂昭・一橋慶喜・松平春嶽・山内容堂なども、総督徳川慶勝の弱腰を非難した。

慶勝の建議を江戸城へ運んだ永井・戸川両名へ幕閣の怒りが集中し、病気を理由に自宅謹慎を強いられ、同年五月六日大目付を罷免《ひめん》される。戸川安愛も三日後に目付を罷免された。

長州の恭順降伏に自信を回復した幕閣は、一月二十五日に参勤交代復旧を改めて布告した。二月になって、大目付塚原昌義に長州派遣を命じ、尾張藩の警護で毛利父子を、九州五藩の警護により五卿を、それぞれ江戸に還送させることにした。

こうした幕命に対して根強い抵抗があり、第二次長州征討につながろうとしていた。

江戸幕閣の強硬姿勢を前にして長州藩は存亡の危機に直面していた。敗戦の混乱の中、長州は恭順派と高杉晋作ら諸隊の二つに割れた。十二月二十八日恭順派粟屋帯刀の率いる藩政府軍四百余が伊佐に迫る。

正月二日、晋作は馬関で改めて挙兵し、檄文《げきぶん》を発して諸隊の決起を促した。六日には、伊佐に駐屯する太田市之進・山県狂介らに来関・決起を呼びかける書簡を送った。伊佐には奇兵隊のほか南園隊・八幡隊などが集結する。その夜、奇兵隊の山県は、諸隊から百人余の精鋭を選び、絵堂に夜襲をかけた。不意を衝かれた恭順派は動転し、敗走する。体勢を立て直そうとした藩政務役、財満《たからま》新三郎まで射殺された。財前は小五郎と共に練兵館に留学した男である。勝利した諸隊は、地形を考慮し大田に引いて布陣した。大田での激戦は十四日まで続き、一時、諸隊は苦戦をしいられたものの、激しい降雨に助けられる。藩兵の火縄銃が使えなくなり、ゲーベル銃を持つ諸隊の勇気が勝った。

　正月七日、山県らとは別に御楯隊は山口に通じる萩往還を経て小郡《おごおり》に進軍した。吉富藤兵衛（のちの簡一）がすでに五百人近い農民の義兵が集っていると、知らせてきたからである。その夜、太田市之進・山田市之允らの御楯隊三百名は小郡代官所を襲い、同時に吉富らは山口奉行所を攻撃した。共に成功したのだが、本隊の山県らが十日朝から藩兵の反撃にあい苦戦した。そのため御楯隊に帰陣を依頼してきた。

　十二日から十四日まで死闘が続く。十四日、苦戦の情報を聞き、晋作は遊撃隊など五百余の兵を率いて馬関から出陣した。膠着《こうちゃく》した戦況は諸隊有利の流れに変わった。晋作は、前進すべく声をかけるが、疲れきった兵士は休息を望んだ。

「今が勝機じゃけ。遊撃隊だけでも赤村を夜襲するつもりじゃ」晋作は本気だった。

　決起する同志を求めて兵士を見回していると、山県狂介と目が合った。

「お連れくだされ」

　山県が起つと、続々と従うものが増えたが、

「佐々並村にも敵兵がウジャウジャおるけ」

と、兵の中から心配の声があがった。

「井上聞多が駈けつける」

　晋作は確信ありげに答えた。

「まさか」

　伊藤俊輔までもが驚きの声をあげた。

　井上は重傷が癒えた後、湯田の生家から来島又兵衛の長男森清蔵宅へ、監視つきで移されているはずだ。森の妻は井上聞多の妹である。

「そのまさかよ」晋作は大声で事情を説明した。

　大庄屋吉富藤兵衛に軍資金を調達してもらい、井上の救出も頼んでいた。長府の御楯隊が小郡《おごおり》の代官所を襲撃し、その勢いで井上を助け出したのだ。驚くのはそれだけではない。藤兵衛の呼びかけで、農民有志が千人余も決起し、鴻城《こうじょう》隊の名のもとに一隊を編成した。

「聞多が総督として出陣する」晋作が締めくくると、

「おう」と歓声が沸き起こった。

　吉富藤兵衛の働きは、まさに燎原《りょうげん》の火となって、長州の各地に広がっていく。

　慶応元年一月十六日夜半、遊撃隊は赤村を、鴻城隊は佐々並村を攻撃した。藩政府軍も必死に反撃したが、戦う者たちの意識の高さに圧倒され、敗走した。晋作

は一気に萩攻撃をすべきと主張した。しかし山県は、藩主が滞在し、多くの知己が暮らす萩城下を戦火で焼くことは避けるべきだと、反対した。太田や山田も同じ意見だった。

「俗論党の輩を滅ぼさねばのう」

伊藤俊輔は身分の高さで威張り散らす武士階級を敵視していた。

「去年の夏、京都の戦で都は火の海につつまれた。おれたちはその中を逃げてきた。一番難儀をこうむったのは罪もない町人じゃった。萩の町を焼いちゃいけん」

思わず市之允は、叫ぶように晋作らの強硬意見に反対していた。晋作は、諸隊の意見も入れ、山口にもどって陣容を整えた。参戦する兵が雪だるまのように増える情況下に、萩を包囲した。軍艦癸亥《きがい》丸を萩沖へ向かわせ、空砲を放って威嚇《いかく》した。萩城の弱点を晋作は熟知していた。心理作戦に動揺した恭順派は内部が分裂。諸隊との決戦を辞さない清光寺党と、中立を保つ鎮静会に別れた。膠着状態を危惧した杉孫七郎ら鎮静会の議員たちは、藩が内紛でこれ以上疲弊《ひへい》する愚行を憂い、藩主敬親に建白した。藩主はこれを受け、藩兵の帰陣を命じ、恭順派要人の椋梨藤太らを退け、正義派に近い山田宇右衛門を手当掛に登用した。

広戸甚助が馬関に着いたころ、高杉晋作と伊藤俊輔は諸隊を指揮するため萩の包囲陣にあり、村田蔵六は外国人応接掛として馬関に釘付けだった。蔵六は野村靖之助（のちの靖《やすし》）に相談した。しかし野村も対馬へ渡る使命を帯びていた。実は多田荘蔵が、対馬藩飛び地の肥前田代をあずかる家老平田大江とともに懇願に訪れていたのだった。対馬藩の親長州派を、親戚の長州藩としても見捨てることはできない。野村は同志とともに出発する手はずになっていた。

桂小五郎の帰還を望むのは藩論で、〈禁門の変〉で、長州藩はあまりにも多くの人材を失っていた。小五郎の潜伏先が分かった今、すぐにでも迎えに行かねばならなかった。だが、動ける者、信頼できる者が思いつかず、村田蔵六は頭をかかえてしまう。見かねた幾松が、その役を名乗り出たときには、驚きと嬉しさで、蔵六は飛び跳ねんばかりだった。

野村は小五郎宛に手紙をしたため、伝えるべき要点を甚助に告げた。その甚助が大坂で博打に手を出し、行方をくらましたのだから、幾松が怒るのも無理からぬことである。野村が伝言を頼んだ要件は、甚助の失踪《しっそう》で小五郎には伝わらなかった。幾松は、甚助と異なり、回天の偉業を夢みることができた。見聞したことを細々とではあっても、小五郎の耳に入れた。

政争に敗れた椋梨藤太は、海路脱出したが、石州津和野領内で捕らえられ、野山獄に入れられた。小五郎の政庁復帰後、閏五月二十八日、野山獄で斬首される。享年六十一歳である。

恭順派に勝利した高杉晋作は、幕府の第二次征長を予想した。諸隊を要所へ分散させ、武備を整える必要を痛感していた。馬関で対面した西郷吉之助を意識する。薩摩はイギリスと戦ったあと、急速に軍備の近代化を進めていた。ことに敵対したイギリスとの接近は注目に値する。晋作自身、吉田松陰が密航しようとした動機を理解できるようになっていた。

晋作は伊藤俊輔を誘ってイギリスへ留学しようといい出す。その心中は複雑だった。

「ひとは艱難《かんなん》をともにできるが、富貴《ふうき》はともにできないものよ」

晋作は謎めいた言葉を口にした。

高杉晋作と伊藤俊輔が諸隊から離れる契機になったのは、おそらく山県や太田らとの情勢分析の違いによるものだろう。その伏線は、萩総攻撃を山県・太田・山田らにより、抑えられたことにあった。英国公使館焼打ち事件のように、晋作には目的によって手荒い手段もよしとするところがあった。つまり松陰の説く「狂」を、必要ならば断行できる革命児なのだろう。後の四境戦争でも大村益次郎が民家の焼き討ちを避けたのに対し、高杉が指揮した小倉口戦では火を放った。故郷の町萩を焼くことに抵抗を感じる心情を、軍略の甘さと見るか、温情と見るか、それぞれに違うのだろう。

ただ晋作は衆議が好きではなく、信長に似た独裁を得意とした。諸隊の指導者は、「諸隊会議所」を設立し、山口に置いて本営とした。これは萩総攻撃を命じる高杉を阻止した自信に裏打ちされ、独裁排除のための合議制である。その意図を察した晋作は、諸隊会議所に顔を出さず、いつの間にか馬関へ姿を見せた。うのを相手に酒びたりの不貞腐《ふてくさ》れた生活へ舞いもどってしまう。自らの決起で八十人足らずの同志が、数千の兵となり萩城を包囲し、椋梨を牢に入れたのに、言い知れぬ敗北感に襲われていた。

それはおそらく、自分自身の狂気を時として抑えられない悔しさなのかもしれない。

　三月十日、馬関にイギリス商船ユニオン号が寄港した。ちょうど伊藤俊輔と旧知の公使館員ハリソンが乗船していて、長崎まで便乗を許される。長崎に着くと二人は、イギリス領事ガワーを訪れた。もともと公使館付の医師である。ちなみに同僚の医師ウイリアム・ウイリスは、生麦事件の負傷者や戊辰戦争の傷病兵を治療し、評価される。しかし、公使館員としては不遇だった。晋作はガワー邸に短期間滞在した。後年、小五郎は横浜在勤のガワーの妻から、そのときの思い出を聞くことになる。

　晋作は英国帰りの俊輔を通訳にするつもりで伴っていた。

「馬関を開港したい。そのための使節をロンドンへ送りたいのじゃが」

　ガワーは、交戦相手だった長州からの提案に驚く。

「確かですか」

「もちろんじゃ」晋作は真剣だった。

「本国の了承が必要なのですが」

　ガワーは、ラッセル外相の許可を必要とする案件であることを示した。

「グラバーに会ってみませんか」

　ガワーは、当年二十七歳のグラバーなら、現実的な話を進める能力があると思った。

　領事館の通訳ラウダが案内役を買って出た。グラバー邸は長崎の港を一望にできる丘の上に建っていた。スコットランド生まれの若き実業家は、上海から長崎に来て、ジャーディン・マセソン商会から独立し、グラバー商会を設立した。諸藩へ武器や船舶を売って巨富を得ている。アメリカ南北戦争が終わり、不用になった大量の武器が極東に流れ込んでいた。

「馬関を開港し、使節を送りたいのじゃが」ガワーに話したことを晋作は繰り返す。

　グラバーは腕を組み、ちょっと考えこむと、

「数日前のことですが、薩摩藩がイギリスへ留学生を極秘に送ったのをご存じか」

　意外なことを口にした。

「それはまた。ほんとうですか」

　同じ留学経験のある伊藤俊輔が訊ねた。

「ほんとう。幕府には内密ですが、薩摩藩からの正式な留学」

晋作たちが長崎入りした翌日の三月二十二日に、薩摩の串木野から家老新納刑部《にいろぎょうぶ》（久脩《ひさのぶ》）、松木弘庵（のちの寺島宗則）、森金之丞（のちの有礼《ありのり》）、五代才助（後の友厚）らが率いる十五人の若者たちは旅立った。

「五代も行きましたか。彼とは上海へ一緒《いっしょ》じゃった」

高杉は幕府派遣団の一員として渡海したことがある。そこで欧米列強に隷属《れいぞく》する中国人の生活と、先進国として植民地化を進める白人たちの奢《おご》りを目撃した。晋作の攘夷はこのときの体験に根ざしている。

「イギリス政府が了承していますから、よい待遇になるでしょう。先を越されましたね」

「もう手遅れじゃろうか」俊輔が口をはさむと、グラバーは新しい情報を教える。

「そうではないが、公使が交代します。オールコックに代わり、上海からハリー・パークスが。フランスもレオン・ロッシュ公使に代わったばかりだからね」

幕末の日本で外交の腕を競う英仏の公使が、登場しようとしていた。

「現実的な提案があります。長州は幕府に攻められていますね。どうでしょう、パークスと交渉して馬関の開港を急がれては。横浜への途中、馬関に寄港するよう伝えましょうか」

グラバーの提案に、俊輔がすばやく反応した。

「面白い。会談できるとよいのじゃが」

高杉は、上海で中国人を隷属《れいぞく》させるイギリス人の姿を目撃していただけに、

「そうか。手っ取り早いかもしれんが、どんなものかな」晋作が考えこんでしまう。

「そうだ。ぜひ紹介したい男がここに来ています。会ってみませんか」

そう言って、テラスから見晴らしのよい庭へ降り、木陰の方へ歩いて行った。間もなく長身の若者を従えて戻ってきた。ざんばら髪の武士で、腰に脇差しのみを帯びていた。

「サカモトさんです」

グラバーが紹介すると、男は軽く会釈し、

「長州の高杉さんですか。はじめまして。土佐浪人の坂本龍馬じゃき」

くったくない名乗り方をした。

「こちらは高杉晋作さん。ぼくは伊藤俊輔」

無愛想を装う晋作に代わって、俊輔が自己紹介をした。

「だいぶ前じゃが、萩で久坂玄瑞に会うたことがある

がよ」龍馬は土佐弁丸出しで語りかけた。

武市瑞山の使者として久坂に接触したのだった。

「久坂は、去年、戦死した」晋作は突き放すような言い方をした。

「やっぱそうか。犬死にじゃ。惜しいのう」

「なに、犬死にじゃと」晋作は眉をあげ、思わず気色ばむ。

「日本人どうしで殺し合いをしてはいかんぜよ」

龍馬は顔色を変える晋作を軽くいなし、

「幕府勘定奉行の小栗忠順《おぐりただまさ》は、フランス公使のロッシュと手を結ぶつもりで、動いちょる。薩摩はエゲレスと組む。長州はどげにするつもりじゃろか」

そういって、ぐいと晋作の目をとらえた。龍馬に核心をつかれ、晋作は見なおした。

「それを思案中じゃ」そう答えるしかなかった。

「幕府は、フランスの力で製鉄所と造船所を作り、洋式の軍隊を整備する予定じゃちゅうが。もしそうなれば、幕府は安泰で、世の中、いつまでたっても変わりゃせんやろ」

龍馬は、勝海舟に師事したので、幕府の内情にも通じていた。〈船中八策〉で有名な国体への建策は龍馬の中で形を表しはじめていたが、公言することはなかった。彼は土佐人らしく、公武合体で一橋慶喜を総裁にいただく新生国家の誕生を構想していた。

龍馬に一方的に喋《しゃべ》られるのがしゃくで、晋作は眉をあげて話す。

「馬関を開港するつもりじゃ。今は大割拠の時代と思う。我らが藩は、幕府からも朝廷からも、滅ぼすべき相手とされちょる。なんの遠慮がいろうか。列強と条約を結んで悪いとは誰も言えんじゃろ」

大割拠論をぶつ晋作もまだ、長州の滅亡を防ぐことで精一杯だった。

「ほう。そりゃ、面白い。ほうなったら、わしらの仲間も取り引きさせてくれんかのう」

龍馬の率いる亀山社中は、貿易を目論んでいて、実利的な交易の話かと思っていた。

「グラバーに武器を準備させてくれんか」晋作は建前抜きで、ズバリと話をきりだした。

「高杉さん。馬関を開港すれば、武器は金次第じゃろが」

「そうか。坂本さん。やってみるから、うまくいけば、馬関へ運んでくれんか」

「喜んで。それに、土佐者でお世話になっちょる中岡慎太郎を、よろしうに頼むぜよ」

坂本龍馬という男が、さらにすごい事を考えているとは気づかず、晋作は馬関開港に飛び付き、急ぎ帰国することに決めた。


四月上旬、晋作と俊輔はふたたび馬関にもどった。

藩庁の山田宇右衛門は高杉の復帰を喜び、晋作を外国応接掛に任命した。ところが、馬関は大部分が長府藩領で、清末藩領も若干含まれ、本藩の領地は西端の一部のみであることに気づく。晋作は長府藩に替え地を与え、馬関を本藩直轄地として開港する案を建言した。これを洩れ聞いた長府藩の攘夷派が激怒し、次いで替え地論は長府・清末両藩藩士を怒らせた。長府藩報国隊総督の泉十郎らは、高杉、伊藤、井上の暗殺指令を出した。暗殺団の中に殺人鬼神代直人《こうじろなおと》もふくまれるとの噂を俊輔は得て、晋作に注意を喚起《かんき》する。噂は現実になり、馬関の商人入江和作の屋敷で、

「高杉さま、店の者が申すに、すでに刺客が嗅《か》ぎまわっているそうでございます。この店も危のうございますぞ。旅費は手前が用意いたします。どこぞ四国へでも、安全な処へ身をお隠しください」切羽《せっぱ》つまった表情で教えられた。

晋作は芸妓うのをつれ瀬戸内へ、井上聞多は別府へ、伊藤俊輔は馬関の商家に潜伏した。

晋作とうのを、大坂を経て伊予の道後温泉へ案内したのは、紅屋の下男民蔵だった。幾松の一行が対馬を目指しながら逗留《こうりゅう》した紅屋である。面白いことに、小五郎も晋作も聞多も、潜伏先に温泉の湯治場をえらんでいる。客観的にみれば、旅人に紛れこむことができるからだろう。晋作は、小五郎の消息を得るため、いったん大坂へ出たが、幕吏に怪しまれ脱出し、瀬戸内を転々としていた。このころから、晋作は喀血に苦しめられる。

紅屋の主人喜助は湯治を勧め、民蔵をつけたのだ。湯治の治療効果はてきめんで、晋作は健康を取り戻したかに見えた。静養の日々にあって、不遇な流転を顧みていた。

(本来なら、恭順派を屈服させ、再び世直しの起点に立つ功績を評価されるべき者が、長州から逃亡しなくてはならないなど、こんな理不尽《りふじん》があるものか)

そう不満を吐露《とろ》したい気持ちも、たしかにある。

(だが、これが世の中というものなのかもしれない)

晋作流に自らを慰め、うのとむつみあう房事に癒されていたが、危険が迫ってきた。

「高杉さま、讃岐の日柳燕石《くさなぎえんせき》と云う親分をご存じですか」

見かねたのか、供の民蔵が入江和作の助言を伝えた。入江和作は西の端町に屋敷を構える豪商で、紅屋はその傘下にある。功山寺決起に際しても、多額の献金をしてくれた恩人だ。

「よくは知らぬが、ただの博徒《ばくと》ではないらしいのう」

「道後は道草で、入江の旦那は親分を訪ねよとのことで……」

「そうか。会ってみたい。子分が千人以上もいるらしいから、一軍の将じゃろう」

晋作の選択は、天の声だった。一命を燕石により救われる。天領の榎井村に燕石の屋敷はある。名を長次郎といい、侠客ながら若くして国学を学び、勤皇の志厚い文人でもある。会ってみると、関西一の大親分との評判にたがわぬ見識と包容力の持ち主だった。

「故あって国を離れているが、長州の高杉晋作と申す者でござる」晋作は正直に名乗った。

「馬関の入江さんから、お手紙をいただいております。以前から土佐勤皇党の諸氏とも交流はあり、貴殿のお名前は存じておりました」

くどい挨拶は抜きで、男と男の裸の付き合いが、出会った瞬間から始まった。互いに男として惚《ほ》れあったのである。屋敷で歓迎の酒宴をあげ、翌日には琴平の興泉寺近くにある別邸呑像楼にかくまった。金毘羅宮のある象頭山《ぞうずさん》を眺望する位置に立ち、二階の障子を開けると高松街道筋の往来が見てとれる。晋作とうのは、ここでひと時の安息をえた。

九

そのころ小五郎は、幾松とすみを連れて、湯島(城崎)へ向かっていた。

(うちは、小五郎はんと将来を誓い合った仲や)幾松には心の準備ができていた。

松本屋の娘タキに会ったら、率直に礼を言うつもりだ。潜伏中の小五郎を癒やしてくれた娘に、妻として感謝したかった。

小五郎は、タキが流産したばかりであることだけは伏せていたが、男女の交わりをしたことは、包み隠さず話しておいた。紅燈の下で女になった幾松には、ある意味で包容力がある。

(遊びなら許せる。そやけど本気で愛しあったのなら、どうやろう。うちよりも魅力のある女《ひと》やったら、嫉妬《しっと》で狂おしくなるかもしれへん)幾松は娘の姿をあれこれ想像していた。

街道は、出石《いずし》川に沿って西に向かい、円山川と合流する豊岡から北へ日本海に通じる。出石の盆地は豊岡もふくめ明るく開けている。里山は色とりどりの新緑に装われ、山桜や三つ葉ツツジが彩りを添えていた。

「京の桜はもう散ったかのう」

小五郎は、すみにこころを配りながらも、つい幾松に話しかけてしまう。

「そうやなあ。角倉《すみのくら》のしだれ桜は散ったやろな。そやけど、東山の山桜はいまが盛りかもなぁ」

まだ都が表面だけでも平穏だったころ、幾松は小五郎に連れられ、八坂神社に参り、中村屋で味噌田楽《みそでんがく》を食べ、高台寺から清水寺まで遊んだ。菊谿《きくたに》川の谷や鷲尾山の山肌には山桜の大樹がある。

「戦《いくさ》やつけ火で、桜も迷惑したにちがいない」

小五郎は、性格的に放火が嫌いで、晋作らの同志が計画しても加担しなかった。時に白い目で仲間内から見られることがあっても、信条を曲げない頑固さがある。

「ほんまやなぁ。高台寺さんまで燃やしてしもうて」

文久三年七月に、軍勢を連れた松平春嶽が宿に予定した高台寺の塔頭《たっちゅう》は、過激派により焼かれた。犯人は不明だが、天誅組だと、噂が流れた。豊臣秀吉とお祢夫妻の御霊屋《おたまや》もあり、広大な伽藍の大半を焼失させてしまった愚行だ。

戦国の乱世を鎮めた秀吉の全国統一には、毛利元就《もとなり》と三本の矢で知られた子息(隆元・元春・隆景)の協力が大きく貢献している。隆元の嫡男で豊臣政権五大老、関ヶ原西軍総大将をつとめた毛利輝元には、それなりの自負があったという。毛利家には、秀吉の黄金の茶室で使われた黄金の茶碗が伝えられている。そのためか、小五郎にとっても、高台寺境内には歴史を感じさせる懐かしさがあった。東山霊山の坂口には、幾松の生まれ故郷若狭小浜の城主(豊臣政権下)だった木下勝俊(長嘯子《ちょうしょうし》)の隠居所「挙白堂」が風雪に耐え遺《のこ》っていた。

幾松は、妹のようにすみをいたわる。

「足が痛くなるようやったら、いうてな」

「おかみさん、心配せんかてええ。田舎の娘《こ》やし」

初対面から、小五郎が言葉を選んで紹介していた。

「おすみ、ぼくのかみさんや。やっと、きのう、訪ねて来た」

幸い質素な身なりだったため、すみは幾松の素性を疑うことはなかった。

「菜の花がきれいやなぁ」

ようやく幾松は、田畑を彩る春の色をこころの底から愛《め》でることができた。

「秋の蕎麦《そば》も白い花がきれい」広戸すみはまだ無垢《むく》の娘で、清楚《せいそ》な白い花が好きらしい。

「出石のお蕎麦をご馳走《ちそう》さん。ほんに美味《おい》しかったわ」

幾松は蕎麦をゆでる小五郎の姿を思い出し、微笑んだ。

「おすみの親父《おやじ》さんは喜七さんというて、蕎麦打ちの名人じゃけん」

小五郎は広戸家の人々から家族ぐるみで守られていることが、幾松にもわかる。

「ここで暮らすおひとは、みなさん幸せそうや」

幾松は、本心でそう感じていた。


戦乱の京都は荒れはて、人々は荒《すさ》み、住みにくくなってしまった。

「住めば都とは、よくいうたものじゃ」

小五郎は、訊《き》かれもしないのに、但馬《たじま》のお国自慢を口にした。

「但馬ちりめんはなかなかのものだし、楊行李《やなぎこうり》は日本一らしい。円山川は水運に恵まれているし、中流に玄武洞があって、漬け物石や敷石になる石が採れる。生野の銀山も近いしのう」

そう話しながら小五郎は、大黒屋に預けておいた書類入れの柳行李を心配した。(哀しい性《さが》なのかもしれぬ。お世話になった大黒屋一家の運命よりも先に、書類を気にしている)そのように戒《いまし》めても、心に浮かぶ思いは国事なのだから、情けなくなる。

小五郎は、交通の要所となっている出石の戦略的な重要性を考えていた。一度、直蔵に「長州の塩を商《あきな》わんか」と、誘ってみたことがある。長州の船が入れば、情報の入手のみでなく、小五郎も帰国できるからだ。

直蔵は、小五郎の真意を理解できず、きょとんとしていた。

荒物屋を営みながら、それでも封建体制を壊し、士農工商の身分差をなくす四民平等の世の中がはたして実現するのか、思案だけはした。

（夢のまた夢に違いない。蟻《あり》が富士山に登るようなものだ）小五郎は妙な納得をする。

「おじさんも出石で暮らして。きれいな奥さんも来てくれたのやし」

すみは、小五郎がどのような立場の人物なのか、皆目見当がついていなかった。

「できることなら、そうしたい。そうすれば、幸せになれるのになぁ」

小五郎はくぐもるような声で話した。幾松が見あげると、眸《ひとみ》がこころなしか潤んでいるようだった。

（小五郎はんは、ほんまの幸せが何かわかっていながら、遠ざかろうとしている）伴侶《はんりょ》としてどうすればよいのか、幾松にも惑いはある。（せめて、小五郎はんの足手まといにだけはなりとうない）そう思いながら、現実の厳しさを直視しなければならなかった。

湯島（城崎）は情緒のある温泉町である。

円山川から支流の大谿《おおたに》川を少しさかのぼった船着場に、小五郎の一行は降り立った。早朝に出石を発ったのに、春の陽はすでに山の端へ傾こうとしていた。船着き場には、宿からの荷物持ちの小僧や、客引きの番頭などが半被《はっぴ》姿で待ちかまえている。

「にぎやかやこと」

幾松は、京でも人気の湯治場が予想よりにぎわっていることに驚いた。

「久美浜の代官が支配する幕府の天領だ。村人よりも旅人の方が数倍多い」

川沿いの通りには、四所神社の東西に大小の旅館が立ち並んでいる。松本屋の女将の話では、時代とともに栄枯盛衰があり、老舗《しにせ》は数少ないそうだ。ことに天保の大飢饉ではもろに影響を受け、半数近くが廃業したという。元禄以前から続く屋号では、「大津屋」「丹後屋」「柳屋」「瀬戸屋」「三木屋」「角屋」「曼荼羅《まんだら》屋」などがまだ残っているとのことである。

小五郎をかくまってくれる松本屋は三木屋のすぐ隣で、由緒ある外湯〈御所の湯〉の筋向かいにあった。

「ほんまに陣屋のまん前や」度胸のすわった幾松が、思わず声を出すほどだった。

松本屋の女将は、幾松とすみを連れた広江孝助こと桂小五郎の旅姿を見て、尋常でないことを直感的に察知した。

「孝助さん、どうぞあがって」

「ありがとう。お女将さん、ちょっと込み入った話があるのじゃが」

「ええ、よろしいですよ。まず、お部屋へお連れさんをご案内しますから」

「お世話になります」

　幾松の京なまりに耳を傾けても、小五郎との関係をことさら訊ねはしなかった。野暮な詮索《せんさく》をしないのが、温泉宿の女将としてのたしなみでもある。いつもなら、娘のタキを呼び、小五郎の世話をさせるのだが、妙麗な女性が放つ色香を敏感に感じとっていた。自から案内役を務め、二階奥の大谿川に面した部屋へ通した。

「湿気がこもっているかもしれません。障子を少し開けてもよろしいか」

　広縁の障子を開くと、芽吹きはじめた川辺の柳が穏《おだ》やかな風のありかを教えていた。

「まあ、しっとりしたお宿どすな」

　幾松は大谿川のせせらぎを耳に入れながら、形のよい小鼻に新緑の空気を吸い込んだ。

「川沿いの通りは木屋町というのだよ」

　小五郎は、幾松が自分と同じことを思っていることを知っていた。

「風情が高瀬川に似てますなぁ」自らの言葉に、幾松は、はっとして小五郎の顔を見た。

「京都からお越しですのか」

　お女将は、それ以上は訊ねず、軽くうなずく幾松から視線を小五郎へ移し、

「孝助さん、下の方がよろしいやろか」

婉曲《えんきょく》に小五郎を別室へ誘った。

「それは助かる」小五郎は答えながら、幾松に待っているよう目で頼んだ。

「すぐにお茶菓子でも運ばせますので、しばらく」

女将は幾松とすみに暗黙の了解を得た。

　女将は帳場裏の小部屋に続く居間へ小五郎を導くと、

「タキをよんでも構わしませんか」幾松の素性をすでに察知しているような気配だった。

「そうしてくれますか」

　小五郎は平謝りに陳謝する覚悟で来ていた。

「孝助さん、いつやったか、三木屋さんに平野国臣というお侍がかくまわれていたことを、話しませんでし

たか」

「女将さん、覚えていますよ」

「そう。だったら、孝助さん、隠し事はしなくてもいいのよ。私もおタキも、もう赤の他人ではない。孝助さんの身内やと思うてほしいの」

「ありがとうございます」小五郎は胡坐《あぐら》から正坐し直すと、三つ指をついて頭をさげた。

「もったいないことを。さあ、身内らしくゆっくりして」

女将は気恥ずかしそうに立ち上がると、裏へ行き、タキを連れて来た。

「やあ、ご無沙汰してすまぬ。息災でしたか」

小五郎は、すでに商人の殻を脱ぎかけている自分を意識する。

「こちらこそ。孝助さんもお元気で」

タキは、小五郎の子を流産したことを、あらためて口にすることはなかった。

「少し痩《や》せたのかな」

小五郎は貧血気味のタキを案じた。

「ちょっとだけ」タキは小五郎の優しさに思わず泣きだしそうになり、こらえた。

「孝助さんに会いたいいうて、食が細くなりましたんや」女将はタキをさりげなくかばった。

「おタキさん。許してくれるか」

急に改まった小五郎に、タキは何事かと身構えた。

「実は家内が訪ねて来た。長いこと、独り身を装ったりして」

「わかっていましたよ。孝助さんは嘘をつけないお人やし」

「それでも、申し訳ない」

「謝らないで。孝助さんが好きやったの……ただ、それだけのこと」

タキの眸から大粒の泪があふれ出た。

「おタキさんのことは、忘れはしない。だけど家内と帰らなければ」

小五郎は、本名と帰国先を告白できないもどかしさを感じた。

「ええのよ、孝助さん。娘もわたしたちも、あなたが大事なお体だと、わかっているつもりよ。お国のために命を捧げておられることも」

女将は泣き濡れる娘に代わって、こころの裡《うち》を露《あら》わにした。

「ありがとう、女将さん。おタキさんも、ありがとう」

小五郎は心の底から感謝していた。

彼女らは、潜伏の身であることを、早くから察知していたのだ。

「おタキさん、家内に会ってくれないやろうか」

小五郎はタキの肩に手を置くと、その眸の奥をのぞきこむようにして懇願した。

タキは黙ったままうなずいた。


幾松はきちんと正座したまま待っていた。茶の湯をたしなむ彼女は、たおやかな姿勢を保つことができる。力みがなく、いつ見ても自然で優雅な風合いがある。

化粧を直したタキを伴い、女将が薄茶に菓子を添えて、戻ってきた。

「みなさん、お待たせしてすみませんな」

ふっきれたような明るさのある声を女将は出すと、幾松を見て、

「娘のタキです」と紹介した。

「はじめまして、松と申します」

幾松とタキの視線がからみ合ったが、お互いに自然な微笑みを浮かべていた。


「お初にお目にかかります。旦那さまには感謝いたしております」

タキは丁寧に答礼をした。

「主人がご迷惑をおかけしたそうで、どうぞお許しを」

「とんでもございません。こちらの方こそ」

タキは幾松が人形のような美形ではなく、親しみやすく柔和で、しかも気品のある女性であることに、不思議な安堵をえていた。嫉妬がまったくなかったといえば、嘘になるが、女の目から見ても垢《あか》抜けし、洗練された美しさに納得できた。

(松と名乗った夫人は、命がけの旅をして夫を捜したのだろう)タキは愛する男に命をかけることのできる女性を、ふと羨《うらや》ましく思い、尊敬の目ざしで見つめた。

すでに、幾夜か自分を抱いた男と、その妻を許していた。

「孝助さん、今日はお疲れですやろ。ゆっくりして、帰国のことなど話してくれますか」

女将は夕餉の準備もあり、タキを連れて下へ降りた。

数日後、甚助が小五郎に会わす顔がないと手紙で詫びた話を、弟の直蔵が伝えに来た。父親の喜七に相談して金を工面すると、兄を探し出し、出石に連れ戻す

旅に出た。直蔵は三月の半ばには、甚助を探し出し、湯島へ出石へ連れ帰ったらしい。経過報告を兼ねて、湯島へ直蔵が訪ねて来たわけである。しかし甚助は、よほど顔向けができなかったか、小五郎を避けたままだった。

小五郎は、四月初旬に但馬を発ち、長州へ帰る決断をした。

その事を松本屋の女将とタキにも告げた。

薬師堂の境内で、ばったり出会ったふりをしながら、小五郎は直蔵に指示を与えていた。

「直蔵さん、兄貴と相談して段取りをつけてくれんか」

小五郎の頼みに直蔵は二つ返事で出石へトンボ返りをし、出発の支度を整えてくれた。

直蔵は小五郎が感謝こそすれ、使い込みを咎《とが》めていないことを話した。ようやく甚助は松本屋へ顔を出し、畳に額を磨りつけるようにして詫びた。

「甚助さん気にするな。これまで無理難題を文句ひとつもいわず、援けてくれた恩人じゃ。これからもよろしくな」

小五郎が肩を揺すってねぎらうと、甚助は体を震わせて泣いた。

まず四月六日に直蔵を京都の対馬藩邸に向かわせ、可能なら留守居役の大島友之丞と連絡をとってもらうことにした。

小五郎は幾松と甚助を伴い、遅れて駕籠で出発をした。京街道は通らず、出石を南下して養父《やぶ》、和田山、朝来《あさご》と但馬《たじま》街道を抜けることにした。途中まで、旅姿の父親広戸喜七とすみ、松本屋のタミが見送りに来て、名残を惜しんだ。関所の通過を容易にするためでもあったが、その心遣いを生涯忘れることはないと、小五郎も幾松も誓っていた。見送りの三人は湯島へ同行するとのことで、小五郎は松本屋の女将へ幾重もの感謝を届けてもらった。

そのころ、高杉晋作は村田蔵六に宛て、桂小五郎の潜伏先をたずねる書状を出していた。

『桂小の居処は、丹波にてござ候や、また但馬なれば何村何兵衛の処にまかりあり候や。ご一筆下されたく頼み上げ候』

文面からは、晋作は自ら迎えに行くつもりだったのだろう。

小五郎は、高杉の苦手な外交の能力にたけているし、藩論をまとめ上げる指導者としての資質も優れていた。馬関開港を成功させ、防備を充実する政策を何としても小五郎に頼みたかったのかもしれない。

大坂北浜と中之島の蔵屋敷町を結ぶため土佐堀川に架けられた栴檀《せんだん》木橋のたもとで、甚助は幕吏の厳しい訊問にあう。言い逃れは困難と判断した甚助は、弟に「危ない、逃げろ」と目で合図する。おとりとして自分はすすんで縛につき、小五郎を逃がす時間を作った。彼が土下座して詫びた心根を、行動で示したのだろう。

大坂では、京都宮川町の商人広江孝助を名乗り、幾松は女中、直蔵は弟ということで商人宿に泊まっていた。血相を変えて戻って来た直蔵の知らせで、急遽《きゅうきょ》、難波橋の対馬藩大坂藩邸へ向かう。幾松から、多田が対馬へ帰れなかった理由を詳しく教えられていたので、はたして大坂が安全なのか、確信は持てなかった。国元では勝井五八郎が政権を握り、尊攘派を根こそぎにされたことを聴かされていた。

幸い顔見知りの青木晟太郎《せいたろう》が、当時の大坂藩邸留守居役だったので、小五郎らを迎え入れた。藩邸内の大西駒二の小屋で一夜を過ごす。だが、長居をすれば迷惑をかけるので、翌日には馬関の茶屋平五郎の船に乗ることにした。最後の難関は淀川河口の関所である。

小五郎が京宮川町の商人であることを名乗ると、三人をじろじろ眺めはしたが、「よし、通れ」と見逃した。またしても、小五郎は命を救われる。名もない人々の善意が積み重なったものではないか。甚助、直蔵、すみ、そして松本屋の(有難いことだ。)小五郎は胸のなかで手を合わせていた。

沖に出て、追っ手のないことを確かめると、小五郎は幾松と顔を見合わせ無事を喜びあった。

初夏の瀬戸内は潮風も爽やかで、幾松は幸せな気持ちになれた。まぶしげに天《そら》を仰ぐ小五郎の眸がいつになく優しく見える。つがいなのだろうか、二羽の鳶《とんび》が鳴きかわしながら大空を舞っていた。

温かく大きな小五郎の手が、さりげなく肩に触れた。物語るような指の動きに、幾松はこころの耳を澄ますのだった。

第二章　曙　光

一

六甲の山なみに初夏の緑が輝いて見えた。再び蘇った命のように息づいている。

小五郎の眸は海の光を映し、生気にみちていた。

（せま苦しい鳥かごから自由になり、大空へ羽ばたく鷹《たか》みたいや）幾松は、優しさだけでない男の眼の鋭い力強さを感じ、海の薫りを胸の奥深くまで吸い込んだ。

（もう一度、やり直してみよう。それが志に殉《じゅん》じた久坂らへの供養《くよう》になるはずだ）小五郎は、まぶしそうな幾松の視線を意識しながら、山なみのはるか遠くを見つめていた。

松陰が推奨《すいしょう》した過激な草莽崛起《そうもうくっき》を実行した久坂義助（玄瑞）。

（彼の死を若さゆえの犬死にしないためにも、後に続くものたちがその屍《しかばね》を越えて行かねばなるまい）小五郎には、宿志として心に期す思いがある。

明石海峡を過ぎる手前で、船頭に一日だけ風待ちをして、潮目に合わせてもらった。和田岬から兵庫にかけて開かれた湊《みなと》は、平清盛の福原遷都以来のものだが、新たに生田《いくた》川河口の神戸が注目されている。その地は横浜と同じように開発することが可能だ。

（諸外国は力ずくで兵庫開港を求め、朝廷へ勅許を求めてくるにちがいない）

摂津沿岸防備を三条実美に建言した小五郎は、いち早くその事を推察していた。諸藩の武士が政争をくりひろげている間も、民衆は日々の営みをしたたかに続けている。六甲山のふもと灘五郷《なだごごう》の清酒醸造が隆盛し、兵庫と大坂や堺との湾内交易も盛んになっていた。天保山から兵庫までの海路で、小五郎はそれを実感していた。寒村だった横浜の変貌を思えば、神戸の将来性には同等のものがありそうだ。素知らぬふりをして、物見遊山を装っている。

「風待ちするようなら、楠公《なんこう》さんに詣《もう》でたいのじゃが」

無理強いではなく、べた凪《なぎ》で逡巡する船頭の気持ちを先取りした。

「そうしなさるか。滅多にないことやしのう」

船頭は、一日だけ風待ちをし、瀬戸内の潮が西へ流れる時刻に船を出すことにした。

延元元年（一三三六）、湊川で足利尊氏《たかうじ》と戦って殉死した楠木正成《まさしげ》は、尊皇派志士の精神的な支えになっていた。荒廃していた墓所に石碑を建てたのは、黄門《こうもん》さんこと徳川光圀《みつくに》（水戸徳川二代藩主）だった。若いころに『史記』を読み感銘を受け、日本史の編纂《へんさん》を志《こころざ》した。江戸の水戸藩邸に史書編纂《へんさん》所（のちの彰考館《しょうこうかん》）を設け、『大日本史』として結実させる。その過程で、水戸学としての尊皇思想が芽生えた。

七卿が都落ちする途上、三条実美らは楠公の墓に参り、再起を誓った。長州の地元でも、藩主毛利慶親《よしちか》が楠公《なんこう》祭を執《と》り行った。室町幕府の守護大名大内氏も尊皇だったが、中国地方を征した毛利元就《もとなり》も皇室を敬った。毛利家代々がそれにならっている。

小五郎は、久坂義助や真木和泉のように熱狂的な楠公崇拝者ではなかった。だが、江戸へのぼって、水戸藩士との交流により、影響を受けたことは間違いない。水戸藩の儒学者会沢正志斎《あいざわせいしさい》は尊皇攘夷を唱え、著書『新論』は政論書で、その写本が志士の思想的なよりどころになった。禁門の変で自裁した真木和泉は、久留米の水天宮の祠官《しかん》（神主）で、会沢の思想を後継し、楠木正成を崇拝した。著書『経緯愚説《けいいぐせつ》』は正成崇拝を広める働きをした。真木和泉は、寺田屋事件の犠牲者を楠正成とともに祭っているほどだ。長州尊攘派の精神的支柱となり、〈禁門の変〉を主導した。真木和泉との隔たりを感じた小五郎は、〈禁門の変〉で長州軍の主流から外れる立場の行動をする。むしろ洛中を戦火で灰にすることは避けたかった。

見方を変えれば、長州内部で主戦派が主導権を握り、小五郎は脇役へ退けられたともいえよう。付和雷同しなかったことが、結果的に小五郎を生きのびさせたわけである。

真木和泉の影響は、維新後も久留米・熊本両藩の過激な尊攘派として存続し、小五郎らの新政府を苦しめることになる。しかし、この時点ではまだ、真木和泉の死を悼《いた》む思いがつよかった。小五郎は、楠木正成の墓前に合掌しながら、さまざまな勤皇思想の潮流について、思いをめぐらせるのだった。

（吉田松陰や真木和泉の影響は受けたものの、自分の心にしっくり落ち着くものは、他にあったような気がする）出石に雌伏し、絶望の淵で日夜悩み考えぬいた末、見えてきた己の自画像でもある。（これからは信じる道、宿志を大切にして生きよう）楠公の墓前にそう誓った。小五郎に従い、合掌する幾松は、宿志の中の「民の幸せを願う」象徴なのだろう。

（幾松ひとりを幸せにできずして、宿志は達成できるはずがない）至極わかりきったことのようだが、とても困難なことだと自覚していた。

小五郎は、藩校明倫館を卒業するまで、ほぼ白紙に近かった自我の念を思った。

（そうだ。すべてが斎藤弥九郎父子との運命的な出会いから始まったことなのだ）

小五郎は今さらのように思い出すのだった。

萩の明倫館で学んでいたころは、学問そのものが茫漠《ぼうばく》としていて、身につかなかった。小五郎は、抜群の俊英でもなく、背たけが高いだけの目立たない若者にすぎなかった。江戸へも物見遊山の気分で出かけ、自費遊学であることも、負い目を少なくしていた。

ところが、初代斎藤弥九郎に会って、その大きな人物に魅せられ、触発された。江戸三大道場の一つを主宰するだけあって、全国から若者が集まっていた。ちなみに他の二つは、北辰一刀流千葉周作の玄武館（塾頭坂本龍馬）と鏡新明智流の桃井春蔵の士学館（塾頭武市半平太）である。三大道場の特徴は「位は桃井、技は千葉、力は斎藤」と称されていた。

最初は江戸藩邸から麴町三番町の練兵館へ通った。練兵館の稽古は実戦さながらの荒稽古で知られ、重い竹刀《しない》で打ち込むため、防具も頑丈に作られていた。師範代として「突きの鬼歓《おにかん》」として恐れられた六尺豊かな大男が君臨していた。斎藤弥九郎の三男歓之助である。撃剣でも、息子の新太郎と歓之助に叩きのめされ、性根を入れかえなければならなかった。今もって頭痛を生じやすいのも、練兵館でしたたか面を叩かれ続けた後遺症かと、思ってしまうことがある。

少年時代、萩の川で悪戯《いたずら》をして、船頭に櫂《かい》で額を殴られ大怪我をしたことも重なり、現代の医学で診断される「慢性頭部外傷症候群」に近似した病態に悩まされたのかもしれない。

悔しくても、彼らの方が文武両面で小五郎をはるかにしのいでいた。彼らには武士の魂（士魂）があった。しかし、小五郎は未熟だった。新太郎は三歳年上、鬼歓とあだ名される歓之助は同じ歳の二十歳で、兄弟同然の年まわりである。鬼歓は鋭い突きを得意とし、容赦なく喉《のど》や鳩尾《みぞおち》の急所を狙ってくる。かわしそこねると、その一撃で息の止まる思いをする。上段から振り下ろし、面をとらえる必殺技もあった。まともにくらうと、脳震盪《のうしんとう》を起こし、しばらくは立ち上がれなかった。

門弟たちは、彼との立ち合いを避けようとしたが、小五郎は持ち前の反骨精神で、突き飛ばされても、起き上がって挑戦を続けた。稽古の後、汗を流すため裸になると、全身いたるところにあざだらけで、痛みもこたえた。それほど激しく鍛えられたものである。しかし、稽古を休むことなく、小五郎は鬼歓を注意深く観察し、弱点をつかむようになっていく。精進のかいあって、腕もめきめき上達し、鬼歓にも一目置かれるようになった。

その様子を黙って視ていた斎藤弥九郎は、小五郎の剣の筋のよさだけでなく、温厚にして気迫に富み、人を包みこむ温かな包容力や、聡明さなど、並の青年にない人物に注目する。

弥九郎の指導は慈父のごとくであり、厳しさと慈愛の両面を兼ねそなえていた。知れば知るほど、奥深い人間で、単なる剣豪ではなかった。むしろ、剣をむやみに使うことを戒《いまし》め、時代が外国との激しい渦潮に向かって流れていることを教えた。どうして、斎藤弥九郎なる巨人が練兵館という町道場に粛然《しゅくぜん》と坐しているのか、小五郎は理由を知りたいと思った。

耳目《じもく》を働かせていると、弥九郎の壮大ともいえる人脈に触れはじめたのである。単なる剣の練達士ではなく、重厚で奥深い人間弥九郎は、小五郎を目覚めさせた。

小五郎が水戸学派に接するきっかけは、やはり練兵館の師斎藤弥九郎の人脈による。

弥九郎に認められ、折にふれ話してくれた史実の数々は、田舎者の小五郎にとって驚くような内容ばかりだった。天保年間の出来事だとはいえ、小五郎がまだ鼻たれ小僧だったころの事で、天下の江戸は地方の城下町萩にくらべれば別世界にちがいない。

若き日の斎藤弥九郎は、岡田十松が教える撃剣館の高弟で、そこへ江川英龍や藤田東湖が入門してきた。詳しくいえば、彼らの父江川英毅《ひでたけ》（伊豆韮山《にらやま》代官）、藤田幽谷（後期水戸学の創始者）や渡辺崋山（田原藩家老）らが、弥九郎と同門だったのである。岡田十松が急死し、斎藤弥九郎が神道無念流の練兵館を創始すると、江川英龍が全面的に援助した。同時に弥九郎も英龍に西洋砲術を学び、門人には西洋流の銃陣を教えた。

つまり斎藤弥九郎の道場で、水戸学と西欧近代文明が合流していたのである。

渡辺崋山が寛政五年（一七九三）、斎藤弥九郎が寛政十年（一七九八）、江川英龍が享和元年（一八〇一）、藤田東湖が文化三年（一八〇六）の生まれで、弥九郎を中にして天は見事な配材をしているようだった。運命に導かれるように、開明的な先達が交叉する錬兵館で、小五郎は修業する幸運に恵まれた。

世の中、誰の人生にも、生涯を通じて幸運と悪運が背中合わせで巡ってくるものだ。その幸運を活かせるか否か、それは本人の心構えと精進にかかっているのだろう。小五郎は誠意の人であり、努力を惜しまなかった。天は、萩に生まれ育った無名の青年に、大きな運命を背負わせるのである。

翌嘉永六年、入門後一年も経たず、弥九郎は練兵館住みこみの塾頭に小五郎を抜擢《ばってき》した。

では、小五郎が師事した斎藤弥九郎とは、どのような人物だったのだろうか。それを理解するためには、伊豆代官江川英龍との関係を抜きにすることはできない。江川英龍は、弥九郎を江戸詰書役見習いとして登用し、間もなく書役にした。いわば別格の相談役といったところであろう。二人の関係はまさに相乗効果で、数倍の力を発揮していた。江川屋敷は本所南割下水にあった。

そうした環境に招き入れられたかのように、桂小五郎は迎えられたのである。斎藤弥九郎と江川英龍は、小五郎にとって終生の師であり、恩人として感謝し続ける。

耳学問で小五郎が知り得た出来事を、ここで大略まとめてみることにしよう。

天保に入り、全国的な大飢饉《ききん》に見舞われ、一揆が各地で頻発した。小五郎が四歳の天保八年には、物資の集散地大坂で米の買い占めが行われ、〈大塩平八郎の乱〉がおこった。当時の大坂東町奉行は老中水野忠邦（浜松藩主）の弟跡部良弼《よしただ》で、西町奉行の矢部定謙《さだのり》が勘定奉行に昇進したため、ひとり専任となる。それを良いことにして飢饉対策どころか、米の江戸廻米に力を入れたため米の高騰《こうとう》を招き、庶民を困窮《こんきゅう》させてしまった。

見かねた大塩平八郎が義挙をおこした。思いがけないことから、大塩平八郎と江川英龍が歴史の一点で接線を描くことになる。あろうことか、役人の不正を糾弾《きゅうだん》する大坂町奉行組寄力大塩平八郎の幕閣宛建議書が、伊豆代官江川英龍の統治下にある三島近くで捨てられてしまった。それが英龍の手元へ届けられたのである。

江川家は、源頼朝の伊豆挙兵を援けた宇野治長の子孫で、室町時代から江川氏を名乗り、相模・駿河・甲斐・武蔵の天領五万石余の代官を司った世襲の名門である。全国的に見ても、世襲代官は京都皇室御料代官の小堀家など数家しかない。

大塩建議書の内容を通覧し、さしもの英龍も仰天した。内容は老中水野忠成《ただあきら》（沼津藩主）への批判や、老中や勘定奉行らが大坂町奉行だったころの不正の告発書だったからである。幕閣の不正を糾弾《きゅうだん》していたわけである。

英龍は、それを信頼する斎藤弥九郎へ見せ、密かに大坂へ赴《おもむ》き、乱の実態と大塩の逃亡先を捜査するように依頼した。同時に建議書が将来握りつぶされる可能性を考え、腹心の手代や書役を総動員して複写させた。

さらに英龍は、大塩書状について、水戸の藤田東湖へ書簡を送る。水戸藩主徳川斉昭《なりあき》は、国政の腐敗を憂い、平八郎の密書を入手するよう東湖に命じた。大塩平八郎は、隠れ家で自ら火をつけ自殺し、騒乱は表面的に鎮圧された。

小五郎は、弥九郎から〈大塩平八郎の乱〉について、とくに歴史の裏面を教えられた。

「大塩は決して清廉《せいれん》潔白な偉人ではない。だが、時代の申し子だったのかもしれぬ。民の苦難を見かねて義挙を起こした」

弥九郎は、人間には二面性があることを熟知していて、撃剣での隙を生むのも、正邪の一瞬の迷いにあると説くことがあった。

「大坂町奉行所の役人として、上司や同僚との葛藤が決起の背後にあったのだろう。それはそれとして、〈大塩の乱〉は、天保の大飢饉で苦しむ民衆を放ったまま、私利私欲にふける幕府への痛打になった」

そこまでの話は、一般論で、小五郎も漠然と耳を傾けていたに過ぎなかった。

「私も傍観者の一人じゃった」

弥九郎は喉の渇きを潤すかのように、文机に置かれた愛用の湯飲茶碗を口に運び、話をつづけた。

「伊豆の江川殿が〈大塩の乱〉に巻き込まれてのう」

それは小五郎にも思いがけない話だった。

「実はのう。大塩が幕府へ訴え出た訴状を、江川殿が落手したのじゃ」

「それはまた奇なることにござりますな」

小五郎は驚くと同時に、騒乱のごく近い位置に引き寄せられたことを痛感する。いわば弥九郎や英龍によって、開かれた歴史の扉の内へ、招き入れられた感覚だった。

なぜなら斎藤弥九郎と江川英龍との密接な関係を、小五郎は理解していたからである。

「これには神がかりのような偶然が働いたのじゃ」

「と申されますと」

「何を思ったのか訴状を運んでいたものが、三島の街道沿いで捨ててしもうてのう。それを江川家ゆかりのものが拾うた。ちらりと目を通して、びっくりしたわけじゃ。なんと幕閣の悪事が記されていたのじゃからのう。大坂町奉行から老中に出世した人物の名前もあった。雨に濡れ破損しかかった書簡を、江川家のものが総がかりで写し保管した」

「そうでございましたか」

「江川殿は、その重要性に驚き、水戸の老公にもご相談したほどじゃ」

「大塩生存中のことでございましたか」

「そうなのじゃが、当時は潜伏中で、生死が不詳でのう。江川殿から頼まれ、大坂へ大塩の探索にまいった」

「叛乱のほとぼりが冷めていないころでしたか」

「鎮圧されていたが、大坂では燻《くすぶ》っていた。そのうち、大塩父子は自ら火を放ち自裁してしもうたわけじゃ」

「幕閣はどのように」

「悪いやつほど良く眠るというじゃろう。幕府が揺いでも、私腹を肥やし続けている」

斎藤弥九郎も江川英龍も、正義感の強い人物であることを、再認識した記憶がある。それと同時に、師と仰ぐ二人の先達が、日本の将来について憂慮し、率先して外国の脅威に対応していることに感動した。

ここで斎藤弥九郎と江川英龍の動向に、少々目を向けておこう。

二人の間に、渡辺崋山をはじめ歴史を彩る人物が顔を出した。幕末に外国船が日本近海に姿を見せるようになると、弥九郎は三歳年下の英龍より海防についての意見を求められる。練兵館には全国の情報が集まりやすかった。そのうえ弥九郎は非常な勉強家で、情報の分析が的確だった。海防についても豊富な知識があり、黒船来航以前から小五郎の関心を高めていた。斎藤弥九郎から、情報網やそれを有効利用した情報収集と伝達の仕方を習った。

川路聖謨《としあきら》が勘定奉行になると、海防掛兼務のため、弥九郎は英龍と国政としての協議をするようになった。勘定奉行は、現代の大蔵大臣の役割のみでなく、天領の代官総元締めの重職である。プチャーチン提督の率いるロシア艦隊が、長崎から伊豆の下田に来航すると、現実の対応を迫られ、川路は奉行の江川英龍そして斎藤弥九郎の協力を必要とした。

一方、弥九郎は田原藩の剣術指南をしていたため、家老の渡辺崋山《かざん》と親しく、英龍にその優れた西洋知識を伝える。若き日の渡辺崋山は、江戸勤務で蘭学に興味を持ち、出府してくるオランダ商館の医師や薬剤師(ビュルゲルなど)と交流した。

田原藩は譜代ながら東海道の貧しい小藩で、国元の老臣たちが、藩財政の破綻を口実に、十三代藩主三宅康明が病死すると、異母弟友信を退け、姫路酒井家から持参金つきの養子康直を迎えた。崋山はこの陰謀に反対したが敗北した。若くして巣鴨の別邸に隠居させられた三宅友信の側用人を命じられた。主従は別邸を和蘭書の収蔵庫にし、シーボルトの弟子小関三英、高野長英らと交流する。このころ(文政十一年・一八二八年十月)長崎で〈シーボルト事件〉が発生し、翌年にかけて多くの犠牲者を出すことになった。

天保年間に入り、巣鴨老公三宅友信に長男が誕生し世子に決まると、崋山の藩内での地位は安定していった。絵画にも秀作が生まれ、江戸でも評判の知識人となる。天保二年には、ケンペルのオランダ語版「日本志」を入手していた。

他方、天保九年三月、隣家の失火で練兵館は類焼し、英龍の支援で麴町《こうじまち》三番町に再建する。それ以来、練兵館は、江川家の外交部門の窓口にもなっていた。

翌年、崋山は〈蕃社《ばんしゃ》の獄〉で罰せられ、親交のあった英龍も連座する恐れがあった。告発した鳥居耀蔵《ようぞう》とは、確執が続いていたからである。鳥居は、幕府の朱子学儒家・林述斎(大学頭)の三男という権威を後ろ盾に、開明派の閣僚や蘭学者を目の敵《かたき》にしていた。ことに幕府軍制を西洋式に改める建言をし、それが採用された江川英龍は、打倒すべき第一の標的だった。蘭学者の弾圧事件〈蕃社《ばんしゃ》の獄〉の発端は、天保八年六月の〈モリソン号事件〉だった。

太平洋で救助された七人の日本人漂流者を帰国させるため、米国商人キングがマカオから商船モリソン号で送り届けようとした。だが、外国船打払令により薩摩藩と浦賀奉行所の砲台が砲撃したため、マカオへ退去した。その後、長崎のオランダ商館がモリソン号渡来の詳細を報告したため、幕府は漂流民のことを知った。

老中水野忠邦は幕閣の諮問《しもん》にかけ、紆余曲折《うよきょくせつ》を経て最終的に長崎奉行へ命じ、オランダ船による帰還の方針を示した。ところが、諮問過程にでた打払方針のみが誤って伝わり、高野長英が『戊戌《ぼじゅつ》夢物語』を著した。写本が広く流布し、その内容が海防や外交に苦悩する幕府に批判的だったため、問題視される。渡辺崋山も『慎機論《しんきろん》』を書き、幕府の対応が怠慢であると批判していた。

文人・画家でもある崋山は、幕府の内外に知人が多くいた。長州藩邸で儒講をする水戸学の安積艮斎《あさかごんさい》宅で、世界地図を広げ、西洋事情を講話した。佐藤信淵《のぶひろ》からも農学や経世学を学び、それがもとで飢饉《ききん》に対応する農業などを研究。学問のため、崋山は紀州藩儒官遠藤勝助が設立した尚歯会《しょうしかい》に参加していた。この会には、シーボルトの鳴滝塾で学んだ高野長英、小関三英のみでなく、幕臣の川路聖謨《としあきら》や江川英龍、さらには水戸学の藤田東湖までが参会者に名を連ねた。同じころ、老中水野忠邦より、江川英龍と目付の鳥居耀蔵《ようぞう》に関東沿岸巡見が命じられた。英龍は、崋山に測量技師の推薦を頼み、長英門下の幕臣内田弥太郎と奥村喜三郎を得た。一方の鳥居は〈蕃社の獄〉で手先となる小笠原貢蔵を連れていた。

調査後、英龍はひそかに崋山を招き、江戸湾防備について意見を聴き、復命書に添付する海外事情の執筆を頼んだ。崋山は早速、私案として江戸湾防備につき『諸国建地草図』と海外事情の現状について『西洋事情書』を書いた。英龍は、復命書に崋山の見解を採用したが、海外事情については幕府批判が強く、あまりにも危険で添付できなかった。そのため斎藤弥九郎を崋山の屋敷へ遣《つか》わし、書きなおしを依頼した。崋山は立腹することもなく、穏健な内容に書き改めてくれた。

それを提出しようとした矢先に事件がおきたわけである。

鳥居は、崋山に尾行を張りつけ、英龍と崋山の親密な関係を探知していた。表面は親切を装い『外国事情書』の上呈を勧める手紙まで送り届けてきた。聡明な英龍は、鳥居の毒牙を看破《かんぱ》し、提出しなかった。だが鳥居は手をゆるめず、開明派幕臣を排除し、林家の権勢を護る政争にまい進していく。昌平坂学問所で佐藤一斎に朱子学を学びながら蘭学を主導する崋山は、鳥居の野望と林家の威信のため、邪魔者として集中砲火を浴びせられたわけだ。

鳥居は、虚偽の罪状を列挙して開明派幕臣や崋山らを告訴した。

〈蕃社の獄〉である。

その中には江川英龍の名前もあったが、水野忠邦が除外を命じ、救われる。

小五郎がまだ七歳だった天保十一年、崋山は国元の田原藩で謹慎処分を命じられ、家老の重責から切腹してはてた。小関三英も自殺、高野長英は一度脱獄し、宇和島藩主伊達宗城《むねなり》に庇護《ひご》された。江戸に帰り硝酸で顔を焼き潜伏したが密告され、護送中に自害した。

鳥居は、手段を選ばず、執拗《しつよう》な標的の追い落としを続けた。

天保九年以来、江戸でも洋式砲術を広める高島秋《しゅう》帆《はん》に密貿易や謀反の罪を着せ投獄した。

天保の改革を批判する北町奉行遠山景元《かげもと》（金四郎）を閑職の大目付に任用させ、実質的な左遷人事を強行した。南町奉行の矢部定謙を中傷で失脚させ後任に据わる等々、〈蝮《まむし》の耀蔵〉と呼ばれた。だが蝮にも鉄槌が下された。老中に復帰した水野忠邦により解任され、全財産を没収の上、丸亀藩主京極高明に預けられ、明治維新を迎える。

〈蕃社の獄〉連座を危うく逃れた江川英龍は、屈することなく日本の近代化につとめた。

その姿は、維新後に文明開化路線を推進する過程で、小五郎の脳裏《のうり》に甦る。

天保十一年七月には、オランダ船により清国での〈アヘン戦争〉勃発（天保十年・一八四〇）が知らされたが、幕府は抜本的な海防強化を怠った。だが、幕府の秘密主義にもかかわらず、〈アヘン戦争〉の実態は日本に伝わっていた。

イギリスは、当初、清国から茶・絹・陶磁器などを輸入し大幅な貿易赤字が続いたため、植民地化したインドで栽培したアヘンを清国へ輸出するおぞましい手段を編み出した。アメリカ独立戦争制圧のため、戦費を必要としていたからともいわれる。清国道光帝に信任される欽差《きんさ》大臣林則徐《りんそくじょ》にアヘンの密輸を厳しく禁じたため、イギリスは挑発により戦争に持ち込んだ。イギリス艦隊は清国の沿岸都市を制圧し、ついには北京を孤立させることに成功し、一方的な南京条約の締結、上海などの追加開港、多額の賠償金支払い、香港の轄《かつ》譲《じょ》などを勝ち取った。砲艦外交による清国の蚕食《さんしょく》である。

その脅威を日本人がまったく知らなかったわけではない。

林則徐が側近の魏源《ぎげん》にまとめさせた欧米の紹介書『海国図志』により、その植民地政策の一端が、吉田松陰をはじめ日本の有識者に伝わっていた。ようやく幕府は、八月に重い腰をあげ、江戸湾防備の強化を行い、川越藩と忍《おし》藩に相模・房総の沿岸防備を命じた。さらに九月、諸藩へ海防強化を布告し、西洋砲術を採用することを勧めた。十二月には、下田奉行所を復活し、羽田にも奉行所を新設した。江戸周辺の海岸防備を幕府が直轄する方針を、ようやく示したわけだ。

水野忠邦は、江川英龍の建言を受け、長崎町年寄で長崎奉行直属の鉄砲方、高島四郎太夫（秋帆）を江戸に呼び出し、西洋砲術の実技を見分することにした。

天保十二年五月、門弟など百三十人余を伴い江戸入りした秋帆は、武州豊島郡徳丸ヶ原で演習を披露した。五張の天幕が張られ幕閣・諸侯をはじめ多くの見学者が見守る中、モチール砲・ホイッスル砲などに炸裂弾《さくれつだん》を用いる砲撃を行い、その迫力を見せつけた。

洋式の歩兵隊は秋帆の指揮下に三方備の陣形で銃撃の実演をした。見学者の注目は隊士の服装にもあり、紺の筒袖に股引、脚絆に黒塗りのトンガリ帽をかぶり、革の腰帯に銃剣袋と弾薬袋をさげ、脇差しのみを帯刀していた。動きは身軽で機敏だった。見学者の中には、すでに外国船撃ち払いを実行した浦賀奉行所配下の者たちもいた。小五郎が後に教えを請う、中島三郎助もその一人だった。

幕府が江川英龍の建言により秋帆から買い上げた砲は、この徳丸ヶ原の演習で使用されたものだった。臼砲と榴弾砲、野戦砲や剣付小銃などがあり、英龍は借用許可や一部購入を申請した。直ちに砲術伝授を願い出たが、鳥居耀蔵の差し金で、西丸小姓組の下曾根金三郎に決まった。しかし、英龍は諦めず、再度願い出て七月に幕閣から許された。英龍は長崎まで行き、高島秋帆から洋式砲術を習い、免許を皆伝される。

高島式小銃と百目筒砲の鋳造許可を申請したが、幕府はなかなか許可しなかった。翌天保十三年八月、英龍は出府し、砲術指南の許可を求め、許され、芝新銭座の屋敷に兵学専門の蘭学塾「江川塾」を開いた。目録・免許・皆伝と進む過程は練兵館と同じだった。

だが英龍は、免許皆伝の塾生に細かな序列をあたえ、向学心を刺激した。最初の入門者は松代藩の佐久間象山《しょうざん》で、およそ一ヵ月で緒方洪庵の適塾出身者大鳥圭助など百人近い入門者が諸藩から集った。やがて彼らは、幕末維新の動乱期に、それぞれの運命を背負って活動することになる。普通の蘭学塾と異なり、実践的な歩砲兵の操練、築城から火薬や鉄砲の製造法や砲術学習まで幅広い科目にわたっていた。斎藤弥九郎と長男新太郎、ついで三男歓之助も入門した。

翌月、伊豆へ帰国した英龍は、ここでも「韮山塾《にらやま》」を開き、諸藩推挙の俊英を指導する。

薩摩の大山弥之助（のちの巌）や黒田了介（のちの清隆）、長州の桂小五郎や井上聞多（のちの馨）、幕府陸軍の大鳥圭助など多彩な人材が育った。維新後、新政府に加わり岩倉使節団の一員になる肥田浜五郎など、江川家家臣からも逸材が輩出する。小五郎も江川塾に学び塾頭まで務めた。小五郎の同志となる井上聞多は三歳年下で、安政二年藩主の参勤交代に従い二十一歳で出府した。斎藤道場の後輩でもあり、桜田藩邸の有備館で研鑽《けんさん》を積む仲間でもあった。井上聞多は、高杉晋作と同様に名門武家の出だったが、性格的には庶民的な人物である。

伊豆は自然に恵まれた景勝の地で、いたるところに温泉が湧いている。小五郎の温泉好きは、伊豆の影響もあるのだろう。

さらに江川家では子弟の教育として、少年時代から「山狩り」とよばれる狩猟に参加させた。青年には、「角撃ち」という小さな四角形の板切れを標的として狙い撃ちし、命中率を競い合う小銃の実地訓練を行わせていた。その様子は小五郎の脳裡に思い出として深く刻まれる。「角撃ち」は、大村益次郎に助言して長州兵の射撃訓練にも採用し、明治天皇の初めての東幸（東京行幸）に際し、小田原の海岸で江川家家臣の実演を供覧する。また「山狩り」は、明治二年夏、箱根に湯治へ行った際、自ら鹿狩りをする。

話をもどすと、英龍は、大砲鋳造の許可申請を勘定所へ提出し許可された。当時の四老中、水野忠邦、真田幸貫《ゆきつら》、土井利位《としつら》、堀田正陸《まさよし》から、大砲製作の依頼を受けた。だが青銅製であり、鉄製砲の製作は、鉄鋼精錬用反射炉の建設を待たねばならない。韮山に反射炉を建設するが、英龍の病死で鉄鋼精錬には至らなかった。

萩にも安政三年に佐賀藩の反射炉を視察見学した村岡伊右衛門により、試験炉が建設されていたが、実用炉の建設は戦乱のため中途で終わる。

ちなみに真田幸貫は樂翁松平定信の次男(庶子長男)で、佐久間象山を高く評価した。

その一方で同じころ（天保十三年六月）、長崎の高島秋帆の下に、弥九郎の息子三九郎や田原藩の村上定平と浜松藩の山田丘馬が入門した。砲術伝授が解禁されたためである。

当時、秋帆から英龍への書簡に、「オランダ風説書」の内容として、英国が清国を侵略している様子が記されていた。それから程なく、天保十四年一月、英龍に秋帆逮捕の急報がもたらされた。罪状は、第一に武器弾薬を大量に購入し謀反の疑い、第二に資金調達のため密貿易を行っている、第三に我が国の機密を外国に漏らしている、との罪状である。鳥居の仕掛けた罠《わな》にはまり、秋帆は江戸に送られ、五手掛といわれる大がかりな捜査になった。五手とは町奉行・寺社奉行・勘定奉行に加えて大目付・目付が関与する捜査だ。幕府にとって不幸なことに、高島流砲術を封印してしまい、軍の近代化を遅らせた。その愚かさに気づいた幕府は、老中阿部正弘が幕政の近代化へ改革を進める。その一つに兵制改革があり、江川英龍に鉄砲方を兼務させ、与力十五騎、同心五十名を英龍に属し、洋式砲術訓練を徹底させた。

ところが同年六月、勘定吟味役羽根外記《げき》の建議で上知令が発布された。江戸と大坂十里四方の私領を天領にし、替え地を与えるとの内容である。だが、裏目に出て、水野忠邦の政治生命を縮めてしまった。幕府の財政再建と防衛体制の強化を意図したが、大名・旗本の猛反対にあい、幕閣も動揺し、大目付遠山景元、勘定奉行土岐頼旨《ときよりむね》、北町奉行安部正蔵、小普請奉行川路聖謨らが、天保の改革本体が崩れることを危惧し反対する。形勢不利と見た鳥居も裏切り、水野忠邦は失脚し、影響は江川家にもおよんだ。

二

英龍《ひでたつ》のもとへは蘭医の泰斗《たいと》も出入りしていた。西洋文明との人的回廊である。幕末・維新の指導者の中で、桂小五郎（木戸孝允）は最も開明的な人物になる。小五郎はその素地をどこで培《つちか》ったのだろうか。

感受性に富んだ小五郎には、斎藤弥九郎経由の「洋学」は耳に新鮮な響きを伝えた。和田の父や、近所の青木周弼《しゅうすけ》・研蔵兄弟に近い、蘭医たちの活躍する姿を連想させる。

「鳴滝塾」を主宰したシーボルトの弟子伊東玄朴もその一人で、佐賀藩主の侍医を勤めていたが、弘化四年三月には英龍の招きで韮山《にらやま》に遊んでいる。江戸に「象先堂《しょうせんどう》」を開き、松木弘安《こうあん》（寺島宗則）、東条英庵、原田敬策（一道）などあまたの英才を輩出した。女婿で奥医師から明治天皇の侍医となる伊東寛斎は、緒方洪庵の弟子で、後に小五郎も世話になる。寛斎を介して、小五郎は最晩年の玄朴翁と会う。

英龍は、玄朴から長男英敏《ひでとし》と長女卓子に種痘接種をしてもらった。種痘は長州でも普及していて、藩医青木周弼・研蔵兄弟の功績である。小五郎も子供の頃、裏庭続きの青木邸で接種をすませていた。玄朴と力を合わせ「お玉が池種痘所」を創始する大槻俊斎も、江川家に出入りしていた。この種痘所は幕府医学所を経て大学東校となり、やがて東京大学医学部へ発展する。

仙台藩医の大槻は、玄朴より五歳年下で眼科・外科を得意とし、和田の父昌景と専門が似ていた。大槻俊斎は英龍の治療に訪れるだけでなく、新しい西洋文明を伝えた。

オランダ医学が、「洋学」の名のもとに広く自然科学・兵制、武器や造船技術などに裾野を広げ、時代の大きな潮流になろうとしていた。それは単なる技術の導入にとどまらず、西欧合理主義との出逢いや精神的な変革としても、若者たちに影響をあたえた。英龍は家臣に洋学を学ばせ、翻訳も行わせた。伊東、大槻は顧問格で、雷管銃を試作すると、両人を招待して意見を聴いたりもした。安政元年には、英龍の依頼で、玄朴が『セリウス外科書』から銃創《じゅうそう》治療について抄訳し『銃創瑣言《しょうげん》』を著している。

当時、大坂に緒方洪庵というもう一人の巨人が、「適塾」でひたすら蘭学を教え、全国から集った若者たちを教育していた。伊東も大槻も緒方洪庵の友人である。小五郎は、洪庵と生涯一度も会うことがなかったが、一族の人々や門人たちとは深い縁で結ばれる。詳細は追い追い触れていくつもりだ。小五郎個人の人間形成のみでなく、日本の近代化に深くかかわる人々である。

その一人が同じ長州出身の村田蔵六（のちの大村益次郎）である。

日田の咸宜園《かんぎえん》で広瀬淡窓から漢学を学び、大坂に出て緒方洪庵の適塾で蘭学を学んだ。

蔵六が適塾塾頭を辞して故郷の鋳銭司《すぜんじ》村に帰ったのは嘉永三年で、父孝益の医業を継いだものの、無愛想ゆえか村の患者はいっこうに増えなかった。三年後の嘉永六年、ペリー来航で蔵六も考えるところがあり、宇和島に住むシーボルトの愛弟子《まなでし》二宮敬作を訪ねる。ほどなく二宮の推挙で宇和島藩の雇いとなった。二宮敬作邸で、蔵六は運命的な出会いをした。シーボルトの娘楠本イネである。医師としての師弟関係からいつしか男女の秘めた愛が芽生える。蔵六は、そのことを生涯を通じて誰にも語ることはなかった。だが、明治二年京都で暗殺団に襲われ、他界する臨終の病床で、その恋は美しくも悲しい物語の片鱗《へんりん》を見せる。

ここでは、時代の波に巻き込まれていく村田蔵六に戻らねばなるまい。

ペリー来航以来、幕府のみでなく諸藩も軍制改革に着手し、歩兵・騎兵・砲兵の三兵編成や海防を急ごうとした。宇和島藩はその指導者として村田蔵六に目をつけたのだろう。

幕府は、陸軍再編と幕臣再教育のため講武所を設け、越中島《こしなかじま》で銃隊調練を始めた。蔵六は外国人から習うのではなく、西洋の兵書から学んで応用する。彼の鋭さは、戦術もさることながら戦略を重視し、戦いの本質をつきとめる力に秀でたことであろう。即決できる決断力も山勘ではなく、しっかりした見識に裏付けられていた。

蔵六は翻訳を手がけながら、西洋式の造船計画にも加わった。老中阿部正弘が、これまで禁制だった諸藩の大船建造を許可したからだ。ペリー来航は、幕府のみでなく諸藩をふくめて、兵制改革への点火となる。海軍の創設が急務であるとの認識に立ち、老中阿部正弘はオランダへ軍艦を注文した。さらに、浦賀奉行所と水戸藩に洋式軍艦建造を命じた。浦賀奉行所で建造の指揮を執るのが、後に小五郎の師となる与力の中島三郎助である。最初の洋式軍艦鳳凰丸を完成させた。

諸藩のうち、開明的な藩主を擁《よう》す薩摩、肥前、宇和島などが洋式軍艦の建造許可をえた。

そのとき、大量の鉄鋼を精錬する必要に迫られ、反射炉の建設が進む。ここでも英龍の韮山反射炉は先進的な役割をはたす。小五郎は、時代を切り拓《ひら》く科学技術の重要性に目覚め、ことに製鉄が基幹産業になることを理解した。小五郎が蘭学や英学を学んだ「又《ゆう》新塾《しんじゅく》」の手塚律蔵が鉄の鋳造法を著した蘭書を翻訳していた。

宇和島藩の場合、蔵六が関与した。しかし、洋書の翻訳からの技術獲得には限界があり、外洋船の建造には難渋した。最も積極的だったのは薩摩藩で、宇和島藩も薩摩へ研修生を送り技術習得を試みた。

ところが安政元年十一月に東海・伊豆地方を大地震と津波が襲い、死者が一万人余におよぶ大惨事となった。その際、ロシア使節プチャーチンの乗艦ディアナ号が下田で大破した。

補修のため伊豆戸田《へだ》へ曳航《えいこう》中に沈没してしまう。この機会をとらえた老中阿部正弘は、英龍に、ロシア人の指導下、日本の船大工を使い、帰国用の代船を建造するよう命じた。当然ながら、造船技術を習得させる目的があった。翌安政二年三月、竜骨をそなえた洋式帆船戸田《へだ》号が完成。君沢形といわれ、幕府は安政三年七月までに七隻を建造した。

小五郎は藩命で伊豆の戸田まで行き、造船所を視察した。その際、小五郎は非凡さを物語る行動をする。技術を学んだ船大工を長州藩で雇い入れたのだ。安政三年に丙辰《へいしん》丸、万延元年に庚申《こうしん》丸を完成させ、歴史の舞台に登場する。

しかし、産業革命により帆船の時代は終わり、帆汽併用船の時代に入っていた。そのため、国産には技術的な限界があり、幕府も諸藩も外国船の購入へと舵《かじ》を切る。だが、折からのクリミア戦争でロシアとイギリス・フランス・オスマントルコ連合軍が戦う中、局外中立を保つオランダは、軍艦を日本へ売ることができなかった。代案として蒸気船スンビン号を長崎に派遣し、その碇泊期間中に造船・蒸気機関・航海などを教えても良い、と連絡してきた。

英龍は、手代柏木総蔵ら三名と箕作阮甫《みつくりげんぽ》を、蒸気船建造の目的のために長崎へ派遣した。

箕作阮甫は、蒸気機関に関する翻訳書『水蒸船説略』などを著し、その後の蒸気機関製作に貢献する。黒船の中枢が蒸気機関であることを見抜いていたわけである。

薩摩と佐賀の両藩も人材を派遣し、船内見学などを通じて、蒸気機関の雛形《ひながた》を完成させる。

佐賀藩主鍋島直正（閑叟《かんそう》）にいたっては、自から長崎でスンピン号を視察し、大砲の着発弾を見ることを望んだが、ファビウス中佐から国家機密として断られた。この際、佐賀藩はコルベット艦一隻を注文した。

遅ればせながら、宇和島藩から村田蔵六も長崎に派遣されたが、スンビン号出航の直前で、思うように伝習を受けられなかった。

やがてオランダ国王は、スンビン号を幕府へ売らずに寄贈し、観光丸と命名される。

ファビウス中佐は、日本人の熱心さに驚き、長崎奉行水野忠徳《ただのり》へ幕府に宛て、長崎海軍伝習所を開設するよう意見書を提出した。この意見書を受け、老中阿部正弘は翌安政二年十月に海軍創設のための「長崎海軍伝習所」を開き、オランダ教師団を招くことにした。

老中阿部正弘の英断は日本の近代化に大きく貢献した。

第一期の教官はペルス・ライケンで、伝習生として幕臣の矢田堀景蔵、勝麟《りん》太郎、中島三郎助ら三十七名、諸藩から薩摩の川村与十郎（のちの純義《すみよし》）、五代才助（のちの友厚）ら、佐賀藩から佐野常民らが加わった。

第二期の教官はカッテンディーケ（のちのオランダ海軍大臣）で、幕臣には榎本釜次郎（のちの武揚）、江川配下の肥田浜五郎、勝麟太郎（残留）ら、諸藩からは佐賀の中牟田倉之助（のちの海軍中将）などが学んだ。

第三期の教官はカッテンディーケに医師のポンペが加わり、幕臣からは沢太郎左衛門、赤松大三郎（則良）、田辺太一、松本良順に継続の勝麟太郎がいた。

通して見ると、諸藩から伝習生として入所したのは、佐賀藩四十八名、長州藩四十一名、福岡藩三十八名、薩摩藩二十五名などが目立つ。

佐賀と福岡藩は寛永の鎖国以来、参勤交代免除に代えて長崎防備を命じられていたので、別格である。やはり、長州と薩摩がいかに海軍を重視していたか、よく理解できるわけだ。

ただ長州は、松島剛蔵に海軍を来島良蔵に陸軍の洋式化を学ばせたが、どちらかといえば当時は陸軍を重視していた。

小五郎は「長崎海軍伝習所」で学ぶことができなかったが、教育機関としての優れた人材育成のあり様を、羨望《せんぼう》まじりに見ていた。維新後に優秀な幕臣を新政府の官僚として招き入れる際、大いなる力となる。「長崎海軍伝習所」の出身者が、新政府の海軍のみでなく工部省、大蔵省などの中核官僚として活躍することになる。

つまり、青年期の桂小五郎は、幕府の開明派の中で育てられたといえよう。

小五郎の盟友ともなる村田蔵六も同様に幕府に近い立ち位置にいた。

蔵六は、宇和島で海防強化のために、西洋銃陣、砲台築造、大砲改鋳、軍艦雛形製作などに携わったが、小藩の限界を知りぬいていたのだろう。

ここでもう少し幕末維新の重要人物・村田蔵六の来歴を追ってみよう。

安政三年三月、蔵六は藩主伊達宗城の江戸出府に従い、江戸へ向かった。途中、大坂の適塾に恩師緒方洪庵を訪ねる。当時、中津藩蔵屋敷から適塾へ通っていた福沢諭吉は、腸チフスにかかり洪庵の手厚い治療を受けていた。蔵六は洪庵から江戸でもう一度、蘭学を学び直し、塾を開くように勧められる。

四月、江戸に着くと、津山藩邸に適塾同門の箕作《みつくり》秋坪《しゅうてい》を訪ね、同道を願って義父の箕作阮甫《みつくりげんぽ》に面会する。「蕃所調所」教授の阮甫に、江戸での勉学について相談した。なにしろ阮甫は、津山の町医者から藩医になった勉強家で、ペリー来航時の米国大統領国書を翻訳し、川路聖謨《としあきら》に随行し、長崎でプチャーチンと外交交渉をした人物である。老中阿部正弘のブレーンの一人なのだから、いくら旧友の岳父とはいえ、蔵六は恐縮しきっていた。

ちなみに「蕃書調所」も老中阿部正弘により創設された。建策者は、川路聖謨が下田で日露和親條約をプチャーチンと締結した際、応接掛を務めた古賀謹一郎である。教授の箕作阮甫と杉田成卿（玄白の孫）のほか、教授手伝として三田藩の川本幸民、長州の手塚律蔵、村田蔵六、薩摩の松木弘庵（のちの寺島宗則）、津和野の西周助（のちの周《あまね》）、津田真一郎（のちの真道）、箕作秋坪、中村敬輔（のちの正直・敬宇）、加藤弘之ら錚々《そうそう》たる人物が登用された。

「長崎海軍伝習所」と並び、「蕃書調所」の創設は、老中阿部正弘の歴史的な功績である。

そのころ幕府が崩壊するなど、誰も想像することはなかった。小五郎にせよ蔵六にせよ、幕藩体制内での改革にひたすら情熱を傾けていた。

蔵六は、阮甫から練塀小路に屋敷をかまえる仙台藩藩医の大槻俊斎を紹介される。蘭学全般にわたり江川英龍の相談役なのだが、医師としては眼科で高名だった。俊斎は、蔵六の実力を瞬時に認め、翻訳の一部を手伝わせた。このとき蔵六が英龍と直接会っていたら、別の道を歩んだのかもしれない。

伊達宗城は、器の大きな人物で、蔵六の身分と扶持を保障し、江戸での開塾を許した。

同年十一月一日、蔵六は麹町新道に私塾「鳩居堂《きゅうきょどう》」を開いた。評判は上々で適塾の教科書を継承しながら、次第に兵学塾としての色彩を強める。ほどなく。箕作阮甫から「蕃所調所」（頭取は古賀謹一郎）の教授手伝を命じられた。兼務をこなすため、蔵六は早朝に塾で講義をし、「蕃所調所」で翻訳や講義をした。私塾は自由な気風で門も終日開け放しになっていたらしい。一年後の安政四年十一月、阿部正弘により創設された幕府「講武所」へ、同僚の原田敬策（一道）と共に役替え（出向）した。原田は岡山藩医原田碵斎《けんさい》の長男で、伊東玄朴の「象先堂《しょうせんどう》」で蘭学や洋式兵学を学んだ人物である。明治維新後も蔵六に協力し、大坂兵学寮開設に寄与する。蔵六の死後は、その薫陶を受けた山田市之允（顕義《あきよし》）を助けることになる。詳細は後に触れたい。

翌安政五年に伊東玄朴と大槻俊斎は、神田お玉ヶ池に「種痘《しゅとう》所」を開き、のちに「西洋医学所」（東京大学の前身）となった。同年、将軍家定が脚気のため重態となり、幕府は奥医師として伊東玄朴と戸塚静海を登用した。さらに六年後の文久二年には、村田蔵六や福沢諭吉の師、緒方洪庵を奥医師兼西洋医学所の頭取として大坂より招いた。

外様の有力藩でも洋学が注目され、長州藩で本格的な洋学導入は、シーボルトに学んだ青木周弼《しゅうすけ》の登用からだろう。青木家は、小五郎の実家の隣人として、公私にわたり深いかかわりができる。小五郎が八歳（天保十一年）で桂家の養嗣子になった年、坪井信道門下の青木周弼は、藩新設の「医学所」で蘭書翻訳掛に任命された。「医学所」で竹田庸伯、青木研蔵、久坂玄機（玄瑞の兄）、東条英庵らと蘭書の研究会を開いた。ほどなく「医学所」に隣接して、西洋兵学の研究所「博習堂」が建設された。

小五郎にとっては、父昌景を通じて耳にする噂話にすぎず、まったく関心がなかった。

一方、安政五年三月には、藩医青木周弼の建言で、江戸桜田の上屋敷で蘭書会読会が開かれ、後に麻布中屋敷に場所を変えた。主として兵学の蘭書会読や新書の翻訳が行われ、会主に世子定広の侍医竹田庸伯がなり、長州藩医の二代目坪井信道（信良）、「蕃書調所」から手塚律蔵と村田蔵六が参加した。

小五郎が蔵六の存在を意識し始めたのは、この蘭書会読会がきっかけではないだろうか。

蔵六も青年時代には、日田の広瀬淡窓に漢学を学んでいて、当時の開明的な人物は和漢洋の重層的な素養があった。自然科学の客観性や合理主義的精神を、小五郎は江川英龍や斎藤弥九郎から学んだ。松陰門下生の多くが、その精神性を重視するあまり、過激な行動に走る姿を冷静に凝視する小五郎の視線は、村田蔵六にも通じるものがある。

三

斎藤弥九郎や江川英龍と共に、吉田松陰も小五郎の人生に少なからず影響を与えた。

小五郎は、三歳年長の松陰を師として兄事したが、盲目的に松陰のすべてを肯定したわけではなく、非とすべきは友として忠告もした。茶道でいえば、千利休の後継者古田織部は、師を尊敬しながらも模倣をきらい、独自の茶の湯を創成している。

当時の松陰は、現代ほど神格化されることもなく、時代の激流に抗《あらが》う生身の人間であり、門下生からでさえ、過激な思想を危ぶむ声が聞かれた。小五郎は、松陰の無謀な老中間部暗殺計画を諫《いさ》めたのだが、その計画がもとで松陰は刑死にあう。

だが死によって歴史を変えた。小伝馬町の牢から、松陰が愛弟子高杉晋作にあてた死生観についての手紙が遺されている。

『死は好むものではなく、また、にくむべきものでもない。世の中には、生きながら心の死んでいる者がいるかと思えば、その身はほろんでも魂の存する者もいる。死して不朽のみこみあらば、いつ死んでもよいし、生きて大業をなしとげるみこみあらば、いつまでも生きたらよいのである。つまり、小生のみるところでは、人間というものは、生死を度外視して、ようするに、なす心構えこそが、たいせつなのだ。』

その後、晋作は犬死にを避け、危機に瀕《ひん》すれば亡命を繰り返し、命は大切にしている。

小五郎は、晋作の処世を深く理解し、大事にさいしては協力を惜しまず、互いに助けあう。

久坂にも、暗殺者で終わらせない、兄貴分としての思慮をはたらかせてきた。そこが小五郎らしさでもあり、回天の偉業を達成する根幹をなす。

惜しむらくは、松下村塾門下生の多くが幕末維新の動乱で死んでしまう。生存者の大成を松陰の遺志として継承したのが、桂小五郎（木戸孝允）に他ならない。

そう断じても、おそらく過言ではないと思われる。

ここでしばらく吉田松陰に光をあててみよう。

嘉永四年の正月、藩主毛利慶親《よしちか》は、吉田松陰より山鹿流兵学の皆伝を受け、二月には孫子の講義を聴講した。同年四月、松陰は二十二歳のとき、小五郎より一年早く、藩主の参勤交代に従い初めて江戸へ出府した。黒船来航の二年前である。

前年には、九州の諸国を廻り研鑽《けんさん》を積んだ。平戸藩家老の葉山左内と軍学者山鹿《やまが》万介、熊本の宮部鼎蔵《ていぞう》らに会う目的もあった。いずれも山鹿流兵学に関連する人々である。葉山は蔵書家として知られ、平戸滞在中に宿の「紙屋」で自由に閲覧させてもらった。その中には、日本の蘭学者により翻訳された西洋の地理・歴史・国情などの『近時海国必読書』、オランダの歴史を記した『和蘭紀略《おらんだきりゃく》』、ナポレオンの欧州征服についての『丙戌《ぼじゅつ》異聞』、渡辺崋山の『慎機論《しんきろん》』などの禁本まであった。この旅で松陰は、中国の阿片戦争を記録した書物にも触れ、世界観を大きく見開き、列強の脅威と海防について独自の思想を展開していく。

松陰は思想家であると同時に、優れた教育者で、小五郎は、教育者として偉大な人物だと思う。人を見る見識眼は天与のもので、短い言葉で人物を評し、門下の若者を個性豊かに育てた。ごく短い入門期間であっても、感受性に富む若者たちの心に明かりを燈《とも》した。

江戸での松陰は、安積艮斎《あざかこんさい》や佐久間象山らに会い、象山からは西洋の兵学を学んだ。また諸国の志士が集う烏山《からすやま》新三郎の蒼龍軒《そうりゅうけん》に入り、熊本藩の宮部鼎蔵《ていぞう》と親しくなる。安積艮斎の塾には小五郎の義弟となる来島《くるはら》良蔵が学んでいた。松陰とともに江戸に遊学した明倫館都講本役の山県半蔵（のちの宍戸璣《たまき》）も安積艮斎の門に入り、塾頭まで勤める。宍戸璣の養父山県太《たい》華《か》は明倫館学頭を務めた学者だ。

その他の同行者には、小田村伊之助（のちの楫取素彦《かとりもとひこ》）、中村百合蔵（のちの明倫館学頭・浩堂）、中谷正亮《しょうすけ》らがいる。中谷は、山田市之允（顕義）の叔父で、松下村塾の経営を支えた人物である。

六月、松陰は宮部と、相模、安房の海岸を踏査した。

松陰は、明倫館時代あまり目立たなかった桂小五郎の成長ぶりに注目する。師範である斎藤弥九郎を高く評価し、練兵館を訪ね、海防について話を重ねた。萩の実兄杉梅太郎や叔父の玉木文之進宛の手紙から、そのことが読みとれる。杉梅太郎へは、

『洋夷と戦うの戦法、ついに定論御座候。今相対し談論することを得ず、残憾《ざんかん》至極と存じ奉り候。いずれの道、大砲小銃、西洋法ならではとても勝ち申さず。本藩の人でこの事に力をつくすは独り桂小五郎一人有るのみ。斎藤弥九郎、本藩のため深く力を尽し申し候』

と、両人を絶賛している。また玉木文之進へは、

『斎藤弥九郎、佐久間修理（象山）等も本藩銃砲船馬の事開けざるを甚だ気の毒に思い呉れ候へども、致し方これ無し。（中略）桂小五郎、井上壮太郎、斎藤の説を信じ、しきりに海防に心を用ひ申し候。二人の精忠甚だ愛すべし』と、同様の趣旨を書き送っている。

その斎藤弥九郎は、折にふれ、小五郎を書斎に招いて、西洋軍艦や武器の図を見せたり、西洋軍隊の戦術や装備について兵学者としての意見を聴かせたりした。英龍の影にいたものの、斎藤弥九郎は諸藩にも知られる存在である。

松陰は、藩邸に「急務条議」を提出した。ペリー来航への対応として、大砲の整備、西洋砲術・銃砲製作法の取得、歩兵隊の編成、台場築法の研究、西洋軍艦の購入、火薬の製造などが箇条書きで列挙されていた。

しかし、当時の政務役椋梨《むくなし》藤太から無視された。
この年九月になって、時代に即応しきれない椋梨は罷免され、周布政之助が政務役に任命される。ようやく、松陰や小五郎の考えが藩政に反映するようになった。

そのころ松陰は、宮部に誘われ東北遊歴の旅を思い立つ。そこで東北遊歴の許可申請を江戸藩邸に提出していたが、出発直前に国元の許可がいるため延期するよう言い渡された。

来原良蔵や井上壮太郎が掛け合ってくれたが、無駄骨で時間を要し、松陰は友人との約束を守るため、十二月十四日、江戸藩邸から亡命出奔した。松陰は憂国の思いにかられるように、厳冬の季節に会津を越え、南部をさらに北へ、蝦夷地を遥かに遠望する津軽の北端まで、その足跡を残し『東征稿』を書き記す。水戸で宮部らと落ちあい、白河・会津若松・新潟・佐渡・秋田・弘前・八戸《はちのへ》・盛岡・仙台・米沢を巡る大旅行である。水戸では、徳川斉昭の側近である会沢正志斎《あいざわせいしさい》や藤田東湖にも会った。東湖はまだ、安政の大獄で斉昭に連座して謹慎中だったが、水戸学に接した松陰は強烈な影響をうける。

数年前、西国をめぐり、平戸へ渡った旅程を合わせれば、気の遠くなるような往還である。行く先々で有名無名を問わず、有志の人々と交流し、民衆の窮状を眼に焼きつけていた。

しかし、無断での遊歴は幕藩体制下で脱法になり、帰国後、士籍を剥奪《はくだつ》され、父親杉百合之助の「育《はぐくみ》」処分にあう。善意にとれば、罪人扱いというより、あまりにも旺盛な行動力に一定の枠をはめておきたかったのだろう。これより後にも、長州藩は松陰の命を保護するために、自宅での謹慎や入牢などの処置をとる。

藩主毛利敬親は温情を見せ、杉百合之助に対し、内密で「大次郎が十ヵ年間の諸国遊学を願い出るように、とりはからえ」と申しつけた。松陰は、運命の年嘉永六年一月に諸国遊歴の許可をえて、江戸へ向かった。同年五月末、松陰は再度江戸へ出た。その翌日、母・滝の実兄鎌倉瑞泉寺住職の竹院《ちくいん》を訪ね歓談し、六月一日に江戸の蒼龍軒《そうりゅうけん》に落ち着いた。長州藩邸にも出入りし、佐久間象山のもとへ通う生活をはじめた矢先のことだった。

太平の夢をむさぼる日本全土を震撼《しんかん》させる大事件が勃発《ぼっぱつ》した。

嘉永六（一八五三）年六月三日、まだ梅雨が明けきらぬ蒸した朝のことだった。

相模湾で巨大な黒船が四隻、発見された。もくもくと黒煙を上げ、三浦半島を目指し接近してくるではないか。報告を受けた浦賀奉行所は、ただちに十余叟の役船を出し、停船の合図をしたが無視をして江戸湾内に入り、浦賀鴨居村の沖あいで投錨《とうびょう》した。浦賀に半鐘が響き渡り、何事かと驚いた人々は戸外へ飛び出し、眺望の利く高台に登った。

アメリカ東洋艦隊司令長官ペリーの率いる旗艦サスクェハナ号など四隻の艦隊が突如姿をあらわしたのである。米艦に乗り込み最初に接見したのは、浦賀奉行所与力中島三郎助以下の役人だった。ペリーは、通商を求める米大統領の国書を幕府に手渡したいというのだ。艦隊は江戸湾深くまで侵入し、幕府を威嚇《いかく》する。

六月三日深夜、浦賀奉行から『黒船来航』の一報が老中首座阿部正弘に届けられた。

「ついに来たか」緊張で眠気も吹っ飛び、思わず唇をかみしめた。

実は、阿部にとって予期していた報告だった。すでに一年前、長崎のオランダ商館長から、「オランダ風説書別段」として、アメリカが開国を求めて来航することを知らされていたからである。その時点で阿部正弘は対策を講じようとしたが、年長の幕閣たちに危機意識は乏しく、動きが鈍くなったしまった。阿部は尾張の徳川慶勝、水戸の徳川斉昭、長崎警護役の福岡藩・佐賀藩などにまず意見を求めた。

佐久間象山は、その日のうちに弟子の中尾定次郎を連れ浦賀に向かった。松陰は翌日になって長州藩邸で事件を知り、象山の後を追った。

幕府は久里浜《くりはま》へのペリー上陸を許し、開港を求める大統領の親書を受け取った。翌年までの期限を付け、再来航する脅しを残して去った。二十七歳で老中首座を任せられていた阿部正弘は、日本国中に警鐘を鳴らし、広く建白書を求めた。

鉄砲斉射事件や仏教弾圧事件などで隠居を申し渡されていた徳川斉昭の謹慎《きんしん》を解き、大船建造を許し、国防強化を指示した。阿部は幕府人事も刷新した。普請奉行の川路聖謨《としあきら》を勘定奉行兼海防掛へ転じ、永井尚志《なおゆき》、岩瀬忠震《ただなり》など昌平黌《しょうへいこう》の俊秀を目付に抜擢《ばってき》する。

小五郎の江戸遊学も、まさに黒船来航に符号するかのようだった。

米国およびロシアと和親条約を結んだのは、老中阿部正弘だったが、ぶらかし外交で、それ以上は時間稼ぎをしていた。その間、江戸湾沿岸の防備を進めていく。長州藩も相模国の警備を申しつけられた。嘉永六年の歳末、長州藩は相模《さがみ》警備を命じられたため、斎藤弥九郎と江川英龍に江戸留学生全員の麻布下屋敷への引き取りを申しいれた。これに対して弥九郎は長州藩へ建議した。弥九郎は、ジョン万次郎から聞き取りをしたアメリカの状況について述べた。建国七十年余の若い国が世界に伍して活躍している様子や、政事経済から軍備にいたる内容を前置きにして、長州藩の採るべき海防策が論じられていた。

万次郎は、二年前にアメリカ商船で琉球へ上陸し、長崎奉行所を経て、故郷土佐へ帰ったが、藩吏に逮捕された。報告を受けた老中阿部正弘に出府を命じられ、ひと月前に中浜姓で江川英龍の手付に任じられたばかりだった。本所南割下水の江川家江戸役所で、弥九郎は中浜万次郎の数奇な運命とアメリカについて話を聞いた。万次郎が結婚するとき、英龍が仲人をつとめ、長男が森鷗外の友人中浜東一郎医師である。

小五郎も藩主へ宛て、海防策を建て、内容を松陰に検討してもらった上で提出した。

その中に「農兵構想」がふくまれ、後に長州諸隊の萌芽《ほうが》となる発想である。

嘉永六年七月、幕府は江川英龍に命じ、品川に台場を築造させる。斎藤弥九郎も参与することになり、小五郎の耳にも、その大事は入っていた。

「お師匠さま、お願いがございまする」

願ってもない機会であり、小五郎は弥九郎に頼みこんだ。

「改まって何事じゃ」斎藤弥九郎は、小五郎の願い事の趣旨を分かっていながら聞いた。

「この度、江川さまに品川台場の建設が命じられたそうでございますが」

「確かに。それで」

「私は外様《とざま》の陪臣《ばいしん》ゆえ、無理なお願いとは、わきまえておりますが」

「そのことか。分かっておった。実はのう、そなたがいつ頼みにまいるのか､気にしていたところじゃった」

「さようござりましたか。ぜひお供に加えていただきたく、お願い申しあげます」

小五郎は、弥九郎の目をとらえて、気持ちを伝えた。

「おおやけには難しい。そなたの身分が表に出れば、江川殿にお咎《とが》めがおよぼう。知ってのとおり、江川殿にも政敵が多いのじゃ」

「そのところは、小五郎、十分にわきまえております。下男になりきりますので、どうかお供をさせていただけませんでしょうか」

「わかっておる。現場を見せておきたいのは、誰でもない、そなたなのじゃ」

「おそれ多いお言葉で」

小五郎は平伏して感謝の気持ちを伝えた。

にこやかに微笑する弥九郎の顔は、やはり慈父のようだった。斎藤弥九郎が江川英龍の補佐役をつとめたので、小五郎は弁当持ちの従僕として、工事現場に日参した。英龍は、変装した桂小五郎の正体を知らぬふりをして、供に加えていた。オランダの兵学者エンゲルベルツの築城書をひもとき設計した模型を、老中阿部正弘に見せて、台場の工事を進めた。

砲台築造について小五郎に教えることを、英龍は愉しみにしている節があった。この時の体験は、四ヵ国艦隊に壊滅された下関砲台を、四境戦争直前に再構築する際に役立つことになる。


台場築造が一息つくと、小五郎は芝新銭座にある江川塾に入門し、麹町三番町の練兵館から通うことにした。まず小銃の操作法を学んだあと、山野での野戦、海岸や船舶からの砲術など西洋銃陣について学んだ。安政三年に新築され江川屋敷は、浜御殿に隣接していた。六千五百坪の調練所を備え、手代長屋をふくむ屋敷は千五百坪もある広大なものだった。


翌嘉永七年（安政元年）一月中旬、ペリーは再び来航し、修交条約締結を迫った。数回の会見を経て、三月三日に幕府は不平等な和親条約を締結調印した。

この年九月、再度の出府をはたした吉田松陰から、小五郎に会いたいとの手紙を受け取った。

松陰は従者金子重之助を連れ、安政元年三月二十七日、下田に寄港中の米艦ポーハタン号に乗り移り密航を企てたが、断られ、自首して逮捕された。密航に共同謀議のある関係者も処罰された。佐久間象山は入獄ののち国許の松代で蟄居《ちっきょ》、烏山《からすやま》新三郎は押込めで新発田《しばた》藩に幽閉、宮部鼎蔵《ていぞう》は熊本へ帰国を命じられた。長州藩邸では、脱藩して士籍のない松陰とは無関係ですませられるが、幇助《ほうじょ》の罪で問われないか、秘密に調査した。浦靱負《ゆきえ》と周布政之助が、来原良蔵、桂小五郎、井上壮太郎の三人が金品を松陰に贈ったことを察知したが、揉み消して不問にした。

同年十一月四日、伊豆・相模にかけ大地震に襲われた。下田に停泊中のプチャーチン率いるロシア艦隊は津波のため大きな被害をこうむった。当初、長崎に来航して、樺太国境問題と開港の条約締結交渉を勘定奉行川路聖謨らと交渉していたが、進展しなかった。そのため、九月にはディアナ号を大坂湾に進め、威圧を加え、十月に下田に寄港し、川路らとの交渉を再開していた。その矢先、大地震による海嘯《かいしょう》（津波）に遭遇し、被害を受けてしまった。

小五郎は、実態調査のため、中村百合蔵と下田を訪れ、あまりの悲惨さに息をのんだ。

プチャーチンは幕府にディアナ号修繕の助けを求め、伊豆の戸田《へだ》浦へ曳航《えいこう》中に沈没した。

幕府は、戸田に仮の造船所を設け、船大工の派遣や船材の提供を続け、プチャーチンを援助する。スクーネル型の船二隻の建造を許したので、海事に関心のある諸藩は、人材を派遣し視察させた。

翌年（安政二年）一月、小五郎にとって恩人の一人江川英龍が長逝《ちょうせい》した。享年五十五歳。長男の英敏が三月に出府し、江川太郎左衛門を後継した。江川家手代総代柏木惣蔵が後見役をはたす。

同月、江戸は大火に見舞われ、日本橋の小網町から浅草までが焼け、隅田川沿の情緒ある下町が火にのまれてしまった。そのころ、プチャーチンは戸田《へだ》で建造した船で無事帰国する。

小五郎は、相模の守衛地にいたが、三月に当地を発ち、四月に萩へ帰省した。海軍の重要性を建言した小五郎は、特命をおび、五月中旬に故郷を発ち、神奈川を目指した。途中、大坂で流行中の疫痢《えきり》にかかり、難儀をしたが、六月末に浦賀に着いた。七月、藩から軍艦建造を学ぶべく命じられた小五郎は、浦賀奉行支配組与力中島三郎助に入門し、西洋兵学を学び、『海上砲術全書』の筆写に精を出す。中島は幕府初の洋艦・鳳凰丸建造に関与していた。

国難は黒船来航のみでなく、十月には〈安政の大地震〉が関東一円を襲い、死者は七千人を超えた。藤田東湖も圧死した。青年期の小五郎が尊敬した人物の一人で、弥九郎から贈られた東湖の書『忠義塡骨髄』を終生の愛蔵とした。骨太の雄渾《ゆうこん》な揮筆を高杉晋作に見せると、大いに賞賛し、譲ってくれぬかと迫られたが、これぱかりは手放せなかった。

さらに幕末の日本を揺るがしたのは、地震だけではなかった。

難局を新しい政治手法で克服し、近代化を進めようとした老中阿部正弘が、政争で老中主座を堀田正睦《まさよし》に譲り、過労のためか安政四年に享年三十九歳で死去した。徳川幕府にとって、阿部の早世は大きな打撃になる。阿部の没後、大老井伊直弼《なおすけ》と老中間部詮勝《あきかつ》らは、天皇の勅許を得ないまま日米修好通商条約に調印した。将軍継承争いでも、徳川斉昭や松平春嶽ら一橋慶喜推挙派を弾圧し、紀州家より家茂を迎えた。強引な施政を批判する者たちを容赦なく弾圧し、粛清に動いた。日本中を震撼《しんかん》させた〈安政の大獄〉である。

尊皇攘夷の公家、志士、及び一橋慶喜を将軍に推した大名たち百名以上が罪に問われた。

斬罪にあった者には、橋本左内・頼三樹三郎・吉田松陰など、獄死したものには、梅田雲浜《うんぴん》など。隠居・謹慎した者には、一橋慶喜、徳川慶篤《よしあつ》（水戸藩主）、徳川慶勝《よしかつ》（尾張藩主）、松平　春嶽《しゅんがく》（福井藩主）、伊達宗城《むねなり》（宇和島藩主）、山内容堂《ようどう》（土佐藩主）、老中松平忠固《ただかた》（上田城主）、堀田正睦（佐倉藩主）、川路聖謨（江戸城西丸留守居）、大久保忠寛（江戸城西丸留守居）、土岐頼旨《よりむね》（大目付・海防掛）など。御役御免は、板倉勝静《かつきよ》（備中松山藩主）、平岡円四郎（一橋家家臣）、佐々木顕発《あきのぶ》（勘定奉行）など。永蟄居《ながちっきょ》には、徳川斉昭（前水戸藩主）、岩瀬忠震《ただなり》（作事奉行）、永井尚志《なおゆき》（軍艦奉行）など。その他遠島、追放、押込などの罪人多数だった。

さらに朝廷への処分も厳しいものがあった。形式上は将軍徳川家定の命令として処罰されたが、すべて井伊大老の専断であり、幕府内外に多くの敵対勢力を生み出していく。吉田松陰もその一人で、門下生たちも、激動の渦に巻き込まれる。小五郎も渦の深みに流されていった。

あれほどの恐怖政治を行った井伊大老も、安政七年三月三日、春の雪を血に染めて桜田門外で暗殺された。同月に年号も万延と改元されたが、尊皇攘夷運動は井伊の死により、怒涛《どとう》の勢いをえた。しかし、松陰門下生が思ったほど世の中は単純ではなかった。純粋に尊皇攘夷の旗を掲げて、長州は孤軍奮闘はしてみたものの敗北は続き、今では朝敵の汚名を着せられ、四境に幕府軍が押し寄せている。まさに四面楚歌《しめんそか》、風前の灯火の状況に故郷の長州は追いつめられていた。そうした歴史の時空を小五郎と幾松は旅していたのである。

四

明石海峡を抜け播磨灘に入ると、瀬戸内の海は大きく開けている。

海にむかうと、小五郎は己の人間としての小ささをいつも意識する。

萩の菊ヶ浜は日本海に望み、その先は世界のはてまでつながっている。それを教えてくれたのは父和田昌景だった。しかし、ただ泳いで遊ぶだけの砂浜にすぎなかった。

藩校明倫館で学んだが、生家から近い「医学所」(好生館)には足を運ぼうとはしなかった。

侍医の和田家を継いで医師にならずともすんだからだ。それでも父の友人蘭医青木周弼・研蔵兄弟に教えられた長崎やシーボルトをはじめとする異人の話から夢がふくらみ、藩校の地球儀をあらためて見直すようになった。日本人だけでなく、想像もつかないほど多様な異国人が暮らしていることさえ、受け入れるのに時間を要した。

父の友である近所の青木のおじさんたちには、学問を通じての人と人の出逢い、ひいては絆《きずな》の大切さを教えられた。洋学という長崎出島より光明のように射しこむ西洋の学問を通じて、オランダだけでなく広く西欧の文明に触れることができる。そのことを、子供心にぼんやりと意識した。

萩を旅だったとき、小五郎の国は長州でしかなかった。今、その故郷へ帰ろうとしている。

小五郎は、自分の中で何かが変わっているように思う。〈禁門の変〉でとりかえしのつかぬ大敗北を喫した。(何故に戦ったのか。長州の大義は果たして何だったのか。尊皇攘夷の旗をかかげて、遂行しようとした戦の目的が、間違っていたのではなかろうか)自問はすれども、小五郎に今もって確とした答えはない。すべてが、嘉永六年の黒船来航から始まったことだが、日本は分裂してしまった。

それは異国にとって、思うつぼの情況に違いない。ペリーの来航によって芽生えたはずの、国を一つにして外圧に備える意識は、どこへ霧散したのだろうか。

幕府の優れた指導者老中阿部正弘の主導で、国をあげて異国に備えようとした、あのひたむきな情熱が、彼の死後に変質してしまった。将軍継承の権力争いと〈安政の大獄〉により、国論は分断され、骨肉相争う乱世になってしまった。

(歴史の潮流に国中が流され、わが身の生き残りだけを考えているだけではないのか。困窮する長州を再生しなければならない。だが、それだけで終わったのでは、若い命を散らしてしまった同志に申し訳ない)

小五郎は、〈禁門の変〉に生き残った者の苦しみを、重い石のように胸中に抱きかかえている。故郷へ帰る途上で、喪に服しているような気分になっていた。

(長州に閉じ込められてしまった人々と、共有できる基盤はどのようなものなのだろう)小五郎にはそれさえも定かでない。少なくとも、清国のように欧米列強に隷属《れいぞく》する国へ貶《おとし》めることは、断じて許されないことである。

上海の惨状は、幕府の視察団に参加した高杉晋作からも聞かされていた。

今になってみると、懐かしい思い出だ。

晋作の上海行きには事情があった。

長州藩直目付長井雅楽の〈航海遠略策〉が一世を風靡《ふうび》していたころのことである。

水戸藩の攘夷派から、故人となった久坂玄瑞が、

「長井は奸物だぞ。長藩が消さないのなら、わしらがやる」と責められた。

「いや待ってくれ、わが藩の同志と話してみる。まとまらねば、一人でもやるから」

一本気の久坂は一人で背負いこむことが多かった。

そんなとき、萩から江戸へ出てきたばかりの晋作に相談をもちかけた。

「航海遠略策ちゅうのは、来原さんも賛同し、理にかなった策のように思えるのじゃが、やっぱしいけんのかのう」と晋作は素朴な質問を返してきた。

「耳にはもっともらしく聞こえるのじゃが、毒のある策とは思わんのか」

いまひとつしっくりしない晋作の顔を見て、

「誰が一番喜ぶと思う。考えてみてくれんか。ぼくは幕府じゃと思うけん」

「そうか、公武合体派にとっては渡りに船じゃのう」

晋作ののみこみは早い。

「薩摩の提灯《ちょうちん》持ちになるつもりか」

「なるほど久坂、よう分かった。そんならおれが斬る」

高杉なら長井に会う機会も多いはずである。

久坂と高杉の長井暗殺計画が小五郎や周布政之助の耳に入った。

「煙の立たぬ噂にないちゅう者もいますけ。今、ことがおこれば、久坂も高杉も罪に問われましょう。有為の人材を失いたくない」

小五郎は急ぎ周布に相談し、暗殺計画を止めさせようとした。

人を殺傷せずとも、藩是を変えさせることができると、小五郎は腹案を持っていた。

藩主毛利慶親へ情理をつくして説明するだけのことである。

「晋作を江戸から離そう」周布は、長井と晋作を引き離そうとした。

当時、幕府から諸藩へ欧州使節団の派遣が通達されていた。

「後学のため晋作を外国へやろう」周布の親心もあり、この策は功を奏す。

文久元年九月、高杉晋作は幕府遣欧使節団に同行して欧州視察を命じられたのだが、急に、変更となり清国の上海行きが決まる。小五郎は工作したことを伏せたままだった。

高杉を乗せた千歳《ちとせ》丸が長崎を出航したのは、文久二年四月のことだった。

晋作は、上海で人生の転機となる目撃をした。

中国人は蔑視《べっし》され、同等の人間として取り扱われてはいなかった。

その暴虐《ぼうぎゃく》を生む驕《おご》りの源泉が、進歩した近代文明にあるとしたら、白人たちは何か精神的な過ちを犯しているのかもしれない。物質文明の繁栄と精神世界の貧困は、鏡の裏表では説明できない重要な問題をふくんでいるような気がした。

その晋作が行方知れずだと、幾松は話す。

早く会って相談しなければならないことが山積している。

（晋作はどこにいるのだろうか）当の晋作が小五郎の行方を捜しているとも知らず、最も信頼できる同志の安否を気づかっていた。

（馬関まで帰れば、何か手きがかりがつかめそうな気がする）そのためにも村田蔵六にまず会わねばならぬと思う。

（それに幾松は俊輔と聞多が英国から帰国していると話していた。二人にも会いたい）俊輔や聞多ら五人の若者を留学させたイギリスについて、彼らの見聞を聴いてみたい。

（ヴィクトリアという女帝を戴《いただ》き、七つの海を制覇する強国はなぜ誕生し、なぜ今も栄え続けているのだろうか。見習うことは多々あるはずだ）小五郎の胸にわきあがる思いがある。

（早まって自裁の道を選ばなくてよかった）今は実感として確かになっている。

（少なくとも、幾松を幸せにしなくては）

長州の国元で受け入れられなくとも、どこかでささやかに生きるつもりだった。

三人は金毘羅宮《こんぴらぐう》に詣《もう》でた。まさか高杉晋作が潜伏しているとは思わず、幾松の肢《あし》をいたわりながら、ゆっくりと石段を登っていった。

「いつも船で通り過ぎるだけやったが、これも何かのご縁じゃのう」

小五郎の胸の裡《うち》では、一日も早く帰国したい焦《あせ》りと、早く帰っても苦しむだけの不安が錯綜《さくそう》していた。

「お伊勢さんと金毘羅さんには、長生きしていたら参ろうな、そういうて、吉田屋の姉さんと話していたことがあったのやけど……。夢みたいやなぁ。それも、あんさんと一緒やなんて」幾松は、一歩遅れて従う直蔵を気にかけながら、小五郎へ嬉しそうに応えた。

「直蔵さんも初めてか」

小五郎は、やはり気配りの人である。

「へい、はじめてで。ありがたいことですのう」

「噂にたがわぬ見事さ、直蔵さん、帰りに、ゆっくり寄るがええ」

「旦那、すんまへんな」

「ここも毛利水軍の守り神の一つらしい。どちらかといえば、わしらには厳島《いつくしま》神社の方が近いし、陶《すえ》氏を破った毛利縁《ゆかり》の地じゃからのう」

下剋上の時代、守護大名大内氏を滅ぼした陶晴賢《すえはるかた》を、毛利元就《もとなり》が破った戦場でもある。

小五郎にも、初めて江戸へ上る途上で参拝し、ささやかな願いごとをした思い出がある。

「帰りには、ぜひ厳島にも」

「直蔵さん、それはええ考えやなぁ」

幾松も厳島にはひかれるようだ。

金毘羅宮の本宮は象頭山《ぞうず》の中腹に鎮座し、参道の石段は直蔵が数えたところ、七百八十五段あった。見事な大門をくぐると境内で、あまたの建物が歴史の重みを伝え、人々の称賛がもっともだと納得する。

「京都の天神さんに負けへんぐらい大きいな」

幾松は、桧皮葺《ひわだぶき》の本宮や弊殿、拝殿に参りながら、感嘆の声をあげた。

小五郎は〈禁門の変〉で、京都の民家や社寺を燃やしてしまったことが、良心の呵責《かしゃく》になっていた。帰りの石段も肢《あし》にこたえたが、彫刻の美しい旭殿や、航海の安全を祈願する絵馬殿など、心ゆくまで楽しむことができた。茶店で休憩していると、参道近くに金丸座という芝居小屋があり、歌舞伎《かぶき》が毎年のように公演される話を旅人から聴き、幾松は京都四条河原の南座を思い出していた。

幾松の嬉しそうな顔を見るだけで、小五郎は立ち寄って良かったと思った。

再び船上の旅人に戻ると、小五郎は、孝明天皇に将軍家茂以下が供奉《ぐぶ》した、下鴨神社行幸の盛事を思い出していた。徳川幕府は天皇を禁裏に閉じ込めてきた。あたかも囚《とら》われ人のようだと、小五郎は義憤を感じたものだ。後水尾帝の御子《みこ》後西天皇から先帝仁孝天皇まで、十代にわたって在位された帝はすべて、一度も行幸を許されなかった。徹底して、徳川幕府は天皇の行動を制約したのである。経済的にも、小大名なみの収入しか与えず、皇室や公卿の困窮は極まっていた。

当日、行幸の列にいて、小五郎はそのことを思った。長州も微力をつくして、孝明天皇の御鳳輦《ほうれん》を下賀茂糺《ただす》の森に行幸奉《たてまつ》ることができ、誇らしくさえあった。

だが歴史は非情である。盛事の裏には必ず渦巻く嫉妬《しっと》と謀略が隠されている。京都で、長州が絶頂を極めた瞬間であり、おごり故に凋落《ちょうらく》の際に立っていたことになる。

（世の中、一寸先は闇だ）その思いは、当時も今も変わらない。帰郷後に何が待ち受けているのか、楽観は許されなかった。

五

馬関（下関）には、四月二十六日夜に着いた。

小五郎は遠い異国から帰還したような心境になった。

「桶久《おけひさ》」に宿をとった。大年寄り佐甲家の経営する宿で、村田蔵六も定宿にしている。

村田蔵六と伊藤俊輔にまず会いたかった。安心して話せる数少ない心友である。この時代、藩内といえども、誰が味方か誰が敵か、混とんとして分からない状況だった。

鋳銭司《すぜんじ》村へ帰省中の蔵六へ飛脚を走らせた。小五郎の手紙は翌日の深夜に届いた。

何がそうさせるのか、蔵六は夜明けを待たず家を飛び出した。道々、蔵六は小五郎が密使として広戸甚助なる男に手紙を託した日のことを、つい昨日のように思い出していた。大坂適塾・緒方家からの使いを装う甚助が、着物に縫い込んだ手紙を取り出し、蔵六へ手渡したとき、手が震え、自分で分かるほどの動悸《どうき》がした。それは、桂小五郎という男のたぐいまれな誠意を感じたからだった。口先だけではない、魂と魂の交流を、蔵六は初めて体験した。

(生きていることを、最初に知らせる人間として、この私を選んでくれるとは)蔵六は心底から感激したのである。小五郎は、同志の高杉にさえ、潜伏先を教えなかったのだ。晋作は、蔵六へ小五郎の居場所をたずねる手紙を出している。悪いと思ったが、蔵六はとぼけて知らぬふりを通した。

(今回もそうだった)下関に帰り着き、真っ先に会いたいと、連絡をよこしてくれた。その気持ちに、蔵六はいい知れぬ人としての温かさを感じた。

小五郎の帰着を知り、平素は粗末な半袴なのに、羽織袴《はおりはかま》の正装で、駕籠《かご》を走らせた。

途中、蔵六は潜伏中の俊輔に連絡をとった。俊輔は馬関の黒門に小間物屋を開き、愛人のお梅に店番をさせていた。入江九一の妹すみとは、まだ離婚していない。夜明け前に、蔵六はお梅をたたき起こした。俊輔は、対馬藩の船問屋伊勢屋や紅屋の蔵など転々と潜伏先を変えていたが、その夜は運よくお梅と寝ていた。寝むそうに目をこする俊輔に、小五郎のことを知らせると、重い瞼《まぶた》の細い目をまばたかせ、朝日がのぼるような輝きを見せた。

俊輔は蔵六を待たせ、袴を着け、帯刀すると、二人で踊るように駆けだした。

「桶久」に着くと、初夏の明るい朝日がのぼり、宿の小僧が門前を竹箒《たけほうき》で清掃していた。

桂小五郎はまだ就寝中らしく、女将が控えの一室へ二人を案内した。

ほどなく幾松が挨拶に出た。

「お陰さまで無事に帰りました。このたびは、桂がお世話になります」

幾松はもうすっかり、桂夫人になりきっていて、二人をまず驚かせた。

「お疲れさまでしたのう」

無口な蔵六が珍しく幾松をねぎらった。

「みなさんのおかげどす」幾松は深ぶかと頭をさげた。

俊輔は幾松の変貌ぶりに息をのむ思いだった。

美しさに気品が増していたからだろう。

やがて小五郎が姿を見せた。まだまる腰で、粗末な木綿の着物を着ていたが、少しやつれて見えた。

「桂さん」俊輔は絶句した。

「よくぞ帰ってくだされた」

蔵六と俊輔は申し合わせたかのように声を重ねた。

「ありがとう。心配をかけたな」

どちらからともなく手を握り合うと、熱い思いが胸にこみあげた。三人とも、とめどなくあふれる泪を抑えることができない。俊輔はしゃくるような男泣きをした。その肩に小五郎は手を置いて、

「久しぶりじゃのう」

小五郎は、感謝をこめて蔵六の眸をとらえ、すぐに俊輔へ視線を移した。

「留学の前じゃったから」

ロンドンから帰国して、最初に探し求めた恩人の顔が、泪の向こうで微笑んでいた。

五人のイギリス留学を援けたのも、周布政之助や桂小五郎であり、村田蔵六が横浜の大黒屋を使って金の工面で力になってくれた。あれから二年ぶりの再会である。

お互いの無事を喜び合うものの、小五郎にはなぜ、俊輔が逃げ隠れしなければならないのか、合点がいかない。

「何があったのじゃ。高杉はどうしている。周布さんは息災か」

小五郎には不明のことだらけだった。

蔵六も俊輔もすぐに眼を伏せてしまう。

「詳しく話せば長くなりますが」

そう切り出して、俊輔は〈禁門の変〉後の俗論党による粛清の嵐や、周布政之助の非業の自害を息せききって話し、四国艦隊による馬関砲台占領と講和も大略

を報告した。

「おお、そうじゃったか」

その都度うなずいてはいたが、小五郎は目を充血させ、泪を必死にこらえていた。報告する俊輔の声も泪まじりになり、幾度となくとぎれた。周布の死を告げると、握りしめた両のこぶしを膝に叩きつけた。

「なんと。周布さん、早まったのう」

こらえていた泪があふれ、小五郎だけでなく俊輔も蔵六も男泣きした。

晋作の功山寺決起から、俗論党の打倒に成功したものの、馬関開港をめぐって、攘夷過激派と支藩の暗殺団から命を狙われている背景を手短に話した。

「そりゃまずいな。それでも、話せば分かるはずじゃ。身内で争っているときではあるまい」

幕府は一気に追いつめてくるぞ」

「頭に血をのぼらせた輩《やから》ばかりで」

蔵六も過激派には、ほとほと手を焼いているようだ。

「首謀者は分からんのか」小五郎は俊輔にたずねた。

「泉十郎、旧姓は野々村勘九郎」

「なんと、野々村か。知るも知らぬもない。練兵館で稽古をつけた男じゃ」


小五郎は数日内に説得するつもりだった。言葉どおり野々村勘九郎を呼んで、小五郎は長州存亡の危機にあり、兄弟喧嘩をしている場合ではないことを説諭した。野々村にも誤解があったのだろう、意外にすんなり非を認め、伊藤俊輔を訪ねてわびた。小五郎は馬関の開港を先のばしにすることも、内々に約束し、納得させたのである。

「村田先生には、ご迷惑ばかりかけてしまいましたな」

「なんの、こちらこそ。この四月十二日に幕府がまた征討令を出しましてのう。藩庁では対応に追われちょりますのじゃ」

漠然とした噂は帰郷途中で耳にしたような気がする。その程度のことで、あらためて当事者になってみると、一刻の猶予《ゆうよ》もならぬ緊急事態にちがいない。

「近ぢか、山口の政庁へおいでくださるか」小五郎は蔵六に仲立ちを頼みたかった。

小五郎にはまだ、藩主をはじめとする首脳陣の考えがいかがなものか、理解できない。

「そのように心づもりしていました。昨夜遅くに飛脚が届きましたゆえ、飛んでまいりました。少し休ませていただき、月明けにでも参上いたしましょう」

「これはかたじけない。船の中でしたためた私案など、政庁へ届けていただけますか」

「喜んで。皆の衆が待っているにちがいない。きっと喜ぶことでしょう」

五月四日、蔵六は小五郎の使者として山口へ出立した。

蔵六は、藩庁で国政手許役の山田宇右衛門（山田老人）らに、藩政刷新の意見書を提出した。

長州には山田姓の重臣が多く、山田孫右衛門（陸山翁）は俗論派により処刑されていた。

山田老人は、帰国を心から喜び、即刻、登庁するよう小五郎宛の手紙をことづけた。

三日後には、藩主敬親からも時山直八が派遣され、小五郎の出頭を求められた。時山は、〈禁門の変〉に際し、小五郎の特別部隊の軍監を勤めたので、立場を良く理解していた。藩主が毛利慶親から敬親に改名したことも教えられた。

小五郎は五月十四日に藩主毛利敬親に一年半ぶりの拝謁をした。

「よくぞ帰ってくれた。心待ちいたしておったぞ」

敬親が温情あふれる言葉をかけると、

「有難き幸せ。京都では失態続きで、お許しくださりませ」小五郎はさらに平伏した。

「頭をあげよ。多事多難の時じゃ。よろしく頼む」

上体を起こすと、敬親の慈眼に出あい、小五郎には万感の思いがこみあげていた。

「殿、桂からの建策にござりまする」

山田老人が小姓へ合図し、側近くへ奉書の包みを差し出した。

敬親は包みを開き、建策書に目を落とすと、

「そうか、拝見いたそう」うなずきながら、至極満足そうに微笑みを返した。

冒頭の一行は後世に伝わる書き出しである。

『防長二州粛然深夜のごとき形勢にござなくては』武備恭順《きょうじゅん》の本質的な心構えが、そこには込められていて、敬親の胸に響くものがあったのだろう。

小五郎は、敬親の決済が必要な事項にしぼって建策していた。その一は、雨後の竹の子同然に生まれた民兵である諸隊の、藩としての正式な制度化。その二は、武器購入のため藩の予備金支出だった。緊急の課題に絞り、速やかに対応しなければ、長州藩の危機を救えないとの思いは、藩主に抵抗なく伝わり、

「よかろう。そうせい」と即決される。

藩主毛利敬親は〈そうせい侯〉とあだ名されたが、丸投げでなく熟考の末の発言である。

叡君であることは、桂小五郎がもっとも知っていて、大事は包み隠さず上申し、裁断を仰いだ。歴史の変革期を統治する藩主として、非は非として認め、是は是として実行した。

桂小五郎の発案になる民兵は、高杉晋作によりすでに具体化され、実戦で力を発揮した。しかし、諸隊での規律も命令系統もばらばらで、強力な幕府軍に対抗するには、統一された指揮系統を必要とする。また、劣勢になると、分裂・崩壊しやすいもろさを持っていた。装備の近代化や兵站《へいたん》・医療など後方支援も、藩政庁の政策として一貫性が求められる。

民兵の制度化は、武士階級への挑戦、強いて言えば、封建制度下の階級身分制を否定する要素を、内に秘めたものである。維新後の〈版籍奉還〉から〈廃藩置県〉に至る大河の一滴が、小五郎の建策から生じようとしていた。

予備金は藩の機密なのだが、大きく二種類あった。一つは、内密の貯蓄である。萩と江戸麻布藩邸に金蔵を隠しもっていた。有事に備え、爪に火をともすような節約と、進物などの換金などで貯えてきた。塵も積もれば山となるで、二百数十年の間に江戸だけでも八万両近くたまっていた。他の一つは、撫育金《ぶいくきん》の積立である。関ヶ原の合戦で防長二州に押し込められた藩は、家臣団を養う困難に直面し、一部は帰農し、埋立てや山野の開墾で耕作地を広げた。江戸初期でさえ、表向きの石高三十六万九千石に対し、実高は五十三万石に、幕末には九十万石前後に達した。宝暦年間にそのうち四万石を直轄にして撫育局を設けた。つまり幕府老中並の収入を積み立てた。幕末には六万石ほどに増え、米の貸付利息や、赤間関など三港の商取引でも収入を得た。ことに馬関の越荷方は他藩の商船相手に金貸しを営み、金利を収益とした。撫育局は年間一万五千両ほどの純益を積算していた。小五郎の推定では、二百万両近くが手づかずのまま眠っているはずである。幕府に屈服し、藩が滅亡すれば、みすみす没収されてしまう。藩主敬親は、撫育金の使用も許したのである。


藩庁は小五郎を国政方用談役に任命した。上司は国政加判役毛利筑前（六十四歳）と手許役山田宇右衛門（五十三歳）である。山田老人は支持者であり、閏五月以降、小五郎は藩の外交・軍事と内政（政事堂顧問として）の両面での政策を進めていく。その際、対幕府対策として、名前を木戸貫治に変えるよう沙汰があったのだが、今しばらく小五郎のままでお許し願うことにする。小五郎は役務に就くと、まず村田蔵六を百石とりの大組士に昇格させ、軍政専務の用所役に任命した。

「村田先生、長い間失礼しました」

小五郎は蔵六に深ぶかと頭をさげ、心から詫びた。

「私ごときにもったいないお言葉。これまでも、長州のため、いや、あなたが考えている新しい国づくりのために微力をつくすことができ、果報者でござる」

蔵六は青年のように頬を紅潮させていった。

「力をかしてくれますか」

「よろこんで」

二人は互いをしっかり見つめあった。

蔵六は、軍の指導と再編成のみでなく、軍備を近代化し、強力な銃隊を組織する。

小五郎は、藩主の許しを得て、鉄砲足軽五百人に苗字を許し、槍持・旗持などの中間《ちゅうげん》千余人にも書上げ名苗字を許した。彼らを銃隊の中核に育てるために、国防の自覚をうながす。

そのころ幕府も、フランス公使レオン・ロッシュの助言を入れ、軍制改革を進めていた。

勘定奉行小栗忠順《ただまさ》と目付栗本瀬兵衛（のちの鋤雲《じょうん》）は、ロッシュに軍事顧問団の派遣を依頼する。だが旗本内部の守旧派から反発を食らっていた。

小五郎と蔵六は、足軽・中間などと民兵の正規軍化を急いでいたが、長州でも保守的な抵抗勢力がいた。この際、高杉晋作と井上聞多の帰国は、小五郎らにとっての援軍になる。

「晋作と聞多に連絡が取れんかのう」

小五郎が俊輔に訊ねても、

「聞多は変装して別府に隠れちょるので、連絡を取ったのじゃが、高杉さんの方は、村田先生へ金毘羅さんから手紙がきただけで……」と答えるたけで、雲をつかむような覚つかなさだった。

「小倉《こくら》屋の白石なら知っちょるじゃろう」

小五郎は、晋作の支持者が豪商の白石正一郎と入江和作であることを熟知していた。

「たしかに。あたってみますけ」俊輔も暗殺の不安から解放され、動きやすくなっていた。

政事堂での火急の用件を済ますと、小五郎は吉敷《よしき》村の大庄屋吉富藤兵衛（簡一）を訪ねた。

周布政之助の仏前に参り、帰国を報告したかった。

「桂さま、よくぞご無事で。周布翁が貴殿のことを案じておられましたぞ」

藤兵衛はまだ変名を命じられたことを知らない。

小五郎にとっても、まだ桂姓が身についていた。

「周布翁と井上がお世話になったそうで、御礼の言葉もござらぬ」

「何をおっしゃる。私の目配りが足りずに、残念無念ですのう」

藤兵衛は、自邸の離れに周布一家を住まわせ、分家で帰国後の井上聞多が暮らしていた。

「あの夜のことは、死ぬまで忘れられませんちゃ」

そう前置きして、事件当夜の出来事を話してくれた。

その顔は苦痛のためか青白くさえ見えた。

「井上さまが、エゲレスから帰国した訳を、周布翁へ報告にみえましてのう」

「ほう。聞多もああ見えて律儀な男ですちゃ」

「攘夷は国を滅ぼすだけじゃ。さように、井上さまは気持ちを伝えました」

「周布翁はなんと」

「そりゃ、知れたことじゃろう。そう言って苦笑いされましたのう」

「なるほど。周布翁もほんとうの攘夷と、目先の攘夷の違いがわかっとるお人じゃけ」

「井上さまは、意を強くして、政事堂の御前会議で持論を述べられたそうで」

「それが、狭い了見の男らに憎まれたわけですな」

「当日、わたしは心配になって、井上さまに会い、萩から俗論党が八百人近く乗り込んでいるので、刺激しないようにお願いしたのじゃが……。火に油を注ぐだけじゃから」

「聞多は気持ちがたかぶると、抑えられないことがある。世子さまは、お小姓のころからご存じなので、また聞多の病気がはじまったか、くらいでやり過ごされる」

「相手が悪うございました。狂い犬も同然の輩《やから》、帰り道で三人組に襲われましてのう」

滅多切りにあった聞多は、現場から這《は》って農家にたどり着き、もっこで湯田の実家へ運ばれたらしい。

「急を聞いて、わたしが駈けつけると、井上さまは手真似で殺してくれと頼んでおられた。兄の五郎三郎さんが介錯《かいしゃく》しようとしたのじゃが、母者《ははじゃ》が被いかぶさって、『ならぬ、殺すなら、あたしを殺してからにして』と叫ばれた」

藤兵衛は、当時を思い出し、大きく息をつくと、

「母の愛は強いものですのう。その場のみなが、泣いてしまいましてのう」

そう語りながら目を潤ませていた。

われに返った藤兵衛は、藩医の所郁太郎を呼びに走らせたそうだ。

幸い在宅中で駈けつけ、まず傷を調べた。袈裟《けさ》がけに斬られた背中の傷は、倒れたときに刀がくるりと回って、深手の致命傷にならず、胸から腹への傷も洋行時に祇園の君尾から形見に贈られた手鏡が、切っ先に当たって逸れていた。顔にも傷があって、出血が大変な量になっていた。

「どうやろうか」藤兵衛がおそるおそる訊ねると、

「うん、これはやってみるべきじゃ」

思い切った決断をした。

所医師は、緒方洪庵門下でも外科が専門である。

「すまぬが、手伝ってくださらぬか」

藤兵衛を助手にして、焼酎で傷を洗いながら、熱湯消毒した畳針で五十針以上も縫合していった。手術は明け方近くまでかかった。

「あとは神だのみじゃな」つぶやくように言って、所医師は付き添って仮眠をとった。

ちなみに、聞多は君尾に再会するつもりで、肌身離さず手鏡を身につけていたが、当の君尾は別れた直後に新撰組近藤勇の囲い者になっていた。

その夜、周布の不幸が降《ふ》って湧くように生じた。

「疲れきって帰宅し、横になったばかりのときじゃった」

さすがの藤兵衛も言葉につまって、小五郎の眸の奥を見すえた。

「下女の叫ぶ声が近づき、雨戸をゆするので、起きてみました」

ただ事でないことは、声の震えや怯《おび》えきった表情で推測できた。

「周布さまが……」

下女は絶句して、その場に崩れおちた。

離れに駆けつけると、畑に周布が仰向けに倒れ、近くに刀が転がっていた。立ったまま短刀で咽喉《のど》を斬り裂き、血を噴きながら絶命していた。周布は、岩国の吉川監物が三家老の切腹を申し入れてきたので、若い家老の清水清太郎に付きそって岩国へ赴き、幕府への斡旋を依頼した。この時点で責任を感じ、自害を決意したものと思われる。

吉川監物が幕府の意向を伝えに山口へ来ると、俗論党が勢いづいた。その威信を背景に、自派の毛利伊勢(七千三百余石)を加判に据え、尊攘派の大和国之助を直目付から解任させた。

斬殺された大和は旧姓山県武之進で、小五郎にとって少年時代からの友である。

椋梨らの手にかかった忠臣たちの悲報は、すでに伊藤俊輔から聞いていた。

絶望した周布は遺書をしたため始めたらしい。

「奥方さまと相談いたし、家中の刃物を隠していたのじゃが」

その夜、いつもと様子がちがうので、寝ずの番を妻はしていたらしい。どこに隠していたのか、短刀を出して、切腹をはかったらしい。泪ながらに制止する妻の目をかすめて、庭へ降りると、立ったまま頸動脈を斬ったらしい。

甥の杉孫七郎宛の遺書には、『桂小五郎帰由、真にしかるか』と問い、『ただし帰候とも巴城《はじょう》蟄居《ちっきょ》なるべし』と書かれていたそうだ。後に杉孫七郎から教えられた。巴城は田舎や山奥を意味し、小五郎は周布の深意をくめずに悶々とする。俗論党の歯牙にかからぬよう身を隠せという意味か、京都政局の責任をとって文字どおり謹慎せよという意味なのか、どちらにもとれるような気がした。

後にその事を晋作に話すと、

「ぼくの場合も、周布翁は牢に入っていろと絶叫した。多分、早まって死ぬなということじゃろう」そう解釈して、天命をまっとうするつもりだと語った。

「天命か。たしかにそうじゃな」

小五郎にも、晋作の微妙な心の裡《うち》がわかる。戦時には、生き残った者ほど苦しいのだ。

六

五月初め、晋作は小五郎の潜伏先が城崎らしいとの情報を得たのか、下関の商人入江和作への手紙に、『そのうち、ちょっと但馬城崎湯に罷りこしたく存じ居り候』と便りする。

　晋作はまだ愛妾うのと讃岐の日柳燕石《くさなぎえんせき》の庇護《ひご》のもとにいた。

　燕石は豪農加島屋の生まれで、琴平の医師三井雪航《せっこう》に経史や詩文、奈良松荘《しょうそう》に国学や歌学を学び、文人肌の侠客で、瀬戸内一円の浮浪の徒の親分として有名だった。

　東の清水次郎長と並ぶ気骨の人である。

　小五郎、蔵六、俊輔の三人が晋作の帰りを待ちわびているころ、当の本人はうのと琴平の楼閣で遊饗《ゆうきょう》にひたっていた。そこを高松藩の役人に踏み込まれたのだ。間一髪、晋作は裏階段からうのと脱出し、日柳燕石の「呑象楼」へ駆けこんだ。

　燕石のもとへは子分からすでに報告があったらしく、

「ここも危ない。すぐに出立の準備を」

燕石は案内役の子分を二人つけて、晋作を旅立たせた。

「ご恩は忘れない。お世話になりましたのう」

「後々のことは、わしにおまかせくだされ」

　晋作は両手で燕石の温かい手を握ると、深ぶかと頭をさげて別れた。

「お達者で」

「そこもとも」

　それが二人にとって今生の別れになる。

　燕石は高杉晋作を匿《かくま》った罪を問われ、四年間高松の獄につながれる。

　獄中にて、『皇国千字文』を記し、勤皇の志は貫く。

　晋作とうのは燕石の子分に案内され、伊予川之江に逃れ、備後の鞆《とも》の浦へ渡った。

　突堤の常夜燈が印象的で、仙酔島など風光明媚な潮待ちの湊であるが、信長に追われた足利義昭隠棲《いんせい》の地でもあり、晋作には感慨深いものがあった。楽天的な処世を心がけた晋作は、名物の鯛《たい》料理を楽しみ、鞆の温泉で心身を癒した。

　小五郎に催促された俊輔の情報網が晋作の鞆の浦滞在を確かめた。白石正一郎が、晋作の手紙を見せたのである。早速、急使に書状を持たせて、帰国を促した。

小五郎は、長府攘夷派の鎮撫に成功していることに触れ、第二次長州征討への対応が急務であることを伝えた。

五月下旬、小五郎は、別府の井上聞多にも人を遣《つか》わし、彼らを戦列に復帰させた。

閏五月、小五郎は村田蔵六を伴い、馬関の白石正一郎邸に滞在中の晋作を訪問した。

「よう桂さん、どこにおったのじゃ」

「但馬の出石、それに城崎の温泉で湯あたりしちょった」

「多分、そうかと思うて、村田先生へおたずねしたのじゃが」

珍しく晋作は唇をゆがめた。

「申し訳ない。手紙が途中で幕吏の手にでも落ちたら、とんでもないと思うてのう」

蔵六は恐縮したように広く秀でた額に手をやった。

「わかっとるちゃ。ひがみはせんよ。ぼくも道後の温泉から、金毘羅さんの燕石親分の世話になっちょった」

「日柳《くさなぎ》燕石か」

「おう、桂さんもご存じか」

「土佐や備前の若い者たちが、ずいぶんお世話になっているらしい」

「筋金入りの勤皇親分じゃけ」

「一度会ってみたいのう」

「ぼくの身代わりで、牢屋に入れられたらしい」

晋作は帰国して入江和作に教えられた。

「それにしても、おもしろいな。先日、聞多が別府から戻ってきた。三人とも温泉で湯治をしちょったのか」

「似たものが生き残ったちゅうわけだ」

晋作はそう言って、黙禱でもするかのように目を閉じた。

「久坂を死なせて申し訳ない」

「桂さん、周布さんもぼくも、必死で止めたのじゃ。じゃけど、義助は過激に走った」

「負けるとわかっていたのに、臆病《おくびょう》者といわれるのが怖くて、口をつぐんだ。今もって、自分で自分がいやになるけ」小五郎の本心である。

「桂さん、そう責めなさんな。周布さんは、ぼくらを生かそうとしたのじゃけん。牢にぶちこまれたときは、周布さんを恨んだ。じゃけど、ある晩、酒に酔ったふりをして野山獄に来て、生きちょれいうて、叫んだのよ」

「そうか、そうじゃったのか」

「松陰先生のときもそうじゃったのう。周布さんの指図じゃった」

「大事なときに、惜しい人をのう」

小五郎が一番頼りにしていた先輩である。

三人とも気が沈んで、ひりひりするような沈黙が続いた。気を取り直すように晋作が唇を動かし、

「ところで村田先生におたずねしたいのじゃが、どうしたら幕軍に勝てるのやろうか」

それまで小五郎と晋作の話を黙って聞いていた蔵六へ声をかけた。

「施条銃《ライフル》を五千と西洋式の軍艦が欲しいですのう」

「ミニエー銃でもええのじゃろうか」

晋作は長崎でグラバーに会い、情報を得ていた。

「幕府は、フランスのシャスポー銃を手に入れようとしていますぞ」

蔵六は講武所教授を勤めていたので、幕府陸軍の内情にも詳しい。

「やっぱし施条銃ですか」小五郎には耳なれない銃の名前で、想像できなかった。

「そうですな。命中率が高く、射程距離が長い。その上、元ごめですぞ」

「これは聞き捨てならぬことじゃ。ミニエーで元ごめはないのやろか」

晋作も気になるらしい。

「どうじゃろう」そこまでは蔵六にもわからない。

「桂さんは、土佐の坂本を知っちょるやろ」

晋作は長崎で出会ったときのことを思い出していた。

「中岡の友達じゃろ。そいつがどうした」

「俊輔と長崎へ行ったとき、グラバー商会で坂本に会うた。馬関でエゲレスと交易をすれば、新式の銃が金しだいで手に入ると、いうのじゃ」

「なるほど、それで馬関の開港を急いだのじゃな」

「詳しいことは、俊輔に聞いてくれるか」

「分かった。坂本に会うてみたいのう」江戸の練兵館時代に、小五郎は龍馬に会ったことがある。撃剣の手合わせをしたときのことだ。

「長崎で銃を買うつもりで、青木群平を遣《つか》わしたのですが、長州には売ってくれんやった」

蔵六は失敗して困惑していることを晋作にも話した。

「桂さん、どうにかして坂本と接触してくれんやろか」

やはり晋作は核心をついてくる。

「わかった、急ごう」

三人が相談していたころ、思いがけない所から光明がさし込んだ。

それは大宰府と対馬藩からだった。

吉田松陰の妹文の夫久坂玄瑞は禁門の変で自害したが、もう一人の妹寿子の夫小田村伊之助（のちの楫《か》取素彦《とりもとひこ》）は、〈禁門の変〉後、恭順派により野山獄に入れられた。幸い高杉晋作の決起により、解放された者の一人である。

彼が藩庁の使者として大宰府の三条実美を訪れた際、薩摩からの帰途にある坂本龍馬に会った。龍馬の方から、三条公の衛士黒岩直方を介して、小田村に接触してきた。

龍馬は、桂小五郎が帰国しているのなら、会って話したいことがある、というのだ。

小田村は、早速手紙を小五郎宛に送り、承諾の返信を龍馬に見せた。

龍馬は、小五郎に会うため、黒岩とともに閏五月一日、馬関に着くと、直ちに「奈良屋」の主人入江和作に来訪の意図を話した。入江から長府藩の時田少輔に坂本来訪が知らされ、時田から坂本の面会希望が小五郎へ伝えられた。小五郎は、練兵館塾頭時代に千葉道場の龍馬と面識があったので快諾し、馬関に赴く旨の返書を託した。長府藩の役人と馬関駐屯の諸隊にも通知しているので、安心して来るようにと、小五郎らしい心遣いが読み取れた。

龍馬は快哉《かいさい》の声をあげ、閏五月一日、西之端町の「奈良屋」を訪ねる。大年寄入江和作（奈良屋）から報告を受けた時田少輔の連絡で、小五郎は龍馬を訪ねた。話は前後するが、小五郎も大宰府と連絡をとっていた。五卿が幕府の人質として江戸へ送られることを危惧したからだ。小田村の派遣もその一手だった。

老中の阿部正外《まさと》（白河十万石城主）は、将軍家茂が軍を率いて大坂入りすれば、長州は怯《おび》えて降伏するものと、高をくくっていた。幕閣は三月二十九日、毛利父子が江戸召致《しょうち》を拒めば、将軍が直ちに進発するので、諸藩に対してあらかじめ準備するよう命じていた。幕府は毛利父子と五卿の江戸召致を要求し続けたが、征長総督の尾張藩徳川慶勝が真っ先に反対した。無理な要求は天下の大乱を招くと、諭した。しかし驕《おご》り高ぶった幕閣は四月五日に将軍進発準備として、老中本荘宗秀・阿部正外・松前崇広《たかひろ》（松前藩主）に随行を命じ、四月十三日に諸藩の出陣分担を定めた。四月十九日には、長州藩庁に対し、『容易ならざる企て之れ有り』として、五月十六日を期して将軍が征討のため江戸を進発する旨の布告を出した。

将軍家茂は閏五月二十二日に上洛・参内《さんだい》し、二十五日に大坂城へ大部隊を従え入城した。

武備恭順で藩論を統一した小五郎らは、着々と対幕府戦に備えた布陣を整えていた。帰国した小五郎は、五卿が大宰府へ御動座なされたことを知り、すでに三条実美へ書簡を送っていた。三条は薩摩の保護下におかれる不安を隠さなかったが、薩摩も変化していることを知らせてくれた。西郷が二月末に大宰府へ参上し、幕命による五卿の江戸護送を拒む対策を、福岡・佐賀・熊本・久留米の諸藩士と協議したことを、内々教えられていた。

西郷の方針転換であり、立ち位置が変化していることに、小五郎は気づきはじめていた。さらに小五郎は、小田村の手紙により、龍馬が薩長の連携を働きかけようとしていることを察知していた。薩摩への遺恨《いこん》が消えやらぬ中での会談は危険を伴った。藩主父子も藩庁首脳も、薩長連合には慎重な態度を保ち続けていた。

そのため小五郎は、藩庁を説得することから始め、閏五月四日に馬関へ行き、晋作らと事前に意志統一をして、翌日の閏五月五日、坂本龍馬と会談した。

小五郎はあらゆる局面で独断専行を避けようとする。信条として、終生、独裁者を目指すことはない。それがまた人々に信頼され、愛されもした所以《ゆえん》なのだろう。

西郷や大久保の処世とは、ひと味ちがっている。

三条実美に近侍する土佐の土方《ひじかた》楠左衛門（のちの久元）を東南部町の「綿屋」に訪ねた。土佐浪士の土方楠左衛門、中岡慎太郎や田中顕助（のちの光顕《みつあき》）は、七卿が都落ちして三田尻の招賢閣に仮寓していたころからの付き人である。また招賢閣は、池田屋で殺害された肥後の宮部鼎蔵や、〈禁門の変〉を主導した真木和泉も根城にした。いわば尊攘派志士の溜まり場でもあった。土方は、薩長連携の必要性を黒田藩の月形洗蔵から、しきりに説かれていた。

高杉と西郷の密会を馬関で仕組んだのは、筑前勤皇派の月形である。月形は、土方のみか三条実美に、直接その必要性を話したらしい。その際、中岡新太郎も陪席《ばいせき》していたのか、小五郎が帰国して「桶久」に滞在中、訪ねて来た。

「大宰府の三条卿に西郷の使者が訪れちょりましてのう。陪席を許されましたきに」

中岡は、長州藩の薩摩感情を知り抜いていて、西郷を呼び捨てにした。

「使者とは」小五郎は聞き捨てにはできずたずねた。

「筑前の月形洗蔵じゃき」

「なるほどのう。それで」

「西郷は長州と仲直りがしたいらしい」

「それで三条卿に仲介を頼みたいとのことかのう」

「相違ござらぬ」

「三条卿を介すとは、西郷らしいが、今更どうしたものか」

「長州と仲たがいをしたままでは、勤皇の宿志はとげられんじゃろ」

「今さら白々しいことじゃ」

「その怒りは、三条卿もよくわかっておいでじゃが、小異を捨てて、大道を歩かねば、日本の将来が危ういとのお気持ちじゃき」

「たしかにのう。ぼくにはよく分かる。されど〈禁門の変〉の怨念《おんねん》は、軽くはないのう。長州は、朝敵の汚名を負ったままじゃろ」

「そこのところが大事じゃ。薩摩と長州が手を握らにゃ、何も変えられぬ。幕府に対抗する力が必要なことは、貴殿もご理解いただけるじゃろ」

中岡は、小五郎を通じて、それとなく薩摩への対応を探っていたのだろう。

数日後、坂本龍馬と小五郎は会談する約束をした。龍馬も小五郎も、予備知識をもって会談したわけである。龍馬は、これまでのゆきかがりを棚にあげ、薩長が手を組むことが、国政を変革するのに必須だと持論を述べた。

「中岡が長州の薩摩への怨念は根深い言うちょりました」

「ぼくは当然じゃと思う」

「それはそうやろが、おまはんの力で乗り越えてくれんかのう。薩長が結べは、やがて土佐が加わる。そうすりゃ、どでかい勢力がうまれるきに」

「何をする勢力じゃ」小五郎は、少し意地悪な質問をした。

「分っちょるじゃろ。新しい国に変え、外国に隷従しないためじゃ。清国の二の舞はごめんじゃろが」

「それで、具体的にどうしろと言うのじゃ」

「単刀直入には、薩摩の西郷に会ってくれんか。二人が話し合えば、世の中が変わる」

「そげえな、単純な世の中ではあるまい」

「もちろん。まず入り口の門をくぐってほしいわけでのう。そうせにゃ何も始まらん」

「どこで会う。我らはおたずねものじゃぞ」

「貴藩のどこか、そうじゃのう、馬関か三田尻が一番じゃろうか」

「一つ間違うと、西郷もぼくも暗殺されるかもしれんぞ」

「たしかにのう。西郷は目立つ。安全を期して根回しが必要じゃろ。高杉さんが反対せんかったら、抑えられはせんやろか」

「個人的には西郷に会ってもよい。その前に藩論を七分でもまとめておかねば、危ないのう」

小五郎は、もっぱら聞き役に徹して、藩論をまとめられれば、会ってもよいと、条件つきで応諾《おうだく》した。土方に会ったのはその後である。

「鹿児島へ行った中岡の話ですと、この月の十日前後に、西郷はまちがいなく馬関へ寄りますきに」

土方は確信にみちた言い方をした。

「それなら、西郷を待って話そう」

小五郎は、三条卿の側近土方を信頼していた。

早速、藩庁宛に書簡を送り、土方の伝える京都の状況と西郷の来関についての報告を記した。書中に西郷への譴責《けんせき》を強く約束する文言《もんごん》を挿入している。藩庁からの返書にも、西郷への譴責を第一とする会談を希望していた。薩摩の代表が和睦・謝罪の使者として来るのなら許すとのことだった。それほどまでに長州の薩摩憎しの感情は消し難いものがあった。

西郷もそうした長州の空気を察したためか、予定を変更する。今か今かと西郷を待つ小五郎のもとへ、鹿児島から中岡慎太郎が帰り、青ざめた表情で事情を報告した。西郷は、馬関へ寄らず胡蝶丸で大坂へ直行するらしい。

その理由さえ伝えてこなかったので、憮然《ぶぜん》とした表情で小五郎は、

「こんなことじゃろうと思うちょった。また薩摩に一杯食わされたようじゃのう。ぼくはもう、山口に帰る

つもりじゃけ」と、あわただしく席をたった。

このままでは苦労も水の泡だとばかりに、坂本と中岡は、

「まあまあ、そう言わんと」と小五郎を引き留め、

「貴殿の顔をつぶしはせんぞな。われら両人に、ちと時間をくれんかいのう」

「そんなら、薩摩の方から和解の申し入れをしてくれんかのう」

裏切られ、顔に泥までぶっかけられた小五郎は、滅多に怒りを表にださないのに激怒した。

(雄藩を代表する人物らしからぬ非礼である) 小五郎は、西郷に幻滅を感じてしまう。

龍馬も落胆したが、懸命に小五郎をなだめ、宿願を先につなげる努力をした。

「薩摩が誠意を示してくれたらのう。そうやないと、諸隊の者たちが納得できない。どうじゃろう。長崎での鉄砲購入に薩摩の名義を貸してくれんやろか」

こけてもただでは起きない精神で、木戸は、武器購入への援助を頼んでおく。

「必ずやりとげますきに」

坂本と中岡は、西郷に会うため、京へ向かった。

七

一方、対馬藩による薩長連携の働きかけは、〈禁門の変〉直後から芽生えた話である。

勝井五八郎の対馬尊攘派弾圧に対し、肥前田代の対馬飛び地領家老、平田大江が抵抗した。

平田は、まず長州藩に支援を頼み、そのころ福岡滞在中の西郷吉之助にも援けを求めた。

長州藩は野村靖之助(のちの靖)らを支援のため派遣した。その途中、彼は馬関で幾松に出会い、小五郎への書状を托したのだ。

一方、大宰府警護の薩摩藩士も対馬へ渡り、長州の兒玉若狭、野村靖之助らと協力し、尊攘派を援助した。小規模ながら初めての薩長連携である。

五月二日に対馬の尊攘派は決起し、勝井を殺害した。その後、藩政再建のため桂小五郎の来島を要請してきたが、征長軍への対応など、内政多忙のため応じることができなかった。

幾松も、対馬藩に情が移ってしまったのか、多田ら尊皇攘夷派のことを心配した。

「だれか、代わりに行ってあげられしまへんのか」

「代わりですむことなら、わざわざ名指しはしないじやろう」

「それもそうやなぁ」

幾松には、どうして小五郎でなくてはいけないのか、よくわからない。

「お松も知ってのとおり、対馬とは不思議な縁があってのう。こちらが援けるよりも、援けられたことの方が多いのじゃ」

小五郎は、不思議な巡り合わせの出発点を思い出すのだった。対馬藩のお家騒動を巡って薩長連携が自然発生的に生じたことは、その後の本格的な盟約成立に向けての小さな一歩だった。だが対馬を介しての日朝関係は、維新後も重要な外交課題となり、明治六年の征韓論政変や十年の西南戦争にも関係してくるので、少し寄り道になるが、この際、小五郎と対馬のつながりを見ておこう。


対馬藩は日本と朝鮮の間にあり、昔から複雑な問題をかかえている藩である。豊臣秀吉の朝鮮侵略戦以来、傷ついた関係を修復するため、徳川家康は和睦友好の政策を進め、対馬藩に仲介役の大任を課した。朝鮮通信使の江戸訪問は、江戸期を通じて外交行事として定着していた。対馬藩は、幕府と朝鮮王朝の間にあって、外交上の難問をどうにか処理してきた。鎖国下でも、清との貿易、対馬藩を介した朝鮮貿易は幕府にとって重要な収入源だった。しかし朝鮮王朝は、清国の庇護を背景に、対馬藩を属国と見なしていた節がある。徳川幕府の時代を通じて、対馬藩は幕府の国書を改竄《かいざん》して朝鮮王朝の面子を立てていた。対馬藩は禄高十万石なのに、当主は島津や毛利と同格に江戸城大広間詰を許されていた。

ところが幕末になって、藩内の権力闘争が勃発《ぼっぱつ》してしまったのである。大名家のお家騒動の陰には、多くの場合、藩主を取りまく女たちと、結託する重臣の権力闘争が隠されている。

第十四代藩主宗義和《そうよしより》の後継をめぐり、騒動が起こった。世子善之丞《ぜんのじょう》（のちの義達《よしさと》）を廃嫡《はいちゃく》し、側室・碧《みどり》との子・勝千代を世子とした。勝千代を支持する江戸家老佐須伊織派「御味方党」と、廃嫡された義之丞を立てる家老大浦教之助の尊攘派が抗争し、対馬藩のお家騒動がおきた。勝千代が天然痘で死亡した後、権力を握る「御味方党」は、義之丞の世子復帰を認めなかった。大浦派（尊攘派）の樋口謙之亮《けんのすけ》や多田荘蔵らが実力行使に出て、藩の実権を握った。

ロシアが、対馬の内紛を察知していたのか不明だが、文久元年二月、軍艦ポサドニックが浅茅湾《あさう》に侵入した。彼らは上陸し、施設の建設をはじめ、ウラジオストクから増艦して物資を運搬し始めた。クリミア戦争での英露対決の余波が、極東の日本へも及びはじめていたわけである。ちなみに、維新後ロシア大使となる榎本武揚は、プチャーチンの懐古談として、南進政策の一環として、対馬占領を考えていたことを確認する。つまり、朝鮮と日本を分断し、海峡の制海権を掌握する狙いだった。ロシアの立場からすれば、イギリスに対馬を占領・植民地化されることを、最も警戒していたのである。対馬海峡の封鎖は、ロシア海軍の活動域を著しく狭めるからだ。

対応に苦慮する幕府は、外国奉行小栗忠順《おぐりただまさ》らを派遣した。小栗の退去説得も不発に終わり、江戸にもどって、対馬の直轄化と、国際世論への訴えを建言する。しかし、幕閣は小栗を解任してしまう。

情勢を見ていた当時のイギリス公使オールコックは、老中安藤信正へイギリス軍艦の圧力により、ロシアを撤退させる案を提言する。単純な支援ではなく、ロシアに代わって対馬の権益を獲得する下心があってのことだった。派遣された二隻の軍艦による威嚇《いかく》に、ロシアは撤退をした。早くから小五郎は、単に長州の権益にとどまらず、日本国土の防衛上、対馬が極めて重要な戦略的要地になっていることを自覚していた。

世子義達の藩主就任に抵抗を続けていた江戸家老の須佐伊織は、ロシアの侵入を契機に、対馬を幕府直轄領にし、密かに移封を願い出た。これが露見し、多田ら対馬藩の尊攘派は大挙江戸へ行き、須佐を殺害した。表向きは切腹だが、公儀に知られれば取り潰しになる。

心配したのが先代宗家の未亡人慈芳院だった。彼女は毛利斉広《なりとう》の妹である。実家の長州藩邸へ斡旋《あっせん》依頼のために多田らを遣わした。つまり、桂小五郎と対馬藩の関係は、江戸藩邸に勤務中から始まったものである。

そのころ小五郎は、世子毛利定広（のちの元徳）の持参した勅書の趣旨を幕閣へ説明し、将軍上洛の実現をはかったり、義弟来島良蔵の自害などで忙殺されていた。来原の法要を芝の青松寺で営んだ翌日、柳橋の「川長」で、多田、樋口、大島の対馬藩重臣から、事情を聞いた。

「世子善之丞さまは、まだ十六歳なので、襲封《しゅうほう》していただくために、長州藩の後盾をお願いいたしたい」と、多田が代表して申し入れた。

彼らが具体的に求めたのは毛利定広に後見人になってもらい、幕府へも藩内の「御味方党」へも対抗する力添えを得ることにあった。

「対馬は我が国の前衛に位置しております。内紛がつづけば、ロシアやイギリスなどに乗り込まれかねませぬ」大島の言葉に小五郎の気持ちが動いた。江戸湾や摂津海のみでなく日本海の防備も、国防上大切なことを理解していた。朝鮮半島と僅かな距離で、対馬は日本海の咽喉《のど》にあたる要衝の地に天然の良港をもつ。

他人事ではないと思い、対馬藩の重臣を藩邸に招き正式に話を聴いた。

「単刀直入に申しますと、毛利様の後ろ盾をいただければ、対馬藩の存続が可能になるのでござりまする。さもなくば、おとり潰し同然となり、幕府天領になり、多くの家臣と家族が路頭に迷うことになりましょう」

大島は本音を語り、援助を求めた。

さらに小五郎は、多田、樋口、大島の三人を、京から出府したばかりの周布政之助に引合わせた。彼らの本意は、周布との対面ではなく、小五郎を京へ派遣してもらい、上洛中の藩主毛利慶親（のちの敬親）から許しを得て、世子定広による対馬藩後見の認知を得ることにあった。

文久元年九月末、世子毛利定広は周布と桂をしたがえ、六間堀の対馬藩邸を訪れ、世子善之丞と慈芳院に面談した。毛利定広は一通りの挨拶を終えると、

「概略は当藩の桂小五郎より報告を承りました。貴藩は身内も同然、日ごろからお世話になっております。われらでお力になれることであれば、よろこんでお引き受けいたしまする」

慈芳院と世子善之丞を安堵させる発言をした。

「お世話になりまする」慈法院がほっとした表情で礼を言うと、

「先日来、周布殿、桂殿には一方ならぬお世話になり、厚く御礼申しあげます」

世子の宗善之丞が手をつき、頭をさげた。

「これは過分なお言葉、気がねなくご相談くだされ」

周布が毛利家家臣を代表して応対した。

「馬関を通じて、これからも貴藩との交易を盛んにい

たさねばなりませぬのう」

小五郎が両藩の交流が不可分なことを意識した発言を追加すると、両家の人々は皆、うなずきあった。

「勝手なお願いながら、家中と日ごろから交誼《こうぎ》の深い、桂殿に大殿さまへの御使者に発っていただけますでしょうか」慈芳院と小五郎の視線がからみあった。

「承りました」

毛利定広は、周布と桂に目配りして同意した。

慈芳院から定広へ、小五郎の京都派遣を懇願したので、十月八日に出発が決まり、対馬藩の重臣三人も途中から合流した。

藩主慶親は、小五郎の働きを多と認め、対馬藩の懇願に答えるように、指示した。

文久二年には、長対同盟が結ばれ、藩政刷新のため宗義和の隠居が歳末十二月二十五日に決まった。こうして毛利家の後見のもとに、対馬の宗家はお家騒動を鎮めることができた。

長州にとっても、対馬経由で朝鮮と秘かに交易できる経済上の利益があった。藩主毛利父子に反対する理由などないわけで、対馬との深い絆を結ぶきっかけになった。ひいては、維新後の征韓論へつながっていようとは、誰もまだ気づいていなかった。

八

薩長盟約の歴史的な成果は、歴史の潮目を変えるわけだが、それまでにも様々な出来事が続いた。幕府のお尋ね者故、変名までしている身で、新撰組や見廻り組などの警備が厳しい京都へ入ることは、ある意味、自殺行為だった。死を意識すると、幕府からつけ狙われはじめた日々へ、記憶が呼び醒まされることが多くなっていた。思い出すと、幕府がアメリカに開国を迫られた時、小五郎はまだ江戸藩邸で日夜舞い込む情報を処理するのに苦心していた。

長州が存亡をかけて幕府と対峙する現状を当時は夢想だにしなかった。

どこで歴史の流れが変わったのか、いくつかの分岐点があったように思う。

一つは黒船来航と無勅許《むちょっきょ》の通商条約締結と、井伊直弼による〈安政の大獄〉だった。

将軍徳川家定が、諸大名を江戸城大広間に招集し、日米通商開始のやむをえない事情を説明したのは、安政五年の歳末だった。翌六年正月早々、老中堀田正睦に上京を命じ、二月九日に参内上奏したものの、条約勅許は許されなかった。

その年四月、大老に就任した井伊掃部守《かもんのかみ》直弼《なおすけ》は、六月十九日にハリスと日米修交通商条約ならびに貿易章程を勅許なしで調印した。六月二十四日に、江戸城で徳川斉昭らが、無断調印について井伊直弼を難詰する。ところが翌日、次期将軍継承争いで、一橋慶喜を推す一橋派は敗れ、南紀派の推す和歌山藩主徳川慶福（あらため家茂《いえもち》）に決定した。そこから井伊直弼の反撃がはじまった。〈安政の大獄〉である。

反発した薩摩藩主島津斉彬が五千の兵を率いて上洛しようとした矢先、不明の急死（一説には安政のコレラによる）をとげ、出兵は頓挫《とんざ》した。

その年九月になり、老中間部詮勝《まなべあきかつ》、京都所司代酒井忠義《ただあき》らが上洛し、弾圧が始まる。

小浜藩士梅田雲浜を京都で逮捕したのを手始めに、尊皇攘夷を主張する志士が続々と逮捕・投獄される。十一月には、島津斉彬を喪《うしな》い絶望した西郷吉之助と僧忍向が錦江湾《きんこうわん》で入水し、西郷のみ蘇生する事件までおきる。歳末、西郷は奄美大島へ流された。

京都では、井伊直弼の腹心で国学者の長野主膳が、島田左近（九条家家臣）に巨額の賄賂《わいろ》を流し、九条家を丸ごと佐幕派にして、情報収集をおこなった。年が明けた安政六年正月、幕府の圧力により、左大臣近衛忠熙《ただひろ》・右大臣鷹司輔熙《たかつかさすけひろ》を辞官・落飾、前関白鷹司政通《まさみち》・前内大臣三条実万《さねつむ》（実美の父）を落飾《らくしょく》に追い込む。

この正月に幕府は経済的な理由から、長崎海軍伝習所の閉鎖を命じた。ただし、製鉄所の建設とオランダ医学はこれまで通りと通達する。

幕府は六月以降に神奈川・長崎・箱館三港での自由貿易許可を布告し、開港場での武器自由購入を許可した。それが後に倒幕へつながるとは、まだ予測できなかったのだろう。

イギリス総領事オールコック、フランス総領事ベルクールが相次いで来日。

八月末、幕府は徳川斉昭に国許永蟄居、徳川慶喜に隠居・謹慎、水戸藩主徳川慶篤に差し控えを命じる。自滅行為なのだが、開国しておいて、開明派の幕臣を冷遇する。岩瀬忠震《ただなり》、永井尚志《なおゆき》、川路聖謨《としあきら》らを一橋派として左遷する。

十月初旬に橋本左内、頼三樹三郎らを死罪とし、十月二十七日吉田松陰も死罪に処した。

小五郎をはじめ、松陰門下の高杉、久坂らの反幕府活動に火をつけてしまった。


それまでは、小五郎自身もまだ切羽つまった活動に血道をあげていたわけではない。井伊大老による粛清の嵐が吹き荒れていた安政六年当時、小五郎は萩の実家の遺産整理や結婚話のため帰郷していた。留守を預かっていた従僕の友蔵が、猛威をふるう安政五年のコレラで亡くなったからである。人の勧めるままに、結婚を決意した。

帰国に先だち、高杉晋作、久坂玄瑞など、松陰門下の同志たちから、頼みごとをされていたのである。それは、幕府の強権的な政治手法など時世に憤慨する松陰が、京都や諸藩の人たちへ、やたらと過激な内容の手紙を出すので、身辺の危険を案じ、諫止《かんし》してほしいというものだった。当時、江戸の周布も同じ心配をしていて、小五郎自身の気持ちでもあった。

松陰との思い出の中でも格別に忘れることができない。

あれは安政五年歳末二十四日の夜のことだった。しんしんと降る雪の中、小五郎は五年ぶりに、自宅拘禁中の松陰を訪ねた。松陰は、藩校明倫館での弟子で同志として信頼する小五郎との再会を、心から喜んだ。温かい酒をすすめ、二人は積もり積もった話を、時間のたつのも忘れて深夜まで続けた。残念ながら世情から隔離された松陰には、誤解があった。

「諸悪の根源は、違勅の條約調印を行った老中堀田正睦に相違あるまい」

思いこみで奸臣の筆頭にあげた。

「老中は井伊大老の手先にすぎませぬ」

小五郎がそのように訂正しても、評価は甘すぎ、自らを死に追いやる人物と認知できていない。江戸でも京都でも大獄の嵐が吹き荒れていた。

松陰は極論から極論へ飛躍する。

「もし井伊が奸臣なら、大殿を大老に会わせるべきでない。ぼくは有志を送って伏見で出府を阻止すべきじゃと思う」と主張した。

その後、堀田が失脚し、老中間部が弾圧を指揮する。

「老中間部を大砲でぶっ飛ばせ」と獄中で騒ぎ、狂気じみたものがあった。

野山獄では自由に読み書きができ、面会も許されていたので、松陰は若い門下生に檄《げき》を飛ばし、実行させることができる。そのことを小五郎は逆に危惧《きぐ》した。最後の手立てとして、松陰に同志との交際をしばらく絶つよう、叔父の玉木文之進から進言してもらうべく根まわしをした。ところが、それが松陰の耳に届き、歎き悲しむ。

大獄の実行者・老中間部の暗殺計画に反対して、来原が口論の末に長崎に去った衝撃が重なった。幕府の弾圧がいかに厳しいものか、自宅拘禁中の松陰には理解できない。

来原のみか小五郎まで憎しみを買う。

(来原すでに吾を売りて西に去り、桂またひそかに計りてわれを撓《たわ》むることかくの如し)

松陰は思ったことを率直に書き遺《のこ》した人で、その怒りは小五郎の耳にも達した。

後年、小五郎は明治天皇の東征にあたり、瀬田唐橋で当時のことを回想する。

松陰は獄中で断食をはじめた。年が明けた安政六年一月二十四日のことである。

五日前、江戸の弟子たちから前年十二月十一日付の血判状を受けとったからだ。

そこには松陰に自重を求める内容が記されていた。桂小五郎に説得される以前に、最愛の弟子たちが安政の大獄が猛威をふるっている折から、自重を求めていたのだ。署名血判した弟子たちの名前を一覧して、絶望したのだろうか。そこには高杉晋作、久坂玄瑞に加え、飯田正伯、尾寺新之丞、中谷正亮の名が連なっていた。松陰は父親から親不幸な絶食を止めるよう説教され、二日で止めた。しかし、松陰は小田村、久坂の義弟たちからも裏切られたと、被害妄想におちいる。不幸にも松陰は、真の親友や同志の誠意を誤解するほど過激になっていたのである。

同年二月、小五郎は宍戸富子と結婚した。十八歳の富子は評判の美貌であったが、新婚生活三ヵ月にして佐波郡の実家へ帰り、二度と戻ってこなかった。

小五郎は、あっけなく終わった富子との結婚を包み隠さず幾松に話した。

(禁門の変)が火ぶたを切る直前のことだった。

「もし生きてここに帰って来られたら、夫婦《めおと》になってくれんか」

そう切り出して、失敗に終わった初婚のことを告白したのだった。

「うちは、いつまでも待ってるさかい。死んだらいや」

そういって幾松はしがみついた。

「武士は辱《はずかし》めを受けることはできぬ。この戦には勝ち目がないように思う」

小五郎は悲観的な展望しか抱《いだ》けず、その夜が幾松との永遠《とわ》の別れになると覚悟していた。

「いっそ、お侍をやめはったら。今からお医者さんの勉強は無理なのやろか」

幾松は、医師だった母方の祖父の話をした。越前の小浜藩からは、前野良沢らと『解体新書』を編み、『蘭学事始』を著した杉田玄白や藩医中川淳庵（玄白の協力者・大槻玄沢の兄弟子）が出ている。幾松は、一家が若狭を去らねばならなかった時、母親から祖父のことを聞かされたらしい。

「人は矜持《きょうじ》を失ってはいけない」との教えだった。

村田蔵六の所属する蕃書調所の教授は、津山藩医の箕作阮甫《みつくりげんほ》と小浜藩医の杉田成卿《せいけい》（玄白の孫）である。幾松にそこまでの知識はなかったが、医師としての祖父を尊敬していた。

「できることならそうしたい」

小五郎は、〈禁門の変〉を前にして、生きて幾松のもとへ帰れるとは思っていなかった。

寝つかれぬままに、初めての結婚生活が失敗に終わった原因を考えてしまった。

小五郎は、宍戸富子を幸せにできなかった男としての不甲斐なさを、思い出していた。

幾松と今生の別れをしなければならず、愛する女をまたしても不幸にしてしまう己の生き方を哀しく思った。

（富子はなぜ実家へ逃げ帰ったのだろう）、思い出して考えてみたこともあった。

いろいろ噂されたが、小五郎の実家が複雑な家族構成になっていて、十八歳とはいえ大人になりきっていない新妻には、耐えがたかったのだろう。新婚生活の甘い夢は、現実の煩わしさに破られ、気苦労がまだ若い富子を圧しつぶした。小五郎は、それを深く理解し、むしろ宍戸家に詫び、結婚を解消した。

精神的な打撃を受けたのは、小五郎も同じで、湯川の温泉（長門温泉）へ湯治に出かけた。

音信《おとずれ》川の谿《たに》あいにある温泉は、傷ついたこころを癒すには最適である。

その地で、野山獄の松陰が幕命で江戸に送られることを知った。

前年、勅許なしに幕府が日米通商条約を結ぶと、松陰は激しく非難し、老中間部詮勝《あきかつ》の暗殺を企て、藩庁では再び野山獄へ入れた。知らせを受けた小田村も久坂も、品川とともに野山獄を訪れた。彼らは師の最期を予感して、学友の松浦松洞に肖像を描かせた。松陰の狂気は和み、優しく弟子たちを見つめていた。

後に小五郎はその肖像画を目にして、松陰の狂気を癒した女性のことを想った。

野山獄の女囚高須久子である。松陰がはじめて入獄した安政元年、十二歳年上の久子との交情が『詩文捨遺』に遺されている。松陰の狂気が沈殿し、澄み切った心の裡《うち》にそこはかとない慕情が生まれていた。人間吉田松陰の息遣いが感じられる。

高須未亡人に数々のいさし（仔細）をものがたりし跡にて

清らかな夏木のかげにやすらへど
　人ぞいふらん花に迷うと　　矩方（松陰）

未亡人の贈られし発句の脇とて
懸香《かけこう》の香をはらひたき我もかな
　とはれてはじる軒の風蘭

同じく
一筋に風の中行く蛍かな
　ほのかに馨る池の荷《はす》の葉

安政六年五月二十五日早朝、松陰は腰縄をうたれ、梅雨の雨に濡れながら萩城下を後にした。高須久子は松陰との永遠の別れに一句を贈る。
手のとわぬ雲に樗《おうち》の咲く日かな（注・とわぬーとどかぬ、樗はせんだん）
松陰は彼女の思いをこめた句にこたえて、高須うしのせんべつとありて汗ふきをおくられければ、

箱根山越すとき汗の出でやせん
　君を思ひてふき清めてん　　矩方

高須うしに申上るとて
　一声をいかで忘れん郭公

松陰東送の幕命を伝えた長井雅楽が、門下生に恨まれ、ついに自害にいたる不幸の始まる日でもあった。小五郎が健康を回復し、萩にもどると、松陰の姿はすでになかった。

安政六年六月二十四日、松陰は江戸の長州藩桜田藩邸に入ると、藩の役人から事前の取り調べ問答をうけ

た。幕府役人の問いに不用意に答え、藩内から連累《れんるい》を出さないためである。

七月九日、暑い盛りに幕府評定所より出頭を命じられた。寺社奉行松平伯耆守《ほうきのかみ》、勘定奉行兼町奉行池田播磨守、町奉行石谷因幡守《いなばのかみ》、大目付久貝《くかい》因幡守らが列座する中で尋問がはじまった。よく知られている正直すぎる答弁で、間部老中暗殺計画を認めてしまう。その日の判決により、松陰は伝馬町西奥揚屋《あげや》に即刻投じられた。

そのころ村田蔵六も江戸へ戻り、麻布の長州藩屋敷で蘭書読書会を指導していた。

小五郎の斡旋で藩に登用されたためである。当時、蔵六の周辺が騒がしくなっていた。小五郎は、幕府が遣米使節を派遣するとの噂を、江戸に着いて耳にした。蔵六が使節団に抜擢されることを危惧して、青木周弼に招聘《しょうへい》を急いでもらった。

九月十三日、日米修交通商条約批准交換のための遣米使節を任命していた。正使は外国奉行兼神奈川奉行の新見正興《まさおき》、副使は箱館奉行村垣範正《のりまさ》、目付は小栗忠則《ただまさ》で、総勢八十一名である。出発は万延元年正月の予定で、ブキャナン大統領に謁見・批准書を渡す重責を担う。

小栗には、通貨の交換比率を適正化する交渉掛として特命があたえられていた。

随員の人選が噂にのぼり、蔵六の知人たちも動きはじめていたが、長州藩への出仕を決めていた。随員に選ばれていたら、蔵六本人のみでなく、歴史が変わっていたにちがいない。

四境戦争を目前にして、長州軍の軍事参謀役を果たす村田蔵六と桂小五郎の絆は様々な試練を経て強く結ばれたものである。

余談になるが、小五郎にとって遣米使節の話も他人事ではなかった。アメリカ視察と幕府海軍の練習のため、アメリカからの迎船ポーハタン号とは別に、日本の軍艦咸臨丸《かんりんまる》を派遣する計画が上申された。適塾出身の福沢諭吉が随員に選ばれ、小五郎の耳に、村田蔵六が横浜まで出かけて、英語を学んでいるとの噂が届いた。当時、横浜には、アメリカからも文明開化に影響力のある重要な人物が来日していた。九月には医師で長老教会宣教師のヘボン夫妻、十月には改革派教会宣教医師シモンズが横浜に、十一月にはフルベッキが長崎に到着した。ヘボンは、小五郎の父和田昌景と同じ眼科が専門だが、外科手術や内科診療も行った。

江戸の医者は難病の患者があるとヘボンに相談した。幕府の委託生九名に英語を教え、その中に村田蔵六もいた。蔵六が英語を習いはじめたのは、福沢諭吉に触発されたからだともいわれている。文久三年にヘボン夫人が開く英語塾には、若き日の林董三郎《たださぶろう》（のちの外相）や高橋是清《これきよ》（のちの首相）が通う。ヘボンは診療をしながら、日本語の研究、和英辞書の編纂、聖書の和訳など精力的な活動をした。

ヘボンに少し遅れて来日した改革派宣教師で医師のシモンズは、フルベッキやブラウンと一緒にサプライズ号でニューヨークを出発し、日本へ向かった。

フルベッキのみが上海を経由して長崎へ入る。幕府が英語学校として設立した済美館に招かれ、さらに佐賀藩の致遠館の校長として赴任する。ここで学ぶ人物には大隈重信、副島種臣、伊藤俊輔らがいる。日本で初めて「アメリカ独立宣言」と「アメリカ合衆国憲法」を講義し、大きな影響を与える。維新後には新政府の顧問に迎えられ、岩倉使節団派遣の建言、大学南校教師、日本医学へのドイツ医学導入助言など、画期的な貢献をする。

ブラウンは、横浜英学所教師となり、横浜大火のあと一時帰国するが、明治二年に再来日し、ブラウン塾を開き、次世代を担う優れた指導者を輩出する。やがて諸神学校と合併し、築地の一致神学校となり、明治学院大学へと育っていく。

他方、シモンズは横浜居留地に開業し、再来日後はヘボン診療所の隣に住み、明治三年にはフルベッキの推薦で一年間だけ大学東校の御雇い教師となる。明治五年には居留地で内科・外科を開業。診療しながら神奈川県令陸奥宗光に建議し、公衆衛生の改善をすすめる。横浜軍陣病院を継承する形で早矢仕《はやし》有的《ゆうてき》の十全病院に招聘《しょうへい》され、活躍することとなる。

表面的には、黒船来航で揺らぎかけた幕府が開国により立ち直るかに見えた。ところが、外国との貿易により思いがけない経済の破綻を生じ、国民感情は攘夷に傾く。物価の高騰や金銀の国外流出など国の富が諸外国に吸い上げられるなど、数々の悲劇を招くことになる。

尊皇攘夷を旗印に幕府との対決色を鮮明にした長州は、荒波をもろに被った。開国貿易の弊害に幕府が揺らぐかと思ったが､内政では安政の大獄で弾圧を強め、外交では遣米使節を派遣し、少なくとも関八洲では誰も幕府が崩壊するとは信じられなかった。

十一月二十四日、江戸城桔梗《ききょう》の間で、井伊大老以下老中列座のうえ、老中松平乗全《のりやす》より、木村喜毅へ米国派遣が命じられ、軍艦奉行に昇進した。

乗組員の多くは、長崎海軍伝習所の出身者で固められた。最終的に咸臨丸が選ばれたが、艦長人事でもめた。当初、矢田堀景蔵が妥当と見られていたが、日本人単独での太平洋渡海が危険であることを上申したため、軍艦教習所総督の永井尚志と対立した。そのため艦長を勝麟太郎《りんたろう》に替えられる。しかし、矢田堀の上申が正論であることを熟知する木村は、横浜にドック入りしていた測量船フェニモア・クーパ号艦長のアメリカ海軍士官ブルック大尉の助力を求めたのである。これは木村の周到かつ賢明な配慮だった。乗員には、明治維新後も活躍する人材が選ばれた。

教授方では、浦賀奉行組の佐々倉桐太郎・浜口興右衛門・山本金次郎、その他から鈴藤勇次郎・小野友五郎・肥田浜五郎・松岡磐吉・伴鉄太郎・中浜万次郎で、教授方手伝は赤松大三郎・岡田井蔵・根津勢吉・小杉雅之進である。これに操練所勤番や医師・水夫・火焚など総勢九十三名にのぼった。

特筆すべきは、適塾出身の福沢諭吉が、木村喜毅の従者として、参加を許されたことにあろう。まさに一粒の種が播《ま》かれたことになる。幸か不幸か村田蔵六は選ばれなかった。

翌万延元年一月十三日、咸臨丸は品川沖から太平洋横断の旅に出航した。

朝陽丸で見送りに出た矢田堀は、艦長としての資質に欠ける勝麟太郎の下では、内紛が生じることを余知していた。咸臨丸は太平洋に出た直後に暴風雨に遭遇し、船酔いで倒れる者が続出。長崎海軍伝習所時代から、勝は口先人間と思われていて、現場勤務の資質が欠け、指導力不足が心配されていた。咸臨丸の往路を実質的に指揮したのは、ブルック大尉だった。

インフルエンザと思われる感染症が船内に蔓延し、常に半数の乗組員が寝込んでいた。

風邪《かぜ》をもちこんだのは、他でもない勝麟太郎だと陰口をたたく者さえでる始末である。

サンフランシスコに到着すると､盛大な歓迎の陰で、熱のある乗組員が数名、現地の病院に担ぎこまれた。

塩飽の水夫二人が落命した。さらに帰国時に十人もの水夫や火夫が病んだまま置き去りにされた。病人の扱いについて、帰国後、矢田堀と勝は口論までする。

他方、五日遅れで出航した使節団は、ホノルルに寄港し、ハワイ国王カメハメハ三世に拝謁した。約二週間滞在し、サンフランシスコに到着したのは三月八日で、その間、井伊大老が桜田門外で惨殺されていた。

九日間のサンフランシスコ滞在で、使節団は進んだ文明社会の洗礼を受けた。

一行はパナマ地峡鉄道でカリブ海へ抜け、閏三月二十五日新緑が白亜の殿堂に映えるワシントンに到着した。翌日、カス国務長官を訪問し、閏三月二十七日にはブキャナン大統領に謁見し、批准書を渡すことができた。

その延長線上に、明治四年の岩倉使節団の訪米があるわけである。

幕府使節団は二十五日間ワシントンに滞在し、国会議事堂、スミソニアン博物館、ワシントン海軍工廠、アメリカ海軍天文台などを訪問。その間、小栗は数回にわたり金銀貨幣の交換比率について交渉したが、アメリカの譲歩は得られなかった。国益に固執する姿勢は、同行した肥田浜五郎がしっかり記憶していて、岩倉使節団の木戸へ忠告することになる。

ワシントンを離れた一行はボルティモア、フィラデルフィアを経て、ニューヨークを訪れた。ブロードウェイのパレードでは五十万もの群衆に歓迎され、新聞の一面を飾った。

五月十二日、ナイアガラ号で帰国の途につき、大西洋を横断し、アフリカの喜望峰を回ってインド洋に入り、九月二十七日に品川沖に帰国した。日本人としては、はじめての世界一周をした使節団である。

幕府が欧米の文化をとりいれ、かなり先行して近代化を試みているころ、長州はまだ、頑迷《がんめい》な攘夷思想にこだわっていた。文久二年晩秋、高杉と久坂ら松下村塾の門下生を中心に御楯組を結成し、攘夷決行のため品川の「土蔵相模」に集まっては謀議をこらしていた。

吉原に次ぐ格式をほこる女郎屋でイギリス公使暗殺計画を謀議するところに、当時の志士たちの青臭い偏狭さと甘えがあった。

それを察知した小五郎は周布と相談の上、世子にはかり、御楯組の一同を若林にある藩の別邸で謹慎させた。ところが大人しくするような若者たちでなく、十二月には幕府が御殿山に建設中のイギリス公使館焼討をたくらんだ。

イギリス公使暗殺計画に誘われた来原良蔵は、世子から諭《さと》され、参加を見合わせた。しかし当夜切腹してしまう。小五郎は断腸の思いで義弟の死に直面しなければならなかった。

板挟みは小五郎も同じである。高杉・久坂を中心とする御楯組の面々は、小五郎にとっても同志にちがいなかった。だが、過激な行動には、なぜか幼さと独善を感じてしまう。真正面から止めに入れば、長州の藩論はさらに四分五裂になり、下手をすれば、小五郎自身も暗殺されかねなかった。来原の自裁を知った高杉らは、かえって計画実行に走ってしまった。

建設中のイギリス公使館を焼討し、さらに歳末、国学者の塙《はなわ》次郎（忠宝《ただとみ》）が何者かに暗殺された。小五郎は直感的に御楯組の暗躍を疑った。年が明けた文久三年の正月、高杉晋作が小五郎の部屋へ挨拶がてらに顔を出したので、それとなくたずねた。

「晋作、今年はええ年にしたいものよのう」

「松陰先生の遺訓をいかす年にしたいちゃ」

「狂ばかりでは、この先が暗くはないか。それに晋作、おぬしは出歩いちょっても大丈夫なんか。顔を知られとるぞ」

「犬がまとわりついてかなわんが、気にしとりゃせんけ」

「おぬしは、若殿や周布さんのご苦労を知っとるはずじゃ。幕府からの調べが次々にくる。攘夷はわかるが、罪もない学者を死なせたくはない」

「公使館の火事は、大工の焚き火が消えとらんじゃったのかもしれん」

高杉は公使館放火を隠しとおすつもりだった。小五郎は察知していたが、秘密として生涯口に出さなかったので、明治の中ごろまで犯人は不明のままだった。

「日本橋に、塙《はなわ》次郎の首が梟《さらし》ものになっちょったらしい」

あまりに残酷なので、小五郎は顔を曇らせたまま晋作の目をとらえた。

「塙は、安藤対馬の指図で廃帝の古い記録を調査したそうじゃけ」

「しかし、『類書群従』を編纂した塙保己一《ほきいち》の息子ではないか」

「盲目の子は、世の中が見えとらん。帝《みかど》への不敬は天誅に値しよう」

萩の暴れ牛は、言動ともに狂の相をあらわにしていた。

「塙の廃帝調査は噂にすぎぬらしいが」

小五郎はしつこいと思ったが、晋作に目を覚まして欲しかった。

(偏狭な攘夷は行きづまるにちがいない)

斎藤弥九郎や江川太郎左衛門から学んだ小五郎は、すでに開国の必要性を認めていた。だが、時機を見なければ、攘夷に走る長州藩で異端になるだけである。その思いが通じあえるのは、周布政之助だけだった。

塙を暗殺したのは伊藤俊輔と山尾庸三だったが、彼等はそのころ松下村塾同門の高杉や久坂の影響下にあり、小五郎は手を焼いていた。俊輔らを問いただすよりも、首領格の晋作に無意味な暗殺を止めてほしかった。

「ところで桂さん、今日は頼みごとがある」

どうやら晋作訪問の目的は他にあるようだった。

芝居がかった切り出し方をするのが、晋作の癖で、小五郎はわきまえていた。

「百両ほど金を工面してくれんやろか」

「おっと、そんな大金を使って何をしでかすつもりじゃ」

「〈土蔵相模〉のつけ払いではないちゃ」

「それでは何んじゃ」

「桂さんが葬ってくれた先生のお墓が幕吏に壊されたことは、聞いておられよう」

「うん。けしからんな。小心もののやることは、おぞましいのう」

「それで、正月のうちに先生のお骨を若林の藩邸近くに改葬したいのじゃ」

「そうか、正月で小塚原の役人も骨休みしちょるじゃろう」

「さすがは桂さん。墓を掘って、移すには今が最適と思う」

「それでも百両は多すぎはせんか」

「石碑も建て、法要もしたい。来原さんも、芝の青松寺から同じ場所へ移してあげたいちゃ」

「おう、そうか。来原も泉下で喜んでいるにちがいない。益田弾正殿にお願いしてみる」

毛利家永代家老の益田も松陰の理解者だった。晋作は改葬の準備をしていたらしく、翌一月五日、桜田の上屋敷に伊藤俊輔、堀真五郎、白井小助を伴い集合した。

小五郎は、藩邸から小者十人ほどと馬一頭をつけ、希望した金を渡したが同行しなかった。

(松陰先生を敬慕してやまない晋作に、華をもたせる

べきじゃろう）

床に入ってから思いついたことである。小五郎にそなわった美しい特性でもあるが、時に応じて影の役に徹することができる。

陶淵明《とうえんめい》の『閑情の賦』に十の願いをうたった章がある。

小五郎は時にそれを口ずさむことがある。

願在昼而為影（願わくは昼にありては影になり）

願在夜而為燭（願わくは夜にありて灯《ともしび》になりたい）

小五郎の配慮に気づいていたのか、知らないふりをしていただけなのか、高杉晋作は、騎射笠に陣羽織と袴という出で立ちで、胸を張って戦場へ向かう武者気取りで出かけた。

小塚原から江戸市中に入る際、上野広小路の三枚橋を渡る。中央の中の橋は将軍が寛永寺を参詣するときに通行するだけなのだが、晋作の一行は役人の制止を無視して中央突破をした。歌舞伎役者のように、見栄をはることが好きな男である。

以後、長州にとっても、小五郎や晋作にとっても〈禁門の変〉、〈四国艦隊襲来〉、〈長州内戦〉と苦難の連続で、それぞれ試練を乗り越えてきた。だが晋作の「狂」はまだ気になる。

外敵である幕府軍に向かう戦陣であれば心強いが、万一、劣勢に陥った際、彼らの刃は小五郎へ向けられないとも限らなかった。その晋作と組んで、滅亡の淵に追いつめられた郷土の士民を救わねばならなかった。小五郎は黒子になりとおしてでも、四境に迫る幕府軍との戦に勝利を期した。

咸臨丸の太平洋横断を成功させた長崎海軍伝習所の一統や、小栗忠順ら開明派幕閣の力量は侮りがたいものがあった。正直、胸に手をあててみると、小五郎は幕府軍に勝てるとは思わなかった。第二次長州征討と銘打って、幕府は大軍の動員を準備していた。それに対して戦うということは、死を覚悟せざるをえない。

（藩主毛利敬親公も同様の覚悟をしているのだろう）

小五郎は、過ぎ去った過去の事跡が次々に思い出されることに、一種の恐怖が伴っていることを自覚した。

（死の間際になれば、人の一生なんぞは一瞬の回想が夢幻《ゆめまぼろし》の重なりになり、雲か霧のように脳裡《のうり》を飛び去っていくのだろうか）

明るい展望のある未来を思い描けず、帰郷以来、過去への回帰に多くの時間が費やされていることは、気になることだった。

第三章　群　像

一

幕府は、第二次長州征討のため、諸藩へ兵の動員をうながしていた。

天に生かされた感のある桂小五郎や高杉晋作も、ようやく長州へ復帰したばかりである。

晋作の性格や行動を十分に理解している小五郎だからこそ、可能な共闘なのだろう。それぞれの胸中には、複雑に渦巻くものが堆積していた。だが、それを抑えてでも、前へ一歩ずつ進まねばならない。同志の死を越えて進まねば、すべてが敗者の歴史として、暗く塗りこめられるだけだ。長州は四境を再び幕府軍に囲まれ、破滅へと追いつめられていた。

（どうすれば勝機をえられるのか）小五郎にも晋作にも、一点だけかすかな光が見えていた。

たぶん、村田蔵六の眼にも同じ光が映っていたのではなかろうか。

村田蔵六は彗星《すいせい》のように現れ、鮮烈な光を放つと、やがて流れ星のように消え去る。歴史の闇を走りぬけた光はつかの間だったが、窮地に追い込められた長州を救うだけでなく、明治維新の大きな推進力になる。その光輝を見逃さなかった小五郎の慧眼《けいがん》は見事である。

小五郎の建策により、長州藩では足軽・中間などの軽卒と民兵が正規軍として、藩の一貫した軍事組織に統一された。それより数年前の文久二年、江戸から帰った村田蔵六は、山口近郊白石村の普門寺に兵学塾を開き、西洋式の軍事教育をはじめた。「普門塾」とも「三兵塾」とも呼ばれていたが、ほどなく山口の明倫館に組み入れられる。

軍の近代化は、村田蔵六に委ねられたものの、独力では如何《いかん》ともしがたい。萩明倫館教授の戸田亀之助が代講をつとめることも多くなる。藩庁ではまだ、蔵六を百姓の出として馬鹿にする風潮があった。それでも、封建的な身分制度を打破せんと、心ひそかに期す小五郎は、全面的な協力を惜しまなかった。

蔵六の兵学寮での講義は人気があり、山田市之允《いちのじょう》（のちの顕義《あきよし》）も三田尻から通学した。

彼は吉田松陰に学んだ『兵学小識』や『孫子評註』

などをもとに、熱心に質問したため、蔵六から注目されるようになる。山田の他にも、木梨精一郎（のちの東征大総督参謀）や桂太郎（のちの首相）などが育つ。

長州の部隊は来原良蔵が導入した洋式訓練にもとづき小隊編成で、武士階級が指揮していた。上士にとりたてられたばかりの蔵六は、遠慮して、旧習から抜け出せずにいた。部隊編成で蔵六が中隊構想を出すと、小五郎は井上聞多に助言させた。

「規模も大切じゃが、兵站《へいたん》や経理など後方の人数をふくめ、大隊にした方がええ」

さらに聞多は、大村益次郎に改名した蔵六へ、

「大村先生、門地云々《うんぬん》に人情をつくしていてはいけん。国家のためにはならんちゃ」

名門武家の出ながら、ずばっと切り出す聞多に、蔵六はむしろ感謝した。

「井上さんは、練兵館から江川塾まで、木戸さんと一緒らしいのう。考えることがよう似ちょる。援護射撃は助かりますのう」

無口な蔵六にしたら、最大限の感謝をあらわしたつもりなのだろう。蔵六は、足軽・中間の呼称は廃止し、上士による馬廻り八組も解体することにした。それができるのも、小五郎らの支援があるからだ。大隊編成とし、装条（ライフル）銃を装備させる五個大隊を構想した。

大村が翻訳して用いた教科書として、『オランダ兵教練書』を訳した『生兵教練書・小隊教練書・散兵教練書』とクノップの『三兵戦術書』を訳した『兵家須知《へいけずち》戦闘術門』が遺されている。散兵による洋式訓練で、射撃すると白煙があがり標的にされるため、必ず移動すること、絶えず高地に陣どり狙い撃つことなど、細かく教育した。遊撃戦との組み合わせで、実戦的な大村流戦術が体系化されている。指揮系統の求心路と遠心路を整え、情報伝達の効率化と正確さの確保を工夫させた。

問題は装条銃と弾薬そして軍艦の入手である。長崎から青木群平が、グラバーなら装条銃千挺を持っているとの情報を伝えたときも、小五郎は購入を進めるよう指示した。しかし、これは虚報に近く、不成功に終わっている。

藁《わら》にもすがる気持ちで、晋作の構想どおり、馬関での武器購入も考えた。そのころ、馬関にイギリス軍

艦が入港していた。ところがこれは、武器の密貿易を監視する役目で、幕府の差し金だった。対岸の小倉藩領門司や大里は指呼《しこ》の間であり、海峡の様子は互いに見渡せる。密貿易が第二次征長の理由に加えられていたため、小五郎としても慎重を要した。

実のところ、小五郎が出石潜伏中に蔵六が密貿易を実行した。文久三年に外国軍艦に撃破された壬戌《しんじゅつ》丸を引揚げ修繕し、上海へ廻航の上、売却した。アメリカの世話で、長州藩海軍局総監の中島四郎が、通詞の青木群平を伴って上海へ渡ったのだが、この事実をオランダ総領事が幕府へ通報した。ちなみに中島は、箱館戦争で「鋼鉄」艦の艦長として活躍する。

武器調達がとどこおる中、飛び込んできたのが、薩摩帰りの坂本龍馬だった。勤皇志士が神戸海軍操練所に紛れていたため勝海舟は引責辞職し、解散に追い込まれた。そのため行き場を失った龍馬らを、薩摩の西郷がひきとった。龍馬は、幕府官僚の勝海舟から離れ、薩摩よりになっていた。龍馬の話では、アメリカの南北戦争は北軍の勝利で終わり、大量の武器が東洋の市場へ流れているらしい。グラバー商会には、まとまった数量のミニエー銃があるとのことだ。しかも、これから京都へ行くので西郷と会って事情を聴き、本人が無理でもしっかりした代理人を長州へ連れてくると約束した。

小五郎は、西郷の約束違反を逆手にとって、龍馬と取り引きをした。

「薩摩にわが藩と連携する気があるのなら、目に見える行動で誠意を示してくれんか、西郷にそう伝えてほしい」

「桂さん、もっともじゃき、武器購入でどうにかしろと、伝えてくるぜよ」

龍馬には、小五郎のいわんとしていることが、よくわかっていた。グラバーからの武器購入に、薩摩が名義貸しの仲介をすることである。

「成功すれば、薩摩憎しの長州人もぐんと和らぐにちがいない」小五郎は自分の気持ちもこめて代弁した。

「一石二鳥じゃき、うまくさばくぞな」

龍馬は笑顔を見せ、再会を誓いあって別れた。

龍馬から吉報がありしだい、小五郎は伊藤俊輔と井上聞多を長崎に派遣する準備をした。

当時、藩庁では前原彦太郎（一誠）が政務座役兼蔵元役を務め、資金の目途はついていた。

波多野金吾から改名した広沢藤右衛門（のちの兵助・真臣《さねおみ》）も政務座役で、小五郎を助けた。

だが、椋梨藤太《むくなしとうた》らの処分は、吉川監物《きっかわけんもつ》をはじめ藩上層部に同情者が多く、進まなかった。

吉川との間合いの取り方に苦慮した小五郎は、処分なくして四境戦争は戦えぬとして、辞表を提出した。これに驚いた藩庁は、椋梨を筆頭にする俗論党首脳の処刑と追放を決定した。同時に彼らに処分された人々の名誉回復を速やかに行った。

それがすむと、小五郎は広島へ向かわねばならなかった。長州への新たな軍事行動を防ぐため、征討の不当性を諸藩へ訴える書簡を、芸州藩へ提出するための使節である。小五郎は正使で、副使に山県半蔵（のちの宍戸璣《ししどたまき》）と佐伯太郎左衛門が任命された。ところが岩国藩主の吉川監物（経幹《つねまさ》）が、幕府のお尋ね者を正使には出来ぬと反対した。監物は、幕府との調停窓口になっている人物で、小五郎や晋作を好意的に見ているとは限らなかった。小五郎はまだ、吉川監物の二面性を要注意だと思っていた。

藩主毛利敬親に乞うて、三支藩と同列に岩国藩を加え、三本の矢ならぬ四本の矢として、結束をはかったのも、不安の裏返しだった。幕府が長州本藩と支藩の分断を計っていることは、小五郎の情報網にかかっていた。岩国藩主吉川監物と徳山藩主毛利元蕃《もとみつ》に大坂出頭をしきりに求めていた。だが小五郎の団結工作が実を結び、両者とも病気を理由に藩内に閉じこもった。

苛立《いらだ》つ幕閣は、いったん謹慎処分にした永井尚志《なおゆき》と戸川安愛《やすなる》を復帰させ、それぞれ大目付と使番とし、対長州問題に専従させせようとした。永井の場合、外国奉行も兼させた。

永井・戸川はまたしても詰問使として広島へ出向くよう命じられ、十一月六日、新撰組の近藤勇らを従え広島入りした。十一月七日、諸藩に攻撃部署が示され、出陣を命じる一方、永井らは詰問を行った。これより先、在京の老中小笠原長行《ながみち》から広島藩京都留守居役に、長州の責任者三、四名を広島へ呼び出すよう命じていた。連絡を受けた長州藩庁は、小五郎が自ら偽名を名乗って出頭するつもりだったが、桂小五郎は顔を知られていて危険だとして、吉川監物が反対した。そのため小五郎は正使を山県半蔵（のちの宍戸璣《たまき》）と交代し、再び馬関へ出た。イギリスの新公使パークスが馬関へ立ち寄るとの情報が入ったためでもある。

十一月二十日、広島の国泰寺において永井らは（毛利父子謹慎の実状）について八ヵ条に渡る詰問をした。第一次征長の際と同じく永井は穏やかな対応をして、長州の恭順派を引き寄せ、急進派を孤立させようとした。その間、新撰組の近藤らは長州内の探索を強く希望したが、小五郎はきつく拒否し続けた。結局、永井は木梨彦右衛門と宍戸備後助に八箇条の詰問に対する「自判書」を提出させ、それを持って海路で大坂城へ戻り復命した。

十二月十八日に登城した永井は詰問の結果を復命する。老中の板倉勝静《かつきよ》と小笠原長行らは、藩主毛利敬親の隠居、世子元徳の相続、十万石削減の処分案を決めた。これは結局、第一次征長に際し、徳川慶勝が建白した処分案に戻っていた。その背景には、長期にわたる大坂派兵で幕府の財政が悪化し、駐屯する幕兵に厭戦《えんせん》気分が強まり、動員をかけられた諸藩にも疲弊《ひへい》が色濃くにじみ出ていた。開戦しても勝利は確信できなくなっていた。

これに対して一橋慶喜は再度の詰問を求め、強硬な姿勢を崩さなかった。

その年二月に幕府は、小野友五郎らをアメリカへ派遣し、大型軍艦富士山丸《ふじやま》（千トン）を購入した。薩摩藩や佐賀藩を寄せつけない、強力な海軍力を誇示していた。

小五郎は、馬関戦争敗北で丸裸になった馬関の砲台を案じていた。開戦時、小倉口からの陸兵上陸前に、幕艦により艦砲射撃を受ければ、反撃のすべがなかった。四ヵ国連合艦隊との和睦条件として、再武装が禁じられていたからである。幸い、萩攻めを薩摩藩が断ったため、菊ガ浜をはじめとする萩砲台の大砲を馬関に移動できた。同時に飛距離の長い大砲を購入し、海峡の砲台へ設置する準備を進めていた。

その一方で、密偵を小倉藩に入れ、幕府軍の準備を調べさせた。「対岸の門司で、渡海作戦用の大小船舶が山影の田野浦へ集められております」との重要な情報が入っていた。小五郎は、高杉晋作とも切迫した危機感を共有した。晋作は先手をとって海峡を渡り、渡海用の船舶を焼き払う作戦を胸に秘めていた。

小五郎は、危急の際に限って大砲を持ちこむ許可を、パークスから得る必要に迫られた。

名目上の藩代表として、刑死にあった福原越後の嗣子《しし》芳山（十九歳の鈴尾駒之進）を立て、バロッサ号に乗艦した。だが、パークスは乗っていなかった。小五郎は艦長のロイス大佐に四カ国公使宛の許可申請書を託した。しかし、本国への照会に時間を要せば、現実には間に合わない。独断でも砲台の再武装を進め、軍艦の購入がどうしても必要だと判断した。

当のパークスは、長崎で諸国の藩士たちと会談し、政治情勢を把握すると、北海道箱館から択捉島《えとろふとう》までの北方を視察した。当時、ロシアの南下政策がイギリスの最大関心事だった。

七月十四日、山口盆地のうだるような暑さの中、武器購入のため伊藤俊輔と井上聞多が、長崎出張を命じられた。坂本龍馬から、薩長間の周旋をするよう海援隊（亀山社中）に指示が出ていた。二人は大宰府で三条実美ら五卿に拝謁し、随員の一人楠本文吉の同行で長崎入りした。亀山社中の仲介で、二人は薩摩藩家老の小松帯刀に会うことができた。薩摩藩邸にかくまわれ、夜間にグラバーと密会し、とんとん拍子で商談をまとめた。

同月末には薩摩藩名義で小銃七三〇〇挺（そのうち四三〇〇は新式のミニエー銃）を九万二千四百両で購入した。欧米諸国が使用したミニエー銃（前装施条銃の総称）の中でも、イギリス軍制式の新鋭エンフィールド短小銃で、射程距離と命中率が格段に優れていた。四千三百という数は、長州兵一人ずつに配布できる数である。残りのゲーベル銃は旧式化していたが、予備兵の訓練用装備に使えた。グラバーは、長州が気に入ったのか、弾薬も十分な量を付け足してくれた。船舶の購入は目立つため、薩摩が渋って捗《はかど》らなかったが、ようやく八月上旬にはイギリス軍艦ユニオン号の他二艘の追加購入も決めることができた。だがユニオン号の命名と操船をめぐって、もめごとを生じた。長州は五万両を支払った持ち船なので「乙丑丸《おっちゅうまる》」と呼び、薩摩は名義上「桜島丸」と呼んだ。しかも操船は亀山社中が握るというわけだ。龍馬のしたたかさがうかがえる。これには三田尻にある長州海軍局から横槍が入った。翌年二月になってようやく長州藩への帰属が決まった。

三月には、毛利敬親・広封《ひろあつ》（元徳）父子は、武器・船舶購入などの感謝をこめて、島津久光父子への親書を高杉晋作に託し、長崎の薩摩藩邸へ拝呈させた。これに対して、薩摩からの答礼の使節は三ヵ月後に山口を訪れる。小五郎は薩長の微妙な温度差を感じていた。

　その一方、大村益次郎が青木群平を通じて、二二〇挺のミニエー銃の密貿易に成功し、それが海軍局や反薩摩派を元気づけてしまう。「長崎で購入した武器を薩摩へ返せ」との極論まで飛び出す始末になる。御楯隊総監の太田市之進（のちの御堀耕助）をはじめ諸隊はほとんど反薩摩だった。奇兵隊ですら、高杉と山県を除いた大半の指揮官が薩摩を敵視したままだった。この時ばかりは、二元外交の危うさを小五郎は大村に諭さねばならなかった。

　長崎からの帰途、井上聞多は、小松帯刀に招かれ鹿児島に行き、大久保一蔵や家老の桂久武に会い、歓待される。その際、西郷が桂に会いに行けなかった償いとして、小松か大久保のどちらかが馬関に行くことを約束した。

　八月二十六日、伊藤俊輔がユニオン号で馬関に帰り、井上聞多は薩摩の胡蝶《こちょう》丸に四千挺のミニエー銃と充分量の弾薬を積んで無事帰着した。だが、伊藤と井上は再び刺客に狙われる。

　さらに悪いことが重なり、薩摩の小松も大久保も再度の約束を破り、馬関を訪れなかった。

　待ちぼうけをまたしてもくらった小五郎は、幕府を恐れる薩摩を苦々しく思った。外部には見えないが、薩摩藩内の守旧派勢力は存外手ごわかったのである。内部情勢は長州も同じで、まだまだ保守的な武士階級は力を保っていた。

　武器が整った段階で、小五郎は再度の御役御免を願い出た。当時の小五郎は、用談役に用所役蔵元役（財務主任）を兼ね、馬関では外人応接方と越荷方、対州産物取組などを兼務した。

　驚いた世子毛利広封《ひろあつ》（のちの元徳）は小五郎を説得した。

「何か不満でもあるのか。遠慮なく申してみよ」

「世子の心遣いは有難いことながら、政庁内にはびこる保守的な勢力の抵抗は、口に出して説明できなかった。俗論党の系譜は、姿をおぼろに隠し、根強く生き残っていたのである。

「このまま政庁にとどまれば、政事の遅滞を生じるやに見えまする」

「改革にはいつも抵抗が生まれるものじゃ」

　開明的な世子は、木戸をなだめた。

「ご重役衆には、鼻つまみ者にすぎませぬ。少し疲れておりますゆえ、休息したいような気もいたしまするが」小五郎は幾松のことも気遣ってやりたかった。

藩内の混迷を見かねたのは晋作で、海軍局の再建を申しでた。藩は晋作と小五郎をまったくの同役に任命し、二人を海軍興隆用係とした。主として小五郎は山口での政務を、晋作は馬関での仕事を、役務分担させる意図だった。

要求に対して、島津久光をはじめとする諸侯会議の開催を求めていたのである。

そのため大久保は福井藩へ使者として向かい、西郷は久光の上洛を促すために帰国した。

長州藩庁は兵糧米提供の願いを受けることに決めた。

山田老人は、米の調達を小五郎に求めてきた。

九月末、藩命により高杉晋作は谷潜蔵と改名した。役職も御用所役となり、国政に関与するとともに、馬関駐在応接方、越荷方、対州物産取組駆引方を命じられた。十月二日、馬関で、晋作は前原彦太郎と小五郎に会い、時局について意見を交換した。小五郎と前原がしっくりしないので、晋作が仲立ちして、

「協力して国政につくさねばならぬときがきた。木戸さん頼むよ」

晋作と前原は、小五郎を支えることを誓った。

十月十四日、山口から馬関へ出た龍馬を、小五郎は新開地の林八郎左衛門の店に迎えた。

小五郎は幾松を、伊藤俊輔は愛妾お梅、井上聞多はおしづを伴い、高杉晋作のみひとりだった。芸妓を呼べば、秘密が漏れ、反薩摩派が激怒するおそれがあったためか、伴侶《はんりょ》を席に出して、交歓も兼ねての宴席になった。

発案は誰なのか不明であるが、費用はすべて小五郎が払った。

「坂本さん、薩摩の兵糧米は必ず準備する。武器購入で世話になった礼じゃけ」

小五郎が確約すると、

「桂さん、いや失礼、木戸さん、かたじけないのう。西郷もきっと喜ぶぜよ」

どちらかと云えば西郷に近い龍馬は、若干の後ろめたさを感じながらも、これで念願の薩長連携が進展すると思った。

「坂本さんは、どんな世をお望みか」

晋作は少し意地悪な質問をしてみた。

「そうやのう。幕府にかわつて、雄藩の代表が議会で国の方針を決められんかのう」

「諸侯会議なら、これまでにも何度か試みられたのとちがうかな」

聞多は、痛いところをついた。

「二院制の議会ならどうじゃろう」

龍馬は、横井小楠や勝海舟の政権構想に近いものを抱いていた。

「しかし誰が決めて、誰が施策を行うのか、思い浮かばぬ」俊輔も核心をついた。

「一つは、諸侯の会議、他は各藩の代表者による会議とでも云えば、分かるやろか」

「誰が中心になる」晋作が再び龍馬を鋭く見つめた。

「諸侯の互選でよかろう。一橋公などもその候補じゃ」

「一橋では、今のままと変わらぬではないか」

聞き役にまわっていた小五郎が、疑問をなげかけた。

「そうでもあるまい」龍馬は苦笑いに茶を濁した。

酒が入ると、ますます激論になっていった。

晋作はどこか醒めていて、龍馬を全面的には信用していないように見えた。


龍馬の接待を終え宿に戻ると、幾松が面白いことをいった。

「晋作さんも歌舞伎役者のように見えをきるお人やけど、坂本さんは千両役者を気取ってるな。芝居気があるし、お召し物もしゃれてるわ。大事な会合では、いつも構えて役者を演じとるのとちがいますやろか」

「龍馬は、土佐弁まるだしで飾り気はないじゃろう」

「そこが上手なところ。土佐も薩摩も訛《なまり》が隠せしまへんやろ。そやし開き直りや」

「なるほど。それでこいつはどうじゃ」

小五郎が人さし指を顔に向けると、

「あんさんは、自然のまんまや。うちは、そんなお人が好き」幾松は彼女なりに鋭く観察していたのだろう。


十月二十五日、馬関の桜山で晋作を中心に、吉田松陰の招魂祭を白石一郎、山県狂介、福田俠平《きょうへい》、伊藤俊輔らと執り行った。

そのころ上方では、列強が条約許可の勅許と兵庫開港を認めさせるため、砲艦外交として九隻の連合艦隊を兵庫沖に集結し、英・仏・蘭・米の公使たちは大坂に滞在していた。一橋慶喜の熱心な朝廷工作と、勅許を乞い願う文書を添え、天皇の義弟にあたる将軍家茂が辞表を奉呈したため、孝明天皇を動かした。

条約許可の勅許を得た連合艦隊は、十月八日に大坂湾を去った。旗艦プリンセス・ロイヤル号の艦上では、兵庫開港と勅許獲得の成功を祝って宴が催され、パークス公使の偉業がたたえられた。肩すかしにあった諸侯会議は見送られ、島津久光の上洛も中止された。

朝廷が開国を認めたため、開国か攘夷かの対立は表面上解消に向かう。一橋慶喜に一本取られたわけである。

十一月七日、勢いをえた幕府は、長州再征討のために諸藩に出兵を命じた。

二

龍馬は馬関を辞して京へ行き、西郷へ長州の現状を報告した。西郷は密使として黒田了介（のちの清隆）を長州へ派遣する。黒田を馬関に案内したのは、細川左馬之助（池内蔵太）で、禁門の変では真木和泉の山崎隊で戦い、長州では知られた人物である。

小五郎や晋作に引き合わせると、黒田は口頭で西郷の申し入れを伝えた。証拠となる文書でなく、口頭であることに、西郷の深慮遠謀《しんりょえんぼう》を小五郎は感じとっていた。『京都を離れられない失礼を詫び、桂小五郎へ上洛してほしい』との趣旨だった。

同席した高杉晋作には異論はなく、十二月九日、一の宮に進軍した奇兵隊の山県狂介と福田俠平《きょうへい》にも、木戸の上京に同意を求める手紙を書いた。返事を待つ間、黒田は山口の湯田温泉に滞在した。小五郎は聞多と相談し、土佐の脱藩志士田中顕助（のちの光顕《みつあき》）に護衛を兼ねて同宿させた。黒田を追いかけるように龍馬が来て、小五郎の上洛をしきりに勧めた。

上洛には身の危険を伴うことを、小五郎は熟知していた。いま抹殺されれば、小五郎の宿志は野ざらしとなり、長州もこの国の将来も心配だ。それだけではない。（幾松を山口で野たれ死にさせることはできない）ひとりの男としても逡巡《しゅんじゅん》した。薩摩には新撰組に通じている者が多く、万一、会津へ情報が漏れれば、暗殺される。

その上、西郷は長州の足元を見て、相変わらず失礼を重ねていた。本気で薩長同盟を望むのであれば、朝敵として長州を排除している京都から出て、会談の場所を求めるべきである。

小五郎の背中を押したのは、難局での決断力に富む晋作だった。

「薩長連合は木戸さんの持論じゃろうが。なんなら国難に殉じるつもりで行くべきじゃ」

「そうじゃのう」小五郎は、それ以上の躊躇《ちゅうちょ》ができない立場に立たされていた。

晋作は藩主毛利敬親にも建言していた。十二月二十一日、敬親は小五郎を召し、

「そなたの苦衷《くちゅう》はわたしの苦衷でもある。京摂の形勢視察として出京してほしい」

藩主にそこまで乞われては断ることもできない。ついに心を決め、幾松にも命を賭《と》す覚悟を伝え、三田尻から乗船する。

（討幕のためには、体面を捨て、仇敵《きゅうてき》である薩摩の招きに応じなければならい。恥を忍び意を決して浪華《なにわ》に至るべし）小五郎の気持ちは、幾度となく薩摩に謀られ、死の間際まで追いつめられた者にしか理解できないものだった。悲愴なまでの決心で、年も押し迫った十二月二十七日、三田尻を出航した。随行として土佐脱藩志士の田中顕助、諸隊からは品川弥二郎〈御楯隊〉、三好軍太郎（奇兵隊）、早川渡（遊撃隊）の三人を伴った。警護のためよりも、彼らを交渉の場に立ち会わせ、納得を得るためである。

黒田は、反薩摩感情の強い長州の現状を知っただけに、小五郎の苦衷《くちゅう》が分かり、薩摩藩首脳の対応が心配になる。天候不順のため、一行は慶応二年一月四日にようやく大坂に着き、薩摩藩邸で待機した。詳しく見れば、小五郎と黒田了介の慎重さがわかる。

「木戸さん、申し訳ないこっでごわすのう。大坂に着いてからも、船を乗り換え、幕府隠密の目をくらませにゃなり申はん」

「黒田さん、気にせんどいてくれんか。任せとるのやしな」

木戸は、幕府の諜報網が未だ衰えず、強力であることを熟知していた。瀬戸内の廻船を播州で一度乗り換え、大坂湾では、天保山沖に停泊中の薩摩藩蒸気船春日丸に移り、それから薩摩藩士として上陸した。

土佐堀の長州藩蔵屋敷は、〈禁門の変〉で備蓄米を奪われた後、放火され無残な廃墟になっていた。小五郎にとっての悪夢はまだ醒めていず、胸苦しい思いをぬぐえなかった。自害してはてたという養子の勝太郎

は遺品さえ届けられず、憶測でその死を受け入れるしかない。小五郎は私情を抑えて、会談にのぞむ覚悟だった。

黒田は、一月七日付で大坂から西郷へ手紙を出した。会談を成功させようとして、彼なりに小さな嘘をついていた。

『木戸氏儀、実に先生のみひとへにあひ慕はれ、この節上国あひ成り申候につき、ねがはくは大儀ながら伏見御宅へ同伴つかまりたくござ候あひだ、右へ御待ち迎ひ成し下る儀あひかなひまじきや』

小五郎はまだ、西郷ひいては薩摩を許してはいない。一行は薩摩の川舟で淀川をさかのぼった。黒田の書状を受けた西郷は、腹心の村田新八を伴い、伏見まで出迎えていた。

実のところ、小五郎は対座して西郷に会ったことがない。一目で、ああこれが西郷か、とわかるような容姿で、独特の風情があった。

黒目の大きな巨漢で、背たけは小五郎とほぼ同じくらいだった。歩くときに肢をひきずり、顔に少しむくみがあるように思えた。

互いに礼を交わし、小五郎はまず西郷の態度を見た。

「このたびはお招きいただきかたじけない。よろしくお願いいたす」

「これはようこそ。木戸さん、昨年の夏には無礼なこつで、お赦《ゆる》しくだされ」

腹の底から快活な声を出し、人懐こい優しさが自然ににじみ出ていた。

西郷には、のっぴきならぬ事情があったことを、龍馬や中岡慎太郎に聞いていたので、水に流すことができていた。

「あいにく、家老の桂どんが、風邪で臥《ふ》せ、お迎えに参上できんごつなり申して」

「それは、気をつかわせましたな。お大事なされますように」

小五郎は、藩主毛利敬親から預かった刀と鍔《つば》を、家老の桂久武に渡すつもりだったが、あいにく病臥《びょうが》していたので、西郷に託した。

会談は家老桂久武の快復を待って、一月十四日（陽暦二月二十八日）から小松帯刀《たてわき》邸（近衛家お花畠別業）で開かれた。室町通りを北に上がった室町通り鞍馬口下ル森木町（現在の森之木町）の屋敷だった。千五百坪以上の広い庭に囲まれた上品な数寄屋風の建物である。お花畠別業の名にふさわしく、門を入ると右手に御花畠や茶屋と能舞台があり、左手には御泉水流と呼ばれる御用水路が賀茂川からひかれ、水車がゆるやかに回っていた。由緒のありそうな侘助椿や紅白の梅や馬酔木《あしび》など早春の蕾《つぼみ》が開きはじめていて、小五郎の緊張をほぐしてくれた。

書院に案内されると、下座に坐った西郷は、巨体を紋付き黒縮緬《ちりめん》の羽織に包み、にこやかな笑顔で、あらためて遠路の上京をねぎらった。小五郎も、武器購入以来の援助を謝し、いきなり京都政局での西郷の振舞いを非難するような子どもじみた発言はひかえた。胸中のわだかまりはぬぐえず、表情に固さがあった。

「広島で幕府の永井が、桂どんや高杉どんの消息を必死に求めちょっようでごわすが、行方不明とのことで……。木戸さんの顔を見れば、どなたやったか、すぐにわかりもっそう。おいも昔は菊池姓でごわした」

「毛利公から拝命した姓名ゆえ、おろそかにはできませんな。旧悪は改姓で消えはしませんが、前向きに生きることを心がけたいものですのう」

西郷は、小五郎の心中を百も承知で微笑みを崩さず、これまで不本意に対峙《たいじ》したことを率直に詫びた。小五郎もいくぶん和《なご》むものを感じながら、兵庫開港の条約勅許などについて意見を交換した。

「兵庫開港はパークスにうまくやられましたな」

との木戸の言葉を受け、

「異国に対抗するには、まだまだ力不足でごわっそ。上京いただきもしたこつも、早くに新しき政権を打ち立てねばならぬからでごわす」

西郷は倒幕の意思を口にした。

「一橋は頭の切れる御仁じゃと思うとります」

「まっこと、油断できませんのう」

一橋慶喜の評価について、あなどりがたい人物であるとの認識は、通じるものが多い。

対面当日は旅の疲れをとる目的もあり、車寄せのある客人用の建物に導かれた。十二畳の二間と六畳の二間が四角に配置され、長州の使節には十分の広さがあり、独立した湯屋と厠《かわや》が備わっていた。

連日のごとく、二本松の薩摩藩邸ではもてなしの宴が催された。一月十八日になって、ようやく桂久武が床を離れ、八つ（午後二時）ころより、小松邸で小松、西郷、大久保、吉井、奈良原と深夜まで会談を続けた。

いつになったら、薩長連帯の本題に入るのか、小五郎は内心で焦りを感じながらも、焦らし戦術をとる薩摩の魂胆を見抜いていたので、素知らぬふりをして饗応を受けていた。が、日増しに酒がまずくなり、苦痛さえ感じるようになった。

西郷には、小五郎の人間として深さや大きさも、初日の会談で把握していたし、心の裡《うち》も理解することができた。だが、久光から釘を刺され、長州の口から連合を申し入れさせることを優先しなければならなかった。西郷は二度も遠島に会っていて、国難の節に三度目の処罰は甘受できなかった。藩邸での談合でも、本音で話せば、久光のこだわりは大人げないこととわかっていながら、誰も口出しできないでいた。

(京都まで呼び出しておきながら、なんという事だ。宴会など二のつぎではないか)

小五郎は煮えたぎるような怒りを覚え、決裂もやむなしと判断した。一月二十日、別盃を交わすことになり、連合推進派の桂久武は不快を理由に参加を断った。小五郎も西郷も、これで討幕の大業は水泡に帰すと予感していたが、金縛りにあったように動けなかった。

そのころ坂本龍馬は、正月十日に晋作らに見送られて馬関を出航し、同月十八日に大坂に着いていた。夜、幕府の大久保忠寛(一翁)が大坂滞在中と聞き、宿を訪ねた。慶応元年に剃髪《ていはつ》隠居し一翁を名乗っているが、幕府随一の見識があり、勝海舟を取り立てた人物でもあり、龍馬は尊敬していた。話を聞くと、長州再征について老中から意見を求められての大坂入りらしい。

一翁は龍馬の顔を見るなり、

「坂本、そちが長州より人連れで大坂入りしたことが、知られている。危ない橋は渡るな」

そういって、幕吏の手が伸びぬうちに逃げることをすすめた。

龍馬は礼を云って辞去したが、そのまま逃げだすような男ではない。翌朝、伏見へのぼり「寺田屋」に泊まると、薩長連合の成果を確認することにした。龍馬は間一髪、間に合った。まさに天の思《おぼ》し召しだったのだろう。小五郎の別盃が開かれる直前に、二本松の薩摩藩邸に到着したのである。心なしか小五郎は沈んで見え、気にしながら龍馬は声をかけた。

「木戸さん、おめでとう。首尾は上々やったがですか」

小五郎は首を横にふりながら、

「いや、だめじゃ。何も実らず、このとおり別盃にな
っちょる」
青白い顔に結ばれた唇を嚙《か》んでいた。
「なんと。……まさか」龍馬の驚きは尋常でなかった。
そして舌鋒鋭く小五郎をなじった。というより罵倒《ばとう》
に近い怒りをぶっつけた。
「ちんまい意地ばあ張り合うて、なんで互いの本心を
さらけ出し、天下のための相談をせんのか、わしには
訳がわからんがに」
頭を垂れ、龍馬が話し終わるまで、小五郎は滝に打
たれる行者《ぎょうじゃ》のように耐えていた。
弁明をするのは、男としていさぎよしと思わなかった。
だが、これほどまでにののしられては、黙っている
わけにはいかない。
「いまさらながら、言わせてもらおう」
小五郎はきっと表情をひきしめ、語りかけた。
「君にも、黒船来航以来、天下の危うきを傍観せず、
長州がどれほど国家のためにつくし、朝廷へも誠意を
もって奉仕してきたか、わかってもらえるじゃろう」
龍馬が黙ってうなずくと、
「幕府は主旨を一貫することなく、条理を守って攘夷
を決行したのは、わが藩のみで、結果として天下に孤
立してしまった。しかし、われらは臣子の分をつくし
たから、何の不満もない晴天の心境にある」
「木戸さん、それは分かっちょるきに」
「坂本さん、ならば薩摩について考えてみてくれんか。
今日、薩摩の地位は長州と異なっちょるじゃろう。た
とえば、薩摩は公然と天子に朝し、公然と幕府に会し、
公然と諸侯と交わることができるではないか。誰から
見ても、明らかに優位な立場にあるのじゃけ」
小五郎は龍馬の眸をとらえて、整然と語った。
「長州から乞うべき時局かのう。薩摩は天下に対し、
公然とつくさねば、どこに大義があるというのじゃね。
長州は今、天下を皆敵に回し、旌旗《せいき》はすでに四境に迫
っている。一藩の士人、心中に安んずるものをもって、
死を覚悟してこれに当たらんとしているが、正直に言
って活路はないぞ。そうした状況で薩摩に乞い、危機
に引きずることは、長州人の心とするものではないけ。
それを口にするのも恥ずかしいくらいじゃ」
小五郎の言葉に龍馬は深くうなだれていく自分を意
識していた。
「薩摩がもし皇国につくす志を残しているのであれ

ば、長州が滅亡しても、天下の幸せは見いだせるじゃろ。そうじゃから、こちらから連合をお願いすることはできん」

龍馬は小五郎の決意にうなずくばかりだった。

「ようわかったぞな。これから西郷に会ってくるき、ちょっくら時間をくれまいか」

龍馬の真剣な眼ざしに、小五郎は黙ったままうなずいた。

龍馬は飛ぶがごとくに薩摩藩邸に向かった。即座に、西郷へ面会を求め、小五郎の胸中と覚悟を伝え、長州との連合を迫った。

「長州が倒されれば、次は必ず薩摩に危機がおよぶ。フランスと結んでの幕府再建は、速やかやきに」

龍馬は、久光の指図に固執していた島津伊勢や小松帯刀らを説得した。彼らは、亀山社中として利用してきた一介の土佐浪人が、巨大な人物であることに気づきはじめていた。

西郷は小五郎の出立を止めた。慶応二年一月二十一日、ついに歴史の転換点となる薩長盟約が成立する。

小五郎が後に記したように、

『一日《いちじつ》、西郷、余に将来の形状をはかり、六条をもって将来を約す。龍馬またこの席に陪席す』小五郎は、短期間の付合いで坂本龍馬の人物を見抜き、全幅の信頼を寄せていた。

翌日、大坂に下った小五郎は、盟約六条を文章化し、龍馬に正した。二月五日、龍馬はその裏に朱書きで、六条に過誤がないことをしたため、返送した。内容は以下の如くである。

一、戦とあいなり候ときは、すぐさま二千余の兵を急速差しのぼし、ただいま在京の兵と合し、浪華へも千ほどは差しおき、京坂両処をあい固め候こと
一、戦、自然もわが勝利とあいなり候気鋒これあり候とき、その節朝廷へ申し上げ、きっと尽力の次第これあり候とのこと
一、万一戦、負色にこれあり候とも、一年や半年に、決して潰滅《かいめつ》いたし候と申し候ことはこれなきことにつき、その間にはかならず尽力の次第、きっとこれあり候とのこと
一、これなりにて、幕兵東帰せしときには、きっと朝廷へ申しあげ、すぐさま冤罪《えんざい》は、朝より御免にあいなり候都合に、きっと尽力とのこと

一、兵士をも上国のうえ、橋、会、桑もただいまの如き次第にて、もったいなくも朝廷を擁し奉り、正義をこばみ、周旋尽力の道をあいさえぎり候ときは、ついに決戦に及び候ほかこれなしとのこと

一、冤罪も御免のうえは、双方誠心をもってあい合し、皇国の御為に砕身《さいしん》尽力つかまつり候ことは申すに及ばず、いずれの道にしても、今日より双方皇国の御為、皇威あいかがやき、御回復に建ち至り候をめどに、誠心をつくし、きっと尽力つかまつるべしとのこと

ところが龍馬は、薩長盟約が成立した二日後の一月二十三日に、伏見の寺田屋に戻ったところを、伏見奉行所の幕吏に襲われる。大久保一翁の忠告は正しかったのだ。龍馬は、高杉晋作からもらったピストルを乱射しながら逃れたが、両手の指に傷を負い、かなりの出血をした。翌朝、伏見の薩摩藩邸に保護され、一月三十日に、一小隊の兵士に護られ、二本松の薩摩藩邸に移動した。西郷の宿所で静養中に裏書きをしたものと思われる。小五郎の書簡が幕吏の手に渡っていたら、すべてが水の泡になっていたことだろう。

寺田屋に滞在していた龍馬の愛人お龍が、入浴中の裸身そのままに二階へかけ上り、幕吏の手入れをいち早く知らせた逸話もこの際の出来事である。薩摩伏見屋敷に事変を知らせたお龍は、長州の三吉慎蔵に伴われて龍馬と合流した。

そうした事件を知らぬまま、小五郎は帰国の途についた。黒田了介、村田新八ら数人が、大坂まで見送ってくれ、了介は長州まで来た。小五郎は、この時の黒田了介の友情を後々まで大切にする。途中、広島に立ち寄り、小五郎は自らの記録としてさらに記した。

『而《しこう》して長州藩必戦を期し、士気ますます不撓《ふとう》。この際、薩州のわれと通ずるを、藩を挙げて知らしむるときは、士気おのずから弛緩《しかん》せんことを恐れ、あえてこれを人に示さず、ひとり我公と要路の一両輩に告ぐるのみ』

ただし小五郎は、ひとりの女性にだけ、薩長盟約が成ったことを、たかぶった気持ちをこめて告げた。他でもない幾松である。

「ご無事で」

小五郎の顔を見るなり両のまなこを潤ませていた。

人目のない部屋へ落ち着くと、生娘のようにしがみ

ついて泣きだした。

「どうしたのじゃ。何かあったのか」

「そうやないの。京へのぼらはったら、もう二度と生きて帰れないのやないかと、心配ばかりやったの」

食の細った幾松は、見た目にもやせていた。

「すまんな。便りよりも早く帰り着いてしまいそうじゃったので、恋文はなしじゃ」

「まあ。ほしかったのに。ほんまに大事あらしまへんかったの」

「刀に手をかけるようなことはなかった」

「よろしうおしたな」

「それでも辛かったのう」

小五郎は、耐えに耐えた思いを幾松に話すまいと思っていたのに、抱きしめると肩をさすりながら口にしていた。それは荒れ果てた京の姿だった。

「戦からまだ日が浅いせいか、どんどん焼けの跡には、まだ草むくらの空き地が広がっちょった。薩摩の連中は、焼け落ちた藩邸を見せたくなかったのじゃろう。河原町は避けて通ってのう。大黒屋が再建できたのか、確かめたかったのじゃが、三条通りから室町を北に上って、鞍馬口へ出た。近衛公の別邸御花畠が薩摩の家老小松の借家で、そこに泊まったのじゃ。そのため、この目では確かめられんじゃった」

「そうか。寒い時季《じき》やしなぁ。町衆はどうしてはるのやろか、心配やなぁ」

「苦労しているにちがいない。そう思うて焦った。世直しをしなければ、相すまぬからのう。お松、いつかきっと、祇園祭の山鉾巡行を見にいこう」

小五郎は、京の町を復興させ、焼失した山鉾がもとの姿を取り戻せるような世の中にすることを、はんなり色づいた幾松に無言で誓っていた。


一月二十六日、長州処分を通告し、受け入れさせるため、老中小笠原長行に広島下向が命じられ、大目付の永井尚志と室賀正容《むろがまさかた》に随行が命じられた。対する長州は、武備恭順から開戦も辞さずとの藩論に傾きつつあった。

二月一日、大久保一蔵は鹿児島に帰着し、藩主島津忠義と久光に報告している。大久保らしい周到さだ。

それ以降、幕府の機密が薩摩藩を通じてもたらされる。たとえば、長州の処分案がある。将軍徳川家茂の申請で、天皇の勅准《ちょくじゅん》を得た処分案は、毛利家の知行を十万石減封、敬親・広封《ひろあつ》は蟄居《ちっきょ》。三家老は永世断絶との内容だった。一橋慶喜は主戦論だったが、大久保一翁らは第二次征長が失敗に終わると警告した。広島入りした老中小笠原長行《ながみち》へも、芸州藩主浅野安芸守から忠告があったが、耳を傾けず、戦争へと走りだす。

二月末、西郷は傷の癒えた坂本龍馬夫妻を伴い鹿児島へ向かう。同行するのは家老の小松帯刀、桂久武と吉井幸輔《こうすけ》（のちの友実《ともざね》）らで、薩長盟約を実効あるものにするためだった。

有名な龍馬夫妻の新婚旅行である。確かに薩摩は風光明媚《めいび》で、桜島、霧島の火山や温泉と、錦江湾《きんこうわん》の美しい海があり、新婚旅行にふさわしい土地柄なのだろう。

薩摩藩でも国論は二分し、幕府よりの勢力は依然としてあなどりがたいものがある。小五郎は、薩摩との連絡係として品川弥二郎を選び、黒田了介につけて上京させた。これ以降明治にいたるまで、品川は幾度となく離反しそうな薩長をつなぎとめる膠《にかわ》の役をはたす。

薩摩藩は、長州士民の陳情歎願書に添えて、第二次征長中止の建白書を、全国三十二藩宛に廻状として送付していた。さらに因州・備前の両池田家は幕府に建白して、会津藩の京都守護職の解職と、第二次征長戦の首謀者小笠原長行を処罰し、追討軍の総引き揚げを願い出た。大坂では、将軍家茂が動員した兵があふれ、物価の高騰《こうとう》と治安の悪化で庶民の不満が高まっていた。京では洛北の寒村に蟄居中の岩倉具視《ともみ》を中心に、山階宮《やましなのみや》、前大納言中山忠能《ただやす》、同じく前大納言正親町《おおぎまち》三条実愛《さねなる》らが、王政復古について策謀をめぐらし始めていた。

三

帰郷以来、小五郎は幾松と馬関に仮住まいし、山口との往還《おうかん》に明け暮れていた。しかし、政事堂での執務が増えると、山口に居宅がないと不自由を感じる。見かねて山田老人が声をかけてくれた。

「屋敷がないと困るじゃろう」

何気なく声をかけてくれたときには、すでに二、三の候補を探してくれていた。

「世帯持ちになりましたゆえ」

「そうじゃろう。実はのう、糸米《いとよね》にある湯川平馬の屋敷なら、譲ってくれるそうじゃ。一度、見分してみてはどうかのう」

「ありがとうございます」小五郎は山田老人の思いやりが嬉しかった。

暇を見て教えられた場所へ足を運んだ。鴻《こう》ノ峯の南麓に村田蔵六が三兵塾を開いていて、そこから近い所に湯川の屋敷はあった。（ここなら蔵六とも行き来しやすい）小五郎は、ほとんど即決で、その屋敷を買い取ることにした。

敷地の庭が広く、双子山《ふたごやま》を背にした傾斜地で、山口の城下が見晴らせた。すぐそばには小川のせせらぎが聞こえ、春を待つ楓や赤松の大樹が風と戯れていた。古びた家屋だが、玄関も立派な敷台があり、部屋数も満足いくものだった。

世帯をもったとき、小五郎は三十四歳、幾松は二十四歳になっていた。腰を落ちつけた途端に、来客があまたとなり、幾松は二人の下女と下男の爺を置かねば、接待できなくなる。それでも彼女は、小五郎にもまして面倒見のよいことで評判になる。屋敷も大工を入れて、使い勝手をよくした。

糸米の新居で小五郎は不思議な夢を見た。

新撰組に追われ、鴨川土手の草むらに身を潜めていた。長く暗い夜の闇の向こうに、暁の光を背に、幾松の姿が輝いて見えた。微笑みながら、小五郎に贈られた舞扇を片手にかざし、白いうなじを少しかしげて流し見る。声をかけると、その姿は消えてしまった。はっと、目を覚ますと、添い寝する幾松のすこやかな寝息が聞こえた。

（おれは、お松を失うことを恐れているのだろうか。きっと幸せすぎる今の生活が、戦で壊される予感に怯《おび》えているのだろう）たしかに四境を征長軍に進攻され、長州への厳しい処分案が発表された。

小五郎らは断乎《だんこ》として拒絶し、武備恭順から、一歩進んだ抗戦体制を整えていた。心配された薩長盟約の内実も次第に意思が通い合うようになる。四月末、薩摩からの要請で長州から援助の兵糧五百俵をユニオン号で鹿児島へ運んだ。しかし、戦火の迫った長州から受け取ることはできないとして、丁寧に謝辞され、引き返した。たしかに長州にとっても虎の子の兵糧にちがいない。小五郎は薩摩の配慮に感謝した。晋作と協議し、薩摩から返された米を龍馬の亀山社中へ贈与することにした。その代わり、馬関へ入ったユニオン号を小倉藩への渡海作戦に参戦するよう龍馬へ申し入れた。龍馬も快諾し、自ら指揮をとり、義弟（お龍の妹君美と結婚）となる菅野覚兵衛を艦長、石田英吉が砲手長として戦うことになる。

　戦時下、小五郎の周辺では愛憎のからむ出来事が同時進行していた。伊藤俊輔だ、小五郎に手紙で正妻のすみ（入江九一の妹）と別れる意思を伝えたのは、三月のことだった。

　幾松にその手紙を読み聞かせながら、どうすべきか小五郎は思案したものだ。

『山県狂介、片野十郎、林半七（のちの友幸）らに破談について相談したので、直接事情を聞いて、彼らに指示を与えてくださるように』と頼んできた。また、俊輔の両親へも適当にお諭しくださいと書かれていた。

「好いた者同士が結ばれる方がええのやない」

　幾松は龍馬の接待で同席したお梅を気にいっていた。

「お梅はんは、若いのにようできたおひとや」

　そういわれてみれば、俊輔のように女ぐせの悪い男と生涯つれそうには、お梅のような包容力を必要とするのだろう。

「俊輔の希望をかなえてやらねばのう」

　小五郎には男兄弟がなく、聞多や俊輔には実の兄弟以上の親しさがある。

　梅子は俊輔にとって命の恩人だった。晋作・聞多と潜伏中、刺客に狙われ、梅子にかくまわれた。当時十六歳の梅子は店屋久兵衛の娘だが、両親と死別し、稲荷町のいろは楼で芸妓をしていた。俊輔は、すみと結婚したが、わずか一日しか共に暮らしていなかった。良妻すみとの離婚は、俊輔の両親を説得するのに苦労した。すみの兄入江九一は〈禁門の変〉で久坂玄瑞らと鷹司邸で戦死したばかりだった。悲しみに暮れる彼女を、俊輔の両親は不憫《ふびん》に思っていた。小五郎は、母親に会って、俊輔の気持ちと立場を懇切に話した。母親が小五郎の自宅にお礼に参上したことを感謝する俊輔の手紙が、後々、幾松の手許に遣される。それにつけても、幾松は小五郎の思いやりや友情の深さに感心するのだった。四境戦争が六月七日に始まり、その後になって、俊輔はようやく母の許しを得る。離婚が決まったとき、すみは俊輔の祖母と両親とに別れの挨拶をし、仏壇に手を合わせ、実家に戻った。俊輔の母はすみをことのほか気にいっていたらしい。

相前後して、晋作も正妻の雅と愛妾うのとの板挟みになる。

年の初めに政庁より萩の家族も馬関に移り住むよう沙汰された。

白石正一郎は、心の底から高杉晋作につくした人物である。荷受問屋「小倉《こくら》屋」で手広く商いをするだけでなく、若くして国学を学び、尊皇派の志士を援けた。最初は西郷吉之助と親しくなり、薩摩の御用商人を勤めたが、次第に長州の尊皇派と一心同体の活動をする。中でも晋作には肉親も同然の支援を惜しまなかった。経済的にもかなり無理をして、店の商いが苦しくなっていた。それでも、晋作の面倒を見る。

その晋作が流浪の旅から帰って、衰弱を強めていることが心配だった。喀血が頻回になり、誰の目にも労咳《ろうがい》（肺結核）が進んでいることは明らかになっていた。たまりかねて、萩の実家へ使いを出し、二月下旬、母親と正妻の雅、それに一粒種の梅之進を馬関の自邸に招いた。その間、愛妾うのは、入江和作の屋敷にあずけられた。二月末、晋作は兄事する小五郎へ手紙を書き、家族が出て来たので、金に困っていると手紙をだした。

翌日にも、薩英会盟に伊藤俊輔を連れて参加したいので、長崎出張を許可すべく周旋してほしいとの手紙を小五郎へ書く。小五郎は、武士と庶民が協和できるよう尽くしていることを知らせ、長崎行きを認めた。

この時代、赴任先で妾《めかけ》を持つことは、普通のことだった。雅は、夫の愛人に会ってみたい気持ちもあったが、そうしてどうなるわけでもなく、忘れておこうと思った。それよりも、結婚以来ただでさえ少なかった一つ屋根の下での生活を大切にしたかった。雅にも、晋作の命が燃えつきるとの予感が、再会の瞬間からふくらみはじめていた。

（病を克服する前に、幕府との戦争で命が危うくなるかもしれない）

萩でも、〈禁門の変〉からこの方、久坂義助の妻文をはじめ、未亡人になる女たちの歎きが絶えなかった。雅にとっての生きがいは、晋作に愛されて授かった梅之進の成長で、三歳になり言葉もしっかりしてきた。晋作が抱きかかえ、あたたかく色づく春の空へさし上げると、声をあげて喜んだ。

（こんなことは久しぶりだこと）雅は、結婚以来、萩を留守にしがちだった夫を恨みはしない。晋作の志を理解できたし、自分なりに留守をまもってきたつもりだ。外では無頼を装っても、晋作は心根の優しい男で、誠実な人物である。雅には、そのことが誰よりも理解できていた。馬関での再会でも、晋作は照れて抱きしめはしなかったが、

「迷惑ばかりじゃったのう。許せよ、雅」

そういって、じっと見つめ合った。

雅には、晋作のまなざしに潤みがあり、乾いていないことが、かえって気になった。

(晋作さんは生きようと懸命にたたかっている)

すべてを諦めきった人の絶望感はなかった。

「なにをおっしゃるの。いたらないのは私です。萩のことは心配なさらないで」

凛《りん》とした武家の奥方らしい気品があり、晋作は新鮮な感慨《かんがい》をおぼえ、昨今の乱れた生活が気恥ずかしくさえあった。

「人には天命がある。久坂や入江は戦場で死んだ。わしは周布翁に生かされた」

息苦しいのか晋作は少し間をとって、

「今度の戦は幕府が相手じゃ。雅よ見ておれ、一世一代の大勝負じゃけん」

雅は、本心では出陣を止めたかった。

晋作の身体が戦に耐えられるとは思えなかった。

だが、言っても聞くような男ではない。

「戦が終わったら萩へ帰って」

「うん、お前のもとへ帰る」

「ほんとうに、うれしい」

雅には、晋作の命が燃えつきる前に、刹那《せつな》の輝きを見せていることを知っていた。

「いつまでも待っています」

やっとの思いで、秘めた思いを言葉にした。

晋作は、抵抗力の弱い梅之進に病がうつることをおそれた。

経済的に出費がかさむと、流浪の生活が続いた晋作に貯蓄がなく、悩ましいことになる。

このころ、晋作は兄貴分の小五郎へ、経済的な困難を正直に手紙で知らせている。

『妻子引っ越し、愚妾一件かれこれ金につかえ、胸間雑踏難渋事、日に多く、内心通哭《つうこく》』

と、小五郎には、肉親以上の信頼をしていた。小五郎は、さり気なく手当てをする。

三月末、晋作は萩へ帰る家族を見送ると、伊藤俊輔

と共に長崎へ旅立った。再びイギリスへ渡航しようと思ったからだ。死に場所をイギリスにするか、戦場となる馬関の海峡にするか、まだ迷いがあった。イギリスに渡れば、進んだ医療が受けられ、病を克服できる可能性が、心の片隅で小さな燈明のように見えていた。幕府は内外の情勢から、長州再攻をしないのではないかと、晋作は踏んでいたようだ。

木戸へ手紙を書き、薩英会盟に加わる決意を述べた。しかし長崎で再び喀血し、晋作は余命がいくばくも残されていないことを悟った。

当地でも、長征軍の進攻がまぢかだという風評が日増しに強まった。晋作は、小五郎をはじめ苦楽を共にした同志を見捨てることが、できなかったのだ。そのころ晋作は、白石正一郎が巨額の借金を抱えているのを救うため、越荷方の久保松太郎に借金の周旋を依頼している。白石の献身的な援助を考えると、破産寸前の一家を見捨てることはできない。

(そねえなことをしちゃあいけん)晋作は自らに言い聞かせる。

三月末、晋作は長崎の薩摩藩邸より山口の小五郎と聞多に手紙を書いた。薩摩行きはまだ危険なため中止したこと、藩主から薩摩藩主宛の書簡と進物は、当地の薩摩藩士に預けたことなどだった。戦列復帰の決断をするとグラバーに会い、蒸気船オテントサマ号を三万六千二百五十両で購入する契約をした。必要な弾薬を満載して馬関に戻ることにした。

費用は馬関越荷方《こしにかた》の撫育金《ぶいくきん》から出させるつもりだった。迅速な動きは、同行する俊輔を驚かせた。しかも同時に裏打ちをしていた。山口の山田老人、木戸と広沢へ手紙を書き、戦争に備え独断で購入契約したことへ許しを乞うた。小五郎には、晋作の意図が理解できたので尽力した。このことが、後日、晋作としては痛恨の不祥事につながるのだが、今はふれない。

小型船ながら、潮流が激しく、潮目が目まぐるしく変わる馬関の海峡では、小回りのきく戦艦の方が使いこなしやすいと、晋作は直感していた。底込めの旋条《しじょう》大砲三挺を備えたオテントサマ号は丙寅丸《へいいん》と命名され、晋作の電撃作戦遂行をたすける。

四

慶応元年(一八六五)の歳末、大坂城では在坂の老中たちが論議を重ねていた。広島での長州藩訊問を終えた大目付永井尚志《なおゆき》の復命をもとに、処分案をまとめた。防長二州のうち十万石を削除し、敬親《たかちか》を隠居させ、広封《ひろあつ》（定広）に相続させる内容だった。永井は一橋慶喜との意見調整のため京都へ向かった。慶喜は処分が生ぬるいと強硬で、老中板倉勝静《かつきよ》らと対立した。

翌慶応二年一月二十二日、一橋慶喜、板倉らは公卿とともに朝議に参与し、紛糾の末、長州処分が勅許された。二月七日老中小笠原長行《ながみち》が広島へ下向し、幕命として芸州藩主浅野茂長《もちなが》に対し、『毛利父子と三支藩藩主に対し、四月十五日までに出頭を命ずべし』との通達を出したが、取り次ぎを辞退される始末で、幕府の権威は失われようとしていた。

長州側は、防長二州を軍事要塞化するため、病気を理由に引きのばし作戦をとる。藩主名代として山県半蔵（のちの宍戸璣《ししどたまき》）に毛利一門の宍戸備後助を名乗らせ、四末家の老臣を交えて二百人近い使節団を広島へ派遣した。その間、四月中旬には、大坂城にて大久保一蔵が薩摩藩の出兵拒否を建白し、幕閣をあわてさせた。薩摩藩の攻撃予定部署は萩方面で、優勢な海軍力が幕閣より期待されていたからだ。

京都の薩摩藩邸に連絡役として常駐していた品川弥二郎へ詳細が伝達され、直に山口の政事堂へ伝えられた。小五郎にとっては、心強い援軍にも匹敵し、暗い隧道《ずいどう》の行き先に陽の光が見えた。萩へ精鋭部隊を配備する必要がなくなり、家臣団の少数部隊を残すことで、少ない兵力の配置換えが可能になる。さらに菊ガ浜砲台の大砲も馬関の台場に移し終えた。

五月一日、業を煮やした小笠原は、四末家名代に処分令を公布し、請け書の提出期限を一旦、五月二十日とし、さらに五月二十九日まで延期した。処分請書を提出しない場合、六月五日を期して、軍を進めるとの最後通牒《つうちょう》だった。

幕府は五月九日に、宍戸《ししど》備後助と随員の小田村素太郎（のちの楫取素彦《かとりもとひこ》）を宿舎の円龍寺で拘禁した。二人が偽名であることは、幕府も見破っていたので、殺される覚悟はした。しかし彼らは、芸州藩の家老の屋敷に預けられた。宍戸は広島で「長防士民合議書」と呼ばれる檄文を書き、山口の政庁へ送った。これを読んだ小五郎は膝をたたいて喜んだ。その趣旨は薩長盟約を成立させた際、西郷へ啖呵《たんか》のつもりで切り出した小五郎の言葉の意をくんでいたからである。早速、加筆して山田老人の決済をもらうと、三十万部近くを印刷して、藩内の領民へ配った。文章の最後には、『天下後世に志が誤って伝えられないように、全員がこの書を懐中にして戦場に立つ』と記されていた。まさに背水の陣で、檄文《げきぶん》は領民の士気を鼓舞し、団結を強める働きをする。

小五郎は、戦機の熟すのを待ち、先制攻撃をしかけた〈禁門の変〉の失策を繰り返すことのないように徹底させた。それでも、第二奇兵隊が暴発した、立石孫一郎の煽動で、脱走兵は五艘の船に分乗し、倉敷の幕府代官所を焼き討ちした。これは立石の私怨《しえん》からでたものだったが、小五郎の苦心も水の泡になる。山口政庁として、幕府へ脱走兵の暴発を報告した。

福岡、小倉、津和野の三藩には脱走兵の捕縛を依頼する。あくまでも、長州から先制攻撃はしないことを徹底する。

旧暦五月といえば、百姓たちが命の糧として植えた稲がまだ幼い青田のころである。

戦場に駆り出される民の苦労を思えば、戦争は簡単に仕掛けられるものではない。

広島で空しく威嚇《いかく》を続ける小笠原は、毛利家家臣の訊問《じんもん》をするため、個人名を列挙して、差し出すべしと命令した。長州は、行方不明、脱走、死去などと報告し、嘘も方便に徹した。

高杉晋作は脱走、桂小五郎行方知らず、太田市之進、佐世八十郎（前原彦太郎）は脱走、波多野金吾らは死亡と報告する。

閏五月二十日、支藩の長府・徳山・清末に岩国の藩主を加えて、山口で軍議を開き、決死防戦の覚悟を各藩主が確認し合った。

余談になるが、維新後の勝海舟の懐旧談として、フランス公使ロッシュは、征長戦略として、長州包囲作戦と、かく乱工作の必要性を慶喜に説いたらしい。それによれば、前線の背後に陸兵を上陸させて拠点を構築し、他の兵力は馬関を占領し、海軍は萩を攻撃する。三方面からの攻撃が肝要で、補給路を断つために海軍に艦砲射撃をさせるとの骨子だ。かく乱工作として、開戦前に密使を毛利へ一人、一門へ一人、さらに臣下へ一人送り、金品を贈って、藩内を分断・懐柔する、等々をすすめた。戦国時代、秀吉が得意とした「調略」にほかならない。誰の目にも、幕府と長州藩政事堂の仲介役を務める事の多い、岩国藩主吉川監物の去就が注目される。また椋梨らの恭順派で、隠忍している者も少なからずいた。

これまで幾多の内肛《ないこう》を経験している小五郎は、藩の弱点も把握している。彼らを一丸として全長州として戦わねば勝機はなかった。関ヶ原の敗北以来、はじめて岩国の吉川を支藩の列に加えた。存亡をかけての背水の陣である。武士のみでなく、封建的な階級を超えて、一丸となった戦意は日ごとに高まった。来るべき戦は、恩賞や猟官のための戦争ではない。

閏五月二十七日、小五郎は〈待敵〉の方針を打ち出した。藩として天下に公明正大な大義をもって幕府に接しても、幕府から攻撃を受けることがあれば、決戦を避けることはしないとの覚悟である。〈禁門の変〉のような「義」のない戦はしないとの誓いだった。

六月五日を攻撃開始の日と決めた幕府は、広島城下に直轄《ちょっかつ》軍を滞陣させ、周防大島への進攻準備のため、六月三日から厳島へ兵の集結をはじめた。大島を占領し、広島口からの主力進撃を側面支援する作戦である。

しかし後背地の大坂では、商人から二百五十万両もの御用金取りたてが始まり、結果的には民衆にしわ寄せがくる。一年間で米穀の値が五割も上がり、さまざまな商品の値上がりを招く。民衆もその原因がわからぬほど愚かではなく、幕府への不満がさらに強まる。さらに出兵した諸藩でも、助郷《すけごう》や農民兵としての兵賦《へいふ》が課せられ、高騰するばかりの物価も二重、三重の苦しみになった。開戦前の五月に、将軍在陣中の大坂をはじめ、関西一円での打ち壊しや暴動が頻発する。さらに五月下旬、江戸にも飛び火し、下町一帯で打ち壊しが広がり、ひと月後には全国各地で百姓一揆が同時多発的に起こる。征長軍しいては徳川幕府の足元から火がつき始めていたのである。

長州には全国各地の脱藩者が集まっていて、小五郎の情報網をより有機的に補完した。

待敵の方針に基づき、山口の政事堂へ権限と情報の集中化をはかり、一体化した組織として構築する。晋仏戦争でプロシア軍が確立する参謀本部組織を、四境戦で小五郎はすでに具体化していたわけである。すべての軍事組織と兵站《へいたん》機能を政事堂に集中し、指導層の人事も一任するように求めた。諸隊のみでなく家臣団も大隊組織化し、政事堂の指揮系統下に、諸隊・干城隊・家臣団隊が統一された。作戦・戦闘・補給・医療などが効率的に運用されるように改められていた。適材適所の人材配置が重要だが、小五郎はいまさらながら〈禁門の変〉で喪《うしな》った同志の雄姿を思い出し、損失の大きさに歎息する。少ない兵力で数倍の幕府軍と戦うためには、前線での勇気と集中した統一作戦が重要であることを、兵士にいい聞かせた。

軍制改革の最高責任者には、三月に手当掛兼兵学校用掛にすえた大村益次郎を用所役専任に昇格させ、専念してもらう。大村は、旧式の小銃を、伊藤や井上が購入した旋条（ライフル式）のミニエー銃に変え、訓練でも命中率を五倍に高めた。

「宝の持ちぐされになっちゃあいけん」

蔵六は小五郎と顔を合わすたびにいった。

「猫に小判じゃちゅうて、笑われんようにせにゃいけませんな」小五郎も相槌を打つ。

大隊の管轄下に小隊を機能的に活動させ、敵の攻撃を避ける散兵式の戦術を徹底した。

小五郎は、これまで勝手気ままに移動していた諸隊を政事堂の中枢指令系統に組み込み、軍律を厳しくした。士農工商の封建的な階級性を打破し、駐屯地の住民に溶けこむ思想的な教育も、指揮官たちに求めていった。戦線を芸州口、大島口、石州口、小倉口の四境とし、それぞれに指揮官を決めた。各戦線を戦況によって移動する旅団的な部隊も数組あて、指揮者に役務を自覚させた。指揮官と政事堂を直結する連絡役を指名し、重責を自覚させた。井上聞多、前原彦太郎、杉孫七郎、植村半九郎などの移動はその一例であろう。

明治の陸軍は、その素地を四境戦争で培《つちか》った。

小五郎は、江戸と京都で培った外交手腕を発揮し、戦国時代の常套《じょうとう》手段だった調略を四境戦に参戦する諸藩に対して行う。芸州口の広島藩と備前岡山藩、石州口の津和野藩や因州鳥取藩、小倉口の筑前福岡藩や肥前佐賀藩などに、少なくとも積極的な参戦をしない情況を作りだす。戦争の大義を失った軍勢は烏合《うごう》の衆に過ぎない。

五

そうした中、六月七日、幕府軍艦の上ノ関砲撃により戦端は切って落とされた。翌日、久賀《くが》が砲撃されたとの情報が、伝令を通じて十日午後に政事堂へ達した。山田宇右衛門老人の招請で、小五郎も糸米《いとよね》から駈けつけた。

「戦が始まった。しばらく家へ帰れぬかもしれぬ」

幾松へ留守を託して門を出た。

「くれぐれも気つけてな」

門の外へ出て、奉公人たちと見送る幾松の姿を、小五郎は眼裏《まうら》に焼きつけた。戦を前にして、幾松に送う出されるのは、〈禁門の変〉前夜以来である。今回は立場がちがい、小五郎は実質的な総司令官をつとめねばならない。相手は何十万という幕府の征長軍なのだ。誰にも勝利の確証などあるはずがない。

山田老人を中心に、小五郎のほか、大村益次郎、波多野金吾、高杉晋作、前原彦太郎、井上聞多、太田市之進なども馳せ参じていた。(来るべきものが来た)参集した者に共通した思いで、戦意は極めて高かった。

その夜、応戦の指示は騎馬隊をもって各地の部隊と支藩へ伝達した。山岳地帯の多い戦場を想定し、三兵のうち騎兵は主に伝達部隊として活用する。小五郎は徹夜で、京都の品川弥二郎と大久保一蔵へ、応戦決断の書状を発信した。鹿児島の西郷へは、大宰府の五卿を通じる回路で伝えられた。

これを受けた西郷は薩長盟約を守った。七月十日に第一陣の三隊が鹿児島を出航。八月四日まで後続の合計八隊一一〇〇余が上京する。薩長盟約の第一条が履行された。七月末には、京の龍馬からも薩摩兵の京都到着が知らされた。在京の薩摩兵と合わせれば、幕府軍主力の西下に抑止力となる。大坂を攻撃される脅威になった。

開戦と同時に、松山藩兵が蒸気軍艦二隻と商船十隻を動員して大島に上陸し、無抵抗の住民に乱暴狼藉《ろうぜき》を働いた。六月十一日、富士山丸などの艦砲射撃に続き、幕軍の久賀村上陸作戦が行われ、長州兵を対岸の遠崎へ撤退させた。

政事堂は、当初、征長軍の包囲作戦を避けるため、大島放棄の予定だった。だが住民の受難を聴き、小五郎は看過すべきではないと、怒りをまじえた決断をした。幸い、軍議のため高杉晋作が山口に来ていた。

「大島の暴虐《ぼうぎゃく》を許せば、その後の士気にかかわる。反撃したいのじゃが」

小五郎は晋作と二人だけで相談した。

「木戸さん、ぼくも、そう思っちょった。丙寅丸《へいいん》を動かさないけん」

緊迫した状況で、晋作が松陰の口癖だった「ぼく」という言葉を使ったので、小五郎は不思議な感動をおぼえた。

「そうか、行ってくれるのじゃな」

「もちろんじゃ。山田市之允と田中顕助を連れていく。やつらに一撃を加えたら、直接、馬関へ向かうつもりじゃけ」

山田に砲撃指揮、田中に船の機関長を頼む心づもりである。

「そうしてくれるか。陸からは部隊を渡らせよう」

小五郎は、山田市之允の一族が海軍に関わってきたことを熟知していた。

市之允の父顕行《あきゆき》は、かつて蒸気船の操作法習得のため藩命で長崎へ派遣された十五人の留学生の一員である。その後も再度長崎へ行き蒸気機関・艦砲・航海術を学び、藩の軍艦「庚申丸」の建造にあたり、実兄山田亦助《またすけ》を援けた。船大工の棟梁は、小五郎が伊豆の戸田《へた》で雇い、長州に連れ帰った男である。伯父の山田亦助は大組頭の嫡男で、長州の天保改革を主導した村田清風は叔父にあたる。吉田松陰の師として長沼流兵学を教え、造艦技術も習得していた人物である。恭順派の椋梨に、野山獄にて五十七歳にして処刑されたばかりだった。

ところが晋作と小五郎の決断は、政事堂の反対にあう。実は、晋作を海軍総督に任命したばかりだったからである。晋作の大島口参戦は、万一のことがあれば、小倉口の作戦を危うくするからだ。馬関は長州の生命線である。小五郎は、晋作と相談の上、丙寅丸の出動命令書を出した。命令書の但書として、次のように記した。

『谷潜蔵乗り組み仰せつけられ候につき、乗り組みの面々、潜蔵差図を請け候様（後略）』

谷潜蔵は、藩主から晋作へ与えられた変名である。

晋作は山田市之允を伴い、三田尻へ馬を飛ばした。

方針を転換した政事堂は、第二奇兵隊（軍監は白井小助、世良修蔵と林半七）と浩武隊（軍監山県甲之進）を派遣した。前線の作戦は、各軍監と浩武隊の指導者小笠原弥右衛門、毛利伊賀そして上関代官小川市右衛門で協議させた。政事堂は、大島を幕府軍の基地にさせないため、幕軍を島外へ駆逐するように命じた。

狭い瀬戸だが、ここでも渡海作戦を必要とした。晋作は、夜襲で幕府海軍を混乱させ、その間隙をついて、小舟に分乗した兵を大島へ渡らせる作戦で、各軍監へ、その旨を徹底させた。陽動作戦である。浦家と村上家（能島村上氏・村上水軍の子孫）の一手がそれぞれ兵を率いて与力した。丙寅《へいいん》丸は、晋作が小五郎や山田老人に頼みこんで、グラバーより買い取ったオテントサマ号である。小型で速度も遅いが、吃水《きっすい》が浅いため坐礁《ざしょう》しにくい。三田尻から上関を経て室津に着いたのは十二日の昼過ぎだった。

港には第二奇兵隊軍監林半七が迎えに出ていた。

「大島でやつらはやりたい放題の狼藉《ろうぜき》を働きよった。高杉さん、このままじゃいけん」

林半七は怒りを隠そうとはしない。

「ぼくも同感じゃけん。仇はとるぞ。今夜、奇襲をかけるけ、待機してくれんか」

「わかりました。すぐに出撃準備に入りますぞ」

「林さん、大砲を撃てる者を五、六人貸してもらえんじゃろか」

「木戸さんから指令がきちょります。ほら、遠崎《とおざき》で待っちょりますけ。ええ経験じゃ。どうぞ、乗せてやってくだされ」

林を乗せた丙寅丸は遠崎で第二奇兵隊の砲兵たちを乗せ、夜陰の深まるまで待機した。

十二日夜、晋作は闇に乗じ、瀬戸を抜け久賀沖に向かうと、

「いくぞ市之允、そりゃ撃て」

晋作は采配を振りおろした。

小柄な市之允は、敏捷《びんしょう》に艦内を飛び歩きながら、左舷四門、右舷四門を次々に放たせた。

油断して蒸気を止めていた幕府艦は大砲を撃ちかけられ仰天する。帆柱の赤い碇泊燈が接近の目印になる。富士山丸は大島を離れていたが、三倍以上もある鉄製蒸気船の八雲丸や翔鶴《しょうかく》丸は応戦すらできぬほど混乱した。やっと砲撃してきても低い船なので、砲弾は晋作らの頭上を飛び越えるばかりだった。蒸気船の弱点を狙っての奇襲攻撃である。作戦は見事に成功し、幕府海軍のみでなく、大島の陸上部隊にも動揺をあたえた。

晋作は三田尻経由で馬関へ帰ると、紅屋に入り、白石邸のうのを呼んだ。戦いで騒いだ血を鎮める間もなく、うのを抱いた。うのは晋作を包むと、生粋《きっすい》の女になりきり、不治の病をつかの間でも忘れさせた。

大島口の戦況は、山田市之允が政事堂へ報告。馬を乗り換えると、そのまま芸州口の御楯隊に復帰した。

心理戦に勝利した晋作は、第二奇兵隊など陸兵の大島奪還を鼓舞し、その後の幕府海軍の戦略を狂わせる功績があった。十五日には長州兵が大島へ渡り、二日後には幕兵と松山藩兵を駆逐してしまう。松山藩兵は、撤退までに民家へ放火略奪や婦女への暴行をほしいままにし、兵の統率力が貧困なことをあらわにしてしまった。よほどだったのか、幕軍の敗北が明白になった秋に、放火狼藉《ろうぜき》の謝罪をする。

大島口の戦闘は短期で長州軍の勝利に終わった。圧倒的な海軍力とフランス式の陸軍直轄隊を投入しながら緒戦を敗北した幕軍は、心理的に痛手を負った。傍観していた諸藩に、幕軍参加への抑止力となる。松山藩は旧態然とした軍隊で、兵の数より質が問われることを実証してしまった。その分、長州軍には自信となる。この戦いは政事堂にとって格好の演習効果があった。幕長戦争全体の中でも局地戦であり、指揮権の掌握、部隊の移動など、統一的な作戦の一環が遂行できた。政事堂内部でも、小五郎への求心力を高めた。村上家や浦家などの家臣団部隊も、小隊編成の洋式軍で、本陣の作戦下に一翼として行動した。連携は密接で機能的な展開ができた。村上水軍の末裔《まつえい》が、いざとなったとき、長州軍の渡海作戦を援けた。

地の利を把握し、地形の利用や制高（高い位置に陣取る）を重視した陣形など、大村益次郎の教育がいかされた。

石州口の長州攻撃部署を幕府が布告したのは、昨年（慶応元年）十一月のことだった。

一の先手は福山藩、二の見は浜田藩と津和野藩、応援は鳥取藩と松江藩、人数差し出しが和歌山藩である。石州口征長軍の総指揮は、徳川茂承《もちつぐ》の名代和歌山藩付家老安藤直裕《なおひろ》がとった。

和歌山藩兵は千余人で、主力は芸州口に投入されている。福山藩（藩主阿部正方《まさかた》、十一万石）は、歳末から三千余の兵を部隊ごとに出陣させた。翌年六月福山藩軍は益田に着陣した。応援の松江藩（藩主松平安定・十八万八千石）は三の手までわかれ、二千余の兵が出陣した。

長州藩の探索方では兵員数から装備、服装まで詳細に調べて、政事堂に報告している。兵員の中には、非戦闘員も多くいて、実戦兵員は割り引かれる。しかも、洋式の武器を所持している兵がごく一部であることを、すでに探知していた。面白いことに、報告書には西洋太鼓がない、との記述もある。かつて開明的な老中阿部正弘を出した福山藩でさえ、武士の身分階級性にもとづく軍隊編成のままだった。浜田藩軍は総数千五百余で、幕府軍監三枝刑部《さえぐさぎょうぶ》の部隊が加わり、六月十五日に津田村に出陣する。鳥取藩（藩主池田慶徳《よしのり》・三十二万五千石）は禁門の変でも、藩内の尊攘派が小五郎に協力しようとした経緯もあり、渋々の参陣で七月初旬に千人足らずを派兵した。津和野藩に至っては、長州との密約があり、城下に兵を集め、不戦の姿勢を貫く。重臣の福羽美静《よししず》は、京都で小五郎の諸藩志士連合構想に加わっていた。

このころ山陰諸藩でも、物価の高騰が激しく、住民の幕軍への反発が強まっていた。軍夫の逃亡が相次ぎ、幕軍は兵站《へいたん》での問題をかかえていた。援軍の移動にも、軍夫が集団離脱をして遅れる事例も発生する。浜田藩では、大砲を運搬する軍夫が逃げないように鎖で大砲に拘束することもあった。

迎え撃つ長州軍は、総司令に清末藩主毛利元純《もとすみ》をあてたが、前線には出ず、大村益次郎が参謀兼務で指揮をし、杉孫七郎も参謀で補佐した。山口での軍議で、軍制用掛の大村益次郎を是非とも参謀にと願い出たのは、毛利元純であったという。

大島口開戦の報告を受け、六月十五日夜、南園隊（軍監佐々木男也《おなり》）を主力に、第一、第二大隊の半数、精鋭隊（軍監平岡兵吉のちの通義）、清末一小隊などが、津和野藩境の土床《つちとこ》口から進撃した。佐々木は尼子氏の末裔で、武勇を尊ぶ家系だった。

一方、北第一大隊半数と清末育英隊（司令皆川謙蔵）が海岸線の仏坂道と海路から津和野藩高津《たかつ》へ出撃した。大村益次郎が育てた子飼いの部隊も加わり、散兵戦術と最新の小銃で圧倒。

長州兵は姿を見せず低い姿勢から射撃し、発射後の白煙の位置から素早く移動するよう訓練されていた。ミニエー銃は先込めであっても、射程距離が約五百メートルとゲーベルより五倍ほど長く、ライフルのため命中率も高い。武士の誇りにこだわる征長軍は、黒い軍服で隠れて狙撃する兵を賤《いや》しいと、悪口を言った。しかし、近代戦は、現実の勝負が重視され、次々に敗北していく。目立つ陣羽織を着た指揮官ほど、狙撃されやすくなる。〈禁門の変〉で、来島又兵衛など指揮官が薩摩兵から狙い撃ちされたことを、胆に銘じていた。具足や袴も戦場での機敏な動作を妨げるだけである。

何よりも津和野藩が無抵抗で領内を通過させたので、短期間で浜田藩正面軍と無傷のまま対戦することができた。津和野藩の福羽文三郎（美静《よししず》）は京都で国学を学び、小五郎に近い尊皇派で、七卿の都落ちでは共に西下し、帰藩していた。藩主亀井茲監《これみ》の側近として藩政刷新につくし、四境戦争にさいして長州支援の藩論をまとめていた。津和野藩は、萩から海路で同藩の高津へ兵糧などを運ぶ際、荷あげや運搬に住民を協力させた。長州はこれに応え、兵糧米の一部を安値で住民に供することもした。津和野藩に背後を襲われる心配もなく、兵力をしぼることを可能にする。

したがって、早くも六月十七日朝から益田攻略戦が展開された。

益田は、川幅のある益田川を前面に、背後は秋葉山がある要害の地である。苦戦する長州軍の突破口は、海岸沿いに高津から益田へ進攻した北第一大隊と清末育英隊による攻撃により開かれた。秋葉山の占拠に成功し、山上から狙い撃ちをした。射程距離の長いミニエー銃は、広い川を挟んでの銃撃戦でも有利に働いた。敵前渡河を決行し、正面と背後から攻撃され、浜田軍と福山軍は、放火して浜田方面へ撤退した。その際、軍夫が逃げたため、長期戦を想定した大量の武器・兵糧を残したままになった。長州軍は火災の鎮火に協力し、住民への炊出《たきだ》しもした。〈禁門の変〉に際し、敗北したときの厳しい体験が戒めになっている。

ことに南園隊軍監督の佐々木男也《おなり》は、〈禁門の変〉で小五郎と行を共にし、九死に一生を得て京から脱出した男である。どんどん焼けの火炎《かえん》をくぐっていた。征長軍は、城の他にも万福寺や勝達寺に陣地を構えており、周囲は民家だった。大村益次郎は、民衆が被災することを考慮し、大砲を撃つことを抑えさせた。八人一組の砲隊は熟練度が高く、正確に砲撃するため、福山藩兵を驚かせた。ただ、砲撃せず接近戦になった万福寺周辺の戦いでは、征長軍の槍隊に苦戦する場面も生じた。しかし、槍持ちの従者が逃げることもあり、主従二人で構成される旧式の軍は、敗戦時に格段のもろさをあらわした。

浜田へ撤退した征長軍は軍議を再三開き、浜田周辺での布陣を決めた。浜田藩軍は要害の地大麻山、和歌山藩軍は聖徳寺、福山藩と松江藩の軍は長浜村に布陣した。遅参した鳥取藩軍の主力千五百余は浜田城下に陣構えをした。

七月五日、長州軍は内陸部を南園隊が、海岸沿いの浜田街道を第一・二・四大隊の六中隊、精鋭隊、清末育英隊、北第一大隊などが進撃した。七月十三日、周《す》布《ふ》川を挟んで内田村での戦闘がはじまった。

松江藩軍の大砲は新式の西洋砲で、六斤砲とカノン砲各一門などやスナイドル銃、横込めベンゼル銃など最新の装備をしていたため、強力だった。松江藩は越前松平の支流であるが、当主の松平定安は津山藩主松平斉孝《なりたか》の子で、フランス式の兵制を比較的早くに導入し、アメリカから購入した軍艦八雲丸を保有していた。八雲丸は瀬戸内の大島口に動員されていて、海上からの萩攻撃はなかった。有力な親藩なのだが、日和見的な立場をとるようになり、長州に対して積極的な攻撃をしかけなかった。鳥取藩軍にいたっては、あきらかに形だけの参戦だった。

大村益次郎は、大麻山の浜田藩軍を孤立化させる陽動作戦として、内田村を攻めたが、主力は七月十五日早朝から、大麻山を攻撃した。浜田藩兵八百は中腹の尊勝寺に陣取っていた。

大村は、早朝から兵を山頂へ向かわせ、制高の攻撃点を確保していたのである。黒い軍服で木陰に隠れる散兵戦術で、相手に的を与えなかった。本陣へは、臼砲による砲撃や火矢を用い、約三時間で攻略した。翌日には、占領した大麻山から諸隊は押し出し、周布川で再び激戦を展開する。征長軍は大砲を主として用い善戦したが、長州諸隊の気力が勝った。周布川を渡りきると、征長軍は大砲を置き去りにして浜田城下へ総退却した。

住民をないがしろにした征長軍の中には、村人たちから竹槍で追いたてられた者もいた。

七月十六日、浜田藩からの使者が停戦を申し入れ、指定の周布村で、会談がもたれた。浜田藩中老職久松覚右衛門に対し、長州は参謀の杉孫七郎が会った。杉孫七郎は、七月二十日までの期限つきで、浜田城下諸藩兵の撤退と、浜田藩の趣意書提出を求めた。征長軍の引き延ばし作戦を警戒し、返答期限は十八日午前十一時までにした。

七月十七日、浜田城で征長軍の軍議が開かれた。紛糾して結論が出なかったが、藩主松平武聡《たけあきら》が浜田城を出ることが決定された。藩主一家は、同日夜半に船で松江藩に逃れる。翌日、その事を知った征長軍諸藩兵は、次々に浜田を去って行った。浜田藩内の徹底抗戦派も浜田城に火を放って、退去せざるをえなかった。政治権力の空白化が生じた城下では、略奪や放火が発生し、無政府状態が起こった。七月十九日、長州の総軍が浜田城下へ進駐し、直に警備に当たった。

天領の大森銀山でも代官が倉敷へ逃げ、一揆が発生した。七月二十五日に南園隊の二小隊を大森へ派遣し、翌日には大村益次郎自ら、当地に入った。早速、一揆の取り鎮《しず》め政策を住民と相談の上、開始した。政事堂への報告を怠らず、その指示に従って民政の安定に努めた。

大村益次郎は、戦争を遂行し、真の勝利をうるには、一揆対策が重要課題であると考えた。政事堂へ早急に対策をとるように申し出た。

こうして石州口戦は長州軍の完勝に終わった。

大村益次郎の采配が際だった戦争だったが、小五郎が京都で播《ま》いた外交面での種が、ここに来てようやく実ったことも見逃せない。ことに津和野藩の勤皇派福羽美静の水面下での協力が、長州軍の進撃を容易にしている。また鳥取藩は消極的な参戦に終始した。

長州軍が苦戦したのは、芸州口である。

征長軍先鋒総督府が広島城下に置かれ、主力三万余が向けられた。主戦場となる芸州西部は吉備高原が広がり、海岸部の平野が少ない特殊な地形である。

六月五日の開戦を期して、五月末に征長先鋒副総裁の老中本荘宗秀（宮津藩主）が広島入りし、小笠原長行《ながみち》が小倉口へ移る。開戦当日には、先鋒総督の徳川茂承《もちつぐ》（和歌山藩主、五十五万石）が藩の軍艦明光丸で広島に入った。精鋭の幕府陸軍、洋式訓練を積んだ和歌山藩軍、井伊（彦根藩）・榊原（高田藩）の譜代親藩軍に加え、最新の大型軍艦を配備していた。

芸州藩（藩主浅野長訓《ながみち》）が中立を保ったため、先鋒は彦根藩（藩主井伊直憲《なおのり》二十万石）と高田藩（榊原政《まさ》敬《たか》十五万石）に命じられた。

関ヶ原合戦までは、芸州吉田が毛利の発祥の地であり、元就《もとなり》の墓もある。もし浅野家が長州攻撃に参戦すれば、藩内に一揆が多発する心配もあった。浅野家首脳は、それを読み取っていたのだろう。

陸軍奉行竹中重固《しげかた》と彦根・高田両藩の軍議で六月

十四日暁の攻撃開始が決まった。征長軍は小瀬川（木野川）を越えて進攻し、高田藩軍の先制砲撃で芸州口も開戦する。

迎え撃つ長州軍は、遊撃・御楯・鴻城《こうじょう》・膺懲《ようちょう》の諸隊と岩国兵が防戦した。総指揮の宍戸備前と岩国藩主吉川経幹《つねまさ》の折り合いが悪いため、一門の吉敷《よしき》毛利氏の毛利幾之進を総指揮に任命した。吉川が関ヶ原で西軍を裏切った歴史が、やはり尾をひいていた。芸州藩と同様に、戦況によっては幕府よりの動きをするのではないかと、開戦時、諸隊は疑心暗鬼だった。禁門の変直後、萩の恭順派に近い動きをしたことも影響していた。しかし長州軍は、政事堂の集中的・統一的な指揮下に配備され、毛利幾之進の任命は象徴的な人事だった。

芸州口の作戦についても、蔵六は意見を述べている。攻め口としては、岩国藩領から小瀬《おぜ》川を渡って広島領へ入り、海岸沿いに大竹・小方《おがた》を経て玖波に至る進路と、山手沿いに苦ノ坂越えをして小方・玖波に至る進路がある。小瀬川口と山代《やましろ》口の二方面軍が編成された。

各方面軍の本陣が、諸隊を統轄し、相互に密接な連絡網を設け、連携しながら作戦を遂行する。諸隊と家臣団隊は混成して戦闘をした。配置した部隊は遊撃隊（総督毛利幾之進、参謀河瀬安四郎）、干城隊の分隊である衝撃隊（隊長岡部富太郎）、足軽・中間で編成した第一から第四大隊、御楯隊（軍監太田市之進）、八幡隊（軍監堀真五郎）など多数の部隊が参戦した。戦争の経過で、部隊を交代移動させることもした。

長州軍の散兵戦術は有効で、緒戦に対戦した彦根・高田両藩兵には勝利した。両藩とも旧時代の武器で陣容も古すぎた。彦根藩の赤備えは戦国時代以来、勇者の象徴的な戦装束として恐れられた。しかし、新式の銃の前では目だつ標的にすぎない。ところが、洋式の紀州藩兵はさすがに訓練もよく、一進一退の戦局になっていく。紀州藩家老水野大炊頭《おおいのかみ》率いる千二百余の軍勢は、剣付小銃で武装し、猛烈な銃撃戦を展開した。遊撃隊の中隊司令が岩陰で動けなくなるほどで、指揮系統も麻痺した。

河瀬安四郎はその状況を政事堂へ報告した。前述のように総指揮を毛利幾之進へ統一し、中隊司令の交代を求めた。政事堂は河瀬の報告を是とし、命令書を交付した。七月上旬には、津田村の激戦地へ石州口から井上聞多を参謀として転戦させた。井上は江川塾で洋式の用兵を習得していた。膺懲《ようちょう》隊、八幡《やわた》隊、鍾秀《しょうしゅう》隊、第五大隊などに鴻城《こうじょう》隊などが参陣した。当地では長州軍が苦戦し、精兵の援軍が求められたからである。

大野村に進駐した和歌山藩軍も強力で高地から銃撃してきた。さらに艦砲射撃も加わり、長州諸隊は苦戦を強いられた。

戦況報告は、巡察者から槇村半九郎（のちの正直）らの御密用聞次役《おみつようききつぎやく》へ報告され、政事堂に集約された。御密用聞次役は、平時には公安警察的な役であるが、木戸はこれを参謀の情報将校的な役目に仕立て、前線と政庁との有機的な伝令として使った。槇村は、たんなる連絡係にとどまらず、人心を収攬《しゅうらん》して戦意を高揚させ、一致して幕府軍との戦争に協力する体制づくりに力を注いだ。長州兵は同国意識もあるが、戦争遂行にあたって民衆への配慮を怠らず、農民や女性からの支援を受けた。兵糧の運送まで手伝ってくれた。槇村らは、兵站要員の報告なども政事堂へ上げ、褒賞《ほうしょう》を速やかにした。

他方、征長軍では兵站《へいたん》の軍夫が逃亡し、兵糧の運搬から炊出《たきだ》し、軍需品の輸送に困難を生じ、長州内部への進攻を妨げた。軍紀の乱れが目立ち、略奪・放火を繰返し住民の反感をかった。これに対して、長州軍は、幕兵に焼かれた村で炊出《たきだ》しを行い、没収した彦根藩の兵糧米千俵あまりをことごとく土地の者たちへ分配した。従軍した医師たちは、兵士のみでなく住民の施療も行った。

小五郎は罹災者《りさいしゃ》の状況も報告させ、西国街道沿いの各村では、芸州藩と協力して炊事場を設置した。長州軍は、特権階級の武士を主体にした部隊ではなかったから、民衆の苦しみを肌で感じることができる。

征長軍先鋒副総督の老中本荘宗秀は連敗を憂い、止戦を画策した。その手段として拘束中の宍戸備後助と小田村素太郎を釈放し、講和しようと試みた。釈放を条件に宍戸へ伝言させた。藩主父子が一旦幕府の処分案を受け入れ、支藩から寛恕《かんじょ》の歎願があれば、円満解決に導くとの姑息《こそく》な取り引きだった。

芸州藩士植田乙次郎らに護送された宍戸と小田村は岩国の新湊に着き、山口へ向かう。

「幕府は見下げたものよ。戦に勝てぬと踏んだのか、取り引きに出よった」

宍戸の報告を補足するように、小田村が言葉を継いだ。

「こちらから頭を下げれば、和議を結ぼうとのことじゃ」

「なんとのう。頭を下げるべきは、幕府じゃろうに」

木戸は四境戦争の勝利を確信していたので、強気だった。

「浅野の家中が、もう少し勤皇の旗色を鮮明にしてくれればのう」

宍戸は幕府との交渉過程で、日和見をする芸州浅野家の態度に物たりなさを感じていた。

「芸州は、佐幕と勤皇の二派に割れちょるようじゃ」

小田村は浅野家が一枚岩になっていないことを指摘した。

「辻将曹もいささか揺れていますのう。それでも中立を保ってくれたことには、感謝せにゃなりませんな。御両人の粘り勝ちでしたな」

小五郎は、年上の先輩たちが、広島で虜囚となっていた苦難の日々をねぎらい、

「われらから下手にでることは、止めておきましょうぞ」

小五郎は、ゆるぎない政事堂の空気を代表して決意を語った。応接のため杉孫七郎と広沢真臣を三田尻宰判の宮市へ派遣し、長州藩側からの止戦歎願を断った。

老中本荘の独断を怒った紀州藩主徳川茂承《もちつぐ》は、七月四日、辞表を大坂表へ提出する使者を出立させた。同時に芸州口と石州口の兵は、本荘が指揮するよう通達した。当惑した本荘は広島藩を通じて、長州兵の撤退を促したが、当然、拒絶される。これはまさに幕府軍首脳の自壊に他ならない。結果的に七月七日、征長軍は広島城下へ撤兵した。本荘は、大坂城の老中板倉勝静と稲葉正邦へ弁疏《べんそ》状（弁明状）を送り、釈明した。同時に、長州軍の軍備が近代化されていることや、対抗するためにフランスの援助を受けるべきとの建言をしている。

戦局不利で幕府は焦っていた。

激戦の最中、小倉でフランス公使ロッシュと小笠原長行、兵庫で板倉勝静が会談し、援助を得ようとした。六月二十四日、それぞれ別の軍艦で小倉に来たロッシュとイギリス公使パークスは、小倉在陣の老中小笠原長行に会談の約束をとったうえで、午前中に馬関に来て、小五郎つまり木戸準一郎（のちの孝允）、杉孫七郎、通訳伊藤俊輔らと会談した。小五郎より二歳下の杉は、幕府の遣欧使節団（正使は外国奉行竹内正保）に加わり、フランスにも滞在したことがあるため、石州口参謀のまま参加した。フランスが幕府を強力に支援していることは、小五郎も熟知していたので、儀礼的な対応にとどめた。ロッシュは、幕府が戦時下の海峡通航

を禁じようとしていることを告げ、イギリスと共同して反対を申し入れると話した。

フランス側の日本人通訳を通じて、長州に早く降伏した方が重傷にならないと、助言のふりをして、脅迫した。平和的に調停すると言いながら、降伏を求めていた。不思議な巡り合わせで、後年、岩倉使節団を率いる小五郎はこの日本人通訳とフランスで再会する。

小五郎は、幕府の先制攻撃を大島口でも芸州口でも反撃したことを、事実として述べるに止めた。

「幕府直轄の兵が大島で老幼を殺傷し女子を辱《はずかし》め、放火したことは断じて許せぬ」厳しく幕軍の卑劣さを憤り、

「たとえ藩主父子が将軍に降伏しても、二州のために討ち死にする覚悟で、詫びる気持ちは毛頭ない」と、語気強くつっぱねた。長州から和睦の周旋を歎願されると思っていたロッシュには、予期せぬ内容だった。

その日、夕刻にはロッシュとパークスは小倉入りした。

小笠原長行はロッシュのみと会談し、翌日のパークスとは不快を口実に一度は会談を断った。ロッシュは、アルジェリアでの戦争経験があり、小笠原の求めに応じて、目撃した馬関の様子と作戦を教えた。小笠原はフランスからの軍艦と大砲購入の周旋を求め、承諾を得た。ロッシュは支払い方法まで示した。

さらに兵庫へ向かい、老中板倉勝静と会談する。板倉もまた横浜での運送船、大砲、小銃の購入周旋を依頼し、承諾された。ロッシュは、木戸らとの会談により、強攻策で長州を降すしかないとの見解を述べた。板倉が作戦教授を願うと、ロッシュはより詳細に、まず彦島を占領し、砲台を築き、馬関を攻略することを進言した。馬関に外国船が碇泊するようになれば、長州は手出しできなくなることを強調した。小栗上野介との話も出て、海陸軍のフランス教師による訓練や、造船所と製鉄所の建設など、近代化を支援する約束を確認した。パークスと相談し、いずれ提言するつもりだが、諸大名が集会の上、国事を相談する旨、幕府から申し出るべきだとの教唆もあった。

最後に板倉が「パリ万国博覧会に貴殿も行くのですか」と質問した。

「長州のことが解決しないと無理ですね」

とロッシュが話すと、

「貴殿のように日本通の方が参加できるよう、努力しないといけませんね」と板倉はいった。

「その際はカションを遣わし、通弁は塩田三郎で差し

支えないでしょう」と、ロッシュはいい、次のように念をおすことも忘れなかった。

「この会談の内容がイギリスに洩れないないように、イタリアとの通商条約（七月十六日締結）について会談したと、外部には話して欲しいですね」

ちなみに幕府は、慶応三年一月にパリ万国博覧会出席も兼ね、遣欧使節団として、慶喜の実弟徳川昭武をフランスへ派遣する。


同じ日、イギリス公使のパークスも木戸と会談した。木戸は、ロッシュとの会談内容とほぼ同じことを話した。幕府が先制攻撃をしたので応戦したこと。講和については幕府側からの申し出がなければ、長州からは動かない。外国からの干渉がないことを信じていることなどである。外国からの直接的な軍事援助は求めないことも再確認した。実は、伊藤俊輔が親しくなったサトウを通じて、イギリスの支援を要請したことを洩れ聞いたためである。

「俊輔、早まっちゃあいけん。彼らはしたたかな計算をしちょるけ」

木戸は、列強が彦島の植民地化を狙っていることを見抜いていた。

これに対してパークスは中立を保つことを表明した。パークスは長崎を経て鹿児島を訪問し、大歓迎を受けた帰途だった。媚《こ》びることのない木戸の対応を、あるいは物足りなく思ったかもしれない。それでも後の記録を読むと、パークスは木戸の人物に感銘を受け、好印象を抱いたことがわかる。

六月二十六日には、パークスは再度小倉を訪れ、老中小笠原と会談し、外交官の常として、ダブルスタンダードを巧みに使いこなした。実のところパークスとサトウは会津藩公用方とも親しく通じていたのである。とはいえ彼らの本心は、アーネスト・サトウの手記に詳しく、幕府を見限ろうとしていたのだろう。戦争中は関門海峡の通航を禁止するとの長崎奉行の予告に猛反対し、撤回に成功する。海峡封鎖に失敗した幕府は、作戦の練り直しを迫られる。

小笠原は即戦力として、日本にいる英国軍艦の譲渡を依頼したが、要請は拒否された。ロッシュとは異なるパークスの対応である。

数日前、幕府軍艦の乗員と武器や軍需品を乗せ、小倉で荷揚げしたイギリス船に対して、長州は海峡で威嚇《いかく》射撃を行った。その日、馬関に日本語のできる箱館領事のラウダーを上陸させ、パークスは形の上で抗議を行った。馬関方面諸軍参謀の前原彦太郎（前原一誠）と高杉晋作が応接にあたり、無難に切り抜けた。ラウダーの別の目的は、小五郎に会って、パークスの本心を伝えることにあった。会談で、ラウダーは外国の介入はないことを断言した。

小五郎は、政事堂にイギリスは中立を保障することを伝達させた。フランスの介入はイギリスが許さないとのメッセージが汲みとれる。さらにパークスは、自国の非も認め、軍事輸送禁止の布告を出す。繰り返しになるが、当時のイギリスにとって、ロシアの南下政策をいかに防ぐかが主要な課題で、日本を侵略せず、むしろロシアへの防波堤として活用することに主眼を置いていた。重要なことは、馬関戦争講和条件の一つである砲台再武装禁止条項を、長州が破っていることを黙認したことだ。小倉口戦開戦時には、五十一門の砲を据え、飛距離は対岸の大里に達するものだった。小五郎は、即日、政事堂にあて、諸口の戦争続行を指示した。

四境の戦局を分析して、フランスなど諸外国の干渉を排除できれば、勝てる自信が小五郎にはあった。小五郎は、征長軍が広島城下に撤退した間に、兵の交代を行った。三田尻駐屯の御楯隊（太田市之進、山田市之允ら）を出動させ、装条銃装備の四大隊の一部を帰休させた。ちなみに、御楯隊には芥川龍之介の実父新原《にいはら》敏三もいた。

そのころ大坂城では将軍家茂が脚気衝心《かっけしょうしん》で重態になっていた。松本良順が診療にあたり、長崎から蘭医ボードウィンを招くよう指示していた。幕軍の士気が低下しないうちに成果をあげる必要があり、七月二十日に再度兵を進発させる。

一方の長州軍は、大野村に御楯隊が向かい、大軍の和歌山藩部隊と激突した。良城隊が支援に駆けつけたが、芸州口の幕軍は艦砲射撃にも支援され、長州軍に損害を与えた。戦況は広沢真臣から、政庁の小五郎へ報告され、小五郎は長期戦を避けねばならなかった。

八月六日、広島藩の使節と相互撤退交渉を進める。長州軍は、大野村と宮内村に駐屯する征長軍を攻撃し、停戦条件を有利にしようとした。征長軍はフランス製の大砲四門を台場から遠くまで砲撃し、よく防戦した。しかし隣接する宮内村の攻防戦で大敗北をきっしたため、大野村の幕軍は背後の兵站《へいたん》線を断たれるおそれがあり、八月九日には陣営を焼き払って広島城下へ撤退する。大村をはじめ、当初の作戦会議では広島城下まで進撃して、一度は敵兵を撤退に追い込むつもりだった。しかし藩境から追い払うのが精一杯で、芸州口は苦戦した。

六

ここで、四境戦争の中でも、長州軍がもっとも重視した小倉口戦を俯瞰《ふかん》してみよう。

勝敗の帰趨《きすう》はやがて幕府崩壊へと連動していく。

長崎海軍伝習所のカッテンディーケは、江戸参府途上で渡った関門海峡を次のように記している。

『私はこの海峡を他と比較するならば、ボスフォラス海峡に似ているというのが最もよく当たっていると思う。そうして周防灘に臨む下関の位置は、ちょうど黒海の入口に臨むテラピアのそれにそっくりである。（中略）この町の位置は、貿易に非常に適している。おびただしい船舶が一列になって繋留《けいりゅう》されているが、港内の秩序は、実に整然としているところから見て、きっとよい港則があるに違いないと思った。』

美しい海峡が源平合戦以来の凄惨《せいさん》な戦場と化した。

五月二十九日、小倉藩では家中総登城の上、城中大広間で対長州戦の軍議が開かれた。六月三日には、征長軍小倉口総督の老中小笠原長行が広島から海路、小倉城下に着いた。

四境のうち最大千人余の幕府精鋭部隊と富士山丸などの軍艦を伴った参陣である。六月十四日には、ミニエー銃を装備した八小隊で編成する幕府千人同心砲術方（千人隊）も到着した。

幕府の動員計画によれば、次に示すような大軍になるはずだった。小倉藩（藩主小笠原忠幹《ただとし》、前年九月死去を秘す・十五万石）二千余、熊本藩（藩主細川慶順《よしのり》・五十四万石）一万四千、福岡藩（藩主黒田長知《ながとも》・五十二万石）二千余、佐賀藩（藩主鍋島直《なお》大《ひろ》・三十五万七千石）三千余、久留米藩（藩主有馬頼咸《よりしげ》・二十一万石）千余、柳川藩（藩主立花鑑寛《あきとも》・十一万九千石）千余などが参陣することになっていた。ところが額面に近い動員をしたのは、縁戚関係にある熊本藩のみで、他藩は予定の半数にも満たず、ほとんど日和見に近かった。

関ヶ原合戦後、細川忠興が小倉藩藩主として入封し、徳川家光の時代に熊本へ移封後、明石から小笠原忠真《ただざね》が移ってきた。そのため小倉藩と熊本藩は古くから交流があった。現に開戦時、幼い当主の小笠原忠忱《ただのぶ》は家族とともに、熊本の細川家へ避難している。当面の戦でも、小倉にとって頼りになるのは熊本藩のみで、福岡藩や佐賀藩は積極的な参戦をしないのではないかとの情報が、小五郎の耳に届いていた。

「大島の敵を追い散らしたら、小倉口に専念しますけ」

晋作が小五郎と約束したように、実質的な総指揮者として馬関に陣取った。すでに、情報収集はすませていて、渡海作戦の準備は整っていた。

先鋒となる小倉藩軍の編成は六備《むそなえ》・二小隊で小荷駄《こにだ》備を遊軍にあてていた。軍法は山鹿《やまが》流で槍隊を主力にし、武具の装備はまだ近代化されていず、二小隊のみが、銃隊だった。

六月四日、総大将島村志津摩（筆頭家老）の指揮する小倉藩は、まず大小二百隻の渡船が集結する田野浦（裏門司）まで出陣した。一番備島村志津摩の部隊は古田野浦、三番備渋田見新《あらた》の部隊は門司、五番備小笠原織衛《おりえ》の部隊は先鋒として新田野浦へ出た。後備として二番備二木求馬、四番備中野一学、五番備小笠原鬼角が大里から赤坂にかけて布陣した。

長州軍は、総指揮を山内梅三郎としたが、実質的には参謀兼海軍総督の高杉晋作が胸を病みながら指揮した。陸軍として奇兵隊（軍監福田侠平、山県狂助）、報国隊（軍監熊野直介）、正名《せいめい》団（総督高杉晋作）などを主力とした。海軍は持ち船五隻を総て集めた。晋作が購入した丙寅《へいいん》丸、坂本龍馬が指揮する桜島丸（乙《おっ》丑《ちゅう》丸）、癸亥《きがい》丸、丙辰《へいしん》丸、庚申《こうしん》丸である。丙寅丸をはじめ蒸気船の機関は、土屋平四郎が主として担当した。

長州にとっての最大の脅威は、圧倒的な幕府海軍の戦力であり、長崎海軍伝習所卒の優秀な人材の力だった。

六月十日夜、長州藩政事堂は応戦を決定すると、馬関へは井上聞多が派遣され、十二日に長府藩主へ開戦が伝えられた。同日、坂本龍馬も桜島丸に乗り馬関へ投錨《とうびょう》した。当地で正式に長州へ引き渡され、船名は乙《おっ》丑《ちゅう》丸となる。中島四郎を中心とする海軍局の士官や水夫は三田尻から馬関へ移動し、政事堂の海軍局指揮を象徴的に示す。

六月十五日、一宮の奇兵隊集結地から山県狂介が馬関へ行き、大島沖海戦から戻った高杉晋作と作戦を決めた。

「小倉口は待って戦えば不利になる。山県、先手必勝で行こうな」

晋作が渡海して、敵陣で戦う緒戦を提案すると、

「異議なしでござる」

待機が好きな山県狂介も、この際は異論なかった。

大島の先例もあり、幕軍の渡海を許せば、馬関の町は焼き払われるに違いない。何としても先手をとって、田野浦の船舶を破壊する必要があった。翌日、山県は高杉を伴って一宮の駐屯地へ帰り、海陸両軍の部署配置を決めた。隊長らを集め作戦を再確認した。

「海峡を渡るに必要な船は集めた。後は、その時期と機動力が勝敗を分けるにちがいない。情報の伝達を迅速、緊密にして、攻めと退出の緩急をつけよう。我らは寡兵じゃけ、門司に渡っても長居をしちゃいけん。まず田ノ浦の敵船を焼いてしまおう。緒戦の攻撃目標は船と大里の砲台じゃ」

高杉が先制攻撃の重要性を説くと、山県が部隊の役割分担を作戦会議の決定にしたがって説明した。長府毛利家へ参上し、渡海作戦で小倉を先制攻撃する策を話し、長府藩の出動を依頼した。長府藩からは報国隊(軍監熊野直介)六小隊のうち四小隊が参陣することになった。

海水温の異なる玄界灘と周防灘の潮が混じり合う海峡には、朝霧が発生しやすい。その朝霧に紛れて海峡を渡ることにした。

六月十七日、夜明け前の寅《とら》の刻(午前四時ころ)に、晋作は進攻を命じた。蒸気軍艦丙辰丸が帆船の癸亥《きがい》丸を曳航《えいこう》し、門司沖に碇泊《ていはく》した。艦砲射撃をするためである。晋作の丙寅《へいいん》丸は二隻の帆船を曳き、海霧にまぎれて田野浦へ向かった。龍馬の乙丑《おつちゅう》丸は帆船の庚申丸を曳いて門司浦に進んだ。小倉沖から幕府艦隊や熊本藩の萬里丸などが海峡に入り、渡海作戦中の長州軍が側面攻撃されることを、晋作はおそれた。

「坂本さんは、小倉沖の幕府軍艦が海峡に進入するのを防いでくれんかのう」

「承知いたした。万一、富士山丸が近づいて来たら、体当たりしてでも動きを止めようぞ」

「潮の流れが激しいからのう。流されんようにな」

渡海作戦のため、龍馬に側面への抑え役を頼んだわけである。その間、一の宮から馬関へ出て、小舟に分

乗した奇兵隊と報国隊の兵士は、浜手に上陸する作戦を押し進めた。対陣する小倉藩は、田野浦に小倉藩家老の島村志津摩の兵、門司浦には渋田見舎人《しぶたみとねり》の兵が守備していた。小倉口の開戦日が十八日であることを、晋作の情報網がつかんでいた。

先手必勝である。一日早い長州軍の進攻に、小倉兵はあわてた。二手に分かれた長州海軍は午前五時過ぎに投錨すると、一斉に艦砲射撃を開始した。上陸兵も、銃撃戦で小倉藩兵を倒し本陣を攻略すると、砲台の奪取にも成功した。

時間差をとって第二陣が渡海した。田野浦などに集結していた渡海用の船舶二百余を焼き払った。これにより、第一の目的は見事にはたすことができた。田野浦を制圧した兵を二手に分け、門司へ進軍し、山手の砲台を破壊する作戦を遂行した。門司は、九州が本土へ差しだした小さな手のような半島である。第二陣と門司関で合流すると、狼煙《のろし》をあげ、馬関で待機する中軍の渡海をうながした。

艦上観戦の龍馬も、晋作の作戦の見事さと訓練された諸隊の動きに目を見張った。

午後二時、晋作は海上より使者を送り、陸兵の馬関への帰還を促した。一気に大里を攻めようとする意見もあったが、晋作の命令により引き揚げを決めた。晋作が危惧する深追いや門司滞陣の危険性にようやく、山県らは気づいたからだ。小倉の赤坂には強敵の熊本藩軍が控えているし、広島沖から幕府海軍主力が移動する可能性も考えての決断だった。

散兵戦術は、四国艦隊戦でイギリス軍を見て舌をまいた奇兵隊にとって、実戦で見習った用兵である。長州兵は八百人程度の少数ながら、火縄銃しかない小倉藩兵を追い散らした。

大砲は備えていても、弾薬の備蓄・補給が不十分で、長州兵の渡海をみすみす許してしまった。実戦経験のない小倉兵は、ほとんど戦い方を知らなかった。その日の捕獲兵器には、フランス製十二インチ曲射砲二十三門をふくむ砲三十門が記録されている。明らかに幕府から小倉藩へ貸与された兵器だった。緒戦に敗れた小倉藩軍は、先鋒部隊と後備部隊の二番備二木求馬、四番備中野一学、五番備小笠原鬼角の部隊と交代させ、大里防衛の主力にする。消耗の激しい島村志津摩の第一軍は小倉城下の護りにまわり、藩校思永館《しえいかん》に布陣した。

七月二日、晋作は、一の宮の陣営で奇兵隊などの隊長を集め、作戦会議を行った。

翌日早朝より、小倉領へ再侵攻することが決まった。その際、次の四点が確認された。

その一、幕府軍艦富士山丸への奇襲。その二、彦島砲台から対岸大里への砲撃と、先鋒一の手の門司上陸と進撃、および二の手の渡海。その三、大里への海陸両面からの攻撃と、曾根《そね》口の押さえ。その四、馬関の後詰め。諸隊はこれに従ってそれぞれの責務をはたす。

七月二日夕刻、富士山丸奇襲のため、報国隊五人と庚申丸水主《かこ》が、上荷船に三貫目大砲三挺を積み、小倉沖に出た。あたかも商船を装い、暗闇にまぎれて近づき、蒸気機関を狙って撃ちかけた。富士山丸の船内が慌てふためいている間に、軽船に乗りかえて帰還した。堅牢な造りの富士山丸の機関を破壊できなかったが、心理作戦としては成功した。

ちなみに、当時、富士山丸の艦長を務めた肥田浜五郎は、この時の狼狽《ろうばい》ぶりを、明治四年秋の岩倉使節団で木戸孝允（小五郎）に話してくれる。それほどに、晋作の奇襲は幕府海軍を動揺させていたのである。この砲撃音を合図に、彦島砲台の二〇ポンド臼砲と、一五ポンドホイッスル砲、六貫目筒七挺が対岸の大里を砲撃した。連合国から砲台の再武装を禁じられていた長州は、監視の目を盗んでひそかに大砲を備えていた。

陸戦部隊は、夜明けとともに先鋒大手・曾根口搦手《からめて》ともに進攻し、午前八時ころ大里で小倉藩軍と砲撃戦となる。長州軍は三手に分かれ、一手は砲台の奪取に成功する。小倉藩兵は、二番手渋田見舎人《とねり》の部隊、四番手中野一学の部隊、五番手鹿島刑部《ぎょうぶ》の部隊が応戦した。

長州軍は実戦経験が豊富で、洋式太鼓で寡兵《かへい》を見破られぬ心理戦を行い、散兵戦術での突撃を繰り返した。浮き足だった小倉藩兵は、大里の陣地に火を放って退去した。疲労の激しい部隊と中軍の新手とが前線を交替し、長州軍は消耗戦を勝ち抜いた。引き際も見事で、正午には全軍が馬関へ帰還した。陸軍の渡海に際しては、海軍の庚申《こうしん》丸、丙辰《へいしん》丸、丙寅《へいいん》丸の三艦が大里沖まで出て、幕府軍艦の富士山丸、順動丸、翔鶴《しょうかく》丸と砲撃戦を展開した。

小倉藩兵が増援部隊を加え反撃のため大里へ戻ると、長州兵の姿はまったくなかった。

この日の戦でも、征長軍としての組織だった戦はできず、熊本藩兵も幕府千人隊も後方にあって、前線からの応援依頼にも応じなかった。

諸戦の勝利は、政事堂から各前線に伝えられ、長州藩全体の士気を高めた。藩内でも志願兵が続出したが、政事堂の許可なしには、参軍を許さず、指揮系統は乱れなかった。

七月二十六日朝、晋作を中心とする小倉口諸隊司令官の作戦会議で、大里再攻撃と小倉城下への進攻策が検討された。大略は海軍軍艦により白木崎から大里までの艦砲射撃のもとに、先鋒部隊が白木崎へ上陸攻撃。ただちに砲台を築き、裏門司からの征長軍反攻を防ぐため曾根口を固める。小倉城下への進攻は戦機を見極めてからする。そのためには、足立山塊が海に迫り長崎街道が隘路《あいろ》を通る赤坂で、熊本藩との戦闘に勝利しなければならなかった。

小倉藩も体制の立て直しをはかる。執政職小宮民部と藩軍の総指揮者島村志津摩の確執を排すため、分家の小笠原近江守を最高指揮者にする。この時点になってはじめて、小倉口総督の老中小笠原長行が、大小目付を従え、陣中見舞いを兼ねた前線視察を行った。情報では、赤坂・鳥越の防衛線を小倉藩主力のみでなく、三千余の熊本藩兵が守備し、これを抜くのは至難の戦になる。赤坂峠の北は狭い谷を隔てて宮本山や手向山《たむけやま》があり、東には陣ノ山などが急な山腹を見せている。前方は響灘《ひびきなだ》で、小倉藩にとっては最後の要害だった。

海峡は長州の砲台が押さえていて、富士山丸も危険を冒して、海峡の奥深くまで入り艦砲射撃をする勇気がない。それでも赤坂沖までは出撃し砲撃を浴びせたので、長州軍にも被害が出て苦戦した。赤坂や長浜からも大里へ向けて征長軍の砲弾が撃ち込まれた。

七月二十七日早朝から、長州軍は第三回目の総攻めを、彦島砲台より対岸への砲撃で開始する。反撃がないのを確認の上、長州の軍艦が出港し、門司側沖に投錨《とうびょう》し、より近くから砲撃を始めた。七時には奇兵隊・報国隊を主力とした諸隊が野戦砲とともに渡海し、砲撃を開始した。先鋒の諸隊は、小倉藩の砲台を占拠する作戦に出て、小銃による銃撃戦に持ちこむことを狙った。背水の陣を敷く小倉・熊本連合軍も激しく応戦する。

熊本藩兵は延命寺山の高地に砲台を築き、猛烈な砲撃で長州軍の前進を阻んだ。新式の旋条カノン砲（野戦用でアメリカ製の車台大砲）を持つ熊本藩兵が、本気で迎撃に出ると、長州の優勢はくつがえる可能性さえあった。さらに幕府軍艦三隻が新町沖まで出て投錨《とうびょう》し、大里と赤坂間の長州軍を砲撃した。浜手、大谷、大鳥越で戦う長州軍の死傷者は急増し百人余を数えた。四境戦争最大の犠牲者を出すことになり、総軍は馬関へ戻り、大里に守備兵を残した。長州軍は、はじめての敗戦により大里まで撤退する。

それでも熊本藩家老長岡監物は、長州藩の散兵戦術に驚嘆し、国元へ使者を走らせた。二百挺の小銃を至急送らせるためだった。長岡監物は、横井小楠とともに「熊本実学党」を率いる、開明的な人物である。熊本藩による反撃にあったが、長州軍の士気は衰えず、翌日には高杉晋作も白石正一郎らと大里の久留米藩屋敷跡の入江から上陸した。舟木兵二百余が大里へ渡り、他の小隊もひるまず渡海して台場を築き、幕府軍艦への防禦の備えも固めた。夜は大里の町中に篝火《かがりび》を焚き、寡兵《かへい》を紛らわすこともした。

七月二十九日朝、大里への総反攻を試みる小倉藩は、熊本藩へ合同して軍の編成をしてほしいとの依頼をした。熊本藩は応援の人数を出すとの約束をしたのだが、翌日になって事態が急転する。大坂城で七月二十日に将軍家茂が死去したとの極秘情報が、老中小笠原長行に達し、熊本藩長岡監物へも別の経路から知らされたものと思われる。七月三十日昼前から、熊本藩は長岡監物の指示により軍陣の引き払いを始めた。

小笠原長行も富士山丸で長崎へ去ってしまう。敵前逃亡であり、小倉藩の怒りを買った。

当時四十七歳の小笠原長行は、有能な外務官僚として頭角を現した人物である。徳川慶喜と似て、機をとらえるに敏ながら、惜しむらくは胆力に欠け、「義」のない為政者ではなかったろうか。小倉藩の滅亡よりも、将軍薨去《こうきょ》後の政局に向かって行動したのである。それにしても、自らの基盤とする幕藩体制が瓦解《がかい》することに、思い至らなかったのだろうか。第二次征長戦（四境戦争）に反対する大久保一翁らの諫止《かんし》に耳をかさず、一橋慶喜らと戦争を進めてきた当人であるだけに、誰もが唖然《あぜん》とした。徳川幕府の正史に恥辱を残す。諸藩も小倉城下から潮が引くように去ってしまった。

三十日夜、孤軍となった小倉藩は、騒然となる。藩主後見職の小笠原近江守を中心にした重臣会議は、夜半までかかって藩論をようやくまとめた。いったん小倉城下を退去し、豊前の要所に陣を構えて、長州戦を継続することになる。長岡監物の残した熊本藩士竹崎律次郎の意見を入れ、執政家老小宮山民部と一部側近の判断で、小倉城自焼が決断された。しかしこの判断は島村志津摩ら前戦の諸将へは知らされず、独断に近かったため、後に小宮山民部は非難され、切腹してはてる。

小倉城下の混乱を内偵していた晋作は、総攻撃にはやる軍監らを抑え、一計を指示した。

「できるだけ兵を失いたくない。この後の大戦を考えるべきだ。城からよく見える場所で篝火《かがりび》を増やそう。総攻撃を装うのじゃ」

晋作の心理作戦は見事に効を奏した。

翌八月一日、小倉藩兵は南蛮造りの美しい城と諸屋敷に火を放ち、南の田川郡や京都郡《みやこ》へ落ちて行った。小倉も権力の空白が生じ、領内全域で打ち壊しが発生した。長州軍に占領された企救《きく》郡でも打ち壊しが頻発し、民政の再建が急がれた。同日、高杉晋作と奇兵隊の山県狂助は大里へ渡り、戦況を再確認した。

八月二日、勝利した長州軍は小倉へ大挙渡海する。陸軍は砂津長浜口から、海軍は紫川川口から小倉城下に進駐した。この中には、若き日の鳥尾小弥太、三浦五郎（のちの梧楼）そして長府藩士乃木源三（のちの希典《まれすけ》）らの姿があった。

小倉藩が遺棄した武器などを長州軍は点検した。かなりの洋式武器が購入されていたが、操作運用が未熟で、適切さを欠いてしまったのだろう。いわば宝の持ち腐れ状態である。

さらに小倉城には弾薬の備蓄も十分あるのに、前線では弾薬の供給が続かず、兵站の弱点が露呈していた。それでも小倉藩は降伏せず、香春《かわら》や豊津に引いて政務を続けた。

八月二日には、田川郡採銅所で島村志津摩を中心に総軍議を開き、布陣を再構築した。

香春に至る金辺峠と、中津街道の要所京都郡狸山に陣地を構えた。小倉藩軍は根強くゲリラ戦を続け、長州藩兵を悩ますことになる。一進一退の攻防が十月初旬まで続く。その間、小倉藩は、長崎で新式の大砲を購入し、試射も続けていた。

七

皮肉なことに、大坂・京都では戦場から遊離した動きが見られた。

七月二十日に将軍家茂が死去すると、秘密裏に慶喜を征長軍総督の名代とする勅許が出された。慶喜は自らの出陣に強い意欲を見せ、準備を進め、万石以下の兵は残らず銃隊に編成する方針を通達する。さらに、ロッシュへ軍艦と小銃の購入を依頼する書簡を送った。

八月六日には、出陣のため暇乞《いとまご》いに参内《さんだい》し、孝明天皇より節刀を賜る。翌日、大坂城発進の詳細な日割りが立てられ、出陣の準備は整ったかに見えた。ところが、八月十一日、老中板倉勝静が大坂より上京し、小倉口の小笠原長行や諸藩が引き揚げ、小倉藩は火を放って退却したとの情報を伝えた。すると翌日、慶喜は出陣を延引し、八月十三日、関白二条斉敬《なりゆき》を通じて、征長出陣中止の勅令を内奏した。馬関の海峡を長州に支配されたとなれば、諸国の物産が大坂へ入らず、事実上の経済封鎖が可能になる。そのことを慶喜は鋭く判断していた。

すでに開戦直後の六月十五日に、小五郎は海峡を封鎖していた。

譜代大名の船は積み荷いかんを問わず通行を止めさせ、商人の持ち船とわかれば通した。それだけでも、開戦以来、上方の消費物価が高騰し、大坂とその周辺だけでも一揆や打ち壊しが頻発している。北廻り廻船で有名な兵庫の北風家も打ち壊しにあった。目ざとい慶喜は、小倉口敗北の総合的な深刻さを、瞬時に把握していたのだろう。

同様の見事なまでの速さの変心・変わり身が、鳥羽・伏見戦の後におこる。

八月十四日、国事掛の議事があり、二条斉敬《なりゆき》と朝彦《あさひこ》親王が慶喜の決断を奏聞《そうもん》した。

孝明天皇は激怒され、「速やかに追討の功を奏すべし」と命じた。二日後、慶喜は再び参内し、御前評議の席で弁明し、出陣辞退を改めて上奏した。朝廷はどうすることもできず、出陣は中止される。同日、慶喜は軍艦奉行勝海舟に命じ、密使として広島へ行き、長州藩との止戦交渉に当たらせることにした。側近の原市之進や板倉勝静らと相談の上の人選で、個人的には勝を嫌っていたらしい。勝は、神戸海軍操練所を主宰したとき、薩・長・土など外様諸藩から多数の藩士を入所させていた。西郷や木戸とも面識があることが買われた。

八月二十一日、広島入りした勝海舟は、家老の辻将曹《しょうそう》に会い、用向きをのべ、極秘で政事堂の小五郎と連絡をとった。

「勝海舟が和議の使者として広島入りしたらしい」

小五郎は山田老人をはじめ、政事堂の主要な人物にだけ教えた。

「晋作はまだ戦の最中だから、無理じゃろう」

山田老人は和議に応じてもよいとの考えだった。

「人選が難しいですのう。相手は大物じゃから」

小五郎は、気合い負けしないだけの胆力ある男がいないか思案した。

「広島口が問題じゃ。広沢なら現場も詳しい。副使に誰かをつけよう」

山田老人は、何人か候補者をあげ、小五郎の意見を求めた。

「井上聞多と太田市之進がよろしいかと」

「そうじゃな。わしも同じことを考えちょった」

井上聞多は、難局を幾度も切り抜けてきたし、交渉能力もある。

太田市之進は御楯隊を率いて広島口で戦っている指揮官だった。

「会談の場所は厳島《いつくしま》でよろしいでしょうか」

小五郎は広島からも岩国からも近い、厳島を適地とした。

幾松との帰郷にあたり、海に立つ大鳥居の美しさをめでたことが、つい昨日のようだ。

政事堂では、広沢と井上も交えて、交渉条件を検討した。勝ち戦なので、譲歩はしないことに決めた。ただ、戦が長引いて消耗戦になることだけは避けたかった。武士だけでなく農民も商人も巻き込んだ戦だけに、稲刈りのころまでずれ込み、民の負担が増えることは、将来への余力を削ぐことになる。

小五郎は、あくまでも短期決戦にこそ勝機があると読んでいた。

京都の朝廷でも変化が生じていた。

八月三十日、親長州派の朝臣大原重徳《しげとみ》（のちの宮内卿）ら二十二人が列をなして参内し、国事扶助中川宮（尹宮《いんのみや》・朝彦親王）と関白二条斉敬《なりゆき》を弾劾し、征長軍の解兵、朝政改革、文久・元治の政変で処分した朝臣の赦免を求めた。ついに中川宮と関白は辞意を表明する。

九月一日、和議を成功させるため、幕府は将軍の喪を理由に、征長軍の休兵を布告。

九月二日に厳島の大願寺にて、長州の広沢兵助、井上聞多らと、勝海舟は会談する。

瀬戸内は凪《な》いでいて、厳島神社の大鳥居の朱が秋空を映す海に映えていた。約束の日時より早く島に着き、勝海舟は厳島神社に参り、この国の平和を祈願した。

長崎の海軍伝習所への往還に遠望していた宮島へ、思いがけない使命を背負って上陸したことに時代の流れを感じる。当時はまだ、この国が二分して戦う予感はなかった。

長崎では国の将来を期して、薩長をはじめ各藩の優秀な人材が海軍創建のため集い、情熱を傾けて学んだ。長崎での日々に感得した思いこそ、長州との戦争を収拾する基本になると信じていた。長州から誰が来るのか、桂小五郎なら面識もあり、話せば理解しあえると思う。停戦交渉は劣勢にある側に不利に働く。

勝は、今回の戦に反対していたので、勝負よりも早く止めさせることに主眼を置いた。

会談場所に指定された厳島神社供僧坊《くそうぼう》の大願寺書院へ、勝は先に行って待った。木綿の羽織に小倉袴の質素な身なりの小男ながら、勝には気迫があった。

遅れて来た長州の使者を代表して広沢兵助（真臣）は遠慮がちに、縁側より挨拶をする。従う春木強四郎（太田市之進）、高田春太郎（井上聞多・馨）、長松文輔ら七名も、それぞれ偽名をまじえて挨拶した。戦争中だとはいえ、互いに礼儀はわきまえている。

「やあ、お初におめにかかる。どうぞ中へ入ってください」

気取らない勝は江戸っ子である。

「このたびは遠路を恐縮にござります」

慇懃《いんぎん》な広沢がぐずぐずしていると、

「遠くては顔もわからない。わたしがそちらへ」

勝は座布団を持って縁側へ出てきた。そこで一同が大笑いとなり、

「それではごめんこうむります」

と、広沢の先導で一同が部屋へ入る。

それからは旧知のように和やかな会談になり、勝は例によって先制の辞をのべる。

「日本が列強に取り囲まれている状況で、兄弟争いを

している場合ではない」

「尊慮《そんりょ》については、我が藩の先輩からうかがい、承知しておりました」

広沢も、小五郎から話は聞いていたので、勝の見識には一目置いていた。

「私が京都へ帰ったら、幕兵は一人残らず引き揚げさせますから、貴藩におかれても、その機会に乗じて、押しかけるようなことは、決してないように」

と勝は念をおした。

「承知つかまつりました」

広沢は、条件などつけず、あっさりと承諾した。両者とも意外なほど淡々とした談判で、あっけないほどだった。

長州にとっても、止戦の潮どきだったのだろう。別れぎわに井上が勝の側にきて、

「後刻、ご旅館へまかり出ておさしつかえござらぬか」

とたずねた。

井上は顔の切り傷に膏薬をまだ貼っていたので、勝は一瞬ぎょっとしたが、

「どうぞおいでなされよ」と、快諾した。

井上は恐縮していたが、すぐに勝の宿を訪ね、イギリスへ留学していたことも告白した。咸臨《かんりん》丸でアメリカを訪問した話を勝がすると、矢つぎばやに問いかける熱意に驚いた。勝と井上は諸外国と日本の現状について、意見を交換した。勝は教訓として、

「お前さん方の大いに働くべき時が来たのだから、努力してもらいたい。ただ悪いことはしてはいけない。後世の批評を恐れなければ」

と語ったことが、日記に記されている。

九月十日に勝海舟は京都へ戻り、翌々日、慶喜に復命した。ところが慶喜の様子がまたおかしい。温かくねぎらうかと思えば、淡々としているのである。幕府内部で小栗らフランス提携派の力が増し、強硬論が息を吹き返したからだった。勝海舟の派遣は慶喜との二人だけの機密に変わり、公にされなかった。それでも、先鋒総督徳川茂承は芸州口、石州口の征長軍に解兵を命じる。九月十九日、幕府から正式の征長中止令が出され、二十三日から撤兵がはじまった。しかし、勅書の中に『暫時兵事見合せ』とか、幕府の達示書に『長州兵の侵掠《しんりゃく》している隣境の地を引き払う事』などの文言があり、長州政堂は抗議をし、両書を突き返した。従って、翌年五月までは名目上の戦争状態が続き、占

領した石州と豊前の一部を長州藩の支配下に置くことになる。

実戦でも小倉口のみは停戦に至らず、ゲリラ戦が続いた。長州藩兵にも死傷者が増えていく。小倉口に投入されている兵員数は多くないため、周囲の山岳地帯に隠れる小倉兵の掃蕩《そうとう》は困難をきわめた。八月末、晋作は、占領した小倉藩領内を、時山直八や福田侠平らと視察した。兵力の消耗を避けなければ、第三次征長戦をしかけられると、九州の占領地から追い落とされる可能性が濃厚だった。晋作は和睦《わぼく》に向けて和戦両構えの作戦を指示した。

八月二十六日と九月六日の二度にわたり、白石家で療養中の晋作を小五郎は見舞った。

「おかげで今回の危機はどうにか回避できた。むしろ、これからが心配じゃ。身体を休めて、また復帰してくれよな」小五郎が声をかけると、

「頼みますぞ。ぼくは力になれずに残念じゃが」

珍しく晋作が力のない声を出した。

「そんな情けないことをいうて、東行らしくないな。美味《うま》いものを食えば、病に勝てるけ」

小五郎は、自分の言葉が慰めにすぎないことを、実感していた。

晋作の衰弱はそれほどまでにひどくなっていた。再三の喀血で貧血がつよくなり、青白い顔に眼光だけは衰えていない。

「薩摩との間合いには、くれぐれも気をつけて。西郷も大久保も策士じゃし」

「わかっちょる。早く戦の傷を治し、次に備えないけん」

小五郎は、晋作と性格も行動の仕方も大いに異なっていたが、深いところで互いを理解し、相互に補完し合う関係を尊重してきた。その晋作に先立たれては、片羽をもがれた鳥も同然、嵐を抜けることが難しくなる。暑気が遠ざかれば、晋作の病も快復《かいふく》に向かうのではないかと、一縷《いちる》の希望を抱きながら、小五郎は別れた。見舞いとして、うのへ薬代をことづける。

晋作の閉じられた目から、光るものが静かに流れ頰を濡らしていた。

九月十二日、晋作は白石邸から野村和作の茶室へ転居する。白石は晋作の最大の支援者だったが、商いが大きく傾いていて、充分な介護ができなくなっていたのかもしれない。

病床にあって、晋作は気になっていた恩人の救助を

依頼した。前年（慶応元年）閏五月、将軍徳川家茂が、長州再征のため上洛すると、福岡藩でも尊攘派弾圧の動きが活発になる。十月には佐幕派による勤皇派の粛清（乙丑《おっちゅう》の変）があり、家老の加藤司書や月形洗蔵ら十一名が斬首された。晋作らをかくまった望東尼《もとに》が糸島郡の姫島へ幽閉されてしまった。その情報を知った晋作は、救出作戦を立て機会をうかがった。慶応二年夏は四境戦争で身動きがとれなかったが、九月中旬、玄海灘の姫島に幽囚中の野村望東尼を藤四郎や多田荘蔵らが救出して、馬関に帰ってきた。政変で対馬に帰らなかった多田荘蔵は、長州の客分になっていた。

望東尼は白石邸で歓待される。晋作は病が重く白石邸から引っ越していたが、望東尼との再会をはたした。望東尼は衰弱した晋作の姿に衝撃を受けるが、うのと共に看病に加わる。

彼女らの献身にもかかわらず、晋作の病は快復《かいふく》しなかった。十月二日、晋作は小五郎へ手紙を書き、喀血があったこと、参謀は前原彦太郎に任せていることなど、近況を報告した。

和戦両面の駆け引きは、長州も小倉もそれぞれの事情があり、小倉側では小笠原貞正が熊本の細川護美《もりよし》に書簡を送り、休兵もしくは軍事援助を要請した。十月八日には、大宰府に使者を送り、三条実美護衛の熊本藩兵を介して、薩摩藩へも停戦の斡旋を依頼している。これは奏功し、長州軍陣地に熊本と鹿児島の藩士が小倉藩の使者を伴って向かい、停戦交渉を山口の政事堂に問い合わせることになる。

十月十二日、長州藩は停戦交渉に入り、慶応三年一月二十三日、講和の和議が成立した。

内容は、幕府が再度派兵しても、小倉は出兵しない。長州藩主父子の冤罪《えんざい》がはれるまで、豊前企救《きく》郡は長州藩が預かる、等々の条件だった。幕府も同日をもって解兵令を発し、四境戦争は事実上の終結を見た。客観的にみて長州の勝利であり、幕府の威信は大きく失墜《しっつい》する。しかし、幕府・長州ともに人的・経済的な損失は大きく、参戦せずに外交を巧みにこなした薩摩藩は、大きな漁夫の利を得て、余力を蓄《たくわ》えた。

さらに薩摩は、大坂の経済を麻痺させ、幕府の弱体化を早めようとする。その一手として、馬関海峡封鎖による、上方経済の締め付けを画策する。西郷は五代才助を馬関へ向かわせた。五代才助は、イギリス留学中に井上聞多や伊藤俊輔と面識があり、晋作とは幕府の上海視察に藩命で参加し、行動を共にしたことがある。

十月中旬、病床の晋作を五代才助が訪ね、小五郎こと木戸準一郎(当月初め藩命により木戸寛治から改名)との面会を希望した。馬関海峡封鎖の働きかけをするためである。薩長で西廻り廻船の貿易を独占するつもりだという。晋作は越荷方の久保松太郎へ手紙を出し、この件で相談したいので急ぎ来訪を請うた。

晋作の胸中は不明だが、小五郎は上方の民の困窮を承知していたので、火に油を注ぐような策に賛同するつもりはない。なによりも、封鎖により不利益を被る諸藩と民衆の反感をかうのは必至である。藩主父子に内々うかがってみても、長州が薩摩の手先になって経済封鎖をすることの愚かさを理解していた。

(薩長盟約のためなら、何をしてもよいわけではない)

小五郎は自らに言い聞かせていた。

これは維新後も基本的な政治姿勢となる。

とはいえ五代は、薩摩藩の御納戸奉行格兼外国掛として、長州藩の武器購入を援けてくれたので、藩庁も感謝し、小五郎を介して贈り物をしている。今回の訪問では、開聞丸に小五郎にとって練兵館の後輩になる渡辺昇(大村藩士)を同乗させていた。紹介も兼ねて、広沢兵助(後の真臣)と久保松太郎(のちの断三)を同席させての宴を、稲荷町の「大坂屋」で開いた。ここで五代は計画の詳細を打ち明けた。

「大坂は天下の台所でごわっそ。西国のみでのうて、北廻り廻船の荷も、馬関の海峡を抜けて、大坂へ運ばれちょる」

誰でも知っていることを、五代は重い口調で話しかけた。

「それに上海、長崎の荷も異人船が横浜へ運ぶ海路になっているわけでごわす」

「海峡を封鎖してしまえば、大坂も関東も。干あがってしまう」

小五郎は問題点を指摘した。

「さすがによく察しておらるる。馬関海峡を封鎖し、米をはじめ商品の流通を薩長が独占するため、薩長の合同商社を設立したいと思い立ちました次第でごわす」

たとえば、米を大量に買い占めておき、馬関海峡を封鎖すれば、高騰《こうとう》して大儲けできる。

(たしかに金儲けの手段としては魅力的だが、これは悪魔の囁《ささや》く邪道にちがいない)

小五郎は藩主と相談の必要があるとして、その場はお茶を濁した。

後に判明することだが、五代はけた外れの構想をもっていた。欧州滞在中に、ベルギーのモンブラン公爵と合資会社を設立する契約をしていた。長州をこの会社に抱き込もうという作戦だ。小五郎は上手に相槌をうちながら、もっぱら聞き役に徹した。

実はそのころ、馬関の越荷方が破産寸前の経営危機に見舞われていたからである。責任者の大塚正蔵がひと月前の九月十三日に自害したのだ。越荷方《こしにかた》の頭人は小五郎と晋作で、実質的には晋作がきりもりしていた。晋作が重用した大塚正蔵は、無給通（知行地を持たない）の武士だった。この年一月に、大塚は長崎でビロードなどの反物を一万八千両で仕入れ、四月には薩摩の御用商人斎藤伊右衛門が運んできた黒砂糖を八千六百両で買い込んだ。商談を持ちこんだのは、越荷方御用掛になったばかりの井上聞多だった。ところが戦時なので、ぜいたく品の黒砂糖は業者の店で売れ残りが多く、焦《こ》げつきが続発する。聞多にしてみれば、武器購入で世話になった薩摩の商談を、断れなかったのだろう。その上、伊藤俊輔とイギリス留学を試みた晋作が、長崎で遊興に使った千五百両の半額の弁償と、独断で買ったオテントサマ丸の支払代金三萬九千二百余両の支払いを、求められていた。藩庁は晋作の支払いに撫育金を充当しなかった。晋作が長崎丸山の遊郭で豪遊したことを、戦時下の藩庁は許せなかったのだろう。越荷方は資金不足に陥っていたのに、聞多の黒砂糖が在庫として焦《こ》げついた。その混乱に四境戦争が追い打ちをかけたわけである。物流は停止し、黒砂糖は馬関の蔵に山積みされたままになる。責任者の高杉は小倉口、井上は芸州口に釘づけになった。

進退きわまった越荷方の大塚は自害したが、藩庁は事件の表面化を抑え、大塚は病死したと記している。罪悪感にかられ、晋作の受けた衝撃はすさまじく、お役御免を願い出た。

オテントサマ丸は丙寅丸《へいいん》として、四境戦争では長州のために存分な働きをした。だが、越荷方を傾け、大塚を自害させたことに、償いきれないものを感じたのだろう。

後世の歴史家は高杉晋作を英雄化しがちだが、人間誰しも光と影の両面がある。晋作が公費を個人の遊興に費やしたしわ寄せが、一度に表面化したわけである。

維新後なら背任・汚職なのだろう。

十月二十三日、木戸の来関を知り、晋作は病気のため会えないことを詫びる手紙を書く。

五代の提案した経済封鎖について、晋作は小五郎と異なる意見だったのだろうか。あるいは、越荷方を最後まで支えなかった藩庁への、無言の抗議だったのかもしれない。

このころより馬関新地の桜山に病気療養のため一家屋に移る。晋作は〈東行庵〉と名付け、うのを身近に住まわせた。彼女は晋作を癒すことができた。滅びるときも寄り添っていたかったのだろう。晋作にしてみれば、正妻の雅や愛児梅太郎に、死病をうつしたくなかったのかもしれない。


翌慶応三年の正月、小五郎は小倉藩との和議成立を受け、視察のため馬関に出た。

晋作を見舞いに白石邸を訪れると、晋作が桜山に居を移したという。身代が傾きかけている白石正一郎に迷惑をかけたくない晋作の自主的な転居なのか、労咳を嫌う白石の婉曲な追い出しなのか、小五郎にはよくわからない。桜山へ行ってみると、呆然とした。農家を改造しただけの粗末な家屋は、奇兵隊が屯所として使用していたものだった。隙間風の吹き込む古い建物は寒気が容赦《ようしゃ》なく入り込み、火鉢を抱き抱えるようにしてうのが付き添っていた。

「うのさん、どうしてここに移ったのじゃ」

思わず、うのを責めるような口調になった。

「桂さん、ぼくの考えじゃけん」

晋作は愛妾をかばうように弱々しい答えかたをした。

「うの、起こしてくれんか」

彼女の力を借りて、晋作は薄い布団に坐った。

「寒くはないのか」

小五郎は、小倉口戦を勝利に導いた功労者の処遇として、あまりにもひどすぎる住まいに、憤りさえ感じていた。

「彼女があたためてくれる」自嘲気味に薄く笑って、晋作はうのと顔を見合わせた。

「力になれることがあったら、遠慮せずいってほしい」

小五郎は、奇兵隊の福田侠平や山県狂介がもっと気をきかせて、晋作を守っているものと思っていた。

「桂さん、いつまでも世話をやかせてすまんな」

「何を云う。援けてもらったのは、こちらの方じゃけん」

「越荷方をよろしく頼みますぞ」

晋作は、独断で購入した丙寅丸の費用が、越荷方の運営を圧迫したことを気にしていた。

「佐世や井上と相談している。心配しないで、養生してくれんか」

そう慰めたものの、裕福な藩の財政も、四境戦争での出費で厳しい局面を迎えていた。

幕府に気づかれないように、強気を装っているが、長期戦を避けたのもそのためだった。

「桂さん、今日はどうしてだろう。木戸さんと呼びたくないちゃ。昔のままの桂小五郎さんでいてほしいからのう」

「そういえば、谷潜蔵はなじまんな」

そういって、二人は久しぶりに声を出して笑った。

長い話はつらそうだったので、小五郎は暇乞《いとまご》いをして、奇兵隊の駐屯する一宮へ戻った。

山県狂助に東行庵での闘病が無理なことを、いい聞かせるためだった。

「あそこは病人には酷じゃ。隙間風で震えがきそうじゃった」暗に山県らを非難した。

「ですじゃろ。われらも移るように勧めたけんど、高杉さんが動かぬものじゃから」

山県は弁解じみた言い方をした。

「高杉は皆に気をつこうちょるのじゃ。病気を治してもらわな困るのう」

「もう一度、高杉さんと話し合ってみますけ」

山県は福田と話しあって、看病しやすい場所へ移すことを約束した。それから程なく、裕福な新地の造り酒屋林三九郎邸の離れに転居が決まった。重態になった晋作の枕もとへ、正妻の雅や望東尼らが付き添い、奇兵隊の隊員も次々に別れの挨拶に訪れた。

八

話は前後するが、長州が戦争の傷を癒やしていた慶応二年の秋、上方では薩摩が活発に動いていた。大久保一蔵（のちの利通）は、一橋慶喜が将軍職を継承する前に、長州への大討ちこみを撤回した失態をつき、権威を失墜させようと企んでいた。

十月十五日、満を期して西郷と小松は鹿児島を発ち、二十六日に京都藩邸に着いた。当面の課題は兵庫開港である。慶喜は、諸侯に望まれて将軍にいやいや就任する筋書きを描いていた。諸侯に選ばれれば、主導権を握ることができるとの打算である。

慶喜の意をくんで、二条関白と賀陽《かや》宮朝彦親王らが諸侯を召集しようとした。

十月二十八日、在京の諸大名が参内し、慶喜を将軍に推挙した。それでも慶喜は、実権を掌握しつつ、じらし戦術を続ける。事実上の征長戦敗北の傷を、最小限にとどめる必要に迫られていたからだ。フランスへの接近を加速化させ、パリ万国博覧会への出展と実弟徳川（清水）昭武の派遣準備が始まる。

他方、薩摩など勤皇諸藩は、長州藩の罪を許し、毛利父子の復権と、五卿の復職を実現した後、兵庫開港問題を決着させようとした。さらに、岩倉具視らが腹案を立ち上げている王政復古を、いち早く実現させる願いもある。将軍空位の今こそ、その好機ととらえ、大久保が西郷と小松の上京を促した。

十月二十日、横浜が大火に見舞われ、外国人居留地も被害にあい、英国公使館のサトウらも焼け出され、詳細を回想録に記している。翌月十日には江戸でも大火があり、元乗物町から京橋八丁堀にかけて幅七丁、延長二十一町が焼け野原になった。江戸の幕閣は対応に追われ、将軍不在の権力の空洞化は治安維持さえ危うくなる。西郷は、幕府の混乱に目をつけ、江戸藩邸につけ・強盗・殺人など悪行を働く特別任務の浪人たちを集めはじめた。火関東一円を不安定化させる狙いである。

西郷の温和な表面からはうかがい知れぬ怖さを物語る策略である。慈顔だけの仏さまではない。時によっては非情に徹する二つの異なる顔があった。西郷の策謀は、後に述べるように、鳥羽伏見戦争の直前、表面化する。

十一月末、大宰府の三条実美らは、上洛を目指して出立する。だが頭の切れる慶喜は、薩摩の策謀を察知し、先手を打った。十二月五日、将軍宣下を受け、薩摩に肩すかしをくらわせたのである。さらに二日後、デンマークとも通商条約を締結し、外交の主導権を内外に見せつけた。新将軍として外国公使との接見を予定し、永井尚志《なおゆき》・川勝広運《ひろかつ》の両大目付をはじめ諸奉行にその準備を命じたが、実現は翌年三月になる。

さらに慶喜は雄藩の中でも近代化に先鞭をつけていた佐賀藩に注目し、その幕府側への取り込みにより、薩長連携への楔を打ち込もうとした。鍋島閑叟《かんそう》引き出しのため、永井尚志に接触を命じ、翌年一月に佐賀へ向かわせる。

戦勝に湧きかえる長州にあって、小五郎らは死傷者や被災者への対策を急務として、対応に追われた。費やした戦費も膨大になり、財政を脅かしていた。この経験が、明治初期の征韓・征台出兵を抑えようとする小五郎の政治姿勢に反映される。占領した石州には石見銀山や石州和紙など、豊前には小倉織などの特産物もあり、長州の財政を救う反面、地元の不満は一揆を生じやすい。

山口の政事堂は、戦時経済の困難さに直面していた。ふくれあがった兵士を養っていくには、日々莫大な費用を要した。そのため石州と豊前からの収入で諸隊の兵を養うことにした。

幕府の弱体化が、公になった四境戦争の影響は、じわじわと地割れのように全国へ広がりはじめていた。しかし江戸の幕臣はまだ平静を装い、その多くは怠惰《たいだ》に時を浪費していた。

動きを速めたのは、外様の西南雄藩だった。慶応二年十月十四日、薩摩と長州の藩主に倒幕の密勅がくだされた。それを受けての行動とは言いきれないが、両藩の親善外交がはじまる。十月二十二日、薩摩の修交使節黒田嘉右衛門らが、山口を訪れ、二日後に藩主父子に拝謁した。島津父子からの親書には、戦争勝利を慶び、親睦を深めたいとの提案があった。

これに応えるため、長州藩では、十月末、薩摩藩との修好使節として小五郎（木戸準一郎）を立て、鹿児島へ向かわせる。

山口の糸米に帰って幾松にそのことを告げると、

「今度は薩摩どすか」

言葉の響きに少し淋しげな気配を感じた。

「お勤めじゃからのう。龍馬がうらやましい。お龍さんと一緒に温泉巡りをしたらしい」

小五郎は、幾松を伴えない公務の堅苦しさを想った。

「大事なお勤めやし、病気にだけは気つけてな」

「お松もな。今夜は二人で呑もう」

「そうどすな」と、幾松は笑顔を見せ、いそいそと台所へ足を運んだ。

立っていく後ろ姿を小五郎は、見つめていた。その後ろ姿はどことなく淋しげである。

出石から帰って以来、あまりの多忙で、幾松へ夫として何もできていない。いわば放ったままになっていた。

（こんな生活をいつまでも続けてよいのだろうか）

小五郎は、若者のように自らの生活を問い直していた。

出発前、毛利敬親は、小五郎と副使の河北一《はじめ》を招き、

「薩摩が馬関海峡の封鎖を提案しても、受けてはならぬ」と念をおし、

「その結果として、両藩の懇親が破れてもよい」

と釘をさした。

これには晋作や聞多もからむ、越荷方《こしにかた》の大塚正蔵乱心事件との複雑な関係があった。開聞丸で馬関に来航した五代才助らの海峡封鎖と薩長による西廻り貿易の独占策を、長州は断ることに決めたのだ。利益を得て越荷方の経営を改善することもできたが、長州の矜持《きょうじ》を重んじた。その意をくんだのか、五代は兵庫に開聞丸を移動させ、帰って来なかった。

そのため、長州の使節は開聞丸を利用できず、急に丙寅丸で鹿児島へ向かった。途中、長崎に寄港し、たまたま碇泊中のイギリス東洋艦隊司令官キング提督と、小五郎は面会した。その際、キング提督から藩主毛利敬親に拝謁したいとの希望があり、帰国後に返事することになった。

枕崎の湊《みなと》を過ぎると、海から浮き出るように、開聞《かいもん》岳《だけ》の秀麗な姿が望まれた。

「薩摩富士でごわす」同乗する薩摩藩の使節黒田嘉右衛門の口から発せられた声は、小五郎の耳をとらえた。西郷や大久保は、帰郷のたびに美しい景色に触れ、愛郷心を高めているような気がした。小五郎も萩に帰ると、阿武川のかなたに指月山《しづきやま》の富士に似た姿を見て、ほっとする。

丙寅丸は、ゆっくりと鹿児島湾を北上した。すると前方の海上にすさまじく噴煙をあげる火山が姿を現し、刻々、その雄姿を視野に広げていく。

「桜島でごわす」

再び、黒田嘉右衛門が誇らしげな声をあげる。

「あれが桜島か」

小五郎が同伴した大村藩の渡辺昇も感動していた。

接近するほどに、どよめきが甲板を広がっていく。薩摩隼人の心意気が、むくむくと噴煙をあげる活《い》きた火山と二重映しになっていた。ほどなく左手に、うっすらと紫いろに霞む鹿児島の町が見えはじめた。イギリスとの戦争で焼き払われて三年余、鹿児島城下には

新しい建物が再建され、薩摩の恐るべき底力を垣間見る。

「イギリスは馬関を焼きませんでしたな」

河北がしみじみとした物言いをした。

小五郎と同年（天保四年）生まれの河北は、若い従兄弟の山田市之允（顕義）が戦で明け暮れていることを心配していた。河北の妻は前原彦太郎の妹伊登である。つまり山田と前原は縁戚関係にあり、後年、木戸と前原の関係が悪化すると、微妙な三角関係になる。

「不幸中の幸いとでも思わねばいけんのかも」

無謀な攘夷が四境戦争にまで進んだことを、小五郎は当事者の目線で厳しく見ていた。

「薩摩はいち早く攘夷の無理に気づき、今では親しい友のようでごわす」

黒田はそういって、五代才助らと共に留学生を率いた家老で外国応接掛の新納刑部《にいろぎょうぶ》（久脩《ひさのぶ》）にも、会ってほしいと付け加えた。小五郎の複雑な感慨も、二十一発の礼砲に吹き飛んだ。

一国の元首と同等の接遇として、桂小五郎こと木戸孝允の使節を薩摩は迎えた。五ヵ月前、パークスが三隻の軍艦で表敬訪問した際でも、十九発の礼砲だった。

（薩摩は、長州を独立国として認めようと、意思表示したのだろうか）と思った。

投錨を待ちかねていたかのように、紫の幔幕《まんまく》をはりめぐらし和船が二艘漕ぎ寄せた。招かれるままに乗船すると、正副二名の使節にあてられた迎え船だとのことである。長崎の薩摩藩邸から連絡が入っているらしい。グラバーの持ち船オテントサマ丸だったので、船影はよく知られている。そのため薩摩の船旗を掲げての航海だったが、長崎では幕府の番船に囲まれた。薩摩の使節一行が同乗していたため、手出しはできなかった。だが、幕府との戦はまだ終わっていないことを、小五郎は実感した。

歓迎の宴会は長州藩使節の宿で開かれ、料理は留学から帰国したばかりの新納の発案で西洋料理が出された。席上、伊地知壮之丞（旧名堀次郎）が、予測どおり長州による馬関海峡封鎖を求める意見を述べた。

藩主から釘をさされていた懸案だけに、返答に困ったが、小五郎は、

「拙者は、弊藩より命を奉じておりませぬゆえ、その事での発言はお断り申す」

と素っ気ない答え方だったので、伊地知が議論をふ

つかけようとした。

座が白けそうだったため、家老の桂久武がとりなしに入り、話題をそらした。海峡封鎖で物資の流通が途絶える関西の民情よりも、現実の利益を追求する薩摩人に、小五郎は違和感を覚えたのだろう。

十一月二十九日、小五郎は島津久光に拝謁し、藩主父子からの答礼をし、歓待を謝した。

木戸に一日遅れて、イギリス軍艦アーガス号が入港した。サトウが乗艦していて、小五郎の滞在を知ると、応接掛の新納に面会を求めた。薩摩にとって、薩長盟約は機密事項で、新納は適当なことをいって会わせなかった。だが聡明なサトウは、何事が薩長間で起きているのか理解していたことだろう。サトウはそれ以上のこだわりは見せず、宇和島へ向け出帆していった。アーガス号に並ぶようにして投錨中の船がグラバーの持ち船だったことを、サトウは苦もなく識別できた。グラバーから耳にしていた長州の武器調達についても、承知していたことである。サトウは、薩摩と長州の間に深い連携が生まれていることを確認できた。

薩人の情の濃《こま》やかさはさすがで、一行は一週間ほど鹿児島に滞在し歓待を受けた。薩摩焼酎で盃を傾ける際には、

「新緑のころなら、鰹《かつお》のたたきか、きびなごの酢味噌《すみそ》和《あ》えで焼酎もひとしおうまいのじゃが」と、口々に残念がり、個人的には朴訥《ぼくとつ》で人情にあついお国柄だった。

薩英戦争で破壊されず残った施設だけでなく、新設の工場や各種の施設も見学した。かつて井上聞多より聞いたように、薩摩の旺盛な産業育成について、おどろかされる面も数々あった。ひるがえって長州の現状はどうなのか、やはり戦争による疲弊《ひへい》が眼につく。

帰途、渡辺昇の勧めもあって、丙寅丸は大村に立ち寄った。大村藩は勤皇派で小五郎の援軍でもある。斎藤弥九郎の三男歓之助（鬼歓）が剣術師範として大村藩に勤め、妻の弟が緒方洪庵の高弟長与専斎《ながよせんさい》である。小五郎とは維新後に親しい付き合いになる。

丙寅丸の遅い航速をいまいましく思い始めたのは、唐津沖の玄海灘からだった。

一ヵ月近く松子を置き去りにしている。

(早く松子に会いたい）木戸の心は松子の暮らす山口の糸米へ飛んでいく。

薩長の絆を固める大役をはたし、気負いが失せ、肩の力が抜けたせいだろう。山口での生活にもなじみ、

新妻のようにかいがいしく働く幾松の変身ぶりが、遠く離れてみると、新鮮な懐かしさを呼び起こした。

小五郎が薩摩へ出張中も、大村益次郎らは長州軍の再整備に余念がなかった。病に伏す晋作に代わって、十二月三日には前原彦太郎が海軍頭取に就任し、大村も海軍用掛を兼務する。前原は、三田尻の海軍局にアメリカ人を雇い入れ、改革を進めるため、大村益次郎の協力を求めた。

十二月十六日、キング提督の訪問希望は、小五郎の上申で、毛利敬親に受理された。藩主は世子広封（元徳）に吉川経幹を同席させることに決め、広沢が岩国へ派遣された。会見場所を三田尻に設定し、木戸、広沢、井上らが陪席することになる。

十二月二十九日、井上らがイギリス軍艦へ迎えに出向き、広封と経幹は豪商貞永隼人邸の門前で迎えた。酒宴でキング提督が藩主敬親にどうしても面会したいと熱望したため、山口に急使を走らせ、途中から参加した。提督は感激し、翌日、藩主父子を軍艦へ案内することになった。翌日、提督は礼砲十八発を放ち、軍楽を演奏して接舷する丙寅丸の父子一行を迎えた。心のこもった接遇で、提督を中央に藩主父子は記念写真を撮った。だが、攘夷を掲げてきた長州では、外国の賓客を接待するのに不慣れなままだった。馬関から三田尻に会見場所を変えたり、接待場所を民家にしたりなど、キングには誠意が今一つ伝わらなかったのだろう。パークス公使への報告書には、薩摩藩や福岡藩に比べ、接待が劣っていたと報告される。それでも、通訳をした長州ファイブの井上聞多と遠藤謹助を軍艦に便乗させ、兵庫まで送ってくれた。

小五郎は、鹿児島訪問時の薩摩の接待を思い出し、藩の応接掛を教導する必要があると、痛感していた。そのためにも、海外留学や視察を増やして、人材を育成しなければならない。幕府との競争は軍備だけではなく、産業や貿易さらには教育も重視しなくてはならない。

現状では、薩摩にさえ大幅な遅れをとっていた。

慶応二年十二月二十五日、孝明天皇が崩御《ほうぎょ》され、歴史の潮流を大きく変えてしまう。

大地震にも匹敵する衝撃を、国の津々浦々にまで波及させた。

郵便はがき

料金受取人払

諏訪支店承認

2

差出有効期間
平成31年11月
末日まで有効

392-8790

〔受取人〕

長野県諏訪市四賀229-1

鳥影社編集室

愛読者係　行

ご住所　〒□□□-□□□□	
(フリガナ) お名前	
お電話番号	(　　　)　　-
ご職業・勤務先・学校名	
eメールアドレス	
お買い上げになった書店名	

鳥影社愛読者カード

このカードは出版の参考にさせていただきますので、皆様のご意見・ご感想をお聞かせください。

書名	

①　本書を何でお知りになりましたか？

i．書店で　　　　　　　　　　　　　iv．人にすすめられて
ii．広告で（　　　　　　　　　　）　v．DMで
iii．書評で（　　　　　　　　　　）　vi．その他（　　　　　　　）

②　本書・著者へご意見・感想などお聞かせ下さい。

③　最近読んで、よかったと思う本を教えてください。

④　現在、どんな作家に興味をおもちですか？

⑤　現在、ご購読されている新聞・雑誌名

⑥　今後、どのような本をお読みになりたいですか？

◇購入申込書◇

書名　　　　　　　　　　　　¥　　　　　（　　）部

書名　　　　　　　　　　　　¥　　　　　（　　）部

書名　　　　　　　　　　　　¥　　　　　（　　）部

鳥影社出版案内

2018

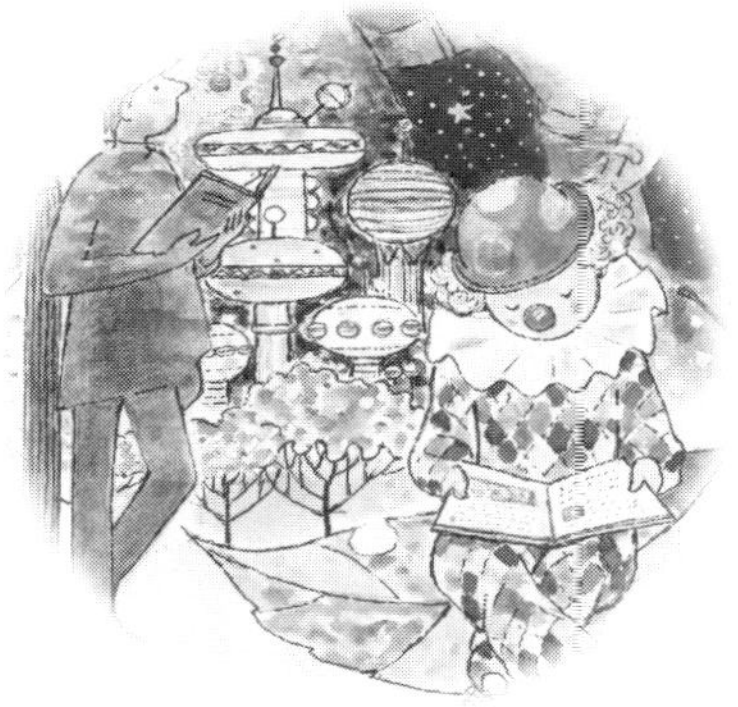

イラスト／奥村かよこ

choeisha
文藝・学術出版 鳥影社

〒160-0023 東京都新宿区西新宿 3-5-12 トーカン新宿 7F
TEL 03-5948-6470 FAX 03-5948-6471（東京営業所）

〒392-0012 長野県諏訪市四賀 229-1（本社・編集室）
TEL 0266-53-2903 FAX 0266-58-6771 郵便振替 00190-6-88230

ホームページ www.choeisha.com メール order@choeisha.com

お求めはお近くの書店または弊社（03-5948-6470）へ
弊社への注文は 1 冊から送料無料にてお届けいたします

＊新刊・話題作

地蔵千年、花百年

柴田 翔（読売新聞・サンデー毎日で紹介）

芥川賞受賞『されど われらが日々―』から約半世紀。約30年ぶりの新作長編小説。戦後からの時空と永遠を描く。 1800円

老兵は死なず マッカーサーの生涯

ジェフリー・ペレット／林 義勝他訳

かつて日本に君臨した唯一のアメリカ人、生まれから大統領選挑戦にいたる知られざる全貌の決定版・1200頁。 5800円

新訳金瓶梅（全三巻予定）

田中智行訳（二〇一八年上巻発売予定）

三国志・水滸伝・西遊記と並び四大奇書の一つとされる金瓶梅。そのイメージを刷新する翻訳に挑んだ意欲作。詳細な訳註も。

スマホ汚染 新型複合汚染の真実

古庄弘枝

射線（スマホの電波）、神経を狂わすネオニコチノイド系農薬、遺伝子組み換え食品等から身を守るために。 1600円

東西を繋ぐ白い道

森 和朗（元NHKチーフプロデューサー）

原始仏教からトランプ・カオスまで。宗教も政治も一筋の道に流れ込む壮大な歴史のドラマ。世界が直面する二河白道。 2200円

低線量放射線の脅威

J・グールド、B・ゴールドマン／今井清一・今井良一訳

低線量放射線と心疾患、ガン、感染症による死亡率がどのようにかかわるのかを膨大なデータをもとに明らかにする。 1900円

シングルトン

エリック・クライネンバーグ／白川貴子訳

一人で暮らす「シングルトン」が世界中で急上昇。このセンセーショナルな現実を検証する欧米有力誌で絶賛された衝撃の書。 1800円

詩に映るゲーテの生涯（復刻版）

柴田 翔（二〇一八年発売予定）

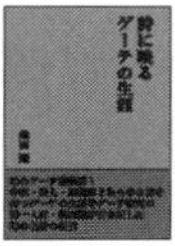

ゲーテの人生をその詩から読み解いた幻の名著の復活。ゲーテ研究・翻訳の第一人者柴田翔によるゲーテ論の集大成的作品。

改訂版 **文明のサスティナビリティ** 野田正治

枯渇する化石燃料に頼らず、社会を動かすエネルギーを生み出すことの出来る社会を考える。 1800円

自然と共同体に開かれた学び 荻原 彰

―もうひとつの教育・もうひとつの社会―

高度成長期と比べ大きく変容した社会、自我。自然と共同体の繋りを取り戻す教育が重要と説く。 1800円

インディアンにならなイカ!? 太田幸昌

先住民の島に住みついて、倒壊寸前のホステルで孤軍奮闘。自然と人間の仰天エピソード。 1300円

愛知ふるさと素描 河村アキラ

『名古屋ふるさと素描』に、新たに40枚を追加。愛知県内各地に残されたニッポンの消えゆく庶民の原風景を描く。1800円

純文学宣言

季刊文科25～75（61より各1500円）

〈編集委員〉青木健、伊藤氏貴、勝又浩、佐藤洋二郎 富岡幸一郎、中沢けい、松本徹、津村節子

【文学の本質を次世代に伝え、かつ純文学の孤塁を守りつつ、文学の復権を目指す文芸誌】

アルザスワイン街道
—お気に入りの蔵をめぐる旅—

森本育子（2刷）

アルザスを知らないなんて！ フランスの魅力はなんといっても豊かな地方のバリエーションにつきる。 1800円

ヨーロピアンアンティーク大百科

英国・リージェント美術アカデミー 編／白須賀元樹 訳

英国オークションハウスの老舗サザビーズのエキスパートたちがアンティークのノウハウをすべて公開。 5715円

環境教育論
—現代社会と生活環境—

今井清一／今井良一

環境教育は消費者教育。日本の食品添加物1894種に対し英国は14種。原発輸出も事故負担は日本持ち。 2200円

心のエコロジー
交流分析・ストローク エコノミー法則の打破

クロード・スタイナー（物語）／小林雅美 著／奥村かよこ 絵

世界中で人気の心理童話に、心理カウンセラーが解説を加え、今の社会に欠けている豊かな人間関係のあり方を伝授。 1200円

中世ラテン語動物叙事詩 イセングリムス
—狼と狐の物語—

丑田弘忍 訳

封建制とキリスト教との桎梏のもとで中世ヨーロッパ人を活写、聖職者をはじめ支配階級を鋭く諷刺。本邦初訳。 2800円

ディドロ 自然と藝術

冨田和男

ディドロの思想を自然哲学的分野と美学的分野に分けて考察を進め、二つの分野の複合性を明らかにしてその融合をめざす。 3800円

ダークサイド・オブ・ザ・ムーン

マルティン・ズーター／相田かずき 訳

世界を熱狂させたピンク・フロイドの魂がここに甦る。ドイツ人気No.1俳優M・ブライトロイ主演映画原作小説。 1600円

フランス・イタリア紀行

トバイアス・スモレット／根岸 彰 訳

十八世紀欧州社会と当時のグランドツアーの実態を描き、米国旅行誌が史上最良の旅行書の一冊に選定。発刊から250年、待望の完訳。 2800円

ヨーゼフ・ロート小説集

平田達治
佐藤康彦 訳

第一巻 優等生、バルバラ、立身出世
サヴォイホテル、曇った鏡 他
第二巻 ヨブ・ある平凡な男のロマン
タラバス・この世の客
第三巻 殺人者の告白、偽りの分銅・計量検査官の物語、美の勝利
第四巻 皇帝廟、千二夜物語、レヴィアタン（珊瑚商人譚）
別 巻 ラデツキー行進曲（2600円）

四六判・上製／平均480頁 3700円

ローベルト・ヴァルザー作品集

新本史斉／若林恵／F・ヒンターエーダー＝エムデ 訳

カフカ、ベンヤミン、ムージルから現代作家にいたるまで大きな影響をあたえる。

1 タンナー兄弟姉妹
2 助手
3 長編小説と散文集
4 散文小品集Ⅰ
5 盗賊／散文小品集Ⅱ

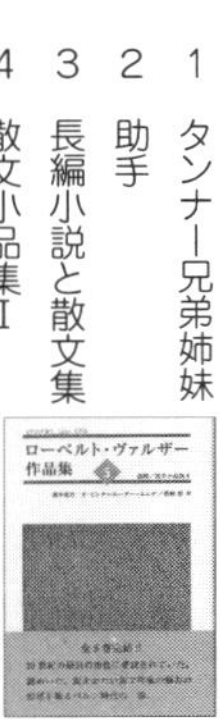

四六判、上製／各巻2600円

*歴史

千少庵茶室大図解
長尾 晃（美術研究・建築家）

利休・織部・遠州好みの真相とは？ 国宝茶室「待庵」は、本当に千利休作なのか？ 不遇の天才茶人の実像に迫る。 2200円

飛鳥の暗号
野田正治（建築家）

三輪山などの神山・宮殿・仏教寺院・古墳をむすぶ軸線の物理的事実により明らかになる飛鳥時代の実像。 1800円

桃山の美濃古陶 古田織部の美
西村克也／久野 治

古田織部の指導で誕生した美濃古陶の未発表の伝世作品の逸品約90点をカラーで紹介。 桃山茶陶歴史年表、茶人列伝も収録。 3600円

剣客斎藤弥九郎伝
木村紀八郎（二刷）

幕末激動の世を最後の剣客が奔る。その知られざる生涯を描く、はじめての本格評伝！ 1900円

和歌と王朝 勅撰集のドラマを追う
松林尚志（全国各紙書評で紹介）

「新古今和歌集」「風雅和歌集」など、南北朝前後に成立した勅撰集の背後に隠された波瀾の歴史を読む。 1800円

秀吉の忠臣 田中吉政とその時代
田中建彦・充恵

優れた行政官として秀吉を支え続けた田中吉政の生涯を掘りおこす。カバー肖像は著者の田中家に伝わる。 1600円

西行 わが心の行方
松本 徹

季刊文科で物語のトポス西行随歩として十五回にわたり連載された西行ゆかりの地を巡り論じた評論的随筆作品。 予価1600円

加治時次郎の生涯とその時代
大牟田太朗

明治大正期、セーフティーネットのない時代に、窮民済生に命をかけた医師の本格的人物伝！ 2800円

浦賀与力中島三郎助伝 木村紀八郎
幕末という岐路に先見と至誠をもって生き抜いた最後の武士の初の本格評伝。 2200円

軍艦奉行木村摂津守伝 木村紀八郎
若くして名利を求めず隠居、福沢諭吉が終生敬愛したというサムライの生涯。 2200円

南の悪魔フェリッペ二世 伊東 章
スペインの世紀といわれる百年が世界のすべてを変えた。 黄金世紀の虚実1 1900円

不滅の帝王カルロス五世 伊東 章
世界のグローバル化に警鐘。平和を望んだ偉大な帝王が続けた戦争。 黄金世紀の虚実2 1900円

フランク人の事蹟 第一回十字軍年代記
丑田弘忍訳 第一次十字軍に実際に参加した三人の年代記作家による異なる視点の記録。 2800円

大村益次郎伝 木村紀八郎
長州征討、戊辰戦争で長州軍を率いて幕府軍を撃破した天才軍略家の生涯を描く。 2200円

新版 日蓮の思想と生涯 須田晴夫
日蓮が生きた時代状況と、思想の展開を総合的に考察。日蓮仏法の案内書！ 3500円

古事記新解釈 南九州方言で読み解く神代
飯野武夫／飯野布志夫 編 『古事記』上巻は南九州の方言で読み解ける。 4800円

夏目漱石 『猫』から『明暗』まで

平岡敏夫（週刊読書人他で紹介）

漱石文学は時代とのたたかいの所産であるゆえに、作品には微かな〈哀傷〉が漂う。新たな漱石を描き出す論集。2800円

赤彦とアララギ —中原静子と太田喜志子をめぐって

福田はるか（読売新聞書評）

悩み苦しみながら伴走した妻不二子、畏敬と思慕で生き通した中原静子、門に入らず自力で成長した太田喜志子。2800円

ドストエフスキーの作家像

木下豊房（東京新聞で紹介）

二葉亭四迷から小林秀雄・椎名麟三、武田泰淳、埴谷雄高などにいたる正統的な受容を跡づけ、この古典作家の文学の本質に迫る。3800円

ピエールとリュス

ロマン・ロラン／三木原浩史 訳

1918年パリ。ドイツ軍の空爆の下でめぐりあった二人。ロラン作品のなかでも、今なお、愛され続ける名作の新訳と解説。1600円

中上健次論（全三巻）

（第一巻 死者の声から、声なき死者へ）（第二巻 父の名の否〈ノン〉、あるいは資本の到来）（第三巻 幻想の村から）

戦死者の声が支配する戦後民主主義を描く大江健三郎に対し声なき死者と格闘し自己の世界を確立していった初期作品を読む。各3200円

季刊文科セレクション

季刊文科編集部 編著

八人のベテラン同人雑誌作家たちによる至極の八作品を収録した作品集。巻末に勝又浩氏による解説を収録。1800円

釈尊の悟り —自己と世界の真実のすがた

吉野 博

最古の仏教聖典「スッタニパータ」の詩句、悟りを開いた日本・中国の禅師、インドの聖者の言葉を中心にすべての真相を明らかにする。1500円

呉越春秋 戦場の花影

藤生純一

中国古代の四大美人の一人たる西施。彼女を呉国の宮廷に送り込んだ越の范蠡。二人の愛と運命を描いた壮大なロマン。2800円

「へうげもの」で話題の "古田織部三部作"

久野 治（NHK、BS11など歴史番組に出演）

新訂 古田織部の世界 2800円

千利休から古田織部へ 2200円

改訂 古田織部とその周辺 2800円

ドイツ詩を読む愉しみ

森泉朋子編訳

ゲーテからブレヒトまで 時代を経てなお輝き続ける珠玉の五〇編とエッセイ。1600円

ドイツ文化を担った女性たち

その活躍の軌跡 ゲルマニスティネンの会編

（光末紀子、奈倉洋子、宮本絢子）2800円

芸術に関する幻想 W・H・ヴァッケンローダー

毛利真実 訳 デューラーに対する敬虔、ラファエロ、ミケランジェロ、そして音楽。1500円

＊ドイツ語圏関係他

ニーベルンゲンの歌
岡崎忠弘 訳（週刊読書人で紹介）

『ファウスト』とともにドイツ文学の双璧をなす英雄叙事詩を綿密な翻訳により待望の完全新訳。詳細な訳註と解説付。 5800円

ペーター・フーヘルの世界 ―その人生と作品
斉藤寿雄（週刊読書人で紹介）

旧東ドイツの代表的詩人の困難に満ちたその生涯を紹介し、作品解釈をつけ、主要な詩の翻訳をまとめた画期的書。 2800円

エロスの系譜―古代の神話から魔女信仰まで
A・ライプブラント＝ヴェトライ　W・ライプブラント
鎌田道生 孟真理 訳

男と女、この二つの性の出会いと戦いの歴史。西洋の文化と精神における愛を多岐に亘る文献を駆使し文化史的に語る。 6500円

生きられた言葉 ―ラインホルト・シュナイダーの生涯と作品―
下村喜八

シュヴァイツァーと共に20世紀の良心と称えられた、その生涯と思想をはじめて本格的に紹介する。 2500円

ヘルダーのビルドゥング思想
濱田 真

ドイツ語のビルドゥングは「教養」「教育」という訳語を超えた奥行きを持つ。これを手がかりに思想の核心に迫る。 3600円

ゲーテ『悲劇ファウスト』を読みなおす
新妻 篤

ゲーテが約六〇年をかけて完成。すべて原文に即して内部から理解しようと研究してきた著者が明かすファウスト論。 2800円

黄金の星（ツァラトゥストラ）はこう語った
ニーチェ／小山修一 訳

邦訳から百年、分かりやすい日本語で真にニーチェをつたえ、その詩魂が味わえる新訳。 上下各1800円

『ドイツ伝説集』のコスモロジー
植 朗子

ドイツ民俗学の基底であり民間伝承蒐集の先がけとなったグリム兄弟『ドイツ伝説集』の内面的実像を明らかにする。 1800円

ハンブルク演劇論 G・E・レッシング 南大路振一 訳
アリストテレス以降の欧州演劇の本質を探る代表作。6800円

ギュンター・グラスの世界 依岡隆児
つねに実験的方法に挑み、政治と社会から関心を失わなかったノーベル賞作家を正面から論ずる。2800円

グリムにおける魔女とユダヤ人 奈倉洋子
―メルヒェン・伝説・神話―
グリムのメルヒェン集と伝説集を中心にその変化の実態と意味を探る。1500円

フリードリヒ・シラー美学＝倫理学用語辞典 序説
ヴェルンリ／馬上徳 訳　難解なシラーの基本的用語を網羅し体系化をはかり明快な解釈をほどこし全思想を概観。2400円

新ロビンソン物語 カンペ／田尻三千夫 訳
18世紀後半、教育の世紀に生まれた「ロビンソン・クルーソー」を上回るベストセラー。2400円

東方ユダヤ人の歴史 ハウマン／平田達治 荒島浩雅 訳
その実態と成立の歴史的背景をこれほど見事に解き明かしている本はこれまでになかった。2600円

ポーランド旅行 デーブリーン／岸本雅之 訳
長年にわたる他国の支配を脱し、独立国家の夢を果したポーランドのありのままの姿を探る。2400円

東ドイツ文学小史 W・エメリヒ／津村正樹 監訳
神話化から歴史へ。一つの国家の終焉はその文学の終りを意味しない。6900円

モリエール傑作戯曲選集1
柴田耕太郎訳
（女房学校、スカパンの悪だくみ、守銭奴、タルチュフ）

画期的新訳の完成。「読み物か台詞か。その一方だけでは駄目。文語の気品と口語の平易さのベストマッチ」岡田壮平氏　2800円

イタリア映画史入門　1950～2003
J・P・ブルネッタ／川本英明訳（読売新聞書評）

映画の誕生からヴィスコンティ、フェリーニ等の巨匠、それ以降の動向まで世界映画史をふまえた決定版。5800円

フェデリコ・フェリーニ
川本英明

イタリア文学者がフェリーニの生い立ち、青春時代、監督デビューまでの足跡、各作品の思想的背景など、巨匠のすべてを追う。1800円

ある投票立会人の一日
イタロ・カルヴィーノ／柘植由紀美訳

奇想天外な物語を魔法のごとく生み出した作家の、二十世紀イタリア戦後社会を背景にした知られざる先駆的小説。1800円

魂の詩人 パゾリーニ
ニコ・ナルディーニ／川本英明訳（朝日新聞書評）

常にセンセーショナルとゴシップを巻きおこした異端の天才の生涯と、詩人としての素顔に迫る決定版！1900円

ドイツ映画
ザビーネ・ハーケ／山本佳樹訳

ドイツ映画の黎明期からの歴史に、欧州映画やハリウッドとの関係、政治経済や社会文化からその位置づけを見る。3900円

つげ義春を読め
清水正（読売新聞書評で紹介）

つげマンガ完全読本！　五〇編の謎をコマごとに解き明かす鮮烈批評。読売新聞書評で紹介。4700円

雪が降るまえに
A・タルコフスキー／坂庭淳史訳（二刷出来）

詩人アルセニーの言葉の延長線上に拡がっていた世界こそ、息子アンドレイの映像作品の原風景そのものだった。1900円

宮崎駿の時代　1941～2008　久美薫
宮崎アニメの物語構造と主題分析、マンガ史からアニメ技術史まで宮崎駿論一千枚。1600円

ヴィスコンティ　若菜薫
「郵便配達は二度ベルを鳴らす」から「イノセント」まで巨匠の映像美学に迫る。2200円

ヴィスコンティⅡ　若菜薫
高貴なる錯乱のイマージュ。「ベリッシマ」「白夜」「前金」「熊座の淡き星影」2200円

アンゲロプロスの瞳　若菜薫
『旅芸人の記録』の巨匠への壮麗なるオマージュ。（二刷出来）2800円

ジャン・ルノワールの誘惑　若菜薫
多彩多様な映像表現とその官能的で豊饒な映像世界を踏破する。2200円

聖タルコフスキー　若菜薫
「映像の詩人」アンドレイ・タルコフスキー。その全容に迫る。2000円

銀座並木座　日本映画とともに歩んだ四十五歩
嵩元友子　ようこそ並木座へ、ちいさな映画館をめぐるとっておきの物語　1800円

フィルムノワールの時代　新井達夫
人の心の闇を描いた娯楽映画の数々暗い情熱に衝き動かされる人間のドラマ。2200円

AutoCAD LT 標準教科書　2015／2016／2017／2018対応（オールカラー）
中森隆道

25年以上にわたる企業講習と職業訓練校での教育実績に基づく決定版。初心者から実務者まで対応の520頁。　3400円

AutoLISP with Dialog（AutoCAD2013 対応版）
中森隆道

即効性を明快に証明したAutoCADプログラミングの決定版。本格的解説書。　3400円

開運虎の巻　街頭易者の独り言
天童春樹（人相学などテレビ出演多数・増刷出来）

三十余年のべ六万人の鑑定実績。問答無用！黙って座ればあなたの身内の運命と開運法をお話しします。　1500円

腹話術入門
花丘奈果（4刷）

大好評！　発声方法、台本づくり、手軽な人形作りまで、一人で楽しく習得出来る。台本も満載。　1800円

南京玉すだれ入門
花丘奈果（2刷）

いつでも、どこでも、誰にでも、見て楽しく演じて楽しい元祖・大道芸。伝統芸の良さと現代的アレンジが可能。　1600円

新訂版 **交流分析エゴグラムの読み方と行動処方**
植木清直／佐藤寛 編

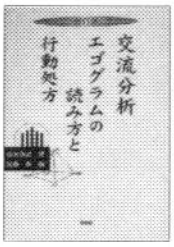

精神分析の口語版として現在多くの企業の研修に使われている交流分析の読み方をやさしく解説。　1500円

現代アラビア語辞典――アラビア語日本語
田中博一／スバイハット レイス 監修

本邦初1000頁を超える本格的かつ、実用的アラビア語日本語辞典。見出し語1万語以上で例文・熟語多数。　10000円

現代日本語アラビア語辞典
田中博一／スバイハット レイス 監修

見出し語約1万語、例文1万2千以上収録。日本人のみならず、アラビア人の使用にも配慮し、初級者から上級者まで対応のB5判。　8000円

リーダーの人間行動学　佐藤直暁
人間分析の方法を身につけ、相手の性格を素早く的確につかむ訓練法を紹介。　1500円

成果主義人事制度をつくる　松本順一
30日でつくれる人事制度だから、業績向上が実現できる。（第10刷出来）　1600円

管理職のための **『心理的ゲーム』入門**　佐藤寛
こじれる対人関係を防ぐ職場づくりの達人となるために。　1500円

ロバスト　渡部慶二
ロバストとは障害にぶつかって壊れない、変動に強い社会へ七つのポイント。　1500円

A型とB型――二つの世界　前川輝光
「A型の宗教」仏教と「B型の宗教」キリスト教を比較するなど刺激的1冊。　1500円

決定版 **真・報連相読本**　糸藤正士
五段階のレベル表による新次元のビジネス展開情報によるマネジメント。（3刷）　1500円

楽しく子育て44の急所　川上由美
これだけは伝えておきたいこと、感じたこと、考えたこと。基本的なコツ！　1200円

初心者のための蒸気タービン　山岡勝己
原理から応用、保守点検、今後へのヒントなどベテランにも役立つ。技術者必携。　2800円

十二月十三日に将軍宣下の儀式を終えた徳川慶喜が、御礼に参内したところ、帝は風邪を召されご不快のため、拝謁もかなわずだった。

孝明天皇はご壮健な御方で、慶喜は心配になったが、侍医たちは軽い御疱《ほうそう》と診断していた。明治天皇となられる祥宮《さちのみや》は種痘をしておられたが、今上は接種を拒まれた経緯もある。熱が続き、吹き出物が増えたが、重篤になられるとは考えていなかった。

二十一日、徳川慶喜が京都守護職松平容保《かたもり》、所司代松平定敬《さだあき》、老中板倉勝静、高家中条信礼《のぶのり》を伴い、天機《てんき》をうかがい参内した折には、快方に向かわれていた。ところが二十五日にご容態が急変し、頻回の下痢と嘔吐に見舞われ、食事も摂《と》れなくなってしまう。

暗夜に氷雨《ひさめ》の降るなか、帝は亥《い》の半刻（午後十一時）に崩御《ほうぎょ》なされた。歴史の大きな転換点が訪れる。ご容態が急変され、朝廷内でも毒殺説がささやかれていた。

大喪に服し、大赦《たいしゃ》により有栖川宮熾仁《たかひと》親王以下数人の参朝を許し、征長軍の解兵を命じ、三条実美以下の帰京も許した。

だが慶喜は、幕府の再建を急いで、いずれは長州ひいては薩摩を討伐するつもりだった。

第四章　回天

一

慶応三年一月九日御年十六歳の睦仁《むつひと》親王が践祚《せんそ》され、明治天皇となられた。

しかし徳川慶喜は、まだ強気の姿勢を変えず、一月十一日に遣欧特使として実弟の徳川昭武らをフランスへ出発させる。随員の中に若き日の渋沢栄一がいた。

慶喜は、一月二十三日に征長軍を解兵したが、引き続き幕府軍事組織の近代化を急いだ。陸軍のみでなく、海軍のさらなる強化をはかった。契約済みの軍艦受取りのため、小野友五郎を渡米させ、通詞として福沢諭吉も同行する。

新将軍徳川慶喜は長州制裁の手をゆるめなかった。一月下旬、慶喜は外国奉行平山敬忠《よしただ》をフランス公使ロッシュのもとへやり、軍事のみでなく、行政や経済・財政などについても相談させた。平山は、ペリー再来時の応接掛で、安政の大獄で甲府勤番に左遷されたが、外交畑へ復帰した人物である。さらに慶喜は、一月中旬、永井尚志《なおゆき》を鍋島閑叟《かんそう》の政治参加を促すため佐賀へ向かわせた。

永井は、長崎奉行所勤務の時代から閑叟とは親交があり、一月三十日、「欄干荘」で会見し、新将軍の親書を手渡し、上京をうながした。だが叡君鍋島閑叟はあくまで慎重で、病気を理由に動かず、六月末にようやく京へ入る。永井にとっては空振りに終わったものの、佐賀藩の近代化した設備を目にし、長崎では土佐藩執政後藤象二郎に会って親交を結ぶ。

運命的ともいえる出会いにより、歴史は思いがけぬ転換をする。徳川慶喜による大政奉還への伏線が、この長崎にあったことがわかる。永井は土佐の藩船で九州南端を回り兵庫に戻った。薩摩富士開聞岳の秀麗な姿を視野に入れながら、永井は遠からず江戸から遠い薩摩と雌雄を決す日が来る予感を感じていた。とりあえず海上から、薩摩・大隅二州を見ておくつもりだった。帰京して間もなく二月末に、二条城御座の間にて、旗本では初の若年寄格に任命された。こうして徳川慶喜は、老中板倉勝静・若年寄格永井尚志・目付原市之進の側近による政権運営を行うことになる。

これに対し、第三次征長に備え、大村益次郎は正月十五日に諸隊の再編を行った。この時点では倒幕どころか、守勢のかためである。御楯隊と鴻城《こうじょう》隊を合併し整武隊、八幡隊と集義隊を合わせ鋭武隊、南園隊と荻野隊が振武隊になる。さらに陪臣の部隊として第六大隊が編成された。太田市之進（御堀耕助）が山口政事堂の政務員に任命され、整武隊の総督には山田市之允（山田顕義）が就任する。

二月初旬には、新たに武器を購入し、兵士全員に新式の元込め銃などを携帯させることを定めた。四境戦争の勝利により、幕府の権威は地に落ち、武器購入を規制する力さえ失っていた。以前のように薩摩の名前を表に出す必要もなくなった。

幕府も抜かりなく、二月六日、慶喜は大坂城にロッシュを招き、幕府の改革について意見を聞いた。そのうえでフランスの軍事教官を招聘《しょうへい》し、軍備を強化する。砲兵大尉ブリュネ、歩兵大尉シャノアン、騎兵大尉デンシャルムらの教官が正月に到着し、フランス陸軍の三兵訓練が始まる。さらに野砲や山砲も二十砲隊分を購入する契約をした。巨額の軍事費を調達するため、勘定奉行に小栗忠順《おぐりただまさ》を登用し、フランスとの経済提携に一歩踏み出す。改革のため慶喜は幕閣人事にも手をつけた。老中の板倉勝静《かつきよ》と稲葉正邦《まさくに》に加え、若年寄格の永井尚志、親仏派の勘定奉行小栗忠順と外国奉行の栗本瀬兵衛（鋤雲《じょうん》）、目付として一橋家の用人原市之進と梅沢孫太郎を任用する。

「講武所」も陸軍三兵を養成するための「陸軍所」と改称し、旗本御家人とその子弟に士官教育をおこなって、常備軍編成を急いだ。海軍も、オランダから廻航中の開陽丸が加われば、軍艦七隻と運送船三十余隻となり、圧倒的な力を誇示することになる。

幕府情報は、イギリス公使館筋を通じて、薩摩や長州に伝わった。

（徳川慶喜はやはり強敵にちがいない）小五郎にあなどりはない。ことに海軍は圧倒的な陣容を誇り、陸軍が整備されれば、幕府にとって四境戦争の敗北は過去のものになってしまう。

ここで前年秋以来の兵庫開港が外交問題の焦点となり、慶喜は兵庫開港の勅許を奏請した。薩摩藩はこれを妨害すべく、必死に朝廷工作をし、朝廷は慶喜の奏請を拒否する。

薩摩の描く筋書きどおりに進むかに見えた。事態の収拾策を雄藩連合会議に諮問《しもん》し、勅許なしに慶喜が各国公使に兵庫開港の大見えをきれば、その責任を責め、将軍辞任に追い込む戦略だった。三月二十四日、有力諸大名は兵庫開港の可否を建議した。ところが慶喜もただ者ではなく、そうした動きを無視した。

将軍就任以来、ハリスの江戸出府など外国使節との応接経験の豊富な永井尚志らに準備させていた各国公使接見を成功させる。西郷・大久保らの危惧どおり、慶喜は三月二十五日以降、一日一国あてで、英・仏・米・蘭の四カ国公使を大坂城に招き謁見。ロッシュと打合わせずみの外交の見せ場だった。ロッシュは俳優を使いこなす演出家のように助言した。

「陛下は日本国の最高権力者です。外国公使に謁見されるとき、朝廷という言葉を口にしてはいけません。兵庫の開港については、約束を守ると断言なさるべきです。勅許など力関係でどうにでもなるのでは」

「なるほど」と、うなずきながら聞いていた慶喜には、新たな力がわいてきた。国主が自分で、外交権を掌握《しょうあく》していることを、内外に認めさせようとした。兵庫開港を実現すれば、イギリスの薩長接近を断つことができる。会見の情景は、イギリス公使パークスの通訳サトウ、イギリス公使館員ミットフォードやオランダ公使ポルブルックの記録に詳述される。

大坂城の御殿は御所を上回る豪華さで、欧米の外交官たちを驚かせた。

私的な内謁見と公式の謁見に分けられた。内謁見の部屋は欧州の一流品で飾られ、床には豪華な絨毯《じゅうたん》が敷かれ、壁には花鳥の描かれた金箔紙が貼られていた。天井公式謁見では、一切が日本風で、床は畳敷きで、天井には紋章や花などが美しく彫刻されていた。晩餐《ばんさん》会はフランス料理が出され、食器やグラスも欧州の最高級品が使われた。驚いたことに、将軍みずからがにこやかな微笑みをたやさずホスト役をつとめた。

パークスとの会見で、慶喜は条約を履行すること、兵庫開港は必ず行うことなど、ロッシュの教唆どおりの発言をした。パークスは、聡明で貴公子の風格がある将軍として、慶喜に好印象を抱いた。このことは幕府崩壊後の江戸城総攻撃に際し、慶喜の助命にパークスを動かす力になる。ただパークスもしたたかで、殿下と呼び国王と区別した。他の三ヵ国が国書を奉呈しても、パークスは無視した。

各国代表との会見を堂々とこなし、徳川慶喜の評価は高まった。老中板倉勝静・若年寄格永井尚志らが陪席《ばいせき》したことは勿論であり、裏方の御用掛として重責を果たした者たちは爽やかな顔を美酒に染めていた。

慶喜が得意の絶頂にいるころ、長州では高杉晋作が衰弱していた。

三月中旬、藩主より晋作へ薬代として金三百両を賜った。三月二十四日、晋作は白石正一郎と父小忠太の見舞いをうけた。五日後、百石で谷潜蔵として新規に召し出され、八組に加えられる。だが晋作の望みはそのような世事ではない。長州ひいては日本の将来に、明るい展望が開けることを願っていたのである。見果てぬ夢を誰に託したのか、おそらく桂小五郎ではなかったろうか。それから十年後に、その小五郎も晋作と同じく不帰の床に身を横たえる。人生の非情は、英傑高杉晋作にまず訪れようとしていた。

上海での列強支配を目撃した晋作にとって、日本国内での果てしない内戦は不本意にちがいない。だが日本の近代化には、くぐらねばならぬ関門があまりにも多すぎた。人々はまだ、内戦での勝利を必死で考えていたのである。

幕臣にあっても、若者たちの国を思う気持ちに変わりはない。将来を託された英才たちが、留学生として欧州に派遣されていた。三月二十六日、幕府の新造軍艦開陽丸がオランダより廻航され横浜に入港。老中安藤信正により発注された最新鋭の軍艦で、クルップ砲など二十六門を装備している。オランダから榎本釜次郎（のちの武揚）、沢太郎左衛門、赤松大三郎（のちに則良）、津田真一郎（のちの真道）、西周助（のちの周《あまね》）ら九人の留学生を乗せて帰国した。迎えたのは軍艦奉行の勝海舟で、幕府は新しい血を注ぎ、征長戦敗北の痛手を着実に癒しつつあった。

四月になって、島津久光は京都警備を名目として、兵を率いて京都へ入った。宿舎として伏見の他、京都に三か所の藩邸を構え、準備に怠りはなかった。その久光へ西郷は再三の建言をし、第二次征長から幕府が急速に立ち直っている状況を説明し、この時期を失えば、第三次征長のみでなく、薩摩まで危うくなる可能性を述べた。

久光は、兄の斉彬以来続く、松平春嶽や山内容堂さらには伊達宗城《むねなり》との列侯会議を重視していた。しかし、春嶽の越前福井藩は歴代の親藩であり、側近の中根雪江と慶喜側近で幕府目付原市之進は親しい。さらに土佐の山内容堂は幕府よりの人物である。主要課題である兵庫開港と長州処分についても、四侯の見解はそれぞれ微妙に食い違っていた。五月中旬から四侯は二条城に登営し協議を勧めた。

五月十四日、二条城で徳川慶喜は四侯を接待し、小堀遠州作庭の庭を背景に写真を撮った。

幕府側からは所司代松平定敬《さだあき》・老中板倉勝静と稲葉正邦・若年寄大河内正質《まさただ》・若年寄格永井尚志が参列した。長州処分に関して、四侯は無条件赦免に傾いていたが、慶喜は一定のけじめがなくては幕府の権威が保てなくなるため譲れなかった。少なくとも長州から嘆願書を提出するべきだと考えていた。兵庫開港については四侯の建前と本音がくいちがった。本音では開港やむなしと思っていたが、世の中は開港が物価高騰の元凶と考えられていて、治世者として口に出して開港賛成を公言できなかった。ところが慶喜は、四侯の足元を見透かすかのように、強引に兵庫開港の勅許を引き出す。

　これに対して鳥取・備前・徳島・安芸の四藩在京関係者が、四侯会議への参加を申し入れた。また会津・紀伊・肥後の三藩は慶喜が四侯に対して弱腰すぎると抗議した。内外からの口入れに左右される慶喜に反発し、島津久光は四侯会議から離脱してしまう。その舞台裏では西郷や大久保の動きがあり、久光が幕府よりになることを防ぐ狙いもあった。つまり、久光は自分の言動が慶喜まで筒抜けなのを自覚していず、西郷にはもどかしく思われた。四侯会議は、呉越同舟もはなはだしく、同月下旬には解散してしまう。

　これは西郷にとって時間の無駄使い以外の何ものでもなかった。


　その間、四月十四日に、林算九郎方の離れ（二月中旬に転居）で高杉晋作が病没した。

　小倉口戦を勝利に導き、大役をはたしたあと、白石邸から野村和作邸に移動し、うのの看病で永らえていたのだが、喀血は止まらず、日々衰弱がひどくなった。馬関の医師石田清逸が往診治療したが、不治の病は快復しなかった。昨年十月に馬関郊外の桜山の麓の家（東行庵）に引っ越し、さらにこの三月、新地の大年寄林算九郎の離れに移った。終始、うのと望東尼が付き添った。死の数日前、晋作は望東尼に微笑みかけ、筆と和紙を求めた。一瞬、辞世でも、と彼女は思いつつ、墨をふくませた筆を渡すと、

　　おもしろきこともなき世をおもしろく

と認めたので、筆をゆずり受け、

　　住なすものはこころなりけり

下の句をそう記して、晋作に見せた。

「ありがとう。お世話になりました」

　晋作は精一杯の笑みを浮かべて、望東尼に感謝の気持ちを伝えた。彼女は泪を見せまいとして天井を見上げたが、あふれる思いをせきとめることはできなかった。


　衰弱は激しく、三月二十四日に、父小忠太と母の道、妻の雅が萩から見舞いに駆けつけた。

　雅が声をかけても、薄く微笑むばかりで、すでに声さえ出すのがつらそうだった。

「心残りはない。梅之進を頼む。達者に暮らせよ」

　切れ切れに言葉を紡《つむ》ぐのだが、痰《たん》が咽喉《のど》にからむと苦しそうな咳《せき》が続いた。目を見開く力を失い、半ば眠

ったままの状態が幾日か続いた。すでにお粥さえ咽喉《のど》をとおらなくなってしまった。庭の木々が一段と緑を色濃くする中、朝露が消えるように四月十四日未明、晋作は眠るように息をひきとった。享年二十八歳の若さで不帰の旅立ちをする。

そのころ小五郎は、生野の義挙以来、潜伏中の公卿沢宣義と萩で会っていた。山県狂助（のちの有朋）の送った使者は、それと知らず山口に向かった。留守の松子に知らせが入り、使者は遅れて萩に着いた。覚悟していたとはいえ、小五郎にとって晋作は同志の中の同志であり、兄弟以上の絆で結ばれていただけに、絶句して天を仰いだ。こらえようとしても溢れる泪は止まらなかった。小五郎は猛烈な孤独感に襲われた。右腕を斬り落とされ、骨の髄まで傷《いた》むような喪失感が続いた。感傷ではない現実の惨事である。

そのころ、京摂方面の偵察に出ていた伊藤俊輔は、松下村塾の兄貴分として慕っていた晋作の死に目に会えなかった。それを生涯悔いた。

足軽身分の伊藤俊輔は三月初めに、山県狂助、品川弥二郎や野村靖之助らとともに、士雇《さむらいやとい》に昇進し、上方へ情勢偵察を命じられた。幕府と薩摩の動向を探ることが目的である。

品川弥二郎の仮寓に寄宿し、陸援隊の中岡慎太郎や薩摩の西郷吉之助、大久保一蔵や黒田了介らと会い、情勢把握に努めた。

四境戦争後、幕府と薩摩は相手の出方をうかがいながら、曖昧模糊《あいまいもこ》とした動きに終始していた。薩摩藩は一気に倒幕の兵を挙げようとせず、将来に備え、長州との友好関係を維持しようと考えていた。抜き差しならぬ敵対関係になった長州と幕府に、間あいをとっているようである。薩摩は幕府と戦わず、政治的に政権奪取を狙っているかに見えた。西郷も大久保も、幕府の軍事力がフランスの援助で急速に回復することを考慮していた。

四月六日、アーネスト・サトウが、小松帯刀と西郷吉之助を訪ね、兵庫開港後の武力蜂起は危険を伴うと助言した。四月十日には、パークスが小松と西郷に会って時局を話し合っている。折から島津久光は四侯会議を開く準備を進め、その結末はすでにのべた。

高杉晋作の葬儀が終わると、小五郎は奇兵隊の山県狂助と鳥尾小弥太を京へ送りこんだ。

実戦向きの幹部を政局の中心である京都に送り、経験を積ませる目的もあった。武骨一点張りの指揮官ではいけないと、小五郎は信念をもっていた。それは自らの体験に基づくものである。長州としては、四境戦争勝利の力関係を、まず朝敵処分の撤回に結びつける必要がある。だが薩摩は、依然として自藩の利益を優先させた動きを続けていた。

四月十八日、五卿の動座に反対するため、薩摩の大山格之助（のちの綱良）は兵三十数名、大砲三門を率いて大宰府に入る。薩摩の朝廷に対する影響力を主導的に保つためだった。

五月八日、幕府は松平慶永、島津久光、山内容堂、伊達宗城の諸侯に登城を命じたが応じなかった。他方、四侯会議はようやく長州の復権を求めたが、幕府は譲らなかった。

五月二十三日・二十四日の朝議により、慶喜は兵庫開港と長州処分の寛大処置を幕府に命ずる沙汰書を手にする。しかし慶喜は、長州藩が歎願書を提出すれば、寛大に処置するという条件をつけ、敗戦に近い講和をごまかそうとした。四侯会議で国政の主導権を握ろうとした薩摩は、慶喜のしたたかな政治力で思うように政局を展開できず、島津久光の苛立《いらだ》ちはつのるばかりだった。

二

時を同じくして、京都で新たな動きがあった。

薩摩と土佐の接近で、小松帯刀《たてわき》と乾退助（のちの板垣退助）が会い、密約をかわした。五月二十七日、小松帯刀、西郷吉之助、乾退助、谷守部（のちの干城《たてき》）、中岡慎太郎らは、薩土の連携について話し合った。この会談に長州よりの中岡慎太郎が顔を出していることは、注目に値する。薩長盟約に動いた人物が、長州を二階にあげておいて、梯子《はしご》をはずすようなことをしていた。これはどうしたことなのだろう。

十五代将軍徳川慶喜に大政奉還の建白を行わせ、雄藩連合による国政を意図したものであり、一気に倒幕挙兵を考えたものではない。小五郎の思惑とは別の動きを、坂本龍馬や中岡慎太郎は考えていた。それも長崎を中心にした渦潮《うずしお》で、勢いを急速に増していた。

六月九日、坂本龍馬、後藤象二郎は上洛のため長崎を夕顔丸で出帆。

龍馬は有名な〈船中八策〉を提唱する。次のような文章として起草したのは、龍馬の朋友で蘭医の今井純正（長岡謙吉）である。
一、天下の政権を朝廷に奉還せしめ、政令よろしく朝廷より出ずべき事。
一、上下議政局を設け議員を置きて万機を参賛せしめ、万機よろしく公議に決すべき事。
一、有材の公卿諸侯及び天下の人材を顧問に備え、官爵を賜い、よろしく従来有名無実の官を除くべき事。
一、外国の交際広く公議を採り、あらたに至当の規則を立つべき事。
一、古来の律令を折衷し、あらたに無窮の大典を撰定すべき事。
一、海軍よろしく拡張すべき事。
一、御親兵を置き、帝都を守衛せしむべき事。
一、銀物価よろしく外国と平均の法を設くべき事。
瀬戸内の潮風に吹かれながら、推敲《すいこう》を重ねて書き上げた。

後藤象二郎は、山内容堂にも受け入れられる案である、と判断していた。六月十三日、容堂に会うつもりで上京したのだが、すでに土佐へ帰国していた。そのため容堂から徳川慶喜へ進言してもらうつもりが、宙に浮いてしまう。翌日、後藤は薩摩藩邸を訪れ、西郷、大久保らと王政復古について議論した。

「容堂公は、新たな政体をお考えで、まず徳川幕府が大政を朝廷に奉還せにゃ、ことは始まらぬとおおせでござる」

後藤は、容堂公の名前を使って、〈大政奉還〉の趣旨を語りはじめた。

「一蔵さも、おいも、そんこつには異論はごわはん。問題は、徳川がたやすく政権を投げ出すことはなかじゃ、との判断でごわっそ」西郷は並んで座す大久保一蔵の顔をちらっと流し見た。

「容堂公は謀りごとをなさらんじゃろう。もし土佐藩家中がまとまって芝居をうってくれるなら、大政奉還はできるのじゃなかとか」

大久保は、半眼に開いた目の奥に怪しく光るものを秘めていた。

「これはまた、芝居とはいかなることでござろう」

大久保の深意が読めず、後藤は当惑した。

「大政を奉還したあとの政体が重要でござろう」

大久保は考える手がかりを与えた。

「雄藩連合でござるか」後藤がたずねると、

「どうじゃろうのう」大久保は確答を避けた。

「雄藩連合じゃと、どげな政体ができもそう」

西郷は微笑を浮かべながら後藤を試そうとした。

「互選で首班を選び、西欧の内閣のごときにいたしては、どうじゃろう」

後藤は、龍馬から、大政奉還返還後、徳川慶喜を首班に据える案を耳に入れていた。

「なるほどのう。それでおはんらは、どげな芝居が打てるのでごわすか」

大久保は、意地悪とも思える質問をした。

「土佐っぽは芝居が嫌いじゃき」後藤は、精一杯の抵抗をして、本音を語りはしなかった。

おそらく大久保は、徳川慶喜を首班に迎える芝居をして、〈大政奉還〉を誘導し、それが成就すれば、倒幕に進むという筋書きを、後藤に話させたかったのだろう。

次の日、坂本龍馬は京都東山の「明保野亭《あけぼのてい》」に陸援隊の中岡慎太郎を訪ね、〈大政奉還〉について話し合った。この日、中岡は後藤から具体的な行動計画を知らされる。最もよく使われた変名は石川清之助で、都落ちした三条実美の随臣となり、勤皇志士の連携につとめ、〈禁門の変〉にも参戦したが敗北し、三田尻に戻った。行動力があり、馬関戦争でも長州兵と共に戦って負傷。このころから思索を重ね、雄藩連合による武力倒幕に傾く。坂本龍馬と共同して薩長盟約に力をつくした。慶応三年二月に、坂本龍馬と共に土佐藩から脱藩を赦免され、薩土盟約締結のため奔走する。同年五月には、土佐の乾退助（板垣退助）と薩摩の小松帯刀・西郷吉之助との間で、武力倒幕のための薩土密約が実を結ぶ。そのころ中岡は田中光顕らと京都で陸援隊を結成し、二百人近い同志が参加。陸援隊本部は百万遍知恩寺の東隣にある土佐藩邸におかれていた。

六月十六日、島津久光は、徳川慶喜を見限る決断をし、薩摩藩邸に滞在中の長州藩連絡掛山県狂介と品川弥二郎へ、

「幕府反省の目途も立たず、このままでは立往生じゃ。今一際尽力の覚悟を決めもうした」

と、その意中を伝え、山県へ六連発の拳銃を手ずから与えた。さらに国元の島津忠義へ書状を送り、派兵準備を申し渡した。その上で、西郷を山口に派遣すると公言したので、山県と品川は復命のため山口へ向か

い、三田尻には六月二十二日に着いた。ところが薩摩藩は二元外交もよいところで、島津久光と西郷・大久保らの意思疎通は意図的に回避されていて、西郷らは別の動きをする。

六月二十二日、三本木の料亭にて、土佐は後藤象二郎・福岡藤次（孝弟《たかちか》）・寺村道成ら、薩摩は小松帯刀・西郷吉之助・大久保一蔵（利通）の三人が坂本・中岡の同席で会見し、慶喜の自主的な退陣による大政奉還を達成するための薩土盟約を結んだ。薩摩藩は、土佐藩と正式に盟約を結ぶため、西郷を高知へ派遣する。

翌日、龍馬は中岡慎太郎・佐々木三四郎（のちの高行）と〈大政奉還〉建白策について練り直し、最後のつめをした。六月二十五日、龍馬と中岡は、岩倉具視を訪ね、王政復古を論じた。岩倉は同意を与えたが、その懐中には、龍馬らの想像をはるかに超えた政権構想を抱いていた。だが、龍馬も慎太郎もそれを見抜けなかった。翌日、薩摩・土佐・芸州三藩は、王政復古について意見の一致を見、〈大政奉還〉を優先させる約定を結んだ。武力討幕論を抑えたのである。

七月二日には明文をもって薩土盟約が確定し、在京の安芸藩家老辻将曹も賛同した。倒幕をうたっていないが、武力を背景にする点では合意があり、後藤は山内容堂の承諾を得て、兵を率いて再度の上京をはたすことを西郷・大久保に誓った。

薩土盟約の噂は若年寄格永井尚志の耳にも達していて、帰国前日の七月三日、後藤は永井からの書状を受け取った。『長崎以来久しく逢わず候故、緩々話したし』との申し出があり、後藤が応じると、永井は政治的な見解を聞き、やんわりと薩土盟約の内容を探ろうとした。

後藤は、容堂の許しを得ずして独走する気はなく、永井の意中を知りながら、『小条理を論ぜず、一和して立国の基本、万国へ対して恥じずと申す様相成りたい』との趣旨を述べた。

永井を屋敷に訪ねた後藤は、書状のやりとりを補完するつもりで、

「主君容堂公のお許しを得て、詳細はお話しいたすつもりで」とお茶を濁した。

すると永井が一言、

「討幕の話もこれ有るがに聞いておるのじゃが」

と誘いをかけた。

「決して万々、そのようなことはござらぬ。拙者が御請け合い申し上げる」

この時点で後藤に偽りはなく、討幕は考えていなかった。永井は安堵《あんど》したように笑顔で後藤を送りだした。松平春嶽の側近として永井と絶えず情報を通じていた中根雪江の「丁卯《ていう》日記」によれば、後藤への信頼は厚く、『彼は、年初に長崎より土州船に乗り帰坂の節より懇意にて、其のころより申合わせ候事も之れ有り、確実正直の人物』と評価していた。

一方、乾退助は土佐藩兵の近代化を進め、薩土盟約の実行に備えようとした。

小五郎の助言で、龍馬が長崎で買い入れた旋状銃が役立っていたわけである。

長州は、またしても西郷に出し抜かれていた。心配した小五郎は、坂本龍馬宛の書簡で、山内容堂の動向を問い合わせた。坂本龍馬と中岡慎太郎らの活躍で、政局の中心が土佐に向かっていたのである。

山県と品川の報告を受け、小五郎は今か今かと西郷を待ったが、七月に入っても長州には姿を見せなかった。ようやく七月中旬になり、村田新八が、山口を訪れ、西郷の無礼を詫び、その理由を説明した。村田は西郷からの書簡を携えていた。

土佐の後藤象二郎が坂本龍馬や中岡慎太郎を伴い薩摩藩邸を訪れたのは、山県と品川が帰国したすぐ後のことだったらしい。皮肉な見方をすれば、目障《めざわ》りな長州人を故郷に帰しておいて、薩土の固めをはかったともいえよう。

小松、西郷、大久保ら在京の薩摩首脳へ、後藤は〈大政奉還〉を説いた。〈船中八策〉の骨子についても、坂本から話が出た。武力討幕を避け、将軍が大政奉還をした後、列藩会議を開催するとの素案だった。後藤らにとって意外だったのは、西郷らが、すんなりと同意をしたことである。その背景には、薩摩も藩論が二分していて、久光は別にして上層階級の武士には、武力討伐への反対が根強く残っていたからだ。西郷らはあくまで現実を重視する。

どちらに政局が展開しても、主導権を維持できる選択をしたのだろう。

西郷の書状にも、長州が〈大政奉還〉を支持するように求めていた。それを受けて毛利父子は、島津久光へ宛てた親書を書き、上京する直目付の柏村数馬（のちの信《まこと》）に託した。柏村には御堀耕助が同行する。また帰京する村田新八には、小五郎の意を汲んだ品川弥二郎と世良修蔵を伴わせた。柏村と御堀は、西郷らに面会し、〈大政奉還〉に対する真意を確かめた。

ところが肝心の後藤象二郎が、山内容堂の同意を得るため帰国したきり、便りがないというのだ。これには理由があった。そのころ後藤は、容堂の同意を得たものの、乾退助（のちの板垣）らの反対にあっていた。その上、七月六日夜、長崎円山遊郭の路上で、イギリス軍艦イカルス号の水夫二人が殺害される〈イカルス号事件〉に巻き込まれていたのだ。残念ながら、事件の犯人に土佐藩士、それも坂本龍馬の亀山社中が疑われてしまう。公使のパークスが軍艦で土佐の須崎まで談判に来ていて、後藤は対応に忙殺されていた。つまり大政奉還論は、土佐藩内で棚上げになっていたのである。

その間、薩摩のしたたかさを、長州藩執政の柏村と御堀は思い知ることになる。当時、英語はまだ一般的でないが、ダブルスタンダードを薩摩は常用した。薩摩は老獪《ろうかい》な政治家、長州は書生の青臭さのある志士といったところだろうか。家老の小松は、〈大政奉還〉がつまずいた場合、薩摩は挙兵する考えだというのだ。島津備後（藩主茂久の弟）が藩兵千余を率いて上京する計画も語った。八月末、今度は柏村と御堀が復命のため山口へ帰った。

その間、小五郎は意表をつく行動をし、坂本龍馬に会うため、長崎へ向かったのだ。

七月二十日、小五郎に伊藤俊輔を伴い、公務として イカルス号事件をめぐる諸外国の動きを探るため、と称して長崎へ出張する。八月七日長崎入りした二人は、坂本龍馬を待つ。当の坂本龍馬は、イカルス号事件の犯人が海援隊隊員ではないかと疑われ、対応に追われていた。一度、秘かに夕顔丸で土佐に帰り家族と会い、八月十三日馬関に上陸し、長崎に戻るのは八月十五日のことだった。龍馬は八月二十日に小五郎と「玉川亭」で会う約束をし、その間、イカルス号事件の解決に専念する。

小五郎が長崎訪問をした目的の一つは、直接、坂本から大政奉還論を聴くことにある。小五郎は、その事を表に出さず、さりげなく会うことにしていた。そのころアーネスト・サトウが、イカルス号事件捜査のため八月中旬から一ヵ月長崎に滞在していたので、親しい伊藤俊輔は数回会見することができた。英国水夫殺害事件ともいわれ、七月六日夜、長崎碇泊中のイギリス軍艦イカルス号の二人の水兵が、泥酔して丸山遊郭の路上で寝ているところを、筑前黒田藩士金子才吉に殺害された事件である。金子は二日後に自害していたのだが、黒田藩が隠していたため、土佐藩に嫌疑がかかった。その理由は、碇泊していた海援隊の横笛丸と土佐の藩船若紫が偶然出航したため、怪しまれたものだった。海援隊が疑われ、龍馬も騒動に巻き込まれた。長崎に立ち寄ったパークスにとって、見逃すことはできなかった。大坂で徳川慶喜に会い、幕府要人に犯人追及と賠償を求めた。パークスは、軍艦で土佐まで出向き談判におよび、犯人の捜査を強く求めた。

老中板倉勝静は土佐藩大監察佐々木三四郎（高行）らを呼び出し、

「パークスが、土佐へ軍艦を乗り付け、賠償交渉に行くと、怒り狂うておる」と伝えた。

「交渉なら大坂でも可能でござろうに」

佐々木も抵抗したが、板倉は受付なかったので、上方にいた龍馬に一大事を告げると、

「うむ、パークスとつるんで幕府が土佐を威嚇《いかく》するつもりじゃき。わしらは無実じゃ」

濡れ衣を着せられた土佐藩も龍馬も対応に苦慮する。後藤象次郎とパークスの水かけ論争になるが、ある時点からパークスが軟化した。憶測だが、後藤が大政奉還の根回しで時間を惜しみ、愚痴《ぐち》まじりに話してからしい。

薩英戦争の再現を恐れた慶喜は、松平慶永（春嶽）にしたためてもらった山内容堂宛の親書を、坂本龍馬に託して届けた。この動きは慶喜側近と坂本龍馬の近さを暗示している。

土佐藩も事を荒立てるつもりはない。結果的に、現場の長崎で検証することになり、土佐藩は大目付（大監察）佐々木三四郎とアーネスト・サトウに、幕府代表も加えた三者の協議をすることになった。興味深いことに、高知城でサトウが山内容堂に謁見《えっけん》した際、イギリスの議会制度について質問されている。容堂もサトウも、〈大政奉還〉後の議会制について、共通する土俵に上がっていたことになる。おそらく後藤の話は、パークスを経てサトウにまで伝わっていたのだろう。

サトウと佐々木は、土佐の夕顔丸に同乗して長崎へ向かった。実は龍馬も同じ船に身をひそめ、豊後水道から馬関を経て、長崎に向かっていた。サトウは、土

佐藩が開港容認であることを確認すると、譲歩した。話は前後するが、桂小五郎と伊藤俊輔がサトウと龍馬に会えたのは、イカルス号事件の捜査のために、長崎に集まっていたからである。

龍馬はその間、〈大政奉還〉を一時棚上げして、海援隊の潔白を弁護しなければならなかった。とくに徳川慶喜を国の主班とする腹案は、誰にも話さなかった。

八月十五日、土佐から長崎に到着したサトウは、イギリス領事フラワーズ邸を訪ねた小五郎と会った。イギリス領事館は大浦の東山手にあり、二年前に竣工した浦上天主堂の塔が大浦川の対岸に見えた。小五郎にとって、はじめて目にする光景である。

「噂では多数の隠れキリシタンが逮捕されたらしいのう」

維新後、その事が自らに重く跳ね返ってくるとも知らず、俊輔から噂話を耳に入れていた。

「フランス人の牧師が、信者に会ったそうで」

「イギリスとフランスは宗派がちがうそうじゃのう」

「ロンドンで耳にした話では、イギリスは国教会がローマ法皇と別の道を歩んでいるそうじゃけ」

俊輔はサトウからまた聞きした範囲内しかしらない。

「それでもキリシタンはキリシタンじゃろ」

「そうでしょうな。詳しいことはサトウに聞いた方がよいのかと」

二人は、領事主催の晩餐会に招かれていた。

「フランスの動きをけん制したいのう」

「慶喜は巧みな外交を駆使っていますけ。油断は禁物ですぞ」

「イギリスとフランスの代理戦争だけは、避けねばならんと思っちょる」

「サトウは頼りがいのある男ですけ」

二人が話題にしていたサトウは、パークス公使の右腕である。

サトウは小五郎の印象を次のように記している。

『桂は温和で紳士的な態度において、きわだった人物だった。しかし、その背後には軍事的にも政治的にも最大の勇気と決断力とを、蔵しているのである』

小五郎は、倒幕の意思などさらさらないように話した。

二日後、返礼として、小五郎は眼鏡橋の少し川上にある「玉川亭」にサトウを招いた。

中島川の水を庭の流水にした景色のよい庭を眺めながら、前回よりは少しくつろいで会話も進んだ。小五郎は、何よりもサトウの日本語がずばぬけていることに驚いた。話がはずんだものの、ここでも小五郎は決して討幕の意思を口に出すことはなかった。むしろ、イギリスの議会制度や、法律や教育などについて子どものように質問をした。俊輔は一国を背負う人物の慎重さを学んだ。

八月二十日、その玉川亭で小五郎と俊輔は、龍馬と土佐藩大目付の佐々木と会食した。

「貴殿は、容堂公の側近じゃき、この際、ぜひ木戸さんに会ってもらいたい思うてのう」

龍馬は、後に土佐三伯の一人に数えられる硬骨漢である佐々木を紹介した。

「これはありがたいことじゃ。こちらは同志の伊藤俊輔でござる」

「桂小五郎時代からのご高名を存じているが、お父上は毛利公の侍医だったとか」

「父のことを、ありがたいことでござる。早くに死別し、孝行もできませなんだ」

「お互いさまですのう。私は母のおなかにいるときで」

お互い、挨拶もそこそこに酒を酌みかわし話がはずんだ。佐々木は、大久保と同年の生まれで、木戸より三歳年上であるが、広い額から鼻筋のとおった顔だちは知性的な印象をあたえ、若々しく見えた。岩倉使節団として、早死にした龍馬以外の三人は同じ旅をすることになる。佐々木は伊藤の跳ねあがりを批判することになるが、その夜は愉快な酒だった。

佐々木は土佐藩士佐々木高順（一〇〇石）の次男に生まれたが、父親が誕生前に死去し、家禄は半減された。そのため幼少期は貧乏侍の悲哀を身に染みて体験していた。負けず嫌いで勤勉な青年は義兄の死で家督を継ぎ、尊皇攘夷派の武市半平太などとも交流し、山内容堂の側近として仕えていた。

「木戸さんにお願いしたいのじゃが、イギリスとえらいことになっちょってのう。どうしたものか、名案があったら、教えてくれんじゃろか」

龍馬は困りはてていた。

「長崎に着いた日に聞いた。例のイカルス号のごたごたじゃろ」

木戸は土佐藩がイギリスから、猛烈な抗議を受けていることを聞いていた。

「信じてほしいのじゃが、わしら海援隊は無実なんじゃき」

イカルス号事件は、土佐藩と海援隊にとって、まったくの冤罪《えんざい》であることを、龍馬はめずらしくぼやいた。パークスが徳川慶喜に抗議し、軍艦に乗って談判のため土佐までおしかけてきた経緯を話してくれた。

「夕顔丸にはサトウちゅうて日本語のうまいイギリス人が乗り込んできよったので、わしは船室に何日も隠れちょったがや。ごらんのように疲れきっちょる」

「二日ほど前、サトウに会って聞いたのじゃ。大政奉還の話も口にしたので、口外せぬよう頼んどった。伊藤がサトウと親しいから、かけあってみる。なあ、俊輔、ええじゃろ」

「もちろんです。それに坂本さんの話じゃと、大政奉還なんじゃらとかに、イギリスは関心があるようですのう。これをうまくつかえば、局面は変えられますやろ」

伊藤俊輔の情勢分析は鋭かった。

「それはありがたい。どうやら後藤さんが漏らしたらしい」

「わしらにも、大政奉還とやらを教えてくれんかのう」

小五郎が少し皮肉めいて話すと、

「もちろんじゃき。そのため、今夜は呑もうと思っちょる」

「薩長の盟約をとりもったのは貴公じゃ。それに土佐が加われば、面白いことになる。貴藩が腰をあげれば、この国は変わる」小五郎が誘い水で促したが、

「容堂公は徳川の恩義を忘れられんきに」

と、龍馬でさえ、藩主の意向を気にしていた。

「そうじゃのう。そこが一番の難所かもしれん」

寡黙な佐々木が口をはさんだ。

この後、佐々木は上洛して、後藤象二郎や坂本龍馬と薩土盟約の吟味や、大政奉還の建白について、協議に加わる。

「どの藩でも、藩主自ら政体を変えようなど、申す人物はいないな。下剋上《げこくじょう》ではないが、下から変わらないけん」小五郎が自論を口にすると、

「薩摩も西郷さんや大久保さんは、その気になっちょるやろが、久光公は動きはせん」

黙って龍馬と小五郎の話を聞いていた佐々木は、さめた見方をしていた。

「長州は血を流した分、覚悟ができた。土佐が変われば、西郷さんも踏み切るにちがいない」

小五郎は、土佐藩の態度が煮え切らないことは、この国の将来を決めることを説明した。

「乾退助を中央の政界に送りこむべきじゃ。中岡や土方も焦《じ》れちょるぞ」

小五郎は、土佐藩の兵力に注目していた。藩兵を動かすことができるのは、乾退助にちがいない。

「木戸さん、武力討幕は必ず内戦になる。話し合いで政体を変えるべきじゃき」

思うことがあったのか、いつになく切れ味の鈍い話をしていた龍馬が、小五郎を制した。

「話し合いでできるのなら、それに越したことはないのう。具体的にはどうするつもりじゃ」

小五郎が本題と思っていたことをたずねると、

「将軍に容堂公から大政奉還を上奏していただく。しかる後に、雄藩連合政権を樹立すればよいじゃろうが」

そう言って龍馬は、〈船中八策〉の原案をその場で語って聞かせた。

「それでは幕府の形を変えた延命にすぎまい」

小五郎は、龍馬が徳川慶喜を総裁にすえた政権構想を抱いていることに気づいていた。

誰にも話していないが、幕藩体制そのものを解消して、四民が平等な世の中に作り直す夢を抱いていたのである。


「そげいなことはないぜよ。律令を撰《せん》じ、新たに無窮の大典を定めることができれば、世の中変わるじゃろ」

龍馬は少しむきになった。

「それを定めるのが、上下議政所ということか」

「さすがは木戸さんじゃ」

「坂本さん」黙って話を聞いていた伊藤俊輔が口をはさんだ。

「なんじゃろ」

「上下議政所は、わしらが留学しちょったイギリスの議会を見習うとしても、議員はどうして選ぶのじゃろかのう」伊藤俊輔が基本的なことをたずねた。

「それはまだこれからの思案じゃき」

「まあ、二人とも先を急がんことじゃのう。坂本の建策はわたしだけじゃのうて、後藤も納得しちょるき。容堂公にも力になっていただくつもりじゃ」

佐々木は、土佐藩あげての支持を龍馬にあたえようとしていた。

同じころ、土佐では後藤象二郎の〈大政奉還〉建白案が山内容堂から採用されていた。

会議で軍事総裁の乾退助が武力討幕を主張すると、容堂は怒って罷免《ひめん》してしまった。そうとは知らない龍馬は、小五郎の思いを伝えるため、ミニエー銃千三百挺を買い入れ、土佐へ運ぶことにした。佐々木が保証人となり、薩摩商人から頭金を借りた。ミニエー銃購入の実務は海援隊の陸奥陽之助に任せた。やがてこの銃は土佐藩の戦力を高め、戊辰戦争以降、乾退助の発言力を支える。

小五郎も、スナイドル銃などの武器購入のため、珍しいアメリカ人に会った。アメリカ彦蔵（日本名・浜田彦蔵）である。簡単にその数奇な過去を記してみよう。

播磨の加古郡に生まれ、幼くして父を、十三歳で母を亡くし、直後に江戸へ向かう栄力丸が紀伊半島の大王岬沖で難破した。栄力丸は二ヵ月太平洋を漂流中、アメリカ商船オークランド号に救助され、生存者はサンフランシスコに滞在。アメリカ政府のはからいで帰国の途につき香港まで行き、そこからペリー提督の軍艦で戻される予定だった。

ところが、ペリーの来航が遅れ、たまたま香港であった日本人力松（モリソン号事件の生き残り）から、外交交渉で翻弄された体験談を聞く。そのため連れの亀蔵・次作と共にアメリカに戻り、三人はそれぞれに生きぬいた。やがて亀蔵と次作は船員になり、日本へ帰国した。

彦蔵は、サンフランシスコ税関長サンダースに援けられ、ボルチモアのミッションスクールで教育を受け、カトリックの洗礼を受けた。安政五年、日米修交条約締結で、日本は開国したが、キリシタン禁制の母国に帰れなくなったため、アメリカに帰化する。翌年、駐日公使ハリスにより、神奈川領事館通詞として採用され、六年ぶりに帰国した。しかし、攘夷運動は激しさを増し、危険にさらされた彦蔵は再度アメリカへ帰った。彼は、ピアース、ブキャナン、リンカーンという三代の大統領と会見した初めての日系アメリカ人であり、ジョン万次郎に匹敵する知識人として成長する。文久二年に領事館通詞として日本へ再赴任したが、翌年辞職して、外国人居留地で貿易商として活躍しはじめる。

当時、彦蔵はグラバー商会の傘下に入り、居留地東山手十六番の洋館に住んでいた。

七月下旬、薩摩藩士を自称する木戸準一郎と林宇一（伊藤俊輔の変名）なる人物が訪ねてきた。その時は、世界情勢などの漠然とした問答に終わったが、番頭の

庄次郎が、

「あの方は長州の桂小五郎に相違ありませんよ」

といった。

「えっ、ほんとうか」彦蔵がたずねると、

「顔を見たことがあるから、まちがいありません」

自信ありげなので、次に訪ねて来たとき、

「長州の方ですか」と、思い切って念をおした。

「たしかに長州です」

悪びれず、毅然《きぜん》とした態度に、アメリカ彦蔵は好意をもった。

小五郎は、グラバー商会の人物なら信頼できると思ったのか、正直に経緯《いきさつ》を話した。

「長州は、朝廷が復権し、世の中が人民のためになるように戦っている」

アメリカ人として、理解できる内容であり、かつて日本人だったころ身分ゆえに虐げられた思い出と重なり、彦蔵は木戸準一郎なる男を援けようと思った。

小五郎の誠意は人の心に伝わりやすく、彼らは旧知の友人のように打ちとけ、

「長州藩の貿易について、特別代理人になっていただけんじゃろか」と頼みこむと、

「よろしい。一肌脱がせていただきましょう」

持ち前の義侠心《ぎきょうしん》も働き、彦蔵は了解した。

「早速じゃが」

小五郎は筆記道具としっかりした紙を求め、

『本日、アメリカ市民J・ヒコ氏を任用し、長崎港における藩公の特別代理人として勤務させることを約するものである』との趣旨を記し、木戸準一郎と林宇一(俊輔の変名)の署名をした。別れ際に彦蔵から、薩摩・土佐・芸州が大政奉還のため盟約を結び、同盟関係に入ったことを教えられる。おそらくサトウからグラバーを経て、彦蔵の耳に入ったのだろう。小五郎は、龍馬がすべてをあからさまに語っていないことを知り、裏切られたような不安と寂しさを覚えた。

長崎滞在中、小五郎は国内留学中の青木周蔵(のちの外務大臣)にも会って激励した。

「藩の財政が四境戦争で厳しゅうなった。それで長崎の留学生も減らさにゃならん。じゃが、青木・松岡・河北の三人は残って、欧州へ渡ってもらうつもりじゃ」

「それはありがたいことですのう」

満面に感謝の気持ちを伝える青木は、厚狭郡《あさぐん》の医師

三浦玄仲の長男で、長州藩侍医青木家の養子に迎えられ、周弼《しゅうすけ》の周と研蔵の蔵をもらって周蔵を名乗っていた。四境戦争では、石州口戦で従軍医として益田の戦陣病棟で働いた。その際、大村益次郎の影響を受け、西欧への留学を夢見ている当時二十四歳の血気盛んな若者である。

青木の長崎での学友が土佐町医者の子萩原三圭《きんけい》で、緒方洪庵の適塾で学び、塾頭の長与専斎らと親交を結んだ。その後、長崎の精得館でボードウィンについて西欧医学を学んでいた。

慶応四年八月、青木と萩原はドイツ留学をはたし、周蔵は医学から政治学専攻に転じ、外務大臣まで勤める。萩原三圭は、岩倉使節団の文部理事官田中不二麿に随行していた長与専斎に再会し、大学東校（のちの東大医学部）の解剖学教授として招聘される。

小五郎は、〈禁門の変〉後の人材不足に責任を感じ、心して若者の育成を心がけた。実り多い長崎訪問に満足しながらの帰国だったが、難題が待ち受けていた。

九月三日、木戸は馬関に戻り、伊藤は膠着状態にある京都の情勢偵察のため上京した。

高杉晋作の死後、直属の兵もなく、政事堂の役職からも離れた伊藤俊輔は、或る意味、不遇をかこっていた。同じ松下村塾出身の山県や品川には任務を得た勢いがあった。

小五郎は、俊輔の気持ちを読み取っていた。

「君はイギリス人と知人が多い。どうじゃろう、軍艦に乗り込んで横浜・兵庫・長崎を往来してみてくれんか。これから英語が必要になるけんのう」

別れる前に、小五郎は思いがけない提案をした。

「かまいませんけど」俊輔は素直に受けた。

場あたりのでなく、俊輔の将来を見通した配慮であることを、即座に理解していたからだ。

「パークスは、幕府にも色目を使っちょる。幕府の方針とフランスの支援がどの程度進んでいるか、情報を探ってくれんか」

と、あくまでも実務的なことをいって、小五郎は少し考えこんだ。

「万一、兵を短期間で上京させねばならんときは、イギリスから船を借りねばいけんじゃろ。下準備をしてくれんか」

「なるほど。それは大役ですのう」

俊輔は、小五郎の思惑が手にとるようにわかった。

小五郎は、俊輔の外交能力を買っていて、将来、外交畑で活躍できる人材だと確信していた。それにオランダ語の時代は過ぎ、英語が国際言語として力をもつと考えての配慮である。

小五郎は自ら英語を身につけたいと思いながら、政務に追われていた。

(我が身に万一のことがあれば、俊輔に後継を頼まねばなるまい)そう考えながら、江川英龍が英語の達者な中浜万次郎を召抱えていたことが懐かしく思い出された。

三

パークスが、七月に大坂で老中板倉勝静と、八月初旬に将軍徳川慶喜と会見したことは、長崎でサトウから聞いていた。さらに八月から九月にかけ、幕府はこれ見よがしにベルギー、デンマーク、イタリアと次々に通商條約を締結する。不平等条約ながら、慶喜の外交手腕は、かなりのものと評価できる。その上、幕府には訪米使節団に加わった小栗忠順《ただなり》以下の実力ある人材が多数いた。

(幕府に代わる政権ができたとしても、人材不足では達磨《だるま》も同然にちがいない)

小五郎は、人こそが国の礎《いしずえ》だと思っていた。

九月になると、京都の伊藤へ英国軍艦乗り込みの辞令が出た。俊輔は再び長崎へ戻り、龍馬と会見した。土佐藩の状況や、熊本藩が幕府寄りに動いていることなどの情報を得て、小五郎へ伝えた。しかし、土佐藩の〈大政奉還〉の動きや、それに連動する薩摩藩の情報は、ジョセフ彦蔵の間接的な話以外、長崎でつかむことはできなかった。薩摩と土佐が秘密を保持していたことが、よくわかる。龍馬も政体論としての原案を語っただけで、〈大政奉還〉建白の期日や具体的な方策などは、小五郎に漏らさなかった。

当時、国政レベルでの政局を主導していたのは、徳川慶喜と西郷吉之助であり、黒幕としての岩倉具視《ともみ》がようやく光のあたる場所へ、その姿を見せはじめていた。小五郎が長崎滞在中、京都の政局は膠着《こうちゃく》し、四侯のうち山内容堂以外は蒸し暑い京都に留まっていた。六月末までは鍋島閑叟《かんそう》も京都にいて、長州処分の決定には、一定の影響力をおよぼした。閑叟と四侯のうちの二人は、姻戚関係で結ばれている。すなわち松平春嶽は閑叟夫人の兄であり、伊達宗城の正室は閑叟の姉である。徳川慶喜が鍋島閑叟の力を頼りにした一因でもあった。

その閑叟も帰国してしまい、慶喜の孤独な姿があぶり出されるような事件が起きる。八月十四日、一橋時代からの腹心、原市之進が幕臣により暗殺される。徳川政権の複雑な内部抗争を、あらわにした事件といえよう。龍馬暗殺の伏線ともとれる。

八月二十四日、山内容堂は、後藤象二郎らに〈大政奉還〉建白のため上洛を命じた。後藤は、九月四日に上京したが、兵を率いることは許されなかった。失望した西郷は薩土盟約を解消する。さらに、〈大政奉還〉の早期建白は徳川慶喜に反撃を促すきっかけになるとして、西郷は後藤を抑えようとする。九月九日、後藤と福岡藤次（のちの孝弟《たかちか》）らは、小松、西郷らと会見し、幕府に対する武力牽制の延期を求めたが、西郷は承諾しなかった。倒幕を望まない土佐藩と、西郷を中心とする薩摩藩の考えに、隙間風が吹き始めた。

安政の大獄のきっかけとなる将軍継承問題で、一橋慶喜擁立を諮《はか》った主役の一人が故島津斉彬《なりあき》だった。西郷はその手足となって奔走した過去がある。〈大政奉還〉で慶喜を首班とする列強の連合政権ができれば、島津斉彬のかつて描いた政権構想は実現することになる。西郷が妥協点として、土佐の案を懐《ふところ》に抱き込んでいたとしても、決して不思議ではない。

西郷は、政局の力関係を鋭く洞察し、現実を重視する。小五郎としては、西郷の天秤《てんびん》の支柱がどこにあるのか、見極めたかった。

（西郷の理想とする日本国の姿がまだ見えない。西郷の行動の方向性がどのような政治理念で決められるのか、それも把握できない）そうした漠とした人間像のまま西郷を盟約の相手に選んだ難しさを、小五郎は実感していた。

土佐発案の〈大政奉還〉で手を打つのであれば、孤軍として征長軍を撃退した長州は、置き去りにされる可能性がある。

（西郷が、幕府の打倒に軸足を移したとの知らせは、信じるべきなのだろうか）つかの間、小五郎は前向きの展望を持った。いや、持とうとした。（そうでなければ、あまりにも惨《みじ》めではないか）小五郎は自らに言い聞かせていた。

九月六日、柏村・御堀の復命を受け、長州藩庁で討幕をめぐって会議が開かれた。やはり藩論は二分された。小五郎は、長崎で龍馬から直接、〈大政奉還〉後の政治体制について問いただしていた。列藩会議の議長には、徳川慶喜を想定していることが推察できた。土佐藩の山内容堂が容認できる選択になっている。小五郎は、慶喜の手腕を知っていたし、〈禁門の変〉では完膚《かんぷ》なきまで敗北の憂き目にあった。列藩会議が開かれても、背景にある軍事力の優劣が大勢を決する。(薩摩藩単独では、力の均衡は保てないはずだ)小五郎は冷静に情勢を判断していた。

「条件つきじゃが、薩摩が出兵するのなら、薩長盟約の大義からしても、上方へ兵を出すべきじゃろう」

小五郎が発言したのは、西郷が倒幕に傾きつつある情報を入手していたからでもある。

これに対して、大村益次郎が、

「木戸さんの意見は、筋の通った正論じゃが、敗北しては元も子もない。まだ時期尚早《しょうそう》ではありますまいか」

と反対した。

大村には、小五郎以上に薩摩に対する疑念があった。

「悩ましいところですのう」

木戸には、大村に真っ向から反論する気持ちはなかった。大村の論拠には、小五郎の危惧する現状分析が織り込まれていて、納得できるものだった。小五郎の中の、もう一人の小五郎の意見でもある。前原彦太郎や宍戸備後助《ししどびんごのすけ》(のちの璣《たまき》)らが大村を支持した。広沢兵助(真臣)は中立の立場だった。その場では結論を出すに至らず、間をもって話し合うことになる。

四境戦争に勝利した奇兵隊などの諸隊は、幕府が再建をはたさないうちに、早期出兵をすべきだと主張し、大村を非難した。藩論をまとめる立場の小五郎は悩んだ末、大村や前原の意見をくみ、しばし待機することにした。

流動的な情勢は、各藩それぞれの対立する藩内の意見もからみ、複雑に渦巻いた。そうした中、小松帯刀の言葉どおり、九月中旬に、島津久光の四男備後(珍彦《うずひこ》)は千余の兵を率いて京へ入る。

さらに、九月十八日には、大久保一蔵と大山格之助らが、京都から品川弥二郎と伊藤俊輔に案内され、山口を訪れた。三田尻に着いたとき、大久保は熱を出して体調を崩していた。それでも使命感にかられ、山口の政事堂で毛利父子に拝謁《はいえつ》し、薩長攻守同盟を諮《はか》った。

長州側は、木戸準一郎（桂小五郎）・広沢兵助・太田市之進らが対応する。表書院での拝謁はある種の儀式であるが、藩の総意で兵を動かすには、やはり藩主の裁量を必要とする。大久保とて、薩摩藩家臣の装いは保ったままだが、心中にある戦略は藩の規範を越えようとしていた。非公式の場での政務担当者との密談こそ、当時は政局を動かす会談だった。

翌日、山口政事堂の休息所で、大久保は、小五郎や広沢と会談し、盟約を結んだ。

「手遅れにならぬように、今こそ決起すべきときでごわす」

大久保は京都の情勢を説明し、土佐寄りの大政奉還から、西郷も武力討幕に傾いていることを、詳細に話した。

「島津久光侯もご了承ずみか」

小五郎は藪蛇の質問をあえてした。

「うむ、難しいおたずねでごわすのう」

大久保はたしかな返事をしなかった。

薩摩藩の武力討幕派は、むしろ少数派なのかもしれない。

小五郎は、西郷と大久保の藩内基盤がどの程度なのか、詳細には暗い。

大久保が、西郷の二枚腰にじれて、独断で流動化をくわだてている可能性もある。

同行の大山格之助をはずしての密談には、そうした機微も織り込まれる。

小五郎は、大久保も西郷に匹敵する謀略家ではないかと思った。

「残念ながら、我らは朝敵の寃罪《えんざい》を背負っているゆえ」

広沢がいわんとするところを、大久保はすぐに察し、

「分かっておりますぞ。いずれ晴れまっしょ。すぐには無理かもしれんごっあるが」

公には、京へ長州人は入れない情況が続いていた。

大久保は前もって腹案を携えていたのだが、一呼吸置いた。

「芸州と薩摩で一橋に一計を目論んでごわす」

「一計とは」思わせぶりな大久保に広沢はいらだった。

「慶喜公をおだてて、器量人と自負させてはいかがじゃろうか」

「器の大きな人物には見えませせぬな」小五郎にも、大久保の腹案が見えていなかった。

「毛利侯の赦免はさておき、せめて吉川殿と分家の当主方でも京へ召されて、対話の機会をもたれてはいかがなものかと……。幸い拙藩家老の小松は、一橋の側近とも面識がごわす」

「なるほど、読めてきましたのう」

ようやく小五郎は、大久保の筋書きを見通すことができた。

慶喜はロッシュから長州攻略の戦略を教えられたことがある。長州本藩から吉川の岩国藩と徳山毛利を分断する戦略だった。

「要人が京に召されれば、護衛する兵を伴う必要が生じますな」

広沢もようやく、大久保の腹案が見通せた。

「玉《ぎょく》を奪われては、手も足も出もうはん。別して入念にやらねばと思うとります」

大久保は、〈禁門の変〉の勝負を分けた要点をしっかり把握していた。(おそるべき男だ)小五郎は、大久保の策謀家としての正体をこのとき見抜いていた。

合意内容は、薩摩が出兵する際、軍船は三田尻に寄港し、長州兵とともに大坂へ向かうこと。その期限は九月末とすること。京都占拠を優先させ、その後に大坂城を攻略すること、などが主な合意点だった。

驚いたことに、大久保は慶喜側近に吹き込みまでしていた。芸州藩を通じて、吉川監物ならびに毛利家家老の中一人を大坂まで出頭させるよう、召喚状が届けられた。餌となる誘いは、もちろん毛利家赦免をちらつかせることだった。大久保は、徳川慶喜をたばかって、家老召還に随行する長州藩兵の派兵を具体化させようとしていた。

小五郎は、山田老人と相談の上、帰京する大久保に広沢兵助を同行させ、薩長の合議が京都でも行えるようにした。この時から広沢と大久保の距離が縮まる。

普段は無口で付き合いにくい男に見えて、側近くで過ごしていると、何故か親しみを抱く人徳が大久保にはあるのかもしれない。後年、同じように日米間の船旅をする大久保と伊藤博文の関係も緊密になる。

長州は出兵準備に入り、奇兵隊・遊撃隊・整武隊・健武隊などに出動命令を出し、毛利内匠《たくみ》を総督、楫取素彦《かとりもとひこ》らを参謀に任じた。戦闘部隊の駆け引き役に整武隊総督の山田市之允が命じられた。大久保の言葉を信じ、九月下旬、長州は奇兵隊などの諸隊の一部を西宮へ派遣するため、薩摩船を待った。しかし、十月になっても現れなかった。それだけでなく、長州に協力する約束の芸州藩も、まったく素知らぬ顔で動かなかった。小五郎の脳裏を〈禁門の変〉の悪夢がよぎった。（またどんでん返しの裏切りか）そう思えたほどだった。薩摩藩内の守旧派が根強い抵抗をしたのだろう。長州の藩庁では、三日にわたる会議を開き、対応を協議した末、しばらく待つことに決め、薩摩へ使者を出した。

十月六日、大山格之助らの率いる薩摩兵四百が、汽船豊瑞《ほうずい》丸で三田尻に着き、しばらく待機することになった。九日には家老の島津主殿《とのも》が八百の兵を軍艦二隻に分乗させ周防小田浦にはいる。十七日には、藩主忠義が西郷吉之助と黒田了介を従え、軍艦三邦丸で三田尻に到着した。薩摩軍は一足先に上洛していく。

長州の第一陣が壮途につくのは十一月二十五日のことになる。

四

そのころ、京都政局がめまぐるしく動いていた。

土佐藩の〈大政奉還〉建白と薩長の討幕運動が同時進行した中での坂本龍馬・中岡慎太郎暗殺事件とのからみを、しばらく追ってみることにしよう。九月初旬から後藤らを上京させ、根回しをしていた土佐藩が、満を期して政局の表舞台に登場したのである。九月中旬、坂本龍馬は、桂小五郎よりうながされていた乾退助へのライフル銃供与について、陸奥陽之助を使って、千三百挺《ちょう》の購入を実現。九月十九日、龍馬は桂から乾に宛てた書簡を添えて、小銃を長崎から高知へ運び、そのまま陸奥らと京都へ向かった。龍馬も、〈大政奉還〉と討幕と、二枚腰の対応をしていた。

九月二十一日、徳川慶喜は内大臣の宣下《せんげ》を受け、若狭藩藩邸から二条城へ居所を移した。

その前日から、永井尚志が〈大政奉還〉実現に向けて積極的に動き始めていた。「徳川慶喜公伝」によれば、老中板倉勝静と若年寄格永井尚志の三人だけで密談した。種々の状況判断から徳川家の名誉ある存続のため、自発的な〈大政奉還〉を内々決断した。身辺警護のためからも、慶喜は二条城に入ったものと考えられる。

九月十九日、永井は後藤象二郎を招き、旧交を温めると、翌日、本題に踏み込んだ。

イカルス号事件の顚末《てんまつ》をたずねた後で、

「近ぢか土州より大切な建言があるやに噂が流れているが、真であろうかのう」

と後藤の眼《まなこ》をとらえた。

「これは恐れいりまする。改めて、永井様にはお願いに参上いたす所存で」

後藤は、薩土盟約に縛られていると口に出すこともできず、暗に認めるだけにとどめた。

「上様におかれては、なるたけ早々差し出すよう仰せであった」

永井は後藤に、将軍慶喜から、建白について担保されていることを伝えた。さらに永井は、その場で新撰組隊長近藤勇を紹介し、身辺の安全まで保障しようとした。だが後藤は、近藤勇を逆に警戒し、警護役は受け入れなかった。

九月二十六日、海援隊の長岡謙吉は〈大政奉還〉建白書の浄書を終えた。その翌日、西郷・大久保は、後藤に対して、〈大政奉還〉の建白書提出を認めたのである。これは大久保と西郷の合意に基づくもので、長州が派兵を決断したことによる情況判断によるものだった。

十月二日、薩摩藩は土佐藩に対して、公式に〈大政奉還〉建白書提出を容認する回答を出す。

この時点になっても、薩摩は長州と土佐に対して二方向性の外交をしていたわけである。西郷・大久保のしたたかな現実重視策を垣間見ることができる。

同日、後藤は永井から再び二条城に呼び出された。

「御建白、早々お出し候よう、明日、上様から老中板倉殿へ指図が出る手はずでござる」

永井は、手の内まで教えて後藤をうながした。後藤はその旨を容堂に伝え、建白書の条文から将軍職廃止の条項を削除したことを確認の上、藩論を上京出兵に反対することでまとめた。つまり、乾退助らを制す動きになる。十月三日、山内豊信（容堂）、後藤象二郎、寺村道成、福岡藤次らは、〈大政奉還〉建白書を老中板倉勝静《かつきよ》に提出する。翌日、容堂は将軍徳川慶喜へ〈大政奉還〉の建白書を奉じた。

容堂の建白は、『誠惶誠怖《せいこうせいふ》、謹んで建言仕り候』に始まり、丁重《ていちょう》に建白の理由を述べ、『天下万民と共に皇国数百年の国体を一変し、至誠を以て万国に接し、王政復古の業を建てざるべからざるの一大機会と存じ奉り候。』とし、重複連署の別紙には、八箇条の建白内容を記るし、第一条の、

『天下の大政を議定する全権は朝廷にあり。皇国の制度・法則、一切の万機、必ず京都の議定所より出ずべし』以下、坂本龍馬の「船中八策」を原案とする内容だった。

　これに対して、薩摩の小松・西郷・大久保、長州の広沢・品川、芸州の辻・植田らが会談し、武力討幕を決めた。山内容堂をはじめとする土佐藩を上にあげておいて、梯子《はしご》をこっそり外したのだ。永井の耳には、十月七日に備前岡山藩主の命で上京した牧野権六から、芸州からの緊急情報として、

「長州藩は家老の呼び出しを口実に、武装した兵を上坂させる動きがある」と伝えられた。

　慶喜は、会津藩の松平容保に、板倉と永井の警護を厳しくするよう新撰組に命じさせた。

　幕府も有力な各藩も、二枚腰の対応をしていたのである。十月九日朝、建白の行方を案ずる後藤が永井を訪ねると、

「上様は今日、建白採用の是非を決められるおつもりじゃ。夕刻には貴殿にご返答申そう」

　とのことだった。徳川慶喜は、会津藩に〈大政奉還〉を受理する方針の説得に苦慮していた。


　十月十日夜、永井と後藤はひそかに会談する。この席で、後藤は慶喜の決断を聞いた。

　十月十一日付の後藤宛永井書状によれば、

『昨夜、御内話の趣を以て、懇々建言、好都合に相成り申し候』と経過報告をした。翌十二日朝の再信にて、内輪の会議で紛糾したが、将軍慶喜の決意が固く押し切ったこと、奉還文書の記載内容に永井が深く加わったこと、などを知らせた。この日、慶喜は老中以下の諸有司を二条城に召し、〈大政奉還〉がやむをえないことを懇切に説明した。


　慶応三年十月十三日（陽暦十一月八日）、歴史の大転換が訪れた。

　老中板倉勝静《かつきよ》と永井尚志は、京都の二条城に四十藩の在京重役を呼び集めた。何事かと城門を入り、豪壮華麗な二の丸御殿唐門をくぐった重役には、事変を想像できなかった。

　二条城大広間二の間で、奉還上表文書が回覧された。一瞬、大広間にため息と呻《うめ》くような怒声がいりまじり騒然となる。

「ご一同、お鎮まりなされよ」

老中板倉勝静が声をあげた。

「お目を通され、発言を望まれるものは、この場に残られよ」永井尚志が実務を引き受けた。

その場での意見はなかったが、賛同者は少なく、むしろ呆然としていた。

発言希望者は散会後に集まるように申し渡され、薩摩・土佐・安芸・宇和島・備前などの六藩から申し出があった。この席で熱心に賛同し、即時参内して〈大政奉還〉の勅許を得るよう進言したのは、他ならぬ薩摩藩家老の小松帯刀だった。西郷・大久保の武力倒幕は失敗する可能性が高い、と読んでいたのかもしれない。永井を軸にして土佐の後藤と薩摩の小松が、徳川慶喜の〈大政奉還〉を推進したことになる。この関係は維新後の箱館戦争で虜囚となる榎本武揚・永井尚志・大鳥圭介らの恩赦《おんしゃ》に際して、後藤と永井の友情として復活するが、小松はすでに他界している。

〈大政奉還〉の影の主役、坂本龍馬は舞台の進行を京の町屋で見守っていた。十月十三日に、酢屋から醬油商近江屋に宿を移し、後藤に決死の覚悟で事を成就するよう激励の手紙を出した。その夕刻、後藤から返書があり、〈大政奉還〉成就の知らせを受け取った。だが、投げられた賽《さい》は止まることなく、歴史の坂道をどこまでも転がっていく。佐幕的な〈大政奉還〉と倒幕の密議が、二匹の大蛇がからみあうかのごとく同時進行の潮流となり、歴史を動かした。

翌十月十四日、大久保と広沢は、権中納言の正親町《おおぎまち》三条実愛《さねなる》から討幕の密勅を授けられた。

討幕の大義名分を得るため、岩倉具視・三条実愛・中御門経之《つねゆき》が朝議を経ず作成した偽勅で花押もなかった。つまり、岩倉と大久保の謀議が具体化し始めていたのである。

そうとは知らず、慶喜は、西周《あまね》を二条城に召して、英国の議会制と三権分立などについて質問し、〈大政奉還〉の趣旨を再確認した。郡県制などについても語られたらしい。

同日、徳川慶喜は、「大政奉還の上表」を薩摩・土佐・芸州の合同提案として奏上する。

並行して、薩摩の小松帯刀、土佐の後藤象二郎・福岡藤次、芸州の辻曹将は、摂政二条斉敬《なりゆき》を訪ね、〈大政奉還〉奏上認可を迫った。つまり、倒幕の密勅(偽勅)が下された同日、徳川慶喜は朝廷に〈大政奉還〉を願い出たのだ。政権担当能力のない朝廷は、かならず慶喜へ泣きついてくるとの計算づくである。倒幕派の矛先《ほこさき》をかわし、新政権で実権を握るのはたやすいと、慶喜はほくそ笑んでいた。ところが、重大な読み違えをしていたのである。

岩倉具視という恐るべき謀略家の姿が見えていなかった。

すでに岩倉は、倒幕に向かって動きはじめていた。〈大政奉還〉前の十月六日には、大久保、品川が岩倉邸を訪ね、錦の御旗作製について相談していた。

十月十五日、朝廷は慶喜の〈大政奉還〉を允許《じょうそ》（勅許）する。一週間後、幕府は諸大名に二条城へ総登城を命じ、〈大政奉還〉の決意を表明した。さらに三日後、徳川慶喜は、朝廷に征夷大将軍の辞表を提出する。徳川家康が征夷大将軍を拝命した二条城は、十六代続いた徳川幕府の終焉《しゅうえん》を見守った。

そのころ、薩摩の武力倒幕派は実行に向けて走り出していた。

十月十七日、西郷吉之助・大久保一蔵・小松帯刀《たてわき》は、本国・長州・大宰府と挙兵上洛の打ち合わせのため、薩摩へ海路を出立していた。注目すべきは小松帯刀の動きで、〈大政奉還〉と武力倒幕の両潮流に顔出ししている。小松帯刀の矛盾した動きは、薩摩藩総体を象徴しているようにも見える。偶然か故意か、小松は、対立する二つの勢力からの目くらましの役を演じていた。薩摩内部でさえ、幾筋もの思惑が複雑に交叉し、からみ合っていたのである。

そのことが坂本龍馬暗殺に微妙な影を落としていたのだろうか。西郷黒幕説、大久保黒幕説の浮き上がってくる源に、〈大政奉還〉の舞台裏を知りすぎた男・小松帯刀を政治的に護る動きがあったのかもしれない。西郷・大久保・小松はそれぞれが三角形の基点で、一つが欠ければ三角形は直線に変じ、弱さを生む。

この日、坂本龍馬は、何故か薩摩の吉井幸輔に近江屋からの退去を勧められた。吉井は、親しい龍馬の身に危険が迫っていることを知っていたのだろう。当時、岩倉から大久保へ宛てられた書状が残っていて、松平容保らが、反幕府勢力を襲う計画があることを知らせている。ということは、岩倉は佐幕・倒幕の二方向から情報を集めていたことになる。大久保の留守中、吉井がこの書状を目にしたとの説がある。しかし、岩倉から大久保への私的書簡を、いくら側近とはいえ、無断で読むことができたのだろうか。むしろ、別の経路から、龍馬襲撃の情報が吉井の耳に達していた可能性が残される。大久保利通の側近中の側近、吉井という人物は、政局のきわどい局面で不思議に幻影のごとく登場する。狂言まわしの道化師役にも似ている。

翌日、龍馬は望月清平に転居先の周旋を依頼する手紙を出す。同日、中岡慎太郎は、岩倉具視の供をして薩摩藩邸を訪れ、伊地知正治・吉井幸輔と会見している。その目的は不明だが、彼らは倒幕に動いていた。ここにも岩倉の姿があった。

さらに同じ日、〈大政奉還〉をめぐって江戸城中は沸騰《ふっとう》した。幕閣・旗本の大評議があり、小栗忠順《おぐりただまさ》勘定奉行らは京都派兵と将軍東帰を強く求めた。激論に決着はなく、改めて二十一日の総登城で評議になる。老中格の松平乗謨《のりかた》・稲葉正巳、若年寄永井尚服《なおこと》、若年寄並川勝広運《かわかつひろかず》、大目付滝川具挙《ともたか》らが相次いで上京。彼らは〈大政奉還〉に反対の旨を慶喜らに訴えた。

十月二十日、徳川慶喜はロッシュに親書を送り、〈大政奉還〉により政権を朝廷に帰し、衆議をもって朝廷の裁断を得て、政治を行う旨を知らせた。今後も援助してくれるよう、頼むことを忘れなかった。同じ日、後藤象二郎の依頼で、龍馬は議事院設立のための知識をイギリス外交官から得るため、海援隊の長岡謙吉と中井弘を横浜へ派遣した。

翌日、一万石以上の大名に上洛が命じられた。十月二十九日、明治天皇（即位前）は、勅使日野資宗《すけむね》を孝明天皇御陵に差し遣わし、大政復古を告げさせた。建武中興以来の歴史的な転機だった。

東西から京都へ向かって激しい兵の移動が始まる。〈大政奉還〉が江戸に知らされると、留守役の幕臣・旗本・御家人に不満の声がわきあがり、幕兵が続々と京を目指した。幕兵と会桑の兵を合わせれば、一万を越す大兵力が集結することになる。薩長盟約も坐視できない状況だった。

十月十七日、薩摩の小松・西郷・大久保と長州の広沢・品川らは、討幕の密勅を奉持して京都を離れた。四日後、三田尻から山口に入り、小松・西郷が毛利父子と会見した。大久保は病のため三田尻にとどまった。

品川は、大久保が錦旗作製のため祇園の愛妾おゆうに西陣で買い求めさせた素材を、山口に持ち帰って錦旗に仕立てさせた。図案は岩倉の腹心玉松操によるものとの説と、後で触れるように長州で岡義春により創られたとの二説がある。機密保持の面では、京都での作成には無理がある。

出兵の合意がなり、三田尻に待機中の薩摩兵を至急上京させ、長州も追って出兵することを決めた。鹿児島へ帰国する小松・西郷に品川が同行し、藩主敬親公から島津父子への親書を携えた。

十月二十三日、後藤象二郎から、越前へ行き松平春嶽の上洛を促すよう頼まれた龍馬は、翌日、福井へ向かう。越前藩の横井小楠排斥で幽閉中の三岡三郎（のちの由利公正《ゆりきみまさ》）を新政府へ参加させようとの目論見もあった。

十月二十四日、京都の大神宮にお札降りがあり、「エエジャナイカ、エエジャナイカ、ヨイヨイヨイヨイ」の掛け声とともに、民衆は踊り狂い始める。そうした狂気が渦巻く中、新たな政権構想の実現を夢見て奔走していた人々がいた。越前足羽川近くの山町にある煙草屋《たばこや》旅館で三岡と会見した龍馬は、新政府の財政について意見を聞いた。当時の三岡は謹慎処分の身で、立会人として福井藩士が付き添った。龍馬は三岡以外の人物は眼中になく、

「三岡さん会いたかったのう。話すことが山ほどあるぜよ」と切り出した。

横井小楠の殖産興業論に触発され、財政について教えを受け、共に西国各地を視察した。

長州の馬関では物産取引会所を見学し、長崎ではオランダ商館と生糸販売の契約を結ぶなど積極的に動いた。福井では、藩札発行と生糸の専売制を一体にした政策で苦しい藩財政を再建していた。

「財政再建の秘訣《ひけつ》はなんじゃろかのう」

と龍馬としては、荒っぽい質問をした。

「簡単に言えば、民が富めば、国も富むということじゃ」

至極当然のことを言ったのだが、龍馬は実績に裏付けられた三岡の言葉に感服した。

龍馬は、自らの〈船中八策〉について語り、三岡の意見を聞いた。

「勇気百倍いうは、このことじゃのう。おまはんの意見と大差ないことがわかったきに、これから京都へ帰って、仕上げを急がにゃならん。成就《じょうじゅ》の暁には、国の財政を引き受けてくれんかのう」

意中を三岡に吐露した龍馬は、〈大政奉還〉が間もなく、日本国中をあっと言わせることを確信していた。

十一月五日、福井から帰京した龍馬は、土佐藩参政福岡藤次と会い、春嶽からの返書を渡し、さらに永井尚志との接触を図った。おそらく春嶽から〈大政奉還〉に関して、何か重要な伝言があったのではあるまいか。龍馬は、〈大政奉還〉後の政体で、首相格の中心人物に徳川慶喜を想定していた。春嶽はそのことを慶喜へ伝えたのだと思われる。

十一月八日、二人の重要人物が京に姿を見せる。春嶽が岡崎の越前藩邸に入り、岩倉も許されて京での活動を始めた。

翌日、福岡は春嶽に新政府の政権構想を説明した。上院を摂政二条斉敬と慶喜が主宰し、諸侯が議員となる。下院は諸藩士と草莽《そうもう》（庶民）で構成する。この政府を立ち上げるため有力諸侯が合同して、国家の基本方針を決議し、天皇の御前で誓約して確定する。その上で諸侯に通達し、反対するものは追討する、といった概要である。

春嶽に大きな異論はなかった。そこで永井から慶喜に要旨を伝えてもらう必要が生じた。

十一月十日、龍馬は、福岡藤次の周旋で永井を訪ねたが不在で、翌日になって会うことができた。この日付で海援隊支持の林謙三（のちの安保《あぼ》清康海軍中将）へ宛てた手紙がある。

『今朝永井玄蕃《げんば》方に参り色々談じ候所、天下の事は危《あやう》しとも、御気の毒とも言葉に申されず候。（中略）実は為すべき時は今にて御座候。やがて方向を定め、修羅《しゅら》か極楽か御共申すべしと存じ奉り候』と書かれていて、王政復古が平和的に実現するのか、武力による権力闘争になるのか岐路に立っている情勢が伝わる。さらに追伸として、『彼玄蕃の事はヒタ同心にて候』と書き加え、永井と考えが一致したことがわかる。また龍馬は後藤に、

「永井は天下の若年寄なるに、酒々落日、赤心《せきしん》を人の腹中に置くの雅量あり、さすがに幕府の人物なり」と評した。こうして龍馬は、慶喜を首班とする政権構想で永井と合意に達していた。十一月十四日も二人は会談しているのだが、翌十五日、龍馬は中岡と会っている際に襲撃され落命してしまう。行年三十三歳、惜しまれる若さでの暗殺である。中岡は巻き添えだろう。刺客は京都見廻組の佐々木唯三郎・今井信郎・渡辺篤らといわれているが、黒幕が誰で何の目的だったのか、不明のまま歴史の闇に埋もれていく。動機として王政

復古に反対する幕臣強行派の権益保持のためなのか、武力倒幕を狙う勢力によるものなのか、単なる嫉妬や個人的な理由なのか、今一つ分かりづらいものがある。小五郎は再三、龍馬に身辺の気をつけるように手紙を書き送っていた。

それにしても、薩摩の吉井は何故、龍馬に近江屋から転居するように勧めたのだろうか。

すでに吉井の近辺で暗殺の噂が流れていたのかもしれない。そのうえで、良心をとがめた吉井は、龍馬を救おうとしたのではなかろうか。また龍馬と〈大政奉還〉の根回しをした福岡藤次は、近江屋のすぐ近くに住んでいたのに、なぜ龍馬襲撃後に駆けつけもせず、死後も冷淡だったのか、疑わしい謎も多く残っている。

結局、坂本龍馬と中岡慎太郎は、霊山の長州藩志士の墓地に埋葬された。数年後、墓所に碑を建て、墓標に揮毫《きごう》したのは桂小五郎こと木戸孝允《たかよし》である。

五

〈禁門の変〉の壊滅的敗北から奇跡的に再生した、長州軍の上洛が実現する。

往時の悲劇を知る小五郎にとって、胸にあふれる感慨があった。長州は、京都派遣諸隊の総督に家老の毛利内匠《たくみ》（藤内《とうない》）を任命。右田毛利家当主で、四境戦争では石州口総督を務め、大村益次郎とも理解しあえる仲である。参謀は小田村素太郎（楫取素彦《かとりもとひこ》）が選ばれた。奇兵隊・遊撃隊・整武隊・健武隊の諸隊に加え、右田毛利家の兵、岩国藩兵などで構成された八百六十余人が第一次出兵で出動する。

京都の政局がこれほどの早さで展開するとは予測できなかった長州藩庁は、十月末、諸隊の批判をかわすため、大村益次郎を、軍制専任の用所役から用所助役に降格した。革命の速さは、論理的な合理主義では予測できないことを、大村益次郎は痛感していた。同時に大村は、小五郎の洞察力の鋭さを、あらためて見直した。

「大村先生、このたびの失礼は、どうかお許しくだされ。わからずやどもの頭をさませれば、復帰をお願いしますぞ」

降格に際しても、小五郎は終生、益次郎を先生と呼び、ねぎらいの言葉を忘れなかった。

「木戸さん、気にせんといてくだされ。何とも思うていませんちゃ」

「ありがたいことです。先生には、我が藩のみじゃのうて、この国の行く末を、お願いせにゃならんと、思うとります」

大村益次郎には、さらなる大役が待ち受けていることを、小五郎は熱く語った。

その上で、戦闘部隊の指揮官を選ぶことになる。

「部隊の駆け引き役を誰にしますか」

腹案はあるが、小五郎は大村をたてる。

「いかがですかのう。小柄ながら今牛若とも呼ばれる男。山田市之允に期待しておりますが」

「おう、これは。思うことは一緒ですのう」

二人の思いは重なり、思わず笑顔がほころんだ。

ところが、世の中、非情が横行していた。

十一月十五日、坂本龍馬と中岡慎太郎が京都河原町蛸薬師《たこやくし》の醤油《しょうゆ》商「近江屋」で襲撃され、龍馬は即死、中岡は重傷を負い二日後に死んだ。

その前日、藩論統一のため帰国していた小松帯刀は、病（肺結核か）の悪化で鹿児島を離れられず、代わって大久保一蔵が高知経由で上京して来た。同じ日、西郷は、藩主島津茂久《もちひさ》（維新後の忠義）をいただく三千の兵を率いて鹿児島を出発していた。西郷は、黒田了介や品川弥二郎を伴っている。

近江屋の暗殺事件で、永井尚志と龍馬・小松との連携が絶たれてしまった。永井側に龍馬暗殺の動機はなく、かえって大きな損失になる。実行犯・黒幕・龍馬の動静を密告した者など、少なくとも三様の関係者が謀議している。そして、一見、部外者のように見えながら、薩摩の吉井と土佐の福岡、さらに言えば岩倉具視は、暗殺計画を知っていた可能性がある。

三日後、薩摩の軍船四隻は三田尻に着き、長州軍総督の毛利藤内や山田市之允ら参謀と会見し、出兵の段取りを決めた。薩摩の軍勢は藩主島津茂久に率いられ、十一月二十三日までに入京。芸州藩も、藩主浅野茂勳《もちこと》（のちの長勲《ながこと》）が兵三百に護られ入洛した。長州藩兵は、十一月二十五日に三田尻を出航し、二十八日に西宮に上陸の後、京からの連絡を待つ手はずとなる。薩摩の軍船は、その夜、直ちに三田尻を離れ、京へ向かった。

小五郎は、大村益次郎と協議し、討幕戦は薩摩を主力とし、長州はあくまでも従として参戦することで合意していた。これまでの薩摩はまだ無傷に近く、長州は〈禁門の変〉と〈四境戦争〉の傷を癒やしきれていなかった。それでも予定どおり、長州藩兵は壮途につく。一日遅れたが、二十九日には大洲藩兵が守衛する西宮の打出浜に兵員と武器を陸揚げし、待機した。実は大洲藩と小五郎は、内通していて、隠密に協力関係ができていた。幕命で一帯を管轄していた大洲藩は藩主加藤泰秋《やすあき》が尊皇派で、岩国吉川家と親戚だったため、咎《とが》めるどころか、武器弾薬の保管から兵糧の手当てまで援助する。ちなみに加藤泰秋は、戊辰戦争の初期から官軍に参戦し、晩年は大正天皇の侍従を務める。

その状況を京都から派遣された黒田了介と村田新八が目撃して、

「さすが長藩でごわす。これはおもしろかこっになりもすぞ」と村田は満足していた。

「土佐の容堂公が上京するのが十二月初旬らしゅうごわす。それまでに旗あげせにゃなりもさん」黒田の報告は切羽つまったもので、長州兵は上洛を急がねばならなかった。

「ご同行いたしたいが、かまいませんか」山田がきくと、

「もちろん来やぃな。西郷さぁもお待ちでごわす」

側近中の側近、村田新八が笑顔で答えた。

視察のため山田市之允は彼らとともに、一足先に京都入りすることになる。

市之允は徳川慶喜の大政奉還で衝撃が走る京都の政局を目撃した。西宮の長州軍本営に戻ると、幹部を集めて対応を協議する。

「朝廷は王政復古の大号令を発するらしい」

市之允の報告に対して、

「ならば、我が藩も間もなく許され、堂々と上洛できよう」総督の毛利内匠も楽観的になる。

土佐の公議政体論を抑えるためには、どうしても軍事力に訴えなければならなかった。

十二月二日、西郷と大久保は土佐の後藤に会い、御所を藩兵で固めたうえで、有力諸侯が参内し、公卿の主導で天皇が王政復古を宣言する案に同意を求めた。後藤は即答せず、十二月五日の決行日を山内容堂の上京まで延期することを要請した。そのうえで五日に松平春嶽に薩摩の案を伝え、福井藩の他、尾張・安芸などの有力藩を加えることで、薩摩の独走を抑えようとした。春嶽は直書を慶喜に送り、九日に延期された薩摩の計画を知らせたが、対抗処置は取られないまま時間は過ぎた。

十二月八日、都落ちしていた公卿と長州藩主らの官位が復旧され、入京も許される。その日、朝議が催され、二条摂政以下の朝臣と徳川慶勝・松平春嶽・浅野長勲《ながこと》（芸州藩世子）らが出席した。だが、慶喜と松平容保《かたもり》・松平定敬《さだあき》は意図して欠席した。朝議は翌日未明におよび、〈大政奉還〉に伴う人心一和を謳《うた》い、長州藩主父子の官位復旧・上京許可・処分朝臣すべての赦免・五卿の官位復旧と帰京許可が決定された。平穏に終わった朝議に安堵し、解散したあとで、歴史を揺るがす大事が起こった。

〈王政復古のクーデター〉が決行されたのである。

薩摩藩を主力にした五藩（薩摩・土佐・芸州・尾張・越前）の兵が御所を固めた。その際、下知されていたのか、御門警護役の会津・桑名兵は抵抗もせず引き揚げた。岩倉具視ら反幕府の公卿に五藩藩主が列席し、天皇の臨席を仰いで朝議が開かれた。

〈王政復古〉の宣言である。

摂関制度の廃止と幕府の廃絶、中川宮・二条摂政ら二十一人の親王・公家の参内停止が布告された。暫定的な政府として総裁・議定・参与の三職が定められた。いわゆる「三職制」の始動である。総裁に有栖川宮熾《たる》仁《ひと》親王、議定には仁和寺宮嘉彰《よしあきら》（のちに東伏見宮・小松宮に改称）親王ら皇族二人、中山忠能《ただよし》ら公卿三人と五藩藩主、参与には大原重徳・岩倉具視ら公卿五人と五藩から各三人が任命された。三条実美や木戸はまだ、京都に入っていなかったが、この時点までは波乱なく進んだ。

同日夜、小御所において初めての三職会議（小御所会議）が開かれた。

クーデターの最重要課題である徳川慶喜の処遇について、欠席裁判で強行しようとする岩倉・大久保に対して、慶喜の参加を求める容堂・春嶽が激突した。当時、会津と桑名両藩は五千の兵を京に置き、土佐兵の約八百を動かすと、薩長に比肩される勢力になった。土佐藩がキャスティングボートを握っていたともいえよう。

それ故、土佐藩は強気にでた。徳川慶喜公がこの席に召されていないのは、いかにも不公平ではござらぬか」容堂には許しがいたことだった。岩倉は慶喜の「辞官納地」を求め、内大臣辞任と領地返上を要求する決定をしようとした。

「辞官納地をひとり内府公に迫るのも合点がゆかぬ。薩摩・芸州のみならず、我が土佐も数十万石を領しておる。ご一新の実をあげようというのであれば、天下の諸侯が総て辞官納地をいたすべきではあるまいか」

容堂は反対し、後の〈版籍奉還〉に連なる私論を語った。

反論できない岩倉と大久保を目にして、さらに、

「どうでござる」無言は追認と思うてよろしいのかのう」容堂は皮肉な笑みを浮かべ、

「参朝に際して、御所の内外で薩摩の幟《のぼり》を掲げた兵を目にしたが、どこぞに朝敵でも現れたのかのう」

と大久保をあおった。

かたわらの春嶽が心配して、容堂の袖《そで》を引いて自制を求めたが、高揚はおさまらず、

「かかる武威をもって政事を行わんとするは、何事ぞ。これは幼冲《ようちゅう》の天子を擁《よう》し奉り、政事をほしいままにせんとする企みにあらずや」と決めつけた。

「待たれよ。幼帝云々とは何事ぞ」

と岩倉が一喝し、容堂をたじろがせた。

「聖上は不世出の叡君であらせられる。容堂殿、不敬ではござらぬか」

岩倉の逆襲には迫力があり、失言に気づいた容堂は顔面蒼白になった。

「返答なされい」かさにかかって詰問する岩倉に、容堂はうつむくしかなかった。

「聖上に失礼の段、お詫びいたす」

容堂はふるえる唇をかみしめた。

主君の窮地を救うため、後藤が発言を求めた。

「王政復古は公明正大でなければ、聖上におかれましても、お心晴れぬものがござりましょう。内府公をこの席にお招きすべきと存じあげまする」

「拙者も同意でござる」春嶽が声を出すと、

「同意いたす」徳川慶勝も同調した。

「ならぬものはならぬ」岩倉が反論し、大久保も続いたが、数のうえでは少数派になった。

岩倉は中山に合図して休憩をした。控え室にて岩倉と大久保は、局面打開を図るため、西郷を呼び意見を求めた。

「容堂が慶喜の三職会議参加を求め、譲らんごっある。岩倉公も困りはてておりもす。延期すべきじゃろうか」

「一蔵さぁ、それはだめでごわっそ。こいば一本で済むことでごわす」

西郷は、腰の短刀に手をやり、深夜の夜気も凍えそ

うな低く重い声で突き放すように言った。

「わかりもした」短く答えた大久保は、辻を介して西郷の決意を後藤に伝えた。

後藤としては、主君の命を護ることを先決した。休憩時間に大久保・後藤・辻らが協議して容堂公の発言を抑えた。慶喜への報告と受諾周旋役に徳川慶勝と松平春嶽が当たるという、貧乏くじまで引かされる始末になった。二条城は怒りの坩堝《るつぼ》と化していて、二人は罵声《ばせい》を浴びせられるだけでなく、命までも脅かされそうな雰囲気《ふんいき》だった。

この決定は慶喜にとって思いがけないもので、受け入れ難いものがあった。側近の老中板倉勝静・若年寄格永井尚志も激怒した。土佐藩から提案のあった〈大政奉還〉後の政治体制が頭にあったから、理不尽《りふじん》な決定と思ったにちがいない。まさに岩倉具視と薩摩の謀略に嵌《は》められたわけである。永井は、土佐藩邸に山内容堂を訪ね、幕府が愕然《がくぜん》とし、旗本が憤激していることを伝えた。しかし、天皇のご臨席で決められたこととして、覆《くつがえ》すことは武力を用いない限り不可能になっていた。一方、小御所《こごしょ》会議の決定は、薩長両藩にとっての政治的な大勝利となる。

〈王政復古〉が発せられると、大山弥之助と西郷信吾が西宮の長州陣営まで報告に来た。

「至急進軍されたい」大山は西郷の指令を伝えた。

決死の進撃かと、山田市之允が構えたので、

「今朝、貴藩の赦免が決定しもした。大手を振って上洛なさるべし、でごわっそ」

西郷信吾が朗報を伝えたので、長州軍の陣屋に歓声があがった。

山田市之允は奇兵隊と遊撃隊を先鋒として全軍の出動を命じた。

翌日、全軍が京都に入り、〈王政復古〉の大号令が発せられたことを正式に知った町衆に迎えられた。ところが、大山と小西郷は、兵庫から船で三条ら五卿のいる大宰府へ向かった。

その行く先を山田に告げることはしなかった。

小御所会議の決定は、さすがの龍馬も想像していなかっただろう。だとすれば、龍馬はなぜ暗殺される直前まで、土佐藩と薩摩藩の合意による〈大政奉還〉をまとめようとして、後藤象二郎へ激励の手紙を送ったのだろう。襲撃の動機や真犯人は、謎の多い事件であ

るが、実行犯を操り、坂本龍馬を現世から消し去った人物は誰なのだろうか。いずれにせよ、存在意義が大きかったということだろう。慶喜により〈大政奉還〉が告げられた後、これまで味方を装っていた西郷や大久保そして岩倉を前にして、龍馬は八策を具体化する難題に直面することを理解していた。

乱世では往々にして「昨日の味方は今日の敵」になる。現実を洞察した龍馬は、後藤象二郎を介して、土佐藩から公式に薩摩藩の同意をとりつけようとした。個人の信義ではなく、藩と藩の公的な約束にしておく必要があったのだ。

しかし、薩摩藩はこの時も藩論は二分していて、倒幕派はすでに動きはじめていた。

倒幕派は、藩首脳に土佐藩から〈大政奉還〉の公認を求められれば、苦境に追いつめられる可能性があった。薩摩藩の中に龍馬襲撃の可能性を噂する者がいて、それを耳に入れた吉井が、龍馬に転居を勧めたとも読めないことはない。

小五郎は、暗殺者に注意するよう再三忠告していただけに、知らせを受け愕然《がくぜん》とした。護身用のピストルを贈っていた高杉晋作も、泉下で歎いたことであろう。

薩長同盟成立の瀬戸際で龍馬が見せた憂国の志は、この国の歴史に刻まれるものである。

小五郎の手許には、薩長盟約を箇条書きにして龍馬が朱で裏書きしたものや、この夏、長崎で小五郎が短刀を贈り、返礼として龍馬から贈られたピストルが形見として遺った。

（人間坂本龍馬の思い出こそが、かけがえのない宝物なのだ）小五郎は、江戸の斎藤道場時代に撃剣の手合わせをした若き日から、「薩長盟約」で大義を説いた憤りや、「船中八策」の原案を熱く語った長崎の日々まで、走馬燈のような面影にひたすら合掌した。

そのかたわらには、松子の姿もあった。馬関で龍馬を接待した宴が、闊達《かったつ》な志士の姿を目にした最初で最後になってしまった。

維新後も、亀山社中の者で龍馬ゆかりの人材を、小五郎は終生大切にしていく。

〈王政復古〉が宣言された日、小五郎はまだ山口にとどまっていた。

十二月十日、徳川慶喜に厳しい決定、即ち辞官納地の勅諭《ちょくゆ》が下される。十二月十日から十二日にかけ、長州兵は〈禁門の変〉以来、三年ぶりの入京をはたす。しかし、河原町の藩邸は焼失していて、薩摩藩邸に隣接する相国寺を宿舎にした。

十二月十二日、徳川慶喜の将軍職辞職に幕臣は騒然となり、二条城に集結していた会津・桑名兵も臨戦態勢に入った。情勢が緊迫化したので、会津若松から京都へとんぼ返りした家老の田中土佐を中心に、内藤介右衛門・上田学太輔《がくだゆう》・諏訪伊介らの重臣が荒神橋東詰の会津藩邸で協議した。その席で別撰組隊頭の佐川官兵衛が主君松平容保の即刻帰国を建言した。

「朝廷の形勢がかくの如くになるは天運なり。この際、万一粗暴の挙動があれば、皇国に騒擾《そうじょう》をもたらすことになりかねない。主君が直ちに帰国し給うことが、先帝以来の忠誠を全うする策ならん」との訴えである。猪武者として描かれることの多い佐川の、理知的な側面がうかがわれる。この時、二条城から将軍徳川慶喜の使者が来て田中土佐に会い、「事ここに至れり。憤激の徒が事を誤ることを恐れる。直ちに大坂に下るべし。肥後守も来たれり」と告げた。そのため佐川の建言は宙に浮き、松平容保・定敬兄弟も二条城に入った。

黒谷・鴨川・鞍馬口に配置していた会津藩兵も呼び戻された。同時に非戦闘員にあたる婦女子や子供たちの帰国が決まる。かつて〈八月十八日の政変〉では、七卿や長州の婦女子が着の身着のままで雨に濡れながら都落ちをした。それを冷たく見送った会津藩士が、逆転した状況下に呆然として、家族の帰国を見守らねばならなかった。

二条城は、幕府兵士に加え会津・桑名藩兵の怒気が充満する。不穏な空気に包まれた京の町衆は、〈禁門の変〉の再現を恐れ、避難する人々で混乱した。

暴発を恐れ、慶勝・春嶽の周旋に返答しないまま慶喜は二条城を出て、大坂城に向かう。

朝廷との窓口として二条城には永井尚志を残し、大坂城との連絡役も委ねた。〈禁門の変〉で鷹司邸へ火を放つよう命じ、それがどんどん焼けを誘発したことを反省していたのだろうか。戦になれば、市街戦で京都はまたしても焼け野原になるおそれがあった。

十二月十三日夜、京都からの急使が山口に着き、〈王政復古〉の断行を知らせた。前日の朝議で、毛利父子の官位復旧と入京が許されたことも、確認された。政事堂では、桂小五郎こと木戸準一郎を大宰府の五卿のもとへ向かわせる決定をした。しかし、ここでも薩摩が先に動いていて、すでに翌日には西郷信吾、大山弥助らが、三条実美らを迎えるため大宰府に到着していた。西郷が五卿を大宰府に移した政略は、この時点で光を当てる時が訪れたわけである。小五郎は、西郷の周到な運びに、名人の囲碁《いご》のさし手を見るような気がした。

十二月十四日、二条城に居残っていた永井は、新撰組の処遇もあり、大坂へ向かい、大坂天満宮に駐屯させた。しかし、周囲との折り合いが悪く、近藤勇を説いて伏見護衛の任務に就かせる。十六日には、近藤以下の隊士が伏見奉行所に入った。

十二月十六日、徳川慶喜は、英、米、仏など六ヶ国の使臣を招き、政体改革の事を告げる。

山内容堂は、龍馬の「船中八策」に近い妥協案を模索し続けた。徳川慶喜を内大臣として新政府の主班とし、徳川の領地も維持したまま、国政に必要な費用を公議によって定めると提案した。旧越前藩主松平春嶽や元尾張藩主徳川慶勝らと朝廷工作をする。〈王政復古〉の政権は形のみで、クーデター強行の反発は朝廷内でも強く、内外の地位は不安定のままだった。

肥後藩をはじめとする西国有力藩のうち十藩が、クーデター批判の建白書を提出した。

公議政体を目指すものの方が、王政復古政府内でも多数派だった。慶勝・春嶽の両周旋役に参与の後藤象二郎と中根雪江が加わり、妥協案を模索していた。慶喜が参内して官位返上を奏上すれば、直ちに議定に加えるとの案を練った。慶喜への打診のため、永井に伴って中根と尾張藩の参与田中国之輔（のちの不二麿）が同行した。しかし大坂では、旗本や会津藩が慶喜の上京に強く反対した。そのため二十二日に大坂から京都へ戻った永井を迎え、土佐藩の宿舎大仏妙法院で、容堂・春嶽・後藤を加え対策が検討された。

その結果、辞官納地については、慶喜より奏上しなくとも、朝廷の御沙汰として松平春嶽が大坂へ伝えることとした。内容について、政府入費は徳川のみでなく、諸侯が公議により石高割りで負担するようにした。深夜におよんだ会合の帰り路で、暗殺を警戒し変装した永井は従者を馬に乗せ、主従が交代した姿をとったほどである。

翌二十三日夜、三職会議が開かれ、徳川慶喜への御沙汰書が検討された。内部の対立が激しく紛糾《ふんきゅう》して徹夜の議論になった。薩摩の強硬論に反発して、徳川慶勝が議定辞職を表明した。そのため参与の中根と田中が懸命の調停をする。三職会議は中断し、翌日の朝議で有栖川宮総裁の裁断を待った。内容は穏当になり、辞官後の慶喜は「前内府」、納地については『御政務御用度の分、領地の中より取り調べの上、天下の公論を以て御確定』とすることに決まった。春嶽と慶勝が使者として下坂したが、慶勝が船中で病気になり、名代《みょうだい》の成瀬正肥《まさみつ》が登城した。慶喜は、尾張・越前両藩の周旋に感謝し、三職会議案の受け入れ表明をした。

ところが春嶽らが大坂城を去った後、十二月三十日、事態を急変させる江戸の変事が、米国太平洋郵船で注進の御用状として舞い込んだ。西郷により仕掛けられた関東騒擾《そうじょう》事件に対して、江戸の幕閣が薩摩藩邸攻撃に踏み切ったのだ。『十二月二十五日、庄内藩と幕府歩兵隊が薩摩藩邸を焼討した』という報告である。

この速報で歴史の歯車が逆転し始め、大坂城内が討薩で沸騰《ふっとう》する。老中板倉勝静と若年寄永井尚志が鎮静につとめたが、「慶喜公のお命を頂戴《ちょうだい》つかまってでも戦うべし」との意見が飛び出すほどに加熱していた。こうして慶喜は、綿密な戦略を立てえぬまま討薩を決意する。

これより先、西郷は益満休之助や伊牟田尚平らを秘密工作要員として江戸へ送りこみ、五百人余の浪士を募《つの》っていた。当然、西郷は資金面の手当もしていた。彼らにありとあらゆる悪事を働かせ、江戸と関東一円を騒乱状態にするためである。益満と伊牟田は江戸在勤中に清河八郎（庄内藩士・のちに浪士組結成）や山岡鉄太郎（のちの鉄舟）らの「虎の尾会」に属したことがあり、何かと動きやすいことを見とおした西郷の人選だった。

江戸取締役の庄内藩兵と配下の新徴組《しんちょうぐみ》は、不逞《ふてい》を働く浪士たちの多くが、薩摩藩邸を根城にしていることをつかんでいた。十二月二十五日、江戸町衆の迷惑を無視した西郷の策謀が劇的な効果を生む。西郷の挑発に乗ってしまったわけだ。知謀の幕臣小栗忠順さえ、東西呼応した策謀を見抜けず、薩摩藩邸の一斉手入を命じた。江戸田町の上屋敷をはじめ高輪邸、桜田小山邸などの薩摩藩邸が、江戸市中警備役の庄内藩兵と新徴組隊士により焼き打ちされ、幕府の宣戦布告と等しい効果になった。

浪士の多くは薩摩の軍艦などで逃亡したが、秘密工作員の益満休之助は捕縛され、勝海舟のもとに幽閉された。西郷の策謀を自白した可能性があり、江戸へ新政府軍が迫った際、幕府の使者山岡鉄舟を駿府へ案内し、西郷へ面会させる役割をはたす。捕らえている益満の姿を西郷に見せ、暗に策謀の汚さを意識させたのだろう。後々の交渉に微妙な影響を与える。

江戸の騒乱は、大目付滝川具挙《ともあき》と勘定奉行小野広胖《ひろとき》により大坂城へ伝えられ、城内を沸騰《ふっとう》させたとの説もあるが、実は彼らも大坂で知ったらしい。

命運をかけて幕府軍と薩長軍が雌雄を決するには、両者とも準備不足だった。

小五郎（木戸準一郎）は、山口から三条実美に密書を送り、長州の管理下にある豊前・石見両国の返上と、その後の統治を、朝廷で行うように依頼した。すでに小五郎は、大政奉還後の新政権を視野に入れ、その財政基盤に少しでも資する具体策を考えていたのである。

十二月十九日に三条ら五卿を馬関に迎え、三田尻へ回って毛利父子との祝賀を終えると、広沢真臣と井上聞多を京都へ随行させた。小五郎は、倒幕後の〈版籍奉還〉を視野に入れていたのだが、誰にも話すことはなかった。

（長州が率先しない限り、一歩も前に進めない）それは小五郎の決意なのだが、公にすれば、藩内でさえ暗殺の危険があった。（長州の赦免が勅許され、上京した兵士たちも誇らしく思っているにちがいない）その思いはあっても、まだ鳥羽・伏見で運命の戦端が開かれようとは、想っていなかった。それほど事態は急変しつつあったわけである。

十二月二十七日、明治天皇による最初の御閲兵がおこなわれ、西郷は薩摩の圧倒的な兵力を誇示したが、まだ幕府軍に勝てる確信はなかった。十二月二十九日、岩倉具視、西郷吉之助、大久保利通、井上聞多らは、三条実美邸にて〈王政復古〉に基づく施政を議論した。勿論まだ、開戦を視野に入れていなかった。十二月三十日、江戸の薩摩藩邸焼討事件と大坂城内の沸騰《ふっとう》を知らないまま、松平春嶽、成瀬正肥《なるせまさみつ》（犬山城主・徳川慶勝側近）らは、慶喜の復命書をあげた。成瀬は、幕末維新期に徳川慶勝の名代として、重要な役割をはたした人物である。慶勝が第一次長州征討軍総督だったときも、広島で実質的な指揮をとり、長州三家老の首実検を担当した。その成瀬を補佐したのが尾張藩士田中不二麿で、明治新政府の文部行政に貢献する。風雲急を告げる京都にあって、慶勝の主意を命がけで実現しようとしていた。

　可能な限り日本国内の内戦を避け、新しい国家を創設しようとする慶勝の考えは、勝海舟や坂本龍馬などに近いものがあった。東海道筋の譜代大名に少なからぬ影響力を持ち、戊辰戦争の行方を決定づける。慶勝は、実弟の会津藩主松平容保や桑名藩主松平定敬と異なり、日本一国の将来を考えた人物である。尾張徳川の佐幕派を制して、松平春嶽と共通する開明的な藩主だった。しかし、国内の和平を望む山内容堂、松平春嶽、徳川慶勝らの必死の働きも、江戸薩摩藩邸焼討事件で消し飛んでしまった。西郷自身、江戸藩邸の焼討を知ったのは、十二月三十日だったらしい。その情報に、一瞬、「しもたこっでごわすのう」と、沈痛な表情をしたともいわれる。それが芝居だったのか、本意だったのか、誰にもわからない。

　慶応四年正月元旦、徳川慶喜は西郷の挑発に乗り、運命的な決断をしてしまう。〈討薩の表〉を朝廷に差し出すことに決し、大坂城から諸藩の出兵を命じた。対する討幕派は、「方略書」を朝廷へ提出する。万一の敗戦も考慮し、天皇の行幸を具体的に計画していた。担当するのは長州藩となり、山田市之允が立案して、西郷に諮《はか》っている。

　天皇を山陰か備前へ行幸していただき、長州藩兵が護衛することとした。だが敗北主義ではなく、長州の主力は伏見方面へ、薩摩は鳥羽街道方面へ布陣する。伏見奉行所に駐屯する新撰組の臨戦態勢が、異常を知らせる情報として西郷に届いた。だが薩摩藩の武力倒幕派は政治的に孤立したままだった。

　歳末二十七日に参与から議定に昇格した岩倉具視は、事態を平和裏に収めようと努めていた。春嶽に随行した中根を招き、大坂の情勢を聞き、慶喜の対応を評価した。そのうえで平穏な解決を望み、中根に慶喜上京後の手順書を箇条書で準備させた。正月二日朝、九条邸に設置された仮議事院で朝議が開かれ、会桑帰国を慶喜に命ずべきかで紛糾《ふんきゅう》し、結論を出すことができなかった。それでも外国公使への布告書が作成され、慶喜に各公使へ一月十日までの状況を伝えるよう命じる決定がされた。その日の夕刻、大坂から出兵の情報が入り、廟堂《びょうどう》は蜂の巣を突いたような混乱になる。

尾張・土佐・宇和島の関係者が、慶喜に対し制止の使者を送る協議をした。中根は、慶喜の議定任命が長州と同時になることを岩倉に確認し、大坂へ向かう。その際、岩倉邸には薩長の先客があり、開戦を望んだが、三条と岩倉の両議定は、薩長の代表に対面し、「朝廷の許しなくして干戈《かんか》を交えることはならぬ」と答えたことを知る。つまり朝廷内でも、武力倒幕派は孤立していたのである。ところが、中根が淀川筋の橋本まで来たとき、後方の鳥羽あたりで砲声が轟《とどろ》いていた。〈鳥羽・伏見戦争〉の開戦だった。

六

運命の年が明けた。

慶応四年元旦早々、徳川慶喜は、旧幕府軍一万五千余の出動配備を定めた「軍配書」を下達した。五千は大阪に置き、残り一万を京へ向けた。綿密な戦略を練った作戦会議もせず、過去の威光と兵員数に頼った軽率な出兵だった。旧幕府軍の先発隊が動き出し、伏見奉行所に入って布陣する。

翌一月二日、「討薩表」を大目付滝川具挙《ともあき》に託し、先行させた。松平泰直は旧幕府軍本隊一万を率いて進軍を開始する。同日、兵庫和田岬沖で戦端が開かれた。榎本武揚率いる旧幕府艦隊の開陽と蟠龍《ばんりゅう》が、薩摩の補給船平運丸を砲撃する。撃沈はしなかったが、平運丸は必死で兵庫港に逃げ込んだ。

一月三日、鳥羽伏見の戦いが始まる。鳥羽《とば》は、鴨川と桂川の合流点に開けた土地で、平安時代から京都の外港として鳥羽津が開かれ、馬借や車借《しゃしゃく》などの活躍する水陸の要所だった。

幕末には、伏見に商業の繁栄は奪われ、のどかな田園地帯になっていた。一方の伏見は、豊臣秀吉の伏見城築城以来、大規模な土木工事により、宇治川、巨椋《おぐら》池の改修などもあり、京都の外港として機能していた。伏見城の戦略的な役割は淀城に移されたが、淀藩と対をなす徳川政権の要として、伏見奉行所が寛永期に二代目伏見奉行小堀遠州により建設されていた。遠州は、利休・織部を継承した茶人であり、伏見奉行所は、数寄屋建築や「松翠亭《しょうすいてい》」などの高名な茶室と茶庭をともなう、貴重な文化遺産でもあった。

大坂から京へ向かう場合、淀川の西を北上する西国街道のほか、淀を起点として二つの街道が京へ通じていた。一筋は伏見街道で、淀堤を伏見まで行き、伏見奉行所前を東山山麓に沿って北上する。他の一筋は鳥羽街道で、桂川の堤下から鴨川べりに北へ向かってい る。上鳥羽の小枝橋で鴨川を渡り、四ッ塚関門を経て、京七口の一つ東寺口に達する。加えて、鳥羽街道の東側を通る車馬通行用の竹田街道が、豊臣時代からある。

旧幕府軍は、陸路を歩兵隊、水路を重い大砲を運ぶ砲兵や弾薬・食糧などの搬送に使い、決戦の場へ吸い寄せられるように集結していった。武力討幕派の兵力は、幕府軍の三割程度にすぎず、博打《ばくち》にも似た開戦になる。岩倉具視や帰京して間もない三条実美らは慎重で、西郷や大久保を抑えようとした。他方、大坂城には、主戦派大目付の滝川具挙《ともあき》が入城していた。

水戸〈天狗党の乱〉を残酷な処刑で終息させ、第一次長州征討の参謀役を務めたタカ派である。城内は必然的に抗戦の気運が盛り上がる。

徳川慶喜が「討薩の札」をたてて、上洛を目指したため、戦争を避けられなくなった。

このとき京都では、土佐藩や安芸広島藩さえ消極的な参戦で、肥後熊本藩にいたっては京に留まり、日和見をしていた。御所警護の兵は薩長のみでなく、尾張・土佐・肥後の兵も混じっていて、戦況次第で彼らが寝がえれば、禁裏が混乱する可能性もあった。

そのため、薩摩の部隊は半数近くが、京で待機し、万一の敗色が濃厚になれば、岩倉は、無人の鳳輦《ほうれん》を擁《よう》して比叡山へ登る陽動作戦まで準備させた。

相国寺に駐屯していた長州兵は、山田市之允（のちの顕義）と林半七（のちの友幸）に率いられ、伏見街道を南下する。参謀の楫取素彦は東山の東福寺に布陣した。西郷はすでに東寺の薩摩本営に入っていた。

対する旧幕府軍は、本営を淀に置き、一月三日午後には洛南の鳥羽・伏見両街道を二軍に分かれて進軍した。会津藩兵は、淀川をさかのぼったため、一足早く伏見に着き、布陣した。

三日申《さる》の刻（午後四時ころ）、鳥羽口に進軍した幕兵と、中村半次郎（のちの桐野利秋）や伊知地正治らの率いる薩摩兵の間で、押し問答の末に、戦端が開かれる。背水の陣を敷く討幕軍は運にも恵まれ、旧幕軍の作戦指揮系統の貧弱さに救われる。

それと小五郎が指示したように、御所と天皇を旧幕軍に奪われぬようにし、錦旗を準備していたことが戦況を有利にした。かつて〈禁門の変〉で、朝敵の汚名を着せられた長州の苦い体験がいかされた。薩摩の総兵力は三千で、ミニエー銃を主体とする小銃二十隊と三砲隊からなっていた。半首《はっぷり》と呼ばれる円錐形の陣笠をかぶり、黒ずくめの軍装をしている。小銃隊は下級武士で構成されているが、上士の命令には服従が求められた。すでに伏見に布陣していた小銃一番隊・二番隊、外城四番隊に加え、三日の正午、小銃三番隊・四番隊と臼砲《きゅうほう》隊を増援に送りこんだ。砲兵のうち二隊はそれぞれ四斤山砲《よんきんさんぽう》八門構成で、あとの一隊は六ポンド砲と携帯臼砲を装備していた。

　薩摩藩の砲隊を強力にしたのは、大山弥助（のちの巌）の功績が大きく、薩英戦争の敗北後、江川塾で西洋砲術を徹底して学んだ。江川は、ナポレオンにより実戦化された歩兵・騎兵・砲兵の三兵構成による戦術の中で、山岳地形の多い日本に適す歩兵による小銃隊と可動性の高い小型砲による砲撃を重視した。大山は砲隊の育成に努め、その成果が鳥羽・伏見戦争で開花しようとしていた。加賀藩伏見屋敷の東山手にある御香宮《ごこうのみや》は、南西に伏見奉行所を見降ろす位置にあり、優位を保っている。ここに薩摩の砲兵隊が陣地を築いていた。伏見街道を遮断《しゃだん》し、旧幕軍が陣地とした伏見奉行所を包囲する形で防衛線を張っている。

　圧倒的に優位な戦力をもつ旧幕府軍が奉行所内に閉じこもったこと自体、薩摩砲兵隊の標的になりやすく、首をかしげざるをえない。時はまさに厳冬であり、厳しい京の底冷えが暖を求める心理に影響したのかもしれない。

　鳥羽口には、三日朝から、薩摩藩小銃五番隊・六番隊と外城隊一番・二番・三番隊や一番砲隊の半数が寒風にさらされながら布陣していた。長州兵は、小御所会議で朝敵の汚名をそそがれたばかりで、入京が遅れ、総勢千余人しか参陣していない。しかし、奇兵隊・遊撃隊・整武隊・振武隊などの六中隊は、実戦で鍛えられた精鋭部隊である。黒の胴着、筒袖《つつそで》・小袴《こばかま》ともに木綿で、表黒裏朱の韮山《にらやま》笠をかぶっている。携帯する小銃はエンフィールド銃で装備され、江戸入り後に元ごめライフルのスナイドル銃が配備される。伏見では薩摩軍の右翼に歩兵二中隊が布陣していた。土佐兵は歩兵約千人と砲兵二百人が参陣していたが、戦意は極めて低かった。

　旧幕兵は、その場で戦になるとは思わず、縦隊で行進を続けようとしていた。元ごめのスナイドル銃をすでに携帯しながら、まだ弾込めもしないままだった。主力はフランス軍事顧問団の訓練を受けた歩兵隊で、刀槍を武器とする直参《じきさん》旗本は第一線からはずされていた。

徳川慶喜による旗本総銃兵化策により、銃隊に再編成されていたが、まだ実戦に役たたず大坂城や江戸城の警備に回っていたらしい。直属の歩兵は十一大隊約六千人、会津・桑名に高松・大垣・伊予松山などの諸藩兵が約四千人、大坂城の後詰めが約五千人で、旧幕府軍の公称は一万五千の大軍を擁《よう》していた。大砲も二十二門が運ばれ、明らかに討薩の戦いを挑《いど》んだ陣容になっている。砲の主力は四斤山砲で、榴弾《りゅうだん》・榴霰《さん》弾・霰弾《さんだん》を発射できた。フランス軍事顧問団の指導を受けていたはずだが、実戦での応用能力で、指揮官の力量が明らかに欠けていた。進軍の目的地もふくめて、旧幕軍は五軍に編成されていた。鳥羽街道・伏見・二条城・旧幕府兵糧貯蔵所のある大仏方広寺・黒谷の会津藩別邸武器貯蔵所の五ヵ所が配備計画書にある。淀に本営が置かれ、その他、大山崎の関門に藤堂藩が布陣し、大砲も配備していた。両軍にとって盲点になっていたのは大津口で、彦根藩兵や西下してくる東国の旧幕府軍に対する対応は、討幕軍では大村藩兵が五十人ほどいただけだった。彦根藩が中立を保ったことは、討幕軍を大いに援けた。これまで徳川軍で井伊家は先鋒をつとめてきただけに、その動向は心理面で大きな影響を与えた。井伊家の向背は、その後、淀の稲葉、大山崎の藤堂に時の流れを教えた。兵力だけでなく、大坂からの兵糧補給路を押さえられた討幕軍にとって、江州米《ごうしゅうまい》の流通が確保されたことになる。

薩摩は藩邸に相当量の兵糧を備蓄していたが、長州藩は西宮から運送しなければならず、兵站に苦心が必要だった。握り飯のほか非常食として乾パンを持参したり、薩摩の差し入れで焼芋が配られたりしていた。乾パンは、江川塾で桂小五郎が教えられた兵糧食の一つである。

四境戦争のころ、井上聞多が薩摩から買い入れ越荷方の重荷になった黒糖も兵糧として役立てられた。火や水を使わず飢えを防ぐ戦時食になる。

ここで一月三日に話を戻そう。

旧幕府軍の進軍は、鳥羽小枝橋の北四ッ塚関で、中

村半次郎（のちの桐野俊秋）らの率いる薩摩兵により阻止される。先行した肥後細川藩兵の通行は許可されたが、

「旧幕府および会津・桑名の兵は入京を禁じられておる」

中村半次郎は、その一点ばりで拒否し続けた。

徳川慶喜の建白書を持参する大目付滝川具挙が、馬上から、

「我らは、先般、尾張・越前両公より御内論の筋これある、徳川慶喜公上京の先供《さきども》なるぞ。それを許さずとは、如何の義や」と声を荒らげて談判する。

「勅命でごわす」

薩摩の監軍山口仲吾と椎原小弥太は、一歩も引かず毅然《きぜん》と対応する。

旧幕府軍の先頭は佐々木只三郎の指揮する見廻組と歩兵部隊四百人余で、山口・椎原の率いる薩摩の五番隊・六番隊が対峙してにらみあった。

見廻組は、陣羽織に鉢巻の上に鎧兜《よろいかぶと》をつけた五十人ほどの集団である。彼らは銃を携帯せずとも、武威で押し通れると思っていた。

薩摩兵は臨戦態勢で、街道の左右に散開し、大砲は路上に据え付けて待ち構えていた。

「ならば、返答があり次第、知らせよ」

中央突破も辞さない気迫で迫る。

一刻たっても返事はなく、苛立って番兵へつめよる。

「いまだ朝命下らざるや」

「今しばらく待たれよ」

「もはや日もくれよう。この上はまかりとおるのみ」

「勝手になされよ。ただし勅命にてお留めもうす」

問答の間も、薩摩兵は前進し、小枝橋の東側に展開し、陣地を構築してしまう。

大砲も路上に一門、東側の城南宮鳥居前には畑中に三門据え、布陣を終える。

旧幕府軍は二列に隊形を整え、街道を前進する。

散兵戦争は眼中になく、数で圧倒する白兵戦を仕掛けるつもりだった。何千もの兵が続々と連なり、薩摩兵も少なからず緊張し、恐怖心を覚えた。

「手切れじゃ」

山口と椎原は呼ばわりながら、駆けもどり畑に転がりこんで、合図のラッパを吹かせた。すると薩摩兵は無警告に一斉射撃を開始する。一瞬にして鳥羽街道は修羅場と化した。

二列縦隊で行進して来た旧幕兵は、初動でバタバタと撃ち倒されていく。薩摩砲兵の狙った街道の旧幕軍大砲に命中し、大きく爆発をした。一門から五発ずつ正確に発射されていた。薩英戦争を経験し、江川塾に学んだ大山弥助（のちの巌）らの指導で、その精度は確かなものがある。長州は銃隊、薩摩は砲隊が優れていた。砲弾は騎乗していた滝川具挙の近くで炸裂《さくれつ》。驚いた馬は街道を南へ一目散に疾駆したため、歩兵は難を逃れようとして逃げまどい、戦闘どころではない混乱状態に陥った。そこへ容赦なく砲火が浴びせられる。翼状に展開する薩摩の伏兵は、恐怖にかられて背を向ける旧幕兵を狙い撃ちした。戦場で敵に背を向けることは敗北につながる。薩摩兵の一方的な射撃をかろうじて防いだのは、後続の桑名藩兵で、砲兵隊は砲弾を連射し、歩兵部隊も街道東側の田畑に展開し抗戦した。落ち着きをとりもどした旧幕府伝習隊も、フランス式軍事訓練を実践する。元込めのシャスポー銃は優秀で、反撃の効果をあげはじめた。

薩摩の砲兵隊は、旧幕軍が暖を求めて立てこもった民家に焼夷弾《しょういだん》を打ち込む威嚇《いかく》も試みたが、その夜は深追いせず、小枝橋付近の防衛線を守った。夜五ッ前（午後八時ころ）に、ようやく交戦はしずまり、底冷えの厳しい山城盆地の寒気が、両軍の兵士を身震いさせた。たき火は射撃の標的になるから厳禁されていたので、兵士たちは身を寄せ合って暖をとるしかない。寒気のため眠れないことが両軍兵士を消耗させる。ほどなく、徳川慶喜討伐の勅書が発せられたとの知らせが、伝令の淵辺直右衛門により前線へもたらされる。

「エイエイオー」

「チェスト、チェスト」

口々に薩摩兵があげる鬨《とき》の声が、凍りついた夜気をふるわせ、旧幕兵を夜襲かと緊張させた。

この地で開戦するとは予測していなかった旧幕軍首脳の甘さは致命的で、緒戦は思いがけない惨敗に終わった。

他方、伏見では、陸軍奉行竹中重固《しげかた》が手勢を率いて伏見奉行所に陣取っていた。竹中は四境戦争で安芸口を指揮した武将である。当時、伏見奉行は空席で、与力・同心らは京都町奉行所に吸収されていたが、王政復古で免職となり、旧幕軍の新遊撃隊に配置換えとなっていた。奉行所内には、歩兵第七連隊・第十二大隊と伝習第一大隊の三大隊と会津藩兵四百人余が配備され、土方歳三率いる百五十人余の新撰組も出陣していた。奉行所の西隣にある本願寺東御堂には、会津藩兵が駐屯している。結果的に数倍の兵力を擁する旧幕軍が、薩長兵を包囲することなく、伏見奉行所に固まって布陣したことが、市街戦での勝敗を分けてしまう。

薩摩兵は、奉行所の北西高瀬川沿いにある薩摩藩蔵屋敷から出動し、奉行所周辺を包囲する陣形をとっていた。さらに眼下に奉行所を見渡せ、砲撃の照準を合わせやすい御香宮《ごこうみや》境内に、四斤山砲三門と六ポンド砲二門を据えた。大手筋や宇治川沿いを砲撃できる桃山台の西運寺前にも、携帯臼砲二門を置き、照準を奉行所南門に狙い定めた。薩摩小銃隊は、奉行所の東山手と北に布陣を終え、その右翼に長州兵二中隊が参陣した。ようやく表部隊に登場する長州小銃隊は、山田市之允と林半七が指揮し、本願寺東御堂の会津兵と対峙する。両軍はわずか一町の至近距離で対決の時を待つ。

奉行所の南と西は、堀川を隔てて弾正島《だんじょう》・中書島《ちゅうしょ》方面が空いている。旧幕軍の補給路なのだが、あえて遮断せず、逃げ道を誘導していた。明らかに薩長の陣取りが優位である。

一月三日午後、薩摩兵は伏見街道の路上に竹矢来《たけやらい》を急造した。大目付滝川播磨守は独歩して関門に来ると、通行を求めた。滝川はまず伏見へ姿を見せ、その後、鳥羽へ向かったとみられる。しかし、伏見も鳥羽街道と同様の押し問答だった。七ッ半（午後五時ころ）、鳥羽方面で砲声が聞こえはじめ、奉行所をめぐる戦闘が火ぶたを切った。しびれを切らしていた新撰組と遊撃隊の四、五百人が、抜刀して奉行所から踊り出る。すでに照準を定めていた薩摩砲兵隊の大砲九門が一斉に火を放った。

前装ミニエー銃を主とする薩摩兵は、四列縦隊で前二列は膝撃ち、後二列は立ち撃ちの時間差銃撃である。しかも二列目は皆銃剣を装着しているため、新撰組も突撃隊も飛び込むことができない。第一列は発射すると、弾込めせず、銃剣の槍ぶすまを作る。その間、第二列が発射する。第三列は空銃を前から左手で受け取り、第四列に渡す。第四列は弾込めして第三列に渡す。信長が長篠戦で武田騎馬隊を潰滅させた戦法を、さらに洗練させた流れ作業で、よく訓練されていた。

作戦会議での指示どおり、長州兵は北から南へ向けて撃ち、薩摩兵は東から西へ十文字に射撃し、碁盤目《ごばんめ》状の伏見市街戦を有利に戦った。長州兵は実戦に慣れていて、畳を胸壁に使う防禦柵なども有効に用いた。旧幕軍歩兵のシャスポー銃は性能で勝っているが、作戦のまずさから使いこなせていなかった。長州兵は指揮官を狙って狙撃した。〈禁門の変〉で、来島又兵衛が薩摩兵に狙い撃ちされ、部隊が敗走した教訓をいかしていた。旧幕府軍の弾薬庫が被弾で爆発炎上すると、旧幕府歩兵隊は逃亡をはじめた。土方歳三率いる新撰組も激しい銃撃に奉行所に釘付けとなり、焦って永倉新八へ決死の斬り込み攻撃を命じた。しかし、一斉射撃の前になす術なく門内へ押し戻される。刀槍で戦う時代でないことを、嫌でも見せつけられた。しかし、奉行所北門を守る会津藩兵はさすがに強く、正門両脇の高櫓からも射撃が止まず、討幕軍は攻めあぐねた。六十歳を超えた会津の老将林権助は大砲奉行として、約百三十名の砲兵を率いていた。大砲三門を正面に据えて、御香宮の薩摩砲兵隊と互角に戦った。戦況は一進一退で何度か悲観的な情報が宮中に伝えられ、公卿たちは動揺した。

膠着状態を破るべく、長州の監軍児玉源四郎へ作戦命令が下された。

付近の民家に忍びこみ放火し、牽制させておく。その隙を狙って、長州篠原清一隊と薩摩逸見十郎太組半隊が、奉行所左わきの竹やぶから奉行所に攻め入り、長屋に放火。機を見て総攻撃を仕掛けた。放火は戦術的に成功し、火を背にする旧幕軍は、暗闇から狙撃する薩長小銃隊の格好の標的になる。これも〈禁門の変〉藤の森の戦いで、大垣藩執政の小原鉄心が長州軍を潰走《かいそう》させた戦術を教訓にしていた。

薩摩四番隊の川村与十郎の一隊は北門へ攻めかけ、御香宮から移動した臼砲隊も北門前に集結し、会津砲兵隊を砲撃する。会津士魂はすさまじく抵抗は止まらなかったが、隊長が負傷し、使えなくなった大砲二門を残して、退却を余儀なくされた。

九ッ時（午前零時ころ）すぎ、諸方から総攻撃がはじまり、ついに北門も破られ、伏見奉行所が陥落。旧幕府総指揮官の竹中丹後守はあわただしく脱出し、整然とした殿軍《しんがり》もなく、蜘蛛《くも》の子を散らすような撤退《てったい》だった。たまたま援軍に来た石州浜田藩の一隊と合流し、燃え盛る伏見の街を中書島へ逃げた部隊もいる。新撰組は、奉行所から堀川対岸へ避難し、肥後橋周辺に陣を構えたが、形勢不利を知り、淀まで舟で退却した。

底冷えの厳しい冬の夜が明け、旧幕府軍は高瀬川左岸・堀川右岸の地域に集結した。しかし、総指揮官の竹中丹後が淀まで退却したため、狭い地域に取り残された部隊は、指揮系統が麻痺したままの烏合《うごう》の衆と化していた。

長州の山田市之允は、奉行所に入って凄惨な光景を目撃した。門近くには死体が散乱し、養生所には、死骸が山積みに放置されていた。深手を負って逃げ遅れた旧幕兵を薩摩兵は刺し殺していた。それが武士の情けなのか、市之允には理解に苦しむことも多く、目を閉じたくなった。掃討作戦のため薩摩兵は、奉行所と伏見の街を焼いた。〈禁門の変〉で敗走する長州兵に向けられた作戦が、かつての同盟軍に行われている非情な現実は、まるで逆説的な幻想のようにも見えていた。半日以上、伏見での戦闘が続き、水も兵糧も口にすることができないほどの激戦だった。その夜は御香宮下で野宿したが、死傷者への対応や兵站《へいたん》の補給に追われ、つかの間の仮眠しかとれなかった。

徳川慶喜が、またしても、自己矛盾も甚だしい行動を見せはじめていた。

一月三日、各国公使宛に薩摩との交戦を知らせる書簡を送り、夜には大坂の薩摩藩邸を襲撃させたのに、落ち着きのない様子だった。夜四ッころ（十時ころ）大坂城へ騎馬の伝令が戻り、「本日、鳥羽街道四ッ塚関門に御先供が参ると、阻止され開戦となり、伏見はいまだ戦って火の手盛んなり」と注進した。

慶喜は、開戦の予測をしていたはずなのに、旗色が悪いことを危惧し、驚きの色を隠さなかった。老中の酒井雅楽頭《うたのかみ》・板倉伊賀守、若年寄永井玄蕃《げんば》・平山図書頭《ずしょのかみ》などの幕閣と、松平容保・松平定敬兄弟などを集め、「戦争に相成りては、京都近くで甚だ恐れ入る。殊に素志にもとるから、速やかに兵隊先供を引きあげせしめよ」と意外な発言をして、一同を困惑させた。

一月三日夜半、仁和寺宮嘉彰《よしあき》親王を征夷大将軍に任じ、錦旗・節刀を天皇より賜った。

参与の東久世と烏丸光徳《からすまるみつえ》に軍事参謀兼職が命じられた。ただちに諸藩へ徳川慶喜征討を布告し、朝敵に貶《おとし》める。山田市之允は征討総督副参謀に任命された。

西郷吉之助は、最前線の戦況が気になり、その夜、危険を顧みず伏見まで歩いて視察に行き、勝利を確認すると、深夜に大久保へ宛て書状をしたためる。
『今日はお叱りを蒙《こうむ》るべき事と相考え候えども、戦の左右を承《うけたまわ》り候ところ、たまり兼ね、伏見まで差し越し、只今まかり帰り申し候。初戦の大勝、まことに皇運開き立つ基と大慶この事に候。兵士の進退実に感心の次第、驚き入り申し候。追討将軍の儀、如何にて御座候や。明日は錦旗を押し立て、東寺に本陣を据え下され候えば、一倍官軍の勢いを増し候事に御座候あいだ、何とぞ御尽力成し下されたく合掌たてまつり候』

翌四日の早朝、巨椋《おぐら》池の湿地帯に近い鳥羽街道には、朝霧が深くたちこめていた。

強い北西の季節風により霧が吹きはらわれ視界が開けるまで、両軍は息をつめて対峙していた。北山連山から吹き下ろす北風をまともに受ける旧幕軍は不利で、砂塵や砲煙が目に入るほどだった。それでも午前六時ころ、旧幕府軍から攻撃を仕かけた。下鳥羽の陣地から赤池を越えて攻撃前進が試みられる。前日大敗した第一連隊に代わって、旗本大沢顕一郎率いる歩兵第七連隊、窪田備前守の歩兵第十二連隊が前線に出た。しかし、相変わらず地形の偵察がお粗末で、前日と同じく密集の二列横隊に展開し、新政府軍の包囲網に向かって突撃した。凹字形に布陣して待ちかまえる薩摩小銃隊の標的にまたしてもなり、せっかく最新のスペンサー銃を携帯しているのに、利点を生かせず撃ち崩された。兵の数を過信した正面突破は、銃撃戦には通用しない。

午前八時ころ、霧がはれるのを待って、薩長軍は攻撃を開始した。下鳥羽に進撃すると、旧幕軍は公卿の菊亭家の土蔵より米俵を持ち出し、堅固な陣地を構えていた。薩摩兵は苦戦を強いられ、十時すぎまで釘付けになる。ようやく大砲二門の支援を得て、砲撃を加え、米俵陣地を吹き飛ばす。敗走する幕軍を引き留めようとして騎馬にて指揮中の幕府指揮官が二名、狙撃兵の銃弾に斃《たお》される。必死で南へ退却した旧幕府軍は、土工兵が酒樽に土砂をつめて築いた酒樽陣地に立てこもった。

下鳥羽の村落を攻略した薩摩部隊は小休止をし、新手の部隊と入れ替え、五番隊と六番隊を後方で休ませた。新たに到着した海軍所属の一番遊撃隊、伏見から転戦した小銃一番隊・三番隊や長州の山田市之允率いる第三中隊（整武隊）も加わり、酒樽陣地を攻撃。

ここで旧幕府軍は初めて戦略的な戦いをする。簡単に酒樽陣地を撤退し淀口まで敗走したように見せかけ、勢いに乗って薩長軍が深追いするのを待ち伏せ攻撃する策である。宇治川筋より大砲・小銃で側面攻撃し、淀口には台場を構えて激しく砲撃し、街道を進撃する薩長兵を標的にした。前日の緒戦と逆になったわけである。

そのため四時間近い戦闘で、薩長軍に死傷者が続出し、下鳥羽まで撤退を余儀なくされた。

葭原《よしはら》に潜伏した会津の槍隊に奇襲され、混乱するほどの敗走だった。会津兵は久しぶりに勝ち鬨《どき》をあげた。会津の家老佐川官兵衛は、追撃の好機だと主張したが、総大将の竹中重固が深追いを制した。結果的に、戦の潮目が読めず、これが旧幕軍反転攻勢の逸機となってしまう。

一月四日の午後、旧幕府軍征討のため、征討将軍嘉彰親王が東寺に入られ、諸藩に軍令・軍命を下す。これまで王政復古政府の中心にいた議定の松平春嶽・徳川慶勝・伊達宗城・山内容堂、浅野茂勲が辞表を提出した。しかし薩長の倒幕派はこれを無視し、反対派を朝敵扱いにして新政府内の主導権を握った。

一月五日早朝ついに歴史的な錦旗《きんき》の登場である。征討将軍仁和寺宮嘉彰親王は、東寺の本営から戦場視察に出られる。先陣は薩摩藩の一小隊で、次に錦の御旗二旒《りゅう》を左右に押し立てて従った。錦旗奉行の四條隆謌《たかうた》と五條為栄《たかしげ》が護衛。錦旗の一つは「日」を他は「月」をあしらった「日月章錦旗」である。中央馬上の仁和寺宮は赤地錦の直垂《ひたたれ》に沢潟縅《おもだかおどし》の鎧を着ていた。薩摩藩士高崎正風が白熊の毛の兜《かぶと》を棒持ちして傍らに従い、続いて烏丸光徳・東久世通禧の両参謀が供奉。安芸藩の一小隊が後衛を務めた。錦旗の登場により、安芸藩も中立からようやく一歩踏み出したわけだ。鳥羽街道を南下し、淀近くまで馬を進めた。将兵を慰労し、宇治川の堤を回って伏見の焼け跡を視察の上、暮方に東寺に帰られた。錦旗の威力は絶大で、噂が噂をふくらませ、討幕軍優勢の流れを決定的にしてしまう。日和見をしていた諸藩の動きを、討幕派に引き寄せる力となる。

さらに徳川慶喜は、錦旗の情報に驚き、賊名を負わされることを歎いた。ある時は主戦論に肩入れし、ある時は恭順に傾き、確乎たる信念のない将軍に、人々の心は否応《いやおう》なく離れていく。結果的に戊辰戦争の責任を会津に転嫁したと、後々まで批判されることになる。

　歴史の分岐点で意外な効力を発揮した錦旗は、建武中興に発想をえた岩倉具視の発案になるらしい。前年十月、中御門別邸に岩倉具視・大久保一蔵・品川弥二郎が密会し、図案は古書を参考に岩倉の懐刀・玉虫操が描いたとの説もあるが怪しい。京都での作製は秘密が漏れる恐れもあり、山口で作ることに決めたのが真相だろう。大久保は、材料となる大和錦と緞子《どんす》を祇園一力の愛妾おゆうに買い入れさせ、品川へ託していた。

　品川は山口に帰ると、桂小五郎に相談した。

「それは名案じゃ」小五郎はもろ手を挙げて賛成し、具体化してくれた。

　品川は帰路の船中で、山口の石原小路にあった諸隊集会所を予定していた。

「秘密が守れんじゃろう」慎重な木戸が心配した。

　そこで山口の北水上の養蚕局に作業所を設け、萩から岡吉春という藩士を呼んで、任務を命じた。岡吉春は、錦旗の図案を平安末期の歌人大江匡房《くにふさ》が著した『皇箕考《こうきこう》』を参考にして、日月一対のものとした。「日」旗の図案は瑞雲《ずいうん》に金色の太陽、三頭の龍、三羽の鳳凰《ほうおう》、一頭の麒麟《きりん》、二匹の亀があしらわれた。「月」旗は瑞雲に銀色の月で、他は「日」旗と同じである。毛利氏の祖先は大江氏であり、かかわった品川も小五郎も満足していた。

　それがぎりぎり間に合ったということだろう。

　話を一月五日の戦闘に戻そう。

　討幕軍は三手に分かれて進軍し、三方面から淀を攻略する作戦を立てた。一軍は鳥羽街道、二軍は山崎街道、三軍は伏見街道である。前日の敗戦を踏まえ、兵力を分散させてでも犠牲者の急増を避けなければならなかった。午前七時ころ、鳥羽街道正面の戦闘がはじまる。前日、旧幕軍が奪回した酒樽陣地の攻防である。会津を主力とする旧幕軍は強く、討幕軍は苦戦した。薩摩五番隊の軍監椎原小弥太と六番隊隊長市来勘兵衛が戦死した。散弾を有効に使う旧幕軍の砲撃は熾烈《しれつ》なもので、討幕軍の小銃隊は苦戦の連続になる。弾込めの早いシャスポー銃を装備する伝習隊は、躍動出撃を繰り返し、討幕軍を圧迫する。躍動出撃は、敵の射程内で一度射撃すると伏せて前進し、再び停止して射撃する行動である。数倍の兵力を持つ旧幕軍は、ジリジりと迫った。大砲を狙って狙撃してくるため、砲手は発射すると地に伏せないと狙われる。そこに会津の剣槍隊が横から突撃して白兵戦になった。

大山弥助の率いる二番砲隊は故障砲が続出して厳しい戦いを強いられる。この状況を見て、薩摩二番砲隊隊長の大山弥助は二十ドイム臼砲を取り寄せ、発射させる。山なりの弾道を描いて頭から落下するので、伏せていても効果なく、旧幕軍の跳躍前進は困難になる。だが、銃砲火は激しく、隊長の大山も耳朶《じだ》を撃ち抜かれ、応急処置の頬かぶり姿で戦った。近くで指揮していた小銃五番隊隊長の野津七左衛門（のちの野津鎮雄中将）は、大山がなぜ頬かぶりをしているのかわからず、おどけているものと思い込み、舌打ちしていたという。

二番砲隊の使える砲が一門になると、大山隊長は意を決して、

「大砲を捨て、銃を使え」

全員に小銃で戦うように命令する。

「散開、突撃」小銃を構えて散開する大山隊に鼓舞され、他の小銃小隊も口々に、「チェスト」「チェスト」と叫びながら前線の総突撃を開始する。

そこへ後陣で腹ごしらえをした第一大砲隊の大砲五門が加わり、酒樽陣地を撃破した。

鳥羽街道での戦局を決したのは、大砲だった。主力は四斤山砲《よんきんさんぽう》と呼ばれるフランス式施条山砲で、円錐弾を発射できる。さしもの激戦も討幕軍の主導権に変わりなく、鳥羽街道戦では、酒樽陣地（富ノ森陣地）とその後方の納所陣地も討幕軍が突破し、旧幕府軍は淀まで後退を余儀なくされる。

他方、伏見街道を淀堤に沿って南下していた薩長軍は、長州二中隊を先頭に進軍していたが、淀小橋の東にある千両松付近で、旧幕軍の反撃にあう。並木の松を楯にし、竹やぶや葭原《よしはら》に会津の槍隊がひそみ、路上には大砲をすえ、旧幕軍は迎撃態勢を整えていた。狭い一本道の攻防で、双方が苦戦を強いられた。逃げ場はなく、後ろから押されるように両者が激突した。猛烈な銃弾が空気を切り裂くように飛び交い、砲煙は周囲にたちこめ、敵味方の区別も困難な地獄絵が繰り広げられた。左は木津の大河、右は巨椋沼《おぐら》という地形で、互いに退路を欠く血みどろの接近戦となる。

長州小隊司令の石川厚狭介《あさのすけ》が竹やぶから突き出され

た槍に胸を刺され即死し、混戦の中、首を持ち去られる。会津の槍隊は玉砕《ぎょくさい》覚悟で、生き残っても河原で自決した。大砲のない長州兵は鳥取藩の大砲に頼っていたが、これも破壊されてしまう。後方に控えていた薩摩十二番隊が、鳥取兵をかき分けて前進し、臼砲隊に後方から援護射撃をさせながら進軍する。

しかし、またしても竹やぶから二十人規模の会津槍隊が襲いかかり、危機一髪、わずか三十間に迫ったところを小銃の一斉射撃で斃《たお》す。それもつかの間、対岸から小銃隊の攻撃にあい、接戦となる。そこへ、一旦後方で態勢を立て直していた長州の一中隊が必死の形相で密集形を組み、会津の槍ぶすまに突撃していった。結果的にこれが戦局を変えた。

会津の突貫槍に突撃されないように、長州兵は堤を離れ、伏兵のいそうな葦の茂みに至近距離から銃弾を浴びせる。たまりかねて飛び出す会津兵へ、銃火が浴びせられる。倒れた会津兵はみな短刀で自決した。傷を負えば助からないことを覚悟した、すさまじいばかりの会津士魂である。精鋭を誇った会津の槍隊も千両松の戦いで全滅した。

土方歳三に率いられた三十名ほどの新撰組は、会津藩兵の傍らに控え、絶えず斬り込みの機会をうかがっていた。新撰組が突撃するたびに一斉射撃にあい、死傷者が続出していた。

新撰組はミニエー銃の射程距離三十間（約五十五メートル）に躍り出て標的にされ、なす術もなく半数が斃《たお》された。

千両松の防衛線を突破された旧幕府軍は次第に後退し、淀まで後退した。鳥羽街道を敗走してきた兵が加わり、淀の城下は吹き溜まりの混乱状態に陥る。旧幕軍指揮官の竹中丹後守も自軍の統率力を失っていた。兵糧方が壊滅状態となったことも、旧幕軍の戦闘意欲を急速に奪った。午後二時ころ、激戦を制した討幕軍は宇治川にかかる淀小橋に達した。

指揮系統が麻痺した旧幕軍が戦況不利の中、錦旗が掲げられ、官軍と触れまわったため、日和見をしていた大名の多くがこぞって徳川を裏切りはじめていた。

旧幕軍は劣勢を立て直すため淀城に本営を移そうとした。ところが思いもかけぬ異変が起こり、十万二千石の淀藩に入城を拒否されたのである。城主稲葉美濃守正邦は、現職の老中で江戸詰めだった。春日局ゆかりの稲葉家は、三代将軍家光以来の譜代名門である。京都守護の要として、稲葉家は彦根の井伊家とともに徳川幕府を支えてきた家柄である。

　一月四日、淀藩京都留守居役の岡鉚之助《りゅうのすけ》が裃《かみしも》姿で戦場を抜け城に入った。稲葉正邦は三春の丹羽家から養子で稲葉家を継いだ人物で、新政府議定の前尾張藩主徳川慶勝は義兄にあたる。徳川慶勝は、勤皇の志が篤い人物で、淀藩へも中立を守るように意向を伝えていた。徳川御三家の尾張公が新政府樹立へ動いている事実は、淀藩重臣へ大きく影響した。しかも城下での旧幕軍の混乱を目撃すれば、その末路は歴然としていた。

　舟で渡河し淀城へ迫った薩長軍は、あっけなく開城され驚いた。検分する薩摩兵を本丸書院まで入れ、恭順の意を表明した。討幕軍は念のため一個小隊を城内に残し、全兵士は焼け残った町家に宿泊した。

　誤算続きの戦局に頭を痛める徳川慶喜は、徳川慶勝・松平春嶽・浅野茂邦・伊達宗城・細川護久へ手紙を書いた。

『奏問の次第はこれあり候えども、輦轂《れんこく》の下において干戈《かんか》動かさざるようかねて兵隊の者共に申し諭し置き候あいだ、くれぐれも鳳輦《ほうれん》守護致されたく候儀、厚くお頼み申し候』

　自らの責任を糊塗《こと》せんとする思惑《おもわく》が透けて見えるようだ。

　一月五日には、幕府軍は大坂城へ総退却となった。徳川慶喜は、大坂城大広間に会津藩主松平容保《かたもり》、桑名藩主松平定敬《さだあき》・両藩の重役、また旧幕府の諸将ならびに有司役人を集め、声涙《せいるい》ともに管も下る熱弁をふるった。

『事、すでにここに至る。たとい千騎没して一騎となるとも、退くべからず。汝らよろしく奮発して力を尽すべし。もしこの地敗るとも関東あり、関東敗るとも水戸あり。決して中途に已《や》まざるべし』聞き入った将士は感涙に咽《むせ》び、命を捨ててもよいと思ったという。

　満座の人々は悲壮感に酔い、大坂城で死のうと決意を固めた。感激した幕府目付は、徹夜で馬を飛ばして慶喜の檄語を橋本関門の将兵に伝え、激励した。会津藩の重臣たちも、加賀前田と紀州徳川家へ参戦を促す急使を送った。旧幕府軍は、男山の東側山麓と橋本前面の科手に胸檣《きょうしょう》を作り、橋本には台場を構築して討幕軍を待ち受けた。このころ。淀川西岸の山崎関門では、津藩藤堂家の軍勢が台場を築いて、討幕軍の挟撃体制を整えていた。

当日、若年寄永井尚志は戦況確認のため前線出張を命じられ、主従五騎で敗走する兵とすれ違いながら淀川筋を橋本まで上り、陸軍奉行竹中重固《しげかた》を訪ねた。淀藩の裏切りを教えられ、敗勢を止められない情況だった。

一月六日、早暁より、長州第六中隊（第二奇兵隊）を先陣として、木津川上流一里ばかりより渡河作戦が開始された。続いて第一（第一奇兵隊）、第三（整武隊）、第五（第二奇兵隊）の各中隊が淀川を渡り、堤を登って行く。八幡《やわた》から橋本にかけて旧幕軍が対陣していたため、一斉に散兵戦術をとる。徳山二小隊、岩国一小隊、第八小隊は狐の渡しを渡り、八幡の南側より攻撃を開始。第六小隊は捨舟に棹《さお》さして河堤に登る。不思議なことに、渡河迎撃の鉄則である半渡の銃撃がまったくなかった。そのためやすやす渡河することができた。

総攻撃すると、あっけなく幕軍は火を放って逃げた。第三中隊は男山《おとこやま》の山道を迂回《うかい》して橋本台場の後方へ回り込む。薩摩兵も淀川を渡り、堤に沿って南下した。

とは言え、橋本台場は堅固で、三方から攻撃する討幕軍も苦戦を強いられた。

その様子を俯瞰《ふかん》することのできる山崎の藤堂藩陣地に、異変が起こった。午前十一時ころ、所属不明の兵士百人ばかりが白旗を掲げ、小鼓を打ち鳴らしながら行進し、整然と山崎関門へ入った。関門からも一中隊ばかりが天王山方面に移動する。しばらくすると、ラッパが吹き鳴らされ、山崎台場より砲撃がはじまった。一瞬、橋本台場からは、藤堂軍の救援がはじまったものと信じこんで、歓声があがった。ところが、砲弾はうなりをあげて橋本台場に着弾する。誤射だと思っていると、続けさまに飛来するではないか。今度は討幕軍にどよめきが起こる。

「藤堂が裏切ったぞ」悲鳴に近い叫び声が、旧幕軍のあちこちで発せられる。

稲葉に続いて藤堂までも、徳川を見限ったことになる。これまでの常識では信じ難いことである。藤堂藩藩祖の高虎は徳川家康の側近として重きをなし、外様ながら譜代並みの別格に扱われてきた雄藩である。怒り狂う旧幕軍はあわてて応戦する。男山の峯続きに布陣する桑名藩、生駒藩、小浜藩兵も藤堂へ反撃した。

好機を討幕軍は見逃さず追撃した。浮き足だった旧幕軍は、台場を捨てて敗走しはじめる。薩摩兵が追撃する間、長州兵は橋本台場へ攻め込み、大小の砲を分捕りにした。

では何故、藤堂は徳川を見限ったのだろうか。藤堂藩にもそれなりの事情があった。

山崎関門を固めていた藤堂兵一大隊半千余名は、この戦争を薩長と会桑の私闘と考えていた。だが議論の末、情誼《じょうぎ》上、藩祖高虎以来の御顧《おんこ》ある徳川を援けるべき、との藩論に傾いた。そこで一月三日夜、藩の重役二人が淀の本営で若年寄塚原但馬守に面会し、藩の意向を伝えた。

「もし徳川様からして山崎に兵をお廻しの上、進軍なさるのなら、時宜《じぎ》により、ご助勢申そうが、当藩が自ら戦うことはできませぬから、とにかく派兵くだされ」と申しいれた。

すると塚原但馬は喜んで、

「しからば、明日暁に兵を山崎へ繰り出させよう」と答えた。

藤堂藩の重役は山崎にかえり、

「幕府の軍勢が来たならば、共に京へ進撃いたそう」と告げていた。

藤堂の守備兵は準備して今か今かと待ち続けた。ところが、いっこうに来ないどころか、敗残兵が逃げ込んでくるばかりになってしまう。四日の夜、長州藩からの使者が来て、

「貴藩の方向はいずれにござるか」と切り出した。

「私闘ならば、中立を保つのみでござる」

と返事をすると、

「もし帝よりの勅命ならば、如何なされる」と問われた。

「勅命とあらば、止むをえぬ」

「さようでござるか」

とふくみのある言葉を残して立ち去った。

翌五日、旧幕府軍は八幡へ後退したが、藤堂兵は中立を保って動かなかった。

その夜、塚原但馬が自ら兵を率いて山崎の藤堂陣営に来て、

「かねてからのお約束にて兵を率いてまいった。ここに屯営させてくれぬか」

そう懇願したものの、明らかに敗残兵でしかない。

「お約束はとうに過ぎている。大坂へお立ち退きの御様子。すでに救援の機を失いもうした。内府公が御出

馬になり、御依頼なさるのなら格別のこと。だが、貴殿のお求めにはおこたえしがたい」

と冷たく突き放した。

むっときた塚原但馬は、旧幕府の威光が消滅していることとさえ気づかず、

「後で返事を聴きに来る」と、脅しともとれる投げやりな言葉をはき捨て去って行った。

その直後に京都から礼をつくした勅使が訪ねてきたのである。錦旗奉行四條隆謌《たかうた》が薩摩の海江田武次（のちの信義）を供に、長州兵に護衛されて出向いたのだ。勅命は次のように伝えられた。『官兵差し向けられ候あいだ、山崎関門の儀、枢要の地に候条、官軍救応、守関の大任、勤労仰せつけられ候こと』

藤堂藩重役が勅使と対面している間にも、塚原但馬と滝川播磨は対岸から渡ってきて、先刻の回答を求めたが、様子を察して早々に退去した。

塚原らは藤堂藩は中立を保つものと、思いこみをしていた。最初の軍配書の段階で、山崎関門へ兵力を割かなかったことが、戦略的な手抜かりになる。ところが四条隆謌《たかうた》は天王山山腹の高台に登り、その監視のもとで、山崎台場の大砲は橋本の陣地に向け火を噴いた。

砲撃の損害よりも、旧幕府軍は精神的に衝撃的な傷を負い、戦意を失う。

さらに、井伊家に続き稲葉・藤堂両家の離反は歴史の流れを決定的にした。

聡明な徳川慶喜が誰よりも早く、そのことを理解していたのである。主戦から恭順へ一気に変心し、鳥羽・伏見戦での旧幕府軍の敗北を決定的にした。

この日午後から永井は、慶喜と協議し、前線の兵士へ大坂城総引揚げを伝える役目を命じられた。守口で大河内・竹中・滝川らに慶喜の引揚げ命令を伝え、暗くなって大坂城へ戻ると、異様な空気に包まれていて、慶喜の姿が消えていた。置き去りにされたのである。

永井は慶喜の東帰を知らされていたのだが、これほどまでに早々と江戸へ向かうとは思いがけなかった。城に残った首脳を永井は広間に集め、今後の方針を協議する。主戦論だった先駆け閣老大河内、参政竹中・塚原、軍艦奉行榎本らをはじめ、大勢は、慶喜不在では戦えず、江戸に帰還することに決まる。退城にあたり永井は、参与戸田忠至《ただゆき》宛に、城は慶勝・春嶽に預ける旨を伝えた。

在坂の紀州藩付家老（新宮城主）水野忠幹《ただもと》の同意を

得て、全員が紀州経由で江戸へ帰る方針を決めた。ちなみに水野忠幹は、四境戦争広島口で「鬼水野」と長州兵を畏怖《いふ》させるほど、精鋭の紀州兵を指揮した。正室八重は〈天保の改革〉を主導した水野忠邦の娘である。

七

一月六日夜のことだった。

徳川慶喜は、江戸へ帰って再起を図る決意をし、老中板倉勝静および松平容保・松平定敬ら側近数名を連れ、大坂城を脱出した。小舟で天保山沖に出、開陽を探したが発見できず、アメリカ軍艦に収容してもらった。

これより前、開陽に大坂城より伝令が届き、海軍奉行矢田堀景蔵と開陽艦長榎本釜次郎に、慶喜より登城せよとの命令があった。海軍との連携をはかり反撃する御前会議が開かれるという。その夜は、すでに城門が閉じられているので、安治川《あじがわ》べりの大坂川口奉行所に泊まり、翌朝、開門と同時に登城せよとのお達しだった。二人は不審に思いながら、後を副艦長の沢太郎左衛門に託し、上陸した。翌七日、登城すると、再上洛の準備どころか、城は異様に沈鬱《ちんうつ》な空気に包まれ、兵は意気消沈していた。永井を探すと、血相を変え、

「上様がどこにもおいでなさらぬのじゃ」

血走った目に裏切られた悔し涙さえ浮かべて、奥の白書院に茫然と立ち尽くしていた。

「まさか」矢田堀は悪い予感におそわれた。

以前、慶喜に裏切られた思い出がよみがえったからだ。

「そのまさかじゃ。会津と桑名の両公もご老中のお姿もない。神隠しのようじゃ」永井の目は血走っていた。

「榎本、開陽丸へ戻ろう」矢田堀は長居は無用と悟った。

「えっ、御前会議は」榎本はまだ半信半疑である。

「上様は船にちがいない」永井はようやく事態を把握した。

「海から指揮されるおつもりか」榎本はまだ若い。

「ちがう。江戸へ戻られるつもりにちがいない」

矢田堀の声は確信にみちていた。

「大坂城はどうなる。残された兵たちは」

榎本は顔を紅潮させ、怒りをあらわにした。

「上様は有栖川宮家の外孫じゃ。その意識が強く、将軍家の立場をあやふやになされた。薩長が天皇をとりこまれると、朝敵になることをおそれるあまり、かよ

うな始末と相成った」

永井は、側近くに仕えた者の一人として、一定の理解は示した。二人は永井と別れ、寝屋川沿の船着き場へ行き、番船の船頭に問いただした。

「高貴なお方を開陽丸まで運んだ者はいないか」

矢田堀が訊ねると、

「夜中に御老中様がお越しになり、お大名のような方々を数名、開陽丸までご案内するよう命じられました」

「それで、開陽丸に乗り込まれたのじゃな」

「いいえ、海は真っ暗でしてな、どれが開陽丸かわからず、迷っておりました。あいにく風の強い夜で、高波にあおられたものやさかい、どないしょうか途方にくれておりましたのや。そうしたら、異国の船でもよいから付けよと申されました」

船頭は、誰が何をしたのか、皆目見当もつかぬ様子だった。

二人が海上に戻ると、富士山丸は残っていて、艦長の望月大象《もちづきだいぞう》に詳細を知らされた。慶喜らは、アメリカ軍艦で一夜をすごし、今朝方になり、端艇で開陽へ移ったらしい。出航を迫られ、沢が断ると、富士山丸から望月を呼び寄せ、その場で、艦隊総指揮官、沢を開陽丸艦長に任命し、江戸へ出航させたらしい。

矢田堀と榎本は、再度大坂城へ戻り、城代牧野貞直（笠間藩主）へ事の次第を報告した。

慶喜脱出は、瞬く間に城内の将兵へ広まり、呆然自失の異様な空気に包まれた。徳川の主が、こともあろうに敵前逃亡を図ったのである。慶喜の深意はそうではなかったのかもしれない。だが、反撃の言葉を公然と発していながら、将兵を置き去りにした行為は、失望以上の怒りを生じた。一月七日、徳川慶喜の追討令が出され、ついに朝敵の烙印《らくいん》を押された。そのころ開陽丸に乗り移った慶喜は、江戸を目指して紀淡《きたん》海峡を抜け出ようとしていた。さらに四日後、慶喜の官位は剝奪《はくだつ》され、旧幕府の天領はすべて朝廷の直轄《ちょっかつ》領になる。

慶喜に取り残された大坂城の敗残兵は五千余にのぼるが、すでに戦意を消失していた。

矢田堀らは、残された軍艦と輸送船へ傷病兵や、残兵を収容し、江戸へ向かった。大混乱の大坂城には、海軍から勘定方に移った小野友五郎がいて、御金蔵の十八万両を軍艦で江戸へ運ぶように頼まれた。後にこの金が、榎本らの箱館政権の軍資金となる。矢田堀は、それを榎本へ依頼し、自らは傷病兵や残兵の収容を指揮した。矢田堀の蟠龍《ばんりゅう》が先発し、榎本の富士山丸が殿軍《しんがり》を務めた。慶喜ら一行を乗せた開陽丸は下田港で一泊し、十一日夕刻、品川沖に投錨した。

十二日朝、老中板倉勝静が浜御殿に現れ、慶喜の帰府を告げた。一行は開陽丸より押送船にて、浜御殿にひっそりと上陸。海軍所頭取の佐々倉父子が最初に迎え、寝耳に水で木村や勝も駆け付けたという。松の御茶屋で休息をとる間、勝は慶喜に向かって、
「かような始末となり、いかがなされるおつもりか」
と非難めいた言葉をはいた。

一瞬、慶喜は青ざめた表情をこわばらせたが、それを黙殺した。重い沈黙が慶喜の周囲を氷つかせたかのようだった。慶喜は得意とする騎馬にて江戸城西の丸へ帰着した。先頭に山岡鉄舟が案内役をつとめ、後続の五騎はいずれも裏に金箔を貼った陣笠を被り、錦の筒袖に小袴のいでたちで、三騎目の慶喜は金梨地の鞘に金の葵紋が入った太刀を帯びていた。前後を護るのは会桑の松平容保・定敬兄弟と老中の板倉勝静・小笠原長行である。

慶喜の江戸城復帰を知らされ、主だった幕臣はただちに登城した。

控えの間で、喧々諤々《けんけんがくがく》の評議となる。最強硬論は、勘定奉行の小栗忠順《ただまさ》や歩兵頭大島圭介、軍艦頭並の榎本釜次郎らで、松平容保らも再挙をしきりに主張した。夜半に近く、芙蓉《ふよう》の間御役人そのほかが慶喜に御目見えすると、上意が伝えられた。席上、無礼を働いたとして、小栗忠順は罷免《ひめん》された。小栗は、親フランス派の筆頭で、蝦夷地の物産開発権益を担保として、フランスの軍事援助を受け入れるよう主張していた。これまでにも、横須賀の製鉄所建設、フランス人陸軍顧問団の受け入れ、武器購入、横浜フランス語学校の開設など、意欲的に幕府改革を主導していただけに、屈辱的な人事にちがいない。

大坂城から遅れて戻り、徹底抗戦を譲らぬ永井尚志も、若年寄を罷免《ひめん》される。数日後、永井は、海軍所へ駆けつけ、遅れて帰参した榎本らをあおった。
「官軍の正体は薩長土の烏合《うごう》の衆にすぎぬ。我らの海軍は負けはしないぞ。薩長をたたきつぶそうではないか。勝てば官軍じゃ」

それを聞く矢田堀は、海軍のみの叛乱では勝てない

と思った。

「永井さん、上様にもお考えがあるはず。恭順を選ばれたのなら、小異を捨てて、我らも従うべきではないだろうか」

永井は顔を真っ赤にして、怒鳴りつけようとしたが、さすがに唇をかんでこらえた。

「矢田堀さん無念じゃ。このまま、薩長に尻尾《しっぽ》を振ることは、男の恥と思われぬのか」

榎本は納得せず、幕府海軍の圧倒的な戦力を信じきっていた。矢田堀も永井も、黙したまま目を真っ赤に充血させていた。老中松平豊前守、若年寄永井玄蕃尚志、大目付浅野美作守《みまさかのかみ》らが、大坂城放棄の善後策を協議し、海路紀州藩を頼って撤退した。

もぬけの殻となった大坂城へ進軍したのは、長州徳山藩兵だった。入城直後に仕掛け爆弾が破裂し、城内の各処からも火の手があがった。秀忠・家光により再建された大坂城の天守閣は寛文年間の落雷で焼失していたが、他の御殿などは幕末まで維持されていた。イギリス外交官ミットフォードの手記に記された、豪壮華麗な御殿が炎上したのである。大坂城は二日間にわたって燃え続けた。その焼け跡に征討大将軍仁和寺宮嘉彰親王が馬を進め、錦旗をたてると、期せずして勝利の歓呼が兵士たちからわきおこった。

江戸では一月二十二日、旧幕府海軍の人事異動が公表された。

軍艦頭に肥田浜五郎、伴鉄太郎、内田恒次郎を、軍艦頭並に沢太郎左衛門、松岡磐吉《いわきち》、塚本恒輔《つねすけ》、甲賀源吾を、軍艦役に佐々倉桐太郎、中島三郎助を任命した。さらに翌日、徳川慶喜は譜代大名による幕閣を解散させ、旗本の優秀な人材による新しい政治・軍事組織に改めた。遅きに失したが、慶喜の非凡な見識の一端がうかがわれる。かつて桂小五郎は慶喜を評して、「家康の再来かもしれぬ」と語ったことがある。大奥でお世継づくりに励むだけの凡庸な将軍ではなく、広い見識と政略をそなえていることは間違いない。ただ惜しむらくは、家康ほどの胆力がなく、人の心を思いやる寛さに欠けていた。

陸軍総裁に勝海舟、同副総裁に藤沢次謙《つぐよし》、海軍総裁に矢田堀景蔵、同副総裁に榎本武揚、会計総裁に大久保忠寛、同副総裁に成島柳北《りゅうほく》、外国奉行総裁に山口直毅《なおたけ》、同副総裁に河津祐邦《ひろくに》を任命した。組閣後、勝や大久保は徳川家の存続には、謝罪恭順しかないことを進言し、徳川慶喜はついに最終的な決意を固めた。

八

通信が未発達のこの時代、正月そうそう旧幕府軍の敗北は、江戸だけではなく、ゆるやかな波紋のように諸国へ伝わっていく。それでも、情報網を整えていた長州政事堂には、速やかに伝わった。

一月四日、京都にいた桂太郎より、鳥羽伏見開戦の報が山口へもたらされた。桂は朝廷の御沙汰書を携《たずさ》えて帰った。藩主父子の一人が東上し、大坂城を攻撃すべしとの命があった。

政事堂で対策を協議し、世子広封《ひろあつ》（のちの元徳）が諸隊を率い、一月二十二日に山口を出発し、山陰道より進軍することが決まった。先鋒の出発は一月十七日とする。

一月七日、木戸準一郎は藩主よりの密命で岡山藩を味方に入れるため、山口を出発した。

北西の季節風が吹き抜ける瀬戸内は、風浪が荒れ模様で行手を阻まれた。広島に寄港し、広島藩から蒸気船を借り多島海を縫い、ようやく五日後に尾道に着いた。岡山で、木戸は鳥羽・伏見での勝利を確信する情報を得た。すでに岡山藩は、一月二日に兵二千余を派兵することを決めていた。兵数で劣る討幕軍の勝利は予期せぬことで、木戸は〈意外千万の次第〉と記し、敗北も覚悟していたので、思わず歓喜の泪を流した。

しかし波乱は続き、岡山で愕然《がくぜん》とする。〈神戸事件〉の勃発である。

神戸からの急報が岡山藩に届けられ、木戸は早速に相談を受ける。

事件は一月十二日に神戸でおき、岡山藩兵と外国人との銃撃紛争が発生していた。新政府軍に参戦するため、家老日置帯刀《へきたてわき》率いる五百余の兵が、西宮警備のため大砲をひきながら陸路を進んだ。ひと月前に神戸は開港したばかりで、外国人との衝突を避けるために迂回《うかい》道路が作られていたが、知らずに西国街道を通った。三宮で隊列を横切るフランス兵（米兵との説も）があり、第三砲兵隊長滝善三郎が槍をもって制しに入ったが、言葉が通じず槍で軽傷を負わせた。民家に退いた水兵たちは拳銃を取り出した。それを見た滝が「鉄砲、鉄砲」と注意をうながしたのを、発砲命令と誤解した藩兵が発砲したため、銃撃戦になった。

小競り合いは増幅され、居留予定地の実地検分に来ていた欧米諸国公使たちにまで銃口が向けられ、数度にわたり一斉射撃が加えられた。幸い弾は頭上を飛び国旗を穴だらけにしてしまう。現場に居合わせたイギリス公使パークスは激怒し、各国艦隊に緊急事態を通達した。

アメリカ海兵隊、イギリス警備隊、フランス水兵隊が居留地外に追撃し、生田川を挟んで銃撃戦になった。家老の日置《へき》が射撃中止と撤退を命じたため、双方に死傷者がほとんど出ずにすんだ。神戸に領事館を置く欧米諸国は、ただちに居留地防衛の名目で神戸中心部を占領した。その上で、港に停泊中の筑前・久留米・宇和島各藩の汽船を拿捕《だほ》し、補償を迫った。新政府は、政権移譲を宣言していなかったため、外国事務掛伊藤俊輔の折衝は決裂した。京都では、蜂の巣をつついたような混乱の中、政権の存在を示す必要に迫られる。

一月十五日、朝廷では明治天皇の元服がとりおこなわれた。天皇は童服を脱がれ、断髪のうえ冠をつけ元服された。同日、神戸において欧米六ヶ国へ開国和親を宣言し、明治新政府への政権移譲を表明し、東久世通禧《みちとみ》を代表として交渉にあたらせた。随員として伊藤俊輔らがついた。東久世は、諸外国に王政復古を奉じる国書を渡した。諸外国は、在留外国人の安全保障と、日本人責任者の厳重処罰を求めた。

当初は家老日置の切腹は避けがたいと思われたが、直接指揮した滝の処刑になる。外国人の被害に対して、厳罰に過ぎるとの意見も強く、伊藤俊輔や五代才助らが、助命嘆願交渉をしたが、フランスのロッシュ公使をはじめとする公使の投票で否決された。

一月十七日、新政府は総裁・議定・参与の下に外国・内国・会計・海陸軍・刑法・制度・神祇の七科を設け、それぞれの科に事務総督と事務掛を置いた。しかし、各総督と掛は議定と参与が兼任することが多く内閣と行政官庁を併設した形になる。

同日、財政基盤のない新政府は、京都の豪商、三井三郎助・島田八郎左エ門・小野善助に政治献金を命じた。二日後、彼らは金一万両を献金する。

一月二十一日、京に到着した木戸は、再建中の藩邸に入った。門をくぐるとき〈禁門の変〉以来の苦難が思い出され、万感胸にこみあげるものがあった。二日後、木戸の到着を知った大久保利通の訪問を受ける。

まさかとの思いが先行した鳥羽・伏見戦争の勝利を互いに慶《よろこ》びあえたのはわずかの間で、山積する課題には胸のふさがれる思いがした。二人にとって〈神戸事件〉は思いがけない難問になる。

一月二十五日、各国代表は会議を重ねた末、「局外中立」を布告した。つまり裏返せば、新政府を全面的に支持しないとの意思表示である。木戸は思いつく限りの対処策を大久保に伝えた。

二月二日、備前藩は要求を受け入れ、二月九日に列強外交官列席のもとに滝を切腹させ、家老日置の謹慎処分で決着した。一歩間違えると、薩英戦争の二の舞になりかねず、神戸が植民地化される可能性もあり、滝善三郎の犠牲によって、危機を回避することができたわけである。

参与兼総裁局顧問に任命された木戸は、外交の確立につくす。対外問題に対処するための国内規則の制定を求める。同時に、新政府が諸外国から承認されることが急務であることを訴えた。これはアーネスト・サトウの助言でもある。サトウは、過激な攘夷事件をなくすためにも、天皇が自ら開国和親を表明するよう希望していた。前年、長崎で木戸とサトウは会っていて、互いに好印象を抱いていた。再会したとき、大久保は新政府内の病根について、急ぎ対処する必要があることを力説した。

「幕府を倒しただけじゃ何も変わりもさん。公卿衆は建武中興の再来じゃと、はしゃいどるが、具体的には何もせずでごわす」

「まだ長い道のりじゃけん。こちらで気をひきしめてかからねば、瓦解しますな」

木戸の思いも同じだった。

(維新の目的すら理解せず、ただ徳川幕府を倒し、王政復古が現実化したことに酔っている)

公卿の無知と専横を歎く大久保の言葉は、新政府の危うさを鋭く衝《つ》いていた。木戸にとっても、猫の目のように変わる朝廷の政令は、京都留守居役時代から苦杯を飲まされた経験があるからだ。

「帝を公卿衆から遠ざけねば、幕府の失態を我らが繰り返すだけに終わりもっそ。そのためには、大坂遷都が必要じゃなかろか。木戸さんは、どげん思わる」

大久保は、近い将来に大坂へ遷都すべきだとして、木戸の意見を求めた。

「木戸さん、おいは心配じゃ。このまま帝が京都におわしますと、すべてが変わらず、ご一新は瓦解するのじゃなかろうか」

「たしかに。徳川は倒れても、帝をとりまく摂関家はそのままじゃしのう」

「また摂関政治をはじめるつもりでごわっそ」

天皇を摂関家などの古い朝廷勢力から切り離さない限り、維新の新政は挫折するという。

大筋で木戸は大久保の大坂遷都に賛成した。ただそれほど簡単ではないと予測する。

「恒武帝の平安遷都以来の歴史は重い。公卿衆が京都を離れられるかのう。それに町衆も反対するじゃろう」

「三条・岩倉両卿さえ口説き落とせば、なんとかなりもっそ」

大久保は岩倉卿に内々打診しているようだ。

「小御所会議のようにうまくいくのかのう」

木戸は、保守的な公卿の猛反対を想像するだけで、気が重くなる。

「遷都はやりとげねばならぬことでごわっそ。ただ、今は二人だけの内密に」

「生まれたての赤子も同然じゃけ、大事に扱うようにせんといけん」

「木戸さん、日本のためによろしくお頼みもうす」

「こちらこそ」

西郷不在の京都で二人が協力しなければ、新政府は瓦解することを相互に理解していた。

一月二十五日、朝命により太政官代にて、木戸は徴士《ちょうし》として、総裁局顧問に任命された。顧問は木戸と大久保の二人である。それまで広沢兵助が京都での長州藩の代表を務めていた。つまり新政府の官制は岩倉卿と薩摩首脳らにより決められ、それまで長州は蚊帳《かや》の外に置き去りにされていたわけだ。

これより先、一月十三日に太政官代が設けられ、十七日に太政官を頂点にして、三職七科の制を定めている。三職とは、総裁・議定・参与で、七科は行政職で、神祇・内国・外国・海陸軍・会計・刑法・制度となっている。これに徴士と貢士《けんし》の制が加わる。総裁は親王が任じ、一切の事務を専決する。議定は親王・公卿・諸侯より任じ、行政各科の事務総督となり、政策を決定する。議定の会議「上ノ議事所」と共に徴士・貢士のための「下ノ議定所」を設けた。参与は行政各科の事務掛となり、政策評議に参与する。徴士は各藩の藩士および農・工・商の平民からも人材を抜擢《ばってき》し、参与に準ずる地位を与え、下の議定所の議員とする。貢士は各藩の藩主が人材を選んで下の議定所の議員として差し出し、与論公儀を代表する。

総裁は大都督と兼務で有栖川宮熾仁《ありすがわみやたるひと》親王が就任し、総裁局が置かれた。副総裁には議定の三条実美と岩倉具視、顧問は小松帯刀・後藤象二郎・木戸準一郎である。木戸と大久保は総裁局兼務も命じられた。

二人は大坂遷都の実現に動いたが、薩長連合の政局運営を嫌う松平春嶽ら有力諸侯は反対に動いた。公卿を巻き込む猛反対にあい、大坂遷都が困難になると、木戸は妥協案を岩倉卿に提案する。

「遷都ではなく大坂行幸《ぎょうこう》になされてはいかがかでしょうか。一時的な御滞在なら、どなたも異論はなく、大久保さんの目的に少しは貢献すると思われます。それに大坂の商人に献金を依頼しやすいのではございませんか」

木戸は、政府がまったくの貧乏所帯であることを知り抜いていた。東征の軍費さえままならぬ状況である。

「木戸さん、これは名案どすな」

岩倉は、木戸の才覚を見なおしたらしい。

大坂行幸が内定すると、大久保は木戸を三本木の「清輝楼」に招き酒宴を催した。「清輝楼」は西郷もよく使う薩摩藩のなじみである。木戸は、隣接する「吉田屋」の主・難波常次郎にも忘れずに挨拶をした。幾松の無事を告げると、実の父親のように目を潤《うる》ませた。

大久保と酒をくみかわしながらも、話すことは政事にいきついてしまう。当面する三大事について共通認識を持った。

第一は遷都による摂関政治など旧体制の打破、第二は旧幕府軍残党の討伐、第三は外交の規則を制定し、外国事務掛を設置することである。急務として、イギリスとフランスの二大強国と正式な外交関係を樹立する必要があった。

一月二十六日(陽暦二月十九日)、木戸はアーネスト・サトウの京都滞在を知らされ、相国寺の宿舎まで訪ねて行った。今出川通りに出ると、〈禁門の変〉で焼けずに残った乾門《いぬいもん》が目に入った。この門から政変のたびに薩摩の軍勢が御所へ入り、相手方を制し、政局の主導権を握っていった。木戸は、今は亡き坂本龍馬に請《こ》われて薩長盟約を結ぶため、薩摩藩邸を訪れた日のことが、つい昨日のように思い出された。〈禁門の変〉の屈辱を胸に、大義のため己の怒りを抑え、相国寺門前の道を歩いたのだ。

境内に近く陽だまりから梅の香が匂っていた。

(梅を愛した高杉晋作が生きていてくれたら、どれほど心強かったことか)

過ぎた時も、黄泉の国へ旅立った人も、再び帰り来ることはない。

(前向きに生きなければ)と木戸は思う。

(日本人だけでなく、世界の人々と会わねばなるまい)

サトウもその一人で、慶応三年の夏、長崎の領事館で会って以来の再会だった。その間、サトウはパークス公使の右腕として、江戸・横浜・大坂・神戸と活発に動き、今回は島津茂久の招きで京都に滞在していた。

「神戸の事件を終わらせたのは、私たちなのです」

サトウは少し得意げにいった。

「感謝しています。ほんとうに助かりました」

木戸は率直に礼を述べた。

「偶然の突発事件だと思いますが、根もとには外国人への偏見がありますね。種を播いた人は、刈り取る責任があります」

サトウは婉曲に攘夷思想をひろめた長州への批判を口にした。

「時の流れに乗り遅れる人もいますが、教育が大切だと考えています」

木戸は、自らの思想がなま固く青くさい攘夷から、成熟していった過程を思い出していた。

「いずれにせよ、神戸の事件が繰り返されると、ミカドの政府には不利になります。イギリスも中立を保てなくなります。激怒されたサー・パークスをなだめるのは大変でしたよ」

サトウは正直な人だと、木戸は思った。

「ありがとう。よくわかっています。シュンスケからお話はうかがっています」

「ミスターイトウは優れた外交官になれる人ですね」

長崎から帰って、木戸は伊藤俊輔に特命をあたえ、イギリス公使館に接近するように命じていた。戦場から離れ、軍功はなくとも、将来この国を背負っていく人物になるには、外国人と対等に付き合える度量と語学力を養っておかねばならない。

木戸は伊藤に、わが身にはできない分身の役を担ってほしかった。

サトウは、国際法による局外中立についても、分かりやすく説明してくれた。

「法律を執行するのは感情のある人間なので、神戸事件や貿易に不利になることが続けば、中立の内容は大きくぶれますね」

うなずく木戸の理解がどれほどなのか確かめながら、言葉を続け、

「アメリカがストンウォール号を局外中立の立場から手放さないのも、多分に旧幕府への未練があるからですよ」と説明した。

国際政治でも力関係により、変化が生じる可能性があり、天皇の政府がしっかり確立されれば、中立から積極的支援に変わることを示唆された。

サトウは、思いがけないことも話した。

「先日の戦争で西郷さんの弟シンゴさんが重傷を負い、公使館の医師ウィリスが治療を頼まれたので、私が通訳として京都へきたのです」

どうやら西郷信吾は頸部に貫通銃創を受け、京都相国寺の薩摩藩病院（養源院）に収容されたらしい。傷口が化膿して重態となり、生命が危うくなったので、大山弥助が西郷吉之助を動かしパークスに援助を求めたとのことだった。ウィリスは、クロロホルム麻酔ができ、切開手術を手際よく施行したので、西郷信吾は早々と恢復《かいふく》したとのことだった。サトウの話に登場した医師ウィリスが、やがて日本医学の路線選定をめぐって、重要人物として登場しようとは、木戸には予測できないことだった。木戸は、サトウの友情に感謝し、再会を約して別れた。その足で、乾門をくぐり、御所西南端の九条邸に置かれた太政官代《だいじょうかんだい》へ行き、岩倉具視にサトウとの会談内容を伝えた。ちなみに、およそ一ヵ月後に太政官代は二条城へ移り、二月三日に行政七科を改め、総裁・神祇・内国・外国・軍防・会計・刑法・制度の八局とする。

広沢兵助と大久保一蔵が内国事務局判事、伊藤俊輔と井上聞多が外国事務局判事に任命された。木戸が外交を重視し、イギリスに留学経験のある伊藤と井上を推薦していた。

だが、公卿をはじめ守旧派ともいえる勢力は依然として根強い勢力をもっていた。西郷・大久保の薩摩も、木戸・広沢の長州も、保守的な攘夷派が隠れた多数なのかもしれない。

木戸は、開国和親に向かう前提として、二月七日に議定の島津忠義・松平慶永・山内豊信《とよしげ》らから、外交の確立を求める建言書を連署で提出してもらった。その

上で、木戸と松平慶永・大久保利通・広沢真臣・後藤象二郎らが、外国公使参朝行事の担当になった。

次いで木戸は、三条実美に宛て、天皇が公卿・諸侯に親論を発するように建議した。

外国公使の参朝に先んじて、皇室の威光を海外に発するために、公卿・武家の心を同じくして協力することを求めた。

鳥羽・伏見の戦いで旧幕府の大軍を撃破した、楫取素彦・山田市之允・林半七らの長州軍は三月中旬まで大坂に駐屯した。木戸は、彼らの戦功を労《ねぎら》うことを忘れはしなかった。

部隊は東征軍の一員として再編成され、指揮官も交代したため、市之允らは四月初旬に山口へ帰郷することができた。

第五章 維新

一

新政府が誕生の苦しみに耐えているころ、江戸城では連日御前会議が開かれていた。

矢田堀は海軍総裁の立場から意見を求められた。

「迎えうつ方法は二つあろうかと存じまする。一つはまったくの恭順《きょうじゅん》、もう一つは包囲策でございまする」

矢田堀は広間に地図を広げ、箱根を指差し、

「敵が箱根を越えた時点で、わが艦隊を駿河の海へ入れ、沼津から陸兵を上陸させます。同時に江戸からも西へ進軍し、挟み撃ちにする作戦でござりまする」

列座の反応をうかがい、説明を続けた。

「当方からは発砲せず、包囲されたことを自覚させることが肝要かと。つまり、朝廷に刃向かうのではなく、お味方を有利に立たせて、徳川の所領を安堵《あんど》させせねばなりませぬ」

矢田堀は極力自制した発言にとどめたが、それでも

勝海舟は懸念を口にする。

「沼津に上陸したわが軍勢が、諸藩兵に包囲されはすまいか」

「その点は考慮ずみで」

榎本が口をはさみ、作戦案を示した。

「軍艦から街道筋を砲撃して敵の後続部隊や、沼津以西の諸藩兵を釘づけにすれば、よろしかろうと」

「開陽丸の炸裂弾は威力がござりまする」

矢田堀が補足する。

「いや、威嚇《いかく》するにしても、実弾はまずかろう。鳥羽伏見でも失敗した」

黙って話を聴いていた徳川慶喜が制したものの、周囲はその心中をはかりかねていた。

「ほかに方法はないか。勝安房《あわ》は薩摩と接触できよう」

慶喜は、勝と西郷の人脈を知っていた。

「おそらく西軍の将は西郷でございましょう。内戦は望んではいないと心得まする」

勝海舟には情報が入っていた。

「そちが、西郷に会ってはくれぬか」

〈禁門の変〉で、長州軍に対して共同戦線を組んだ西郷の姿は、慶喜の記憶に残っていた。


「承知いたしました。上様、そのためには、恐縮なお願いがございまする。上様がお城に留まっておられては、西郷も疑心暗鬼となりましょう」

勝は、慶喜の退路を断たねば、またふらつくと案じた。

「城を出よと申すか」慶喜は一瞬青ざめ、唇をかんだ。

「この際、中途はよろしからずかと、拙者は愚考いたしまする」

黙って話を聞いていた大久保一翁が勝海舟を助けた。五歳年上なのだが、大久保一翁は勝に近い人物である。

「榎本は」慶喜は最も過激な抗戦論の青年将校にも声をかけた。

「お城を出られてはなりませぬ。まず海軍を駿河へ派遣していただきたい」

主戦派の榎本は必死で慶喜を見つめていた。

「そうか、即答しかねるが、もう一日だけ、考えさせてくれぬか」

慶喜はそう言って眼を閉じた。

「これは天下のご決断。熟慮なされますよう」

勝は一同の率直な気持ちをまとめた。

その結果、二月十二日に、主だった旗本を大広間に集めた。

緊張した面持ちで、徳川慶喜は家臣にまず一礼した。

「今日の事態に至ったことを、東照宮様や代々の将軍、さらには、変わらぬ忠誠をつくしてくれた皆々一同に、心からお詫びしたい」

慶喜の眸は潤んでいるように見えたが、気を取り直して言葉を続けた。

「ひたすら恭順する私への、そなたたちの怒りは、もっともである。しかし、広く世界の状況を俯瞰《ふかん》してほしい。国内での内乱が長引けば、印度や清国の二の舞になることは、必定《ひつじょう》であろう。この国は滅び、民は苦しむ。わが身の保身にこだわれば、それだけ国は乱れよう」

聡明さを謳《うた》われた慶喜の言葉は、聴き入る人々の胸中に深くしみ入った。

「不肖《ふしょう》ながら、朝廷へは誠意をもってつくしてまいった。しかし、不慮の事態から挑発に乗ってしまった。私が軍を制御できなかった罪は重い。そのため、和平ではなく、戦を招いてしまった。朝敵呼ばわりされることは心外であり。私の本意ではない。この国の将来を思い、謹慎の意を表すため、寛永寺へ入ることにいたす」と、伏し目がちの顔をきっと上げ、

「私の思いを無にしないよう。そなたたちの自制をせつに願うものである」

慶喜は、自らに言い聞かせるように、静かに締めくくった。

矢田堀と並んで座っていた勝海舟が、慶喜のかたわらに進み出て黙礼すると、

「上様は、明日、お城を出られ、寛永寺に移られる」

と、告げた。

すると押し殺したすすり泣きが、満座の広間にさざ波のように広がっていった。

天正十八年八月、徳川家康が入城して以来、二百二十八年の長きにわたり天下に号令し続けた江戸城を、明日にも退去するという。その悲歎の日を誰が想像しただろうか。

歴史はあくまでも非情である。

その時、突然、発作のように立ち上がったのが榎本釜次郎だった。

「上様は、腰を抜かされたのでござりまするか」

一瞬、広間の空気が凍りつき、すすり泣きがぴたりと静まった。

「榎本控えよ。無礼も極まれり」

矢田堀は反射的な立ち上がると、榎本の襟首をつかみ、殴り倒そうとした。

「待て、静粛に。ご両人、控えなされよ」

大久保一翁が、古武士のように腹の底から声を響かせ制止した。

「榎本、大事な時こそ、冷静にな。勝海舟殿をご覧なされよ」

勝は眼を閉じたまま、徳川慶喜の側に端座していた。榎本は平伏したまま、徳川最後の将軍が去っていく気配を全身で感じていた。

二月五日になり慶喜は恭順《きょうじゅん》姿勢を確定した。

旧幕府首脳の人事異動が進み、二月八日には恭順派の大久保一翁が若年寄兼帯内国事務取扱に、二十五日には勝海舟が陸軍総裁に代わり軍事取扱に任じられた。

さらに同月九日には、鳥羽伏見戦の責任者が全員役職から罷免された。ちなみに、老中板倉勝静はすでに一月二十九日付で罷免され、二月十日には、板倉・小笠原両老中をはじめ永井・平山・竹中・塚原の若年寄四人は官位剝奪のみでなく登城禁止が申し渡された。

二月十二日（陽暦三月五日）慶喜は、白梅の香につつまれた寛永寺大慈院に入り謹慎した。

他方、松平容保は松平春嶽宛に陳情書を出し、十六日に雪の残る街道を北上し、会津へ帰って行った。思えば、容保を京都守護職に引き出した人物こそ松平春嶽だった。さらに京都で慶喜側近として仕えた永井尚《なお》志《ゆき》は、十九日に逼塞《ひっそく》を、四月七日には閉門を命じられる。慶喜は謹慎中であり、おそらく命じた人物は勝海舟だったのだろう。滅びゆく徳川政権中にも、なお私怨《しえん》や権力闘争が繰り広げられていたわけである。巨大な組織の歯車である人々の悲哀が絡み合い、江戸の町を春霞のようにどんよりと曇らせていた。

二極に日本を分断した首脳が、国の将来のため我が身を斬りさくような思いをしていた

最中の二月十五日のことだった。激震が新政府を襲った。今度は堺にて、フランス人水兵と土佐藩兵の間で殺傷事件が発生したのだ。〈堺事件〉の勃発《ぼっぱつ》である。

堺港に入ったフランス軍艦デュプレックスの士官以下数十名の水兵が上陸し、気ままに市中を見物した。警備担当の土佐藩は、帰艦を促したが、言葉が通じず、かえって混乱を生じた。一人の心ない水兵が土佐藩の

隊旗を倒し持ち逃げしようとしたため、土佐藩士が発砲した。乱闘が拡大し、フランス兵十一人を殺傷または海に追いやり溺れさせた。

当時、徳川慶喜に再起をそそのかしていたフランス公使ロッシュにとって、絶好の新政府糾弾《きゅうだん》の口実になった。誕生したばかりの新政府にとっては、〈神戸事件〉に続いて、青天の霹靂《へきれき》ともいうべき難題が襲いかかった。

ロッシュは、在阪各国公使と協議し、藩士の斬刑・新政府の陳謝・十五万ドルの高額賠償など五項目にわたる抗議書を新政府に提出した。朝命を受けて〈堺事件〉の処理にあたったのは、木戸孝允、大久保一蔵と中根雪江の三人だった。三人は何度も大坂へ出向き、各国公使と折衝を重ねた。

苦慮した政府は、イギリス公使パークスに調停を依頼したが、生麦事件・薩英戦争の前例もあり、受け付けられなかった。そのため、フランスの要求をすべて受諾した。木戸は、諸外国が局外中立を捨て、旧幕府側にまわることを最もおそれた。

フランスと敵対することだけでも、絶対に避けなければならなかった。しかし発砲を認めた土佐藩士は二十九名の多数にのぼり、全員処刑すれば、攘夷派のみでなく国民の怒りに点火する危惧がある。

そこで新政府首脳は、外国事務局輔東久世通禧《みちとも》らに交渉させ、隊長の箕浦・西村以下二十名が刑を受けることになった。二十名は土佐稲荷神社で籤《くじ》引きをして決めた。新政府は、せめて武士の情けで斬首から切腹に変更する譲歩を、フランスにかろうじて認めさせた。

二月二十三日、大坂裁判所（府庁）の宣告により、堺の妙国寺で土佐藩士二十名の処刑が執行される。処刑は無残で辛酸《しんさん》をきわめた。正面に菊の紋章を染め抜いた幔幕《まんまく》を張りめぐらせ、左右に警護の肥後・安芸両藩の幕が、切腹の場は土佐藩の定紋を打った幕が張られていた。十一名の切腹が終わった段階で、刑の即時中止をフランス軍艦艦長のデュプティ・トゥアール大佐が、立ち合っていた外国局判事の五代才助に求めた。イギリス留学の経験がある五代は、フランス語も多少通じた。

検視から帰った五代は、木戸と大久保に処刑の顚末《てんまつ》を詳細に報告した。あまりの凄惨《せいさん》さゆえに艦長が申し出たとも、ロッシュが配慮をしたとも、諸説がある。その後、切腹した藩士は妙国寺に手厚く葬られ、受難のフランス水兵は神戸の外国人墓地に、各国公使の列席のもと埋葬される。〈堺事件〉の腹切りは、本国フランスのみでなく、西欧諸国に伝わった。

土佐兵の処刑とフランス兵遺族への賠償が整うと、太政官代では外国使節の参朝が緊急の課題になる。徳川慶喜追討軍が江戸へ迫り、江戸総攻撃の日が目前に迫っていた。列強に新政府が承認されているか、いないかで、交渉条件や戦局が激変する可能性も残されていた。

幸い、公使の参朝は二月末に具体化される見通しがたった。この時点で、木戸は藩主毛利敬親の要請により、山口へ帰り、藩政に専念することになる。同じ参与の広沢真臣《さねおみ》と共に、朝廷へ徴士罷免《ひめん》の申請をした。

しかし、難局に直面する新政府が許すはずもなく、帰国は却下された。木戸の代わりに楫取素彦《かとりもとひこ》が帰国することになった。

岩倉からこのことを聴いた大久保は、木戸の心境を理解できず、暗に無責任さを責めた。

なぜか維新後、長州藩の動きは緩慢で、世子毛利広封（元徳）が干城《かんじょう》隊を率いて山口を出発し、陸路で二月一日に尾道へ達している。そこから安芸藩の豊安丸と長州の鞠生《まりふ》丸に分乗し、二月七日に入京する。一行には用所本役・軍政専任に就任した大村益次郎が随行していた。

この時点では、木戸も広沢もまだ、長州藩藩庁の持ち駒に過ぎず、国政よりも藩政の利害が優先されたのだろう。

木戸個人としても、正月に岡山行きを命じられ、そのまま京都へ入って徴士に任命されたわけである。松子には、ほとんど経緯を話していず、どうして山口へ帰って来ないのか心配していたにちがいない。しかし、国政からみれば、大久保が帰郷を請願する木戸の行動に首をかしげたのももっともで、関東の風雲は急を告げていた。

二月末、旧幕臣渋沢誠一郎らが彰義隊を結成して上野寛永寺に陣取った。江戸では旧幕臣が大手をふって闊歩《かっぽ》している状況である。同じころ、榎本武揚の説得を入れ、いったん退職願を出していた軍艦奉行木村喜毅《よしたけ》が、海軍所頭取として留まることになった。榎本にしてみれば、臨戦態勢を整えたとの認識であろうか。

歴史は同時進行で並列的に展開している。

江戸と対極にある京都では、各国大使が禁裏へ招かれようとしていた。堺事件のほとぼりも冷めやらぬ二月三十日、京都御所の紫宸殿《ししんでん》において、各国公使による天皇謁見が行われた。

異人が御所へ参内《さんだい》するのは前代未聞のことで、沿道は人出でわきかえっていた。イギリス公使パークスの一行は知恩院を宿舎とし、午後一時ころ出発した。イギリス人七十人、肥後藩兵三百人の華やかな隊列を組んで御所を目指していた。徒歩の肥後兵が先ぶれとなり、十一騎のロンドン第一警備部隊を率いるピーコック警視と宇和島藩周旋方の中井弘蔵が馬上から先導。土佐藩の後藤象二郎がパークス公使の案内役を務め、その後にサトウをはじめとする数名の公使館員と金モールで飾った儀仗兵《ぎじょうへい》、しんがりに熊本藩兵が従った。

神戸事件・堺事件と連続したため、厳戒態勢をしいていたのだが、攘夷派の襲撃を防ぐことができなかった。新政府が頼りにしていたイギリス公使パークス一行を朱雀《すざく》操《みさお》と三枝《さえぐさ》蓊《まゆ》が襲った。少人数の方が警備し難く、宿舎の知恩院を出発し、縄手《なわて》の小路に差しかかった所だった。護衛の中井弘蔵と後藤象二郎が迎えうち、イギリス護衛兵も反撃したため、パークス襲撃は失敗に終わったが、多数の護衛兵が負傷した。中井は裃《かみしも》の正装だったため袴《はかま》を踏んで倒れ、朱雀に命をとられる寸前で反撃した。

後藤らの報告に接し、木戸は思わず天を仰ぎ、両手で顔をおおった。禁裏は騒然となったが、木戸や伊藤らは冷静を保ち、謁見を続けた。パークスへは、外国事務総督の山階宮《やましな》晃《あきら》親王が天皇からの慰問の聖旨を持参し、許しを得た。パークスも三月三日にあらためて拝謁し、新政府を追いつめなかった。パークスと通詞《つうじ》サトウの寛大な対応と歴史的な視野がなかったなら、この時点で新政府は瓦解していたのかもしれない。

ちなみに御殿へ昇殿できないサトウに代わって、伊藤俊輔が正装して通訳を務めた。

（男は度胸じゃけ）高杉晋作がよく口にしていた言葉を、俊輔はこのときほど身近に意識したことはない。

後日、後藤と中井に対して、ヴィクトリア女王から感謝の勲章が贈られる。後藤はよく知られた人物であるが、中井弘蔵はいきなり木戸の前に躍り出た感がある。しかし、よく話してみると、かなり以前に接触していた可能性があった。中井弘蔵を名乗ったのは、昨年イギリス留学から帰国し、宇和島藩周旋方から、外国事務各国公使応接掛になってからである。

祖父の代まで薩摩藩の重職にあったが、父の代に没落して困窮し、鹿児島から脱走したらしい。浪人暮らしの間、江戸・京都・大坂を転々として友人をつくった。その後、長崎に行き、五代才助や野村宗七の世話で宇和島藩に身を寄せた。そこで伊達侯に見いだされ、宇和島藩周旋方となった。家老松根図書《ずしょ》の命に従い、京坂での情報収集にあたっていた。京都では薩摩の永山弥一郎や中村半次郎(のちの桐野利秋)らとも交際した。

慶応二年になって、再び長崎を訪れた際、後藤象二郎や坂本龍馬らと出逢い、国内政局の視野を広げた。五代の勧めで欧州へ渡るが、このときの変名は田中幸介である。欧州では、鮫島尚信《さめしまなおのぶ》、町田民部、松村淳蔵、吉田清成ら後の薩摩開明派の面々と交際した。中村正直(敬宇《けいう》・幕臣で啓蒙思想家)と巡り合ったことも、大きな収穫となる。

帰国後、坂本龍馬らと長崎で再会し、〈大政奉還〉の動きを知った。慶応三年六月九日、長崎を出航した夕顔丸には、坂本と後藤のほか、海援隊文官役の長岡謙吉、後藤の従者松井周助と高橋勝右衛門が便乗した記録があるが、中井も後藤久二郎と変名して同行していたのである。〈大政奉還〉から鳥羽伏見の戦いの間も京都で活動した。

新政府樹立とともに大阪府外国事務御用掛となり中井弘蔵を名乗り、東久世卿の配下となり、五代才助と行を共にしたので、堺事件の際にも現場での折衝役をした。今回の英・仏・蘭三ヵ国公使の天皇謁見も、小松帯刀・後藤象二郎・伊藤俊輔・中井弘蔵が宿舎の手配から警備まで入念に計画したものだった。

その後、東久世卿の江戸転勤に伴い、小松帯刀・山口範蔵(尚芳)らとともに中井は横浜在勤となる。関西には、大坂に五代、神戸に伊藤が残る配置である。木戸は、長岡謙吉や陸奥陽之助など坂本龍馬の遺した海援隊隊員をそれとなく援けるが、中井弘蔵もその一人である。薩摩の出身ながら、西郷や大久保を客観視できる見識をそなえていた。それ故、木戸は中井の識見を参考にしようとする。中井弘蔵(桜州)は明治初期のご意見番ともいえよう。

一方、新政府軍は、東海・東山(中仙道)・北陸の三道から江戸へ向け進軍し、奥羽平定のため別に鎮撫使を派遣することを決めた。東征大総督府の大総督は有栖川宮熾仁《たるひと》親王、東海道先鋒総督は橋本実梁《さねやな》、東山道先鋒総督は岩倉具定《ともさだ》（具視の長男）、北陸道先鋒総督は高倉永祜《ながさち》、奥羽先鋒総督は九条道孝《みちたか》、海軍総督は聖護院宮嘉言《よしこと》親王が任命された。

二月十五日、錦の御旗をひるがえし、大総督率《ひき》いる兵が京を発った。鼓笛《こてき》隊が先導し、品川弥二郎が作詞した『トコトンヤレ節』が日本初の軍歌として歌われ、兵を鼓舞した。

「宮さん宮さん御馬の前にひらひらするのはなんじゃいな。トコトンヤレトンヤレナ」ではじまる親しみやすさは、沿道の民衆にもひろまっていった。

参戦する諸侯には「菊」の御紋使用が許された。大総督府参謀は、西郷吉之助・林玖十郎（宇和島藩）らで、薩・長・土三藩を主力とする二十二藩の兵が参戦した。新政府軍の廟算《びょうざん》（作戦計画）について、西郷や木戸らの立案した素案を、大村益次郎が検討し、まとめ上げた。

二

旧幕府内では、新政府に対して抗戦か恭順かで議論が二分され、対立を深める。

かつて、第一次征長を前に、長州で恭順俗論派と武備恭順派に別れたのと、攻守が逆転したかのようだ。強硬な主戦論は勘定奉行小栗忠順《ただまさ》、海軍副総裁榎本武揚《たけあき》、歩兵奉行大鳥圭介らだった。京都政局で一会桑の結束を誇った会津藩主松平容保《かたもり》と桑名藩主松平定敬《さだあき》も、再挙を進言した。さらにフランス公使ロッシュは、惜しみない援助を具体的に示し、反撃を勧告した。これに対して、恭順謹慎を説得したのは、陸軍総裁勝海舟や、会計総裁の大久保忠寛《ただひろ》（一翁）だった。小栗・矢田堀と勝の対立は、万延元年の咸臨丸《かんりんまる》による派米使節派遣から芽生えていた。争いの枠外にいた福沢諭吉や中浜万次郎、さらには肥田浜五郎・小野友五郎・赤松大三郎などが明治の文明開化に大きく貢献する。

鳥羽・伏見戦争は幕末内戦の幕開けに過ぎず、近代日本は産みの苦しみに七転八倒することになる。慶応四年二月七日夜、三番町屯所にいた旧幕府歩兵二千が、当直の士官を射殺し、集団脱走した。フランス陸軍教官から伝習を受けた伝習第一大隊・第二大隊を主力とする部隊は、大鳥圭介を総督に担いで下総《しもうさ》の国府台付近に集結した。

旗本を中心にする撤兵隊は福田道直が指揮し、木更津《きさらづ》に屯集した。人見勝太郎と伊庭《いば》八郎を頭とする遊撃隊は、上総《かずさ》請西《しょうせい》藩主林忠崇《ただたか》を説いて徳川再興の挙兵をした。彼らは海上を移動し、箱根に布陣する。〈箱根戦争〉については、明治二年夏、木戸孝允が箱根に湯治に行くので、その際、振り返ってみることにしよう。

最後の将軍として、徳川慶喜の苦衷《くちゅう》はいかばかりか、同情に値するが、大奥などの反対なども押し切って、恭順謹慎を決断した。二月十二日、徳川慶喜は、江戸城を去り、上野寛永寺大慈院に蟄居《ちっきょ》した。慶喜はその間にも、自身の処分もふくめ、新政府側との接触を試みている。寛永寺の輪王寺宮や、先代将軍未亡人静寛院（和宮）を介しての、哀訴などもあった。

あれだけ毛嫌いした勝海舟を新政府との交渉にあたらせた。

三月二日、新政府軍の先鋒部隊が藤沢に到着した。二日後、会津藩も江戸屋敷から荷物を総引き揚げし、江戸の混乱は高まるばかりだった。三月六日、大総督府は三月十五日を期して、江戸城総攻撃を命じる。勝海舟は絶対恭順を装いながら、諸隊の脱走を黙認する形で二面作戦を行っていた。江戸城で、近藤勇・土方歳三率いる甲陽鎮撫隊に二千両と銃砲を提供した。甲府勝沼の手前柏尾で東山道先鋒軍の河田佐久馬隊（山国隊）と戦い、敗走している。

京都の京北は山国荘と呼ばれる禁裏領で、御所の台所をまかなってきた。夏の鮎、秋の柿や松茸などの献上もしかりである。常照皇寺や天皇陵などもあり勤皇の民が暮らし、ご一新では山国隊を組織して参戦した。その名誉ある指揮官を河田佐久馬は任せられたのである。

河田はかつての因州藩京都留守居役で、木戸と同盟し〈禁門の変〉で、帝を遷幸する役務分担をしたが、情勢の悪化で機能しなかった体験を持つ。四境戦争直後に長州へ亡命し、因州藩の新政府参戦に貢献した。木戸との誤解も氷解し、頼りになる同志になっていた。

そのころ、〈池田屋事件〉、〈禁門の変〉と、木戸ら長州の志士をさんざん苦しめた新撰組の近藤勇は、下総《しもふさ》の流山で捕らえられていた。副隊長の土方歳三は、逃れて大鳥圭介の軍に参謀として加わった。彼は、箱館戦争で戦死するまで、新撰組の旗を奉じ、旧幕府の孤塁《こるい》に立てこもった誠心の人物なのだろう。だが、槍や刀をふりまわす時代はすでに終わっていたのだ。勤皇志士への残虐な制裁は、つきつめた純粋さの裏返しなのだろうか。怨念《おんねん》が怨念を生み、新撰組幹部が生き延びる余地はなかった。

三月九日、勝海舟は、旗本の剣術家山岡鉄舟を使者に起用し、駿府の西郷吉之助へ書簡を届けさせた。先導役に前年歳末の薩摩藩焼討に際して捕虜にしていた、隠密益満休之助を使ったのは名案だった。

その結果、三月十三、十四の両日、江戸城開城を巡って、歴史的な西郷と勝の会談が行われる。場所は江戸高輪ついで田町の薩摩藩邸だった。当初、西郷も大久保も慶喜の死罪を望んでいた。『慶喜を断罪せずして、王政復古は成就できもうさん』書簡に遺る二人の間での了解事項であった。ところが、二月中旬、京都の会議に出席した徴士の中で、佐賀藩の江藤新平は江戸城攻撃に反対していた。

「慶喜に戦意があれば、陸路を通って江戸へ帰ったと思われはせぬか。東海道は徳川の基盤ゆえ、呼応する藩が出て、江戸に着くまでに強大な兵力になっていたはず。海路をとったのは、戦いを避けたと見るべきでござる。恭順している者を討つのは天子様のお心とは思えず、王道に悖《もと》るのではござるまいか」

大久保をのぞく三条、岩倉、木戸らは江藤の建言を傾聴した。木戸は、江藤の勇気に注目した。大久保には、慶喜から苦汁を飲まされた嫌な思い出があった。

文久二年、藩父島津久光の供をして公武合体をとなえて江戸に向かったとき、慶喜は久光を陪臣と見下し、一ヵ月もの間、江戸城へ入ることを許さなかった。

大政奉還を決した小御所会議の後でも、外国公使を接見し、クーデターを氷解させかかった経緯など、幾度となく顔に泥を塗られていたのである。

静寛院の宮（和宮）の助命嘆願を知った後でも、西郷は大久保へ書簡を送り、

『はなはだもって不届き千万、是非切腹までには参り申さず候ては相すまず、静寛院と申しても、やはり賊の一味（後略）』と胸中を吐露している。

一方の勝は、助命が最低限守られなければ、抗戦もやむなしとして譲らなかった。

そのころ、関東甲信越の各地で一揆や打ちこわしが頻発していたことや、イギリス公使パークスが貿易の支障となる江戸周辺の戦乱に強く反対したことなども影響した。

横浜の治安維持に関して、先鋒参謀の長州藩士木梨精一郎が大村藩士渡辺清（渡辺昇の兄）を供にパークスと会談した。その際、パークスは、ワーテルロー会戦の敗者ナポレオン一世のセント・ヘレナ島流刑の例をあげ、敗北を認めたものを死罪にすることは、恥ずべきことだと説いた。それを傍で聴いていた渡辺清が西郷の耳に入れたことも、「慶喜誅殺論」で一致していた薩摩首脳の一人として、再考するきっかけになる。

紆余曲折《うよきょくせつ》はあったが、勝の外交手腕により、徳川家の滅亡と江戸の戦乱という最悪の事態だけは避けることに成功する。だが歴史のお膳立ては、裏方で大筋が決まっていたのである。それを西郷・勝会談に脚光をあてさせた演出力は、二人の持ち前のカリスマ性と政治手腕といえよう。さらにいえば、後世の人が講談調に英雄化したことが大きい。

三月十二日には、京都を発進した東征軍先鋒部隊、東山道・北陸道の各部隊も江戸へ迫り、総攻撃の準備は整っていた。

三月十四日、京都では紫宸殿《ししんでん》にて、明治天皇が「五箇条の御誓文」を厳かに宣誓《せんせい》された。


新政府は、誕生そうそうに国是《こくぜ》を天下に示す必要があった。徳川幕府を倒しただけで、内容に変化もなく、進歩や発展の息吹を見いだせなければ、失望の渦にまかれ自滅するだけである。木戸は懸命に変革を遂げようとした。

新政府は公議を標榜《ひょうぼう》し、慶応四年一月に越前藩出身の参与三岡八郎（由利公正）が「議事之体大意」と題する五箇条の政策綱領を起草していた。これは松平春嶽の顧問横井小楠《しょうなん》の儒教的共和思想を継承したものといえよう。当時、三岡は会計事務掛と同時に兼務していた制度掛の同僚、土佐藩の福岡孝弟《たかちか》に、草案の鉛筆書きを見せ、意見を求めた。ちなみに鉛筆は舶来品で、国産化はウィーン万国博以降になる。

福岡は土佐藩の藩是《はんぜ》ともいえる列侯会議の文字を、第一条冒頭に加えて修正した。三岡草案の第五条、「万機公論に決し私に論ずなかれ」を、「列侯会議を興し万機公論に決すべし」として、第一条に加えていた。これは封建制を維持せんとするもので、歴史の後もどりにほかならない。しかも表題を「列侯会盟」とし、天皇と諸侯を並列にし、薩長を牽制する狙いがあった。総裁局顧問の木戸へ届けられたのは、福岡が修正した

「会盟」五箇条だった。

木戸は吟味して、根本的な誤りを指摘した。木戸は列侯そのものを廃止するつもりで、二月に版籍奉還の建白書を副総裁三条実美へ提出していた。その一部を記してみよう。

『そもそも一新の政たる無偏無私、内はあまねく才能を登庸《とうよう》し、もっぱら億兆（人民）を安撫《あんぶ》し、外は世界各国と並立し、もって邦家（国家）を富岳の安きにおくことにあり。ついては至正至公の心をもって七百年の積弊《せきへい》を一変し、三百諸侯をしてあげてその土地人民を還納せしむべし。しからずんば一新の名義、いずくにあるかを知らず』

木戸の最終目標は封建制の廃止なのだが、時期《じき》尚早と考え秘している。三岡や福岡は、藩政を残したままの改革が可能と幻想を抱いていたことがわかる。木戸は、福岡案第一条の「列侯会議を興し」を「広く会議を興し」に改め、「徴士」の任用期間を制限していた第五条を削除して木戸最終案四条「旧来の陋習《ろうしゅう》を破り天地の公道に基づくべし」を新たに組みこんだ。標題も三条実美により「会盟」を「誓」に改められ、「五箇条の御誓文」と呼ばれることになる。以下に記しておこう。

一条　広ク会議ヲ興シ万機公論ニ決スベシ
二条　上下心ヲ一ニシテ盛ニ経綸ヲ行フベシ
三条　官武一途庶民ニ至ル迄各其志ヲ遂ケ人心ヲシテ倦マサラシメン事ヲ要ス
四条　旧来ノ陋習ヲ破リ天地ノ公道ニ基クベシ
五条　智識ヲ世界ニ求メ大ニ皇基を振起スベシ

木戸は、三岡八郎がまだ幕府政事総裁松平慶永の側用人だったころから面識がある。横井小楠の片腕として財政に明るい男だった。長州征討で越前福井藩の藩論が割れた政争に巻き込まれ蟄居《ちっきょ》・謹慎処分にあっていたころ、坂本龍馬の来訪を受け、交流を深めた。龍馬も三岡の財政通に驚いた一人である。新政府は財政の困難に直面していて、征討軍の派遣さえ軍資金不足で薄氷を踏む思いを続けていた。三岡は、会計事務掛・御用金穀取締として重責を担い、会計基立金募集や太政官札発行、商法司設置などの政策を打ち出していた。これまで豪商に頼りきっていた武家社会がもっとも不得意なのが財政で、幕末には諸藩が借金で行き詰まり、藩士の禄を切り下げていた。

軍事をも左右する重大事であることを、木戸は四境戦争前からはっきりと認識していた。

大久保の大坂遷都を支持したのも、古い朝廷の摂関政治から天皇を切り離す目的だけでなく、日本経済の中心地である商都大坂を掌握する重要性を知っていたからである。関門海峡封鎖論を五代才助が持ち込んだ際にも、大坂の経済とその影響力の大きさを考え拒否したのだった。

三月十五日の江戸総攻撃は直前になって回避される。東海道先鋒軍は江戸の芝、東山道先鋒軍は市ヶ谷、北陸道先鋒軍は千住まで進軍し、海軍先鋒は横浜に着陣していた。

西郷は江戸城攻撃中止を命じ、駿府の大総督へ復命の上、京都に急行した。三月三十日、西郷を迎え、和議の内容につき討議した。岩倉と木戸は寛大論で、徳川慶喜の死罪を求めていた大久保も妥協して、西郷の復命した七条件が承認された。江戸での西郷・勝会談のみが脚光を浴びがちだが、七条件の妥協を生む根回しがすでに行われていたことを、忘れてはなるまい。

むしろ西郷は、慶喜の助命嘆願をした静寛院（和宮）や寛永寺の輪王寺宮（のちの北白川宮能久親王）に対して、拒否的な対応をしていた。西郷から連絡を受けた在京の大久保利通も同様だった。

静寛院は慶喜の歎願書に伯父橋本実麗《さねあきら》と従兄の実梁《さねやな》父子宛の自筆歎願書を添え、侍女土御門《つちみかど》藤子を使者として駿府へ遣わせた。だが受け入れられず、京に入り、議定長谷信篤《のぶあつ》らに歎願した。そのことが参与の万里《までの》小路《こうじ》博房から岩倉具視に伝わり、口頭ながら徳川家存続の内諾を得ていた。藤子は二月十八日に京都を発ち、二月三十日に江戸へ戻り、静寛院に復命した。したがって、西郷・勝会談が行われた三月には、京都で主要な案件の合意が進められていたわけである。

武家を表で活動させ、裏で政事を進める岩倉具視の辣腕《らつわん》を垣間見るようだ。岩倉は、薩摩首脳よりも長州首脳の方が、徳川慶喜個人に対しては寛大なことを、見抜いていた。

三月十日、木戸は毛利公を動かし、京都円山の料亭「今善」に、島津、蜂須賀、鍋島の諸侯や、細川侯代理の長岡護美《もりよし》などを招き、酒宴を催した。祇園でも選りすぐりの芸妓をはべらせ、京舞を供し、美妓に酒間をとりもたせた。木戸は、毛利侯の陪臣として酌をして回りながら、さりげなく「慶喜助命」の寛大論を空気としてつくりだしていった。岩倉米欧視察団に同行する久米邦武《くめくにたけ》は、当時、鍋島閑叟《かんそう》の小姓をしていて、木戸評を耳にしたという。閑叟いわく、「京に諸藩の徴士が多数集まっているが、長州の木戸のみはただ一人経国の材である」と。数年前まで、列侯会議で慶喜と和して国政に参与しようとした諸侯もいて、寛大論は受け入れられる素地があった。

慶喜は、水戸藩の出身であり、父は徳川斉昭である。木戸にとって、水長同盟をはじめ、藤田東湖や会沢正志斎など水戸学の泰斗《たいと》との思い出もある。慶喜と敵対したが、個人的には幕府の中にあって傑出した人物だと思っていた。

ことに近年の幕政改革には学ぶべきものがあり、大奥に入り浸りで幕閣に操られる凡庸《ぼんよう》な将軍とは、一味違った存在だった。さらに子宝に恵まれた徳川斉昭の子供たち、つまり慶喜の異母兄弟は各地の大名家に養子として入っていた。木戸がかつて同盟を結ぼうと試みた、因州池田家や備前池田家はその代表でもある。

東山道総督府軍で土佐の乾退助と共に、参謀の一翼を担う因州の河田景与《かげとも》（左久馬）は、かつて京都留守居役を務めていて、〈禁門の変〉で盟約を結んだ相手だった。

（慶喜の命を奪っても、混乱を増幅するだけで、一刻も早く平和を取り戻し、新生国家の樹立を図らねば、諸外国を利するばかりなのだ）

木戸は一貫して慶喜の助命に動いた。

黒船来航の原点に立ち返って、ご一新の大業を成功に導く責任を、木戸は感じていた。

西郷・勝会談で江戸城無血開城がなったと歴史には記されるが、慶喜の処遇を巡って、木戸の先手は見事なものがある。木戸は、大久保と同様に、岩倉具視の政治力を重視していた。

江戸城開城条件についても、岩倉が提出した六ヵ条から成る意見書が影響した。四月四日、大総督府と徳川宗家との間で最終合意に達した。勝海舟の歎願は、慶喜の助命以外、事実上、新政府から拒絶されていた。勝が当初に西郷へ提出した七ヵ条の開城条件と、徳川が直面した現実を比較すると、そのことは歴然としている。

講談調の歴史を歓迎する人々には、西郷吉之助・勝海舟・山岡鉄舟などが英雄視され、多くは満足しているようである。西郷の度量により勝海舟の歎願が全面に受け入れられ、江戸を戦火から救え、メデタシ、メデタシとのことなのだろう。だが、真実は異なり、結果として、江戸は火の海にならなかっただけだと考えられる。むしろ〈禁門の変〉の京洛どんどん焼けが、厳しい教訓として、徳川慶喜や西郷吉之助をはじめとする当事者の頭にあったのではないだろうか。

勝は、切り札として、談判決裂で江戸が灰塵に帰すことをちらつかせて見せた。それでも劣勢は覆《くつがえ》しようがなく、完全武装解除を求められたため、旧幕府の陸軍大鳥圭介と海軍の榎本武揚は、妥協案に反発し、叛乱する。武器を保有したまま大隊単位の陸軍兵脱走が続き、海軍も八隻引き渡すはずが、次々に姿を消していく。明け渡し当日には、皆無となった。勝は暗黙のうちに見逃したとも伝えられる。

矢田堀は、海軍の総意を勝に告げていた。

「徳川家の存続が担保されていないのに、丸裸になれば、交渉の立場を失ったも同然ではござらぬか」

長崎の海軍伝習所時代から馬の合わない勝へ、矢田堀はくってかかった。

「そうは言っても、領地も、武器も、軍艦も、いったん朝廷へ渡し、それから徳川へ下さるという形式に、相手さんはこだわっている。勝ち戦ならいざ知らず、覚悟しておかねば、収まるまい。江戸を火の海にすれば、この国は再び立ち上がれぬ」

勝は交渉で、最終的に勝ち取る最低線は覚悟に入れているようだ。

「勝さん、海軍の連中には、よく言いふくめるつもりだ。上様のお気持ちをくんで、談判にのぞんでくだされ」

幕府海軍では勝の上にいたとの意識が、矢田堀につきまとう。

矢田堀はまだしも、榎本は説得が難しい。

「腰抜けの上様だけでなく、勝さんまで敵のいいなりになるのなら、私にも考えがある」

旧幕府での上下関係はすでに崩れていた。

榎本は、開陽丸に積んだままの軍資金のことは秘したままだった。

「榎本、開陽丸は薩長には動かせない。いずれ引き渡される。それまで辛抱しろ」

矢田堀がなだめても、榎本の矛先《ほこさき》は勝へ向けられたままだ。

「薩長にはイギリスがついている。軍艦で江戸を威嚇《いかく》されたら、勝さんは丸腰で交渉できないはず」

矢田堀が、榎本の気持ちをくんで勝へ問いかけた。

「あなたも海軍の出だ。軍艦を失う者たちの気持ちは、分かっているだろう」

「もちろんさ。わかっている。開陽丸だけは渡さぬつもりだ」

勝は、二人の旧海軍伝習所仲間を交互にみやりながら、

「敵さんが無茶をすれば、尻をまくって決裂さ。その時は、連中をまる焼けにしてやる。海軍は隅田川だとか、品川だとか、人が殺到する場所へ、渡し船を用意してくれなくちゃな」

「勝さん、そこまで考えてくれていたのだな。江戸湾の漁船を川筋に集めさせよう」

矢田堀は、榎本に勝を追いつめぬよう、小さく首をふり、目《ま》ざしで合図した。

「薩長にだって、人物はいるさ」

西郷の人柄を頼りに、勝はそう言って二人を引きとらせた。

二月十三日、矢田堀は、榎本と開陽丸に乗船し、品川の海岸近くへ全艦を集結させた。官軍先鋒が多摩川を渡り、西郷が高輪の薩摩藩邸に入ったとの情報を得ていたからである。無言の威圧であり、勝への支援の気持ちもこめられていた。江戸開城の談判成立で、新政府軍の後続部隊が多摩川を渡り、それぞれの藩邸へ入った。江戸城でも、荷物の運び出しが始まり、街が殺気だっていた。

三月二十二日、木村喜毅は勘定奉行勝手方を命じられ、旧幕府の後始末をする。

江戸城御金蔵に残っていた小判は、味噌樽《みそたる》に入れ、城外へ運び出した。幕府軍艦は佐賀藩へ渡されることに決まった。責任者は公卿の大原俊実だが、同席者は全員、矢田堀が長崎伝習所で世話をした顔見知りばかりだった。とくに中牟田倉之助は熱心な男で、記憶に残っていた。

「皆さん、朝臣になって、日本の海軍創設にお力添え願えませんか」

矢田堀は中牟田の配慮に感謝しつつ、

「外国に負けない日本海軍を作るのが、我々の願いでした。徳川の安泰が決まってから、返事をしてもよろしいか」

「もちろん」

中牟田は海軍士官らしい清潔感にあふれていた。

ちなみに維新後、矢田堀は新政府の工部省へ出仕し、新生日本に貢献する。


四月四日（陽暦五月十二日）、江戸城や大名屋敷はさまざまな樹木《きぎ》の緑が、新しい時代の到来を知ってでもいるかのように、輝きを増していた。江戸城開城を告げる勅使の橋本実梁《さねやな》が西郷吉之助を従えて入城した。勅使一行を迎えたのは田安家当主亀之助（のちの徳川家達《いえさと》）と父親の徳川慶頼である。大書院に入った勅使一行は上座に着座し、一の間に田安亀之助・大久保一翁・新政府軍の参謀などが座り、下段には徳川家の重臣たちが並んでいた。

おもむろに橋本実梁から徳川家の処分と江戸城明け渡しの朝命が申し渡された。亀之助が徳川宗家の相続人となり、慶喜は助命され、その預かりとなる。城引き渡しは四月十一日に定められた。四月九日、青空の下で、江戸城大奥の歴史が閉じようとしていた。静寛院は清水邸へ、翌日には天璋院《てんしょういん》が一橋邸に退出され、家康以来の徳川氏の居城は主を替えた。


開城直前の四月十日、新政府軍参謀の木梨精一は、違約について勝海舟と大久保一翁に厳しく抗議をした。脱走についても、勝と大久保が暗黙の了解を与えていることは明らかだった。維新後、開陽丸には、大坂城の金蔵から運び出した多額の金子《きんす》が積まれていたことが、明らかになる。箱館戦争の軍資金である。

四月十一日、江戸城の無血開城が行われ、新政府議定の尾張藩徳川慶勝が受け取った。交渉の過程で旧幕府は田安慶頼への江戸城預りを歎願したが、却下されていた。新政府軍各部隊には、一戦を覚悟の上、桜田門より入城することが、命じられていた。同日、慶喜は寛永寺から水戸へ出発し、弘道館の至善堂にて謹慎を保つ。十日後に、大総督有栖川宮が入城。江戸城下には、懐柔策の一つとして、大総督府の通達が出された。帰順した者は、これまでの敵対行為は咎《とが》めず、朝臣として抜擢する。生活も支援する。旧幕府の良法は変更しない。係争中の訴訟は大総督府が継続して処理する。などの内容だった。

イギリス公使パークスは、江戸城が無血の開城を終えるのを見届け、新政府への信任状奉呈のため、大坂へ向け出航した。

三

そのころ京都では、天皇の大坂行幸準備で多忙を極めていた。大坂行幸で、関東へ出征する陸海軍兵士を親閲されるとの触れ込みになっていた。

三月二十一日（陽暦四月十三日）、桜吹雪の舞う京都御所を、輦輿《れんよ》は諸藩兵千六百余に警護され出御《しゅつぎょ》された。閏四月の初旬まで、天皇の行在所《あんざいしょ》と仮政庁は大坂西本願寺におかれる。木戸孝允に大坂行きの命が下るのは四月九日である。天皇の京都出御から二十日近く経ち、大久保や木戸の目論見はたやすく実現しなかった。天皇はまだ公家たちにとりまかれたままだった。

この年四月一日より木戸孝允《たかよし》としての日記をつけはじめる。四月一日は一行のみ『岩倉卿へ出る』と記す。続いて四月二日は、

『肥前公（鍋島閑叟《かんそう》）の招きにより官代より其の邸に至る。越前春岳（松平春嶽）公、秋月種樹《たねたつ》公（日向高鍋藩世子）が席に在り。近江の僧雪爪《せっそう》（鴻雪爪《おおとり》）・大垣人小原鉄心・越前人中根雪江・同大夫境某・畫工愛山（谷口藹山《あいざん》）など陪す。杯盤狼藉《はいばんろうぜき》、書畫甚だ盛んなり。帰路、直に與《よ》・鉄心・障岳（広沢真臣）は三樹（三本木）の「月波楼」に至り一宿す』と記されている。

松平春嶽が新政府の要職として京都に滞在していたことがわかる。「月波楼」は、幾松との思い出深い旧吉田屋である。

大久保や広沢は、鳥羽・伏見の戦い以前から京都に滞在し、討幕の密勅を受けた当事者であるが、木戸は四境戦争で少なからず消耗した長州内政に関与し、上京は遅れた。だが、四月二日の日記からも理解できるように、すでにその交誼《こうぎ》する人脈は多彩である。木戸より十六年上の小原鉄心は大垣藩執政で、〈禁門の変〉で長州軍を破った采配は見事だった。木戸は養子の勝三郎をこの戦いで喪《うしな》っているが、鉄心が鳥羽・伏見の戦い後、大垣藩を尊皇派にまとめ、東山道先鋒として官軍に加わった功績を多としている。一時は敵対関係にあったが、木戸と鉄心は斎藤弥九郎門下として親しい仲にあった。新政府では御親征行幸掛、会計官判事を務めていた。鴻雪爪は大垣藩の小原鉄心や松平春嶽の帰依を受けた曹洞宗の禅僧で、明治の宗教行政に大きな影響をあたえる人物である。秋月種樹は旧幕府学問所奉行に登用され、将軍家茂の侍講までつとめた文

人である。新政府参与として内国事務局に出仕してい た。谷口藹山《あいざん》は谷文兆の弟子で文人画を得意とし、勤皇の志士と交流し、潤筆料を尊皇攘夷運動に提供していた。

四月六日には広沢真臣と嵐山を経て、栂尾《とがのお》の高山寺へもうでた。明恵上人《みょうえしょうにん》ゆかりの寺で、清滝川の清流に青もみじの新緑がすがすがしく映えていた。この寺からの眺望は見事で、欲をいえば「鳥獣戯画」を拝見したかったのだが、無理に頼むことははばかられた。帰途、奥嵯峨鳥居本の「平野屋」で食事をした。

加賀藩人（木戸日記は珍しく姓名をふせる）、翌日には福山藩の斎藤素軒らと懇親の会食をした。

加賀の人からは、今後の同盟懇親を請われたので、木戸は〈禁門の変〉の直前まで同盟関係にあった加賀勤皇派の諸氏を思い出し、感慨を新たにした。再会を希望する手紙を書いたものの、噂では主だった人々が粛清されたとのことだった。先々のことを考えれば、加賀藩も福山藩も新政府軍に参加してほしかった。

間もなく、両藩とも木戸の思惑どおり、新政府軍に参戦する。

四月九日には、大坂へ行く木戸の送別会が「柏亭」で開かれた。

会する者として、土佐の福岡藤次（孝弟）、高山左太衛、長岡謙吉（龍馬の後継）、阿州の中島栄吉（徴士・錫胤《ますたね》）、讃州の燕石《えんせき》（日柳《くさなぎ》）、大垣の鉄心、などが集っている。

ここで注目すべき人物は日柳燕石であろう。

木戸より六歳年上で、入牢生活で鍛えられ、いぶし銀の輝きを失ってはいなかった。すでに思い出された方も多いと思うが、まぎれもなく高杉晋作と愛妾うのをかくまった讃岐《さぬき》の大親分である。高杉を逃がした後、高松藩に捕らえられ四年間も牢につながれていた。そのことを晋作から伝え聞いていた木戸の尽力で、恩赦により釈放され、朝廷より尊皇の志を表彰されていた。

中島栄吉は、後述するように〈二卿クーデター〉で登場する人物である。

秋月侯旅寓での送別会では、大坂へ行く木戸のため春嶽侯が詩を起こし、『朝旭暉時下澱江（ちょうきょくじかでんこうにかがやく）』と記すと、雪爪が次いで、『青山十里入蓬窓（せいざんじゅうりほうそうにいる）』、閑叟侯までもが加筆され、『舟厨自一樽酒（せんちゅうおのずからひとたるのさけ）』、秋月侯が結句として、『酔到華城愁魔降（くんでかじょうにいたりうれいてまごうせんと）』と記された。思い出に残る宴の夜で、木戸は四更（午前二時）に馬を走らせ帰宅した。

四月十一日朝からひっきりなしに来客があり、伏見の池田屋で日柳燕石と落ち合い、淀川舟で雨をついて大坂へ下った。燕石と酒をくみかわしながら、高杉晋作の思い出も語り合い、感慨深いものがあった。燕石は高杉との初対面を語った。

「高杉さんと初めて会ったとき、これは本物の漢《おとこ》やと思いましたな」

「無頼は、彼の防具でしたからね。よく知らぬものは、ふしだらな遊蕩児《ゆうとうじ》と誤解したものだ」

「わたしも、ならず者を束ねていたので、高杉さんのことは、よく見えていました」

「三十を越さず、旅立つなんてむごいことですな。生きていたら、この国のために力を合わせられたのに、残念なことですのう」

坂本龍馬と高杉晋作の死は、個人的な哀惜にとどまらず、新生日本の損失だった。

薄暮、桜ノ宮の堤の下を通り過ぎ、雨がはげしくなったが、養子勝三郎の霊に拝礼しながら下った。十三時前、中之島の鴻池市兵衛の別邸に着いた。伊勢小松《しょうしゅ》（華《あきら》）と藤井七郎が泊まっていたが、木戸と日柳も同宿する。藤井は四境戦争小倉口戦の休戦交渉に前原彦太郎・山県狂助らと参与した男である。

四月十二日朝、大坂の豪商鹿島屋久右衛門（広岡久右衛門）が訪ねて来たので、御内用金の預け方についての大略を決めた。鴻池市兵衛父子も同じ用件で来訪した。木戸は豪商たちに信用があり、新政府への献金集めに貢献していた。何よりも京都の三井家が木戸のために根回しをしてくれるのは、有難いことだった。

行在所へ参仕し、夕刻、岩倉具視卿宿舎の東本願寺を訪ねると、三条実美卿と中御門卿が来席していた。木戸の他には後藤象二郎、三岡八郎（由利公正）、辻将曹が参加し、前途のことを話しあった。

四月十四日、木戸は伊勢・日柳と同じ舟で「境辰楼」を出て、大坂銀座にある住友の寮に後藤象二郎を訪ねた。そこから後藤と小松帯刀の隠れ家へ行き、制度のことなど大いに前途のことを話し合った。後藤と小松は〈大政奉還〉の建議以来続く関係である。三人の意見は大同小異であった。話し込んで岩倉卿を訪ねる約束の時間に遅れてしまい、使いを出して後日に延期してもらった。

帰途、伊藤俊輔の宿を訪れた。馬関から伊藤の愛人お梅も来ていた。

「やあ、久しぶりじゃのう」

木戸がにこやかに声をかけると、

「やっとここまで」お梅は嬉しそうだった。

「落ち着いたら、祝言をあげげんとのう」

そう言う木戸も、松子とはまだ内縁関係でしかない。

木戸が薄暮に帰寓すると、井上聞多が来て長崎の近情を話した。

「隠れキリシタンが続々現れまして」

「書状をありがとう。あらましは読み取っていたのじゃが、その後も増えているのか」

「はじめは数十人かと思いきや、すぐに数百人、間もなく芋づるで千人を越しちょるもんですけ」

聞多は、ふっとため息をつき、言葉をつなぐ、

「長崎の現地で処理できる問題やのうなりました。フランスだけじゃのうてイギリスも、虐待をするなちゅうて、うるさく文句をいうちょりますけ」

「それは困ったことじゃのう。こじらすと、異国の連中は敵方につくやも知れん」

「それに、沢卿をはじめ長崎会議所の面々は、キリシタンに強行で、放置すれば、処刑されるキリシタンがおおぜいになり、国際問題に発展しそうな情勢ですけ」

「そうか、明日、大坂におる要人にだけでも、相談しとかないけんじゃろのう」

「こじれんように頼みます」

聞多は宗教問題の重要性をわきまえていて、長崎の現地処理にはせず、国政の中枢で対応することを求めた。翌朝、木戸は行在所へ行き、井上の報告を伝えた。もう一度、井上聞多に会って、昨夜聞いた長崎のキリシタン問題について、詳細を確かめる必要があった。

しかし、豪商から政治献金を募る大仕事があり、日延べすることにした。ところが岩倉卿の宿舎に出かけると、後藤と福岡は来ていたが、三条卿、鍋島閑叟、伊達宗城が遅れて大坂入りしたので、この会議も延期になった。当時の交通事情や新政府首脳会議は悠長だった。

この日、大坂の豪商たちを毛利公元徳公が宴席に招いていた。というのも、木戸の根回しで、毛利公が新政府の資金集めに動いていたからだった。招かれた豪

商は、広岡久右衛門父子、鴻池市兵衛父子それに鴻池宗家の善右衛門である。興が乗って、客人の五氏が歌舞狂言を演じてお目にかけたので、元徳公も都都逸《どどいつ》や端唄《はうた》を数曲唄われた。初めて耳にする元徳公の余興で、座は盛り上がり、大変酔ってしまった。あげくのはて一同で「河佐」へ上がり、泊まることになってしまう。大坂の豪商たちは、幕末から幕府や新撰組などから御用金拠出を命じられ、疲弊《ひへい》していた。新政府から献金を依頼されたので、苦しい台所事情を隠しきれなくなっていたのである。鴻池善右衛門は新政府により会計事務裁判所御用掛に任じられていたので断り切れなかったのだろう。

　四月十六日、朝八時過から木戸は岩倉卿の旅館を訪れると、参与の横井小楠が来て、政治制度の話をした。間もなく鍋島閑叟、松平春嶽、三条卿が来られ、後藤、福岡も参加して会議を開いた。横井小楠も陪席した。会議では政治制度についての話し合いになり、一変させることに決まった。

　夜、木戸は対馬藩邸に招かれ宗義達侯に拝謁し、六年前の昔話をした。対馬藩のお家騒動を桂小五郎の活躍で解決したことを、再度、感謝をこめて語られ、面はゆい思いをした。宗義達侯から備前忠弘の佩刀《はいとう》をいただいた。忠広の銘刀は、坂本龍馬も愛用していたので、よく知っていた。銀造りで鍔鉄《つばてつ》に龍の彫りがあり、目貫《めぬき》は金の獅子《しし》で、美しい大名の刀だった。

　木戸は、約束の日程をこなしながらも、井上聞多から上申を受けた長崎のキリシタン問題が、重いしこりのように胸中を占めていた。

（新政府は予期せぬ難問に向き合うことになった。どうしたものか）やはり、新政府の内政と外交にまたがる難問として対処しなければならなかった。前年夏、長崎で旧幕府長崎奉行所に逮捕された多数の隠れキリシタン捕縛が、欧米諸国との外交問題にまで発展していたからだ。「浦上四番崩れ」である。キリシタン弾圧史に多少の誤解をまじえて記録されるこの事件は、前年の慶応三年七月におこった。

　安政五年の日仏修好通商条約に基づき、フランスは長崎の大浦にカトリック教会を建てた。天主堂が完成すると、プティジャン神父の前に隠れキリシタンたちが姿を現し、「サンタ・マリアさまをおがませて」と願い出た。感激した神父は密かに彼らを教導した。

　仏教寺院に埋葬しない農民を密偵していた長崎奉行

所の役人により、六十八人の農民が逮捕されたのが事件のきっかけで、その後、隠れキリシタンの数は数千人にのぼることが判明した。ところが〈大政奉還〉で、徳川幕府が消滅し、鳥羽伏見での敗戦が伝わると、長崎奉行河津祐邦《すけくに》を筆頭に、役人たちは夜逃げ同然に長崎から海路で姿を消した。河津は、曾我兄弟の仇討ちで知られる工藤祐経《すけつね》の子孫で、文久三年外国奉行のとき、横浜鎖港談判使節団の副使（正使・池田長発《ながおき》）を務めた人物である。キリスト教にも理解があったものの、幕臣として国法をないがしろにはできなかった。『転び』を説得した隠れキリシタン高木仙右衛門との対話が、書として残っている。

「奉行所に呼び出したのは、そちを殺すためではない。キリスト教の教えは、自分も訪欧したので、わかることもある。だが国法で許すことはできない。お許しが出るまで、表だっての信仰は控えよ」との趣旨を話したことが伝えられている。だとすれば、河津は多数のキリシタンがいることを知りながら、確定的な処分をせず、うやむやにして時代の推移を見守っていたのかも知れない。幕臣としての処世には、他人に説明しがたい葛藤があったのだろう。

長崎奉行所を接収したのは、佐々木高行や陸奥陽之助に率いられた海援隊である。幕府に逮捕されたキリシタンは丸投げされ、新政府が対応を迫られた。徳川慶喜は、ロッシュからキリシタンへの寛大な処置を要望され、入牢中の農民を村預けにしていた。だが新政府では、攘夷思想の中にキリスト教を邪宗とする考えが根強くあった。五箇条の御誓文の布告と同時に、『キリシタン邪宗門の儀は、堅く御禁制たり』との高札を全国に立てさせていた。

そもそもキリスト教の布教を通じて、植民地化されることを恐れた徳川家光が、〈島原の乱〉後、鎖国を国是としたため、泰平は保たれたが、黒船来航までの間、欧米の文化や文明との隔絶がすすんだ。出島のオランダ商館を通じて部分的な情報や西欧文明は伝わったが、やはり限られていた。攘夷運動の根底には、やはりキリスト教布教問題を避けては通れない国民感情がドス黒く流れている。尊皇攘夷を旗じるしにして、革命勢力の結集をはかった木戸らではあったが、〈尖鋭化した攘夷には身の危険さえ感じる。対応を誤ると、反政府運動につながりかねない〉そのように立ち位置を変えていた。

幕府崩壊後、無政府状態におちいった長崎では、駐在諸藩の代表による連合組織が行政を代行していた。主な顔ぶれは佐賀藩の大隈八太郎(重信)・副島次郎(種臣)、薩摩藩松方助左衛門（正義)、長州藩の楊井謙蔵、土佐藩の佐々木三四郎（高行）・紀州藩の陸奥陽之助らである。長崎奉行所西屋敷に十八藩の代表が集まり、当面の行政組織にすることを決めた。

「長崎会議所」の発足である。

年初めから長崎では治安が悪化していて、流言が乱れ飛び、火災が頻発していた。そのため新政府は、公卿の沢宣嘉《のぶよし》を九州鎮撫総督に任命し、二月初旬、長崎裁判所（奉行所）に総裁沢宣嘉、判事井上聞多を送りこんだ。そのため自治組織「長崎会議所」は二月中旬に解散した。大隈は、長崎在住四年の実績と混乱収拾の功績を買われ、長崎裁判所の参謀助役兼運上掛に任命された。さらに、長崎の外国貿易の管理運営を任され、後に大蔵卿として活躍する出発点に立った。

長崎裁判所はキリシタンに対して厳罰方針を決め、指導者数名は磔刑《はりつけけい》か斬罪梟首《ざんざいきょうしゅ》とし、他は根こそぎ他国へ移送することに内定した。しかしフランスやイギリスの長崎公館からは、不満の声があがり、大きな外交問題になっていた。大隈も藩校「致遠館」校長として招いたオランダ系アメリカ人フルベッキから、キリシタン弾圧の撤回を強く求められていた。イギリス留学をした井上聞多なら相談できた。彼ら二人の間で、極刑を避けるべしの了解ができる。しかし、総裁の沢宣義はガチガチの神道崇拝者で、口に出せなかった。

困惑した井上は、上京して木戸に善処を求めたわけである。そのころ、大坂に集まっている各国公使から太政官代に抗議が集中していた。大坂西本願寺に議定・参与・徴士が招集され、御前会議が開かれ、諸侯へも意見書提出を求めた。井上を通じて、大隈が大坂へ呼ばれる。井上が長崎の状況と大隈の建言を伝えると、木戸は思いがけないことを話した。

「実は、彼とは面識がある。七卿都落ちの後、佐賀まで出かけたのじゃ」

「へぇー、そうでしたか。また何の用で」

「閑叟侯に会うためじゃった。朝廷との関係をどうしても改めねばと思うてのう」

「調停をお願いするためですな」

「そうなのじゃが、山口の政事堂には閑叟侯や重役と親しいものがおらん。それで苦労したちゅうわけだ」

「佐賀の勤皇派は、たしか、枝吉神陽の義祭同盟でしたか」

「そう、神吉の弟の次郎（副島種臣）島団右衛門（義勇）、大木幡六（喬任《たかとう》）、大隈八太郎（重信）に江藤新平など、優れた人材が地方で埋もれちょった」

「閑叟侯が動かぬこと山の如し、じゃったわけで」

「それで苦労した。佐賀が幕府につけば、われらの夢はうちくだかれるしのう」

「よくぞ大隈と連絡がとれましたな」

「苦労したよ。江藤新平とは京都で面識があったのじゃが、佐賀の宿へ来てくれたのは大隈じゃった。閑叟侯への拝謁を頼むと、受けてくれてのう」

「うまくいきましたか」

「こちらの願いと、長州がなぜ攘夷に走ったのか説明に終始した。閑叟侯はやはり動かなかった」

そう話して木戸は、

「この二月に閑叟侯の後継、直大《なおひろ》侯がようやく参戦してくれ、ほっとしたところじゃ」

と、嬉しそうに教えた。

四月十七日、岩倉卿の旅宿東本願寺に天皇は行幸をされ、十二時に伺うよう指示があった。

朝、豪商広岡久右衛門の手代が木戸を訪ねて来たので、御内用金を預かることにした。

九時に急いで東本願寺へ召し出され、参上すると、思いがけず後藤象二郎と木戸は、玉座近くへ召され、天下の形勢と海外万国の大勢をおたずねになられた。嘉永六年のペリー来航以来の激動した歴史と万国の大勢を申し上げた。庶民で天顔を間近に奉拝したことは数百年来聞いたことはなく、感激の涙が襟に充ちた。

その一方で、木戸は、王政維新の大業実行が進展しないことを、嘆かずにはおれなかった。天皇は御簾《みす》の内から相撲を御覧になった。

四月十九日、木戸は行在所へ参仕し、三条卿と長崎の隠れキリシタンに対する処置を話しあった。同席者は伊達宗城侯、後藤象二郎、三岡八郎、井上聞多である。岩倉卿は京都へ帰られ、会議には出られなかった。

夕刻、井上との約束で「河佐楼」へ行くと、思いがけず広岡久右衛門・鴻池市兵衛と伊勢華《さかえ》、加賀藩留守居役と会った。木戸は新政府への貢献を感謝した。

四月二十日、木戸は、日柳燕石《くさやなぎえんせき》を伴って、関西滞在中の貿易商グラバーを訪ねた。互いに三年来のことを話しあった。新しい話も少なからずした。

「お陰で新政府も船出ができました。あなたの支援があったからこそ、我らは苦境を脱すことができました」

木戸は、長州を支援し続けたグラバーに心から感謝していた。

「とんでもない、今日の勝利は、若者たちの志が高かったからですよ。それにしても坂本さんの暗殺は残念でなりません。日本の損失でしたね」

「ぼくも再三注意を促したのですが、剣の達人にも隙があったのかもしれません」

「高杉さんも惜しい人でした。日本人は肺病に弱い。木戸さんも無理はいけません。西洋では、栄養と休養と日光浴が勧められますね」

「ありがとう。心に銘じておきます。それでグラバーさんの事業はいかがですか」

木戸は、新政府になって、長州に偏っていたグラバー商会が、横浜を拠点とする貿易商に圧迫されているとの噂を耳にしていたからだ。

「以前の長崎は、唯一の開港場でしたが、新しい貿易港に取り引きが分散されています。それに平和になれば、武器の取り引きは減りますからね」

グラバーほどの貿易商でも、激しい時代の潮流を乗り切るのは大変そうだった。

「これからその長崎へ行き、難問を処理してきます。ついでに新しい時代の長崎がどうあるべきか、当地のものと話し合ってみるつもりです」

木戸は、あえてキリシタンの処分について相談することは避けた。グラバーは、坂本龍馬の暗殺を悲しみ、木戸へ連発の拳銃を贈ってくれた。

翌日、木戸は後藤象二郎と神戸へ行く約束をしていた。先立って、出石の直蔵を神戸の伊藤博文の所へ使いに行かせていたところ、今朝、伊藤は直蔵を伴って大坂へ迎えに来てくれた。ところが、三条卿よりお召しがあり、後藤と旅寓を訪れると、関東からの報告があった。

徳川慶喜が水戸へ謹慎し、江戸城は尾張徳川慶勝侯が受け取ったとのこと。ところが、旧幕府の軍艦が四月十二日朝品川沖を脱出し、房総に停泊して歎願書を先鋒総督府へ提出したとのことなどであった。江戸の総督府は、田安大納言へ速やかに軍艦を帰すよう命じたとのことである。この席で、三条卿より、天皇の御還幸《ごかんこう》の当否について下問があった。京都の公卿たちがうるさいのだろう。木戸は、関東を降伏させてからでもよいのでは、と上申した。

その後、木戸と後藤は、伊藤の宿を訪ね、舟で天保山へ向かった。あいにく強い西風で、上荷舟を雇い、屈強な舟子を選び、蒸気船へ向かわせた。ところが怒涛《どとう》が舟を三、四度も洗ったので、皆が怯《おび》え、「これは危ない。天保山へ戻ろう」と叫びはじめた。

「この風波は極めて危ない。戻らなあかん」と、舟子たちも口々に言ったが、

「これくらいで士気を屈しちゃいけん。蒸気船へ付けてくれ」

物事に慎重なはずの木戸が、無理強いをしてしまった。蒸気船は夜七時に神戸へ着いたが、八、九割の人が甲板に横たわっていた。六甲颪《おろし》の突風は海難事故を生じやすい。冷静に考えると、無謀な判断ではなかったかと、木戸はしきりに反省した。後年、政府首脳として政策決定の判断を下さねばならぬとき、木戸はこのときの船酔いの光景を思い出す。

(独善で猪突《ちょとつ》しても、誰もついてきてはくれぬ)と、心に銘記したことだった。

木戸は、神戸に先行している広岡久右衛門親子や鴻池市兵衛らに、迷惑をかけたくなかったので、合流することを優先させてしまったわけだ。しかし、同行者の危険に配慮することを優先すべきだった。(先客に事情を説明すれば、待ってもらえたにちがいない)冷静さを失った自分が恥ずかしかった。雨をついて上陸し、鉄屋《くろがね》に泊まった。

鉄屋は、幕末長州藩が摂海防備に当たったころからの御用商人で、〈七卿都落ち〉や〈禁門の変〉で長州兵が上陸した際にも援助していた。〈神戸事件〉で伊藤博文らがパークスと交渉したのも、鉄屋であり、後年、明治天皇の御用邸となる。この夜、伊藤の周旋で柳原の芸者が多数座呼ばれた。新政府へ献金してくれた豪商たちをもてなすためでもある。

四月二十二日、木戸は体調を崩していたが、神戸のイギリス領事館にラウダを訪ねた。慶応元年の夏から秋にかけて、パークスの使いで馬関にしばしば顔を見せた人物である。当時の思い出話をして、新政府への協力を求めた。

帰途、港に近い外国人居留地内の商店を回り、鉄屋に戻った。横浜ほどではないが、着実に貿易港としての地歩を固めつつあった。午後から西洋製の馬車に乗

り、伊藤博文の案内で湊川神社に詣でた。遅れて来た日柳《くさやなぎ》と共に楠公の墓を拝礼した。楠の大樹が赤みを帯びた新芽をしなやかに広げ、風を優しげに受け止めていた。西洋製の馬車に乗ったのは初めてだが、座席の乗り心地が快適だった。イギリス留学を体験した伊藤は進取の気に富んでいた。

「西洋人は椅子の文化ですけ、腰かける家具は進んでいますのう。何でもスプリングいうて、ばねのようものを入れちょるそうです。尻に無理がいかんようですな」

「なるほどのう。西洋人は、ネジもそうじゃが、螺旋《らせん》の使い方がうまいのう」

木戸は、西洋文明と接して、ネジに驚かされていた。

夕方、宴会を開き、大坂の客人も宿と宴席を西洋製の二頭だて馬車で往復してもらった。神戸は、六甲連山の麓《ふもと》に開けた新興の街で、南北の道はかなりの坂道になっていた。六甲山は新しい緑におおわれ、先日の嵐が嘘のように優雅に薄暮の光を受けていた。

翌日、木戸と後藤は、外国人の商店へ行き、買い物をした。木戸は椅子を二脚と水呑みを二口、ランセッター小刀《こがたな》などを買い求めた。夕食は、同行の広岡や鴻池から西洋料理をごちそうになった。大阪の豪商たちは、神戸の発展をすでに見抜いていて、進出の機会をうかがっていた。この日、神戸港を十時に乗艦し、十二時に淀川河口に着いた。二隻の小船を頼み、帆を揚げていたが微風のため遅く、安治川に着いたのは二時過だった。逆風で船は進まず、旧薩摩藩邸跡から上陸した。後藤象二郎と別れ、広岡久右衛門親子と鴻池らもそれぞれ自邸へ帰っていった。この広岡家に京都の小石川三井家から嫁いできた広岡浅子こそ、女性実業家として活躍し、日本女子大の創始者となる人物である。

四月二十五日、三条実美を議長として、木戸は伊達宗城、井上聞多、大隈重信らと会議を開いた。この席で、木戸は長崎キリシタンの寛典論をとなえた。もともと木戸は思想・信条には寛大な男である。首謀者数名は死罪ではないが厳罰にし、他は長崎より追放することを提案した。だが薩摩の小松帯刀が首謀者の処罰に反対したので、太政官代としては、三千人を超える信者を諸藩に分けて預けることに決めた。ところが翌日、思わぬことから、イギリス公使パークスを怒らせてしまった。

耶蘇禁令を改正することにし、『耶蘇宗門については、これまで通り固く御禁制のこと』と一行に短縮した。だが、小河弥右衛門が添削して『邪を為すといえども』と小さな文字を耶蘇の二字の下に書き入れてしまった。そのまま弁事より布告され、太政官日誌にも記入されてしまった。パークス公使は、その写しを東久世卿より入手し、『邪』の字を認め、激怒したわけだ。この日、パークス公使とサトウは三条太政大臣を訪ね、正式に抗議した。

パークスは邪宗門の言葉にもこだわり、大隈と激しい口論になる。大隈は、フルベッキに教えを受け、英語もできたので、〈島原の乱〉を経て、鎖国に至った歴史的背景から、日本政府の立場を説明しながら渡りあった。そのことが中央政府への道を開き、大隈の実力を井上から聞いていた木戸の推挙が大きかった。

夕刻、木戸は日柳を伴い毛利元徳公に拝謁した。

「高杉晋作がお世話になり、身代わりとして高松藩の牢に囚われておりました」

木戸がありのままを話すと、

「聞いておった。そなたが日柳殿か。藩士が迷惑をかけてすまなかったのう」元徳公は感謝の気持ちを伝え、

「ご一新で世の中が変わっておる。戦もまだ続くことじゃろう。皆、お国のために尽くさなくてはいけんのう」そう言って、全国の情勢について話をされ、絹と金を日柳に与えられた。

四月二十六日、朝、三条卿を訪ねると、関東の形勢と前途の見込みについてご下問があり、木戸は自らの考えを話した。元徳公が帰国希望を表明されていたので、木戸はその必要性を説明し、内諾を得た。

四月二十八日、朝から、還幸《かんこう》前の布令について三条の草案を起草した。

一、天皇はこれから全国各地へ行幸される。
一、御還後は二条城へお移りになる。
一、今後は大坂へ度々行幸され、親しく天下の大政に従い統御なさる。

豊臣秀吉公関連の神社造営を許可する布告書も調え、束ねて一通とした。徳川幕府は、豊臣家を罪人に近い扱いにしてきた。唯一の例外は、高台院お祢をまつる京都東山の高台寺だった。新政府は豊臣家の処遇

を改めた。

この日、夕刻より後藤象二郎が雇った屋形船へ集った。イギリス公使館のサトウとミッドフォード、木戸と伊藤の五人だった。それに南方の芸妓五、六人を乗せ、東横堀川に入り、「富田楼」へあがった。新政府のためにイギリス公使館が親善につくしてくれたお礼のための宴席である。異国情緒がそそるのか、サトウもミッドフォードも芸妓たちに相好を崩して、花街の遊びに興じていた。

閏四月一日、イギリス公使パークス、海軍提督その他船将など十余人が、王政御一新につきヴィクトリア女王からの祝書を持参し、参内して天顔を拝した。

この日、広沢真臣から関東の徳川残党が蜂起した旨、警報を知らせてきた。広沢の対処と大同小異であるが、木戸は江戸城からの撤去は断じてすべきではないことを書き送った。むしろ江戸城を根拠地として、甲府と碓氷峠《うすいとうげ》を護るべきだと思った。東海道、北陸道からの進軍も兵を集めねばならず、木戸は軍資金を集める努力をしていた。

閏四月二日、昨夜、岩倉卿が大坂へ入られ、この日早朝から三条卿の旅宿で会議が開かれた。各総裁、中山大納言、烏丸侍従、伊達宗城侯、長岡左京之介(護美《もりよし》)と木戸および後藤が出席した。慶喜が服罪し江戸城をおさめたので、天皇は還幸されることに決まった。しかし上野の山に残党が立て籠《こも》る情況では、東幸は時期尚早との結論になった。

三条卿はじめ一同がイギリス軍艦へ招待され、祝砲が大坂の街に響き渡った。事情を知らぬ大阪市民は驚かされた。夕刻、山内容堂公の招きで、木戸は長堀西浜の土佐藩邸へ行った。容堂公に木戸は初めて拝謁した。後藤象二郎と土佐藩留守居役武市八十衛《やそえ》が陪席した。

「この度はお招きにあずかり、恐縮に存じたてまつりまする」

「固くならずともよい。毛利家と我が家は縁戚なのじゃ。気楽にのう」

「東山道軍の板垣退助から、情勢報告を受けておる。なお予断は許さぬのう」

「まことに御卓見で。実働部隊の数が少なく、やがて足元を見透かされぬかと案じておりまする」

「さもあらん。参戦する藩の数は多くとも、兵も兵站《へいたん》も貧弱じゃ。早く、強力な国軍を編成いたさねばのう」

容堂公は見識の人である。

「東北・北越の戦線が気になっておりまする」

「正直なところ、日本人同士の戦は避けてほしいものよのう」

「困ったことが生じましたら、後藤殿を通じてお願い申しあげますゆえ、ご援助のほどを」

「ようわかっておる。今日は、骨休めと思うて楽しんでくれぬか」

「ありがたき幸せにござりまする」

木戸は、六歳年上の容堂公の意外に気さくな性格に親しみを覚えた。自らの分限はわきまえていて、島津久光のような脂ぎった野心は感じられなかった。酒びたりとの噂を聞いていたが、酒を楽しむ上戸《じょうこ》で、人間としての温かみがあった。この後、木戸は容堂公が広い教養をそなえた趣味人であることを教えられる。

閏四月三日、朝、三条卿の旅館にパークス公使が来訪し、両総裁、山階宮、伊達宗城侯、坊城俊章、木戸孝允、後藤象二郎、大隈重信、外国掛二名、井上聞多、伊藤博文が出席した。

新潟港の開港および延期、大坂開港、江戸開市および延期、長崎のキリシタン信徒の事件などを長時間にわたり、パークスと議論した。

この日、土佐藩の小笠原唯八が来て、関東での官軍の苦戦の情勢を告げた。どうやら容堂公へ報告に参上したところ、「わしに申したことを、木戸孝允にも伝えよ」と、命じられたらしい。

東海道を進軍した西郷らと中仙道を進んだ板垣らとの間が、まだしっくりいっていないので、心配になったようだ。木戸は早速、岩倉卿を訪ね、

「二手の官軍に不和の説があるので、小笠原唯八と江藤新平を徴士に任命し、大総督に属す軍監に任用いたすべきかと思いまする」と申し上げた。

「そのことは、別の筋からも聞きおよび、大総督府を改変すべきかと、思案いたしておった」

岩倉卿は、公卿言葉を意識して使わず、諸藩の出仕者を巧みに使いこなしていた。徳川慶喜が服罪したので、大総督の有栖川宮を江戸鎮台兼会津征討大総督に命じられ、備前池田侯を江戸鎮台輔兼警衛に任じた。

同日、毛利元徳公のお暇と木戸の長崎行きが内定した。

閏四月四日、木戸は後藤象二郎と約束があり、会談した。

「木戸さん、人手不足じゃき、どうにかせにゃなるまい」

後藤は、木戸の顔を見るなり新政府への人材抜擢を

すべきだと強調した。

土佐藩の小笠原唯八が、木戸の口添えで軍監に任用されたことに気をよくしたのだろう。

「そうじゃのう。優秀な人材はほしい。人は国の宝じゃが、育てるまでの時間が必要になる」

「各藩に、持ち腐れになった人材がぎょうさんおりますろう」

「確かにのう。お互い目配りは欠かせませんな」

「わしが名簿を作ってみてもよいかのう」後藤は積極的だった。対する木戸は慎重論で、

「人材抜擢にには賛成なのじゃが、闇雲に誰でもよいという安易な人事には反対じゃな」

「人を得るのは難しい。いったん推挙しておいて、不都合が生じるとにわかに退けるのでは、政治の場にあっては害が多いじゃろう。だから安易に抜擢するのを恐れるわけだ」

今日でいう任命責任であり、木戸は、流動的な政治情勢を気にしていた。

「抜擢は、その人物に全任しなければ益はないと思うのじゃが、どう思う」

「もし有能な人物がいたら抜擢するのは公論で、よく人物を知って抜擢することはよいことにちがいないですやろ」

「万一、間違った抜擢をすれば、国家に大害を残すことになるからのう」

後藤と談話中に東京の広沢真臣から書状が届き、東北・北越の形勢により尾張藩から依頼があり、西園寺公望卿が出陣することになったとの知らせである。後藤と情報を共有し、行在所へ参り、三条卿に広沢書状の内容をお伝えした。西園寺卿を第二総督に、長岡左京之亮《さきょうのすけ》を副総督に任命する辞令が出た。

この日、広岡久右衛門から神戸へ同行の招待があり、五時に「堺辰楼」へ行き、伊勢華、鴻池市兵衛と落ち合ってから、神戸に行き、清士の流儀で御馳走になった。

閏四月五日、早朝四時に門をたたく者があり、誰が何事かと思って出てみると、山県狂助と福田侠兵の二人だった。

「どうした。何事じゃ」木戸は寝間着のままで対面した。

「申し訳ござりませぬ。やっとこせ、たどりつきましたので」

西郷吉之助らと江戸から船で帰って来たのだという。

「それで西郷さんはどうした」

「藩邸へ向かわれました」

「部屋をとるから、そこで一緒に朝飯を食おう。腹が減っちょるのじゃろう」

木戸は、寝間とは別室に二人を招きいれ、その間に着替えをすませた。

「とにかく、関東の大総督府はなっちょらん」

木戸より年長の福田は、酒を飲むと荒れるが、普段はむしろおとなしい。

「喧嘩でもしちょるのか」

木戸は薩長間の亀裂を心配していた。

「寸前ですな」山県は、朝飯を頬張りながら短く言った。

二人の話は、長くなってしまうが、かいつまんで理解できたのは、西郷をしてもまとまりのつかぬ状況にあり、指揮系統が乱れているとのことだった。

関東の大総督府での議論が緩急寛猛の二派があってまとまらないので、木戸へ速やかに上京し、西郷を援けるように勧められた。早速、西郷に会って意見を聞いた。

「木戸さん、申しわけごわはん。おいに甘かこつがござって、上野の彰義隊と江戸湾の榎本艦隊が、勝どんの言うことを聞きもはん」

西郷にしては珍しく苦渋を顔にだした。

「彰義隊はいずれつぶせようが、艦隊は陸からはせめられんごつある。大坂に諸藩の艦船を集め、江戸湾へ向かわせてはどげじゃろか」

「榎本は、主戦派の頭目ですな。軍艦の性能をよう知っちょりますぞ」

「まっこと手抜かりでごわした。船の数だけ気にし、戦力まで考えがおよばずで」

大筋において、西郷の説は木戸が現在行うべきと考えていることに大差なかった。ただ西郷は至急、軍艦を派遣すべきだと主張したが、海軍力では残念ながら旧幕府に大きく水をあけられていて、焦って海戦に引きずりこまれれば、榎本らの思うつぼになる。

「西郷さん、ここは待ちの姿勢が大事じゃと思う。幕府がアメリカに注文していた鋼鉄船が手に入るまでは、こちらから海戦を仕かけちゃあいけん」

木戸はきっぱりと戦略を言い切った。山県と福田も、今は軍艦を派遣すべきではない、との意見に賛成した。

木戸は、西下の命も受けていて、東西の利害の軽重もふくめて山県・福田と相談した。

結局、西下が重要と考え、福田と共に木戸はまず帰郷することに決した。目的は、新政府軍兵力の絶対数が不足しているため、長州からの援軍増派を具体的につめるためである。派兵の準備ができれば、山県は北越戦線へ出動する手はずになる。木戸は朝から行在所《あんざいしょ》へ参仕し、三条卿へ山県・福田より聴いた関東の情勢を報告した。宇都宮城の攻防戦である。

関西を中心に全国へ広がった「ええじゃないか」や「世直し」の民衆の乱舞が、四月に入って関東一円にも広がった。農民たちは、本陣や庄屋を打ちこわしながら北上し、宇都宮城下に三万余が結集した。

四月一日、宇都宮藩から連絡を受けた板橋の東山道総督府は、軍監香川敬三率いる彦根藩兵三百を救援に向かわせた。香川は農民たちをとりあえず鎮撫《ちんぶ》した。

他方、下総《しもふさ》市川の国府台に結集していた旧幕府歩兵隊二千余に、桑名藩兵、新撰組などが加わり大部隊になった。旧幕府軍は東照宮のある日光を目指して進軍を開始した。大鳥圭介を軍総監、土方歳三を軍参謀とする正規軍並みの勢力になっていた。それというのも、阿吽《あうん》の呼吸で、勝海舟らが、旧幕兵の脱走時、フランス製の最新鋭兵器を携帯することを見て見ぬふりをしたため、充分な装備をそなえていたからだ。新政府軍は、大鳥軍の北上を阻止するため、小山宿で迎えうったが、敗北をきっした。旧幕府軍の攻勢を知り、会津藩も山川大蔵（のちの浩）率いる部隊を日光から宇都宮方面へ派兵した。土方歳三率いる別働隊千余が、まず宇都宮城に迫った。籠城する宇都宮藩兵（前藩主戸田忠恕《ただゆき》）と香川らの新政府軍は、六百余の寡兵《かへい》である。

四月十九日、旧幕府軍は、宇都宮城下に火を放ち、英厳寺に軟禁されていた元老中板倉勝静を救出した。火の手は宇都宮城内にもおよんだため、新政府軍はいったん城を離れ、援軍に合流する選択をした。新政府軍は、戸田忠恕を城から脱出させ、夕闇に紛れて城を離れた。

宇都宮藩兵は館林《たてばやし》へ、香川らは古河《こが》へ入った。東山道総督府は、四月十八日に河田佐久馬（景与）率いる鳥取藩・土佐藩混成の救援隊五百余を壬生《みぶ》城へ向かわせた。同日、伊地知正治率いる救援軍（薩摩・長州・大垣）五百五十余、四月二十日に大山弥助（のちの巌）率いる薩摩・長州混成部隊を派兵した。

四月二十二日、旧幕府軍は壬生城の河田隊に総攻撃を仕掛けた。多勢に無勢で、さしもの河田隊も一度は城を出たが、多数の死傷者を出しながら、猛烈に反撃する。同日、壬生城には、有馬藤太、大山弥助・野津七次（のちの道貫《みちつら》・陸軍大将）らが率いる援軍が到着した。早くも翌朝の宇都宮城奪還戦を決定する。消耗の激しい河田隊を壬生城に残し、救援隊は宇都宮を目指して進軍した。大山の砲兵隊はやはり抜群の戦力で、大きな破壊力を発揮し、激戦を制した。旧幕軍は日光方面への退却を余儀なくされ、聖地日光廟や日光山の社寺に立てこもった。今市周辺で前哨戦《ぜんしょうせん》が起きたが、日光山僧侶の戦争回避歎願を総司令官板垣退助が受け、旧幕府軍の大鳥圭介らに使者を送って、退去させた。幕府軍は会津藩領へ向かった。

西郷が京都滞在中に、木戸は長崎の現地へ入り、キリシタン処分の指揮をとるように命じられた。その前に、山県・福田と協議の末、長州を経て長崎へ向かうことを決めていた。しかし、中央から遠ざけようとする勢力の意思を、木戸は感じていた。だが、あえて断らず、逆手にとってこの際、長崎へ下る決断をする。木戸は、途中で長州に立ち寄り、内政問題として山積している懸案を処理するつもりだった。それに、何よりも松子のことが気になる。

（山口は松子にとつて異郷にちがいない）そうした当然のことを失念したまま、木戸は国政に没頭せざるをえなかった。帰郷と決めた今になって、松子に詫びたくなってしまったが、その声は届くはずがない。

四境戦争であれだけ一丸になって戦ったのに、徳川幕府が倒れると、天下をとった気分で、自己主張や利権争いを始め、浅ましいほどに長州の内紛が絶えなかった。その一つが、遠い縁戚で練兵館の後輩でもある長州参政御堀耕介の問題である。八歳年下なのだが、整武隊総監として、芸州口の激戦をよく戦った。戦功もあり、ひとかどの見識も備えているのだが、封建制度に執着があり、前原に近い考えだった。

そのころ、京都や江戸で新政府の要員として働く者に対して、長州の地元では嫉妬や憎しみが強かった。上京してくる者たちから、そうした噂を聞くことが増えていた。木戸は長州の権益のみにこだわることを嫌った。あくまでも日本全体のことを考えて行動しなければ、徳川が薩長に代わるだけの事だと、突き放して見ていた。

御堀は、昨年末から京都と山口の間で連絡役を務めていたが、政事堂内部の陰湿な駆け引きに腹を立て、登庁を拒んでいるらしい。軍事向きで、政治的な駆け引きを苦手にしていた。

長州の混迷を心配した井上聞多と品川弥二郎が、木戸の長崎行きをうながし、途中で山口に立ち寄ることを提案した。

当時の木戸の心境を示す逸話として、山県狂介の後日談が残っている。

長岡出征のため、江戸からいったん帰京した山県へ、木戸は餞《はなむけ》として扇に揮毫《きごう》した。

世人は知らず行人の意　一剣寥々《りょうりょう》春雨の中

北陸の激戦地へ赴く山県の心境に、キリシタン処罰という難題に向かう己の気持ちを重ねたつもりだったのだろうか。

木戸を長崎へ遠ざけようとしたのは誰なのだろうか。人物は特定できないが、同時進行していた江戸の混乱と連動していたような気がする。

他の一因として、「政体書」に基づき新政府の人事を動かす過程で、権力独占を狙った男たちがいた。長崎行きを準備していた四月初め、東山道総督府参謀の木原又右衛門（長州藩士）が上京し、江戸での薩摩の横暴を岩倉具視や木戸準一郎へ直訴した。

鳥羽伏見の戦いから江戸城開城までを主導してきた西郷吉之助に驕《おご》りがなかったといえば、嘘になるだろう。討幕が成功し、新政府が樹立する見通しを得て、薩摩将兵の横暴が目立つという。江戸市民の反発も日増しに強くなっていた。

江戸総攻撃中止令にしても、その前夜に他の参謀らへ図ることもなく独断で命令していた。官軍に参戦した諸藩から不満の声があがり、このままでは薩長間の争いが生じるとの危惧も聞こえるという。脱走兵を追討するため、千葉や宇都宮方面へ政府軍を派兵すると、彰義隊が我がもの顔で市中を闊歩《かっぽ》しているらしい。

江戸開城が目前になった四月四日、大坂の太政官で会議が開かれ、木原の直訴が岩倉と木戸から議題として提出された。その結果、薩摩の得能良介を江戸に派遣し、西郷に配慮をうながすことになった。同時に、大村益次郎が大総督府の補佐役として江戸在勤を命じられる。木原からの報告として、江戸の不穏な状況と、旧幕府の脱走兵が千葉方面に集結し、蜂起したことを知らされた。早期鎮圧を図らねば、彰義隊と並んで事態を悪化させることを、木戸は懸念した。これが現実になったのが〈宇都宮戦争〉だった。

　西郷が人気取りにも似た施策で、勝海舟と大久保一翁という老獪《ろうかい》な政治家の手玉に取られていることを、木戸と大村は心配していたのである。確かに西郷には、敵味方の区別なく、衆人の個人評を気にする弱点がある。今日でいうポピュリズム政治家の側面を持っていた。『勇敢で器が大きい』とか、『人情に厚く慈悲の心に富んでいる』とか、ありふれた賛辞でも自尊心をくすぐられるような言葉には、めっぽう弱く担がれやすい。しかし、相手が一枚上手の場合、危険な罠《わな》にはまる可能性もある。怜悧《れいり》な政治家である大久保とは異なる、大衆性の強さと弱さの両面をそなえていた。

「勝海舟と大久保一翁の手玉に取られている」と木原が評したことは、見当はずれだとはいいきれないものを、岩倉も木戸も感じたのだろう。

　大村の江戸派遣は、木戸の危機意識に由来し、後日、新政府の苦境を救うことになる。

　余談になるが、大村益次郎は私心の少ない人で、役付けも任務遂行のためとして受け、官職に色気を出すことはなかった。陰ながら、木戸が大村益次郎を働きやすくする心遣いをしただけだ。大村益次郎の毅然《きぜん》とした行動が一矢《いっし》を報いるはずである。

　山県・福田・木原らが関東の情勢を危惧する報告を木戸にしたのは、それなりの危機意識があったからだ。現実はどのようになっていたのであろうか。

　江戸城開城は文字通り入口にすぎず、情勢はますます不穏になっていった。旧幕臣は上野寛永寺を根拠地として彰義隊を結成し、徹底抗戦を口にした。徳川慶喜の奥右筆《ゆうひつ》渋沢成一郎（榮一の従兄）を頭取、天野八郎を副頭取として、三千余の集団にふくれあがった。渋沢成一郎は、慶喜が水戸へ謹慎すると、彰義隊も撤退しようとしたが、天野らは反対し江戸に留まり、新政府軍との小競りあいが続いた。また、旧幕府海軍の引き渡しは、元海軍副総裁榎本武揚が応ぜず、全艦を率い安房《あわ》館山《たてやま》に投錨《とうびょう》したが、勝海舟の説得で品川沖まで戻った。

「違約は、上様の命も徳川家の存続をも、危険にさらすことになる」海舟の殺し文句に、さすがの榎本も反抗できなかった。

「軍艦の半数は必ず取り戻すから、案ずるでない」

榎本を納得させるため、海舟は彼一流のはったりをかましたが、確かな勝算はなかった。

それでも、海舟は巧みな折衝で、軍艦八隻のうち富士・翔鶴《しょうかく》・観光・朝陽《ちょうよう》の四隻を新政府へ引き渡し、開陽以下の四隻を徳川に下付することになる。開陽丸は榎本らがオランダから航海して運んだ虎の子の最新鋭艦だ。海軍の知識のない西郷と木梨はごまかされた。榎本艦隊の方がはるかに優勢となる選択である。

榎本は東西の反政府勢力から期待を寄せられ、京都では中川宮を中心にクーデター計画が進行中だった。その決起を待っていたため、榎本艦隊の北上が遅れ、東北諸藩連合が待ち望んだ海軍力を発揮できずに、蝦夷地へ向かわねばならなくなる。


大坂親征中の天皇は、京都御所とちがい、臣下に謁見される機会を増やされていた。四月九日、天皇は近くに大久保利通を召され、京都の情況を聞かれた。四月十七日には木戸孝允と後藤象二郎が、天下の形勢と海外万国の大勢について上奏する。ほどなく後藤は大阪府知事に任命された。これまで大名の陪臣が天皇に近くで接したことはなかった。大久保も木戸も、その感激を日記に記した。天皇の人間らしさに触れた喜びが、行間から伝わってくる。

そのころ京都では、五箇条の御誓文を骨子とする制度改革が「政体書」として発表された。起草にあたったのは土佐の福岡孝弟《たかよし》と佐賀の副島二郎（のちの種臣《たねおみ》）で、木戸も長崎出発前に、大坂で横井小楠《しょうなん》らと同席し相談に乗った。四月十六日の木戸日記を記しておこう。

『朝八時すぎ岩卿御旅館に出る。（中略）。閑叟《かんそう》、春嶽二公、条（三条）、中（中山）二卿御来会。後藤、三岡、副島二郎、福岡等皆来る。平四郎（横井小楠）もまたあい陪《ばい》す。大に前日の議を論じ終に制度一変の議を決す。』

草案は木戸の長崎出発後に発表され、冒頭に五箇条の御誓文を掲げ、新政府の基本方針と位置付けた。中央政府として太政官を置き、二名（三條・岩倉）の輔相《ほそう》をその主班とした。

重要なことは、太政官の権力を立法・行政・司法の三権に分立させたことである。

立法は議政官、行政は行政・神祇・会計・軍務・外国の五官、司法は刑法官の七官が担当するとした。しかし、権力者が兼務することも増え、三権分立は成功しないままになる。その後、明治二年夏に改正され、太政官は二官六省体制になる。

「政体書」には、藩のほかに府県を置くことを定めていた。〈廃藩置県〉への伏線ともとれるが、木戸以外は誰もまだ気づいていない。江戸はすでに江戸府になっていたが、遷都をすれば東京府になる。最初に府になったのに箱館で、京都・大坂・長崎・越後・神奈川・渡会（伊勢）と続く。県になったのは、旧幕府天領で、奈良・大津・堺・倉敷・日田などである。

天皇の大坂行幸中は、戊辰戦争の遂行が最重要課題だった。だが、長崎浦上の切支丹処分も、欧米諸国の局外中立を危うくする国際的な見地から、重視しなければならなかった。どんなことがあっても、欧米諸国を敵にまわすことは避けねばならなかった。

四

ひとりの人間に与えられた時間には限りがあり、しかもつかの間である。

木戸は無駄に時間を費やしたくはなかった。東北や北陸戦線だけでなく、江戸も彰義隊で手を焼いていた。気になることだらけだが、新政府の政体が確立するまでは、場あたり的な対応を迫られる。手分けをしなければ、対処できない。大隈を見込んだ木戸は任務を託した。

「イギリス公使館のサトウが君のことを褒《ほ》めていたよ。今度はアメリカとフランス相手の交渉を引きうけてくれんかね」

「と申されましても」

「幕府の残した重要案件が二つある。一つはアメリカに注文していた軍艦の引き取り。もう一つは小栗らが建設を進めた横須賀の製鉄所（造船所）のことじゃ」

「交渉ごとなのでしょうか」大隈の質問に木戸はうなずきながら、

「まず局外中立で横浜沖に停泊中のストーンウォール号を引きとって欲しい。金は準備できている」

「その軍艦は優れものですか」大隈にとっては、はじめて耳にする名前だった。

「噂でしかしらんのじゃが、旧幕臣の小野友五郎がアメリカで買い付けた二隻の軍艦のうちの片われらしい。もう一隻が富士山丸じゃから、相当のものにちがいない。鋼鉄で覆われているだけでなく舳先《へさき》の水中に角《つの》をもっているとか。アームストロング砲だけじゃのうて、接近戦で木造船に穴を開ける力もあるらしい」

木戸の言葉を補足しておくと、フランスのボルドーで秘密裏に南軍向けに建造され、「スフィンクス」と名付けられた。欧州では南軍への武器輸出禁止が続行中で、ナポレオン三世は船名を変えオランダ経由で、南軍のリー将軍へ密売された数奇な船歴の軍艦である。

「榎本の海軍に勝てるのですね」

「大村先生は、そう申された。イギリスからの情報では開陽艦は坐礁して、使えなくなっているらしい」

「だとすれば、制海権をその軍艦で奪えるわけで」

「そうじゃから、是非、成功させてほしい。公使はバルケンバーグという名前だね」

木戸は、手帳に鉛筆でメモをとる大隈を見ながら言葉を続けた。

「次にもう一件、小栗忠順《ただまさ》の遺した案件があってね。これも大金の要《い》ることだが、横須賀製鉄所の契約内容を調べ、新政府で継続すべきか、検討してみてくれんか。困ったことがあれば、横浜では外国官副知事の東久世通禧《ひがしくぜみちとみ》卿と判事の寺島宗則を訪ねること。それから江戸城の大村先生に会って、武力での抵抗は早急に鎮圧すべしとの、太政官の意向を伝えてほしい」

木戸は、それぞれの案件について事の経緯を説明し、東久世通禧、寺島宗則と大村益次郎についての個人情報も教えた。


大隈が江戸城西の丸の東征大総督府を訪ねたのは、五月初めの事である。軍務官判事の大村益次郎に面会するためだった。大隈は品川で船を降り、高輪の大木戸から江戸城へ向かう。江戸の町は、荒《すさ》んだ空気に包まれ、江戸っ子たちに笑顔は見られなかった。新政府軍の屯所でたむろする兵士たちの綱紀《こうき》はゆるみ、肩をいからして町中を闊歩《かっぽ》するのは彰義隊とおぼしき武士たちだ。江戸城も荒れ果てていて、本丸一帯は無人の廃墟に近い草むらになっていた。庭師へ金を支払う者が消え去ったということなのだろう。

大村は一月前の閏四月四日に江戸に着いたが、西郷の威をかる東海道先鋒総督参謀職の海江田信義がのさばっていて、手の打ちようがなかった。一時は京都引き揚げを考えたらしい。しかし、京都から関東監察使として総裁局副総裁の三条実美が派遣され、早期平定方針を通達したため、江戸に踏みとどまった。

西の丸の執務部屋へ大隈は案内された。木戸の話では、「愛想は悪いが、人柄はええ先生じゃけ」と聞いていた。

「京からまいった佐賀藩の大隈でござりまする」

部屋の隅で文机《ふづくえ》に向かい書き物をしている男の横顔が目にはいった。

「どうぞ、こちらへ」大隈の方へゆっくり向けられた顔は、大きな頭と秀でた額に、八の字の濃い眉の下から向けられた、静かな眼ざしが印象的だった。

「お初にお目にかかりまする」

「三条卿よりお話はうかがっています」

大隈よりかなり年配なのに、言葉づかいは丁寧だった。だが、長旅の疲れをねぎらうこともなく、骨董《こっとう》の品定めでもするかのように、じっと大隈を見つめていた。

「木戸さんが、江戸をご心配で、早急に彰義隊を平定するように伝えてほしい、とのことで」

大隈は、長崎へ隠れキリシタンの処分のため派遣される木戸からの書簡と主意を伝えた。

「それで、あなたはこれからどうされる」大村は逆に質問した。

「ストーンウォール号というアメリカの軍艦を手に入れます。それから横須賀の造船所へ」

「なるほど。ところで、二十五万両はどうなりましたか。当方には金と動かす兵が足りん。わたしにその金を渡してほしい」

どこで耳にしたのか、大村は二十五万両のことを知っていた。

「それはできない相談。京都も金がなく困っています。一存ではとても」

「やはり、そうですか。ならば仕方ない。佐賀の方なら、佐野常民さんはご存じか」

「はい、よく知っています。横浜まで来ているのでは」

「それは助かる。佐賀の兵とアームストロング砲をお貸し願えるよう、佐野さんへ話してほしい。彼とは大坂の適塾同門なのじゃ」

「そうでしたか、さっそく横浜へ参ります」

中腰になりかけた大隈を引き留め、大村は初めて苦しい江戸の状況を語った。

「上野の寛永寺は、もともと仙台の伊達に攻められた際、砦とするよう造られている。城攻めと同じことです。それに江戸湾には旧幕府の強力な艦隊がにらみをきかせている。西郷さんも、下手には動けなかったのでしょう。しかし、待ったなしになってきました。佐賀藩の協力があれば、薩摩抜きでも攻め落とせます。ことにアームストロング砲は、最大の援軍にちがいない」

噛んでふくむような説明を聞き、木戸がどうして大村を信頼するのか、その一端を垣間見たような気がした。

大隈は、佐野常民に会い、大村の意向を伝えた。佐野は、海軍の中牟田とも話をすすめ、彰義隊攻略の準備は急速に整った。

大隈が横浜で東久世や寺島に会ったのは、五月十二日のことである。

「先月から外国官と職名が変わりもした。東久世殿が外国官副知事、ちなみに知事は伊達宗城候、おいが判事でごわす」寺島とは長崎で出会っていたが、身近に話したことはなかった。

イギリス留学の経験もある医師で、島津斉彬候を支えた人物であることは熟知していた。

「伊達侯からの訓令を預っておりまする」大隈は京都を発つ際、それを渡されていた。

「貴公と相談するようにとある」東久世は謙虚な人物で、偉そぶることはしない。

「大坂と新潟の開港を迫られ、うるさいことでごわす」

寺島が当面の課題を口にした。

「アメリカの軍艦は渡してくれませんか」

大隈の任務である。

「彼らは、条件次第で動く。幕府が再起するかもしれんと、読んでいるのでごわっそ」

「大村殿に会って来ました。彰義隊を鎮圧し、奥州が鎮まれば、中立でなく新政府へすり寄ってくるにちがいないとのこと」

大隈は大村との会話について、自らの考えもまじえて説明した。

「一つずつ解決しなければ、前に進まぬ」

東久世は自分に言い聞かせるように話した。

大隈は行動できる男である。横浜の公使らに面談しながら、大村との約束を実行した。

佐野らに会い、横浜開港場警備の目的で駐屯中の佐賀藩兵千人余の大半を、アームストロング砲と共に江戸へ出発させた。大村の動かせる兵が長州藩兵に加わり、発言力が増す。

江戸城へ向かった大隈は、再び大村に会い、

「大村さん、二十五万両を使ってください。木戸さんも許してくれるにちがいない。佐賀兵には、よくいい聞かせました。存分に指揮をなさってください」

何のわだかまりもなく、気持ちを伝えることができた。

「かたじけない。二、三日のうちに決着をつけます」

大村は、微笑みさえ浮かべているようだった。

この後、大村は彰義隊を鎮圧し、大隈を驚かせる。それを刺戟《しげき》にして、大隈は横須賀造船所の接収に取り組む。幕末に、親フランス派の幕閣なかんずく小栗忠《ただ》順《まさ》の主導で、艦船修理のための横浜造船所と、本格的な造船のための横須賀造船所建設が進められた。資金もフランスの全面援助で、幕府の軍備拡充と慶応三年のパリ万国博使節団派遣費用として借りた四十万ドルの抵当物件として、組み込まれていた。横浜製鉄所は規模も小さく、すでに竣工していたが、横須賀は起工して間もなく、継続するか否かは、新政府の判断に委ねられている。だがフランスは、四十万ドルの支払いがなければ、新政府へ製鉄所を引き渡さないと明言していた。

木戸は、そのような大金は新政府に支払えないので、製鉄所を放棄すべきだという意見が根強いことを、大隈に語った。それに対して、大隈はどうにか工面して支払い、製鉄所を入手すべきだと、主張した。大隈が運んだ二十五万両はその前金になるはずだった。ところが、大村益次郎に使わせ、手許に残っていない。江戸で集めるにしても、幕府崩壊後は経済まで疲弊《ひへい》していて、それどころではない。万策つきているところへ、外国事務局判事に任用された薩摩の小松帯刀が訪ねてきた。

五月末のことで、小松は寺島と大隈を誘い、横浜から船で実地検分に連れ出した。横須賀湾を埋め立てた七万四千坪あまりの広大な敷地に、製鉄所は建設されようとしている。技術指導にあたるフランス海軍大技師のフランソワ・レオンス・ヴェルニーらは官舎に住み、技師らの官舎、学校などのレンガ造りの建物がすでに完成していた。海に面して大型船用のドックも建設中だった。

「小栗は大した男でごわすのう」

小松帯刀は敵将をほめた。

「殺してしまうには、惜しい男でしたな」

大隈の率直な気持ちである。

小栗は慶応四年閏四月に斬首されていた。

「どうにか、資金を得る方法を考えねばなりもはん」

寺島の言葉に、小松も大隈も大きくうなずいた。

大隈は私案として、イギリス公使パークスとの交渉に希望を託していた。オリエンタルバンクが政府の借款《しゃくかん》として融資してくれれば、どうにかなるかもしれない。大隈の考えは、小松と寺島の賛同を得て、三人はイギリス公使館にパークスを訪ねた。大坂での大隈との切支丹をめぐる論争を忘れてはいなかったが、好意的だった。それも大村益次郎が彰義隊を鎮圧し、新政府の力を見せつけたことが大きく働いた。徳川幕府と結んだフランスを、一気に追い落とすことができるからでもある。パークスは英国東洋銀行へ紹介状を書いてくれた。大隈らは三条実美らの承諾を得て、横浜のオリエンタルバンクに行き、ロバートソンとの交渉を開始した。

東征軍の軍事費もふくめて五十万ドルの借款《しゃくかん》を申し出ると、パークスの紹介状があったためか、即座に融資を引き受けた。ただ彼らはビジネスマンであり、慈善家ではなかった。

その利息は年一割五分という高率だった。大隈は、横浜などの開港場で徴収する関税を担保にすれば、支払い可能と踏んでいた。長崎で大隈は税関の仕事をこなしたことがあった。

五

一方の木戸は、閏四月の初旬、初夏の潮風を受け瀬戸内を西へ向かっていた。

瀬戸の海も島影も懐かしく美しい。（外国の海を見たことはないが、やはり日本の誇りうる財産にちがいない）疲れた心身をまろやかな風光が癒してくれる。

長崎行きについても、目的があり、故人となった心友高杉晋作への供養をしたかった。

木戸は、使用人も連れた大世帯で、長州に立ち寄ることにした。船には、長崎へ戻る井上聞多夫妻や、讃岐の侠客日柳燕石《くさなぎえんせき》（柳東）が乗っている。最近まで四年間も高松藩の牢に入れられていた。過酷な生活を強いられたためか、肉が落ち疲れて見えたが、気力だけはさすがに凛《りん》としたものがある。木戸は、恩赦《おんしゃ》による釈放に尽力したし、京でも高杉への感謝をこめて、丁重に礼をつくした。高杉の名代として燕石をもてなすつもりだ。

瀬戸内は燕石にとって故郷の懐かしさがある。明石の瀬戸を過ぎ、遥かに高松城が夕日に染まる海原に幻のように浮かんで見えた。

「讃岐《さぬき》は懐かしいでしょう」

甲板で潮風を胸いっぱいにふくみながら、木戸は燕石に声をかけた。

「こうしているのが夢のようで。瀬戸の海はいつも、ありがたいですのう」

行き交う船や島影を見やる眼ざしは眩《まぶ》しそうで、少年のように海の薫りをかいでいた。

「高杉が生きていたら、どんなにすばらしかったか。死ぬ間際まで、感謝していましたぞ」

「それはおそれ多い。高杉さんは英雄じゃ。わしなんぞ、虫けらみたいなもんですから」

「そんなことはない。そのうち世の中が変わりますな」

「きっとでしょうな」

「是が非でも。そうしなければ、高杉に申し訳ない」

「大きな器でしたな」燕石はまぶしそうに目を細めた。

「惜しい早死にでした。彼の名は歴史に刻まれるにちがいない」

「大きな世界を見ていたのですな」燕石は高杉の理解者でもある。

「おうのさんを覚えていますか」

「もちろん。高杉さんに寄り添っていましたからのう」

「最期のきわまで看取ってくれましたから。その後も高杉の墓を守っていますので」

「そうでしたか。長州についたら、墓参りをしたいですな」

「必ずまいりましょう」

「木戸さんの奥さまも、ご苦労なさったとか」

木戸夫人松子としてよりも、世間では桂小五郎を助けた幾松として知られていた。

「家内は私にとって恩人じゃ。ちょうど高杉が讃岐にいたころ、私どもは大坂を逃れ、馬関へ帰る途中でした。金毘羅《こんぴら》さんへもお参りしたのですがのう」

「それは奇縁ですな。高杉さんは、あなたを捜していました」

「そうでしたか。そのころ但馬に潜んでいました」

「高杉さんは城崎温泉ではないかと」

「出石と城崎に」

「やっぱしそうでしたか」

燕石は高杉晋作の墓参を優先させるつもりらしい。

瀬戸内とはいえ、時化《しけ》ると荒波にほんろうされるが、幸いおだやかな天気に恵まれた。


三田尻に着くと、海軍の役所で馬を借り、御堀を自邸に訪ねた。国許での激務をねぎらい、山口の近況についても腹を割って意見交換をした。御堀や前原は不満が多く、暴発すると取り返しがつかぬことになる。木戸はこの二人に特別の気配りをしていた。

ようやく山口に入り、糸米の我が家に戻ることができた。幾松の孤独を案じ、京言葉を話せる女中や使用人を引き連れての帰宅である。およその日時は知らせていたが、風のように姿を現した夫の姿に、幾松は呆然と立ちつくし、うれし涙に声まで潤ませた。

「あんさん、お帰りやす」そう言うのが精一杯だった。

その夜は、ともに晩酌をして早めに床に入った。

(幾松の温かな肌に触れるのは四ヵ月ぶりではないか)

政事の世界で擦り切れ、渇いた心を、幾松はしっぽりと潤してくれる。

(おれにとってお松は観音さまにちがいない)

円やかに彫りあがった観音さまを、素手で磨きあげるように優しく愛撫した。

夫婦でありながら限られた逢瀬ゆえに、二人は燃え上がって高みに達する。

熱したからだをしずめながら、木戸は久しく思っていたことを口にした。

「御一新も、どうにか船出までこぎつけた。よい機会じゃから正式に夫婦《みょうと》になろう」

「でも、うちは……」

「わかっちょる。治子の義理の兄岡部に頼んで養女にしてもらい、式をあげよう」

「あんさん、後悔しはりませんやろか」

「なにをいう。おれにはお松しかない」

「うれしい、そやけど、身分がちがいすぎて、困らしまへんか」

「身分など、権力者が勝手に決めたものじゃけぇ。人の値打ちをきめるのんは、その人がどのような生き方をするかによるのじゃ。いばりちらす武士も、そのうちなくなるじゃろう。封建的な藩などは、もっと早くに消えていくにちがいない」

木戸は、ご一新の目的が、徳川幕府を倒すためではなく、新しい時代を切り開くことにあるのだと、熱した声で話した。

「時間があれば、萩に帰り、妹たちに会ってくるつもりじゃ。帝は江戸へ移られ、京都は奈良と同じ古い都になる。ほどなく江戸住まいになるじゃろう。そうすれば、萩はますます遠くなるからのう」

治子の亡夫来原良蔵の姉の夫、岡部藤吉に頼んで、幾松を養女にしてもらうつもりだった。しかし国事に忙殺され、正式に結婚披露をしたのは、二年後の明治三年になる。岡部も、干城隊第一中隊の七番小隊長として、越後口戦へ赴《おもむ》かねばならなかった。それまで、幾松は内縁の妻として、多忙極まりない木戸を支え続ける。

木戸は、気むずかしい御堀に何度も面談し、政事堂へ復帰させた。政事堂では、江戸や京都の状況を報告するだけでなく、人材の登庸《とよう》や追加出兵の必要性などを説き、藩の政策として承認を得た。さらに大殿毛利敬親に拝謁する機会をとらえ、〈版籍奉還〉が必要な時代背景を説いた。

「そうせい侯」は叡君で、木戸の言葉に耳を傾けてくれる。

「よくわかった。じゃが、今しばらく待て、人心を見極めてから、時機を見て事をすすめよ」

毛利敬親は、慈父のように温かく見守ってくれていた。

（今あえて公言すれば、命を狙われるにちがいない）

木戸はそう思っていた。敬親公は見とおしていたのである。藩主としての利害を超えることのできる、度量がそなわっていた。

「ありがたき幸せ、お言葉、心にとどめ置きまする」

諸侯にさきがけ、敬親公は木戸の構想を支持してくれたのである。

政務を終えるまで、燕石には湯田中温泉でくつろいでもらった。幾松を連れ挨拶に訪れると、長年の知己と再会したように意気投合していた。木戸と幾松は、燕石を瑠璃光寺《るりこうじ》に案内した。新緑の季節はすでに深まり、さまざま樹木の緑に包まれた五重塔は燕石を驚かせた。

「おう、これは見事。雅な優しさに凛《りん》とした気品があって」

感じいって塔を見上げながら、燕石は故郷の金毘羅《こんぴら》さんを思い出していたのだろう。

「西の京都といわれるだけは、あらしまへんか」

幾松も、山口で一番好ましく思っているのが浄瑠璃寺だった。

「高杉さんも、幕府にこの五重塔を焼かせたくなかったのですな」

燕石の言葉は思いがけなかった。

「なるほど。そのような見方も」

木戸は、ただの親分でない日柳燕石の真髄を見たと、その瞬間に思った。

「ついでといってはおこがましいが、雪舟の庭も拝見できませぬかのう」

「おう、常栄寺をご存じでしたか。毛利家ゆかりのお寺です」

関ヶ原の敗北で防長二州に押し込められ、藩主の菩提寺まで転々とした歴史を話した。

木戸は、十日ほど山口に留まり、萩へ帰って妹治子をはじめとする親戚や知人を訪ねた。

その間も燕石を同道し、馬関へ出るのは五月九日のことである。途中、周布政之助と高杉晋作の墓に詣でた。それぞれの墓に手を合わせると、心中に落ちる泪が身にしみた。

（ここまでたどり着けたのも、貴殿らの導きあってのこと。国の行末を加護してくだされ）

ともに闘った日々は戻って来なくとも、木戸の脳裏《のうり》には思い出が克明に刻まれている。

木戸の過去をほとんど知らない燕石だが、行を共にするだけで、高杉晋作とは異質ながら、人間として磨き抜かれた人物に魅了された。

吉田では、高杉の墓を守っているうの女（梅処）を、燕石とともに見舞った。彼女は、高杉の没後、梅の花を愛した故人にちなみ梅処と名乗っていたが、木戸と燕石の突然の訪問に驚き、感涙にむせびながら往時を語りあった。

「その節は、高杉がたすけていただき、なんとお礼を申したらええのやら。死ぬまであなたさまのことを、生涯の恩人だと申しておりました」

梅処は、高杉の気持ちを伝えることができて、ほっとしているようだった。

「とんでもない、東行さまのお力になれるなど、身にあまる光栄でございます」

燕石は、身代わりになり、明治になるまで牢で暮らしたことなど、一言も口にしなかった。

高杉の墓に手を合わせ黙禱する燕石の姿には、心打たれた。木戸は、燕石を高杉の墓参に同道し、梅処に再会させることが、この旅の目的の一つでもあった。どちらからともなく、手をとりあって再会を喜ぶ二人の姿は、神々しいものに見えた。梅処の姿を、晋作がほのかな光芒《こうぼう》として包んでいるような錯覚さえ感じた。燕石との墓参は、晋作への心からの供養《くよう》になった。殺伐とした動乱の時代にあって、温かな魂の交流は、極上の幸せにちがいない。

五月十日、馬関を出航する日に、海軍に加わり北越戦線へ向かう山田市之允と別れを惜しんだ。この後、山田は箱館戦争終結まで第一線で指揮をとる。高杉晋作と大村益次郎をあわせたような天才的な軍師といえよう。木戸は、市之允の才能にもまして、人間的な誠実さを愛していた。小柄な体軀に大きな魂を宿した人物である。

六

長崎へは、日柳燕石のほか、木戸は養子の正二郎を伴った。

(何事も現場での経験が最善の教育にちがいない)八歳になる正二郎は、妹治子と来原良蔵の次男なのだが、親身に育てていた。

五月十日の午後四時過に馬関を発し、翌日午後一時には長崎に着いた。

次の日、旧幕府の西町奉行所に沢宣嘉《のぶよし》総督を訪ね、佐々木三四郎(のちの高行)や井上聞多と話し合った。井上の旅寓に、吉富簡一などに加え、青年医師の青木周蔵らが集まった。ちなみに周蔵は、青木周弼・研蔵兄弟の家に婿養子として迎えられた男である。慶応三年四月に、藩命で長崎留学について以来、欧州への留学を熱望し、当初は反対していた義父の青木研蔵も根負けして許した。その上で木戸へ周旋を頼んでいたのである。

木戸は留学が内定したことを伝え、周蔵を喜ばせた。

「正式の通達が追って届くじゃろうが、希望はかなえられる。頑張るのじゃぞ」

「木戸さん、ありがとうございます。プロシアで学べるじゃなんて、夢のようですのう」

「研蔵先生とは、しっかり連絡をとらないけん」

「わかりました」

明るく周蔵が答えた義父の青木研蔵は、天皇の侍医として東京で暮らすことになる。

官許の正式通達は閏四月で、土佐の萩原三圭らも同行することになり、十月中旬に長崎からフランス船で旅立つ。木戸は、その後も周蔵と文通を交わし、岩倉使節団として再会する。

翌日からは、難題の隠れキリシタン処分についての会議が開かれた。沢総督ら長崎現地の意見は厳罰主義だったが、木戸は大阪御前会議での合意に従って、寛大な処置を提案した。

神道を崇拝する沢はキリシタン禁教にこだわりがあり、厳罰を主張した。それでも木戸は辛抱強く対応し、二日かけて説得することができた。切支丹の主だった者二十八人を津和野藩へ、他を長州に五十人と福山へ二十人預けることになる。

五月二十一日、切支丹の主だった者を西役所に呼び出した。加賀藩の蒸気船へ乗せ運送する手はずも整っていた。心配なのは受け入れ先となる各藩の対応である。なにしろ切支丹禁制と弾圧の歴史は、三百年近くこの国で続けられてきたわけで、一つ間違えると、諸外国から非難を浴びせられることだろう。

山口は大内義隆の時代、フランシスコ・ザビエルの布教を許した歴史はあるが、すでに遠い過去のことだった。朝廷は神道に固執し、この三月に太政官布告での神仏分離令が誤解を生み、仏教排斥の気運を生んでいた。やがて廃仏毀釈《はいぶつきしゃく》運動になり、貴重な仏教遺産が破壊される。沢宣義などは、キリシタンのみならず仏教徒をも排斥する可能性があった。

木戸は、新政府にとって宗教政策が迷走することは、避けるべきだと考えていた。それにしても長崎には異国情緒があり、井上聞多・吉富簡一・青木周蔵らと連れだち、「福屋」で西洋料理を味わった。その後、井上の案内により、大浦で西洋の器物の買い物もした。日柳燕石が写真館に行きたいというので、正二郎も同席して記念に写真を撮った。

長崎では貴重な出会いもあり、大村藩医・長与専斎は木戸に大きな影響をあたえる。

「木戸さん、珍しい人を紹介したいのじゃが」

井上聞多が、どう見ても医者にしか見えぬ男を連れてきた。

「大村藩の長与でござる」

その人物は、木戸の顔を見ると、なぜかにこやかな笑顔になった。

「どこぞでお目にかかりましたかのう」

木戸には初対面と思えない親しみが伝わっていた。

「いいえ、お初にお目にかかります」

長与は、井上の顔色をうかがって、奥歯に物のはさまったような物言いだった。

「斎藤翁の親戚じゃけ」

見かねた井上が手がかりを与えた。

「と言えば、大村藩の鬼歓……、えっ、もしかして」

「そうですたい。鬼歓がわたしの義理の兄ですばい」

「これは失礼を」井上が面白がって、長与専斎の紹介を故意にしなかったものだから、木戸は面食らっていた。何しろ練兵館で、鬼歓にはさんざん痛めつけられたものだから、名前を耳にしただけでも身構えてしまう。長与専斎は、鬼歓から桂小五郎のことを聞いていたので、その人となりは熟知していた。

専斎は、緒方洪庵の適塾塾頭を勤めていたが、師の勧めにより長崎のポンペのもとへ留学したそうだ。当時は長崎精得館の医師頭取（校長）を勤めていた。練兵館に在籍したことのある井上が長崎勤務になり、精得館頭取の長与と知り合った。奇縁で、専斎の姉が斎藤道場の鬼歓の夫人だとわかる。そこで、木戸を驚かすため、井上は長与を紹介したわけだ。

木戸は、鬼歓が大村藩の剣術指南役に招かれ、お家騒動に巻き込まれたことは、耳にしていた。しかし、長与専斎が義弟だとは知らなかった。大村益次郎の死後は、医学・医療のみでなく文教政策のブレーンとして、木戸と公私にわたり交流を深める。木戸と福沢諭吉との橋渡しもする。岩倉使節団にも随行し、医学や衛生行政の近代化や東京大学の創設など、幅広い分野で貢献する。さらに長与専斎は、森林太郎（鷗外）、北里柴三郎や後藤新平などの逸材を世に送り出す。

ちなみに長男の称吉は夏目漱石の主治医、三男の又郎は病理学者で東京帝国大学総長、五男の善郎《よしろう》は「青銅の基督」「わが心の遍歴」を著した白樺派の作家である。

梅処（うの）の行動力にも驚かされた。彼女は晋作から長崎のこと、上海のことなど、寝物語りに聞かされていたのだろう。晋作への断ち難い思慕のためか、木戸らが長崎へ出航した後、追いかけるように長崎に姿を見せた。それも高台にあるグラバー邸でのことだった。

グラバーの連絡で訪れると、彼女が姿を現した。

「驚いた。どうしてここに」木戸がたずねると、

「高杉が洋行したいと思った長崎を見たくなってて……。グラバーさんの船が馬関に入っていましたの。思い切って頼んだら、乗せてくれました」

天性の明るさで、梅処は笑って答えた。

「そうか、東行が長崎へ来たのは、四境戦争の直前じゃったからね。イギリスへ行くつもりで、伊藤俊輔と出立したので、ぼくは落胆しちょった。そしたら取りやめ、軍艦を買って帰るから金を工面してくれちゅうて、手紙をよこしたのじゃ」

木戸は当時を思い出す。晋作と俊輔が長州を捨てたら、戦う気が萎《な》えてしまいそうだった。

「グラバーの持ち船オテントサマ丸を買ったのだ。だから彼にとって、高杉は大切なお客さま。ぼくもあの船に乗って薩摩まで行った。無駄な買い物はしなかったな」

事実、丙寅《へいいん》丸は大島口戦でも小倉口戦でも、晋作を乗せて活躍した。

グラバー邸はいつ来ても、見事に手入れされ、ローズという芳香のする洋花が咲き誇っていた。深い入江を包む山々の新緑が輝き、テラスから坂の町長崎の港が一望できた。

「ほら、あそこに出島が。オランダ商館の屋根が見えるじゃろ」

木戸は指さしながら梅処に教えた。

「高杉が、出島は日本の窓じゃ、そう教えてくれました。ここから見ると小さいですね」

まぶしそうに眼を細める梅処にとって、高杉がすべてだったのだろう。

「ほんとじゃな。大切な文明の光が射しこむ窓じゃ。若かったころ、攘夷を叫びながら洋行を望んどった。高杉も長生きしちょったら、今ごろはイギリスにいたにちがいない」

「あと十年だけでもよかったのに」

黙禱《もくとう》するかのように、そっと閉じられた梅処の眼《まなこ》から、光るものがにじみでた。

木戸は、燕石らに彼女を案内してもらい、任務に戻らねばならなかった。

新政府の鎮撫使総督府は、旧長崎奉行所西役所におかれていた。先行して任地に戻った井上聞多の話によると、

「長崎に戻ったとたん、袋叩きにあいましたよ。ガリガリの沢卿や土佐の佐々木三四郎から、甘すぎるんじゃないか、と非難されましたちゃ」

長崎では、指導者たちが斬罪を決めていたのに、死罪が取り消されたからだろう。

「それは視野が狭いからじゃろう」

木戸は、国際的に孤立すれば、戊辰戦争の極外中立が壊される不安を感じていた。

「欧米を視察すれば､百聞は一見にしかずですからね」

井上聞多は、短期間とはいえ、イギリス留学の経験があり、木戸の寛典論を理解できた。

「大坂で決めたとおりに処理しよう」木戸は過激な意見を抑えるつもりだった。

キリシタンの主だった者たちを呼び出し、百十余人の諸藩御預けを言いわたした。刑が軽すぎるという現地の不満をなだめるため、木戸は二度にわたる会議を開き、説得を続け、最終的に、キリシタンの預け先が決まった。津和野藩が二十八人、長州藩が六十六人、福山藩が二十人と配分された。津和野の藩主亀井茲監《これみ》は、神祇省事務局判事でもあり、自ら首謀者を引き取り、改宗させようとした。しかし失敗し、拷問を加え､〈乙女峠の迫害〉を引き起こす。合計百十四人のキリシタンは､西役所の牢から雨中を港まで引きたてられ、加賀藩の蒸気船に乗せられた。処置を誤れば、欧米諸国を敵に回す心配もあった。

木戸は、キリシタン弾圧が火種になり、九州一円の佐幕派が奥羽列藩と呼応する危険性を念頭に置いていた。残りの信者二千四百余については、翌年になって諸藩御預けとなる。

五月二十二日、長崎を去る前日、井上から太刀を譲るように求められ、断る事も出来ず贈ることにした。ただし､贈るけれども人に譲らないとの条件を付けた。

途中、大村藩の招きで立ち寄ったが、五月二十三日には馬関に帰りついた。帰りの船には､日柳も梅処(うの)も乗船していて、晋作の思い出を互いに語り合うことも再三だった。

(高杉、これで良かったのじゃな)桂小五郎の昔にもどって、晋作に話しかけていた。

晋作の代わりに長崎への船旅を日柳と共にし、できるだけの心づくしはしたつもりだ。

（世話になった恩人への感謝の気持ちが伝わってくれるとよいのだが）それだけがささやかな願いである。

馬関では八幡社に詣で、「妙陳荘」で別杯をかわした。

ちなみに日柳燕石は、会津征討越後口総督の仁和寺宮嘉彰親王が北越へ出征される際、史官に任命され軍務方記録を勤めていたが、病におかされ柏崎で病没する。四年間の投獄により身体が蝕まれていたのだろう。享年五十二歳だった。

木戸は、長崎の切支丹処理について復命のため、上京しなければならなかった。燕石らを伴い、そのまま三田尻へ廻航し、正二郎には下男の又吉をつけて山口へ返した。

五月二十九日の暁には、朝焼けに染まる六甲山を望みながら、船は神戸港へ達した。上陸してすぐに伊藤俊輔を訪ね、上方の情勢を聞いた。どうやら庄内藩をはじめ姫路藩や松山藩などが賠償金を支払い、朝敵の大罪をまぬがれたらしい。

「それはいけん。金で罪を償うなど、皇基が成り立つまい。会津や仙台はどうなる」

「貧乏世帯の足もとを見られているようで、情けないですのう」俊輔も口唇をかんだ。

「西洋人の真似かな」馬関戦争の賠償金支払いが幕府から新政府にふられ困っていた。

「事があれば、賠償金をすぐに請求されますからのう」

俊輔は馬関戦争の賠償交渉をした高杉晋作の通訳を務めた経験がある。太政官の節操のなさを二人で歎いていると、いそいで京都へ帰る気がしなくなった。譜代の大藩姫路酒井家は朝敵とされ、岡山藩の軍勢に囲まれ、降伏勧告に応じて開城したが、新政府はなかなか許そうとしなかった。酒井忠惇《ただとし》は鳥羽伏見戦争の当時、老中を務めていたが江戸へ逃げ帰った。

姫路には兄で元大老の忠績《ただしげ》がいたのだが、新政府に詫びようとしなかった。そのため新政府は減封などの処分を検討していたのだが、木戸が長崎出張中に、「国費を献納すれば許そう」と裏取引をした。その額は十五万両ともいわれ、家臣たちは必死に金をかき集めたらしい。

その結果、前藩主の酒井忠惇は蟄居《ちっきょ》、新藩主の酒井忠邦の家督相続と本領安堵《ほんりょうあんど》を許した。

木戸が怒った理由は、金でご政道が歪められたことにあった。いくら新政府の財政が困窮しているとはいえ、姑息《こそく》な裏取引はすべきではない。こんなことをすれば、全国的にどのような影響を与えるのか短慮もはなはだしい）木戸は新政府の無節操ぶりをなげいた。同じことが庄内酒井藩でも行われ、奥羽列藩同盟の仙台藩が減封されるのに、庄内藩は金を払って本領が安堵《あんど》される。

七

時計の針を少し巻き戻し、木戸の長崎行きと江戸の状況をもう一度重ね合わせてみよう。

長崎へ西下した木戸とすれ違うように、新政府の軍政を委ねられた大村益次郎は、四月二十一日に江戸に着く。益次郎は、長く江戸を留守にしたように感じた。かつての江戸情緒は影をひそめ、殺伐《さつばつ》とした空気に包まれていた。

大総督府と東海道総督府は江戸城西丸に設置されている。大総督府の参謀は四名で、正親町公董《おおぎまちきんただ》、西四辻《にしよつつじ》公業《きんなり》、西郷吉之助、林玖十郎《くじゅうろう》（宇和島）だった。また東海道総督府総督は橋本実梁《さねあや》、副総督は柳原前光《さきみつ》、参謀は木梨精一郎（長州）と海江田信義（薩摩）である。顔ぶれからも、総督府は西郷の思うがままに動かすことが可能である。

四月二十六日、西郷は、林玖十郎を京都へ先発の上、大久保らへ意中を伝えさせ、二日遅れで江戸を出発した。閏四月六日から四日間かけて、新政府は徳川処分について検討した。出席者は、三条実美、岩倉具視、小松帯刀、後藤象二郎、広沢兵助、大久保一蔵、そして西郷吉之助である。新政府では徳川処分の結論がでず、相続は田安亀之助（徳川家達《いえさと》）に内定したものの、領地・封禄については結論を先送りした。

三条実美を関東大監察使として江戸へ派遣し、徳川処分と鎮静化を委ねることにした。

閏四月十七日、三条実美、西郷吉之助と軍監の江藤新平・小笠原唯八は、薩摩の軍艦で大坂を発った。すでに、山県と福田が西郷と共に大阪へ帰り、木戸に報告した結果、新たな強化人事が決まったことを述べた。

大村益次郎は、四月末に軍防事務局判事、一月後の官制改革で軍務官判事に任命されていた。軍務局は二局四司からなり、知事は仁和寺宮嘉彰《よしあきら》親王、副知事は熊本藩の長岡護美《もりよし》で、判事は吉井幸輔（薩摩）、大木喬任《たかとう》（肥前）、大村益次郎（長州）と桜井慎平（長州）だった。

江戸城へ入った大村益次郎が最初に直面したのは、予想どおり独裁的で傲慢《ごうまん》な政事の手法だった。長州の政事堂の話しあいによる意思決定手続きは、ほとんど無視されていた。

益次郎は、東海道総督府参謀の海江田信義とことごとく衝突する。西郷の威を背に、海江田は傲慢な差配を続けていた。そのころの総督府は難題が山積し、危機的な状況にあった。

日光方面の苦戦だけでなく、奥羽方面では思いもよらぬ事態が生まれようとしていた。

京都守護職だった会津藩の陰で目立ちはしなかったが、仙台・米沢・庄内などの東北雄藩は呆然と指をくわえて、京都・大坂の形勢を眺めていたのではない。各藩の京都留守居役を通じて、幕府崩壊から新政府樹立の過程は、国元へ知らされていた。

さらに新政府側も東北雄藩の恭順を求めた。たとえば一月十七日、京都滞在中の仙台藩家老但木成行《ただきなりゆき》は御所内の政府仮政庁（九条邸）に出頭を命ぜられ、会津藩追討令を手わたされた。さらに同日、米沢藩・盛岡藩・久保田（秋田）藩に仙台藩への応援が命ぜられた。

幕末には各藩内に佐幕派と勤王派の何がしかの抗争があり、鳥羽伏見戦争後では、薩長に通じる勤皇派の動きが活発化していた。ここでも豊臣政権から徳川幕府へ権力が移った時代の歴史が反映していて、反徳川に近かった上杉の米沢藩と佐竹の久保田（秋田）藩内には、薩長によしみを通じる勢力があった。ただ藩総体としては、名古屋以西の諸藩が新政府への帰順を鮮明にしたのに対して、形勢を日和見している状態が続いた。

ことに仙台藩は、会津と並ぶ東北の盟主としての意地もあり、二月末までに新政府へ建白書を提出して、一方的な徳川・会津糾弾《きゅうだん》を批判し、会津派兵を牽制した。当時の新政府はまったくの貧乏政権で、強がってはいたが、東北へ大兵を送る経済力を伴っていなかった。

二月はじめに奥羽鎮撫総督に公卿の沢為量《ためかず》、副総督にも公卿の醍醐忠敬《だいごただたか》が任命され、長州藩士品川弥二郎が参謀に任命された。が、同月二十六日、総督を五摂家の一つ左大臣九条道孝にかえ、沢は副総督と醍醐を参謀に下げ、武士の参謀として黒田清隆を加えた。この人事は西郷と大久保の合意によるもので、品川は長州藩の京都駐在員として薩摩藩邸で暮らしていた男である。つまり薩摩主導の人選だった。ところが黒田と品川は、会津征討の強硬論に同調できず職を辞したため、新たな参謀に薩摩の大山格之助（綱良）と長州の世良修蔵が任命された。世良にとっては貧乏籤《くじ》を引き当てたことになる。

参謀交代の混乱の中、奥羽鎮撫使は、三月二日、錦旗と共に京都を発った。興味深いことに在京の仙台兵も同行し、三月十九日（陽暦四月十一日）、仙台松島湾内の東名浜《とうなはま》に、総督九条道孝・副総督沢為量らが上陸した。参謀の世良と大山に率いられる、薩摩・長州・福岡などの藩兵五百余名は、前途に不安を抱いていた。

仙台入りした奥羽総督府軍は、藩校養賢堂に布陣した。仙台藩としては屈辱を胸に秘めた出迎えだったが、藩主伊達慶邦《よしくに》は挨拶に訪れた。三月二十六日、伊達慶邦《よしくに》は総督・参謀らを仙台の桜の名所榴ヶ岡《つつじ》に招いた。東北の春は訪れがおそく、しだれ桜が満開だった。酒に酔った世良は仙台藩の深意も知らず、調子に乗って歌を詠んだ。

陸奥《みちのく》の桜狩りして思ふかな
　花散らぬ間に軍《いくさ》せばやと

接待する仙台藩士は、怒りを笑顔の仮面でつくろった。天下取りを目指した伊達正宗以来、仙台藩にも武門の誇りがある。我がもの顔で駐屯する鎮撫兵と仙台士民の間で摩擦が生まれる。焦った世良は仙台藩に会津出兵をうながした。世良は、大総督府参謀西郷吉之助の意向を汲《く》まなければならない立場にいた。西郷は、東北でも第一次征長戦の戦略を用いた。

朝敵となった会津藩と庄内藩を孤立化させ、他の奥羽諸藩の武力をもって降伏させる策だった。しかし仙台藩は、会津と戦うつもりはなく、三月末になってようやく、藩境へ形だけ千人余の兵を出し、降伏を勧めた。

四月十一日には、藩主自ら五千余の大兵を率いて出兵した。仙台藩は出陣に際し、わざとと思えるほど派手な出陣の儀式と華麗な大名行列を、城下の士民に見せたのである。これはあきらかな偽装出兵で、その間、藩首脳は権力闘争を水面下で繰り広げていた。鎮撫使に近い執政の三好監物《けんもつ》（清房）と坂本大炊《おおい》が突然に役職を免ぜられた。その裏で仙台藩の玉虫佐太郎・若生文十郎、米沢藩の木滑要人・片山又一郎が密談した。奥羽鎮撫使に、会津藩の謝罪歎願を周旋する方策についてである。その合意をもって会津藩の公用人手代木《てしろぎ》直右衛門《すぐえもん》と小野権之丞《ごんのすけ》が、三月末からひと月近く断続的に交渉を続けていた。ちなみに手代木の実弟が、龍馬暗殺にかかわったとされる京都見廻組組頭佐々木只三郎であり、新撰組にも影響力があった。

世良が示した謝罪条件は、藩主松平容保《かたもり》の斬首、嗣子松平容大《かたはる》の監禁、開城などだった。

会津藩は武備恭順で、かつての長州藩と同様の二面作戦をとっていた。三月十日に軍制の洋式化を遅ればせながら断行し、部隊を年齢別に再編成した。十八から三十五歳までの朱雀《すざく》隊、三十六から四十九歳までの青竜隊、五十歳以上の玄武隊、十六から十七歳の白虎《びゃっこ》隊である。機能的には、朱雀隊が実戦機動部隊、青竜は封境守備隊、玄武・白虎は予備隊である。さらに鉄砲装備とフランス式の陸軍訓練を採用した。江戸から持ち帰った幕府の銃砲に加え、外国商人からの購入を試みようとしたが、肝心の藩財政は火の車になっていた。

四月十九日に若手家老の梶原平馬・山川大蔵らが仙台・米沢・二本松の代表と会っていた。

藩主容保に恭順の意志はあるものの、開城して薩長兵を近くに見たらどのような混乱になるか心配だと話した。翌二十日には庄内藩と軍事同盟を結び、東北に訪れた晩い春は血に染まっていく。庄内藩主酒井忠篤《ただずみ》と側近の松平権十郎が中心となり、会津藩へ働きかけた。

大総督府参謀の西郷は、長州攻めと同じように、謝罪降伏し開城のうえ、朝敵となった藩主の首級を差し出すという条件を提示させた。当然の反応ながら、会津は提案を拒否し抗戦の決意を示した。ところが仙台藩は和平のためと説得を重ね、会津は謝罪歎願書を提出していた。

他方、反新政府の旗幟《きし》を鮮明にする庄内藩に対して、奥羽鎮撫総督府は副総督沢為量《ためかず》を主将として四月十四日、仙台領岩沼から羽州《うしゅう》に入った。参謀大山綱良率いる薩摩藩兵一小隊と桂太郎（のちの首相）を隊長とする長州藩兵一中隊で、先導役には天童藩重臣吉田大八(守隆）が協力した。部隊は深い雪の残る笹谷峠を越え山形城にはいった。山形、上ノ山両藩にも応援出兵を指令し、天童を経て新庄に本拠地を置いた。その上で、秋田藩と津軽藩にも攻撃を命じた。

四月二十四日早朝、副総督の沢が率いる薩長兵三百余と仙台兵百余が、吉田大八の手引きで新庄から清川口に攻め入ったが、撃退され、新庄へ逃げ帰った。奥羽での最初の本格的な戦闘は庄内藩が勝利した。庄内藩は、四境戦争の長州を見習ったのか、藩をあげて民衆が一致して戦線に加わったので、寡兵の奥羽総督府軍は守勢に立たされてしまう。

政府軍の急襲により庄内藩はますます硬化し、藩境を越えて最上川を渡り天童・上ノ山・山形各藩を制圧した。新庄の政府軍を孤立化させて、秋田藩への応援部隊の補給路を寸断する作戦に出た。密使により、戦況は勝海舟の手許にも届けられていた。

閏四月四日、米沢・仙台両藩の四家老が連名で、奥羽諸藩に会議招集の回状が回された。

同日、新政府軍の足元を見透かすように、勝海舟は慶喜の江戸帰還を求める歎願書を提出する。江戸の治安維持に勝海舟の協力を必要とし、城内の総督府が浮き上がった情況になりかねなかった。この時点で、江戸駐在の広沢真臣が木戸へ書状を送り、江戸城を徳川に返す判断について相談したわけである。木戸は当然反対した。広沢は勝海舟の術中にはめられるところだった。

閏四月十一日、奥羽十四藩は白石城で列藩会議を開き、会津藩・庄内藩赦免の嘆願書を奥羽総督府に提出した。だが、却下されたため、閏四月十九日諸藩は会津・庄内の諸め攻口での解兵を宣言した。その上、奥羽総督府参謀の世良修造が傲慢な対応をしたため、仙台藩の反感を買う。世良は四月十二日に仙台を発ち、各地で会津藩への進攻を促していたが、閏四月十九日、板倉藩の福島に入り旅宿金沢屋に投宿していた。

ここで同じ参謀の薩摩藩大山格之助宛に密書を書いた。この密書は現存するだけでも四通あり、世良を奥羽戦争開戦の張本人に仕立てる意図から書き換えられている可能性がある。

ただ内容的には、鎮撫使の兵力不足で奥羽鎮撫の実効があがらないため、実情を総督府や京都の新政府に報告して増援を願うものだった。世良は、うかつにも福島藩の軍事掛鈴木六太郎らを呼び、

「現在の形勢を一変させるには、貴藩が一番の便りじゃ。頼み事ですまぬが秋田の大山参謀殿へ至急の書状

を送りたいので、どなたか信頼できる人物を選んでくれぬか」

と密使役を頼んでしまった。

「かまいませぬが」鈴木が答えると、世良は、

「使者は必ず二人とし、明朝には出立してほしい」と裏切りを想像すらしていなかった。

「わかりました」鈴木は表をとりつくろった。

「じゃがのう、このことはくれぐれも仙台人には洩らしてはならぬ。極秘に頼む」

「ご家老斎藤さまにご相談してもよろしいか」

「かまわぬ」世良の最後の一言が命取りになる。

鈴木らが相談した福島藩家老斎藤十太夫は、態度をあいまいにして、

「この儀おのおの方に任せる。しかるべく取り計らえ」と逃げた。

そのため鈴木は仙台藩士大槻定之進と、姉歯武之進は瀬上主膳と相談し、まず密書を受け取ることにした。密書を開封した瀬上は重要な内容に驚きつつも、これを好機とすべき気持ちが沸き上がった。その冒頭部分には、

『……賊の退去の事に付昨夜仙台藩の坂本大炊《おおい》と申す者がわざわざ白河へ申し来り候に付き今般会津藩が降伏謝罪に付庄内へも早々兵を引退謹慎然るべき段内使刺し立て候故引き上げ候訳にていずれも官軍御勢の相増し候故に逃亡候義には之なく彼らは多勢の賊徒で中々引取る訳にはこれ無く候間この段報知致し置くとの事に御座候真否は相分らず候えども申し上げ置き候』と好戦的な文面になっていた。

坂本大炊《おおい》が世良に会いに白河まで出向いたのは理由があった。仙台藩内で高まる世良暗殺論を危惧して、会津藩の歎願書を受理して奥羽列藩を解兵させ、奥羽鎮撫の実を上げるよう説得するためだった。

世良の密書には続いて、会津の降伏謝罪の歎願書を仙台・米沢両藩主が岩沼の総督府へ持参して、九条総督を相手に八時間もの長時間粘って談判におよび、受理させた経緯を記していた。さらに続けて、嘆願書を受け取らざるを得なかった最大の理由が、奥羽鎮撫総督府の兵力不足によるものだと記した。世良は弱みを見せたくないため、仙台藩などへ強気に出たものと考えられる。続いて仙台藩を激高させたと言われる文面になる。

『奥羽皆敵と見なして、逆襲の大策を練りたいと思っ

ている』との一行が改作されたものか議論が分かれる。

世良の手紙を入手した仙台藩は、そこに敵意にみちた内容を読み、それが新政府軍の総意と誤解し、世良を殺害してしまったと、通説では語られている。だが、仙台藩が戦後に処罰を避けるために、別の手紙に仕立てたともいわれる。たとえその通りだったとしても、世良の深意は、奥羽の大敵に力負けないだけの兵力を送ってほしいとのことだった、と説明する人もいる。しかし結果的に、世良は密書を読んだ瀬上主膳・姉歯武之進・大槻定之進らの暗殺団に金沢屋で襲われた。

遊女と添い寝し熟睡していたところを襲われ、短銃を発射せんとしたが不発に終わった。

必死に抵抗して庭に飛び降りたが、切石に頭を打ちつけ、瀕死《ひんし》の状態で捕縛された。出血で頭から顔面まで血だらけだったらしい。仙台藩軍事局（長楽寺）裏を流れる阿武隈川支流寿川の河原で首をはねられた。首は白石の本営に運ばれたが、仙台藩家老の但木土佐は、

「罪人の首など見たくもない。子捨川にでも投げ捨てろ」との言葉を吐いたと伝えられる。しかし、仙台藩は世良暗殺により、戦争は避けられなくなった。

世良処刑の三日後の閏四月二十三日、白石城において二十三藩が「白石盟約書」に調印し、五月三日（陽暦六月二十二日）には、仙台青葉城にて奥羽列藩同盟が結成される。結果的には世良暗殺が奥羽戦争の引きがねになるが、それ以前から但木土佐ら主戦派は、新政府軍と戦うつもりだった。だから世良は不運な生贄《いけにえ》にされたともいえる。彼は西郷ら大総督府首脳に忠実な下参謀であろうとしたため、汚名を一身に被ってしまったのだろう。遊女と同衾《どうきん》していることを襲撃されたことも、新政府軍参謀としての品格を傷つけてしまった。

他方、庄内攻略を意図した沢副総督の部隊も包囲され、必死で秋田藩に逃れた。

閏四月十九日、米沢藩士（藩主上杉斉憲《なりのり》）の宮島誠一郎は、年初から同輩の雲井竜雄と京都で情況探索の任務についていて、参与の広沢真臣から会津寛典の可能性を聞き出した。急ぎ戦争回避のため前日帰郷したばかりだった。だが時すでに遅く、白石に向かう道中で、白石列藩会議の結果を待つ会津藩家老梶原平馬に出会ったり、米沢藩参政木滑要人の早籠とすれ違い、

新政府との開戦が近いことを教えられた。すでに手遅れで、奥州全域を巻き込む戊辰戦争の前夜だったのである。閏四月二十一日、仙台藩は、奥羽諸藩総督指揮下の軍を解き、奥羽鎮撫使総督九条道孝を強制的に岩沼本陣から仙台城下に移し軟禁した。

この日、仙台・米沢両藩は、列藩代表を白石城に集め、会津の歎願同盟との名目で実質的な軍事同盟を結ぶ。さらに白河城守護のため山口二郎（斎藤一）指揮の新撰組を入城させた。

閏四月二十九日、仙台に席を移した列藩会議で、京都からの情報を伝えた宮島誠一郎の意見をいれ、太政官への建白書を送ることにしたが、起草された内容は、仙台藩の但木ら主戦派の意向を反映した過激な文面で挑発に充ちていた。宮島らが猛烈に抗議し、一部修正されたが、新政府に受け入れられ難い建白書になった。大山・世良両参謀への批難は、やや穏やかになったが、徳川処分にも具体的に触れ、会津・庄内両藩を朝敵として処分するのでなく、公論に基づき寛典論によって解決することを要望した。

五月三日、修正建白書を含めて、白石盟約書を改め、諸藩の衆議を大前提にした同盟諸藩間の相互援助と協力関係を明記し、諸藩が単独行動をしない通報義務を課した。無論、会津藩も同盟し、諸藩代表による署名と花押が認められ、歴史的な〈奥羽列藩同盟〉が成立した。同日、長岡藩家老河井継之助から参加表明があり、北越諸藩が加盟した。

切迫した状況下に、閏四月二十四日、副総裁で関東大監察使兼務の三条実美が軍務官判事に就任した大村益次郎を伴い、江戸城に入った。三条は江戸入りの翌日に会議を開き、徳川家（田安亀之助）に駿府城を与え、駿河七十万石に減封することを決定した。つまり勝海舟らの画策を断乎《だんこ》として拒絶したのである。しかし、彰義隊をはじめとする旧幕臣の暴発を恐れ、公表はせず、徳川家相続のみを伝えた。その裏には、彰義隊の武力鎮圧後に、移封を発表する手はずが隠されていた。一橋茂栄《もちはる》からも、江戸城返還の歎願書が大総督府に提出され、情況は緊迫する。

そもそも彰義隊が結成されたのは、二月末のことで、中心人物の渋沢成一郎は、従弟の渋沢栄一ともども一橋家に仕え、慶喜が将軍に就任後は奥祐筆《おくゆうひつ》に抜擢されていた。二月二十三日、浅草本願寺の会合で、投票により渋沢成一郎を頭取、在野の武士天野八郎を副頭取に選んだ。事態は江戸城を預る松平確堂（斉民《なりたみ》）の耳に入り、局面が変わる。確堂は十一代将軍家斉の十四男で、十二代将軍家慶の異母弟である。津山藩に養嗣子として迎えられ、天保二年に家督を継ぎ、安政二年隠居して確堂と称していた。天璋院《てんしょういん》と信頼関係が強く、維新に際しても藩論を勤皇に統一していたため、江戸開城に際し、田安亀之助（徳川家達《いえさと》）の後見人を命じられた。ところが天璋院は、島津斉彬の思惑で徳川家に嫁した女性で、西郷にとって主筋にあたる。そのためか確堂は単なる江戸城城代にとどまらず、それなりの力を保っていた。つまり確堂を城代に任じた人事は、西郷を意識した一面があり、勝海舟や大久保一翁の読みは的中していた。

確堂は、彰義隊の義挙を称え、徳川家の公認として手当を出すようにとりはからった。そのため幕臣や佐幕派諸藩の江戸詰め藩士が、武器をもって彰義隊に加わり、みる間に三千を超す勢力になる。しかも地元の江戸っ子から支援を受けるまでになった。加えて、東叡山寛永寺をとりしきる覚王院義観が登場。三代将軍家光以来の菩提寺として権勢を誇り、経済力もあったため、彰義隊に金銭的な援助をしつつ煽動者《せんどうしゃ》となる。寛永寺の本房輪王寺には、宮家から迎えた輪王寺宮（のちの北白川宮能久《よしひさ》親王）がいらっしゃったが、実権は義観が握っていた。輪王寺宮は、その後も数奇な運命にほんろうされる。

徳川慶喜が水戸に謹慎すると、渋沢は浅草に残ったが、天野は義観と結び、寛永寺を占拠する。やがて天野一派は渋沢派を粛清した。もともと創建時に家康の政治顧問天海が伊達正宗に備えて城郭の構造を持たせていたので、攻め落とすには困難が伴った。

ここで大村益次郎の出番が訪れる。

益次郎がまず手掛けたのは、目黒にあった火薬庫から火薬を出し、船便で伏見へ運ばせた。後に伏見の弾薬庫を設営する計画の端緒になる。次いで臼砲《きゅうほう》を鋳たてて製造させた。西の丸の宝蔵へ入り、骨董や金属製品を取り出しては金銭に換え、武器の整備にあてようとした。だが多くは運び出され、もぬけの殻も同然だった。そもそも小数の兵力で、奥羽諸藩の力を利用して、強力な庄内藩や会津藩と戦う戦略に甘さがあると、益次郎は考えていた。

西郷の戦略を否定したわけである。（新政府軍の大幅な動員なくして、鎮撫は難しい）至極当たり前の確信である。総督府は、慢性的な兵力と軍資金不足に悩まされていた。諸藩の参戦と戦費調達が遅れていたのである。その遅れを補完するまで京都にて悪戦苦闘していたのが、他ならぬ木戸孝允だった。益次郎は、関東大監察使の三条実美に兵力不足を訴え、岩倉具視に増援を申し入れた。三条実美卿は京都の岩倉卿に書簡を送っていた。

『いずれ大挙して奥羽一掃これなくては、水引き候うちには兵気もにぶり、金穀も尽き、百端の害を生じ候こと、目前に迫り候間、この儀もすみやかに御決裁、二千ばかりの精兵務早々御廻し渇望たてまつり候。委細、大村益次郎より軍防局より申し入れるべく候』

これに対して、岩倉から三条へ、

『兵隊差し出し候来命の趣にては、一、二大隊とのことに候えども、大村益次郎より言上の旨もこれあり候につき、まず一千差し立てられ候』

岩倉卿に集兵能力があるわけではなく、ひとえに木戸孝允の政治力に頼っていた。

当初、勝海舟は、徳川家を存続させ、封禄を維持できれば、江戸の人心を鎮めることができると考えていた。最善の方策は徳川慶喜を江戸に戻し、江戸を鎮めることだとして、西郷に建言した。しかし彰義隊は膨張を続け、次第に手に負えなくなってしまう。勝海舟は理想論を口にして青くさい書生を煙にまくのを得意にしていたが、謀略家としての側面を見落としてはなるまい。大鳥圭介や榎本武揚を意図的に脱出させ、行動の自由を与えている。新政府の内部抗争による自壊と東北諸藩の動勢を俯瞰《ふかん》していたにちがいない。悪くしても、徳川家の江戸復帰を落とし所と考えていた節がある。

軍監の江藤新平が佐賀藩家老に宛てた書簡に、当時の状況がよく記されている。

『一体、最前着府したところ、官軍はまったく御威光これ無き姿に相なり、ただただ徳川に侮《あなど》られ候ようこれあり。その後日に増し彼跋扈《ばっこ》し、上野に彰義隊と号して、数千人これあり候。もっぱら勝安房、山岡鉄太郎等の術中にて、右を鎮撫などと申し唱え、種々権数これあり。官軍にてもだまされ候人これあり。憤慨に堪えがたく御座候ところ、長州の大村益次郎も不平にて、帰り仕度《したく》のよしに候えども、三条公の御下向にて見合わせ、それより百方吟味、愚按《ぐあん》にて、形のごとく緩怠《かんたい》に相成り候。

景況、なにぶんおおいに武力相揚げず候ては、奥羽鎮定もなにもかも出来申すまじく存じられ候につき、そのむね漸々申し上ぐ』

江藤は征韓論政争で西郷に接近するが、当時はその実像と政治家として力量をかなり厳しく評価していた。同時に、勝海舟が一筋縄ではいかぬ策士であることを看破していた。

書中にもあるように、閏四月二十三日に着任した関東大監察使三条実美は、彰義隊の跳梁《ちょうりょう》を見逃せないものとし、大村益次郎に討伐をうながした。三条実美を軟弱な公卿として物語に登場させる人がいるが、決してそのような人物ではない。新政府の首脳として、その責務をはたしている。母は山内豊策《とよかず》の娘で、義姉正子（三条実万養女・烏丸光政娘）は山内容堂の正妻であり、土佐藩とのつながりが濃い。側近に土佐藩士を重用したのも、信頼関係によるものだろう。

益次郎は、大総督府に意見具申を行い、五月一日、勝海舟らから江戸市中の鎮撫権を奪い、大総督府が任務に当たった。歴史の偶然で、その翌日、外国官判事に出世した大隈八太郎《やたろう》（のちの重信）が横浜に着いた。そのことはすでに述べている。佐賀藩から新政府に徴士として出仕したのは、大隈の他に大木喬任《たかとう》、副島種臣《たねおみ》、江藤新平らがいる。大隈は重要な任務を負って、彰義隊攻撃の直前に隠れた貢献をしたことになる。

五月初旬、江戸城西の丸の大総督府で、彰義隊討伐の軍議が開かれた。薩摩の海江田信義と長州の大村益次郎の対立は深まる一方だった。その辺の状況は、大総督府副参謀の寺島秋介が伝えている。寺島は、〈禁門の変〉で久坂らと自刃した寺島忠三郎の兄である。

海江田が上野攻撃反対の意見を吐き威嚇《いかく》した。

「わずかな官軍をもって、江戸で兵をあげるなんど、無謀な話でごわっそ。もしも有栖川宮殿下の御身に何事か危害の迫ることになれば、どぎゃんいたすつもりか」

「いや決してそのような御心配はない。今三千の兵があり、これで充分戦のできぬことはない。益次郎御受け合い申す」平然と大村はいい放ち、海江田を指さし、「戦をすることを知りませぬな」と決めつけたので、

海江田は顔を真っ赤にして憤《いきどお》り、

「戦を知らぬなどというは何事か。大村、言語道断な奴じゃ」と睨《にら》みつけた。

これは議論でなく喧嘩《けんか》であり、会議の場には正親町公董《おおぎまちきんただ》、西四辻公業《にしよつつじきんなり》、岩倉具定などもいて、事の成り行きを心配した。海江田のほかにも、参謀の林玖十郎なども、

「三万の兵がなくては、関東を鎮定できもうさず」

と反対した。

江戸城に孤立した新政府軍の窮状がうかがえる発言である。

「内輪もめはもうよか。ここは大村どんの指図に従わねばのう」

結局、西郷吉之助が海江田を抑え、上野彰義隊の討伐を軍議として決めた。

作戦の評定が開かれると、また意見が分かれた。多数の意見として、「夜襲をかけて、ひと思いに潰《つぶ》すがよかろう」との主張が述べられた。あらかたいわせておいて、大村は淡々と見解を披歴《ひれき》した。

「まずもって、皆さんの御考えがまちがっておる。御維新の大号令を布告され、徳川は政権を返上し、江戸城も朝廷へ差し出しておる。徳川慶喜は朝命に逆らう気遣いはない。さすれば、彰義隊は徳川の誠意に背く不逞《ふてい》の残賊にすぎず、断然、勅命により正々堂々と討伐すべきです。それゆえ、夜襲ははなはだ善くない。名分を正くして、白昼に行うがよい」

大村は気どる風もなく、言葉を続けた。

「さらにつけ加えるなら、彼等は烏合《うごう》の衆にすぎない。また夜の戦は、火事をおこして江戸を灰塵《かいじん》にしてしまう恐れもある。江戸市民に迷惑をかけぬような戦をするべきでしょう。外堀の神田川を境にして、これより向こうで戦をする。望ましいのは、上野の山を戦場にして、敵を食い止めることです」

大村の説明は毅然としていて、夜襲を口にした者も、恥ずかしそうに聴きいっていた。

五月十五日（陽暦七月四日）、上野総攻撃を決めた。前日、田安家に江戸城出頭を命じ、寛永寺に納められている歴代将軍の位牌《いはい》などの避難勧告が出された。丁寧な開戦布告である。彰義隊はすでに千名余りに減っていて、上野南の黒門口に重点的に布陣していた。大総督府の兵力三千のうち千名を上野攻略に動員した。

大村は、攻撃配備を決めた。主攻めは正面の黒門口で薩摩・因州・肥後の藩兵、副の攻めは団子坂正面からの背面攻撃で、長州・佐賀・筑前福岡・大村・佐土原などの藩兵である。

上野の西から側面攻撃として砲隊を主力とし、本郷台より不忍池を隔てて砲撃を行うことにした。佐賀藩のアームストロング砲二門、尾張藩のフランス製二門、岡山藩のアメリカ製二門と臼砲二門、津藩の臼砲二門などを配置した。大村の意を受け、大隈重信が佐賀藩兵に根回しをしていた。大村を助けたのは、一歳年長で適塾同門の佐野常民（佐賀）だった。討幕戦への参戦が遅れた佐賀藩にあって、海軍の中牟田とともに、実力を発揮する。

上野の東と北は開放し、敵兵の逃走・離散を誘う作戦である。大村のすごさは、江戸を兵火から守るための布陣にあった。上野南方の外堀の和泉橋《いずみはし》・筋違橋《すじちがばし》・水戸藩邸一帯に諸藩兵を配備し、江戸中心へ敵兵が侵入するのを防いだ。退路を断つため、江戸から諸方へ通じる主要な出口とくに千住方面にも兵を配備した。江戸市民へは、各処に高札を立て、上野討伐を告げ、その旨を諭した。各藩には、攻撃当日の外出を禁止し、佐幕の川越・忍・古河藩などには、軍監と兵を派遣し、監視を怠らなかった。

江戸は梅雨に入り数日来の長雨が続いていたが、五月十五日は小降りになっていた。彰義隊は、黒門前の三枚橋に数門の大砲を据えて、新政府軍を待ちうけていた。湯島明神から黒門口へ進んだ薩摩・熊本・鳥取三藩の兵は、三手に分かれた。薩摩兵は黒門口正面、熊本藩兵は不忍池、鳥取藩兵は切通坂に向かう。午前七時過ぎから、薩摩兵が攻撃を仕掛けたものの、彰義隊が山王台から撃ちおろす砲弾に阻まれ、十時になっても黒門を抜くことができないでいた。背面攻撃隊は加賀藩邸より根津をへて団子坂に進んだものの水田をはさんでにらみ合ったままだった。正午になっても膠着状態が続き、本営には苦戦の報告が相継いだ。

大村は時計を見ていて、正午を期し加賀藩邸の佐賀藩砲隊にアームストロング砲の発射を命じた。日本にまだ二門しかない大砲の威力はすさまじく、不忍池を越えて山王台と上野の側面を粉砕する。この戦でも、徹底した合理主義で、佐賀藩のアームストロング砲を使い、寛永寺の堂宇《どうう》を拠点とする彰義隊を吹き飛ばしてしまう。家光創建の荘厳な建物の大半が焼け落ちたが、益次郎は平然としていた。

彼は配下の長州兵五百を、川越から日光街道の草加に迂回させ、前日までに千住で宿泊待機させた。総攻撃の当日正午までに会津藩の援兵との触れ込みで鶯《うぐいす》谷《だに》近くの新門から入り布陣する。アームストロング砲の発射を合図に会津の旗を長州の旗に変えて、内部から黒門の彰義隊を攻撃した。そのため彰義隊は大混乱になり、潰走《かいそう》していった。その逃げ道も大村が設定しておいたものである。

アームストロング砲は、後水尾天皇ご宸筆《しんぴつ》の勅額がかけられた山門中堂にも命中した。

非情なまでの大村の合理主義は、ここでも容赦なく徹底されていた。彰義隊に擁立されていた寛永寺の輪王寺宮は、榎本武揚の斡旋で旧幕府輸送船長鯨丸《ちょうげいまる》へ乗船され、仙台へ向かった。新政府軍の中には、宝物などを略奪した者もいて、島津家出身の天璋院《てんしょういん》（篤姫）が激怒した。仙台藩主伊達慶邦《よしくに》宛の手紙に、実家にあたる薩摩への非難を記している。しかも、奥羽列藩同盟の中心になる仙台藩と会津藩に薩長の打倒を期待していた。

彰義隊を一日で討伐したため、大総督府は一気に威信を回復する。同時に、長州外では無名に近かった大村益次郎の戦略と戦術は大きく評価され、その名をとどろかせた。江戸の治安が一気に回復し、市民からも感謝される。彰義隊に呼応して箱根で挙兵した上総請《かずさじょう》西《ざい》藩林忠崈《ただたか》の部隊も、上野の敗北を知ると四散してしまう。箱根戦争のあらましは、おって述べることにしよう。

彰義隊潰滅の日、新政府は三岡八郎（のちの由利公正）の発案になる太政官札を発行させ、貨幣経済の好循環を生もうとした。徳川の世が完全に終わったことを印象づけるできごとが続いたわけだが、太政官札は目的どおりの役割をはたすことができなかった。その理由については、後ほど改めて検討してみたい。

五月十九日、大総督府は民政を司る江戸鎮台を設置した。江戸府判事を兼ねていた益次郎は、鎮台の民政会計掛となり、軍務官判事との兼任になった。江戸の治安を見定め、五月二十四日、徳川家の駿府七十万石移封が公表され、旧幕臣を呆然とさせた。この決定は木戸が長崎滞在中に出された。京都では厳しい意見が多く、三十万石程度が平均したところだった。

しかし、江戸の大総督府では異論が多く、百万石以下では旗本・御家人を養えず、叛乱がおこるので、その場合は精兵を四、五万送ってほしいと、通知していた。

これを長崎で聴いた木戸は、三条・岩倉両公へ手紙を書き、『最上にて尾州のかつかつ上に列し候までのことかと存じ奉候』と意見を述べた。もし家臣団がどうしても困るのなら、別に田安家へ二十万増禄することを付記していた。御三家最大の領地をもつ尾張藩は六十五万石余なので、七十万石程度となる。結局、木戸案に近い七十万石で廟議《びょうぎ》はまとまった。彰義隊を壊滅させ、関東をほぼ平定したため、総督府は旗本・御家人の叛乱を心配せずにすみ、加賀藩より少ない百万石以下の査定となる。こうして、徳川家達（亀之助）の駿府移封が公示された。個々の怒りは、彰義隊の潰滅《かいめつ》でまとまった力にはならず、なす術もなく幕臣は移封への準備に追いやられた。

八

その一方、奥羽二十五藩と越後五藩が、五月三日に奥羽越列藩同盟を結成し、会津征討中止を要求した。同時に新政府軍への宣戦布告になった。新政府軍は苦戦を強いられていた。

特に越後口は南北にのびる戦線を寡兵《かへい》で攻略する難しさがあった。閏四月七日、北陸道鎮撫使西園寺公望卿の率いる新政府軍は北陸に向け京都を出発。総督参謀として薩摩の黒田了介（清隆）と長州の山県狂介（有朋）が従った。東北は薩摩が主力になったが、北陸は長州が重責を負った。一方の奥羽列藩同盟では、会津藩と米沢藩が越後に入った。

五月一日（陽暦六月二十日）から、米沢藩家老の色部長門《いろべながと》が越後軍総督に任命され、千二百余の兵が越後下関に進出し、新発田《しばた》藩を説得して同盟に加入させた。翌日、小千谷で開かれていた長岡藩家老河井継之助と政府軍の岩村精一郎の会談が物別れになり、長岡藩も新政府軍との戦争に突入した。長岡藩の支援には米沢藩も援軍を出した。

五月十三日、長州の軍艦丁卯《ていぼう》丸と薩摩の乾行《かんぎょう》丸に、馬関に残留していた奇兵隊と長府藩の報国隊を乗せ、援兵として輸送する命令がくだされた。山田市之允（顕義）は、海軍司令官として再出勤するよう求められる。五月二十一日、越後今町で奇兵隊の一小隊と報国隊を下船させ、さらに北上して柏崎に向かう。その途中、旧幕府の軍艦順動丸が寺泊に碇泊しているとの情報が入り、乾行丸と攻撃することを決めた。順動丸は、幕府がイギリスから購入した四百五十トンの巨大な軍艦である。山田市之允は、高杉晋作と四境戦争の大島口で共に行動し、夜間の奇襲を行った経験を生かす。五月二十三日、丑ノ刻（午前二時ころ）、夜闇にまぎれて砲撃し、順動丸に被弾損傷を与え、沈没に追い込む。さらに桑名藩の兵器を積んだ松山藩の輸送船を捕獲し、武器を没収した。新政府軍の輸送船を護衛する役目も重要で、兵站《へいたん》の補給路を確保した。

当時、新潟港は列藩同盟軍の補給基地になっていて、米沢藩兵が守備に当たっていた。

オランダ商人スネル兄弟なども荒稼ぎの最中で、補給路の遮断が急務になっていた。会津藩もスネル兄弟から武器を購入している。紹介者は長岡藩の河井継之助で、この三月に梶原兵馬は横浜に行き、ライフル銃七百八十挺を千五百ドル、さらに二万ドル相当の兵器・弾薬を買い込み、旧幕府から大砲二十三門、ミニエー銃、ゲーベル銃のほかイギリス製貨客船順動丸をもらい受けた。新潟へ武器を運んだのは、スネル兄弟がチャーターした貨物船コリア号である。そのコリア号には、くしくも桑名藩主松平定敬とその兵約百余人、長岡藩家老河井之継助と藩士百余人が乗り合わせていた。河井もまた江戸藩邸の宝物、書画・骨董を売り払ってガットリング砲などの武器を購入して搬送していたのである。

兄のヘンリー・スネルは髪を剃り坊主頭で羽織袴を着ており、名前を平松武兵衛と改めていた。会津若松まで行き松平容保に謁見し脇差を拝領していた。ほどなく米沢藩家老千坂の要請で藩の軍事顧問になる。スネル兄はプロシア領事フォン・ブラントの書記官、スネル弟はオランダ代理領事として外交官の肩書をもっていたが、実像は武器商人である。兄弟はかつてアフリカやインドで戦った経験があり、砲術も熟知していた。スネル弟は新潟の勝楽寺に居宅を構え、列藩同盟が諸外国に窓口を開くと、諸藩重役と積極的に交わった。会津藩の梶原平馬、米沢藩の色部長門、仙台藩の蘆名靱負《あしなゆきえ》、庄内藩の石原倉右衛門らと武器弾薬や軍艦の購入、サイゴンからの外人部隊招集まで話しあった。

奥羽越列藩同盟軍は、急速に武器の近代化を行い、新政府軍と互角の戦闘を繰り広げる。

一方の白河口では、閏四月二十日に会津藩兵が白河城を抑えていた。東山道総督府軍の薩長・大垣・忍藩兵は二百余で白河城を攻めたが撃退された。薩摩兵の増援で五月一日に攻略したが、会津に列藩同盟の仙台と二本松の兵が加わり、一進一退の激戦が続いた。前線から大総督府の大村益次郎へ、増援と武器弾薬の催促がひっきりなしに来た。しかし、大村は容易に応じず戦わせたため、長州の佐久間左馬太や楢崎頼三らが怒って、益次郎を斬ると息まいたこともある。こうして益次郎は、多くの憎悪にさらされることとなった。せっかくの功績が、かえって敵を作ってしまい、やがて不幸を招いてしまう。

彰義隊討伐後、東海道先鋒総督府は廃止され、総督の橋本実梁《さねやな》は江戸鎮台輔に転じた。

大総督府は東海道総督府の兵力と西日本各藩からの新たな兵が参戦し、運用に余裕が生まれつつあった。その優先順位をめぐって、西郷吉之助と大村益次郎の意見が異なった。西郷は、白河口の東方からの列藩同盟軍へ増援部隊を送るべきと考えていた。

これに対して益次郎は兵力の分散を恐れ、別に一軍を編成して陸前浜街道方面に進撃させた。妥協として、白河口への緊急増援部隊は、日光口の土佐藩兵と東海道総督府配下だった薩摩兵が派遣された。

彰義隊攻略に際して、宇和島藩の林玖十郎《くじゅうろう》（通顕《みちあき》）が参謀を免ぜられたことも影響した。

林は宇和島藩の京都留守居役として、勤皇志士らと伊達宗城の連絡役を勤めた人物である。東征大総督有栖川宮熾仁《たるひと》親王の側近くで参謀の大役をはたしていた。

上野戦争から四日後の五月十九日、江戸府は江戸鎮台と改称し、これまで旧幕府の勘定、寺社、南北町奉行所に委託していた業務を引き継いだ。徳川亀之助家臣の平岡丹波、大久保一翁、山岡鉄舟らから膨大な書類を受け取る。新政府の政治機構はその後も目まぐるしく変わり、七月中旬には、鎮台が鎮将府になる。

大村に主導権を握られ気分を害したのか、五月二十日ころ、西郷は益次郎に会って、

「おいは国に帰る」と告げたらしい。すると大村は、

「そうですか。よろしいでしょう」

とだけいって、引き留めようとはしなかった。

その足で西郷は、有栖川宮大総督のもとへ参上し、御暇乞《おいとまご》いを申しでた。

驚き心配された宮は大村益次郎を呼びだし、

「たった今、西郷が鹿児島へ帰ると暇乞いに参上した。この難局にどうしたものであろう」

いたく御心配なされた。

「西郷さんは、用がないとお考えなのではないでしょうか」

大村は平然と言い切った。

「実は、麿へも西郷が同じことを申していた。大村がいれば大丈夫でごわっそ。拙者は要らぬ人間。国に帰って、また兵を養い、北越へ出るつもりでごわす、とのことでおじゃる」

「偉いお方の考えは、分かりかねまする」大村は深入りした発言は極力ひかえた。

言葉どおり、西郷は五月二十八日に江戸を発ち、途中京都に立ち寄った。西郷の偉さは、尻をまくっても大事を成し遂げる志は捨てないことである。出陣準備中の薩摩藩兵を二隊に分け、一隊は江戸から白河へ向かわせ、他は小名浜の南の平潟に上陸させ、浜街道正面を攻めるように指示した。

奥羽越列藩同盟は政治的な駆け引きが不得意であった。軟禁していた九条道孝と醍醐忠敬を安易に手放したのもその一例だろう。閏四月二十七日、肥前藩前山清一郎を参謀とする肥前・小倉藩兵が仙台領東名浜に上陸した。これを知った九条家大夫塩小路光孚《みつざね》が前山清一郎に九条救出を依頼した。そこで前山は九条に会い脱出を計画した。五月九日、九条護衛を名目に肥前・小倉藩兵が仙台城に入り、十四日に仙台藩重臣と前山が会談した。九条は、奥羽鎮撫総督の職務を反省し、東北諸藩の事情を説明するため帰京し、朝廷に申し開きをしたいと話した。そのため盛岡を経て秋田に到り、沢副総裁と合流のうえ帰京することを望んだ。

翌日、九条総督の処遇をめぐり列藩会議が開かれた。その席では、九条の帰京は認めてもよいが、仙台から奥羽諸藩兵が護衛し、船で帰るべきとの意見になった。秋田で政府軍の兵が合流する危険を考慮してのことである。しかし、軟禁していた仙台藩が後難をおそれ、九条の盛岡行きを認めてしまう。九条は前山らに護衛され、盛岡を経て秋田に至り、沢らと合流する。七月一日のことである。こうして前山の外交力が勝り、秋田の政府軍は援軍まで得ることになる。ただ九条総督を釈放した理由の一つに、五月中旬、上野寛永寺を脱出した輪王寺宮公現法親王(のちの北白川宮能久親王)の存在があった。

六月初旬、会津に入った輪王寺宮に同盟の盟主就任を懇請した。その結果、六月十六日に受諾され、同盟会議で正式に決まり、仮宮を白石城内に設けることとなる。こうして同盟の組織構成は、盟主輪王寺宮、総督に仙台藩主伊達慶邦・米沢藩主上杉斉憲、参謀に元老中の小笠原長行・板倉勝清とし、白石城内に公議所を設けて、諸藩代表による軍議の場とした。こうして列藩同盟は、平和を求める同盟から軍事的な攻守同盟に変貌していたのである。

九条総督が秋田入りした後、盛岡藩では同盟軍として参戦すべきか評定が割れた。しかし春から京都にいて情勢を視察し、七月十七日に帰郷した筆頭家老楢山佐渡が政府軍と戦うべきだと発言したことにより、盛岡藩の方針が決まった。真偽は定かでないが、注目すべき秘話がある。

京都で楢山《ならやま》佐渡は岩倉具視と会見したところ、岩倉は薩長政権の誕生を嫌い、対抗勢力として奥羽諸藩連盟に期待するとの発言があったという。当時の岩倉は、二股をかけていたともとれる発言である。謀略家岩倉の言葉を丸々信じた楢山は、七月二十七日から秋田(藩主佐竹義堯《よしたか》)攻撃を開始し、中央部まで攻め込んだが、政府軍の兵力増強が進むと、苦戦を強いられ、九月二十四日に降伏する。政府軍は兵員の動員数のみでなく、最新兵器の導入にも努め、元込めライフルの スナイドル銃や元込めライフルかつ連発のスペンサー銃も輸入していた。

九

江戸の内紛を知らず六月三日に帰京した木戸は、六条の御本陣へ参上し、天皇に拝謁した。

広沢・木梨・御堀・南など在京の長州幹部と歓談し、ようやく木屋町の寓居に帰った。

夜、二条から四条まで京の町を散歩した。だが、松子がいないと、どうしても落ち着けない。またしても山口に置き去りのままだった。

そろそろ祇園祭の季節である。〈禁門の変〉のどんどん焼けで、多くの山鉾を焼失している。どこまで復興したのか、木戸は人一倍気になっていた。お囃子《はやし》の稽古がはじまったのか、夕べの風にのってコンチキチンの懐かしい調べが伝わってくる。木戸は、悲惨な〈池田屋事件〉や〈禁門の変〉を忘れることができなかった。

翌日、大久保一蔵が挨拶を兼ねて訪ねてきた。山積する新政府の懸案事項を相談する。

「木戸さん、おいは明日から江戸へ向かうことになりもした。万事、岩倉卿とご相談のこと、お願いでごわす」

「後藤さんや広沢などと、意思の疎通は怠らぬつもりじゃけ」

木戸は専断が嫌いなことを、大久保は熟知している。

「勝海舟に、東海道の治安を保障させるつもりでごわす」

「御東下を成功させるため、前将軍に街道警護の責任を自覚させるべきかもしれませんな」

木戸は、徳川慶喜を天皇東幸に参与させるべきとの持論を、再三説いていた。大久保を送りだした後、木戸は広沢と連れだって岩倉卿を訪ね、西国の情勢また天下の形勢、将来の政策などを密話した。

この日、土佐海援隊の二代目隊長長岡謙吉〈今井順正〉が木戸を訪ねてきた。坂本龍馬の書記役を務めた人物で、夕顔丸の船中で、坂本や後藤象二郎と〈船中八策〉を成文化したことで知られる男だ。一歳年下ながら、高知の医師の息子で気心が通じた。長崎でシーボルトの愛弟子二宮敬作に医学を学び、シーボルトの再来日に際して英語や国際法の教えを受けている。長崎のキリシタン問題にも関心を示し、『閑愁録《かんしゅうろく》』を上梓する。この日も、木戸からキリシタン処分の内容を聞くために訪れていた。長崎から帰ったばかりの木戸にとっても、何かと参考になる意見を聞くことができた。さらに珍しい人物に会う。大徳寺黄梅院の十五世要林和尚である。二日後に千宗室の茶会で再会する約束をした。

六月五日、西郷吉之助が江戸から総督府の命をもって帰ってきた。東北・北越の戦線が拡大し、予断を許さぬ情況だと報告する。木戸は先読みをし、四月に帰郷したさい、藩主父子をはじめ政庁の幹部に追加の派兵を説得してきたのだった。

六月六日、黄梅院和尚との約束で、北翁と小川町の裏千家家元千宗室を訪問する。典雅な茅葺《かやぶき》門をくぐると、侘《ふく》びた別世界に導かれる。季節柄、床には祇園会《ぎおんえ》の幅がかけられ、利休が信長より贈られたものらしい。宗室の話では、信長が祇園会を再興した際に写させたものだという。利休の像も拝見した。顔首は生存中の作で、首下は後に補作したとのことである。

抹茶二碗を喫した。十一代玄々斎精中《げんげんさいせいちゅう》は、女婿として奥殿藩大給《おぎゅう》松平家から養子に入った人で、茶道以外にも華道、香道、謡曲などにも通じ、幕末から明治の激動の時代に、茶道の近代化につとめた。

午後には、要林和尚の案内で黄梅院を訪れた。

この塔頭《たっちゅう》は、永禄五年に信長が父信秀の追善供養のため創建したものである。本能寺の変後、信長の塔所として秀吉により改築されたが、盛大な葬儀を行うためには小さすぎ、あらたに総見院を建立《こんりゅう》した。黄梅院の方は、小早川隆景《こばやかわたかかげ》が本堂をはじめ堂宇《どうう》を整備し、毛利家の墓所とした。唐門・本堂・庫裏《くり》など隆景時代からの古い建物で、粛然とした趣がある。

北大路から緑陰の路地をたどり玄関へ導かれると、正面扉に見事な彫刻が彫られていた。

木戸の足が止まると、和尚は、

「玄関も小早川隆景公の創建なされたままでござる」

と説明した。

さらに唐門の花頭窓から見える本堂と南庭を指さし、

「この景色も当時のままですぞ」

歴史のある塔頭を守りぬいた自負を紫衣《しえ》から少しのぞかせた。院内には毛利家のほか、織田家の墓所や小早川隆景、蒲生氏郷の墓塔があった。墓参をすませ、和尚の案内で本堂内部の襖絵を拝見する。毛利家御用絵師の雲谷等顔《うんこくとうがん》の筆になる檀那《だんな》の間の「西湖図」や室内の「竹林七賢図」など、四十四面もの見事な障壁画を見せていただいた。

「等顔は狩野派に学び、狩野等顔と号したこともあるが、毛利輝元公より、途絶えていた雪舟画の再興を命じられ、雲谷等顔を名乗るようになったそうで」

要林和尚は等顔にほれ込んでいることを明かした。

「代々のご主君が武の道のみでなく、日本の文化を護ろうとされたことを教えていただき、目の前が開けたように感じます」

木戸は、この殺伐とした時節に和尚と巡り会えたことを、天啓《てんけい》のように感じていた。

「そこもとは、これから国の進むべき道しるべにならねば」和尚は木戸をねぎらい、穢《けが》れかけた心を癒してくれた。

「今日は和尚さまから、最高のぜいたくをさせていただきました」

これまで京都で暮らした日々が、いかに偏ったものだったか、恥ずかしくさえある。

ようやく見えてきたものが木戸の視界を豊かにしていた。大徳寺開山大燈国師の遺墨「自休」を扁額にかかげた書院「自休軒」へ向かう廊下で和尚が、

「この庭は利休さまが晩年に太閤よりすすめられ自ら作られたそうです。豊家の馬じるし瓢簞《ひょうたん》を模した池はそのためとか」と話した。苔の緑がしっとりとした枯山水の「直中庭《じきちゅうてい》」には加藤清正が朝鮮から持ち帰った小ぶりで上品な灯籠があった。正面に見事な三尊石の配りがある。「直中庭」をのぞむ書院の縁側は、一畳幅の畳が並べ敷きされていた。

「これは珍しいですのう」木戸が声をあげると、

「ここで寝転んでみられたらどうじゃ。心が洗われることもある」

和尚は、夕餉に精進料理を差し上げたいので、庫裏《くり》へ行くとのことだった。木戸は、滅多にない機会だったので、和尚の言葉に甘えることにした。疲れていたのだろう。いつの間にか眠ってしまっていた。

心地よい午睡《ごすい》を楽しみ、覚めてまた小酌、閑談し、数寄屋風書院「自休軒」に続く茶室「昨夢軒」にて抹茶を服した。説明好きの和尚は、「自休軒」は太閤の伏見城から移したもので、これとは別に、利休居士が師とした武野紹鷗《たけのじょうおう》好みといわれる、「昨夢軒」を遺していることを教えた。裏千家から黄梅院で過ごした時間は、木戸にとって尊いものに思われた。

新政府が目指す日本の将来像を考えるうえからも、大いなる示唆を与えてくれた。（日本の伝統文化を大切にしたいものだ）木戸には期するものがあり、まさに今日一日《いちじつ》は塵界を脱すの感があった。

（いやしくも国政に参与する者として、戦場の勝敗のみに没頭するのではなく、俗塵を離れた境涯に身をきよめて、心を磨くことも大切なのではあるまいか）木戸は茶の湯を愛したが、大名家の没落により、明治初期の茶の湯は一時衰退する。しかし、明治後半・大正期を通じて、木戸ゆかりの政財界人により、衰退しかかった日本の茶道が再興される。井上馨、山県有朋、三井家の人々、益田鈍翁等々である。木戸松子もそうだが、新島八重など婦人で茶道をたしなむ人々がみられるようになる。

六月八日、天皇御臨席のもとで、薩摩藩父島津久光の帰国について会議が開かれ、御暇《おいとま》を賜うことに決し

た。三十日以内に薩摩の大兵を引率して東北へ向かうことになる。会津が降伏するこの年九月まで、東北から北越にかけて、国を二分する激しい内戦は続く。その間、木戸は畿内の安定のため、京都駐在を余儀なくされる。前線の情報を収集しながらも、日本のあるべき将来像を心に描き、文化や教育面での人材発掘に心をつくしていた。

翌日、隣に寓す画家の中西耕石老人がしきりに招くのでうかがうと、伊賀の大夫藤堂出雲（高猷《たかゆき》）が来席中で面会したいという。藤堂出雲は木戸より十歳年上で、外様ながら譜代なみに徳川幕府の創建に寄与した家門の主らしく、堂々とした風格をそなえた教養人だった。

やがて藤堂藩の者も数名陪席し、小蘋《しょうひん》なる若い女流画家も加わり月琴を弾いた。聞くところでは大坂の漢方医松村春岱《しゅんたい》の娘で、その当時はまだ二十を過ぎたばかりだった。関西南画の重鎮日根対山に師事し、山水・花鳥画を学んでいるとのことだった。やがて、東京の奥原晴湖とともに明治女流南画家の双璧といわれる。木戸は、初対面のころから彼女の画才を認め、文人や芸術家との集いに招くようになる。当日は伊勢小淞《しょうしょう》（華《さかえ》）と広沢真臣《さねおみ》も参加し盛会になった。

この日、奥州白河の戦報が届き、官軍がしばし勝利するものの逆襲される苦戦が伝えられ、援兵をしきりに求めていた。木戸は、岩倉卿に手紙を送り、関東へ行って戦機を助けたいと歎願する。だが許可は得られず、後詰めに甘んじなければならなかった。

六月十日、朝から御堀耕介が来て、昨日、西郷吉之助が六条の御本陣に出て、最近の情勢を言上したと語った。木戸は、西郷の議論に不服のことが多いことを率直に話した。だが、木戸には〈版籍奉還〉を目指す深意があり、西郷を尊敬する御堀には、そこまで詳しく話せなかった。

夕刻、松本亭に行くと、昨日逢った藤堂藩の諸氏がすでに座にあり、小蘋も来て、各々が書や画を楽しんでいた。藤堂出雲も書を好み達筆である。それもそのはず、江戸で一世を風靡《ふうび》した書家中沢雪城の門人で、大名の中でも、秋田の佐竹右京大夫とは双璧と称されていた。藤堂藩は藩祖高虎以来勤皇の家柄ながら、家康の補佐役を勤め、親藩なみの処遇を受けてきただけに、鳥羽・伏見の戦いでは心底苦悩したそうだ。その後は官軍として派兵しており、心強い援軍になる。ほどなく長州の広沢と寺内が参加したので、藤堂家中に今後の協力を願って紹介した。まだまだ一寸先は闇の状況に変わりはなく、一藩でも多く味方の陣営に引きつけておく努力を怠ることはできなかった。大垣の戸田一門や伊勢・伊賀の藤堂一門が参戦すれば、天下の趨勢《すうせい》にも影響を与える。

「つい先日、千宗室殿の茶会に招かれ、利休像を拝見し、茶道の奥義《おうぎ》をうかがいました。この国の伝統文化は護らねばなりませぬな」

木戸が運ばれた薄茶を一服していると、藤堂出雲は興味深い昔話をした。

「それはそれは、よい体験をなされたものよ。実は、我らが藩祖藤堂高虎は豊臣秀長公の家臣で、その娘婿が有名な大名茶人小堀遠州でござった。それ故、茶の湯を大切に思う家風は今もひきつがれていましてのう」

「そうでござりましたか。遠州といえば茶の湯のみでなく、作事奉行として禁裏や二条城をはじめ京都の名だたる名園をてがけた方だとうかがっておりましたが」

「おう、よくご存じじゃ。南禅寺や高台寺など、今もって残された庭がありますのう」

「南禅寺といえば、三門は藤堂高虎殿が寄進されたものとか」

「これは嬉しい。すでに忘れ去られたことかと思うておりましたぞ」

藤堂出雲の話によれば、戦国末期から大坂の両陣で、多くの家臣を喪《うしな》い、その供養を兼ねて寄進したとのことだった。

「千利休が死罪に追い込まれたのと、豊臣秀長公没後の家臣の離散は無縁ではござらぬ」

そう言って、藤堂家がいかに時代の荒波に翻弄されたか、かいつまんで話してくれた。

秀長と利休は秀吉の相談相手だったが、秀長が病死すると、ひと月後に石田三成の中傷により、利休は切腹に追いやられた。

三成と淀殿に豊臣家が乗っ取られ、高台院（お祢）に近い家臣は、関ヶ原で徳川家康に従ったのだという。高虎は豊臣を裏切ったのではなく、高台院の意向に従ったとの釈明だった。

「それに、高虎は、若き日の毛利輝元公を補佐した小早川隆景殿と無二の親友だったと聞いておる。島津攻めで、小早川殿を援けたこともあったとか」

「実は先日、大徳寺黄梅院で隆景公の墓参をし、威徳をしのんだばかりでござります」

「なんと、不思議な巡り合わせでござるのう」

藤堂出雲は、毛利一門との古い絆に木戸が共感を示したことを喜んだ。話ははずんで、互いに接点を確かめあった。高虎の娘は、典医半井《なからい》家に嫁ぎ、その末裔が十二代にわたり長州藩の藩医を勤める半井家で、当代の春軒の名前も知っていた。

若いころ江川太郎左衛門の教えを受けたことを木戸が話すと、世襲の代官では、伊豆韮山の江川、近江大津の石原と京都の小堀などに限られていたという。その中で、京都の小堀家は遠州の末弟左馬介の末裔で、勧修寺家と縁戚だったこともあり、尊皇の家柄として皇室御料地や御所の管理を任されてきたのだと話した。当代の小堀数馬も勤皇の志が篤い人物だという。鳥羽・伏見戦で官軍に加わったのも、徳川幕府が無能な譜代の幕閣に乗っ取られてしまったため、愛想つかしをしたとの論理である。加えて高虎は、小堀遠州や松花堂昭乗《しょうかどうしょうじょう》を介して、初代尾張公義直とも親しかったと話す。その縁で勤皇の徳川慶勝公より新政府軍への参加を呼びかけられ、内応を決意したらしい。

逆に尾張徳川が宗家を援けていたら、維新は難しくなっていたにちがいない。徳川慶勝は、実弟の会津藩主松平容保や桑名藩主松平定敬《さだあき》と、敵対する立場になっても、尊皇の志を貫いた。伊賀の藤堂、加賀の前田、紀州の徳川など西国の雄藩を奥羽列藩同盟から切り離すため、木戸は裏方の宴会外交もいとわずに、責務をはたしていた。あらためて大名家の歴史に思いいたり、〈版籍奉還〉の難しさを秘かに思った。

翌日、西郷吉之助は藩主島津茂久《もちひさ》（忠義）に従って大坂を出航し、帰国した。西郷の胸中には、かなり複雑で屈折した思いが渦巻いていたにちがいない。総大将として力を振るえない際の、西郷の弱さであったのか、次の一手を考えてのことなのか、誰にもわからないことである。だが、維新後の西郷の動きは、西南戦争に至る過程に通じるものがなかったのだろうか。西郷の帰国により、大総督府の軍政は大村益次郎が担うことになる。同時に、政務の実権を岩倉・大久保が握る端緒となった。

十

奥羽列藩同盟の成立は衝撃をあたえ、反政府勢力の誕生に、新政府は危機的状況になる。

再三記したが、広大な戦線に配置する兵力動員も遅れ、軍資金も欠乏していたのである。第一次長州征討で幕府軍参謀を務めた西郷吉之助の、敵地内部での内訌《ないこう》による抗争により敵を追いつめる戦略は裏目にでて、無残にも失敗してしまった。

白河城の争奪戦は熾烈《しれつ》な戦いになった。

閏四月二十五日、宇都宮・大田原を北上した政府軍は白河城を攻撃したが、会津軍に撃退された。会津は総督西郷頼母《たのも》と副総督横山税之助に率いられ健闘した。二十八日から二十九日にかけて、仙台と棚倉の兵が会津救援のため白河城に入城した。総兵力は三千ほどに膨れ上がったが、大砲は十門程度しかなかった。

一方の政府軍は閏四月二十八日に白河の南方の白坂に結集した。兵力は依然として少なく、薩摩・長州・大垣・忍の兵約七百に携帯臼砲・火箭砲《かしほう》を含む九門だった。五月一日朝から政府軍の攻撃が始まり、主力の会津兵が無謀な城外突撃を仕掛け、大きく損害を受け防戦一方になり、城をすてて退却を余儀なくされた。同盟軍はまだ旧式銃が主で、火力の差は歴然としていて、七百人近い死者を出す大敗を帰した。政府軍は実戦経験者が多く、有利に戦うことができた。とはいえ、白河城からの前進はできなかった。すでに長岡戦争が始まっていて、政府軍の伸びきった前線は不安定である。同盟軍は白河城奪還の好機だったが、兵力の機動的な動きに欠けていた。それでも同盟軍の白河城奪還作戦が五月二十六日に行われた。仙台・会津・棚倉・二本松・相馬の各藩が八方面から進軍し、包囲網を構築する手はずになっていた。だが不運にも、雨天で白河城到着に時間差を生じた。さらに政府軍の寡兵を見抜けず、消極的な攻撃に終わり、勝機を逸した。

政府軍は、五月二十九日に板垣退助の援軍が入城し、一挙に一千五百余の軍勢になった。

再三の同盟軍奪還作戦はことごとく失敗に終わり、著しく消耗した。戦闘の過程で仙台藩の装備が極めて旧式なことも明白になり、戦局に暗い影を生じる。

新政府の命運がかかる奥羽と越後の戦争責任を、大村益次郎は重く背負いこんだ。

まず、軍の編成を改める必要に迫られた。六月十日、東山道総督を廃し、奥羽追討白河口総督に正親町公董《おおぎまちきんただ》、参謀は薩摩の伊地知《いじち》正治と土佐の板垣退助が任命された。翌日には、大総督府の奥羽追討作戦計画が示される。その要旨は、白河口軍は白河から三春・二本松・福島を攻略し、会津に攻め入ることだ。平潟口《ひらがた》には、奥羽追討平潟口《ひらがた》総督四条隆謌《たかうた》の下に、参謀として長州の木梨精一郎と大村の渡辺清を任命した。彼らの指揮する新たな部隊を派遣し、泉・平を攻略し、街道沿いに仙台を攻める。主とする攻略地は白河口で、その後も兵力を増強し、薩摩・長州・土佐・徳島・館林の兵、三千二百余が集中した。

対する列藩同盟は、六月から七次にわたり反復して反攻を試みたが、その都度撃退された。

七月末には三春と二本松が陥落し、三春は新政府に恭順する。ちなみに三春藩の家老は志賀直哉の祖父である。他方、平潟口では、六月中旬から薩摩・大村・佐土原、柳川・岡山の藩兵千二百余が平潟に上陸し、先攻を開始した。さらに長州・鳥取・広島・福岡・笠間などの藩兵が加わり、七月中旬には平城を攻略した。浜街道を北上し、仙台・相馬中村の藩兵を撃破し、仙台藩領に侵攻する。八月初旬には中村藩が政府軍に内通して降伏し、浜街道は政府軍の支配地となる。

仙台藩は国境の駒ヶ嶺で敗色が濃厚となり、仙台陥落が時間の問題になる。各藩とも列藩同盟支持派と新政府派の確執が続いていた。盛岡藩では勤皇の家老の東次郎らを謹慎させ、京都から帰った家老の楢山佐渡が藩政を主導。京都で西郷と会談したが、不信感を募らせるだけに終わり、列藩同盟に加わった。部下が切腹して諫止《かんし》したものの聞き入れなかった。

新政府軍が苦戦したのは越後口の北越戦と庄内戦だった。まず北越戦線から見ておこう。

五月二日、長岡藩と政府軍の会談が小千谷で開かれた。本来、恭順するつもりだった長岡藩家老の河井継之助は、談判の席上、土佐藩の参謀岩村精一郎（のちの高俊）の傲慢な態度に期すものがあり、不調に終わった。その結果、長岡藩は奥羽列藩同盟の一翼になる。越後での岩村精一郎、奥州での世良修蔵の対応が広い視野に立つものであったなら、戊辰戦争はこれほどまでに拡大しなかったはずである。岩村も世良も、高飛車で傲慢《ごうまん》な恭順を求め、相手の立場を理解できない態度は反感を生む。そのため薩長を中心にした新政府軍は、開戦を余儀なくされ、莫大な犠牲を強いられる。

河井は万一に備え、横浜のファブルブラント商会やスネル兄弟からアームストロング砲やガトリング砲、エンフィールド銃やスナイドル銃を購入していた。さらに長岡藩兵は洋式訓練を受けていた。いったん長岡城を失ったものの、仙台・米沢・会津の援軍をえた河井継之助は、城の奪還を目指し奮戦した。すでに五月初旬から、米沢藩は越後方面の国境小国へ色部長門を越後軍総督に任命し、千二百余名の兵を派遣していた。長岡戦争が始まると、会津藩とともに援軍を差し向けた。五月十九日、長岡城は落城するが、河井継之助は反撃の機会をうかがっていた。

六月一日、米沢支藩藩主上杉勝憲が新潟港を接収し、新潟港の管理を始める。新潟は正式な開港場ではなかったが、五月中旬ころから、外国人の来航が増え、オランダ商人スネルが領事と名乗って上陸し、武器を中心とした交易を開始した。米沢藩は仙台・会津・庄内の各藩と共同で新潟港を管理し、会議所を設けた。つまり列藩同盟の重要な兵站補給港になる。死の商人としてスネル兄弟が列藩同盟に売った武器・弾薬は、米沢藩だけでも十一万六千ドル近くになったと言われている。米沢藩から同盟諸藩へ再配分された武器により、戊辰戦争は長期化していく。他方、強烈な抵抗を受ける政府軍は、再編を迫られる。

六月中旬の軍政再編で、北陸道鎮撫総督高倉永祜《ながさち》に代わって仁和寺宮嘉彰《にんなじのみやよしあき》親王が任命され、参謀には山県狂介(のちの有朋)と黒田了介(のちの清隆)に加え、大参謀として西園寺公望、参謀として前原彦太郎と漢詩人として高名な長三洲(炗《ひかる》)が任じられた。一連の人事に木戸の強い推薦があったことは勿論のことである。

ところが越後口は大苦戦を強いられる。越後口苦戦の一因は、出雲崎から長岡正面にいたる南北に広大な戦線にあった。広大な信濃川が大蛇のように横たわり、雨が降れば滔々《とうとう》たる大河になる。雨期に信州で降った雨は、一ヵ月も下流の信濃川を満たしていた。さらに越後には、会津・米沢・桑名などの飛び地領があり、それを死守せんとする、気迫があふれていた。新政府軍は兵力不足のため、再三、大総督府に増援を求めていた。

山県は軍艦の来援を求めたが、六月中旬までは、大村益次郎も手配ができなかった。大村は、大参謀の西園寺公望へ書簡を送って弁明。奥羽への増援が優先することと、運送船が払底していて、増援部隊の輸送に困っていることなどが記されていた。

六月初旬、奥羽同盟軍の援けをえた長岡藩は、長岡北の今町を攻略し、総督府軍を南に撤退させた。小地谷から長岡に至る途中に朝日山の防衛線を敷き、激烈な戦闘を繰り広げ、山県狂介が右腕とも頼んだ時山直八が戦死する。山県らは、この時点で江戸へ使者を送り、援軍派遣を求めていたわけである。京都の木戸へも六月中旬に山県から苦戦を伝える書状が届いた。木戸は激励の返信を送り、増派へ尽力する。


そのころ、薩摩の軍艦乾行丸《かんぎょうまる》と長州の丁卯丸《ていぼう》が越後口へ向かっていた。

山田市之允《いちのじょう》を海軍司令とする部隊は、奇兵隊の一小隊と長府の報国隊で、越後今町に上陸。

山田はそのまま柏崎を目指して北上し、途中の寺泊に碇泊中の旧幕府軍艦順動丸を襲撃した。これを大破させ、佐渡の小木港で桑名藩の兵器を積んだ松山藩の補給船を捕獲した。

すでに述べたように、奪った武器は新政府軍に渡し、味方の運搬船の護衛任務もはたす。

しかし同盟軍は大軍を擁し、新潟港からオランダ商人スネルの武器弾薬供給を得て、新政府軍に苦戦を強いた。参謀の山県と黒田は対立し、黒田は参謀の任務を投げだし、山県は辞任したいと申し出る混乱ぶりだった。見かねた山田が間に入り、新政府軍は新潟攻略のため海陸共闘で、正面と背後から攻める衝背《しょうはい》作戦をたてる。軍艦を柏崎に集中させる一方、別動隊を上陸させ、背腹から新潟を攻撃する作戦だ。

七月二十五日を期して、衝背攻撃を仕掛け、呼応して長岡城下に駐屯する薩摩兵中心の部隊を移動させた。同日払暁、その動きを察知した河井継之助率いる長岡藩軍は決死隊六百人を選抜し長岡城を奇襲して、ついに奪還に成功する。そのため新政府軍は信濃川の西岸へ撤退を余儀なくされる。鎮撫使西園寺公望も、関原まで本営を後退させた。吉井幸輔率いる薩摩の部隊も、疲労の色を隠せず、弾薬の欠乏が目立った。戦意を喪いかけた新政府軍に活を入れたのは、柏崎沖の軍艦にいた山田だった。関原の本営に乗り込むと、

「なんちゅうことだ。山県さん、恥ずかしくないのか」

大声で参謀を罵倒《ばとう》した。

「わしは城を奪い返すつもりじゃが、西園寺卿は撤退の意向らしい」伏し目がちに答えた。

「山県さん、そんなら西園寺卿を説得しよう」

市之允の剣幕に圧倒され、山県は西園寺卿に撤退を思いとどまらせた。この時代でも、城の争奪は象徴的な戦略的意義があり、全軍の士気に影響した。西園寺公望卿は部隊長を集め、あらためて作戦の確認をする。市之允が総指揮をとっているかのようだ。

「柏崎に集結した艦船の部隊は丈夫浜に上陸させ、二隊に分かれて進撃させる。一隊は新発田《しばた》へ、他の一隊は阿賀川を渡って進む。すでに新発田藩は内応してい て、水原の敵を攻撃する手はずになっちょる。新潟は必ず奪ってみせるけん、本営が確乎とした姿勢で指揮を執ってもらわにゃ困る」

市之允は西園寺卿と山県をちらりと見て、

「敵前逃亡は武士の恥じゃけんのう」

と駄目押しを加えた。

「わしは、死を賭《と》して城を奪還する」

山県は、七月二十九日に総攻撃を開始することをやっと提案した。その日、海軍は新潟沖から艦砲射撃を浴びせ、新潟の奥羽・長岡連合軍を混乱に陥れる。間隙をねらい長州振武隊総監三好軍太郎の率いる衝背軍は、増水した信濃川を渡り、新潟市内に突入し、制圧に成功した。

参謀の山県狂介は、薩摩・長州・松代を主力とする部隊を北上させ、長岡南の妙見口から長岡城への総攻撃を開始した。同日午後には、城を落とし、追撃の手をゆるめず、長岡藩兵を会津藩領へ追い込んだ。同盟軍も総退却し、自藩へ帰った。河井継之助は長岡での戦闘で負傷し、破傷風のために八月十六日会津領塩沢村で没した。

幕臣小栗忠順に続き、新生日本のために惜しまれる人物の死である。

新潟港が補給基地として使えるようになり、戦局は総督府軍有利の展開をする。ことに七月末、新発田藩を寝返らせ、その内応により阿賀野川河口の大夫浜近辺に兵を上陸させ、新潟攻略を成功させることができたわけである。

東北の前線でも三春藩内部で勤王派の河野広中（のちの自由民権派・衆議院議長）が藩論をまとめ、七月二十六日、政府軍側につき、藩主秋田肥季《ともすえ》は城外へ出て、恭順する。

列藩同盟は内部から崩れ始めていた。七月二十九日新潟が政府軍の手中に落ちたその日、長岡と二本松の同盟軍も大敗し、諸藩の兵は重い脚を引きずりながら郷里へ撤退して行く。

二本松の攻防戦では、二本松藩鉄砲師範木村銃太郎指揮の少年砲兵隊の悲劇が夏の陽光にさらされた。

総督府軍の勢力は急速に増強し、主力三軍が多方面から会津を目指して進攻した。

山田市之允の海軍はさらに北上し、庄内藩から攻め込まれ苦戦する秋田藩の救援に向かう。その船中には徳山藩の献功隊半司令（分隊長）児玉源太郎が乗っていた。まだ十七歳の青年で、山田市之允の目にとまる。源太郎は徳山藩の武士児玉半九郎の長男だったが、父親と五歳で死別し、家督は姉の婿が継いだため、この義兄に養育された。しかし、源太郎が十三歳のとき、義兄は刺客に惨殺され、家禄を失った一家は塗炭の苦しみを味わった。今回の参戦も、半ば生活苦から逃れるためだったらしい。市之允は、自らの家族を襲った不幸を源太郎の生い立ちに重ねて思い出すと共に、通い合う情愛を感じていた。十月十日、秋田の雄物川《おものがわ》河口にひらけた港町・土崎港に上陸すると、戦いはすでに終わっていた。

ちなみに、八月十一日、西郷が薩摩兵を率いて海路新潟に到着したとき、越後は総督府軍により平定されていた。そのため、西郷は北上して庄内口の作戦に加わることになる。市之允らは、その後から秋田入りしたわけである。

それではここで久保田（秋田）・庄内の戦局を振り返ってみよう。

仙台を脱出した九条総督の一行は六月三日に盛岡に着き、七月一日に秋田へ到着した。

同行した兵は佐賀七五三、小倉一四二で、沢副総裁の兵は薩摩一〇三、長州一〇六、福岡一四一で総計は千二百四十五人の部隊になり、秋田藩（藩主佐竹義堯《ぎたか》）へ与える影響力は格段に増した。秋田は国学者平田篤胤の生没地であり、勤皇派が多い風土だった。白石で奥羽列藩同盟に調印したものの、積極的な参戦はしなかった。

秋田藩は重臣会議の末、七月四日に九条総督へ、庄内進攻の先鋒出陣を申し出た。同日、城下に滞在中の仙台藩使節十一人のうち六名が秋田藩勤皇派により殺された。秋田藩の裏切りは同盟にとって大きな痛手になり、同盟瓦解を早めることになった。しかし、新政府・秋田連合軍は七月十一日に新庄藩金山へ進撃し新庄城下へ入ったが、十四日に庄内兵に逆襲されてより、連戦連敗になる。

七月末には庄内・盛岡両藩連合軍は秋田領内に進攻し、七月二十八日に矢島、八月六に本荘を攻略していた。それでも、日本海側から政府軍の兵力が増強され、庄内藩は苦戦を強いられた。最後まで抵抗したものの、奥羽越列藩同盟が総崩れとなり、九月二十四日に降伏する。九月二十七日、西郷吉之助と黒田清隆の軍が米沢から鶴岡へ入り、鶴岡城内で降伏調印と城内・武器の点検が行われた。この際、西郷は降伏の条件として賠償金七十万両の献金で償う寛大な処置を、独断で決めた。後日、新政府内でも問題視されるが、西郷は強引に押し切った。庄内藩はこれに感謝し、西郷と親交を結ぶ。しかし、他の列藩同盟諸藩との不公平を生む結果になり、木戸はその独善性を批判する。

ことに秋田藩は、三分の二が兵火で焼かれ、人家の四割が焼失し、新政府軍十五藩の約一万の将兵と新庄藩・本荘藩・矢島藩の藩士家族の賄《まかな》いまで負担せねばならず、推定でも六十七万両近い戦費を費やした。秋田藩藩主佐竹義堯から陳情を受けた木戸は、新政府へ働きかけ、明治二年六月に賞典として二万石が下賜される。

奥羽越連盟と政府軍の戦争が終結すると、残すは蝦夷地の榎本軍のみになった。庄内藩の降伏を見届けた後、西郷は、箱館攻略部隊の総指揮をとろうとしたが、大村益次郎の推挙もあり、山田市之允と黒田了介に譲ることになる。陸海軍参謀が山田市之允、陸軍参謀が黒田了介と熊本藩の大田黒亥和太《いわた》（惟信《これのぶ》）、海軍参謀が佐賀藩の増田虎之助と柳川藩の曾我準造（のちの祐準《すけのり》）である。青森入りは十一月初旬（陽暦十二月中旬）だったが、箱館はすでに真冬で、大村の指示により、春まで準備を整えておくことになる。

岩倉・木戸らの交渉により、欧米諸国の局外中立を解くことに成功した直後のことで、ストーンウォール号はまだアメリカから渡されていなかった。翌年一月になって「甲鉄」艦として、新政府海軍の戦力を飛躍的に向上させる。

十一

話は前後するが、維新の震源地である京都へ視線を戻してみたい。

奥羽・北越の戦乱が激しさを増していたころ、京都では天皇親政が進められていた。

六月十二日、天皇から窮民救助の御下問があった。国民の生活は苦しさをますばかりで、対応の遅れは許されない情況になっていた。まず関東・東北の安定を確かなものにしなくてはならない。秘かに東京遷都の計画が進められていた。

岩倉輔相、中山・徳大寺の両卿、土佐・越前・宇和島藩主の五議定、福岡・岩下・木戸の三参与は、東幸の御一件につき朝議を開き、急速に東行の内命が下された。

六月十三日、仁和寺宮の北行参戦が内定し、増派が日程に組まれた。そうした血生臭い戦争準備に追われながらも、木戸は風流を愛し続けた。

六月十八日、海援隊生き残り長岡謙吉らの誘いで、菱田海鷗、日柳《くさなぎ》柳東（燕石）、梁川星巌の妻紅蘭、野口小蘋《しょうひん》、谷口藹山《あいざん》、鳩居堂《きゅうきょどう》（熊谷直孝）、萊山《らいざん》、伊勢小淞《しょうしょう》らの集いが「いばらき楼」であり、木戸も加わった。幕末から明治初めにかけての著名な画家や書家たちである。

東北・北越で新政府軍が苦戦している際に、風流三昧などけしからぬと非難されるかもしれないが、木戸は決して無用とは思っていない。教育や芸術こそが、諸外国に対して国家としての価値を示し、日本の将来にとって支柱になるものと確信していた。先日、裏千家と大徳寺黄梅院を訪れたことが、さらに力を与えていた。

（戦乱に明け暮れる時代だからこそ、伝統文化を維持しなければならない）

戦国武将の毛利元就は古今和歌集を愛読していて、幕末の志士たちにも語り継がれていた。木戸にとっても確信に近い信念で、芸術家を保護しようとする。木戸は、彼らとの交流を大切にし、可能なかぎり支援をしていたのである。さらにいえば、鳩居堂は京都の財界人をとりまとめる重要人物の一人で、三井組や小野組などとともに天皇の東幸を経済的に支えていた。鳩居堂主人熊谷直孝は天然痘の種痘所「有信堂」を設け、万延元年に教育塾を併設していたが、この年、日本初の小学校柳池《りゅうち》小学校として発足させる。熊谷直実を家祖とし、寛文年間に二十代目直心が薬種商を営んでより、代々京の篤志家として知られる名家である。木戸は当代の熊谷直孝の人柄を敬愛し、親しく付き合っていく。

六月十九日、江戸城では、田安家の当主徳川慶頼を召して、叡慮《えいりょ》により田安亀之助（のちの徳川家達《いえさと》）を徳川宗家の当主として相続することを許可した。

この日、木戸は江戸行きの御勅諚《おんちょくじょう》を下賜された。天皇の東幸に関する準備のためである。

翌日、京都を発し、伏見を経由して大坂に向かった。江戸へ同行する大木喬任《たかとう》と大坂府知事後藤象二郎を訪ね、お互いの意見を交換した。神戸で、外国事務局判事の伊藤俊輔から、生きた情報をえて乗船する。随行するのは、品川弥二郎、佐々木忠助、岡浅二郎と下僕の松二郎らである。アメリカの定期便で、遠州沖から伊豆にいたる間、洋上はるかに富士山が見えた。（富士山は日本国の象徴だ）と率直に思う。伊豆半島の薄紫にけぶる山影も江戸湾の景色も、木戸を過ぎた日々へいざなう。海からの眺めは格別で、この国を愛し憂う気持ちがせつなくこみ上げる。過ぎ去った六、七年の間、まさに流転の海を渡るごとくで、共に江戸に出て国事に奔走した同志の中、生き残っている者は、五人に一人といったところである。

東幸の準備で船上にある我が身を思うと、木戸の胸にせまる感慨はひとしおだった。

六月二十五日朝、品川沖に着船した。大木喬任、品川弥二郎らと共に湯屋へ行き、船旅の疲れをとり、「松岡楼」で衣服を着がえて、駕籠《かご》で城を目指した。

（政権は交替しても、何もかもまだ古いままの日本なのだ）木戸はそのことを痛感しながら駕籠《かご》に揺られていた。昼前には江戸城西の丸の御本営に入り、三条卿に到着を報告し、大村益次郎と会って四月来の内外の情勢について意見を交換した。

「彰義隊を潰滅させ、関東は表面だけ平穏を保っているが、江戸の治安はなお安定していませんのう」

と、大村は正直に話す。

「いゃあ、お手柄でした」

木戸はそれだけでも大したものだと、評価していた。

「何しろ、兵隊も資金も足りんもので」

大村の目が木戸に訴えていた。

「毛利公のみでなく、諸藩へ参戦を急がしちょりますから、もうじきですぞ」

木戸は、岩倉卿をはじめ京都の留守を護る要人を絶えず督励《とくれい》していた。

「こちらでも軍資金を集めているのじゃが、まだ日和見がきつうて、難儀しちょります」

「どこも同じですのう。天皇の御出輦《ごしゅつれん》も京の豪商が献金してくれ、ようやく整いました。戦費はどうにかつくりますけ、先生は指揮に専念してくだされ」

木戸は、三岡が考え出した太政官札がうまく流通してくれることを願っていたが、関東では新政府の信用力がなく、兌換《だかん》する力がないらしい。

「先日、佐賀藩の大隈という男が訪ねて参ったが、なかなか面白い男ですのう」

「面白いとは」木戸は大村益次郎の大隈評に興味をいだいた。

「西洋に通じておるし、発想が奇抜ですな」

「なるほど。長崎で運上金の掛《かかり》もしちょったので、経理にも通じているのかと」

「井上や伊藤も加えれば、政府の財政も変わりましょうな」

大村は、財政にかかわる人材の登用を急ぐように、木戸へ助言した。

「気になったのは西郷さんのことじゃが、今はどうしちょるのですか」

「さあ、西郷さんは偉すぎる。人望がありすぎて、担がれやすい。酒田や新庄あたりを攻めているのじゃろうか」大村も、西郷の所在をつかみ難いようだ。いつの間にか、江戸での薩摩藩代表は大久保になっていた。

大村は、木戸を案内して江戸城の御殿をまわり、各部署で紹介に努めた。噂にまさる江戸城の広さに驚嘆する。西の丸御殿だけでも膨大な部屋数があり、各々名前が付けられている。

部屋を飾る狩野派の比較的新しい障壁画も、二条城に比肩されるほどの見事さである。

ほどなく大久保、大木も加わり、天皇の東幸決定を受けた具体的なつめを相談する。公務の宿舎は江戸城内の御殿に設けられていたが、木戸には広すぎて落ち着かなかった。さすがに権勢を誇った徳川幕府の中枢だけあり、広壮にして贅《ぜい》をつくした城郭である。幾度となく火災にあっているため、一部を除けば建物もそれほど老朽化してはいない。すでに木戸は、遷都後の宮廷について江戸城をどのように使えばよいのか、思案しながら城内を動いていた。江戸城を活用し、二度と徳川に渡さないためにも、遷都は必須のことだと確信する。

翌日、木戸と大木は三条卿に拝謁し、東幸についての用件を綿密に言上した。

少しゆとりの時間ができたので、懐かしい江戸の空気を味わうため町を歩く。京橋の近くに「桜屋」という長州人が親しんだ旅館がある。木戸はさっそく訪ね、懇意にしていた女将の鉄に挨拶をした。突然の再会に女将は驚き、泪を流して喜んだ。木戸にとって、江戸は青春の舞台であり、歩く通りごとに思い出が呼びさまされる。記憶の回廊をさまよっているようだった。(江戸は衰微しているのか、再生しているのか、斑模様のようにも見える)木戸にとっては懐かしさが先立つ。刀剣師の白金屋八五郎をたずね、梅花刀の仕立てを注文した。

その足で、なじみだった「桜屋」と「酔月」に行き、挨拶がわりに小酌をした。女将鉄の勧めもあって、木戸は「桜屋」にしばらく寓居することにした。翌六月二十七日朝から、木戸の宿「桜屋」に大久保、大村、大木が集まり、東幸の要件を密議した。万一の不祥事があれば、四人とも切腹ものである。江戸の下町にある料理旅館の一室で、明治維新の指導者たちが集い、天皇の東幸について話し合っている姿は、見方によってはほほえましく、温かい情景だった。まだ民衆に近い場所で、大事が話し合われていた時代といえなくもない。

大略はまとまり、一同は三条卿に謁見し、細部までの評議を重ねた。特別の異論も出ず、東幸の一件が決まった。木戸は迅速に帰京し復命するつもりで、準備に入る。

この日も日本橋のあたりから通町にかけて散歩をした。東海道がはじまる日本橋の大木戸も昔のままで、大川の真ん中がせりあがった木橋は、江戸っ子のみでなく、旅人の喜怒哀楽すべてをしみこませているようだ。往来の人それぞれが背負う生業《なりわい》は多種多様であるが、老いも若きも、男も女も、黙々と橋を渡っていた。木戸は、人生の縮図を見ているよう気がして、川風にふかれながら、しばらくたたずんでいた。魚河岸《うおがし》が近く、天秤棒《てんびんぼう》を肩に盥《たらい》の魚を運ぶ、いなせな若者たちも行きかった。歌川広重の錦絵を見ているような錯覚がして、江戸情緒が残る界隈《かいわい》に魅せられていた。

橋のたもとには高札がたてられ、新政府の布告が書かれていたが、それを読む気はおこらず、欄干の擬宝珠《ぎぼし》を見ていると、不思議なことに鴨川の三条大橋が重なって見えた。そこは東街道の西の起点であり、幾松との思い出が甦る。

歩き疲れて「桜屋」で小憩した。ふと「鮓倉《すしくら》」のことを思い出し、「桜屋」の忠輔に訪ねてもらうことにした。長州が朝敵となり、江戸藩邸が大変なときに、ひそかに力をつくして援けてくれたらしい。そのお礼と謝金を届けてもらった。


夕刻、江藤新平を訪問すると、丁度、大久保と大村も来ていて、盃をかわした。このころはまだ、新政府も誕生したばかりで、脚の引っぱりあいもなく、互いに助け合う気持ちが優先していた。ところが一年後には、兵制改革や政体の改革をめぐり、大久保は木戸や大村と対立する。

江藤と知り合ったのは、桂小五郎時代からである。

江藤は佐賀勤皇派の志士で、脱藩してひそかに京へ上り、小五郎を訪ねてきたので、山口繁二郎の宅に潜居させた。彼を尊皇攘夷派の中心人物姉小路公知《あねこうじきんとも》に紹介したが、失望する事が多く帰郷した。姉小路卿が暗殺される前だから、文久のころである。

大政奉還後も佐賀藩が幕府よりの姿勢を変えず、京都で佐賀藩討伐論さえ唱えられた。

江藤は桂小五郎を訪ね、長崎防備の重要性と、長崎勤番に専念していたための遅れを弁明した。その一方で、偏狭な攘夷運動への疑問が開明的な藩主に根強くあることも語る。小五郎は佐賀藩の立場を理解し、維新後、多数の人材を新政府の要職に推薦《すいせん》する。一歳年下なのだが、非常に勉強家で、その非凡さを小五郎は見抜いていた。江藤との交流により、内向きで二重鎖国状態にあった佐賀藩の内情について、耳学問としての知識を得た。

その当時、江藤が話してくれたことを要約してみると、およそ次のようになる。

叡君鍋島直正（閑叟《かんそう》）は、わずか十二歳で四歳年上の徳川家斉《いえなり》の娘盛姫と政略結婚をさせられる。十七歳で藩主になるが、藩財政は破綻に瀕《ひん》していて、ただちに改革に取り組んだ。

世襲の門閥からではなく、実力のある家臣を人材登用する。伊万里・有田の陶磁器の保護と専売制を強化し、上海に直売所を設けた。長崎を通じた輸入も免許制にし、運上金を納めさせた。財政再建のため、「家中献米制度」を設け、石高に応じて藩へ献米を命じた。いわば現代の能率給のような仕組みで、世襲に胡坐《あぐら》をかく上層武士の収入を下層の士や農民へまわす努力をする。藩富の配分をあらため、格差を縮小する試みといえよう。

殖産興業策として防風林、材木、薪として榛樹《はりじゅ》を植え、甘蔗《かんしょ》や綿花の栽培による織物や砂糖の生産を行い藩外へ輸出する。平戸の捕鯨専売、外国船用の石炭採掘、櫨《はぜ》の植林による木蠟《もくろう》の製造など、収入を多様化した。ついでながら幕末には、グラバーと共同出資で長崎の高島炭鉱を開発している。均田制により小作人を本百姓にし、新田開発を勧奨《かんしょう》する画期的な農政を行った。

教育も振興し、藩校弘道館の整備拡張と教授陣の刷新を行った。副島種臣の父枝吉南濠は尊皇思想をひろめ、兄の枝吉神陽の主宰する「義祭同盟」は佐賀藩における尊皇活動の端緒《たんしょ》となる。島義勇、副島種臣、大木喬任、江藤新平、大隈八太郎らが加わった。その一方、寛永以来、長崎の警備を担当していたため、蘭学も盛んになる。鍋島直正は城下に医学館を開き、蘭医学者島本良順を学監として、人材を育てる。緒方洪庵の適塾門下・佐野常民らに長崎での蘭学修業を命じた。その上、城下に蘭学校を開設し、江藤新平、大隈八太郎、中牟田倉之助らが学ぶ。そこには、藩医伊東玄朴がシーボルトから譲られた洋書など、豊富な蔵書があった。長崎海軍伝習所へも、佐野常民・中牟田倉之助をはじめ多くの若者を送り、学ばせた。後に大隈重信から聞いたことだが、慶応三年には長崎に「致遠館」を建て、オランダ系アメリカ人フルベッキを教師として英語教育を開始する。弘道館蘭学寮の教官だった大隈も、その際に長崎へ向かい、英語を学んだという。新政府の中枢で活躍する大隈重信の出発点になったわけである。

維新直後の新政府は、鍋島閑叟から世継をした直大《なおひろ》に上京を命じた。閑叟は江藤新平を先発させ、京都での外交を委ねた。その当時、新政府は佐賀藩や熊本藩

を信任していず、攻撃も辞さずの状態だった。江藤は、木戸や三条卿を訪ね、

「佐賀藩はけっして幕府を援けているのではござらぬ。朝廷より長崎警護を委任されているため、出兵が遅れただけで、他意はないのことをご理解いただきたい」と、頭をさげた。

江藤が閑叟に進言していた新政府軍への派兵がようやく現実になった。鍋島孫六郎率いる先発隊六百名の兵が大坂に着く。江藤も、木戸や後藤（象二郎）の推薦で徴士《ちょうし》となった。

木戸は同時期に深い学識のある副島種臣を徴士に推した。さらに三条卿が江戸へ向かう際、軍監に任命して補佐させた。「五箇条の御誓文」についても、木戸は副島の意見を聴いた。

隠居はしても佐賀藩の実質的な指導者は鍋島閑叟である。彼は岩倉具視に献金し、直大の新政府での発言権を側面で支援した。岩倉家とは、具視の二人の子息が「致遠館」でフルベッキの教えを受けて以来、つながりがあった。

明治二年二月には鍋島直大も上京し、大和郡山城へ入り、参内を許され、議定職外国事務局輔加勢に任じられた。その際、幕府から預かっていた軍艦観光丸を朝廷に献上したため、佐賀藩の誠意をくむことになった。二月八日には北陸道先鋒を勅命として下され、ようやく官軍の一員になった。さらに貢士として大木喬任と大隈重信が加わり、佐賀藩の優れた人材が新政府を補完した。つまり、薩長土肥体制の始まりである。

二月中旬以来、江藤は土佐の小笠原唯八と征討大総督府関東監察副使に任命され、江戸で勤務していたわけである。ちなみに小笠原は、山内容堂の小姓から側近になった人物である。鳥羽・伏見の戦いで幕府軍の敗北が伝わると、一個小隊を率いて伊予松山藩の城下に乗り込み、戦わずして恭順させた。ところが、江戸府勤務に飽き足らず、会津攻略戦に参戦し、戦死する。それというのも、幼なじみの板垣（乾）退助（東山道先鋒参謀）が会津攻めの指揮をとっていたからでもある。

小笠原が板垣に江藤の人物評を語ったことがある。

「江藤は跳ね上がりの議論が好きで、諸藩を廃し、郡県制にしなくはならぬという。それに帝を江戸へお迎えすべきだとも主張するのだが、板垣さんはどう思う」

と訊ねると、

「それは正論かもしれんな」と、板垣は反論しなかったらしい。

江藤は、上野彰義隊征討戦では、軍監として大村益次郎を援けた。その後、江藤は江戸府判事・江戸鎮台府判事として民政に関与していた。江戸府は間もなく東京府になり、旧土佐藩上屋敷に府庁は置かれる。

こうした経緯を経て、木戸は江藤の能力を評価し、何かと支援を続ける。

六月二十八日、大久保・大村・大木と木戸は、旧土佐藩邸に建てる江戸府官舎の体裁や関東鎮台の位置などを話し合い、三条卿へ言上した。

(改革すべきは速やかに改革し、日々一歩漸進をはかるべきであろう)木戸の目には、奈落と隣あわせの細い尾根道を必死で突破しようとする新政府の危うさが、現実として映っていたのである。

十二

江戸に出た小五郎は短期間に精力的な動きをした。

その日午後から、恩人である斎藤弥九郎父子を懐かしい錬兵館に訪ねた。

小走りに斎藤翁は玄関の式台へ姿を見せた。顔を合わすなり、熱いものが二人の身体を走りぬける。

「お師匠さま、ご無沙汰いたしました」

「おう、桂さん。ようこそ。噂は耳にしていたが、安否もしれず、心配じゃった」

斎藤篤信翁は自ら案内して奥の間にとおした。二代目弥九郎、四郎(四郎之助)、五郎(五郎之助)、六郎(六郎之助)など皆在宅中で、小走りに足音をたてて集まってくる。

「小五郎さんじゃ、小五郎さんじゃ」とまるでお祭りのようなにぎやかさになる。厳粛な練兵館道場の日常が無礼講となったかのようだ。木戸は何から話してよいのか、頭の中が真っ白になったようで、斎藤兄弟とひとりずつ抱き合っていたいような気分だった。

「話せば長いことになりますが、お師匠さまに教わったことだけは、ひたすら守りとおしております」

「もったいない。桂さんが国事に奔走していることは、諸国の弟子たちから伝えられていた。だが、戦が続いたからのう。心配じゃった」

木戸はあえて変名したことを口にせず、桂小五郎の昔に戻ろうとした。

「こうして命があるのが不思議なくらいです」

「思《おぼ》し召しじゃ。おぬしは天に生かされておる」

「ありがたきお言葉。自分でいうのもおかしなことですけど、大事が終わるまでは、与えられた命かと」

「そうじゃとも。命を粗末にしてはならぬ。死に急いではいけない」

斎藤翁は木戸の眼をしっかりとらえ、おもむろに息子たちを見まわした。

大歓迎で木戸は幸せなときを過ごす。

酒が運ばれ、時のたつのも忘れて往時を語りあった。心やすらぐ家族以上の親しい人々である。別れぎわに、明治天皇の御東幸準備のため江戸へ短期の使命を帯びて来たことを話し、すぐに京都へ帰らねばならぬつらさを告げた。お互いの再会を約束し、木戸は後ろ髪をひかれる思いを残して古巣を去った。


帰り道に麹町《こうじまち》三丁目の仕立屋夫婦を訪ねた。心づもりしていたのではなく、ふっと思いついたのだ。斎藤父子に連続した懐かしさなのだろうか。十余年前、江戸遊学中に世話になった夫婦である。突然の訪問で、夫婦は言葉を失うほどに驚いていた。

とても健やかそうで、再会を喜びあった。木戸は去りぎわに寸志を置いてくる。

夫婦は木戸が新政府の高官になっていることを知らなかった。練兵館の桂小五郎が、時を経て訪ねてくれた喜びなのであろう。

木戸の人間としての素晴らしさは、生涯変わらぬ庶民性であり、口先だけでない生き方にある。権力を握り独裁者になることは望まない。

この夕は、肥前鍋島公に木戸は招かれていた。大変なもてなしを受け、木戸は国政への参与を感謝した。鍋島公も、御一新への参加に出遅れながら、木戸の配慮で多くの臣下が活躍の場を与えられたことに、満足していた。

江戸城周辺の大名屋敷界隈《かいわい》は人通りも少なく、アーネスト・サトウの記述さながら死者の町の趣があった。サトウの日記の一節を記しておく。

『出入りの商人や商店主がこれまで品物を納めていた諸大名は、今やことごとく国もとへ立ち退いてしまったので、人口も当然減少を免れなかった。江戸は極東の最も立派な都市の一つであったから、それが衰微するということは悲しいことだった。江戸には立派な公共建築物こそないが、町は海岸に臨み、それに沿って諸大名の遊園地が幾つもあった。城は、素晴らしく大きな濠《ほり》をめぐらして、巨大な石を積み重ねた堂々たる城壁を構えていた。絵のように美しい松並木が日陰をつくっており、市の中にも田舎びた所が多く、すべてが偉大という印象を与えていた』

木戸にサトウの江戸への哀惜の情がわかるはずもないが、首都の機能をとりもどせば、大名屋敷も再利用されるにちがいない。

（遷都は、江戸の経済や文化を再び活性化するはずである。冬籠りのようにひっそりと沈滞している江戸の文化も、かつてのようにいきいきと甦ることだろう）

何よりも木戸は、江戸を首都にふさわしい文化や教育の中心に育てたいと願っていた。

そのためには、旧幕臣の協力を欠かすことはできない。（旗本・御家人で新政府に帰属を希望するものがいれば、積極的に任用すべきだと思う。黒船来航以来、開明的な幕臣は多数育っていたし、海外への渡航経験者も多い。東北・北越の戦争を早く鎮め、同じ日本国民として、国を近代化しなくてはなるまい）江戸の町を歩きながら、木戸の胸にふつふつとわきあがるものがあった。

江戸滞在中の四日間で、遷都計画の大筋がまとめられた。むしろ問題は新政府内部の保守層の頑迷な抵抗にある。さらに千年の都・京都の町衆をどうすれば納得させられるのか、それが気がかりだった。

六月二十九日、三条卿に拝謁し、京都への御答書ならびに重要案件で決したものの御認めを渡された。二時に江戸城を出立する。何度も振り返って、江戸城の壮大な構えを見直した。

（長州を包囲侵攻するため、四境に幕府軍が押し寄せた三年前の情況が信じ難い）

今では立場が逆転し、長州の者が江戸城に寝泊まりしているわけである。

夕刻、鮫津の「蒲屋」にて大久保、大村らが別盃をかわすため待っているとのことで、それまでの間、白金屋で刀を受取り、早目に着いた。すでに斎藤父子が見送りに来ていて、その芳情に胸が熱くなる。江川家の加判元締めだった根本慎蔵を同伴していて、懐かしい再会になった。斎藤父子を中にしてしばしの懐旧談にふけった。ジョン万次郎の話など、小五郎時代は根本から夢物語のように聞いたものである。

大久保は、珍しく気をつかって、芝あたりの芸妓数人を招いて接待をさせた。

お互いに東幸の成功を祈りながら別れた。

大原卿、大木と木戸は佐賀藩の軍艦甲子丸に乗船した。

文久三年二月に江戸を去って以来、六年ぶりの再訪で、木戸は感傷的になっていた。

斎藤父子をはじめ、懐かしい恩人にも再会できた喜びは大きい。しかし、諸侯の屋敷や下町の賑《にぎ》わいはすっかり寂《さび》れ、昔日《せきじつ》を知るものには、目に痛みさえ覚える。江戸の人々は大いに気力を失い、飢饉の年の民のように目の輝きを失っていた。

秘かに恩師の一人である元浦賀奉行所の中島三郎助の消息を探したが、すでに榎本武揚らと蝦夷地へ向かっていた。斎藤翁よりも江戸の復興を頼まれた。

（天皇の東幸を、関東以東の征討に役立てようとするだけの姑息《こそく》な考えであってはならぬ）

甲子丸の甲板で、木戸はみずからの重責をあらためて思いおこした。

（東京遷都により、日本の首都として輝きを取り戻す日がきっと訪れるはずだ）

木戸は、生くらな旗本たちよりもよほど、江戸の町と江戸っ子たちを愛していたのである。

七月一日、甲子丸は早朝に碇《いかり》をあげ、浦賀より宮田あたりを過ぎた。思えば、十余年前、黒船来航以来の沿岸防備で、宮田は長州の駐屯所を設けた場所だ。木戸もこの地に留まり、義弟の来原良蔵や諸友と宿営し、いかにして外敵と戦うか、焚き火を囲んで話し合ったものである。彼らの半ばが故人となっていることを思い、往時の追想が木戸を切なくする。

薄暮に下田港に着くと、安政の大地震で大津波に襲われた当地の惨状がよみがえった。

陸に打ち上げられた船の残骸はあまたで、民家は根こそぎ沖にさらわれていた。なすすべを知らず、茫然《ぼうぜん》と立ちつくす人々のうつろな目ざし。がれきの山を撤去する力も失せ、犬のようにさまよい歩きまわっているだけの民。災害当時の悲惨な光景が残像のように甦った。

（これほど災害の多い国も珍しいのではあるまいか）

海難事故も多く、灯台の整備を急がねばならないと思う。しかし、東北・北越の激戦は、まだ勝利の展望さえ開けていなかった。

窮乏する新政府の財政を思うと、何から手をつけ、どうすればよいのか、途方に暮れる。

(これでは被災難民と変わりないではないか)

木戸は、気持ちをひきしめ、気高い富士の姿に憂国の思いを重ねていた。


七月四日、大坂天保山沖に投錨《とうびょう》した。

木戸と大木は上陸し、翌日、大雨の中、中之島の裁判所（府庁）に行き、府知事の後藤象二郎に会って、江戸の話をし、上方の近情をたずねた。翌日、副島種臣らが訪ねて来て、

「岩倉卿が奥羽に出陣なさるつもりだと、強く仰せじゃ。木戸さんは、どう思わっしゃる」と困惑を隠さない。

「なんとまあ、岩倉卿ともあろう御方がのう。あってはならぬことじゃ」

「朝廷でのクーデターを誘導するに等しいとは思われませぬか。三条卿はすでに江戸へ出向いておられ、新政府の京都での中核がもぬけの殻《から》になってしまう」

年上の副島へ言葉遣いは気づかいしたが、木戸は指揮する立場にいた。急いで反対の意向を上申書にしためる。午後には、神戸から外国事務官の伊藤俊輔と五代才助が来訪し、諸外国との外交案件について話し合った。大阪・神戸も横浜と同じ問題をかかえていた。

関税の不平等や貨幣制度の不備に加え、国内の物価が軒並み高騰し、国民は外国との貿易により、利益よりも不利益をこうむっている。どうすればよいのか、三人は具体案を考えるが、即効薬は見つからない。貨幣制度の改革と貿易収支の改善が急務だとの見解は一致した。

(やはり、利益を得られる物産を生みださなければ、国の将来は厳しいのだろう)

木戸は、日本独自の特産品で外貨を稼げるものがないか、思案する。しかし、京都の西陣織や陶器、それに宇治茶のたぐいしか頭に浮かばなかった。

七月六日、朝、北翁らと伏見町の道具屋庄兵衛宅へ行き、茶道具の茶碗や水指などを買った。幾松を山口から呼び寄せたとき、驚かすつもりなのだ。昼前に三岡八郎と後藤象二郎に会う約束があり、早速、その茶碗に薄茶を点てて、さし上げた。窮屈なお手前の作法などは度外視した、小五郎流の茶の湯である。とはい

え、三岡は松平春嶽候に、後藤は山内容堂候に側近として仕え、茶の湯のたしなみも堂に入っていた。

夕食は、後藤が西洋料理店で饗応したいと申しでる。京都祇園の老舗《しにせ》「中村屋」の主人も大坂まで西洋料理を学びに来ているという。木戸は、こうした世間話にも、時代の急速な流れを感じとっていた。

（日本の伝統的な文化が滅び、ひたすら西洋化することは、ほんとうに望ましいことなのだろうか）茶の湯のあとで、西洋料理を口に運びながら、ふと疑問に思った。

夜八時過ぎに淀川をさかのぼる。岸辺から秋の訪れを教える虫たちの声が、満天の星空に共鳴していた。薩長盟約のため、黒田了介の案内で身を隠すように上洛した日々が懐かしい。

（薩摩は味方のようで、敵のようでもある。この思いはいつになったら払拭《ふっしょく》できるのだろうか）西郷が正体不明の不思議な人物に思えてしかたなかった。

翌日夕刻に京に着き、御本陣に至り、天皇へ拝謁する。東北と越後の形勢を言上《ごんじょう》し、軍勢の配備なども陳《の》べ、御高慮をうかがった。広沢も同席していて、その後、寓居に招かれた。長州の重鎮、寺内と御堀も来ていて、苦戦が続く東北・北越の大勢を話し合った。

（早急に援軍と武器弾薬の調達を急がねばならい。兵力の絶対量が不足しているのだ）

小五郎の確信的な結論である。

七月八日、大木と共に岩倉卿に拝謁し、東幸の決定について復命した。岩倉卿が自ら北国参陣について話されたので、

「柱石《ちゅうせき》である岩倉卿のご不在は、新生国家にとって危ういことでござりましょう」木戸は遠慮せず言上した。

御堀も心配して木戸を再三訪ねてきた。長州よりの援軍派兵について、東国戦線についての議論である。将官の派遣ではなく、最前線で戦う兵士と武器・弾薬の継続的な補給が優先事項なのだ。岩倉卿の参陣で局面が変わるほど生やさしい状況ではなかった。グラバーなどの武器商人との仲立ちをする日本人が必要だった。それに運搬船が不足していた。

（坂本龍馬が生きていてくれたら、どれほど力になっていたことか）木戸の偽らざる気持ちである。

七月十三日、奥州出兵を協議する。しかし、諸藩が

出兵を引き延ばし、軍資金が底をついた新政府は、思うように増派が運ばない。奥羽越列藩同盟の成立は日和見の諸藩を増やしていた。このころ、庄内兵が秋田の新庄城攻略を強め、七月十四日には陥落させていた。情報伝達の遅れていた当時、まだ京都には伝わっていない。

七月十六日、大坂が開港した。夜、鴨川の土手に出て大文字の送り火を見あげた。寄り添う幾松がいない空白を、木戸は意識していた。それにしても、京都は二重三重に難題を押しつけられていた。東京遷都だけではなく、仏教への偏執的な圧力が強まっていて、さまざまな仏事が中止に追い込まれつつあった。明治元年に発令された太政官の「神仏分離令」の余波だろう。木戸はまだ、反対の意見を口にできなかった。公卿中心の政治から脱却できていないことの象徴だと思う。やがて「廃仏毀釈《はいぶつきしゃく》」の嵐に見舞われる。

それに、側に幾松のいない淋しさは格別だった。(一日も早く、お松を京都へ呼び寄せたい)それができないもどかしさがある。独身時代の独り身の淋しさと、世帯をもってからの淋しさとは、ひと味ちがうのだ。

十三

七月十七日(陽暦九月三日)、予定どおり東京奠都《てんと》の詔勅が発せられた。

しかし、曖昧《あいまい》な内容で、東幸をさしているだけで遷都を天下に布告するものではない。

その日、木戸は平静を装って過ごした。夕刻、菱田海鷗《かいおう》(大垣藩士で安積艮斎《あさかこんさい》塾の塾頭・漢詩人)との約束があり、広沢と連れだって出かけた。珍しく江馬《えま》天江《てんこう》が在席していた。江馬は緒方洪庵の適塾で医学を学び、梁川星巌《やながわせいがん》に師事して詩文を習得した人物だ。維新に際しては、山中静逸らと国事に奔走した。京都を代表する文人といえた。頼山陽が著した「日本外史」は勤皇の志士たちを鼓舞したし、梁川星巌は漢詩人でありながら国事に関与した。そうした人物にまじって幕末に知性豊かな女性たちが活躍していた。江馬天江の師でもある江馬細香もその一人である。細香の父江馬蘭斎《らんさい》は大垣藩の藩医で、四十七歳にして杉田玄白や前野良沢から蘭学を学んだ人である。細香はこの父親から環視絵画の手ほどきを受けた。

頼山陽が地方遊歴の途中、大垣の江馬家を訪れ、細香の詩に接し驚く。このとき山陽は三十四歳、細香は二十七歳で、二人は恋におちる。しかし、恋人のまま二十年近く師弟としての交際を続けた。山陽の没後、細香は大垣藩家老小原鉄心とともに大垣で「白鷗社」を立ち上げ、後進の詩人を指導した。

もう一人、細香より十七歳年下の張紅蘭も忘れてはなるまい。「白鷗社」で細香とともに詩の指導をしていた梁川星巌と結婚し、紅蘭は波乱に富んだ生涯を送り、江戸に出て神田於玉が池のほとりに住んだ。ここを「玉池吟社」と名付け、多くの若い詩人を育てた。その中から、小野湖山《こざん》、大沼枕山《ちんざん》、江馬天江《えまてんこう》らの幕末明治の文壇で活躍する詩人が輩出。つまり、「木戸孝允日記」に登場する文人たちである。

ちなみに梁川星巌・紅蘭夫妻の終の棲家は、桂小五郎と幾松が巡り会った京都三本木にある。しかも隣家はかつて頼山陽の書斎だった山紫水明荘なのだから、世の中は本当に狭いものだ。星巌は梅田雲浜、僧月性《げっしょう》、佐久間象山、吉田松陰らと交流した人物でもあった。

少し脇道にそれたので、話をもとに戻すことにする。

再び菱田海鷗の雅会になる。その席でも政事は一切触れられない。東京遷都には根強い反対があるからだ。反対者は山内容堂や松平春嶽の側近にも多数いる。木戸は、小御所会議でのクーデターのさい京都にいなかったので、容堂・春嶽両侯からさほど憎まれていなかった。それに薩摩ほど計略をもちいない政事の姿勢に共感を得られていた。だからこそ、岩倉卿はわざわざ木戸を江戸視察に出し、奠都の可否を判断させたわけである。木戸の意見なら、両侯はあえて反対しないことを、岩倉卿は計算ずみだった。

なかでも京都の宮中には、反対派の方が多かった。摂関家はあえて表に出ず、反対運動には家柄の低い公卿を使った。反岩倉派の堂上は、押小路実潔《さねきよ》を頭に百余人が結集していた。

奥羽諸藩は、戦線の膠着状態を冬入りまで持ちこたえれば、京都をはじめ処々で内乱が起こると、本気で信じている。その夏は、新政府にとって胸突き八丁の難所にさしかかっていた。木戸は内心の苦悩を隠す意味もふくめて、在京の文人や画家や書家と交わっていたのかもしれない。殺伐とした情況に潤いや癒しを求めたともとれる。

遊撃軍を新設し、安芸の船越衛《まもる》を参謀に任命したさい、岩倉は深刻な顔で、

「東北戦線はすぐる前九年・後三年の役《えき》のようになるかもしれぬ」とこぼした。それにとどまらず、自ら遊撃軍を率いて庄内を攻めると主張し、奉上した。明治天皇は驚かれ、制止されたが、岩倉卿は頑迷なまでに固執し、出征の勅許を下賜された。誰もが止められぬと思ったとき、その話を船越から耳にした木戸は、岩倉邸に参上し、自説を曲げずに述べた。その要旨は次の如くである。

『上席輔相《ほそう》の三条卿は江戸府在勤で不在である。今また岩倉卿が京を離れ東北へ出征されれば、二人の輔相が天皇の下からいなくなる。不穏な情勢が朝廷内にもある中、堂上や諸侯を指揮できる人材はいない。大黒柱の抜けた国家は、倒壊の危機にあるのではなかろうか。』

その夜遅く、岩倉卿は従者一人をつれ、木戸の宿舎を訪ねた。岩倉卿はさすがに奥羽北越戦線の詳細な分析をし、自分が指揮すれば戦況を有利に導けることを、具体的に説明した。

木戸は日記に、『相公北国行の志念もっとも急なり』と記すしかなかった。広沢や後藤にも説得させたが、岩倉卿はなかなか断念しなかったが、結果的に京都に留まることになる。

その理由のひとつに、中川宮（賀陽宮）朝彦《あさひこ》親王の謀叛計画があった。

親王は孝明天皇の義兄で、形式的には明治天皇の伯父にあたる。桂小五郎時代の木戸は、親王に再三煮え湯を飲まされた。七卿都落ちのクーデターや〈禁門の変〉などである。

七月半ば、刑法官知事（長官）大原重徳から情報が入った。宮家に、越中富山の薬売りに変装した江戸の密偵が出入りしているというのだ。岩倉卿は徳島藩徴士で刑法判事の中島直人（錫胤《ますたね》）に探索させた。「決して口外するべからず。他人を使わず、ひとりで内偵せよ」と念をおして依頼した。尊攘派の志士だった中島には、特異な経歴があり、二度も投獄されていた。最初は万延元年に桜田門外の変を起こした水戸藩士と関わった罪、次は文久三年に足利三代の木像梟首《きょうしゅ》事件に関係した罪である。明治になって徳島藩の徴使になっていた。

調査の結果、密偵は中野光太郎という男で、西洞院角にある呉服の老舗《しにせ》・後藤縫殿助《ぬとのすけ》の店に、元旗本前田播磨守と称して入りびたりになっていた。後藤家は徳川秀忠の時代から、朝廷と大奥の両方で御用を勤めてきた呉服商である。後水尾天皇の中宮として入内した秀忠の娘和子《まさこ》の衣装などを用立て以来なのだ。中野は手代に接近し、中川宮の家臣浦野兵庫と密会していた。浦野から宮の密書を得て、中野が江戸へ向かう直前、岩倉卿の命が下った。

七月十六日、五山の送り火に京の人たちが先祖の霊を送り、ゆく夏を惜しんでいた。

その夜、三条の旅宿で大掛かりな捕物があり、中野は逮捕された。そのさい押収した密書から陰謀の証は読みとれなかった。

七月十九日の木戸日記には、主君毛利敬親公が上洛し、参朝したことに追加して、

『君上参朝遊ばされ、輔相公（岩倉卿）に御面会あり。頃日、賊の間諜前田某を縛す。尹宮（中川宮）に関係あり。君上参朝も大いに是等に御懸念あり。』と記され、毛利公と岩倉卿の会談でも話題になったことがわかる。ちなみに五年前の当日は、長州にとっても木戸個人にとっても忌日となった。忘れもしない〈禁門の変〉での大敗北であり、朝敵の烙印をおされた日でもある。藩主が参朝にこの日を選んだことにも、万感の想いがあった。藩をあげて、東山霊山《りょうせん》にて招魂祭を営んだ。日記の続きに記されている木戸の思いをくみとることが、常人にできるのだろうか。

『五年前、今日則天王の一挙に斃《たお》るるもの骨を京摂の間に埋める。而《しこう》して百余名を来春、東山霊山に改葬す。今日その忌辰《きしん》（祥月命日）に当たり、依《よ》ってその霊魂を招き、祭祀《さいし》を営む。勝三郎（木戸の養子）の碑また列し、参詣諸人へ墓門に於いて神酒《みき》をすすむ。往時を追憶する時、愁腸に堪えずなり。わずかに残生を保ち、幸いに此の盛事に遭遇し、かつて盟友と東武京摂の間に奔走し、東西の役に斃《たお》るるもの七、八なり。今夕、與《よ》、服部と約有り、中村屋に到る。広沢、御堀、揚井、小島等十余名、坐在り。飲酒数杯、酔うあたわず。御堀と往時を語る（後略）』その御堀も結核におかされ、欧州視察後に他界する運命にある。

翌日、庄内藩征討への出兵布令が下された。兵事の急務が優先され、東幸などの評決は夜になった。

七月二十五日には、河井継之助により長岡城が奪回

されたことなど、北越戦線の苦戦がしきりに伝えられる。山県・時山・三好らの安否さえ気づかわれた。そうした兵事に忙殺されながらも、風流を愛す人々との交流を木戸は続けていた。その間、中川宮の陰謀は同時進行していた。裏の裏に通じていた中島直人は、一ヵ月近く中野光太郎の尋問を続け、第二の密書が出る手はずだったことを自白させる。その趣旨は新政府を震撼《しんかん》させる内容だった。

意外にも、宛先は品川沖に停泊中の旧幕府艦隊の榎本釜次郎（武揚）だった。榎本が率いる艦隊を大坂湾と若狭湾に回せば、これに呼応して中川宮が畿内で挙兵し、徳川の天下に復すとの趣旨だったという。

七月二十六日の木戸日記にも、『尹宮《いんのみや》密計露見の一条始末』との記述を認める。中川宮（尹宮）のクーデター計画の全貌は八月中旬に明らかになる。つまり榎本艦隊の北上が遅れた原因の一つが中川宮との決起にあったのかもしれない。八月十一日、木戸は日記に記す。

『密書来る。尹宮隠計発露の件なり』中島は、刑法判事の同僚である因州藩の土肥謙蔵と尾張藩の権判事間島万次郎に陰謀を説明し、協力を求めた。八月十四日夜、河原町荒神口の中川宮家を急襲し、浦野兵庫以下を逮捕した。浦野が簡単に自白したため、新政府は断乎《だんこ》とした処置に出る。芸州藩兵百五十人余を出動させ、中川宮邸を完全に包囲する。

行政官弁事の坊城俊章《ぼうじょうとしあき》が大原卿や中島と乗り込み、厳罰を申しわたした。内容は親王位と二品の位記、ならびに仁孝天皇養子の資格剥奪であり、ただの朝彦として安芸に流されることが決まった。

同じころ、正確には八月十九日、榎本武揚がついに行動を起こした。中川宮が追放されて三日後、これは江戸の鎮将府にとって一大事件である。戊辰戦争の戦局全般に関わるほどの影響力があった。ところが不可解なことに、京都への報告は八月二十七日と遅れている。江戸府内でも責任問題もからみ、複雑な波紋を広げていたのだろう。

当の榎本は勝海舟に会って決意を告げていた。中川宮の陰謀に加担していたのか否かは、今では霧の中である。しかし新政府は、考えうる榎本艦隊の脅威に対応しなければならなくなった。榎本は、中川宮のクーデター計画がついえたことを察知したためか、木戸が心配していた駿河湾や大坂湾へは向かわなかった。

それでも榎本は勝海舟と激論をかわしていた。

「蝦夷地に新しい国を作りたいのです」

十九歳のとき、箱館で暮らしたことのある榎本は、北の大地への熱い思い入れがあった。幕府調査隊に従者として参加し、蝦夷地のみでなく樺太《からふと》の調査にも加わった。寒期の厳しさをしのげば、不毛の大地ではないことを、榎本は知っていた。

「たしかに七十万石で養える家臣の数には限りがある。だがな、軍艦を引き渡してくれなければ、取り潰されるぞ。旗本・御家人の多くが、のたれ死にするにちげぇねぇ」

勝は妥協を示さない眼ざしを、きっと榎本へ向けた。

「どうしても駄目とおっしゃられるなら、脱走しなければ仕方ありませんな」

榎本は頑迷な態度をくずさなかった。

「討伐されてもよいのか」

「海軍は陸兵とはちがいます。我らが力は数倍強い。ストーンウォール号さえ、敵の手にわたらなければ、制海権はこちらにあります」

「陸で負ければ、異人は、いつまでも局外中立は守ってくれまい。利のある方につくに決まってら。今までは、日和見をしていただけじゃ」

「御言葉を返すようですが、それは敵の言い分じゃあないですか」

徳川慶喜を腰抜け呼ばわりした榎本のことだから、何を言い出すかわからない。

側で黙って話を聴いていた矢田堀が間に入った。

「榎本、長崎の海軍伝習所を思い出してくれぬか。印度《いんど》や清国の二の舞にならぬよう、日本の海軍を育てるためではなかったのか。そのために吾ら士官を養成しようと、大勢の人が力をつくした。蝦夷地で戦を長引かせれば、双方で有為の若者が死ぬ。もうよせよ」

だが榎本は耳を傾けず皮肉な笑みを漂わせていた。

静岡藩徳川家に付与されるはずの旧幕府艦隊を率い、東京を脱走し北へ向かう。

新鋭艦の開陽（艦長沢太郎左衛門）と回天（艦長甲賀源吾）・蟠龍《ばんりゅう》（艦長松岡磐吉《いわきち》）・千代田形（艦長森本弘策）の四隻と輸送船四隻である。榎本艦隊には、元若年寄永井尚志《なおむね》、元陸軍奉行松平太郎、渋沢成一郎率いる彰義隊の残党、伊庭八郎率いる旧幕軍遊撃隊など二千人余が乗り組んでいた。これに先立ち榎本は歩兵頭の荒井邦之助・陸軍奉行松平太郎・永井尚志らと蝦夷地へ向かうことについて評議を行い賛同をえていた。永井は五人の家臣を連れ、浜町屋敷からまるで沖釣りにでも出かける姿で海に出て回転丸にのりこんだ。

さらに浦賀奉行所元与力中島三郎助は長男恒太郎や佐々倉桐太郎の子松太郎らを連れて、榎本軍に加わる。またパリ万国博覧会参列の徳川昭武に従っていた医師の高松凌雲も一行に加わった。凌雲の実家は幕臣である。脱出にさいし、一同はその目的を天下に公表する檄文《げきぶん》を作った。中川宮のクーデター計画が京都で発覚した時期で、榎本が関東での首謀者になっていた。

しかし榎本艦隊の前途は多難だった。

江戸湾を出た直後の八月二十六日（陽暦十月十一日）、銚子沖で大しけに巻き込まれる。

大砲や弾薬などを積んでいた美加保丸は坐礁破船し、咸臨《かんりん》丸は伊豆下田に漂着する。蟠龍《ばんりゅう》は、伊豆の河津港に風浪を避け、帆柱の折れた咸臨丸とともに修理のために清水港へ入る。修理が終わった蟠龍は出航したが、咸臨丸は留まったため、不幸にみまわれる。新政府軍の富士山丸以下が入港し、戦火を交えたのである。砲撃を受けた咸臨丸は艦内の二十人余名が戦死し、小林艦長以下は捕虜となる。

八月末、嵐で舵を失った開陽丸がようやく松島湾にたどり着いた。だが、仙台入りする榎本らが目にしたのは、雪崩《なだれ》のように崩壊していく列藩同盟の姿だった。八月中旬ころから新政府軍にとって戦局は好転し、官軍の勝利が続く。八月十六日に長岡藩の河井継之助が戦死し、八月二十三日には白虎隊が全滅するなど象徴的な出来事が報告された。

八月二十二日、松子をはじめ木戸一家のものたちが、三好軍太郎（のちの三好重臣《しげおみ》陸軍中将）に付き添われ京都に着いた。

「お世話になってありがとう」

木戸は、三好軍太郎（勇臣）をねぎらい、松子の携える風呂敷包みを持ってやった。

「疲れたじゃろう」

さりげなく声をかけながら、互いの思いがこもった眼ざしをからましていた。

戊辰戦争開戦以来、松子へ手紙は出していても、離れ離れの不安な生活が続いた。

昨年初夏に、長崎へ赴く途中、山口に立ち寄ってから、すでに一年余が過ぎていた。

山口へ迎えに行くこともできず、悶々と暮らしていたわけだ。

「少しやせはったの」

松子は多忙な夫の健康を気遣った。

「大丈夫じゃ」人前でかわすことのできる夫婦の言葉は限られていた。

「男所帯でむさくるしいが、上がってくれんか」

木戸は山口から京都まで、付き添ってくれた三好に食事でもとらせたかった。

「三好さん、どうぞ」松子も感謝の気持ちをこめていた。

「ありがとうございます。お言葉に甘えて」

三好を奥の間に通すと、座布団をすすめて、

「楽にしてくれたまえ。薄茶でも点ててしんぜよう」

木戸が準備に立とうとすると、

「うちがやりますさかい、お話でも」

と、松子は奥に立っていった。

「先日、山県と福田に出会った。北越はてこずりそうじゃのう」

「河井継之助は手ごわい男ですのう」

「山県もそう申していた。新型の武器もそろえているらしいのう」

「長崎じゃのうて、横浜で買いまくったそうで」

「官軍にはない新兵器も備えているとか」

「ガトリング砲ちゅうて連射できる機関砲を持っちょりますけ」

三好は、北越戦線から山口へ帰還したばかりで、苦戦の模様を語った。

増水した信濃川なのに渡河作戦を成功させた武勇を口にすることもなく、律義な武人である。薩長盟約の上洛で、品川弥二郎と共に木戸に同伴した奇兵隊軍監の一人で、将官として明治の陸軍を支える。その日は、木戸邸で夕食を共にしながら、語り明かした。

翌日には斎藤父子が京都に来た。大阪に建設される造幣局の監査役を斎藤翁に頼むことにしていた。木戸邸の玄関に見事な白髪の髭をたくわえた篤信翁が訪ねてきた。

「ようこそ京都へおこしやす」松子は斎藤翁父子の姿を目にいれると、親しく挨拶した。

「家内の松子でございます」木戸はあわてて紹介した。

「これはこれは、そなたでござったか。お初にお目にかかる、斎藤で、こちらが息子の」

斎藤翁の紹介をひきつぐように、

「弥九郎でござる。お見知りおきを」二代目弥九郎が

松子に挨拶をした。

〈大塩平八郎〉の乱に際し、江川英龍から頼まれ大阪入りし、大塩の動向を探査して以来のことである。

奥の座敷で松子の運んだ茶を一服すると、斎藤翁は、

「江戸も変わったが大阪と京都も変わったものじゃ」

と時代の変転を町の情景に托した。

「商《あきない》の町大坂はまだしも、京都はご維新の影響をもろに受けるやもしれませぬ」

木戸は、東京遷都の準備が進められていることを、曖昧にしたまま、漠然とした印象を口にするだけだった。斎藤翁は天保の改革・幕末維新の生き証人の一人で、話の密度が濃く、木戸にはいつも新しい感動を与えてくれる。

松子は、練兵館時代の思い出話を事あるごとに聞かされていたが、白い髭の剣豪から漂う風格に、桂小五郎時代の夫が傾倒したわけをあらためて理解した。夫婦の気持ちがこもった歓待に、斎藤父子も感激ひとしおだった。

その夏、白河口では、陸戦の最後のつめが検討されようとしていた。


八月十六日、板垣退助・伊地知正知・河村純義《すみよし》らは軍議を開き、仙台と米沢への攻撃に先立ち、会津を総攻撃することに決めた。

当時、会津若松へ入る道は石筵《いしむしろ》口・勢至堂《せいしどう》口・二本松口・日光口など数本あったが、板垣退助は伊地知らの案をいれ、難路で奇襲性の高い、石筵・母成《ぼなり》峠を経て猪苗代《いなわしろ》へ向かう経路を地元住民の協力を得て選択した。母成峠は安達太良山と天狗角力取《すもうとり》山の鞍部で、中ノ沢温泉へ至る途上にあたる。政府軍部隊は、薩摩と土佐の藩兵を主体に、長州・佐土原・大垣・大村の各藩兵で構成されていた。

会津藩は、二本松から最短距離の二本松口に主力を終結させていた。

ここは政府軍の見事な作戦が光った。母成峠へ板垣・伊地知率いる主力部隊千三百と土佐藩の谷干城率いる右翼隊千余が勝岩台場を目指し、別働遊撃隊として薩摩藩の川村純義に三百余の兵を率いさせた。さらに陽動部隊八百余を中山峠に向かわせた。

母成峠を守る会津軍は、田中源之進率いる会津藩兵二百余、大鳥圭介率いる伝習隊四百余、仙台兵百余、二本松兵百余、土方歳三率いる新撰組若干を加えても

八百名あまりの軍勢で守勢に立たされた。

八月二十一日、接近する台風による強い風の中、砲撃戦による台場の奪い合いから戦闘が始まった。政府軍が二十門以上の砲を動員したのに対し、会津側は母成峠から山麓にかけて築いた三段の台場に数門の砲を備えるだけだった。さらに政府軍は、濃霧の中、地元住民の協力を得て間道伝いに山道を登り、会津軍の側面に突如銃撃を加えた。大鳥圭介は必死に防戦の指揮を執ったが、逃走する兵が続出し、当日の夕刻には勝敗は決した。

翌二十二日、母成峠を突破した政府軍は雪崩《なだれ》を打って猪苗代城へ襲いかかる。抗しきれずと見た城代高橋権大夫は、城を焼き払って会津へ撤退した。台風による豪雨をついて川村純義の部隊は、同日夕刻に日橋川にかかる十六橋に達した。折から佐川官兵衛率いる先鋒部隊が橋を破壊していたが、猛烈な銃撃を受け、退却をしてしまう。十六の石組み橋脚からなる橋は、会津にとって死守すべき要地だった。川村は、砲兵隊渡河のため直ちに橋の修復を命じ、夜には戸ノ口原に進攻した。

豪雨の中、佐川らを引き連れ城を出た松平容保の部隊に、白虎隊なども加わり、滝沢村で防戦した。しかし、滝沢峠での会津敗戦が伝えられ、城内へ戻らねばならなかった。敗走する白虎隊は帰路をさえぎられ飯盛山へ逃れた。

八月二十三日には江戸街道を進撃した政府軍は会津城下へ進出した。城を遠望する飯盛山では、城下の火災を落城と見誤った白虎隊の少年兵たち二十名が自刃した。幼いころから藩是として「ならぬことは、ならぬこと」と身にしみこませて育った少年たちは、生きて虜囚《りょしゅう》となることは、ならぬことだった。奇跡的に蘇生した飯沼貞吉により、凄惨な悲劇が明らかにされる。

母成峠を衝《つ》かれ大敗し、十六橋を奪われるなど、会津藩の戦略上、緒戦の失敗が大きく響くことになる。まだ越後口や日光口では主力部隊が温存され、互角に戦っていたときである。

空白になった会津城下では悲劇が始まっていた。早朝から攻め込んだ政府軍により、会津城下は混乱した。木戸門を閉じられ城内に逃れられず、さまよった挙句、大川に出て小舟で対岸へ渡ろうとした民衆の多くが大雨で濁流となった水魔にのまれてしまう。武家屋敷では家族の集団自決が相次いだ。戦争の常で、兵による婦女子の凌辱《りょうじょく》を政府軍は見逃した。かくしてひと月におよぶ会津籠城戦が始まる。

八月二十四日になると、藩境で戦っていた藩兵が城に戻り始めた。政府軍も藩境守備の会津兵を追う形で、続々と城下に終結し、包囲網を構築した。八月二十六日、会津城の東南にある小田山に大砲を据え付け、天守閣を狙い始める。平和時の会津盆地統治を主眼として築かれた城は、扇状地の東斜面に築かれていた。

大砲による砲撃戦のない古い時代の立地で、最大の弱点を政府軍は見逃さなかった。城の至近から見下ろす地点からの砲撃は着弾の精度が高く、籠城中に被弾した城は、蜂の巣状になってしまう。八月二十九日早朝、会津兵は城外へ出撃したが、百人以上の死者を出した。九月初旬には会津城包囲の政府軍は三万余の大軍になり、五十門近い大砲が熾烈《しれつ》な砲撃を連日加えた。

すでに戊辰戦争の帰趨《きすう》は決していて、不要な日本人同士の殺戮《さつりく》は避けねばならなかった。板垣退助は米沢藩を説得し、九月四日に降伏させ、米沢を通じて仙台藩を九月十五日に降伏させた。会津藩は庄内藩との連絡を絶たれ、まったくの孤立無援となる。

九月二十二日、玉砕を避けるため松平容保は北追手門に白旗を揚げさせた。生き残った籠城者は四九五六名で、婦女子五七六名、老幼五七五名、病者二八四名との記録が残っている。

明治天皇御即位大礼の日が間ぢかになった八月二十四日、御所の御馬見所で、天皇は御簾を上げ、木戸へ騎乗を命じられた。木戸は颯爽《さっそう》と馬を乗りこなした。天皇は親しく肴菓上の花一枝を与え、酒を賜った。それ以来、天皇は乗馬を愛好されるようになる。

京都で明治天皇御即位の大礼を挙げられた八月二十七日には、戊辰戦争の大勢が決しようとしていた。九月八日（陽暦十月二十三日）、元号を慶応から明治に改め、一世一元の制を定めた。明治天皇の東京行幸へ向け、執拗《しつよう》な公卿たちの反対を抑えながら、木戸らは準備を進めていた。

十四

仙台湾を去った後の榎本艦隊を追跡してみよう。

榎本艦隊の千代田形と第二長崎丸が増援の兵を乗せて北越え向かったが、時はすでに遅く、新潟は政府軍の管理下にあった。九月二十二日、会津は降伏開城し、二日後、南部藩、五日後に庄内藩が降伏し、奥羽は新政府に平定された。仙台藩の東名浜に碇泊《ていはく》していた榎本艦隊には、奥羽列藩同盟の降伏により、行く先を失った敗残兵が殺到する。北関東・東北を転戦してきた大鳥圭介の伝習隊や人見勝太郎の遊撃隊、古屋作左衛門の衝鋒《しょうほう》隊、仙台藩星恂太郎《じゅんたろう》の額兵隊などが加わり、陸海軍は三千余の精鋭に膨らんでいた。額兵隊は赤ラシャの洋式軍服を着て、装条（ライフル）銃を持つ部隊である。

旧幕府が仙台藩へ貸与していた大江丸と鳳凰《ほうおう》丸を加え、十月九日蝦夷地へ向けて出港。

出発にさいし、榎本は平潟口総督四辻隆謌《たかうた》にあて書面を送った。その要旨は、朝廷への反抗でなく、蝦夷地の開拓により、徳川旧臣の生活を援助し、ひいては皇国につくすことになるとの意思表示だった。

榎本と行を共にした旧幕臣小杉雅之進は、『麦《ばく》叢録《そうろく》』に江戸湾脱出から箱館戦争までを記録にとどめる。小杉は長崎海軍伝習所の第三期生で、主に機関学をまなび、軍艦操練所教授方を経て、咸臨丸の太平洋横断では蒸気方見習士官を務めた。榎本軍では開陽丸機関長として、箱館政権の江差奉行並となる人物だ。

十月二十日、榎本艦隊は、外国領事館のある箱館を避け、内浦湾（噴火湾）に投錨し、鷲の木に上陸した。『麦叢録』によれば、

『この日午後より風暴く浪高く飛雪万々として陸舩を弁ぜず、寒気稟烈《りんれつ》たり。しかるにわが党のこの島へ渡来せし趣旨を、箱館府知事清水谷侍従へ訴え、なお朝廷へ歎願せんため、人見勝太郎・本多幸七郎をして右の歎願書をもたらし、兵隊三十人を護衛として風浪をしのぎ上陸し、峠下へ向かい出発す。翌二十一日、全軍上陸す』

上陸した榎本軍は、大鳥圭介率いる伝習隊および土方歳三率いる陸軍隊・額兵隊、人見勝太郎率いる遊撃隊などを主力として南下し、箱館を目指した。箱館府派遣の津軽兵は一撃で敗走した。十月二十五日未明、五稜郭の箱館知事清水谷公考《きんなる》は、全軍敗北の報告に接し、箱館港を脱出し、青森へ逃亡した。これにより蝦夷地警備を命じられていた大野・福山・津軽の諸藩兵は、プロシア船で、同日夕刻に箱館を逃げ去った。同時に、箱館港へ回天と蟠龍《ばんりゅう》が入り、海陸から箱館と五稜郭は制圧された。

榎本軍は、準備していた触れ書きを箱館市中に出した。

要旨は新しい箱館奉行に永井尚志《なおゆき》を任じたこと。朝廷へ歎願のため当地へ入ったのであり、手荒なことはしないので、安心して商売を続けるように説得したことなどだった。

箱館在住の各国領事宛にも声明書を即日届けた。内容は次の三点から成っていた。

第一は、蝦夷地渡来の目的で、新政府に徳川の土地が奪われたので、徳川旧臣のため新しい領地を開くこと。

第二は、外国人への配慮で、箱館の外国人居留地に兵が入ることを禁止すること。

第三は、局外中立継続の希望と、榎本軍を交戦団体として認めることの要望である。

第三の項目が最も重要で、各国領事に評価された。

十月三十一日には、開陽丸も箱館港に投錨し、祝砲二十発を放った。各国の箱館領事も、声明書の内容を受け入れ、十一月二日には税関業務も再開される。その日、新政府は海軍局を設置したが、厳冬の季節に入った蝦夷地へは渡海せず、現地は榎本軍の蹂躙《じゅうりん》になすすべもなく、時は過ぎようとしていた。

謹慎中の徳川家は、減封により家臣団の整理を迫られ、約八百石から十分の一以下の七十万石に減らされるわけである。

徳川家康以来、幕府は容赦ない大名統制を行い、改易・転封、減封は武力行使以上の威力で、その支配を確固たるものにしてきた。ここにきて、関ヶ原の後、防長二州に押し込められた毛利家の苦しみを自らも味わうことになる。旗本御家人の合計が約三万余で、その内五千人くらいしか扶持を与えられない。徳川家は家臣に三とおりの選択肢を示した。

第一は新政府への出仕、第二はお暇願を出して農業や商売への転業、第三は無禄覚悟での静岡移住だった。いずれもそう簡単ではなく、多くの幕臣は朝臣への転身を拒否した。

結果的に職をなくした浪人が急増し、夜間に古道具屋として露天に店を出すものもいた。

追い打ちをかけるように、新政府軍に江戸屋敷からの立ち退きを命じられる。無禄で静岡へ移住する旧幕臣と家族は惨状をきわめた。すでに季節は木枯らしの吹きすさぶ厳冬期に入っていて、陸路を箱根越えすることは危険になっていた。まさに避難民であり、藩が借りた外国船で品川沖から清水港まで、すし詰め状態で運ばれた。陸路を進むものには、過酷な箱根越が待受けていた。駿府城下にとどまれるものも限られ、雨露を防ぎ、住む処を見つけ、新たな生業を一から始めなければならないのだ。

旗本・御家人として暮らしてきた誇り高い武士階級にとって、屈辱の連続が待ち受けていたのである。没落した旗本の妻女で花柳界《かりゅう》へ身をおとすものたちもいた。

だから、徳川旧臣のため新天地を開拓する、という榎本政権の主張にも一理はあった。

箱館に進駐した榎本軍は、十一月五日に松前、十三日には江差《えさし》を攻略し、十一月二十日には蝦夷地平定を成し遂げた。そのため箱館府知事清水谷公考《きんなる》は青森に、松前藩主松前徳広《のりひろ》は津軽に逃れた。

十二月十五日、榎本武揚らは蝦夷地領有宣言式を行い、総裁以下の諸司を置き、五稜郭を本営に定めた。当時の箱館は、人口一万二千余、住居は二千八百戸程度の町である。

さらに榎本軍は、入れ札の選挙で、首脳人事を決めた。総裁榎本武揚、副総裁松平太郎、陸軍奉行大鳥圭介、海軍奉行荒井邦之助、箱館奉行永井尚志の布陣である。五稜郭を本営として、三千の兵を箱館・松前・江差・室蘭に配置した。箱館奉行並は中島三郎助、松前奉行は人見勝太郎、江差奉行は松岡四郎次郎である。開陽艦長だった沢太郎左衛門を開拓奉行とし、乗組員は開拓方として室蘭へ派遣した。同じく開陽の機関長だった小杉雅之進は江差奉行並になった。

宣誓式のあと、フランス軍人ブリュネの意見を入れ、兵制はフランス式に統一する。

榎本軍に加わったフランス軍人は十名で、いずれも勇気のある優秀な人材だった。旧幕軍軍事顧問の砲兵大尉ブリュネと下士官カズヌーブと三名の部下は仙台で再会し、箱館まで来たのだった。彼らは陸兵を指導した。箱館港碇泊中のフランス軍艦ミネルバから脱走した士官のニコルとコラッシュは榎本軍の海軍を指導する。

北海道はすでに極寒の季節に入っていたため、新政府軍は春まで青森で戦争準備をすることになる。それまでは手出し無用と、大村益次郎は通達していた。

青森からの渡海作戦は危険を伴った。四境戦争の小倉口戦における関門海峡とは比較にならない距離と空間を頭に入れておかねばならない。その上、榎本艦隊は手強《てごわ》い。開陽・回天・蟠龍・千代田形の四艦、それに箱館で秋田藩の軍艦高雄を拿捕《だほ》している。艦長はいずれも長崎海軍伝習所卒の優秀な人物である。

だが、新政府軍にとって幸いしたのは、十一月十五日の江差攻撃に際し、旗艦の開陽が嵐のため坐礁・難破していた。数日後には、沈没してしまう。

榎本はそのことを極秘にしていたが、噂は噂を呼び、ついにはイギリス公使館経由で、木戸ら新政府首脳の耳にまで達することになる。

第六章 遷都

一

京都御所で明治天皇の即位の礼が執り行われた。

改元直前の慶応四年八月二十七日のことである。

月初めに、岩倉具視から神祇官副知事の亀井茲監《これみ》と神祇官判事福羽美静《ふくはよししず》へ、即位礼の準備が命じられていた。二人は津和野藩の主従である。福羽は、新しい形式による式次弟を建言する。かつて徳川斉昭が孝明天皇に地球儀を献じ、世界のなかの日本を知っていただき、国威の発揚を願ったことがあった。この地球儀を式典の中心に置くことを、提言したのだ。

「列席する百官有司に高邁《こうまい》な志操を吹き込み、その見識を深めさせることになる。同時に万民は、荘厳崇高な式典に深く感銘を受けるにちがいない」と説明し、さらに加えて、

「式典は万民の奉賀の気持ちをあらわしたものであるべきだ」とした。

その日の早朝、天皇は清涼殿《せいりょうでん》で束帯を着けられた。

これまでの唐制礼服の伝統から離脱されたのである。

巳《み》の半刻に紫宸殿《ししんでん》に渡られ、御帳《みちょう》で閉ざされた高御座《たかみくら》に入られ玉座につかれた。掌侍《しょうじ》二人が玉座の左に置かれた案机に御剣《みつるぎ》と御璽《ぎょじ》を安置してしりぞく。阿野《あの》公誠《きんへみ》が天皇に笏《こち》を捧げ、柳原光愛《みつなる》が御履物を玉座の後段の一段目に置いた。鉦《しょう》の音を合図に女官二人が御帳を上げ、執仗《しつじょう》の合図で群臣は平伏した。弁事勘解由小路資生《かでのこうじすけなり》は、天皇に幣《ぬさ》を献じ、次に神祇官知事鷹司輔熙《すけひろ》が御前に進み、幣を拝受した。

儀式が終わると、典儀《てんぎ》伏原宣足《のぶたる》が再拝を求め、賛者《さんじゃ》がこれを伝唱し、群臣は一斉に再拝した。

ここで宣命使冷泉為理《せんみょうしれいぜいためただ》が参進して所定の位置に着き、宣命《せんみょう》を捧げ、声高く新しい天皇の皇位継承を宣した。続いて天皇の御長命と国家の繁栄を祝う祝詞が読み上げられ伶官（楽師）が次のような大歌を奏した。

『わたつみのはまのまさごをかぞへつつきみがちとせのありかずにせん』

大歌が終わると、典儀の合図で群臣は一斉に再拝した。有栖川幟仁《ありすがわたかひと》親王が膝行して天皇の御前に参進し、即位の礼が終了したことを告げた。

鉦を合図に命婦《みょうぶ》が御帳を降ろし、天皇は還御《かんぎょ》される。

この後、議定・参与は、小御所にて、天皇が御無事に即位の礼を終了なされた御祝いの言葉を述べた。

即位の礼の前日、天皇と国民との絆を強めるため、天皇の誕生日九月二十二日を国民の祝日とし、「天長節」と定めた。さらに九月八日をもって元号は明治に改元され、一世一元の制が定められた。

東幸（東京行幸）は、実質的に太政官の中心を東京に移す政権移動を意味していた。天皇東幸の費用の大半は、三井次郎右衛門をはじめとする京・大坂の豪商が献金してまかなわれた。男芸者さながらの宴席も辞さない根回しは、木戸と後藤が献身的に務めた。

七月七日に江戸から京都へ戻って以来、木戸は政務と並行して東幸の準備に忙殺された。

山口から上京してきたばかりの松子との生活も、数ヵ月で再び帳消しになってしまう。

「すまんのう。こんどは帝のお供をせにゃならん」

木戸は謝ってすむたぐいの話ではないことを承知しているが、どうしようもない。

「たいせつなお勤めですよって、うちのことは、心配せんといておくれやす」

健気《けなげ》に強気を装ってはいても、留守を守る松子はやはり淋しさをかくしようがない。

「あんさん、いまのうちに」

木戸が疲れているのを知っていても、夜になると甘えたくなる。

「わしも淋しいのじゃ。連れて行けたらなぁ」

木戸は松子に強がりをすることはしない。時間をかけて、丁寧に松子を愛撫する。彼女は繊細で、つよく感応する。妊娠することをひたすら望んでいるので、男の精を最後の一瞬まで求め続ける。松子がからだを反らし、けいれんするような姿態になると、愛おしくなり、木戸はさらに激しく躍動した。撃剣で鍛えた肉体はまだ衰えていなかった。すすり泣くような悦《よろこ》びの声を、再び帰る日まで、耳に残しておきたくなる。床を二つ並べて敷いていても、朝になると二人は一つ布団で目覚めた。

木戸は、天皇の東幸をとても大切に思っていて、

「この度のお務めは命がけの大役になるじゃろう」と松子に言い聞かせていた。

万一のことがあれば、切腹してでも責任をとる必要がある。戊辰戦争はまだ終結していなかった。三井家が新政府の財政支援に踏み切ったとき、新政府の軍事的勝利が一歩前進した。今回、再び天皇の行幸費用として献金をしてくれ、その喜びを松子と分かちあった。

御即位の式典に参与として参列できたことを木戸は誇りに思い、松子は夫の慶《よろこ》びを、自らの歓びとして感じることができた。東幸の旅立ち前夜、木戸は早くに床につき、まだ暗いうちから共におきて支度をした。松子にとって、夫・孝允《たかよし》の健康が何よりも大切に思われる。


九月二十日、辰の刻（午前八時ころ）、明治天皇は紫宸殿《ししんでん》に出御《しゅつぎょ》され、鳳輦《ほうれん》に乗御《じょうぎょ》なされた。三種の神器の一つ、内侍所《ないしどころ》（神鏡）を奉じて建礼門を発輦《はつれん》された。

この日の木戸日記には、

『晴天。三時に起きて行装を調《ととの》う。野村素介（長州参政）、御堀耕介らが来て数杯を傾ける。

暁を侵《おか》し参朝。諸有司に告別。九時、天機麗しく、御発輦。百官諸侯南門外において送拝奉る。十一時粟《あわ》田口《たくち》に着御。一時、御板輿《おんいたこし》にて御発幸《はつぎょ》。大津行在所《あんざいしょ》へ五時着御。天機を窺《うかが》い奉り退出せり。』との記録を残した。

供奉するもの、輔相《ほしょう》岩倉具視、天皇の外祖父中山忠《ただ》能《やす》、宇和島藩主伊達宗城《むねなり》および参与の木戸孝允以下の諸官と、諸藩兵など三千三百余である。前衛は、大洲藩主加藤泰秋《やすあき》と土佐藩の山内豊積《とよつむ》が洋装の藩兵を率いて先導した。加藤泰秋は、鳥羽伏見の戦いを前に出兵した長州軍を西宮で隠密に迎えた勤皇の人だ。

伝統衣装の新政府首脳と公卿が続き、内侍所（神鏡）を大勢の仕丁が担ぎ、水口藩主加藤明実が護衛にあたる。中央に天皇の鳳輦が八瀬童子《やせどうじ》に荷担われた。政府要人、公卿が続き、岡山藩主池田昌政《あきまさ》と藩兵が後衛を固め、その後に随員と荷物を担いだ人夫が続いた。

道喜門《どうぎ》で皇太后と淑子《すみこ》内親王の見送りを受け、宮様、堂上、在京の諸侯は南門外に整列して行列を見送った。沿道の民衆は列をなして鳳輦を拝観し、粛然と規律を保ち、柏手《かしわで》を打つ音が絶えなかった。行列は大橋を渡り三条通りを粟田口《あわたくち》へ向かった。天台宗門跡の青蓮院《しょうれんいん》で小憩をされ、ここで天皇は午餐《ごさん》をとられると、遠出用の軽便な板輿《いたごし》に乗り変えられた。随行者もここで旅装に着替えをした。

蹴上《けあげ》坂から山科《やましな》へ出て、天智天皇の山科御陵を遥拝《ようはい》され、大津の行在所《あんざいしょ》へ入られた。

この時、権大納言の大原重徳《しげとみ》が馬で駆けつけ、天皇の京都還幸《かんこう》を建言する。天皇の東京行幸に反対を唱えていた廷臣の一人である。理由は、豊受大神宮の大祭を執り行っていたところ、皇大神宮の大鳥居が倒れ、神職らが天照大神《あまてらすおおみかみ》の警告だと申し立て、急使を朝廷に派遣してきたという。大原はそれを利用して行幸を中止させようとしたわけである。しかし、岩倉卿と木戸は動じることなく、大原を京都へ帰した。

翌日、先発の役目で、木戸は五時に大津の宿を出立した。木戸が瀬田唐橋を渡ったのは十七年前、斎藤新太郎（二代目斎藤弥九郎）に従い江戸遊学の途上で、以後は大津から矢橋《やばせ》へ渡し船に乗っていた。歌川広重の近江八景にある『矢橋の帰帆』は見慣れた風景になっていたが、唐橋の往来は時空を渡る架け橋に想える。それ故か、万感胸に迫るものがあったのだろう。人の心にとって門や橋はしばしば結界《けっかい》になることがある。

当日の日記に激情が記されている。尊皇の志の篤い木戸にとって、生死の狭間を生き抜いて、天皇の東幸に供奉していることが、師吉田松陰との思い出につながった。

『十七年前、余はじめて関東に到り霜を踏みてこの橋を過ぎる。その後かつて過ぎず也。風光依然ただ天地の間の事、千転萬変人生量《はか》るべからず。しかれども余、十一、二の頃、天朝の衰微を歎き、幕府の驕敖《きょうごう》を怒り、しばしば同藩の士に語る。士人、江戸の豪壮を称し、陰に幕府を推尊するもの多し。心は常に平ならず。ようやく壮年におよび、独り吉田松陰、我が志を取り、我が志を助ける。』

松陰との出会いを思い出し、入牢中の松陰が過激な書簡を発信する危険を止めさせようとした苦労が甦る。

『その後、天下の変動数次なり。諸少年有志の士、高杉、久坂の輩、戊午《いぬうま》の年、松陰先師の難にかからん事を憂い、関東に於いて余に托す。

今日《こんにち》、松陰師の意に背くとも、今日の嫌疑をさけしめ、以て後来の大策を企てんとし、懇々余に説く。余また同意せり。よって余一諾して帰国し、帰国の後、もっぱら松陰師時世を概歎するの書翰を他国の朋友に贈るものをしばしば拒む。松陰師、公明正大の心を以て、毫《ごう》も嫌疑を厭《いと》わずなり。故に、余の拒《こば》みて支ゆるを怒り、しばしば激論を受く。余も諸有志のために松陰師を今日に保護するを諾し、帰国せし上は飽くまで抗論し、その意に反し、他通の道を絶す。松陰師極めて不平なり。その後、書翰など他通の事なし。』

その結果、松陰から憎まれたこともあった。初婚の失敗で負った心の傷を癒すため、深川に行き湯治中に松陰は、江戸送りとなり、幕府のため死刑になった。

木戸は伊藤らと、松陰の遺体を引き取り、埋葬する。

『ひそかにその首体を奪いて葬る。骨原をその餘若林に改葬し、また甲子の変（禁門の変）に幕府の毀《こぼ》つところとなる。此の間の言も言うに忍びずなり。余、今日生存して未曾有《みぞう》の盛事に遭遇し、鳳輦《ほうれん》に扈陪《こばい》して入関左而《にゅうかんさし》して諸同志実に悲歎交り到を見るべからず。後略』

その夜、木戸は日記を書きながら、つきせぬ回想にかられ、寝付かれなかった。

二

あれは安政六年秋のことだった。

桂小五郎は再び江戸の麻布《あざぶ》藩邸づめを命じられ、萩を出立した。足軽の伊藤俊輔（のちの博文）を供連れにしていた。義弟の来原良蔵から、「俊輔を江戸へ連れ出してくれんか」と頼まれていたからである。

山陰の城下町萩と天下の中枢江戸とでは、時間の流れがまったくちがっていた。江戸では安政の大獄が血生臭さを増し、威圧的な空気が藩邸にまで浸透していた。井伊大老は、恐怖政治により幕藩体制の再強化を図ったつもりなのだろうが、国内に大きな亀裂を生じさせ、分断の瀬戸際へ追いやられる軋《きし》みを小五郎も肌で感じていた。朝廷への弾圧は、勤皇の雄藩と志士たちを反幕府へ向かわせ、開明的な幕臣の粛清は幕府の崩壊を結果的に早めることになった。十月七日、高杉晋作は急に帰国することになり、松陰は書状を送った。

『君のご厚情は幾久しく感銘つかまつった。帰国は残念だが、当方の様子を父兄朋友に伝えてもらえれば、望外の大幸にて』

翌十月八日付の書状には、

『橋本（左内）と頼（三樹三郎）を幕（府）が憚《はばか》って斬ったのはもっともだと思うが、飯泉喜内のような重要な存在でもない志士を斬るくらいでは、僕も斬られないまでも遠島は免れないと覚悟した。（後略）』と、遠島になることを予測していた。

松陰は、密航を企てた際と同様、馬鹿正直に間部暗殺計画を口にしたため、死罪になった。

晋作とすれ違いに桂小五郎と伊藤俊輔は藩邸に入った。そこで橋本左内、頼三樹三郎に続いて吉田松陰が処刑されたことを知る。安政六年十月二十七日、行年三十歳の若さだった。

長州藩江戸留守居役小幡高政が処刑当日の立ち合いをした。藩邸に戻った小幡は青ざめ、悲痛な思いを隠そうとはせず、小五郎らへ報告した。

「髪や髭はぼうぼうと伸びていたが、眼は鋭く光り、そのお姿には凄みさえ感じられた。死罪を申し渡され、立ちませいと役人に促されると、私のほうを向いて微笑みながら一礼すると、くぐり戸から出ていかれた」

「そうでございましたか」小五郎には凛とした松陰の風格が目に浮かぶようだった。

「その直後でござった。朗々と詩を吟ず声が聞こえたのじゃ。まぎれもなく彼の声でのう」

「ご遺言でしょうか」

「さすがに堂々として立派なご最期じゃった。辞世の詩を朗々と吟じられ、幕府の役人も席を立たず、耳を傾けていた。私には、これを渡された」

そういって、小幡は懐紙に記された漢詩を見せた。松陰辞世の歌は、牢内で記した「留魂録」の冒頭にある。

身はたとひ武《む》さしの野辺に朽ちぬとも
　とどめおかまし大和魂

二部書かれた「留魂録」の一部は、囚人の沼崎吉五郎に托し、彼が明治九年に赦免されるまで隠匿《いんとく》していたので、一般の眼には触れなかった。しかし、一部は門下に伝わり、各々が写本として座右に置いた。それだけではなく松陰は遺骸の埋葬を、あらかじめ門下の尾寺新之丞と飯田正伯に、手紙で頼んでいた。翌日、麻布下屋敷に二人《ふたり》は小五郎を訪ね相談した。

「牢役人に金をつかまさんといけん」

小五郎はひとまず五両を尾寺に渡し、周布政之助に面会させた。周布は、藩として公に動けないため、尾寺に公金十両を渡し、遺骸引き渡しの許しを得るよう指示した。

尾寺と医師の飯田は、伝馬町の牢番とかけあい、ようやく許可を得た。

「明日午の刻、小塚原回向院《えこういん》で渡してくれるそうです」

「そうか、それはよかった。回向院は南千住じゃったかな」

回向院は寛文年間に小塚原の処刑人を埋葬するために建立された寺である。

小伝馬町の牢で処刑された遺体も運ばれる。

「少し余裕をもって、当地へおいでくだされ」

尾寺は、松門の兄貴分にあたる小五郎へ、丁寧な言葉づかいをした。

「悪いが準備をしてくれませんか」

小五郎も横柄《おうへい》な態度はきらいだ。

翌日、小五郎は伊藤俊輔を伴い回向院で待っていると、尾寺と飯田が荷車を引いてきた。莚《むしろ》をかぶせた荷台には、大きな甕《かめ》と墓碑にする自然石を積んでいた。

約束の時間に牢役人が現れ、境内の裏手にある藁《わら》小屋へ四人を案内した。中には粗末な棺桶が置かれていた。運ぶためにくくられた荒縄が、痛々しく小五郎の目をとらえた。

「仏さまはこの中じゃ」実務的な声が晩秋の空気をさらに冷え冷えとふるわせた。

蓋《ふた》の隙間から黒ずんだ血が流れ、筋を引いていた。

「先生」悲鳴のような声で嗚咽《おえつ》しながら、尾寺と飯田は駆け寄る。

蓋をとると、血にまみれた松陰の裸体が四肢を折り曲げて押し込められ、その上に斬り落とされた頭部が、無造作に乗せられ、ざんばら髪がやせ細った顔をおおっているではないか。

刑場の小者たちは、役得として衣服を持ち去っても、お咎《とが》めはない。

四人は絶句して立ちすくみ、手を合わせ、

「南無阿弥陀仏、なむあみだぶつ」と、しゃくるように泣きながら念仏を唱えた。

「洗って清めよう」唇をかみしめ呆然と立ち尽くす若者たちに、小五郎は声をかけ、

「回向院にかけあってくる」と駆け足で詰所へ向かった。一両ほど握らせると、井戸水の使用を許可し、天秤《てんびん》つきの水桶を貸してくれた。

四人は手分けして松陰の遺骸《いがい》を水で清め、小五郎は櫛《くし》で髪を整え、飯田が結った。

「遺髪をいただこう。後で分けて、萩の杉さんへ送ろう」

小五郎は小刀を少し抜いて髪を切り、すすぐと懐紙に包み俊輔へ預けた。

小五郎が襦袢《じゅばん》を脱ぎ松陰に着せるると、飯田も黒羽二重の下衣を遺体にまとわせた。

俊輔は帯を解いて松陰の腰に締め、首を胴に固定しようと試みたがうまくいかなかった。

「さあ、移そう」

小五郎は、自らに言い聞かせるように、痩《や》せ細った松陰の胴体を抱えあげ、甕《かめ》におさめた。

「なんということじゃ」

あまりの軽さに小五郎は絶句する。

尾寺が松陰の首を抱くようにしておさめると、ほほ笑んだように小五郎には見えた。

「桂さん、急がないけん」妨害を恐れ、俊輔がせかせた。

前もって決めていた橋本左内と頼三樹三郎の小塚の傍に墓穴を掘り、甕を埋め、持参した自然石を据えた。新しい土の香の漂う塚へ、四人はあらためて黙禱合掌した。四人は松陰にそれぞれの思いを誓ったのである。

幕府が恐れたのは、貧弱な松陰の肉体ではなく、そこに宿る不屈の精神や不朽《ふきゅう》の思想であることを、小五郎は痛感していた。

黒船来航に向けられた挙国一致の危機感が、小五郎の心中で微妙に変化しつつあった。

やがて紆余曲折《うよきょくせつ》があったものの、倒幕へ連動していった。そのきっかけは、安政の大獄での松陰刑死にあったのだろう。

吉田松陰の刑死は十一月上旬に萩へ知らされた。松

陰の死後、松下村塾門下の中心になって行動したのは、久坂と高杉だった。翌万延元年の正月に久坂の呼びかけにより松下村塾で読書会が開かれた。小田村伊之助（楫取素彦《かとりもとひこ》）、高杉晋作、有吉熊次郎、作間（寺島）忠三郎、久保清太郎（断三）らが集まり、松陰の「留魂録」を輪読した。松陰が遺した二部のうち、飯田正伯から回送されたものだった。吉田松陰は死してのちに〈草莽崛起《そうもうくっき》〉を実現させた。しかし門下生はまだ若く、「知行合一」にいたるには、なお数年を要した。

三

翌日、木戸は早起きし、四時に行在所《あんざいしょ》に伺候《しこう》した。五時過ぎには天皇も出輦《しゅつれん》なされる。

この日は明治天皇の御誕辰《たんしん》（天長節）で、近江土山の行在所で従者を招かれお祝いをされた。

木戸は、農夫たちの稲刈りを御叡覧《えいらん》なされるよう建言する。江戸までの途上は、民の生業《なりわい》の現実を知っていただく好機だと、木戸は考えていた。天皇は木戸の建言を御採用になる。現人神《あらひとがみ》として奉られるより、民に近い人間天皇となるご決意だった。沿道の民衆にことのほか心を配られた。高齢の年寄りたちには義金を賜り、孝子、節婦、功労者などを表彰し、病気や事故・戦争などで困窮する者たちにも恵みを与えられた。

天皇が京都を発輦される二日前の九月十八日、木戸は大久保へ重大な秘密を打ち明けた。

「大久保さんだけには、話しておきたいことがある」

「何事でごわっそ」

「まことの王政復古をなしとげるには、藩政を廃し、お上が国土を統治するようにしなければと思う」

「律令国家の昔に復すこっでごわすか」

「厳密には異なるのじゃが、まず〈版籍奉還〉が必要じゃろう」

「わかった。実行するのはたやすいことではなかじゃろう。おいにも考えさせてほしい」

〈版籍奉還〉の素案で、さすがに大久保は即答をさけた。源頼朝の鎌倉幕府より続いた封建制度を撤廃する案である。大久保は尽力を約束した。木戸にとって、廃藩はその入り口であり、郡県制を導入し、中央政府による知事任命権の保持を目指していた。しかし、その全容を大久保に語ることは危険すぎた。

実はそれより先、三条実美・岩倉具視両卿へ、木戸は政府参与として建議していた。

『王政復古の精神を貫徹するには、宜しく至公至正の心を以て事にあたり、武家政治創設以来七百年の宿弊を一掃し、三百諸侯をしてその領有している土地人民を朝廷に還納せしめる必要がある。』と前置きし、『維新の宏謨《こうぼ》を輔翼《ほよく》して、万民の福利を増進せしめねばならぬこと』を述べ、本旨として、『諸侯の版籍を奉還して、昔日の郡県制に復そう』と説いた。

　すると、三条・岩倉両卿は、

『これは諸侯藩士の財産を没収するのであるから、わが国の一大事件であり、もしこの説が外部に漏れて、収拾し難いような紛議を起こしてはならぬ』と判断し、建議はしばらく差し置くように処理された。その後、木戸はキリシタン処分のため、長崎行きを命じられた。

　明らかに〈版籍奉還〉を避けるため、岩倉が長崎へ遠ざけたのだろう。木戸は、長州内部でさえ、その計画を公表できていない。口にすれば、おそらく刺客にねらわれることだろう。

　長崎への途上、五月に帰省した際、毛利敬親公に〈版籍奉還〉の話をすると、

「今はまだ秘しておくがよい。人心が波立っておるときに、さような大事を表《おもて》にすれば、きっと騒乱が起きよう。時機をよく見計らって進めるべきじゃ」そう言って親身に説いてくれたものである。七月に江戸で藩主毛利敬親に会った際にも、〈版籍奉還〉を話すと、

「あわてるな。まだ早いのう」と抑えられた。だから薩摩に先行してもらうべきではないかと思ったわけである。木戸にとって国家の目的が達成されるなら、個人の功名などにはこだわらない。（歴史の裏方に回ることも、決して恥ずべきこととは思わない）

　これは木戸の政治信条であり、日記に記す。

『もとより功名は度外になげうち、人の手をもってその志を遂げ、いささか君父のため皇国のため、相つくすゆえんなり。（中略）大久保といえども未だ奥意を語るにあたはず。ただ表面の条理のみにして止めり。実に今日の遺憾《いかん》なり。』

　大久保が島津久光の側近から頭角をあらわした人物であることを、木戸は熟知していた。

　だから表面的な〈版籍奉還〉に話を止め、薩摩側の反応を見ようとしたのだろう。

　大久保も、イギリス留学経験者で開明的な医師寺島宗則から、先進国の政治制度や地方分権の仕組みにつ

いて、話は聞いている。だが、ことは舶来品の輸入ほど簡単な話ではない。

大久保は、東幸の直前ながら気になって、小松帯刀の寓居を訪ね、外国事務局判事の岩下方平と伊地知《いぢじ》壮之丞《そうのすけ》を呼び相談している。伊地知はもともと公武合体論者で、封建制度の維持に固執している人物だった。木戸が大久保に打診を試みたように、大久保は薩摩藩保守派の反応をそれとなく確かめたのだろう。その結果、自分が先頭を切って〈版籍奉還〉を言い出せぬと、思い知った。木戸は、藩主毛利敬親の言葉を大切にしようと思っていた。

親鳥が卵から雛をかえすように、時機が熟すのを待たねばならなかった。

俯瞰《ふかん》的にみれば、九月二十二日は、会津若松城で松平容保が降伏開城し、奥羽・北越戦争が終焉《しゅうえん》に向かった日でもあった。

天皇の鳳輦は、つつがなく関・四日市・桑名と東海道を東に下っていた。九月二十六日、桑名から渡海して宮駅に到着すると、勤皇の志が篤い大垣藩執政の小原鉄心が見送りに来た。この日、岡山池田藩士で新政府軍務局長の三宮耕庵が訪ねて来た。落城直前の会津を九月十七日に発ったとのことである。岩倉卿の命で彼の地の近況を聞く。勝利した官軍の兵士が狼藉《ろうぜき》を働いていることがわかり、木戸は心を痛めた。六月に江戸へ下った際、そのことを予知して対策を進言したのに、対策がたてられなかったことが歴然としていた。

木戸日記によれば、

『(前略) 会津城下焼失の家中、家宅中に三軒あるいは五軒に白刃ノ屍の無き (家は) 有りと云う。また一家に二歳くらいの小児を合わせ老少七人刃に斃《たお》れしものありと云う。実に憐れみの至りなり。彼らも元は同じく皇国の民にして、ただ大道を踏むところのそうい、終にここに至る。然れども夫人子供に何の罪かある。敵人といえどもまた哀痛の至りに堪えずなり。天下の諸侯、今日の急務は己の私を脱し、大いに皇国を補翼《ほよく》し、天下をして富岳の安きにおき、萬民安撫《ばんみんあんぶ》の皇威を四方に暉《ひか》さずんば実に天下の大罪なり。然るに余なお交朋のためにも甚だ痛歎悲泣の件山の如く、深く浮世の事を歎息す (後略)』

会津の惨状を知り、木戸は憤りを覚え、三宮耕庵に、十月一日付で会津に設けられる民政局の善政を強く求めた。会津に戻った三宮は、それまで放置された遺体の埋葬に尽力する。

会津藩士だけでも二千余の遺体が野ざらしにされていたが、阿弥陀寺と長命寺に埋葬するように命じる。しかし雪の季節の到来と頻発する一揆のため作業は遅れる。埋葬は被差別部落の人々に委ねられたが、岩や石ころでも投げ込むような乱暴さが目にあまった。

会津藩士で鷹番頭《がしら》だった伴百悦が、三宮に頼みこみ「埋葬方」に任じられた。伴百悦は、阿弥陀寺に一二八一、長命寺に一四五など、十六ヵ所に総数一六三四の遺体を二ヵ月かけて埋葬する。この話には余録がある。

埋葬を終えた伴百悦らに対して民政局監察方の久保村文四郎（越前藩士）が嫌がらせをし、埋葬地につけた墓標を撤去させた。伴百悦は明治二年七月に帰藩する久保村を同志とともに待ち伏せし斬殺する。だが捕吏に取り囲まれ、自刃して果てることになる。

木戸の耳に達した新政府軍の狼藉《ろうぜき》は、氷山の一角に過ぎなかった。

東幸される明治天皇は、戊辰戦争の悲惨な裏面をご存じないまま、江戸へ向かわれる。

九月二十七日、熱田宮《あつだ》へ行幸《ぎょうこう》され、木戸は供奉する。途中松原に鳳輦を止めさせられ、農夫の稲刈りを親覧なされた。岩倉卿が農民から稲穂を取り寄せ、天皇の御前に供覧された。

民の生業《なりわい》を直接御覧なされることは、極めて有意義なことである。天皇は農民へ菓子を賜り、その労苦をねぎらわれた。

十月一日早朝、庄内藩と戦い、半月前に秋田を出た大垣藩の井田五蔵（のちの譲）が訪ねて来た。京都留守居役のころから大垣藩執政小原鉄心の側近として、佐幕連合形成に動いた人物である。今では軍務官権判事として、新政府軍の一員として働いている。

井田の報告によれば、秋田戦線は苦戦の連続だったらしい。庄内藩兵は新式の銃を装備し、寡兵の政府軍を痛めつけた。最近になって政府軍は増兵され、加賀藩より運ばれる兵站の塩、味噌、足袋なども届き、数千の新政府軍も到着し、形勢は逆転した。

十月一日付で奥羽・北越戦争の終結が宣言された。従軍した兵士へ帰休が沙汰され、東幸の性格も親征色は薄くなっていた。

白須賀で、天皇ははじめて大平洋を御覧になり、感嘆の声を発せられる。大坂湾や琵琶湖とは、荒々しい波や海の広がりがちがうことを体感しておられるようだ。その光景、その御姿に、木戸は感動する。

十月二日、浜松城下に入り、浜名湖を今切で渡られた。外洋とつながる湖畔の由来に興味を示された。

この日、東征大総督府より御使いが来た。

『仙台藩が九月二十日に開城し、伊達父子は謹慎。米沢藩ほすでに降伏し、会津も松平容保父子が城を出て降伏を願った』とのことである。現地では九月末に決着がついているのだが、通信に時間がかかり、天皇への報告は本日のこととなる。木戸にとっても、懸案が一つ払拭《ふっしょく》されたことになる。

翌日はいよいよ天龍川にさしかかる。この夏は、連日の雨で浜松・天龍間が水害にあったらしい。御通輦につき天龍川と安倍川に舟橋をかけさせ、民力で新道を建設した。

本日になって、尾張藩の探索人が会津より帰り、九月二十二日降伏したとの報告があった。

『会津は頑愚とはいえ、その気性は不凡のものがあり、今日降伏を乞うはいささかその風景を害すものがあり、城中には弱兵と婦女子のみが残っていた』と木戸は日記に記す。

大木喬任と会って、奥羽諸侯の処置や仙台・米沢両藩の処罰などにつき話し合った。行在所に行き、その事につき岩倉卿へ意見を述べた。

十月四日、金谷に着き、いよいよ大井川を渡るつもりだが、徳川家康が東海道の大河に橋を架けることを禁じたため、未だに徒歩で渡るしかない。大井川は板橋を渡ることになる。

家康は不慮の備えをしていたはずなのに、徳川幕府はたちまち瓦解してしまったわけだ。

木戸は感慨をもって板橋を渡った。日記でそのことを記している。

大井川を渡れば島田である。京都を出て十四日にして雨に遭い、はじめて行装を濡らした。

天皇は藤枝にて泊まられた。戦争終結の報告を受けて、大木喬任は明日より一足先に東京へ先発する。木戸は、仙台・米沢両藩の御処置の判断などを記し、大略を上奏した。

東山道軍総督府大軍監の香川敬蔵が、東京から使者として来訪し、意見交換をした。香川は、水戸藩勤皇派志士で、イギリス人襲撃事件を起こすなど、過激な行動もした人物である。岩倉具視に見出され、新政府東山道総督府軍（岩倉具定総督）の大軍監として彦根藩兵を率い、宇都宮戦争に参戦したが、大鳥圭介・土方歳三の旧幕府軍に敗れた。板垣退助や大山巌らの率いる援軍により、新政府軍は宇都宮城を奪還し、東北の戦線へ参戦できた。

翌日、駿府入りすると、徳川家臣団は礼節をわきまえ、至極丁重に迎えられた。大村益次郎の使者、一番隊教導の片山正作が、松平容保の謝罪帖を持参し、容保と家臣たちの御処置のうかがいに参上した。行在所にてその処置を検討した。

十月六日、暁に江尻を発ち、蒲原《かんばら》を経て吉原で泊まる。夜、天皇の侍医として供奉する緒方惟準《これよし》（洪庵の次男）を訪ね、天皇のご健康のことから、医学一般のことまで談話した。

「お勤めご苦労さま」木戸が十歳年下の緒方を慰労すると、

「帝はご壮健でいらっしゃる。それ故、私どもは手持ちぶたさのこともごいますな」と応じ、率直でこだわりの少ない性格だった。

「大村益次郎、いや村田蔵六殿をご存じかな」

「はい、お話したことはないのやけど、父の適塾で塾頭を務めていころ、遊んでもらったことがありますな。まだ子供やったさかい」

「医者の道をそれて、軍務で国に貢献しておられる。そうなったのも、私が誘いこんだためで、責任を感じちょるのです」

「緒方の父もそのことを喜んでいるにちがいない。慶応義塾の福沢先生もそうですやろ」

「適塾からは綺羅星《きらぼし》のごとくに人材が育ちましたな」

「父は留学をしたかったのでしょう。本人のためには、もう少し後から生まれてくればよかったのでしょうが」

「先生はオランダへ留学なさったとか」

「ボードウィン先生の紹介でしたが、幕府が崩壊し帰国を余儀なくされましてね」

「そうでしたか。とんだ迷惑をおかけしましたな」

「とんでもない、国の大事ですから、当然でしょう」

父洪庵以来、幕臣だったが、緒方は幕藩体制でない国家の概念を理解しているようだった。

「ぼくも若いころから西欧にあこがれまして、今もって機会があれば、ぜひともと願っていますよ」

「たしかに、百聞は一見にしかずですし、若者を留学させるべきです。それも国策として、貧しくとも、向学心のある者は援助してほしいものです」

緒方惟準は熱く語り、国家として、早急に近代医学を身につけた医師を養成し、病院建設をはじめとする医療制度を整える必要があることを、オランダの例をもって語った。

木戸が長州藩侍医の出であることを知らなかったらしく、そのことを話すと、より親密になり、大村益次郎、福沢諭吉、長与専斎などの適塾での逸話を聞くことができた。

いずれも緒方惟準が幼かったころの塾生で、遊んでもらった思い出などが記憶されていた。それにしても適塾は人材を輩出している。箱館五稜閣を建設した武田斐三郎や旧幕府陸軍を率いた大鳥圭介の名前もあがった。

木戸は松下村塾の話をしたが、教育の大切さを二人は共通の価値として認めあった。

夜遅くに松浦《まつら》武四郎が来て、東京府の近情を語ってくれた。蝦夷地の探索に貢献した人物で、「北海道」の名付け親でもある。新政府から箱館府判事に任命され、東下の途中で榎本武揚らが蝦夷地へ向かった事を知る。八月末東京に着くと、東京府知事付属を仰せつかった。

程なく明治に改元され、郵政局御用掛の辞令を受けた。そしてこの度、御東幸先まで、急飛脚御用に任じられたわけである。初仕事として東京府の近情報告をし、木戸にとって憂うべきことを多数耳にする。総督府から諸隊へ解兵令がだされ、帰休兵が東京にあふれているという。会津・庄内の降伏により、箱館を除き戊辰戦争が終息するにつれ、新たな社会問題が発生していた。戦争帰還兵や敗戦で浮浪者となった者たちが、関東の治安を乱しているらしい。

十月七日の朝早く、山県狂介から面会を求める書状が届いた。越後の前線から甲州を経て東海道へ出、三島で木戸を待つとの事である。そのため木戸は、沼津より御先を願い出て、三島にて山県と逢った。

「ご苦労じゃったのう」木戸が北越戦線に勝利した山県をねぎらうと、

「長岡の河井継之助は強敵でした」開口一番、山県は本音をもらした。

「河井は周到に準備していたのじゃろうのう」

「横浜だけじゃのうて、新潟からスネルちゅう兄弟の武器商人から新兵器を買い入れていたらしい」

「それに知略にたけた武将と聞いたが」

「口惜しいが、いったん攻略した長岡城をあやつに奪い返されましたからのう」

そう言いながらも、山県は頰を紅潮させていた。

「ちょうど、西園寺卿が前線に見えられちょって、まさかの寝込みを襲われました」

「危うかったのか」

「たしかに、恥ずかしい負け戦じゃったと反省しちょります」

後々、山県の恥辱として喧伝《けんでん》されるのだが、宿舎を襲ったのは、桑名藩士立見鑑三郎《たちみかんさぶろう》（のちの立見尚文陸軍大将）率いる雷神隊だった。奇襲攻撃に刀さえ身に帯びず、酒の入った瓢簞《ひょうたん》片手に一目散に脱走したと、当の立見に冷やかされ続ける。

西園寺卿も、寝間着の上にとりあえず陣羽織を被って馬にまたがったが、派手な衣装が目立って狙撃を恐れた付き人が、羽織を裏返しに着直させたらしい。

山県は敗北寸前まで追い込まれ、時山を戦死させたことは話したが、山田顕義の活躍などは口にせず、彼らしい処世の一端を見せていた。ただ三好重臣が危険な増水にもひるまず、信濃川を渡って作戦を遂行した勇気は絶賛した。

「会津へは入らずか」木戸が気になって問うと、

「長岡城をおとした後、新潟、新発田へ進攻し、越後口の戦闘は終結させましてのう。すぐに会津へ向かい高田方面の敵を攻撃していたら、板垣らが会津へ攻め込み、援軍も続々と集結しちょりました」と報告した。

「板垣は早かったのう」木戸はその戦功を評価した。

「運もよかったのじゃろうと思っちょります。越後口の官軍は会津城下で戦わずにすみ、前原さんら一部の部隊を残して、越後へ引き揚げました」

「そうか、それは良い判断じゃった」初めて木戸にほめられ、山県は嬉しそうな顔をした。

「戦争で痛めつけられた城下に、何万もの兵がひしめいていては、弊害のみが多くなりますけ」

山県の達観に木戸は感心し、

「言うとおりじゃのう」微笑みながら、何度もうなずき、

「練兵館で学んだ斎藤翁からも、兵は凶器なりと教わった」教訓を伝えた。

「それで、越後から信州を経て、木戸さんに会おうと思い立ったわけで」

「遠くからすまんかったのう。ありがとう」

山県はまだ純粋さの残る軍人で倫理観もあり、松陰門下生の片鱗《へんりん》がうかがわれた。

木戸は、山県が武功を売り込むことなく、大局的な視点から越後の軍を会津から引かせた処置を大いに評価した。この時点から、山県は木戸に導かれるように政治の中枢へ近づくことになり、江戸での再会を約束して別れた。

この日、天皇は、はじめて富士山を仰ぎみられ、優美かつ雄大な姿に深く感動される。

富士のように泰然自若《たいぜんじじゃく》として優雅な人物にならなければ、と思われたに相違ない。

十月八日、天下の険箱根山を超えるときがきた。天皇は、早暁の寅《とら》の半刻（午前五時ころ）に出発され、午餐時《ごさん》に箱根駅に到着された。芦ノ湖の景観にことのほか満足され、銃による鴨猟を見たいと希望された。

前日、駿河と伊豆の国境で行幸を出迎えた伊豆代官江川太郎左衛門（英武）に、木戸は相談していた。

「主上が猟鳥を叡覧なされたいとのことでござる。急なことでご迷惑じゃろうが、どうにかなりませぬか」

すると江川英武は、側に付き添う江川家総代の柏木惣蔵を見やりながら、

「この上ない光栄にぞんじまするぞ。早速に手配させましょう」と快諾した。

その上、木戸を喜ばせる朗報を告げ、

「幸い、嶺上の湖水（箱根芦ノ湖）に鴨が渡ってきていると、聞いております」

木戸にとっては旧友の柏木が保障してくれた。

天皇はそれを叡覧なされた。射撃の名手が鴨を撃ち落とし、一羽を献上すると、天皇は大変お喜びになり、賞金五百疋を賜った。木戸は一足先に小田原へ入り、柏木と再び相談して、大磯の御宿で供奉する小隊に一斉射撃をさせ、岩上の海鳥を猟す様子を天覧に供しようと、内密に決めた。十月十日、主上は大磯の海岸で海水につかられ、一斉射撃を御覧になられた。また江川塾で射撃訓練に行ってきた「角撃ち」も、御覧いただいた。「角撃ち」は四角の木片を狙い撃ち、その的中率を競わせる訓練である。

木戸は、江川家が国防と陸軍の近代化に果たした重要な役割について、お話した。

その間、漁師たちは網を入れ、射撃の終わるころに地曳網《じびきあみ》を浜辺へ引き揚げた。褌《ふんどし》姿の漁師が数個の大

桶に潮水を満たして運んできた魚を、主上は大変興味ぶかげに御覧になられた。「明治天皇記」には、『天顔頗《すこぶ》る喜色あり』と記録されている。回り道をして浜辺へ出られた主上に、民はとてもありがたいことと感謝していた。

夜中に、江川太郎左衛門、柏木総蔵、根本慎蔵と緒方・横山両医師が来訪したので、木戸は一席を設けた。緒方医師と江川一門との話も弾んだ。緒方洪庵が江川家顧問格だった伊東玄朴や大槻玄沢らと親しかったことを、柏木が教えてくれた。

江川家の人々は木戸にとって、かけがえのない恩人である。大村益次郎のみでなく、江川英龍を介しても緒方一門との不思議な縁があると思った。数年後、木戸は適塾の二人の塾頭経験者、福沢諭吉と長与専斎とも親しくなる。その夜は再会を喜び、懐かしい日々の思い出に回帰していった。緊張続きの行幸の疲れが一度に消し飛ぶような夜だった。

緒方、横山両医師から主上の健康状態を聴き、安堵する。お疲れも見せず、街道の風景や民の生業《なりわい》を興味深く観察なされていた。

十月十一日、三日前から寒風がはなはだしい。二時ころ保土ヶ谷に御着輦。これより供奉の面々は皆騎馬となる。御通輦の折、外国人の男女が多数出迎え、米英の兵隊およそ一大隊が右側に整列し、拝礼の式を行った。夕刻、神奈川へ御着輦。

翌日、川崎を過ぎ、品川に達した。途中、多摩川を渡河するため、六郷に舟橋を浮かべ御無事に鳳輦を通すことができ、大久保利通と江藤新平が迎えに来た。ついで大木喬任、中井弘蔵らも姿を見せる。

十月十三日、十六歳の明治天皇は、ついに東京へお着きになり、多くの民衆に歓呼の声で迎えられ、江戸城へ入られた。この日より東京城と改められ、皇居となった。あまりの広さと豪華な建物に主上は驚きの眼を見開かれた。（徳川家に集中した富について、いかように覚え召されたのか）拝聴したいと思った。

当日、木戸孝允は次のように日記を記した。

『十月十三日。今日一天雲なし、風静にして春の如し。日出、御出輦。今日総供奉、堂上諸侯衣冠なり。大総督有栖川宮、鎮将三条公、御備の初先を供奉なり。高輪有馬邸御休所において、暫く品海の景容を叡覧遊ばされ、間もなく御出輦、十一時頃、増上寺方丈《ぞうじょうじほうじょう》へ御着輦。赤門より奏楽。一時御鳳輦にて御発。また赤門まで奏楽。呉服橋見附より行宮へ御着輦。行宮は元西丸也、供奉の面々、尽《ことごと》く下馬札のところにおいて下馬。日没前御着輦。坂下門前より奏樂。今日往来両側之拝人、幾十万其数を知らず。』

天皇は増上寺で小休止し、ここで鳳輦に乗り変えられた。

この日は行列の先頭を伶人《れいじん》（雅楽奏者）が音楽を奏でながら先導し、供奉《ぐぶ》の親王、公卿、諸侯は衣冠帯剣し馬上で従った。増上寺へ参られたのは、歴代徳川将軍への礼であり、東京市民の琴線に触れた。この日天皇は次のような詔勅を出された。

『皇国一体、東西同視、朕、今東京ニ幸シテ親シク内外ノ政ヲ聴ク』

東京行幸の詔書になっていて、遷都を宣言されたものではなかったが、内乱の終息を希望され、国民の一致団結を求められている。財政難のため下賜金は中止され、御酒に土器、錫の瓶子《へいし》やスルメも下賜された。府民は仕事を休み、下賜された新酒を戴《いただ》いた。

供奉の者のうち、木戸や大木は戸田淡路守邸に泊まることになった。


夜、大村益次郎らが訪ねてきた。一酌を傾け、関東の近情や奥州の状態を聞くことにした。

「大村さん、お陰で日本が一つになりましたな」

これまで木戸は、大村を先生と呼んでいたが、天皇遷幸の下調べに江戸へ出た際、止めてほしいと頼まれたのだった。

「私は何もしていない。じゃが国民が望んだちゅうことですかのう」

「これからが大変ですのう」

「まったく同感ですな。戦争は民を疲弊《ひへい》させますから」

大村は言葉を切って、

「戦場で亡くなった兵士をどう処遇したらええのか……。対応を間違えば、新たな戦の火種になりかねませんな」と眉を寄せた。

「藩兵をなくし、国軍を創設しなければ、薩摩幕府になりますぞ」

木戸は大村の思っていることを代弁した。

「まったく同感ですのう。降伏した東北諸藩には、治安維持のため必要最小限の兵を駐屯させ、残りは諸藩へ帰すべきです。中央政府の政体を改め、旧天領と同様、勅撰官を知藩事として派遣すべきでは」

「なるほど、東北の治安を回復し、行政の道筋を立てねばなりませんな」

戊辰戦争を戦いぬいた大村の手腕には感服する。

「木戸さん、いそがにゃいけん」

「わかりました」二人の間では共通した認識があり、意思を通じやすかった。

だが、官軍として参戦した藩が増えれば増えるほど、意見が輻輳《ふくそう》してまとまりがなくなる。

その上、大村が多くの敵を作った可能性があり、木戸は内心危惧していた。

四

十月十四日、参内の御達しがあり。供奉の者、東京在職の面々は天顔を拝し、祝い酒を賜った。今朝、前線から帰還の途中で会い、先発していた山県狂介、南野一郎が訪ねてきた。

「木戸さん、命をかけてご一新のために戦ったものたちへの報償を、考えてくれませんか」

山県は木戸が最も気にかけていることを口に出した。

「そうじゃのう。昔の戦なら、恩賞にあずかるべきところじゃしのう」

そう言って、木戸は苦しい政府の台所事情を想った。

「大村さんとも話したのじゃが、奥羽越の降伏諸藩を整理しなければ、恩賞の元手がつくれまい。それを急ぐつもりじゃ」

「現場を指揮した者の一人として、兵士へのいたわりが必要じゃと思いますけん。木戸さんの力で、政府を動かしてくだされ」

「そういわれてものう。即答はできかねるのじゃが、いそぐつもりじゃ。それまでは、長州の諸隊は自前で凱旋を祝うてやらねばのう」

「木戸さんがひとりで引き受けるのは大事じゃ。長州の国元にも伝えないけませんな」

山県は、銃後の財政をやりくりする難しさに気づきはじめていた。

翌日も面会者が多く、朝から名和緩（旧姓片山哲次郎）が訪ねて来た。

彼は周防吉敷郡の郷校憲章館学頭を務めた人物だ。養子の服部一三は、遊撃隊隊員を経て、河瀬真孝に従い長崎で洋学を学び、岩倉具視の息子具定《ともさだ》・具経《ともつね》兄弟と共にフルベッキに師事した。明治二年の官費留学制度で、岩倉兄弟と渡米し、帰国後、大学教育の発展に貢献する。

名和は、三条公からのお使いで、大村益次郎と山積する難問の解決をはかるように指示されていた。ことに鎮将府をどうするか、木戸の意見を求められた。その結果、鎮将府は廃止し、駿河以東の十三ヶ国を太政官の管轄とし、諸職員を行政官つきとした。

夕刻まで木戸は大村と話し合い、具体的な方策を検討した。戦後処理は、多方面の利害が衝突していて、もつれた糸玉をほぐすようなまどろこしさがつきまとう。冷酷にならぬよう戒めあった。だからといって温情一辺倒では、示しがつかぬことも多い。

それに新政府の財政逼迫《ひっぱく》は、何事をするにしても最大の障害になっていた。長所でもあり逆に短所にもなる人情の濃やかさは、自身に身心の過労を強いていた。木戸は慰労の宴会を断ることができなかった。それどころか、しばしば自腹を切って、戦場から復員した後進たちに酒肴をふるまった。その夜も、長旅の疲れを隠して、長州の戦友を慰安する宴席を設けた。会津母《ぼ》成峠《なりとうげ》攻防戦に参戦した第一大隊二番中隊長楢崎頼三郎、第四大隊一番中隊長原田良八らと「酔月」に行くと、山県狂介と南野一郎も来ていた。

酒を酌み交わしながらお互いに激戦の様子や戦争の惨状などを語りあった。

「母成峠を攻めたのは、板垣退助の殊勲らしいのう」

木戸は、会津攻略の突破口となった母成峠攻略の詳細を知りたいと思った。それに応えて楢崎が説明した。

「白河城を陥落させた後の軍議で、会津へ攻め込む道筋が問題になりましてのう。大村さんは、枝葉を断って幹を孤立させる策、つまり仙台と米沢を先に攻略せよとの案じゃった」

「それでは冬になって、会津は攻められぬと、板垣が独断で会津攻めを決めたらしいのう」

山県は、そのように聞いていた。

「結果的に板垣の策が当たりました」

楢崎は母成峠の奇襲攻撃が、会津の防衛線を崩すもとになったことを認めた。

郡山から三つの進入路が想定され、会津藩はそれぞれに守備隊を配置していたが、母成峠を守る大鳥圭介らの部隊が一番手薄になっていた。

板垣の土佐兵と長州兵は、樹林に身をひそめて接近し、急襲に成功する。

「母成峠が崩れると、猪苗代城までは一気呵成《いっきかせい》でした」

楢崎はそう言って、会津城下への進攻をつぶさに語った。

「籠城戦は長引いたのう」会津城の攻防が思いのほか長期化した理由を知りたがった。

「城攻めは兵力を消耗しますな」

そういう山県には、長岡城攻めで苦杯をなめた体験が身にしみていた。

木戸は大酔して十二時に帰寓した。

それでもお天とう様が昇れば、眠気を振りはらって責務をはたす。

翌十月十六日朝、参内し三条卿に拝謁し心事を拝承する。

午後二時に退出すると、山県と南野がまた訪ねて来て、将来のことを語り合う。

「まだ長州藩の身分のままじゃけ、これからどうしたものか迷うております」

「相談せにゃいけんが、兵部省に出仕して国軍の建設に力になってくれんかのう」

「それはありがたいことですが、ひとまず山口へ帰らな、身分が定まりませんけ」

「そうじゃのう。その間に体制を整えちょくからのう」

「できたら、近いうちに西欧の兵制を調べて、国軍のありようをはっきりさせておきたいのですけどのう」

山県の希望は欧米の兵制を視察することにあるらしい。

「なるほど。だがのう、まだ榎本軍が健在の折でもあり、早すぎはせんか」

木戸は山県の申し出を保留にした。旧幕府のみでなく新政府内部も互いに疑心暗鬼で、ことに大村益次郎は薩摩の憎しみを一身に引き受けていて、山県らに協力するよう求めた。

その夜は岩倉卿との約束で大久保、大木らと旅館にて行幸供奉の慰労会があった。

各々の口から出るのは、新政府の難問ばかりである。ことに財政難は深刻で、由利公正の建議を入れて、金札（太政官札）の発行と貸し下げを行うが、うまく機能しなかった。

明治元年閏四月から二年五月までに四八〇〇万両という多額の金札が発行された。その大部分は新政府や諸藩の政務費や軍費にあてられ、商法司をつうじて民間に貸し出されたのは、六五六万両にすぎなかった。

しかもこの紙幣は三都以外では流通せず、流通しても額面を大きく下回った。新政府の信用もまだ確立していず、不兌換《ふだかん》紙幣も同然だった。

由利は責任をとり、翌二年二月にいったん政府を辞す。坂本龍馬がほめちぎった財政通の由利をしても、現実の経済は得体のしれぬ魔物だった。

もう一つの問題は贋金《にせがね》である。当時の開港場では政府・諸藩の鋳造した悪質な二分金あるいは偽の二分金が出回り、欧米諸国からの非難が日増しに高まっていた。

十月十七日に参内すると、天皇は臨御《りんぎょ》なされ、祭政一致の叡慮を仰せられた。

夕刻、昨日に続き岩倉卿を訪ね、大久保、大木と共に会談をする。三条卿が鎮将を辞めたいとの希望が強く、この後の改革処置につき議論をした。三条卿に引退されることは国政のためにならないため、木戸は説得役を命じられる。夜中過ぎまで三条卿とお話をした。

翌日、三条卿の御旅館に木戸は大久保、大木、田中、江藤、土方らと集まり、将来の処置を話し合う。岩倉卿、蜂須賀侯も同席された。とりあえず鎮将府を廃すことに決まった。

鎮将府総督の熾仁《たるひと》親王が辞職され、錦旗・節刀を返上され、政府軍は天皇の下に一元化されたわけである。

十月十八日、一時帰郷する山県狂介が挨拶に訪れたので、木戸は送別の杯を交わす。その際、梅花の短刀に漢詩を添えて贈った。夕刻、鎮台判事の江藤新平を訪ねた。東京遷都をいち早く建言した男で、旧幕臣の妨害もなく、無事に成就したことを喜びあった。実直だが、上昇志向の強さは大隈以上のものがある。この点は要注意なのだが、国政の制度設計については傾聴に値する考えをもっていた。すでに東京府の民政や都市問題だけでなく、会計や財政で手腕を発揮していた。木戸はいずれ国政に江藤を参与させるつもりなのだが、鍋島閑叟侯が佐賀藩政の改革のため、しきりに帰国を求めているらしい。

話はつきなかったが、長居をして迷惑もかけられず、木戸は辞去する。

桂小五郎時代に世話になった金具屋の村田や白金屋さらには、料理旅館「桜屋」を回り、懐かしい思い出話に花を咲かせた。

翌日朝には、斎藤翁が訪ねてきた。年輪を重ねた大樹の風格があり、練兵館入門当初からの思い出を語り合ううちに、二人の目がしらは熱く潤みがちになった。

「嬉しいのう。お互い乱世を生きて会えるとは」

「お師匠さまの教えに従い、剣を使わず」

「そうであったか。練兵館や江川塾で学んだことが役に立てば、われらも報われる」

「渡辺昇や井上聞多も元気にしていますぞ」

「いつかまた、一堂に会す日がこよう。それぞれ己が道を生き抜いてくれればよいのじゃ」

話はつきせぬものがあったが、参内がひかえていて、後日の訪問を約束して別れた。

十時過、御用で大木とともに参内した。帰途、岩倉卿を訪れると、阿波の蜂須賀侯と宇和島の伊達侯が来邸していて、互いに思うことを論じあった。新政府の基盤を固めることと、東北諸藩の処分を前向きに行うことで意見の一致を見た。両侯が帰られた後、夜十時ころまで岩倉卿と前途のことを大いに語りあった。

会談の間も岩倉卿は要点を書き留めていたが、十月二十一日に意見書として提出する。今後の政務につき太政官で評議すべき案件についてである。木戸の考えも汲み、軍制、財政、学制、刑律の四大綱目をはじめ、議事院、奥羽施政、蝦夷地開拓、奥羽・越後の降伏した諸藩の処分、戦功処遇、外国取扱など、新政府が当面する広範な諸案件を考慮したものだった。

十月ころ岩倉卿は過労のためか病床に臥《ふ》すことが多く、政策案を書面で提出し、朝議にかけることが多かった。さらに参与も病欠者が多く、木戸と大久保の二人で取り決めなければならないことも増えていた。

二人は、洋式の兵制と武器の採用により、藩の旧支配体制が崩されていることに気づいていた。東北からの帰還兵の中には、上司へ無礼な態度をとるものさえ現れる。

〈版籍奉還〉の道程として、新政府は小出しに政策を変えていかねばならなかった。

十月二十二日、大村益次郎が木戸を訪ね、東征大総督府御帰京御解職の件を話し合った。

箱館の榎本軍を残しているものの、ほぼ東征を終えているので、木戸も大久保も大村の建議に異論はなかった。重要なことは西郷が解任されたことだろう。有栖川宮はこの年二月以来、京都を離れられ、何かとご負担も重なっていた。木戸は幕末以来のご支援を感謝した。

有栖川宮は十一月二日に、錦旗と節刀を天皇へ奉還することになる。翌日、参朝し、木戸は高官の月給を半額に減らし、戊辰戦争の将兵へ賞を賜る員数を増やすよう建言する。この日、東京在勤の諸侯へ天皇より酒餞《しゅせん》を賜った。その後、山内容堂公の招きで御屋敷にうかがった。容堂公は「議事作成御用」の総裁に任命されていて、国政の前面に影響力を発揮していた。東幸供奉を指揮した木戸孝允への慰労なのだろう。

大政奉還直後まで、容堂侯とはしばしば敵対する関係にあったので、木戸は内心かなり緊張していた。しかし酒を酌み交わし数言言葉をかわすうちに、お互いの琴線に触れあえる仲になる。木戸は、歴史の流れを懸命に泳ぎ抜いてきた者として、長州の立場を正直に話した。

容堂侯は、小御所会議以来、大の薩摩嫌いになっていた。

「小御所会議では西郷に脅しをかけられ、悔しい思いをしたものじゃ。もともと雄藩連合の会議でも、薩摩の藩益優先的な政略は、しばしば策謀を伴い嫌っていたのじゃが」

「その折、実は長州も蚊帳《かや》の外で」

「そうじゃったのう。気を悪くせんと聞いてくれるか」

容堂公は微笑みながら木戸の顔色をうかがった。

「何なりと、ご批判には率直に聞く耳をそなえているつもりでござります」

「分かった。攘夷論をはじめ長州は愚かしく、青臭いことをしても、一途で分かりやすいと思うていたのじゃ」

「確かに、今になって思えば、青臭いことでござりました。ただ、われらは盟約を必死で守ってきました」

「人を裏切ることは、儂《わし》も許せぬ」と容堂公は話した。

「貴藩の坂本龍馬や中岡慎太郎は、至誠の人物でございましたぞ。武士からぬ武士でありながら、誠の武士でござりました」

「形ではなく、魂の武士道が大切じゃ」と容堂公は語った。

夜になって辞去しようとするが、容堂公は許さなかった。

山内家と毛利家は遠い縁戚関係にあることを教えられる。

長州の過激な旧事について疑問をまじえ、たずねられた。木戸は条理明細をつくして答えると、容堂公は納得されたが、帰寓したのは夜中の三時だった。

十月二十四日、参朝し、夕刻、大村益次郎を訪ね、榎本らの蝦夷地進攻について相談をした。大村は、ここにきて中途な妥協をすべきでないことを明言した。

「木戸さん、蝦夷地で中途半端な休戦を受け入れては駄目じゃ。白黒つけにゃならん。再び内戦の火種になりうる箇所は徹底しておきましょう」

「異論はござらぬ。武装解除までは許さぬつもりです。山田市之允にも伝えておりますけ」

木戸は内心、これ以上の人命を失うことは、日本の不幸だと思わぬでもなかったが、将来の火種を残すべきでないとの合意に達した。

帰寓すると、斎藤新太郎（五郎之助）や「福島屋」の妻女が待っていた。福島屋の妻は、桂小五郎時代はじめて江戸に遊学した際、衣服からその他の生活必需品について世話になった恩人でもあり、思い出を語りあった。

十月二十五日、会津進攻の兵隊がことごとく東京へ帰着した。主上は吹上の御庭へ召され、兵を叡覧のうえ、厚く慰労なされた。それに先立ち、忍《しの》藩の家老ら三人が木戸を訪ねてきた。会津進攻では長州兵と共同作戦をしたことを、楢崎より教えられていたので、心からの慰労の言葉をかける。この日、天皇の侍医緒方惟準《これよし》が訪ねてきたので、京都へ還御《かんぎょ》される際の供奉もお願いした。緒方洪庵の子息であるだけでなく、オランダ帰りの名医と聞いている。

次の日、近江水口《みなくち》藩侍医で、書家でもある巌谷迂也《いわやうなり》が木戸を訪ね、時事を談話した。ちなみに彼は明治三筆の一人にあげられ、息子が高名な童話作家巌谷小波《いわやさざなみ》である。

「桜屋」の女将《おかみ》鉄なども訪ねて来たので、木戸は舟で深川の「平清」に行くことにする。

川舟は故郷萩の橋本川を思い出させてくれ、櫓《ろ》のしなる音も、頬に触れる川風や水のにおいなども、政事に疲れた身体を癒してくれた。どこからともなく三絃の音が川面を流れてくる。三味線をつま弾く幾松、いや松子の姿が閉じた目裏《まうら》に浮かぶ。

（逢いたいのはやまやまながら、ここは墨水である。飛んでいくこともかなわぬ）

木戸は川面のたゆたいに身を委ね、幾松との思い出をしみじみとしのんでいた。

墨田川界隈には、まだ江戸情緒がのこされていた。「平清」に上がると、誰が知らせたのか、三十前後の女が娘を連れて訪ねてきた。

(驚いたことに「朝陽」のお清さんではないか)麻田翁(周布政之助)の愛した女性である。

(娘はもしかすると周布翁に縁のものかもしれない)

とっさにひらめく想いがあったが、木戸は口にだせなかった。お清さんは、人前でもあり、そのことには触れなかった。しかし絶望の果てに自裁した周布や往時のことを追憾《ついかん》し、不覚にも惨然となる。「平清」では各々が詩作を楽しみ、酒を酌み交わし、一興をなした。巌谷らは泊まるというので、木戸は舟を浮かべ「桜屋」にお清さんを伴い、宴をもよおした。

「周布翁は急な病で亡くなられてのう。残念なことじゃった。我らには恩人じゃ」

壮絶な最期をどのように話せばよいのか、木戸は思案し続け、結局、差しさわりのない病死として、小さな嘘をついた。

「世の中は無常と申しますが、ほんとに淋しいことで」

お清さんは、ぽつりとこぼすようにいって、連れ子のおかっぱ頭に手を置いた。

「この娘を一度だけ会わせてやりたかった」

「周布さんはご存じじゃったのかのう」

「多分」お清さんは遠慮がちに認めた。

「そうか」と、うなずきはしたが、木戸は無力だった。

国事と私事の間を日夜往来しながら、木戸は人間としてさらに大きく育っていく。


十月二十六日、榎本釜次郎らの四条隆謌《たかうた》卿宛書面が奥州より届いた。朝廷への請願書として提出された。蝦夷地での新政府設立趣意書である。それなりの論理と理想が述べられていたが、新政府として国内に割拠する政権を認めるわけにはいかなかった。列強が日本の分割統治に関与する口実を与えることになるからだ。この日、榎本らの蝦夷地蜂起が伝えられた。

大鳥圭介が箱館へ進軍したのが十月二十四日で、翌日榎本は五稜郭に入城していた。来春までは決して手出しはせず、準備をするよう、山田市之允らへ指示が伝達されていた。

十月二十七日、行政官布告として「藩治職制」の政令が諸藩へ布告された。『各藩ともに執政と参政および公議人を置くこと』とある。旧天領や石州および豊前など新政府直轄の府県は、十月末で二十二を数えた。政令の狙いは直轄領と諸藩の行政機構を同質にすることだった。また藩主の側用人を廃して「家知事」を置き、藩政に口出しさせないこと、即ち藩主の私用と藩の公用を峻別《しゅんべつ》すべく指導した。

「公議人」は執政と参政の中から専任される。これは木戸が将来を見越した〈廃藩置県〉への布石で、藩にも「議事制度」を創ろうとした。つまり地方議会を目指すもので、木戸は統一国家としての中央集権の弊害を見越して、地方分権を意識していたことがわかる。


奥羽越後に出征していた将兵が遂次東京に凱旋《がいせん》してくる。この日、会津攻めに参加した楢崎・原田・有地・口羽、佐久間らと、木戸は「酔月」に会し、慰労した。さらに「桜屋」へ席を移し、蝦夷地の榎本武揚らの蜂起について、今後のことを相談した。

「会津攻めの成功は、母成峠の勝利が大きかったですぞ」

楢崎が会津盆地への進入に、母成峠を選んだ板垣退助の功績を称えた。

「二本松城を落とした後、仙台を攻めると、言いふらしてまわったじゃろ。それで会津は油断したのかもしれん」有地が情報戦の重要性を話した。

「板垣さんは、農民の気持ちをつかむのがうまい。石《いし》莚《むしろ》村の農民は会津の侍に反感を持っていて、土佐兵に母成峠の側面に通じる間道を教えたのじゃからのう」

原田は、土佐兵と行動を共にし、間道からの奇襲攻撃に成功した。

「四境戦争で農民も一丸になって戦ったじゃろ。あれは大きな収穫じゃったのう」

木戸は、前線からの報告を最もなこととして受け止めた。さらに鋭武隊総督で奥州征討軍軍監を務める駒井政五郎にはかり、木戸は蝦夷地派兵を準備する。ちなみに駒井は松下村塾出身で、この後、山田市之允らと箱館戦争で土方歳三率いる部隊と戦い、銃弾に斃《たお》れる。

このころ木戸は、酒宴の付き合いをいやがらず、まめにこなしていた。幾松はまだ京住まいで、木戸は夜食を京橋の「桜屋」で済ませ、気が向くと川舟を出して深川か柳橋で宴会を開き、戦友を慰労した。

十一月一日、練兵館を訪ねると、二代目斎藤弥九郎に会うことができ、久しぶりに道場での撃剣の鍛錬を見学させてもらった。鬼歓から打ちのめされた日々が懐かしい。だが、頭部への衝撃が繰り返されるうちに、慢性脳外傷症候群による頭痛を生じやすくなっているとは、ついぞ考えてみたこともなかった。

「あのころは若かったのですのう。今じゃとすぐに息があがりそうじゃ」

「若さはうらやましい。父も私もすっかりいい年になりました」

そういいながらも二代目斎藤弥九郎は、自ら率先して撃剣の立ち合いを数番こなした。

「この五月に長崎へ行く用事があり、珍しく鬼歓殿の噂を耳にしましたぞ。それも奥方の義弟長与専斎と申す、高名な医師からでした」

「それは奇遇でしたな。弟は長与家から嫁を迎えました」

十四、五年の歳月がつい昨日のことのように思い出された。

帰り道に仕立屋の福島屋へ立ち寄る。夫婦には数えきれぬほどのお世話になった。

「こちらに居を構えたら、またお世話になりたいものですのう」

「布地だけ決めてくだされば、寸法はまだ残してあります」

大柄な木戸は、一着の着物を仕立てるのに人並み以上の生地を必要とした。

「中年になり、体つきも変わったと思うが」

「それはそうですな」福島屋夫婦は顔を見合わせてふきだした。

早くに肉親の多くを失った木戸は、家庭の温かさが身にしみた。

翌日には、帰郷する楢崎・有地・林らと別杯を傾け、藩庁の広沢真臣宛に添書を書いた。

次の日、名和緩が三条卿の書簡を携えて来たので直ちに参内する。三条卿も京都を離れられてから久しい。有栖川宮が責務をはたされ、京都へ帰られるので、同行されたいお気持ちが強いようだ。東京遷都となれば、京都の三条邸などの処分も考慮されなければならず、ご家族のことなど、皆それぞれがご一新のために、家庭を犠牲にしていることがわかる。

木戸も京都に置いたままの松子のことが案じられた。いずれ東京で一家を構えなければならず、心づもりはしていた。東京遷都は皇族と皇居を移すだけでなく、関係者と家族、それに商工業者の移住など、壮大な移転作業になるわけだ。

これまでの歴史的な遷都は、畿内に限られていたから、先例のない国家的大事業になる。

言葉や文章での「東京遷都」とは、雲泥の差があることを、木戸は自らに言い聞かせた。

木戸は孤独と戦っているのだろうか。酒量が増えていた。酒は、百薬の長といわれても、過ぎれば食道癌《がん》や肝臓癌の原因になる。松子のいない暮らしは、やはり不健康だった。

十一月四日、帰郷前の有地と林に加え、因州藩の河田左久馬が訪ねて来たので、盃を交わし、将来の大事を語り合った。〈禁門の変〉で離反した二人であったが、多くは誤解によるものとわかり、木戸は左久馬を信頼することができた。

「河田さん、京都で勤めてみるのはいかがじゃろう」

彼にふさわしい要職を木戸はあれこれ思案していた。

「貴殿もそうじゃろうが、懐かしい町じゃしのう」

河田佐久馬は、東京よりも古巣の京都へ帰りたがっていた。

「実は、京都府の権参事が空席になるかもしれん」

木戸はそれとなく打診をしておく。

「ほう。それは初耳じゃのう。もし、そうなつたら、お世話くださらんか」

河田はすっかり乗り気になっていた。

「京に戻られる三条卿に、お願いしておくつもりじゃ」

木戸にとっても、京都だけは気脈の通じる人物を行政職の長につけておきたかった。公卿の長谷信篤知事の下で腹心の槇村正直が権参事として、実権を握っているが、補佐役がいないと、何か馬鹿げたことをしでかしそうな心配があった。

療養中だった大久保が参内。参与は病気欠勤の者が多く、木戸は仕事に追われていた。

季節は移ろい、すでに初冬の寒気は肌をさし、流行《はやり》風邪《かぜ》が勢いを増していた。

仁和寺宮が北越から凱旋なされたが、その一方、箱館で榎本軍に敗れた新政府の兵が、津軽へ逃れたとの報告が入った。大久保と木戸は箱館への出兵準備を促す。とくに木戸は、徳川慶喜の謹慎を解き、兵を率いて蝦夷地へ出兵さすべく提案した。

珍しく越後の前原彦太郎からも書翰《しょかん》がきたが、例によって不満と疑心にみちていた。

十一月六日、江戸中に天皇から御酒を賜り、一両日が祭事となっていたものの、政務は多忙をきわめ、三条卿より箱館の件につき御書翰が来る。懸案につき、大村益次郎との会談をうながされた。大村益次郎と箱館派兵と奥羽民政の処置について話し合った。

「三条卿は、蝦夷地を鎮めてほしいと仰せじゃが、もう冬じゃし、先生はどう思われますか」

木戸は大村の考えは推察できたが、念のため聞いてみた。

「奥羽同盟ですら、冬まで持ちこたえれば挽回の機会があると、申していたそうですぞ。蝦夷地はどえらい極寒の土地、とても今すぐに攻めきれますまい」

「北海のしけは危険じゃから、待つにこしたことはないですのう。その前に諸外国の局外中立を解かにゃならん」渡海作戦は、小倉口戦とは比較にならない大規模な展開になる。

「おっしゃるとおりじゃ。ストーンウォール号を引き渡してもらわねば」

厳冬期の戦は危険を伴うため、来春の進攻を目指した準備が重要との認識を共有する。

万一失敗すれば、燻《くすぶ》っている火種が再び燃え出す可能性もあった。木戸は、兵制の基礎を立てるための処置として、海軍の充実を目指した。木戸と大村には共通の目標があった。諸藩の武士階級をなくし、先進国と同様に国民軍を創設する。とくに海洋国家であることから海軍を強化しなければならなかった。徳川慶喜を箱館へ派遣する案は大村も賛成したが、政府首脳で意見が分かれ保留となる。

この日、木戸は大久保との約束で駒を並べて築地の西洋料理店へ行き、中井弘蔵や吉井孝輔（のちの友実《ともざね》）と会食した。皆、ナイフやフォークを使いなれていた。

「木戸さんには、お世話になりっぱなしでごわす。東北の戦を終えたころに、帝を江戸までお供してくだされた。さすがに見通しのよかこっでごわしたのう」

「いやいや、実のところ心配でしたな。冬にまでもつれこめば、関東の治安も不安定になっていたにちがいない。それにしても、母成峠の奇襲は見事じゃった」

大久保にほめ殺しにされるほど、木戸は単純ではない。

「岩倉卿のご建策もごわっそ。新政府の施策と東北の戦後処理を急がねば」

大久保が、慰労のためだけに食事にさそってくれたとは思えなかった。

「ところで西郷さんはどうしちょるのですか」

木戸は西郷の動向が気になっていた。

「庄内を降した後、蝦夷地の榎本を攻めたかったのでは」

新潟で山県らと共に戦っていた吉井が口をはさんだ。

「大村さんに止められたのが不満じゃなかかと、心配しとりもす。西郷さぁは、こん戦の始めから終わりまでを、仕切るつもりじゃなかかと、思うちょりました」

大久保は、珍しく客観的な物言いをした。

「西郷さんは、戦場が好きなのですかのう」

木戸の率直な感想である。

「そうではなか。兵士をいたわりたいのでごわっそ」

それまで黙って料理を口に運んでいた中井が、私見を話した。

「なるほど、それですうっと腑《ふ》におちた」木戸にも納得できた。

「西郷さぁは頑固もんでごわす。おいとも話が通じんこともあるので」

しみじみした口調で話す大久保の横顔は、少し翳《かげ》って見えた。話はつきせぬものがあり、その後、中井の寓居へ移り、互いに昔話や将来のことなどを語りあった。そのころ、一年もせず、大久保・吉井と木戸・中井が意思の疎通を欠き、互いに疑心暗鬼になろうとは、思いもよらぬことだった。

翌朝、奇兵隊の井上新蔵が来て、隊のために百両の借用を乞われ、木戸は貸し出しをした。返済されることはないと分かっていながら、困っている者たちを見殺しにはできなかった。

五

木戸は、欧米列強の局外中立を解き、箱館戦争の必勝を期して精力的に動いた。東幸された明治天皇が東京滞在中、横浜駐在外交官との交渉が積極化した。交渉の内容は、極外中立の解除、箱館叛乱軍の征討、キリスト教徒への対応、紙幣の発行などの重要案件だった。

外国事務取扱の宇和島藩の伊達侯、東久世卿と木戸へ、イギリス公使パークスとの談判のため横浜行きの命がくだされた。共に馬車で明石町の外国役所へ行き、船で横浜に向かった。

十一月八日、薩摩藩の小松帯刀、町田久成らも加わり、イギリス公使を訪問する。箱館の榎本軍を承認しないように申し入れ、承諾をえた。他の一件は難題で、長崎の隠れキリシタン処置に関して、パークスは激しく非難した。長崎の隠れキリシタンを、諸藩へ分けて預りとしたことへの抗議である。しかし、キリシタン禁教は三百年来の国是で、日本側としても軽々に返答できる問題ではない。討論に参加した人々の個人の心情としてではなく、国の代表としての意見を述べなければならなかった。現状では天皇の寛大な思し召しに期待するしかない。木戸としては、将来的に考えなければならない重要課題だと思っていた。だが、国内の人情からして、キリシタンを排斥する気運がなお優勢である。これを無視すれば、過激な攘夷派に火をつけ、大きな騒乱の火種になりかねなかった。

国内はまだ完全に新政府の統治下にはない。だからこそ、諸外国は局外中立を建前にしながら、形勢をうかがっている。アメリカなどは新政府へ鋼鉄船ストーンウォール号の引き渡しを拒んだままだ。パークスの抗議は明らかな内政干渉で、木戸はパークスと激論した。

しかしサトウの記録によれば、木戸はこのとき、天皇の思し召しにて、キリシタンへも寛大な配慮をするとの趣旨を文章にして、各国公使へ配布するとの、約束をしなければならなかったらしい。木戸は、諸外国と対等の立場に立つためにも、日本の兵力を西洋列強に対抗できるまでにしなければ、〈万国公法〉も頼りにならないと痛感する。

当日は西洋の元日で、パークスへは天皇が東幸されている機会に参朝されるよう伝えた。

諸外国へ、新政府を公式に承認させるためでもある。木戸は、この他にも紙幣発行について話し合うつもりだったが時間がなく、次の機会に延期することにした。貿易により、日本の金銀通貨が不当に流出していることは、国益を大いに損ねるものだ。幕府は、修交通商条約で内外貨幣の同種同量交換を認め、日本金銀貨の自由輸出まで許してしまった。これにより公然と通貨投機が可能になる。

例えば、一ドル（銀貨二七グラム）をほぼ同じ重量に相当する一分銀三個（計二六グラム）に換え、その一分銀四個を（四分一両なので）一両金貨の小判に換えて上海へ持ち出す。

そうすれば小判一枚を洋銀四ドルで売却でき、最初の洋銀を三倍にすることができる。

七つの海を制覇したイギリスは、そうしたカラクリにもたけていたのである。

今日のグローバル経済でいえば、為替差益で巨額の富を築く手法なのだろう。

幕府も損失の大きさに気づき、岩瀬忠震《ただなり》と水野忠徳《ただのり》が新朱二銀を鋳造し、銀の質を落としたが、外国勢はすぐに見抜いて抗議され、廃止に追い込まれた。その上、洋銀一ドルを一分銀三個と交換するとの通告までださせられた。国際的な為替差益で暴利を得る仕組みを、日本人はまだ熟知していなかった。欧米とくにイギリスは、それを巧みに操作し、上海や香港を舞台にして巨利を得ていた。ジャーディン・マセソン商会は、武器輸出と金貨投機で莫大な利益を日本から吸い上げた。金貨の国外流失を阻止するため、幕府も新政府も悪戦苦闘を続けていた。『悪貨は良貨を駆逐する原理』で、改鋳により利益を得ようとする試みは、やがて贋金造りにまで手を染め、新政府への大きな荷物として残された。

パークスは一同を別室へ案内し、食事を饗応《きょうおう》した。外交官の手腕を、木戸は黙って観察していた。その席で、来る十九日、江戸開市と新潟開港が実施されることも、公式に伝えた。

横浜裁判所（県庁）との往復で、木戸と小松帯刀は同じ馬車に乗り合わせ、意見を交換することができた。小松が貧血気味の顔色なので気遣っていたが、このときすでに大腸癌を患《わずら》っていた。

翌十一月九日、同じ顔ぶれで、フランス・イタリア・プロイセンの公使を訪問する。

江戸開市と新潟開港の件、九月に神戸にてアメリカ人が番兵を殺害した事件について至当の罪科に課して欲しいと申し入れた。外国人の犯罪に対する治外法権で日本は不利をこうむっていた。参朝のことも伝えた。

すべてにわたり特別の議論はなかったが、各国の対応は当然ながらそれぞれ異なった。

一旦、裁判所に戻り、午後よりオランダ公使を訪問する。馬車の御者が去ってしまい、小松が自ら御して行ったのだが、誤って角屋の石壁に接触し、灯台を砕き革手綱を絶ってしまい、止むを得ず歩いて行くという、珍事があった。会見に支障はなく、目的は達した。後になって思い出すと、小松は体調が悪く、何か考えごとをしていたのかもしれない。

オランダ公使は箱館の事件を大いに憂い、尽力したいとの申し出があった。だが口先だけで、オランダは長崎海軍伝習所出身者の多い榎本軍を心情的に応援していたのである。

次にアメリカ公使を訪問する。神戸でのアメリカ人による殺人事件を除いては、他の公使と同じ内容の話をした。やはり治外法権をたてに、自国民をあくまでも守ろうとした。

この国も二枚舌外交で、国益については驚くほど執着し、悪も善となってしまう。

翌十一月十日、木戸はパークスを訪ね、紙幣発行の相談をした。先日の激論と異なり、とても穏やかで懇切に時事を語り合い、紙幣発行の件もほぼ了解してくれた。紙幣印刷の設備を早急に輸入することにした。

帰途、サトウの官舎を訪ね、しばらく局外中立解除や紙幣発行について話しこんだ。パークスと異なり、親日家のサトウは、困難に立ち向かう木戸に助言を惜しまなかった。

榎本軍への対応については、説得により武装解除するなら、寛大に処すべきとの意見も多く、山口範蔵《はんぞう》（のちの尚芳《なおよし》）を派遣することが決まっていたが、箱館までの船便をイギリスに頼む交渉を、木戸は任されていた。

山口範蔵は佐賀藩士で、大隈重信や副島種臣らと同様、長崎英語伝習所でフルベッキに英語を学んでいた。この年三月に外国事務局御用掛、四月に外国官、九月に越後府判事を経て東京府判事兼外国掛になっていた。

ところがキリシタン問題でパークスと木戸が激論を交わし、頼みづらくなっていて、サトウの助けをかりようとした。

「箱館に、政府の要人を運んでもらえないだろうか。貴国が無理とおっしゃるなら、フランスへお願いせねばなりませんが」木戸は、フランスを切り札に使いはじめていた。

「お安い御用です」サトウは拍子抜けするほど簡単に引き受けてくれた。

木戸は、新任のマキシミリアン・ウートレーフランス公使と、主に箱館の件で話しあっていた。

フランスは徳川幕府を支援した立場から、外交方針を切り替えようとしていたからだ。

ちなみに前任のレオン・ロッシュは、この年の五月四日に日本を去っていた。

十一月十一日、箱館に向かう山口が木戸を訪ねて来て、中井も加わり箱館の榎本軍について意見を交換した。徳川幕府が終焉《しゅうえん》した時点で、榎本の蝦夷地占拠を認めることはできない。これは大前提である。平和裏に武装解除し、会津の悲劇を再現する愚行は避けたいのが、木戸の本音だった。山口の派遣はわずかな望みを託すものである。

しかし、そのころ榎本軍は、蝦夷地をほぼ支配下に治めていて、恭順《きょうじゅん》する可能性はほとんどない状況にあった。木戸は和戦両様の二面作戦をとりながらも、戦争が避けられないことを予測する。そのため、諸外国の局外中立を一日も早く解除させる必要があった。

何としてもストーンウォール号を新政府海軍の旗艦にしたかった。

個人的にも外国人商店を見物し、異国情緒を感じとっていた。前々から欲しいと思っていたコーヒーの道具一式を買い求めた。

（松子が東京に来れば、美味しいコーヒーをいれ、驚かしてみたい。それに、外国の客人を招く際、どうしても欲しいものの一つである）木戸は、日本の骨董《こっとう》を愛玩したが、新しいものにも目がなかった。

外交交渉の合間に、木戸は中井を介して、横浜在住の薩摩の若者たちと交流した。

横浜滞在中世話になった薩摩出身の池辺を訪ねると、

「小松さんが貴公に、病気のため京都へ帰りたいとの希望を伝えてほしいとのことで」

思いがけない伝言があった。

「えっ、それは知らなかった。そんなに悪いのか」

木戸が訊ねると、池辺は多くを語らず、黙ってうなずいた。どうやら小松は結核を克服した後、癌腫のような重い胃腸の病を患っているようだ。同じ薩摩の大久保などへ、直接話しづらいこともあるのだろう。すでに薩摩藩内でも、大久保が家老職の小松の上に立ち、封建制の武士階級が、薩摩でさえも実質的に崩れようとしていた。

中井の寓居へ、木戸、寺島、町田、山口などが集まり小酌を交わし、夜十二時ころまで日本の将来像について話しこんだ。（彼らは皆、出身藩の垣根を超えた開明的な人物である）木戸は率直にそう思った。

翌日、中井の寓居から朝帰りし、三時に築地へ戻り、皇居へ出て横浜での英仏公使訪問の結果を言上した。留守宅に、宇和島侯が訪れたとのことだった。御母堂の病のため帰国を願われ、本日告別に来ておられた、とのことである。新政府の要人がほとんど皆、私生活を犠牲にして新生国家樹立に向け、献身的な日々を過ごしていたことがわかる。

木戸は、薩摩藩の面々から「酔月」に招かれていて、岩倉卿への報告を終えると、その足で向かった。中井、大久保、吉井、町田らが待っていた。休む間もなく、木戸は身体を酷使していた。

十一月十三日、さすがに疲れて、木戸は終日家居と決める。大村益次郎が来訪したのでパークスとの会合の内容を話し、山口の箱館派遣の見込みなども報告した。

「それで局外中立はどうなりますかのう」

大村は、いきなり核心へ切り込んできた。

「解除の手ごたえはあるのじゃが、諸外国はまだ形勢を日和見しているようですな」

「そうでしたか。年末までに、あと一押しが必要なのでしょうな」

「そのようです」

大村には実戦への準備を怠りなく進めてもらい、木戸は裏方で外交努力を続け、ストーンウォール号を政府海軍の主力にしなければならなかった。

この日、桂太郎と林半七が秋田より帰って来て、それぞれの戦争体験を語った。林半七からは、仙台より秋田へ進軍し、庄内兵相手に苦戦を強いられた模様を教えられた。

山田市之允とともに鳥羽伏見の戦を経て、一旦帰国したが、再び東北の戦争に参戦していた。

彼らの話を一度に聞き、東北の状況や事実を細かく知ることができた。

十一月十五日、徳川慶喜を箱館へ派遣するとの木戸案について、大久保が訪ねて来た。

大木も同席していて、木戸の意見に賛成した。

「かつての将軍が出馬すれば、榎本も表だって戦を仕掛けることはすまい。そうなれば、若者たちをこれ以上、無為に死なせなくともすむじゃろう」

木戸は持論を訴えた。

「なるほど、さすが木戸さんらしい名案でごわす」

大久保にも異論はなかった。

榎本軍には、新撰組などの好戦的な集団も加わっていたが、優秀な幕臣が多くいた。

「徳川慶喜にはむかえば、君臣の道からも外れることになり、大義がのうなりますたい」

大木は、慶喜の担ぎだしに積極的だった。天皇の御東幸に際しても、東海道を下る際、同じようなことがあった。その節、駿州不穏の風説があり、警護の兵を出すべしとの意見が強かった。だが木戸は、その警備を徳川にさせるべきとの意見を出した。

これは成功し、問題は生じなかった。勝海舟が大久保に向かって、

「東幸の節、徳川へ駿州の警備を命じられ、これは駿州一藩の臣には意外だった。かえって朝廷の恩威に敬服しないものはいない」と語ったそうだ。

そのころ（十一月十九日）、榎本軍は箱館地方をすでに支配下に治めていた。新政府の予想以上に、彼らは迅速で精強だったことになる。

同日、東京互市場《ごしじょう》（交易所）が開かれ、新潟港も開港した。東京互市場は築地鉄砲洲にあり、外国人の居留地として開放される。鉄砲洲の大名屋敷は取り壊され、外国人の築地居留地に変わり、新しい遊郭（新島原）まで近くに開かれた。

最近、木戸は体調が悪く、長時間坐っておれなくなった。過労が重なっていることもあるが、高杉、御堀、小松など活動型の肺結核で亡くなるか、数年以内に重篤化する人々と木戸は親しく接していた。木戸に、結核に感染し、結核菌と体内で戦っていたのかもしれない。

十一月二十日、嬉しい知らせが届いた。

イギリスに密出国・留学していた長州ファイブの残留組二人、すなわち井上弥吉（のちの勝《まさる》）と山尾庸三《ようぞう》が帰国し、横浜より桂小五郎宛に面会したいとの手紙を送ってきたのだ。

彼らはまだ、木戸孝允に変名したことすら知らない。旅館をとっておき、江戸へ来るように申し送っていた。皇居を退出後、わくわくしながら旅館を訪ねてみたが、まだ着いていなかった。翌日、終日家居と決め、朝から連絡を待っていた。夕刻になってやっと、山尾庸三と井上弥吉（勝）が訪ねてきた。立派な洋装の青年紳士になっていて、別れて以来何年経ったのか、思いも

かけず再会でき、『心事夢の如し』である。

木戸は体調不良を隠して元気そうに振る舞う。しばらく往時の思い出を語りあい、「桜屋」へ席を移して盃を傾けた。五人が留学に出た文久三年五月、長州は馬関で外国船を砲撃し、攘夷を決行した。当時、木戸は彼らと留学の約束をしていたが、藩の役職についたので、国内に留まらざるをえなかった。彼らを留学させ、数名の同志を誘うことを希望した。

長州も桂小五郎もまだ京都で輝いていたときのことである。

「君らが横浜を出航した直後に、久坂らの光明寺党が馬関で攘夷を決行したのじゃ」

「正直すぎたのですかのう」

渡海前から箱館などで外国の文明に接していた井上弥吉は、冷静だった。

「あのころは、松陰先生の草莽崛起《そうもうくっき》が相言葉じゃたからのう。無理もない」

木戸は久坂らをかばった。

「上海を視ただけで、考えが変わりました。久坂、入江、寺島など皆でイギリスに行っていたらどうなっていたか」山尾は残念そうに唇をかんだ。

「せめて、その三ヵ月後、七卿が都落ちをされた段階で、長州の改革を進められていたらのう。久坂や高杉も慎重になって、来島の爺さんを抑えていたのじゃから」

木戸は三人で京都に潜伏していたころを思い出し、「長州に運がなかったのか、翌年に〈池田屋事件〉が起き、新撰組にやられてしもうた。これはぼくの責任じゃ」と、唇をかみしめた。

「池田屋のことは、ロンドンで薩摩の連中から聞きました」

山尾は、外国に暮らすと、藩籍など忘れて、同じ日本人になれることをつけ加えた。

「久坂は、吉田稔麿だけやのうて、ぼくも殺されたと思うたのかもしれんな。国元は､急に激派に変わって、進軍してきた。もう手遅れじゃった」

木戸は、〈禁門の変〉で朝敵になってしまったことなど、悲劇を語り聞かせた。

「出石と城崎に潜伏していた間に、高杉が大仕事をやってくれてのう」

高杉の蜂起により、起死回生の復活をし、四境戦争を勝ち抜き、ついには討幕に至った経緯をかいつまんで話した。まず木戸は、今日まで命を保てたことが奇跡的であると思い、彼らと再会できるとは夢にも思わなかった。実のところ互いに何から話して良いのか分からなかった。木戸にしてみれば、幕末維新の変遷を伝えるべきと思うが、まずもって周布政之助の自裁と高杉晋作の病死を告げねばならなかった。彼らの留学を援けた村田蔵六が、大村益次郎と改名して新政府の軍政を指導していることも、忘れずに伝えた。

山尾庸三と井上勝は、イギリスを中心とした西欧諸国が、産業革命により近代化を進め、今日に至った光と影を、手短に話してくれた。落ち着くところは、これからの日本をどうすればよいのかという話になる。若者たちは、自らの夢もまじえて語った。

木戸は彼らから若い力をもらった。協力を誓いあったが、具体的に何から手をつけるべきなのか、当惑の域をでない。彼らはとりあえず、萩に帰り、挨拶まわりをすべきだと思う。

再会できるときまでに、木戸は何らかの準備をしておきたいと思った。

十一月二十二日と二十三日の両日、天皇は外国公使を接見された。諸外国との関係を増進させ、より良好にしようという天皇の願いなのだ。外国人を悪魔のように思っておられた孝明天皇に比べると、驚くべきことだ。天皇は宮廷内で最も開明的な指導者になっておられた。

木戸は早起きして七時に参朝した。イタリア、フランス、オランダ三カ国の公使が東京城に参内し、国書を奉拝する。木戸や蜂須賀侯などと文武諸官は、帯剣をしたまま右側に列した。棒銃の儀礼が行われ、外国官判事、弁事、外国官知事が出迎えた。茶菓子が饗され、その間に天皇は大広間に出御《しゅつぎょ》され、伶人《れいじん》の奏楽が始まる。伊達宗城《むねなり》外国局知事が天皇の御前に各公使を案内し、通訳官が輔相《ほそう》に公使の名を告げ、輔相三条実美が天皇に奏上する。

公使は国書を奉呈し、自国の君主から受けた命を伝奏した。接見が終わると、公使らは退出し、天皇は入御《にゅうぎょ》し、奏楽は止んだ。三公使ならびに参朝した外国人一同を案内し、東久世卿と木戸は高輪にある待遇所へ向かった。公使たちへ御料理を賜うことになっている。

夜に入り、木戸は気になってイギリス公使パークス

を訪問し、

「今日、どうして参朝しなかったのですか」

単刀直入にたずねた。

「木戸さん、申し訳ない。ロンドンから届いていなかったので」どうやらヴィクトリア女王からの国書が遅れているらしい。

「やはりそうでしたか。貴公につむじを曲げられたのかと思いましたぞ」

木戸は、安堵《あんど》の笑顔を崩さず、パークスをからかった。

「とんでもない。折角の機会に残念でした。今夜は来訪していただき、恐縮です」

パークスは木戸の誠意を最大限に感謝した。パークスが日本外交の要《かなめ》であることを熟知した、木戸らしい配慮なのだろう。誰にでも真似できることではない。

その夜から、山尾庸三と井上勝が泊まりがけで木戸の寓居に滞在した。昼間は政務で多忙を極め、ゆっくり話す暇を作れなかったからである。翌日は終日在宅して相談しあった。まず故郷の萩へ帰り、無事な姿を旧知に知らせ、時をみて上京するように木戸は指示した。彼らを伊藤や井上と協力させ、新しい産業をおこす腹案を練りつつあった。

十一月二十四日、一昨夜、木戸のもとへ岩倉卿より密書が来て、大きな案件が数条項記されていた。在宅を利用して今朝から再度検討し、基本的な案件について結論は出さず、意見を記して返信する。国家の財政、兵制の基礎、戊辰戦争の賞罰などの案件が主要である。

夜、斎藤弥九郎（二代目）と名和緩が木戸を訪ねて来た。

名和は岩倉卿の命を帯びたもので、「世上に薩長離間の説あり」とのことを伝えた。

横浜では木戸と薩摩藩の主だった者たちが腹蔵なく語り合った。だが、岩倉卿はそのようなことを知らず、大村益次郎と大久保の関係不和などを気にしていた。それだけでなく、前原彦太郎の越後での独善的な行政や、御堀耕介らの新政府批判など、長州内部の不協和音にも悩まされ続けていた。この日の日記にも記した。

『憂国の士は救国の事を思い応ず。しかし憂国の士に似ているが、真の憂国の士は少なく、ただ世を怒ることをみだりにして、自分が尽くしていないことを顧《かえり》みないものが多い。実に天下の事の難しさを覚える。』

木戸は鋭く人を視ていた。

この日、徳川慶喜に代り、水戸藩主徳川昭武に箱館討伐の命が下された。その前日、天皇は徳川昭武に拝謁を許された。天皇より一歳年下の十五歳なのだが、貴重な体験を経て落ち着きもあり、将来を嘱望《しょくぼう》されていた。フランスの万国博覧会親善訪問や留学の体験談、さらには西欧諸国の事情を、天皇は興味深く聞かれた。天皇は敗者の側にありながら、気品を保つ徳川昭武の姿に感銘を受けられた。それ以降も、天皇は昭武をしばしばお召になられる。


十一月二十五日、天気も晴れ、木戸は気分が爽快になる。

参朝し、天皇の京都還幸の事など重大案件を会議する。夜、岩倉卿を訪ね、病気中の欠勤を詫び、国家の前途について話しあった。戯れに岩倉卿と囲碁《いご》をし、十二時ころ辞去した。

（岩倉公の政治力と懐の深さには学ぶべきものがある）暗い夜道を帰りながら、木戸は反省していた。翌日、長州の兵隊が帰郷しはじめているが、支度金などが遅れているため、朝廷から一万両を拝借し、各隊に渡すことにした。

（彼らを長州で待ち焦がれる家族のもとに送り届けてこそ、困難な戦争を新生国家のために戦った人々へ報いることになる）木戸は、兵士に感謝の気持ちを伝えられず、いらだちすら覚えていた。諸隊兵のことについて、種々の苦情が山の如くで、出金のことだけでも数日来、五、六千両にのぼっていた。これらは皆、朝廷から支払われている。まだ国家の体をなしていず、税収が確立していないため、財政は破綻《はたん》寸前なのだ。

新政府の屋台骨を担う長州藩の難しさを知るべきであろう。（ただ毛利公の公明至誠は特筆すべきものがある）木戸はつくづく感じいっていた。藩主として、身を切るような出血に耐えていた。同時に、木戸は政府首脳として、板挟みの苦しみも味わっていた。

午後、三条・岩倉両卿から参朝の御沙汰があり、木戸は即刻参仕した。天皇の京都への還幸《かんこう》や外交案件での評議があった。また昨日は奥羽紛争後の民政取調べの命を受けた。山中静逸もそれに関わっているが難問ばかりで、木戸も苦労する。

次の日、堀真五郎が青森から箱館の報告に帰ってきた。堀は、久坂や高杉とも行を共にした志士で、箱館府兵事取扱役に就任していたが、榎本軍の進攻に抗しきれず、箱館府知事清水谷公考《きんなる》と共に五稜郭を脱して青森へ逃れた。今回、箱館の情況を報告に来たが、敗北の責任を問われ、役を罷免《ひめん》される。これぱかりは、木戸も庇《かば》いきれなかった。

堀真五郎の報告で、榎本軍は海軍力のみでなく、陸戦でも手ごわいことが知れわたる。

急な参朝の御沙汰があり、京都への還幸の日程が十二月八日と、正式に決まった。それだけでなく、箱館戦争の準備を早急に進める必要があり、ストーンウォール号の引き渡しの鍵を握る局外中立の解除を急がねばならなかった。

岩倉卿がイギリス公使パークスと浜御殿で面会されるとのことで、木戸は東久世卿と同車して当地へ向かった。岩倉卿は列強の局外中立を解除するように求めた。政府は何としても、ストーンウォール号を手に入れなければならない。岩倉卿は、天皇のたってのお願いであることを強調し、つけくわえた。

「天皇《みかど》は榎本を攻撃するためにストーンウォール号を入手したがっているわけではない。むしろ、榎本らへ寛大な条件を考えているのです。そのことで、貴殿のお考えを天皇は知りたがっておられる」

これは岩倉の創作だったのだが、パークスは心を動かす気配を見せた。

当日、主上が浜御殿へ行幸され、川蒸気から富士艦へ御召し替えになり、品川沖を運航された。米軍艦より二十一発の祝砲が発せられ、富士艦も応砲した。主上は御自若《じじゃく》の風情で、一同は感悦する。

十一月二十九日、木戸は参朝し、還幸の事、東北諸侯の処置などの案件を評議した。

翌日、還幸の御布告があった。夕刻、大久保と連れだって帰寓し、大木もまじえて前途を語り合った。その席で、事実上の東京遷都を確認しあったことは大きい。天皇は、来年三月に再び東京へ戻られることを約束して、還幸の途につかれる。つまり、東京遷都を進めることへの合意であり、決意でもあった。

十二月一日、天皇はおよそ次のような趣旨の詔書を出された。

『賞罰は天下の大典にして、朕《ちん》一人が勝手に決めるべきものにあらず。広く天下の衆議を集め、至正公平いささかも誤りなきように決すべし』

政府内でも寛典論と厳罰論に分かれ、意思統一に至っていなかった。木戸も、会津の御処置につき下問に答えた。その日、東北諸藩の御処置調掛を、軍務において大原卿と香川敬三、弁事において田中光顕と菱田文蔵が任命された。

木戸は、法に従う原則を護ろうと心掛けていたが、明文化された法典などまだない。（法整備を急がねば、欧米諸国から独立国家として承認されまい）木戸には焦りがあった。

情緒的に流されていくことへの不安は、隠しきれないものがある。さらには長州藩を代表する立場として、私情をまじえることは許されなかった。旧会津藩士への支援は人一倍しているが、罪を負うべき人物は、かつて〈禁門の変〉後に第一次征長戦で長州藩へ過酷な処罰を求めたことを忘れるべきではない、との思いであろう。旧幕府の要人永井尚志などは、当時、広島にあって、長州人の命を奪うことに執着した。

（死者たちへの冒瀆《ぼうとく》であってはならぬ）と、木戸は胆《きも》に銘じていた。

その一方で、長州と薩摩の亀裂が生じはじめていた。十二月一日夜、箱館から撤退し報告に来ていた長州藩の堀真五郎の旅寓に、抜刀のまま村井常右衛門なる者が乱入し、私怨《しえん》で襲った。軍務局のものが捕縛すると、薩摩藩に関係していることが分かったため、木戸は大略を大久保へ報告し、事件が薩摩と長州の離反に利用されないようにした。対応で遅れ、奥州仙台より帰って来た隊長たちとの「酔月」での別杯に、急ぎ参加した。

体力を消耗している木戸は、途中から桜屋へ抜けだし、深夜に帰寓した。

このころから、木戸と岩倉・大久保の見解に相違が生じはじめる。岩倉は、局外中立の解除を取り付けるため、パークスへ榎本武揚の寛典を約束するなど空手形を乱発していた。

（新政府としての制度設計が整わず、国家として成り立っていない中で、有司の専断で政治が行われることは、徳川の幕閣政治となんら変わりないではないか）

物ごとが岩倉らの思惑で決められていくことに、木戸は大きな不満と危惧を感じていた。

輔相が君側の奸になりかねない危険性を嗅ぎ取っていたのだろう。

（天皇に叡君の大道を歩んでいただかなければ、私欲により、国はあらぬ方角へ突進してしまうかもしれない）木戸は天皇側近の人選に心を配るようになる。

十二月三日、輔相岩倉具視と外国官副知事東久世通禧は、イギリス公使館を訪ねた。

品川御殿山に完成まぢかだった公使館が、高杉晋作らに焼討され、泉岳寺前に仮住まいをしていたが、明治元年秋に三田の沼田藩下屋敷に移転していた。皇居千鳥ヶ端の現在地へ移るのは、明治中期になる。岩倉らはパークスに会い、再び局外中立の解除を求めた。

日本政府としての譲歩も口約束したので、パークスは、その後、他の公使たちを積極的に説得してまわる。その結果、十二月二十八日になって、局外中立が解除された。新政府は、岩倉卿の約束を破る形で、ストーンウォール号を箱館戦線へ送りこむ。

同じ日、奥羽諸藩国替えの議論がされたものの、なかなか決まらなかった。関八州知県事の人選も難航していた。諸藩の利害が複雑にからんでいたわけで、新政府の混乱は収まらない。岩倉卿の側近山中静逸に、木戸は自分の考えを伝えた。ちなみに山中静逸は、梁川星巌・頼三樹三郎・梅田雲浜らと交わった勤皇の志士で、富岡鉄斎の友人としても知られる。後に桃生県（石巻県）知事となり、書家としても有名な人物である。

退朝後、木戸は多忙でのびのびになっていた大洲藩主加藤《かとう》侯との会見に向かい、共に広小路の料亭に直行し、酒を酌み交わした。勤皇の藩主として、ご一新に大きく貢献した。

『近来の一興だった』と木戸日記に記す。

その夜も斎藤新太郎（五郎之助）が来てくれた。木戸へ刺客が向けられるとの噂がしきりに流れ、新太郎は私設の警護役を意識しているようだ。

翌日、大村益次郎、林半七などが公用で木戸を訪ねてきた。大村から、自らの意見が汲み取られないことへの不満を、木戸は聞かねばならなかった。

堀真五郎襲撃事件に関連して薩摩の橋口次郎なる者が自害したとの報告を、木戸は大久保から受けた。結果的に薩摩藩の随意にまかせることになる。

夜、横山（のちの小野）湖山と柏木総蔵が来て話す。

「世の中、天と地がひっくり返った状態がこのまま続けば、騒乱は必至ではありますまいか」

柏木は、古くからの友人として率直な意見を述べた。

「木戸さん、尾張徳川慶勝侯の呼びかけで新政府に協力した東海道筋の諸藩は、困窮していますぞ。ご一新に協力したのに、世の中はかえって悪くなっているとの声も聞きますから」横山も、正しい助言をすることにやぶさかではなかった。

「頭が痛いことじゃのう。ほうぼうから怨嗟《えんさ》の声があがっているのに、政府に改革する力がなければ、何のためのご一新じゃったかと批判される」

木戸は寒気にさらされる庭の裸木に目をやり、

「新政府の財政がまだ貧弱じゃからのう。民を犠牲にしたままじゃ」

民の暮らしが改善されないことに、罪悪感さえ抱いていた。柏木の説く民の窮状、とくに旧幕臣で帰農したものたちの困窮ぶりを気づかった。

横山（小野）湖山は、近江浅井郡の医師横山玄篤（東湖）の長子で、三河吉田藩の藩士に任用され、勤皇派として藩政に関与した。安政の大獄で吉田藩は彼を護るために城内に幽閉したが、桜田門外の変で解放される。桂小五郎時代からの旧知だった。新政府の総裁局権参事・記録局主任として貢献していた。格調の高い漢詩で明治の三詩人と称され、梁川星巌・紅蘭夫妻の門下である。木戸は徳のある人物の言辞には、謙虚に耳を傾けた。

次の日、東北から帰還した隊長たちに、木戸は寸志として金を与え、死者を祭り、兵士を慰労し、困窮する者への旅費を工面した。

山中静逸と相談し、大政一新に際して、東北の諸侯を処置し、続いて奥州を分断して五国（岩城・岩代・陸前・陸中・陸後）とし、羽州を前後に分断して二国とする案を提示する。翌朝、名和緩も来たので、その案を示し、岩倉卿へ上申した。同時に民部官（民部省）を新たに建てる提案もする。まさか、この民部省が大久保利通に利用され、後年、独裁の牙城《がじょう》になろうとは、木戸も予測していなかった。

この朝、天皇の供奉で京都へ向かう大久保へ、渡辺崋山の山水図一幅を贈った。江川太郎左衛門・斎藤篤信翁を通じて、木戸の手許に愛蔵されていた山水図である。

夜、斎藤新太郎（五郎之助）が来て、用心のため泊まってくれた。奥羽諸藩の処置をめぐって、木戸は刺客に襲撃される危険を感じはじめていた。

十二月七日朝、大村・林・南らが来て木戸と意思疎通をはかる。奥羽諸藩の処遇や帰還した兵士の不満にどのような対処の仕方が必要なのか、頭の痛い難問ばかりである。

（あちらを立てれば、こちらが立たずばかりではないか）奥羽諸藩の処遇問題は、木戸に板挟みの厳しい精神的な重圧を与え、心身をむしばんだ。

宮内大広間に、奥羽諸藩の藩主・親戚または親戚家老のものを召し、諸藩処置が申し渡された。諸侯は中段、家老は中段外であった。この席に大久保が姿を見せていないのは注目に値する。曲解すれば、難問の奥羽諸藩の処置を木戸に押しつけたともとれよう。

詔書が拝誦《はいしょう》される。会津藩主松平容保と子の喜徳《よしのり》は死一等を減じられ永預に処せられ、封土も没収された。明治二年十一月に斗南《となみ》藩として復活を許されるが、本州最北端の下北半島で、公称三万石ながら極寒の痩《や》せた土地で実収は七千石どまりに過ぎず、藩士は極貧の生活に突き落とされる。

列藩同盟の盟主仙台藩と米沢藩は、処分に差が出て、仙台藩は三十四万石の減封処分を受け、米沢藩は四万石の減で比較的に軽かった。仙台藩士は北海道へ移住する者も多くなる。盛岡藩は城地を没収され、仙台藩の白石十三万石に移された。奥羽越列藩同盟に加盟しながら途中で脱退し、政府軍に協力した秋田・津軽・三春・中村・新庄・本荘などの藩に対しては、逆に労をねぎらって翌年には賞典禄が与えられる。

明治二年五月になって、藩主に代わって反逆主謀の罪により、会津藩士萱野権兵衛、仙台藩士但木土佐・坂英力、盛岡藩楢山佐渡、山形藩士水野三郎右衛門、村上藩士鳥井三十郎、村松藩士堀右衛門らが処刑される。

六

十二月八日は明治天皇が京都へ還幸の日である。晴天で木戸は五時に参朝。六時過ぎに御発輦なされ、下馬先において拝送奉る。木戸は西ヶ窪を通り品川駅へお先に罷《まか》り越し、三条・岩倉両卿も当駅まで御見送りにでた。帰路、木戸は岩倉卿と泉岳寺の浅野四十七士の墓に詣で、芸州戦死の士の墓所を回り、岩倉卿と別れた。

（大久保が東京不在の間、いやでも岩倉卿と仲良くしなければ、国家が立ちゆかぬ）

木戸の自戒でもある。三条卿の誠実さは信頼に値するが、岩倉卿には底しれぬ怖さが秘められている。岩倉卿をどこまで信頼してよいのか、まだ疑心暗鬼の心境だった。

その後、木戸は芝明神へ斎藤新太郎らと参詣《さんけい》し、門外の写真店で共に写真に写った。芝明神周辺は十四、五年前、青春の放逸《ほういつ》をつくした土地で、今になって思い出すと、春の夜の夢の如くである。

翌朝、参朝するとお神酒《みき》を賜った。一年前、毛利公が朝敵から復位された日である。

そのため帰寓後、従僕たちと祝い酒をした。京都に置いたままの松子の姿がないことを、彼らは口ぐちに淋しがった。その思いは木戸が一番に感じていることである。淋しさを紛らわすためではないが、新銭座の橋一なるものを招き、朝廷より賜った百金を与え、共に酒を酌み交わした。彼は漆塗りの優れた江戸職人で、当夜も雛形《ひながた》を示してくれた。本業のかたわら困窮する人を救うことで評判の男だった。木戸は隠れた逸材に光をあてるのが好きだ。

次の日、前日にイギリス公使館のミットフォードより、榎本艦隊の開陽艦が破壊されたとの報告を受けていた。信じ難いと思っていたが、再度の知らせがあり、確認のため訪ねた。

「昨日、榎本艦隊の旗艦開陽が嵐で坐礁沈没したとか、お聞きしましたが、本当ですか」

木戸が半信半疑なのは気にいらなかったのか、

「木戸さん、情報に間違いありません。先月中旬の嵐で坐礁し、破損沈没したそうです」

ミットフォードは、少し気色ばんで、箱館からの確実な筋の情報であることを強調した。

彼と共にサトウを私邸に訪ね、ラウダーとも再会した。ラウダーは馬関戦争以前からの知己である。この度、新しく開港された新潟の領事館に赴任するとのことだった。

夕刻だったが参朝し、開陽丸坐礁の件を報告すると、その場に歓声があがった。この機会に、木戸は、あらためて大政一新の趣旨を論じ、天下の兵力を整備する必要を強調した。大村益次郎と進めようとしている四民皆兵の国民軍創成などの兵制改革である。

ところが、新政府よりも一歩早く民生の改革を進める人々がいた。旧幕臣の静岡藩では、この日、沼津城内に小学校を創立させていた。

矢田堀景蔵、江原素六、安部邦之助らが図って、沼津兵学校と付属小学校を動かし始めたのだ。オランダ帰りの西周（森鷗外の叔父）を頭取（校長）に据えた。西周《あまね》は、〈大政奉還〉に際し、徳川慶喜に西欧の政治制度について講話をした人物でもある。「万国公法」の翻訳者としても知られている。

幕臣子弟以外からも募集し、英語またはフランス語を選択させ、数学や化学など理系の教育にも力を入れた。小学校を併設したことに、木戸らも感心した。

旧幕府時代から、藩校や私塾で将来を担う若者たちを教育してきた伝統が日本にはある。

すぐれた教育者だった吉田松陰の松下村塾や江川英龍の韮山塾を目の当たりに見てきた木戸は、新生国家の教育制度を真剣に考えていた。

十二月十一日、日本橋辺で骨董を見てまわった。

（文明開化を唱えたとしても、日本人としての背骨を失うことは自失にちがいない）木戸は日本固有の文化を理解し、保護しようと努めていたが、七、八年前と比べて粗品が多く名品は少ない。重要な美術工芸品がただ同然で外国へ持ち出されているらしい。（日本の伝統的な工芸や美術をどうしたら護れるのだろうか。芸術家を支援するだけでなく、この国に伝わってきたものを護る仕組みが必要だ）骨董店を回りながら思案はつきなかった。

後日、木戸は文部省の中にそうした文化財保護を進める人材を育てようとした。福沢諭吉の推薦もあって、三田藩の九鬼隆一《くきりゅういち》らを登用し、日本文化の保護育成に道筋をつける。木戸自身も芸術家と交流し、彼らの支援者だった。木戸の影響を受けて、日本の伝統工芸や古美術を蒐集するようになった人物は多い。

三井家の人々は先祖代々ながら、杉孫七郎・井上聞多・山県有朋・服部一三・九鬼隆一・大倉喜八郎・益田孝など多士済々である。若き日の岡倉天心（覚三）も、木戸が支援した奥原晴湖に南画を学ぶことになる。

翌日、イギリス公使館のサトウとミットフォードが訪ねてきた。

世間話をしながら、局外中立の件につき、イギリス公使より岩倉公に答える書面の草稿を示された。木戸は、この間に察知し、その趣旨を了解。局外中立解除に向けてのよい感触をえたわけである。開陽丸沈没により榎本軍の制海権が崩れたことを、イギリス公使館は冷徹に分析していたのだろう。サトウは用件があり東久世卿に面会に行く。

　木戸は木梨・佐久間・林などを招き、ミットフォードと洋食を共にした。彼の話では、榎本釜次郎と松平太郎より英仏公使を頼み歎願書が出されたという。しばらくして、山口範蔵が岩倉卿の命を帯びて来た。榎本武揚らの願書の一件である。

（外交の亘要さは、やはり地道な人脈作りと、こうした人と人の温かい交流に支えられていることなのだろう）木戸は古くからのイギリス外交官との交流が、貴重な実りになりつつあることを、心ひそかに喜んだ。ミットフォードらの内意を伝えようと思い岩倉卿を訪ねたが、外国館に行き帰っていなかったので、大村益次郎を訪ねた。

「大村さん、吉報じゃ。局外中立が間もなく解除されそうじゃ」

「まことですか。ストンウォールが手に入ったら、そのものずばりで鋼鉄艦の名前を付けませんか」

「誰も文句はいうまい。二、三ヵ月もあれば、操船技術など訓練できるじゃろう」

「海軍に合わせて、陸軍も兵制を新たにしなければなりますまい」

　大村は、十月二十四日に軍務官副知事に就任し、新兵制の確定に努力していた。これまでの諸藩連合軍ではなく、政府直属の軍組織にしなければ、内治も外国からの脅威にも、備えられないとの危機意識に近いものがあった。その際、旧征討軍をどのように取り扱うかをめぐり、大久保らと対立を生じる。大村は、旧征討軍をいったん解散させ、その上で新たな兵制を確立する必要があるとの立場だった。〈廃藩置県〉を目指す木戸とあい通じる考えである。

　しかし凱旋《がいせん》した部隊の中には、論功行賞を期待して、東京・京都に留まるものも多くいた。

　十一月中旬、大村は諸藩に対し、兵士の早急な帰国を政府負担により実現させる方針を打ち出した。大村も木戸も、薩長の突出した兵力を基盤とする政府のありようを否定していた。

　木戸は、宿志として維新の目的を絶えず自戒し、封建制の打破を目指していたわけである。

「朝廷が自ら薩長に傾き、薩長はまたその兵隊に傾く」といった「尾大之弊《びだいのへい》」を断ち切る覚悟を強調した。大村も木戸も、速やかに国家財政の基礎を定め、軍務の基本を立てなければならないと思っていた。岩倉卿も、当初は木戸の意見をくみ、会計局へ論じ、まず軍務に百万石を投じた。

翌日、局外中立の一件につき、英仏蘭伊より岩倉卿へ答書を出し、これを史官に命じて日誌に出させた。『榎本釜次郎、松平太郎より英仏公使を介して歎願書を出す。文章は、条理が立たないのみでなく、はなはだ無礼である。そのため退けることに決まった。』と記す。

十二月十四日、プロシアより、局外中立の件につき英仏同意の文書を提出してきた。

岩倉公が明朝に出立されるので、将来の重要案件について御下問があり。よって数件を言上する。木戸は、〈版籍奉還〉を鮮明に意思表示しはじめる。この機会を逸すれば、後世のために申し訳ないと思ったからでもある。

外交上、注目すべきは、このころ、朝鮮使節に非礼な対応があれば、武力行使も辞さないとの見解である。木戸自身がその非現実性に目覚めるのは、岩倉使節団として欧米を歴訪してからのことになる。内治優先には変わりなく、〈廃藩置県〉を目指しての〈版籍奉還〉に集中していた。木戸は、大久保にはかり、

「島津公より率先して〈版籍奉還〉を申し出ていただければ、毛利公とあわせて、魁首《かいしゅ》となりますぞ」と誘った。魁首とは、さきがけ集団の指導者の意味であり、〈版籍奉還〉には薩長の藩をあげての表明が重視されるからだ。岩倉卿も木戸の考えを表面上は称賛するものの、日和見の姿勢を変えなかった。現実には内戦が終息せず、榎本軍は蝦夷地を支配していた。

翌朝、仙台藩執政の大条《おおえだ》孫三郎（道徳）、遠藤文太郎（允信）ら四名の訪問を受けた木戸は、藩の国情を聞いた。

「藩祖正宗公が生きておられたら、きつくお叱りを受けるような失態をしでかしました」

敗将但木《ただき》土佐（主席家老）に代わって藩政を仕切る大条は、大柄な体を固く縮ませて恐縮していた。

「よくぞお訪ねくだされた。おくつろぎなされよ」

木戸はおだやかな表情を崩さず、仙台藩の代表に接していた。

「もともと仙台藩はご一門の小藩が寄合世帯になっておりましたゆえ、大事には六人の奉行が合議で決済いたしておりました」

補佐役の重臣遠藤が藩政の説明をした。

「奥羽鎮撫総督府の九条さまが仙台入りされました際、拙者や、こちらに控えおります遠藤允信、三好監物らは会津攻めを主張したのですが」大条は弁解がましいのを苦にしたのか、言葉を切り、一息ついて、

「主席家老の但木一派に多数決で押し切られましてのう。この度の失態に至り申した」

但木は、藩校養賢堂学頭の漢学者大槻磐渓《おおつきばんけい》の影響を受け、同門の玉虫左大夫、坂英力《さかえいりき》（江戸詰め奉行）らを支配下に従え、会津救済と奥羽列藩同盟形成に走った。

「聞くところによれば、仙台藩藩校学頭の大槻先生は、玄沢先生の御子息とか。門下に強い影響力を持っておられたのですな」

木戸は大槻磐渓が列藩同盟の主柱であることを見抜いていた。

「おう、よくご存じで」遠藤が驚きの声をあげると、

「実は小生、若き日に江川英龍殿に学んだことがあり、大槻玄沢先生は江川塾の顧問格でござった」

「そうでござりましたか。世の中、狭いものですのう」

大条は、木戸ならば、仙台藩の苦しい立場を理解してくれると思った。大槻玄沢の名前が木戸の口からもれたことで、仙台藩士は親近感を覚えたようだった。

仙台藩でも佐幕派と勤皇派の抗争が長く続いたらしい。奥羽列藩同盟が成立するきっかけとなった世良の横暴がなければ、平和裏に推移した可能性があったことを聞き、木戸は複雑な心境になる。実のところ、世良を参謀に推挙したのは、木戸だったからである。

「戦は人の心を変えてしまうものですのう。まさか世良が悪評高き人物になろうとは、思いもよらぬことでござった」木戸は正直に非は非として詫びた。

「朝廷に降伏恭順すべく藩論をまとめていたのでござるが、九月に榎本武揚と新撰組の土方歳三が青葉城を訪れましてのう」

大条はため息のような息つぎをして、

「我が殿（伊達義邦）の御前で猛烈に抗議したため、ご決断が遅れ、後ずれになり申した」とのことだった。

仙台藩の現首脳陣は、どうにか取り潰し処分だけは回避してほしかったのだろう。木戸は確約をしなかったが、寛典に近い減封と、但木や玉虫ら死罪は譲れないことを内示していた。

次の日、昨夜から泊まっていた斎藤新太郎と連れだ

って橋一を訪ねた。道すがら旧会津藩邸の側を通った。破れた壁から、雑草が茫々《ぼうぼう》と生《お》い茂った荒れ放題の庭が目に入り、会津人の心情を推察した。かつて、薩長盟約交渉のため京へのぼる途中、荒れ果てた大阪の長州藩邸を目にしたことがあった。

（あのときの惨めさは、立場が逆転した人びとと共通のものにちがいない）人の心として、木戸には憐みの情が生まれるのを抑えきれなかった。一つまちがえば、勝者と敗者は逆転していて、長州が同じ憂き目にあっていたかもしれない。事実、〈禁門の変〉後、追いつめられた長州の指導者として、木戸は単なる傍観者にはなれなかった。仙台藩重臣の歎願も然りである。

そのころ、木戸は失った長州藩藩邸の代替え屋敷を、井上新一郎に命じ探させていた。

候補として、丸の内の忍《しの》藩邸と大川端の酒井邸が挙げられていた。忍邸は家宅が調《ととの》い、毛利公がいつ出京になられても問題なさそうである。酒井邸は産物そのほか穀類などを囲っていて、さらに火災にも備えがよさそうだった。新政府になって、東京府内の土地所有権が大きく変わり、国有地が急増していた。それを個人に売って、国の収入に組み込もうとしていた。

十二月十八日、勝海舟から面会の申し入れがあり、宮中の面謁所《めんえつしょ》で会った。六年前、大坂で会って以来である。勝は、木戸より十歳年長で、崩壊した徳川幕府の事後処理を取り仕切っていた。箱館進攻の指揮官に徳川慶喜の出馬を促していたから、勝海舟は結論から先に言った。四境戦争の休戦交渉で勝海舟が厳島まで出張した苦労に対して、木戸は率直に感謝した。それを皮肉ととったのか、勝海舟は唇をゆがめ、

「慶喜公御出馬のことじゃが、どうしたものでござるか」まず理由を訊ねた。

「内戦でこれ以上の犠牲者を出さぬための方策でござる」木戸は臆《おく》せず答えた。

「そんことだと思っちゃあいたが」

といって、勝海舟は指で眉をこする仕草をした。

「榎本は、主君に反逆する男でござるか」

木戸は気になっていたことをたずねた。

「はっきり申して、榎本は慶喜公を主君とは思うていないよ」勝海舟は、慶喜が謹慎の決意表明をしたとき、面前で腰抜け呼ばわりをした話を明らかにした。

「それはまことですか」

「作り話はせぬ。慶喜公が前線に出馬されれば、榎本は必ず狙撃させるにちがいない」

「うん、これは困りましたな」腕組みをする木戸を見て、勝は微笑さえ浮かべていた。

さすがに勝海舟は策士である。慶喜とて、命を狙われた参戦を受けるはずがない。拒否する妥当性を、木戸は突きつけられていた。

「代案と申しては失礼じゃが、慶喜公の出馬は無理としても、かわりに実弟の徳川昭武公が箱館へ向かわれるのに、やぶさかではないと、申しておられる」

「そうでござったか。一人ではご返答しかねますが、相談のうえ、ご返事をいたしたい」

結局、木戸は勝海舟の代案をのまざるをえなかった。旧幕臣の窮状は、江川奉行所の柏木らからも聞いていた。しかし勝海舟は、決して旧幕府の弱身を見せず、もっぱら榎本軍について話をした。木戸は、榎本が開陽丸を失ったことをイギリス公使館筋から聴いていたが、素知らぬふりをして、勝海舟の話に耳を傾けた。それでも、互いの志を秘めていた往時を思い出し、過ぎた日々と将来のことを語りあった。龍馬との思い出は接点となった。

その日、奥羽民政の人員配置や庄内・福島・盛岡三府のことを議論し、結果を大久保へ書簡として送った。さらに箱館攻撃について軍務と議決した内容の大略や、御出輦後の東京府下の状態などが主な内容だった。

箱館攻撃準備のため青森出張中の山田市之允から書簡が届いた。東京の実情が伝わっていないことが多いようである。局外中立が年明け早々にも解除され、ストーンウォール号が渡されることも知らない。そのため駒井政五郎を使者として、決議した軍議や兵器のことなどを伝達させようと思ったが、横浜に行って不在だった。箱館のことは、安易な妥協を許すことはできないが、諸外国の中にはフランス以外でもオランダなど、榎本軍に好意を寄せる公使もいる。遠隔地ゆえに対応が難しい。何よりもストーンウォール号の引き渡しを急ぐ必要があった。艦長の人選から乗員の訓練まで、並行して進めさせた。

歳末になって、奥羽民政の大略を決定した。悩ましい奥羽の戦後処理をひとまずまとめて、木戸は政府徴士の慰安をかねた骨休めをすることにする。作久間、菱田と連れ立ち、舟を出し、深川の伊勢屋別宅へ行く。

秋月、有馬二侯と土方・嶋・香川・山中・小野・日下部その他十余人の政府徴士はすでに列座し、角力を観ていた。それが終わると、座中に筆と硯《すずり》を出し、各々が意のままに書を楽しんだ。秋月侯は木戸へ詩を書いて見せる。水戸藩士の香川敬三と話していると、武田耕雲斎・藤田東湖二翁との旧誼《きゅうぎ》が思い出され、感慨を禁じがたいものがあった。香川と大いに語り合い、先哲の志を今日にのべ、地下に瞑目しようと、木戸は思った。この日、二句を記す。

一草も月日のむらはなかりけり

世の中は桜も月もなみだかな

十二月二十二日は小春日和で暖かかった。歳越しの御酒を賜る。山内容堂公から木戸は招かれていたが、三条卿との先約があり、その御旅館へ行く。金銀銅銭御改正の事を議論した。この件は諸外国から抗議の集中砲火を浴び、大いに議論になる贋金《にせがね》問題である。これに手をつけると、薩長の対立が鮮明になる可能性があった。木戸は、薩摩が最大の贋金を発行している藩として、情報をつかんでいた。

三条卿との協議を終え、土佐藩邸へうかがった。東久世卿も在席されていて、義太夫を聞き、容堂侯は書畫の蘊蓄《うんちく》を話してくださった。帰寓したのは夜中の十二時である。

翌日、南部から青森へ向かう林半七（友幸）が告別に木戸を訪れた。駒井も来たので、榎本軍の海軍兵力や備蓄兵器のことを話し、速やかに青森へ帰るように希望した。

次の日、木戸は参朝し奥羽府県の割りふり、降伏した諸藩へ朝廷より改めて賜った土地などを詮議し調べた。府県取締諸藩と降伏諸藩へ渡す村帳の調べを終えた。東北諸藩の処分は恨みを確実にかう仕事である。(岩倉卿と大久保から損な役割を押し付けられた）と、思わぬでもなかったが、木戸の誠実な気質は職務拒否をよしとしなかった。結果として、ますます心身を消耗していく。

夕刻、大村益次郎と歩兵など国軍の組織について細かく議論した。

「大村先生、当面は箱館を攻め落とすことに集中せにゃならんが、問題はそのあとのことですな」

「奥羽と北越の戦に勝った後なので、箱館へは参戦希望の藩がわんさといますけん。来年春をまたず、ストーンウォール号が手に入れば、ひと月の訓練で海軍は整えられますな」

「陸海参謀の山田市之允と陸軍参謀の黒田了助が仲良くやってくれさえすれば」

木戸は、北越戦で山県と黒田がうまくいかなかったことを教訓にしていた。

「海軍に佐賀の増田虎之助を使えば、参謀としてうまくやってくれると思うので」

大村には腹案があった。

「薩長がいずれ争うちゅうて、はやし立てる輩もいますけ。漁夫の利を狙うつもりなのやろうが、誘いにのっちゃいけん」

「木戸さん、これまで諸藩の寄り合いで来ましたけど、一日も早く国軍を創設しなければ、再び割拠の時代になりましょうぞ」

「ぼくもそう思うちょりますけ。百姓まで加えた四民の軍隊ができさえすれば、藩の軍隊は不要になり、新しい政体を作りだせますな」

「いずれ武士をなくさねば、日本は麻のごとく乱れたままになりますな」

「ぼくは西郷さんが描いている国のかたちを知りたい」

「木戸さん、西郷さんには武士をなくせませんぞ。それどころか、武家の政治にこだわり続けることでしょう」

「正直に言うと、これから心配なのは、藩兵をどうすればなくせるかという事につきますな。ことに薩摩と長州の帰還兵の納めかたが難しい」

「そこですぞ。薩摩の藩兵は巨大で、西郷さんを担いで何をしでかすかわからん」

大村が一番心配していることだ。

「藩をなくして郡県制にしても、知事が昔の殿さまじゃと、何も変わりませんから」

木戸も持論を口にする。

「国軍の中枢を大阪に置き、西国の叛乱に備えねば」

大村は大坂に軍組織を集中させることにこだわった。西郷をいただく薩摩の武士団がいつの日か、新政府に叛旗《はんき》をひるがえす可能性があると、真面目な顔をして語るのである。木戸も本能的にその危険を感じていて、大村益次郎と同意見だった。

軍制は一朝一夕《いっちょういっせき》に成り立つものではなく、早急に土台作りからはじめなければならない。

薩摩が目論む雄藩の武士団による御親兵構想をいかに封じこめ、四民平等の精神に基づく徴兵制に移行できるかが、勝負の分かれ目だという。大村は鷹揚《おうよう》に見えて、動くべきときは疾風のごとく早い。(これぞ軍師にちがいない)木戸は尊敬の念を忘れていなかった。

歳末二十七日、由利公正〈先の三岡八郎〉が木戸を訪ね、国の会計など急務を談話した。

「木戸さん、今日はお詫びもかねて、帰郷の挨拶に参りました」

「えっ、突然にどうしたのじゃ」

「ご承知のように太政官札発行が裏目に出まして。予期したように流通しないものですから、批判の集中砲火をあびましてのう」

「それは政府全体の責任じゃと思いますが」

「手を打ちましたが、後手後手にまわりました」

新政府の財政窮乏を救う策として明治元年五月に発行された太政官札は、発行後の流通が悪く、価格が下落するだけで、期待した経済効果は得られなかった。逆に金札問題として経済恐慌を招いた。太政官札は嫌われ、政府が流通を円滑化し下落した価値を挽回する対策を講じたものの、改善せず、両替商で多額の打《うち》歩《ぶ》を払ってでも正貨に交換を迫って、日常の取り引きを弁ずる有様だった。そのため政府は打歩交換を厳禁し、租税その他の上納に太政官札を使用するよう布告した。しかし、太政官札の流通は正常化せず、逆に急増してその価値が急変し、経済界の大恐慌を招いた。

「国民にも不慣れなことがあったのでしょう」

太政官札に限らず、新しい試みは随所で抵抗にあっていた。

「自暴自棄に聞こえるかもしれませんが、発券者を信用していなかったことが大きいのかもしれません。何しろ裏打ちがなければ、ただの紙屑になりますからのう」

由利は紙幣の危うさを口にした。

「井上聞多が太政官札と正金の交換を許すように建言しちょりますが」

「その正金が信用を失いかけているでしょう」

「硬貨は硬貨で大きな問題をかかえちょりますね。遠からず表面化しますな」

「贋金ですな」由利の言葉に木戸は黙ってうなずいた。

贋金問題は新政府の信用問題にまで発展する。

木戸が慰留しても、由利の決心は変わらない様子だった。結局、由利は二ヵ月後に辞して政府を去ることになる。木戸は、その後も由利の復帰を心がけた。由利の後任として大隈重信に会計官を併任させ、二年二月に太政官中に造幣局を設け、東京の金座・銀座を廃止して、新貨幣鋳造を行うため、井上聞多が中央政界に入る。

十二月二十八日、佐賀藩の島團右衛門（義勇《よしたけ》）と忘年会の約束があり、彼の寓へ行くと、東久世・大原の二卿と中島が来席していた。遅れて大木も加わった。

ちなみに島は木戸より十一歳年長で、佐賀藩の下野《しもつけ》鎮圧軍大総督軍監となり東北征討戦に参戦していた。明治二年鍋島直正が蝦夷開拓督務になると蝦夷開拓御用掛に任命される。

しかし、彼の壮大な札幌市建設計画は、鍋島直大の後任の東久世卿に否定され、解任される。その後、秋田県の初代知事を務めるが退官し、郷里で憂国党党主に担がれ、江藤新平と共に〈佐賀の乱〉を引き起こして斬罪となる。

同日、木戸は参朝し、歳暮《せいぼ》の御祝礼を申し上げた。この日、三条卿が京都へ発たれた。

京都では、天皇のお后《きさき》一条美子《はるこ》が入内《じゅだい》される慶事が執り行われた日でもある。皇后は従一位左大臣・一条忠香《ただか》の三女である。今出川家の姫君で一条家の養女となり入内された。木戸がお目にかかるのは、しばらく後のことになる。

新政府の主だった者たちが東京を去ったため、木戸に大木や大村とともに重責を負う。とはいえ、江戸時代からの宴会政治はそのままで、何かといえば宴席へ顔だししなければ、事は進まない。知らず知らず木戸の健康は過労から蝕《むしば》まれていく。

木戸は、松代上田藩の斎藤新蔵との約束で、「桜屋」より屋形船を浮かべて、浅草今戸橋のたもとにある「幽明楼」にあがった。噂では歌舞伎俳優沢村訥升《とつしょう》（二代目宗十郎）が経営しているらしい。小浜、浜吉、お亀の三妓を携え、菱田・日下部・作久間が同行する。

楼には上田藩の留守居役らに加え、練兵館時代の友岩崎直之進が待っていた。性質豪直の撃剣家で、若き日には、江戸府下で豪遊したものである。東京で再会しようとは思いがけないことだった。さらに新橋辺の芸者も招き、盛会となった。疲れを覚えた木戸は、斎藤新太郎と途中から退席し、舟で帰る。

考えてみれば、生き延びて東京で酒宴に遊ぶことなど夢のようである。六、七年前、同盟の志士と墨田川に舟を浮かべ、花季《はなどき》の夕べ、墨水中流を上下したものだが、この日、同盟の志士は一人もいない。ただ一人の僥倖《ぎょうこう》を喜ぶべきなのか哀しむべきなのか、感慨に堪えないものがあった。

翌日、天気が良かったので歳末の町へ出て、八勘丁、久保町辺を徘徊《はいかい》した。東京の町は正月の準備に入っていた。昔ほどの賑《にぎ》わいはなくとも、大江戸の面影を色濃くのこしていた。

歳旦《さいたん》に東久世・大原の二卿を招宴すると約束したので、午後から居所を清掃し、花を挿し、（松子ならこのようにするのではないか）など、男世帯の薄ら寒さを痛感していた。

宵になり、作久間その他のものと酒杯を傾け、歳《とし》の暮れを祝った。それにしても幾松のいない独り暮らしの侘しさは、いかんともし難いものがある。

木戸は諸藩に藩籍を奉還させ、次なる〈廃藩置県〉を実現させることが、大政の一新に不可欠と考えているが、現実は厳しかった。（一朝一夕には事を運ぶことができない。まさに命がけの大仕事である）長州藩内にさえ、同志を見つけるのに苦労する。かつて攘夷から開国へ人々の意識を変えていくことに身の危険を感じたように、暗殺者に狙われかねない。

そうしたなか十一月には、姫路藩の酒井家が〈版籍奉還〉の建白書を提出した。これは木戸の背中を押す。十二月になり、木戸は岩倉に進言した。彼の日記によれば、

『春以来そのための議論休まず。（中略）またこのまま日時をすぐるときは、つひに天下後世のため大に機を誤るものあらん』と自らに言い聞かせた。岩倉への進言が、木戸の追い落としをはかる翌明治二年夏の政変につながろうとは、想像できなかった。

明治天皇を国家元首として、国民が尊敬に値する人物に成長していただくことが、木戸のひたすらな願いだった。十二月二十八日、天皇は花嫁一条美子《はるこ》を妃として迎えられた。

（来年桜の季節に新皇居へ入られる天皇の帝王教育は、文武両面、心身鍛錬を旨とする厳しい内容になるはずである）倒幕を実現させた明治元年が終わろうとするなか、木戸は激動の一年を振り返り、あらためて新年になすべき宿志を再確認した。（少なくとも、蝦夷地の内戦を終結させ、〈版籍奉還〉までは成し遂げ

ねば）と心に誓い、その後で、ささやかな願いごととして、（松子を東京へ迎え、正式に結婚しなければ、男として申し訳ない）そう小声でつぶやかねばならなかった。

七

明治二年元旦、一天の雲もない快晴で朝を迎えた木戸は、暉々《きき》として起き、髪をゆい沐浴《もくよく》し身体を清めた。皇城と故郷長州を遥拝《ようはい》する。天地四方の万神を拝し、皇室と毛利公の御幸運を祈念した。一家で祝い酒を酌《く》み、十時前に参朝する。参議やその他三等官以上は、議政局にて祝い酒と重ね餅を頂戴《ちょうだい》した。

宵に入り、参与の東久世・大原二卿と島義勇が約束どおり木戸の寓居に会し、祝杯を交わした。東久世卿は木戸と同じ天保四年生まれで、孝明天皇が御幼少のみぎり、お側近くに仕えた人物である。これに対して大原卿は、木戸より三十二歳年上のご老体だ。光格天皇の侍童として宮中に昇り、孝明天皇に信任された。文久二年には、島津久光に警護され江戸へ下向し、攘夷決行のみでなく、一橋慶喜の将軍後見と松平春嶽の政事総裁職任命を幕府にのませたことで知られている。政治力もあり、油断していると、木戸とて肢《あし》をすくわれかねない。

しかし正月元旦なので、なま臭い政治がらみの話は抜きである。菱田や作間も来て、各々詩歌を揮毫《きごう》した。翁庵の少女みさこ、「桜屋」の女将鉄、小浜、お亀などの女性たちも酌を助けてくれた。

京都より大久保の書翰《しょかん》が到来し、床につくまでに目を通す。当時はまだ、大久保の記す文面が、その人の心事であると信じきっていた。

この日、新生国家の希望を灯すかのように、初の洋式灯台である観音崎灯台が点火された。日本のような海洋国家にとって灯台は重要である。

正月二日、朝より祝賀客が多く、三時ころまで木戸は対酌する。昨宵からの婦人たちが留まってくれ、正月の戯れもなしに助かった。七、八年の間は盆も正月もない生活に明け暮れ、はじめて歳旦《さいたん》にあった心地がした。三時過より正親町三条卿、ついで大原卿、最後に東久世卿の宿へ参上する。ちょうど、久我・大原・西四辻の三卿が在席されていて、木戸のために留まってくれた。十時ころまで対酌をし語り明かした。桜川の舞の少女とお囃子《はやし》が来て宴席の興《きょう》を助けた。木戸は「桜屋」へ行き、気心が知れた女将の鉄に礼をいった。

翌日は天気も崩れ、風雨が強い日になった。思えば去年のこの日に鳥羽・伏見にて戦端が開かれたのである。(一年にして国内はまず平定され、信じがたいような不思議さだ)

だが、蝦夷地の榎本武揚らは、意気軒昂《けんこう》で、この年の五月まで降伏しない。鳥羽・伏見の戦いから五稜郭開城までに動員される新政府軍は、約十二万、戦死者は約三千五百人にのぼる。後に勃発する日清戦争と同じ規模の内乱である。木戸は憎しみの連鎖を断ちたかった。

予約しておいた角力《すもう》を深川の伊勢屋別荘で開催した。菱田海鷗・作間・斎藤・井上と舟を浮かべて訪れると、久我・東久世・西四辻・備前池田の諸侯と岩倉公側近の山中・香川らがすでに来席していた。庭中に鮓《すし》店、天ぷら屋、れんかくなどの屋台を設け、趣を添えていた。

力士も当時人気の強者たちで、終わりに出席者が大杯を傾け力士へ与えた。六、七名の芸妓も酌に来て在席。その中の小照なる妓が、「あら珍しい。桂小五郎さまではございませんか」と、呼びかけてきたので、びっくりした。

しばらく会話をかわしてはじめて、六、七年前、柳橋にて面識のあった妓であることがわかった。木戸は、その場にいた亡き友の姿を思い出し、思わず目を潤ます。十一時過、浮き舟で帰った。雨はやんでいたが、その夜の墨水には夜霧がたちこめ、両岸の料亭や民家からこぼれおちる灯かりが、おぼろにかすんで、川面に映っていた。松子のいない江戸で、その夜も木戸は漂っていた。

正月四日は御用始めで正午に参朝。明日より帰国するイギリス公使館のサトウが挨拶に来ていた。東久世卿の催促に応じ、備前池田侯、大原卿、森・町田・神田らと「築地ホテル」にて別杯をすることにした。公使館からミットフォードとアレキサンドルも参加。アレキサンドルはサトウと任務交替をするらしい。彼はかつてパークス公使と馬関を訪れ、幕府と諸侯の條理を論じた際、木戸が彼の説に抗論したことがあった。その際、短気で名高いパークスが怒った記憶がある。すでに四年前のことで、まだ元気だった高杉晋作と共に乗艦したのだった。これもまた夢のようである。今夕は、サトウと語り合い、大いに欧州のことを知ることができ、欧米視察を然るべき時がくれば、是非するように木戸は勧められた。昨年末、欧米諸国はようやく局外中立を解き、ストーンウォール号の引き渡しも時間の問題になっていた。

正月五日、木戸個人へも番町の屋敷を拝借することが決まり、近くの斎藤弥九郎一家がそろって屋敷へ来てくれた。酒宴の席を設け、練兵館伝統の歳旦《さいたん》の式をした。斎藤篤信翁と二代目斎藤弥九郎を上座にして、祝い膳を配した。紋付の羽織・袴をまとい、一同は厳粛な気持ちで新春の慶びをわかちあった。木戸は、祝い酒を注いでまわり、積年の恩義を感謝した。斎藤一家と木戸は一丸となった親族同然で、男兄弟のいないこともあって、酒が入ると、肩を組み合わんばかりに打ち解けた。その後、皆を泊まらせる。各々が袴を解き、書を楽しむ。書き初めである。

ところが知らぬが仏で、この日、京都丸太町の路上で、御所から帰宅途中の新政府参与横井小楠が六人の覆面武士に襲われ、刺殺されていたのである。横井は駕籠《かご》から出て短刀で防いでいたが、供は二人で援けにならず、首をはねられる惨殺にあう。過激な攘夷思想の武士に狙われたらしい。その後、過激な尊攘派の十津川郷士の犯行であることがつきとめられる。

横井の死は連動して、福井藩士である由利公正の辞任を早めた。後任として外国官副知事の大隈重信が、会計官御用掛の兼務に任命される。

正月六日、木戸は江藤新平と約束があり、時勢について数時間語り合った。二人はまだ横井暗殺を知らず、由利公正の更迭が連動する予測も立っていなかった。東京で流通しない太政官札を由利が強引に発行させたことには、江藤が猛反発していた。京都の太政官代が丸ごと東京に移り、名実ともに東京遷都が数ヵ月後に実現することを木戸は教えておいた。

それにしても、会津藩の戦後処理には神経を消耗した。これまで長州にとって怨念《おんねん》だらけの会津藩であり、復讐《ふくしゅう》の応酬《おうしゅう》になりかねなかった。〈池田屋事件〉や〈禁門の変〉さらには戊辰戦争での死傷者は長州だけでも甚大で、家族たちの心情を想うと、個人的な温情もほどほどにしなければ、逆恨みを買いかねない。会津降伏人の処遇につき手違いがあり、大村益次郎へ一書を投じ、会津降伏人の出立を止めさせた。木戸は、会津の人々を囚人のように取り扱ってはいけないと思っていた。

正月七日（陽暦二月十七日）の暮れ方、木戸は秋月侯との約束で大川端の邸を訪れた。

諏訪氏の旧屋敷で、庭の景色がとても素晴らしい。雨は草樹を濡らし、梅の香が優雅に漂ってくる。新春とはよく言ったもので、そこはかとなく早春の風韻《ふういん》を感じた。

六時に山内容堂公も来られ、お相手をする。京都から来られたばかりの秋月侯婦人と、容堂公ならびに木戸は初めて面会する。彼女は烏丸卿の妹である。また南画家の春木南溟《なんめい》が容堂公に伴われて出席した。女流画家の奥村晴湖といい、容堂公の支援する画家は優れた才能をもっている。木戸は、南溟と十三年前に信州高遠藩主内藤駿河翁の屋敷で会ったことがある。ちなみに内藤邸は明治三十九年に新宿御苑《ぎょえん》となる。

木戸はこの日、久保田藩（秋田藩）の佐竹義堯《よしたか》侯より繁慶《はんけい》の銘刀を贈られた。野田繁慶は、徳川家康お抱えの鉄砲鍛冶から刀鍛冶になった名匠である。佐竹は常陸源氏の名門で、義宣《よしのぶ》の時代に関ヶ原合戦後、減封の上、久保田（秋田）に移された。いわば毛利と同類の憂き目を見た大名である。戊辰戦争で新政府に協力したのも、歴史的な背景があったためだろう。

佐竹侯は、藤堂侯と双璧の中沢雪城門下の書道家で、久保田藩祖の佐竹義宣《よしのぶ》は古田織部の茶友であり、代々茶の湯を愛した家柄でもあった。

正月十日、山内容堂公、備前池田侯、秋月侯が約束で木戸の番町邸へ姿を見せた。木戸にとって、公務でお世話になっている謝恩の気持ちもあった。とはいえ、松子がいない屋敷は、どう取り繕《つくろ》ってもやはり殺風景である。

「男やもめに蛆《うじ》がわき、女やもめに花が咲く、と申すではないか。早く花を迎えねばのう」

どうして松子を側近くに呼ばないのか、容堂公に冷やかされた。

昨年十一月初旬以来、上局議長の議定山内容堂と下院議長の弁事秋月種樹、権弁事菱田文蔵（海鷗）を学校取調用掛に命じ、教育制度の新設を急いでいた。教育を重視する木戸は、彼らと心を通わす仲間といえる。

翌日は備前池田侯との約束で今戸の松本屋別荘へ行く。七年ぶりに通る道で、浅草観音寺境内を通った。

雷門をくぐると、にぎやかな参道が続き、出店も繁盛していた。参詣客が多いのは昔と変わらない。それでも生きのびて再び訪れていることに、夢のような心地がした。

今戸橋を過ぎるとき、「幽明楼」に容堂公の馬車を見かけた。松本別荘には、秋月・備前二侯がすでに在席しておられたので、木戸は「幽明楼」まで引き返し、容堂公をお誘いして松本別荘へ行く。木戸のはからいを容堂公はことのほか喜ばれた。秋月侯と容堂公は馬が合い、宴席は盛り上がった。次の日もまた宴席である。これには、断りがたい理由があった。

木戸は、十余年前の練兵館時代からの旧友上田藩の岩崎、松代藩の斎藤と「川長楼」で会い、昔を語りながら快飲した。「川長楼」では、七年前、高杉晋作と同じ遊びをした。（周布翁とも痛飲すること幾度か知らずじゃった）二人の姿を追憶《ついかん》して思わずこみあげるものがあった。往時を知る妓が数名来て酌を助けてくれた。もちろん斎藤新太郎も同行し、舟で「桜屋」に戻ったのは、明け方の四時ころだった。正月十五日、宿酔のため枕を離れることができない。松子のいない木戸の私生活はやはり乱れを生じていた。

夕刻、ようやく酒気が消え、金杉文魁堂の別荘にむかう。会するものは東久世・大原二卿、鏑木《かぶらぎ》渓庵、福井順道、市川万庵、奥原晴湖、作間栖夢《すむ》、西島青甫、斎藤新太郎などである。

それぞれが書画像を心のおもむくままに試筆する。

晴湖は、木戸より四歳年下、下総古河《しもふさこかわ》藩大番頭池田政明の四女・節で、幼少のころより弓術などの武道に興味を示す活発さがあった。娘時代に書を小山霞外《かがい》らに習い、画は谷文晁高弟の枚田水石《ひらたすいせき》に学び、やがて渡辺崋山に私淑《ししゅく》して南画に転向した。晴湖の口から崋山の名を聞き、木戸は一気に親しさを覚えた。それは江川英龍との思い出にもつながるからである。

崋山の蘭学の師鷹見泉石《たかみせんせき》は古河藩家老で、彼女の伯父にあたる。さらに泉石と崋山は同じ谷文晁《ぶんちょう》の門人だった。〈蕃社の獄〉で蟄居《ちつきょ》中の崋山は、泉石の求めに応じて、その肖像画を描いた。現在、国宝として東京国立博物館所蔵の「鷹見泉石像」である。折烏帽子《おりえぼし》に素襖《すおう》の礼服《らいふく》姿の泉石を真に迫った鋭い写生で容貌を描き、伝統的な技法による着衣の表現が見事に調和している。少女の池田節（晴湖）は、伯父の泉石に肖像画を見せてもらい、一目で崋山の絵に魅せられた。画家になるため出府の志を捨てきれず、二十二歳で両親を説得し江戸へ出た。父池田政明は、女中を一人つけ、二十五両の生活費を持たせて送りだしたという。

雅号として奥原晴湖を名乗り、下谷三枚橋のたもとに居を定めた。男まさりの意志の強さが彼女を支えていた。木戸邸に家族同然に住みつく画家の西島青甫の友人でもある。

そのころ容堂公は、風流の世界で大将といわれ、毎月一回、文人墨客を招いて懇談した。

晴湖を推挙したのは大沼枕山で、雅会にて容堂公の目に留まる。彼女は、才気にあふれ、格別の美人ではないが容貌も品よく、容堂公のお気に入りとなる。容堂公がひいきにする新進の女流画家で、京都の野口小蘋《しょうひん》とともに、明治の女流南画家の双璧といわれるほどの腕前になる。木戸は容堂公から晴湖を紹介された。面白いことに、晴湖も小蘋も、木戸が支援を惜しまなかった女流画家である。見識眼の筋のよさは、芸術の世界にまでおよんでいた。

大原・東久世二卿は夜半に寓居に帰ったが、木戸らは一泊した。

庭の中に七、八株の梅花が満開でふくいくと薫っていた。（梅の香を意識すると、いつも晋作を思い出すのはどうしたことか）木戸にとって、高杉晋作の存在がそれほど大きかったということだろう。

この荘に来る途中、上野寛永寺の境内を通った。昨夏、彰義隊鎮圧の兵火のため楼門その他多数が焼失していた。徳川時代の盛大さを知る木戸にとって、まったく悪夢のような荒廃である。三代将軍家光より家廟として創立され、東叡山と号した。広大な境内にはおよそ三十六の塔頭があり、親王門跡が住んでいた。山門は黒門・新黒門・車坂門・屏風坂門・坂本門・穴稲荷門・清水門・谷中門の八門で、荘厳な構えだった。上野台地の東南端にある山王台は桜岡ともよばれ、春には桜の名所になる。

この地を招魂場にしたいと、当初、木戸は思っていたが、この年の春、府民に花見を自由にさせるため、開門すると好評をえる。その後、蘭医ボードウィンの勧めもあり、上野公園として整備することになる。

二日後、黒田了介（清隆）が訪ねてきた。

「木戸さん、ほんなこつどげんかなりもはんか」黒田は例の調子で難題をぶっつけてくる。

「何事なのかな」木戸は面食らう事の方が多い。

「大村さんの進める兵制改革は、薩摩の武士たちに不評でごわっそ」そう告げることで、黒田自身が牽制しているのだろう。

「わかった。そのことなのか。立場がちがうのかのぅ。いずれにせよ、国軍の精鋭を育てにゃなるまい」

「このままじゃと、大久保さぁと大村さんは角を突き合わせることになりもっそ」

「困ったのう。大村さんの意見も聞いておきたい」

あえて意見を述べず言葉を濁しておいた。

黒田は、箱館侵攻の参謀に任命されており、山田市之允との協力関係が心配される。それというのも、新潟近辺の戦闘で、長州の山県と薩摩の黒田はことごとく作戦上の衝突を繰り返し、士気を損なったことが知られているからだ。

「山田市之允の指導をよろしく頼むよ」

「こちらこそ。彼は義経の生まれかわりのごつある」

「まだ若さにはやるかもしれん。面倒をみてやってほしいのう」

木戸は、黒田の性格を熟知していて、うまく丸めこんだ。

少なくとも箱館攻略が終わるまでは、薩長の亀裂を大きくしたくなかった。

夕刻、大村益次郎を訪ね、黒田来訪のこともふくめて要件を話し合った。

木戸日記には、『蝦夷開拓学校の興隆。商法議事、貨幣改鋳、兵制改革などのことを議論する。』とあり、大村とはかなり広範な政策協議を重ねていたことがわかる。

「箱館侵攻の前じゃちゅうのに、今朝また、陸軍参謀の黒田が訪ねてきましたぞ。何事かと思っちょったら、国民軍創設は問題が多いというので、詳細をたずねておきました」

「彼らの言いたいことは、承知しています。それでもやらないけませんちゃ」

「榎本軍は窮鼠《きゅうそ》猫をかむの心配もある。政府軍の指令系統が割れていると、兵士が混乱する」

慎重な木戸は、最後のつめまで手抜きをしたくなかった。

「山田市之允なら、うまくやるにちがいない」

と大村は楽天的だった。

ようやく、旧姫路酒井藩邸を長州藩へ拝領された。

〈禁門の変〉で朝敵におとしめられて以来、江戸・京都・大坂の藩邸をうしなっていた。（これで毛利公を迎える屋敷が、やっと整うことになる）木戸にとって肩の荷を一つだけでもおろした気分だった。

正月十八日、退朝後、秋月侯の招きで東久世・大原二卿と屋敷へうかがった。そこへ容堂公が在席しておられ、今戸・柳橋・新橋辺の妓十名余が酌をしてくれた。書画を各々が揮毫《きごう》する。その間、木戸は容堂公と将来の大勢を論じ、皇室の基を定め、名分を明らかにする必要があるとの意見を交わした。実は木戸と大久保の間で了解ずみだった〈版籍奉還〉について、大久保、広沢、板垣の間でも、その方針が確認されていた。

木戸は容堂公に確認をとるつもりで話した。

「真の王政復古を実現するには、一度、版籍を朝廷へ奉還すべきではないでしょうか。さもなくば、維新の大義は絵空事になるように思いますが」

「木戸、わかっておる」容堂公は、趨勢《すうせい》を理解していて、

「受け入れるつもりじゃ」と結論から先に話した。

「思うに、徳川宗家が没落した以上、それは当然じゃな」と驚くほどの達観だった。

そのころ（一月十四日）、京都では薩摩・長州・土佐の代表が円山の料亭に会して、〈版籍奉還〉について意見の一致をみていた。ただし、その具体的な内容について、皆、自分に都合のよい解釈をしていた。ことに、〈版籍奉還〉後の知事が一代限りだと考えていた者は、木戸以外は皆無だったのである。そこに政変の芽が潜んでいたわけだ。

十日後には、肥前も加えた藩主の連署で、〈版籍奉還〉を建白する運びになる。それ以降、諸藩からの版籍返上が続く。たとえば、戊辰戦争の敗北で、四分の一に減封された仙台藩など、家臣を養うことが困難な藩が増えていた。また参勤交代制度や過重な賦役《ふえき》により、各藩は大商人に多額の負債を負っていた。そのため、渡りに舟の感覚で、版籍返上に飛び乗った。

だが、建白した四藩でさえ、木戸孝允の深慮遠謀《しんりょえんぼう》にまだ気づいていない。

翌日、斎藤東洋（二代目弥九郎）との約束で染井の元旗本本郷丹後守の屋敷地へ行く。斎藤家を介して譲渡してくれるとのことで、木戸は買い取りを考えていた。染井村は伊藤伊兵衛をはじめ名のある植木屋が多く、府内でも緑豊かな土地柄である。斎藤東洋は出入りの植木屋を紹介し、荒れかけた庭の手入れをさせた。

木戸はこの屋敷を「染井山荘」として生涯愛し続ける。

八

正月二十日は歴史的な日になった。薩摩、長州、土佐、佐賀四藩主による〈版籍奉還〉の上表となったからだ。木戸の宿志が一歩前に進んだ。

この日、西園寺公望《きんもち》卿が北陸より出府され、彼の地の近況を話された。木戸より六歳年下ながら、西園寺卿は堂上中でも傑出した人物である。鳥羽伏見の戦いに際し、動揺する公卿衆の中にあって岩倉具視卿を支持して以来、参与に推された。戊辰戦争では山陰道鎮撫総督、東山道第二軍総督、北国鎮撫使、会津征討越後口大参謀として活躍した。新潟府知事を辞した西園寺卿から、越後の戦後処理にともなう難題をうかがった。

「前原一誠が施政に苦労しておらっしゃる。まじめな御仁なのじゃが、どうも視野が狭い」

西園寺卿は客観的に人を見ることができた。前原は、北越戦線から会津攻めまで干城隊(長州藩藩士の部隊)を率いて参戦し、新政府軍の勝利に貢献した。吉田松陰・高杉晋作の遺志を継がんとして、前原は彼なりの至誠をつくしているのだろう。惜しむらくは、理想に走りすぎて、新政府の力量や山積する現実の難問への理解が乏しかったのではなかろうか。

会津を引き払った前原は、越後に釘づけになったまま越年を余儀なくされ、新潟裁判所総督兼北海道鎮撫副総督四条隆平の下で、越後府判事を勤めていた。四条隆平は実兄隆謌《たかうた》の養子で、鳥羽伏見戦争で山崎の藤堂軍を帰順させた功績で知られていたが、やはり世間知らずの公卿にちがいない。目前の窮民救済に向け、前原と走りだしていた。

まず昨年、新政府の総意をえずに年貢半減策を打ち出した。局地的にみれば、まさに善政にちがいない。しかし、財政破綻《はたん》に苦しむ新政府にとって、旧天領ですべて年貢半減になれば、経済的に行きづまることは明白だった。(角をためて牛を殺すの譬《たと》えどおりではないか)。木戸の率直な思いである。

昨年九月九日付の前原宛書状で、木戸は自らの苦悩を極力抑えながら説得した。

『老兄余程弟を御疑惑にて、御不満これある由、不審至極に存じ奉り候。強いて弁解能《あた》はざる事と存じ候えども、近頃伝承仕り候えば、一己の事のみにてもこれ無く、不肖ながら今日御同様所勤仕り居り候ては、かかる事のこれあり、陰に疑説の往来仕り候はば、実に国家の御為ならずと存じ奉り、一応敢《あえ》えて申し上げ候。御不落着のことこれあり候はば、明白に御教示願ひ奉り候云々』

格好のよいこと、民衆に喜ばれることをするのは、或る意味、為政者にとって至上の快感なのだろう。だが、それによって維新の革命そのものが挫折するとすれば、待ったをかけなければならないこともある。並列する重要課題について相対的な重要性の判断、あるいは優先順位の決断が、新生国家の舵取りには必要なのだ。年貢半減令について、大隈重信や江藤新平が猛烈に反対した。前原の心中を理解しつつも、木戸は指導者として、全国的な視野で望まねばならなかった。前年十月十八日付の前原宛書状で、『半税に至り候こと、種々会計等に於いても議論これ有り候よし』と反対論が強いことを述べ、その終わりに、『さりながら、現地においてはこの如きと違ひ、齟齬《そご》のこともこれ有り候儀と存じ奉り候。尚、廉々《かどかど》遂一御示諭下さるべく候』前原の気性を熟知していた木戸は、みずからの意見を押し付けることなく、できるだけなだめようと努力したのである。

（前原、罵倒《ばとう》されても、今の今は耐える勇気が必要ではないか）木戸は、越後まで行って、前原に語りかけたかった。

結果的に、前原は総督府づめとして前線を離脱させられ、四条卿も会津若松に転勤する。

西園寺卿に会って、前原の処遇に配慮した木戸は、正月二十日付で書簡を送った。この年二月、水原《すいばら》に移された越後府本庁に前原は判事として勤務している。さらにこの月、新潟府は新潟県になり、知事は都落ちした七卿の一人壬生基修《みぶもとなが》で、正義感が強く、前原とは面識もあり、意気投合した。

このころ、前原は新潟「富山屋」の芸者おやすと恋仲になり、落籍して側近くに住まわせた。新潟の民への親しみが、おやすへの愛ゆえに、前原の心の裡《うち》でさらに濃密になったとしても不思議ではない。前原は、繰り返す洪水で苦しめられる日本一の大河、信濃川の治水を思い立つ。明治元年春以来の長雨が雪解け水と重なり、五月には下流域で十数ヶ所の堤防が決壊していた。村人が決起して、信濃川の掘割を作り日本海へ落とそうとした。

当時、中央政府も治水を重視し、治河掛を設け、議定中御門経之《なかみかどつねゆき》と後藤象二郎が責任者になっていた。五月末に信濃川分水役所を置いた。問題は工事費を誰が負担するかである。

前原は、陳情も兼ねて権判事の平岡通義と東京へ向かった。

六月二日、戊辰戦争の功労者に天皇から褒賞《ほうしょう》を賜り、前原もその一人だった。前原が信濃川分水辞事業実現に向け奔走しているころ、新政府は〈版籍奉還〉へ向け、全精力を注いでいた。木戸も広沢も、前原に新政府の中枢で全国を視野に入れた政務へ加わることを願った。

引き続いた戦乱で、新政府での長州系人材が不足していたのである。

前原を東京に留め、平岡を長州へ帰し、新たに元奇兵隊参謀名和綏を新潟県判事に任命した。壬生は、新任の名和にも陳情に向かわせるが、財政難の政府は二の足を踏んだ。

広沢が名和へ送った書簡には、分水に成功すれば大きな利益があることを認めながらも、

『莫大な入費は相調《ととの》はざる次第に付、もとより今日まで政府において御許容これ無く、只々窺ひ中、越府に於いて追々手を重ね、終に差し許されざる所にては、民に信を失ひ候ていたらくにて、畢竟《ひっきょう》これまで政府の官員の失策に候へども、是また止むを得ざる所より段を込み候儀、畢竟《ひっきょう》御一新以来撫恤《ぶじゅつ》の実行相立てたき情状より差し起り候事ゆえ、政府がその失策を半分かつぎ、当分相調《ととの》え難き段、告諭相成る都合に御座候云々』

九月に入って前原らの請願を完全に却下することになった。こうして前原は、木戸らへ不信感をつのらせる。だが、この情況を鋭く見ていたものがいた。大久保と岩倉である。

話が前後してしまうので、明治二年正月に立ち還ってみることにする。

正月二十一日、木戸は醜い政事の世界を反身に構えて眺めていた。西島青甫、斎藤新太郎らと画家の奥原晴湖を訪ね、彼女を誘い両国の「青柳楼」に集う。木戸は、青甫や晴湖と書画を試み、一書を秋月侯へ贈った。その席へ西園寺卿が訪ねて来られたので、使いをやり秋月侯も招いた。秋月侯から別室に呼ばれた。

「すでに貴公の耳には達していようが、岩倉卿が辞意を漏らしておられる」

秋月侯が深刻な表情でもらした。

「いいえ、初耳で」まさかのことで、木戸も真偽を確かめなければ如何ともしがたい。

ところが西園寺卿からも、

「岩倉卿が輔相を辞すとの噂を耳にしたが、それは真なるか」と問いただされた。

木戸は、手を回して、情報源と岩倉卿の深意を確認した。五日前に岩倉卿は輔相を辞して三条卿を立てていたが、健康を理由に議定も辞めると言いだした。〈版籍奉還〉をめぐる政局にあって、主導権を握れないことへの不満なのかもしれなかった。

木戸は、慰留の書簡を岩倉卿に送り、京都の大久保へも書状をしたためた。大久保と岩倉卿は盟友であり、岩倉卿の議定辞任を大久保が認めるはずがない。芝居じみた雰囲気を感じていたが、誠意をこめて岩倉卿の辞意撤回を求めた。不安定化した新政府内部の駆け引きは、数ヵ月後に表面化する〈明治二年政変〉の前触れだったのかもしれない。木戸は、岩倉卿の自作自演に振り回される暇がなかった。

大村益次郎を訪ね、要件数件を話し、東北の民政について細部まで議論した。奥羽諸藩の事情、仙台藩の処置をこまかく論じあった。陸奥の国は岩代・陸前・陸中・陸奥の五ヵ国、出羽の国は羽前・羽後に分割した。仙台藩（伊達慶邦）は六二・五万石を二十八万石、盛岡藩（南部俊剛《としひさ》）は二〇万石を一三万石へ、棚倉藩（阿部正静《まさきよ》）は一〇万石を六万石へ、二本松藩（丹羽長重）は一〇万石から五万石へ、庄内藩（酒井忠篤《ただすみ》）は十七万石から十二万石へ、長岡藩（牧野忠訓《ただくに》）は七・四万石を二・四万石へそれぞれ減封した。恨みを買う奥羽諸藩の減封を終え、ようやく木戸は重荷をおろした心境になった。

（そういえば、長崎の隠れキリシタン処分でも、責任ある立場に立たされた。損な役回りだが逃げることもできまい）いやな思いから逃避するわけではないが、木戸は奥原晴湖を自邸に招き雅会を開く。料亭での会は、やはり山内や藤堂など裕福な旧大名でなければ、経済的に無理がある。木戸の目的は、あくまでも芸術家の支援なので、色事は眼中にない。

彼女は男を夢中にさせるほどの美人でもなければ、妖婦でもない。木戸が認めているのは、南画への熱き情熱と、創作への真摯《しんし》な取り組みである。男勝りの彼女は話も壮大で面白い。

松子不在の屋敷なので、浮いた噂を立てられる可能性もあるが、純粋に芸術家として遇しているので、後ろめたさはなかった。必ず人を同席させ、斎藤東洋(二代目弥九郎)、鏑木《かぶらき》渓庵、福井順道、菱田海鷗《かいおう》も招いた。日記に『書画小集のできばえは、もっとも妙』であると、成果を書きのこす。

正月二十三日、降伏した会津藩士の処分につき、五千人は松代・高田二藩へお預けと決まった。後から来る妻子や父母などが一家《ひとついえ》に居住できるよう配慮する。この日も木戸は晴湖を自邸に招き、続きの絵を描かせ買い取ることにした。前日から続いて、斎藤東洋、鏑木渓庵、福井順道、菱田海鷗らも加わってのことである。

翌日、土佐の山内容堂公と約束があり、東久世卿と馬を連ねて浅草の「梅荘」を訪ね、土佐藩邸へ向かった。

東京で梅の花が咲くのは、陰暦の正月に早咲きが蕾《つぼみ》をほころばせ、二月は梅見月となる。大江戸広しといえども、天下に知られた梅の名所としては、蒲田の「梅屋敷」や杉田、新宿の「銀世界」をはじめ、亀戸天神や木下川の「梅荘」などが有名である。亀戸天神は菅原道真ゆかりの社で、学問や書画の道を志す人たちは梅見を兼ねて訪れる。初卯《はつう》や鷽替《うそがえ》の神事が恵方《えほう》まいりに続き、人出でにぎわった。木下川の「梅荘」にも亀戸天神からの帰りに立ち寄る人が多い。元来、名主の荘園だったそうで、門前には馬つなぎも設けられていた。聞くところでは勝海舟も一時住んでいたことがあるらしい。あたりは一面の田園で、遠くに筑波山が紫にかすんで見えていた。

「京都とちごうて、お山が遠おすなぁ」

東久世卿も望郷の思いを断ち切れぬようだ。

「関八州はあまりにも広すぎて、茫々としているような感じでございます」

「北野の天神さんは、梅がもう盛りかのう」

「そうかと思いますが」

東久世卿も木戸も京都の北野天満宮を懐かしみつつ、土佐藩邸へ馬を走らせた。すでに大原卿と秋月侯も来られていた。庭園の景色がとても素晴らしい。生臭い政事のみでなく、容堂公は風雅を愛した。

次の日は参朝した。内侍所《ないじどころ》の造営を拝見し、紅葉山、吹上などの御庭を拝見する。

大原・東久世の二卿も御庭をまわっていた。（それにしても旧江戸城の豪壮さは見るべきもの、思うことが少なくない）木戸はあらためて、江戸期を通じての富の格差を思った。

正月二十八日朝、会津藩士の小出鉄之助（光照）が僧形《そうぎょう》で僧河井善順と同行して木戸を訪ねてきた。小出は、脱藩して外国へ赴くつもりで横浜に潜入中、鳥羽・伏見での会津藩敗報を聞き、外国行を断念した。家老山川大蔵（浩）の仲介で帰藩し、北越戦・会津籠城戦に参戦した漢《おとこ》だ。猪苗代で謹慎中、秋月悌次郎《ていじろう》の意を受け、長州藩士奥平謙輔と連絡をとるため二人の少年を連れ脱出した。秋月と小出は奥平に面会し、会津藩の処分について陳情した。その際、二人の少年を書生として保護するよう依頼した。奥平が保護した少年の一人こそ、山川浩の弟健次郎(のちの東大総長)である。

会津人で商人になった武井完平もこの朝、木戸を訪ねた。共に会津の窮状を訴える。

「戦を引き起こしておいて、口にするのもためらわれるが、会津の士民は行き倒れになりそうな惨状でござる。武士の情けとは虫がよすぎるが、救済をお願いしたい」小出の哀願する眼差しは必死で、木戸の心をゆすった。

「新政府にあって、慈悲の心をとどめているのは、貴殿のみじゃと、世上は口伝えになっておりまする」姿は商人でも、武井はれっきとした会津士魂の持ち主だ。

本来なら宿敵長州の指導者木戸孝允に頭を低くするなど、屈辱にちがいないが、会津の困窮を無視することはできなかった。

「帰還兵からの現地報告を受け、戦争の罪深さを改めて実感しておりますぞ。前向きに日本の将来を考えねばなりますまい。怨念《おんねん》を末代まで引きずることは愚かしい」

木戸は、立場を異にしても、会津が勤皇の志をもっていたことも熟知していたので、

「戦争の責任は首脳にありましょうが、寛典で、限定的な処分ですむことでしょう。力を合わせて復興にとりかからねばなりませぬのう。会津藩の再興も考えているところでござる」

答えられる範囲での会話にとどめた。

会津藩が戦争責任者として新政府に提出したのは、家老の田中土佐、神保内蔵助、萱野権兵衛の三人で、

田中と神保は会津籠城戦で戦死していた。生き残った菅野は死罪になった。

　自らの身代わりになった菅野へ、松平容保は会津藩のために潔《いさぎよ》く最期を遂げてほしいと、書簡に哀切の情をこめて懇願した。

「つきましては、主席家老で政務役の梶原平馬と軍事総督の山川大蔵のことでござるが、深く謹慎し、贖罪《しょくざい》の気持ちも人一倍感じていることと推察されまする」

　山川に恩義のある小出は、意を決して言葉を続けた。

「山川はまだ若く、欧州視察も経験したこともある男ですから、会津のみでなく新しい国づくりに役立つ人材と確信いたしております。彼なくしては、会津の者どもも再起できず、何万もの難民が生じ、国家の御負担となりましょう」

「なるほどのう」

　黙って小出の話を聞いていた木戸は、感ずるところがあったのか、深くうなずいた。

　木戸は看過《かんか》しがたく、ひそかに議定の正親町実愛《おおぎまちさねなる》や東久世通禧に事情を話し、金一千両もの大金を与える。さらに梶原と山川の罪を許し、会津再建の指導者として復帰させた。

　その際、三万石の小藩を旧会津藩領か下北半島の斗南《となみ》にするか選択させたところ、斗南を貧乏くじとして選び、新たな苦難の船出となってしまう。ちなみに梶原は、山川の姉双葉と離別し、愛人水野貞との恋に生きるため北海道に渡り身を隠した。結局、山川大蔵が、会津の苦悩をその双肩に負いながら、荊《いばら》の道を生き抜いていくことになる。

　前後して、旧新潟奉行所の奉行代理田中廉太郎が訪ねてきた。元治元年の第二次遣欧使節団に参加しフランスに渡った幕府外交官だった。会津藩の恫喝《どうかつ》により新潟を渡してしまったが、蛮行を見かねて、米沢藩に引き渡す努力をしたという。それにより新潟の治安が回復したらしい。

　皮肉にも、新政府軍が苦戦する遠因になった。新潟港からのスネル兄弟による軍事物資補給が、米沢藩、しいては奥羽越列藩同盟を助け、政府軍苦戦に至った。

「不本意ながら、結果として奥羽越列藩同盟を軍事的に支援することになったわけで、申し訳ござらぬ」田中は深々と頭を下げて詫びた。

「頭をお上げくだされ。貴殿に罪はない。乱世の渦中で、新潟住民を思ってのことござろう」木戸は、気にしないよう、むしろ慰めの言葉をかけた。

（終わってみれば、そうだったのかと、うなずくだけのことだが、その間に死傷した者はおびただしい）内戦の悲劇が木戸をいつまでも被いつくしていた。

田中は、文久三年の横浜鎖港談判使節団の一員で外国奉行支配調役として田辺太一を補佐し、益田孝（のちの鈍翁）や塩田三郎（のちの外務大丞）などの優秀な若者を率いた人物である。同じ外交畑にいた中島三郎助のことを知っていないかと思い、

「浦賀奉行所におられた中島三郎助殿の消息をご存じではあるまいか」と訊ねてみた。

田中も同僚から聞いた噂話の域を出ないと前置きし、

「榎本武揚らと江戸湾脱出を試みたが、銚子浦で暴風にあい沈没したということで」

顔をくもらせるだけだった。

誤報で、中島は箱館の台場建設に精力を傾けていたのだが、木戸は恩人の悲報を悼《いた》む。

立場を異にして敵対することがあっても、木戸は寛大であり、恩義には心をつくして報いる人であることが、鮮明にわかる。


だが国内はまだなお不安定で、一月五日には、参与の横井小楠が、キリスト教蔓延の元凶という非難のもとに、京都で暗殺された。横井の暗殺は他人事でなく、過激な攘夷派から木戸は裏切り者として狙われていた。それにもめげず、一月十四日京都では、長州の広沢兵助・薩摩の大久保一蔵、土佐の板垣退助が円山に会し、〈版籍奉還〉への意見をまとめた。

佐賀藩は代表が参加しなかったが、大隈と江藤は〈版籍奉還〉論者で、副島は「政体書」の起草者である。大木は大久保に従う男なので、総じて問題ないと踏んでいた。

大隈、副島、大木、江藤が病臥している鍋島閑叟《かんそう》（直正）を訪ねて、〈版籍奉還〉について話すと。

「長州が領地の奉還を決めたのか」と驚き、

「これで王政復古はゆるぎないものになろう。土佐に異議はないものの、心配は薩摩じゃ」と、懸念された。

「すでに大久保がとりまとめております」

大木はあえて大久保の名前を口にした。

「そうか、それで安心した」

閑叟は諸藩が版籍を返上するのは当然とした。

一月二十日には、長州・薩摩・肥前・土佐の四藩主が連署して〈版籍奉還〉を上表した。

在京中の輔相三条実美のもとに提出された。以後、諸藩主の上表が相次ぐ。また箱根などの関所も廃止された。しかし、〈版籍奉還〉についての受け止め方は各藩で異なり、藩政そのものの廃止になると考えた藩は、むしろ少数だった。長州内部でも、郡県制には懐疑的な立場の人々も少なくなかった。広沢兵助、山県狂介、野村靖之助など、木戸に近い人物でさえ消極的だった。〈版籍奉還〉は所領安堵の前提で、一旦朝廷へ返還した土地は、そっくり与えられるものと考える藩が多かった。

戦後統治が難しく東北地方直轄地十県は、この年八月、正式に直轄地にした。結局、新政府への忠誠の踏絵として、ほとんどの藩は奉還の建白書を提出する。

木戸が京都での政状を聞くのは、一月末のことである。

二月初旬、木戸は二度にわたり岩倉卿へ書簡を送り、版籍召し上げにつき、天皇が東幸なされたのち、すみやかに公議にはかり、断行するよう進言した。

すでに前年十二月、『国是の大基礎を定めるため、大小候伯および中下大夫、上士に至るまで、三月十日までに東京へ参集のこと』との政府指令を発していた。

一月末、森金之允《きんのすけ》（のちの森有礼《ありのり》）と南貞助の洋行送別会があり、築地のホテルに会した。鮫島誠蔵(尚信)や神田孝平らも参加した。森と鮫島は慶応元年に薩摩藩派遣イギリス留学生で、南は高杉晋作の甥である。

正月三十日、降伏した会津人の処置を軍務局より出し、山中静逸へまわした。

二月一日夕、木戸は東久世、大原二卿との約束で芝浜松町の紀州藩別邸に行く。そこには異色の顔ぶれがそろっていた。山内容堂公、山中静逸、島團右衛門（義勇）（佐賀藩軍監）、中浜万次郎、荒木済三郎（箱館奉行所組頭）などが会食。秋月侯も参加した。イギリス公使館のミットフォードも来る。

木戸は聞き役に徹したが、参会者のそれぞれが興味ある話をしてくれた。

佐賀藩の島は、木戸より十一歳年長で、藩主鍋島直正の命で、安政年間に箱根館奉行堀利煕《としひろ》の近習となり、蝦夷地と樺太の探査に加わった。帰国後、佐賀藩海軍軍監、ついで下野《しもつけ》鎮圧軍大総督軍監となって、東北戦争に参戦している。青年時代の榎本とは箱館奉行所で共に働いていたらしい。四ヵ月後、佐賀藩主鍋島直正が蝦夷地開拓御用掛に任命されると、開拓使判官に就任し、銭函（小樽）に入り、札幌の開発に着手し、〈北海道開拓の父〉と称されるまでになる。しかし、運命の皮肉で、この日、会食した東久世卿が開拓長官に就任すると、衝突を繰り返し、明治三年には解任される。その後、秋田県初代権令（知事）を短期間勤めたりしたが、帰郷し明治七年の佐賀の乱で憂国党党首に担がれ、江藤新平と運命を共にする。

木戸が興味を持ったのは、旧幕臣荒木済三郎の話だった。

荒木は、幕府最後の箱館奉行杉浦兵庫頭に仕えた四人の組頭の一人である。従って幕府崩壊時の箱館の様子を身をもって体験し、混乱した情況を語った。杉浦奉行ら、幕府に忠義だてする幕臣らと激論のうえ、荒木は、昨年二月末、イギリス船カンカイ号で江戸に向かった。このとき、一万両と備蓄米も江戸に送った。そのままであれば。榎本軍に奪われていたことだろう。同じような話を長崎奉行所の撤収にからんで、木戸は佐々木高行から聞いた。長崎奉行河津祐邦《すけくに》の無事脱出を黙認する代償に、幕府御用金を引き渡すことを、奉行所船手方白木保三（久風）の周旋で、佐々木は黙認したらしい。当事者である荒木の話により、木戸は箱館の情況に脈絡がとれるようになった。箱館裁判所は箱館府と改められ、長州の堀真五郎らが軍務を担当した。しかし、同年十月に榎本武揚軍が蝦夷地へ侵攻したため、寡兵の新政府軍は青森へ撤退。清水谷は青森口総督に任命されたが、軍事進攻の準備は、薩摩の黒田清隆と長州の山田市之允が着々と準備を進めているところである。

中浜万次郎の話は、伝記になるほどの内容であるが、アメリカの内情とくに南北戦争の原因と結果について、参会者は矢継ぎばやに質問をした。

木戸は、万次郎が江川家の家臣に招かれたころから知っていた。それでも、会うたびに驚くべき話をきくことができ、楽しみになっている。彼から英語を学んでいる者が多数いることも承知で、大学を開くことができれば、教育者としても活躍が期待できる人物だと思った。ちなみに万次郎は、ほどなく東京大学の前身、開成校の教授に就任する。

二月四日、大村と木戸は降伏した会津藩士の処遇について話し合った。

「会津をこれ以上痛めつけてはいけん。十分な制裁を受け、気の毒なくらいですから」

木戸が寛大な処分を求めると、

「同感ですな。長州諸隊の怨念《まんねん》をどう鎮めるかにかかっていますのう」大村は同感だった。

「寛大すぎれば、恨みの刃はこちらへ向かってきますな」

木戸も板挟みの苦労を味わっていた。

「三万石での会津藩再興はどうでござろうか。ちょっと厳しいのかも」

大村は、提案されている会津藩再興についてふれた。

「斗南《となみ》と猪苗代《いなわしろ》のどちらを選ぶのじゃろう。磐梯山《ばんだいさん》と猪苗代湖を見たことがないのが、残念ですのう。知った土地ならば、もう少し自信を持って勧めることができようものを」

木戸は、会津藩士の選択に関心を示し、

「会津から帰還したものたちの話では、若手家老の山川大蔵なる男、なかなかの人物じゃとか。伝統のある藩を甦らせてくれるとええのじゃが」

会津が失った人材の莫大な損失を、かつての長州と重ね合わせていた。

木戸も大村も、長州の怨念に縛られていることを、強く意識していた。

次に木戸が重視したのは教育制度の改革である。

寺子屋、私塾、藩校など篤志による教育を、近代的な国民教育に底上げしなければ、先進国には追いつかない。初等教育を義務教育にして、貧しい家の子どもたちにも学ぶ機会を与えたかった。そこには、松下村塾での吉田松陰の教育思想が息づいていた。

加えて木戸は、女子の識字率向上を重視していた。暇さえあれば、松子にも漢字の読み書きを教えていた。もともと聡明な松子は、向学心も旺盛で、正二郎など我が子同様に養育している子どもたちと、同じような勉強をはじめていた。

二月五日、小学校の設置を奨励し、教育の重要性をあらためて公に示した。校舎の新設、教員の養成、教科書をはじめとする教材の開発など、手をつけねば寺子屋のままになってしまうことばかりだった。

教育だけでなく地方分権にも配慮する。府・藩・県に議事所を設けるように指示し、民権を尊重する姿勢を示した。木戸が後に重視した地方分権政治のさきがけでもあった。議事所の見学に、大原・東久世・備前池田侯と共に出かけた。公議人八十名余がすでに在席しており、森・神田・加藤・津田等の諸議事掛も出席した。秋月議長が世話をしていた。

この日、新紙幣発行のため、大坂に造幣局を設置し、井上聞多が造幣局知事に任命される。

翌日、斎藤東洋を自邸に招き、鍔《つば》など小道具を見てもらい、上野下の「松源」に奥村晴湖を招いた。晴湖に贈った漢詩に、答礼の意味もこめて彼女が作詩したというので、食事を共にしながら、それを見せてもらい、意中をたずねたりした。当時、漢籍の素養があり、詩作できるほどの才女はやはり珍しかったのであろう。だが、木戸が晴湖に敬意をはらったのは、南画の才能だった。晴湖との会話で、寛永寺の桜岡が八門の閉鎖により、江戸っ子の楽しみを奪っていると指摘したことを、木戸は重視した。府民のささやかな幸せを無粋にも奪っていたからである

この日、木戸は東京府知事大木喬任参与に書を送り、『桜の開花が近いので、寛永寺の山門を開き、府民へ開放して花見をしてもらってはどうか』との趣旨で提案した。大木はこれを受け、二月七日付の書状で、『東京府の判事たちと相談し、花見の件は至当の義である』と快諾する。

翌日、軍務局より回覧の会津藩の青森斗南移封などの案件を処理した。

（斗南では、極寒の季節に、会津人の困窮がさらにひどくなるかもしれない）木戸は、住み慣れた会津盆地を去る人々の行末を案じた。藩主松平容保の罪を償わんとして旧臣が府下に潜入し、反政府活動をする同国人を鎮めているらしい。

人情として見るに堪えず、木戸は大原・東久世二卿へ陳情し、会津へ千両を恵むことにしたが、その返事を徴使の斎藤新蔵が報告に来た。

木戸は、軍務局へ行き大村益次郎に面会し、千両下賜《かし》の決定を告げた。大村も会津藩を救いたいのだろうが、〈禁門の変〉以来、宿敵として命がけで戦った長州諸隊に寛典を容認させるのは、骨の折れることだった。会津藩松平の家名再興が太政官から許されるのは四ヵ月後の六月三日で、南部斗南の三万石を領地と

するか、猪苗代三万石をとるかの選択を迫られた。山川大蔵（浩）や永岡久茂らは斗南を主張し、猪苗代に残るべきだとする町野主水《もんど》らの意見を押し切った。藩指導者の意見が二分し、争い事になった末、斗南移住が決まる。

これは会津藩にとって悲劇の上塗りになってしまう。二月八日、木戸は、種々の案件について京都へうかがいを立てねばならず、大久保・広沢などへ書翰をしたため、急飛脚で送った。

翌日、会津の真龍院（河井善順）と小出鉄之助（光照）が、先日のお礼に木戸邸を訪れた。

「この度のご配慮には、会津の衆に立ち代わって御礼申しあげる。過ぎたこととは申せ、大いに悔悟《かいご》し、朝廷に対して罪を償うつもりでござる」と語った。

その心情は憐れむべきものがあった。追い詰められて出石に潜伏していたころの心境を、木戸はふと思い出していた。

「朝廷は、国民を敵味方でなく、御一視されておられる。政府高官もその趣旨を奉じて尽力するのが当然でござろう」

今となっては、木戸に会津に対する怨念《おんねん》などない。大木喬任との約束で宅へ行き、〈版籍奉還〉の必要性について、木戸の考えを話すと、一々同意していた。この日、岩倉卿へ、〈版籍奉還〉を決断するよう書簡を送った。

その一方で、独り身の自由もあって、木戸は江戸の風流を愉しむ暮らしを続けていた。

二月十日、清楽《しんがく》演奏家として有名な鏑木《かぶらぎ》渓庵邸を訪れる約束があった。

東久世卿・山中翁を誘って木戸邸で落ち合い、共に鏑木邸へうかがう。煎茶《せんちゃ》の会で、唐人（中華）料理のご馳走になる。斎藤兄弟、医師の福井順道、西島青甫、橋市その他が参会した。

七人の雅人が楽器を奏し、東韻（唐の詩）を歌った。西島青甫は、長州豊浦の出で、詩書を咸宜園《かんぎえん》の広瀬淡窓に学び、長三州と共に大坂の広瀬旭荘《きょくそう》に認められ、鼎《かなえ》金城《きんじょう》に南画を学んだ画家である。高杉晋作や木戸孝允らと国事に関わり、下関の豪商白石正一郎とも親交があり、家族のように木戸邸で暮らし、画業を楽しんでいた。秘書係のような雑事も快く引き受けてくれる。

木戸が建白書に使うさまざまな種類の和紙を購入

し、管理する役目などもこなしていた。奉書用の杉原紙から、揮毫《きごう》に使う越前紙や丹波紙、日常の通信用に使う美濃紙など、文箱に入れて整理している。和紙の文化を愛した木戸は、横浜などで外国人にも愛好者がいることを耳にし、輸出品にできないか、思案することもあった。襖や障子の類も広い意味で和紙の文化だと思っていた。青甫は、奈良の油煙墨や毛筆のたぐいまで目配りし、任せていても安心できる。木戸の留守には、客人と相手をして時間稼ぎをすることもあった。

翌日、東橋《あずまばし》の久保田（秋田）藩佐竹邸に木戸は招かれた。

佐竹家も相続問題が複雑で、一族中でのもめ事が多い。火中の栗は拾いたくないが、頼まれれば嫌と言えぬ性格は、余分な仕事を生んでいた。とはいえ、秋田は地政学的に重要で、万一、大きな内乱が西方で起こると、庄内藩や米沢藩などが呼応する可能性がある。その抑えとして重要なのだ。現実に、不穏な情報は木戸の耳にも各地から寄せられていた。木戸は内藤左兵衛と舟で向かったのはよいが、逆風逆流で三時間以上もかかった。浅草の奥山辺を遊歩し、佐竹邸を訪れると、庭の趣が素晴らしかった。月光の明るい夜で庭を遊歩させていただいた。話の内容はやはり、家督相続のもめごとで、夜十一時ころ舟で「桜屋」へもどることができた。帰りは風もはなはだ穏やかで、自邸まで橋市が同行した。

九

二月十二日、参内《さんだい》すると、昨日、宇和島の伊達宗城侯と土佐の後藤象二郎が東京入りしたとのことだった。翌日夕刻、木戸は後藤を訪ね、京都・大阪の近況を聞いた。意外なことが少なからずあり、福井藩の由利公正が失意のうちに帰郷しようとしていた。由利を支援した参与の横井小楠の横死、太政官札の値崩れ、後藤の後任としての大阪府知事就任への横車など、心身をすり減らしての引退である。由利に代わる人選に苦労するが、人材不足で結局、大隈重信と井上聞多が担当することになる。

二月になって、大隈は大阪長堀の貨幣鋳造所を視察。旧幕府の施設を接収し、粗悪な品質の二分金や一分銀を鋳造していた。外国公使団から非難を浴び、大隈は鋳造を止めさせる。当時建設中の川崎造幣局と、計画されている大阪造幣局の開設を待って、貨幣制度を国際水準まで高めなければならなかった。木戸がパークスと交渉中であることは、すでに述べた。

翌日、因州鳥取藩の人々に招かれ、木戸は今戸の「大七楼」へ行く。幕末以来、援軍になってくれた因州藩へ、木戸は心からの謝辞を述べた。

次の日、後藤象二郎と長谷川一忠が訪ねてきた。後藤は、板垣のように大言壮語を吐くこともなく、木戸の意見には耳を傾けてくれ、友情を大事にする男だった。親しくなったのは、維新後、天皇の大坂行幸に供奉《ぐぶ》していたころからである。容堂公を仲立ちにして、二人は親密な友人になった。坂本龍馬を介した〈大政奉還〉前後の思い出も、貴重になっていた。

午後、薩摩の鮫島誠蔵（尚信）を訪ね、東京府の事や今日の問題点などを話し合った。

鮫島は、木戸より十二歳若い薩摩藩医の息子で、長崎にてオランダ医学を学び、開成所訓導を務めたほどの人物である。長崎で知り合った幕臣の前島密《ひそか》を、英語講師として鹿児島に招いた。自身も薩摩藩派遣のイギリス留学生十五名の一人で、ロンドン大学法文学部で一年学んだ。その後、森有礼・吉田清成・長沢鼎《かなえ》、畠山義成、松村淳蔵と渡米し、トーマス・ハリスの「新生社」に入り、ブドウ園で働きながら学んだ好漢である。昨年秋に森有礼と帰国したばかりで、外国官権判事、東京府判事を務めていた。抜群の語学力で、五ヵ月後には東京府権大参事となり、明治三年八月には外務大丞《たいじょう》になる。この日、木戸は鮫島が有為の青年であることをはっきりと知り、大成を支援する。

木戸の胸中には、医師から転向し、ベルリンで政治学を学ぶ青木周蔵の姿が、重なって見えていた。木戸自身の姿であり、やがて外務卿を務める薩摩の医師寺島宗則の姿でもある。

世の病を大局から治そうとする医系志士たちなのだ。

夕べ、秋月侯の屋敷に招かれ、木戸は長谷川一忠を伴って訪れた。山内容堂・伊達宗城の二侯、大原・東久世の二卿、山中、後藤らがすでに在席していた。森有礼も遅れて参加した。酒宴だが、秋月侯の粋《いき》なはからいで、各々書画をしたためる雅会でもあった。木戸は大酔し、後藤と同舟で帰った。不摂生を注意してくれる松子の不在は、知らぬ間に木戸の肉体をむしばんでいた。

二月十八日夜、鏑木渓庵と市川万庵《まんあん》（三兼《さんけん》）が木戸

邸を訪れ、一泊する。市川万庵は幕臣で、江川英龍・高島秋帆に洋式砲術を学び、鉄砲方を務めた人物である。彼は書家としても高名で、海保酔茗《かいほすいめい》に師事して篆刻《てんこく》を学んでいた。木戸とは、江川人脈の一人としての知己だった。篆書《てんしょ》・隷書《れいしょ》に長じ、篆刻《てんこく》・弾琴《きん》・点茶・押し花も好む多芸の風流人で、下谷《しもや》池之端で書道塾を開いていたこともあった。維新後、木戸のすすめで大蔵省に務め、明治三年にロンドンで印刷される日本紙幣の文字を描くことになる。ロンドンでの紙幣印刷は、木戸がパークスに相談していた延長線上の話だった。ちなみに次男は、英語学の権威市川三喜で、その妻晴子は渋沢栄一の孫である。

　翌日、大村は軍務官の通達として、大久保が京都に駐留させていた旧征討軍へも、帰国をうながした。そこで大久保は激怒し、阻止せんとした。長州と薩摩の思惑がすれ違いざま激突したのだ。天皇の東幸を翌月に控え、両者の綱引きが激しくなり、京都駐留部隊は身動きできぬまま四月を迎えた。

　大久保は、岩倉を介して〈版籍奉還〉を進める見返りに、部隊の東京移動を認めさせようとする。木戸は妥協するが、三条卿から打診された大村はこれを認めず、京都駐留部隊の東下は中止された。大久保と大村の不和は、即刻、大久保と木戸の関係悪化としてはね返った。

　木戸はそうした政争から、ひとときでも逃れようとするかのように、短い春の情緒に染まり、うつろいやすい季節を惜しむ。同日の午後、宮中を退出すると、木戸は神田橋の長州藩邸へ内藤左兵衛と同行し、その足で上野へ花見に行く。太陽暦では三月三十日で、桜はあでやかに咲きそろっていた。内藤は、長州藩の財政など実務で苦労した同志だった。

　花の下に人々は群れてはいたが、絶えて歌舞の声は聞かず、行き交う人は、戦の名残ゆえか活気なく沈んだ風情を漂わせていた。木戸には十余年前、この地で豪遊した思い出がある。花どきの雑踏酔人の往来は、天下無双だった。今、そのときを追懐すると、すべてが夢のように思える。（桜樹その他の樹木に残る数多くの弾痕を数えるべきではないのだろう）

　木戸は、陰惨な思い出をぬぐうかのように軽く頸をふって、花を見上げた。上野の山を降り、忍ばず池の弁天に立ち寄り、「松源」で小憩した。

　次の日午後、宮中を早めに退出し、染井の別邸へ向かう。

桜など花木の美しい季節で、近辺の植木屋を訪ね歩いた。日本の春を彩る染井吉野は、染井村で江戸彼岸桜と大島桜のかけ合わせで作られ、当時は吉野桜と通称されていた。木戸は桜の花を愛し、大村益次郎が造営指揮をする鎮魂社の境内にも、染井村の桜を植えさせる。その植樹が大きくなる明治の中ごろから、「染井吉野」の名前を得て、日本全国に広まっていく。名のおこりは、吉野の花は山桜で、染井の花と異なっていたからである。全国に染井吉野が広まる端緒に、木戸の桜へ寄せる愛情があった。

斎藤東洋兄弟と橋市が染井山荘に訪ねてきた。暮れ方、風雨の中、「桜屋」の哲妓・亀・小松・小春が来てくれた。やもめ暮らしの木戸の無粋《ぶすい》を慰めんとする女将鉄の心づかいに感謝し、日記に一行、『放吟歌舞で楽しませてくれ、近時の一興となる』と書き留めた。

二月二十三日（太陽暦四月四日）、江戸彼岸桜や大島桜が盛りになった吹上御苑の拝観を許された。徳川の時代には考えられないことで、人々の喜びはひとしおだった。ところが翌日、その吹上御苑拝観で思わぬ悲劇が起こる。木戸らの善意が大きな事故につながってしまう。それは一先ず伏せておき、木戸の動きを追ってみることにする。

花見どころか、生きていくだけでも精一杯の民のために、この日も悪戦苦闘していた。

大木喬任《たかとう》を訪ね、東京取り締まりの件や小金原そのほかの新規開墾の件などについて細かく話し合った。

木戸は、人民重視の基本的な考えを日記に記す。

『余の主意、政府の政府たるは、人民をしてその処を得せしむる事が肝要。たとへ一旦罪あるものといへども、その罪を除く上は、もっぱらその党をして用あるものとするを欲す。一旦罪あるものを政府において仇視し、人の人たる令を得ずところはまた政府の罪なり』

小金原は、水戸街道を松戸・小金宿を過ぎて北に向かった地点に広がる下総《しもうさ》台地中央部の牧である。幕府や御三家の鷹場として自然のままになっていた。

新政府は戊辰戦争の戦費を負担させた三井八郎右衛門ら政商への見返りとして、国有地となった小金・佐倉牧の払い下げを計画する。

同時に、東京へ集中しがちな旧幕臣や東北からの窮民の生活再建を世話しなければならなかった。当時、東京の治安は悪化しつつあり、木戸と大木の会談内容の多くは、この点にあった。窮民対策としての開墾が急務となったのである。

この年、開墾会社を設立させ、開墾と約六千人の窮民の生活支援を目論んだ。しかし、水利に乏しい原野の開墾は困難を極め、農業に不慣れな幕臣などにとって、開墾は至難の事業になる。そのため周辺農民の移住や出稼ぎにより、開墾作業を補完しようと試みた。けれども、水不足や強風による被害も続き、脱走者が後をたたない情況になる。さらにこの後、明治六年に地租改正が行われると、開墾会社はいち早く地主としての地券を交付され、東京窮民や出稼ぎ農民を小作人にしてしまう。そのため明治期を通じて、開墾地の帰属をめぐり、開墾会社と開墾民の間で裁判闘争が起こる。しかし結果は、農民側の敗訴に終わる。

残念なことに、木戸の善意は生かされなかったことになる。

二月二十四日、木戸は京都へ戻る準備のため、一日家居する。

夕刻、後藤象二郎との約束で今戸の「川口楼」へ行く。向島の桜が満開で雨に濡れ、しっとりとした情緒があった。まだ散り急いではいず、川面へしなやかなうす紅の花影を映していた。雪爪禅師と山中逸翁も来席していた。夜半、舟を浮かべて帰る。この「川口楼」は、長州藩の先輩だった宍戸、周布、来島諸翁らが、かつて豪遊したところであり、往時の思い出がせつなく甦った。

ところがこの日、吹上御苑を拝見する群衆が多く、老少六人が圧死する事故が発生した。

木戸と後藤は相談のうえ、朝廷より御見舞金を賜るように話を決めた。花見の悲しい思い出がまた一つ増えてしまった。

翌日、旧水戸徳川家重臣長谷川一忠との約束で、後藤を誘ってその屋敷を訪れた。東久世卿へも一書を送り、お招きする。長谷川邸には大きな池があり、幾種もの桜があでやかな姿を水面に映していた。

その花の下で、角力《すもう》を競う各藩の人々も集って盛宴だった。そこで一句を詠む。

世の中は桜の下の角力哉
(勝ち負けに懸命のあまり、花の美しさをめでることすら忘れてはいないだろうか。負けて転んだ力士の方が、頭上の花を見上げることができるのかもしれない)

木戸は自戒とも自虐ともとれる一句をよみ、日記に書いた。

次の日、大村益次郎に誘われ、新しく長州藩邸として拝領を仰せつけられた屋敷へ向かうつもりだった。深川万年橋の元紀州藩邸で、便利な場所にある。ところが山内容堂公との約束で同行できず、遺憾《いかん》ながら別行動となる。

容堂公が、京都へ帰る木戸のために、別盃の一席を設けたからだった。夕刻、後藤を誘い、激しい風雨のなか筥崎の土佐藩邸へ行く。雨にもかかわらず盛会で、何と、東方の空が白む明け方五時の散会となる。容堂公には人肌の温もりがあり、その恩情に木戸は癒された。


東京にいると、京都の情況がかなり遅れて届く。そのため、新政府首脳間で相互不信をつのらせる原因にもなる。〈版籍奉還〉が実現するのか、木戸にはそれさえも確信できない。

さらに、公卿や町衆の遷都への反対が強まり、攘夷論者の活動も心配される。ことに、肥後・久留米両藩の平田胤篤系国学者の流れをくむ人びとが、仁和寺宮などへ働きかけて、東幸を阻止しようとしていた。そのころ、封建制度に固執していた山県有朋も、東幸延期を木戸へ進言するほどで、新政府中でも意見が割れていた。木戸はひとまず京都へ帰ることにした。政務を離れ、独り静かに文机《ふづくえ》に向かっていると、書面に松子の面影が重なってしまう。

東京での任務を終え、京都へ戻る日が訪れ、重要な案件は後藤象二郎らへ引き継ぎをした。

二月二十七日晴天。朝から別れを告げる客人が続く。大木・鮫島・北島・山中などで、東久世卿も来邸した。正午に参朝し、大原・東久世二卿、伊達宗城侯、備前池田章政《あきまさ》侯など諸議定に別れを告げる。弁事の諸氏や厚誼《こうぎ》ひとかたならぬ秋月侯にもお別れした。

維新前、備前池田家藩主は徳川慶喜の弟茂政《もちまさ》で、木戸は尊皇派の立場を鮮明にするように説得にうかがった。また〈神戸事件〉の際にも、池田藩のために尽力した。結局、兄弟の絆を越えて、勤皇討幕に藩論をまとめ、自らは隠居し、鴨方支藩から章政が十代藩主として入ったわけである。激動の時代を苦しみながら生き抜いてきた人々の意思を、木戸は尊いものに思う。

後藤象二郎ら三十人近くが「河崎屋」まで見送りにきた。

（大坂以来、後藤の友情にはかけがえのないものがある）五歳年下の後藤は、木戸を兄貴分としてたててくれた。〈大政奉還〉の小御所会議に出席しなかった木戸は、山内容堂や後藤象二郎と対面して衝突することはなかった。そのことは、木戸に幸いしたといえよう。

夜八時ころ、馬車は横浜に着き「伊勢傳」に一泊。

翌日、横浜の写真館は技術が優れているので訪れた。（暗殺をまぬがれたとしても、病で早死にする予感がする。たとえ落命することがあっても、写真はこの世に遺るにちがいない）健康不安から、木戸は悲観的になっていた。その夜、長谷川一忠別宅を訪れ、話しこんでしまい、ついに一泊した。

次の日朝、神奈川知事の寺島陶蔵（宗則）が挨拶に訪れた。木戸より一歳年上ながら、丁重な話し方をする。

養父のすすめで十三歳のとき江戸へ赴き、伊東玄朴・川本幸民より蘭学を学び、中津藩江戸藩邸の蘭学塾に出講し、安政三年には蕃書《ばんしょ》調所の教授手伝を務めた学者肌の人物だ。藩主島津斉彬の侍医として呼び戻され、師である川本幸民を藩近代化の参謀役として招くことにも成功。集成館事業を進めたが、斉彬の死後、再び蕃書調所へ復帰した。文久二年幕府の遣欧使節団（正使竹内保徳）に福沢諭吉、福地源一郎らと加わった。使節の目的は、新潟・兵庫の開港と江戸・大坂の開市延期交渉と、ロシアとの樺太国境確定交渉が主なものだった。翌年、薩英戦争に際し、五代才助と共に捕虜になり、鹿児島から横浜まで連行された。寺島は次の年に薩摩藩派遣留学生とともに二度目の渡欧をしている。豊富な人生経験を経た傑物ながら、あえて目だとうとしない奥ゆかしさがあった。彼もまた医師ではなく、外交官として生きようとしていた。（薩摩の人々の中では、信頼してつきあえる人物だ）と、木戸は頼りにしていた。

夕刻、コスタリカ号に乗船。二月三十日の暁には、船はすでに鳥羽沖に達していた。大黒屋六兵衛（元伊豆倉六兵衛）も同船で、攘夷戦のころ軍艦購入や長州ファィブなど密航者のために尽力した男だった。

十

海から屹立する六甲連山が春霞で薄紫に染まっていた。

坂の町神戸は、良港と大坂・京都に近い立地に恵まれ、着実に発展をとげていた。外国の軍艦だけでなく商船も多数停泊している。コスタリカ号船長の話では、神戸の水は腐りにくく、給水に適しているらしい。新しく建設された埠頭《ふとう》に近づくと、横浜によく似た外国人街が一望された。神戸は雑居区域が山麓まで広く許可されていて、洋館はまだまばらだった。

三月一日（太陽暦四月十二日）、上陸し銭屋で風呂に入り、洗髪して髪を結《ゆ》う。船旅では入浴できないからだ。肌を洗いながら、木戸は松子のことを想っていた。

〈半年以上も置き去りにしてしまった男としての身勝手を、まず詫びよう〉つき合いのためとはいえ、やはり宴席で若い芸妓たちの色香に接していたことは、弁解しようがなかった。

（西洋の石鹸で身体を洗っても、みそぎにはならぬが）と、たわいないことを思ったが、着替えをすませると、すっきりとした気分になれた。

兵庫県権判事の伊藤俊輔、田中顕助（光顕）、周布金槌（公平）らが訪ねてきた。

お互い近況を語り合い、伊藤と湊川《みなとがわ》神社の楠公《なんこう》の墓に参った。

翌日、神戸丸で伊藤、周布と浪華口へ向かった。風が強く川をさかのぼれず天保山台場に上陸し、運上所（税関）へ行き、馬を借りて、勤務地が横浜から移った中井弘蔵を訪ねた。

上方や薩摩の近情を聞くことができた。長州藩の重役、山県弥八・正木市太郎・藤井七郎左衛門が訪ねて来た。〈版籍奉還〉と天皇東幸をめぐっての意見交換で、藩重役は立場もあり、曖昧《あいまい》な発言に終始した。（これが現実というものだろう）木戸は、自らに焦らぬことを言い聞かせなければならなかった。

三月三日、京に着き、広沢を訪問すると、疲れなのか病のためなのか、血色が悪かった。

（広沢も無理を重ねているのだろう）木戸は自分のことのように気づかった。御本陣へ行き、毛利敬親公に拝謁し、関東の情況を言上する。六時にようやく帰宅した。

人前では耐えていたのか、居間へ入ると、松子がすがるように木戸に抱きついた。

「すまんかったのう」木戸はなぜか松子にわびていた。

（奥原晴湖のことがあるからだろうか）そうではなく、国事にかまけて松子を置き去りにしていたことが、心をとがめたからだ。二人は立ち姿で抱き合ったまま唇を重ねていた。

くつろぐ間もなく、来客が次々にやってくる。

森寛斎、長松文輔、槇村半九郎らが来ると、家をあげて歓待する。寛斎は丸山応挙派を中興した京都の絵師なのだが、生まれは長州で、幕末には品川弥二郎や山県狂介らに自宅を密会の場として提供することもした。当時は藩の御用絵師を勤め、再建中の藩邸で襖絵を描いていた。長松文輔は鴻城《こうじょう》軍に属し、四境戦争時、厳島での勝海舟との和平交渉に参加した。

いずれにせよ、木戸がいると人が集まってくるので、松子の仕事が増えるばかりで、いたわるどころではない。彼女は、口先で女中たちを使うことは苦手らしく、まず率先して身体を動かし、心からのもてなしをする。だからゆっくり休むことなど無理な話だった。松子のかいがいしく働く姿がとても好きで、いつ見てもさわやかである。

客人が引き潮のように去ると、ようやく二人だけの晩い春の夜が訪れる。松子に三絃を弾いてもらい、独酌を傾けながら東山に昇るおぼろな春の月をながめた。松子が端唄《はうた》「海士《あま》」のひと節を透明感のある声で唄うと、木戸もそれにならって唱和した。

「よしや行方は何処《いずく》とも、定めなき世や浮雲の、晴れぬ心の黒髪の乱れて今朝は物をこそ、思い重ぬる八重一重、九重の空ほのぼのと、明石のうらの浦浪に、立ち隔て来し故里の、恋しや今さらに、花も紅葉も月雪も馴《な》れし都を如何でかは、浮かれ出でなん事もや何時《いっ》と、嵐の風に誘われて、夢か現か辿り行く」

能からとられた真珠とりの海士の物語を、松子が口にした心境を、木戸は思い、

「いつだったか、幾松が海士を舞ってくれたのう」

と問いかけた。

「覚えてはりましたか」松子は嬉しそうにほほ笑んだ。

「もちろんじゃ」

月はすでに中天《なかぞら》にかかり、鴨川の淡い銀波に姿を映していた。

「京都は落ち着くなぁ」木戸の実感である。

「うちが、いいひんかてやろ」

「そう言わせたいのか」

「さあ、どうやろう」

松子とかわす言葉さえ、木戸には癒しとなる。

翌朝、少々気だるさが残り、朝寝坊してしまう。

松子と夜を徹してむつみ合い、精気を使いはたした

ためかもしれない。

それに比べ、女は勁《つよ》いものだ。朝早くから、手作りの朝餉《あさげ》を準備する。

朝採りの筍《たけのこ》や京ゆば、それに木戸の好物である豆腐まで、錦へ買いにやらせていた。

今朝は、花山椒《はなさんしょう》や漉《こし》あぶらの若葉が添えられ、家人たちの思いやりが香りだつようだった。

木戸は、春眠暁を覚えずで、不謹慎と思いつつ参朝できず、終日、来客を迎える。

滝弥太郎の寓居で山県狂介に会う。二人は松下村塾で学んだ同志である。滝は奇兵隊初代総督の高杉晋作が隊内の不祥事でやめたあと、河上弥一と総督を引き継いだ。その後、河上は生野で挙兵に失敗したため、責任を感じ自刃した。滝は軍務を離れ司法関係の要職を歴任する。彼らと広沢の寓居へ行き、毛利公が予定している御建白の綱目を議論し、一書を綴《つづ》る。

林友幸大監察も同坐した。

翌日、山県狂介が木戸邸を訪れた。

「木戸さん、どうじゃろう。山田市之允も夏までには、榎本を抑えこめるじゃろう。欧州の視察へ出してもらえんじゃろか」

「プロシアとフランスが、戦をはじめているそうじゃのう」

木戸は、ベルリンの青木周蔵から、欧州の情報を得ていた。

「西郷従道とも話したのですが、前線の視察もかねて、この際、ぜひ洋行させていただきたいもので」

「そうじゃのう。大村さんの許可も、もらわないけん。大事が起これば、すぐ帰国してくれるのじゃろうのう」

「それは、わきまえちょります」

「そんなら、御堀もつれて行くとよい」

ドイツには、すでに青木周蔵が留学中なので、声をかけるように話し、住所も教えた。

正午に毛利公の旅館へうかがい、拝謁し、重ねて建白書の評議をおこなった。

それが終わって京都御所へ参朝したが、東京へ御発《はっ》輦《れん》前で、はなはだ多事である。

三条卿に拝謁し、東京の近情を報告し、次いで岩倉卿に拝謁した。京都の朝廷では、相変わらず口先だけの議論と中傷が横行していて、木戸を嘆かせた。

だが、やるべきことはきちんと行っている人物もいた。大隈八太郎から改名した大隈重信である。大隈重信は、造幣局判事の久世治作を伴い、二条城の太政官代に赴《おもむ》いていた。議事院上局会議で、大阪と川崎の造幣局の建設状況を報告し、同時に貨幣の単位を十進法に変えることも了承された。

三月六日、島津久光公も参朝されたので、木戸は宮中で拝謁した。四境戦争後に薩摩を訪れたとき以来である。まだ島津久光公の人柄も思想・信条もわからず、新政府のために尽力してくれるものと、木戸は期待していた。ところが、幕末の京都政局を動かした賢人諸侯の中で、最も保守的で権勢欲の強い人物で、後々大きな障害になる。詳細は後に述べるが、左大臣になり、三条太政大臣を追放して政権奪取の陰謀まで企む。

その夜、藩医だった青木研蔵が来話。

「帝の侍医として、伊東方成殿とともに東京勤務が内定しましてのう」

「それはおめでたい。よろしくお仕えくだされ」

緒方惟準に代わって、青木と伊東を侍医に推薦したのは木戸だった。しかし、そしらぬふりをしていた。医師にとっては、この上ない栄達なのだろう。だが、そのことが青木研蔵の命をちぢめるとは、人の運命ばかりは誰にも予測できない。

小五郎時代、新撰組をはじめ命を狙われ続けた。当時、最も恐れたのは、捕縛され拷問にかけられることだった。そのため青木研蔵に無理を言って、自害用の毒薬を処方してもらったことがある。伊藤俊輔にも渡しておいた。裏庭続きの青木研蔵とは、年齢差を越えた隣人なのである。ドイツ留学中の養子青木周蔵の話になった。

周蔵は研蔵の娘婿なのだが、その娘は養女で、実父は青木周弼《しゅうすけ》だということも熟知していた。結婚後数ヵ月で留学したので、夫としての役割をはたしていないのだろう。

「周蔵夫婦がいつまで続くのか、心配の種ですのう」

と青木研蔵はいう。

「そうでしょうか」木戸にも、異邦で暮らす周蔵の気持ちは推測でしか知り得ない。

「それに周蔵は、ベルリンで医学ではなく、政治学を専攻しちょるようじゃけ」

その事は木戸へも手紙で知らせてきた。

「後継ぎやと思うて養子に入れたのに」

青木は珍しく愚痴た。

木戸は、名門青木家が赤の他人に思えず、心配をしていた。名門の医家を断絶させたくない気持ちは、和田の父昌景からもよく聞かされた。久坂玄瑞や自分が医師の道を歩まなかった気持ちを、わかりやすく話そうとした。

「和田の親父は、医者は患者さん一人ずつしか治せぬ。あまねく世の病を治せるような人間になれちゅうて、励まされました」

「木戸さん、それは正論じゃ。しかし、兄嫁をはじめ取り巻きは、受け入れるのが難しい」

理性で分かっても、情として許し難いこともあるのだろう。ことに、青木周弼の妻にとっては、高名な医家の家系が絶える心配があった。

十一

三月七日（陽暦四月十八日）、東幸のため天皇の鳳輦《ほうれん》が京都を発輦《はつれん》された。

事実上の東京遷都である。

東山には、山桜の淡い紅が芽吹きはじめた樹木の間に点々と彩りを添えていた。

同日、その東京では、五箇条の御誓文の第一条に基づき、会議を起こそうとしていた。

公議所が東京の旧姫路藩上屋敷に開設された。各藩と諸学校から選ばれた公務人（のちの公議人）で構成され、議案提出権がある。議長は秋月種樹（高鍋藩）、議長代行は森有礼《ありのり》（薩摩藩）、副議長は神田孝平《たかひら》（旧幕臣）で、二百人近い公議人が議論する場となった。

神田孝平の税制改革、森有礼の廃刀随意および連座制廃止、加藤弘之の非人の廃止、津田真道の人身売買禁止などが提案された。〈版籍奉還〉に関しても、公議所で討議された。

封建制の存続を支持する藩が百二藩、郡県制の採用と知藩事世襲を是とする藩が百一藩で伯仲した。だが、後者も世襲を認めた採決なので、封建制支持に変わりない結果だった。

全般的にはガス抜きに過ぎず、いずれも不成立で、やがて公議所も集議院と改称され、いつの間にか廃止される。

木戸は、仲間内ながら、封建制度維持にこだわる山県狂介と御堀耕介それに薩摩の西郷従道を、欧州へ視察に出すことを決意する。

翌日、岩倉卿から、毛利・島津両公の招請があり、木戸と岩下も招かれた。薩摩の吉井・黒田、長州の楫取・野村も陪席する。三月十四日、木戸と交代して東京へ出立する広沢を見送った。翌日夜にも山県が訪ねてきて、天下の大勢を語りあった。兵制改革が必要だとの認識は大村とも共有しているのだが、木戸が〈廃藩置県〉により封建制度そのものをなくし、その裏付けとして、各藩の兵力を国軍に一本化しようとしていることには、気づいていない。

対酌で夜明けまで時の過ぎるのも忘れて語りあった。(欧州の文明に接して山県がどれほど成長できるか、楽しみといえば楽しみである)木戸は、終始笑顔を崩さず山県を送り出すつもりだった。次の日、山県は、滝や福原らとともに木戸邸へ告別に来訪した。送別の語を求められ、『櫻花以接人霜劍以自粛』の十文字を書いて贈った。

神戸から周布政之助の次男金槌(のちの周平)が東京行きの相談にきた。木戸は、横浜の外国語学校で学び、適当な機会に留学することを勧めた。昨年来、若い書生たちに贈った金は、五百両になろうとしている。木戸を頼れば、どうにかしてくれると、若者たちは安易に考えているのかもしれないが、打出の木槌《こづち》ではなかった。(国の財政は破綻寸前であることを、若者たちは理解しているのだろうか)不安が先立つ。

岩倉卿側近の香川敬三が訪ねてきたので、時勢を語り合った。香川は、木戸より八歳年下の水戸藩勤皇派志士で、中岡慎太郎の陸援隊副隊長格だったが、死後は鷲尾隆聚《わしのおたかつむ》らと高野山で義軍を起こして失敗した。その後、岩倉卿の知遇をえて、戊辰戦争で子息岩倉具定《ともさだ》が東山道軍総督になると、その軍監となって甲府・宇都宮を転戦した。流山《ながれやま》では新撰組の近藤勇を逮捕した。一時、大鳥圭介・土方歳三らに宇都宮城を奪われたが、奪還し会津まで進軍した。兵部大丞までつとめたが、軍務は不向きと考え、宮内省を希望していた。そのことでの相談でもあった。

三月十六日、勅使の供で鹿児島へ向かう大久保が来訪した。木戸と意思の疎通をはかるつもりもあったのだろう。

「お百度まいりしてでん遷都を止めさせようと、町衆が騒いでおるとか。大変でごわすの」

大久保も遷都後の京都の動揺を心配していた。

「遷都は禁句でしょうな。反対する旧勢力が連合する恐れがある」

京都の町衆に紛れて暮らしていた木戸は、その心配が手にとるようにわかった。

「公家だけでなく、彼らと共生する老舗《しにせ》の商人や職人も多いことでごわっそ。何か手を打たねばならんごっある」

「洛中の地子銭免除やお手当金の申請があれば、考慮すべきでしょうな」

遷都後の、京都救済を考えねばならなかったが、まず〈版籍奉還〉を成し遂げることで、意見は一致した。

翌日、旧会津藩士が訪ねてきて、肥後人が薩長の悪口を流布していると告げた。最近その他の筋からも、薩長の離間を狙った浮説が巷《ちまた》に流されていると聞く。木戸は使用人の謙蔵を使い内偵させていた。どうやら、熊本藩や久留米藩の一部が政治的な不穏状態を作りだそうとしているらしい。東京遷都の余波ともいえよう。

三月半ばには太政官代も東京へ移り、外国官副知事・会計御用掛の大隈重信も、活動の場を移した。築地本願寺近くにある元旗本の屋敷を居宅にする。やがて伊藤博文や井上馨らの若手官僚らが集まって議論する場となり、『水滸伝』にちなんで築地梁山泊《りょうざんぱく》と呼ばれる。


三月十九日、青木研蔵が来訪し、天皇侍医就任のことなどを話し合った。十八歳も年上ながら、木戸にとってはご近所の親しい青木先生だ。とはいえ、藩主毛利敬親公の侍医で、好生堂教授・医学館館長を務めてきた人物である。尊敬の気持ちに変わりはない。藩主毛利敬親公の健康不安を気にかけながら、天皇の大典医として東京へ旅立つことになった。

翌日、病気静養中の木戸を中村、林、滝らや、青木、そして楫取《かとり》らが見舞った。そのころ、木戸の身体は結核菌と懸命に戦っていたのだろう。

次の日、鳥尾小弥太が陸軍の現状を話しに来た。山田市之允は箱館戦争で出征し、山県狂介は西郷従道と欧州視察で不在となり、長州系軍人の中心は鳥尾小弥太と三浦梧楼になる。

二人は小倉口戦に勝利した実戦経験者で、木戸は鳥尾にさらなる自覚をうながした。

奥羽戦争の後遺症が帰還兵の帰国とともに、東北諸藩から全国的にひろがり、騒乱の気配が各地にくすぶっていた。

三月二十一日、謙蔵の内偵では、肥後や筑後の人心攪乱工作に、どうやら大原卿がからんでいるらしい。多くは薩長への嫉妬心によるもので嘆かわしい。

東京から届いた秋月侯の書状には、諸宗や耶蘇教についての建言が記されていた。返書を水口藩徴士巖谷一六（迂也）に托す。

夕刻、槇村半九郎（正直）らが来て談話した。昨年九月から京都府に出仕させていたが、この年七月に京都府権参事に昇格させ、天皇遷都後の本格的な再建策をたてる内密な話だった。槇村に加え、鳥取藩の河田作久馬（景与《かげとも》）を加える腹づもりである。

それに対して大久保は、弾正台《だんじょうだい》（警察機関）の京都支所を設け、海江田を弾正大忠に任命し、睨《にら》みを利かせる。海江田は、長州過激派の神代《こうだい》直人らを役宅に出入させ、数ヵ月後に大村益次郎暗殺事件との関係を糾弾《きゅうだん》される。つまり薩長は京都でも互いに牽制し合っていたのである。

そのころ東京遷都を嗅ぎつけ、大和十津川郷士が騒乱を起こそうとしていた。木戸は、奈良府判事の伊勢華《さかえ》（旧姓北条瀬兵衛）に会って対応を検討するため、急ぎ奈良へ向かう。

三月二十一日（陽暦五月三日）夕刻、木戸は宇治に着き、頼山陽により命名された「菊屋萬碧楼《まんへきろう》」に泊まった。ここは周布翁とか小原鉄心とか大久保利通らと、訪ねる約束をしていた場所で、その都度、公務のため流れてしまった思い出がある。

忙中閑で、ようやく静養のため宇治に遊ぶことができた。障子を開けると、眼前に宇治川の清流が流れ、向かいは朝日山である。寛永のころ、伏見奉行小堀遠州の指導を受けた朝日窯が、今も続いていた。宇治平等院はいうまでもなく、平安貴族に愛された山水の美しさは、筆墨につくすことができないほどすばらしい。平等院境内には、藤の花が薫っていた。

翌日は晴れて暖かく、奈良街道を南へ向かい木津川を渡り、新緑の薫る奈良へ入った。

東大寺二月堂の観音開帳があり、老少男女の参詣人が絶えない。馬酔木《あせび》の花は盛りを過ぎ、奈良の森では間もなく山藤の美しい季節になる。生まれたばかりの小鹿が母鹿の乳をねだっていた。人間の争いごとが嘘のような平和な光景に、木戸は癒された。

伊勢華の寓居に泊めてもらうことにする。伊勢は、十津川郷士の説得のため、知事の池園卿と刑法官大原卿に従って、奈良五条へ出かけていた。元刑法官御用掛の渡辺昇も五条にいた。木戸の到着を知り、奈良府権判事早川供蔵（筑前の人）と大谷秀実（津和野藩の人）が来訪したので、十津川郷士の騒動について実情を聴いた。彼らも、東京遷都により、京都のみでなく奈良も沈滞することを心配していた。

（上方の経済のみでなく、古い伝統文化の衰退も気になる）木戸は絶えず、将来の日本が目指すべき国家像を描き続けていた。（古都奈良や京都の文化を捨て、西欧の模倣に走る愚行は避けねばならぬ）木戸は、奈良を歩きながら、ひたすら自らに言い聞かせていた。

次の朝、木戸は骨董《こっとう》商の「紙屋」へ立ち寄り、荒池に近い興福寺慈眼院の「六窓庵」で薄茶をふるまわれた。荒池から見上げる興福寺五重塔は典雅である。

「六窓庵」は金森宗和好みの茅葺き三畳台目で、客座の中央に点前座（出炉）を配し、その名の通り六窓である。茶道口と給仕口が矩折《かねおれ》になっていて、これはむしろ遠州好みの間取りともいえる。「六窓庵」は、明治初年に画家の高階在晴《ありはる》が購入していた。

廃仏毀釈の荒波を受け、興福寺までもが廃寺になろうとしていた。伊勢華の従臣中垣正九郎が釜をかけていて、木戸は薄茶を所望した。ちなみに「六窓庵」は明治八年に東京帝室博物館が購入し、海路運搬中、伊豆沖で難破。流れついた解体材を回収して再建され、現在も東京国立博物館庭園に保存されている。

鹿の親子が若草を食《は》む飛火野を横切り、参道に入ると、古い燈籠が立ち並んでいた。木戸は、献じた人びとのことを想いながら、藤の香が漂う春日大社へ参詣した。ここで大谷秀実と出逢い、彼の寓へ招かれた。帰り途《みち》で道具屋「甚七」に入り、銅印を二個買った。

三月二十五日朝は、本多治助と囲碁《いご》をし、昼は佐伯龍蔵の招きで、その寓居を訪れ、薄茶と酒飯のもてなしを受けた。屋敷は幽閑の趣があり、三笠山を望み、風光は絶妙だった。

連れだって散策に出かけ、大仏殿へ参り、二月堂にも登った。階楼からの眺めは絶景で、大仏殿の甍《いらか》の彼方に、奈良の町や薄紫にかすむ生駒《いこま》の山並みが望め、平城京の昔を偲《しの》ぶことができた。春日奥山から続く新緑の森に、東大寺や興福寺が点在していた。

六時過ぎに三笠山下へ行き、阿倍仲麻呂の望郷の歌、『天の原ふりさけ見れば春日なる三笠の山に出でし月かも』を、ふと口づさんで見たものの、まだ月は昇っていなかった。

そこで本多治助の待つ「玉蔵亭」に入ると、浪華南地の芸妓小組が来亭していた。伊勢華の知己で、木戸にとっても旧知の仲ゆえ、再会のためその寓に招いたらしい。伊勢華の帰りを待っていたが、知事とともに、肝心の主務である十津川鎮撫に行かねばならないとの連絡があった。

翌日、京都へ向け木戸は出立する。途中、木津宿、玉川の山吹が咲きそろう玉水の「美濃屋」、中池宿の「菱屋」で小憩をとり、四時ころ宇治の「菊屋」に着いた。実は前日、本多治助と宇治で遊ぶ約束をしていたのである。本多は、一足先に「菊屋」に着いて、手配をすませてくれた。舟を浮かべ、宇治川をさかのぼる。「菊屋」の亭女に、お亀とお菊がついて来た。容姿に恵まれた木戸は、女性たちの受けがよく、松子にとって心配の種にちがいない。

宇治川の源流は、琵琶湖につながる深い渓谷になっていて、風光の美しさは格別である。

帰途、北岸に建つ禅宗の興正寺に立ち寄った。幽静で門内外の趣が一幅の山水図のようである。七時過、「菊屋」に戻り、夜陰に「萬碧楼」で宴を開き、同遊と愉しんだ。

次の日、宇治川沿いに新築の邸宅を見つけた。「菊屋」の使用人の話から中井弘蔵の別荘だと知る。訪ねてみると、知人に托して去った後だった。その知人の案内で宇治川を渡り、隠元禅師の開いた黄檗山《おうばくさん》万福寺に行った。幽静の地で、隠元禅師の像を拝観した。中国風の残響を感じさせる広大な伽藍を散策した。実は、萩の毛利家菩提寺の一つは黄檗宗で、木戸はその源を訪ねてみたかったのだ。その後、六地蔵を経て、昼前に伏見稲荷社に参詣する。門前にて食事をとり、三時前に京の寓居へ帰り着いた。

夜、国学者の近藤芳樹に会い、萩から上京したばかりの川上とも話した。木戸は近藤、川上らと茶事をした。奈良での茶事の余韻にひたっていたかったからだろう。松子はかいがいしく水屋仕事を手伝ってくれた。

そのころ木戸や大隈は、人材の育成を急ぐため、御雇い外国人の採用を急いでいた。

三月末、オランダ系アメリカ人のグイド・フルベッキが新政府の招きで、長崎から横浜へ向かっていた。元は神父なのだが、禁教は続いていたので、布教はせず、英語教師として幕府の長崎英語伝習所（のちの済美館）で人材の育成につとめていた。個人教授で大隈重信と副島種臣を教え、済美館での教え子には、何礼之《がれいし》らがいる。さらに何礼之の私塾では、前島密、陸奥宗光、高峰譲吉、山口尚芳、芳川顕正らが育った。

フルベッキは、鍋島侯の招きで致遠館の教師をつとめていたが、大学南校（のちの開成学校・東京大学）設立のため東京へ旅立った。二年後、大隈重信に助言した欧米視察が岩倉使節団になり、木戸は何礼之を随員に加える。

四月一日、鳥尾小弥太（のちの陸軍中将）が訪ねてきて、隊の現状を話した。鳥尾は奇兵隊出身で、四境戦争や鳥羽・伏見戦を戦い、戊辰戦争では建武隊参謀を務め、維新後は兵部省に出仕していた。木戸はその篤志に感じ入り、金四円を貸与する。

この日、「鐙彦」から、頼山陽と田能村竹田《たのむらちくでん》の各一帖を買い求めた。田能村竹田は、豊後竹田藩儒医の息子で、頼山陽らと交流し、南画を得意とした。

その夜、楫取素彦《かとりもとひこ》を訪い、世間の様子を語り合って、ともに痛歎する。木戸より四歳年長の楫取は、吉田松陰の義弟で、松陰の過激な言動を抑える役もはたした。安政六年に、御手廻組に抜擢《ばってき》され、敬親公の側近くで一貫して新しい国造りに貢献してきた人物である。四境戦争では、宍戸璣とともに幕府に広島で拘禁されたが、鳥羽伏見戦争では長州軍参謀として指揮を執った。維新新政府では、宍戸・広沢・井上・伊藤らとともに徴士参与に任命された。

しかし、敬親の信任があつく、中央政府への出向は認められず、藩の重職として京都留守居役兼滞京中用所役に就任した。その後、奥番頭として敬親公に従って帰国した。

今年二月に勅命により敬親公が京へ出仕すると、供をした。三月、その人物にほれ込んだ鷹司前右大臣から所望され、鷹司家の御留守居役長官を勤めた。天皇の東幸に際しては供奉の責務をはたし、帰京したばかりだった。その功績により太政官より金百両を賜っている。

「楫取さん、この正月に薩長土肥の藩主が連署して、版籍を朝廷に奉還することを決意された。腹蔵ない話として、どのように思われるますか」

「大殿も、歴史の流れをよく理解しておられる。勇断というべきかもしれんが、正しい道を選ばれたと思うちょるよ」

「楫取さんにそう言ってもらえると、ぼくも迷いが晴れる」

木戸は、楫取と話しながら、それとなく〈版籍奉還〉をすることが可能か、反応を確かめていた。

楫取は、年末に再び山口へ帰り、奥番頭を兼ねた三田尻管事として脱隊兵騒動の説得に乗り出す。さらに翌年二月には、山口県権大参事として、木戸に協力して脱隊兵騒動の処置を行う。また騒動の責任をとり、政庁役職者として総辞職する。


四月二日と三日は、それぞれ東京の広沢真臣《さねおみ》と岩倉卿への書簡をしたためた。

世の中が不安定なまま、国の施政方針が確定していないことを木戸は心配する。

その間、近藤、楫取、滝ら長州藩の幹部が木戸邸へ来訪する。木戸は両刀を携えて外出していたので、「住正」が刀の手入れに来てくれた。四月四日には、昼から青もみじの美しい香川の別荘へ、滝、楫取、杉山らと遊びに行く。詩をつくり、酒杯をかわし、各々の自由にまかせた佳い会だった。帰りに「菊中亭」により、また一酌をくみかわした。夕方、種木屋へ寄り、頼んでいた草木を見る。侘助椿や土佐みずきなど茶花を選んでみた。土手町の屋敷に植えるつもりだった。

翌日、長州国許のことが気になり、故郷の同友へ手紙を書き、村田良伯へ托した。

この日、出石の直蔵が訪ねてきた。

「直さん元気じゃったか」

木戸はきまってそう呼びかけ、

「懐かしいのう。この四月であれから丁度四年になる。世話になったのう」と感謝の気持ちはあせない。

潜伏先の出石を出たのは慶応元年の四月だった。

「早いもので。まるで夢をみているようでございました」

「まことじゃのう。落人《おちうど》じゃった我が身が生きのびておる。天の助けかのう」

桂小五郎から木戸孝允に、名前のみでなく背負う荷物も、歩む時代も天地が逆転していた。

「直蔵さん、皆さん変わりのうお過ごしか」

松子は、現実を気にしていた。

「へぇ、息災に過ごしております」

「甚助さんは」

一度は、博奕で公金を使いこみ、松子に迷惑をかけたものの、大坂では自らが囮《おとり》になって、一行の脱出を援けた恩人にちがいない。

「兄貴は、大阪で商いを始める準備をしてます」

「そうか、そりゃよいことじゃ。堅気にならんとのう」

さらに詳しく話を聞こうとしたので、

「さあ、おあがりなさいな」松子は直蔵に声をかけた。

「お言葉に甘えて」

直蔵は遠慮せず木戸邸に泊まっていく。

新政府高官の木戸孝允と直蔵は、親戚づきあいに近い親近感で結ばれていた。

直蔵は、兄甚助からの願い事として、大阪の店の屋号を出石で潜伏していた荒物屋「広戸屋」にしてもよいか、許可をもらってくるように、頼まれていた。

木戸に、反対する理由などあるはずがない。松子も家庭料理で直蔵をもてなした。

一晩泊まって、大阪へ向かう直蔵に、旅費として心付けを渡した。さらに、城崎「つたや」の女将にも謝金をことづけてもらった。恩義のある人々には、何倍もの礼をつくすのが、木戸の常である。


四月になり、蝦夷地箱館への進攻も気になるが、長州の地元をはじめ国内の各地で難問をかかえていた。土佐藩の福岡孝弟が来訪し、政体の不安定な現状を話し合う。

「一年前に出した政体書の内容を具体化できず、気があせっちょうますきに」

福岡は維新の熱気が冷め、停滞してしまった世直し機運を心配した。

「嘆くばかりじゃいけんし、どうすれば改革に結びつけられるのか思案しちょった」

木戸は抜本的な政治機構の変革が必要なことを痛感していた。

「このままでは、有司専制の批難をあびて、立ち往生してしまうのでは」

福岡は土佐の不平士族を心配していた。

「人々の不安は、治安を悪化させちょるのう」

木戸も同じ意見である。

「要人も東京と西京にわかれていて、政府としてのまとまりがのうなっちょる」

「勝手バラバラに動いちょるけ、政策決定にまとまりや一貫性がないのう」

木戸は東京から京都へ戻って痛感していた。二人でぼやき合って時だけが過ぎ、政治の現況を象徴していて、ほろ苦さだけがのこった。

この日、岩倉卿からの書簡が届き、大阪の近況を知る。徳大寺・中山二卿の暗躍に加え、過激攘夷派の暴走が記されていた。細川家の家臣がイギリス公使へ無礼を働き、同乗人の中に外国の船将を馬車から引きずりおろしたものがいるとのことだ。そのため、諸外国から抗議がまきおこっているらしい。(愚かしいことをしでかす輩《やから》よ)書状に目を通し、歯ぎしりする思いがつのった。岩倉卿は急遽《きゅうきょ》、京都へ帰られるとのことだ。夜、林と木梨が来話。

「帰還した兵士をどうにかせにゃなりませんな」

林が本題を切り出すと、

「元就・輝元公の時代ならば、武勲に応じて恩賞を授かったのじゃろうが」

木梨は具体的なことをつけたした。

「皆、わかっちょるのじゃが、ない袖は振れんのじゃ。これほどの貧乏世帯とはのう」

木戸は思わずため息をつき、

「徳川の天領だけではしれているのじゃ。国の収入を確かなものにしなければならぬ」

「いそがにゃなりませんな」

新政府に出仕する林でさえ、焦っていた。

「大村さんのいうように、諸藩の兵を早く国軍に組み入れる必要がある」

「それにしても税収がなければのう。昔のように豪商から借金する時代ではない。近頃は老舗の両替屋がつぶれちょるじゃろう」

木戸は、財政の改革のため大隈重信と井上聞多を出仕させた理由を話した。それにしても最近、長州の仲間内での会合がめっきり増えていた。それだけ不安をかかえこんだ長州人が増えている、ということなのだろう。木戸に降りかかる精神的な重圧は、真摯《しんし》な性格ゆえに、倍増していたのである。木戸は体調を崩し、福井藩医岩佐玄銈《げんけい》の門人・前田医師に往診を頼む。岩佐玄銈は、明治天皇の侍医となる岩佐純の父であり、岩佐家の祖は寛永期の絵師岩佐又兵衛(荒木村重の子とも言われる)である。

四月八日、過日、田中光顕が岩倉卿からの建言書を持参していたので一読し、返しに行く。

大久保が鹿児島から帰りしだい、伝えてもらうように頼んだ。三条卿が岩倉卿に宛てた書簡の内容が記されていて、東京の政情不穏と太政官が不和で、機能不全に陥っていることを伝えていた。岩倉・木戸・大久保の東上を一日千秋の思いで待ち望んでいるとの要旨だった。昨日、落手した岩倉卿の手紙は、薩摩の岩下へまわしておいた。

林、木梨を訪ね帰寓すると、鳥尾が訪ねて来て、治安の悪化を心配した。

「蝦夷地への渡海作戦が始まり、注目を集めている間に、陽動作戦として、間隙をつく内乱を企てる輩も出る可能性があります」

「確かにのう。蝦夷地と連絡をとっているものもいるはずじゃ。三月末に宮古湾が榎本の海軍に襲われた。機密情報が洩れている証拠じゃろう」

木戸は宮古湾海戦を問題視していた。

「宮古湾海戦に勝利し、山田参謀もほっとしていることでしょうな」

「作戦が読まれていると、被害が大きくなる」

確かに、水面下で政府転覆の謀議がすすめられている不気味な気配がある。

翌日、木戸は田中光顕を訪ね、岩倉卿の書簡について密議した。岩倉書簡を読んだ薩摩の大久保、岩下も来席し、対応を協議した。帰路、木梨を訪ね、長州として何をなすべきか話し合った。奈良から伊勢華が来て、十津川郷士の件で東京へ向かうつもりだと告げる。留守に田中光顕が訪ねて来たらしく、再度、木戸は田中邸へ向かった。東京での問題をいくつか聴き、大坂から帰る岩倉公へ参上するとのことだ。次の日、夜、田中が岩倉卿の返書を携えてきた。三條卿からの書簡も来る。東京の治安悪化で、事態が流動化していた。

四月十一日、岩倉卿が田中の寓へ来られ、木戸も招かれる。難問を話し合ったが、具体策はまだまとまらない。翌日、岩倉卿と約束があり木屋町の土佐藩邸に行く。大久保、渡辺、田中が在席し、会議の結果、田中光顕と渡辺昇が急遽東京へ向かうことになる。大久保は勅使柳原前光に同行し、鹿児島から帰ったばかりだったが、四月十八日に東京へ向かう。岩倉卿も翌十九日に京都を発つことに決まった。東京府の治安が急激に悪化していることへの対応である。

その晩、木戸は「八新」で伊勢や木梨、神戸から参加した伊藤らと話し合いをする。

「東京に遷都された以上、やはり京都から活動拠点を動かさざるを得まい」

木戸は、長州の総帥《そうすい》としての立場もわきまえ、方針について触れた。

「役務を分担すべきじゃなかろうか」伊藤の発言を待っていたかのように、

「そうなのじゃ、伊藤は関東へ、井上を大阪にしてはどうかのう。京都には槇村と因州の河田さんにおねがいしよう。大阪の後藤が東京へ移ったので、薩摩の五代を横浜から、大村の渡辺を奈良から大坂へ移動させる手もある」

木戸は、奈良県判事の伊勢をみやりながら、久しぶりに現実的な人事を人前で話していた。

「貴殿におまかせするよ」

伊勢はおおような表情を崩すことなく笑顔を見せた。

「東京行きはいつ頃になりそうですか」

伊藤俊輔が気にすると、

「五月になる。健康が許せば、一緒にな」

木戸は、人事に目算があるようだった。

この日、鳥尾小弥太が参謀を務める建武隊に、東京下向の命が下った。東京府の治安がいま一つ改善していないためである。蝦夷地進攻の後詰めの役目も担っていた。次の日朝、伊勢が東京へ出立し、田中が来て機密を談じ、夜になってまた岩倉卿の命により枢要の案件を二、三相談した。四月十四日朝、田中と渡辺が東京へ出立。伊藤が来話。

「どうしても財政を建て直さないと、いけん状況じゃ。大隈と協力してくれんか」

「喜んで。それでどんな仕事になりますか」

「会計官の権判事ではどうじゃろう」

現在でいえば大蔵省の局長級の職務である。

「ありがたいことです」

「横車が入らねば、来月中旬には発令されるじゃろう。井上の人事もあり、一緒に東京入りしようかのう」

翌日、木戸は静かに過ごす。書を数十箋したため、友人と談話し、夜は松子と散歩した。

高瀬川に沿って一の舟入から三条小橋へ下がり、帰りは寺町を北へ上がった。やはり京の街はさびれているようで、人通りも少なくなっていた。

次の日、東京へ出動する鳥尾小弥太が告別の挨拶に来た。鳥尾は日ごろからしばしば訪ねてきて、時事を語り、その志、世を憂うこと深く、みどころのある青年である。鋭鋒隊総管赤川敬三も告別にきた。任務を果たそうと真摯《しんし》な眼差しで別れを告げる。

夕刻、岩倉卿の命を帯びて巌谷迂也が来訪。前後して三条卿の臣・三宅慎蔵が東京より帰り、関東以北の情勢を報告した。三宅は、三条卿と大村益次郎の間で連絡係を務め、軍務に関する情報は豊富だった。奥羽越戦争後の情勢は内政問題に移っていて、どこも同じように破綻寸前の財政に頭を痛めていた。旧藩士を養えなくなっていた。

四月に入って、津軽海峡に戦雲がたちこめ、あわただしさを増した。三月末の宮古湾海戦に勝利した新政府軍は、渡海作戦の兵員輸送用にイギリスとアメリカからそれぞれオーサカ号とヤンシー号を借用し、四月初旬に準備を整えた。局外中立解除が大きく貢献していた。

海陸軍参謀山田市之允率いる先鋒部隊一、五〇〇名は四月六日に青森港を出陣した。四月九日（陽暦五月二十日）早朝、蝦夷地日本海側の乙部《おとべ》に上陸したとの報告までは、木戸に届いていた。四月十七日、木戸は東京の三条・東久世二卿へ書簡を送り、伊藤と井上の人事についての配慮を申しいれた。

十二

新政府の財政基盤が弱いため、戊辰戦争後の内政が困難に直面していた。

徳川幕府の財政は石高制に基づくもので、農民は検地帳に登録され、重い貢租負担を義務づけられたものの、土地の耕作権を保証されていた。しかし打ち続く戦乱で危うくなり、三つの重要な禁令が重くのしかかっていた。その三禁則とは、第一は田畑《でんばた》永代売買の禁、第二は分地制限令での分割相続の禁、第三は田畑勝手耕作の禁による米穀以外の作物の自由な耕作を禁じたことである。ところが、幕末から明治にかけて、商品経済の流動化により、農民への規制がゆるみ、土地私有化が既成事実となり、石高制も全国的な不均衡を生じていた。そのため税収が不安定になり、新政府の財政基盤もいっそう危うくなっていた。

土地税制の混乱は、どうしても貢租負担の不平等を生み、統一の土地税制を急ぎ確立する必要があった。さらに中央政府の税収のみでなく、各藩も戦費などにより巨額の負債を抱え込んでいた。このままでは軍事ではなく、財政破綻《はたん》で新政府が瓦解する可能性が高まる。

この年二月には摂津県知事陸奥陽之助が建言し、統一税制の意義を訴え、錯綜《さくそう》した石高制を改善するため、新しい検地の必要性を主張した。次いで軍務官判事の森金之丞（のちの有礼《ありのり》）も公議所に税制改革案を提出した。森は、租税賦課、公債募集、経費支出などは、必ず議会の承認を得るべしとして、財政における立憲主義を公にしたものだった。制度寮の神田孝平も公議所へ、税法改革案を提議し、金納租税による予算編成を体系的に述べている。

木戸は彼らの意見を傾聴すべきと考えたが、肝心の政府中枢が東京と京都に分かれていて、対応が極めて緩慢になっていた。大阪府の名和緩《ゆるむ》も上京して、経済の中枢大阪での混乱した状況を報告した。勤皇諸藩のみでなく薩長土肥の内部にさえ、政府の自滅を傍観するだけでなく、悪い風評を流して騒乱を待つ空気があった。

明日、大久保が東京へ出立と聞き、木戸は『版籍奉還を急ぐべし』とした時勢の論を、数件したためて送った。翌朝、大久保を訪問するつもりで門を出ると、ばったり出会い、これ幸いとばかり、二人きりで時事を密議した。

「大久保さん、年初に薩長土肥の四侯が発議した〈版籍奉還〉を宙づりにしちゃあいけん」

「おっしゃるとおりでごわす」

「のんびりし過ぎて、隙をつかれちょる」

「確かに」

「そうじゃったら、東京に着き次第、帝による詔勅発布まで、こぎつけてくれませんかのう」

「岩倉卿さえ決断されりゃあ、問題はありもはん」

「中央と藩の税収をいかに配分すれば、一息つけるのじゃろうか」

「いずれは、国の税収に一本化し、予算を組んで地方へ再配分すべきでごわっそ」

「なるほど、そこまで大久保さんが考えてくださっちょるのなら、安心ですな」

「いや、言うは易く、行うは難しでごわす」

大久保にとっての壁は、島津久光と鹿児島の保守的な武士階級の抵抗のようだ。

大久保は、この日から岩倉卿一同と東京へ向かう。それゆえ、共に誠心を吐露《とろ》し、互いに思うところをつくした。

四月十九日、大雨の中、岩倉卿より木戸へお使いが来たので参殿し、東京出立後に着手すべき要件を七、八件、相談した。夜半に山県狂介から書状が届き、『山県のみならず、西郷従道と御堀耕介の渡欧が決まった』、との通知があった。

翌日、福岡孝弟《たかちか》が訪ねてきたので、木戸は、土佐藩の一致協力を求めた。

四月二十二日、胸痛が著しく、木梨・滝と寺町の「西洋伝法写真処」へ行った。主の大坂屋與兵衛（堀真澄）がこの地に開業したのは、出石潜伏中のことだった。この日撮影した写真が、後世に伝えられる座位で髷《まげ》姿《すがた》の木戸孝允像である。当日、井上馨と斎藤篤信翁（初代弥九郎）が大阪から上京してきた。井上は、大隈重信が東京へ移動した後、大阪の造幣局を取り仕切っていた。斎藤翁は七十二歳ながら鍛えられた身体は壮健で、豊かな白髭も光沢があり、背筋がしゃっきりとしている。勤皇の志は老いていず、最後のお勤めを希望したため、木戸が新政府へ推薦した。昨年から会計官権判事となり大坂に赴任していたが、この年、造幣寮の権允《ごんじょう》となる。造幣寮は、昨年九月に参与で会計事務官だった由利公正と、外国事務局判事五代友厚らが、イギリス人建築技師ウォートルスの協力で建物の設計や器機購入をすすめてきた。斎藤翁の責任感の強さは衰えず、この年（明治二年）十一月四日の火災では、猛火の中に飛び込み、大火傷を負いながら重要書類を運び出す。翌年の銀貨鋳造《ちゅうぞう》を目指して、職員は準備を急いでいた。

四月二十四日、因州藩の河田佐久馬が来訪し、近情を語り合い、〈禁門の変〉から戊辰戦争までの往時を語りあった。六、七年前からの知己はほんとうに稀になっている。

〈禁門の変〉で長州が朝敵になると、河田も長州へ通じた罪で、国元へ送られ、幽閉された。四境戦争の石州口戦で大村益次郎率いる長州軍が幕府軍を破り、浜田藩領が占領されると、河田は同志とともに脱藩し長州へ逃れた。その後、坂本龍馬らと蝦夷地開拓を計画するが、坂本の暗殺で頓挫《とんざ》した。王政復古で長州藩が宥免《ゆうめん》され、倒幕のため上京する長州兵とともに鳥取へ帰藩する。戊辰戦争勃発後は、鳥取藩兵参謀として参戦し、東山道先鋒軍（総督岩倉具定、参謀乾退助）に加わった。志願農民兵山国隊の隊長も兼ねる。江戸城開城後は宇都宮戦で活躍。政府軍下参謀にも就任し、箱根戦争さらには会津戦争に従軍する。その活躍は認められ、賞典禄四五〇石を贈られた。昨年十月に甲斐府判事に任命され、明治二年には軍務官判事を経て兵部大丞に就任した。

この日、木戸は、河田に京都府大参事就任について打診し、了承をえた。河田は就任すると、会津藩士の山本覚馬に京都府顧問の席を準備し迎えいれる。鳥取藩京都留守居役時代から、山本覚馬の先見性を知っていたからでもある。さらに数ヵ月後、大村益次郎襲撃事件に遭遇し、ボードウィンの治療を側面から援ける。河田は、木戸の病死まで、親しく語り合える友の一人だった。この年、贋金造りで福岡黒田藩が解体されると、民部大丞兼福岡藩大参事などを歴任し、明治四年の〈廃藩置県〉後は初代鳥取県権令となり、地方分権に寄与する。

翌日、「八新々亭」にて、木梨、楫取、林、滝、正木ら長州藩幹部と別杯をかわした。

木戸は、浪華・京師の近情を探索していた結果、不穏事を少なからず把握し、岩倉卿、大久保、名和などへその情報について書簡を出した。

午後から巌谷迂也《うや》と清水寺の大悲閣へ行き、すぐに江馬天江を訪ねた。

『近情を語り、文墨を弄《ろう》し、小酌に至り、暮れて帰る。』

と、日記に記した一行に、江馬との濃密な交誼《こうぎ》がうかがわれる。江馬は、木戸より八歳年長で京都を代表する文人でもある。

近江坂田郡の出身で、医学を修め、仁和寺侍医江馬榴園《るえん》の養嗣子《ようしし》となり、緒方洪庵の適塾で蘭学を学び、梁川星巌《やながわせいがん》に師事して詩文を学んだ。幕末には、実兄の板倉槐堂《かいどう》や山中静逸・谷如意《にょい》などと国事に奔走した。木戸とは、その時代から交流していた。

書家としても高名な巌谷迂也、漢詩人の小野湖山や宇田栗園《りえん》、篆刻《てんこく》家の山本竹雲・小曾根乾堂などは、木戸とも共通の友人である。東京で新政府の太政官に出仕していたが、致仕して京都へ戻り、西園寺卿が開校した私塾立命館の塾長として儒学を教える。

会計権判事甲斐九郎（のちの下山尚）と初代造幣局知事岡田準助が木戸を訪ね、木戸への挨拶も兼ねて、切迫した国家財政の建て直しについて協議した。経済恐慌の危機が迫っていて、江戸時代から続いた老舗《しにせ》両替商の倒産が京・大坂でも相次いでいた。先日、名和緩の報告を受けたばかりだった。

翌日、岩倉卿が東京へ出立された。

井上聞多の旅寓を訪ね、終日閑談した。井上は、短期間ながら佐渡県知事に任命されたが、再び長崎府判事に返り咲き、製鉄所（造船所のこと）の経営などで実績をあげていた。

この春から三岡八郎の後をうけ、大隈らとともに財政確立のため尽力することになった。

太政官札の価値が低下していたが、その時価通用を公的に認めた。さらに造幣所の建設を急いでいた。戊辰戦争遂行のため、昨年だけでも政府は劣悪な貨幣を鋳造していて、それが流通したため、外国人からの苦情が殺到しはじめていた

井上は、三月に大阪へ出た際、十数ヵ条の意見を副島に提出している。その中には、太政官札は正金をもって引き替えのこと。一日も早く学校を立て、学問の方向をつけ、技術者を育て富国の基にすること。諸機械・船などをみだりに外国へ注文または買い入れすることを厳禁し、是非とも横須賀・長崎両所において作ることと等々具体的な建策をした。

いったん長崎に戻ったが三月中旬、再度大阪へ出て、岩倉卿に面会した。岩倉は、政府会計が逼迫《ひっぱく》し、財界が恐慌《きょうこう》に陥る危険性もあり、この窮状を救うべき方策について井上らと相談した。井上は木戸へ手紙を送り、金策のため長崎へ行き、外国から五百万ドル借款《しゃっかん》して、この緊急事態を切り抜ける事を提案した。外国商人オールトルに諮《はか》って、その金策を急がせ、東京の会計官副知事大隈へもそのことを伝えた。井上は四月中旬に大阪へ帰り、京都の木戸へ報告している。『井上の議論は、政府の財政問題をとらえていて参考になる。』と木戸が日記に記した内実とは、外国からの借款《しゃっかん》で切り抜けようとした財政問題だった。しかし、その間も太政官札の信用不信による混乱は、拡大する一方だった。

追いこまれた政府は、四月二十九日に、新たな布告を出す。『太政官札の通用年限を改定し、同時に太政官札相場を廃止して、新貨鋳造の上、これと交換する』との内容である。新貨幣に兌換《だかん》する方針を打ち出し、太政官札の発行高を抑えることで、その流通は改善されていく。だが、新貨幣鋳造を急がねばならなかった。

木戸は、京都に留まっている間、社会不安に乗じた

叛乱に注意していた。

　杉山らに命じて、長州内での情報を収集していた。内容には嘆かわしいことも多く、速やかに手を打つ必要を感じる。帰国した諸隊の困窮は木戸の予想をはるかにこえていた。槇村半九郎（正直）が来て、関西の情勢を語り、夜には探索人の林謙三も来て、過激な攘夷派浪士などの動静などを報告した。確実に社会不安が増していた。

　五月一日から数日、終日家にいて東京行きの準備をした。松子は、木戸が休養してくれると安堵《あんど》し、むしろ幸せそうだ。

　五月三日、井上聞多が二度来訪し、大阪の老舗で倒産が続き、社会不安が増しているとのことだ。夕には、坂本龍馬の元海援隊隊員吉井源馬が訪ねてきて、社会不安が渦巻いていることを心配した。

　翌日、木戸は、朝から中根雪江に会い、夜には岩下と福岡を訪れた。三条・岩倉両卿の書簡が到来する。岩倉・大久保が動きはじめ、五月十三日付で「政体書」の改正と、太政官首脳部の公選実施が布告されるとのことだ。

　次の日夕、木戸邸内で暮らす人々二十人余を「八新」に招き、送別の離杯を傾けた。東京に居宅を構えれば、希望者は招くことを約束した。

　五月六日の夕、朝鮮から帰国した対馬藩の大島似水（友之丞）が来訪し、彼地の情勢を聞く。李王朝では、幼少の国王の父昰応が大院君として実権を握り、開国を迫る列強に抵抗を続けていた。征韓論は、日清・日露戦争に至るまで、日本外交の重い課題となっていく。

十三

　五月九日、木戸は体調不良のため、井上聞多に東上を少し待ってもらい、木梨精一郎を伴い大阪仮病院に行った。ボードウィン医師は帰宅し、緒方惟準も体調不良で欠勤していた。緒方家養子拙斎（豊前小倉藩出身）の案内で、緒方惟準邸へ行き面会。天皇東幸供奉以来の再会である。緒方惟準は、長崎でポンペと後継者ボードウィンに学んだ。

　ボードウィンは、オランダの陸軍一等軍医で、ユトレヒト陸軍医学校教官の職にあったが、文久二年の来日以来、長崎養成所で日本人医師の教育にあたった。

慶応三年、幕府と契約した陸軍軍医学校を江戸で開設する準備のため、緒方惟準らを伴って一時帰国した。ところが、翌年に再来日すると、幕府は崩壊していた。慶応四年四月、新政府の江戸入城に伴い、旧幕府直轄教学機関の中、儒学中心の昌平坂学問所（昌平黌《しょうへいこう》）、洋学中心の開成所、医学中心の医学所は新政府に接収され、六月から九月にかけ三校は再開された。この七月には、三校を統合して大学校として、大学別当に松平春嶽が任命される。大学校は昌平黌を本校とし、分局には開成学校・医学校兼病院・兵学校で構成される。大学別当の下に次官役として、大少「監」と大少「丞」を置き、教官は大・中・少の博士と助教を任命した。役所の位置づけも集議院と弾正台の中間の席次を与えられた。

さらにこの年（明治二年）十二月には、大学校が大学、開成学校は大学南校、医学校は大学東校と改称され、日本初の国立大学の基礎が作られようとしていた。しかし、教育内容の路線対立や人事をめぐってもめ事が絶えず、明治四年の文部省設立まで紆余曲折《うよきょくせつ》を経ていく。大久保と木戸対立の一因にもなる。松平春嶽大学別当は、権少丞に佐賀藩の相良知安《さがらともやす》と福井藩の岩佐純を任命し、医学校の整備を進めさせる。

さて、緒方洪庵の次男惟準とは、どのような人物なのだろうか。

緒方惟準《これよし》は、ユトレヒト大学留学中に〈大政奉還〉による帰国命令を受け、昨年七月に帰国した。九月には朝廷に召され典薬寮医師・玄蕃少允《げんばしょうじょう》として、はじめての洋方医任用になる。

天皇東幸に供奉し江戸着後、直ちに医学校および大病院の取締に任命された。ところが大病院では薩摩の石神良策が取締助（副院長）として実権を握っていて、複雑な人間関係になっていた。西郷・大久保らは、戊辰戦争で薩摩藩の医療を援けたイギリス公使館付医師ウィリスを、病院長に予定していたからである。ウイリスは、エディンバラ大学で軍陣医学の教育を受けていて、外科・整形外科・麻酔科に長じていた。クロロホルム麻酔を用い、消毒法も進歩していた。生麦事件の負傷者を治療し、西郷従道ら鳥羽伏見戦での負傷者を相国寺の薩摩病院（養源院）で治療した。さらに戊辰戦争では横浜や新潟の軍人病院でも活躍した。

西郷や大久保の思惑は、イギリス人医師ウィリス偏重で、ボードウィンを無視した。ウィリスは医学校校長に迎えられ、講義の通訳は語学の天才と称された司馬凌海が勤め、イギリス医学が定着するかに見えた。

旧幕府との雇用が無視されたボードウィンは、行き場を失ってしまう。一方的な人事に傷ついた緒方惟準は辞して大阪に帰り、医学伝習御用掛となっていた。大村益次郎らの支援もあって、緒方は大阪仮病院院長・大阪医学校校長を務め、恩師のボードウィンを仮雇用として迎えていたのである。

これには大阪府知事後藤象二郎と薩摩藩家老の小松帯刀が相談の上、許可を与えていた。

しかし、後藤が東京へ転勤になると、情況は一変した。この年七月に仮病院は鈴木町代官屋敷跡に移転する計画らしい。さらに八月に医学校兼病院を開設する計画が立てられ、その主導権は東京の医学校から派遣される医師たちが握ることになるという。大村益次郎に近い緒方惟準は冷遇され、ボードウィンは帰国を考えていた。皮肉なことに、木戸の大阪仮病院訪問から四ヵ月後、大村は京都で襲撃され、この病院へ搬送され、十一月にボードウィンと緒方惟準の治療もかいなく死去する。誰もが悲劇の到来を予測できなかった。

木戸は、緒方惟準から昨年の天皇東幸以来のあらましを聞き、医学・医療の領域まで薩摩の思惑で動かされていることに驚かされた。西郷・大久保と木戸・大村は、兵制改革のみでなく医学・医療制度の分野でも対立する。この薩長間の対立を危惧して、医学の中立性を保とうとしたのが、松平春嶽大学頭の下にあった相良と岩佐だった。フルベッキの助言もあり、ドイツ医学の導入へ舵《かじ》を切ろうとしていた。

病で政治活動の切れ味を鈍らした木戸の足もとを見すかすように、明治二年になって、岩倉・大久保は一気に独裁の気配を露わにしていた。木戸の健康を気遣いボードウィン受診をすすめたのは三条卿で、中立を保ち、良いことは良いとして、ボードウィンの真価を認めていた。翌日、木戸は木梨とともに緒方を訪ね、しばらく西洋の事を話題にした後、ボードウィンの寓居へ同行してもらう。病因に関して、木戸は日記に記したような心身の過労を話す。

ボードウィンは薬方療養を緒方に示し、閑地を得て療養しなければ、必ず増悪すると話す。

次の日の診察でも、ボードウィンは海水浴を推奨した。母国オランダをはじめバルト海沿岸諸国では、海浜での日光浴が推奨されるとのことだ。数年後に来日するベルツ医師も、湘南海岸での海水浴や、箱根・草津の温泉浴を勧める。現代医学からしても、適度な日光浴は紫外線によるビタミンDの活性化を促し、免疫機能の賦活に有用だと考えられる。温泉の効用も今日では広く知られている。この年、木戸はこの二つの治療法を活用して、健康の危機を乗り切る。

木戸は、木梨と舟を雇って天保山外の浜に行き、菊ヶ浜を思い出しながら海水浴をする。

「菊ヶ浜で泳いでいたころが、一番の幸せじゃったのかのう」

木戸はいささか感傷的になっていた。

「本当ですな。生まれてきた時代が激動でしたから」

「仕方なかったのう。人ひとりの力じゃあ、どないにもならん」

「渦が大きければ、流されますのう」

木梨も江戸城総攻撃の寸前まで行き、イギリス公使パークスに諫められなければ、戦端が開かれていたかもしれない瀬戸際を体験していた。

「精神を疲労させると、身体が衰弱するのじゃろうか」

木戸は父昌景が口癖にしていた養生訓を思い出していた。

「確かにそうじゃと思います」

木梨にも苦労が多いはずだった。

(人間にとっての幸せとは何なのだろうか)木戸は、出石での潜伏から帰郷して以来の闇雲の疾走を思い出していた。

夜、緒方惟準が訪ねてきて、海水浴の話をする。

「海水浴は、子どもの遊びだけじゃあございませんぞ」

緒方は確信にみちた言い方をした。

「ボードウィン先生も同じようなことを」

「人間にも草木と同様、お天道さまの光が必要です。留学していたオランダでは冬の陽光が乏しく、セムシが多いと聞きました。それに、きれいな空気を吸って、心身を休養させ、栄養をとる。これぞ健康の鉄則ですな」

「運動はどうですか」木戸は気になることを訊ねた。

「おう、よいところに気づかれた。身体は適度に動かさねばなりませんな。オランダの軍隊では体操という運動が日課になっていました」

「ところで、大村先生への反発が大阪の仮病院まで及んでいるとか、耳にしましたが」

「お聞きおよびでしたか」

緒方はうつむいて口を閉じた。

どうやら薩摩の大村益次郎への私怨《しえん》が、その師である緒方洪庵と適塾門下に影響しているらしい。緒方惟準は、それとなく苦境を語り、木戸へボードウィンの日本残留を頼んだ。

医学・医療の世界にまで、権力を行使しようとする者たちがいたのである。木戸は愕然《がくぜん》とすると同時に、自らの甘さを反省した。今朝は、気晴らしに欧州へ向かう御堀と山県へ手紙を出した。何とはなしに、彼らのことがうらやましく思えたからだ。

五月十二日も木梨と天保山下へ海水浴に行き、木戸は家族も診察してもらった。

夜は、造幣寮に勤務する斎藤翁を訪ね、歓談し、観之助夫婦に面会した。昨日、不在時に斎藤翁が訪ねてくれたらしい。鬼歓こと斎藤歓之助の妻は長与専斎の姉であり、医学のことにも詳しかった。

翌五月十三日、東京の新政府は議政官を廃し、行政官に輔相・議定・参与をおくことになる。善意に解釈すれば、岩倉卿と大久保による高級官僚の人員整理とも理解された。だが、病気の木戸は大坂で療養中であり、抹消される可能性もあった。三等官以上の官吏による公選で、輔相《ほそう》以下を選ぶ法律を制定した。互選の結果、輔相には三条実美、議定には岩倉具視、鍋島閑叟、徳大寺実則、参与には大久保一蔵、木戸孝允、副島種臣、東久世通、後藤象二郎、板垣退助が選ばれた。不在下での選挙にもかかわらず、木戸はそれなりの得票で選ばれた。

選挙後、参与以上が集まり、〈版籍奉還〉の方針を検討し、上局会議に提出された。この段階で、木戸は絶望感にさいなまれる。版籍は奉還しても、知藩事は世襲制で、郡県制度の導入は無視される。岩倉卿までもが世襲制度を肯定し、世襲廃止を主張する木戸は、危険視されはじめた。

五月十四日も木戸の家族はボードウィンの診察を受けた。

大村益次郎や堀真五郎から、蝦夷地での戦況について書状が届き、返信をしたためた。

一ヵ月以上かかって、箱館戦争もようやく終息しそうだった。ちなみに榎本軍の降伏は五月十八日である。当日、木戸は緒方惟準を訪ね、療養の経過を話した。この日、伊藤俊輔は会計官権判事に昇進し、東京勤務となる。

五月二十日には、蝦夷地から西本清介が報告に帰ってきた。中島三郎助の消息などを尋ねたが、箱館を離れる時点では、まだ徹底抗戦をつづけていたらしい。木戸は木梨と連れだって、緒方、続いてボードウィンを訪ね、礼を述べた。

この日、画家の田能村《たのむら》小虎（直入《ちょくにゅう》）が宿に訪ねて来た。豊後岡藩士の家に生まれ九歳のとき、田能村竹田の画塾に入門し、才能を認められ養子となった俊才である。木戸がまだ二歳の赤子だったころのことだが、竹田と小虎は大坂へ出て、大塩平八郎の「洗心堂」で陽明学を学び、佐武理流の槍術免許皆伝となり、広瀬旭荘《きょくそう》らとも交わった。

竹田と天保六年に死別後、堺で詩の結社を作り門人を育て、恩師の遺志を継承し、煎茶《せんちゃ》の普及にも努めた。南画の精進は続け、土佐藩主山内容堂や伊勢津藩主藤堂高猷《たかゆき》から支援を得ていた。明治新政府にあっては、木戸孝允が南画の諸作家にとって最大の支援者になる。

静養のため京都に残留した木戸は、表面的には風流を楽しんでいるかのようだが、財政の破綻や蝦夷地での戦争の行方を心配し続けていた。長引けば、西国でも叛乱が起きる心配があり、それを警戒しての残留だった。

大阪で待たせてしまった井上聞多と、神戸へ行き、東京へ転勤した伊藤俊輔の留守宅を訪れ、母親に会って挨拶をした。伊藤の出世を喜ぶ母親の姿に、木戸は安堵する。

五月二十三日、木戸は神戸を出航。船はグラバー所有の汽船ミヤコ号で、沢延宣嘉卿の一行や、楫取素彦の一行が同船し、三日後に横浜へ着いた。

十四

そのころ蝦夷地を占領していた榎本軍にも、試練の時が訪れようとしていた。

榎本政権が提出した徳川家による蝦夷地開拓の請願を却下した新政府は、蝦夷地討伐の準備を抜かりなく進めた。

木戸は昨年末から、イギリス公使館などを通じ、新政府の親任と局外中立の解除を急いだ。

アメリカからストーンウォール号を引き渡してもらう必要があった。劣勢だった新政府の海軍力を強化して、制海権を確立しなければならなかったからだ。注目の軍艦は、旧幕府遣米使節の小野友五郎らが購入した二隻の蒸気船のうちの一隻で、他の一隻は富士山艦として活動していた。ストーンウォール号は、二本マストの装甲船で、鋭角にとがった艦首に主砲一門、両側に副砲を各々六門装備していた。新政府海軍は、「甲鉄」と名付け、三月九日に他の軍艦を率い、品川から宮古を経由して蝦夷地へ向かった。

清水谷公考《しみずたにきんなる》を箱館府知事のまま青森口総督に任命し、蝦夷地進攻の準備を進めた。三月までに十三藩から五千五百人余の兵が青森に集結した。海軍は甲鉄が主力の政府艦隊甲鉄・陽春・朝陽、観光と薩摩の春日、長州の丁卯《ていぼう》、佐賀の延年の七隻に四隻の輸送船が集まった。

三月九日（陽暦四月二十日）、海軍参謀増田虎之助率いる新政府海軍は、品川沖を出航し、三月二十一日に宮古湾に入った。榎本軍は東京よりの通報でこのことを知り、甲鉄奪還のため宮古湾を急襲する。三月二十一日早朝、榎本軍海軍奉行荒井邦之助率いる回天・蟠龍《ばんりゅう》・高雄の三艦は彰義隊・新撰組・神木隊などの斬り込隊を乗せ、箱館を出た。ところが翌日、またしても暴風雨に遭遇し、三艦は散り散りになる。奇襲予定の三月二十五日未明に宮古湾口に着いたのは回天のみだったが、総指揮の荒井邦之助と回天艦長の甲賀源吾は作戦決行を決める。米国旗をかかげ湾内に入り、甲鉄の左舷へ乗りかけ、斬り込みをはかった。ところが、回天は外輪船で、甲鉄甲板の方が一丈（約三メートル）も低く、飛び込みをためらっているうちに、ガットリング機関砲などで狙い撃ちにあった。艦長の甲賀も倒れ、作戦は失敗したため湾口へ逃れ、箱館へ帰った。遅れて着いた蟠龍《ばんりゅう》と高雄は新政府軍艦に追跡され、高雄は逃げ切れず降伏した。江戸湾脱出以来、榎本艦隊は悪天候にその目的を阻まれる。冬季の東北・蝦夷地の気象を理解していなかったのではあるまいか。艦隊は回天・蟠龍・千代田形の三艦のみになっていた。

大村益次郎は木戸との協議で、冬季の侵攻は避け、その間に外交努力により局外中立の解除とストーン・ウォール号の入手を終えていたのである。勝負はすでについたも同然である。

三月二十六日、新政府海軍は青森港に入った。坐礁事故で開陽を失った榎本軍には、以前のような海上作戦での優位は保ちがたい。

津軽海峡にも晩い春が訪れ、渡り鳥の群れが蝦夷地へ渡海しはじめる。

四月六日、山田市之允率いる先鋒部隊が青森を発し、四月八日に江差の乙部《おとべ》に上陸し、その日のうちに江差《えさし》を陥落させた。新政府軍軍艦五隻からの艦砲射撃により沈黙させられた。

橋頭堡《きょうとうほ》を確保すると、山田は本隊の出撃を命じた。八日朝、曇天を背に甲鉄・陽春・丁卯・春日の四軍艦と、長州・松前・弘前などの兵千五百人を乗せた雇い外国船二隻から江差への上陸が始まった。ようやく訪れた北国の春は、草木をいっせいに芽吹かせ、山々の残雪が美しく輝いていたが、地上では日本人同士の殺し合いが始まろうとしていた。義を掲げての戦というよりは、意地と意地の激突でしかなく、無垢《むく》にちかい北の大地を血で染めることは、悲しみのみでしかなかった。後続部隊は、江差に上陸すると、三隊に分かれ、二股・松前・木古内へ向かう。榎本軍にとっては予想外の上陸地点で、現地に急行しようと試みた。

だが新政府軍艦に砲撃で側面攻撃をされ、江差を捨て、福山（松前）へ敗走する。江差を占領した新政府軍は、箱館に向かう三道の松前口・鶉《うずら》山道口・木古内間道口をそれぞれ進撃した。二股口の榎本軍は新撰組の土方歳三率いる精鋭で、激戦になる。双方に被害を出し、新政府軍では整武隊総督の駒井政五郎も戦死した。新政府軍は二股口を突破できず後退。

一週間近い激戦の後、海岸の矢不来が新政府軍に突破され、退路を断たれる危険があり、やむなく土方は五稜郭への撤退を命じた。木古内間道口でも、大鳥圭介率いる榎本軍の反撃にあい苦戦した。しかし松前口では、軍艦による艦砲射撃も加わり、新政府軍の進攻が目立った。新政府軍は四月十二日に第二陣、四月十五日に黒田清隆参謀率いる第三陣も渡海し、箱館包囲網がせばめられていく。

四月二十四日には、箱館湾内で、新政府軍艦隊と榎本軍艦隊および弁天台場との間で、激しい砲撃戦が戦われた。だが遠浅の湾内では、坐礁の心配から、新政府軍艦隊は思うように活動できなかった。大鳥圭介の指揮する木古内守備隊も善戦し、一時は長州の整武隊や献功隊に切込隊が夜襲をかけ、損害を与えた。山田市之允が夜襲に備えるように訓令した矢先のことで、献功隊参謀林与《あたう》ら多数の戦死者を出した。しかし、大鳥隊も四月末には撤退を余儀なくされ、箱館平野の入り口まで後退し陣地を築く。新政府軍は、四月二十九日から艦砲射撃で援護され、攻勢を続けた。やがて榎本軍は総崩れとなり、五稜郭へ全軍が撤退した。

一方、鶉山道口では、土方歳三率いる伝習隊・衛鋒隊などが台場山に布陣し、激戦を繰り広げていたが、大鳥隊の敗北を知り、やはり五稜郭へ撤退する。榎本軍の支配地は五稜郭と箱館周辺のみとなり、絶望的な戦局になる。

新政府軍は、箱館平野に進出し、富川に本営を置いた。その前方の七重浜に前進基地を設け、青森からの武器・兵糧の補給を待ち、箱館進攻の準備をした。この兵站《へいたん》基地へ榎本軍は攻撃をかけ、撤退させる戦果をあげた。しかし、五月二日には坐礁して漂流中の千代田形が、甲鉄に捕獲され、榎本軍は蟠龍と回天を残すのみとなる。

五月一日、矢不来《やふらい》を守備していた星恂太郎《じゅんたろう》率いる額兵隊が撤退し、浦賀与力同心の千代ヶ岡台場の守備隊に合流した。木戸の恩師中島三郎助と二人の息子の守る台場である。

同日、ブリュネ以下のフランス軍人は、箱館港に投錨中のフランス軍艦に収容され、ほどなくサイゴンへ送られる。翌日、七重浜の攻防をめぐり、新政府海軍と榎本軍の回天・蟠龍及び弁天砲台の間で熾烈《しれつ》な砲撃戦が続いた。勝負はつかず榎本軍の善戦が目だった。

五月七日にも同じような海戦が展開され、蟠龍は機関の故障で動けず、孤軍奮闘した回天は機関を撃ち貫かれ浅瀬に乗り上げた。乗員は陸へ退去する。新政府海軍は、それを見届けると深追いはせず、箱館湾から姿を消した。五月八日、榎本武揚自らが率いる衝鋒隊・一連隊・陸軍隊など五百余人は大川を攻めたが、新政府軍の反撃にあい、五稜郭へ退いた。

海陸の新政府軍は補給を終えると、十一日午前三時を期して箱館および五稜郭に総攻撃を開始する。陸軍本隊は箱館平野を南下し三方から五稜郭を包囲する。これに対して、新撰組は五稜郭から出撃したが、新政府軍の猛攻にあい、弁天台場に立てこもった。だが黒田清隆率いる新政府軍の別動隊は、箱館山の裏手から上陸し、山を下って弁天台場を奇襲攻略した。海軍は弁天台場および陸上を砲撃し、陸軍を支援する。五稜郭北側の四稜郭は一連隊と衛鋒隊が守り、岡山・福山両藩などの兵と対峙《たいじ》していた。だが、後方の神山にある権現台場が長州兵に攻撃されると、退路遮断を恐れて五稜郭へ撤退した。新政府軍の箱館山山頂占領の報告をうけた箱館奉行永井尚志《なおゆき》は、弁天台場に入った。箱館守備の新撰組と伝習士官隊は、新政府軍の奇襲を受け、新撰組も弁天台場へ入り、伝習士官隊は五稜郭へ退いた。

陸軍奉行の土方歳三は、弁天台場の救援のため一隊を率いて一本木関門からの進撃を試みた。しかし、指揮中に狙撃兵の銃弾を受け落馬し、路上で自刃絶命した。彼は武士としての死に場所を求めていたのかもしれない。享年三十五歳である。幕末の京都で、新撰組副長として凄腕を鳴らした男の壮烈な最期である。それにしても血にまみれた幕末を象徴する散華《さんげ》の瞬間だった。土方戦死の報告が五稜郭に届くと、副総裁の松平太郎が千代ヶ岡陣屋守備の額兵隊や見邦隊などを率いて、再度箱館市内の奪還を試み、接戦を試みたが失敗し五稜郭へ帰った。

新政府海軍の総攻撃は激烈で、蟠龍が朝陽を撃沈すると、集中砲火を蟠龍に浴びせた。

蟠龍は港内の奥深くへ追いつめられ、弁天台場そばの浅瀬に乗り上げ、砲弾を撃ちつくした。艦長松岡磐《いわ》吉《きち》以下はボートで弁天台場へ退却する。松岡は、江川英龍の小姓を勤めながら韮山の江川塾で学び、剣術は斎藤弥九郎の練兵館で皆伝の腕前だった。桂小五郎時代に木戸が近くで接した人物である。浮台場として奮戦していた回天も、箱館が占領され、砲撃にさらされると、海軍奉行の荒井郁之助以下は上陸して五稜郭へ入った。ここに精強を誇った榎本海軍は全滅した。この日の総攻撃で、箱館は占領され、弁天台場と五稜郭・千代ヶ岡陣地は分断された。

五月十二日、新政府軍は、五稜郭および弁天台場に対して至近距離からの艦砲射撃を行った。甲鉄の砲弾は五稜郭まで飛来し、会合をしていた衝鋒隊士官数名を爆死させ、隊長の古屋作左衛門も重傷を負った。この日、松前の戦で傷を負っていた遊撃隊隊長の伊庭《いば》八郎も息をひきとった。五稜郭を重圧が被いはじめていた。

最後の堅塁千代ヶ岡陣屋を死守するのは、誰あろう木戸孝允が師と仰ぐ中島三郎助父子を中心とする部隊である。中島は自ら砲兵隊頭として陣頭に立つ。千代ヶ岡は箱館の町や港が見渡せた。ペリー艦隊が浦賀沖に来航した際、真っ先に乗り込んで応接したのが、浦賀奉行与力だった中島である。黒船により引き起こされた幕末の動乱が鎮静化する最後の瞬間に、歴史の皮肉なのか、中島は二人の息子と共に玉砕せんとしていた。攻撃する新政府軍の参謀が、木戸の信頼する山田市之允であることも痛々しい。山田は、部隊長を集め、自ら陣頭に立って不退転の覚悟で総攻撃をかける決意を語る。

五月十六日深夜、正面攻撃隊と左右両翼からの側面攻撃部隊が、山田の号令により突撃を開始する。陣屋からの銃撃は熾烈で、新政府軍の死傷者が続出するなか、福山藩の関新五左衛門の部隊が城門を開け、後続部隊も侵攻する。激戦のなか、中島三郎助は銃弾に斃《たお》れ、父親の最期を知った二人の息子は斬り込み、長男恒太郎は射殺、次男英《ふさ》次郎も複数の被弾で死んでしまう。勝敗の帰趨《きすう》はすでに決まり、玉砕《ぎょくさい》か降伏かの選択を迫られる。

そのころ適塾門下の高松凌雲は、戦火にもめげず箱館病院で懸命の医療活動を続けていた。しかし、すでに薩摩藩軍監池田次郎兵衛の管轄下にあった。凌雲は開戦以来、一貫した治療方針を守り、両軍の傷病兵を分け隔てなく手当てした。彼は徳川昭武のパリ万国博覧会参加を兼ねた親善使節団に、医師として随行していた。そのさい、幕府公費で留学を許され、パリの「神の家」という病院併設の医学校で学んだ。民間の寄付で運営され、フランスでも高度の医療を行っていた。凌雲はその技術にもまして、貧富や身分の差のない医療に深い感銘を覚える。まさに適塾の師緒方洪庵の教えを実践している病院だった。

薩摩藩軍監池田次郎兵衛は、高松の人物を尊敬し、和平の斡旋《あっせん》を依頼した。これ以上の殺傷は、この国の将来にとっても無益でしかない。すでに衝鋒隊・見国隊・砲兵隊などの二百六十人余が、五稜郭を脱走し、神山の権現台場に投降している。

五月十三日、病院頭取の高松と事務局長の小野権之丞は、降伏勧告書をしたため、五稜郭と弁天台場へ送った。しかし翌日、榎本から届けられた返書には、徳川家の蝦夷地開拓が認められない限り、降伏できないと、記されていた。榎本は同時にオランダ留学中に入手した海事に関する国際法と外交に関する書物「海事全書」を戦火で焼くに忍びずとして、黒田に贈った。同日、薩摩藩軍監の島田圭蔵は、弁天砲台を訪れ、榎本への面会取次を依頼したが、榎本は翻意しなかった。

ところが弁天台場の内部での自滅が始まっていたのである。この台場には、箱館陥落により奉行所や新撰組に加え回天・蟠龍の乗組員が避難してきた。そのため兵糧が窮乏していたのだ。さらに追い打ちをかけるように、箱館山からの砲撃と艦砲射撃が熾烈《しれつ》をきわめた。極限に達した五月十五日、泪をのんでついに降伏した。箱館奉行永井尚志、蟠龍艦長松岡磐吉、新撰組隊長（土方歳三の死後）相馬主計《かずえ》以下百八十六人は、武装解除され、台場内での謹慎を命じられた。榎本の決断が遅れたため、有為の人々が尊い命を北の大地に喪《うしな》っていた。

　五月十六日、新政府軍は五稜郭の幹部へ弁天台場と千代ヶ岡陣屋の攻略を伝えた上で、総攻撃の通達をした。そのため、動揺する五稜郭からは脱走兵が続出した。それはむしろ、敵前逃亡ではなく、榎本の我執に巻き込まれる愚かさに目覚めたためであろう。高松凌雲の斡旋で、榎本武揚と薩摩藩の田島圭蔵の会見が行われ、五稜郭で軍議が開かれた。このときの様子を佐倉順天堂の祖・佐藤泰然の息子で、奥医師林洞海の養子になっていた林信五郎（董三郎《とうさぶろう》・董《ただす》・初代軍医総監松本良順の弟で、後の外務大臣）が回顧録に残している。

『中島という人は素志を通して遂に死んでしまったが、私は真に感服したなかの一人であります。箱館を取られ、官軍が五稜郭へ迫ってきたときに、将官の会議があって、どうしようかという相談があった。そのとき降参説を唱えたのは、中島である。これまで尽くしたからもう沢山だ。このなかには若い人もあるし、まだ二千余の人もあるから、これから先やっていたらどんなみっともない事がおきるか知らぬから、榎本だの大鳥だの大将分は軍門に降伏して皇裁を仰ぎ、ほかの者のために謝罪するがよろしいという。軟派の説をとったのが中島三郎助である。

　ところが硬派を唱えてあくまでやろうと言った者は、跡の始末がよろしくない。名前は言うことをはばかりますが、会議のときは大変愉快な論をして、こうなった以上は刀の刃の続かん限りやつて討死にすると言った者がある。私は次の間で聞いていて、その方を大変感心しておった。

　ところが、中島は恭順説を唱えるので、榎本がしからば長兄はどうするつもりであるかと聞いたら、私はもとより陣屋を死に場所としているからそれでよろしい。恭順説は私のための論ではない。私以外の者のための論と言ったから、とても話のまとまりようがなかった。その評議のあった翌晩であります。ついに台場がおちてしまったが、生死に頓着なく言行一致したのはあの人であります』

林董三郎はイギリス留学から帰国してすぐ、榎本軍に加わっていた。

五月十六日、榎本武揚は、戦争の責任を負って切腹を図るが制止され、首脳たちは降伏することを決めた。翌朝、総裁榎本武揚と副総裁松平太郎は、亀田に赴き、新政府軍参謀黒田清隆と海軍参謀増田虎之助らと会見した。その席で、首謀者の服罪、五稜郭の開城と謹慎、兵器の差し出しなど、謝罪降伏の実行箇条を提出した。

五月十八日（陽暦六月二十七日）、榎本武揚以下の降伏を新政府軍は受け入れた。ここに、国を二分して戦った内戦の終結を見たのである。しかし、さまざまな不満の火種は燻《くすぶ》り続ける。

この朝、榎本・松平・大鳥・荒井の四名は、五稜郭の兵士たちに見送られ、亀田へ向かい箱館へ護送された。降伏に際し、榎本は海軍参謀へオランダ語の「万国海律全書」を役立てて欲しいと渡した。その後、この本を見た福沢諭吉が、妻と榎本の母が遠縁関係であったこともあり、救済に動くことになる。黒田清隆が見たのは訳本の一部だったが、榎本の人物を戦いの中で知ったため、免罪を強く求めることになる。ついで午後には、兵士千余人も箱館へ護送され、市内の寺院に収容された。彼らの表情には、恐怖よりも安堵の色がにじみ出ていた。同日、室蘭の開拓奉行沢太郎左衛門以下三百余人も降伏に応じた。

五月十九日、清水谷征討総督は五稜郭に入り、元の箱館府に復帰する。二日後、新政府軍の戦死者二百十八名を弔うため大森浜で招魂祭が執り行われた。同日、榎本・松平・大鳥・荒井・永井・相馬・松岡の七人は東京へ護送されるため、彼らが理想郷を求めた箱館を、鎖輿《くさりこし》に収監されたまま去った。彼らは明治五年まで、東京辰の口の軍務官糾問所の監獄に入れられる。榎本軍の戦死者は放置されたままの者も多く、箱館の侠客柳川熊吉が、子分を動員し、市内の寺院数ヶ所に仮埋葬した。二年後、箱館山の土地を買って、遺体の合同埋葬をする。ちなみに恩赦をえた榎本らは、明治七年に新政府より祭祀を許され、柳川と協力し、翌年箱館山中腹に「碧血碑《へきけつひ》」を建て、江戸から脱走し、東北・北海道で戦死した八百余の霊を祀《まつ》る。碧血とは中国の故事『義に殉じて流された武人の血は、三年を経て碧色に変わる』に因《ちな》んだものである。

箱館戦争は、奥羽列藩同盟が降伏した後で、新政府軍の勝利が決まっていたので、各藩の参戦申し込みが大村益次郎のもとに殺到した。しかし大村はそれを許さなかった。ただ一つの例外が西郷吉之助率いる薩摩兵の援軍だった。西郷らしからぬ不合理な動きだった。

黒田了介率いる薩摩藩兵に青森出兵の命が下されたのは、二月二十三日だった。ところが、西郷は海路で、五月五日に東京に着き、続いて銃隊一大隊と大砲部隊一小隊が十二日に到着した。そのため品川出航は五月十六日で、そのころ榎本軍は降伏を協議しはじめていた。

この件に関し、大村益次郎の側近で軍務官権判事の船越衛（広島藩）の話が残っている。

「西郷が箱館に行ったところで、戦はもう済んでおろう」そう大村益次郎が断言したとおり、五月二十五日に箱館に着いてみると、榎本軍は降伏しており、後の祭の空しく悲惨な空気しか、西郷は味わえず、即座に引き帰し、横浜に六月一日に帰還している。

自分を待たずに総攻撃を大村益次郎が命じたと思いこみ、西郷が憎むことは目に見えていた。だが、総攻撃は現地の黒田や山田ら参謀の協議で決したことである。合理的な大村は、西郷の〈いいとこ取り〉を許さなかったわけである。岩倉らは、西郷がそのまま鹿児島へ帰ることを心配して、大村に引き留めを命じた。

「朝廷で御用があるそうです」船越は、指示されたように、西郷宛ての手紙を書き、出迎えの役人に手渡させた。

ところが大村は、西郷の動きを予測して、

「手紙は出すべきじゃが、西郷は止まりはせぬ」

と言った。船越がまさかと思い、

「そうでござりましょうか。朝廷の命とあらば、無理に帰国されることもございますまい」

と確信を持って話した。ところが意外にも、

「いや、西郷は必ずこちらへは戻らぬ」

と大村は言いきった。

それから二日ほどして、船越が使いに出した役人が帰ってきて、報告した。

「私が西郷閣下に書面を出しますと、『これは何じゃ、この書面を受け取らぬ前に、西郷は帰ったと云うてく

れんか』とおっしゃるばかりでした。私も立場がございますから、是非、書面にだけはお目を通してくだされ、必死に頼むものだから、閣下は書面を見て、しばし考えこんでいた風に見受けられたが、『すまぬ、西郷は帰ったと、戻って言ってくれ』と、きっぱりした口調で申されました」

西郷と役人のやりとりは、およそそのようだったらしい。

船越は、西郷宛の手紙を書いた当事者なのでまちがいないと、後になって人々に話した。

西郷は、大村益次郎の存在により、下手な芝居をしているような、空回りが続き、六月十五日には、横浜を発つて、帰国の途についた。

大村益次郎は、西郷の優れた面も、脆《もろ》さや潜在的な危険性にも、気づいていた節がある。

科学者らしい客観性で合理的な人物評をしていたのだろうか。

十五

東京遷都はすでに現実になり、木戸も長く京都へ留まることはできかった。

六月には〈版籍奉還〉が天皇より勅許されることになっている。病気療養で東京行きが遅れたが、ボードウィンの診察を受け、体調も少し整えた。松子には、いつでも東京へ引っ越しができるよう準備を頼み、一足先に京都を離れた。

五月二十四日（陽暦七月三日）、木戸と井上は神戸を出航し、二十六日、横浜に上陸する。裁判所（県庁）に知事の寺島宗則を訪ね、挨拶をかわした。

「伊勢文」に宿泊し、絶えず変貌を遂げる横浜の空気を味わう。行きかう外国人は白い夏服で、陽よけ傘（パラソル）をさしている婦人も多くみかけた。翌日も寺島に会い、横浜を中心とした外交問題のみでなく、新政府の財政についても意見の交換をする。イギリス留学経験者でもある寺島は高い見識の持ち主である。井上と連れだって外国人の店をのぞき、西洋の器物を買い求める。夕方には、写真店へ行き、東京・横浜の景勝地の写真を購入した。間もなく京都から来る松子らへ見せるつもりだった。

暮れて、商人の大黒屋錠次郎と山城屋和助が訪ねてきた。大黒屋は、長州藩と縁の深い豪商であり、井上ら長州ファイブのイギリス留学でも世話になった。

一方の山城屋は、本名を野村三千三《みちぞう》といい、高杉晋作の奇兵隊に入り、山県狂介の部下として越後口で戦った。維新後に兵部省御用商人となり、横浜に店を構え、軍需品納入で繁盛する。しかし山県と癒着し、三年後に疑獄事件（山城屋事件）を引き起こす。当時はまだ駆け出しで、木戸は悪徳商人になると思わず、激励したのだった。京都から運んだ荷物は番町の屋敷へ送らせ、使用人の謙三、浅次郎、太郎、来蔵らと共に東京入りする手はずを整えた。

井上聞多は一足先に東京へ向かった。五月二十八日付で造幣局知事に就任するからだ。

（これで大阪に井上を置き、神戸の伊藤俊輔を東京に移動させることができる。京都には槇村正直と河田佐久馬を配すつもりだ）木戸の胸の裡《うち》である。

この日、横浜仏学校に在席中の小倉、河野、河内が訪ねてきた。横浜仏語伝習所は、旧幕府がフランス軍事顧問団による陸軍再編を目指していたころ、栗本鋤《じょ》雲《うん》や小栗忠順《ただなり》を中心に設立された。外国奉行の川勝広重を所長、通訳メルメ・カションを校長として、優秀な人材を育てた。この年（明治二年）、新政府は学校を接収し、川勝広重を学長に再任して、諸藩の志願者を入学させていた。光田三郎、静間幸助らも同校で学び、周布金槌とともに翌年フランスへ留学する。

翌日は神奈川にてイギリス公使パークスと会い、東京入りの挨拶を兼ね、支援を依頼した。

局外中立を解き、箱館戦争勝利への道筋をつけてくれたお礼もこめていた。その後、川崎へ向かい中井弘蔵と伊藤俊輔に会った。伊藤は岩倉卿の命を帯び、木戸に会うため下向途中だったので、同車して東京へ向かう。鮫洲の川崎屋で横浜から来る井上とも落ち合い、伊藤の旅寓へ向かう。

「神戸で留守宅を訪ね、母者に会ったら、喜んでいたよ」

木戸が親孝行な伊藤の琴線に触れると、

「東京勤務になれば呼び寄せたいですのう」

と人並みの希望は話してくれた。

その思いは木戸とて変わりはない。松子はいつも木戸に置き去りにされ、後追いでの再会を繰り返していた。政事のためだとはいえ、やはり過酷な生活にちがいない。

治安維持のため先発した田中顕助、鳥尾小弥太らとも再会した。これより馬にのり、神田の藩邸へ向かい、世子毛利元徳公に拝謁。挨拶を終えて、麹町番町の屋敷に入ると、練兵館の斎藤兄弟、鏑木《かぶらぎ》渓庵、福井順道、加藤有隣らが待っていた。練兵館から歩いてすぐの屋敷は、旧幕府御家人の屋敷九軒分を整理したものだから、それなりの広さがあり、客人を泊める部屋や、使用人用の住居も別棟に整備できていた。広沢真臣の屋敷も近くだった。彼も妻子を山口に残したままになっていた。

六月一日、木戸は終日家居し、荷物の整理をした。佐久間、永松そして広沢真臣が来邸。

翌日、奈良で会えなかった伊勢華《あきら》も来る。大和十津川郷士の騒動は抑えられたらしい。

正午に参朝し、三条・岩倉・徳大寺卿、鍋島侯、大久保や後藤らと面会した。従四位下参与の勅諚《ちょくじょう》を木戸は受けた。〈版籍奉還〉の世襲廃止を実現するため、拒否できなかった。参与の地位なくして宿志の〈廃藩置県〉を実現することは不可能である。夜十一時に帰寓すると、鳥尾と光田が待っていて国情を歎くことしきりだった。木戸や西郷が不在の東京では、岩倉・大久保の有司専制が目立つようになっていた。東京遷都以来、政体は猫の目のように制度・官職を変え、権力争いはすさまじいものがあった。明治二年五月、行政官より詔書を布告し「政体書」を改正し、新しい上層職員の公選実施を決めた。「上局会議」と「公議所」を開設するため、議政官を廃し議定四名と参与六名および弁事（定員なし）で新しい行政官を構成することとした。

これより先五月二十一日、上局会議を開き、〈版籍奉還〉による知藩事選任や蝦夷地の開拓などが審議され、初代議長を鍋島直大侯が務めたが議定就任で、大原重徳に交代する。しかし、参与の大久保や副島らが、知藩事世襲の廃止を時期尚早として押し切ろうとした。さらに翌五月二十二日には、新政府の監察機関として弾正台が設置され、薩摩の吉井友実と海江田信義を任命した。吉井は東京、海江田は京都に赴き、公安警察的な役目をした。

ところが海江田は過激攘夷派を懐柔策として多数採用したため、かえって紛争の震源地になる。数ヵ月後それが顕著になり、大村益次郎襲撃事件に発展する。

六月三日、三条卿よりお使いがあり、その寓居を訪ね、そののち岩倉卿を訪れた。東久世卿が同席され、木戸が東京に居なかった間の政策や人事を話してくれた。改正した「政体書」に基づく公選後の政府組織は、輔相《ほそう》が三条実美、議定は岩倉具視・徳大寺実則・鍋島直大、参与は木戸孝允・大久保利通・後藤象二郎・副島種臣・由利公正・板垣退助・東久世通禧である。明治二年一月の政体にくらべ、公卿・諸侯が姿を消し、民部官知事として松平慶永（春嶽）のみが残ったことだろう。人事で解決できぬ国政の危機は、貧弱な財政基盤にあった。

やはり財政のひっ迫と、諸侯が割拠したままで統一国家の体をなしていないことが、危機的だった。それに〈版籍奉還〉後の藩主の処遇について、木戸が世襲に反対していることは、旧藩主と上級武士階層の猛反撃をくらう可能性があった。

この日、戊辰戦役の戦功褒賞《ほうしょう》が行われた。西郷隆盛は二千石、次いで大村益次郎の千五百石が最も高かった。その他では、会津攻略の板垣退助、伊地知正治は千石、北越制圧の山県有朋、前原一誠は六百石である。

新政府は東北諸藩から没収した百五十万石のうち百万石を、戊辰戦争の軍功者に下賜した。初めは土地もしくは扶持米として与えるつもりでいたが、封地の分配は〈版籍奉還〉と矛盾するため、木戸が激しく反対した。そのため米のみになり、薩摩と長州がそれぞれ十万石を加俸された。東北諸藩の押収地は三分の二を軍事予算にあてるはずだったが、論功行賞の財源に使われ、軍事予算は苦しくなる。

木戸は、戊辰戦争戦没者の招魂場を上野に設ける構想を抱いていて、その実現を大村益次郎に委任する。賛同者は多く、構想は異例の速さで実現した。東京招魂場は六月十一日に太政官で最終決定し、六月十九日に開場の式典が挙行された。場所は上野ではなく、目前に皇居が望まれる九段坂上の旧幕府歩兵屯地に決まった。合祀《ごうし》されたのは、戊辰戦役の政府軍戦死者三千五百八十八人の霊である。

皇居からの帰途、長州藩神田邸に立ち寄り、元徳公に拝謁し、昨日の御褒賞《ほうしょう》を感謝した。

木戸としては、戊辰戦争を戦った長州藩代表の藩主へ、恩賞を賜った天皇への謝意だった。

図らずも君前で、箱館戦争を勝利し凱旋した山田市之允と会ったので、箱館の戦状を聞いた。

「榎本軍は精鋭で、楽勝気分を将兵から打ち払わなければ、より苦戦をしいられましたな」

連戦連勝の山田をしても、大鳥・土方・中島らの率いる榎本軍は精強だったらしい。

「局外中立が解け、ストーンウォール号が間に合ってよかったのう」

木戸らが舞台裏で戦争のお膳立てをした。

「感謝の言葉もありませぬ。開陽の坐礁と甲鉄艦の参戦がなければ、もっと長引きました」

山田はおごることなく、客観的な分析をした。

「ところで元浦賀奉行所与力だった中島三郎助殿の消息がわからぬかのう。若いころお世話になった方じゃ」

「榎本軍幹部の消息は心して確認させました。中島父子は戦死。それも榎本が降伏する二日前の最終戦で、不運極まりなく……」

山田は、玉砕《ぎょくさい》した千代ヶ岡陣屋で四十歳以上の守備隊長が死んでいたことを思い出した。

検視にあたり、中島父子を確認していた。

「中島殿は、ペリー来航時、真っ先にサスクェハンナ号に乗り込み、談判を試みた御仁じゃ。彼の役宅の物置に寝泊まりして、造船術や西洋兵法を学んだ懐かしい思い出がある。子供たちはまだ小さかったので、一緒に遊んだこともあったからのう」

木戸は思わず声を潤《うる》ませた。

「そうでしたか。日本人同士の戦は、これっきりにしたいものですのう」

「まことよのう」木戸は熱くあふれそうな思いをこらえた。

子どものころ肉親と死別した木戸にとって、斎藤父子とともに、家族の温もりを伝えてくれた人たちである。生きていたら、長男の恒太郎は二十一歳、次男の房次郎は十八歳になっていたはずだ。昨年、天皇に供奉し東京に着くと、木戸は中島一家の所在を探し求めた。

新潟奉行代理の田中慶太郎にも消息を確認したが、時すでに遅く、榎本艦隊に身を投じ、北へ去っていた。(面会がかなえられていたら、必死に説得し、維新の深意を伝えて、思い留まらせることができたのではないか。彼ほどの人物なら、新しい時代の先達として、きっと若者たちを導いてくれたにちがいない)木戸は、繰りごとのように胸中でつぶやき、悔しがった。

気をとりなおすと、戸籍頭《こせきかみ》になる田中光顕《みつあき》に頼み、中島の遺族の消息を探し求める。やがて中島ののこした妻子を探しだし、謝恩の心づけをし、娘お六をひきとって養女にする。

この日、伊藤と井上が来訪したので、何をなすべきか、優先順位をつけて話し合った。

「〈版籍奉還〉をまず成し遂げねばいけんのう」

木戸が第一優先に指定した。

「それはそうですのう。第二は財政の健全化ですか」

財政通の井上が持論をしゃべりたそうだった。

「いそがにゃならん。大隈もいるし、三人そろえば何とかなるじゃろう」

伊藤は、政策を推進する戦術に活路を見出そうとしていた。

「心配なのは兵制じゃのう。大村さんは集中砲火をあびちょるじゃろ」

木戸は、政局の焦点になりつつある、兵制問題を気にしていた。

「山田が箱館からもどって来たので、局面の打開は可能かもしれんが」

井上は兵部省内部の力関係を頭に入れていた。何しろ鳥羽・伏見戦争以来、山田には抜群の戦功があった。

しばらく議論をした後で、木戸は締めくくるように、現在、最も気になっていることを話し、井上と伊藤の協力を求めた。

「〈版籍奉還〉も世襲制をやめさせにゃ、何もならせんからのう」

大久保と岩倉が、島津久光を筆頭とする旧勢力と妥協して、知事の世襲制を認め、封建制度を維持しようとしていることが、最大の懸念だった。

六月四日、参朝すると、玉座の前に召され、参与を仰せつけられ、従四位下に叙せられた。木戸は昨秋来、拝辞してきたが、同列の諸氏は皆拝受するといい、足並みが乱れていた。

そうした木戸の姿勢が、岩倉・大久保には邪魔者として映りはじめたのだろう。版籍が奉還され、天皇による知藩事任命に切り替わると、次は国家の支柱となる国軍の整備が急がれる。夕方、軍務官副知事に任命された大村益次郎を訪ね、山田らにも会った。

やはり三人とも、兵制改革を急ぐ必要性を共有していた。別席にて木戸と大村は将来のことを話し合った。

「戦争からの復興や難民救済策が必要じゃろう」

「急がないけんですな」大村の言葉は二人の共通した

認識だった。

「兵制改革が問題ですな。木戸さんの留守中、袋叩きにあいましたぞ」

大村への包囲網はことのほか厳しく、大久保が圧力をかけているらしい。山県有朋を欧州視察に送り出したさい、木戸はそのことをきつく言いふくめておいた。

大村の軍政に関する構想は、第一段階で、三年間の暫定処置として現在の藩兵を利用する。

第二段階で、陸軍の中枢を大阪に置き、兵学校や造兵廠などを設け、国民皆兵の徴兵令をしき、全国の要地に鎮台を設けることにある。大村は、兵部大輔として、実質的な国軍創設に着手した。招魂場の建設と、招魂の儀式を行うことが、その前提になった。諸藩の兵を解散し、武器をすべて国軍の管理下におく必要があった。陸軍のみでなく、海軍もしかりである。大村の提案に賛同した木戸は、三条・岩倉両卿のみでなく、議定・参与たちにその趣旨を説明し、理解を求めた。六月四日に大村が招魂場建設の提案をし、同月二十九日に九段坂で招魂場開場の式典が開かれるまで、驚くほど順調に進んだ。

翌日、毛利元徳公の家督相続が決まったので、木戸は藩邸へ参上し、御隠居御家督継承がすんなりと運んだことへの御礼を言上した。その席で図らずも前原と会った。〈版籍奉還〉を目前にしても、まだ長州藩の狭い土俵の中で、古い人間関係に縛られていた。木戸への眼ざしに鋭い敵意を感じ、過去の封建制度と現在が、目まぐるしく回転しているような錯覚をおぼえた。

六月六日、長州藩重職の中村誠一と正木市太郎が木戸邸へ来訪。〈版籍奉還〉のつめをめぐり、藩側の意見を聞いておくことは、重要な手続きである。連れだって伊勢の寓へ行く。木戸は第三者の立ち合いを求めていたのだろう。中村は藩医の息子で、木戸より二歳年長である。明倫館で兵学を吉田松陰に、国学を近藤芳樹に学び、江戸へ出て安井息軒や水戸の会沢正志斎に学んだ後、萩に帰り政事堂に務めた。干城隊頭取から、明治新政府の御用所役・長州藩参政に進んだ人物である。この年(明治二年)に長州藩の権大参事に任じられ、杉孫七郎や正木市太郎らと藩政の中枢を担っていた。

毛利元徳公は〈版籍奉還〉についての良き理解者なのだが、藩内にはさまざまな考えの者たちがいて、藩論をまとめることは至難の業《わざ》にちがいない。ことに世襲制の廃止に関しては、藩の首脳たちにも抵抗があり、伊勢華の意見を聞きながら、木戸はとうとう一泊した。

六月八日、金札（太政官札）融通の事について毛利元徳公から不都合の書面を出してもらう。

これに対して、三条・岩倉両卿からも苦慮していることを、毛利公へ直接話されたそうだ。

その事を木戸は長州藩首脳の中村、杉、正木に話した。

「太政官札の運用はどうやら失敗に終わりそうだ」

と付け加えることも忘れなかった。

今朝、山田市之允と品川弥二郎が来て、時局を痛歎した。

「このままでは、戊辰戦争に勝利した側にも、敗北した側にも不満だけが残り、何のための維新だったのか、その意義を問われかねないですね」

品川は客観的にご一新を見ていた。

「帰還兵のことが心配ですのう」

山田は箱館戦争を終結させた指揮官として、部下たちの戦功に報いたいと考えていた。

「最近は長州藩内の問題も多くなっているからのう。どうすればええのか、先立つものがどうしても足りんのじゃ」木戸は、正直に手のうちを見せた。

翌日、岩倉卿の側近山中静逸翁が来訪し、〈版籍奉還〉の勅許がえられそうだとのことだ。

午後、伊藤俊輔と鳥尾小弥太が来訪。勅許についての情報を伝え、不測の事態についての対応を話し合った。叛乱の動きが皆無とは、まだ言い切れない時代である。

次の日、井上聞多と広沢真臣が来訪し語り合った。井上が木戸の考えを伝え、長州の藩論をまとめようとしていた。

「木戸さん、知事の世襲を認めなければ、殿は一代限りとなるが、貴公はそれでもよしとするのか」井上から、木戸の考えを伝えられていた広沢は世襲廃止を危惧した。

「雄藩割拠の時代を終わらせにゃならんじゃろ。元徳公は名君じゃし、次の代もお願いしたいくらいじゃ。しかし、薩摩やその他が同じとは限らん。むしろ、適材適所で人材を配置すべきではないかのう。世襲を認めれば、幕藩体制と何も変わりはせん。いつかまた内戦が起き、薩摩幕府や徳川幕府が衣替えして現れるにちがいない」

〈版籍奉還〉では世襲制を認めないことを木戸は念押しする。井上は理解を示したが、広沢には毛利家の立場を危惧する気持ちが強く、当時としては、無理からぬ感情である。木戸は〈版籍奉還〉に留まらず、廃藩し郡県制の地方自治を導入する革命を胸に秘めたままだった。

この日、広沢と共に参朝し、木戸ははじめて板垣退助と面会する。板垣は、武田信玄の重臣板垣信方を祖とし、後藤象二郎とは竹馬の友だという。木戸は、坂本龍馬の手紙による紹介で、乾姓だった退助の存在を知った。

土佐藩の上士としては珍しく一貫して武力討幕を主張した。戊辰戦争では東山道先鋒総督府参謀として指揮し、岩倉具視の助言で先祖の板垣姓を名乗り、甲府攻めで近藤勇の新撰組を撃破した。江戸攻めでも、旧武田家臣が多く召し抱えられた八王子千人同心の懐柔もした。

東北戦線では、三春藩を無血開城させ、二本松・仙台・会津藩攻略に貢献し、大村・西郷らと共に、賞典禄一千石を賜った。木戸、西郷、大隈らと参与に任じられ、会津藩の名誉回復にも貢献していた。だが、参与の中でも土佐の板垣と後藤が、郡県制に踏み切れないでいた。後年、板垣は自由民権運動の指導者のごとくに振る舞うが、少なくとも当時は、守旧派にすぎなかった。同じ土佐の佐々木高行の板垣評が残されている。

『一体、板垣は階級を主張し、圧政家にて、今日にても封建の念を放れざるの傾きあり。』

また後藤は、経済活動に軸足を移しつつあり、藩を消滅させてでも改革を断行するほどの志は見えなかった。〈版籍奉還〉ですら廟議決定できないことに、木戸は思い悩み、眠れぬ夜をすごす。

この日、議論の続く榎本武揚以下箱館戦争の首謀者の処置について、評議が行われた。

天皇から参謀などへ御下問があった。木戸は、蝦夷地に新しい国を建設するという榎本らの理想を全否定する気持ちはない。だが、京都の公卿を巻き込んだ大掛りな陰謀や、徳川慶喜の謹慎にもかかわらず、多くの有為の士を戦乱に巻き込んだ罪は、やはりそれなりに償うべきかと思う。木戸にとって、恩師の一人と敬愛する中島三郎助と二人の子息が壮烈な戦死を選んだのに、榎本らが罪を負わないのは理不尽《りふじん》に思われる。

降伏人の一人永井尚志にしろ、〈禁門の変〉後、第一次長州征討軍は、長州の三家老をはじめ、藩首脳を処刑させていた。

その長州を代表する立場上、個人的な温情を殺してでも、無罪放免を口にすることは困難だった。蝦夷地で決起するには、それ相応の覚悟をしていたはずである。木戸は、慶喜の助命も支持したし、重罪を課すことを望まなかったが、武士としての義を尊重したかった。

〈有為の若者たちを戦死させてしまった責任は、重いものがある。真の武士ならば、すでに自裁していたにちがいない〉木戸は無用な流血は望まないが、責任の所在は明確にしておきたかった。それは医師であった父和田昌景の遺訓でもある。

藩邸へうかがうと、毛利元徳公は水戸・松浦二侯を招かれ、広沢も同席する中、建設的な談話を聞くことができた。水戸民部侯は慶喜の異母弟徳川昭武のことで、パリ万国博覧会へ幕府親善使節として渡欧し、その後パリで留学生活を送った。木戸が会ったこの日、まだ十七歳の聡明な青年で、日本の将来を頼むべき望みを抱かせた。当時の随員には栗本鋤雲《じょうん》、田辺太一、渋沢栄一、高松凌雲《りょううん》など優秀な人材がいて、木戸は新政府への参加を勧める。


すでに昌平黌《しょうへいこう》を改めて大学校とし、開成校と医学校を置くことが定まっていた。

さらに、最初の留学渡航免状が医師の佐藤進に下され、六月二十日ころ横浜からドイツへ出発することになっていた。ちなみに、留学を終えた外科医佐藤進は、順天堂院長として明治の日本医学を主導する。

六月十一日夕刻、築地に伊藤博文を訪ね、一泊した。伊藤は、〈版籍奉還〉後、藩主に西欧のような爵位《しゃくい》と俸禄《ほうろく》を与え、貴族に列し上院議員にすることを提案していた。この案は後に具体化する。木戸は、〈廃藩置県〉を目標にしていたため、どうしても藩知事の世襲制には反対だった。この日、大隈重信に招かれていたが、都合がつかず会えなかった。大隈は、昨年十二月に外国官副知事に任命され、今年二月に幕臣の娘三枝綾子《さえぐさ》と再婚していた。

翌日の会議では、参与の大久保利通と副島種臣を中心に、藩主をそのまま知藩事にして、世襲を認める案に押し切られた。昼ころ大隈が訪ねてきたので、洋食を食べながら談話した。

「歳入不足が続き、国債の積み増しをしなければ、赤字財政ですな」

大隈は逼迫《ひっぱく》する国の財政について話した。

「どうにかして税収を増やす必要があるじゃろう」

「秩禄を確保するだけでも大変ですな」

大隈は、会計官副知事を兼務し、事実上、財政を取り仕切っていた。

「新しい知事の禄を決める必要があるが、どうしたものかのう。高禄のままでは民から批難をあびるじゃろう。これは難しい判断を伴うのう」

一つ間違えば、全国的な非難を浴び、藩主たちの反撃にあう可能性がある。

木戸や大隈は、旧藩の石高の二十分の一を提案したが、井上聞多が鋭く小藩を継承する知事の財政困難を指摘し、十分の一に修正提案をし、採択される。木戸は、大村と伊藤へ書簡を投じていた。世襲制を阻止できなかったことを『痛歎無限』の次第と書き送り、引き続き大久保や黒田に働きかけるように求めた。午後、大村が来て語り合ったが、不満が多くたまっているようだった。夜、後藤象二郎を訪ね、知事の世襲制を阻止できなかった木戸は、参与を辞職するつもりで相談した。その夜、木戸は昂《たかぶ》る気持ちを日記に記す。


『慨《がい》歎《たん》深夜に至り、眼を閉じるにあたわず也』と憂国の情を抑えきれなかった。

（このままでは徳川幕府の名義変更に終わる。御一新を夢みて血を流した人々を見殺しにしてよいのか）木戸は、自らの無気力を叱咤《しった》しなければならなかった。

同じ日、岩倉卿もさすがに遅延が気になり、三条卿へ書簡を投じた。

『版籍返上知藩事仰せつけられるの儀、（中略）かくのごとくいたずらに遅延候ては、列藩の向背にもかかはり如何につき、断然十七日より御用召、知藩事仰せつけられ候事に御決これありたく、』と訴えた。

翌日、睡眠不足の木戸は体調不良で終日臥床《がしょう》してしまった。木戸の挫折を重く見た長州の同志は、黙って引き下がりはしなかった。伊藤は会計官権判事、井上は造幣局知事の辞表を提出していた。夕刻、伊藤博文が来て慷慨《こうがい》することしきりで、辞表提出の話をした。

「ぼくも井上も、頭にきましたのう。我慢もこれまでですのう。尻まくりの覚悟で辞表を提出しました」木戸が不在だった東京で、開明派への風あたりが強くなっているようだ。

木戸・井上・伊藤の辞意表明に驚いた岩倉卿と大久

保は、説得と妥協の働きかけをする。

伊勢がしきり木戸の来邸を乞うので、六時過ぎに訪れると、しばらくして岩倉卿が訪ねてきた。伊勢を間に使ったのは、岩倉卿らしいやり方である。そうした策士の下心を木戸は好まず、岩倉卿への不満は爆発寸前で、すぐに帰ろうとした。が、伊勢からしきりに説得され、終に夜中の二時ころまで話しこんだ。岩倉卿には、木戸と親しい名和緩が従っていた。

「相輔公には、昨日ご決断をうながした。安心なされよ」

岩倉卿は自信ありげに説得するが、木戸は肝心の内容を確かめておきたかった。

「お上、お言葉を返すようでござりまするが、世襲の件はいかがなされるおつもりで」

「おう、それはその……。難しいことよのう」と生半可《なまはんか》な答えで、「世襲はだめかのう」と、逆に切りかえされる。

「世襲を許せば、元の木阿弥《もくあみ》になりましょうぞ。官僚の腐敗を生み、政事は停滞するのみでござりましょう」

「そうかのう。人徳ある者を選任してもだめかのう」

「人はそれほど正しく強いものばかりではござりますまい。利権がからめば、欲得に目がくらみましょう。旧藩主のすべてが名君ならばいざ知らず、ましてや世襲となれば、役職名の改めにすぎませぬ」

岩倉卿はしばらく考えこんで、

「うむ、わかった。そこもとの言われるのが正しいかも知れぬ。世襲はやめておこう」

ようやく岩倉卿が妥協したのである。しかし、妥協に応じなかった木戸に対して、腹に一物を蔵してしまった。このことが、七月の木戸追い落とし謀略の伏線となった。

明察な木戸は、その時点で一言も〈廃藩置県〉について語らず、感謝の気持ちを述べた。

ともかく岩倉卿は決断し、翌日、大久保と副島に会って胸中を語った。

次の日、大久保が来て、政事のことを、大島が来訪し朝鮮のことをそれぞれ話す。

岩倉と大久保は一体である。彼らは思うがままに決めようとしているらしい。

木戸の意志が固いことを知り、紆余曲折《うよきょくせつ》の末、「世襲」の二字を除くことになる。

六月十七日、木戸は病のため終日在宅する。この日、薩長土肥四藩主の〈版籍奉還〉の奏請が勅許された。

その後、四藩にならう形で、六月中旬までに、諸藩の〈版籍奉還〉が続いた。

旧藩主二百六十二人をもって知藩事に任命し、公卿・諸侯の称を廃して華族とした。

後藤象二郎が来訪し、知藩事関係の懸案を話し合う。知藩事の家禄を定め、旧封土の実収の十分の一を支給し、その一門および旧臣下をことごとく士族とし、その禄制度を定めることにする。江戸期の士農工商のうち、農工商は平民とし、この区分は昭和まで続く。

晩《おそ》くに門脇五位が来訪し、弾正台の関係を論じた。律令体制時代の監察・警察機構を復古するという。（岩倉卿がこだわっているようだが、警察機構の強化は大久保の狙うところにちがいない）井伊大老の安政の大獄を体験している木戸には、警察国家への危惧があった。

巡察などに過激攘夷派を採用するなど、問題を抱えて発足し、この年秋の大村益次郎襲撃事件など、不穏な政情に関係する。

徳大寺卿もきて、知藩事に関する件を議論する。

「世襲制を認める意見が蒸し返されておじゃる。このままでは、そなたが孤立する可能性が高く、心配でならぬ」

「お心遣いのほど、かたじけなく拝聴いたします」表向き木戸は感謝したが、内心では、（これは、脅しにほかならない）と、政府中枢の空気を厳しく受け止めた。

夜、知事の世襲制について広沢と相談するため訪ねた。木戸は、知藩事の世襲を禁止しようと考えていたが、反対意見が優勢で孤立していた。せめて広沢だけでもと思ったが、彼も存外に保守的だった。

「木戸さんの理想はようわかっちょる。しかし、岩倉卿や大久保さんをはじめとして、皆、妥協しはじめちょるしのう」

「そうか、無理なのかのう。じゃが、一度決めてしまうと、それを改めるには数年かかる。その間に守旧派が息を吹き返し、ご一新は無残なものになりはせぬか」

木戸にとって、広沢の協力さえあれば、長州の総意として論争できると期待していた。だが、広沢までも岩倉卿と大久保にとりこまれそうな気配を感じた。木戸は形式的な〈版籍奉還〉案との妥協を迫られていたのである。


梅雨が明けたのに湿ったままの木戸邸の緑陰に、一条の陽光がさしこんだ。

六月十八日（陽暦七月二十六日）のことである。山城屋和助から書簡が来て、『昨日朝、ご内儀ら一家をあげて横浜到着』との知らせが届いた。目を走らせると、『本日五時ころ東京着』と記されていた。

木戸は濡れ縁から立ち上がると、庭の木々に向かってもろ手を挙げ大きく背伸びをした。

「お松」大声で叫びそうになり、ようやく喉元で抑えこんだ。番町の屋敷が一晩でがらりと彩りを変えた。人々の声が明るくなり、暮らしの音が生き生きと甦った。（これで男やもめの苦しみから脱け出すことができそうだ）四境戦争以来、ようやく落ち着いた家庭生活を始められそうな錯覚があった。

六月二十日、対馬藩の大島が来訪し、対馬・朝鮮の情勢を語り合った。

「噂では版籍がお上に奉還されるとのこと、どうなるのじゃろうか。対馬はちょっと事情がこみいっておるからのう」

大島の心配も無理からぬことで、木戸がもっともよく理解していた。

「確かにのう。知事は宗の殿様に引き継がれるとして、参事や権参事の人事が重要になろう」

「それでも、政府が直接、朝鮮外交を仕切れば、我らの立場はなくなりはせんかのう」

「意思の疎通を欠かさぬことが大事になる。いずれにしても、国交の回復が先決で、国と国の外交交渉になるからのう」

「ペリーが日本で、徳川幕府が李王朝ということか」

「そこまでの力関係はないから、逆に戦になりやすい」

「そうか、朝鮮の出方しだいというわけじゃな」

「摩擦の緩衝役を、貴藩が買ってでるべきじゃろう」

木戸の言葉になっとくしたのか、大島は大きく二度ほどうなずいた。

この日、木戸は三田聖坂《ひじりざか》のイギリス公使館を訪れ、公使パークスと面会。大島の来訪を受け、朝鮮外交の隠れた主役と木戸が目すイギリスの考えを確かめるためだった。冒頭、箱館戦争での支援を心から感謝した。永世中立の開戦前解除や、輸送船の斡旋など、具体的な事例にまで触れたので、パークス公使は満足そうだった。本題の朝鮮の鎖国について、イギリスの立場をたずねた。

朝鮮の宗主国は清王朝で、今やイギリスの傀儡《かいらい》政権にも等しい。必然的に、イギリスは朝鮮の権益にも興味を示していた。ことに、北から南進を企てるロシアをイギリスは仮想敵国にしていた。確かに、中国北東部から朝鮮半島にかけて、隙あらば南進せんと狙っていた。

パークスとの会談には、しばしばロシアの影がちらつき、日英同盟の必要性さえうかがわせた。さらに、南北戦争を終結させたアメリカの極東進出についても、警戒していた。アメリカはイギリスと戦って独立を勝ちえた新興国である。

木戸は、日本が自国の島々から少しでも頭を出せば、イギリスをはじめとした列強が口出ししてくる気配を感じとっていた。公使館で、はからずもミットフォードに会い、彼らと昼食を共にした。三時前より、再びパークスと〈版籍奉還〉など、日本の内政問題を談論する。

極論すれば、日本の政治制度改革よりも、貿易の妨げになる内乱や治安悪化を優先課題に考えている印象を強く受けた。（公使よりも、サトウやミットフォードの方が、親身になって日本の近代化を考えてくれている）木戸は、そう思いながら、カップに残った少し苦いコーヒーを飲みほした。

夜七時ころ帰り、杉・正木・中村・宍戸ら長州藩首脳と〈版籍奉還〉後の問題について話しあった。予想どおり異論が続出し、深夜に至ったため皆が木戸邸に一泊した。この合議こそ、長州の団結を高める力の源泉であることを、誰よりも木戸が熟知していた。

東京に来て間もない松子は、女中たちを上手に動かし、客人の接待をこなした。

（船旅の疲れもまだとれていないのに健気なことだ）

そう思いながら、眠りにつく前、

「お松ありがとう」と、ねぎらいの言葉をかけた。

すると松子は嬉しそうにうなずき、

「あんさん、お疲れやしたな」

と、木戸の胸に頬をすりよせた。

翌朝、井上と鳥尾が加わり、一同と朝餉《あさげ》を囲んでひとしきり語りあった。

井上は通商司兼務を命じられ、大阪府在勤となり、六月末に横浜を発つ。彼らは口々に松子へ礼を言いながら、熱した風のように去って行った。

第七章 謀略

一

〈版籍奉還〉の進行にともない、統一国家として兵制確定のための会議が開かれた。

明治二年六月末のことである。

大久保と大村はこの会議で、薩長土三藩精兵の処理をめぐって激突した。維新の目的から兵制問題をとらえようとする木戸・大村に対し、大久保は腹心の吉井友実を加え、改革の手順として現実路線を主張する。

大村案では、年限五年の徴兵制により、藩兵も再吸収し、農民兵を募《つの》り、政府の管轄《かんかつ》にするのが骨子だった。給料の半分ないし三分の二を政府が貯金しておき、除隊のさいに退職金として支払う構想である。五年間の兵制であれば、政府の経済的負担は、終身雇用の武士階級存続より、格段に減らすことができる。

これに対して、薩摩藩は江戸時代を通じて武士の数が他藩より圧倒的に多く、その内容も兵農兼務の者が外城士《とじょうし》として半数近くを占めていた。だが、水田の耕地面積比率が低く、農業収入だけでは暮らせない。藩兵としての支給は、少ないが補助金に相当していた。もし武士階級を無用として廃止すれば、薩摩藩全体が決起しかねない。

極論すれば、大村は「農民兵」を主力とし、大久保は「士族軍」の存続を必須としていた。

つまり、木戸・大村は封建制の打破であり、大久保は薩摩藩の権益優先だった。

背景には、薩摩の国元からの激しい突き上げがあり、木戸は、大久保の苦しい立場も察して妥協する。結果的には、大久保が押し切り、旧征討軍の東京移動が決まった。国費で養うことのできる薩摩藩中心の旧征討軍温存を、優先せざるをえなかった。

六月二十三日、山中静逸が来て、奥羽諸藩の〈版籍奉還〉とその後の問題を語った。

「敗戦処理に苦しむ奥羽諸藩は、〈版籍奉還〉を高みの見物で見ておりますぞ」

「それはまたどうしてじゃろう」

「藩の債務を放棄できぬかと、機会をうかがっているようで」

「なるほど、それは長州藩でも同じこと」

木戸は普遍的な問題として話を続け、

「豪商や大庄屋には、莫大な借りがある」

藩の実情を告げた。

「藩の首脳は、支払いを先延べし、藩士を養うだけでも大変ですな」山中も顔を曇らせる。

「もし、この秋、冷害などで収穫が減れば、飢饉《ききん》のおそれもあるということじゃないかのう」

「十分考えられますぞ」

「会津を斗南《となみ》に移した場合、食っていけるのじゃろうか」

会津藩を改易するだけでは悲劇が続き、再興を許した際の替地として、旧藩首脳は猪苗代ではなく斗南を選択した。

「種を蒔いても収穫は来年。この冬が心配ですな」

「備蓄米がいるのう」悪い予感がして木戸は心配した。

「頭の痛いことばかりで」

「北の海は漁場に恵まれているとか、松浦武四郎に聴いたことがある。漁師を援けにゃならぬのう」木戸は斗南の農業が困難な場合、別途の漁業などに活路を見出してほしかった。

青森特産のリンゴ栽培が始まるのはまだ数年後のことである。二人は明るい話題を見つけようとするが、東北もまた深刻になっていた。ちなみに、松浦が建言した蝦夷地を北海道と呼ぶ行政区分は、この年八月に「北海道」と正式に改称される。

一時過ぎに参朝し、兵制論・朝鮮問題などを話し合った。木戸はつとめて持論を述べたが、異なる方向へ流され遺憾《いかん》に思う。病気で心身が衰弱しているためか、思うようにいかない。

翌日、雨の中を斎藤篤信翁（初代斎藤弥九郎）が木戸を訪ね、しばし歓談した。

「武士の世が終わりに近づいているように思います」

木戸は率直な感想を口にした。

「それでよいのじゃ。ただのう、士魂というか、武士道というか、これはまことの大和魂じゃ。心の髄まで腐らせてはいかんのう」

篤信翁は、木戸の考えに理解を示した。

「礼に始まり礼に終わるでござりましょうや」

「言葉だけではだめじゃ。身体にたたきこんだものは、そうそう崩れはせぬ」

「西洋かぶれと、皮肉られることがありますが」

「世の中、すべての人の口を封じることはできぬものじゃ。言いたいものには、言わせておけばよい。自らの信念だけは忘れなさるな。儂《わし》は迷うことがあると、銘刀を抜いて陽光にあててみる。日本刀には武士の士魂が宿っている。美しく優しい光をたたえていて、殺気は微塵《みじん》もない」篤信翁は昔と変わらず淡々と語った。

「ありがとうございます」木戸は思わず礼をいった。

別れ際、篤信翁は、練兵館を閉鎖する時がやがて来ると、覚悟を話してくれた。

井上聞多も、明日から横浜より大阪へ行くとのことで挨拶に来た。

昨日、木戸は彼に書簡を送り、前途の憂いを述べていたので、そのことについて意見の交換をした。井上は、木戸の性格を熟知していて、上手な聞き役をつとめる。

「〈版籍奉還〉で世襲制が認められれば、参与を辞すつもりじゃった。しかし、やり残したことも山ほどあるしのう」

「土佐や佐賀とも協力してくれませんか。薩長のみで角をつき合わせても徒労に終わる」

井上は世慣れた政治家に成長していた。

「もちろんじゃ。それにのう、旧幕臣に出仕をしてもらうつもりじゃ」

「噂では岩倉卿が政体改革を準備中とか」

「まだ正式な相談はない。陰《かげ》でうごめいている気配はあるが、出方を見ておくつもりじゃ」

木戸はまだ深刻な政局を予測しないまま参朝し、兵制について議論した。

大村は四民平等の創軍を主張していたが、大久保は薩摩中心の献兵を考えていた。

(国の前途を思えば、漸進するしかないのだろうか)

木戸としても、薩長の関係をこれ以上険悪にすることは、避けなければならなかった。

帰朝の途中、大村を訪ね、時勢に妥協しても、前途の目的は失わないように論じ合った。

伊藤博文にも兵制で妥協に至った経緯を話し、理解を求めた。近代化政策に圧力をかけられる大隈の苦労なども、伊藤から伝え聞く。〈版籍奉還〉をめぐって、木戸は伊藤の新しい国家像が理解でき、信頼関係を深めていく。大隈とも、国家財政に関し、健全な会計維持の策をつくすべきだと話した。

その日、木戸は武蔵県知事河瀬秀治《ひでじ》のもとへ従者の岡朝二郎をつかわした。武蔵県は明治二年に武蔵国内の旧幕府領・旗本領の管轄のために設置された。初代武蔵県（明治三年小菅県に改称する）知事の河瀬秀治は、宮津藩士で文久年間から尊皇攘夷運動に参加し、木戸とも旧知の関係にあった。河瀬の妻は、幾松時代の松子の妹芸妓玉松であり、義兄弟の関係にある。宮津藩は鳥羽伏見の戦いで旧幕府軍として戦い、西園寺公望総督率いる山陰道鎮撫軍の攻撃対象になった。この危機に際し、河瀬は藩論を新政府恭順にまとめ、西園寺総督と会見し、藩主本庄宗武の罪を不問にした。今年（明治二年）新政府に出仕すると、早速、木戸らの推薦で武蔵県知事に任命された。小菅は地勢上、東京防衛の要所にあり、その重要性から抜擢《ばってき》された人事でもある。〈版籍奉還〉後も任に留まるように、木戸は連絡した。

次の日、三条卿より内々お話があった案件につき、広沢へ連絡をしていたところ、訪ねて来たので時事を話し合った。

「長州を分断する企てがあるらしい。たとえ意見が異なったとしても、同志の誓いは変わらぬので、信念をもって事にあたったほしい」

木戸は、七月の初旬に大きな政体改革が発表されることを、三条卿より内示されていた。

「木戸さん、わかっちょる。内輪どうしで争わせ、漁夫の利を得るのは誰と誰か、騙《だま》されたふりをするかもしれんが、信じてくれんかのう」

「信じちょるよ。心配は前原じゃ。一本気なだけに、操られるかもしれん。高杉が生きていてくれたらのう。このごろ、よく晋作の夢を見る」

木戸は、健康を害していて、ボードウィンが助言してくれた安静の必要性を熟知していながら、現実は過労の積み重ねになっていた。夕刻、毛利公より書簡をいただく。〈版籍奉還〉により毛利家が甚大な不利をこうむるにもかかわらず、率先して諸侯を導いたことへ、木戸が感謝を述べたことへの返礼だった。気付け薬のように、木戸の励ましになった。

六月二十六日、昨夜半よりひどい下痢で衰弱し、福井順道の来診を受けた。消化器系が弱いのは、少年時代からで、木戸の命を奪う消化器癌は大腸癌だった可能性もある。一般論としては、冷蔵庫のない明治初期の衛生状況は極めて悪く、多くの人が細菌性の下痢を患っていた。ただ、木戸のように、きっちり日記に記さなかっただけのことだろう。木戸の結核発症が心配されていた時期なのだが、経過から推察して、腸結核ではなかったと考えられる。

それにしても松子は、木戸の看病と客人の接待で、日々が大変である。早起きして、粥《かゆ》をつくり、梅干をほぐしてのせ、江戸前の海苔《のり》を焼いて小皿に添えた。青海苔があれば、せいろで炒《い》ってふりかけを作るのだが、あいにく切らしていた。

「青海苔の香は萩を思い出す」と木戸は口癖《くちぐせ》に言った。

おかずは、木戸の好きな豆腐の味噌汁など、お腹にやさしい料理にした。野菜は大根の摺《す》りおろしに、熟した白桃《はくとう》の切りみを別の小皿によそおってみた。

「迷惑をかけるのう」

木戸は、桂小五郎時代のように恐縮しながら、嬉しそうに口に運んだ。

夜、新婚の井上新一郎が妻を伴って来邸した。一家を挙げて宴を開きもてなしたが、木戸は声をかけるだけで離床できなかった。だが、木戸の場合、いつまでも静かに寝ていることなど、不可能に近い。招魂場建立のため、九段坂の町家に立ち退きの沙汰があり、町家をあげて歎訴に来た。木戸は病を隠して、広間に代表者を通し陳情を聞いた。

「木戸さま、なんぼなんでも、この度の立ち退き命令は、合点がいきません。棲家を追われる貧しいものの身にもなっておくんなさい」

「えっ、それは初耳じゃ。誰が命じたかは、わからぬが、善処するゆえ、今日のところは、引き取ってくれんか」

「まことで、ございましょうな。天子さまのご意向とは、とても思えませんからのう」

「天子さまは、無慈悲を好まれぬ。よいか、騒動を起こさず待っておくべきじゃぞ」

木戸は住民に同情し、日記に記す。

『その情実、実に忍ばずなり。かつてこれらの事件は大村と議論し、庶人の困苦を厭《いと》いしに、あにはからずの事につき、事実はかならず違いあらんと思い、大村に尋ね、立ち除きの事を止告せんと欲し、彼らをして安堵《あんど》せしむ。』住民を犠牲にするなど、許せぬことだった。

翌日も木戸は終日在宅して療養する。このころ木戸は、全身に倦怠感《けんたいかん》があり、春から疑っていた結核感染を強く意識するようになっていた。当時はまだ、原因不明の死病として恐れられていたが、感染力のある病気であることは、経験的に知られていた。喀血した高杉晋作や御堀耕介は、隔離の必要な開放性結核である。彼らと親しく接してきた木戸は、高い確率で結核に感染する危険にさらされた。しかし結核菌に感染しても、発症するとは限らず、過労や低栄養などが発病を助長する。これまでの数年間、木戸の生活はあまりにも不健康すぎたのではなかろうか。体調を崩した木戸は、十日近く参朝できずに過ごす。

心配した東久世卿が見舞いに訪れ、激励された。

そうした日々にあっても、斎藤翁の周旋で相州貞宗の短刀を買った。貞宗は名工正宗の子で、鎌倉時代末期の刀工として高名である。作品は無銘であるが、正宗の風を継いだ沸《にえ》の美しさは抜群である。木戸は、日本刀が武器を超越して、国宝になりうる美術工芸品だと信じていた。購入するのは、半分が美術工芸の保護のため、半分は斎藤家の経済援助のためだった。武家社会が崩れようとする時代を反映し、剣術の道場はいずこも門弟が激減していた。

慶応義塾のような勉学のための塾が盛んになり、やがて専門学校や大学へ成長する芽生えの時節でもあった。

六月二十八日、当世第一の名医といわれる伊東典薬（方成）の往診を受けた。東久世卿に往診を依頼されたらしい。伊東方成は伊東玄朴の象先堂《しょうせんどう》で学び、人物を認められ養嗣子《ようしし》となった医師である。診察が終わり、松子が準備した手洗いで清潔を保つと、新しい手ぬぐいでふきとった。その仕草を見ながら、木戸は父和田昌景の診療を思い出していた。

「実は私の父も、蘭方の外科と眼科の医師でした」

「おう、そうでございましたか。それでは青木先生もご懇意で」

「裏庭が続いていまして、悪ガキのころは迷惑ばかりでしたが」

「それは、それは。医道を継がれずでしたか」

「不思議な糸で手繰られているような半生でした」

木戸が斎藤道場に入門し、江川英龍の知遇を得た話や、大村益次郎との出会いを話すと、親近感が一気に増した。松子の運んだ薄茶をふくしながら、伊東方成も自ら来し方を教えた。

木戸より一歳年下で、相模原の出身である。奥医師見習いのとき幕命で長崎へ留学し、長崎養生所でポンペから西洋医学を学んだ。同じころ、順天堂の佐藤尚中や適塾塾頭の長与専斎が学んでいた。文久二年、幕府の留学生として、榎本釜次郎、林研海（松本良順の甥・のちの林紀《つな》・二代目軍医総監）らとともに、オランダのユトレヒト軍医学校で学んだとのことである。軍艦操練所からは、その他にも沢太郎左エ門、赤松大三郎（則良）、内田恒次郎（正雄）、田口修平が、蕃書調所から津田真一郎（真道）、西周助（周《あまね》）が派遣された。当初、幕府は留学と軍艦製造を米国に依頼したが、南北戦争中で断られ、オランダに変更した。

「ひと月前、大坂でボードウィン先生の診察を受け、海浜での療養を勧められました」

「それは奇遇ですのう。ボードウィン先生は、本邦医学の恩人ですぞ」

そういう伊東方成は、慶応四年末に帰国し、日本に初めての眼球模型を持ち帰った。

木戸の父和田昌景が眼科を専門にしていたことを知ると、大いに通じあうものがあった。

昨年帰国したばかりで、オランダをはじめ、欧州の近代医学が急速に進歩し、とくにドイツ医学の実力については、実例をあげて話してくれた。

木戸への処方内容は不明であるが、慢性下痢に対して〈アヘンチンキ・ホミカチンキ・クミチンキ・ハッカ・水〉の処方箋《しょほうせん》が残っている。幕末にもアヘンチンキは用いられ、ポンペのコレラ処方にも使用されている。

帰国後、玄朴から家督を継ぎ、伊東方成として大学中博士から大典医に任ぜられていたが、再度ドイツへ留学したいと希望をもらした。

木戸は、大学医学校をイギリス医学にするかオランダ医学にするか迷っていたが、第三の道としてドイツ医学に興味を抱く。折から医学校及び大病院の人事で、イギリスのウィリスにするか、オランダのボードウィンにするかでもめていたので、ドイツ医学選択の価値はあると思うようになっていた。

また、それとなく榎本武揚の助命を嘆願され、学友として方成の見た榎本の人物像に興味を覚え、木戸はその処分を再考しはじめる。少なくとも死罪には反対するつもりだった。

伊東方成自身も、翌明治三年から七年までドイツへ再留学する。その間、岩倉使節団副使として欧州視察中の木戸と再会する。この日が、二人にとって最初の出会いになった。

朝、大阪の造幣寮に出仕する斎藤篤信翁が告別に来てくれ、木戸の病を心配した。福井順道も往診し、木戸を励ました。

六月二十九日、九段の歩兵屯所において、戊辰戦争の戦死者を祀《まつ》る招魂場が開場した。後の靖国《やすくに》神社である。早朝から儀式の発砲が数刻にわたって聞こえた。

次の日朝、三条卿より御使いが来たので、明日は参官することを承諾した。

かつて岩倉卿より黄物（小判）の御相談があったのを思い出し、忠助に納めさせた。岩倉卿には、鍋島閑《かん》叟《そう》侯からも援助の噂があり、その家政に不足のものがあるのか、気がかりになる。清濁あわせ呑む器量人でもあるが、木戸には三条卿のように信頼できない。

夜、大阪造幣局への出立を控えた斎藤翁を訪ねた。告別もかねていたが、懐旧談などつきせぬ話をうかがった。斎藤翁は、天保期からの歴史の生き証人である。（接した人脈は満天の星座の感がある）誇張でなく実感だった。暗くなって帰宅したが、新太郎（五郎之助）が送ってくれた。治安が万全でないことを、斎藤翁は知りぬいていた。

兵制改革会議の結果、憤懣《ふんまん》をつのらせた大村は辞表を提出する。一方、勝利した大久保は、七月一日に、岩倉卿へ人事の刷新を進言した。これに対して、岩倉卿は大村の後任として板垣退助を後任に据える考えを打診。抗議すべく、木戸は三条卿へ面会を求めたが、早参仕のため会えない旨、断りが入った。（大久保・岩倉の人事に反対することを見越しての、逃げではなかったろうか）味方として信頼してきた三条卿の変り身に、寂しさを覚えた。

都合よく広沢と大村が木戸邸へ来訪した。広沢は藩邸へ、大村は招魂場へ行く途中で、道すがら木戸は大村を慰留した。木戸は藩邸へ行き、毛利元徳公に拝謁した。しばらく閑談があり、茶菓をいただき、御手より金子《きんす》を賜った。御納戸において直垂烏帽子《ひたたれえぼし》と金子五両をいただいた。

「木戸、引いてはならぬ」暗黙の叱咤《しった》である。参朝のためのお心遣いと激励を有難く思う。

この日、橋市が訪ねて来たので、長義《おさよし》の短刀を渡し、鞘や柄《つか》の仕立てをたくした。長義は、南北朝時代の備前長船《おさふね》の刀工で、正宗十哲の一人に数えられる名工だ。

伊勢も来たので、小酌でもてなし、燈下で囲碁を愉しみ、二人とも一泊した。

七月二日、木戸は大村と伊勢と連れだって招魂場に行き、相撲を見物した。偶然、横浜にいるはずの長州藩書生たちに会った。幕末から箱館戦争にいたるまでの激動の時代に命を捧げた戦友へ、哀悼《あいとう》の意を捧げようとしていた。

夕刻、大久保を訪ねたが不在だった。病のため政治の場から遠ざかっていたので、それなりのお詫びをするつもりだったが、なぜか屋敷そのものから、近寄りがたい雰囲気《ふんいき》を感じてしまう。まさか大久保と岩倉卿が、木戸追放のクーデターを意図しているとは、思ってもみなかった。彼らは、木戸の長期療養中、官制改革と自派による政権構想を練っていた。

翌日、木戸が久しぶりに参朝すると、岩倉卿から政体変革と人選の事を聴くことになる。

「前原彦太郎を大久保が参議に推薦《すいせん》したのやが、どのような人物やろか」

そらぞらしくも、岩倉卿は形ばかりの質問をしてきた。

「なかなかの人物です。しかし実務は大隈の方が」

決定ずみの人事をくつがえせるとも思わず、木戸はその場かぎりの提案をした。

「そうか、考えておこう。それともうひとつ、大村にはしばらく休養してもらい、板垣を登用してはどうやろか。戊辰《ぼしん》の役では武功もあるしのう」

ここにきて木戸は、岩倉卿・大久保の謀略を完全に読み切っていたが、あえて反撃せず、傍観しようと思った。前原は、木戸の郡県制導入に反対している人物である。

岩倉卿には、木戸に辞めるよう肩たたきしているような傲慢《ごうまん》さがあった。その他にも、木戸の意見と異なることが多かったが、不在の身で自己主張するのはおこがましく、しいて抗論することなく退出する。

(理由はただ一つ、御一新の大業を成就させ、日本を近代国家に生まれ変わらすためだ)

木戸は、日記に何度となく、『自らの功はどうでもよい』と、書き記している。

だが、裏切りにあった悲しみは、感受性の鋭い木戸の心をいたく傷つけた。

(限りなく虚しいまでの寂しさだ)心の底に降りしき

る雨音を聞くような心境になる。

それでも腹の虫はおさまらず、帰途、広沢を訪ね、意思統一をはかるため、案件を挙げ議論した。その場では、広沢に異論はなかったが、長州の藩論は国政に反映されていない。

その事を多くの藩士は不満に思っていた。

（温厚な広沢を、岩倉卿や大久保はいかようにも扱える男として、軽んじているのではないか）木戸は自らも軽視されたようで、つむじを曲げていたのだった。

若手の周布や光田が来話。木戸が政体改革や人事で、岩倉卿や大久保を中心に決められようとしている内容を話すと、不満が多く、現状では再び騒乱が起こるのでは、と心配する。

若者たちは皆、木戸邸に一泊。松子は、若者たちの世話をするのを、さして苦にしない。

笑顔でもてなす義侠心の強い女性で、若者たちから、『姐《あね》さん』とまつりあげられる。

七月四日、招魂場で花火が上げられ、吉宗の時代から両国の花火は有名だが、首都の夜空を飾った。花火は華やかに見えて、うつろい消えゆく命のはかなさを映している。木戸は、吉田松陰や周布政之助や高杉晋作の面影を、花火の消えた夜空に追い求めてしまう。隣に、周布の息子が消えてしまった花火の残光を眼に映し、立ちつくしていた。

（これまで犠牲者をだし、一体、誰のための何のためのご一新だったのだろう）木戸の歎きは激しい怒りとなり、花火のように夜空へ弾《はじ》けた。

翌日、刀剣の砥師《とし》本阿弥が来て、左国弘と貞宗の刀を取りに来た。本阿弥家が京都鷹ヶ峰から江戸へ本拠を移してからどれほどになるのか、木戸は確かなことは知らなかった。だが、本阿弥光悦以来、刀剣のみでなく美術工芸品の保存へ、はかり知れない貢献をしていた。練兵館道場の斎藤篤信翁がそうであったように、木戸も日本刀の精神的な美しさに魅せられていた。

この日は家を挙げて、伊勢や平原とともに浅草に遊んだ。松子にとって、浅草ははじめてである。雷門から浅草寺《せんそうじ》までの参道・仲見世の賑《にぎ》わいには、少女のように目を輝かせ、楽しさを隠そうとしなかった。

「きれいな五重塔やこと」本堂の西側に建つ塔を目に入れた松子が声をはずませた。

「東寺や八坂の塔ほど古くはないが、二百年は地震にも倒れずじゃ。寛永寺の塔と浅草寺の塔は、江戸っ子に愛されているからのう」

「山口の瑠璃光寺《るりこうじ》の五重塔とどちらが高いのやろ」

「さあ、どうじゃろうのう。高さじゃのうて、気品が大切じゃと思う」

「そうやなあ」

夫婦の会話を聞いていた伊勢は、微笑んでいたが、

「宮大工の技は大和の法隆寺から、脈々と伝わっているのでしょうな。すごいものじゃ」

奈良に出仕していた伊勢には、別の感慨があったのだろう。

「そういえば廃仏毀釈とか訳のわからぬことを言って、大和や近江の古寺が毀《こわ》されているらしいからのう。嘆かわしいことじゃ。大切な国の宝を保存すべきなのに」

木戸は、日本固有の文化が、盲目的な西欧礼賛で破壊されることを危惧していたのだが、国内からも自己否定に近い廃仏の動きが激しくなっていた。大屋根の浅草寺本堂は、聖観音像を安置しているので、観音堂として親しまれてきた。観音堂内陣に秘仏本尊を安置する黄金の宮殿《くうでん》があり、伊勢の話ではその他にも、家康・家光・東福門院がそれぞれ奉納した観音像を安置しているとのことだ。慶応元年の火事で雷門が焼失し、未だ仮設の門が形ばかりに建っていたが、少しずつ、江戸の賑わいをとりもどしているようだ。木戸には、そのことが嬉しかった。


次の日は酷暑だったが、毛利元徳公が麴町《こうじまち》の木戸邸へ訪ねてこられた。十二時前、長府公とともに御出になる。斎藤きさ女と勇女も来た。きさ女はかつて御裏、勇女は新御裏へ出居し、去る冬に東京へ帰ってきた者たちだった。ちなみに斎藤きさは練兵館の篤信翁の娘である。同国の士では、伊勢・広沢・杉・中村・正木・宍戸などが皆来た。

岩倉・大久保の専横を許すべきではないと、木戸は尻をたたかれる。その席に山中静逸と奥原晴湖も訪ずれ、書画に興じる場をとりもった。七時に元徳公、長府公は帰られ、諸客も散会した。伊勢と晴湖は一泊したが、松子は晴湖に嫉妬することもなく、女流画家への敬意さえこめて、客人として遇していた。毛利公や重臣にも、けっして臆《おく》することなく、木戸が驚くほど健気《けなげ》な所作だった。使用人をてきぱき指示し、昼と夕

の会食も粗相《そそう》のないよう目配りをしていた。松子は、今やまぎれもない木戸孝允夫人である。

木戸は、松子の慰労もかねて、箱根での湯治を考えはじめていた。

七月七日は終日家居。杉、中村、正木の毛利家の重臣三氏が来て藩政改革の事を論じた。

他藩に率先した改革を進めなければならないからだ。

(言うはやすく、行うは難《かた》し)と、木戸は自戒する。ことに戦争で増大した兵員をどのように削減し、どのような職に就かせるか、悩ましい問題である。すでに帰還した兵で、藩からの秩禄《ちつろく》がない者たちは生活苦を訴えていた。

大村益次郎も来て身上の事を木戸に相談した。岩倉卿と大久保による大村排斥の動きから生じたことが多い。

「大村さん、力不足で申しわけない」

木戸は率直に詫びたかった。

「とんでもない。岩倉卿と大久保さんは、自分で自分の首を絞めることになるのに、気がついちょらん」

大村益次郎の言葉は派閥抗争ではなく、国の将来を見据えての嘆きであり、木戸の気持ちと響きあった。

「大久保さんは、島津久光に気を使ってのことか、それとも西郷さんじゃろうか」

「おそらく両方でしょうな。版籍を奉還しても、昔のままで世襲にこだわるなど、大久保さんは馬脚《ばきゃく》をあらわしましたな」

「徳川幕府を島津幕府に名前変えしただけじゃと、思わんのですかのう」

「木戸さん、このまま見逃すと、徳川幕府より悪いかもしれません。とても、つきあいきれませんな」

兵制改革が薩摩の思惑で思うようにならないため、大村は辞職をほのめかした。

「四民平等の国民軍を創成しなければ、藩を廃しても身なりを変えただけで、中身はそのままの封建制度でしかないじゃろうに」

木戸は大久保の正体を見たと思った。昨年、木戸が廃藩について協力を求めた際、口先で協力を約束したのだが、現実の政治改革では、薩摩の兵力をそっくり残そうとしている。

(これは一体どうしたことなのか。薩摩は何を求め、何をしようとしているのだろうか)

薩摩藩の藩益を優先させる頑《かたく》なな姿勢を崩そうとは

しない。大村は、それ以上に新政府存亡の機を意識していた。

「薩摩の兵力を圧倒できる国軍を創設しておかねば、この先、武力を背景にした独裁政権が誕生する可能性が高いと思いますな」

発展途上の国に起こりやすい政治危機で、木戸の危惧と合致した大村の見解だった。

（岩倉卿や大久保にそれが分からないはずはないのだが、薩摩藩の権力構造が二重・三重になっていて、大久保もそれを基盤にしなければ危ういのだろうか）

善意に解釈すればそうともいえよう。だが大村の先見性と、それを理解・支持する木戸の存在を恐れているのかもしれない。忍耐するよう大村を説得する。

その日、大垣藩の小原鉄心が来訪。〈版籍奉還〉に向けた各藩の模索が始まっているようだ。

「殿より大垣藩の大参事として出仕するようお話があった。どうしたものかのう」

「是非、引き受けてくだされ。困難なご時世ですし、舵とりをお願いいたします」

木戸にとって、小原鉄心は先達の人である。

「すんなり行くとは思わぬが、視て見ぬふりをするわけにもいかぬしのう」

「貴藩はお手本になります。今朝も山口毛利家の主だったものが集まり、相談しましたが、戊辰戦でふくらんだ軍費や兵員の縮小と、受け皿としての殖産興業に時間がかかることを心配しておりました」

「いずこもそうじゃ。大垣もよほど考えていかぬと、立ち往生するかもしれん。未だに徳川の世を懐かしむものもおる」

「お手伝いできることがあれば、申しつけてください」

藩論を一つにまとめる難しさは、木戸が一番よく知っていた。

「先行した京都や奈良などの話を参考として聞きたいのじゃが」

「奈良の伊勢華なら、経験もありますゆえ」

「それは助かる。会うことはできようか」

そこで木戸は、伊勢華を呼びにやり、三人で一酌を傾け歓談した。

二

七月八日（陽暦八月十五日）、政府は大規模な制度改革を布告した。

岩倉卿・大久保主導の「太政官制」の内容を知ったため、木戸には暑さがよけいにこたえた。

行政官を太政官に改め、太政大臣・左大臣・右大臣・大納言と数人の参議を任用する。

三条実美は右大臣、岩倉具視が大納言に就任した。参議には越後府知事の前原一誠と副島種臣が選任され、木戸は大久保や板垣とともに、侍詔院士《じしょういんし》に任じられた。この人員で三職会議を開き、国家としての大方針を決めるとのことだ。

明治二年春から夏にかけて、西郷吉之助と木戸孝允不在の東京では、政治的な野望が姿をあらわにし始めていた。夏に入り、大久保は岩倉卿と謀って権力奪取を露骨にした。

新たに、神祇官・民部・大蔵・兵部・刑部《ぎょうぶ》・宮内・外務の六省を置き、卿（長官）を責任者とした。新設された兵部省で、大村は大輔《たいふ》として出仕することになる。木戸と三条・東久世両卿の後押しによるものだった。

改革を推進するため大隈重信を参議にするよう、木戸は建言したが入れられなかった。

それどころか、代わりに前原一誠を岩倉・大久保は推挙する。前原は広沢にも近く、木戸と広沢の仲を裂く楔《くさび》にちがいない。明らかに長州分断策である。

西郷がしばしば用いた戦略に、『敵の内部で争わせ、自滅をうながせば、自ら手を汚さずとも敵を制することができる』との政治手法がある。

大久保もそれを見習い、長州の内部情報をかなりの正確さで把握していた。寡黙《かもく》な大久保は、鋭く底光りのする眼光とともに、不気味なまでの野心を隠しもっていた。

（前原は使い勝手のある男にちがいない）吉井友実に推薦されたとき、直感的にそう思い、ほくそ笑んだ。（まったく面識のない前原の情報を、大久保に伝えたのは誰なのだろう）人事の提案を受けたとき、木戸は不思議に思った。（まさか広沢ともあろう男が、裏切り行為をするはずはない）政策で意見を異にしても、広沢の人格を疑うことはできなかった。

軍務官判事として越後口の参謀長格を務めた吉井なら、前原の人物像を伝えることが可能である。吉井は大久保の腹心として、新設された警察組織の弾正台をとりしきっていた。

（木戸の手足を奪うにはどうすればよいのか）政治家

としての大久保は、表向きの友情とは裏腹な劣情を、木戸が病死するまで抱き続けたのだろう。

（木戸に近い兵部大輔の大村益次郎と大蔵大輔の大隈重信は、招かなければ廟議《びょうぎ》に参加できない。木戸を宮中顧問官の侍詔院学士にしておけば、政策決定権を奪うことができる）だが、自分が参議として残れば、野望があらわになりすぎる。（多分に西郷吉之助を意識しているのだろう）木戸には大久保の思惑が読み取れた。大久保自身も木戸と同列の立場にいれば、西郷・板垣らの非難をかわすことができる。そうすれば、大久保の秘書役ともいわれる副島種臣に代役を務めさせ、岩倉卿との連携で、たとえ前原が異論を唱えても、孤立化させることはたやすい。

そこで権力の分水嶺になるのが〈兵制一条〉だった。大村主導の国民軍を創設させれば、薩摩の武力を背景にした政権基盤は揺らぐ。そのため薩長土による親兵（近衛兵）構想にこだわった。近代的な装備をもつ佐賀藩の兵を加えなければ、親兵の主たる兵力は薩摩藩兵だからだ。ここで西郷の力を利用した。

一方の木戸は、薩長盟約以来、小異はあっても大筋で西郷・大久保と協力してきた。

まさか維新回天の大事業が端緒についたばかりの時点で、岩倉卿や大久保に政権中枢から追われるとは、思ってもみなかった。

貧乏公卿だった岩倉卿が、家政の困窮から佐賀藩鍋島閑叟《かんそう》侯より金銭の支援を受けたとの噂は耳にしていたが、みかえりに副島や大木を引き立てたとは思いたくない。大隈や江藤は、その人物識見を買って、引き上げた人物である。

この日、箱館戦争を終結させた山田市之允が、正式に木戸邸を訪ねてきた。

大村益次郎の辞意を知って、最も心配しているのが山田である。

「木戸さん、大村先生が兵部省から身を引きたいと申しておりますぞ」

「そうなのじゃ。大久保が嫌がらせを止めんからのう」

「このままにすれば、薩摩幕府にすぎません」

「大村先生もそのことを憂いちょる。雄藩が私兵を囲ったままじゃと、また内乱が起こる。どうしても、しっかりとした国軍を創設して、文民の指揮下に置かねば、クーデターが頻発するにちがいない」

山田は、国民皆兵の徴兵制度には反対意見であるが、大村と木戸が薩摩の兵力に対抗できる国軍の創設を急ぐ趣旨はよく理解していた。

「ぼくは、大村先生を支えます。木戸さんにも頑張ってもらわにゃいけん」

「山県が洋行中なので、君と鳥尾・三浦・三好で力を合わせてくれんか」木戸は、健康上の不安を口にすることができなかった。


この日、参朝すると、天皇の御前にて菊桐御紋散らしの太刀を賜った。何事かと身構えていると、麝香《じゃこう》の間で、三条右大臣より待詔院学士に任命するとの直達があった。

（そうだったのか。畏《おそ》れおおくも、天皇陛下をわずらわせてまで、茶番芝居を試みるとは）

木戸は、虚しく、また悲しいような、虚無の底を覗《のぞ》いているような気分になる。

岩倉卿と大久保はまたしても、天皇を利用してまでの謀略に出たのである。

大久保は、自らも参議にならず、待詔院学士になるのだが、参議に自派の副島と反木戸の前原を任用させ、院政をしくつもりらしい。

前原は、前任地の新潟で、年貢半減や信濃川治水工事を独断で行おうとした。だが、新政府の財政難を無視したため、木戸や大隈をはじめ政府首脳に制止され、敵意を抱く。両者の感情の隙間を亀裂《きれつ》にまで広げ、深めようとする楔《くさび》が打ち込まれた。

翌日、御用召があり、木戸は鋭く謀略の臭いを察知していた。明らかに大久保と岩倉卿により仕組まれた木戸追い落としだった。

そこで腹をくくった木戸は、『不学文盲で学の名を得ない』ことを理由に、『天下に対し一日も安然として待詔院学士の名目を受けることはできない』と建議する。

木戸は、岩倉・大久保枢軸へ皮肉たっぷりの反撃をくらわした。しかもこの日以降は、病により参朝しなかった。木戸の辞職願にあわてた岩倉卿と大久保は、即刻、学士の職を廃止し、待詔院出仕の辞令に変えて再交付する。

（滑稽千万、またしても朝令暮改か）木戸は半ば愛想をつかそうとしていた。

大久保は参議就任の喜びに舞い上がる副島種臣に、

「一派の者がどんな不平を言っても、一切とりあうな」

と釘をさした。

　次の日の朝、木戸は三条太政大臣へ謁し、時弊《じへい》の数件を挙げ、建言をする。

『このままでは前途不安の萌芽《ほうが》が少なからずあり、朝廷の方針が立たず、朝に右折し、夕に左曲するの弊《へい》は止まず。それ故、各官が互いに顔色をうかがい、安んじて仕事をできない。木戸の深く痛歎するところである』との趣旨である。

　木戸は日記に歯ぎしりする思いで、『根軸一立終始一貫をもって遂げるときは、何ぞこの患いあらん哉。而《しこう》して十に八、九は不如意のみならず』と記した。

　大村益次郎を訪い、兵部大輔として兵制確定のため、行動を開始するようすすめる。

　大村も同論で、しばらく談話し小酌を傾けた。

「ここは踏ん張りどころですな。大久保のいいなりになれば、ご一新はなかったも同然じゃ」

「命がけで薩長盟約を結び、戊辰の戦争を戦ってきた同志と思いきや、一年も経たずして、この謀略。大久保を見損なったようですな」

　木戸は、心底からこみ上げる怒りを抑えなければならなかった。この後、大村は自らの建軍案を作成し、三条太政大臣に提出する。海軍についても、適塾同門の佐賀藩士佐野常民の意見を取り入れた。しかも大阪に陸軍施設を集中させる。これは、西南に異変が生じるとの想定によるもので、薩摩の神経を逆なでした。

　帰途、藩邸に寄り、帰郷が近い藩重役の杉孫七郎に別れの挨拶をした。杉は故周布政之助の従弟で、木戸にとって肉親同然の人物だった。終生の相談役として頼りにする。

　徳大寺卿より書簡が来て、木戸は参仕を勧められたが、背後の思惑が視え透いていて、時勢の弊害を論じる返書を出すにとどめた。


　七月十一日、大隈と伊藤が重要な案件を携え来訪した。

　大久保が手のひらを返したように木戸追い落としをはかる最大の理由が、そこにはふくまれていた。年初から課題になっていた〈贋金《にせがね》問題〉である。

「明日、高輪接遇所で欧米五ヵ国公使と通貨問題での談判が行われることになりましたぞ」

　そう切り出した大隈は、いつになくどんよりした顔つきをしていた。

「頭の痛いことですのう」伊藤も事態の深刻さを隠そうとしない。

「贋金のことかね」木戸には、前々からおよその情報がもたらされていた。

「内々の調べでは、薩摩も土佐もからんどりますたい。白は、長州と佐賀など」

大隈は要訣《ようけつ》だけを口にする。

「問題は、外国がどれほどつかんどるかじゃろう」

木戸は、パークスのことだから、証拠なしに脅しはかけないと思っていた。

「日本の立場もありますが、今度は小手先の細工《さいく》は通じないじゃろうと、思っちょります」

伊藤は、腹をくくるべきだと考えていた。

「新しい貨幣を鋳造して、制度改革を急がねばのう。横浜でパークスに会うたとき、協力は惜しまぬ、とのことじゃった」

「大阪造幣局の設備が完成するまで、時間をかせがないけませんな」

大隈の言葉に木戸も伊藤も異論はなかった。そのため日本側の対応を明確にしておかねばならない。日本側からは右大臣三条実美、大納言岩倉具視、外務卿沢宣嘉、大蔵大輔大隈重信、外務大輔寺島宗則が出席する。

欧米側からはイギリス公使パークス、フランス公使ウートレー、アメリカ公使ヴァン・ヴォールクンバーグ、イタリア公使コント・デ・ラ・ツール、ドイツ公使ブライトの出席が予定されていた。

開明派の大隈・伊藤・渋沢らに存分の仕事をしてもらわなければ、維新の改革は遅れる。

木戸は、岩倉・大久保の策謀に煩わされたくない気持ちと、ここで放りだせば、すべてが骨抜きにされる心配との間で、気持ちが揺れ動いていた。

この日、藩邸から召し出しの知らせがあり、岩倉卿らの指図とわかっていたので、使用人の謙蔵を代わりに行かせた。木戸は所在をあいまいにしておくため、医師の福井順道を連れて、両国橋下から納涼の舟を浮かべ「青柳楼」にしけこんだ。

ところが翌日になって、再度、藩邸からのお召しがあり、逃げ場を失った。毛利元徳公に拝謁して、酒肴《しゅこう》を賜り、用向きは、次のような事だった。つまり待詔院学士を廃止したので、改めて待詔院出仕を仰せつける。国事御諮詢《しじゅん》の節は参朝すべし、との御達しである。(何と卑劣なやりかただろう。藩公まで介して、人事

を伝達するとは）

木戸の毛利公への忠誠心を知り抜いたやり方だ。毛利公も深意をくみ取っておられ、咎《とが》められることはなく、逆に励まされた。

実のところ、この日の〈高輪談判〉で新政府は窮地に立たされていた。

記録によれば、終始パークスの独壇場となり、新政府が改税約書違反の悪貨を鋳造し、福岡藩をはじめ諸藩が贋貨《がんか》を鋳造している証拠を突きつけられた。政府は国の体面上、最後まで悪貨鋳造の事実を認めなかったため、興奮したパークスがコップを叩き割った。

最終的に、複数の藩が贋貨を鋳造していた事実を認めざるをえなかった。日本側は、通貨改革により正貨・贋貨を問わず、すべての現行貨幣を回収し、早急に引き換えを実施すること、応急処置として外国人の保有する二分銀の検査を行い、封包を行って検印をし、たとえ贋貨であっても正貨と等価による交換ならびに納税を認めることになった。この案は大隈・伊藤らが木戸と事前に検討した原案で、その場の内外代表から異論が出ず、その方針が自然に承認されることになった。

ちなみに一週間後に再び談判が行われるが、前回承認された事項の具体化に向けた実施要綱の説明など、細部調整に終わる。

七月十三日（陽暦八月二十日）は台風の関東襲来で、民家を倒し垣根を砕き、その被害は甚大になる。十四年前に木戸が経験した台風では死者も多くでた。その時ほどではないが、かなりの暴風雨である。

（災害の多い国の治山治水をどうすればよいのか。災害復旧の費用は、藩が出すのか、国が支援するのか。財源はどうすればよいのか）課題は山積しているのだが、具体策はなかった。

今朝、嵐の中を会津人某が訪ねてきた。それほどに会津の人々が困窮しているということだろう。木戸も松子も親切に対応し、訴えを聴いた。

翌日は台風一過の晴れ間が広がる。松代《まつしろ》藩へ帰る練兵館の旧友斎藤新蔵と、山口へ帰郷する鳥尾小弥太が告別の挨拶に来た。木戸は鳥尾を信頼し、その将来的な処遇を心する。

高杉晋作の父小忠太翁、長州権大参事木梨信一、京都府権大参事槇村半九郎、妹の治子、長州権大参事野村素介らの書状が届いた。

七月十五日、毛利元徳公の御発途で、二時過より広沢と品川駅に行き、拝謁の上、暇乞《いとまご》いを申しあげた。

翌日、兵部省の井上弥吉（熊野九郎の別名）が来て、蝦夷地の今後について相談があった。箱館や千代ヶ岡での榎本軍の戦死者を誰も埋葬しようとせず、寒冷地のこともあってしばらく放置されたらしい。見かねた箱館の侠客柳川熊吉が、子分を使って戦死者を収容し、市内の寺に仮埋葬したという。ちなみに熊吉は明治四年に箱館山に土地を買い、遺体をあらためて合同埋葬。さらに明治七年、政府から榎本軍の祭祀を許され、榎本武揚や大鳥圭介らは熊吉と協力し、翌八年に箱館山中腹に「碧血碑《へっけつひ》」を建て、八百余人の霊を祀《まつ》ることになる。

この日、木戸は伊勢華《さかえ》との約束があり、訪ねてきた佐久間、斎藤、井上を連れ、伊勢宅へ行く。すでに大村益次郎が来て在席していた。

「大村先生、力不足で迷惑をかけてしまいましたのう」

「とんでもない。薩人は頑固でこまりますのう。こちらはお国のためじゃと思うていても、彼らの利害から外れれば、抹殺されてしまいそうじゃ」

ついつい大村はぐちっぽくなっていた。

「確かにのう。十分に気をつけてくだされよ」

木戸は、暗殺団の暗躍を察知していた。

「そのうち、自分のへその緒で首を絞めることになるちゅうのに」

産科にも詳しい医師村田蔵六に立ち戻ったような発言まで飛び出した。

大村を慰労し、兵部省での大役に留まらせるため、伊勢が一席を設けてくれたのだ。

終日閑談し、木戸も大村もにわか雨の通り過ぎた夜道の月を踏んで帰る。

まさか大村の命がそれから数ヵ月後に絶たれようとは、夢にも思わなかった。

七月十七日、伊藤博文より昨日書簡が届いたので、木戸は〈高輪談判〉の深刻さを考え、自らたずねるつもりだった。そこへ伊藤が来訪したので、連れ立って築地の大隈を訪ねた。

中井弘蔵も在席し、終日対応を協議する。

「さてどうするかのう」

木戸に名案があるわけではなかった。

「相手は欧米列強ですからのう。ごまかしはきかんですたい」大隈は腹をくくっていた。

「来年の造幣局稼働まで時間稼ぎをして、この際、近代化の礎に貨幣制度を確立しましょう」

伊藤もすっかり成長していた。

「だれか、欧米へ研修に出す方がよかとちごうか」

欧州滞在の経験がある中井が助言した。

「短期の対策と中長期の対応を考えて、実行すべきは、速やかに手を打つことじゃのう。伊藤君がその気なら、贋金が落着したら、アメリカへ視察に行ってはどうじゃろう」木戸が提案すると、

「ぼくは是非。じゃが、大隈さんが忙しくなるかも」

伊藤は洋行に乗り気だった。

「一段落ついてからにしましょうか」大隈も反対しなかった。

木戸は、大隈の下で中堅の官僚が活躍し始めていることに期待を寄せていた。

「先日、水戸の徳川昭武侯のお話を伺っていた際、フランス万博に随行させた渋沢栄一なる若者が、静岡で商法会とか申す組織を立ち上げたとか。なかなか財政に通じているらしい。声をかけてみてはどうじゃろう」

木戸は、徳川昭武の随員に優秀な人材がいたことを教えた。

「それは興味深い。接触してみましょう」

大隈はこの年秋に渋沢栄一の大蔵省出仕を実現させる。

その夜は、伊藤邸に伊勢華と共に一泊し、伊藤の大蔵少輔就任が内定していたので、祝いの酒を酌み交わした。

貨幣問題は幕末からの負の遺産で、内外貨幣の等価交換は諸外国との約束であるが、財政破綻を生じていた旧幕府は貨幣の質を落とし続けた。さらに戊辰戦争が始まると、戦費調達の目的で、奥羽越列藩同盟の諸藩のみでなく、官軍諸藩も贋貨を鋳造した。薩摩藩が最多で一五〇万両、芸州藩が一九万両、土佐藩は五万両などが推定された。日本全国では少なくとも八〇〇万両近い贋貨が鋳造されていた。

大久保がこの時期に木戸や大隈の追い落としを謀《はか》った理由の一つが、この贋貨鋳造問題だと、木戸は見抜いていた。厳しく追及されれば、薩摩の立場は揺らぐ。(口封じのために先手を打ったにちがいない)木戸は手口があさましいと思った。

その日、三条右大臣が木戸邸を訪れたので、

「クーデターまがいの政局は、面白くないことでござりまする」率直に気持ちを話した。

「大村先生をはじめ、忠勤に励む人々の疑念を生じ、種々の浮説や往来の不穏に勢いが生じておりますぞ」

木戸はすでに改革案を数件建言しているが、岩倉・大久保枢軸に無視されることが多いことも、遠慮せず申し上げた。

「実は私も、心を痛めていたところでおじゃる」

三条右大臣はすべてを分かっておられたが、立場上、自らの見解を述べようとはされなかった。それが輔相としての慎ましさでもあり、限界ともいえた。〈高輪談判〉を憂慮しているのだが、はっきり文章として書簡に記さず、岩倉や大久保に明らかな気遣いをしていた。

七月十八日、木戸は対馬藩の大島友之丞との約束があり、両国橋下の船着き場でおちあった。

屋形舟が二隻用意されていて、旧知の芸妓お玉に出会う。

「世間は狭いちゅうが、花街はよけいに狭いのう」

木戸が思わず本音をもらすと、

「そうか、貴殿の顔が広すぎるのじゃろう」

大島は、木戸をからかった。

「そうでござんすよ。桂小さまのころからですもの」

「お玉、ええかげんにせんと、年がわかるぞ」

木戸がたしなめると、

「あらいやだわ」お玉は化粧の下の肌まで染めて、首をすくめて見せた。

屋形舟で墨田川をさかのぼり、歌川広重の「名所江戸百景」にも描かれている木母寺《きもじ》の畔の料亭に着く。江戸情緒がのこっていて、急峻《きゅうしゅん》な時代の流れをひと時でも忘れさせた。

数刻、杯を交わし、〈版籍奉還〉後の対馬藩の政情や朝鮮問題を話し合った。

「朝鮮王朝のかたくなさは、予期せぬものがありますのう。夫婦喧嘩なら一晩で仲直りもできようが、こうまで醒めてしもうてはのう。出るのはため息ばかりで」

大島は、こじれてしまった朝鮮王朝と日本の新政府の関係を、夫婦の仲にたとえた。

朝鮮王朝は、日本の新政府を国家として承認せず、未だに鎖国を堅持していた。

「先日パークスと話す機会があったのじゃが、清国は朝鮮を属国と思うちょる。日本が手出しすれば、黙ってはいないとのこと」

宗主国の清国を背に、強気の外交を繰り広げているのだろう。

「〈版籍奉還〉は対馬を揺さぶっていますなぁ」

大島は廃藩になれば、朝鮮問題が対馬藩だけのものではなく、新政府を巻き込む問題に発展することを危惧していた。

「この際、いっそのこと、朝廷に藩を丸ごと奉還してみてはどうかのう」木戸が鎌をかけると、

「血が流れますな」再び藩を二つに割ってしまう危険性を、大島は危惧していた。

「朝鮮と清国が派兵すれば、元寇《げんこう》の二の舞になるのう」

「確かに」

大島の同意には、多様な色どりが隠されていた。日本の政治制度が一方的に対馬へおよぶことにも、感情的に反発が強いのだろう。

夜十時過ぎ両国橋にもどり、二人で「八幡屋」に上った。夜半二時ころに帰宅すると、松子が心配して起きてきた。

木戸が自暴自棄におち酒を飲み歩いていると、誤解したのかもしれない。

「お酒がすぎては、おからだに障《さわ》りますえ」

顔を見るなり、泪を見せた。

「大島と朝鮮のことを相談していたのじゃ。遅うなってすまんのう」

弁解がましいことを話しても、酒のにおいにまじって移り香が漂っている。

松子は、気づいていても、小鼻をくすんともいわせはしない。それでも、東京での水入らずの生活を夢みてきた松子にとって、やはり言い知れぬ淋しさを隠せなかった。

「三条さまより至急の用件で、明朝五時、岩倉邸での会合に参加するよう、ご連絡がありましたえ」

松子は、寝付かれなかったのか、さえた目ざしで心配そうに夫を見上げた。

「そうか、朝早くからのう」

木戸は、いつになく言葉少なく、浴衣《ゆかた》姿の松子の肩を抱きよせ奥へ向かった。

翌朝五時過、岩倉邸に行くと外国官副知事の寺島宗則が来席していた。

贋金の件で、各国公使より議論の的となり、この日、

その答えがあるとのことだった。

贋貨事件に関する評議が行われた。

（この事件は会計と外国の二省にかかわり、政府の着眼が雑然としていてはいけない）木戸は評議の内容を案じていたが、特別の議論はなく、会計・外国二省の見解が示された。

大隈の通貨改革を政府案として各公使に提示することになり、四項目の課題があった。

一、高輪談判で合意した外国人保有二分金の真贋調査（検勘）

一、贋貨を発行した諸藩に対する処分実施の是非

一、贋貨と正貨の交換比率と期限の設定

一、新しい通貨制度の決定とそれを実施するための造幣寮の建設

最近、木戸へは事後報告まがいの取り扱いが多くなっていた。談判の内容は伊藤から報告されていたが、筋ちがいで無性に腹が立ち、ひたすら療養したいと思い、岩倉邸を辞去した。

（長い一日だった）そうかこちながら服薬すると、ようやく気分が快方に向かった。

〈高輪談判〉終了後、大隈と伊藤は、直に久世治作・上野景範・花房義質《よしとも》らの若手官僚と三井などの有力両替商で政策集団を作った。その上で、全国の開港場・開市において外国人の保有する二分金の検勘をはじめる。八月半ばまでに検勘を終え、封包した贋《にせ》の二分金を、九月から翌年三月までに各開港場と開市において正貨と引きかえた。

贋貨を発行した藩の処分は、薩摩・土佐の二藩が「自訴状」を提出し、恩赦《おんしゃ》を求めた。

しかし、不正をしなかった長州・肥前二藩からは、「罰金をとって、それを贋貨と正貨引き換えの原資にあてるべきだ」との不満の声があがる。

ところが「自訴状」は、他藩からも続々と提出されたため、明治三年四月に贋貨鋳造藩を赦免《しゃめん》する。この処置も木戸には受け入れがたいものがあった。

この時点で全国的な贋貨作りは止められたが、福岡藩のみ贋の金札（太政官札）を作り続けたため、四七万石を没収改易される。黒田藩主は辞して廃藩となり、福岡は一足先に政府直轄の県となり、木戸の盟友河田作久馬が権参事として赴任する。

贋貨の交換を具体化するに際して、政府内の見解は

なかなかまとまらなかった。

比率によっては大混乱を生じ、一揆や打ちこわしが多発する恐れがあるからだ。

その上、薩摩と土佐までもが、贋貨を大量に領民へ流通させていて、長州・肥前両藩と対立を生じた。薩摩と土佐の連帯は、贋金問題がその底流に流れていたのではあるまいか。西南戦争における「西郷札」まで尾をひく闇経済である。

十月になってようやく贋貨百両に対して金札三十両に交換する事を、太政官布告として公表した。現実には外国人に対する等価交換が三十四万両、太政官布告による引き換えが百五十七万両以上になった。贋金では、結果的に薩摩藩が一番の得をしたことになる。

将来の抜本的な改革として、近代的な貨幣制度を確立する必要に迫られ、造幣寮を大阪に建設することが決まった。井上聞多が造幣頭に任命され、目付役として斎藤翁も大阪へ向かった。木戸系の人事になったのも、贋貨鋳造について薩摩には後ろめたさがつきまとい、さすがに大久保も口出しできなかったからであろう。

ちなみに翌明治三年九月に造幣工場は完成し、四年四月に本格稼働を始める。翌五月に新貨条例が公布され、一円が一〇〇銭、一銭が一〇厘と定められ、「円」の誕生をみる。

七月二十日、大垣藩執政小原鉄心と隅田川に遊ぶ約束を愉しみにしていたのだが、木戸は体調不良で残念ながら行けなかった。木戸は墨水に漂う江戸情緒を愛していた。

舟の浮遊感が、政事に翻弄《ほんろう》される我が身と、どこか波長が合うのかもしれない。

うたかたのような虚しさに、ともすれば身を委ねて、流されようとしていた。

(国のため人民のためと、ややもすれば己の健康や家族の幸せまでも犠牲にして、馬車馬のように走り続けてきたのかもしれない)健康を害して初めて己を見つめ直そうとしていた。

夕刻、伊東方成が往診してくれ、福井順道も診察に来た。伊東方成の診《み》たてでは、はっきりと断言しないが、初期の結核を疑っているようだ。

「ドイツでは、温泉場に療養施設が整備され、医学的な効用が確かめられている。この際、箱根山でゆっくり療養されたらいかがでしょうか」

方成は先進国の例を挙げてすすめた。

「箱根はいつも通り過ぎるだけでしたが、どの温泉がお勧めですか」

実のところ、木戸も湯治がよいのではないかと考えていた。

「横浜の居留地では、芦の湯が人気ですね」

侍医は、芦の湯の「松坂屋」を勧めてくれた。

昨夜に続き後藤象二郎を訪ね、箱根へ行くため、後事を頼んでおいた。

三

伊東方成のすすめもあり、箱根温泉へ湯治に行く願書を、三条右大臣の側近、土方久元に托して木戸は提出した。明治二年七月二十一日のことである。戯画にも似た愚かしさのあるクーデターを克服し、痛み分けに終わった政局から、静かに身を引く構えをした。

薄暮、田中光顕《みつあき》を訪ね、留守中の情報提供を依頼しておく。

その夜、何の目的なのか、薩摩の村田新八と黒田清隆が来訪し、時事を大いに論じた。二人とも薩長盟約でともに苦労を分かち合った仲で、村田は西郷の側近、黒田はどちらかといえば大久保に近い男だ。兵制論が薩摩と長州で食い違っている点について議論する。木戸は日本の将来を危惧していた。大久保からの指示で、二人が木戸を懐柔するために来訪したことは、見えすいていたが、顔には出さなかった。後に分かることだが、同じ近づき方で、村田と黒田は、関西視察に旅立つ直前の大村益次郎にも接触を試みていた。つまり大村益次郎の暗殺計画は、偶発的に殺人集団が襲ったのではなく、かなり周到に練られており、薩摩の上層部が関与ないしは察知していた可能性がある。しかも岩倉卿の耳に入っていたらしい。政府首脳で大村を引き留めたのは、木戸孝允ただ一人だった。

黒田にせよ村田にせよ、薩長盟約を成立させたころの、純粋な情熱に翳《かげ》りを生じていた。

それでもまだ善意が感じられ、木戸は友情を保ちたかった。(彼らにこそ、兵力が雄藩に割拠して温存される危険性に気づいて欲しい)統一国家を目指すのなら、藩兵は両刃《もろは》の刃《やいば》になるからだ。

「国の主たる兵力を雄藩の藩兵に委ねたままでは、国家としての兵制がいつになったら成り立つというのか。雄藩の利害によって、武力を背景にした権力抗争が生じやすいじゃろ」

木戸は苛立《いらだ》たしいまでの思いを抑え、二人に説明した。

この日、三条右大臣より書簡が来て、広沢を参議に勧めたいとのことだった。

翌日、木戸は広沢を訪れ、

「気兼ねなく受けてほしい」と説得した。

「じゃがのう。気がすすまぬ」

歯切れの悪い広沢の惑いは、大久保らにくみする恥ずかしさだったのかもしれない。

「まあ、そう言わず、ご一新の大義をいかすためと思うてくれんかのう」

木戸は、長州の志士たちの遺志をつなぎとめてほしいと思い、

「ぼくは、晋作の二の舞になるかもしれん。この際、身体を休めるつもりじゃ」

健康の不安を隠さずに話した。

「そんなこと言わんで、共に、ご一新の本懐をはたそう」

広沢は腐っても鯛《たい》だと、木戸はあらためて思った。

だが、突きつめてみると、甘い話に鯛は腐りかけているのかもしれなかった。事後承諾の茶番にすぎず、大久保から広沢へ話が来ていることは明らかだった。しかし、木戸の顔をたてるための手続きが必要だったのだろう。

岩倉と大久保の人間性に失望していたが、維新の大業を成就するためには、政争をしかける愚行は避けたかった。

午前中、県の大参事に就任し、大垣へ帰郷する小原鉄心の送別会を開いた。小原鉄心、鏑木《かぶらき》渓庵らとしばしの別れを意識して、惜別の思いを揮毫《きごう》した。政事の世界での醜い権力闘争を避け、ひと刻《とき》、心を癒《いや》すことができた。

大村益次郎が来て、兵制について議論を重ねていると、

「木戸さん、箱館から山田が戻ったので、しばらく京と大阪を視察してきたいのじゃが」

気にかけていた関西視察の相談をもちかけられた。

「えっ、これからですか。今は時期が悪い。狼藉《ろうぜき》をはたらく者に狙われると、あぶない」

「東海道は避けますけ」

「いや、道中だけじゃない。京都の弾正台に海江田が入りますぞ。何か企んでいる気配がある」

木戸の深刻な表情に、大村も言葉を選び、

「気をつけるつもりじゃし」と、決意のほどを語った。

「もう少し待ってくれませんか。京都の槇村に準備をさせますから」

身辺の危険を想像する木戸の制止にもかかわらず、大村は関西視察にこだわった。

木戸は、薩摩が大久保を中心にして、兵制だけでなく贋金《にせがね》問題の処理もからみ、策を弄《ろう》していることを知っていたので、延期するように説得した。旧幕臣よりも、薩長土肥の身内のなかに、危険が潜んでいることを熟知していた。

次の日も、木戸は大村を訪ね、関西視察の中止を求めた。だが大村は頑固だった。大阪に陸軍組織を集中させ、将来、南西諸藩で起こる叛乱に備えるという大村の基本構想は、もろ手をあげて賛成していた。

（しかし、抹殺されてしまえば、すべて水の泡である）

そのことを、残念ながら木戸は口に出すことができなかった。

七月二十四日、木戸は病のため全身倦怠感が強く、終日休養する。幕末の動乱以来、蓄積した心身の疲労から労咳（肺病）を心配していた。高杉晋作をはじめ、志士たちの多くがそのために夭逝《ようせい》しているからだ。

昨夜から木戸邸に滞在中の岩倉家執事名和緩（長州出身）に、不満をもらした。木戸は大久保の言いなりになる岩倉卿に対する失望の気持ちと、その理由について、本心を吐露し、将来的にしっかり補佐してくれるように頼んだ。名和を介して間接的に、岩倉卿さらには大久保へ伝わる目論みもある。病身のため長く生きることができないことを、木戸は予感しはじめていた。病状などにつき、皇室侍医の伊東方成へ手紙を送り、箱根での湯治を希望していることを伝えた。

翌日、蝦夷地へ視察に行く長州の豪商有富源兵衛が挨拶に来た。蝦夷地は将来の可能性を秘めた処女地である。冬の厳しさを除けば、雄大で美しい自然と豊富な資源に恵まれている。「北海道」の名づけ親、松浦武四郎から詳しく聞いていた。西まわり回船の北前船がもたらす昆布や鰊《にしん》だけでなく、石炭なども採れるらしい。それに南下政策をとり続けるロシアからの防衛のためにも、重要な前線なのだ。

珍しい客人が続いて来訪した。

勤皇の詩人江馬天江《えまてんこう》の実兄、板倉筑前介である。木戸より十一歳年長で、近江坂田郡の医師下坂篁斎《こうさい》の子に生まれ、幼くして京の薬種商武田家の養子に入った人物である。勤皇の志士へ資金援助を行い、公卿の醍醐家に仕え、従六位の筑前介に任じられた。〈七卿都落ち〉に際しても資金援助をし、坂本龍馬や中岡慎太郎らを援けたことでも知られている。二人が近江屋で暗殺された部屋に飾られていた掛け軸「梅椿図」は、龍馬の誕生日を祝って、板倉が自筆画を贈ったものだ。

木戸は江馬兄弟とは古くからの付き合いがある。〈池田家事件〉のおりに、土佐藩士野老山《ところやま》吾郎と藤崎八郎が板倉に救いを求めた。彼らを一時的に匿《かくま》い、長州藩邸へ逃げ込む手助けを、木戸は頼まれた。板倉は新撰組に捕まり厳しい尋問後、西奉行所から六角獄舎に投獄された。〈禁門の変〉後のどんどん焼けに際して、平野国臣らが斬殺されたとき、同時に処刑されていてもおかしくなかった。それを実弟の江馬天江が必死に助命歎願し、死罪を免れた。慶応三年四月に釈放されたが、武田家の家財は残っていなかった。そのため、画家淡海槐堂《おうみかいどう》として生計を立て、旧友坂本龍馬へ「梅《うめ》椿図《つばきず》」を贈ったわけである。

木戸は〈池田屋事件〉や〈龍馬暗殺事件〉をつい昨日のように思い出した。

偶然なのだが、この日、津和野藩の福羽文三郎（美《よし》静《しず》）が来訪し、最近の廟堂の憂うべき案件について語った。彼は天皇の侍講として御側近くに仕えていた。

「木戸さん、今のままじゃと、皇室の将来が危うい。王政復古が名のみに終わる」

身体は小柄ながら、勤皇の士魂は大きな男である。

「ご一新直後は、大久保も摂関制度の弊害を心配していたのじゃ。大坂へ行幸されたり、東京へ向かわれたのも、古い朝廷を変える目的じゃったのにのう」

「有司専制を批判されても仕方のないような現状では、何のためのご一新じゃったのか、歯がゆいことのみですのう」

福羽は岩倉や大久保の専断を暗に非難した。

「まだ間に合う。志のある人びとを、陛下のお側近くに集めてくれぬか。東久世卿は無私の御仁なので、相談してほしい」

木戸は、健康が回復すれば、せめて皇室への奉公だけでも務める約束をする。
二人で将来の皇室のあるべき姿や、若い天皇の御教育についても意見を交換した。

この日ようやく、箱根へ湯治に行くお許しを得た。

翌朝、広沢を訪ね、留守中の諸事を頼もうと思ったのだが、不在で会えなかった。

三条右大臣からのお見舞いとして、使者の森寺邦三郎（常徳《つねのり》）が来訪し、朝廷より金三百両と銘酒一箱、鮮魚一籠《ひとかご》をいただいた。

七月二十七日、森寺から書面が来て、蝦夷地開拓について、かつて結論が出されていたのに、また評議でくつがえったとのことである。大久保は、新天地での開発利権にも触手をのばしはじめていた。屯田兵制度は西郷吉之助の発案で、薩摩藩の郷士制を輸出したようなものともいえよう。強藩による強いもの勝ちの陣とり合戦が、北の大地で始まりそうだった。

木戸は、民間の力も入れた総合的な開発を構想していたが、妨害されることが多くなる。

腸が煮えくりかえるような怒りを覚え、持論について三条・岩倉両卿を訪ねて議論した。

少なくとも、すでに建白している〈版籍奉還〉や郡県制の方針と逆行する旧藩の割拠を、北海道に持ち込むことは、許すべきではないと思った。

木戸の箱根行きを知り、東久世卿や正木・中村・宍戸ら長州藩の重臣が心配して来訪する。

当時、杉は山口に帰郷していた。政界からの木戸引退がささやかれているのか、皆、早すぎる処世を心配したが、あえて反論しなかった。

夜には後藤象二郎も来て、気遣ってくれた。二人の接触は維新後のことで、大阪府知事を務めた後藤と、容堂公を介して木戸は親しくなり、国政についても合議できる仲である。後藤は、幕末のころよりも、人間らしい温かさを感じられるようになった。

「木戸さん、箱根で英気を養っち、元気になったら戻ってこないけんぞな」

木戸が引退して、京都か萩へ帰るとの噂が広まっているらしい。

「ありがとう。迷惑をかけてすまんな。容堂公にお会いして、暇乞いをせにゃならんのじゃが、一喝《いっかつ》されそうでのう、ついつい逃げ腰になってしまう」

「その旨、お伝えしておきますろ」

後藤には、岩倉・大久保による権力奪取の手のうちが読めていた。大久保が、板垣退助を大村益次郎の代わりに抜擢しようとしたのも、後藤と木戸の仲の良さを知ったうえでのことだった。

翌日、森寺があらためて来訪し、箱根行きを思いとどまるよう、三条大臣の気持ちを伝えた。この日、尾張藩の田中不二麿が、明日から京都へ行くとのことで、挨拶にきた。田中は、大政奉還後の小御所会議の際、尾張藩主徳川慶勝に陪席した三人の重臣の一人である。教育の重要性を熟知していて、木戸は将来を期待していた。その後、田中は文部畑を歩み、日本の教育制度の礎《いしずえ》づくりに、木戸と共にまい進する。

午後、大隈が横浜からの帰途に立ち寄り、贋金《にせがね》問題など紛糾《ふんきゅう》している重大案件について議論した。木戸も大久保も参議から外れているが、大久保は院政じみた権力行使を止めない。

当時、木戸に近かった大隈は、箱根への湯治に不安を覚えたのだろう。

「大事が起これば、留守の者に連絡をほしい。馬を走らせてでも帰るつもりじゃ。伊藤と相談して、お国のためにつくして欲しいのう」

「ばってん、心配ですたい。相手は強引ですけ」

大隈は本心を打ち明けた。

「いざとなれば、広沢も説得するから、信じる道を進むべきじゃ。それに優秀な幕臣を出仕させてくれんか」

貨幣問題や政府財政の健全化は緊急の重要な案件のため、勇気をもって執務を行うよう、激励した。

〈旧幕臣の優秀な若者たちを出仕させなければ、この国の明日はない〉と木戸は思っていた。

夕刻、伊勢華との約束があり、今戸橋の「有明楼」に広沢と同行する。長州秋津湊の豪商・有富源兵衛が随行した。有富は北前船による北海道の海産物を商っていて、新天地の開拓にも意欲があった。山中と鷲津がすでに来席し、世間話に終わらず、北海道の開拓について、どのように関与すべきなのかが話し合われた。

七月二十九日、大久保利通が来訪し、餞別《せんべつ》に阿蘇五岳の山水図を贈られた。突き返そうかと思ったが、大人気ないので礼を言って受けた。（大久保は二重人格なのだろうか）と思うことがある。優しい友人の顔を見せ、それを額面どおりに受け取ると、どんでん返しにあってしまう。（湯治に行く男に、かような山水図を贈る、その心や如何）木戸は、自問自答して、大久保の心境を推しはかってみた。（引退へのはなむけなのか。それとも阿蘇五岳の豪壮な景色を眺め、もっと大きくなれとの激励なのか）結論はでなかった。

蝦夷地のことで政策案は二転三転したが、民力を活用する木戸の案にもどった。森寺から三条卿へ、三条卿から岩倉卿へ岩倉卿から大久保へ、木戸の憤まんが伝わった。とどのつまり、大久保の妥協なのだろう。

午後から暇乞いのため、島義勇と後藤象二郎を訪れたが、二人とも不在だった。

翌日、島義勇が来訪し、蝦夷地開拓の事を議論した。島を蝦夷地開拓の責任者に推薦したのは、木戸である。蝦夷地へ出発の直前で、互いの告別になった。このころはまさか、〈佐賀の乱〉で島義勇が江藤新平を道連れにして、新政府に叛乱するとは、想像もできなかった。

箱根へ出発する手はずを整えていると、珍しい来客が顔を見せた。

岩倉卿の側近を務めた旧土佐藩士の大橋慎三だ。大いに時勢の偏《かたよ》りを憂い、木戸の箱根行きを留め、東京で全力をつくして欲しいと説得された。〈明治二年夏の政変〉に気づいた大橋は、七月十八日付で、岩倉卿に書簡を投じた。

書中、大久保・岩倉独裁の人事について、箇条書きで非難している。

『殿下大いに長藩の人心を失ひなされ候て悪名悪評を受けさせられ候ても、朝廷の御ためよろしく候と思しめされ候やのこと。

今日の恢復《かいふく》をなすは、ただ長州の神州正気を維持するゆえと思しめされず候やのこと。

至尊を武蔵野の中へつれ捨て奉り兄弟互に不和を生ぜしめ、おのおの散乱して、ついに至尊を虎狼《ころう》の餌にするごときは忠義と申すべきやのこと。』

天皇を輔翼《ほよく》する立場にある岩倉卿の見識を疑い、不忠ではないかと諫言《かんげん》していた。

書中「両氏」とあるのは、木戸と大久保のことである。『至尊を虎狼の餌にされるおつもりか』の一言は痛烈である。

大橋からの書簡を落手した岩倉卿は、三条右大臣へ手紙を書く。

『かくのごとき容易ならざる形勢に立ちいたり、慙愧《ざんき》にたへず候。とかく今日は両氏枢要の地に立ち奮発《ふんぱつ》勉励《べんれい》これなくては無事にいたりがたき段は無論に候。（中略）両氏とも再勤仰せつけられ候よう御英断のほど、ひとえにおねがいいり候』書中の「両氏」とは、いうまでもなく木戸と大久保のことである。

それより先、三条右大臣による木戸慰留が行われていた。

天皇の忠実な輔相《ほそう》三条右大臣は、事態を深刻に受け止め、七月十七日の薄明、木戸邸を訪れた。明らかに人目を避けた隠密行動である。

「不穏な風評を耳にしたのでのう。おことの気持ちをたしかめにまいった」

「ご来訪かたじけなく存じまする。この春より病がちとなり、御迷惑をおかけいたしておりますこと、どうかお許しを」

「案ずるでない。主上も、おことの健康をことのほか案じておられる」

「もったいなきお言葉、身にあまることに存じまする」

「ところで、薩長が別の道を歩むがごとき噂を流すものが、麿の近くにもおじゃる」

三条卿は木戸が大久保と決別することを心配していた。

「お上に誓って申し上げまするが、勤皇の志に二心は決してござりませぬ」

冷静に自らの心境をのべ、黒船来航以来の宿志と、長州藩の一貫した勤皇の立場を語り、

「政策のちがいから対立することはござりましょうが、長州から先手で薩摩と対決することはいたしませぬ」

木戸は、三条卿の危惧している薩長の大分裂を目論まないことを確約した。

三条卿は、木戸を信任してやまぬ人物で、岩倉卿と会談した。二日後の七月十九日、木戸は三条・岩倉両卿に呼ばれ、参議就任を懇望される。しかし、節操を欠く処世を断じてしない木戸は、病気のため固辞し、広沢真臣を代わりに推薦した。ところが、大橋慎三の危惧したとおり、政府機能は麻痺した。前原は、病と称して、長州藩邸の一室に引きこもり、参議は副島種臣一人で、諸省の役人を指揮できず、立ち往生する。大久保に、木戸派と決めつけられ免官になった五代友厚は、大阪に去った。後藤と板垣も、土佐の藩制度改革を理由に帰国願を出す。山内容堂公も健康を口実に

学校官知事を辞し、後任は高齢の松平春嶽侯になった。大橋は、岩倉卿を諭《さと》し、木戸の追い落としを、思い留まらせようとしていた。

王政復古の政略をねる過程で、岩倉卿と大久保は心を通わせ、新政府での主導権を握ることに執念を燃やし続けていたのである。

（まだお若い天皇をないがしろにした有司専制でなくて、何と申すべしや）

木戸には、彼らの策謀を見透かす力があり、どうしても心を許すことができなかった。

こうして岩倉卿と大久保のくわだてたクーデターは、十日あまりであっけなく崩れた。

政局を逆手にとった木戸は、逆転の人事を進言する。民部大輔の広沢真臣が参議に任命されたあとの席に、大隈重信が大蔵大輔兼任で就任する。民部・大蔵の両卿は松平春嶽侯が兼務していたので、実質的には大隈が業務の指導をすることになる。さらに大蔵兼民部少輔に伊藤博文、大蔵民部大丞と造幣頭に井上薫が坐り、兵部大輔も大村益次郎の続投と決まった。

当時の大蔵・民部両省の権限は広く、内政全般を司るものだったから、枢要な役職を木戸派に握られてしまったことになり、大久保は切歯扼腕《せっしゃくわん》したにちがいない。それは大久保の表面的な雌伏にすぎないことが、ほどなく明らかになる。

（人間としての誠実さは、大久保よりも西郷吉之助の方にある）

木戸は、西郷に心情としての親近感を覚えた。残念なのは、西郷が古武士のような武骨な面々に取り巻かれていて、開明的な政策を相談することができないことにあった。本来、西郷は開明派大名島津斉彬《なりあきら》に取り立てられた人物であり、鹿児島の集古館事業をはじめ、先進的な改革を推進してきた。木戸はそのことを十分知っていて、西郷に近づこうとするのだが、なぜか、のらりくらりと身をかわされてしまっていた。

西郷はこの年六月に帰郷して以来、どこにいるのか木戸には不明のままだった。箱根への避暑は保養第一で、第二は岩倉・大久保枢軸の謀略から標的をそらす目的もある。西郷不在の折から、大久保らの動きが明らかに権力掌握《しょうあく》を露わにしていたので、政局から距離をとっておこうと木戸は思った。政争は不本意なものであり、傷心は哀しいまでに深かった。

これ以降、死にいたるまで、どうしても人間としての大久保を信じ難くなる。それでも国のため、民のためになることであれば、自らの私心を犠牲にしてでも、大久保・岩倉卿と協力する姿勢を崩さない。大久保の相手が木戸でなかったなら、明治新政府は早々に破滅していたのではなかろうか。仲のよくない夫婦が喧嘩をしながらも、とも白髪になるまで添い遂げる姿に、どこか似ていなくもない。

木戸は混乱が収まるのを見届けると、病気療養のため箱根へ湯治に向かった。

時を同じくして、大村益次郎が京都へ運命の旅立ちをする。公務出張で、大阪に陸海軍の兵学寮（士官学校）を創設する目的があった。それまで、旧幕府の横浜語学所（フランス語学校）を引き継ぎ、陸軍将校養成所として、士官候補を学ばせていた。その中には、桂太郎（奥羽鎮撫総督府参謀添役）、楢崎頼三（長州第一大隊中隊司令）や馬屋原二郎（御楯隊中隊司令）など、すでに指揮官として活躍した人材もふくまれていた。大村は、彼らを大阪兵学寮の指導教官として育てるつもりだった。

政争の直後だけに、木戸は大村の身を案じた。農民を国民兵にする大村の洋式軍制は、武士階級に多くの敵を生んでいた。薩摩の守旧派が大村打倒を標的にしていることは、明らかだった。それも狡猾《こうかつ》な手法で、同じ長州の狂信的な攘夷論者を焚《た》きつけ、下手人に仕立てる可能性が高かった。そこまで、木戸は深読みをしていたのである。

すでに西南戦争の伏線として、大村の兵制改革は導火線になっていたのであろう。

木戸は、自分に向けられるはずの刃が、大村や広沢へ向けられることを危惧していた。

幕末、江戸や京都での熾烈《しれつ》な暗殺の時代を生き抜いてきた木戸とちがい、大村には刺客への警戒心が希薄だった。（大村が東京を離れるのを心待ちしているものたちがいる）本能的に危険を嗅ぎ取った。大久保が新設した弾正台の京都支台に海江田信義が急に派遣されるのは、大村出立の二日後で、木戸は危険を感じていた。（大村を追うような海江田派遣は異様である）ある種の意図的な人事と映っていた。陸路を行く大村を追い横浜から船で行けば、海江田の方が数日早く入洛できるからだ。大村は船が嫌いで、そのため陸路をとり、東海道を行く予定を変え、中山道を通った。

上野彰義隊攻撃にさいして、西郷・海江田と大村との間で衝突があったことは、参謀の木梨精一郎から聞き及んでいた。それ以上に、兵制改革での大久保との衝突は余波が大きい。

木戸は、京都府権大参事の槇村正直へ手紙を書き、名指しで海江田の危険性を知らせ、大村の警護を厳重にするよう頼んだ。大村へも八月五日付の手紙で、『京都刑法官の薩人、大いに軍務官の論に反し候ことを企て候事少なからず』と警告を発していた。

これに対し、大村は京都の治安悪化を軽くとらえ、楽観的な返信を送っただけである。


松子が箱根への旅立ちを準備していると、斎藤東洋(二代目斎藤弥九郎)と弟の新太郎(五郎之助)が来訪した。

「これは我が家に伝わる銘刀です」

新太郎は備前雲生《うんしょう》の刀剣を携えてきた。

「それはそれは、早速、拝見させていただこう」

「どうぞ光栄です」

斎藤東洋はそう言って、視線を刀剣に落とした。

木戸は往時を憶《おも》い、心を動かし買い求めることに決め、新太郎に托して別れた。

(練兵館道場も時代の波に洗われ、維持が難しくなっているようだ)木戸にできるせめてもの恩返しである。

夕刻、家を出て「延遼館」へ立ち寄り相撲を見物し、品川駅へ着き「松岡楼」に泊まった。

「延遼館」は幕府の浜離宮に迎賓施設として建設され、五月に落成したばかりだった。庭園には「鷹の茶屋」と「燕の茶屋」があり、潮風が涼しい。

翌日、同行する松子らの一行がなかなか到着しないので、三郎を従え木戸は伊勢と一足先に出立する。見送りの西島青甫や使用人の虎二郎・謙蔵らは皆帰すことにした。

小五郎時代の思い出が色濃く残る川崎の「梅屋敷」で休憩し、留守を頼んだ広沢と英国領事館のミットフォードには手紙を書いた。数日後、ミットフォードは箱根に来る。

雨になったので馬を帰し駕籠《かご》を雇った。医師の福井順道や側近の杉山孝敏らが追いつき、神奈川から小舟で渡海して横浜に至り、「伊勢文」に一泊した。夜、伊東方成(玄伯)が来訪した。

「やっと湯治のお許しがでました」

「よかったですのう。箱根でのんびりすれば、病は霧散しますよ。ただ長湯による湯あたりだけは気をつけなさるように」

医師という職業にもよるのだろうが、ほんとうに誠実な人物である。

宿にて山城屋や大阪屋の三人から、横浜での貿易の状況など話を聞いた。やはり関税の自主権がないことや、貿易の決済に使う貨幣制度の不備と、粗悪な通貨がさまざまな不利益を生んでいることを教えられた。主要な輸出品である生糸や茶なども投機的に相場を上下させられ、利益を外国人に吸い取られていた。心配なのは、日本製絹糸が劣るとの指摘だった。木戸は、フランスの技術を取り入れ、官製の製糸工場を建設すべきだと、心に期した。

次の日も、伊東方成が来たので、清人李遂川を訪ね、額面と聯とを贈った。清人の料理楼へ行き、近辺（後の横浜中華街）を散策した。

横浜の語学校で勉強中の光田、河内、河野、周布、小倉らが木戸を訪ねてきた。

欧米留学を目指す向学心を尊いものに思い、激励と支援を忘れることはなかった。

夜、伊東方成を再度訪ねると、温泉療法についての助言を惜しまなかった。

「オランダ人は、ドイツまで温泉治療に通っていました。病気によって効能がちがい、湯治場が温泉病院になっているのですよ」

「それは行き届いていますな。この国には名湯とか殿様の隠し湯とかいわれる湯治場《とうじば》が各藩にある。何とかして温泉病院を作りたいものですのう」

木戸は、長門湯本や城崎の温泉で身をもって温泉の効用を体験していた。

心を開いた伊東方成は、医師と患者の付き合いから、より親しい友人になった。

伊東の語る西欧の事情は、木戸にとって刺戟的で、時間のたつのも忘れて聴きいった。

「体調が回復したら、ぜひ欧米への旅に出たいものですのう」木戸は、若いころからの夢を語った。

四

馬車を雇い、伊勢華《さかえ》と小田原へ向かった。

八月三日は陽暦九月八日で、沿道には赤とんぼが舞い、稲穂は稔《みの》りの季節を教えていた。

駕荷《かごに》が先着し、太郎と来助が随行していたが、松子ら同行者はまだ追いついていない。

酒匂川《さかわがわ》の鉄橋工事視察を兼ねて、伊藤博文が告別に来た。大隈とも会うつもりだったが、八月から大蔵大輔に就任し多事多忙なので、同行は求めずに、伊藤へ公用の要件を箇条書きにして託した。西郷不在の東京から木戸が去れば、大久保らの圧力が加わることが目に見えていたので、伊藤と大隈が屈服することのないよう、励まさねばならなかった。鉄橋工事は長崎と当地のみの規模で、まだ外国人の指導を受けていた。

「早く技術者を養成して、日本人の自力で架橋する必要があるのう」

「英国には立派な工科大学がありますけ、日本にも作らないけませんちゃ」

「たしかにのう」実地にイギリス留学の経験がある伊藤の言葉を、木戸は尊重した。

(これから先、河川の多い国土に、いくつ橋をかければよいのだろうか)やらねばならないこと、それも金のかかることが多すぎ、絶望感さえ襲ってくる。

伊藤と語り合った後、八月七日に箱根から次のような手紙をしたためている。

『一夜の御高論実に感服の至りに思いました。人主(指導者)がこれまでの旧習に安んじて統治策を変えない時は、万国がおのおの存立しあう世界の中で、人民が日ごとに文明化するようにはならず、日本が文明を捨てることになるので、上下ともにけっしてそういう姿勢をとってはいけない。しかしながら、長年の旧幣《きゅうへい》があるから、人民にはそこから利益を得る者が少なくないので、万人の中で、右のことを聞いて理解できる者は、ほとんどいないと思う』

(伊藤宛木戸書状、明治二年八月七日、伊藤博文関係文書・四巻口語訳)

宿にはいると、小田原藩の大久保家より使者が来て、柚餅《ゆずもち》を進呈してくれるとのことだ。

そう言われてみれば、もう柚の色づくころで、茶事では名残の茶会が催されるころなのだろうか。それにしても、やはりまだ早すぎるように思う。

(柚は箱根山の高地で採れた早生《わせ》ではないだろうか)いずれにせよ、木戸は季節のうつろいを意識しはじめていた。政争に明け暮れる日常では、とてもそのような心のゆとりが生まれない。やはり人としては、異常な生活を送っていたことになる。松子が小言のように指摘する忙しすぎる生活は、やはり人並みの暮らしではない。

八月四日、小田原を七時に出立し、箱根湯本で箱根細工の大盆などを買った。戦略的要地にある小田原城は、翌年、天守閣が解体されるのだが、当時はまだ雄姿を見せていた。しかし、小田原城に乗り込むには大げさすぎ、臨済宗の早雲寺を伊勢華と訪れた。伊勢の旧姓は北条瀬兵衛で、先祖に縁《ゆかり》の地ということになる。北条早雲の墓や画像重器などを拝見したが、なかでも早雲像は見るべき価値があった。伊勢は、大阪・京都・東京でしばしば往来している昔からの心友である。木戸にとって、杉孫七郎と同様、伊勢との友情はかけがえのないものだった。

湯本から険《けわ》しい山道を登り、三時過ぎに芦の湯、「松坂屋」に泊まった。東海道の街道筋から少し山手に入った小さな山村である。茅葺《かやぶ》きの湯宿が三、四軒集落をつくり、湯煙が淡く立ち上っていた。駒ヶ岳を背に、向かいは二子山の山肌が迫る鞍部にあたる。歴史の古い温泉で、知る人ぞ知る名湯なのだ。老媼《おうな》が迎えに出た。

「娘がかつて長州藩桜田屋敷で奉公させていただきまして」

「ほう、それは奇遇じゃのう」

名前までは訊かなかったが、舎長をしていた小五郎時代に合っていたのかもしれない。

「当地は鄙《ひな》の里で、湯治三昧になりますが」

「おう、それでよいのじゃ」

「ここから近くに、東光庵・熊野権現や、里見兄弟の碑などの旧跡もございますのよ。よろしかったら散歩がてらにお訪ねなさるとよろしい」と勧められた。

その日は夕の膳が早めに出たので、山里の山菜料理を楽しんだ。

次の日、早速に朝湯を浴びる。豊富な源泉からひかれた湯は、かけ流しの潤沢《じゅんたく》な温泉だった。湯の花の香が立ちのぼる。身体の芯《しん》まで温まり、肌がしっとりと潤う。政事の汚濁が全身の毛孔《けあな》から放たれていくような快感がある。

福井、杉山らと近くの山径《やまみち》を散歩し、野菊や藤袴《ふじはかま》や山竜胆《やまりんどう》などの草花を手折《たお》り、宿に帰って瓶裏《へいり》（花瓶）にいけた。小田原や湯本にくらべ、早川渓谷も強羅《ごうら》あたりでは、山桜がほのかに紅葉しはじめていたが、芦の湯では草木がすでに秋色に装われはじめていた。

最近では横浜から外国人が入浴に訪れることも珍しくないらしい。それを裏付けるように、思いがけず、イタリア公使が入浴に来ていた。顔は見知っていたが、長々しい名前で思い出せなかった。この日、木戸は大村益次郎へ、次のような忠告の書簡を送った。

『京都刑法の薩人（海江田信義）、おおいに軍務官の論に反し候こと少なからず。その原因は、おいおい承《うけたまわ》り、人説信ずべからず候えども、昨年東京において徳川人に欺《あざむ》かれ、京都へ遂《お》い反され候ことなども含みおり候と申すことに御座候。もともと小人の申すことは、御気遣いにあたわざることに御座候えども、軍務一般の御取締を基本となされ候て、刑法官の責めは甘《た》封り、きっと御迫《せま》りこみおきなされ候方、必ず御都合しかるべくと存じたてまつり候。それには槇村などを御指揮なされ候わば、必ず相尽し申すべくと存じたてまつり候」

大村は木戸の心配を軽く受け流す返書を送っている。小五郎時代から絶えず暗殺の危険にさらされてきた木戸と、学者生活の長かった大村の危機管理意識に大きなずれがあったのだろう。つかの間でも、心の隙は危険を招くものだ。

八月六日と七日は箱根山の天気も悪く、宿に留まった。七日、二人のイギリス人貿易商のダンバーグとヘールソンが同宿し、面会を乞われたので、宵まで談論した。通訳なしで双方とも片言まじりの会話ながら、心を通わせた。

翌日から二日間、近村より七人ほど猟師を募《つの》り、猟を催すことにした。伊豆の山野を駈ける猟は、江川太郎左衛門（英龍）が教練もかねてよく行っていた。木戸は、韮山塾時代のひたむきさを懐かしむ。両日とも数頭の鹿を追ったものの、獲るまでにはいたらなかった。それでも福井と木戸は夢中で猟師に加わった。

この日ようやく、松子や正二郎をはじめ、家中のものが「松坂屋」にそろった。家人の謙蔵と光《みつ》や峯《みね》が、木戸と松子や正二郎にしたがって近辺を散歩した。箱根山は富士さんほどの巨大な火山だったらしく、数次の大噴火で複雑な地形になった。一帯は灌木をまじえた薄野《すすきの》が山肌をおおっていた。

「銀色に光ってきれいやこと」

松子は草原をわたる秋の風を胸いっぱいに吸って、歓びの声をあげた。

早川渓谷のうっそうとした樹林とは異なり、明るい草原の風が涼しかった。

「いい気持ちやなぁ」

これほどの高地に遊ぶのは松子にとってもはじめてなので、嬉しさを隠せないでいた。

「温泉の風じゃろう。湯の花の薫りがほんのりと」

木戸は、城崎温泉に潜んでいたころを思い出していたが、松子には話さなかった。

「ほんまや。どんなお湯やろ」

松子は、湯治が木戸の身心を癒してくれることを願いながら、今宵は二人きりで露天風呂に入れたら、背中を流してあげようなどと想像し、思わず笑顔がこぼれる。木戸は野菊を摘《つ》み、それを松子の華奢《きゃしゃ》な指にあずけた。

（あら、まるでうぶな若者のようやわ）そう思って、松子はおもわず微笑む。

（ああ、これがささやかな幸せというものか）乙女のように軽やかに歩む松子の姿を目にして、木戸はふと思った。

そこまでは別天地に遊んでいるようだったが、現実に引き戻す来客があった。

会津人の僧・大盈《だいえい》と広沢富次郎（安任《やすとう》）が訪ねて来た。広沢は文久二年に京へ上っているので、ほぼ桂小五郎と時を同じくして政事にまきこまれた。京都守護職に任ぜられた松平容保《かたもり》に先んじて、京都の情勢を探った人物である。容保が上京すると、公用方を命じられ、公卿・諸藩の京都留守居役・新撰組などとの交流窓口になった。朝敵となった容保の立場を歎願するため江戸に残っていたので、新政府軍に投獄された。それ故に生きのびたともいえよう。明治二年に釈放され、お礼のために木戸を訪れたのである。実のところ、広沢安任はアーネスト・サトウと親交があり、木戸は恩赦を頼まれていたのだった。

夜、二人を招き、語り合った。

「イギリスのサトウ氏から貴殿の尽力をうかがいまして、御礼もうしあげねばと」

「遠路をかたじけない」

「まだ桂小五郎を名乗られていたころ、京都でお会いしたことがござる」

広沢にそういわれたが記憶にない。

「はて、どこでしたかのう」

「拙者は、会津藩の公用掛を務めておりましたもので」

「おう、そうでござったか。そう申されれば、おぼろげな輪郭が浮かんでまいりましたぞ」

「やっと、戦乱も収まり、こうして語り合うことのできる日がまいりましたな」

付き添いの僧がしみじみと言葉を紡いだ。

「まことですのう。異なる道を若い者が皆、必死で疾駆していましたからのう」

木戸は、会津藩士の個人に怨恨《えんこん》は持たず、今となっては、同情の方が強くなっている。

「会津も貴藩も誠の尊皇じゃった。それが角をつきあわせねばならなかったのは、歴史の皮肉ですな」

僧は坊主頭をさすりながら、しんみりと語った。

「両藩とも正直すぎたのでしょう。これからは日本のために力を合わせにゃならん」

木戸の本心である。

「そのためにも会津の民が再起できるようお力添えを」広沢は黒く大きな眸で訴えた。

「非力じゃが、できることはやらねば、この国はつぶれますから」

木戸は、幕臣が新政府に参加している実例を示しながら、会津も恩讐《おんしゅう》を超えて、国のためにつくすよううながした。別れ際にどうして湯治先がわかったのかたずねると、

「山下の湯治場を訪ね、芦の湯の松坂屋に滞在中であることを探し当てました」

とのことで、旧会津藩の窮状を訴え、廃藩になった藩を再建したいとの願いである。

（まさか湯治先まで追いかけられるとは）

驚きが先立つが、会津藩の窮状はそこまで達している表れなのだろう。

木戸とて空手形は切れないが、できるだけのことはしようと思った。

ちなみに、この後、広沢は斗南県の小参事となり、困窮する斗南救済のため、弘前県への合併を企画し、弘前・斗南・黒石・七戸・八戸の五県合併を実現。現在の青森県にする。

明治五年に谷地頭に様式牧場「開牧社」を開き、畜産・酪農で地域の発展につくした。

明治九年、明治天皇の東北巡幸に際し、供奉する木戸と再会をはたす。

八月九日、猟師を二人増やして冠ヶ嶽で狩を試みた

が、霧のため視界がきかず下山した。

昨夜の広沢らが返礼に鴨二羽を携えてきたので、一酌談論し、同宿のダンバースへも鴨を贈った。木戸に怨《うら》みがあれば、暗殺することもできるのに、彼らは親愛の情をあらわにした。木戸に培《つちか》われた人間的な温かさは、人に伝わりやすい。

翌日、鹿肉を買い、宿で料理してもらったところ、晩酌に合っていて美味しかった。初めての松子も、尻ごみする峯や正二郎に勧めていた。

「箱根は西洋人も訪れ、料理人も腕をあげているのじゃろう。京都でも、中村屋の辻さんは両刀つかいじゃった」木戸の言葉どおり、ナイフやフォークがすでに添えられていた。

次の日、ダンバースらは別れを告げ下山した。日本語を上手に話すことができ、通常の会話には不自由しない。すでに国際化が進んでいることを、木戸は実感した。

夜が明けても天気は不良だったが、山上のみのことらしく、下界は天気だと教えられた。

八月十三日、久しぶりの晴天で、一家総出で、芦の湖湖畔の箱根宿へ向かう。皆、子どものころに戻ったようで、にぎやかな道行《みちゆき》となる。途中に曾我兄弟と虎女の墓があったが、あらためて訪れることにして、先を急いだ。十二時過、箱根権現社に詣で、門田で小憩し、小舟を浮かべ島めぐりをして元箱根に至る。雨が降り出し、変わりやすい山の天気に松子も驚き、竹輿《たけこし》に乗り松阪屋へ帰った。

翌日も雨に降られた。思いがけず、雨宿りに小野為八が来訪した。彼は木戸より四歳年長で、長州の藩医山根文季の長男に生まれながら、同じ藩医小野家に養子で迎えられたが、医業にはつかなかった男である。吉田松陰から兵学を学び、実父文季について相州三浦の警備につき、砲術を習得した。文久三年の下関攘夷戦では、癸亥《きがい》丸で砲撃の陣頭指揮を行い、奇兵隊の砲術教師として隊員を指導した。四境戦争でも砲隊を指揮した人物である。多芸の人で写真術に優れ、雲谷派の絵師としても活躍する。雲谷派は、雪舟の流れをくむ雲谷等顔《うんこくとうがん》を開祖とし、毛利輝元の支援で諸国に名声が広がった。代々毛利家の絵師として仕え、幕末まで存続した。線描を特徴とする山水画をはじめ、彩色した花鳥画も描かれてきた。

歓談したが、箱根に泊まらず、東京へ向かうというので、広沢と名和への書簡を托した。

『賞典禄を個人に限定せず、永世とするのは納得できない。』との趣旨を書きこんだ。

藩への秩禄も年限をきらなければ、国家財政が破綻《はたん》する。そのことを強調しておいた。


今宵は中秋の名月である。

「夕月を芦の湖に舟を浮かべ眺めてみたいと思うのじゃが、どうする」

「まあ風流なこと、うちも行きたいわ」

と松子は積極的だった。

事前に人夫と約束していたら、竹輿《たけこし》を携えて来た。

芦の湖は箱根から湖尻・仙石原にかけて細長い湖で、風がなければ鏡のような湖面に名月を映し、銀色の月光をちりばめた細波《さざなみ》が岸辺へいざなうはずである。

「外輪山に姿を隠す落日の赤富士も見事ですよ」

と、女将は話していた。

二時に芦の湯を発ち、箱根宿の「はぶ屋」に泊まる。

残念ながら終日の悪天候で月を見ることはできなかったが、詩が生まれた。

この日、東京の伊藤博文より書簡が届いた。

蝦夷地がロシア人のために、はなはだ切迫しているとの報告だった。

伊藤が樺太のことまで視野に入っているのか、木戸は心配した。すでに久しく懸念し、昨冬以来大いに対応していたことだったので、冷静に外交を進めるよう返書をしたためた。

蝦夷地を「北海道」と命名した松浦武四郎をはじめ、新政府内にも人材はいる。北海道開拓を、雄藩の割拠ではなく、国家事業として推進する必要に迫られていた。

（それがひいては最大の防備になると思う）木戸の基本的な政策である。

同時に『賞典禄についても、智者勇者をして、その器量をつくし、各々が忠誠を遂げさせ、皇国を興起する基礎を建てるための建策遂行に尽力してほしい』と認《したた》めた。伊藤ら開明派が、この機会に一層の尽力をするよう、切望した。


八月十六日（陽暦九月二十日）、箱根は霧雨に煙っていた。

木戸は、早朝から山を下り、韮山《にらやま》へ出て江川英武（英龍次男で当主）と後見役柏木惣蔵を訪ねる。旧知の仲で、昨秋も天皇が東幸される際、箱根越えの供奉を務めてくれた。しかし、旧幕府側の民事について深く語り合っていず、この閑《ひま》に、談論の愉しみをもちたいと思った。

三島を経て三時過ぎに韮山に着くと、あいにく柏木は東京へ出ていた。江川家手代岡田三郎の案内で、江川邸を訪れると、当主英武は木戸を温かく迎えた。

江川屋敷は簡素ながら風格のある武家屋敷で、いつ見ても見惚れてしまう。

家中総出で歓迎の宴を催してくれたが、その質素朴《ぼく》実《じつ》の暮らしは見るべきものがある。

「韮山の反射炉は、歴史にのこる国の遺産ですぞ。どうか大切に保存してくだされ。維持に金がかかるようなら、申しつけていただければ」

木戸は江川家の当代太郎左衛門（英武）に懇願した。

「有難いことです。世も変わり、何かと大変ですが、よろしくお願いします」

主は飾り気のない人物で、学者の風合いを醸《かも》している。父である英龍以来、多年にわたり、代々の太郎左衛門は民政に心を用い、周囲に仕える者たちも主《あるじ》の意を体現していた。

木戸は、斎藤弥九郎に頼み、素性を秘したまま、江川英龍の教えを受けた桂小五郎時代の思い出を語った。

黒船来航の年、江戸湾の形勢を視察したいと思い、江川翁の奴となり、数十日の間随行し、江戸湾の大勢を知った。その際、江川翁は木戸の正体を知らぬふりをつらぬき通した。

品川砲台の台場築造にもお供を許され、木戸の目を海外に向け開かせてくれた恩人だ。

岡田三郎の夫人には、斎藤東洋（二代目斎藤弥九郎）の妹の象《きさ》が嫁いでいて、その日もしきりに木戸をもてなした。

ところが屋外は、一晩中、大暴風雨で箱根の山上を木戸は心配したが、無事だった。

翌日十時過に天気が回復し、江川が岡田を供にして「松阪屋」を訪れた。

木戸は、女将に頼み酒食を饗し、談論の花を咲かせた。

「まだ残暑が厳しいですが、韮山の辺りをご案内させてください」

江川に誘われ、午後から再び山を下りた。

北条早雲の古城跡を訪ね、蛭《ひる》小島に行き源頼朝の遺跡を見た。

近くにある韮山反射炉はそのまま残っていて、木戸を感動させた。

「白煉瓦は珍しいですのう。あらためて見上げると、偉大で美しい」

木戸は、反射炉の色まで覚えていなかった。

「煉瓦の焼き方まで、勉強したのですね」

江川は先代の苦労を偲《しの》んだ。

「それに親父殿の思い出もふくめて、歴史の灯台のようで」

江川の感慨に、木戸も深くうなずいた。

ここで二人と別れ、木戸は三島の「糀屋《こうじや》」に宿をとる。

その晩、三島明神に詣でた。燈楼に灯がともされ幻想的な雰囲気だった。

社殿そのほかが新営で、清潔感が漂っていた。

箱根の山上は霧がなければ寒暖が麓とはなはだ違う。山上では寒冷で稲が枯れてしまうことを憂いていた。山を下りて親しく田んぼを見ると、気候が異なり、稲の枯れていないことを確認でき、いささか心が慰められる。しかしながら、近年は不作続きで、騒乱が絶えず、物価が自然に高騰していた。

（加えて今年も不作とのことで、窮民の困苦は思い知るべきである）民の生活を思うと、木戸はこのまま隠居することが敵前逃亡にも思われた。

次の日、早朝に三島を発ち、雲と霧に包まれる蘆の湯へ戻った。

「朝から雨が降り続いて、こもっておりましたら、小田原藩の大久保さまとやらが訪ねてこられましたぇ」

松子が客人の来訪を教えた。

「そうか、家老の大久保将監殿じゃろう。何か申しておられたか」

「不在だと申したら、ご挨拶にうかがった旨、お伝えくだされと」

「帰り道に会えるじゃろう」

木戸には、要件がおよそ推察できた。

小田原藩は、〈箱根戦争〉にまきこまれて以来、世継ぎ問題など、家中の騒動がたえない。断絶のおそれさえあり、木戸の支援を求めるつもりなのだろう。

昨日来、斎藤新太郎（五郎之助）が宿に泊まっていた。長州江戸藩邸で剣術師範を勤めた新太郎は、木戸の身辺が無防備に見え、暗殺を心配してのことだった。

たしかに大村益次郎に差し向けられている暗殺団の暗躍を思えば、同じ時期に湯治場にいる木戸は、危険にさらされていたわけである。

八月十九日も朝十時過ぎから再び雲と霧に四方が包まれてしまった。

朝から体調不良で臥床《がしょう》していると、江川・岡田両人が「松阪屋」へ訪ねてきた。

「〈版籍奉還〉で先祖代々の役目も、柏木に委ねるつもりです。それ故、我が身の処し方をいろいろ考えることが多くなりまして」

江川は先日来の話の続きをした。

「たしかによほどしっかり考えておかねば、流されますな」

木戸は、江川の本心を確かめておこうと思った。

「殿はアメリカに興味をおもちで」岡田が補足した。

「そうであろう。英龍殿が、中浜万次郎から、アメリカとその国民について、熱心に聞いておられた。きっと、その影響ではござらぬか」

「たしかに、父も時代が許せば、洋行したかったのでしょう」

「そうだ、イギリス人がこの宿に泊まっている。紹介しておこう。ちょっと待ってほしい」

木戸は自ら席を立って、シュミットを招いた。

「シュミットさん、この方は昔から箱根や伊豆の行政官を務めていた江川さんと執事の岡田さんだ。留学を希望しておられる」

「初めまして。是非、留学してください。外国で学ぶことも大切ですが、外から日本を観察することも勉強になります。私も母国を離れてみて、イギリスの良いところと、悪い面も見えてきました」

「機会があれば、韮山までおいでください」

江川は懐紙に略図を書いて、箱根と伊豆韮山の位置関係を示した。木戸が、幕末から日本の近代化に功績のあった江川英龍の話をすると、シュミットも感銘をうけたようだった。

翌朝、江川・岡田らが別れの挨拶に来た。人情の深さには頭の下がる思いがする。

松子もしきりに江川家の人々をほめた。

この日、西島青甫が囲碁名人の十三世・井上因碩《いんせき》を誘って来た。

次の日もすっきりしない天候で、霧雨が降ったり止んだりだった。

木戸は養子の正二郎を伴い、因碩、青甫、新太郎らと曾我兄弟（十郎祐成《すけなり》と五郎時致《ときむね》）の墓に詣でた。側に虎女（虎御前）の墓があった。斎藤新太郎は曾我物語に詳しく、木戸は虎女の話に耳を傾けた。曾我兄弟の仇討ちは、鍵屋《かぎや》の辻の決闘、赤穂浪士の討ち入りと並ぶ日本三大仇討ちの一つである。

その夜、木戸は寝物語に松子へ虎女の悲話を教えた。

「昔、草双子で読んだ話でおぼつかないが、およそのあらすじで勘弁してくれ」

木戸は前置きをして語りはじめた。

「鎌倉に幕府を開いた征夷大将軍源頼朝は御家人の頭領でもあったのじゃが、今も昔も変わらぬことで、家来の争い事で悩まされた」

「男はんは、野心がありますさかいな」

「曾我兄弟の実の父は河津三郎といい、政敵の工藤祐《すけ》経《つね》にねたまれ、暗殺されてしもうた。五歳の十郎と三歳の五郎は寡婦となった母の再婚先、相模の曾我祐信に育てられたのじゃ」

「それで曾我兄弟いうのやな」

「そうじゃ、兄弟はさまざまな苦労をするが、逆境にもめげず成長し、父の仇うちを念願するわけじゃ。敵討ちが親孝行と教えられて育ったのじゃからのう」

「立派なことなのかしら」

「主君の敵討ちは赤穂浪士じゃし、親の敵討ちは曾我兄弟じゃ」

「それに人生のすべてを捧げるのんは、ちょっと悲しいな」

「難しいところじゃなぁ。久坂や高杉らは、松陰先生の敵討ちから、倒幕に走ったのじゃからのう。あながち空しいとも言えんじゃろ」

自らを省みてしばらく黙ってしまった。

「どうかしはったの」

「小五郎時代は純粋じゃったしのう。曾我兄弟は、父の仇工藤祐経《すけつね》を討つ大願成就まで妻妾《さいしょう》を持たないことにしていた。しかし、十郎が二十歳のとき、めぐりあった遊女虎（十七歳）と恋におちてしまったのじゃ」

「へぇ、そこまでなあ」

松子は虎女を我が身に重ねているかのようだった。

「十郎は死後のことを考え、深い契りを結ぶことをためらったのじゃが、弟五郎のすすめで、虎と結ばれ、現世の愛を誓った」

「なんや、うちらみたい」松子はそっと身体を寄せた。

「源頼朝が催した富士の裾野の狩りに、兄弟は忍びこみ工藤を討ち取ったのじゃが、十郎はその場で新田忠常に斬り殺され、五郎も生け捕りになってのう。頼朝直々の取調べにもかかわらず、五郎は処刑されたのじゃ」

「弟の義経を亡ぼした頼朝は、ほんに冷たいお人やなぁ」

「人情よりも規律を重んじた政治家なのじゃろう」

「それでお虎さんは」

「虎女は十郎の死後、兄弟の母親を曾我の里に訪ねたあと、箱根権現に詣で、別当の手により出家した。その後、十郎の供養のため信州の善光寺に参った。やがて相模の大磯にもどると、高麗寺山の麓に庵を結び、地蔵菩薩を祀《まつ》って、夫十郎の供養をしたということじゃ」

「かわいそうなお虎さん。でも、女ごころの一途さは、昔も今も変わらへんえ」

木戸の腕枕に包まれ、松子は虎女の悲恋に耳を傾けていたが、にじりよって唇をあわせた。

〈禁門の変〉で九死に一生をえた桂小五郎を愛した幾松の昔にかえり、松子は手の甲でそっと泪をぬぐった。

八月二十二日、この日も雨に閉じ込められる。

東京から三条右大臣の側近森寺が来て、小酌かたがた廟堂《びょうどう》の現状を教えられた。

「三条大臣は、強引な岩倉卿と大久保さんに突き上げられ、お困りですぞ」

どうやら、木戸の不在を嘆いておられるらしい。

翌日、東京へ帰る森寺を宿の「吉田屋」に訪ね、見送った。

夕刻、今度は対馬藩の大島友之丞が来訪した。

「朝鮮が煮つまってしもうちょる」開口一番、湯治場まで外交の難問を持ち込んだ。

「〈版籍奉還〉で、問題解決がねじれちょるのかのう」

木戸も責任を逃れられなかった。

「我が藩がどの程度までかかわれるのか、予測が難しくなった」

「国と国が表舞台で話し会いをすべき時なのかもしれん」

朝鮮問題が暗礁に乗り上げているため、打開策について協議をした。

この日は、木戸の家族にとっても思いがけぬ展開があった。イギリス人のシュミットが明日熱海へ下山するので、正二郎を伴いたいと希望してきた。

英語のみでなく、広く西欧の文明を教え、木戸家の後継者として育てたいというのだ。正二郎に日々英語を教えていて、その懇情はとても厚いので、松子と相談の上、了承する。付き人の吉次郎を添えて、熱海へ向かわせることにした。ところがシュミットは吉次郎の同行を断り、木戸夫妻は心配だったが、それも許した。『可愛い子には旅をさせよ』の心境である。

次の日も雨で、正二郎らの熱海行きも延期になる。

朝、大島が来て招待されたので、木戸は一行を連れて「吉田屋」へ行き、閑談した。対馬藩にとって、日朝間の不和は死活問題であることが、大島の熱のこもった話からも伝わった。だが、すでに一藩の問題ではなく、国家間の外交問題が、極東の列強権益ともからみ、深刻な国際問題になろうとしていた。日本にとっては、北方領土問題と肩を並べる難問になる。後の日清、日露戦争の萌芽がすでに黒い芽を地表に現そうとしていた。

井上聞多と伊藤博文から書状が届いた。東京での生々しい政情が綴《つづ》られていたが、どことなく距離を感じてしまった。せめて箱根滞在中だけでも、権力闘争から離れ、松子を幸せにする避暑にしたかった。

温泉は疲れた身体をほぐし、日常のしがらみから解き放たれたこころを癒してくれる。

「肌がすべすべやわ」松子は添い寝をする木戸の手をとって乳房に触れさせた。

「磨きがかかったようじゃな」

木戸は松子の肌をすみずみまで優しく触れ、

「ふくよかであたたかさも増したのう」

と耳もとでささやいた。

八月二十五日、また雨に閉じ込められる。

今朝、斎藤新太郎、謙蔵、青甫は雨の中を東京へ出立した。井上聞多と東久世卿への手紙を托した。「吉田屋」に大島を訪ね、井上因碩《いんせき》と洞雲も同行する。

「今日から朝鮮の話はなしじゃ」木戸が頭から禁句に指定すると、

「そうじゃな。折角の湯治じゃからのう」

大島にも異論はなく、

「因碩《いんせき》師匠、この際、じっくりご指南いただけぬか」

と囲碁をはじめた。

翌日ようやく箱根山に青空が映えた。大島似水、井上因碩らと近辺の山中を遊歩し、ついに因碩、又二郎らと畑宮の岐路から山上に登り見事な眺望に感動する。房総《ぼうそう》から三浦、三崎、鎌倉、江の島、小田原を一望することができた。

「芦の湯一の眺望じゃ」木戸が口にするまでもなく、同行者も口ぐちに感嘆の声をあげた。

残念ながら、大島は肥満のため登れず、茶を煎《せん》じて木戸らの帰りを待ってくれていた。

次の日も晴れていて、芦の湯を発ち、宮の下へ行く。箱根でも有数の温泉郷で、萱葺き二階建ての湯宿もまじえ、十数戸の宿が早川渓谷を望む景勝地に立ち並んでいた。

大島が先発して「奈良屋」に泊まる手配をしてくれた。『奈良屋は宮の下第一の宿楼で、雅なしつらえと座敷からの山水風光は、筆に解きかたいほどである。』と、木戸は日記で絶賛する。外国人にも人気があり、遅れて建設される「富士屋ホテル」に並ぶ格式を誇る。

大島らと小酌をしながら滞在を愉しむことにした。因碩の指導よろしく、大島の囲碁も腕前が上がり、しばしば木戸を負かすようになった。しばらくは朝鮮問題も棚上げである。

人間の思考は環境によって大きく左右される。

(これこそ湯治の効用の一つじゃ)と、木戸は妙な納得をした。

八月二十八日朝、大島は別れを告げ、出立した。昼食後、雨の中を因碩、洞雲と番傘をさして近辺を散歩し、底倉温泉から常泉寺へ行った。同行の諸氏は「秋雨」を題にした詩を作る。雨にも訪れた秋の気配が煙《けむ》っていた。

常泉寺には旧幕府遊撃隊隊士の供養塔があり、敵味方の区別なく、大義に殉じた人びとに香をたむけ、合掌した。木戸は、小田原の大久保家老から聞いた話を思い出していた。

戊辰の役の折、箱根戦争は短期で終結するものの、多くの死傷者を出し、小田原藩は罪を問われた。領地を没収され、家老の江戸護送や藩士の斬首などが行われた。そこで、支藩荻野山中藩主大久保教義《のりよし》が小田原藩存続の歎願書を提出し、昨年九月にようやく認められた。七万五千石に減封され、教義の子岩丸(忠良)が相続した。

(のどかな温泉郷もひとたび戦争になれば、修羅場に変わったのだ)松子を連れて湯治ができる今の幸せを有難く思った。

翌日、木戸と一行は、その堂ヶ島へ行き滝を見て、新築の「近江屋」に泊まった。

イギリス人のリキベ、ブラシン、チュークサンが来て書面で面会を求めた。チュークサンは横浜の貿易商で、わずかに日本語を話し、木戸を手厚く饗応《きょうおう》する。

翌日の昼食に昨日のイギリス人三名を招き、歓談した。松子も美貌を外国人にほめられると、まんざらでもなさそうで、嬉しさを隠さなかった。

(それにしても、外国人は女性に平気でお世辞を言うものだ) 木戸の率直な感想である。

小田原藩から加藤孫大夫、正木権大夫、吉岡織江が鮮魚を携えてきたので、酒を酌みかわしながら談論した。木戸は、まだ若い小田原知事へ頼山陽の『日本政記』を贈ることにした。

肺結核を患う頼山陽が喀血に悩まされながら執筆を続けた「山紫水明荘」は、小五郎と幾松が出会った京都三本木の吉田屋に隣接していた。嵯峨野あたりで見かける萱葺き屋根の農家の趣があった。その縁だけでなく、『日本政記』の内容に魅力を感じたからだった。

口語文で箇条書きにしてみると、およそ次のようになる。
一、民本主義を根底におけ。
一、人君は天をおそれよ。
一、天皇は国家の機関である。
一、最大多数の最大幸福をはかれ。
一、政府は最小限の経費で運営せよ。
一、入るをはかって出るを制すべし。
一、愛民の人材を信任せよ。
ことに最後の項目には、『郡県制を推奨し、郡宰・知事が世襲でないことでも、封建制度より善美である。天下の経営には、門地門閥にとらわれることなく、愛民の人材を簡抜し、信じて任せること』と説いている。

つまり、木戸の政治主張に極めて近い内容であることがわかる。ただし、天皇機関説などには同調せず、すべてを鵜《う》のみにしたのではない。

この日、早雲寺の和尚が訪ねてきたので、箱根戦争戦没者の供養をお願いした。木戸の戦争感や従軍兵士への思いがおのずから浮かびあがった。そうした公人としての顔とは別に、木戸は無類の子煩悩である。シュミットに預けた正二郎のことが心配になり、熱海へ人を遣って様子を訊ねさせた。使いは夜になって戻り無事を伝え、シュミットから、手紙に添えて洋酒と烟《たば》草《こ》を贈られた。

「西洋の香りがするえ」と、松子は的確にとらえていた。

次の日、朝から、早雲寺の和尚を碩《せき》に招き、数時間談話し酒も傾けた。

箱根芦の湯は東海道から近いせいか、来客が絶えず、さまざまな情報をもたらす。

思いがけず長州の楢崎頼三と桂太郎が木戸を訪ねて来た。

彼らと堂ヶ島に遊び、渓谷を遊歩し、「近江屋」で湯浴、小酌をし日暮れて宿へ帰った。

「暗くなって心配やさかい、どないしょう、思うてましたのえ」

夕食もせず待ちくたびれた松子が少しすねた。

「大の男が三人も連れ立っちょるのに、お松も心配性じゃな」木戸がなだめても、

「そやかて、山道で道に迷うたら、どこへ行くかわからしまへん。崖から落ちたのやないかとか……」

松子には、夫のことが案じられてしかたない。

「申し訳ございません。二人がついていながら」

「ついつい……」楢崎と桂が詫びを言って頭をかくと、

「少し酔っていたからのう」木戸が笑ってひきとった。

木戸は、偉ぶることのない人物で、若者たちとも友達のように付き合い、語りあうことを好んだ。そうした姿は若々しく、すねては見せたが、松子も幸せを感じた。

京都出張中の大村益次郎からの書簡を、二人は託されていた。八月十八日付の手紙には、

『東京にて伝聞つかまつり候模様よりも治まりいたってよろしく、この上は漸をもって御政務改革、諸有司心を用ひ候はば、大いに萬民の大幸と存じ候』と記されていた。

京都も無事とのことで、木戸はいささか安堵《あんど》した。だが、大村の命が狙われているようで、気を抜かぬよう、祈るような気持ちだった。

楢崎と桂は、フランス留学を目指して、横浜のフランス語学校に通う決意を語り、木戸に激励された。天保世代の木戸より、楢崎は十二歳、桂は十五歳年下の弘化生まれである。

楢崎は、世子毛利元徳公に近侍し、〈禁門の変〉では世子に従い出兵途中で引き返した。

干城隊に入り、四境戦争では芸州口で活躍した。東山道先鋒として進軍し、甲州勝沼戦争、宇都宮戦争、

白河口戦、会津戦争など歴戦を経ていた。会津城陥落後は奥州諸藩の兵四六〇余名を東京へ護送する役目もはたした。楢崎は、会津白虎隊の唯一の生存者飯沼貞吉を養育したが、明治八年に留学先のパリで結核のため客死する。

桂太郎は、長州藩士馬廻役・桂與一郎の嫡男で、叔父の中谷正亮《しょうすけ》と木戸は吉田松陰を中にして親しくしていた。中谷は松下村塾の経営を援けた人物である。桂も、世子毛利元徳の小姓役となり、四境戦争では志願して石州口で戦った。戊辰戦争では、奥羽鎮撫総督の参謀役や第二大隊司令として奥羽各地を転戦する。新庄での庄内藩との戦では敗北の連続で率いる部隊は著しく消耗した。軍功は評価され、賞典禄二五〇両を贈られ、明治三年に、これをもとでとしてフランス経由のドイツ留学をはたす。木戸は、青木周蔵や山県有朋らを介し桂太郎を側面援助する。

「大村先生は不思議なお方じゃ」手紙を読み終えた木戸が、その人物評をすると、

「子どもみたいに純朴かと思うと、緻密な戦略をたてられ」楢崎も大村の全体像をつかみかねていた。

「一徹じゃから敵をつくりやすい。京都で何事もなければよいのだが」木戸はまだ、安心できなかった。

「高杉さんが、大村先生のことを昼行燈みたいじゃと申されたとか」

桂は師と仰ぐ大村が昼の行燈みたいだと決めつけられことが不本意そうだった。

「茫洋《ぼうよう》としておられるが、鋭いお方じゃ」

木戸はひたすら大村の無事を祈るしかなかった。

昨日のイギリス人三人から酒菓が贈られたので、これを小田原藩の人へ贈った。

この日、思いがけないことがあった。芦の湯「松坂屋」の女将が訪ねてきたのである。

部屋に通し、何事かと聞くと、

「西郷吉之助さまが宿泊中で、木戸さまにお会いしたいとのことで……」

「えっ、それはまことか」

驚く木戸に、女将は真顔でうなずいて見せた。

「わかった。明日、午後にでもお伺いする。そのようにお伝えしてくれんかのう」

「では、くれぐれもご内密に。松阪屋でも限られた者しか存じませせぬゆえ」

「心得ている」

木戸は怪しまれないように、翌九月三日（陽暦十月七日）、松子と「松坂屋」へ向かう。

朝、楢崎、桂らと底倉温泉の「梅屋」に行き、湯浴を楽しんだ。その後で木戸は、松子と昨夜投宿したばかりの橋市らを連れて、「松坂屋」へ行った。薄暮、雨に濡れながら宿へ帰った。この時、ひそかに西郷吉之助と会ったことが推測できる。『木戸日記』に西郷の名前は記されていないが、「松坂屋」では今日まで伝えられている。日記の余白を補ってみると、真実だと考えられる。「奈良屋」に移っていた木戸を「松坂屋」の女将が訪ねた理由は、よほどの大事で、他人に頼むことのできぬ用件だったと考えられる。松子を連れて行ったのは、正式に妻として迎えたことで、西郷への紹介とも考えられるが、人目を紛らわすためでもあったのだろう。会談は顔を合わせるだけで良かったのかもしれない。互いの無沙汰を詫び、新政府の混乱を相互に認めあったに違いない。西郷も木戸も憂国の思いは人一倍強い人物である。半年後に長州脱隊兵が叛乱を起こすと、西郷は側近のみを連れ、船で視察に訪れる。

今回も、岩倉と大久保の木戸追い落としを、重大な政変とみていた。駿河の清水か沼津あたりに船をつけさせたのかもしれない。

西郷は、薩長の分裂を危惧し、木戸へ大久保との和解を説得した。木戸も西郷の東京復帰を望んだ。ところが歴史の綾は不思議なもので、京都・伏見・大阪で大村益次郎の暗殺計画が動きはじめていた。

翌九月四日に、大村益次郎が京都木屋町で刺客団に襲われる。

当日、箱根では何事もなく、木戸は湯治を続けていた。午後に、楢崎と桂は横浜へ出立し、小田原から礼状が届く。

後日、木戸は大村益次郎暗殺の報を受け、瞬間的に西郷の温和な顔を思い浮かべた。

（箱根で木戸が湯治をしていることを、西郷は何時どのようにして知ったのだろうか）

それも芦の湯の「松坂屋」を特定できていた。木戸の動きと同時に大村の動静も、西郷の情報網にひっかかっていたような気がした。あいにく「奈良屋」へ移動していたので、松坂屋の女将を使いに出したのだろう。

大村の関西出張は危険を伴うことが木戸には知らさ

れていたので、念をおして注意していたくらいだ。それ故、薩摩の情報網に大村と暗殺団の動きは引っかからぬはずはない。

知っていたのは、京都太政官の海江田だけなのか、それとも大久保や西郷も察知していたのだろうか。大久保も西郷も、大村襲撃のことに関して、不気味なくらい沈黙を保つ。

(西郷や大久保が黒幕として、それほど卑劣なことをするはずがない)

大村のみでなく、坂本龍馬暗殺・広沢真臣暗殺のことも重なっていく。

木戸は、自らの死にいたるまで疑念が生じると、頭を振って否定し続けた。

(もし薩摩の犯行だとすれば、自分が惨めになるだけである)

少なくとも、西郷・大久保・木戸には維新に対する自負があった。

九月五日、宮の下の「奈良屋」に滞在中の木戸は、同行の連れを挙げて木賀《きが》温泉に行く。

浅い谷川の傾斜地に萱葺《かやぶ》きと藁葺《わらぶ》きの湯宿が四、五軒かたまっていて、ひなびた湯治場になっていた。箱根七湯の中では二番目に長い歴史を持ち、北条氏直轄の温泉で、江戸のはじめには将軍献上湯として運ばれていた。子宝の湯とも称される。

木戸も松子との間に実子を授かっていなかった。子宝の湯であることを、松子に直接話すことはしない。それを口にすれば、彼女を傷つけることを知っていたからだ。

「貧血の婦人に効く湯らしい」

木戸が気を使って声をかけると、

「二人でゆっくりできる内湯があればええのになぁ」

松子は無頓着で、二人きりになれることだけを望んでいた。それほど同行の客人が増えていた。

宮の下から深い渓谷の山道は仙境のようである。「亀屋」で小憩し温泉に入る。鉄分が多く、木戸の病には適しているといわれた。

翌日も、主治医の福井順道、囲碁名人の井上因碩を連れ、木戸は木賀温泉に行く。

途中で芝蘭《しらん》を買う。東京まで運ばせるつもりだ。とにかく木戸は、草木にこまやかな愛情を注ぐ。和田の両親も土いじりが好きで、盆栽や庭の芍薬《しゃくやく》や紫陽花《あじさい》など、夫婦で面倒をみていた。木戸は、父昌景から薬草の栽培を教えられ、蘭医シーボルトが七年間の日本滞在中に、山野の草木を画家に描きとめさせた話を聞かされた。自然を愛す気持ちは、幼い日々の環境のみではなく、もって生まれた感性にもよる。松子は、そういう優しく繊細な感受性に富んだ夫を愛していた。

夕刻、長岡謙吉が「奈良屋」を訪ねてきたので、小酌閑談した。海援隊で坂本龍馬を陸奥陽之助と共に補佐した男だけに、長岡との話は歴史の裏面を知るうえでも興味がつきない。

大政奉還につながった〈船中八策〉も、夕顔丸の船中で長岡が書き上げたものである。山内容堂の大政奉還建白書の起草にも関与したらしい。

大村益次郎を宇和島藩に招いたシーボルトの弟子、二ノ宮敬作につき長崎で学んだ蘭医である。再来日したシーボルトからも、オランダ語・英語・万国公法を学び、一時期、土佐で村医をしていた。遠い縁戚の坂本龍馬と再会し、海援隊で秘書役をつとめた。

坂本龍馬の死後、海援隊は土佐藩大監察佐々木高行が率いる長崎残留組と、長岡の率いる隊にわかれた。長岡らは幕府天領小豆島占領を計画し、讃岐《さぬき》諸島で活動した。

維新後、木戸の勧めで新政府に出仕し、この後、大津県の監察、三河県判事、民部省大丞、大蔵省大丞などを歴任する。その経歴からわかるように、二ノ宮敬作・シーボルトを師としたので、シーボルトの娘イネのことや大村益次郎の秘めた恋なども知っていた。

大村遭難の二日後に、その長岡が訪ねて来たのだから、西郷のことといい、木戸は後々、大村の己日になると、箱根湯治を感慨深く思い出すことになる。

木戸にとって、命のある限り、ほんとうの安寧《あんねい》からは見放されていたのだろう。

箱根山にまで、容赦なく激動の時代は、その風浪をおよぼした。届けられる手紙さえ、木戸を安らかにはしてくれない。松代藩士北沢織之助（正誠《まさなり》）より書翰《しょかん》が届き、菓子一箱、硯《すずり》一面が添えられていた。天下の形勢を浩歎《こうたん》し、信州上田の士民蜂起を伝えていた。

（国の興廃にかかわる事が多く、男子が安居している時ではない）と木戸は自省する。

西郷に政界復帰を諭されたことも影響していたのだろう。

北沢は佐久間象山《しょうざん》の愛弟子で、親子ほど年のひらきがあった。象山遭難の日、北沢も京に滞在中で、変事のあと寓居に駆け付け、著書や遺墨《いぼく》などの散逸を防ぐため奔走し、先輩の勝海舟に托した。象山暗殺に際して、京都で事後の処置をした北沢から、書簡を受け取ったことも、大村益次郎の受難に重なる思い出になる。虫の知らせか、何か不思議なことが続いていたのだが、木戸はまだ大村遭難の事件を知らされていなかった。

翌日、雨にもかかわらず木戸は医師の福井を誘って木賀温泉へ行った。同じ医師の長岡謙吉も、木賀温泉に興味があるらしく後を追ってきた。木賀で、先日落手した北沢書簡への答書をしたためる。ちなみに北沢は〈廃藩置県〉後に小笠原島島司（島庁長官）として新政府に仕える。これも木戸の推薦によるものが大きく、幕末・維新の大波から木戸が救出した人材の多さは、特筆に値しよう。

夕刻、「奈良屋」に帰ると、ミットフォードが木戸の滞在を耳にして来訪していた。

「会津藩の広沢さんを援けてくれて感謝しています。木戸さんの宿を教えてもらい、松阪屋へ行きましたが、すでに奈良屋へ移られたと聞きましたので、一言お礼を申さねばと」

「それはかたじけない。遠いところを恐縮ですな」

「実のところ、箱根へ来てみたかったのです。噂で景色の素晴らしい温泉場だと聞いていましたので」

「あなたの好きな富士山もごく近くに望めますよ。芦ノ湖という湖もなかなか美しい」

「まず温泉につかってゆっくりしたいですね」

「それじゃあ、明日にでも、ご一緒しようかな」

「おう、これは光栄ですね」

ミットフォードは名門の出身で、幼いころからドイツやフランスで暮らし、オックスフォード大学出の外交官である。北京の英国公使館勤務を経て、慶応二年（一八六六）に日本へ転勤になった。後に『リーズデイル卿回想録』を出版するが、その中の日本滞在記が『英国外交官の見た幕末維新』である。

木戸は宿に酒食を頼み、歓談する。彼はサトウに負けず劣らずの品格のある顔立ちで、その眸を輝かせて話をする。柔和な笑顔と上品な身のこなしは、松子も絶賛するほどだった。

次の日、ミットフォードと木戸は木賀温泉へ行き、浴衣に着かえると、日本人と一緒に温泉で手脚をのばした。夕方、連れだって宿へ帰る。ミットフォードはお礼に木戸夫妻らを招き、パーティーを催してくれた。欧米の様々な新しい出来事などを聞くことができ、木戸は湯治場での限られた世界から再び飛翔する力をもらった。

シュミットに英語教育をまかせた養子正二郎のことが心配で、柿野三郎に家人をつけて熱海に行かせた。夜になって、正二郎らがすでに横浜へ出立していて、会えなかったとの報告を受ける。木戸は、過保護な父親であってはならぬと思いつつも、実子以上に正二郎の大成を願っていた。志士として自裁した義弟来島良蔵への償いの気持ちもこめられていた。

九月九日は重陽《ちょうよう》の節句である。晴天で木賀温泉へ大勢が同行した。井上因碩とは碁を囲み、長岡謙吉とは詩作を交換した。夕に宿へ戻り、皆と菊酒を傾け、世間話をして過ごした。

木戸にとって、つかの間の安息だった。

翌、九月十日暁のことだった。

「木戸さま、木戸さまお目覚めを」女将に起こされる。

「何事じゃ」廊下へ飛び出ると、手燭をかざす女将に従う家人河村謙蔵の姿が目に入った。

東京から火急の連絡として、京都府権参事槇村半九郎と河田佐久馬からの至急書簡を届けて来たのである。京都の異変を直感する。

「女将、灯かりをすまぬ」その場で開封すると、大村益次郎遭難の知らせだった。

『去る四日晩、大村益次郎が刺客団に襲われた』とのことである。

『京都木屋町三番路次の寓居へ刺客八人が乱入し、静間彦二郎と加州人安達某が難に死し、大村の家来一人が翌日死亡、他の一人が数ヶ所の傷を受けた。天の助けか、大村は数ヶ所の大瘡《だいそう》を受けたが、生命は無事の由』報知があり、木戸はひとまず安堵する。

それでも、何事かと心配して起きだし、そっと寄り添った松子には、怒りで身体を震わせる木戸の気配が伝わった。

「大村先生が襲われた」

振り返った木戸がかすれた声で異変を教えた。

「こわい」松子は夫の背にしがみついていた。

「案ずるな。一命はとりとめたそうじゃ」思わず木戸は、気休めを口にしていた。

大村は、かねてから木戸と維新について論じてきた。天下の形勢は日々に逼迫《ひっぱく》しているのだが、廟堂諸氏の多くは、一日の安心に甘んじ、定まった将来への展望や目標を立てていないことを歎いたものだ。このたびの上京については、京都の不安定さを正し、この春以来の十津川郷士の騒乱を鎮めたいと思っていたようだ。巨魁《きょかい》を捕縛したとの報告を受け、大村は詳細を知ろうとした。ところが、この話は根も葉もない浮言で、おびき寄せ暗殺を謀ったものであろう。（それにしても大村がこの危機に一命をとりとめたのは、天助にちがいない）木戸はまさかの病状を推察できず、正直にいって安堵していた。直ちに、長州藩邸気付で大村益次郎へ見舞状をしたためた。

　大村は油断していたのだろうか。必ずしもそうとは言い切れず、刺客に命を狙われると、防ぐのはかなり難しいといわれている。神代に狙われた高杉晋作は、長州から脱出した。

　木戸が大村益次郎遭難の真相を知ったのは、後のことである。

　九月四日の夕刻、木屋町の長州藩別邸二階で、大村は二人の友人と談話していた。

　一人はかつて大村の鳩居堂で塾頭を務めた加賀藩の安達幸之助、もう一人は長州第二大隊司令補の静間彦太郎だった。安達は大村の推薦で兵部省の英語教授を務めていた。

　彼らは、京都三本木の鴨川対岸にある鴨東練兵場に開設される陸軍伝習所で、翌日から開始される講義と訓練の打合せをしていた。そこでは若き日の児玉源太郎（のちの陸相）や寺内寿三郎（のちの首相）らが学んでいた。六時ころ、二人ずれの男が訪ねてきて、名刺をだし、「大村先生にお会いしたい」と申し出た。応接に出た若党がその旨を伝えると、

「公用なら、明日、役所で会う。私用なら、明後日にしてほしい」

　何気なく、大村はそう返事をさせた。すると男の一人が、

「ぜひ、今日、お会いしたいので、もう一度、おねがいしてほしい」

　そう頼むふりをして、若党の跡をつけ、部屋の位置を確認すると、中へ駆け込んだ。

　驚いた若党が素手で抵抗するのを刺殺し、二階へ駈け上った。

　別室にいた兵部省の役人が、騒ぎを聞きつけ、斬り

合いになり、河原まで追いかけると、待ち伏せた神代直人らに取り囲まれ、惨殺される。

二階を襲撃されたとき、三人とも丸腰だった。

「賊だ。出会え、出会え」と口々に叫んで、安達と静間は河原に飛び降りたが、刀はなく、待ち伏せた刺客の餌食になる。どちらかが大村と間違われたらしく、賊は引き返すこともなく立ち去った。当の大村は、額と膝など六ヵ所に傷を負いながらも、浴室の風呂桶につかって隠れた。急場は命びろいしたものの、不潔な残り湯につかったまま隠れていたので、傷口から細菌が入ってしまった。大村は、比較的元気で、駆けつけた者たちに、

「しばらくサザエのまねをしていました」

とやせ我慢に近い冗談も言えたらしい。だが、大村の傷は日を追って化膿してくる。

京都府権大参事の槇村正直から兵部省へ事件の報告があったのは、深夜一時ころだった。

翌日、槇村は木戸宛に電信にて大村遭難の第一報を打電した。木戸は、蘆の湯の「松坂屋」から宮ノ下の「奈良屋」に宿を移して湯治中だった。六日遅れで、東京に残した従者の河村謙蔵から書簡と共に届けられた。

木戸は、直ちに筆を執り、九月十日付の槇村宛返書を謙蔵に托した。

『実に驚愕《きょうがく》のいたりにござ候。然るところ天なるかな、生命つつがなしと申すところにいたり覚えず欣躍《きんやく》、大安堵つかまつり候。かつ静間、安達二氏、大村家来、じつに憐れむべきいたりにござ候』

木戸の休暇はすでに一ヵ月以上になり、心配した三条右大臣より森寺が遣わされ、帰京をうながしていた矢先だった。大村の復帰がおぼつかない以上、帰京せざるをえなかった。

その日夕方、江川家の手代惣領柏木総蔵が来訪する。歓談し、東京の近情も聞いた。

「若殿がアメリカ留学を希望していらっしゃる。どうしたものか、貴殿にご相談いたしたくて参上つかまつった」

「そうでございましたか。夢があって宜しいのう」

おそらく、かつて江川家の家臣に属した中浜万次郎に感化されたのだろう。

「むろん賛成でござる。ただ、もう少し待ってくださると助かるのじゃが」

木戸は時が熟すのを待つように告げた。健康を取り

戻したら海外視察をしたい、と考えるようになってい
た。
　先日、ミットフォードに勧められことも、かなり影
響していた。
「それでも留守宅をお守りいたす我らにとって、悩ま
しいこともござりましてのう」
　柏木は、江川家の当主が留学した場合、残される家
族のことも気になるらしく、
「大殿さまのご令嬢の嫁ぎ先が決まらねば、申し訳な
い。いかがしたものかと」
　木戸の配慮を求めた。
「たしかにおうかがいいたした。いささか心当たりも
ござる」
　木戸は忘れず記憶していて、後日、江川英子をイタ
リア公使になる河瀬真孝に紹介する。
　この日は萩の妹治子からの手紙も届き、正二郎ら来
原の子たちが成長する楽しみが、母親らしい愛情をこ
めて記されていた。正二郎をシュミットに預けたこと
は知らせなかった。
　次の日、十時過ぎに柏木が出立のため告別にきた。
心の底から自然に流れでる礼節は、日本人の美徳だと
思う。木戸は木戸で、手紙を書くのに追われた。桂小
五郎から木戸孝允になっても、こればかりは変わらな
い習性である。手紙をもらった人へ返書をしたためて
きた。
（これも日本人の礼節にちがいない）広沢、楢崎、桂、
名和、森寺に加え、京都の槇村と河田へ書翰をしたた
めたので、束ねて東京へ送る。横浜経由の船便の方が
京都へも早く届くのだ。
　木戸はその日の日記に記した。
『終日、戸を閉ざし、あたかも夜のごとし。ひたすら
墨を磨り、書を揮《ふる》う。』
　夜、諸氏と閑酌を交わしたが、時事を想像し、寝付
かれず、詩作をする。大村を襲った者たちの背後でう
ごめく勢力は、木戸の命をも狙っているのだろう。
　次の日、長岡謙吉が来談。
「大村先生が京都で襲われた」木戸が知らせると、
「えっ、お命は」あまりの事変に長岡は絶句した。
「幸い、別状ないとのこと」
「それはよかった。思わず龍馬と慎太郎のことが頭を
よぎったきに」
「用心するように伝えたのじゃがのう」

前途の憂い患いが二人を包み、その思いは通じ合う。(龍馬が生きていたら、今の時世をどのように思うのだろうか)

木戸は亡き友に呼びかけたい気持ちを抑えた。

坂本龍馬や高杉晋作など、魂と魂をぶつけあいながら、大事を相談できる人物がいない。

「西郷となら」とかすかな希望を抱いたのだが、大村が暗殺されてみると、急速に幻想としてしぼんでしまう。(信じようとしていた矢先、西郷を信じられぬとは。といって、岩倉卿や大久保には、利用されるだけの虚しさがつきまとう。どうすればよいのか)堂々めぐりの思案に、結論はえられない。

「土佐の要人にも、ぼくの思いを伝えてくれんかのう」

「大村さんに万一のことがあれば、大変じゃき。私は東京へ帰り、陸奥や中島らと相談してみますぞ」

長岡は出立のため別れを告げる。

三時過ぎに諸氏と木賀温泉に行き、木戸は一泊した。

九月十三日、毎日来る猟師が牝鹿《めすしか》を一頭、馬の背に携《たずさ》えて来たので、その両脚を買った。

井上因碩らと渓谷をさかのぼり、木賀坂下から早川を渡って宮城野へ行く。渓流は奇景で山村の風光もすばらしい。明神ヶ岳の頂きから紅葉がはじまり、渓《たに》をおりてくるのだろう。楓の大樹が繁る早川渓谷は、春の山桜もさることながら、錦繍《きんしゅう》の色どりは息をのむほどらしい。今晩は後夜の月で、花を手折り、松子に渡した。彼女は芒《すすき》と野菊を花瓶に飾り、月見の準備をした。この村は蕎麦《そば》が名物で、潜伏していた出石《いずし》を思い出す。

「お蕎麦をいただくと、出石の家が懐かしおすなぁ」

松子も、出石で小五郎が料理してくれた湯豆腐と蕎麦のことを、思い出していた。

「あの夜の蕎麦は一生忘れられん」桂小五郎と幾松が再会をはたし、深く結ばれた夜だった。

その日は、旅館の主人が月見の席をしつらえ饗応《きょうおう》してくれた。

九月十七日、湯本温泉へ下り、「福住」に泊まった。寛永年間の創業で箱根七湯を守ってきた老舗《しにせ》である。十代目当主九蔵は二宮尊徳の門人で、福住へ婿入りしたとのことだった。

宿へ小田原藩の吉岡織江が来て、夜になって小宴を催した。新政府高官であることを知ると、福住九蔵は木戸夫妻に最高のもてなしをした。この後、「福住」

には福沢諭吉や山内容堂も逗留《とうりゅう》し、昭憲皇后も行啓《ぎょうけい》される。木戸夫妻は明治九年にも再訪し、この際、新装なった楼館に「萬翠楼《ばんすいろう》」と名付け揮毫を残すことになる。

翌日、早雲寺の和尚を訪ね、一休和尚の一幅など所蔵の書画を拝見する。和尚は、北条氏ゆかりの芹椀《せりわん》に汁粉を入れてもてなしてくれた。北条氏政が早雲寺に百組寄進し、秀吉に降った氏直が高野山追放の際に、そのうちの五十組を持参したと伝えられていた。朱漆に水芹《みずせり》を蒔絵《まきえ》した漆器で、中世の組椀を代表する貴重な名器である。古雅のおもむきのある茶椀だった。木戸は、国外に流出する日本の由緒ある工芸品の保存が急務であることを自覚する。

小田原藩家老の大久保弥右衛門が湯本の宿へ訪ねてきた。東京でしばしば会っているが、昨夜東京から帰ってきたらしい。次の日も大久保と早雲寺和尚が訪ねてきた。大久保は塔之沢温泉に湯浴へ行き、その帰りに泊まってくれた。彼もまた戦乱の時代を苦闘した人の一人なのだ。小田原藩は〈箱根戦争〉に巻き込まれ、戦後も苦悩の藩政を強いられているようだ。

地政学的な要地につきまとう宿命なのだろう。

九月二十日十時前に湯本を出発。大久保弥右衛門が小田原まで同道した。木戸に万一のことがあってはとの配慮なのだろう。〈箱根戦争〉で、小田原藩が変節を繰り返し、戦局を混乱させた釈明をした。その要旨をまとめてみよう。

慶応四年閏四月に、上総の請西《じょうざい》藩主林忠崇《ただたか》は、二百名ほどの藩士を組織して館山から真鶴に榎本武揚の軍船で渡った。五月には人見寧《やすし》や伊庭《いば》八郎らの率いる遊撃隊も加わり、箱根関所を占拠した。東海道の要所、箱根峠をめぐる攻防は戦略上の重要性があった。

小田原藩は、幕府と新政府軍の間で藩論が揺れ動いた。大久保老人は、上野彰義隊の決起に呼応するつもりが、判断を誤る原因になったことを、率直に認めた。たった一日で壊滅するとは思ってもみず、榎本艦隊が駿河湾から攻撃することを期待したのだろう。小田原藩は、藩論を恭順から変更し、旧幕府側に立ってしまった。新政府軍軍監三雲為一郎は、小田原から海路をとり、藩論急変を江戸へ通報した。

小田原藩に対し、遊撃隊との同盟を責め、問罪使として錦旗奉行秋波経度《つねのり》と参謀河田佐久馬に率いられる兵を派遣した。その結果、小田原藩は恭順し、藩主大久保忠礼《ただのり》は菩提寺の本源寺で謹慎。新政府軍は独力で遊撃隊を討伐するよう要求した。ここに〈箱根戦争〉が繰りひろげられた。当初は旧幕府軍が優勢で、小田原藩兵の死傷者が多数にのぼった。結局、後詰の新政府軍も参戦し、激戦だったが勝利した。この戦争で遊撃隊の伊庭八郎が腕を斬り落とされ、退却を始めた。湯本の茶屋へ放火して畑宿へ退き、さらに箱根から全軍の撤退をはかった。熱海から網代《あじろ》へ移り、五月二十七日夜、船で房州館山へ逃亡した。小田原藩家老の大久保も節操のない藩政を恥じていたが、死者が甦ることはない。木戸には〈禁門の変〉後の第一次長州征討で、揺れ動いた長州藩首脳のことが二重写しになって思い出された。だから、大久保の立場も理解でき、逆にいたわった。

小田原藩の吉岡織江が来て、浜辺へ出ることをしきりに誘うので、一同は海辺へ行く。

そこには小田原藩の重臣たちがすでに出て、漁師を雇い、地引網を引かせていた。二度行い、大きな紅鱗(金目鯛か)を得た。同行した松子は、少女時代を過ごした若狭の海を思い出していた。

「潮騒の音や磯の香が懐かしいなぁ」松子は目を閉じ、物思いにふけっている様子だった。

「わしも悪ガキのころ、萩の菊が浜で遊んだものじゃ」

「日本にはどこへ行っても、美しい浜辺があるのやなぁ」

「昔、相模の海岸から黒く丸い石を集めて京へ送り、洗洞御所の州浜に敷いたそうじゃ」

誰かに教えられた造園の故事を松子に話した。

砂浜で小酌し、帰り途にある楼へあがり、木戸は諸氏と杯をかわした。旧佐幕派家臣から暗殺される危険があった時代で、木戸の度胸のよさには、小田原藩士が驚かされた。

翌日、小田原を出立。宮ノ下の奈良屋兵次がここまで見送りに来た。小田原本陣上清水の娘お長が、宮ノ下から当地までの間、松子らに付き添って何かと世話をしてくれた。わずか十二、三歳の小娘がよく気遣いをしてくれた。松子になつき、目を潤ませて名残を惜しんだ。

大磯の「大和屋」で昼食をたのしみ、藤沢の「藤屋」に泊まった。次の日は江の島に行き、「恵比須屋」で憩い、社《やしろ》に詣で、島の背にある巌穴《いわあな》に入った。奇観で、漁夫が水中に潜り、鮑《あわび》や海老《えび》の類《たぐい》を獲って、買ってくれという。「恵比須屋」でそれを昼食用に料理してもらい、新鮮な魚介を味わった。松子の喜びようは、まるで若い娘のようだった。

いよいよ鎌倉で、腰越の隘路《あいろ》を抜け、長谷寺から鶴岡八幡宮へ出た。毛利家の先公と大塔宮《だいとうのみや》（護良《もりなが》親王）を祀る鎌倉宮を拝し、朝夷の切通しを過ぎ、金沢に至り、「東屋」に泊まった。その間、雨に降られ、道路がぬかるみで、従うものたちが苦労した。金沢は小五郎時代から何度か訪れているが、その都度、初めてきた時と人家の位置が異なっていた。今回はまた異なっていて、人の世の変転は測りがたいものがあった。知らず知らず、鴨長明「方丈記」の冒頭一節を口ずさんでいた。

九月二十三日（陽暦十月二十七日）、金沢から称名寺に着き、金沢八景を望む。秋晴れの風光麗しい日で、能見堂を訪れ、梅林の多い杉田に出た。水戸光圀《みつくに》が招いた明の禅僧・東皐心越《とうこうしんえつ》が、光圀編纂の『新編鎌倉志』に基づき、能見堂から見た景色を、故郷の瀟湘《しょうしょう》八景になぞらえた七言絶句の漢詩に詠んだことで有名になった。木戸はそのことを知っていて、かねてから一度は訪れてみたいと思っていた。歌川広重の『金沢八景』でも、称名寺の『称名晩鐘』が知られている。

横浜では「伊勢文」に落ち着き、木戸夫妻はシュミット、正二郎と料亭へ行き談話する。

「息子がお世話になりかたじけない」

木戸がかしこまった礼をいうと、

「心配しないで木戸閣下」とシュミットも日本政府高官に対する礼節を守ろうとした。

「シュミットさんは、日本語をどこで覚えましたの」

松子はむしろ母親らしく、息子正二郎の教師を志願する青年に興味を示した。

「横浜です。もうすぐ三年になります」

「母国が恋しくなりませんか」

松子は素朴な質問をする。

「時にはホームシックに。ショウジロウをイギリスへ留学させませんか」

シュミットが思いがけない提案をしたので、木戸は面食らった。

「まだ子供じゃしのう」食事の席では、それ以上、話を進めることはできなかった。

「伊勢文」に帰ると、横浜外国語学校（陸軍将校正則養成所）の生徒たちが訪ねて来た。

大村遭難を聞きつけ、血相を変えている。薩摩の暴挙と決めつけ、今にも報復をすべしと興奮状態だった。一気に薩長盟約締結の前夜に舞い戻った感がある。

「こんな時ほど冷静にならないけん。せっかくご一新を成し遂げ、ここで薩長が争えば、すべてが水の泡じゃろが」

木戸は、自らの高ぶりを抑えながら説得につとめた。

「この夏以来、薩摩は増長しちょるけ、思いしらせないけんじゃろ」光田は顔を紅潮させて抗議した。

「おねがいじゃから、待ってくれんか。真犯人が捕まったわけじゃなかろうが。早やとちりはまずいぞ」

若者たちが鎮まるまで、木戸は粘りとおした。

翌日、シュミットを訪ねると、正二郎を教えたいので、一年間横浜で預りたいと希望する。

正二郎もその気になっていた。木戸は東京勤めがなくなれば、一年以内でも返すことを条件に、托すことにする。翌年、木戸は正二郎をイギリスへ留学させることになる。

横浜外人街で松子と絨毯《じゅうたん》などを買い、畳の応接室を洋風に模様替えするつもりだった。ロンドン留学者の遠藤が通訳をしてくれた。松子は西洋の物産に強い関心をもった。（生活感のある女性にこそ、文明開化の恩恵がもたらされるべきだ）と、木戸は思う。

夕刻、外国語学校の若者たちが再び来話。京都での大村益次郎襲撃や政府の方針が定まらないことを、しきりに批判する。彼らの危機感を木戸も肌で感じていた。一年前まで、彼らは命を賭して戦いぬいた志士たちで、忍耐の限界を超えれば、爆発する可能性をひめていた。大村は彼らを大阪兵学寮の幹部にするつもりだった。

そこへ突然、伊藤博文らが来て、談話する。大村襲撃事件が東京でも尾ひれつきで広まり、開明派への圧力が厳しいことを告げる。（岩倉や大久保は何を考えているのだろう）木戸は腹立たしさを覚えた。

次の日、朝から外国語学校の小倉（馬屋原）と周布が来て、切迫している事情を告げる。

語学校の生徒たちが憤って爆発寸前だという。木戸が大久保らへ下手に出ていると思っているらしい。長州の若手が憤って、大久保、岩倉ら政府首脳を襲撃することを心配した。

内心、若者たちに共感することが多々あるのだが、忍耐すべきことを説く。たしかに木戸が病気静養中を狙いすましたかのように、大村益次郎襲撃事件が勃発した。京都の弾正台長官海江田が、同じ長州の殺し屋神代《こうしろ》直人らを使って暗殺を誘導した可能性が高い。

この日、後藤象二郎が木戸を訪ねて来た。箱根へ湯治に出かけるときも気遣ってくれたが、このたびは大村益次郎襲撃事件を心配してのことである。

「今は忍耐のときじゃき。挑発に乗っちゃあいかん。長州藩の若い者を抑えてほしい」

「横浜の学生が暴走しそうで心配じゃ」

翌日、横浜より艀《はしけ》の蒸気船で永代橋下に着き、木戸はその足で直ちに広沢を訪ねた。

「木戸さん、大変なことになりましたぞ」広沢も大村襲撃事件による動揺を隠そうとはしなかった。

「横浜語学校の生徒たちが、暴発寸前じゃった」

「長州藩藩邸でも、善後策を検討中じゃ」

広沢も半ば興奮気味である。

個人的には、賞典禄の問題を処理する必要に迫られた。

木戸へも御賞典を賜り、広沢が代理として御書き付けと口宣を拝受し、今日渡してくれた。案の定、世襲制はそのままだ。昨年、御賞典が下されたとき、将来の財政などを考え、世襲ではなく一代限りにすべきことを建言した。政府首脳が身を切らずして、国民を納得させることはできない。（徳川幕府を礼賛し、懐かしむ風潮を助長することは許されない）

木戸は、心底、政府高官の驕《おご》りを恥じていた。当日の様子を伝え聞き、代行してくれた広沢に感謝する。しかし、木戸は賞典禄を辞すつもりで腹を決めていた。

九月二十八日、林半七(友幸)、森寺常徳らが来訪した。

「木戸さん、三条大臣が困っていらっしゃる」

林は顔を合わせるなり、輔相の苦境を告げた。

森寺がその言葉を追うように、

「一日も早く参朝してくだされ」と、木戸の政権復帰を促した。

「身にあまるお言葉、三条卿へよしなにお伝えのほどを」

大村益次郎が倒された現状で、木戸が引退すれば、長州の若手は黙っていないことだろう。

防波堤を失えば、激高した高波となって、大久保・岩倉らの暗殺に走る可能性があった。

昼過ぎより若林の霊園に行き、吉田松陰先師、義弟来原良三らの墓に参った。合掌しながら、初心にかえったつもりで先達へ問いかけていた。

（今、何をなすべきなのでしょうか。復讐の連鎖になれば、安政・文久の血塗られた歴史に舞い戻ってしまう。これまでの苦闘が水泡に帰すのではないでしょうか）しかし、何も答えはなく、自らの宿志を貫徹する意思の力を養わねばならなかった。

翌日、森寺が三条右大臣の使いでくる。参朝の打ち合わせで、十月一日に決まった。

この日、楢崎頼三、桂太郎ら多数の来客があった。

「木戸さん、遠慮もほどほどにせにゃ、薩摩になめられはせんかのう」

楢崎は表面上、温和な言葉遣いをしていたが、伝わる気迫は激怒に近く、桂太郎までもが、

「長州の決意を示しておかねば、連中は調子にのりますぞ」木戸の弱腰を突き上げてきた。

「すまんな。もう少し静観しちょこう。下手人の全貌が知れた段階で反撃すべきじゃけ」

「下手人と黒幕は、きっとちごうちょりますよ。長州の不平分子を使えば、薩摩は自ら手を汚すことはないわけで」

楢崎は、木戸が内心で推し量っていた考えを、代弁しているかのようだった。

「たしかにのう。そう思わぬでもない。だが、心を鬼にしてでも、ちょっと待ってくれ」

木戸は苦しい弁明をし、若者たちの憤まんはくすぶったまま引き取った。

御典医の青木研蔵も大村の病状を心配して来邸した。

「京都から、大村さんの脚の傷が悪く、切断の勅許を求めて来ているようですな」

青木は侍医として、相談を受けたのだろう。

「先生はどう判断されますか」

素人の木戸には状況がわからない。

「いそがにゃならんですのう」敗血症のこわさを知る青木は、勅許の遅れを心配した。

その悪夢が現実になろうとしていた。

次の日、数日来手をつけていた恩賞表の草案を起こして、杉山孝敏に托し、この日、本書を書き上げた。

夜、広沢を訪れ、木戸は恩賞についての気持ちを伝えた。

「政府の財政は破綻《はたん》寸前じゃろ。これだけ民衆が飢えに苦しんでいるときに、我らのみが恩賞に与るのは許されまい」

六月に毛利家と島津家が十万石の賞典禄を下賜されたさい、木戸は大胆にも辞退をすすめた。ただ、藩内の戦死者遺族や負傷者の生活保障の目的で、厳しい藩財政の補助として一万石を三十年間くらいの長期でもらうほうがいいのでは、と進言した。その結果、新政府は薩長と肥前・筑前のみに限り、当年度の半額返納を認めた。この度、木戸個人にも褒賞が下賜されたので、直ちに辞退の上書を提出した。木戸にならって、岩倉と大久保も褒賞《ほうしょう》を辞退した。しかし、辞意を新政府が受け付けないため、三回にわたり辞退願いを出している。

木戸の国家に対する誠意は他の重臣にも波及した。六月に戊辰戦役の恩賞を受けた前原一誠も、六百石を陸海軍の費用にと申しでる。実際問題として、新政府の財政は火の車だった。三回にわたる褒賞の総額は十万一千八百二十石と金二十二万二十両にのぼっていた。しかも、その九割が永世禄だった。大隈・伊藤・井上ら大蔵官僚が四苦八苦している現実を無視するほど、木戸は鈍感でなかった。

五

十月一日（陽暦十一月四日）、冷たい秋雨の中を木戸は数ヵ月ぶりに参朝した。天顔を拝し御礼を言上する。その際、天皇の眼ざしに出会い、微笑まれた。木戸は、かけがえのない力をいただいたような、温かい気持ちになった。賞典禄辞表を土方《ひじかた》に奏し、天皇への奏上を願った。ペリー来航以来、勤皇の志を抱いて九死に一生を得て生きてきて、国政に参与できることを天皇に感謝しながらも、過分な賞典を望まないことを述べている。

天皇は気持ちを汲み取られたにちがいないが、朝廷としての対応は自ずから異なった。

広沢真臣邸へ行くと、殺気だった来客であふれ、大村襲撃事件で、長州が身構えていた。

売られた喧嘩に黙って耐えることのつらさを、木戸も噛みしめなければならなかった。

（一連の不祥事が、もし誰かの挑発だとしたら、その目的は何か。薩長が争って、漁夫の利を得ようとしている者たちもいる）木戸は、ひたすら沈静をはかる発言にとどめ、政敵への怒りは腹にのみこんだ。河村謙蔵を情報収集のため京都へ出立させた。この日もまた、横浜語学校の生徒が大勢来訪した。大村襲撃事件の続報が伝わっていて、騒然としている。

（万一、大村が落命するようなことがあれば、どうすればよいのか）木戸は背筋に冷たいものが走るのを感じていた。

十月二日、後藤象二郎を訪ねたが不在で、大隈重信を訪ねると病気で寝ていたが、数時間時事を話し合うことができた。

「この秋から、先日お話のあった幕臣の渋沢栄一が大蔵出仕となりますたい。優れもので、お役に立ちますぞ」大隈は渋沢に期待していた。

「大阪の造幣局が立ち上がれば、一気に貨幣制度を変革せにゃならんのう」

「井上さんががんばっておらっしゃる。あと一息ですたい」大隈は職務に意欲的だった。

その足で大久保を訪ねたが不在で、岩倉卿を訪ね、時事を論談したが、つかみどころがなく歎息のみに終わった。（何かおかしな空気が東京には漂っている）新政府の求心力は失われ、我欲で場当たり的に政治が行われていた。（どこか白けた烏合《うごう》の衆が、政事の真似事をしているだけのようでもある）若者たちが命を賭して新しい時代を築こうとした夢は汚濁にまみれ、希望は絶望に変わらんとしていた。（箱根で西郷と話したことは、実にこうした時局の打開であったはずだ。大村襲撃に耐えて、再び手を取り合って前へ進まねばならないのだろう）矛盾だらけの政局から顔をそむける自分と、必死に戦わねばならなかった。

屈折する木戸の気持ちは、松子にも伝わる。

「あんさん、無理はせんといて」

その目は歎願するような哀調を帯びていた。

「わかっちょる。じゃがのう、今は国の危機なのじゃ。大村さんが襲われ、横浜の若者たちが激高しちょる。何かあれば、暴発するじゃろう」

誠実な夫が宿志をまっとうしょうとして悩む姿は、松子にしか見せない素顔である。

気分転換が必要だと思い、松子は染井の別荘へ行きたいと甘えてみた。

翌日、家をあげて染井の別荘へ行く。松子は染井が気に入っていた。桜紅葉《さくらもみじ》が山荘を染め、高い欅《けやき》の梢で百舌鳥《もず》がなき、澄んだ空気をふるわせていた。自然のうつろいはすなおで、人を裏切りはしない。福井順道、斎藤新太郎夫妻も来て、歓談する。

松子が萩の茶碗に薄茶をたてて客人にふるまった。紅葉した柿の葉に虎屋の羊羹《ようかん》がよそわれていた。黒文字で切り分け、舌にのせると、つかの間の幸せが木戸をなごませた。

次の日、神田橋の藩邸に行き、宍戸、青木、正木らと会い、談話する。

伝えられる大村の情報は、槇村や河田経由のものが多く、船便だとはいえ、時差が生じていた。万一の事があった場合、東京の長州藩邸として、どのような対応をすべきなのか、一応の合意を得ておかねばならなかった。〈版籍奉還〉後の混乱を修復するために、首脳が苦労していた時節だけに、大村の遭難は大きな影を落としていた。四境戦争後に長州が預かっていた石州と豊前を朝廷へ返納したため、諸隊の軍事費を別会計で捻出しなくてはならない。国の財政再建のため、長州は身を削ってきたのだ。それでも、綺麗ごとではすまされぬ経済の問題が山積していた。

次の日、近くに住む広沢真臣が訪ねてきた。国政と出身母体長州の狭間《はざま》で利害が対立すれば、木戸も広沢も板挟みにあう。そのため、木戸が目標としている郡県制や武士階級をなくす四民平等社会への移行は、広沢にはついていけない面が多々ある。だが、木戸は時間をかけて説得するつもりで、決して急進的な変革は求めていない。いわば阿吽《あうん》の呼吸で、広沢との分裂を策動する輩《やから》へ、隙を見せないように努めていた。

長州から上京する者たちの情報は藩邸の正木に集まる。昨夜、御堀耕輔が東京に着いたとのことで、木戸はさっそく藩邸にうかがう。御堀はこの年の三月、山県狂介や西郷従道とともに軍事視察のため渡欧の途中、結核で体調を崩し、香港から単身で帰国したという。近いうちに再渡欧するつもりらしい。木戸は、御堀のために大久保のもとへ頼みに行き、ひと月後に深川の「平清楼」で御堀の壮行会を開くまでにこぎつける。

この日、木戸にとって新しい希望にも思える青年が上京してきた。のちに〈日本鉄道の父〉と称せられる井上弥吉（勝）だ。

「待っちょったよ。何時着いた」

木戸は思わず声を弾ませた。

「九月末に萩を発って、昨日、東京に着いたばかりですけ」と、井上は元気な顔を見せた。

「早速じゃが、新政府に出仕してくれんか。大隈・井上・伊藤らが中心の大蔵・民部なんかはやりがいがありゃせんか」木戸が誘ってみると、

「ぼくは、留学中から帰国したら、やり遂げたい、と思うちょった仕事があるんじゃけど」

「ほう、それはどんな分野なのじゃろか」

「鉄道や鉱山開発」憶《おく》するところもなく、はっきり自らのやりたいことを語った。

広沢を呼び、自邸で歓迎の座をもった。松子はお国を招き、三絃を奏してもらった。

十月八日朝、御堀が来訪。労咳だとわかっていながら、木戸は避けることはしない。

「木戸さん、いつの間に、こげなことになっちょるのかのう」

「兵制の対立が、薩長の利害にからんだのかもしれん」

木戸は、この春、御堀が渡航してから後の時局を語り、この夏のクーデターまがいの政変で、岩倉・大久保に追われそうになったことを正直に話した。

「根が深いのう」

御堀にとっては、初めて聞く話が多かった。

「それにしても、大村益次郎襲撃事件は許せぬ暴挙じゃ」

「ひとり大村さんのことじゃのうて、長州ひいては新生国家への挑戦じゃと思わぬのか」

御堀は木戸以上にいきどおる。

「西欧では議会が重視され、三権分立が進んじょる」

御堀は、見聞したことを話したそうで、

「岩倉卿も大久保さんも、洋行せにゃいけん」木戸の手前、知ったかぶりはしなかった。

「もう少し様子を見るつもりじゃ」

木戸は、長州の反薩摩感情を痛感した。

鳥羽・伏見戦参謀の林半七（友幸）が来訪し、将来を憂うことしきりで、夜半まで話しこみ一泊する。翌日も正午ころまで林と談話した。岩倉・大久保の有司専制が薩長間に軋轢《あつれき》を生み、新政府が機能していないからだ。大村の不在は武力を背景にした薩摩の独走を許す。

「木戸さん、ご一新の仕上げはこれからじゃ。矢面に立ってくだされ」

林は木戸に、病をおしてでも政界復帰をするよう切望した。楢崎、桂、曾祢の三人が来訪し、木戸の忠告

に従い、明日より横浜フランス学校へ帰るつもりだと話す。多くの人材を戦乱で喪《うしな》い、彼ら若者の成長を待たねばならなかった。

木戸は病が回復しないまま、再び使命感に燃えていた。大木喬任を訪ね、時事を談論する。

「有司専制を批判されるようじゃいけん」

木戸は、大木ならわかるような気がした。

「わかっちょるばい、木戸さん」天皇東幸に供奉し、東京へ来て以来の友人で、東京府二代目知事に就任していた。(個別に話をすれば、みな諸悪の根源がわかっているのに、国政に反映されないのは、どうしてなのだろうか。我が身が可愛く、保身に走るためか)木戸は帰り道で、そのことを残念に思った。

夜、山田市之允から書状が来たが、まだ恩師大村益次郎の受難を知らされていなかった。

山田が箱館から品川に軍艦で凱旋したのは、六月四日のことだった。七月八日に新官制が施行され、兵部省が設けられると、兵部卿小松宮嘉彰《よしあきら》親王の下で、大村益次郎が兵部大輔《たいふ》、山田市之允らが大丞《だいじょう》に任じられた。木戸と大村による市之允の抜擢《ばってき》人事である。ライバル関係にある山県狂介は、この年三月、欧州視察の辞令を受け、すでに欧州の土を踏んでいた。

大村は、兵部省の方針として、徴兵制による四民平等の国軍創成を狙っていて、木戸の同意は取り付けたものの、薩摩の猛反対にあったことも、山田は知っていた。大村は薩摩への警戒心が人一倍強く、将来に備えて大阪に軍事施設を置くつもりだった。士官養成の兵学寮、兵器工廠、軍医学校と軍の病院を大阪に設置する。弾薬貯蔵庫は宇治に決め、京都にも鴨東《おうとう》兵学所を設立する準備を進めていた。大村の意図は、薩摩に見抜かれていて、露骨な敵意を見せはじめていた。薩摩藩兵を主力とした御親兵を東京に集め、武力を背に権力の掌握を西郷と大久保は考えているようだ。この時点では、まだ西郷と大久保が一枚板の結束を保っていると、木戸は信じきっていた。

八月十日に恩賜休暇を得て山田は久しぶりに帰省。八月十九日には、藩の方針に従って、姓名の通称を統一することになり、山田顕義《あきよし》を名乗る。さらに山口湯田温泉瓦屋(鹿島屋喜右衛門)の長女(井上馨養女)龍子と結婚した。それから一ヵ月ほどして、大村益次郎襲撃の知らせを山口で聞いた。

ここで、襲撃された大村の経過を追っておこう。

大村は右前頭部、左手、右大腿部の三ヵ所に刀傷を負ったが、風呂桶に浸り隠れとおした。

九月七日に河原町の長州藩邸に移されたが、右脚の傷から感染を生じ、右膝関節におよんでいた傷が化膿してしまう。高熱と全身の衰弱は改善せず、九月二十日になり、大阪府仮病院御雇《おやとい》のオランダ人医師ボードウィンが緒方惟準大阪府仮病院長と来診し、大阪へ移送することになった。九月三十日付で大阪移動の願書を出し、河田左久馬兵部大丞も請願書を添えた。しかし奇妙なことに許可がおりなかった。病状を案じる河田らは独断で大阪移送に踏み切った。十月一日、鴨東操練所の生徒、寺内正毅《まさき》（のちの総理大臣）・児玉源太郎らにより、高瀬川一の舟入へ担架で運ばれた。途中、伏見で夜を明かし、翌日大阪八軒屋に上陸後、鈴木町の大阪府仮病院に入院した。刺客の襲撃を恐れ、兵部省大阪出張所は、林謙蔵権少丞指揮の郡山藩一小隊が警護した。

当時、山田顕義は長州藩の軍制主事を兼務していたが、大村の病状が気がかりで、見舞のため大阪行きを申請した。九月十六日になってようやく許され、駆けつけた。

「大村先生、遅くなって申し訳ございません」

山田はやっとの思いで山口を出立したことを詫びた。

「よい、よい。おぬしは、この国になくてはならぬお人じゃ。縛りがきつくなっていよう」

「役人に匪まれ苦戦しております」

「私も同類。手術するにも勅許がいるそうじゃ」

「できることがありましたら、命じてくだされ」

大村に万一のことがあれば、その志を継ぐ覚悟をもって、病床に立っていた。

「大した傷ではないと思っていたのじゃが、熱がなかなかひかぬのでのう」

つとめて笑顔で接しようとする大村がかえって不憫《ふびん》でならない。抗生物質のない時代で、小さな膿が生命を脅かすことを、医師である大村は知っていた。山田も戦場で傷を負った兵士が、化膿で命を落としてしまう例を幾度となく目撃してきたので、その深刻さがわかる。残された治療は下肢の切断である。当時はまだ、高官の手術には天皇の許可を必要としていて、手続きが遅れた。看病するシーボルトの娘イネとその子高子は、横浜から人力車を乗り継いできた。病室に香を焚《た》いて腐臭をやわらげようとした。山田は、西洋人のようにに美しい顔立ちの女性が、うわさに聞いていたシーボルトの娘であることを知る。

そのころ、政府から冷遇されるボードウィンは、失意のうちに帰国を考えていた。緒方惟準よりボードウィンの不安定な事情を教えられ、大村は怒りをあらわにした。十月十六日、高熱と悪寒に苦しみながら、最後の力をふりしぼって三条右大臣に訴状をしたためた。

『今般下阪ののち病院の模様傍観候ところ、一時に瓦解いたすべき模様これあり、その故は、教頭ボードウィン儀は昨年中小松（帯刀）・後藤（象二郎）の招きにて再び皇国に渡来し着阪候ところ、先般旧幕府の節約（契約）おき候模様より事実さらに相変り、ただ一人も相手と相成り候者これなく、暗夜の無灯と一般(同様）なり、よって門人の緒方洪哉《こうさい》（惟準）申談しわずかの月給の内より分け、あるいは町医と談じ、とやかくいたし、今日までいささか病院の形を存し、実に前後とも憫然《びんぜん》（あわれ）の至りなり。近日伝聞いたし候ところ、御用これあり緒方洪哉儀は、日ならず東京に召され候よし。よってボードウィンは愕然《がくぜん》いたし、もはや皇国病院の念を断ち、速やかに帰国のほか他事なきなどの怨言《えんげん》を承り候。しかるにボードウィン儀は齢四十八歳にして和蘭《おらんだ》の名医なるのみならず、仏郎斯《フランキ》(西洋）プロイセンの間においても有名の者にして、実に再び得がたき人物と聞く。しかるに微臣（大村）不測の刀創をこうむり、兵士同様の苦痛をうけ、一日も軍事病院の不可欠を知る。しかるにいまだ軍事の病院これなく、よって至急軍事病院の基礎を相開きたく、よって兵部省より伺い出のとおりきっと仰せつけられたく願い奉り候』結局、この書状が大村益次郎の絶筆となる。

手遅れと知りながらボードウィンと助手の緒方惟準が、大村の右下肢を大腿中ほどから切断したのは、十月二十七日だった。それにしても、勅許がなぜ遅れたのか不明朗である。結局、現地の河田大丞・林権少丞・原田兵学権助の三人が責任を負う形で、勅許を待ち切れず決断したことになる。政府首脳は大村の救命を望んでいなかったのだろうか。

大村は、切断した右下肢を、大阪東寺町龍海寺にある恩師緒方洪庵の墓の脇に埋めるよう希望する。山田が到着してすぐに手術をしていたら、救命だけはできたのかもしれない。

そのことを大村の治療にかかわった人々が、皆悔やむことになる。手術後、いったんは小康をとりもどしたかに見えたが、十一月三日に急変し、五日の午後七時に四十五歳の生涯を終える。十一月五日付、林権少丞から兵部省京都出張所宛ての書状が真実を記す。

『大村兵部大輔殿御事昨日にいたり、こつぜん危篤の症相発す。すでに御絶命ほどの急迫につき、病院にてとりあえず申し上げおき候ところ、とにかく発病平穏の見込み夕方までもこれなく、一同詰め合わせ両手を屈し、たがいに歎息の折から、ボートウィンに診察を乞い速やかに来診す。彼云う、もはや人力にかなわず、是非なき次第と申し残し相退く。これによって皆々落涙のところ、夜に入り徐々に胸部の鼓動・呼吸も和やかとなり、引き続き十時頃より順快相立ち今朝にいたり、精神常のごとし、ボードウィン来診し、驚き入る次第。衆医手を屈し、実に天命蘇生とはこのことと申し、驚かざる者一人もこれなし。昨日の御容体にて、昼十二時を期限と一度は定め、次に三時を期命とし、しかるに今日にいたり、右の事情ひとまず御安慮これありたく、ただ今のところにて、今明日までも連術として変動これなきは、格別苦心するほどのことなくして、活路の目的相立つように推察し、右一時御安心まで、取りあえずただ今の御容体申し上げるべく候』

しかし、一時の喜びもつかの間だった。容体は急変する。

『兵部大輔殿再度急変差発し千変万化、術を尽し候えども、その詮《せん》なく、ついに夜七時逝去《せいきょ》相成り候こと。右につき、東京根省へは報知のため福井権少録早追にて発足のこと』

その間、シーボルトの娘楠本イネと娘高子の夫三瀬周三医師は寝食を忘れるほど、愛情のこもった看病をつづけた。人々の祈りもむなしく、大村益次郎は長逝《ちょうせい》してしまう。

その間、木戸は幾度となく見舞状を出した。その一方で、暗雲は晴れず、十月十五日付、槇村正直宛書簡に、本心を吐露している。大村遭難に乗じて、兵制改革に反対する勢力が、動きだしたことへの危機感が伝わる。さらに木戸は名指しで薩摩の関与を指摘している。

『海江田は大姦物なり、おおいに御用心。大村の一条も彼の扇動と申す説これありと申し候。昨年来の私怨《しえん》にて、おのれの非は知らず、かえって大村を怨《うら》み、これまでも大村をおとし候姦謀をしばしば相企て候よしにて、土佐人などよりも、ひそかに気をつけくれ候こともこれありと申し候』

だが、暗殺を企てるものたちは周到な計画と事後の対策を練っていて、簡単に正体をあらわにしない。大村襲撃実行犯の捜査は、広域にわたった。越前府中近くまで逃げていた四人の容疑者が逮捕され、彼らの自白で一味の刺客十三人が明らかになる。彼らの中に長州の浪士大楽源太郎の門下が、神代直人《こうじろ》をはじめ数名ふくまれていた。単純に推理すれば、大楽一派が大村を狙ったとする説が受け入れられる。しかし木戸はそれほど甘くはなかった。

同じ藩の者たちが争ったように見せかけ、高みの見物をした人物が複数いるはずである。

(鳥羽・伏見戦争の導火線となる関東騒乱を画策指導した益満休之助の役割をした人物)

木戸は見逃すことができなかった。

京都の槇村らから、弾正大忠の海江田邸に神代らが出入りしているとの情報がもたらされていた。だからこそ、大村の出発に際して危険を察知して、手を打ったのだ。海江田には、彰義隊攻略をめぐり大村に対する私怨《しえん》がある。だから海江田を黒幕と考えやすい。木戸にとって、その先に西郷や大久保、ないしは島津久光の姿を思い浮かべることは、虚しいまでの悲しみでしかなかった。(薩長盟約を結び、幕府を倒すまではよかったものの、このままでは徳川と島津が入れ替わっただけになる。そのために長州は藩の総力を傾けて戦ったのではない)新生日本の誕生を目指したからである。

大久保と岩倉卿が、大村の後継として黒田了助(清隆)を、参議に前原一誠を打診してきた際、木戸はすべてが白日にさらされたように思った。(前原は傀儡《かいらい》でしかない)前原の能力を見極めた上で、大久保は長州の内部分裂を誘発させるため、利用したのだ。

木戸は、薩摩藩兵の戦力を背景に、権力を掌握《しょうあく》せんとする意志をはっきり感じとった。

(この夏からの一連の政変は、互いに脈絡を保ち、まさにクーデターにちがいない)

(裏切られた)、と心の底で思った。それほどに大村益次郎の存在は大きく、野心の前に立ちはだかっていたのである。

大村が京都を発った七月二十七日、岩倉卿は兵部権大丞の船越衛に後を追わせ、ある伝言をさせていた。それは薩摩の黒田了介と村田新八が岩倉卿を訪ね、大村の兵制改革をこれまで反対していたが、援けたいと、申し出たとのことだった。船越は中仙道を行く大村に甲府で追いつき、その旨を伝えた。すると大村は、次のように話したという。

「ならば岩倉卿に伝えてくれんか。薩摩から黒田と村田を兵部省へ差し出すこと。長州からは、山田大丞を黒田と仲のよい品川弥二郎に替えてもよい」

これは舞台裏を見透かした大村の精一杯の皮肉だったにちがいない。品川が薩摩に近い人物であることを、周知の上での発言である。船越は同時に木戸から書簡を預っていて、大村に渡した。

『その後（兵制改革）紛紜《ふんうん》の趣も、随分私も根《ね》しこく大久保へ何回となく持ち込み、上の方へもきっと極論つかまつりおき候ところ、この節いかがの事か、ぜひ先生を御とどめ申し候ように申し出候。かつ黒田了介も軍務ならば御奉公つかまつり候とか、私はいまだ一向分かり申さず』

つまり岩倉卿の伝言と表裏一体の関係にある。ところが大村の死後には、まったくなかった話のように岩倉卿は沈黙を保った。これから後も、歴史の転換点で黒田了介と吉井友実《ともざね》は、大久保の懐刀《ふところがたな》の役を演じる。

さかのぼって、大村の足取りを見ておこう。

大村は八月十三日に京都に着き、翌日から伏見練兵場で訓練の検閲を行い、兵営を視察し、宇治の火薬庫予定地を踏査している。伏見兵学寮権頭《ごんのかみ》原田一道《いちどう》(敬策）は、かつて蕃書調所の同僚で、大村に現地の指揮を委ねられていた。大阪では原田と同道し、大阪城内の鎮台と兵学寮、さらに大砲製造所や軍医学校建設予定地の検分をすませ、天保山で海軍基地の調査を行った。その後、大村は原田を道頓堀で芝居見物や料理屋に招く慰労までした。後年、原田は「大村先生にしては珍しいことだったので、虫の知らせだったのだろうか」と述懐している。

山田顕義は、大村の意識がはっきりしているころ、兵制その他の考えを聞きとろうと努力し、覚え書きを記した。そこに浮き彫りにされていたのは、徳川幕府からすり替わっただけの薩摩幕府への警戒感である。農民をふくめた徴兵制度に反対していた山田顕義も、なぜ大村が四民平等の国軍創設と将校教育を急いだのか、理解するようになっていく。

大村の企画した骨子は、

『諸藩を撤し、佩刀《はいとう》を禁じ、徴兵令を定め、兵学校・造兵廠を開き、鎮台を七道に分置するがごときである』

等々で、木戸と何度も話し合うなかで、凝集した兵制案だった。大村はそれを大阪にまとめようとしたのだが、その死後、不気味なほど崩され、東京に重心が移る。しかし、山田らの踏ん張りで、西南戦争まで骨子は変わらなかったのである。

死の直前に、兵部省より兵学寮の開校が決まったとの知らせが届き、大村を喜ばせた。

大村は東京から駆けつけた兵部権大丞の船越衛に、

「今後注意すべきは西である。四斤砲をたくさん用意しておけよ」と論じたらしい。大村の頭にあった「西」とは、薩摩のことだった。その警戒感は木戸と共有していたものなのだろう。


日本国内に電信が通じるまで、多くの出来事が時差の壁で微妙に影響されていた。

大村の病状悪化も例外でなく、東京の木戸は、全快を信じきっていたのである。死去する十一月初旬までのひと月近く、木戸は何をしていたのだろうか。まさかの永訣《えいけつ》だったことがわかるはずだ。

十月十一日、旧幕臣で新潟奉行代行だった田中慶太郎と約束があり、洞雲、青甫と舟を浮かべ、橋場の別荘に行く。つまり慶太郎の弟の寓居で、大島友之丞も加わった。女流南画家の奥原晴湖も姿を見せ、芸術への情熱は並々ならぬものがある。渡辺崋山に私淑しての関連から、木戸も崋山の絵が好きで入手していることを話すと、二人の距離は一気に近くなった。十時過ぎに散会し、舟を牛込につなぎ、青甫と十二時に帰った。松子は寝ずに待っていたが、晴湖と一緒だったことは隠し立てしなかった。画家の青甫は木戸邸に寄宿していて、伴っていると松子はとがめだてはしない。

その翌日、正木宅を訪れると、上京したばかりの井上弥吉（勝《まさる》）が来ていた。偶然とはいえ、大村益次郎が井上勝を木戸に遇わせたような錯覚がした。挨拶を交わした後、木戸は大村の病状にふれた。

「村田蔵六先生のことを覚えているか」

「もちろんですよ。留学のお世話になった方ですし」

「秋のはじめに京都で先生は刺客に襲われた。それがもとで、全快できずにいる」

「えっ、まことですか」井上弥吉は絶句した。

履歴をたどれば、心配する理由が歴然としてくる。

井上弥吉は、鎖国下の文久三年、伊藤博文らとイギリス留学をし、後に長州五傑の一人に数えられ、鉄道建設に貢献する人物である。

木戸が「母国で技術を役立てるように」と帰国をしぶる若者たちに再三要請。昨年十二月に帰国し、二日前の十月十日付で造幣頭兼鉱山正に任用されたばかりである。

木戸より十歳年下で野村家に養子入りしたため、一時期、野村弥吉を名乗っていた。実父の井上勝行が相州警備隊長の任務についた際、上宮田に赴き、伊藤俊輔（博文）らと出会った。伊藤が来原良蔵に従い長崎で洋式兵法を学んでいたとき、弥吉も加わった。長崎から萩へ戻ると、安政六年に江戸の蕃書調所で英学を学ぶように命じられた。

そのころ江戸は、井伊直弼による安政の大獄で、吉田松陰が処刑された。弥吉は武闘よりも西洋の学問を重視した青年である。蕃書調所で村田蔵六に出逢い、影響を受けた。

『日本は海外の近代文明を急速にとりいれる以外に救われない』とか、『各藩が競いたち、幕府がしっかりした定見を持たない現在、北からロシア、東からアメリカ、南からイギリス・フランスが押し寄せつつある』との現状認識のうえに、国内統一と兵制改革の必要性を語る先輩の姿を記憶にとどめた。その村田蔵六こと大村益次郎が弥吉らの留学に際し、金銭を工面してくれたわけである。

小五郎時代の木戸が、弥吉の非凡さに気づいたのは、万延元年に藩主毛利慶親（のちの敬親）の許しを得て、『箱館の武田斐三郎《あやさぶろう》の塾で学ぶ』、との手紙をもらった際だったと思う。

武田は伊予大洲藩士で、緒方洪庵の適塾、伊東玄朴の象先堂、佐久間象山の塾で学んだ。川路聖謨《としあきら》とともに、ロシア使節プチャーチンとの交渉に参加した人物である。その後、蝦夷地巡視を命じられ、箱館防衛のため五稜郭の設計・建設と弁天岬台場を築いた。さらに武田は、文久元年に亀田丸でロシアの黒龍江をさかのぼり、ニコライエフスクに赴いていた。知る人ぞ知る英傑である。

弥吉は武田の塾で航海術などを学ぶ一方、箱館のイギリス副領事から英語を学んだ。同じ塾で、ロンドンに密航する山尾庸三や郵便制度を確立する前島密らも学んでいた。山尾は、武田に同行しニコライエフスクを訪れていて、弥吉を触発したのかもしれない。一年半の箱館留学後、養父野村作兵衛の希望もあり萩に帰ったが、すでに激動の時代が動きはじめていて、再び許しを得て江戸勤務となった。麻布藩邸で周布らの仕事を手伝いながら横浜の居留地で英語を学んだ。語学力を買われ弥吉は、横浜での武器購入に関わった。文久二年と三年にジャーディン・マセソン商会から蒸気船ランスフィールド号を購入し「壬戌丸《じんいまる》」、木製帆船ランリック号を購入し「癸亥丸《きがいまる》」と名付けた。弥吉は船長として癸亥丸を品川から兵庫へ廻航するように命じられ、測量方として山尾も同乗した。船に江戸の豪商榎本六兵衛（大黒屋）の手代佐藤貞次郎が乗り合わせていた。京都三条通りの豊後屋に泊まっていた貞次郎は、長州藩重役の周布政之助と小幡彦七（高政）に呼び出される。野村と山尾をイギリスへ遣わしたいというのだ。

その趣旨が周布公平監修の『周布政之助伝』に残されている。

『長州に於いて、一の器械を求めたいと思ふなり、器械と云ふは、人の器械なり。今熟々《つくづく》世態の成り行を考ふるに、尊皇攘夷は勿論にして、諸藩輿論の赴く処なれども、是は一旦日本の武を彼に示すのみ、後必ず各国交通の日至るべし、其時に当て、西洋の事情を熟知せずは、我国一大の不利益なり、依て其時に用る処の器械として、野村弥吉・山尾庸三の両人を英国に遣《つかわ》し度《たく》思ふなり』

この二人に井上聞多が加わり、世子毛利元徳の許しをえた。木戸も留学を熱望していたが、役務から日本を離れることができなかった。話を聞きつけ伊藤俊輔と遠藤謹助が加わった。渡航費用をめぐって一波乱あったが、村田蔵六の配慮で藩の公金を担保に大黒屋が世話をした。文久三年五月十二日夜、五人の若者は横浜の料亭「佐野茂」で宴をはり、村田蔵六と佐藤貞次郎を招いて告別した。佐藤宅で髪を切り、洋装に改め、マセソン商会の社宅に行き、裏手の海岸から小蒸気船でチェルスウィック号に乗り込み上海を目指した。

上海から二組に分かれ、井上と伊藤はやや小型の船でイギリスへ向かった。語学力不足から、伊藤の発言が「航海術を学びたい」と受け取られ、二人は水夫として使われ、嵐で死ぬ思いをした。逆にそこから二人は生涯の友情を結ぶことになる。ロンドンに着いた五人はマセソン商会支配人ヒュー・マセソンの紹介でユニバーシティー・カレッジ・ロンドンの化学の教授ウイリアムソン博士の家に寄宿した。五人の寄宿には狭すぎ、井上と野村は大学近くの画家の家に転居した。途中、欧米の艦隊による馬関攻撃の計画を知り、井上と伊藤は急遽帰国したことは、すでに述べたとおりである。ロンドンに残った三人は、それぞれの目標に合わせて留学を続けた。戊辰戦争終結後に帰国したわけである。

帰国して初めて野村が木戸と再会したとき、「これから何をやりたい」木戸がたずねると、野村は開口一番、「まず鉄道、それから鉱山開発そして造幣じゃ、と思っとりますけ」弥吉は迷うことなく、周布の言葉「人間の器械」になりきろうとしていた。木戸は、弥吉の夢をかなえようと、最大限の援助を惜しまなかった。この後、弥吉は井上勝として鉱山兼鉄道頭、鉄道頭、工部大輔、鉄道庁長官などを歴任し、〈日本鉄道の父〉と称される。ほどなく伊藤博文や大隈重信とも協力し、一幹線三支線構想を発表し、手始めに新橋―横浜間の鉄道建設を推進する。

同じ日、斎藤栄蔵（境二郎）も正木宅に来たので、相談に乗った。この出会いも大村益次郎がらみで不思議だった。

斎藤は、木戸より三歳若く、松陰の竹島（鬱陵《うつりょう》島《しま》）開拓計画にかかわった。養子に入ったため境二郎と名乗り、木戸と村田蔵六が松陰の意向を継いで竹島開拓を申請すると、その具体化のため尽力した。明治四年に島根県令佐藤信寛（岸信介・佐藤栄作の祖父）の参事として、境二郎は竹島に関与する。斎藤が姿を見せたことに、木戸は大村との不思議な因縁を感じた。大村と吉田松陰・木戸孝允を結びつけるきっかけの一つが、竹島にあったからである。境二郎の来訪で、束の間、木戸は過ぎた時をさかのぼっていた。

まだ大村益次郎は村田蔵六で、木戸孝允は桂小五郎だった。松陰が村田蔵六の噂を耳にしたのは、小五郎の実家に隣接する蘭医青木研蔵からだった。蔵六が幕府の蕃書調所の教授手伝いに抜擢されて間もないころのことである。青木が語るには、

「洪庵先生の適塾で塾頭を勤めちょった。蘭書を読む

ことにかけては、東条英庵や手塚律蔵に勝るらしい。洪庵先生の推挙で、宇和島藩に勤めていたこともある逸材じゃ」と、べたほめだった。ちなみに東条も手塚も長州出身の蘭医である。松陰は早速、蔵六へ手紙を出し、蕃所調所の内情を知ろうとした。そうした背景のもと、蔵六が江戸で開いた蘭学塾「鳩居堂」に久坂玄瑞が入門した。若くして他界した久坂の兄の玄機は適塾に学び、藩の医学所教授を勤めた英才だった。ところが久坂玄瑞は語学力を欠き、挫折して帰郷し、藩校で語学から学びなおした。

実は「鳩居堂」は麴町番町にあり、斎藤道場はすぐ近くなのだが、小五郎はすでに手塚律の「又新塾《ゆいしんじゅく》」で学んでいた。手塚の師は高島秋帆《しゅうはん》とシーボルトで、小五郎の指導はシーボルトの孫弟子神田孝平《たかひら》が受けもった。神田は英語にも手を染めていて、小五郎に英語の時代が来ることを説いた。それ故、小五郎は江川英龍の師でもある高島秋帆と青木周弼の師シーボルトについて情報を得ていた。

松陰は、長崎の海軍伝習所で学んだ蘭医の松島剛蔵とも親しかった。剛蔵とともに長崎で学んだ福原清助から竹島（鬱陵島《うつりょう》）の重要性を話され、松陰は萩に帰郷中の小五郎へ焚きつけた。小五郎も、竹島が日本海の防衛上重視すべき離島であることに気づき、幕府へ開拓の許可を得るため申請しようと考えた。そこで長州出身で蕃所調所に勤める村田蔵六を頼りにしはじめた。

蔵六が帰郷するとの噂があり、小五郎は、萩で会いたい旨、手紙を出した。ところが、驚いたことに、入れ違いに蔵六が萩の自宅門前に姿を見せたのである。挨拶もそこそこに、小五郎は奥座敷に通すと、妹の治子にもてなしの準備をさせた。

「村田先生、よくここがわかりましたな」

入り組んだ萩の城下で、いきなり目的地を探しあてるのは難しい。

「青木先生の御宅に近いと聞いていましたから」

「なるほど、青木先生は疱瘡《ぼうそう》で有名ですからのう」

青木邸を目安に道を訊ねればたどりつけるわけで、蔵六の合理的な思考を示していた。

「それにシーボルトのお弟子と聞いちょります。萩だけじゃのうて、江戸でも上方でも青木先生は有名ですからのう」

「実はお手紙を出したばかりじゃったので、びっくりでした」

「緒方洪庵先生の適塾でも、青木周弼《しゅうすけ》先生は知られていました。坪井信道先生の日新堂で、緒方・青木の御両人は机を並べて勉強され、種痘の普及にも力を合わされたそうなので」

「父や義兄が生きていたら、先生と医学の話ができ、とても喜んだことでしょう」

「御父上は眼科がご専門だったとか」

「はい、そうでした。南蛮眼科とやら、訳《わけ》のわからぬことを言ってました」

「そういえば、安芸の吉田村出身で江戸にて法眼《ほうげん》に叙《じょ》せられ、眼科の神様みたいな土生玄碩《はぶげんせき》先生がいらっしゃる。お父様もきっと門下の方ではござらぬか」

「おう、よくご存じで。父は宇田川榛斎《しんさい》訳の『泰西《フランス》眼科全書』の写本で学んでいたようです」

「なるほど、それはプレンクという眼科医の書いた医書で、垂涎《すいぜん》の的でござった。土生先生は眼球の解剖をはじめて手がけられたそうですぞ」

「父はシーボルト先生を尊敬していました。多分、土生先生の影響でしょうな」

「そうでしたか、再度、長崎へ来航され、娘さんやお弟子たちに会われたそうで」

蔵六は、宇和島でオランダ語を教えたシーボルトの娘イネの彫りの深い横顔や碧《みどり》をおびた眸を思い出していた。蔵六とイネの生涯の秘密である。

「宇和島でお世話になった二宮敬作先生がシーボルトの愛弟子で、日本に残されたご家族を後見されていました」蔵六はイネのことを意識的に避けようとした。

小五郎は、父や義兄の和田文譲から、多大な貢献にもかかわらず、国禁を犯したため追放された〈シーボルト事件〉について、大まかな話は聞いていた。土生玄碩は、シーボルトから白内障手術に必要な散瞳薬ベラドンナを入手する代償として、将軍下賜の紋付を渡したらしい。シーボルトが使っていたのは、ベラドンナではなくハシリトコロだったが、散瞳には効果があった。

「シーボルトは日本の医学にとって大の恩人じゃと、父は話していました」

「医学だけじゃのうて、もっと広い分野じゃと思いますな」

「そうえいえば、江川英龍殿が、〈蕃社の獄〉で自害した渡辺崋山を惜しんでいました」

「蘭学というより洋学ですな」

「弾圧されても、真実は強いですのう」

「さあ、どうじゃろう。多分、鎖国が許されぬ世の中になったちゅうことでしょうかのう」

その日、村田蔵六と桂小五郎は、竹島開拓の話から、国防のこと、さらには長州の武備改革の話にまでおよび、すっかり意気投合した。お互いに人物を認めあい、小五郎は、蔵六に長州への仕官を打診した。すると蔵六も快諾し、江戸藩邸での再会を約束した。

村田蔵六時代からの思い出が、走馬燈のように去来したのも、大阪からもたらされる報告が、病状の重篤化を暗示するものだったからだろう。

六

明治二年の秋は、新政府にとって瓦解《がかい》の危機にさらされた時期だった。大村益次郎襲撃事件は、結局、狙いどおりに陸軍大輔大村益次郎の命を奪った。大村の死は十一月五日のことで、木戸は十月一日に参朝して以来、多忙な政務に追われながら、まだ大村再起の希望は捨てていなかった。

大村がボードウィンや緒方惟準の治療とイネらの懸命な看護により命の炎を燃やし続けていた十月、東京在勤の長州藩士は、連日のように会合を開き、対応を協議した。彼らが頼りにしたのは、幕末以来の関係から三条卿だった。薩長の対決が表ざたになれば、岩倉卿・大久保は、木戸のみでなく三条卿の失脚を画策する可能性があった。

木戸は、薩摩の横暴を防ぐ外交上の布石はうってきた。雄藩の藩主や重役との宴席にも、身を削ってでも出席し、人脈を維持してきた。土佐・大垣・備前・因州・尾張・紀州・越前・加賀などの雄藩のみでなく、伊賀の藤堂や秋田の佐竹など、いざとなれば、長州側についてもらう自信はある。それを熟知しているのが、岩倉卿・大久保で、決定的に木戸を追い落とすことができない理由にもなっていた。

逆に木戸は、新政府の力を内部抗争で消耗してしまうほど、愚かではなかった。朝鮮問題や、ロシアとの北方領土問題のみでなく、不平等条約による国際収支の悪化や国民へのしわ寄せが、社会問題になっていた。新政府に政権交代してから、国民はまだその恩恵に浴さず、むしろ困窮に泣かされていた。

十月十四日、対馬藩の大島が来訪し、朝鮮との国交正常化を求めた。（対州・朝鮮関係の論議について、廟堂はその根深い問題点を理解していない）木戸は数年来、この問題で苦慮していた。黙っているわけもいかず、林半七を通じて岩倉卿に建言した。その回答を林が持参したが、岩倉卿は旗色を鮮明にせず、何をどうしたいのか皆目わからなかった。

十月十五日、昨夜来、御堀耕輔が木戸邸を訪れ一泊した。御堀の洋行を再支援するため、木戸は苦労し、この日は共に大久保利通を訪ねた。屈辱的ではあっても、木戸は友のために頭を下げて頼まねばならなかった。皮肉なことに、こじれた薩長関係にあって、御堀の再渡欧交渉が、実務として木戸と大久保をつなぎとめる役割をはたしていた。

その夕刻、木戸は大垣藩執政の小原鉄心と約束があり、舟を浮かべて築地に行った。伊藤を誘い、屋形船で満月の海にでた。海から眺めると、なだらかな丘陵が重なる地形に、灯火が蛍のように灯り、江戸の面影を残す東京に、民家の燈火《ともしび》が愛《いと》おしく群れ、政争の汚濁は隠されていた。

「木戸さん、内輪もめはまずい。薩長は何といっても要《かなめ》じゃからな」

小原鉄心は、歯に衣を着せる物言いはせず、適切な助言をした。

「申し訳ないことで。大村さんが襲撃されたものですから」

「恩讐《おんしゅう》の繰り返しは、後ろ向きの処世になる。ここは耐えるべきじゃ。貴殿ならできる」

「国民の困窮を思えば、これ以上の内紛は許されませぬ。世界へ向かわねばならぬときに、無駄なことは避けねばと思うちょります」

「そうか。ありがたいことじゃ」

小原鉄心はうなずきながら、言葉を続けた。

「会津のものどもが貴殿の温情に感謝してござった。それで今宵の宴を準備したようなものじゃ。後ほど築地ホテルで、会津のものと会食をしてくださらぬか」

「もちろん、よろこんで」

「それにしても見事な十五夜の月じゃのう」

詩人でもある鉄心は、詩でも吟じたい風情である。

約束の時間を見計らって、舟を築地川の桟橋につけ、「築地ホテル」へ行き食事をした。二代目清水組の清水喜助が、慶応四年に建築し経営中の日本初の洋風ホテルで、一〇二室あった。設計はアメリカ人のリチャード・ブリジェンスによるものだ。惜しむらくは、明治五年の銀座大火で焼失する運命にある。

鉄心・木戸・伊藤のほか同席の客は、会津人の岸和田・佐藤両名のほか、青甫、杉山、福井などである。木戸は、会津との恩讐《おんしゅう》を一日も早く乗り越えたいと願っていた。

「会津藩の再興にお力添えいただき、一同感謝いたしております」

会津藩士の岸和田・佐藤から礼を述べられた。

「斗南《となみ》を選ばれたことが幸いするとよいのじゃがのう」

木戸には、最北の地斗南のことが皆目知らされていなかった。

「まことよのう。会津の磐梯山《ばんだいさん》や猪苗代湖《いなわしろこ》は美しい姿と聞いておった。故郷を去るお気持ちを思うとのう」

鉄心は、会津包囲網の一翼を担った大垣藩兵からの報告を受けていた。

一同に相撲の横綱鬼面山谷五郎が加わった。鬼面山は阿波藩のお抱えで、薩摩藩のお抱えに転向した陣幕久五郎と張り合っていた。

各々書画をしたため、小原の従者が木戸に書を求めた。この男も角力《すもう》とりである。

それで、戯れに三十一文字を揮《ふる》った。

世の中は相撲の外の相撲かな
　勝負の外に勝ち負はあり

裏技で権力を握ろうとするものたちへの皮肉もこめられていた。その夜、木戸と伊藤は、小原鉄心邸に招かれ、一泊する。屋敷には古き江戸の面影がのこされていた。

翌日、伊藤邸へ行き、共に大隈重信を訪ね、時事を語りあった。

「渋沢という青年はどうじゃね」

木戸は気にしていた青年のことをたずねた。

「掘り出しものですたい」大隈は嬉しそうに答えた。

「そうか、それはよかった。伊藤のところへも、留学仲間の井上弥吉と申す英国帰りが出仕する。頼もしいことじゃのう」

「心配は、大久保さんですな」伊藤が、保守派の代表大久保利通の横やりを心配した。

「面と向かって話しちょると、案外、物分かりは良さそうなのじゃが、裏表があるのかも知れんのう」

木戸の大久保に対する人物評は辛口だった。

「薩摩の贋金問題も、恩赦《おんしゃ》でうやむやにしてしまいましたがのう」伊藤が顔をしかめてぐちをこぼすと、

「懲戒金《ちょうかいきん》を出させ、財政に役立たせるつもりじゃった。ばってん、煙でドロンですたい」

大隈がそれを茶化して、一同を苦笑させた。

次の日は木枯らしを思わせるほど風が強く、一時に大久保邸を訪れた。

「大久保さん、治安が心配ですのう」

木戸は、じわりと民部担当の大久保をつついた。

「すまんこっでごわす。ポリスを増やさなと思いつつ、費用が整わずで」

「弾正台はなにをやっちょるのかのう」

「人材がそろわんようでごわす」

「京都では過激な攘夷派が勝手なふるまいをしたとか」

「そのようですな」

「下手人を逮捕したら、厳罰ですな」

「もちろんです」大久保は、ついつい確約してしまった。

大久保とは、御堀の洋行をめぐって、しばしば話し合っていた。

「御堀の再渡欧は実現できそうですぞ。三条大臣まで通りました」

大久保は御堀の再渡航を取引に使った。

（あと一息なのだろう）木戸は友のため、精一杯の支援を続けた。

夜、井上新一郎から、久保田（秋田）藩重役の村瀬清との面会を求められ、承諾する。

十月十八日、村瀬が来訪し、国情を報告し、久保田藩知事に是非会ってくれと頼まれ、今夕にうかがうことを約束する。どうやらお家騒動が潜行しているようだ。佐竹邸を訪れ、知事に面会すると、事情を論じかつ自藩の事を語られたので、木戸も応じて談話した。決して木戸の方から藩政の事には触れなかった。

夕刻、木戸は大島と舟を浮かべ今戸に行く。すでに対州知事宗義達《よしさと》は席にあり、酒杯を傾け、談笑し、興ある時を過ごした。朝鮮との関係をどうすべきなのか、対馬藩の本音も聞いておくことにした。帰宅は明け方になり、湯治の癒しが帳消しになりそうだった。

翌朝、御堀が来て、共に神田藩邸に行き、宍戸、青木、正木らと再渡欧について談話。木戸は、ほとんど寝ていないので、身体が重く感じられた。

次の日、イギリス公使パークスを訪ねたが不在で、ミットフォードと談話する。

「箱根ではお世話になりました」

「会津の広沢さんを助けたことは、とてもよかった。みどころのある青年ですよ」

ミットフォードは、広く日本人との交流を広げようとしていた。

「対馬をご存じですか」

木戸は誘導尋問をしようと試みていた。

「もちろん。日本と朝鮮の間にあり、戦略的に重要な島なのでしょう」

「よくご存じで。一時、ロシア軍艦に港を占拠されましたが、貴国の支援で追い払った。朝鮮は対馬を属国と見ていますから、複雑なのです」

「木戸さん、ご心配なく、イギリスは清国と深い関係にありますが、清国を手先にして朝鮮や対馬を支配する野心はありません」

ミットフォードは、木戸の胸中を読んでいるかのような発言をした。

「朝鮮は鎖国を解こうとはせず、対馬の経済が締め付けにあっています。対馬救済のため派兵すれば、貴国は黙認されますか」木戸は、踏み込んだ発言をした。

「さあ、どうでしょう。女王陛下のお考えしだいでしょうな」

飛躍した物言いでミットフォードは言葉を濁した。対馬に関心を持つイギリスの真意が読めた。

十月二十一日、大島が再訪した。

「ミットフォードに我が殿がお会いしたいとのこと、周旋をお願いできまいか」

「少し時間をいただけんじゃろか」

木戸は、一席を設けるつもりだった。

同じ日、元土佐藩士の土方久元が来訪し、容堂公が会いたいとのことだった。

二時過ぎ、筥崎《ばこざき》の土佐藩邸に容堂公を訪ねた。

木戸より三歳年長の佐々木三四郎（高行）と土方が在席していた。

「忙しい中、ようこそお越しくださった」

土佐藩大監察の佐々木三四郎がねぎらった。

「お招きくださり、幸甚に存じまする」

木戸も丁寧に対応した。

土方は古い付き合いだが、佐々木はキリシタン処置以来、深く話し合ったことがない。容堂公の側近の一人で、大政奉還の建白に際しては、後藤象二郎、坂本龍馬とともに協議に加わった。奥の書院へ案内されると、くつろいだ姿の容堂公が待っていた。木戸と佐々木を近づけたかったのだろう。

「大監察の佐々木じゃ、よろしくお願いいたす」

盃をかわし、歓談した。

その日以来、木戸は佐々木高行とつかず離れずの間合いを認め合った交際をする。

翌日、木戸は対州の宗義達とミットフォードの私宅に行き、数刻の雑談を愉しみ、西洋料理のもてなしを受けた。公使補佐のアダムスと対州藩の大島と森川も陪席した。日朝間の懸案を打開するには、清国に影響力のあるイギリス側の見解を知っておく必要がある。木戸の外交的な根回しだった。明治七年になって、大久保利通・西郷従道・大隈重信らが台湾出兵を強硬すると、イギリスは待ったをかける。清国の利権の背後には、イギリスが控えていることを忘れた、無知な外交である。結果的にイギリスの仲介で日清戦争は回避される。

三時過、イギリス公使パークスを訪れ、朝鮮問題などを談話した。その後、公館の庭を散歩し、騎馬隊を見せてくれた。サラブレッドとはまた異なる黒馬や白馬も揃えていて、見事な馬術を披露した。イギリスもさるもので、そう簡単に手の内を見せはしなかった。

夜、林友幸（半七）と山田顕義（市之丞）が来る。二人は鳥羽・伏見の戦で長州軍を指揮した参謀である。

「大村さんの病状はどうじゃった」

上京するまで大阪の仮病院で大村に付添っていた山田は、首を振って口を開くのがつらそうにさえ見えた。

「残り湯のたまった風呂に身をひそめたとき、傷口からばい菌が入ったらしく、化膿してしまったそうで」

山田は高熱にうなされる大村の闘病生活を思い出しながら、

「ボードウィンが脚を切断せにゃ、手遅れになるちゅうて急かしたのですけど」

唇を噛んでしまった。

「遅れたのじゃな」

木戸は山田の言わんとしていることを察知していた。

「残念やら、口惜しいやら」

山田は天井を見上げ、そこに反撃すべき人物の正体を探し求めているようだった。

「黒幕がいそうなものじゃが」

林友幸も握りしめ振り上げた拳のもっていきようがなかった。大村益次郎襲撃事件の背後関係に強い憤りがあり、抑えきれないようだ。

「挑発にのっちゃあいけん」木戸は強く自制を求めた。

「たしかに、今は我慢が肝心じゃ」

林は、山田の肩に手を置き、自重をうながした。

長州から手出しをすれば、挑発にのるも同然だと、三人の意見は合致した。〈版籍奉還〉と表裏一体の関係にあるのが、四民からなる国軍の創成である。が、一朝一夕にできるものではない。時間稼ぎとして薩長土肥を中心にして精兵を天皇の指揮下に集めることになる。

山田が心配するのは、約五千の長州兵の中からどのようにして精兵を選ぶかにあった。干城隊など士族を優先すれば、きっと諸隊から不満が噴出するに違いない。帰還した諸隊から、内紛が多数発生しているとの報告が、木戸のもとにも届いていた。

十月二十三日、西島青甫が発会して世話をする書画の会(雅会)に芸術家が招かれた。大沼枕山、鈴木我古、関雪江、奥山晴湖、福島柳圃、斎藤東洋、洞雲、井上因碩などである。対州知事も木戸が推して来訪し、大島も参加した。書画を揮《ふる》い、共に与興を楽しみつつ、朝鮮問題を話し合った。木戸は、風流にうつつを抜かしていたわけではなく、その日も朝から正木をはじめ、野村靖(入江九一の弟)、厚東次郎助(奇兵隊)、三好軍太郎(奇兵隊、重臣《しげおみ》)などが来訪した。親兵の選抜について意見を交わす、長州らしい合議の場をもった。奇兵隊から選抜して親兵を出す過程で、不満が渦巻いていることを、参会者は心配した。

翌日、大阪へ赴く井上勝に托し、井上聞多へ書状を送った。大村益次郎の病状はじめ、造幣寮の運営など心配はつきなかった。

野村、厚東、三好がこの日も来て、長州の混乱した近況を詳しく語った。

「木戸さん、長州の帰還兵をどうにかせにゃ、大きな問題になりますけん」

三好は自らが率いた奇兵隊でさえ、帰国後に内紛が絶えないことを危惧していた。

「ご親兵選抜に漏れた兵士は、生活に困っていますからのう」

同じ奇兵隊の厚東は、何故、不公平が奇兵隊隊員内で生じているのか、詳細に説明した。

「今のところ中央政府の方に、歎くべきことが多いような気がするのじゃが」

木戸はまだ上京組の訴えをまともに受け止めきれていなかった。この日の判断は、年末からの帰郷で打ち砕かれる。彼らの忠告の方が、長州の現実を映していたわけである。

十月二十五日朝、大島友之丞が来訪した。

「今夜、対州知事のお供をして、容堂公に面談のため土佐筥崎藩邸を訪問する約束がある」とのことである。

「何事がおきたのじゃ」木戸が心配してたずねると、

「容堂公が朝鮮問題に関心をもたれたらしい」大島が意外なことを口にした。

「なるほどのう。〈大政奉還〉を奏上したほどのお方じゃ。外交の難問を心配しておられる」

〈版籍奉還〉が、対馬藩の問題を国政の外交問題に格上げしていると思った。

翌日、土佐藩重役の佐々木高行が来訪し、

「本日、容堂公が拙宅へお出でなさるので、よかったら同席されてはいかがかと思いまして」

との招きを受け、木戸は喜んでお邪魔した。

土佐藩との関係が非常によくなり、木戸は容堂公に相談することが多くなった。容堂公が対馬を介した朝鮮問題に関心を示しはじめた。

「対馬の宗と会った」

「それはよいことをなされました」

「そなたのことを、しきりにほめておった」

「それはまた恐縮のいたりでござりまする。対馬と長州は昔から交易の仲間でして」

「存じておる。わしも日朝の国交回復を重要じゃと考えて、対馬侯から事情を聴いたのじゃ。日朝問題を解決できるのは、そなたを置いては考えられぬ、と彼は話していた」

「対島侯の買いかぶりにござりましょうが」

「土佐脱藩の坂本龍馬と申すものがいた。そなたの友人じゃったそうじゃのう」

「はい、土佐には友がおおぜいいます。坂本と共に凶刃にたおれた中岡慎太郎もそうでしたし、土方、田中、長岡の諸氏は今もって」

「後藤象二郎、乾退助、佐々木三四郎なども世話になっておるからのう」

「めっそうもございませぬ。世話になっているのは拙者の方でござりまする」

「彼らはわしの子飼いじゃ。向後ともよろしく頼む」

山内容堂は、いったん心を開くと、とことん友誼《ゆうぎ》を深める義侠心の強い漢《おとこ》である。

その後、木戸孝允の有力な後見人になった。

屋敷に帰ると、松野磵《はざま》が来ていて、ドイツ留学の相談を受けた。木戸は出来る限りの支援を約束する。松野がドイツ娘クララと恋におち、国際結婚をしようとは思いもしなかった。

ついで河瀬真孝《まさたか》が来訪したが、木戸が容堂公に会っていたため帰宅が遅れ、泊まってもらった。実は、箱根で湯治中に会った江川家の次女英子を、河瀬に嫁がせたいと思っていたのだ。

「江川英龍殿の血を受けた美女じゃ」

木戸の紹介は誇張ではなく、江川家の人びとは容貌が整って美形である。

「なによりも育った環境が素晴らしいので、才媛《さいえん》じゃ。この夏、伊豆で本人に会ったから、この目を信じてくれぬか。一度、見合いをしてほしい」

木戸の売りこみをニコニコ聞いていた河瀬は、

「ぜひ、会ってみたいもので」

と、木戸の見たてを信頼してみようと思っていた。

次の日、長州藩重役の杉孫七郎が萩から上京して来た。昨日東京に着いたらしく、連れ立って浅草辺を散歩した。奥山の「日吉家」にて昼食をとり、それより東《あずま》橋に行き舟を雇った。日本橋に着け、「桜屋」で晩飯をしたためた。墨水の風情を愛す杉をもてなすには、川舟が最適である。

十月二十八日、大蔵大丞兼民部大丞の山口範蔵（尚芳）が来訪し談話した。山口は、大蔵と民部の大きな権限を与えられた大隈重信を側近として支えていた。それはまた、木戸を中心にした勢力の拡大につながり、大久保の警戒心をあおっていた。

太政官札の処理がまだ解決していなかった。四八〇〇万両も発行したため紙幣価値は下落し、額面の半額以下の価値になっていた。財政難に苦しむ諸藩が大量の贋金を流通させ、外国からの猛烈な批難を浴びていた。木戸の支持の下、伊藤博文と井上馨の入省を得て、本格的な改革に取り組み始めていた。太政官札の時価での流通を禁止し、諸藩に一万石あたり二五〇〇両ずつ強制的に下げ渡し、代わりに正金を上納させた。つまり諸藩の犠牲のもとに、太政官札の信用回復を狙った。同時に、贋金の回収を急ぎ、近代化政策を積極的に推進した。

山口と連れ立って築地の大隈邸へ行き、鉄道建設、造幣寮や通商会社の設立、電信機の導入、港湾・灯台の整備、西洋式の器械製糸工場の建設など多岐にわたる意見交換をした。

その広大な屋敷で渋沢栄一の御用召しが話し合われたのは、十月初旬のことだった。

「木戸さんからお話のあった渋沢栄一は、静岡で商法会所なるものを設置し、頭取として藩の財政改革を進めているそうですたい。なかなかの男らしか」

大隈は渋沢を出仕させたがっていた。

「水戸昭武侯のフランス歴訪に随行した男ですな。水戸藩に移るかもしれません」伊藤が補足した。

「そいつはまずいのう。水戸は藩内の抗争がすさまじい。昭武侯の藩主就任に反対している勢力もおる。渋沢の命が狙われるぞ。一日も早く呼び寄せた方がましじゃ。さもなくば藩内抗争に埋没するにちがいない」

木戸も積極的に渋沢の出仕を促していた。

ちなみに商法会所はこの年一月に設立され、年貢米の売却や米穀などの日用品を大量に購入し藩内で販売したり、藩の主要産物の茶や漆器を藩外で売りさばいた。さらに商品を抵当にして金融活動も展開していた。

渋沢に新政府の御用お召し状が届いたのは十月初旬のことだった。渋沢は、大久保一翁に藩庁での仕事を継続したい旨申し入れたが、断ることは静岡藩と藩主徳川家達《いえさと》のためにならぬと説得され、東京で大隈と会った。

「渋沢君、君の気持ちはよう分かっておる。ばってん、木戸さんをはじめ、開明的な指導者と力を合わせ、新しい国造りに励もうじゃなかか。君も武昭公の御供をして先進国を視察しておるじゃろう。昔の藩に閉じこもるべきじゃなかぞ」

「おっしゃられることはよくわかりますが、藩庁の仕事を立ち上げたばかりで」

「その仕事を国全体に広げようじゃなかか。遠からず藩はなくなるにちがいない。国は日本だけだと思わないか。分裂したままでは、欧米に追いつくことはできまい」

大隈の説得には一理があり、渋沢は考える機会を与えてもらい、静岡に帰った。統一国家フランスとその郡県制度を思い起こし、日本の将来につくす道を選択した。渋沢はこの年十二月から大蔵省租税正《そぜいのかみ》に任命される。しかし、徳川慶喜を裏切ったような罪悪感にとがめられ、辞職を願い、十二月中旬に大隈邸を訪ねた。

そこで再度、説得される。

「静岡で殖産興業の実をあげ、旧幕臣の窮状を救いたいのですが」

「わかっとる。だがね、在野で殖産興業を唱えても、壁にぶっつかるぞ。貨幣・租税・運輸・通信など国の根幹となる制度や施設が欧米に追いつかねば、君の念願はかなえらんぞ」

「確かに」渋沢は、自分が考えていることを大隈につかれ、返答に窮した。

「それに民間で創業するにしても、土台ができていなければ危うい。大蔵省の仕事は、まさに縁の下の力持ちじゃ。貨幣制度の改革も手をつけたばかり、租税制度も難題、公債をどのように運用すればよいのか、駅逓や郵便、度量衡の制度など、国の基礎が何も整っていないのじゃ。木戸さんは、広く全国から人材を求めておられる。狭い考えはお互いに捨てよう」

大隈は、長崎時代の体験から、大蔵省の実質的な指導者に至った道のりも話した。渋沢はわずか二歳年上の大隈に親近感を抱き、創成の苦労をともにする決意を固めた。ちなみに、大蔵省の同僚伊藤博文は渋沢より一歳年下である。


渋沢は早速、静岡藩から前島密を駅逓権正《えきていごんのかみ》に移籍してもらった。秩父出身の渋沢は養蚕業と大規模な製糸工場建設の腹案を温めていた。後の富岡製糸工場建設で、義兄の尾高惇忠《あつただ》と協力し、実現をはかる。

翌三年に入ると、静岡学問所や沼津兵学校からも旧幕臣が引き抜かれ、兵部省入りした赤松則良や西周、司法省の津田真道しかりで、木戸はこうした人事を積極的に支持した。一連の人事は、同年秋、伊藤博文大蔵小輔のアメリカ視察随員に芳川顕正と福地源一郎が渋沢の推薦で選ばれる。伊藤は貨幣・金融・公債などの制度を調査する。さらに流れは確実に広がり、翌四年の岩倉使節団書記官に旧幕臣が登用される。


渋沢栄一と木戸の人脈について、少し道草をしたので、明治二年秋の話に戻ろう。

十月末日、木戸が石巻県より届いた山中静逸らの書状に目を通しながら、冬の厳しい東北の民の暮らしを案じていると、毛利公に召し出された。何事かと屋敷へ参上すると、

「国政に参与するには心労が絶えまい。困った折には、與《よ》のことを思い出してくれんか」

そういって、毛利元徳公より直垂烏帽子《ひたたれえぼし》を拝戴《はいたい》した。中央政府に復帰するよう、間接的にうながされているのだと、自覚した。翌日、神田藩邸へ行き宍戸璣《たまき》に会う。正木が在席していて、共に正木邸へ行く。御堀、野村、厚東、三好諸氏が誘うので、五石橋より船を浮かべ深川藩邸に前原を訪うた。広沢はすでに来ていた。木戸・広沢・前原の三人が意思の疎通を欠いているため、周りの者たちが気を利かせて一席を設け、長州の団結を高めようと集まったのだ。小酌・談話は深夜におよび、木戸は坐に堪えかねず中途で退出し、十時過には帰寓した。前原は岩倉・大久保に操られていると認識に乏しく、木戸は胸襟《きょうきん》を開いて語り合うことができなかった。ことに〈版籍奉還〉や郡県制の導入などに関して、かなりの隔たりがあるため、酔った拍子で口にすることは危険だと思ったからだ。

十一月二日、杉孫七郎の同行にて、木戸は小原鉄心と芝増上寺内で会った。

徳川家歴代将軍の菩提寺だけあり、庭の風趣がすぐれていた。寺僧の運んだ薄茶を服し、歓談のあと、古書畫数幅を拝見した。座客は肥前鍋島公の他、元箱館奉行杉浦兵庫その他集議院の数輩が来ていた。集議院は、この七月に公議所から名称を変えたもので、議長は大原重徳で、議決の採否が行政官〈省の長官〉にあったため、権限は委縮してしまう。

杉浦は最後の箱館奉行であるが、洋書調所頭取、目付、浪士組掛などを歴任した経験豊富な幕臣だった。明治元年十二月に駿府藩公儀人を務め、幕臣の世話をしていたが、この夏から外務省に出仕し、開拓使権判官に就任していた。詩作を趣味とし号は梅譚《ばいたん》である。幕末、木戸とは敵味方で争った人物ながら、妙に気が合って、過ぎた歴史の表裏を語りあった。この後、杉浦は開拓使長官黒田清隆を援けて、明治十年まで北海道で働く。

増上寺は、当時まだ絢爛豪華な伽藍《がらん》が維持されていて、天皇東幸にさいして、休息所になった懐かしい思い出がある。上野寛永寺が戦災で破壊されたため、出席者には新政府による保存を望む暗黙の要求が感じられた。本堂（大殿）、三解脱門《さんげだつもん》、安国殿、五重塔、台徳院（徳川秀忠）霊廟など貴重な歴史遺産があった。供覧された幅中に米芾《べいふつ》の山水があり、その絶妙な筆致や画風に興味を覚えた。米芾は、北宋末の書家・画家・文学者として有名で、とくにその書は宋の四大書家と称された。

次の日は骨に徹すような寒気で終日家居した。朝、福井藩の小笠原大参事が来話。福井藩からの出仕者が少なくなっていることを心配していた。大学別当を兼任する松平春嶽候は、この年、医学校取調御用掛に任じられ、高等教育のため国立の大学を創設しようと、努力していた。福井藩侍医の岩佐純と佐賀藩医相良知安を大学東校（医学校兼病院）の大学権丞に任命し、叱咤《しった》激励していた。

「春嶽侯が岩佐・相良両医師を支えてほしいとの仰せで」

「おっしゃられるまでもなく。この夏、侍医の伊東先生からも、ドイツ医学の優れていることをお聞きしておりますから」

木戸は、薩摩の思惑よりも、何が日本国民の役にたつのかを基準にしていた。

十一月四日、御堀耕介、南貞介、野村靖が洋行の相談に来たので、木戸は親身に話を聞いた。次いで奇兵隊軍監の厚東が来訪し、帰還兵の不満や、親兵選抜過程での不明瞭さが問題視されていることを再び訴えた。この夏の〈版籍奉還〉で、石見の浜田と豊前小倉が朝廷に返納され、財政難の藩は、十一月に藩政の改革に踏み切った。奇兵隊をふくむ長州諸隊五〇〇〇余名を御親兵四大隊二二五〇人に再編し、残りの三〇〇〇名は論考行賞もなく解雇され常食を失った。

「御親兵への採用が戦功を無視したものだったので、不公平感が強く、身分・役職のある干城隊が優先されたのも、火をつけてしもうたわけで」

厚東は内情を説明した。

「そりゃあいけんのう。大きな騒動になるぞ」

木戸は先を見通せ、対応する行動力がある。

「奇兵隊だけやのうて、整武隊や振武隊からも脱隊が続いているらしいのです」

厚東は深刻な表情をくずそうとしなかった。

翌朝も、木戸は厚東と朝食をとりながら話を続けた。

「兵が単独では脅威にならぬが、頭領が現れると問題は別じゃ」木戸の気がかりである。

「噂では大楽源太郎や奇兵隊の長島義輔らの名前が取りざたされていますぞ」

「奇兵隊の内紛は危険な問題をはらんでいるな」

そう話す木戸の言葉の裏には、大村益次郎の危惧していた『藩兵が双刃《もろは》の刃《やいば》になる現実』があった。

「藩庁の対応がどのようになっているのか、具体的な情報が欲しい」

木戸は情報収集を徹底させようと思った。

厚東を送り出した後、気晴らしに橋市を訪ね、書畫数幅を見る。橋市は風流人で、茶を煎じ、酒を出し、木戸をもてなした。あまりにも多様な政事の細部まで誠実に対応しようとする木戸は、傍目《はため》にも気の毒なくらい消耗していた。（橋市は心配してくれているのだろう）親身に気づかってくれる人びとの気持ちがうれしい。

翌日、御堀と別れ杯の約束があり、築地より舟を浮かべ、伊藤と深川の「平清楼」に行く。出席者ははなはだ多く、娼妓が十余名呼ばれ、参会者が送別の想いを一巻にしたためた。木戸は『長風萬里』の四文字を題して揮毫した。

最近、木戸に日々参朝し政務に関係するようにとの内諭があっても、頑固に抵抗していた。

日記に記された心境は、有司専制への反抗である。

『この春以来、諸有司の軽薄無常を慨《がい》し、また政府の目的も立たずして得意顔で廟堂に坐すことは、とても望まないことである。それ故、ここに至って大いに困却している。しきりに防禦の策をつくさんことを思う。』と徹底抗戦の姿勢を崩していない。

次の日、大隈と山口が来訪し、木戸の復帰を望むとしきりだった。大久保が書帖と幅を返しにきたので、代わりに「長安春山」の一幅を贈った。大人のつきあいで、何事もなく大久保と火花を散らすことはなかった。この時期、木戸はある種の疎外感を強く意識し、半身に構えていた。三条右大臣の側近土方を介して、引退静養が実現するように周旋をお願いしていた。図らずも土方邸で江藤と面会した。

「ご一新が変質しそうじゃ。心配でならん」

江藤にも、木戸は心境を語った。

「木戸さんも同じ考えですか」

「かつて心を合わせた同志が、醜い人間になって利権を争っちょる」木戸は本音をのぞかせ、

「大村さんを襲うなんぞ、愚の骨頂じゃろ」

怒りを口にした。

「薩摩はどげんするつもりじゃろ」

江藤はまだ中立の立場だった。

「有司専制は許しちゃいけん」

「木戸さん、政府に戻るべきじゃ」

江藤も木戸の復帰をうながした。

十一月八日、横浜行きの許しが出たので、伊藤邸を訪ね、馬車を雇って、横浜へ向かい、中沢屋五兵衛宅に泊まった。イギリス公使館でシュミットに会い、息子正二郎の教育のことで相談した。ロンドン留学をしきりに勧められた。

午后、山口範蔵から報告があり、

「大阪造幣局が焼失したとの報道がありました」

と知らせを受けた。

事の重大さに木戸は顔色を変えていた。

「しばらく横浜に滞在する。連絡をお願いしたい」

木戸は、造幣局で働いている恩師斎藤篤翁の身を案じていた。

「かしこまりました」山口の返事はよかったが、おぼつかないものがあった。

気晴らしに写真館に行き、正二郎と随従のものらと写真を撮った。

夜、大黒屋禎二郎が来て、「米価が落ち着きませんな」と不安げに話した。

「戦火は鎮まった。越後米が鉄道で運べるようにせにゃならん」

「外国の米をエゲレス商人は運びこむつもりですぞ」

「この国の金や銀がどんどん流出するのう。何か手を打たないけん」

木戸は坂本龍馬が貿易商を目指していたことを思いだした。

「蒸気船の軍艦だけやのうて、蒸気の輸送船がいるのう。民間の船会社を興してくれんか」

「昔のままの帆船では欧米の貨物船に太刀打ちできません。莫大な船賃が吸い取られていますな」

大黒屋は事の本質をわかっていた。

「横浜から輸出される生糸や茶、海産物や工芸品、これは民が汗水たらして働いた労働の産物じゃしのう。それを忘れちゃあいけん。国の近代化に必要な外貨を生みだすものが、まだ限られちょるからのう。貿易の仕組みも考えてみたい」

木戸は横浜の重要性を強調しておきたかった。

翌日朝、周布、楢崎と桂が訪ねてきた。

「虫の知らせか大村先生の夢をよくみる」

木戸がぽつりとつぶやくように言うと、

「大阪の情報が欲しいですのう。昔のような藩邸の通信網が機能しちょらんですな」

楢崎に皮肉をいわれた。

「本当にそう思うのう。国の情報は機密として一部しか知らされぬ」

「木戸さん、やっぱし政権に加わってください」

桂が珍しく深刻な顔をした。

「そういわれてものう。広沢と前原が長州の窓口になっておるじゃろ。先日も東京の有志が、三人仲良くせいちゅうて、宴席を設けてくれたんじゃ。しかし、大久保にうまく相撲をとられちょる」

木戸は唇を嚙むしかしかたなかった。

十一月十一日、横浜弁天町五丁目横町にある下岡蓮《れん》丈《じょう》の写真館へ行った。木戸には写真を撮ってもらうだけでなく、蓮丈との世間話をする愉しみがある。下岡をひいきにしたのは、故人となった周布政之助で、木戸の写真は残っていない。

写真館を訪れる人物が多彩になっているだけでなく、思いがけない情報を耳にすることがある。それに蓮丈の半生は波乱に富んでいて、幾度か桂小五郎時代に近くですれ違った可能性がある。蓮丈は、長崎の上野彦馬と並び写真史に大きな足跡を残した人物である。木戸より十歳年上で、伊豆下田の生まれであり、父親は浦賀船改御番所に出入りする下田問屋衆の一人だったが、絵師を志し十一歳のとき江戸の絵師狩野董川に入門。ある日、董川の使いで旗本屋敷へうかがった際、オランダ渡りのダゲレオタイプの写真を一枚見せられ、写真技術を学ぶ決心をする。外国人に接近するのが早道と考え、浦賀奉行所の足軽として浦賀平根山台場の御番所警衛掛の職をえた。

だが、いたずらに時が過ぎ、長崎への遊学を夢みていた矢先、黒船が来航し、日米和親条約が結ばれた。その結果、故郷の下田が開港したため帰郷。ところが途中、安政の東海大地震に遭遇し、九死に一生をえて下田にたどり着いたが、呆然とするような惨状だった。

桂小五郎が目撃した廃墟のような光景だ。蓮丈とは震災後の下田ですれ違っていたわけである。蓮丈は下田の復興に参加し、米国船が薪水食糧などを調達する市場「漂民欠乏所」の足軽になり、給仕役として働きながら、写真を学ぶ機会をうかがった。

その時がようやく巡ってくる。横浜開港談判のため来日し、下田の玉泉寺に駐在した初代総領事タウンゼント・ハリスの通訳を務めたヘンリー・ヒュースケンから、写真術の原理などを教えられた。ところが安政六年十二月に下田開港場は閉鎖され、再び江戸へ出て、狩野董川の弟子として江戸城再建にともなう障壁画作製を手伝った。蓮丈はそれにも飽き足らず、開港した横浜の雑貨貿易商ショイアーの下で働く。幸いショイアーの妻アンナが油絵を描いていて、蓮丈の日本画を気に入ったため、互いに西洋画法と日本画の技法を教え合う仲になった。

ヒュースケンは、万延元年十二月にプロイセン王国使節宿舎（芝赤羽接遇所）から善福寺の領事館へ帰る途中、芝薪河岸の中ノ橋近くで、攘夷派薩摩藩士伊牟田尚平に襲われ、翌日死亡してしまった。蓮丈自身は勤皇の志が強かったが、異人暗殺など偏狭な攘夷だけは理解に苦しんだ。そんな蓮丈を神は見捨てなかった。

ショイアー家へアメリカ人写真家ジョン・ウイルソンが寄宿した。ところが、ウィルソンは蓮丈の情熱を警戒し、薬品の調合法や暗室作業の詳細や、コロディオン湿板ネガから印字紙へ写す技術を教えなかった。ところがブラウン宣教師の娘ジュリア（後のイギリス領事館員ラウダーの夫人）がウイルソンから写真術を学ぶことになったため、密かに蓮丈はジュリアから部分的な知識を得る。

ここから蓮丈と木戸の距離が縮まる。外交官としてのラウダーとジュリアは、木戸や高杉とも親しい友人だからである。

文久元年、ウイルソンの帰国にさいして、蓮丈は自作の風景画や風俗画など八十六点と写真機材や薬品を交換した。それをもとに蓮丈はすべてを投げうち写真術の研究に没頭し、翌年、横浜野毛に最初の写真館を開業した。この年、長崎でも上野彦馬が写真館を開いた。

当初、日本人には写真を撮ると命が縮まるとの迷信から避けていて、外国人相手だった。

因習にこだわらない周布や木戸らの来館は、蓮丈にとっても宣伝効果が大きかった。

木戸の写真好きには、被写体としての自己愛を超えた、〈大きな世界への窓〉への憧れや展望があり、現代の写真・映像が占める大きな領域を見透していたのだろう。

その夜十一時ころ南貞助が宿に来て、大阪造幣局焼失が間違いない事実であることを教えられた。井上の書翰にもそのことが記されていた。十一月四日の大阪造幣寮失火と、その際、書類を搬出しようとして斎藤翁が火傷を負ったことが詳細に報告されていた。電話のない時代、大阪との連絡には約一週間の時差を生じてしまう。

悪いことは重なるもので、この日（十一月十一日）、鹿島庄右衛門が来て、大村益次郎の病状悪化を伝えた。生死の境をさまよっているらしい。その夜、木戸は、大村の死去を知らず、従者の孝助に大村と井上宛の書状をもたせ大阪へ急行させた。前途のことも互いに憂慮しあっていただけに、危篤と聞き力を失うようで、木戸は、日記に大村を想う気持ちを述べ、最後に眠れぬままの心境を記した。

『今夜夢寝の間しばしば大村に対して相語るを覚えて、また愀然《しゅうぜん》、言うべからざるの心事なり』きっと虫の知らせか、大村の霊魂が夢に現れたのだろう。すでに大村益次郎は、不帰の旅人になっていたのである。

十一月十二日、渡欧予定の御堀と南も連れだって西洋店へ行き衣服を買い、市街を散歩して帰った。夜中に、宿の戸を激しく叩く者があり何事かと思っていると、三宅庸助だった。

大阪より届いた山田顕義、船越洋之助、河田佐久馬からの書簡を携えていた。手燭の灯かりに照らし出された三宅の顔はこわばっており、寒さのせいもあったが、唇が青ざめて、もどかしそうに唇を開いた。

「一大事でござりまする」ふるえる手で懐から小風呂敷に包んだ書状を差し出した。悪い予感に、木戸は全身がこわばるような寒気を覚えた。案の定、大村益次郎の訃報《ふほう》だった。すでに黄泉の国へ長逝していたのだ。『十一月五日夜七時に絶命』とある。信じまいとしても、三人が同じ趣旨と深い悲しみを伝えていた。

『大村ついに過る五日の夜七時に絶命の由。実に痛歎残意悲しみ極まりて涙下らず茫然気を失う如し』日記にやっとの思いで書き留めたが、頭の中は真っ白になっていた。涙さえ落ちず、天地のどこにいるのかさえ分からなくなってしまう、自失である。吉田松陰や高杉晋作の死を知らされた瞬間にもまして、自らの肉が斬り落とされたような痛みに襲われた。目に見えぬ出血は木戸にとって重症だった。御堀耕介が来訪した。昨年来、腹を割って話すべきだと考えていたことを、大村の訃報《ふほう》に接して、虚心坦懐《きょしんたんかい》に話しておくことにした。

「大村先生の訃報が届いた。国家の大損失じゃ。この際、君にも心して、新生国家の柱石になってもらいたい。そのための渡欧じゃと覚悟してくれんか」

木戸は国事に苦心する立場を理解して欲しかった。

「木戸さん、すまんな。おっしゃる深意は胸に響いちょるけ」

長州の同志からの嫉妬は有害で、まったく益がない。これまで木戸は、あえて口に出すことはしなかった。昨春来の体調不良も、多くは精神的な苦悩によるものがあり、人情が軽薄になっていることは恐ろしいことである。（前向きに歩き続けよう。そうするしか、大村先生の遺志に報いることはできまい）木戸は、大村の死を無駄にせず、戦う意欲をとりもどそうとした。

翌日、伊東長翁（玄朴・長春院）を訪問し、しばし歓談して洋酒を酌み交わし、食事を共にした。求められ揮毫《きごう》する。養子で宮中侍医の伊東寛斎も同席した。寛斎はかつて青木研蔵に誘われ、萩城下に遊んだことがあるという。緒方洪庵の適塾で学び、紀州藩医を務め、将軍家定の病を治療するため御典医に登用された経歴をもつ。木戸より七歳年長で、タウンゼント・ハリスの治療をしたことでも有名だった。

遠藤と御堀が訪ねてきたので、御堀と散歩して将来を語り合った。洋行の目的意識を再確認させる意味あいもふくめていた。御堀はすでに結核を発症していたときだけに、木戸の親身な付き合いは、主治医の深い思いやりさえ感じられ、頭が下がる。御堀は健康に漠然とした不安を覚えていたはずである。彼は従兄弟である長府藩の乃木源三についても語り、後見を頼んだ。四境戦で小倉口攻めに従軍し、京都の河東練兵所にいる青年、つまりのちの乃木希典《まれすけ》将軍である。

次の日、昨年京都で知り合いになった松江藩執政の小田均一郎が来訪し、藩の改革について相談を受けた。松江藩は維新後も教育に力を入れ、八歳になると藩校修道館に入学することを定め、積極的に洋学の普及に取り組むという。そのため外務省を通じてフランスから二人の教師を招き、欧米に留学生を送るつもりらしい。木戸は積極的な支持を約束した。

翌年、西園寺公望卿の留学に伴い、松江藩は小田均一郎の他、修道館フランス語教授庄司郡平の子金太郎（十七歳）、医師の息子飯塚納（二十六歳）、東京開成所教授の入江文郎（三十八歳）を派遣する。飯塚はパリで西園寺卿や中江兆民と親交を結び、木戸の死後明治十三年に帰国し、西園寺卿が創立した東洋自由新聞の副社長を勤める。また修道館でフランス語を学びリヨン大学で学んだ梅謙次郎は東京帝国大学法科大学長・和仏法律学校（のちの法政大学）校長となり、渋川忠三郎は関西法律学校（後の関西大学）の創立にかかわる。

夕刻、シュミットが正二郎の留学について来話。

「決心はつきましたか」

シュミットは木戸が子離れすることをうながした。

「近々、私の友人も留学する。条件は整ってきた」

木戸は、伊藤俊輔を欧米視察に出し、その際、正二郎を同行させるつもりだった。

「それは良かったですね。じゃあ、準備を進めますね」

こうして正二郎の英国留学が本格化する。

その晩大島友之丞が横浜に着いた。今や朝鮮問題の窓口に座っているような人物である。

翌日、大島を訪ね朝鮮問題を相談する。

「朝鮮との関係を改善するためには、イギリスの支援が必要になる。公使館のラウダーという書記官を紹介しておきたい」

次の日は雪まじりの天気だったが、大島とラウダーを訪問し、昼食を共にした。対馬藩とイギリス公使館を結ぶ回路を作らせたのは、まぎれもない木戸である。しかし、どのような方向へ動きだすのか、まだ予断はできなかった。罪のない社交上の話であれば、木戸とて安心である。長崎領事館時代、ラウダー邸にはかつて高杉東行（晋作）が寓居していたことがあり、思い出を語り合う。

「高杉さんも留学を希望していましたね」

ラウダーが懐かしそうに語った。

高杉は、俗論党に勝利した後、イギリス留学を希望していた。

「神様は慈悲ぶかいはずなのに。シンサクを早くに召されてしまったのね」

下岡蓮丈に写真技術を教えたラウダー夫人ジュリアが、高杉の早世を悲しんだ。

「高杉が生きていてくれたらと思うことが、増えてきました」木戸の本心だった。

「高杉の仲間だった御堀が、再留学で欧州へ向かいます。よろしく」

木戸の尽力で御堀の再留学が決まっていた。木戸は、〈版籍奉還〉や〈廃藩置県〉の荒治療を行うためには、藩の保守派を抑えるため山県や御堀の協力が不可欠と判断していた。

夜、大島を訪ねていたところへ伊藤博文が東京から来て、三人で朝鮮問題について話をした。その後、伊藤の宿へ行き、木戸も泊まりこんで話を続けた。当時は一心同体だった。

次の日、早朝宿に帰ると、御堀が来ていた。

「木戸さん、いつまた会えるかわからんけ、見送りさせてもらいたい」

「そりゃ、すまんな。健康が第一じゃけのう」

木戸は自らに言いふくめるような思いをこめた。

御堀は波止場まで見送りに来た。この後、日本公務弁理職（総領事）に任命され渡仏する。

モンブラン伯爵らと横浜を発ち、パリで再び山県有朋、西郷従道らと合流する。しかし結核が再燃し、帰国後、薩摩でウイリスの治療を受けるが悪化し、三田尻へ帰る。

木戸の帰府には箱根の奈良屋兵助が随行し、海援隊の生き残り長岡謙吉も同行した。帰宅すると、広沢真臣、名和緩らが来て、大村没後の対応を協議した。探索に出ていた河村謙三が京都から帰って、近況を報告する。弾正台の海江田が、中央政府の威をかり、京都府の行政に口だしをしているらしい。

七

十一月十九日、松子がびっくり仰天するほどの来客があった。前触れもなく、薩摩の知事島津忠義公が木戸邸へ大村益次郎の弔問に訪れたのだ。大村益次郎の死は、薩長間の緊張を沸騰しかねない臨界に高めていた。（それを未然に防ぐため、大人の知恵を働かせたということだろうか）おそらく大久保が島津公を動かしたのだろう。

藩主自らの訪問は、木戸にとっても驚きだった。島津忠義は、父久光と異なり温厚な人格者で、大村の死を深く哀悼し、薩長間に不要な亀裂を生じさせぬことを希望した。

十二時過、木戸は返礼に薩摩藩邸を訪れ、その足で報告のため神田の長州藩邸へ行く。しかし、主だった者は皆不在だった。平岡通義を訪ねると、幸い広沢も在席していた。

「おう、これは助かった。藩邸を訪れたが、皆、不在じゃった」

「また大事かのう」広沢が木戸の顔を見てたずねた。

「実は、薩摩の島津忠義公が拙宅を訪ねられ、大村事件以後の薩長の過熱を詫びられたのじゃ」

木戸はありのままを話した。

「ほぉ、それは驚きじゃのう」広沢にとっても意外だったのだろう。木戸、広沢、平岡は、この際、来訪を先方の誠意としてくむべきだとの合意に達した。平岡は木戸より二歳年上の長州藩士で、四境戦争では石州口戦で指揮官として戦った。維新後は、横須賀造船所の実働に貢献し、工部省ができると建築担当の営繕局長を勤める。後に宮内省宮繕御用掛として明治宮殿の建築を指揮する一方、東京駅を設計する辰野金吾や帝室博物館を設計する片山東熊《とうくま》を育てる人物である。

その晩、京都より幾とモモが来着した。松子の身の回りを世話していた京都の娘たちである。松子にとって京ことばは、日常生活に欠かせないのだろう。彼女らと雀のように終日しゃべっていた。

翌日、桂太郎が来訪した。

「お願いがあってお邪魔しました」

桂太郎は、この夏の箱根湯治で松子をはじめ木戸家の人々と数日共に過ごした仲である。

「かしこまってどうした」木戸が何事かとたずねると、

「実は、フランスに留学しようと思いたちまして」

「おう、それはそれは」木戸の望むところだった。

フランス語の力がついてきたので、欧州留学の希望について話す。

「実はうちの正二郎もイギリスに留学する」

「そうでしたか。楽しみですね」

「ところで、国費留学や藩からの留学は時間がかかるのう」

「実は、賞典禄をもとでに私費留学をしようかと」

「なるほど」木戸は、斎藤道場へ私費留学を決めた際のことを懐かしく思い出していた。

「可能な限りの支援をするつもりじゃ」

「ありがとうございます」桂太郎は率直な青年で、人から愛された。

「申し上げ難いことですが、兵学校を退学するため健康診断書がいるそうで」

「そうじゃったな。壮健では退学させてくれんじゃろ」

「そこのところをどうにか、と思い悩みまして、お願いにまいりました」

「うーん、医者の診断書がいるのじゃのう」

思案した末、木戸は大阪の緒方惟準《これよし》へ添状を書いた。

桂太郎は、フランスへ渡ったあと、晋仏戦争で荒廃したパリの現状を見て、ドイツに留学先を変更してしまう。環境への適応力と決断力があったのだろう。後年、首相になってからも〈ニコポン宰相〉と呼ばれるくらい、愛想のよい青年だった。ベルリンでは、青木周蔵や萩原三圭らの援けを得てドイツ語を学びながら、プロシアの兵制を学ぶ。

その後、杉、正木、森、早川ら毛利家の重臣が来訪した。

「実は、島津忠義公が、大村益次郎先生のご逝去に対するお悔やみの挨拶に参られた」

木戸の報告は、気位の高い島津公のまさかの行動で、皆、驚きを隠さなかった。

「維新を成し遂げた薩長の仲たがいを一番心配しておられた。分裂すれば、政府は瓦解するにちがいない。腹立たしいことも多いが、ここは忍耐が肝要ではなかろうか」

木戸は、薩長間の摩擦をくいとめるよう求めた。

「異論はないのう」

杉の言葉に正木も大きくうなずいた。

「それよか長州の国元が大事になりそうじゃ。脱隊兵が徒党を組み始めた。皆、武装したままなのが気がかりじゃ」山口から上京した森清蔵は、長州の不安定な状況を語った。森は、来島又兵衛の嫡子で、妻は井上聞多の妹厚子である。

「東京へ出た後から、急に情勢が険悪になったようで、相すまん」

杉孫七郎は木戸の顔を見て詫びた。

「いや、これは根が深い。責任の一端はぼくにもある。一度、帰省してみるつもりじゃけ」

木戸は〈版籍奉還〉や兵制改革で大久保に主導権を握られ、長州の諸隊にしわ寄せがきていることに責任を感じていた。夜、井上聞多と井上新一郎が来て一泊する。

「木戸さん、一緒に山口へ帰ってみませんか」聞多は山口に帰ってみることを勧める。

「そうじゃのう。捨ててはおけんしのう」

藩庁が民の苦しみを見て見ぬふりをすれば、やがて不満は爆発するにちがいない。

「大久保と話しあって、この際、薩長の亀裂を防ぎ、国元の難問を解決せにゃなるまい」

「日時が決まったら、手配しますけ、連絡してくれませんか」

「有難う。年内には帰るつもりじゃけ」

この日、長安和惣、杉孫七郎、佐々木男也《おなり》が木戸邸に来た。佐々木は森らと品川に着いたばかりで、異口同音に、長州の政情不安を訴えた。

「長州がひっくり返れば、ご一新は一巻の終わりじゃし」木戸は、帰国を確約し、人びとをなだめるしかなかった。


杉と麴町《こうじ》町の展覧会場へ書画を観に行き、女流南画家の奥原晴湖も同行した。木戸は、晴湖との仲を誤解されないように、必ず友連れをするよう心がけていた。杉も日本の伝統芸術に関心がある。後年、杉が宮内省勤務になってからのことだが、木戸が側面援助した女流画家の奥原晴湖や野口小蘋《しょうひん》を皇后へ紹介する手伝いをする。

夜、山田顕義も来訪し、杉、佐々木、山田の三人とも木戸邸に泊まっていく。話はおのずから大村益次郎襲撃事件の顚末《てんまつ》と、黒幕の話になってしまう。さらに兵制問題から親兵選抜が、長州諸隊の不公平感を増長していることが心配された。大村益次郎没後の政治情勢と対応について話し合われた。

「この際、皆で山口へ帰ることが重要じゃろう。団結せにゃ、危ういと思うちょる」

木戸は、帰国の決意を語った。

「兵学校の生徒のうち、長藩出身者には心の準備をさせておきます」

山田顕義は武将らしく、すでにきな臭さを増している状況に対処しようとした。

「鳥尾小弥太にも言いふくめてほしいですのう」

「たしかに」木戸に異論はなかった。木戸側近の軍人は、山県が渡欧中なので山田と鳥尾が双璧なのだろう。この秋、長州人の多くが政情に不満をもちつづけていたことがわかる。

十一月二十二日、高杉晋作の父小忠太翁を木戸邸に招き、木戸は危機に対応する動きを開始していた。長州の長老格である高杉小忠太翁の支援があるなしで、地元の情勢が大きく動くことを知っていた。その席に宍戸、正木、広沢を呼んだ。

「四境戦争以来の危機かもしれん。協力しあって丸く収めたい」

長州内部の分裂を防がねばならぬと考えた木戸の深慮であろう。松子の機転でお国母子を招き、お国が三絃をつま弾き娘が舞って、座をなごやかにした。

「高杉が創設した諸隊が分裂の危機にある。高杉を悲しませてはならんのう」

木戸は会合の趣旨を伝えようとした。酒が入ると、深刻な話はいつの間にか消え、高杉翁を囲んで、晋作の思い出話に花が咲く。

翌日、井上新一郎が初めての子の無事出産を知らせに来た。子供が授からない木戸夫妻にとって、他人事ではない喜びを共有する。そうした夜に限って、松子は、

「うちはな、子が授からへん身体かもしれへん。ほんにすんまへんな」とわびごとをいう。

「お松、気にするな。お前のおかげで、子らは立派に育っている」

木戸が慰めても、松子のこころには、ぬぐいきれない淋しさがのこる。

「よその女《ひと》に子を産ませても、責めはしまへんぇ。そやし、隠し事だけはしんといてな」

「そんな女はいない。おまつは観音さまや」

そう口にしながら木戸は、絵師の晴湖と精神的に近づいている間合いを気にしていた。美人ではないのだが、ほしとばしる芸術への情熱など魅力的な個性がある。

その夜、夢で大村益次郎がシーボルトの娘イネと秘めた恋を告白していた。箱根の宿で長岡謙吉に聞いた話や、山田らが語るイネの看病の姿が、木戸の潜在意識を苦悩からほのかな恋物語にかえていたのだろうか。彼女は江戸で大村が開いた私塾「鳩居堂」には近寄らなかったらしいが、維新後も産婦人科医として、東京で暮らしていたらしい。大村を看病する姿は、ひたむきで、誰の目にも二人が結ばれていたことを教えていた。山田顕義よりその話を聞き、木戸はイネを見舞いに訪れようかと考えた。その思いが夢につながったのだろう。

この日、木戸は宮内省に土方中弁を訪ね、大村事件後の処置について心の裡《うち》を告げた。

話の結末として、「三条右大臣の公正な差配を望むところじゃのう」と希望を語った。だが、三条卿は岩倉卿や大久保に気をつかいすぎて、非を非として問いただす姿勢に欠けていた。当日、大久保は、兵部大輔が欠けている隙を狙いすまし、黒田清隆と川村純義《すみよし》を

兵部大丞に任命したからである。彼らに「兵部省前途の大綱」として建軍案を上申させる。

そのため旧大村派の山田顕義・河田景与・船越衛・曾我祐準、林謙蔵らと、大久保派の黒田清隆・川村純義との対立が生まれる。混乱のなか、大阪兵学寮は十二月二十八日に開校。大村の意志を継ぐため、山田顕義は兵部省大阪出張所に移り、兵学寮の運営を軌道に乗せるべく尽力した。同年十二月三日に、前原一誠が兵部大輔に任用されるまでの間、兵部大丞の山田は、大村の遺志をいかすため、『故大村大輔軍務前途ノ大綱』を十一月十八日に上申する。

山田は、大村の遺した京都の河東操練所で下士官の養成を続け、戊辰戦争中自らが指揮した整武隊などを中心に、鳥取・岡山藩士なども加え、訓練する。彼らの中から児玉源太郎、乃木希典《まれすけ》らの優秀な人材が育つ。横浜語学所も継続させ、翌年五月に大阪に移し、兵学寮に編入。ここからは、桂太郎、楢崎頼三、馬屋原二郎らが育つ。兵学寮では教授として蕃書調所時代の大村の同僚原田一道を任用した。

この後、大阪兵学寮は、外に大久保派との対立、内に教官や生徒同士の対立など、困難を乗り越え、後の日本陸軍を支える人材を養成していく。

十一月二十六日夜、野村靖と三好軍太郎が来訪し、徹夜で長州の内乱が勃発する可能性について語り明かした。木戸は帰郷を約束し、彼らにも協力を求めた。

十一月二十八日、神田の藩邸に高杉翁を訪ね、正木、杉らと面談し、帰郷を前提として、脱隊兵の救済処置について意見交換をした。毛利公の経済的な支援を必要としていた。夕刻、三条卿を訪ね拝謁する。木戸が平生から言上したいと思っていたことを、強いて御下問なさったので、止むをえず関係するゆえんの人情と向背、ご一新以来のご布告の件々について、人の口により生じる齟齬《そご》が多いことをお伝えした。三条卿は、木戸の語ることにうなずきながら、しきりに参仕を勧めた。

「そなたの申すことは正論でおじゃる。そやけど、政事を改革するためにも、政権に参与しなければ何もできないのではないか」と諭された。

「有難きお言葉、恐縮に存じ奉ります る。健康がすぐれないため、参仕してもご迷惑をおかけするだけだと危惧いたしております る」そのように即答し、

「今しばらく、熟考させていただきたいものでござりまする」と願って退出した。

翌日、広沢が来訪。名和緩も在席。木戸へ参仕するよう説得に来たのである。広沢の説明では、この度、諸隊をすべて朝廷の親兵（常備兵）にすべく仰せつけられたので、木戸にも帰国し、将来のためにつくしてくれるよう頼まれたとのことである。また藩政においても問題が山積しているので、解決してほしいという。木戸は内心、広沢までもが岩倉・大久保枢軸にとりこまれていることを察知していた。

「大村先生の死をどのように考えているのか。悔しくはないのか」

木戸は思いのたけを広沢にぶっつける。

「悔しい。仇討ちができるのならのう」

広沢も大村とは親しかった。

「そうじゃろ。それなのに、逮捕された実行犯の処分を、京都弾正台の海江田が阻止している。こんなことを許しちゃいけん」抗議しているのは木戸のみだった。

「あえて、長州浪人の神代を暗殺に使ったのは、黒幕の意図を隠ぺいするためじゃけのう。断じて泣き寝入りをしちゃいけん」

「同じ考えじゃ」広沢にそのことを確認の上、木戸は帰国することを約束した。しかし、長州の近況が部分的にしか把握できていなかった。そもそも大村益次郎と提案した四民平等の国軍創設案を潰され、士族の特権を維持する藩兵の朝廷常備軍化は大久保・西郷の権力基盤維持策にほかならない。目の上のコブ的な大村益次郎を抹殺した今、後任の兵部卿に前原一誠を置き、見かけのみ長州へ配慮したかに見せかけている。しかし、前原にはその力量がないことは、任命した者たちが、もっとも知っているはずである。木戸はこの際、もろもろの苦汁を呑みこみ、故郷へ帰ってみようと思った。繊細な木戸の感性がとらえた長州の内在する危機は、破裂寸前だった。決意した直後の深夜、兵部省からの出火が急報される。

木戸が参内し天機をおうかがいすると、明治天皇は御前へ召された。天皇に動揺はなく、木戸を安心させる。退出し、皇居の風下にあたる神田の藩邸へ向かう。一時は防火を心配したらしいが、大事には至らなかった。（それにしても、政権中枢での失火は、何としたことであろうか）大村益次郎を喪《うしな》ってひと月もたたずの不祥事である。木戸は国の行く末に暗雲を見る。

波立つ気持ちを鎮めるため、杉、品川、青甫らを誘って町に出た。骨董店をのぞいて帰ると、斎藤新太郎と福井順道に加え、江戸留守居役小幡高政のつれあいだったいと女が小幡の子彦太郎を連れて来ていた。井上新一郎も妻を連れてきたので、皆を集めて食事をする。

松子はいつものように不平もいわず親身に接遇した。（内助の功には頭が下がる）愛おしくなって、添い寝すると、木戸は按摩《あんま》になって松子の心身の疲れをほぐした。

翌日、いと女は小幡の一子彦太郎を連れて帰ることになり、木戸は大小の双刀を贈った。

十二月朔日、坐客の絶えない一日となる。伊藤博文夫人の梅子が来たので、松子も大喜びで芸妓を招き一酌を催す。この日は珍しい客人もきた。尾張藩士で新政府参与の田中国之介（のちの不二麿）が来訪し、和蘭《わらん》とこのわたを贈ってくれた。ナマコの腸の塩辛で、尾張徳川家が将軍へ献上したことで知られ、ウニ、からすみ（ボラの卵巣）と並んで三大珍味の一つに数えられる。酒の肴として尊ばれ、熱燗《あつかん》の酒を注ぐと「このわた酒」になる。松子に「味噌仕立てにすれば、このわた汁になり、美味いですよ」と料理法を教えた。彼は教育に深い関心をもち、将来を期すべき人材である。

田中は、木戸より十二歳年下で、尾張名古屋の城下で生まれ、少年時代から英才の誉れ高く、若くして藩の参与をつとめた。幕末、佐幕派と勤皇派の抗争が激しい御三家の尾張徳川家にあって、尊皇攘夷建白書を提出した勇気ある人物である。桂小五郎時代に、京都で田中とは知り合った。尾張藩佐幕派を粛清した青松葉事件以降、徳川慶勝の右腕として藩論を統一し、動乱を乗り越えた。王政復古の大号令で参与に任命され、小御所会議には尾張藩代表として出席している。明治二年に大学御用掛を拝命し、教育行政に情熱を傾けていた。

明治四年に文部大丞《たいじょう》となり、岩倉使節団理事官として、欧米の教育制度を調査する。そのさいの現地通訳が、同志社を創設する新島襄である。帰国後、田中は木戸の助けをえて、森有礼や福沢諭吉らの「明六社」創立を促す。明治七年には文部大輔として木戸を補佐する。田中の人格を愛し、終生、友人として付き合う。日本国民にとって、木戸・田中は教育制度の基礎を築いた恩人である。

十二月二日、一時に参朝の御召があったが、遠慮した。この夜、平岡通義と約束があり、宅へ訪ねると、東京府知事の大木喬任も同席していて談話した。

「東京を近代化するにはどうしたらよいのか、大木知事と話していたところです」

建設や土木事業に意欲のある平岡は、新潟時代に信濃川改修工事に関わったことがある。

「国の財政が潤っていればのう。思うように計画できるのじゃろうが」

「木戸さん、国の財政と東京府の財政がこんがらがっちょりますたい。直轄の府県をどうするのか、その財政基盤の仕分けをすべきではなかとか、苦慮します」

大木知事は見識のある人物である。

「重要な視点じゃのう。国と地方の郡県制をどのように折り合わすのか、難問ですのう」

「話には聞いちょるが、実地にロンドンやパリを視察してみたいもので」

大木も外国視察を望んでいた。

「家康・秀忠・家光の徳川三代が考えた江戸の町づくりは、壮大ですのう。ぼくにはずい分参考になります」

平岡は鋭い視点をそなえていた。

次の日、十二時過に参朝すると主上の御前で次のような御沙汰をいただいた。

太政官より、『御用これありにつき山口藩へ差し向わされ候事』。さらにもう一件は、三条実美、岩倉具視、徳大寺実則三卿より、『明春、支那・朝鮮使節差し向けられるべく候。右の者、もっとも重大事件につき、即ち今より交際規定の古今を斟酌《しんしゃく》し、篤《あつ》く取調べこれあるべき旨、御内意候事』とのことを、大納言岩倉卿より達しがあり、御前にてお請け申しあげた。木戸が長年の懸案として打開を試みようとした日朝・日清の外交交渉に、天皇から全面的にかかわるよう指示されたことになる。(薩長の亀裂が決定的になることを不利益とみた岩倉卿が、両者の手打ちを模索した結果なのだろう)木戸は岩倉卿から呼び出され、大久保との和解を求められた。木戸と大久保へ、山口と鹿児島へ帰り、毛利敬親と島津久光・西郷隆盛を連れて、東京へ戻るように命じられた。

兵部省人事で兵制改革を阻止しておき、かなり虫のいい話を岩倉卿と大久保は提案してきたわけである。

(だまされたふりをして、ここは彼らの正体を見ておこう）と木戸は思った。この日、宮中にて大久保と今晩の来訪を約束する。当時、岩倉卿・大久保の政局運営は行きづまっていた。

大久保の親兵構想は、財政基盤の不透明性や将来の展望に欠けていることなどから、旧大村派から協力を得られず、母体となる藩からの抗議が起こり、藩地への撤退《てったい》が始まっていた。

また各地で反政府運動が巻き起こり、特に大久保の出身地鹿児島が不穏になる。大久保は局面打開のため、木戸の懐柔と薩摩士族の抑えとして西郷隆盛の中央政府復帰が必要になった。木戸の日記によれば、

『大久保来たり大いに時勢の不振を憂い、ぜひ與一同が山口に至り、我藩一決の論を聴く。（大久保も）薩州へ帰り、両藩一致して、東西合一の論をもって大いに尽力いたし、今日の弊を矯んことを論ず。余また平生憂うところ、その説善しとす。対酌相談。過日来、三岩（三条・岩倉）二卿方へも心事言上し、終に上達し帰藩の命、明日にも発んと欲す由なり。江藤、伊藤来話。また一席に相談ず。十一時過、皆散じ伊藤一泊す』

木戸は、大村益次郎襲撃事件の犯人を厳罰に処すべきであることを主張し、大久保は了解した。十年後に大久保自身をテロが襲うとは、思ってもみなかったことだろう。

この夜、木戸と大久保はこれまでのわだかまりを氷解したかに見えた。

大村益次郎実行犯のうち、長州小郡《おごおり》に潜伏し、自決を図った神代《こうじろ》直人は逮捕され処刑、当日の死者一人を除き、全員が逮捕された。十二月二十日に粟田口《あわたぐち》で処刑されることになったが、京都弾正支台は刑の執行停止を求めた。その上、立ち合いを拒否したので、刑の執行が延期される。そもそも弾正台は、海江田の進言を受け大久保が新設した治安機関で、法的な権限は明確になっていなかった。刑部大輔の佐々木高行も、刑部省と弾正台の権限があいまいで、頭を抱えていた。海江田の独断による死刑延期は勅裁《ちょくさい》を無視したもので、木戸の猛烈な抗議にあい、大久保は京都まで行って十二月二十九日に執行させる。海江田が大村襲撃犯を助けようとした行為は、風評を裏づけるものだった。海江田の専横に大久保も岩倉もあわてた。行動を容認すれば、長州は政権からの離脱も辞さず、分裂の危険が高まるからだ。

十二月四日、木戸は藩邸へ行き、大久保との会談内

容を報告し、杉孫七郎を誘って土佐藩邸に山内容堂公を訪ね、国政への協力を求めた。

「ご一新を成し遂げた薩長土三藩の協力が続けば、この国の未来は明るいものになりますが、その逆は暗黒でござりましょう。どうかご援助を賜りますよう」

木戸は平伏して容堂公に頼みこんだ。

「そなたの志は至誠じゃ。ようわかっちょる。後藤・板垣・佐々木らと大事には相談を忘れぬようにな」

「有難きお言葉、胆に銘じおきまする」

「これを毛利公へ渡してくれぬか」容堂公より毛利親敬公へ一幅の軸が贈られた。もともと毛利家と山内家は縁戚関係にあり、現当主山内豊範の正室は毛利家から嫁いでいた。木戸が体力を消耗しながら、容堂公との宴席をつとめてきたことが、ようやく報われようとしていた。木戸は容堂公からの知遇をえた。次の日、長州藩邸へ行き、毛利公へ容堂公の厚誼《こうぎ》を伝えた。長州と土佐の接近は、薩摩をゆさぶる。

木戸は久しぶりに政治的な動きをして、大久保の動きを牽制した。面白いもので、気分的にゆとりができ、鍛冶橋外の「三河屋」に行き、書画珍器を見て、二、三幅の軸を買った。

六時過に築地の伊藤邸へ行き、大隈、江藤、井上を加えて、藩兵献上の動きについて意見交換をした。薩長土肥のうち、薩摩を切り離した連合ともとれる会合になった。

十二月六日、木戸は大隈、伊藤を伴い箱崎の土佐藩邸を訪う約束をしていたが、昨日、延期してほしいとの書翰が自宅に届いていたらしく、使用人の謙蔵が持参した。しかたなく諸氏と両国界隈を散歩し、「青木楼」で小酌をする。林友幸も加わった。ほろ酔いかげんで帰宅すると、驚いたことに大久保からの贈物が届いていた。青地硯屏《けんびょう》と薩摩上布だった。いずれも琉球渡りの珍しい品で、大久保のこまやかな気遣いと趣味のよさをあらためて見直した。上布は松子への贈りものだろう。大久保は薩摩の孤立化を恐れ、動いたともとれる。

翌日夕、岩倉卿の招きで御館へうかがう。大久保との見事な連携である。木戸は久しぶりに岩倉卿と談論した。その饗応ははなはだ厚いものがあり、餞余《せんよ》の意をふくんでのことと思える。木戸に近い名和緩と林友幸も陪席させ、さすがの手腕だった。酔いの勢いで木戸は揮毫し、夜中二時ころ帰りつく。

次の日、加賀藩の前田来助に続いて、品川弥二郎、南貞助、堀真五郎、中島四郎らが来訪。長州の仲間は、帰郷する木戸へそれぞれの立場から、意見を述べた。

　十二月九日、大隈を訪い、伊藤博文、井上聞多を訪ね、東京不在中のことを頼んだ。その後、寺島宗則を訪ね、同様のお願いをした。杉孫七郎邸を訪い、所蔵の書画を拝見することも忘れなかった。木戸は骨董・美術品に目がなかったが、杉に重要な計画の腹案を語り、協力を求めた。詳細は帰郷後に明確になる。旧藩主毛利公の支援を要請する根回しだった。

　翌日、諸侯の動静を探っている御手廻組の中山澄江と毛利利左衛門が情報をもって来た。

　鵜《う》の目鷹の目で、新政府の自壊を狙っている藩は十指を越えていた。

　宇和島侯（伊達宗城）が来訪され、対酌歓談する。

「大村のことは残念でならぬ」

　伊達宗城は、まだ無名に近かった村田蔵六時代の思い出を語った。

「伊達さまに従って上京した大村先生が、鳩居堂を開塾なさったころ、小生はまだ近くの練兵館で撃剣に夢中でした」

「懐かしいことよのう。我らは船を造ることに夢中でな」

「老中阿部殿の下知で、国をあげて黒船の来航に備えていました」

「今よりも、一国のまとまりがあった」

「ご一新、わずか二年でかような混乱は、やはり恥ずべきことかと」

「同感じゃ」伊達侯も現状への危惧を抱いていた。

　次の日、杉と広沢を訪い、故郷山口の事、中央の政局について談論する。午後から築地へ行き、大隈、伊藤を訪い、共に舟に乗り、筥崎の土佐藩邸に山内容堂公を訪ねた。容堂公は開明派の木戸を筆頭に活躍する大隈や伊藤の近代化政策に興味を示した。

　十二月十二日、朝、大久保を訪い、先日来の謝礼をする。

「おいも鹿児島へ帰省するつもりでごわす。神戸までご一緒願えぬものじゃろか」

　岩倉卿に帰郷を勧められた大久保は、木戸との同行を希望した。

「おう、これは光栄じゃ。旅は道連れですからのう」

「おいは海江田の横着を糺《ただ》さねばならぬ」

「大村陸軍大輔の死は、長藩のものたちをかなり刺激しましてのう。法治国家に早くならねば、また乱世になりましょうぞ」

この日は木戸の送別会で、翌日、毛利公より御召があり藩邸へ行き、諸氏と告別をした。

天皇の御前にて天杯を拝戴し、銀の火鉢と羽二重一疋《はぶたえいちひき》を拝領する。三条右大臣、徳大寺卿も一席である。岩倉卿の姿はなかった。

容堂公と別杯の約束があり参上した。

「版籍が奉還されたとはいえ、郷土は郷土のままじゃ。私の耳にもさまざまな苦情が土佐から届いておる。そこもとも、長州がどのようになっているのか、わが目で確かめられよ」

「ありがきお言葉、孝允、〈版籍奉還〉には責任がございますゆえ、とくと郷土の現状を視察いたす所存にござりまする」

木戸は、長州が大変な危機に陥っていることを半信半疑でしか認識していなかった。それより直に後藤の今戸別荘へ行く。大隈と伊藤も同行の約束だったが来なかった。木戸は、東京を不在にする留守について、後藤にも助力を頼んだ。

次の日、佐々木、山田、伊藤、井上、土佐の田中そのほか来客で木戸邸は混雑した。皆、告別の人たちである。後日譚《ごじつたん》になるが、一歩間違っていれば、木戸は山口で命を落とし、多くの人とこの日が今生の別れになっていたかもしれない。人の世、一寸先は闇である。

伊藤、井上両人と両国の「川長」へ行き、それより舟を浮かべて大川を下って築地に至り、一泊した。山田顕義も加わった。

十二月十五日、三条・岩倉両公、大久保、大木を訪い、告別の挨拶をした。夕方、江藤を訪ねたが不在だった。木戸が江藤のことを大切に思っていたことがわかる。夜にはいっても来客が絶えず、まだ挨拶できていない人物があまりにも多く、木戸は出発を延ばすことにする。翌日も朝から来客で、十一時ころより広沢と、秋月侯を訪ねたが不在だったので、連れだって今戸の「有明楼《ゆうめいろう》」へ行った。図らずも弁官の諸氏が隣の楼で飲んでいたので、坐を一緒にして杯をかわした。酌を断り切れず、木戸は前後不覚に酔っぱらった。人情にあつい性格と反面の弱さもあらわにしている。次の日、昨夜の記憶がなく、聞くところによれば、「有明楼」から杉と広沢が連れ帰ってくれたらしいく、松子に酒乱を説教された。

いよいよ帰郷の時がきた。九段下から品川弥二郎と同じ馬車に乗った。

鮫洲《さめず》の「川崎楼」で昼食をとる。井上新一郎、河村謙三、福井順道、斎藤新太郎らが見送りに来てくれた。五時に横浜に着き、「伊勢文」に泊まった。正木・杉ら長州藩の重役、夜に入り伊藤、井上らも横浜に着いた。正二郎が来て同宿した。

十二月十八日朝、正木らが挨拶に来たので共に写真館へ行き、記念撮影をした。正二郎の英語教師シュミットを訪い、食事をし、イギリス公使館のラウダーを訪ねた。夕方、正木らを招き別杯を交わした。今夜も正二郎が泊まった。

翌日、大久保利通が木戸を訪ねて来た。同じ船オルゲニヤ号で神戸まで行くことになっていた。まさしく呉越同舟である。木戸・大久保・黒田・杉・品川に、大阪へ帰る井上聞多も乗船した。乗艦前に木戸は伊藤博文を訪ね、東京での後事を頼んだ。

次の日、晴天に恵まれ海上ははなはだ穏やかで、七時から八時にかけて遥かに富士山が見えた。富士山を眺めていると、心が豊かになり、幸せな気持ちに包まれる。（それは何故なのだろうか）木戸は考えてみるのだが、理由はわからなかった。

十二月二十一日暁、神戸に達し、上陸して鉄屋の別棟で休んだ。寒さが厳しく、白雪が舞い、六甲連山も薄らと雪化粧をしていた。小舟を雇い杉、品川と大阪へ向かった。高杉翁と会うことができ、帰途の同行を約束する。夕刻、木戸は広江孝助を訪ね一泊した。屋号の「広江」は木戸が出石に潜伏中に開いていた荒物屋の屋号である。会うと、出石潜伏の昔話になってしまう。夜、大島友之丞と会い、三条卿から出た明春の支那・朝鮮使節派遣の辞令について話した。

「念願かなって支那と朝鮮への使節に選ばれた。朝鮮との国交を正常化させるには、どうしても支那との友好関係を保たねばならぬ」

木戸はあくまでも平和的に朝鮮を開国に導くつもりだった。

「貴公が全権大使になってくれると、対馬の人びとも安心しておれる」

大島は、朝鮮王朝と対馬の関係を知り抜いている木戸に並々ならぬ期待を寄せていた。

竹屋が来て妹来島治子の書状を手渡された。心配なのは、彼女も病弱なことだ。

翌日、木戸は大久保と大阪で会談する約束をしていたが、まだ着いていなかった。そこで、重病の小松帯刀を見舞った。

「木戸さん、おいはもう駄目じゃ」

見る影もなく衰弱しきった小松は、すっかり弱気になっていた。

「そんなことはない。病を克服して、国政に参与してくだされ」

「ありがとう。鹿児島が心配でごわす」

小松は薩摩藩の家老を務めた人物だけに、武士階級の比率が他藩よりずば抜けて高い特殊事情などを気にしていた。

「武士の世は幕引きをして、四民ができるだけ平等になるようにすべきじゃろう」

「戦乱の時代なら、武士は強力な戦力になるが、平和になれば、さまざまな問題を生む可能性がごわっそ」

と問題点をはっきりと口にした。

大久保や西郷と協力して維新の大業を完遂するよう、木戸の両手を握って頼まれた。すでに死相が表れていて、はつらつとした往時の面影は薄れていた。痛ましさがつのる中、木戸はまた一人、この国の将来に必要な人材を失う哀しみを、じっと堪えなければならなかった。

再び大久保の宿を訪ねたが不在で、帰り道で黒田了助（清隆）に出逢った。小松帯刀を見舞ったことを話すと、自分のことのように喜び、感謝の気持ちを表した。（兵部大丞として、大久保の子分で終わってほしくない男である）酒が入ると別人のように乱れるが、平素は顔に似ず冷静な行動をする。

昨夜から鳥尾小弥太が話に来ていたが、共に陸奥陽之助を訪ね歓談した。戊辰戦争で東北各地を転戦した鳥尾は、戦後に和歌山藩に招かれ、同藩の軍制改革に参与していた。和歌山藩出身の陸奥とは、その関係で旧知の間柄だった。木戸は、陸奥、鳥尾と「富田楼」へ行き、小酌をかわした。陸奥は坂本龍馬が率いた海援隊の生き残りである。木戸は、陸奥と鳥尾を関東へ呼び寄せるつもりにしていた。

翌日、大久保を訪い、対酌しながら思い出話に花を咲かせ、将来を語り合った。つかの間ながら、昔の大久保一蔵が戻ってきたような友情を感じていた。その際、岩倉卿からのはなむけを渡された。大久保を中にして、岩倉卿ももう一度、木戸との関係修復を望んだのだろう。この日、当の岩倉卿は、海江田へ喚問状を送っていた。『喚問の筋これあり候につき、至急東京へ罷出づべく候こと。』それでも海江田は死刑の執行を拒みつづけ、

「弾正台の威信にかけても死刑を阻止せよ」と部下を督励した。

木戸は、広沢、正木などに、岩倉・大久保との復縁の動きを書状にしたためた。この日も鳥尾、陸奥が来訪し、夜十時ころ鳥尾は紀州藩の重臣村瀬と再び訪ねて来た。

「紀州藩は洋式の陸軍として一流の兵を育てています」

鳥尾に紹介された村瀬は、得意げに自藩の改革について話した。

「安芸口の戦いでは、痛み分けに終わりましたから」

木戸は、四境戦争で、紀州藩の洋式部隊に苦戦したことを、忘れてはいない。

「国の常備軍に編入できないでしょうか」

紀州藩の優れた洋式部隊を国軍に組み込むことを、鳥尾は考えていた。

「そうじゃのう。いずれは、広く国軍を編成すべきだと思うな」

木戸は、薩摩優位の御親兵部隊を近衛兵としたい大久保の思惑を知っていたので、確答は避けた。

十二月二十五日、木戸は、杉・品川・井上と船で山口へ向かったが、高松沖で暗礁に船が触れ動けず。満潮を待ち、五時ころようやく艦は動き出した。翌日は順調に航海し、夜明けに上の関近くの硫黄島沖に達した。

次の日、龍ヶ口に着泊し、端艇で三田尻まで行き、「梅屋」にて小憩した。常備軍の監軍野村靖と三好重臣が一行を迎えて藩内の近情を語った。

「木戸さん、困ったことになっていますぞ」

と野村が深刻な顔をする。

「以前にも報告しちょりました脱隊兵が数を増し、千人を超えて叛乱のおそれが」

三好は軍務に専従する立場から、情勢分析をしていた。

「大阪で聞くところと大きくくいちがい、驚愕《きょうがく》にたえんのう」木戸は率直な感想を口にした。

「連中は不平不満だけじゃのうて、政治的な動きを始めちょるのです」

野村は、士族のなかに騒乱をあおる者が少なからずいることを示唆した。

「小銃などの武器弾薬を携えたまま、集団脱隊しちょるので、やっかいですぞ」

三好は部隊編成を行った集団の存在をほのめかした。長州の内情はすでに騒櫌《そうじょう》である。（長州の面目はなく、四方の人にどのように対したらよいのか）木戸は頭を抱えてしまいそうになった。途方にくれそうな状況が、四境戦争を一致団結して戦った郷土をおおっていた。全国の同胞に申し訳ないと思った。

「これは、うかうかできんぞ。手分けして兵を集めておかねば、えらいことになる」

木戸は、井上聞多とも相談し、下関を脱隊兵に占拠されぬよう手を打った。井上聞多は、杉・野村・三好と共に馬関に赴いた。品川を伴い豪商貞永幽之助を訪ね協力を頼んだ。

十二月二十八日、楫取素彦に会った。

「驚きました。これほど不穏な状況になっていようとは」木戸は話の途中で絶句した。

「びっくりしたじゃろう。脱隊したものたちの言い分もよく聞いてやってほしい。怒るのも無理からぬことが多いからのう」

吉田松陰の義弟にあたる楫取は、脱隊兵に同情的なところがあった。

「多くの人々は、ただ国事の騒櫌《そうゆう》を歎くのみで、傍観しちょるように思えてならんですのう」

木戸は、早く対応をしなければ、長州のみでなく、国の大事に発展しかねないと思った。右田峠に寺内が迎えに来たので、山口までの道中、郷土の現状について詳細を聞いた。御館へ挨拶にうかがい、その夜は阿部平宅に一泊した。久保断三、野村靖が来訪し、長州の政治状況について深刻な議論をした。

「このままでは、長州に内乱がおこりそうですけ」

久保は、俗論党と改革派が争った時代の再来を心配した。

「藩庁には、新政府の改革を諸悪の根源と信じきっているものもおるわけで」

野村は、保守的な山口や萩の政治状況を説明した。

「困ったのう。政庁に無断で兵を集めることもできぬ」

木戸は、混乱を収める具体策を考えなければならなかった。

この日の夜、京都の弾正台に、東京の弾正台から死刑執行の正式の指示が届いていた。

さすがに海江田も抗しきれず、翌二十九日に粟田口で死刑が執行される。

翌日、諸氏は登館し、君上に拝謁し、毛利親敬公は御不例で養生しておられた。

その夜、吉富簡一が来て時事を痛談する。

「高杉決起とはちがう。脱隊兵にも言い分があるから、耳を傾けてやらねばなりますまい」

吉富の言葉には重みがあった。

「もう少し見ておくつもりじゃ」

そう答えるしか仕方がなかった。

歳末三十日、藩の重役小幡鉼山《へいざん》（高政）が訪ねてきた。吉田松陰処刑に際し、江戸留守居役として立ち合いに行った人物である。

「どうにかせにゃ、このままでは立ち行かぬのう」

小幡も吉富と同じように、中央政府の混乱を心配していた。

木戸は、明治二年が苦節の年に終わったことを、心に深く刻みつけていた。

第八章 廃藩

一

明治三年の元旦を故郷で迎えた木戸は、政事堂へ登館し、毛利敬親《たかちか》・元徳《もとのり》父子に拝謁《はいえつ》する。

山内容堂公よりいただいた「今釈《きんしゃく》」の書幅を毛利父子に納め、夜になって帰宅した。ちなみに「今釈」は中国明朝末期の進士で、明滅亡後は僧侶となったが、詩書に気骨あり、その書は高く評価された。「梅花興《ばいかこう》詩《し》」の草書七絶などが京都国立博物館に現存する。

正月二日、井上斉治や杉孫七郎から書状が届き、郷土の前途を深く憂いていた。彼らの憂いは、木戸が日ごろ思っている危惧に通じた。

大久保が、薩長土三藩から親兵を提供し近衛兵とする案を強行し、大村・木戸が四民平等の立場から国民軍を創設する兵制改革をつぶした。その結果ともいえる混乱である。昨年十月、知藩事毛利元徳は、藩兵の中二千人を朝廷に親兵として出し、その中千人は藩内に駐屯させせようとした。ところが朝議は二千人を東京常備兵とし、先ず千五百人を親兵として徴集し、残りの五百人を藩内駐屯にさせた。その際、山口藩は兵制を改革して諸隊の併合を行い、新たに常備軍を編成した。だが、刷新の趣旨を諸隊に徹底できていず、親兵に選ばれなかった諸隊兵は、生活の基盤を失ってしまった。すでに前年夏から、木戸に寄せられた情報は深刻さを増していて、個人的に金銭の支援も続けてきた。だが、それには限界があった。

叛乱の実態を知らされたのは、船が三田尻についてからだ。まず遊撃隊に紛擾《ふんじょう》がうまれ、十二月一日に不平の兵士が山口を脱して三田尻に走り、三日後には何と脱隊兵は二千人にも達した。武装したままの脱隊兵は、宮市に終結して、常備軍に対抗する勢力に膨れあがっていた。軍事権少参事木梨精一郎以下の軍幹部が、すでに反乱軍の脅しに屈し罷免《ひめん》された。

山口の要所十八箇所に台場を築き、政庁を威嚇《いかく》すべく砲筒を向けているらしい。

さすがの木戸も事態の深刻さに驚く。

諸隊の叛乱は、藩の財政問題とも関連し、根深いものがある。膨張した諸隊の兵士を養う資力を、長州藩といえども保つことが困難になっていた。四境戦争から戊辰戦争を戦い、長州藩は長年蓄積してきた隠し財源を使いきっていた。

四境戦争により支配していた石州浜田と豊前小倉から得られる税収により、振武隊と奇兵隊の駐留費用にあて、千名余の将兵を養ってきた。しかし〈版籍奉還〉に際し、木戸は占領地を朝廷に返し、諸隊も大森県と日田県の兵に移管する提案をした。ところが、兵制改革は大久保に押し切られ、兵は親兵になり、長州藩は諸隊の兵を精選して二千に縮小した。

計画したのは、兵部大輔の前原一誠と兵部大丞の山田顕義だった。

選ばれた兵は国費が支給されるが、選に漏れた者は路頭に迷うことになる。そのころ、優秀な人材は中央政府に出仕し、諸隊の幹部にも人を欠き、軍規がゆるんでいた。さらに諸隊の合併再編が行われたため、人間関係に摩擦が生じ、目標を失った兵士の団結力も落ちていた。長州藩軍事局の情勢認識が甘く、隊士の要求に耳を傾けず、強引に選兵を行い、常備軍四個大隊を編成した。そのため憤激した遊撃隊員は、上書して藩庁役人の罷免《ひめん》を求め、他の除隊兵と合流し、まさに叛乱を引き起こそうとしていた。周防鋳銭寺村にある大村益次郎の墓も、脱走兵と大楽源太郎の門下生に襲われ、鳥居が倒されたり、竹矢来《たけやらい》が破られたりした。

正月三日、木戸は山県弥八と共に登館する。山県弥八は、義兄和田文譲の看病をしてもらったこともある、古くからの友人である。

大神宮へ初詣をし、帰り道に故村田清風翁の次男大津唯雪（先の村田次郎三郎）の留守宅へうかがった。高杉翁を訪い、山口の内政混乱について話し合う。

「思いがけない規模の騒動で驚きました」

木戸は正直な気持ちを吐露した。

「これはもう内乱じゃ。放置はできんじゃろ」

高杉翁は、事態の深刻さを直視していた。

「駄目です。つらいことですが、武装解除するまで、一歩も引けませんな」

「老いぼれですけ、役立んかもしれぬが、何でも申し付けてはくれまいか」

「是非ともお願いいたします」木戸は晋作の実父でもあり、藩長老の高杉翁に頭をさげた。

〈版籍奉還〉をしても、旧藩重鎮の力は隠然たるものがあった。

杉孫七郎から手紙が来たので、木戸は脱隊兵への対応について返信をした。

杉孫七郎は、三好や野村と話し合って、馬関にいる井上聞多を萩に呼び寄せ、一隊を編成し、脱隊兵に対応させようとした。木戸はまだ、干戈《かんか》を交えず、平和裏に解決しようと試みていたので、その旨を杉や井上に伝えていた。

翌朝、元奇兵隊総督の滝弥太郎が来て、共に毛利元徳公や藩庁の野村素介を訪ねた。新年をことほぐよりも先に、脱隊兵問題に話は行き着く。「困ったものじゃ」と嘆くばかりで、右往左往しているばかりである。

木戸が仰徳大明神に詣で登館すると、政庁の空気も、複雑な思いが交錯し澱《よど》んでいた。

東京への御用状をしたため、退出の途中、郡奉行の小幡高政を訪ね、話しこみ一泊した。

小幡が東京に残した妾女と男子に面会したことも正直に話した。小幡は連絡をとって養育費を送ることを約束した。その上で脱隊兵への対応を話し合った。

「脱隊兵の困窮はたしかじゃが、無法な行動は許せぬ」

木戸は、筋を通すつもりだった。

「藩庁の意見が割れちょる。こんなことでは自滅じゃ」

小幡は、藩庁首脳陣のふがいなさを嘆いた。

　正月五日、木戸は干城隊参謀国定直人（後の愛知県令）と同頭取の中村誠一を訪ねた。

　干城隊は士族を中心とした正規軍で、木戸は藩庁警護のため出動をうながした。二時過、再び小幡邸へ行き情勢を正確に分析していると、藩庁より登館の命があった。毛利両公の御前に出、板挟みの苦衷《くちゅう》を吐露したが、その悩ましさは両公も同じことだった。翌日、再び登館したが、藩庁の機能は麻痺したままである。地元には紛糾の事情もあり理解できるのだが、それを容認すれば新生国家としての大義が成り立たず、木戸は歎息する。（時勢に流され、人心の変転がめまぐるしい）漫然と衆人の中で話し合っても、必要な決議を得難いことがはっきりした。

『これは現時点での苦衷中の苦衷』木戸日記の一語である。何故なら、すでに親兵となった国軍の部隊を、藩知事が勝手に制圧のため動かすことはできないからだ。そのため山口では、軍事指揮権に空白が生じ、そこを叛乱兵が自在に活動していた。（中央と地方の政務連絡に時間差があり過ぎる）木戸は、東京の広沢へ書簡を送り、親兵の動員許可を中央政府から取り付けてほしいこと、同時に、弾正台が巡察使を派遣しないよう取り計らうこと、などの依頼をした。弾正台は薩摩の手にあり、守旧派が主流で、大楽などの加担する叛乱軍を側面援助すると、読んでいたからだ。

　藩政府も、木戸が三田尻に上陸する前日の十二月二十六日に、参議の広沢と兵部大輔の前原に使者を送り、叛乱の状況を報告し、二人の帰藩を求めていた。前原は、武士階級の特権を意識していて、奇兵隊以下の諸隊を毛嫌いし、この機会に潰すつもりだった。前原の帰国を阻止したのは、三浦梧楼と井上聞多だった。二人は、大阪兵学寮の生徒や東京駐在の第五大隊を呼び戻すため、小郡から上京していた。奇兵隊の実情を知る三浦が井上に相談し、三条右大臣に前原の引き止めを依頼した。

　前原が帰れば、守旧派勢力に祭り上げられ、かえって複雑になることを危惧したからだ。

　同様なことが、後年、〈佐賀の乱〉で説得に帰った江藤新平が叛乱軍の首領に担ぎあげられ、自滅する悲劇として現実になる。この際は、帰郷を妨げられた前原による木戸への逆恨みとして、傷はのこる。前原は、妨害が木戸の仕業だと思いこんでしまった。

この話には後日譚《ごじつたん》がある。

数ヵ月後の夏、欧州視察から帰国した山県有朋が、前原、三浦と佐々木（男也《おなり》）を両国の料亭に招いたとき、前原はぶ然として三浦と口を利かなかった。いぶかしく思った山県が、

「前原さん、三浦となにかあったのじゃろか」

とたずねると、

「こん三浦のやつ、生意気なことしやがって」

諸隊叛乱で帰国できなかったあらましを話した。

「それは三浦の思いやりじゃろ」山県が三浦の弁護をすると、

「なんじゃと狂助、お前までこいつの肩をもつんか」

逆上した前原は、宴に招待してくれた松下村塾後輩の山県をののしった。

むっときた山県は、盃洗を手にすると、中の水を前原の顔にひっかけた。

「何をするのじゃ」絶叫すると、前原は山県にとびかかった。あわてて三浦は、前原を離そうとした。

すると誤解した佐々木が三浦の後ろから組み付いた。

大の男、それも陸軍の高官が四人も組うち、大騒ぎになってしまう。

前原の怒りは潜行し、後の〈萩の乱〉の伏線になる。

前原の話はひとまず置いて、脱隊兵の叛乱に話をもどそう。

藩政府への抗議行動は、すでに昨年秋から始まっていた。藩政を司る者たちが、庶民の暮らしを把握できていない現状が、木戸を惨《みじ》めにした。（何のための維新であったのか、命を捧げて戦った者たちの不満は理解できる）だが木戸の立場は微妙で、新政府の高官であっても、藩政に直接口出しすることはできない。それでも気を取り直して、参政（権大参事）の木梨信一へ書簡を送った。

『一、賞典も至當のことはすみやかに行はれ候方しかるべくと存じ奉候。諸郡在役ならびに大庄屋以下大いに民望を失し候ものは、御詮議の上早々免ぜ候てはいかが。』

木戸はごく当たり前のことを書いて、木梨の配慮を喚起したつもりだった。木梨は、木戸より三歳年長で、吉田松陰から「近来の勉強家」と評され、江戸桜田藩邸の有備館館長も務めた人物である。四境戦争では、津和野藩へ使者になってもらった。

一月七日、干城隊副頭取の寺内暢三《ようぞう》が木戸を訪ねて来た。

「大殿と殿さまに危険が及ぶ前に、脱隊兵への対応策をたてるように頼みますぞ」木戸は頭をさげて頼んだ。

「木戸さん、干城隊のなかにも、いろいろな意見がござってのう」

寺内は、一枚板ではない隊の内情を暗にほのめかした。木戸は、自力で対応する必要性を改めて覚った。

前日、秋津の豪商有富源兵衛が来訪したので、万一、藩内で紛争が発生した場合の支援を頼んでおいた。反乱軍に対抗する軍を編成するにも資金がいる。国軍を動員できなければ、私兵を動かすことになるからだ。

翌日、野村素介、宍戸璣《たまき》、山県弥八、滝弥太郎ら古参のつわものが来訪し、脱隊兵の暴走について意見交換をした。国政の混乱が山口の紛争としてはね返っていることをつきつけられると、木戸には反論できない弱みがあった。

奇兵隊中隊司令だった三浦梧楼（のちの陸軍中将）の回顧談によると、隊員の手当も極めて低く、士官の中には兵士の手当を天引きする者もいたらしい。戊辰戦争戦死者への弔慰金《ちょういきん》も一人につき三円で、遺族の中には路頭に迷う者もいた。すべてが〈版籍奉還〉の副産物だとすれば、その責任は木戸にもある。精神的な心痛は甚だしいものがあり、加えて、深夜に腹痛が激しくなった。幸い、萩から妹治子と彼女の息子彦太郎と養子の正二郎が来てくれた。

翌日も終日、来客の対応で追われた。有富の手代一助がほどなく北海道へ発つので挨拶にきた。有富は、北海道での事業開拓に興味をもっていた。こうした窮状にあっても、木戸はなすべきことをやりとげる。北海道の島団右衛門（義勇）へ手紙を書いて、手代に預けた。

奥平正介（謙輔の兄）、福原三蔵、大岡大眉、久保松太郎（のちの断三・藩の会計掛）が来訪。皆、国事に関する用件だった。奥平と久保は糸米の木戸邸に泊まって相談した。

「脱隊兵の中には、生活苦からやむにやまれず加わっている者も多い」久保が同情する。

「戦が終わって帰還するころから、心配していたことじゃしのう」

理解ずみの木戸は、諸隊へ援助金を渡した。

「格差の問題はつらいですけのう。町人や百姓から諸隊に加わったものが、一番の犠牲になっちょる」

奥平も脱隊者への理解を示した。

「福原と大岡は、萩へ帰って局面を打開してもらうことにした」

木戸は、まず知事父子の安全を期すため、干城隊に早期出動させる努力をした。叛乱の首謀者が明らかになった。奇兵隊では、中士出身の内藤源吾、吉田松陰の客分だった富永有隣や大楽源太郎などの名前が木戸に届く。しかし、実際は無名の兵士が藩庁への抗議をこめて、一揆のように蜂起《ほうき》しようとしていた。

昨夜来の風雪で山口は一面の銀世界になり、自然が無垢《むく》の色に装われると、人間の醜悪な争いが汚れとして際立った。木戸には、寒さが一段と身にしみた。肌を温めてくれる松子は東京に残したままだ。野村、杉らの書簡が届き、山口の状況を心配していた。

長府藩の時田少輔と熊野清右衛門も来て、最近の国事での相談を受けた。

「木戸さん、このままじゃと大きな内乱になる」

時田が顔をこわばらせて、事態の深刻さを告げた。

「抜本的な救済をしなければ、維新に身を投じた者たちは、浮かばれんからのう。ただ、当面は叛乱にならぬよう、圧倒的な軍事力が必要じゃろ。弱みを見せれば、妄想を抱く輩が出てくるにちがいない」

木戸は祈るような気持ちで、鎮静化できないものかと期待した。

「木戸さん、早く手をうつべきじゃ」

熊野も、血を流さずには解決できぬ極点に達しているとの認識を示した。

「わかった。ぼくが責任をもって戦う」

木戸は覚悟を決めた。

今朝、野村素介がよい知らせを運んでくれたことも、木戸の背中を押した。『毛利の末家方が叛乱鎮圧に決着した』との書面を見ていたからだ。

一月十日、病が治りきっていないのに来客は絶えず、体力を消耗する。（松子がいたらお粥を炊いて消化のよい湯豆腐でも作ってくれるのに）ついつい彼女を思い出す。

翌日も、糸米の屋敷は坐客で充満し、対応策を議論した。馬関へ飛脚を出し、井上聞多へ叛乱鎮圧の決意をしたためた書状を送った。佐々木二郎四郎、滝鴻二郎、寺嶋秀二郎が萩より来訪し、協力を申し出た。その場へ、干城隊幹部の寺内暢三が来て、

「薩摩の大久保、黒田両氏が政庁へ訪ねて来た、ぜひとも、木戸さんに面談いたしたいとのことでござる」と伝えた。

木戸は病をおして、寺内と湯田の茶屋へ行き、両氏と夜半まで会談した。奥平も同席したので、二人とも瓦屋に一泊した。

「遅くなってすまんこっでごわした。お約束した罪人の処刑は執行させもした」

大久保は、京都へ立ち寄り海江田を説き伏せたことを報告した。

「大村さんも、法治国家を理想にしていたので、安堵したことでしょうな」

木戸は、大村の気持ちとして、内心の憤懣《ふんまん》を重ねていたが、顔にはださず礼をいった。

「長州の脱隊兵が生活に困っちょるそうでごわすな」

大久保は現状が見えていながら、白々しいまでのとぼけ方をした。

「国中に貧者が溢れちょりますな。早く手当をせにゃ、叛乱が起こりそうな気配で」

木戸は、大久保の目をとらえて言った。黒田が何か言いたそうな素振りをしたが、大久保は手先で制した。

「そんためにも、強力な親兵を育てるこっが肝要かと」

大久保は、木戸に釘を刺し、改めて長州の協力を求めた。

次の日、厳しい寒気の中、木戸は大久保、黒田を再訪。

「長州の安定を見届けるまで、ぼくは山口に留まることになりそうですな」

木戸は、大久保に早く山口から退去してほしかった。内乱を目撃されれば、干渉され立場がなくなるにちがいない。

「湯田の温泉はいかがですかのう」

努めて政治に関係のない話題に振り向け、注意をそらそうとした。芸妓をあげて酒宴でもてなした。（できることなら、大久保と黒田を酔わせ、眠らせておきたいくらいじゃ）木戸は、翌日も久保や滝らを伴い、大久保と黒田を訪ねた。しばし相談し、木戸はその夜も瓦屋に泊まった。今朝、瓦屋で三条公の使者森寺邦之助（常徳）に面会した。

「薩摩、肥後、筑前を歴訪して山口へ入ったところです」という。

「民情はいかがでござろう」との木戸の問いに、

「比較的落ち着いた暮らしぶりでしたな」

四方の風説を聞き、木戸にとって長州藩の混乱が嘆かわしい。

「西郷さんには会われましたか」

「残念ながら、湯治に出かけられ会えませんでした。それでも隠然たる重しになっていて、鹿児島はゆとりがありました」

薩摩は上下が一致して改革に取り組み、うらやましい限りである。

一月十四日、朝、大久保と黒田を訪い、木戸は瑠璃光寺へ案内して、五重塔を見せた。檜皮葺《ひわだぶ》きの五層の屋根は雪化粧をし、雪の残る山々を背に凛《りん》とした気品があり、武骨な黒田までも、

「貴婦人のようでごわすのう。薩長盟約の折には、宿にとじこもっちょりましたので、念願をはたせました」

と感嘆の声を発した。

「それはよかこつじゃった」大久保もめずらしく笑顔を見せた。

「あれから、よくぞここまで来たもので。薩長の協力を今こそ固めたいものですのう」

木戸は、五年前の正月、黒田の案内で京に潜入した日々を思い出していた。（四境戦争前後の苦難を思えば、多少の変事にさらされても、安易に薩長が覇権を争うべきではない）多少のことなら、木戸は耐えるつもりだった。脱隊兵の襲撃を恐れたが、大久保の滞在中は彼らの動きはまだ鈍かった。幸い、政府高官の滞在に気づかれていなかったのだろう。雪に見舞われたことも助けになった。

午後から、木戸は寸暇を見つけ広沢の留守宅を訪い、家族をねぎらった。同じように、広沢は木戸の留守宅に松子を訪ねて慰問している。これは長州藩士の美風でもある。

夕刻より大久保と黒田を、木戸は糸米の屋敷に招き、野村、杉を同席させ歓談する。萩から来ていた木戸の妹治子が、使用人たちを指図して、宴席を切り盛りした。大久保は、長州の政情がただならぬことを察知していたのだが、さすがに大物で一言も表に出さず、

「毛利公が上京を承知してくださるとは、こんな慶事はなかこっでごわす」

と酒をうまそうに飲んでみせた。対する木戸は、冷や汗のかきどおしだった。

夜十時過に大久保・黒田が帰り、杉・野村とはしばらく話し合った。

「大久保はさすがじゃのう。藩内の空気を感じとっているのに、顔色を変えるどころか、一言も触れずじゃ」

ほっとした表情で木戸は内心を吐露した。

「このまま何事もなく素通りしてくれたらのう。祈るような気持じゃ」

藩の重役を務める杉と野村は顔を見合わせた。海軍の正木志通が来訪したので、事情を話し、出動準備を整え、艦船を乗っ取られないように注意を促した。高杉晋作が俗論党相手に決起した手順を、逆算していたのである。

翌日、毛利公は大久保と黒田を客館へ招き、酒飯の饗応《きょうおう》があり、木戸も同席する。

その席で毛利元徳公は、

「薩摩へお招きいただき、島津公へ感謝の意をお伝え願いたい。大殿の東京御召の件は、健康が許せば、早急に考慮いたすつもりじゃ」と婉曲に伝えた。

国内を一定してからでなければ、身動きとれないことを、威厳にみちた態度を崩さず、巧みにつくろった。

木戸は帰宅すると杉、湯川らと相談した。

「早急に国内を平定し、大殿と殿さまに傷がつく拙速な行事日程は慎もう」

杉の同意を得て、当座の基本方針を固めた。

翌日木戸は、大久保、黒田を訪い、毛利公の主意を重ねてのべ、両氏の出発を見送った。

大久保の山口訪問は突然だったので、毛利元徳に拝謁し、来訪の目的を改めて言上した。

「そうか大義であったのう。よくぞ対処してくれた。あらためて礼を申す」

毛利元徳は、国内の騒乱が中央の政治問題になることを、心配していたのだ。その思いは木戸とて同じで、間一髪で切り抜けた。だが、脱隊兵は勢力を増し、政庁を包囲して、親兵の解散と親兵に協力的な第四大隊を馬関より召還するよう、参政たちへ求めた。

しばらく政庁の諸氏と意見交換を行い、先日来、申し入れていた干城隊の山口出動に関する案件を話し合った。ところが、参政たちは抵抗する力さえ失い、木戸を茫然とさせた。

(干城隊の出動についてさえ、いまだに確論を得ていない)木戸は苛立ちを隠せなかった。

(浮沈がかかる瀬戸際に、干城隊の恩臣が一人として馳《は》せ参じていない。なんたる惨状か)譜代の上士層からなる藩主直属の部隊が、日和見をしているのだ。

（この国勢を挽回しなければ、毛利公は上は天朝に済まされず、下は民に対し職掌《しょくしょう》が立ち難くなる。中央政府の介入に至れば、毛利公は不始末を問責されるに違いない）ところが今日、士族の心のもちようがはなはだ悪く、そのことさえ理解していなかった。

木戸は長州藩の現状を憂い、萩の山県弥八へ書状を送った。山県は、干城隊の派遣に関して、先日来萩へ帰っていた。

その夜は小幡邸に泊まり、国重正文（のちの京都府参事・富山県令）、岡儀右衛門、奥平正介も来て、対策を検討した。山口は危険なので、この日、妹の治子一家を萩へ帰した。

一月十七日、再びの大雪で四山の樹木は花のように装われていた。山口は盆地で、すべての音が雪にすわれ、不気味なまでの静寂に包まれていた。それは民が息をひそめて、成り行きを見つめている証でもあった。（これは嵐の前の静けさだ）木戸には身震いするような緊張感がみなぎっていた。

登館すると、石州浜田で百姓の大蜂起があったとの報告を受ける。浜田は、山口藩の管轄下にあり、内乱が飛び火する危険があった。翌日、野村を誘い矢原の吉富邸へ行き、山口藩の統治能力を回復する方策を協議した。

「藩内だけでは十分な兵力を結集できぬじゃろう」

野村が弱音を吐く。

「井上聞多を東京へ行かせ、同志と兵隊を誘って帰らせよう」

木戸は、何としても自力で、長州の内紛として騒動を鎮めたかった。

この日、伊勢華《さかえ》が山口に着く予定だったので旅宿を訪ねたが、着いていなかった。その足で、清末藩知事の旅寓へ行き拝謁し、助勢を頼みこんだ。（藁《わら》にもすがる思いちゅうのは、このことじゃな）下手をすると、飛んで火に入る夏の虫になりかねない窮状である。

井上聞多から、矢原の吉富邸に潜伏中であるとの知らせがあり、急行した。井上と前途の大略を話し合い、枕を連ねて寝ながら、終夜語り明かした。

「かような非常事態になっても、政庁の重役は日和見をしちょる」

木戸は、その志を測りがたい政庁の現状を憂いた。

「高杉が決起した前夜のごとある。長州も二足草鞋《わらじ》をはくものが多いですのう」井上が唇をゆがめた。

「萩の干城隊からして、主君の危機を傍観しちょる。なんと薄情な奴らじゃろか」

木戸は、ひと昔前なら馬廻衆として、主君を護らねばならない干城隊の動向を憤った。脱隊兵を武力鎮撫しなければ、とんでもない事態になるとの認識で一致し、戦略を練った。

一月二十日、肌をつき刺すような寒風が山口を凍えさせていた。

瓦屋にて、毛利公上京督促の使者川鰭実文《かわばたさねふみ》卿（三条実美実弟）と随員の森寺に会い、告別の挨拶をする。このとき扇洲らが議事館に来ていて、諸隊の勢いが強いことを聞き、茫然としている者が多かった。政庁の守衛兵が乏しいことを憂い、干城隊の山口進出を論じているが、干城隊そのものが因循《いんじゅん》傍観し、いっこうに馳せ参じようとしなかった。君命があり、ようやく山口出動に決まったと思ったら、昨夜になってまた議論があり、中止されてしまった。（政庁内に曲者が紛れている）木戸は歯ぎしりする思いだった。政事堂の内部から脱隊兵側へ情報が洩れている可能性が高く、木戸は参謀機能を外へ移すことにした。とりあえず矢原の吉富邸で、対応策を練る。海軍を動かし、華浦の海軍揚錨《ようてい》を謀り、手続きのため歎願書を政庁へ出すことに決した。

二

一月二十一日、岡、井上、杉らが米糸の木戸邸へ集結し、伊勢も遅れて参加した。共に政庁へ登館し、昨夜来の歎願書をしたため、その日の中に各々が東西に別れ、分担を遂行することになった。佐藤は三田尻に行き、海軍揚錨の手筈のため出立し、夜のうちに諸軍艦を出港させた。井上聞多は、小郡口より潜行脱出し、馬関より乗船して二月初旬に東京入りする。その日一日の出来事は、木戸にとって、まるで一年分のことのように感じられた。

次の日、木戸は登館し歎願書を奉上すると、夕刻、小幡邸を訪ねた。その時、ちょうど議事館より急を知らせる書状が到来した。諸隊四十余人が御館へ迫り、傍若無人に毛利元徳公を侮《あなど》る振舞いをしたとのことである。「無礼は許せぬ」木戸は堪忍袋の緒を切らすと、全力疾走をはじめた。猶予《ゆうよ》できない事態で、木戸は干城隊を召し寄せ、守衛の任に当たらせるように建言する。

一月二十三日、朝、登館すると、政庁の長官たちは、昨日の不敬を木戸に謝罪した。しかし政庁内には、なぜか不穏状態に喜びを隠さないものが少なからずいて、兇徒と同じように姦計《かんけい》をめぐらしているようだった。(その心は計りがたいものがある)疑心渦巻くなか、干城隊が山口へ出動したと聞く。

翌日は終日御館につめた。萩の干城隊出動を聞き、諸隊は己の曲をおそれ、狐疑《こぎ》を生じたため、佐々並口に出兵。昨日、毛利元徳は脱隊兵の屯所へ小姓を遣わし、懇々と説諭されたらしいが、耳なし口なしの暴行におよんだという。(語るに堪えざるものがある)危機感をつのらせた木戸は、危険を承知で御館に泊まりこみ、毛利公の身辺を警護した。幸いこの日は、暴徒が来庁しなかった。だが君命に背くこと歴然としていて、隊名、人名の取調べをせよとの号令が発せられた。

次の日、御館へ出て、昨日来、政庁の諸同志と前途のことを論じ、早急に着手したいと思った大意を、毛利元徳へ言上する。木戸は、忙しく動きまわった。昼に小幡、奥平、伊勢を訪ね、夕刻、再び登館し、夜になって小幡を再訪し、時事の懸案を話しあった。また御館へ出、干城隊の様子を聞く。(人臣の分別を知らず、国難に際しての心得がない。武士の魂を欠き、矜持《きょうじ》もない)本来、主君の馬廻衆であるはずの干城隊に対して、木戸は堪えがたい心痛を覚えた。(将来の策がなければ、どうしようもない)旧幕府の旗本たちを思い出していた。明け方、帰宅し瞬時の微睡《まどろみ》を得た。

一月二十六日朝、佐々木、吉富、長(三洲)、滝らが糸米の木戸屋敷に集まった。同志の者たちの来客が終日絶えず、長州の将来を憂う者が少なくない。政庁より急報があり、「諸隊が御館を囲み通行を絶っています」と告げた。政庁を包囲し、毛利父子を人質に人の出入りを断ち、食物の搬入も禁じているとのことだ。あまりのことに、木戸は登庁しようと思い糸米の屋敷を出た。足を速め、新道をたどっていた。すると、橋の上には左右に防弾の土塁が築かれ、亀山と春日山に脱隊兵が出ていた。

その時のこと、一人の老人がよろめくように馳《は》せて来た。木戸の登館を命がけで制止するため、畦道《あぜみち》のくぼみに身を伏せていたらしい。

「木戸さま、これより先は、どうかお止めくだされ」

「どうなさった」驚いた木戸が声をかけると、

「館の方から、登館はきわめて危険なので、お止めくださるようにとのご伝言で」とのこと。

老人は御館の台所で働く者だった。

「お侍の出入りを止めていますけ……この爺々がお使いに」

老人は脅えきった目であたりをうかがうと、

「旦那様を捕まえ、血祭にあげるちゅうて、息巻いていますけ。お館へおいでなさっちゃいけん。どうか逃げてくだされ」

木戸には、老人が御仏のお使いのように思われ、思わず手を合わせた。

「ありがとう。おかげで命をひろいました。ご恩はわすれませんけ」

木戸は老人の肩に手を置き、危急を告げてくれた大恩を謝した。

それから道を変え、少し離れた毛利邸へ行き、御館の様子をうかがった。老人の言葉どおり、御館の近辺は厳重に囲まれていて、一人の通行も許さぬ構えである。木戸は事態の深刻さを再認識すると同時に、決然として対決すべき時だと判断する。（またしても天に命を救われた）木戸は、鳥肌のたつような感動をおぼえた。

急いで帰宅すると、長三洲が来ていた。実のところ、長三洲と一緒に登庁する予定だったのだが、身の危険を感じ、先に行ってもらったのだが、その心配は的中した。

「一丁ほど先を歩いて登館しようとしたら、兇徒に囲まれ、木戸は政府を輔《ふ》しているので、探索するつもりじゃ。やつはどこに隠れたと、横柄きわまりないですのう」

学者肌の長三洲には、たえがたい無礼をはたらいたらしい。

「申しわけない。彼らも追いつめられているのじゃろう。これじゃあ、話にのってくれそうもないですのう」

「どうしようもないのでは。木戸さん、戦うときはともに」長三洲はその気になっていた。

木戸は老人の話をし、

「またしても、天に助けられました」

と、思わず親友長三洲に心の裡《うち》をもらした。

夜半、岩国藩から山口出張中の桂九郎と面会し、事態を相談する。

「岩国藩は一藩あげて兇徒を鎮めますぞ。徳山藩も同じ考えじゃ」

　桂九郎と木戸は、寺内の屋敷で会合し、計画を練るつもりだったが、すでに寺内は館内に禁足されていて会うことができなかった。まさにクーデターの勃発で、政庁が脱隊兵に占拠されたことを意味していた。そのため、桂は岩国へ戻り、木戸は馬関へ行くことにする。手廻組の市川俊蔵に、岩国藩と連携した徳山藩の出動周旋工作を頼んだ。

　山口から馬関への道は、叛乱軍に要所を抑えられていて危険を伴った。木戸は、顔を知られているため、並の変装では効果がない。その夜、軍太を道案内として、間道より佐々並の大庄屋吉富簡一の屋敷に入った。吉富は篤志家で、周布政之助をかくまい、襲撃された井上聞多を助け、晋作の決起には鴻城《こうじょう》軍を立ち上げ、経済的支援も惜しまなかった人物である。

　困ったときの神だのみではないが、維新への功績は計り知れない。

　そこへ財満と白井が木戸を訪ねて来て吉富に滞在していた。兇徒は木戸を必死に探索しているため、政庁の柏村信（先の数馬・広沢真臣の実兄）がひそかに派遣したらしい。本藩と支藩が一体となる盟約で四境戦争を勝ち抜いたので、木戸はこの国難にあたっても、本支一体で克服する決意であることを、彼らに告げた。寝る間もなく、夜明けまで戦略を練り、吉富の家人を伝令として四方に放った。

　一月二十七日、吉富邸に滞在中、干城隊の山根秀輔が来訪したので、後事数件を託した。

　どうして木戸の所在を知ったのか、秘かに訪ねて来る者も多い。（頼れそうな人物は吉富しかないと、見当をつけたのかもしれない）叛乱部隊に所在を察知されている可能性もあり、危険を感じた木戸は夜陰にまぎれて吉富邸を出た。同行のものは、佐々木、長、吉富と木戸の四名だった。従者の又太郎がついてきて、農夫三人を道案内とし、山越えの悪路をたどる。彼らも確かな道を知らない山道で、しばしば迷ったり、途絶えていたりした。同行者は皆、荊《いばら》や茅《かや》で傷だらけになり血をにじませた。ようやく一時ころ、小郡芹島《おごおりせりしま》の桜井邸に着く。

　途中、道案内が村人を見て伏兵と勘違いし、倒れ込んできた。一時、数十人の敵に遭遇したかのように同行の者が狼狽し、堤防の竹薮に入った。しばらくして真相がわかり、皆で大笑いした。武芸のたしなみある者は木戸と佐々木のみで、不覚や落胆の多い逃避行だった。夜、桜井と善後策を語り合ったが、疲れ切って伏すごとくに寝た。

翌日、秋元新蔵らが来る。秋元は小郡の庄屋で、醬油醸造や呉服屋なども営むかたわら、剣術の道場を開いて、農民兵を養成した。悪化した藩の政情を語り、しきりに歎いた。佐藤と桜井が馬関への同行を求めたので、百間堤より乗船したが、風潮共に悪く、夜になって出帆した。次の日、十二時にようやく馬関に着いた。

第二丙寅丸の船将佐藤與右衛門が訪ねて来たので、共に入江和作の屋敷に向かう。野村靖、三好軍太郎(重臣)らが長府より合流した。熊野一郎、鹿島庄右衛門その他も相次ぎ集まり、情勢を語り合った。長府藩の品川精吾と熊野衛《まもる》に面会する。木戸は、品川精吾と山の井陣屋を訪ね、長府侯に拝謁し、情勢を話し合い討伐に決する。この時、東の空はすでに白んでいた。坂本龍馬の友人だった三吉慎蔵らとも相談した。徳山、岩国、清末三藩へ毛利元徳からの直翰《ちょくかん》の内容について、木戸から申し上げた。

二月一日、品川良蔵と舟を雇って長府へ行く。三好重臣・野村靖・南野一郎らが来て作戦を検討中に、船将の佐藤与三右衛門も加わった。彼らの援けもあり、木戸は常備軍三百人、第四大隊二百五十人を確保し、小倉駐在の照武隊を呼び寄せることにする。三時過、佐藤と馬関にもどった。

翌日、木戸は「浪華楼」を本部として、諸氏と作戦会議を開く。小倉より佐藤弥兵衛を呼び、照武隊が義に応じることとなる。次の日、佐藤弥兵衛が参戦準備のため小倉に出立した。

檄文《げきぶん》をしたためたものの、諸郡へ廻達の支度がはなはだ混雑する。

二月四日昼ころに、山田顕義の率いる大阪と伏見の兵学校生が帰国し、こぞって参戦を申し出た。夕刻、岩国の長新兵衛が来て、

「岩国勢がもっとも奮い立っておりますぞ」と伝えた。

長新兵衛は吉川監物の側近で、第一次長州征討の際、幕府と長州との周旋役をした吉川監物の使者を務めた。三家老や参謀四人と七人の政務役の処分について、長州俗論派と幕府との駆け引きの真相を知る人物でもある。かねがね木戸はたしかめたいことがあった。

「このような折に場違いじゃが、前々からお訊ねしたいことがござって」

「どのようなことで」

「第一次長州征討に際して、幕府が示した恭順の条件とは、如何なものでござったか」

「拙者が恭順の条件として椋梨《むくなし》に伝えたのは、ご家老三人の切腹でござった」

「余人は」木戸が確認したかった一点である。

「特別の沙汰はござらぬ」長新兵衛は確信をもって答え、他の参謀らは椋梨の粛清だったことが確認できた。木戸も高杉も捕らえられていたら、命はなかったことだろう。

　翌日、全艦出帆の約束で朝より準備をし、十二時に乗艦予定だった。熊野が来て、風潮の不順と、船がそろわずとのことで、残念ながら今晩の出動を延期する。その事を丁卯艦《ていぼうかん》（英国製の木造軍艦）を遣って宇部の部隊へ伝えた。

　次の日も暁から雨で東風《こち》も強く、出港ができず、木戸は焦りを覚える。十二時ころようやく穏やかになり、木戸は諸氏と乙丑艦《いっちゅうかん》（英国製ユニオン号）に乗り、豊前田ノ浦へ渡る。そのころ、西風が烈しくなり、長府の諸兵は乗艦できなかった。前日は時機を見計らって丁卯艦に乗れず、風潮のため田ノ浦海岸に漂着していた。遅れを宇部の部隊に伝えるため、吉富と佐々木が鳳翔《ほうしょう》丸に乗って行く。九時ころ、隊長の河野亀太郎が長府より来て、乗艦できなかったことを告げた。諸艦をすべて馬関へ返し、長府諸兵も馬関より乗艦することを決めた。二月七日、諸艦を馬関へ戻し、長府兵もようやく乗艦。

　時田らが山の井の長府本陣より来た。この日、脱隊兵より御直書が届けられたと、長府藩の出先にも報告したとのことだ。これは三軍の士気にも影響することなので、中谷市左衛門を山口に帰し、討伐しないことはあり得ない理由を論じ、かつ一月二十四日に君命に逆らって二十六日に大暴動を起こした罪は、免れることはできないことを確認した。

　明日の夜、義兵を挙げる主意をひそかに言上する。それ故、朝廷への御届書なども出し、木戸は挙兵の手続きを確実に踏んだ。後日、中央政府から無断出兵を弾劾《だんがい》されることのないよう配慮した。

　翌日、十時に乗艦し、夜七時に小郡《おごおり》岩谷へ着き、順次、諸兵を揚陸させ、兜《かぶと》峠、陶《すえ》峠などに配置し、箕越《みこし》の一手は藤尾より揚陸する。富海から来た杉孫七郎と本山沖で逢い、共に乙丑艦で進軍した。長新兵衛に岩国藩の支援を再度頼んで別れた。

木戸らは芹島《せりしま》の台道寺を本陣にする。本隊は、常備軍と第四大隊を中心とする八百余人で構成し、海路から小郡を攻撃。大阪兵学寮の伝習生八十人も参戦。兵部大丞山田顕義が兵学寮の伝習生を率いて馬関へ到着したのは、二月四日で、常備兵と藩の第四大隊で編成する第一軍に配属された。その中には若き日の児玉源太郎もいた。ところが脱隊兵の中には箱館戦争をともに戦った整武隊隊員もいて、同志撃ちに近い戦場は、戦争の悲惨さを教えてくれた。

次の日、田箕越《たみこし》を乗っ取り、陶《すえ》・兜《かぶと》の二峠を制圧する。その前に斥候が遭遇し銃撃戦となり、脱隊部隊が集中攻撃をしかけ、一時は激しい戦いとなった。第四大隊の死傷者も増えたが、ようやく三方の敵を撃退した。討伐軍の兵は最初百余人だったのに対し、脱隊部隊は三、四倍で防禦も困難を極めた。ようやく百余人の増援を得たものの、遊兵は一人もいず、皆、必死で戦った。

約束違いで宇部の兵は四時になっても来ず、朝から幾度となく使者を派遣しても、姿を見せなかった。止むをえず陶《すえ》・兜《かぶと》の二峠からと岩国兵に援兵を頼んだが、いずれも来援せず、後にははっきりと拒否された。（岩国の二面作戦か）裏切りを恐れた木戸は身がまえたが、海路を三田尻に派兵していた。援軍として来たのは、わずかに農兵数十人のみだった。四時過、舟木の脱隊兵約半大隊がにわかに来襲し、木戸の部隊は四方から攻撃を受け、包囲されそうになる。全滅の危機が迫っていた。木戸は、消耗を避けるため、総引き揚げを命じ、臺道より三田尻の一手と合して、一の堅路を引き受け、小郡に進軍することに決めた。

『今日の苦難語りつくすは不可』と木戸は日記に記す。

幸い三田尻は、岩国と徳山の藩兵と右田毛利家の家老毛利元雄の家臣団からなる第三軍が制圧を終えていた。苦戦の中、心強い支援だった。

二月十日、宮市の本陣から三浦梧楼が頼もしい援軍として駆けつけた。毛利公が征討の命令を出されたことを聞き、一同は感激する。

ところが、「薩摩の西郷吉之助らが中関に着艦したそうじゃ」との報告を受け、木戸はあわてた。保守的な立場の西郷が長州内紛の調停に入れば、他藩の干渉を受け、脱隊部隊と正邪を明白にしないまま、維新の方向性が封建制へ後退することになる。漁夫の利を得たものが、力をつけ、長州は指導的な地位を失い、薩摩に従属しなければならなくなる。諸国に伝わる情報に尾鰭《おひれ》がつき、日本全土が再び騒然となる可能性があった。事実、長州の内紛をきっかけに、薩長間で戦争が勃発するとの風評が飛び交った。土佐藩は、真剣に薩摩との同盟締結を企て、勝ち馬に乗ろうとした。こともあろうに、木戸と親しくしていた板垣が動いた。

同じ土佐の佐々木高行の記すところによれば、

『いったい板垣は割拠の精神にて、四国（諸藩）会などはもっとも深意あり。』とあり、若い知事山内豊範《とよのり》をそそのかして、天下をうかがっていた。彼の自由民権運動も、建前と本音をよく見極めねばならない。山内豊範は、板垣退助の勧めで、金毘羅《こんぴら》に「四国諸藩の公用人会」を常設し、四国の結束をはかったうえで、谷守部（のちの干城《たてき》）と小南五郎を供に板垣は鹿児島へ赴いた。ここに谷干城の名前が見えるのは、注目に値する。西南戦争の熊本城籠城戦で鎮台兵を指揮し、西郷軍の猛攻を耐えた人物である。西郷軍は、谷干城の内応を期待した可能性があり、その根っ子が板垣との薩土同盟にあったとしたら、西郷の板垣への過信だろう。板垣を迎え入れた薩摩の内情は複雑で、藩論としてまとまることはなかった。

長州での内乱勃発を鹿児島滞在中に知った大久保は、すでに山口滞在中に察知していたので驚かない。それでも、木戸を中心に制圧に乗り出したとの情報を受け、

「こんまま何もしもはんと、薩摩の信義が立ちもはん。ただちに援軍を送りもっそ」

と西郷に相談すると、大久保と木戸の微妙な関係を知っていて、

「まず長藩の意向を聞かんこっには」と、自らその使者になることを申し出た。村田新八、桐野利秋、大山弥助などの側近のみを連れ、長州へ向かったわけである。西郷に会うため、木戸は直ちに中関に行くと、すでに馬関に向かったという。西郷としては、長州沿海で情報収集をしていたのだろう。兵隊は従えず、六、七名の従者のみだとのことで、停戦の周旋に来た可能性が高い。木戸は軍艦に乗り、瀧口へ向かうが、一隻の軍艦も見えなかった。図らずも戸田亀之助と出逢い、木戸は考えを伝え、共に西郷を追う。戸田は明倫館の英語教授を勤め、四国艦隊の馬関戦争では、高杉晋作に先立ち止戦使として派遣された人物である。教え子

の多くは三田尻の海軍学校で指導的な役割をはたした。

宮市本陣の野村より書状が届き、西郷らは津の国屋に着いたとのことで、木戸が駆け付けると、まだ着いていなかった。そこで中関へ行き、杉孫七郎に逢うと、西郷らはまだ艦上にとどまっているとのことだった。

二月十一日、野村が来たので、木戸は杉、野村らと西郷を訪う。久しぶりに会う西郷と木戸は、互いに心身の疲れを感じあったことだろう。木戸は、健康を回復する間もなく、東京と山口で政争に巻き込まれ、疲労していた。一方の西郷は、フィラリア感染がゆるやかに進行し、象皮病《ぞうひびょう》で陰嚢水腫《いんのうすいしゅ》が悪化し、下半身の運動を制限されたため、肥満が強くなり、心臓の負担が増していた。症状の多くを秘していたが、西郷はかなり深刻な闘病生活を続けていたのである。

「おひさしぶりでごわすのう」相変わらず、西郷は温和なふんいきに相手をひきこむ。

「ご無沙汰ばかりで、いかがお過ごしかと思うちょりました」

「永く故郷にひきこもちょって、申しわけなかこってごわす」

政府から身を引いていたことを、率直に詫び、

「昨秋は大村どんを助けられずに残念でごわしたのう」

大村への弔意も告げたので、木戸をひどく恐縮させた。

「島津公が拙宅まで弔問に足を運ばれ、長藩のもの一同が感動いたしたしだいで」

「そうでごわしたか」

西郷は島津家との接触が薄いように見受けられた。西郷個人は極めて友好的で、人徳でもある対面にさいしての寛容で温和な風合いは、木戸も感服した。

「大久保さんに頼まれ、毛利公の上京を実現するため山口へ帰ったところでした」

木戸は少し間をおいて、

「ところが、諸隊の脱退兵が不穏な動きをはじめましてのう、これは放置できぬと思い、中央政府へも鎮圧の許可をえたところで」

西郷は、大きな黒目をじっと注ぎながら、話を黙って聞いていた。木戸が一息つくと、

「おはんが指揮されるなら、なんの心配もありもっさん。どげんしてでん、兵が足りんようなら、おいは、いつでも駆けつけもっそ」

西郷は、木戸の危惧した不要な干渉など、一言も口

にしなかった。

「西郷さん、ご心配をかけ、面目ござらん。毛利公がすでに制圧の命を下され、支藩もふくめて動いております。鎮圧は目前で」木戸は強気を装った。

ここで安易に薩摩の援軍を期待すれば、木戸の宿忌はほぼ水泡に帰すはずである。聡明な木戸は、西郷のかもす風合いは、強靭《きょうじん》な鎧兜《よろいかぶと》にも匹敵《ひってき》する力で、内なる思惑を包み隠していることを熟知していた。西郷に、せっかくの機会ゆえ毛利父子への謁見を勧め、了承を得ると、再会を約束して戦場へ戻った。


第一軍は江良口に進むと約束していたので、中関より貞永の馬を借り、山口に向かった。

叛乱軍は木戸の本営がある第一軍を集中攻撃したので、苦戦をしいられた。だが、前日には、岩国・徳山の両支藩兵が勝坂を越え、千切峠で大楽源太郎の門弟たちを破り、山口へ進軍していた。豊浦（旧長府）藩知事、毛利元敏が率いる第二軍も、小郡《おごおり》の叛乱軍を攻撃敗北させ、山口へ進軍していた。脱隊部隊はすでに四散していて、謝罪するものが続出した。

藩知事父子は無事で、木戸は安堵する。しかし藩内で騒擾《そうじょう》を生み出したことには、君意だったのか、心安らかでない面もあり、常備兵と小郡に行き、謹慎して君命をうかがった。

ところが、脱隊兵の残徒が山口に出没するため、常備兵の先進部隊を政庁に召し、守衛を命じられた。止むを得ず、常備軍部隊を山口の常栄寺に宿陣させた。木戸は登館を自粛していたが、君命で召され、過日来の事を報告した。そのうえで、西郷が知藩事に拝謁して鹿児島へ帰りたい、との希望を伝え、日程を整えた。

二月十二日、木戸は登館し、脱隊兵残徒の追討のため諸兵の配置を決め、西郷に逢うため時間の調整をした。西郷は片山に宿をとり、供に村田新八、中村半二郎、大山弥介を連れていた。一同は木戸と顔見知りの仲で、すぐに打ち解けて長州の情況に理解を示した。脱隊兵がかつての戦友長州諸隊の兵であり、複雑な気持ちには変わりないようだった。

翌日は雨だったが、西郷が毛利公へ拝謁を願い出ていたので、木戸も登館する。夜、木戸は西郷を宿に訪ね、その深慮にこころから礼を言った。長州各地に逃げ散った脱隊兵が、投降をはじめた。

次の日、朝、西郷一行が出立。儀礼を重んじつつ、長州の中枢を視察したのだろう。

（戊辰戦役の負の遺産となった余剰兵力による内紛を、西郷はどのように見たのだろうか）

木戸は西郷の深意を聞きたかったのだが、きっかけを失った。

この日、東京へ向かわせていた井上聞多が山口に帰ってきた。軍監有地品之允（のちの海軍中将）とともに、第五大隊（千五百石以下の陪臣による銃隊）を率いていた。すでに内乱は鎮圧されていて、彼らは参戦しなかった。不幸中の幸とでもいえよう。これまで志を一つにして戦った戦友が銃口を向け合うのは、悲劇でしかない。井上の伝える東京の情況は、嘆かわしいの一語につきた。

山口藩の親兵一大隊派遣の許可を得たのは二月七日で、運用船一隻の貸与もえた。同時に、三府および諸藩に脱隊兵逮捕の令を発した。脱隊兵による山口政庁包囲の報告が入ると、鎮圧のため勅使を派遣すべきとの建言が廟議にのぼった。すると、薩摩の要人は一斉に反対し、参議の副島もこれに同調した。そのさい、「長州藩庁と兵隊の曲直をまず糺《ただ》すべきだ」と主張した。新政府を牛耳る薩摩や土佐などが長州を裁くことになり、裁断によっては長州を没落させるものだった。さすがに温厚な参議広沢も兵部大輔の前原一誠も激怒し、声をあげた。

井上は、月八日に山口へ赴くよう命じられ、十四日に帰りついたが、すでに脱隊兵鎮圧の報が木戸から政府へ送られていた。結局、大納言徳大寺実則が宣撫使《せんぶし》として下向することに決まる。徳大寺卿が随行の土方久元（中弁、土佐）と吉井友実（弾正少弼、薩摩）などと兵庫に寄港した際、山口藩からの脱隊兵鎮圧の奏状を聞く。

二月二十九日、木戸・杉・井上が土方らと三田尻で会談し、国事について意見を交換した。

「戦時から平時に世の中が変わっていることを、制度の上でも徹底せにゃいけんのう」

木戸が今回の叛乱の反省を口にした。

「余剰になった藩兵や武器を、無理なく処分せな、同じことがまた起こる」

井上が、具体的な各藩の軍縮について触れた。

「大村さんの国軍創設は、今日の事態を読み込んでいたのじゃろう」杉は大村の死を悼《いた》んだ。

「これは三条大臣のご意見でもあろうが、かつて薩長盟約へかかわった者としては、仲間割れはせんでほしいのう」

土方は、木戸と大久保の不和を心配する者の一人である。三月三日には宣撫使一行は、三田尻から汽船で東京へ引き返した。

叛乱兵は武士階級以外の出身者千三百人を除いて、全員が旧藩校明倫館に収容されていた。農工商出身者は帯刀を禁じ、帰郷を許した。過去の戦歴に功労ある者六百人には、扶持米を一人半分ずつ支給した。死罪は三十数人に抑えられた。

遊撃隊がもっとも多く、奇兵隊、整武隊と続く。四境戦争・戊辰戦争を戦った長州諸隊の中核から脱隊者がでて、互いに殺し合わねばならなかった悲劇が歴然としていた。

二月十五日、木戸は、政事堂にて賞典その他前途の事を論じ、この機会を活かして諸有司に維新の実効を挙げるよう叱責《しっせき》した。叛乱鎮圧により、木戸への求心力が一段と強まった。

三

長州の内乱で話が飛んでしまったが、木戸の帰郷理由を思い出していただこう。

朝鮮と中国との外交懸案にも、頭を突っ込んでいたのである。とくに対島藩とは深い絆があり、維新までは彼らに助けられたことも多々あり、対馬藩を介す日本と朝鮮の関係史にも、それなりの蘊蓄《うんちく》があった。

三月二十二日、帰省先の萩で、朝鮮から帰国した密使の栗屋多助に会い、報告を受けた。

そもそも新政府になって、朝鮮外交が暗礁に乗り上げ、徳川幕府時代と異なり、通信使の派遣まで取りやめてしまった。朝鮮王朝は日本に対しても強硬な鎖国政策をとっていた。

その原因を木戸は調べさせていたのである。無礼の一言で片付け、征韓論が盛んになっていたが、その内容はさまざまである。生前の大村益次郎は船越衛《まもる》にむかって、「征韓論は反対じゃけど、木戸のだけは耳を傾ける価値がある」と語っていたらしい。

その木戸自身、大村と語り合っていたころと、その後では大きな転換をしている。その根幹をなすのは、対島藩の窮状と対清国外交の重要性なのだろう。加えて、故郷長州での叛乱は、維新後の内政がいかに貧弱で国民を困窮させているかを、痛感させたのだった。（何のためのご一新であったのか）木戸の思考の原点である。（やはり民の幸せを第一とし、内政の改革を進めるべきなのだろう）長州脱隊兵の叛乱は、木戸の胸元に大切な問題を突きつけていた。

栗屋は、対島の北端にある鰐浦《わにうら》で外務省の佐田白茅《はくじょ》の一行とばったり出会ったという。

佐田は木戸より十歳年長の尊夷派元久留米藩士であり、同行の森山茂は一歳上で元天誅組である。桂小五郎時代、木戸は京都で会ったような記憶がある。

佐田は、肥後攘夷派の轟木《とどろき》武兵衛と親しく、彼を通じてこれまで二度にわたり征韓論の建白をしている。しかし、その論拠は薄弱で、感情論の域を出なかった。朝鮮李王朝の清国にたいする従属関係も、対馬藩庁や長州の栗屋からはじめて教えられたらしい。

それに対して木戸は、栗屋らを朝鮮で内偵させ、対馬藩の大島友之丞とも頻回に会って、対馬藩の内情や朝蘚と清の従属関係についても精通していた。領内で米作がほとんどできない対馬藩では、九州田代の飛び地領からの米に頼り、不足分を朝鮮に依存した。対馬藩主は、朝鮮国王より官位を与えられ、歳賜米百石を受けとり、二重国籍の綱渡りで、日朝間外交をつなぎとめてきたのだ。大島は、早くから対馬の置かれた危うい立場を説き、藩の財政が窮迫し、朝蘚と対立すれば、輸入の穀貨を渋滞させられ、島民の糧食を断たれる致命傷になることを、訴えてきた。佐田が訪れたさいにも、宗義達《そうよしあきら》知藩事みずから三度の食事を二度に減らす生活を強いられていた。朝鮮からの便船の遅れが、佐田らのせいと誤解した島民が、佐田を狙撃する事件までおきたという。

新政府は、五箇条の御誓文発布の直後から、対馬藩に対して、今後は外国事務輔の心得をもって対朝鮮外交にあたるように命じた。そのため、李朝宛の公式文書に宗家の身分を〈左近衛少将平朝臣〉と記すようにした。対する李王朝は、対馬宗家は臣下と見なしていたため、無礼と受けとった。そのため国交断絶状態が続き、征韓論が起こる。

木戸は、当初対馬藩の本音を読み違え、武力征討も辞さずと考えたが、栗屋らの報告を受け、清国との交渉が先であることに気がついた。

鎮圧後、木戸は萩へ帰り知人・旧友、幾松の養家となる岡部家を訪ね、私用も済ませた。

その後、知藩事毛利元徳公に従い、鹿児島にお礼の挨拶に赴き、帰途、長崎に立ち寄った。

オランダの長崎領事アルベルトゥス・ボードウィンと二度にわたり会談した。昨年、木戸が大阪で世話になった医師のアントニウス・ボードウィンは実兄である。清国の朝鮮李王朝に対する考えを探る目的で会うと、オランダ領事は、清国がどう出るか予測がつかないと語った。

かつてフランス公使が、清の宰相恭親王に会って、朝鮮の鎖国について質問したことがある。そのさい宰相は、朝鮮の内治外交は自主にまかせていると答えた、とのことだった。

太政官から東京帰任を命じられていた木戸は、すぐに北京へ行くつもりで帰京した。

そのためには勅任使節に就く必要があり、岩倉と大久保から説得されながら断り続けた参議を受けなければならなかった。

六月十日、ついに木戸は参議の辞令を拝受する。

ところが運命の皮肉か、神仏の思し召しか、その翌日、清国の天津で外国人への暴動事件が勃発したとの情報が舞い込んだ。清国の攘夷派が、フランス領事をはじめ書記官、僧職者を殺し、教会や学校を破壊したらしい。そのため、横浜の外人居留民街は喪に服し、英仏は艦隊の派遣を決めたという。

これで木戸の北京行きは延期になり、結果論として、これは幸いする。

訪ねてきた白茅《はくぼう》と森山茂に、征韓の実行は延期すべきだと諭《さと》した。

しかし、彼らは木戸に勇断を迫ったので、

「朝鮮を今すぐ征討すべきではない。諸君とは緩急の差がある」と譲らなかった。

清国と本気で戦う勇気と国力があるのか、逆に質問したい気持ちだった。それに前線で戦う兵士や、その家族のことを、彼らは眼中にない。木戸は、長州の悲惨を叛乱兵との戦いで幾度となく目撃し、自らの責任について自問したが、叛乱兵を一概に批難することはできなかった。

明治三年の日本に、清国相手の戦争を仕掛ける余裕もなく、諸外国の支援が得られないことも分かっていた。当時、太政官が決定した軍事予算は総額で三十万石だった。そのうち三分の二を陸軍に回しても二十万石である。当時、一石の貨幣価値は七両なので、百四十万両で、一万の兵士を養えるにすぎず、渡海作戦を遂行する海軍力もまだ整っていなかった。

(外国船を雇えば、莫大な出費となり、列強に内政干渉の口実を与えてしまう)木戸は、これ以上の外資借款《しゃっかん》は自殺行為になると考えていた。

森山の提出した案では、対馬藩知事を外務省の高官に任命し、朝鮮と強硬に談判させ、譲歩が得られなければ五十万の士族を渡海させる。占領するのは南部の慶尚・全羅の二道に限定するというものである。まさに机上の空論にすぎなかった。

佐田と森山は大久保を訪ね、征韓実行を要請したが、彼は諾否《だくひ》なしの沈黙で応じた。

二人は次に板垣退助を訪れると、おおいなる賛同を得た。

「ともに国家のために尽力しよう」

そう言って、土佐から兵士と食糧・弾薬を送る努力をすると、約束した。

板垣は、後藤象二郎や佐々木高行などの土佐藩幹部を集め、

「天下の人心を安定させるため、戊辰以来、困窮している東北諸藩の武士を先鋒として、朝鮮に攻め入るしかない」と持論を主張した。

「それなら、軍事費はどこからひねり出すつもりじゃ」

暴論と思いつつ佐々木が訊ねると、

「外国より借入れ、年賦《ねんぷ》で払うこともできる」と答えた。

「軍事費を外国に借り、無名の師を起こせば、他日の大患になるきに」

佐々木はきっぱりと反対した。後藤も反対し、佐々木宛の書簡に、

「板垣は、南海の一大隊で英仏にも勝てるくらいに思っているのじゃから困る」と書き送っている。

板垣の誇大妄想に近い性癖は、二年後の征韓論政争まで緒《お》をひき、西郷まで巻き込む大分裂の悲劇につながる。当時の西郷はまだ、征韓論争の埒外《らちがい》にいた。板垣の思慮の浅い大言壮語は、後々、大きな政変の種となり、木戸をも窮地に追い込む。

そうした情況の中、外務大丞の円山作楽《さくら》が、佐田らを陰謀に引きずりこむ。彼は島原藩士で平田銕胤《かねたね》（平田篤胤女婿）の門弟で、神祇官権判事から蘭学の素養を買われ外交畑に入った。樺太のロシア南下へ積極的に対抗するように建言したが入れられず、せめて朝鮮だけでも確保しようと焦っていた。そのため軍事侵攻の秘密計画を練り、軍資金はドイツ商人から借り、マゼソン商会から輸送船と武器を上海で購入し、直接に朝鮮へ攻め込むつもりだったらしい。ところが、実動部隊が攘夷派と深くつながり、大楽源太郎の一派と共謀するようになる。大楽は、長州の脱隊兵叛乱事件の黒幕と目され、政庁から出頭を命じられたため、半年前大村益次郎襲撃実行犯の神代直人が潜伏した姫島へ逃れ、さらに久留米に入った。

　久留米藩では、維新後、真木和泉の弟子筋の水野正名が大参事、小河真文が権大参事を務めていた。禁門の変で真木和泉の浪士隊書記役を務めた大楽にとって、彼らは古い同志だった。大楽は尊皇攘夷派の正統を自負し、姫島で大書した〈回天〉の旗を久留米藩で掲げるつもりだった。

京都にも東京遷都を反対し続ける攘夷派が残っていた。折しも皇后の東京行啓《ぎょうけい》が発表され、京都住民を巻き込んだ猛烈な反対運動が起きていた。

　弾正台大忠の海江田信義もその中の一人である。京都の反政府運動の中心人物は神祇官の愛宕通旭《おたぎみちてる》で、公卿の同志は少なくなっていたが、弾正台大巡察使の古賀十郎や土佐の岡崎恭輔《きょうすけ》らを介して、秋田藩の中村恕助《じょすけ》ら諸国の攘夷派と連携していった。丸山の征韓計画もその一翼になり、ついに政府転覆のクーデターに変貌する。

　これに対して、新政府では岩倉卿の諜報網が不穏な動きをつかんでいた。刑部《ぎょうぶ》省担当の佐々木高行に、古賀十郎の徹底監視が極秘で命じられていた。

　少し歴史を先走るが、明治四年になり、愛宕主従は東京へ出て謀議を重ねる。日光を占領し、東京に火を放って天皇の京都還幸を謀《はか》る。

　同じころ京都では、公卿の外山《とやま》光輔も久留米の大楽らと結び同様の計画を練っていたが、

　愛宕らの計画を知ると、使者を送って協力関係を結ぶ。この両者に久留米藩の攘夷派ならびに大楽が三角同盟を形成した。さらに、榎本武揚とのクーデター発

覚で失脚し、隠棲中の中川宮朝彦親王を引き込もうとして発覚する。折しも参議の広沢真臣が暗殺され、捜査中の新政府に情報が漏れ、山県有朋が中心になり摘発する。

明治四年三月七日に外山光輔が逮捕され、三日後に東京の久留米藩邸を押収し、藩知事有馬頼咸は幽閉される。三月十三日には、政府の命で熊本藩兵が久留米城を接収して藩幹部を拘束。大楽は直前に逃亡するが、三日後、応変隊隊員により斬殺される。三月十四日には愛宕が逮捕され、芋づる式に陰謀は暴かれ、最終的な逮捕者は三三九名にのぼる。〈二卿事件、外山・愛宕事件〉とも呼ばれるが、国内は騒然となる。

このとき、幕末の四大人斬りの一人とされる熊本藩攘夷派の河上彦斎《げんさい》も逮捕される。彼は宮部鼎蔵門下で過激な攘夷派として知られ、佐久間象山暗殺者と目されていた。熊本藩飛び地の豊後鶴崎に左遷されていたとき、逃亡中の大楽源太郎をかくまったため、二卿事件への関与が疑われる。さらに広沢真臣暗殺の疑いもかけられ、東京送りとなり、同年末に斬首される。だが、後の二件は冤罪《えんざい》ともいわれ、この事件後、攘夷派は地下に潜る。

四

御一新に遅れて参与した佐賀藩ではあるが、開明派の藩主鍋島閑叟《かんそう》のもとで、優秀な人材が育っていた。その中でも大隈重信と江藤新平は実力もあり、指導者の資質をもっていた。

その才能を木戸孝允らから認められた大隈は、大蔵・民部両省の大輔として実務能力を発揮した。明治二年七月八日に発令された官制で民部省と大蔵省が置かれ、民部は土木・地理・駅逓の三司、大蔵は造幣寮と出納・租税・監督・通商・鉱山の五司を監督した。

一月後には両省を一庁舎にあわせ、民部卿の松平春嶽が大蔵卿を兼任し、民部大輔の大隈重信が前述のように大蔵大輔を兼ねた。九月には、高齢の松平春嶽に代わり伊達宗城が民部・大蔵卿の兼任となった。大蔵・民部両省は外交・軍事・司法などを除いた広範な内政を司るため、大隈重信と伊藤博文の権限はきわめて大きなものになる。

その企画本部として昨年十二月に民部省改正掛が設けられ、旧幕臣の渋沢栄一がその長に任命され、表舞台への登場した。埼玉の富農の次男に生まれた攘夷派の青年が、一橋家の側用人平岡圓四郎の知遇を得て、慶喜の家臣となり、その指名によりパリ万博への幕府親善使節団随員に加わった。肩書は御勘定格陸軍付調役で、平たくいえば会計係である。渋沢は、使節団さらには徳川昭武のフランス留学の世話を約一年間余したことにより、多くを学び帰国する。滞欧中の渋沢は、通訳として同行していたシーボルトの長男アレクサンダーから語学を学ぶ。アレクサンダーは、英国公使館サトウらの同僚でもあったが、新政府でも通訳として活躍する。

「日本資本主義の生みの親」とも称される、渋沢栄一の登場には苦節をともなった。幕府崩壊で帰国し、フランスで学んだことを生かして、本邦最初の株式会社「商法会所」を静岡に設立し、銀行と商社を兼ねた業務を始めた。それに注目した井上馨や大隈重信が大蔵省入りを説得し、木戸の支持もえた。

渋沢は、自らの新政府出仕にとどまらず、静岡藩から前島密、赤松則良、杉浦愛蔵、塩田三郎など優れた旧幕臣を新政府に招く。彼ら開明推進派は、文明開化の強力な推進力となる。

彼らを支援したのが、ほかならぬ木戸孝允である。

改正掛の企画した象徴的な事業として、鉄道建設や郵便・電信網の整備がある。日本に蒸気機関車をはじめて持ち込んだのは、長崎の武器商人グラヴァーだった。その蒸気鉄道を、貿易港の横浜と首都東京間に開設しようという計画である。イギリス公使パークスの勧めもあって、外国人技術者を雇い、国内資本でみずから鉄道を施設する方針を決める。

明治二年十一月十日の廟議《びょうぎ》で、『幹線は東西両京を連絡し、枝線は東京より横浜に至り、又琵琶湖辺より敦賀に達し、別に一線は京都より神戸に至るべし』との鉄道敷設計画を正式に決定する。明治三年三月に鉄道建設技師のエドモンド・モレルが来日し、計画が公表された。木戸系の官僚が推進賛成で、反対は大久保や兵部省の前原一誠だった。兵部省の計画する海軍施設と、新橋駅建設計画とが、土地収用をめぐり、重なり合ったためだといわれている。建設には多額の資金を要し、借款交渉をまとめる段階で、大久保、広沢、副島、佐々木の四参議の猛烈な反対にあう。

パークスの仲介で、前中国駐在員のレイと借款を契約しようと試みたが失敗する。レイとの契約解消に一年を費やすが、示談が成立し、敷設計画は続行する。大蔵少輔伊藤博文は、イギリス系のオリエンタル銀行横浜支店との間で百万ポンド起債の契約を結ぶ。担保は関税で、年利九分の条件だった。伊藤は、そのことを大蔵大輔の大隈に報告していたが、なぜか大蔵卿大久保利通へ達していなかった。大久保は、別途、赤松良則に命じてオランダからの借款を打診させる。こうして大久保と大隈の関係が微妙になっているときに、木戸は大隈を参議に推薦《すいせん》しようとした。三条右大臣は、木戸の意見を容れ、大隈を参議にするつもりだった。

しかし大隈の権力が増すことを大久保は嫌った。広沢にもまた、手塩にかけて育ててきた民部省を大隈に牛耳られる心配があった。そこで大隈を大蔵・民部両省兼務のまま参議にするならば、大久保・副島、広沢、佐々木の木戸をのぞく全参議が辞任すると、三条・岩倉両卿へ脅しをかけた。権力抗争を好まない木戸は、念願としていたヨーロッパ留学を希望した。

木戸は、イギリス留学から帰国し、明治三年四月に徴士《ちょうし》となり民部権大丞兼大蔵権大丞に任命された山尾庸三を重用しはじめる。横須賀・長崎・横浜製鉄所の事務総括に推薦した。

五月末には斎藤篤信翁を大蔵省の造幣寮から民部省の鉱山大祐に転任してもらい、引き続き大阪勤務をお願いした。そうした人事の陰で、井上馨と井上勝の配置がえがあった。井上馨は大蔵大丞兼任で再び造幣頭に任命され、一方の井上勝は造幣頭兼鉱山正から民部権大丞兼鉱山正になっていた。木戸は、斎藤翁を井上勝に預けることにしたのだろう。

その上で、木戸はあくまでも参議になることを嫌い、山尾庸三に渡欧計画の相談をした。

山尾は、木戸が練兵館塾頭時代からの後輩で、もろ手をあげて賛成した。木戸の計画を知った岩倉は、大久保に相談したが、当然反対され、参議に任ぜられる。それでも木戸はあきらめずに洋行の勅許を得ようとして、三条卿に申し出たところ、四人の参議による大隈排斥の上申を教えられる。実のところ、三条卿は大隈の能力を買っていて、木戸が四参議に対抗するなら、大隈の参議就任を認めるつもりでいた。しかし当の木戸は、親友の広沢を敵にまわしてまでも、権力にこだわる気持ちはない。大久保と岩倉卿は、すでに次の手の人事案を練っていた。

六月二十九日の廟議で、大蔵と民部両省の分離が決定され、大隈は大蔵大輔専任、民部大輔に大木喬任《たかとう》（佐賀藩・東京府大参事）を内定する。しかし権限を大幅に奪われる大隈が、黙って引き下がるか、大久保には確信がもてない。もし大隈が下野すれば、渋沢らの開化派官僚や井上聞多も行をともにする可能性がある。心配になった大久保は、木戸に会い、大隈説得を頼みこんだ。

「大隈どんは、経済に明るい。国にとって欠くべからざるお人でごわす」

大久保は別人かと思うほどに大隈を持ち上げ、

「おいは金銭にうとい。どうでごわすか。おはんの説得なら、大隈どんも否とは言わんこっある」と、懇願した。

「彼らを活かすのも、大久保さんの手腕じゃし、ぼくは役に立たんけど、声かけはさせてもらいましょう」

木戸は、一年前の箱根療養中に大久保が仕組んだ追い落とし工作を忘れてはいなかったが、国家を乱す愚行だけは自ら抑えるつもりだった。それに、大久保が秘書役と思いこんでいる副島が、けっこう曲者で、逆に大久保を躍《おど》らせていることも、見抜いていた。

「大隈を下野させれば、国家の損失があまりにも大きすぎる」

木戸は、大久保に説き、慰留に動くことを引き受け、さらに重要な提案をした。それは反木戸に動いた広沢への思いやりである。大久保は、広沢を民部省御用掛に内定していた。しかし、もし広沢が就任すれば、大隈を追い出した主役は広沢だ、と誤解されてしまう。

「広沢君を民部の御用掛にするより、この際、大久保さんが自ら御用掛に就任してはどうかのう」と提案した。

「そうすれば、他人の中傷に惑わされることなく、大隈や渋沢の政務を理解できるのではないじゃろか」

木戸は個人の利害得失よりも、難局で瓦解寸前の国家の将来を優先させた。これには、さすがの謀略家大久保も頭の下がる思いをしたらしい。ところが、人の世は複雑である。民部大輔に推薦された大木喬任《たかとう》が、固辞したのである。大木は若いころから大隈とは同志だったが、微妙な競争関係にあり、そこを大久保に目をつけられ、対抗馬の役割をさせられてきた。大木も馬鹿ではないから、大久保の思惑を嫌ったのだろう。

〈大蔵・民部両省分離〉と人事を発表する予定の前日、民部大輔就任を断った。あわてた廟堂は、民部省の御用掛を岩倉・大久保・広沢の三人にすることにより、妥協をはかる。民部省は霞ヶ関の旧福岡藩邸に移り、実務は元民部大輔の広沢が主導した。大蔵・民部をめぐる政争は、人々の政府批判を強めることになる。板垣退助は会う人ごとに、

「今は岩卿を退け、大久保を退け、三条卿を押立て、大号令を天下に発するよりほかに道はない」と語っていたという。

そうした政争の陰で渋沢らは殖産興業の実務を着実に進めていた。この年二月に官営の製糸工場建設が決定していたが、フランス公使館を介してポール・ブリュナーを仮雇いし、官営工場の建設に向けて始動した。木戸を筆頭とする大隈・伊藤・渋沢の開明派が総力をあげて支援した富岡製糸場建設である。ブリュナーは渋沢の義兄尾高惇忠《あつただ》と横須賀製鉄所お雇いのオーギュスト・バスチャンの協力を得て、明治五年十一月に部分操業を開始する。

富岡製糸場については、後ほど改めて述べるつもりである。

話を明治三年の政局に戻すと、同年七月には、旧米沢藩士雲井龍夫が検挙される。雲井は、脱藩者や旧幕臣に帰順の道を与えるよう政府に歎願していた。短期間ながら、雲井は新政府の貢士や集議院議員を務めた人物だった。米沢に檻送ののち幽閉され、翌年東京に召還され、斬殺される。静岡藩権大参事の大久保一翁と山岡鉄舟からの火急の伝言として、大久保利通の暗殺と政府の転覆とを企てているとの情報が伝わったからだった。証拠に乏しい風評の可能性があり、ほとんど見せしめ同然で雲井は断罪される。

大久保は雲井一派の動きを聴取し、翌日、雲井の召還を決めたらしい。雲井のほかに十一人が斬罪、二十余名が獄死する。連判状の署名者は三千余にのぼった。司法大輔の佐々木高行は、謀叛計画そのものに疑念をもち、次の如く記している。『何ぞ雲井のために大獄を起すべきやと申したれども、行はれず。』また前述の二卿事件に関与した疑いで、外務卿沢宣義が解任され、政情不安が続く。大獄を主導した岩倉卿と大久保は強気になり、『木戸がこの上かれこれ申立て候はば、今度はすみやかに免職すべし』との手紙を、岩倉は大久保にだす。これは、短期的な見解ではなく、幕末から明治維新にかけて、岩倉卿と大久保には政権奪取の

暗黙の盟約があったのだろう。

群臣のみでなく西郷や木戸さえも、岩倉に薩長勢力のまとめ役として使われた、と極論する歴史家がいても不思議はない。それほど再三の謀りごとをしている。西郷や木戸には、それが見え過ぎて、廟議に加わるのを意識的にさけていたのだろう。

さらに不思議な事件が続く。七月十四日、東京牛込の斎藤邸に賊が押し入ったのである。

真夜中、賊は鉄砲と日本刀を持って忍び入り、就寝中の二代目弥九郎へ鉄砲を発射した上、刀で切りつけた。鉄砲の弾は幸いはずれたが、素手で立ち向かったため右肩に深手を負った。

それでも一度は取り押さえたものの、深手のため逃がしてしまう。弥九郎は、賊に襲われたことを秘密にしていたので、木戸は知らぬままだった。

八月七日付けの書簡で大阪の斎藤翁もはじめて災難を知る。心配して帰京しようとしたが、折から病を得て静養中で、緒方拙斎の許しがえられなかったらしい。

斎藤翁は、弥九郎への見舞状で、相手は盗賊ではなく刺客なのだろうと書いていた。だとすれば、木戸と親戚づきあいをする斎藤一族を、邪魔者と考える者たちがいることになる。誰が鉄砲まで持ち込んで殺害しようとしたのだろう。一つの見方は、大村藩のお家騒動に巻き込まれた可能性である。大村藩の剣術指南役だった斎藤歓之助（鬼歓）はお家騒動で恨みを買っていた。そのため斎藤一族が狙われた可能性がある。

政府批判は薩摩藩内部からも起こった。七月末、森有礼の実兄横山正太郎が神田橋薩摩藩邸側の路上で切腹したのである。横山は藩邸裏手の集議院の門に割竹にはさんだ建議書を遺していた。十箇条にわたり、新政府の悪政を告発する内容が記されていた。岩倉と徳大寺両卿は名指しで非難されている。第一箇条のみ記すと『輔相の大任をはじめ、侈靡驕奢《しゃびきょうしゃ》、朝廷を暗誘し、下飢餓を察せざるなり。』こうした情勢のため、岩倉卿と大久保は、木戸派の追放を再度企てながら、またしても未遂に終わり、妥協をする。

明治三年八月三日、山県有朋、西郷従道と御堀耕介が帰国した。しかし御堀は結核を病んでいて、鹿児島病院でイギリス人医師ウィリスの治療を受けることになる。ウィリスは、鳥羽・伏見戦争で重傷を負った西郷従道を救っていた。そのため、帰国の船中からウィリスの治療を受ける話がまとまっていたのだろう。八月十六日、木戸は築地から船に乗る御堀を見送った。その前日、板垣退助、大山巌、品川弥二郎の三名に普仏戦争視察のための渡欧が命じられた。しかし板垣は固辞した。板垣は、道連れで国外に出される謀略と読んだのだろう。

他方、三十三歳の山県有朋は、すぐさま兵部少輔、西郷従道は兵部大丞に任命される。

他の兵部大丞は山田顕義と西周助（周《あまね》）である。山県は、オーストリアとフランスに勝利したプロシアの軍制に注目していた。当時はフランス兵制を支持する山田顕義ら大村系とイギリス兵制を主張する薩摩系が兵部省内部があり、陸軍はフランス兵制になっていた。そこにプロシア兵制を称賛する山県が加わり、より複雑な抗争になった。兵部大輔大村益次郎の後を継いだ前原一誠が辞職すると、後継争いと路線対立で、陸軍内部の抗争が激しくなる。山県は、西郷や大久保に接近し、自らの権力基盤を固めようとする。大村益次郎の後継を自負する山田顕義と、西郷・大久保らの意をくみ大村構想を白紙に戻そうとする山県有朋とは、なかなか手を組むことができない。

同じ長州出身の山田と山県の争いの裏に、木戸は岩倉卿と大久保の影を見ていた。廟堂の混迷と汚濁になじめぬ木戸は、辞職して海外への視察を強く希望する。吉田松陰が黒船に乗り込んだ原点に立ち還ってみたかった。しかし、八月二十日に三条大臣より書簡が来て、洋行を思い止まるようにとのことだった。翌日、直接会って希望の趣旨を説明したが、強く諭されるだけだった。

「そこもとが政権をなげだせば、この国は難破船も同然でおじゃる」

「お上、拙者は無用の長物、有能の士が多数おりまするぞ」

「いや、重さが比較にならぬ。そこもとが去れば、大久保の専断は目に見えるではないか」

そこまで頼りにされては、身動きできなかった。

九月二日、岩倉卿は、大隈を大蔵大輔兼任のまま参議に就任させ、木戸の参加を促した。木戸不在で、政権基盤がもろくなることを熟知しているため、譲歩をよぎなくされた。今回も岩倉卿と大久保は逆手にとられる。したたかな大隈は、参議就任にあたり、六箇条の条件を提示した。工部省の新設などである。工部省として、この年五月に伊藤博文と共同して工部院の設置を提案していたが、それをさらに拡充する案である。原案は鉄道建築技師長として来日したエドモンド・モレルの勧告だったといわれている。

工部省は、鉱山・製鉄・造船・鉄道・電信・灯台など文明開化に必須の事業を管轄することができる。つまり民部省の業務を移管することになる。大久保にしてみれば、せっかく大隈・伊藤らの力を大蔵・民部省分離で奪ったのに、これでは元の木阿弥である。それが読めても、岩倉卿と大久保は妥協せざるを得なかった。

九月末、木戸は、福岡から帰った渡辺昇に会い、偽札事件の真相を聞く。渡辺は偽札発行を福岡藩がなおも続けている確証を得ていた。戊辰戦争の戦費をまかなうため、新政府は品質の悪い悪貨を鋳造し使用したことがある。藩の中でも薩摩、土佐、安芸、福岡藩などの偽貨は莫大な額に昇り、外国からの非難もあって、厳重な取締りと処罰を布告していた。福岡藩はそれを無視していたため、処罰の対象になる。知藩事黒田長知《ながとも》は罷免《ひめん》のうえ閉門、旧大参事立花増美ら五名が斬罪として処分される。

閏十月に工部省が設立され、民部省は翌年に一旦廃止される。ここで幕末にイギリスへ密航留学した長州ファイブの山尾庸三と井上勝（旧姓・野村弥吉）が登場する。

その当時、山尾庸三は横浜横須賀製鉄所掛、井上勝は造幣頭兼鉱山正の役職にあったが、工部省の設置で二人とも工部権大丞に任命され、実力を発揮して飛翔する時節が到来した。

閏十月八日、木戸は山尾庸三とともに、斎藤家の代々木山荘を訪ねると、斎藤新太郎の手によって一面の茶園になっていた。この夜、新太郎は木戸邸に泊まり、二代目弥九郎の暗殺未遂事件をはじめ、茶圃の経営など苦労話をした。剣道がすたれ、練兵館道場の運営が困難になっているらしい。

翌日、木戸は新太郎、山尾庸三とともに染井山荘に赴き、みんなで泊まった。

練兵館での修業時代は、それぞれの青春でもあり、友情の絆は固く結ばれていた。

閏十月十六日、深川の「平清楼」で、視察のため渡米する伊藤博文の送別会があり、この夜は伊藤邸に泊めてもらった。

「念願がかなってよかったのう」

「お陰様で」

「役所の仕事だけじゃのうて、広い視野から見てこいよな」

「憲法や議会の仕組みなんかも興味がありますのう」

民部少輔の伊藤は、財政・貨幣制度などの調査のため渡米する。

伊藤の留守中、山尾庸三が工部省を取り仕切った。

木戸は渡米する伊藤に、イギリスへ留学する正二郎の同行を頼んだ。

二日後、木戸は山尾とともに皇居内の太政官代に行き、山尾は工部省権大丞を拝命する。

さらにこの月二十日をもって工部省が設置され、鉱山・製鉄・鉄道・灯台・電信の五掛が民部省より移管された。山尾は、実質的な長官として工部省を充実させていく。そのため斎藤篤信翁も工部省出仕の鉱山大属を命じられる。

そのころ、十一月一日、斎藤篤信翁が木戸邸を来訪した。

「お体はいかがでございましょうや」

火傷のあとが両腕や首にも瘢痕になって残っていた。

「ご覧のように傷は残ったが、何分の年じゃ、さほど気にはしておらぬ。それより足腰がめっきり衰えてのう」

「それにしても、暗殺を目論むとは、不埒《ふらち》なやつらでございますな」

「そなたも気をつけられよ」

休暇をとって、二代目斎藤弥九郎の見舞いや留守家族の様子を見に来たのだろう。

新設の工部省は、近代化推進の牙城となっていた。三年十二月には鉄道掛が、翌年五月には電信掛と燈明台掛が工部省に移管される。ちなみに長州ファイブの残りの一人遠藤謹助は、肺結核で両人より少し早く帰国し、維新後は大阪造幣局に勤務する。十四年に局長を務め、局内の桜並木を整備し、市民に公開する。それが現代に続く造幣局桜並木の通り抜けで、桜への愛情は木戸譲りといえよう。

十一月末、東京神田でイギリス人のお雇い教師二人が、突然背後から斬りつけられ、重傷を負う事件が起こった。アーネスト・サトウは大久保に向かって、

「夜なかに背後から斬りつけるのが、大和魂というも

のですか」皮肉まじりの抗議をした。

政府は広沢、佐々木の両参議を東京府御用掛に兼務とし、犯人捜査を指揮させた。九州日田県で大規模な一揆が発生し、参議の滞京が求められた。広沢は京都出張の命令が出ていたのに、急に参議としての留守役になってしまう。それが広沢の暗殺につながった。

十二月には、維新後、紀州藩の軍制改革に努めていた鳥尾小弥太が兵部省に出仕する。木戸は、山県有朋と山田顕義の中間に鳥尾小弥太・三好重臣・三浦梧楼らの長州系軍人を置くことで、派閥抗争を防ぐつもりだった。

明治三年の秋、岩倉卿と大久保は、自らの策謀が政府内の疑心暗鬼を生み、内部崩壊しかけていることを認めようとせず、薩長土連合の再構築に動いた。大久保は、桜田本郷町の売茶店で、九時間もの間、木戸を丸めこめようとした。困ったときには木戸を頼り、順風になると疎外する。そうした虫のよさを、岩倉卿と大久保は木戸が病死するまで恥ずかしげもなく続ける。国を憂う木戸には、それが見え透いていても、抗争の火種にはせず、協力するか、どうしても許せぬときは、身を引こうとする。覇道を歩むものと、ひたすら王道を歩むものの差を、世の人は見て見ぬふりをした。木戸は維新の宿志を貫徹させるためには、自らを縛り妥協する。今回は西郷に復帰を求めるためである。西郷抜きでは、木戸の宿志とする四民平等の近代国家建設は不可能だと思うからだ。鹿児島は依然として、封建時代の薩摩藩のままだった。この年（明治三年）、長州は、脱隊兵叛乱で内部の膿《うみ》を部分的でも絞り出した。

だが、薩摩は西郷という巨人を抱えこんだまま、別枠の土俵を着々と築いていた。

岩倉卿が勅使として山口と鹿児島を訪問するため、木戸と大久保の同行が決まった。

鹿児島では島津久光と西郷隆盛、山口では毛利元徳の出京を促すためである。体調不良の岩倉卿は有馬温泉で療養していたので、木戸と大久保は京都で岩倉と合流した。木戸は、大阪で鹿児島へ向かう両人と別れ、肥後藩の軍艦凌雲丸で馬関へ向かった。

岩倉と大久保が西郷従道の迎えで鹿児島に着くのは、十二月十八日のことである。

手厚いもてなしを受けた岩倉は、老獪《ろうかい》な政治手腕を発揮し、目論見を成功させる。

島津久光は病気が快癒しさえすれば上京し、西郷隆盛は岩倉・大久保・弟従道に同伴で山口を訪問することを快諾した。

そのころ、山口脱隊兵騒擾を指揮した疑いで追われていた大楽源太郎一派が、豊津藩・久留米藩の攘夷派と結び、日田県庁を襲う事件を起こした。翌明治四年三月、四条隆謌を総督とする長州・肥後・薩摩・森藩の連合軍を日田に派遣する。ところが、ここでも長州と薩摩の思惑にずれを生じる。

五

明治四年正月の山口に、西郷・大久保・木戸の維新三傑が顔をそろえていた。しかし、彼らが山口を訪問中の一月八日夜、広沢は刺客に襲われ横死する。広沢は、兵部省が旧久我邸を買い取った屋敷に引っ越したばかりだった。新居で宴会を開き、寝所に入ったあと三人組の刺客に襲われた。急を聞いて、佐々木高行が馬で駆け付けたときには、血の海に命を絶えていたらしい。享年三十九歳。正三位が遺贈された。維新後では、横井小楠、大村益次郎につづき三人目の高官暗殺事件となる。

広沢は、脱隊兵叛乱の鎮圧後、山口に戻って首謀者の処断を担当したので、残党からは木戸以上に恨まれていた。そうでなくとも新政府に不満を抱く士族は充満していた。ただ捜査の過程で広大な屋敷なのに深夜簡単に寝所を探し当てていることから、添い寝した妾の福井かねが疑われた。

岩倉、大久保、木戸などはまだ事件を知らない。大久保は、西郷と相談の上、木戸を誘って土佐に行くことを思いつく。折から十七年ぶりの寒さで、山口は一面の銀世界だった。汚濁した心までも清められるような雪景色に、維新三傑は再び心を一つにすることを誓い合った。西郷と大久保に誘われ、木戸は即座に賛成した。勅使の岩倉具視一行が三田尻を発つのを見送り、三者そろって土佐へ向かった。当時の土佐は人民平均(四民平等)の制度を宣告していた。薩長からの連合申し入れに、板垣は快諾した。

土佐では歓待され、正月二十二日、三人そろって神戸に戻り、広沢暗殺を知らされるまでは、久しぶりに明るい正月だったと感謝していた。

広沢から受け取った最後の手紙(十二月二十一日付)

を読みなおして、木戸は溢れる涙を止めることができなかった。

『従来封建の舊習《きゅうしゅう》を脱却し、これまで藩々拮抗するやうあひならずては、所詮《しょせん》皇国の維持はあひならざることにつき、実をもつて胸襟《きょうきん》を開き、一致の体裁にいたすべき儀肝要と存じ奉候。』〈版籍奉還〉には、むしろ反対の立場をとった広沢が、さまざまな体験を経て、考えを改めたことがわかる。日本の自立をはかるには、弊害《へいがい》の累積《るいせき》した封建制を打破するしかないと、考えるようになっていたのである。四境戦争をともに戦い抜いて以来、高杉を病で喪い、大村益次郎、広沢真臣は喜びも悲しみも共有しあってきた同志である。

『王政一新のさい、ただ広沢の一人政府上に余を助くるものあり』木戸が長州出張で数ヵ月東京を留守にしたさい、広沢は幾度も留守宅を訪れ、松子の相談に乗ってくれた。明治二年の夏に病気療養で箱根へ湯治に行き、閣外に去ることができたのも、広沢が身代わりとして長州藩の代表を務めてくれたからである。参議兼民部省御用掛、東京府御用掛として、政府首脳の責務を果たし、襲撃者の標的になったことが考えられる。(ぼくの代わりに暗殺されたのではないか)木戸には、そう思えてしかたなかった。

吉富簡一は東京から書簡を送り、『広沢公のことにあらず、閣下大隈公つけねらひ候説ござ候。(中略)邦家のため必ず御保護祈禱奉候』と、木戸へ警備の強化をうながした。兵部省から警護兵が派遣され、木戸邸にも兵八人が宿直するようになる。国内治安の悪化が異様な緊張を生み、官庁街をかこむ諸門が、六時以降は閉ざされた。

木戸は帰京すると、広沢暗殺の犯人逮捕を厳重にするよう働きかけた。大村益次郎襲撃と同じ背景にある刺殺団を木戸は疑った。弾正台は攘夷派の巣窟になっていて、老大巡察古賀十郎は二卿事件の愛宕通旭《おたぎみちてる》の叛乱計画に加担していた。海江田信義は弾正台《だんじょうだい》を追放されたのち、大久保利通に助けられる。愛宕の叛乱に関して『海江田の名あり』と、岩倉は大久保宛の手紙に記し、『かならず行違のこと存じ候えども、同人え何かと御往反(質問)これあり候はば如何と存じ候。』岩倉は薩摩藩に遠慮し、その批判となるような意見は述べようとしない。そこに新政府の病根のひとつがあったともいえよう。木戸はそれを指弾し続ける。

木戸は、明治八年に参議の職権で司法省に臨時裁判所を開かせ、福井かねを再度尋問させ、みずから二日間にわたって傍聴する。その後も密偵をつかって事件の捜査を続けさせ、犯人検挙の努力を死ぬまで放棄しなかった。

　二月になり、広沢暗殺事件の余波が残る東京で、木戸・大久保のほか西郷・板垣・長州権大参事杉孫七郎をまじえ、薩長土の会議により、鹿児島から歩兵四大隊と砲兵四隊、山口から歩兵三大隊、高知から歩兵二大隊と騎兵二小隊、砲兵二隊、総計八千人を親兵として上京させることが、正式決定される。

　その準備のため、西郷も木戸も再び郷里へ向かった。帰途、木戸は神戸から京都の槇村参事へ手紙を書き、大楽源太郎をかくまっている久留米藩や、攘夷派と気脈を通じている秋田藩の動きを警戒するように忠告した。秋田藩では、権大参事初岡敬治が愛宕通旭とひそかに手を結んでいた。

　槇村はすぐさま三条右大臣に通報し、三条卿は岩倉卿と相談する。すでに岩倉卿は、二月に上京してきた愛宕家家臣比喜田源二に密偵をはりつけ、監視させていた。国学者の比喜田は愛宕派の指導者の一人である。岩倉卿は大久保に、密偵からの報告として、集団で攻撃するほどの力はないが、油断できない相手であることを知らせている。

　三月十日早朝、増上寺裏の久留米藩邸が、兵部少輔山県有朋の指揮下に包囲され、諸門の守備が固められた。知藩事有馬頼咸《よりしげ》と権大参事吉田博文以下、在京の藩首脳が弾正台に連行される。弾正台には、三条、岩倉、大久保らの三職と山県有朋、宍戸璣《たまき》（刑部少輔）が集合し、有馬に謹慎を申し渡した。吉田博文は免官のうえ拘禁される。

　三月十四日には、愛宕と比嘉田《ひきた》が検挙される。傘下の攘夷派が騒動を起こす恐れもあり、手入れが行われた。丸山作樂一派も捕縛され、山県は山口の木戸へ、「都下騒然」と報告している。

　久留米には、巡察使四条隆謌《たかうた》が山口と熊本の兵を率いて入り、大参事の水野大参事と四番隊参謀の小河真文を日田に連行する。数日後には、大楽源太郎が筑後川河畔で久留米藩士により刺殺される。藩を救うため、藩士と大楽の同志が相談し、殺害したものである。

　木戸は寛典論で愛宕と戸山の助命を申し出たが、大久保らの厳刑主義が支持され、事件にかかわった首謀者はことごとく死罪になる。

三月二十二日、山口藩庁で親兵献兵が評決された。東京と久留米で過激攘夷派の手入れが行われているころ、三月二十八日、毛利敬親が急死。享年五十三歳だった。木戸は、四月初旬にお供をして上京するつもりだったので、悲嘆にくれる。木戸にとって、〈版籍奉還〉論を最初に支持してくれた恩人でもある。

山口からの訃報に接した新政府は、勅使の下向を決め、木戸には即刻の帰京を命じた。

だが、動けない理由があった。鹿児島で療養中の御堀耕介が帰郷したことを聞き、四月十六日に馬関へ見舞に赴いた。しかし、一見して御堀の病は重くなっていて、日記に記す。

『伊東本陣へ御堀を訪ふ。昨秋御堀に別れすでに二百余日、実に衰弱もっとも甚だし。肉落ち骨露わにて、昔日の壮大を思ひ、真に愍然《びんぜん》に堪えざる也。旧事の事を語り潜然たり。余また図らず流涕《りゅうてい》久し』木戸はまたしても大切な同志を喪《うしな》う予感がした。御堀は、周防三田尻で療養していたが、木戸が山口に滞在中の明治四年五月十三日に、三十一歳の若さで没した。高杉晋作に続き病魔結核に冒されたのである。

そのころ、複雑な薩摩が再び微妙な動きをする。木戸とも面識のある鹿児島藩大参事の大山綱良が、不審な動きをしていた。数人の若者を連れ、紛糾中の日田県や久留米に入り、反政府勢力と接触しているという情報が木戸のもとへ届いた。山口、熊本、鹿児島の三藩へ、久留米と日田への出兵命令が出て、長州藩は士族第一大隊が四条隆謌《たかうた》の指揮下にあった。ところが薩摩藩は派兵しないのだ。

前年に黒田藩が大量の太政官札の贋札を製造した罪を問われたさいにも、薩摩は寃免《えんめん》に動き、西郷隆盛みずから福岡入りしていた。そのさい大久保は西郷と異なり、断罪を貫き、大参事立花増美以下数十人が拘束された。そもそも福岡藩の贋札製造を告発したのは、薩摩出身の初代日田県知事松方正義で、県内に福岡藩から偽札が流入していることを公にした。松方はこの告発を認められ、大久保の推挙で明治三年秋に民部大丞に抜擢《ばってき》され、大蔵大臣、内閣総理大臣を歴任する。

薩長土の再連合を大久保の音頭とりで始めた矢先、薩摩が非協力的では、話にならないと、木戸は醒めた眼でみていた。毛利敬親の葬儀が終わっても、木戸は動かなかった。困った岩倉卿は、大久保へ手紙を送り、鹿児島へ遅れてでも出兵するよう、急使を遣ってほしいと伝える。ところが大山は、久留米藩への処置が終わっていることを理由に、巡察使軍の解散を主張した。熊本藩参謀も同意したので、薩摩兵は到着後すぐに帰国してしまう。

中央政府へ連絡もせず、勝手に実施し、九州派遣軍は、中央政府の知らぬ間に消えてしまったのである。巡察使軍参謀の井田譲（大垣藩、前大蔵大丞）の帰京で、事の次第を知った大久保は、木戸が急に非協力的になった理由を悟った。薩摩の中央政府無視は捨て置けぬ事態で、独立国として国を分断することになる。

兵部権大丞に任命された西郷従道を連れ、大久保はみずから木戸へ謝罪に行くと言いだす始末である。山県有朋からの手紙でそれを知り、木戸は五月八日の日記に記す。

『朝廷にたいし奉り恐縮のいたりなり』と。木戸は政府に背く意図は皆目なく、大久保が事態の深刻さを理解してくれさえすれば良かったのだ。政府も九州・東北の安定化に向け対策を加速化させた。井田を兵部大丞とし、日田に新設した西海道鎮台へ出張を命じ、佐賀・熊本両藩から各一個大隊を派遣させる。同時に東北の石巻に東山道鎮台を置いた。

山口を訪れた大久保は、大山は薩摩藩の意志を代表するものではないと謝罪し、藩の軍艦鳳翔丸で木戸と共に五月二十八日に帰京した。

六月末、大久保が木戸邸を訪れ、制度変革の事などを議論し、西郷吉之助の任官に協力を求められる。同時に木戸自身の復帰も求められた。

「木戸さん、わだかまりは拭いきれまいが、民の為に一緒にやらねば」

「こちらこそ。小異は捨てて大同につくのつもりながら、もう少し配慮がほしいのう」

木戸は少しだけ皮肉をまじえた。

さらに連携作戦で岩倉卿も来邸し、木戸の復帰を求められた。木戸は、再三にわたり、任官を固辞しつづけたが、西郷も復帰するとの条件付でようやく参議を受ける。

六月二十五日、政府の大改造が発表された。これまでの参議はみないったん辞任し、改めて西郷と木戸が参議に就任した。同時に各省長官以下の大幅な人事異動が公表される。

六

西郷吉之助が国政に加わり、挙国一致の気運が急速に盛り上がろうとしていた。

参議の意見をまとめる首班役に木戸を立てるべきだと、西郷は建言する。のちの内閣制度に近い発想である。大久保、岩倉も賛成し、板垣にも異論はなかった。ところが、大隈重信と木戸自身が反対した。二人は、西郷の誠意に感謝しつつも、岩倉・大久保の口先には気を許せなかった。それまで二度も、彼らは開明派の追い落としを謀ったのである。難局に木戸を祭り上げておいて、また足をすくうことは目に見えていた。

また西郷の読みの深さは、常人のおよぶところではない。薩摩藩は武士階級が圧倒的な力を保持し、封建制度の改革を口で唱えても、その実行がもっとも困難な土地柄であることもわきまえていた。西郷も大久保も、島津久光を激怒させる政策を実行する危険性を知っている。木戸を旗振り役にしておけば、島津久光との対立はかわせるわけだ。そのころ、西郷も大久保も封建制解体には漸進論で、欧化政策についても保守的な立場にあった。しかも、開明的な木戸を中心とする若手官僚群の台頭を好ましく思っていなかった。大久保がその考えを改めるのは、岩倉欧米使節団への参加後である。西郷に欧米視察の機会がなかったことは、将来的に大きな不幸となる。大隈・伊藤・井上の追放を意図しながら、木戸へ首班になれという言葉は、腹蔵する思惑と解離していた。

（それを笑うべきか、騙《だま》されたふりをすべきか）木戸は停滞する改革を思い悩んだ。

首班就任への説得と木戸の辞退は、押問答のごとく十二日間にもおよぶ。三条太政大臣が木戸邸を訪れ説得しても、固辞し続け、逆に年長の西郷を首班に推薦《すいせん》する。結局、大久保と大隈が周旋に動き、西郷と木戸の連立が実を結ぶ。だが、木戸は〈廃藩置県〉を実現させ次第、退官するつもりで参議に就任する。逆に西郷は、参議就任の二日後に木戸の深意を聴くまで、そのことを知らなかった。木戸と大隈は、西郷が〈廃藩置県〉の即時実行を理解ずみだと、錯覚していた。

だが、いざ蓋を開けてみると、岩倉卿や西郷は人事のことしか口にしない。大久保が西郷に代わっただけである。木戸を除く全参議が罷免になり、新たに西郷の参議就任が決まると、まず大久保を大蔵卿に据える人事が話し合われた。木戸は、それが大隈封じであることを、瞬時に判断したが、抽象的な意見として、「人事よりも基本政策の決定が先ではないだろうか」と主張したが、〈廃藩置県〉のことは公言しなかった。

木戸は、明治元年に〈版籍奉還〉の考えを最初に打診した大久保に、その線上にある〈廃藩置県〉による国政の一元化を求めた。西郷が、鹿児島県の割拠にこだわれば、最大の抵抗勢力になることを危惧していたのかもしれない。

岩倉卿の深意は不明ながら、不安定な新政府の基盤を強化するため、西郷と木戸の参議就任を求めた。木戸は、封建制度が打破され、新しい四民平等の政治体制が始動すれば、政界を引退したいと希望していた。だが、国情は木戸の引退を許さなかった。

「参議として木戸さんが復帰しなければ、国政は混沌《こんとん》としたままで、百事が閉塞してしまう」と大隈は窮状を訴える。三条・岩倉両卿と大隈の説得は木戸の心を動かし、参議を引き受ける決断をする。木戸にとって最大の懸念は、西郷がどのような国家像をその心中に抱いているのか、不明のままであることだった。

六月二十七日、腹をくくった木戸は、西郷と二人だけで、国家の将来について話しあう覚悟で参朝する。結果的に、木戸の憂国の思いは、西郷に伝わり、あつい友情が生まれる。

この日、鎌倉幕府以来、数百年続いた封建制度に終止符をうつ〈廃藩置県〉への一石が投じられた。木戸は日記に記す。

『休息所において、大臣・大納言・参議が列席の折、余はこのたびの改革の次第が、さきに論述し、拝命せしときの約束と大いに異なる所以《ゆえん》を陳論し、しかるのち西郷にたいし、去冬以来の有様を語り、余がその国家のため安心するあたわざる所以《ゆえん》を述ぶ。邦家の重責をにない、満幅の至誠をもって西郷と相談すること数時間に及び、ついには余の意見が彼の心腹に入るを感ず。西郷の公心もまた余の心に徹し、思わず感嘆せり。このとき三条卿をはじめ、すでに退朝す。よって一書をもってこの次第を告げ、明日より迅速に制度の一変あらん事を希望する。政府の基礎を確定し、諸省の制限草程の相定まらざるときは、何をもって邦家（国家）を治せんと、余の思いは今日にいたりてもっとも切迫す。しかして西郷らは、はじめ諸省の制限のみを論じて、政府の基礎について語らず、ために議論大いに混雑せり。ここに至りてようやく相定まり、邦家のためひとり欣躍《きんやく》せり。（中略）三時過ぎ退朝。ただちに大隈を訪れ、今日西郷と相語り、西郷の公心を賞誉《しょうよ》し、いま一尽力して制度一定の事にあたり、諸同志とその約束をなしとげん事を論ず。大隈も同意なり。井上世外（聞多）も来る。余は辞去して三条公におもむく。はからずも西郷に会う。彼も過日の食い違い、混雑を今日はじめて承知し、大いに案じて三条公に論ぜし由。この人の主意ははなはだ篤実なり。』

西郷を呼びとめ、三時間にわたり、〈版籍奉還〉以来の政治の混迷と、その打開のために〈廃藩置県〉が必要であること、その実現のために参議に就任したことを説明した。西郷は、黒く澄んだ眼ざしを逸らすことなく、熱心に耳を傾け、「そげんこつでごわしたか」と理解の意を口にした。二人の間で、暗黙の了解ができたと、木戸は確信する。

かつて決裂寸前の薩長盟約を、坂本龍馬の仲立ちで、ようやく誓い合った日を思い出した。

あの日と同じように、両者の眸は熱しながらも澄んでいた。だが木戸は、核心となる〈廃藩置県〉について、西郷以外の誰にも話すことはなかった。情況としても、維新回天の立役者が東京にそろい、薩長土の兵一万余が親兵として集結していた。

すでに木戸と西郷が〈廃藩置県〉について話し合ったとも知らず、欧州視察で近代化に目覚めた山県有朋が動いた。浜町の薩摩藩別邸に住んでいた西郷を、山県は外務大記野村靖と兵部大丞鳥尾小弥太の三人で訪れた。そのころの西郷は、フィラリアによる象皮病で、下肢や陰のうの浮腫を生じ、椅子に坐って応接することが多かった。暑い盛りで、西郷は薩摩絣の一重に白木綿の兵児帯《へこおび》姿だった。肥満のため汗をかきやすく、手拭をそばに置いていた。

書生がカルカンをそえた小皿と冷やした麦茶を運んでくると、

「国の菓子でごわす」と、微笑みながらすすめた。

山県は三人を代表して、現在の混乱を収めるために〈廃藩置県〉が必要なことを、汗をにじませながら話した。

「木戸さんのお考えはどげんなことでごわっそ」

西郷は、木戸と話したことなど、おくびにも出さない。それが西郷のすごさでもある。何も知らない山県は、

「井上が説得にあたっちょります」と答えた。

「木戸さんが賛成なら、おいに異論はごわはん」

「重大事ゆえ、極秘にお願いします。事によっては流血の事態にも」

「たしかに、そげなことも。親兵はそれを防ぐためでもごわっそ」

西郷はすべてを読み込みずみであるかのように、対応した。しかし、西郷は岩倉卿と大久保の考えを把握できていない。鹿児島は、島津久光を筆頭に封建制度に固執していて、簡単には動けなかった。

事情は木戸とて同様である。

何よりも岩倉卿が不気味である。その国家像が王政復古以来、曖昧《あいまい》なままなのだ。六月二十八日、新任のアメリカ公使デ・ロングが天皇に拝謁され、木戸も参列した。岩倉卿に国政の抜本改革について相談したが、言葉を濁したままだった。木戸は、もしかして大久保の意向を反映しているのではないかと推測し、不安な気持ちを短く日記に記した。

『制度変革論につき、岩倉卿はなお合点にいたらず。終始その末（諸省章程の制定）のみを論じ、今日も決定にいたらず。遷延してその機を失するを憂う。』

翌日、意を決した木戸は、岩倉卿の説得につとめる。

『過日来の議事がじつに遷延するを憂い、大いに岩倉卿と大論し、また三条公に機を誤らんことを責め、西郷へかさねて制度の主意を論じ、今日二時にいたりてようやくご決定なり。その調査を命じられし者は、大久保、大隈、佐々木、井上（民部少輔）、山県（兵部少輔）、福羽（神祇）、寺島（外務大輔）、後藤、江藤（最前より制度の係なり）等也。』

木戸は制度改革として漠然とした提案を心がけ、〈廃藩置県〉への変革を話していない。

神田の藩邸で杉孫七郎をまじえ、兵部省の実力者、山県狂介、山田顕義と情勢を話し合い、山田邸で鳥尾小弥太とも会った。鳥尾は奇兵隊の出身で、脱隊兵事件で功績があったので、木戸が東京へ呼び寄せたのだ。山県・山田・鳥尾の三人は、大村他界後の長州系軍人の中核を担っていた。

「廃藩は源頼朝以来の武家政治を解消することになる。これは天変地異にも等しい革命じゃと思う。お分かりと思うが、相当の覚悟がなければ、ひっくり返さ

れる」
木戸の視線は一点を凝視するかのようにすわってい
た。
「叛乱が起こるかもしれませんな」山県が覚悟をうな
がした。
「薩長二藩の力で正面突破を図るようなものじゃのう」
杉は長州脱隊兵事件でこりていたので、大きな兵力
を集結させておく必要性を強調した。
東京に集めた親兵を掌握しておかねば、大事を成就
することは難しい。〈廃藩置県〉が維新の本質的な革
命につながることを、三条・岩倉両卿でさえ危険視す
る可能性があった。木戸は、しばしの足踏みも我慢する。
七月一日には、イギリス留学から帰国した旧遊撃隊
の河瀬真孝《まさたか》や浮田八郎の訪問を受け、昔話に時を過ご
した。変事には、彼らもまた指揮官として部隊を率い
ることができる。腹心の三浦梧楼に、万一政変が起こ
った際の対応を指示した。
「廃藩に異議を唱える勢力が蜂起《ほうき》すれば、薩摩と協力
して鎮圧せねばならぬ」
「皇室の保護も必要でしょうか」
「近衛兵が創成されるまでは、手分して皇居をお守り
せねばのう」
木戸は非常事態に備えた。夜は後藤象二郎に会って、
土佐の協力を求めた。容堂公の信任厚い元土佐藩参政
は、坂本龍馬の「船中八策」を基に〈大政奉還〉の大
事を建言した人物でもある。
「今度は徳川幕府のみでなく、武士全体に特権や秩禄
を還せということになりそうじゃ」
木戸は〈廃藩置県〉を明言しなかったが、かなりき
わどい線まで踏み込んでいた。
「個人的には、武士にこだわらず、龍馬が企てたよう
に貿易や興業に手を染めてみたいと思うちょる」事実、
後藤は九州の炭鉱開発に乗り出していた。
「容堂公のお考えを知りたいのじゃが」
「ご隠居の身分ゆえ、本心は申されまい」
後藤の言葉の方が正しいと、木戸は思った。

翌日、贋金事件で黒田長知福岡県知事が免職になり、
有栖川宮に知事職を任命される。
藩邸へ毛利元徳公を訪ねると、そこには山田顕義と
鳥尾小弥太が来ていて、別室で意見を交換した。木戸
より一回り若い山田と鳥尾は四歳ちがいで、ほぼ同世

代の二人は話が合うらしく、故人となった大村益次郎を尊敬していた。

七月三日、帰国した山県に比べ、待遇のよくない山田顕義が来邸し、処遇について相談をうけた。機会があれば、山田も欧米視察に出すつもりだが、緊張した政局の渦中にある木戸は、陸軍の情勢把握に注意をうながした。

この日は長崎から出張中の長与専斎が訪ねてきて、大学東校の実状を話した。

「優秀な外国人教師を招き、医学校を医科大学校にしていかなければ、医師養成の遅れが生じますたい」

と、大学設置の遅れを危惧していた。

「ドイツ医学を根幹にすえる方針は決まった。おっしゃる通り、しばらくは、外国人を教師に招かねばなりませんな」木戸は当座の方針を話した。

「蘭医なら、これまでの経緯で招聘も容易なのでしょうが」

「青木家の婿養子がベルリンに留学中です。それとなく人選を頼んじょりますけ」

「山県さんは、陸軍の軍医総監に松本良順先生を据えるつもりらしい」

欧州視察の成果で、山県は陸軍の近代化を始動させていた。

「名医との評判は幕末から鳴り響いておったが、新撰組と親しかった御仁なので、ぼくは近づかぬことにしちょる」

暗に毒殺されてはかなわぬことを示唆していて、木戸は曇った顔をしていた。

山県は、陸軍の軍医養成が急務だと説明していたので、長与との思いは通じるのだろう。

七月四日、神田の藩邸に杉孫七郎を訪ね、中通あたりを二人で散歩した。木戸は、杉にも〈廃藩置県〉についてはっきりと説明していなかった。何といっても、杉は〈版籍奉還〉後、長州藩の参事を務めた人物で、廃藩に賛成するのか、それとなく意思を確かめようとした。

〈版籍奉還〉後の諸藩がいかに困っているのか、長州の場合を参考にして、聞きとった。

（やはり士族の授産が困難らしい）大きな課題を杉からも受け取った。（改革の速度を速めるためにも、中央集権により統一された政策施行が望まれる）確信に近い思いだった。

その夜、兵部大丞の鳥尾小弥太と外務大記の野村靖が山県有朋を訪れた。しばらく世間話をしていたが、話は国政の停滞におよび、その打開策として、〈廃藩置県〉しかないとの思いが、三人に確信として充ちてきたのである。

「これは、真の革命じゃのう」

慎重居士の山県が、珍しく過激な言葉をもらした。

「そうじゃのう。世の中がひっくりかえる」

鳥尾も同感だった。これまで彼らの国とは長州のことで、身体にしみついた思いは、〈版籍奉還〉でも変わらなかった。野村が感慨深かげに、

「ぼくは、木戸さんから、夢物語かも知れんけど、日本の国を一つにまとめるには、旧藩のしがらみから脱皮せにゃならんちゅう話を聞かされたことがある」と話した。

山県は二人の顔を交互に見やって、

「善は急げじゃ。木戸さんが参議になっちょる間にやりとげにゃならん。三人で木戸さんに話すより、この際は、まず井上さんに談じ、彼から木戸さんに諮《はか》るのがよいと思う」

軍人らしく、抜け駆けして、大きな勝負に敗北しない戦術をとった。

「同感じゃ。ぼくらは井上さんを説得する。山県さんは、西郷さんにかけあってくれんか」

野村は、山県が薩摩の人脈の中でも、とりわけ西郷兄弟に近いことを知っていた。

「分かった。じゃが、木戸さんの意見を聞いてからにせにゃいけん。早まると成るものもつぶれるからのう」

山県はやはり、慎重な姿勢を崩さなかった。

翌七月六日、鳥尾と野村は、井上を訪ねた。

「井上さん、ぼくらが今日話に来たんは、国家の大事のためじゃ。もし聴き届けられんかったら、刺し違えて死ぬつもりじゃし」

二人とも目を据え、こわばったままの表情で切りだしたから、驚いたのは井上である。

「いきなり、そげな勢いで何事じゃ。驚かせんでくれんか。儂《わし》の放蕩《ほうとう》をいさめに来たのじゃろうが」井上は、生死の境をくぐり抜けてきた男だけに、二人を落ち着かせて話を聞いた。

「ちがう。左様な軽い話じゃないですぞ」

鳥尾は相変わらず、思いつめた表情を崩さない。

「井上さん、国家の大事じゃと言うたじゃろうが」

野村も改めて念を押した。

するると、井上は何かひらめくものがあったと見え、両手をぱちりと拍《う》つと、

「そうか、国家の大事で刺し違えようとは、廃藩の事より外にあるまい」と問いかけ、二人が黙ったままうなずくのを目に入れ、

「実は、人知れず口外すべきか悩んでいたのじゃ」

と持論を語りはじめた。

「旧幕府から受け継いだ領土は八百万石に過ぎず、その収入を大蔵省で集めても、国費の出費に比べれば僅かにすぎず、貧乏世帯は首をくくらねばならぬまでに追い詰められちょる。この窮状を打破するには、廃藩して税収を国に一元化し、それから再配分するしかない。じゃが、これを実行すれば、旧藩がこぞって叛乱するかもしれんじゃろ。それで隠忍したまま口を閉じてきたのじゃ」

「なんじゃ、井上さんも同じ考えじゃったのか」

二人は、口裏を合わせたかのような意見の一致を悦びあった。そこから三人は、これまでの仲間として打ち解け、具体的な方策を話しあった。井上が木戸に話し、山県・鳥尾・野村が西郷・大久保を説得する役割分担を決めた。井上は早速、木戸に会って、鳥尾・野村の来訪と〈廃藩置県〉が急務であることを告げた。

木戸にとって〈廃藩置県〉こそ四民平等の近代社会を築く宿志の前提だったので、時節の到来を待っていたことを吐露した。その上で、木戸の最大の危惧が西郷の意中にあることを話した。

「国家の大事が成就するか否かは、西郷吉之助の胸一寸に懸かっている。賛同を得られれば、中央突破は可能じゃ。しかし、この話は極秘中の極秘で、長州の仲間にも、三条・岩倉両卿にも漏らしてはならん。西郷には、ぼくからも説得するが、長州の軍を代表する意味で、山県に頼もう」

木戸は、五月にアメリカ出張から帰朝したばかりながら、伊藤博文の名前を出さなかったのは意外だと、井上は思った。伊藤は岩倉卿への接近をはかっており、木戸に見抜かれていたのだろう。だが、少なくとも木戸と大筋で同じ方向性を確認でき、工作を早めることにした。西郷と差しで談合したことを木戸はあえて伏せ、第三者が歴史の証人として必要なことを、しっかり認識していたことが分かる。自らの功績よりも、国策として〈廃藩置県〉が成就することを優先させてい

たのだ。その日の日記には、次のように記している。

『今日、議員の権限を議し、明日より十一時より三時までを議事の時と定む。（中略）井上世外（聞多）と前途の事を議す。よって、山県が西郷の在所に向かう。山県狂助、西郷へ至る（説得するため）』

木戸は西郷との間で理解しあえていることを黙ったまま、下から必然的に湧き上がってくる意見に帰結するつもりだった。欧州視察から帰国したばかりの山県は、共に外遊した西郷従道を介して、兄の西郷吉之助に会うことができた。山県は西郷兄弟と親しい関係を保ち、政局に微妙に影響を及ぼす。木戸は、山県の立ち位置を知りぬいていたのか、絶妙な人づかいで、西郷吉之助との折衝役にしていた。山県も立場をわきまえていて、井上聞多を通じて西郷の意思を木戸に伝えた。

七月七日朝、井上は山県からの報告事項として、西郷の返答内容を伝えようと思い、木戸を訪ねた。あいにく木戸は中弁の江藤新平宅にいたので、井上は江藤宅まで行った。

江藤が〈廃藩置県〉に同意できる人物であることを、熟知していたが、機密保持のため、井上は木戸に玄関先まで出てもらった。

「西郷さんが合意されたそうです」

要件のみを伝えると、

「そうか、よかったのう。これは国の幸せじゃのう」

身体全体で喜びをあらわし、井上の両手を握って、その労をねぎらった。

木戸の溢れるようなよろこびは、その日の日記からも読み取れる。

『時に井上世外が今日余を訪う。西郷が断然同意の返答を聞き、大いに国家のために賀し、かつ前途の進歩もここにおいてより一層するを楽しめり。

余は三年前に大勢を察し、七百年にわたる封建の体制を一破し、郡県の名を与え、ゆくゆく天下の力を一にし、天下の人材を養育せんと欲し、百方苦心して同志中数名に談ずるも、快諾するもの一人に過ぎず。やむを得ず術を用い、策を施し、種々説いて、まず旧幕の朱印の列を廃し、朝廷へ封土を返上し、許不許はただ朝命に従い、大いに名分を正すべし、と。よってようやく薩摩の大久保らがこれに応じ、ついに版籍返還の挙にいたる。

しかして、世間はほぼ余より出るを察し、議論紛紜《ふんうん》、殺すべしの説も少なからず。長州藩中も多くは余を非難し、同志中もまた議論少なからず。はからずも今日にいたり、先年非するものもまた是となる。敵たるものも援軍となり、時勢の変遷はかりがたきものあり。

余のこの間の苦憂は自ずから筆頭につくすあたわず、今日いささか欣快《きんかい》の思いをなす。』

この日、西郷から正式に〈廃藩置県〉に同意するとの回答が来て、木戸の喜びが日記の行間に溢れんばかりである。

翌日、廟議が終わるのを待ちかねて、木戸は西郷を訪ね、確認の会談をすませる。

『十一時より議長席につく。政体論一定にいたらず。三時過ぎ退出、時に雨。西郷と対談し、大改革の事件数条を議定す。神田毛利邸にいたり、杉猿邨《えんそん》（孫七郎）とともに知事公に謁す。時勢につきいろいろご議論あり。過日の当職の御辞表・御建白書などを拝見し、覚えず感涙す。実に知事公（毛利元徳）のご進歩はありがたき事どもなり。しかるに山口藩の俗論の士は、いまだ、はなはだ少なからずと見るべきなり。』

西郷との合意を経て、木戸は、藩主毛利元徳に報告を兼ねて、重大事の承諾をえていた。

毛利父子はやはり叡君《えいくん》といえよう。藩主としての不利益よりも、新生日本の将来を大事に考えての英断である。

後に前原一誠が萩の乱を起こす際、木戸らが毛利家の封土を乗っ取ったとの意味で抗議するが、毛利公の叡慮《えいりょ》を知らぬ愚考にちがいない。

木戸は、山県を使者として西郷邸へ赴かせ、翌日の九段坂上自邸での会談を実現させる。

七月九日は嵐であった。折から台風が一晩中吹き荒れ、木戸は浅い眠りで夜明けを迎えた。

岩倉卿と大久保は表裏一体で動く。大久保は、かつて島津久光の側近として頭角を現した人物である。木戸から見れば、大久保は久光の影響下から完全には独立していず、事あるごとに気配りをしているように思える。再び木戸日記をひも解いてみよう。

『昨日来の風雨は今朝にいたり東風もっとも激しく、都下の破損は数うべからず。十時参朝。制度の議員不参多し。よって今日は延会。西郷もまた不参なり。

大久保らと大いに議論す。彼は過日来、解せざるところも、やや解するものあるに似たり。制度変革の事につき、みなその末を論じ、その本を論ずるもの少なし。よって確立することははなはだ困難なり。（中略）今夕、西郷兄弟（隆盛・従道）・大久保・大山巖・井上世外・山県素狂（有朋）ら集会し、この度の廃藩論の順序を論ず。知事免職の一条は、一般の知事が東京着のときに発令の期を合わせるなり。余ひそかに愚考するに、今日迅速に相発し、期限を決めて三百藩の知事に東京へ登るの命令を下すにしかずと。しかるときは、服せざるものにはおのずから断然の処置あり。天下諸藩の形勢を見るに足ると。諸氏も同意す。議論十二時におよび解散す。』

注目すべきは、薩長の有志のみで計画が練られたことである。土佐や肥前は蚊帳《かや》の外になる。三条・岩倉両卿へも内密のままだった。七月十日の日記には、

『八時参朝。西郷は不参。このたび改革の事件が一決の上は、制度もその上にて整うるにしかず。よって余は江藤中弁に三、五日制度の会議に出席せざる趣を告ぐ。

もっともこの度の事件は極秘なり。二時退出。ただちに大久保を訪い、西郷と相会し、大改革の一件につき、人選などの事をやや相議す。余は今日、来る十四日を発令の日と定む。』

極秘裏に計画は煮詰まっていく。大政奉還後の小御所会議よりも、さらに機密が保たれたクーデターともいえよう。さらに七月十一日の日記には、

『大久保より昨日の議論の先をなお談ずべきの件あり、十一時過ぎに来訪云々と申し来る。よって山県素狂へ託し、明日を約束し相議せんと希望す。（中略）時に山県が大久保・西郷に会見してきて、余の帰るを待ち、すでに帰宅せりという。よって余はまた山県へおもむく。十二時帰臥。今日、野村靖も来て建言す。数藩への建言書の草按を託す。』とある。

木戸は足下を固めると同時に、大久保の旗色を明確にさせることが必要だった。

七月十二日に至ると、

『八時参朝。西郷・大久保といよいよ着手の都合を密談す。たがいに異論ありといえども、かくのごとき大事件は十分意のごとくなる事ははなはだ困難なり。よってまずその大略を定め、相決す。細目はなお後日を待ちて議せんと欲す。ここにおいて、西郷とともに大臣公へこの事件を言上し、奏聞の上すみやかに許可あらんことを願う。

岩倉卿へは大久保とこのたびの次第を陳述す。もともと岩倉卿には事前に告げずとの論あり。しかるに卿もまた御一新以来の関係が大事なるゆえ、今日告げざるに忍びず。よって余はその事情を論じ、ついに大久保とこの次第を告ぐ。二時退出。三条公を訪うもいまだ帰館せず。よって余は岩倉邸におもむく。帰途、江藤に至り、大隈に会す。七時帰宅。』と記し、大久保への妥協として岩倉へ機密を告げた。

木戸から報告を受けた岩倉は平静を装っていたが、驚愕《きょうがく》し、当日に大久保へ手紙を出す。

『狼狽《ろうばい》急にそれぞれ手筈申し合わせたきため、三条邸へ出かけ候ことに候』と、岩倉卿から三条太政大臣へも伝わったことがわかる。さすがに、反対工作に暗躍することはしなかった。善意にとれば、天皇の宸裁《じんさい》を仰ぐには、三条大臣よりの上奏が必要になるからだ。

大久保も西郷が復帰し、木戸と同意である以上、岩倉と声をそろえることはできない。

七月十三日になると、すでに〈廃藩置県〉が事務官へ伝達されていることがわかる。

『九時参朝。明日発令の次第などを取調べ、坊城俊政大弁、田中不二麿中弁、岩谷修大史らと、諸官の退出後も居残りて相勤む。四時退出。神田毛利邸に至り、杉猿邨《えんそん》（孫七郎）を訪う。吉富樂水（簡一）と相会し、同車にて帰宅。』

〈廃藩置県〉は吉富にとって不利な変革となる。なぜなら、長州藩に貸し付けていた債務約五千石（年利百石に相当）が、諸藩の債務切り捨てにより、失われてしまうからだ。そのため吉富は一時、帰郷して実家の経済危機を再建しなくてはならなくなる。この後、木戸は吉富を気づかい岩倉使節団への同行を勧めたが断られ、井上聞多と先収社を経営し、実業界へ移って行く。旧藩主、同志や親友にも、不利益がおよぶことを承知しながら、身を切り、血を流す大改革への道に突き進むわけである。

七月十四日、ついに歴史に〈廃藩置県〉が刻まれる日が訪れる。長い日記なのだが、木戸の意思と苦悩を、日本人として知っておくことも大切だと思う。

『六時参朝。諸官中に小進退あり。大隈・板垣は参議に任じられ、大木は民部卿、井上は民部大輔、山県は兵部大輔、岩倉卿は外務卿へ任じられた。わが知事公・島津忠義・山内豊範・鍋島直大などへ、今日廃藩の令を発するにつき、勅語あり。徳川慶勝《よしかつ》・池田慶徳《よしのり》・細川護久《もりひさ》・蜂須賀茂韶《しげつぐ》の諸知事は改正の建言これありしにつき、別に勅語あり。みな小御所においてなり。大広間第《だい》へ二時に出御《しゅつぎょ》あり。五十六藩の知事を召し出され、廃藩の詔勅《しょうちょく》を仰せ出され、一同当官を免ぜられる。ここにおいて二百年の旧弊ようやくその形を改め、はじめてやや世界万国と対峙《たいじ》の基礎が定まるというべし。

余、御一新の際、京都の戦争より東北の戦までひきつづき、ようやく一年をへて天下平定するや、諸藩は藩々たがいに肩をくらべ、薩摩は長州を見、土佐は肥前をうかがい、おのおのみな日本内の事に着目し、遠く世界の大勢を一観し、世界万国に対立するの対策なし。かつ朝廷は微力にして、各藩各心、あるいは攘夷と云い、あるいは鎖国と云いあるいは開国と云う。今日これを統一する遠謀なくんば、天下の瓦解《がかい》は日に刻して待つべし。よって余は郡県の策を定め、三条公・岩倉公に建言す。決して行うべからずの言あり。またわずかの同志に相はかる。あるいは黙して語らず、あるいは難を期す。』

木戸は、ご一新の目的を明確にして、郡県制の導入を早くから建言をしていた。その実現のため、かなりの苦労をして、現実と妥協しながら政略を練った。

『故に、余はひとつの謀略を設け、今日の諸侯の封土はみな朝敵徳川より授与するの形にて、天子の璽章《じしょう》を見ず。ここにおいてますます大義の不正は明らかにして、名分は何をもって立つる天下なるやと、版籍奉還の説を主張し、薩摩を説き、それより土佐・肥前におよび、ついに朝廷に上奏せり。ここにおいてまた種々の議論が天下に満ち、世間に余を目ざして殺さんとするの説少なからず。同藩同志の士といえども危険をかもし、誹謗《ひぼう》を聞く日としてなきはなし。朝廷もこれを決することはなはだ困難なり。ついに六、七月にいたる。余また必死にこの事を尽すといえども、事ならずして害を受くるときは、かならず大事のならざるを憂い、進退出没、その機のよろしきをうかがう。もっとも心思を労せり。』

漸く〈版籍奉還〉を成就したが、世襲されるものと思っていて、積極的な封建制度打破に動かなかった。木戸の執念で世襲制を排除し、その一年後に、〈廃藩置県〉を成就させる。

『また先年余を敵視せるものも、かえって余の力を助け、知らず知らず宿志の達する時期にいたる。じつに人生の事は期すべかしかりといえども、今日大広間において主上が出御《しゅつぎょ》せられ、玉座の下にて大臣公が勅詔を敬読なされ、余らもまたその側に侍座《じざ》す。五十六藩の知事は平伏して勅語を拝聴す。余は思わず九年前に三条公が京師を避けられ、西山口・筑紫の間を漂歴なされしに、今日この盛事を補佐され、また顧みるに、山口知事公には五十六藩中にありてひとしく平伏拝聴す。じつにわが海山もおよばざる高恩をこうむりし主君なり。感情胸をふさぎ、知らずして涕涙《ているい》下る。世間では知事といえども大勢を知らず、今日も悟らず、一藩中の有志はなはだ苦心するもの少なからず。しかるにわが知事公はよく忠正公（毛利敬親）のご宿志を告げさせられ、朝廷を補佐し、天下を保安するのお志あつく、先日もそのため上書などもこれあり。じつに孝允らも不尽あるべからず。（後略）』感動的な記述である。

翌日、諸藩の過剰反応を心配して三条・岩倉両卿が議論を交わしていると、西郷が現れて、

「もし諸藩などにて異議など起こり候わば、兵をもって撃ちつぶすほかござりもはん」と、微動だにせず、黒く大きな双眸《そうぼう》に余裕の微笑みさえ浮かべていた。この時ほど、木戸は西郷の大きさを感じたことはない。薩長土三藩の親兵約一万が東京に集結していた。びくともしない態度で、歴史的な変革に対応した。あたかも大政奉還の小御所会議で、山内容堂の抗議を威圧したのと同様のかけひきだ。すでに公家の政治的な力は地におち、摂関制度の廃止と東京遷都により権力構造は崩され、廟堂に残る公卿は三条・岩倉の両卿のみになっている。

三条実美は太政官の主班となり、岩倉具視が右大臣に昇任した。それに反し、大納言だった徳大寺実則と嵯峨実愛《さねなる》も〈廃藩置県〉の当日に職を免じられた。〈版籍奉還〉後、小藩を中心に財政困難などで藩政が行き詰まり、廃藩の申し出が続いていた。大藩でも木戸日記にあるように、名古屋、鳥取、熊本、徳島の四藩が廃藩の建白書を提出していた。薩長土の三藩では、長州の毛利敬親が死の直前に建白書を遺した。

『おそれながら宸誓《しんせい》の実跡いまだことごとくは挙がらず、封建の余習いまだまったくは脱せず、ややもすれば朝威下に移り尾大ふるはざるの患これあり候。』書中の宸誓とは、五箇条の御誓文で、毛利元徳も敬親の志を生かすべく木戸を援けた。

また土佐藩も明治三年十二月の藩告で藩庁を〈民政司〉と改称し、実質的に県へ移行していた。木戸が山

内容堂公に親しく接し、正直に主意を告げたことも生かされた。

最後に残ったのが薩摩藩で、新政府は特別扱いを続け、重い石のような自己矛盾を抱えこんだままだった。〈廃藩置県〉が布告された後も、独立国家の様相を変えなかった。このことが西南戦争へと尾をひくことになる。

七

源頼朝が鎌倉に幕府を開いて以来、七百年近く続いた武家による封建制度が廃止される歴史的な日が訪れた。宮中へ二百六藩の大参事を召しだされ、天皇は大広間で廃藩の勅詔を仰せ出された。その後、知藩事の免職を通達される。

明治四年七月十五日のことだった。

〈廃藩置県〉が現実になると、各藩の大参事といえども動揺は隠せず、ひそひそと私語を交わしながら退散していく姿が印象的だった。〈廃藩置県〉は、源頼朝が鎌倉幕府を開き、全国に守護・地頭を任命して武家による封建制度を樹立した仕組みがついに崩された、歴史的な変革だった。長州藩邸もすでに毛利邸に呼び名が変わり、挨拶に訪れる木戸も新たな感慨を覚える。

素直に封建制度の廃止を受け入れるのか、旧長州藩にあっても一波乱ありそうな気配があった。木戸には再び暗殺の危険が迫っていた。ところが翌日、毛利元徳公が木戸邸を訪れ、驚くべき発言をされた。

「華士族を廃し、人民へ平均化すべきだと思うのじゃが、どうかのう」毛利公は開明的だ。

「お志はありがたいのでございまするが、華士族を一気に廃止すれば、叛乱が起こるのは火を見るよりも明らか。思いとどまっていただきとうございまする」

木戸は平伏して、諫止《かんし》した。

「そうか、わかった。じゃが、私の気持ちは、そなたの胸の奥にとどめておいてくれまいか」

「もったいなきお言葉、孝允、大切に預からせていただきとう存じまする」

二代にわたる叡君に仕える幸運を木戸は有難く思った。木戸にとっての叡君とは、徳川慶喜のような頭脳《ずのう》明晰《めいせき》な人物を指すのではない。ましてや織田信長のように英雄を気取る独裁者でもない。民の幸せのため黙々と田畑を耕す鈍牛のように、泥にまみれても一歩一歩あゆみ続ける人物かもしれない。

先日に続き、イギリス帰りの河瀬安四郎（真孝）が来て、終日話の華を咲かせた。

「〈廃藩置県〉は歴史的な快挙ですなぁ」

河瀬に絶賛され、いささか面はゆい思いをした。

「この後が大変じゃ、何しろ何百年もの間、武士は百姓から搾《しぼ》り取って、ただ飯を食らってきたわけじゃからのう」

「秩禄がなくなれば、皆、食っていくのが難しくなりましょうな」

「その分を国が保証しなければならぬ。問題は財源なのだよ」

「課題が山積みなら、優先順位が必要になりますのう」

「遠い将来を思えば教育と憲法かのう。直近の話になれば金がいる。禄を失う士族の糊口を養わねば、叛乱になる」

「欧米では、国事や法律を決める議会と行政を行う内閣、そうしたものを監査する裁判所の三権が分離独立していましたのう」

「そこなのじゃ。有司専制を廃さねば、まともな国にはならんじゃろう」

郡県制を推進するには、憲法と議会の制定が重要になるとの意見は二人に共通した。

そこへ工部省を取り仕切る山尾庸三も来て話に加わる。

「なんとしても殖産興業で国を富まし、税収を国家予算の柱にせにゃなりませんな」

山尾は、官営の工場建設や炭鉱・鉱山の開発を進めたがっていた。

この年、工部省に工部寮（のちの東京大学工学部）を立ち上げたばかりである。

河瀬は、産業革命後のイギリスの工業化の陰で生まれた社会問題を話題にし、

「新聞や雑誌などの公共性のある出版事業がこの国には赤子ほども育っていないですのう」そういって、昨年の新聞書二冊を木戸へ寄贈してくれた。

「ご一新前のことじゃが、長崎でジョセフ彦蔵という漂流者に会い、彦蔵が出版した〈海外新聞〉に注目したことがある」と話をすると、河瀬は、

「日本でも新聞社が必要ですのう」と応じた。

木戸は、昨年歳末に、神奈川県令井関盛良《もりとめ》が推奨し、印刷業の本木昌造らの協力で創刊された日刊紙「横浜

毎日新聞」のことを教えた。編集者は横浜運上所の翻訳官子安峻《こやすたかし》である。

ちなみに明治五年には「東京日日新聞」と「郵便報知新聞」が創刊される。昨年、木戸も「新聞雑誌」の刊行を支援し、新聞を啓蒙媒体として重視していた。〈廃藩置県〉は様々な波及効果を生んでいた。七月十七日、大学大丞の加藤弘之が来て、

「高等教育のために先進国に負けぬ国立大学を起こすのに、時を失うべきでないですぞ」と、その考えを強調する。

「医学校は長与が、工部学校は山尾が関心を抱いている。皆で協力して進めてくれんか」

木戸は、加藤ともその概要を話し合った。長与専斎の意見を汲んで、大学東校（のちの東京大学医学部）の変革を助言をした。翌日、太政官布告として神田の湯島聖堂内（昌平坂学問所跡）に文部省を新たに設け、江藤新平を大輔に任命する。文部卿は、民部省廃止にともない民部卿の大木喬任が横滑りした。これは岩倉卿の人事だが、木戸は大木とも親しく、見識を評価していたので容認した。国策として、近代的な教育制度・学制・師範学校の導入をはかることになる。次の日、長与専斎が来て、医学校の改革が喫緊《きっきん》の課題だと話すので、木戸は大木に話をするよう助言した。

医学教育は、オランダ医学かイギリス医学かで綱引きがあったものの、フルベッキの助言でドイツ医学導入へ舵を切っていた。だが、こみいった政治の駆け引きが背景にあった。

明治二年六月、新政府は教育行政の官庁として、のちの文部省にあたる大学校を設けた。さらに一月後、大学校の長官を大学別当とし、その配下に大監・少監・大丞・少丞を任官した。医官には大博士・中博士・少博士・大助教・中助教・少助教の職階を設けた。大学別当には松平春嶽が就任し、少丞に佐賀藩医相良知安と福井藩藩医岩佐純が任命された。相良と岩佐がフルベッキの助言を容れて、ドイツ医学導入に踏み切ったため、大きな政治対立を生じる。まず当初、大学別当には山内容堂が就任する予定が松平春嶽に変更されたため、後藤象二郎はじめ土佐藩首脳が怒りはじめた。春嶽は飾りで、大学頭取の実務は木戸の親友秋月種樹《たねたつ》が執りおこなっていた。同年十月、太政官はドイツ医学の採用を正式に決めた。その過程で薩長の確執が生

じたが、大村益次郎襲撃事件の後だけに、大久保は木戸へ譲歩せざるを得なかった。相良と岩佐は、下谷和泉橋通りの藤堂藩邸跡「医学校兼病院」で仕事を積み上げていった。

元来、幕府は蘭医ボードウィンを招聘《しょうへい》する予定だったが、戊辰戦争で薩摩軍医として活躍したイギリス人医師ウィリスを大久保・西郷は推していた。ところがドイツ医学導入に変更したため、ウィリスも辞職を余儀なくされた。相良らは、順天堂の佐藤尚中を大学東校の院長に迎えた。

失職したウィリスは、高額の年俸で、西郷により鹿児島病院兼医学校に招かれた。しかし、大久保・西郷・後藤の相良に対する憎しみは激しく、無実の罪で弾正台の官吏に逮捕され明治五年まで投獄されてしまう。

欧洲視察を終えた山県は、ドイツ兵制と軍医にドイツ医学の導入を模索していた。翌五年に、松本良順を軍医総監に招聘《しょうへい》。やがて岩倉使節に随行する長与専斎が、木戸の推薦もあって医務局長に就任し、保険医療制度の近代化に貢献する。

話が医学教育に飛んでしまったが、明治四年の夏は、〈廃藩置県〉にとどまらず、大変革の暑い季節になった。この日、珍しく大久保大蔵卿が来訪し、

「会計のことに暗く、当職を遂行するのは不安でごわす」と弱音をはいた。

西郷の復帰以来、大久保は参議に列していず、これまでのように岩倉・大久保枢軸の辣腕《らつわん》をふるえなかった。西郷と連立を組んだ木戸の政略が一時的ながら功を奏していた。大隈・井上・渋沢らの実務家に思うように動かれ、大久保は苦り切っているようだ。

「大局を把握し、実務は任せる方がうまくいくのではないじゃろか」と木戸は助言した。

それにしても、困っている時は木戸頼みで、うまく事が運ぶとすべて自分の手柄のような顔をする大久保は、少し虫がよすぎるように思われる。木戸は諸省の章程なども定め、論理的な政策決定をはかりたいと考える。

七月二十一日、岩倉卿はイギリス代理大使アダムスを訪ね、〈廃藩置県〉を断行したことを告げた。するとアダムスは、

「非常な英断ですね。すばらしいことだ」

と慶賀の意を表明し、さらに言葉を添え、

「ヨーロッパでは、これほどの短期間で、軍事力を使わずに革命的な変革はできないでしょう」と称賛した。

岩倉は、木戸から建言された際、あれほど拒否的な行動をしたにもかかわらず、まるで自分か遂行したかのように胸を張って、誇らしげに語った。

「大勢の封建領主が、天皇に封土を返還し、天皇が名実ともに日本国を治められる」

だが、宮廷にも大きな改革の波が押し寄せ、華族が政事にかかわることができなくなる。

宮廷の改革は西郷も意欲的で、木戸や大久保に相談の上、天皇の側近にしかるべく人物を登用する。公家では徳大寺実則《さねつね》を宮内省出仕とし、薩摩の吉井友実が宮内大丞に任命され、

宮内省と内廷の改革責任者になる。その結果、侍従も公家のみでなく、武士や華族のへだてなく選ばれるようになった。

七月二十二日、木戸は毛利邸を訪れ、過日、元徳公が平民になりたいと申し出たことに対して、あらためて、意見を述べた。

「ご主意はありがたきことでございますが、世間は、ご深意を悟らないのでは」

「そなたもそう思うか」

「率先されましても、諸侯の目を覚ますことができなければ、もったいなきことかと」

「わかった。じゃが與《よ》の気持ちは変わらぬ。このたびの大改革はこの国の形をかえようぞ。

勇気をもってまっとうするがよい」

「もったいなきお言葉、孝允、終生、胆に銘じおきまする」

木戸は心から平伏して、辞去した。毛利敬親といい、元徳といい、彼らの理解がなければ、木戸はとっくにこの世から抹殺されていたことだろう。翌日、木戸は岩倉を訪ね、中央集権国家として機能するために残された課題として、新政府と旧幕府に二分して戦った国内を、精神的にも一つにすることの大切さを訴えた。そのため幕臣や佐幕派諸藩の家臣を新政府に登用することを急がねばならなかった。象徴的な人事として、徳川慶喜の外務高官（外務卿）へ任用することを提案した。結果的に、徳川慶喜は新政府に加わらなかったが、有能な多くの幕臣が任用される。

七月二十四日、西郷・木戸体制になってから、木戸が推薦した人材も各省庁に入りやすくなる。河瀬安四

郎は工部少輔に、山尾庸三と井上弥吉（勝）は工部大丞に任命された。鉄道建設や鉱山開発などが、欧米帰国者により指導されるようになり、文明開化路線が進捗《しんちょく》する。こうした中、旧長州藩士の中で妬《ねた》みや中傷が頻発し、それが木戸への不満として跳ね返ってきた。前原一誠をはじめ、長州に残った者たちの中に、今回の〈廃藩置県〉を逆恨みしているものが多数いることを、木戸は知っていた。『燕雀安《えんじゃくいずく》んぞ鴻鵠《こうこく》の志を知らんや』の心境である。

七月二十五日、夕刻に延遼館で天皇主催の御雇外国人歓迎会が開かれた。

客人はアメリカ人ホーレス・ケプロンら三名である。ケプロンは医師の息子ながら南北戦争に志願兵として参戦し、合衆国の農務局長を勤めていた。明治四年一月から五月まで欧米視察旅行に出かけていた北海道開拓次官の黒田清隆に懇願され、来日したばかりである。開拓使御雇教師頭取兼開拓顧問という厳めしい肩書がついているが、いたって気さくな人物である。日本側からは、三条・岩倉両大臣、木戸・板垣・大隈の参議、大木民部卿、寺島外務大輔、東久世開拓長官、黒田清隆開拓使次官その他が同席した。

ケプロンはしきりに北海道の現状について質問し、仕事に熱心そうな人物だった。

その後、八月十三日になり黒田は木戸邸を訪れ、北海道開拓の具体的な計画を語り、ケプロンの意見を詳細に建言する。その上で予算の増額のため木戸の支援を求めた。黒田は、帰国に際し、アメリカからリンゴの苗木を輸入し、東京の青山官園に試験植栽をさせた。三年後には、内務省勧業寮を通じて、全国に苗木が配布される。明治八年に青森県庁へ送られた三本の苗木が五年後に結実し、「青森リンゴ」のはじまりになる。

ちなみにケプロンは、四年間の在日期間中に北海道開拓を多岐にわたり推進する。その内容は道路建設、鉱山開発、酪農や麦栽培の促進、札幌農学校開設準備、缶詰工場建設の提言など、北海道開拓に大きく貢献する。「青森リンゴ」の場合も、元弘前藩士菊池楯衛《たてえ》が北海道開拓使農場で習得した接木法で、苗木の大量植栽を可能にする。菊池は弘前城に染井吉野を同じ接木で植え、北国の民の幸せに寄与する。

そうした地道な努力をよそに、七月末、政府は民部省を廃止し、大蔵省と合併。大久保大蔵卿の権限拡大である。またしても、高級官僚の利権争いがはじまっていた。

八月二日、イギリス代理公使アダムスと書記官サトウが、前オーストリア公使を案内して参朝し、天皇に拝謁した。木戸も列席する。欧米諸国との外交も、〈廃藩置県〉を無血革命として理解する外交官の称賛をえていた。

岩倉外務卿は、木戸が徳川慶喜の外務省出仕を建策しても、その席を譲ろうとしない。

「小癪《こしゃく》なやつめ」と口にはださないが、木戸に一物をもつ。大隈重信の献策により、欧米使節団派遣が浮上し、岩倉自ら全権大使たらんと望んでいたためでもある。

八月六日、背が高く馬のように長い顔をした陸奥陽之助が姿を見せた。去年、欧米へ遊歴の旅に出て、つい最近帰国したばかりだが、木戸の推薦で神奈川県知事に内定していた。

木戸は、欧米の文明に触れた若者たちが志士の魂を失っていないことを願う。行政の実務も山積していて、〈廃藩置県〉によりさらに難問が急増する。時間を要すものばかりだが、この日、木戸は元大藩を分割し、二ないし三県にする案を提案する。西郷参議も賛成し、同僚へ根回ししてくれた。

八月十日、由利公正東京府知事を訪ね、治安のためポリスを置く案について相談する。

由利は、御一新の年に五箇条の御誓文や政体書を作る作業を共にした懐かしい友である。太政官札発行に失敗して、帰国していたが、今年から東京府知事として復帰していた。三年間の様々な情勢について語り合った。

翌日、帰国早々に神奈川県知事に任命される陸奥陽之助が挨拶に来た。

「坂本さんに教わったことをいかせたらええのじゃが、力不足ゆえ、おねがいします」

「横浜は長崎に似ている。外人相手の仕事も多い。それに海洋国家を目指すには、横浜が拠点になる。思う存分、腕前を発揮なされよ」

木戸は、龍馬の亀山社中ことに海援隊の面々を、維新後、懇切に助けた。陸奥は坂本龍馬の片腕だっただけあり、なかなか実力のある男だった。

この日、代々木の斎藤山荘におもむき、周辺の土地を見てまわる。二代目斎藤弥九郎とともに四郎之助と五郎之助が案内した。鉱山司が鉱山寮になり四郎之助も東京勤務に変わっていた。この日は篤信翁が、江川家総代の柏木総蔵も山荘に招いていたので、木戸にとっては懐かしい人々に囲まれての憩いの日になった。

柏木惣蔵は、〈廃藩置県〉後の江川家と家臣団の生活をどのようにしていけばよいのか、かなり深刻な相談を持ちこむ。

「ここだけの話じゃが、県政と藩政はちがったものになる。お殿様と上士のみで政治を行う時代は終わるはず」木戸は〈廃藩置県〉が劇的な社会変化を生むことを示唆した。

「ところで、誰が知事を選ぶのですかな」

柏木の質問はもっともだった。

「欧米のように民が選ぶようになるには、まだ十年はかかるじゃろう」

核心をつく質問に、木戸はしっかり答えることができなかった。柏木はそれ以上訊ねる野暮はせず、江川太郎左衛門（英武）の話をした。

「英武さまは洋行を希望しておられましてのう、何かよい手づるがないものか、思案しておりました」

「それはよい考えですのう。洋行するのなら、若いときがよい」

木戸は、自分に言い聞かせているようだった。

「三日後に御宅へお訪ねするつもりだとか申しておりましたが」

「かまいませぬぞ」

江川英武は〈廃藩置県〉後、韮山県令になったが、十一月には足柄県に編入され、辞任を余儀なくされる。ちなみに柏木惣蔵は、その後、足柄県参事となり、のちに県権令を経て明治五年九月には県令となり、九年に足柄県が廃止されるまで勤める。翌日、山県狂介が木戸邸へ来話。堀端にある山県の住居からだと歩いて数町の近さだ。ポリス設置の件や、海軍の件で相談にのった。

「幕末に江戸市中を巡察しちょった庄内藩配下の新徴《しんちょう》組をご存知ですか」

「知っちょる。清川八郎の流れをくみ、新撰組とは兄弟みたいなものじゃった。それがどうかしたのか」

「東京の治安が悪いので、由利さんが巡査をもっと充実したいと申すので」

「外国のポリスのことじゃな。軍隊とは別ものじゃろう」

「そうなんです。弾正台が力を持ちすぎると、これも問題になりますな」

「いずれも薩摩の権力がためじゃのう。海軍も薩摩と肥前が牛耳れば、悩ましいのう」

木戸は、自由になりたいと願いながら、山県からも縛りを入れられていた。

八月十三日、斎藤弥九郎と肥田浜五郎が来て、韮山県知事江川太郎左衛門が洋行を希望していることを正式に伝えた。木戸は考慮することを約束した。ちなみに江川英武は、岩倉使節団に随行し、そのまま兵部省の留学生として八年間在米生活をする。帰国後は内務省と大蔵省に出仕する。

この日、陸奥神奈川県知事も来て、神奈川県の改革について相談した。横浜港の整備だけでなく、横須賀の造船場建設や港湾開発が急務だとの認識で一致する。建設費用は悲しいかな乏しく、下手をすると画餅《がべい》になりかねなかった。ただ建設中の富岡製糸場の木骨煉瓦建築に、横須賀造船場のお雇い外国人オーギュスト・バスチャンが、設計や煉瓦の製造から積み上げ工事に指導的な働きをはたしていた。

夕刻には、毛利元徳公よりお招きがあり、屋敷へうかがうと、元因州知事と元備前知事の両池田侯がお出でになっていた。木戸は、〈廃藩置県〉で協力をいただいことに感謝を述べた。お叱りを受けるかと思いきや、よき理解者たちで安堵《あんど》した。

八月十四日、東京の市街を測量し、都市計画を漸進させようと試みる由利公正東京府知事の相談に乗った。この時は、まだ具体的に都市として制度設計はできなかったのだが、翌年、思いがけぬ災害から、東京府知事はそれを活用することになる。

明治五年の新橋・銀座・築地をふくむ東京大火災である。木戸らが欧米視察中、由利東京府知事は災害復興に際し、銀座赤レンガ街などの都市計画を採りいれる。大阪造幣寮の建設に貢献した御雇外国人の建築技師ウォートルスに銀座赤レンガ街を建設させる。ウォートルスを紹介したのは、井上聞多と渋沢栄一だった。

八月十五日、参議就任後はさすがに多忙な日が続いていた。

(今宵は中秋の月を仰げるのじゃろうか)参議として多忙な木戸を気の毒に思ったのか、箱根の湯治から帰った山内容堂公が月見に招いてくれた。(中秋の名月を観ようと箱根芦の湖に舟を手配したのは、二年前のことだったか)松子を伴ったのに天候が悪く失望させた思い出が、ほろ苦くよみがえった。（留守居をする松子には、相すまぬが）そう思いつつ、木戸は杉孫七郎を誘って、今戸の容堂公別荘へおもむいた。案内されて舟で墨水を渡り、「花屋敷」（向島花園）に着いた。「花屋敷」は、秋の七草、ことに萩の花が盛りで目を慰めてくれる。隅田川の堤上に宴席が設けられていて、容堂公に温かく迎えられた。久しぶりの再会で、木戸は〈廃藩置県〉が成就したことへのお礼を申しのべた。酒をくみ、話は弾んだが、あいにくの曇り空で、点燈のころ別荘にひきあげた。移動する舟を降りるとき、雲間にわずかな月が見えた。（花は盛りに月は隈なきをのみ見るものかは）木戸は、負け惜しみに、兼好法師の「徒然草」を思い出していた。十一時ころ辞去し舟で両国橋まで帰った。木戸と山内容堂公は互いに通じ合える風流の道があり、維新後は親子のような親近感さえあった。

〈廃藩置県〉が日本の封建制度を根底から変革しつつあったころ、外交面では近隣諸国との交渉がようやく動きはじめていた。これより先、明治四年五月には、外務卿副島種臣が樺太の国境交渉のため箱館に派遣され、この七月には大蔵卿伊達宗城は清国に赴き日清修交条約を結んだ。だが、かんじんな欧米列強との不平等条約は手つかずで、貿易収支を改善するためにも、その改正を急務としていた。和親条約では、片務的な最恵国条款《じょうかん》を許していて、通商条約では領事裁判権が規定され、関税自主権を失っていたため、旧幕府以来、不利益を甘んじていたのである。

だが、黙ったまま指をくわえていたのではない。条約改正のため、国内法の整備を進め、三年十二月には新律綱領を制定した。加えて、明治五年五月二十九日以降に、アメリカとオランダとの条約改正の一年前通告が可能になるため、外務省は準備に入っていた。同時に、先進国の現地視察により、近代国家への道程を明確にし、国力を高めることが、不平等を克服する有力な道筋であることも、木戸には早くから理解できていた。

八月には武士の脱刀や散髪も許され、華族から平民まで諸階級間の通婚も自由になる。さらに「穢多《えた》・非人等の称廃され候条、自今身分職業とも、平民同様たるべきこと。」との布告が戸籍掛頭の田中光顕《みつあき》より出される。パンドラの箱が開かれた。堰《せき》を切ったように平等化、自由化政策が打ち出され、文明開化へ一歩前進したかに見えたが、逆に改革の副作用が大きな社会問題を発生する。藩境に阻まれていた移動もおおむね自由になり、都市への人口流入が始まる。そうした社会状況を「新聞雑誌」という木戸の発案で創刊された民衆啓蒙の新聞が報じている。たとえば、散髪についての俗謡が有名になる。

半髪頭をたたいてみれば、因循姑息《いんじゅんこそく》の音がする
惣髪頭をたたいてみれば、王政復古の音がする
じゃんぎり頭をたたいてみれば、文明開化の音がする

「新聞雑誌」は政府批判もよしとした。創刊準備は一年前の明治三年だ。木戸が長州藩の蔵版局知事山県篤蔵を東京に招き、千円の出資金を渡して発行準備をさせた。アメリカ彦蔵の「海外新聞」を参考にしたともいわれている。明治四年五月の創刊号は一万部近く売れ、六月の第三号は三万部が刷られ、大好評だった。日田出身の書家長三州（大学少丞）や杉山孝敏（権少史）らが在官のまま編集を手伝っていた。短期間、西本願寺の高僧島地黙雷も編集に加わった。

その「新聞雑誌」に、政府による欧米使節団の派遣が掲載される。大隈重信による遣欧使節派遣提案が八月二十日の廟議であったからだ。条約改正のため欧米をまわり、先進文明を調査する使節団、いわゆる「聘門《へいもん》の礼」の使節となる議案である。大隈へ助言したのは、佐賀時代の師フルベッキである。彼は東京に招かれ、開成学校の教師を務めていた。フルベッキの近代化提言を翻訳した大隈が、七月に外務卿就任した岩倉へ見せたことから、欧米使節団が具体化する。

ところが、この時点からさまざまな思惑が絡みあって、難航する。参議兼大蔵大輔の大隈が全権使節に就任すれば、欽差《きんさ》大臣としての桧舞台を提供することになる。大久保には許し難いことで、猛烈に反対した。それでなくとも岩倉が佐賀藩を優遇することに、大久保は気づいていた。噂では貧乏公卿だった岩倉家の財政を、佐賀藩主鍋島閑叟が援助したらしい。

大久保とは阿吽《あうん》の呼吸で、佐賀出身者を時局に応じて登用している。版籍奉還後には副島種臣を参議に据え、この度の人事では大木喬任を民部卿さらには文部卿に任命した。これは異例の抜擢《ばってき》人事である。

大隈や江藤は同じ佐賀出身でも、それなりに苦労をしながら階段を上っている。その大隈と土佐の板垣が

〈廃藩置県〉断行の日に参議に任命されていた。大久保は、大隈の優秀さを木戸派の人材として意識していたので、自分が代わりに洋行すると言いだす。このあたりから、官僚臭の漂う駆け引きが漂い始める。そのため、外務卿の岩倉具視が自ら全権大使を務めることになる。次の段階である、副使の人選でもめた。薩長土肥の派閥が利害をむき出しにしたため、均衡をとるための工作が横行した。

参議の西郷と板垣は、〈廃藩置県〉の直後で、内政に課題が山積しているため、廟堂の首脳がそろって海外へ出ることに反対した。これは一面の正論で、大久保も木戸も後ろめたい気持ちを隠しておかねばならなかった。大久保の心配は、木戸を残すことで三条・木戸枢軸が形成され、これまでの力関係が逆転する危惧にあった。幸い、政争を好まない木戸は、若いころから欧米への洋行を念願にしていた。

「木戸は、誘えば喜んで同行するはずである」

岩倉卿はためらいなく助言した。

「木戸を外に出しておけば安全じゃ、ということでごわっそ」

大久保は、岩倉卿と顔を見合わせて、にやりと笑みをもらした。西郷との友情を、このころはまだ過信していたようである。

大久保・木戸と並んで使節団を組めば、当然、代表に岩倉卿の出馬を願わねばならなかった。岩倉卿は、外務卿として自らと木戸の洋行を是とした。天性の政略家なのだ。

実のところ、大隈の建議より前に、天皇が浜離宮延遼館へ行幸された八月十八日に、木戸は大久保に洋行の希望を話し、岩倉卿にはかねてから渡欧を働きかけていたのだった。念願の〈廃藩置県〉も思ったより順調に進み、政界引退を望む木戸は、すでに自らの後継者を育てるつもりで、後輩の支援を続けていた。伊藤博文もその一人で、副使に推薦した。

伊藤は前年秋に貨幣制度の調査目的で渡米し、この六月に帰国したばかりで、アメリカの事情に明るいことを買われた。薩長土肥の均衡を保つため、佐賀からは敵のいない外務少輔の山口尚芳が副使に選ばれた。彼もフルベッキに英語を学んでいて、大隈の弟分にあたる人材だった。大隈の代理派遣というのが適切なところだろう。だが三首脳が国外に出ることは、参議の西郷と板垣が反対し、三条卿も木戸の残留を希望した。

木戸にとって、欧米視察は若いころからの念願であり、簡単には諦められなかった。人選は九月中旬を過ぎても決まらず、木戸は西郷を訪ね、了承を求め、西郷と板垣が三条卿を補佐することで留守政府の内政処理を頼んだ。九月二九日、正副の大使が正式に決まった。副使が内定すると、木戸は連日のように外務省へ行き、不平等条約の調査を重ねた。

八月に断髪してザンギリ頭も身についていたが、欧米歴訪に際して、少年のような期待と不安で、宙を歩くような日々を過ごしがちだった。ガイドブックも携帯用の辞書もない時代で、頼りは洋行体験者と通訳たちである。木戸は、イギリス留学の経験がある山尾庸三や井上勝から話を聞き参考にした。

十月には横浜の外国人街へ出かけ、礼装一式をはじめ洋服や旅行鞄や靴などをそろえた。

その都度、松子から助言をもらうのだが、彼女とて洋装には不慣れで、高輪南町へ転居した伊藤邸へ出かけては、梅子夫人からあれこれ情報を得てくるようだった。伊藤は、神戸から父十蔵と母琴子夫婦を呼び寄せ、次女生子の三世代が広い屋敷に暮らしていた。長州ファイブとしてのイギリス留学に続いて、昨年十一月からこの年五月まで、アメリカ視察に出張していた。随員は芳川顕正《あきまさ》（徳島藩出身の大蔵官僚、のちの内相）や福地源一郎ら二十一名だった。彼らは、アメリカの理財関係の法令や国債、紙幣発行や為替、貿易、貨幣鋳造などの調査を行い、金本位制を提唱した。

「梅子さんもがんばってはるな」

松子は、伊藤家の内情をさりげなく木戸へ話すことがある。

「家を護るのは、どこも大変じゃろ」

「洋行帰りの伊藤さんが洋式の生活に傾くばかしやし、御両親が屋敷内で別居を望まれたとか。梅子さんは、自分に責任があるのやないかと、思わはったらしいえ」

「国の文明開化を象徴しているな。これまでの家族がおおきく変わる前兆かもしれん」

「二年前、神戸で長女の貞子ちゃんが亡くなった悲しみを背負ったままやし、気の毒やな」

「皆、火宅の人じゃ。国の大事に追われちょる。松子にもすまんと思っちょる」

「いいえ、うちは幸せどすぇ」

「昨年、伊藤は養子をもらった。井上聞多の兄の子で勇吉という赤子じゃ。いずれ山口から引き取って、ゆくゆくは生子ちゃんと夫婦《みょうと》にするつもりらしい」

「へぇー、そうなんや。あなたが、正二郎を養子にしたのに習ったのやろか」

「さあ、どうじゃろう」

木戸は、洋行の準備に忙しくしていたが、留守にする松子ら家内のことも気がかりだった。

岩倉大使は、儀礼の場での正装として衣冠か烏帽子《えぼし》に小直衣《このうし》を着用するつもりでいた。

随員は大幅に増え、その人選には様々な噂が尾ひれつきで飛び交った。内紛が続いた兵部省では、山田大丞の使節団参加が内定すると、陸軍少将兼任を命じられ、八月には前原一誠の後任として、帰国後まもない山県有朋が兵部大輔に任命された。

その一方で、近代化への営みは工部省を中心に着実に進んでいた。八月末、工部省で活躍をはじめた井上勝から手紙が届き、木戸や杉らを蒸気車の試乗に招きたいとのことだった。

木戸は、この機会を利用して、横浜で歯の治療をすることにした。幕末の横浜には、アメリカからヘボンやシモンズなどの医師や、イーストレーキやエリオットなどの優秀な歯科医が来日していた。

日本歯科界の大恩人ウィリアム・クラーク・イーストレーキは、万延元年に横浜へ来日し、近代歯科を伝えたが、短期滞在で香港へ移り、明治元年に再来したが、翌年、助手の長谷川保兵衛を伴い、ドイツへ渡り開業した。そのため木戸は治療を受ける機会がなかった。三度目の来日は明治十四年で、木戸はこの世にいなかったが、築地明石町に永住し、多くの日本人歯科医を育て、治療に貢献する。そうした経緯で、木戸とイーストレーキの出逢いはなかったが、エリオットの診療を受けることになる。

蒸気車は川崎から横浜まで開通していたが、雨で線路が崩れ、神奈川から乗ることになった。山尾庸三、佐畑健介と神奈川で会い、横浜に向かう。

九月一日、木戸は医師シモンズから歯科医師のエリオットを紹介してもらった。この日は、毛利元徳公の受診に付き添ったものである。エリオットは、木戸より五歳年下なのだが、日本人にくらべて大人びて見えた。話していると、父親は和田の父と同じ眼科医で、エリオットは南北戦争に参戦し、終戦後に医師として開業したらしい。ところが伯父にあたるブラウンがへボンと共に日本で活躍していたため、東洋への関心をつのらせた。ブラウンの助言でフィラデルフィアの歯科医学校に再入学し、歯科医師の資格をとり、横浜へ来航した。すでにイーストレーキが日本から去った後だったため、居留地の外国人たちにくどかれ、横浜で開業したという。その後、日本人の治療もするようになり、木戸孝允や西郷従道が治療を受けることになった。

医師近藤良薫の門下生小幡英之助は、近藤がシモンズの弟子だったことから、エリオットに紹介され、日本人初の歯科医となる。小幡は中津の出身で、叔父で慶応義塾の塾長だった小幡篤次郎を頼って、明治二年に上京し慶応義塾に入っていた。それから三年後、横浜に出た。

福沢家の家庭医でもあり、横浜十全病院の医師シモンズのもとで働く新進気鋭の洋医、近藤良薫の家に住み込んで外科修業をした。その時、近藤は英之助の器用さを見込み、日本人には未知の領域歯科医学をエリオットに学ぶように勧める。

一方、長与専斎らの努力で明治七年に「医制」が布告され、新たに開業する者は、物理学・化学・解剖学・生理学・病理学・薬剤学・内科・外科学の大意の試験をうけることになる。

別に産科・眼科・口中科などをもって開業しようとする者は、その局所に関する解剖生理学・病理学の大意と手術について試験される。

小幡英之助は、歯科が口中科とは異なるとして、一人だけ歯科の試験を受け、東京医学校校長長与専斎、陸軍軍医石黒忠悳《ただのり》、医学部長三宅秀《いずる》ら試験官を感動させる。後日、小幡英之助は京橋区采女《うねめ》町の医師隈川宗悦医院の二階で、日本初の歯科診療所を開業。朝野の貴紳《きしん》が来院し、その中に木戸孝允の姿も見られる。

九月三日、木戸は山尾庸三、陸奥陽之助と共に、フランス公使ウートリーを訪ねた。その後、山尾に通訳を頼み、エリオットの診療所で歯凹に金塊を埋める治療を受けた。

一時過ぎより、陸奥、山尾と鉄道に乗り川崎に行き、それから伊藤俊輔の高輪南町に新築した屋敷を訪れた。地勢といい、風景といい、仲間内では一番の邸宅だと、木戸はほめた。

伊藤の得意気な顔が印象的だった。伊藤と高輪の毛利邸へ行くと、大隈、井上（聞多）も来ていて、欧米視察団の話をする。随行する者たちの人選について、木戸は意見を聞き、具体的には伊藤を窓口にする方針を告げた。木戸はさらに井上勝の宅も訪ねる。井上勝は旧幕臣の優秀な人材を使節団に加えるべきだと、貴重な助言をくれた。開明派とよばれる人々の連帯を強めなければ、保守勢力に各個撃破でつぶされるにちがいない。

九月十一日、三浦梧楼と連れ立って伊藤博文を訪ねた。梅子夫人の帯祝の日で、大隈、山尾、山口等数客が在席していた。翌日、木戸は伊藤博文と後藤象二郎を訪ね、欧米使節団派遣について相談した。留守政府で西郷主導になった場合、抑制役あるいは調停役が必要になり、後藤を頼りにしたわけである。その後、山田顕義の宅へ行く。山田を使節団に加え、兵部省での山県との対立を避ける目論みもあった。その夜は、料亭に在京の主だった長州人を集め、あらためて結束をはかった。三好軍太郎（重臣）や野村靖などの顔も見られた。

その一方で、留守にする国内の情勢は、極めて流動的だった。この日も山口県大小参事などの書状が到来したが、〈廃藩置県〉により、再び不安定になった山口県下の状況が記されていた。木戸は丁寧に〈廃藩置県〉の趣旨を書き送った。

九月十三日、岩倉卿を訪ね、欧米視察のことなどを話し合った。視察の目的が大義のあるものであり、かつ巨費に見合う収穫を得られるべく、団員の使命感や意識を高める必要があった。安易な人選をしないよう意見交換をした。過日来、欧米使節団派遣について紛糾し、西郷も大変苦心していた。

九月十九日、木戸は西郷を訪ね、これまでの成り行きを話した。西郷から話を聞いたのか、大隈と板垣が木戸を訪ねて来た。木戸は将来について意見を述べた。使節団派遣が内定している段階での留守政府の運営について、双方からの課題が話し合われた。加えて、天長節（九月二十二日）の御親兵巡見行事などの打ち合わせもした。

天長節は快晴で、木戸は皇居へ向かった。天顔を拝し、太政官第《だじょうかんだい》で祝酒を賜り、大隈・板垣とともに供奉した。天皇は御郭外に整列する御親兵を巡見された。延遼閣で各国公使の接待があり、三条太政大臣、岩倉外務卿と木戸・大隈らが列席した。

九月二十三日、招魂場の祭礼があり、京都の上鴨神社にならった競馬が催され、大勢の来客が木戸邸へも訪れた。その中には、毛利元徳公、鍋島侯、蜂須賀侯などの姿もあった。

その晩、江藤新平宅で木戸は福羽美静らと会い、仏教の宗派・寺院・僧侶などのありかたについて話し合った。国家神道との折り合いが難しいことを再認識した。いずれにせよ、国民のすべてに神道を強制することには、賛成しかねた。

その足で鍋島侯を訪れ、在席された毛利公と蜂須賀侯、大木、大隈などと意見交換をした。

〈廃藩置県〉により、藩より支給されていた武士の秩禄がなくなり、生活に困窮するものたちをどうするのか、大名貸しなど多額の藩財政の負債を誰が支払うのか、新しく任命された知事が失政を行った場合、政府はいかに責任をとるのか、などといった難題が山積していた。

九月二十四日、木戸は、フランス公使と会見の約束があり、大隈と同車して訪問する。寺島も同席し、昼食をしながら、旧幕府から継承する横須賀造船所のことや、岩倉使節団のフランス訪問などについて話し合った。休む間もなく木戸は、大阪府大参事に任命された渡辺昇宅を訪れ、兄の福岡県参事渡辺清や京都府松田大参事をまじえ、京阪の府政を中央政府と有機的に結びつける方策を諮《はか》った。京都府権参事の槇村正直の役割を重視し、この九月から転出する松田の後任として、大参事に昇進させることにした。ちなみに槇村は、八年七月に京都府権知事、十一年一月に同知事を務める。〈廃藩置県〉により東京への中央集権化が進めば進むほど、対極として京都・大阪の重要性が増すはずである。木戸の期待に応えて槇村は京都復興に貢献するが、反面、小野組転籍事件などの不祥事を起こす。

その日は、関西の地盤沈下を防ぐ必要性を、出席者のすべてが共有していた。木戸は、京都で進められている復興事業や大村益次郎が大阪に遺した兵部省の諸機関も支援するように要望した。

九月二十五日、朝から木戸は三条・岩倉両卿を訪ね、欧米使節団派遣の最後のつめをした。

その後、岩倉・大久保・伊藤・山口らと洋行の手順・旅程・人選などを話し合った。視察へ胸をふくらませる一方で、木戸は悲しむべき報告を受ける。

肺結核でインドへの転地療養前に死去した鉄道技師モレルの後を追い、悲しみのあまり妻も、九月十三日に発狂して亡くなったとのことだ。木戸は日本のために貢献したモレル夫妻に弔意を表す。親日家で二十日程前、木戸らが横浜で汽車に試乗したときも、駅まで見送ってくれた。その時の笑顔が忘れられない。

翌日、団子坂で菊を見て上野端の「氷月亭」に行き小憩した。団子坂一帯は、染井村と同様、植木職人が多く、秋には菊見の催しを江戸の昔から開いていた。少し年が下るが、明治の文豪森鷗外や夏目漱石がよく散策した坂道でもある。

前日、上野の藤堂別邸を購入したので、片岡源馬と平岡通義を伴って見に行った。帰り途、木戸は外遊が決まったので、奥原晴湖宅へ挨拶に訪れた。驚いたことに、晴湖も、女性ながら髪を西洋の婦人のように短く切っていた。当初は、西洋かぶれとの揶揄《やゆ》に堪えられず、すぐに復すものとばかり思っていたが、そのままで同行した片岡と平岡を驚かした。洋の東西を問わず、妙齢の婦人が髪を切ることの心理を木戸は理解していなかった。ところが、青甫からそのことを伝え聞いた松子が、ある夜、思いがけないことを口にした。

「晴湖はん、どないしはったのやろか。髪を切らはったとか、失恋でもしはったのかなぁ」

木戸は一瞬、ドキリとしたが、話をつくろった。

「男まさりじゃから、断髪をためらう男どもに見せしめをしたのとちがうか」

とはいったものの、胸に手をあててみると、晴湖との守られなかった約束が甦った。木戸は、晴湖を京都遊覧に誘い、蒸気船で神戸まで往復することを承諾させていた。晴湖はとても楽しみにしていたらしい。「奥原晴湖伝」を編纂した稲村梁坪の日記（明治四年二月一日）に、記されている。ところが木戸は、〈廃藩置県〉の大業のため忙殺され、それどころではなくなった。一人の女性としては、断ちがたい未練となったのだろう。

「そろそろ髪を元に戻したらどうじゃろう」何気なく木戸が声をかけると、

「そうでございますね。襟元がそろそろ涼しくなってまいりましたので」

そう言って、木戸を見上げる彼女の眸には、うっすらと赤いすじがひいていた。男女間の艶事として誤解を招かぬよう、片岡と平岡を同道したが、晴湖の髪は微妙な余韻を残した。

九月二十七日朝、野分の嵐の中を井上聞多と山県有朋が来て、木戸が留守中に問題が生じそうな案件につき、意見をかわした。至極従順な態度だが、一筋縄ではいかぬ男たちである。

木戸の留守中、国を揺るがす不祥事を起こしてしまう。

使節に理事官として同行する旧幕臣肥田浜五郎も、挨拶がてら打ち合わせに来た。肥田は、伊豆の出身で、江川英龍の手代見習として伊東玄朴に蘭学を学び、長崎海軍伝習所で機関学を学んだ。訪米使節の咸臨丸蒸気方（機関長）として、病で船室に閉じこもった勝海舟に代わり、測量方の小野友五郎らと操船して、太平洋横断を成功させた人物である。桂小五郎時代から、江川門下として顔見しりで、三歳年上なのだが、同年輩の親しさがあった。勝海舟が実務能力を欠いた人物であることを、客観視できるほどの識見もある。旧幕府海軍では、木村喜毅《よしたけ》（芥舟《かいしゅう》）、矢田堀景蔵や中島三郎助を尊敬していたらしい。旧幕府海軍富士山丸艦長を勤めた実力者だった。

使節団派遣について、板垣退助が最後まで反対し、この日も廟議は紛糾した。しかし流れを変える力はなく、正使として岩倉具視、副使として木戸孝允、大久保利通、山口尚芳、伊藤博文を派遣することが正式に決まった。

八

九月二十八日夕、天皇は三条太政大臣と使節団の岩倉・木戸・大久保を御前に召され、御酒を賜った。その夜、モレルの友人でイギリス人のアレキサンダー・シャンドと約束があり、木戸邸で山尾庸三、野村靖らも同座して話した。日本の鉄道建設に献身したモレル夫妻を哀悼する集いでもあった。松子は、外国人の来客にも物おじせず、使用人を指図して晩餐の準備をした。

シャンドは木戸より十一歳若いが、白人はふけて見え、ほぼ同年代の印象を受ける。両親が外科医らしく、二十歳（元治元年）のとき、チャータード・マーカンタイル銀行が横浜に支店を開設した際、来日したという。インド中央銀行に次いで日本で二番目に支店を開設した銀行になる。山尾や野村らイギリス留学経験者と交友するようになり、木戸へ紹介された。木戸は、シャンドの銀行家としての実務能力を理解し、大蔵省への出仕を勧める。岩倉使節団の出発が差し迫っていたため、木戸はシャンドの採用を、山尾や野村に、井上と大隈へはかるように話しておいた。翌明治五年七月、銀行制度創設のため、シャンドを紙幣寮に雇い、十月に大蔵大輔井上馨と雇用契約書を交わすことになる。

『銀行簿記精法』などの執筆をし、ジョセフ・彦蔵と大蔵省の若手の協力で明治六年に翻訳刊行される。病気のためシャンドは一時帰国するが、明治七年に再来日し、紙幣寮外国書記官兼顧問長として雇用される。さらに明治九年十月には、国立銀行条例改正意見書を提出するなど、日本の銀行制度や国家財政の制度設計に貢献し、渋沢栄一、松方正義、高橋是清らを育てる。その端緒がこの日の木戸との出逢いにあったわけである。

九月三十日、廟議では、洋行の議論は紛糾し、細かいところまで決定できなかったので、伊藤と山口にその調査を専任させ、岩倉卿、木戸、大久保は大目を協議することにした。

この日、洋行の内命が下された者として、外務少丞田辺太一と外務少記渡辺洪基《こうき》がいる。

渡辺洪基は、松本良順の弟子で、帰国後、時を経て初代東京帝国大学学長になる。

十月三日、朝から木戸は斎藤道場を訪れた。江川太郎左衛門の娘清女が昨夜、韮山から着いたと知らせが入ったからである。清女を木戸家の養女として河瀬安四郎（真孝）に嫁がせる話がすでにまとまっていた。

この日は珍しい客人が続く。染井山荘に、ドイツからの御雇外国人医師、外科のレオポルド・ミュラー医師と内科のテオドール・ホフマン医師を迎えた。大学東校（のちの東京大学医学部）にドイツ医学を導入することに決め、その第一陣として来日した医師たちである。ホフマンは内科学と栄養学を、ミュラーは解剖学・外科・産婦人科・眼科を担当する。ドイツ語も堪能な語学の天才司馬凌海が通訳として同席した。

染井の植木屋では菊人形をこしらえ、訪れる人を愉しませていた。上品な菊の香は、深まりゆく日本の秋を、木戸の胸にしっとりとしみこませた。

十月四日、フランスの新公使ウートリーが着任の挨拶につき皇居で天皇に拝謁した。夕刻、延遼館で新公使らを歓迎する宴会が開かれた。夜、江川清女が執事岡田直臣・喜佐夫妻に伴われ、木戸邸に入り養女お静

（英子）となる。婿となる河瀬真孝とも対面した。

「歴戦の勇者もコチコチじゃのう」

木戸が河瀬を冷やかすと、

「江川英龍殿の息女ですからのう。それに木戸家からお迎えするわけですから」

重圧を感じている風だった。

「そんなことは気にするな。結婚は本人同士が大切じゃ」

木戸の言葉に、河瀬も松子も微笑みながらうなずいていた。

翌日には、彼女の伯母も来て一泊。外は時雨ながら、木戸邸は華やかさに包まれていた。

そんな中、山県有朋と山田顕義が訪ねてきた。

「朝鮮、清国、ロシアなどから侵略されぬ限り、留守中の出兵はならぬぞ」

木戸は山県の眸をとらえて、念押しをした。

「かしこまりました。重要案件は国書として、三条大臣よりご報告していただくつもりで」

山県は、表面的にはまだ従順だった。留守中の兵部省を掌握してもらわねばならぬが、木戸は彼の二面性に気付きはじめていた。西郷に首根っこをつかまれそうな心配がある。それに、真面目そうな顔をして、際どい悪事に手を染めるなま臭さもある。それに比べ、視察団に同行する山田は、誠実で勇気もあるが、世渡りは下手くそだと思う。木戸は、山県と競うよりも、別の分野で成長してほしいと考え、憲法や法制度についての視察を山田への課題として話している。

「一国の宰相たるべき人材にならんとすれば、軍人から脱皮した文官が望ましい」

木戸は機会を見つけては、山田に言い聞かせていた。少軀ながら、山田には器の大きさがあると、木戸は買っていた。

十月六日、昨夜の雨もあがり晩秋の空が清められていた。河瀬に会って、木戸の養女お静（江川英龍次女、英子）との祝言の打ち合わせをした。吉川公の屋敷へ挨拶にうかがい、河瀬の祝言へのご臨席をお願いした。それから宍戸璣と会い、共に山田顕義邸へ行き、昼食をご馳走になり、浅草へ出て、上野忍池畔の「松源」まで散策した。

「宍戸さん、ぼくは刑法関係の法律や憲法について調べてみるつもりですけ。帰朝して平和な世の中が続くようなら、軍務から離れてもよいと思うちょります」

山田に司法畑を歩ませる話は、木戸と山田の間では了解ずみだった。

「そりゃぁ心強いことじゃ」木戸より四歳年上の宍戸は、来月から司法大輔に就任する。

「君が司法関係の勉強をしてくれれば、助かるのう。期待しちょるよ」と励ました

日本を後にする前に、木戸は美しいこの国の秋を身に染めておきたかった。

十月八日、岩倉具視は、皇居にて特命全権大使の辞令を受けた。木戸も、天皇の御前で特命全権副使として欧米各国へ差し遣わす旨の御沙汰をこうむる。

翌日、岩倉外務卿、伊藤博文らと木戸は横浜へ赴き、アメリカ公使ブラントン主催の晩餐会に出席した。舞踏会が催され、各国公使らも夫人を伴い参加していた。

十月十日は河瀬真孝と養女お静の婚礼の日である。河瀬邸へ木戸夫妻とお静は人力車を連ねて向かった。白無垢《しろむく》の婚礼衣装をまとい、高島田に結ったお静は、江川英龍の面影を宿す気品と美しさがある。松子はお静を実の娘のように気遣っていた。座敷には、江川太郎左衛門（英武）、岡田三郎、斎藤弥九郎、福井順道らが陪席した。

使節団派遣が迫る中、大蔵省が紛糾していた。井上馨が、大蔵省の政務多端を理由に、大久保大蔵卿の外遊に反対した。その裏には、本来の提言者大隈が選ばれない不満を、井上が代弁した面もあったのだろう。そのため木戸が、井上や大隈を説得する立場に立たされる。ところが、大久保大蔵卿の下では働けぬとして、渋沢栄一らが辞意をもらしはじめたため、井上の態度が急変する。大久保不在の方が万事がうまく運ぶとの判断である。

岩倉外務卿は大久保をかばって、木戸に西郷と話す前に大久保の意見を聞くべしとのことで、木戸は大久保を訪ねた。一通り大久保の言い分を聞いて、

「同じ大蔵省内のことゆえ、貴方と井上が話し合って決めればよいではありませんか」

単刀直入に助言した。

「そうかのう。おいは悪い予感がする」

大久保は、一息ついて、本音を吐露した。

「伊藤君もいなければ、井上と大隈が好き勝手をするのじゃなかろうか」

「その点については、ぼくからも注意しておきますけ」

実際は、大久保の危惧の方があたっていて、思ったことは強引に実行してしまう恐れが井上にはあった。大久保は、大蔵卿の代行を西郷に頼むことで、木戸との話し合いを終えた。

翌日、木戸は西郷を訪ね、岩倉使節団派遣に伴う問題点を話し合った。大蔵省の内紛だけでなく、政府内の統治機能が保たれるのか心配だった。首相・副首相格の西郷・板垣には実務能力がやや不足し、丸投げになる可能性があった。それに、留守中に勝手な決定を行い、国の方針を過つ可能性もあった。十月十五・十六の両日、木戸は井上馨との意見調整に迫られた。三条大臣よりもしばしば書簡がきて、心配される。

木戸は、信頼できる河瀬真孝宅や三浦梧楼宅を訪ね、副使を返上すべきなのか相談する。

そこへ井上馨が訪ねて来たので、腹を割って話しあった。

「大久保が不在の間、羽をのばせるじゃろう」

木戸が誘いをかけると、

「そうですかのう。渋沢の意見も聞かにゃならんが、彼がよしとすれ、小生はいけんというつもりはありませんちゃ」井上はまんざらでもなさそうだった。

「それなら、渋沢を丸めてくれんかのう」

「わかりました。なんとかやりますけ」

井上はすでに留守を引き受けるつもりだったのに、もったいぶってみたかった。

十月十七日、河瀬夫妻が結婚後はじめて木戸邸を訪問した。松子は大喜びで、祝酒を準備した。吉川公をはじめ、杉、山県、宍戸、小幡、福井、長らが来席し、新婚夫婦を祝福した。

そうした中、木戸は大蔵省の内紛について西郷・大隈へ書簡を送る。翌日、木戸は西郷を訪ね、さらに井上に会った。大蔵省がらみで使節団派遣が軌道に乗らないことにある。

悪いことは重なるもので、当日は外務省で失火があり、大事になるところだった。外務卿は、ほかならぬ全権大使の岩倉卿で、木戸は心配して外務省へ行く。ところが三時過、イギリス公使館のサトウが木戸邸を訪れているとの知らせで急ぎ帰宅。岩倉使節団派遣は外国公使館を巻き込んで、すでに始動していた。木戸は日本の外交がまだ幼児のようなものであることを痛感する。（外交の頭脳であるべき外務省が失火で混乱するなど、言語道断ではないか）木戸は歯ぎしりしたい気持ちだった。

十月十九日、参朝し、三条太政大臣と会談する。岩倉使節団派遣は、すでに引き返すことのできぬ立ち位置にあることをお話しする。廟堂では清国との条約の件を評議した。各省からの洋行者の選出がこの日正式に決まった。

五時過に帰宅し、気になっていた斎藤篤信翁の病気見舞いにかけつける。病に伏せていることは知らされていたが、数日は見舞いにも行けず、じりじりしていた。病状は極めて重篤であり、明日をも知れぬ容体だった。翌日、木戸は篤信翁のことを気にしながら外務省へ行き、改定期日が迫っている日米通商条約について調べた。

十月二十一日、大学東校にホフマン医師を訪ね、渡航前の診察を受けた。それから杉らと「松源」へ行くと、気をきかして晴湖を招いていた。杉も同席なのだが彼女と別杯をかわした。別れ際、先日と同じように、晴湖の眸が潤みほんのりと血のいろをにじませていた。言葉にならない女の情念を宿した眼ざしに、木戸も当惑してしまった。

翌日、大久保を訪ね、大蔵省の留守を井上に任せることで折り合った話を聞く。

当夜は三浦梧楼の祝言につき、木戸は家中総出で招きに応じた。三浦夫妻とは、木戸も松子も末永く親友としてつきあうことになる。外遊前に河瀬とお静、そして三浦夫婦と気になっていた祝い事を身届けることができ、木戸もほっとしていた。異国で客死することさえ珍しくない時代である。

その夜は、小五郎と幾松の昔にもどったかのように愛しあった。

十月二十三日、朝から使節団同行者が来訪し忙しく過ごす。木戸も岩倉邸に赴き、大久保、伊藤、山口ら使節団幹部との最終打ち合わせを行った。明日、横浜へ出向き洋行の準備をしようと、話がまとまる。岩倉卿は、日本の代表を意識され、衣冠束帯の準備を済ませておられるらしい。

翌日、木戸は大久保邸へ立ち寄り、同車して品川から横浜へ向かった。洋行準備のため、山田顕義らも同行し、木戸も洋服の注文をした。遅れて伊藤博文や山尾庸三も加わった。その夜は大久保から、木戸、杉、山田などが食事に招かれ、神奈川県知事の陸奥陽之助も参加した。帰りに木戸は、大黒屋に立ち寄り、外遊して欧州の実業を見ておくべきだと誘った。この後、大黒屋は木戸の助言を受け、欧州の広範な視察に出かける。

翌日、宿に佐畑、竹田、陸奥、井上勝、井上馨、伊藤博文らが訪ねてきた。福井順道より、斎藤篤信翁の訃報《ふほう》が届けられ、昨日、長逝《ちょうせい》されたとのことである。

河瀬や三浦のように新婚の喜びをわかちあえる出逢いもあれば、恩人との哀しい別れがある。過ぎた歳月を思い起こすと、木戸にとって別れる人の方が多かった。しかし木戸の心の裡には、皆が、なつかしい思い出とともに生き続けていた。

その日も洋行に入用の品を求め、買物に出かけなければならなかった。身の廻りの雑貨を買っていると、図らずも先日会ったばかりのイギリス人銀行家シャンドにばったり出会い、挨拶を交わす。（偶然とはいえ、人と人の出逢いは不思議なものだ）木戸は、買物をしながらも痛感する。外国人向けの漆器商鈴木へ行き、贈答用の漆器類を見てまわった。（フランス人は漆器を好むと、誰かに聞いたことがある）木戸はそれを思い出して、贈物にしようかと思った。

横浜には木戸にとって大切な場所がある。それは歯科医エリオットの診療所なのだ。小幡英之助という優秀な青年が助手をしていて、通訳もしてくれる。外遊前に歯の点検をすませておきたかった。次の日も、山尾と歯科医エリオットの診療所へ行き、三時過の汽車に乗ると、一時間もかからず品川へ着き、反対論を押し切って鉄道建設を進めたことが正しかったと納得できた。

十月二十七日、外務卿岩倉の代役のように、木戸は外務省へ顔出しをしている。翌日も外務省に出勤し、団員の福地源一郎と連れだって伊藤博文の自宅を訪れた。福地は木戸より八歳年下だが、非常に向学心に富んでいて、博識である。

長崎の儒医福地苟庵《こうあん》の息子で、通詞名村八右衛門のもとで蘭学を学び、海軍伝習生の矢田堀景蔵に認められ江戸に出た。そこで幕府通詞の森山栄之助からイギリスの学問や英語を学び、外国奉行支配通弁御用雇として、翻訳の仕事に従事した。やがて御家人に取り立てられ、文久二年の遺欧使節団に通詞として参加。正使は竹内保徳、副使は松平康直（のちの康英）で、福沢諭吉や松木弘安（後の寺島宗則）も同行し、開市開港延期交渉と、ロシアとの樺太国境確定交渉が任務だった。この使節団には長州から杉孫七郎が参加した。彼らは約一年の長期旅行を体験していて、木戸は福地を頼りにしていた。

夜、斎藤家を弔門で訪い、篤信斎の遺骸に無言の感謝を捧げた。すべて病苦から解き放たれた慈顔は安らかな寝姿で、白い髭が首の火傷《やけど》のあとをおおっていたが、頬にはその痕跡があり、木戸は思わずこみ上げる想いをこらえた。ほぼ二年前の明治三年十一月四日、大阪造幣寮の火事でおった火傷である。淀川に面した川崎に、ウォートルスの設計監督で建設中の造幣寮の鍛冶場から出火し、屋舎の大部分と機械類や建築資材を消失し、工事の中断を余儀なくされた。不幸中幸いで貨幣鋳造所は類焼をまぬがれた。責任感の強い権判事の斎藤翁は、外国との契約書などの重要書類を持ち出すため、綿入れに水をひたして火中に駆け入り、搬出したが火傷を負ってしまった。斎藤翁が息子に宛てた書簡がのこっていた。

「この手紙は誰の目にも触れさせていませぬが、あなただけには父の気持ちとして読んでくださるか」

二代目弥九郎は、そのつもりで用意していたとみえ、五郎之助に文箱を運ばせた。子息たちに宛てた斎藤翁の筆跡は、火傷をした際の緊迫感と、責任感の強さを伝える。

『自分儀四日夜、造幣寮出火の急場に馳せつけ、猛火の中に飛び込みて、御用書類その他金銀諸道具および外国産鉄物類を引き出したれども、類焼の品も少なからず、その際自分は四郎之助とともに面部焼けただれたるが、老衰の故か、よほど疼痛を覚え、五日夜は悪寒発熱して立居も自由ならず、自分は冥途出立と覚悟もしたる有様。幸ひ四郎之助は疼痛さまでにあらざれども、自分は大病のため途方に暮れ、一人にて心配し居れり。』

手紙を持つ木戸は泪を抑えることができなかった。曇るまなこを開き、読み続ける。

『緒方より見舞の薬にて六日朝は心地よろしくなりたれど、風に当ることを禁ぜられしため外出なり難く、しかし一生の納めに一寸にても役所まで出勤したく、かつて一日も欠勤したることもなきに残念至極、なんとかして出掛けむとすれど、四郎之助始め一同涙を流して引き止むるをもって、強いてそれもなり難く、今日までひきこもり養生せり。もはや平日同様なれば安心せられたく（後略）』

木戸は静かに手紙を閉じ、新太郎に返すと、もう一度、斎藤翁に対面して深く頭を垂れ、

「ありがとうございました」と声にならぬ感謝の言葉をつぶやいた。

出発が目前に迫った十月二十九日、木戸は西郷を訪ねた。西郷は大久保ほど謀略をたくらむことの少ない人物だと、信じていた。（何よりも、政略家の岩倉卿と大久保が同行するわけだから、安心といえば安心だ）西郷とは、〈廃藩置県〉後の内政の懸案についても、踏み込んで話をした。

「士族の常職を解いたわけですから、放置してはいけませんな」

「まっことでごわすのう。このままにすれば、三度の飯を食えぬ者ができもっそう」

「秩禄の禄券を発行してでも、士族の収入を補助すべきかと」

「異存はごわっはん」

「井上に申し付けておきました。西郷さんからご指導のほどを」

「井上どんは、できる御仁じゃが、木戸さんがおらんと心配でごわすのう」

西郷は、口の重い人物ながら、心を許して話しはじめると、気さくな会話をする。木戸は、朝鮮問題についても、持論を聞いてもらった。

その日、参朝して条約改正につき、将来的な目的などを議論し、評決に入った。今回は、あくまでも条約改正の準備に重点を置くことを確認した。

夜は夜で「平清」に山口県の同胞十余人を招いて、使節団で留守をする間の協力を求めた。

十一月三日、木梨精一が上京し、高杉小忠太翁の書簡を持参する。〈廃藩置県〉後の山口県の動揺が綴られていた。問題の大きさを自覚している木戸は、洋行が敵前逃亡のように思われ、辛くなった。山県有朋が来て、留守中も兵部省の改革をすすめ、国軍創設のため徴兵制をしくことに意見を求められた。山県にしてみれば、徴兵制反対の山田顕義が使節団に加わって留守になる間、西郷の許しさえ得れば、思うことができるとの判断である。木戸は山県の独走を戒め、西郷の意見を尊重するように念をおした。

翌日、神祇省に出ると、使節団についての祭事があった。そのあと参朝すると、大広間において岩倉右大

臣と副使の四名は天皇に拝謁し、勅言をこうむり、国書を拝受して退出した。さらに同行の面々にまで拝謁された。大使と四人の副使は御座間で皇后も臨席される中、再度、天皇に拝謁し、お言葉とお菓子を賜い、紅白の縮緬《ちりめん》五疋《ひき》などを拝戴《はいたい》した。皇后よりも羽二重《はぶたえ》五疋《ひき》を賜った。その後、イギリス公使の招待で、大使と副使は公使館へ向かう。欧州旅行を祝福するためだとのことである。

翌日、木戸は板垣を訪ね、留守中、西郷を補佐して国政が円滑に進むよう頼んだ。

その夜、木戸と松子夫妻は容堂公に招かれ今戸を訪ねた。

欧米使節団の副使に任命されたことを祝福され、重責をはたすよう激励の言葉をいただいた。尾張徳川慶勝公も同席され、第一次長州征討戦の秘話など、特に西郷吉之助の働きを語られた。木戸は徳川慶喜恭順後の難しい局面で、東海道・中山道筋の諸大名や寺社へ官軍に従うように慶勝公が説得したことを、明治維新の功績として称えた。木戸は、両公にすっかり気を許し、心配する松子をはた目に、酔っぱらって一泊することになった。翌日、木戸夫妻は容堂公に誘われ猿若町へ歌舞伎を見に行く。「忠臣蔵」である。九年前の今日の始まりである。五時に容堂公とお別れした。それが今生の別れになろうとは、不覚にも木戸は察知できなかった。しかし、容堂公の後ろ姿にどことない寂しさを感じ、眸が酒気を帯びていないのに潤んで見えたことを、松子は気にしていた。

松子を家まで送り、木戸はその足で、三条公のお屋敷へ向かう。洋行する者たちの送別会が催された。祝辞の冒頭に、

『外国の交際は国の安危に関し、使節の能否は国の栄辱にかかはる』と切り出し、新政府としての国際社会へ向けての抱負や、使節団への期待をこめた送別の言葉が贈られた。

十一月七日、鳥尾小弥太に会い、山田顕義の外遊中は大阪の兵学寮などの運営のみでなく、山県を援けるよう話しておく。外務省へ行き、朝鮮問題について方針を述べた。

留守政府と使節団の間で、十二箇条の約定を結び、暴走と不信を防ぐ処置を講じた。なかでも第六項は最も重要で、使節側が留守政府を牽制し、使節の帰朝までは、新規の改正をしないこととした。第八項目には、

欠員を補充せず、参議がこれを分担すること。第九項目には各省とも勅・奏・判を論じないこと、官吏を増員しないことも定めた。

翌日、井上馨、山県有朋らが来訪し、留守中の対応について意見を交換した。この日、木戸と伊藤らの送別会が両国の「中村楼」で開かれ、参加者に百余人にのぼる盛会だった。

十一月九日、岩倉邸で三条公、西郷・大隈・板垣らと会し、朝鮮へどのような順序で働きかけるべきか、話し合われた。木戸はその後、挨拶まわりをすませ、帰宅すると、河瀬、山尾、福原、鳥尾、雪爪、黙雷らが告別に来訪し、忙しい一日となった。河瀬夫婦と雪爪は木戸宅に泊まった。

翌日、朝から七、八十人近い来客があり、洋行の激励を受けた。一時過ぎに見送られて門を出、大久保を訪ね、同車して品川駅に行き、岩倉卿と落ち合う。汽車で横浜まで二時間ほどかかった。三人とも「鈴村」に泊まった。当夜はオランダ公使の招待で、アメリカ以外の各国大使も招かれた。使節団に同行する鍋島、東久世その他の華族が訪ねてきた。

十一月十一日、壮行会が開かれ、井上、山県、西郷(従)、吉田、芳川らと別杯をかわした。帰途、黒田了介を訪ねると、木戸の顔を見るなり、

「木戸さん、日本の将来のため、きっと貢献できる女子でごわす。後見をよろしくお願いしもっそ。大久保さんにも頼んでおきもした」と頼まれた。黒田の周旋で、開拓使より五名の婦女をアメリカ留学生として派遣するわけである。上田悌子、吉益亮子、山川捨松、永井繁子、津田梅子だ。

「これは素晴らしいことじゃのう」

木戸はもろ手をあげて、黒田の発案を称えた。

午後から歯科医師エリオットとシュミットを訪ね、別れの挨拶を交わした。

夕刻、大久保と同車して裁判所(県庁)の裏にある料亭に各国公使を招いた。木戸は、冒頭に簡単な挨拶をした。岩倉使節団派遣により、欧米諸国との友好親善外交をさらに進化させ、日本の近代化を進める抱負を述べ、歴訪中の協力・支援を願った。朝鮮との国交について気がかりだった。

十一月九日にも西郷を再訪し、岩倉邸で三条太政大臣と西郷に、朝鮮問題への着手の順序についての見解を伝えた。その二日前、朝鮮問題への対応を山県へ話

し、先走ることのないよう釘をさしておいた。〈廃藩置県〉と表裏一体の重要政策として、士族の生活保障が最も気になっていた。そこで翌日、再び三条大臣に面会し、「困窮いたしております士族のため、家禄について適宜《てきぎ》に良法をもって、安堵《あんど》をはかってくださりますよう」と、重ねて懇請した。

西郷・板垣以下の留守内閣は、『内外照応、気脈貫通、一致勉力』の標語を掲げて難局に対応していくことになる。

（以下、下巻に続く）

主要参考書

〈木戸孝允関係〉
日本史籍協会『木戸孝允日記』一—三マツノ書店　一九八五
木戸孝允関係文書研究会『木戸孝允関係文書』東京大学出版会　二〇〇五
松尾正人『木戸孝允』吉川弘文館　二〇〇七
大江志乃夫『木戸孝允』中央公論新社　一九六八
古川薫『桂小五郎』上・下文藝春秋　一九八四
村松剛『醒めた炎・木戸孝允』中央公論　一九八七
足立荒人『松菊餘影』マツノ書店　二〇一二
長井純市『木戸孝允覚書』法政史学第五十号　一九九八
妻木忠太『木戸松菊公逸事』マツノ書店　二〇一五

〈長州藩関係〉
下関市市史編集会『下関市史・藩政・明治前期』下関市役所　一九六四
末松謙澄修訂『防長回天史』柏書房　一九六七
伊藤之雄『伊藤博文』講談社　二〇〇九
瀧井一博『伊藤博文』中央公論新社　二〇一〇
井上馨公伝記編纂会『井上世外傳』マツノ書店　二〇一三
奥谷松治『品川弥二郎伝』マツノ書店　二〇一四
一坂太郎『高杉晋作の革命日記』朝日新聞　二〇一〇
一坂太郎『高杉晋作の29年』新人物往来社　二〇〇八
一坂太郎『高杉晋作と長州』ミネルヴァ書房　二〇一四
伊藤之雄『山県有朋』文藝春秋　二〇〇九
野口武彦『長州戦争』中央公論新社　二〇〇六
三宅紹宣『幕長戦争』吉川弘文館　二〇一三
木村紀八郎『大村益次郎伝』鳥影社　二〇一〇
奈良本辰也『評伝前原一誠』徳間書店　一九八九
水沢周『青木周蔵上中下』中央公論社　一九九七
森川潤『好生堂頭取青木周弼』広島修道大学論集　二〇〇二
犬塚孝明『密航留学生たちの明治維新』ＮＨＫブックス二〇〇一
古川薫『吉田松陰』新潮社　一九九五
吉田松陰・訳注古川薫『留魂録』講談社　二〇〇二
古川薫『剣と法典』文藝春秋　一九九七

津本陽『松風の人』潮出版　二〇〇八
一坂太郎『吉田松陰とその家族』中央公論新社　二〇一四
吉村藤舟『四境戦争其の一小倉戦争』郷土史研究会　一九三四

〈薩摩藩関係〉
猪飼隆明『西郷隆盛』岩波書店　一九九二
津本陽『巨眼の男・西郷隆盛』新潮社　二〇〇四
家近良樹『西郷隆盛と幕末の政局』ミネルヴァ書房　二〇一一
坂野潤治『西郷隆盛と明治維新』講談社　二〇一三
大久保利通『大久保利通日記』日本史籍協会　一九六九
毛利敏彦『大久保利通』中央公論新社　一九六九
佐々木克『大久保利通と明治維新』吉川弘文館　一九九八
佐々木克編『大久保利通』講談社　二〇〇四
佐々木克『幕末維新と薩摩藩』吉川弘文館　二〇〇四
遠矢浩規『利通暗殺』行人社　一九八六
野口武彦『鳥羽伏見の戦い』中央公論新社　二〇一〇
小島慶三『戊辰戦争から西南戦争へ』中央公論新社　一九九六
児島襄『大山巌』文芸春秋　一九七七
高村直助『小松帯刀』吉川弘文館　二〇一二

〈徳川幕府関係〉
家近良樹『徳川慶喜』吉川弘文館　二〇〇四
松浦玲『勝海舟』筑摩書房　二〇一〇
安藤優一郎『徳川慶喜と渋沢栄一』日本経済新聞社　二〇一二
安藤優一郎『幕臣たちの明治維新』講談社　二〇〇八
安藤優一郎『幕末維新・消された歴史』日本経済新聞社　二〇一四
勝海舟『陸軍歴史上下』原書房　一九六七
新人物往来社編『最後の藩主二八五人』新人物往来社　二〇〇九
徳川宗英『最後の幕閣』講談社　二〇〇六
徳川宗英『徳川家が見た幕末維新』文藝春秋　二〇一〇
野口武彦『幕府歩兵隊』中央公論新社　二〇〇二
佐藤雅美『小栗上野介忠順伝』岩波書店　二〇〇八
高橋敏『小栗上野介忠順と幕末維新』岩波書店　二〇一三
渋沢華子『渋沢栄一』国書刊行会　一九九七

山川浩『京都守護職始末』平凡社　一九六六
佐藤雅美『大君の通貨』文藝春秋　二〇〇三
佐々木譲『幕臣たちと技術立国』集英社　二〇〇六
合田一道編『小杉雅之進が描いた北海道』北海道出版企画センター　二〇〇五
小杉伸一監修『箱館戦争』センター　二〇〇五
高村直助『永井尚志』ミネルヴァ書房　二〇一五

その他

大仏次郎『天皇の世紀』一―十一　文藝春秋　二〇一〇
萩原延壽『遠い崖』一―十四　朝日新聞出版　二〇〇七
アーネスト・サトウ／坂田精一訳『一外交官の見た明治維新』岩波書店　一九六〇
久米久武編著・水沢周訳注現代語訳『米欧回覧実記』一―五　慶応義塾大学出版会　二〇〇八
芳賀徹編『岩倉使節団の比較文化史的研究』思文閣出版　二〇〇三
宮永孝『アメリカにおける岩倉使節団』法政大学学術機関リポジトリ　一九九二
青山忠正『明治維新と国家形成』吉川弘文館二〇〇〇
宮地正人『幕末維新変革史』上下　岩波書店　二〇一二
藤田覚『幕末から維新へ』岩波書店　二〇一五
ドナルド・キーン『明治天皇』上下新潮社　二〇〇一
飛鳥井雅道『明治大帝』講談社　二〇〇二
家近良樹『孝明天皇と一会桑』文藝春秋　二〇〇二
佐々木克『幕末の天皇・明治の天皇』講談社　二〇〇五
司馬遼太郎『明治という国家上下』日本放送出版協会　一九九四
犬塚孝明『海国日本の明治維新』新人物往来社二〇一一
佐々木克『岩倉具視』吉川弘文館　二〇〇六
石井寛治『開国と維新』小学館　一九九三
奥田晴樹『維新と開化』吉川弘文館　二〇一六
渡辺房男『お金から見た幕末維新』祥伝社　二〇一〇
小林延人『明治維新期の貨幣経済』東京大学出版会　二〇一五
三井文庫『三井のあゆみ』吉川弘文館　二〇一五
松浦玲『新選組』岩波書店　二〇〇三
星亮一『新選組と会津藩』平凡社　二〇〇四
永倉新八『新撰組顛末記』新人物往来社　二〇〇九
星亮一『奥羽列藩同盟』中央公論新社　一九九五
星亮一『幕末の会津藩』中央公論新社　二〇〇一
石光真人編『ある明治人の記録』中央公論新社

一九七一
佐々木克『戊辰戦争』中央公論新社　一九七七
保谷徹『戊辰戦争』吉川弘文館　二〇〇七
家近良樹『江戸幕府崩壊』講談社　二〇一四
田村安興『明治太政官成立過程に関する研究』高知論叢　第九九号　二〇一〇
松尾正人『廃藩置県』中央公論新社　一九八六
勝田政治『廃藩置県』角川学芸出版　二〇一四
佐々木寛司『地租改正』中央公論新社　一九八九
落合弘樹『秩禄処分』中央公論新社　一九九九
笠原英彦『明治六年・小野組転籍事件の一考察』法學研究五八号　一九八五
徳富蘇峰『近世日本国民史第九十一巻』時事通信社　一九六一
徳富蘇峰『西南の役』一―八　講談社　一九八〇
佐藤昌介『渡辺崋山』吉川弘文館　一九八六
木村紀八郎『剣客斎藤弥九郎伝』鳥影社　二〇〇一
木村紀八郎『中島三郎助伝』鳥影社　二〇〇八
仲田正之『江川坦庵』吉川弘文館　一九八五
仲田正之『実伝江川太郎左衛門』鳥影社　二〇一〇
中村尚美『大隈重信』吉川弘文館　一九九三
大園隆一郎『大隈重信』西日本新聞社　二〇〇五
鈴木鶴子『江藤新平と明治維新』朝日新聞社　一九八九
毛利敏彦『幕末維新と佐賀藩』中央公論新社　二〇〇八
大橋昭夫『後藤象二郎と近代日本』三一書房　一九九三
鈴木由紀子『女たちの明治維新』日本放送出版協会　二〇一〇
福沢諭吉・斎藤孝訳『現代語訳福翁自伝』筑摩書房　二〇一一
松永昌三『福沢諭吉と中江兆民』中央公論新社　二〇〇一
佐々木高行『保古飛呂比』東京大学史料編纂所　一九七九
三好徹『板垣退助』講談社　一九九〇
老川慶喜『井上勝』ミネルヴァ書房　二〇一三
吉村昭『アメリカ彦蔵』新潮社　二〇〇一
徳永洋『横井小楠』新潮社　二〇〇五
田中光顕『維新風雲回顧録』河出書房新社　二〇一〇
屋敷茂雄『中井桜州』幻冬舎ルネッサンス　二〇一〇
山口輝臣島地黙雷　山川出版　二〇一三
カッテンディーケ／水田信利訳『長崎海軍伝習所の

日々』平凡社　一九六四
藤井哲博『長崎海軍伝習所』中央公論新社　一九九一
富田仁『横浜ふらんす物語』白水社　一九九一
幕末軍事史研究会『武器と防具幕末編』新紀元社
　二〇〇八
荒川紘『洋学教育の歴史的意義』人文論集五四号
　二〇〇四
大久保利謙『明六社』講談社　二〇〇七
松沢裕作『自由民権運動』岩波書店　二〇一六
箱石大『戊辰戦争の資料学』勉誠社　二〇一三
竹本知行『幕末・維新の西洋兵学と近代軍制』思文閣
　出版　二〇一四
新島襄『新島襄全集第八巻』同朋社　一九八五
富士川游『日本医学史綱要』平凡社　一九七四
松田武『大阪府仮病院の創設』大阪大学史紀要一九八一
青木歳幸『江戸時代の医学』吉川弘文館　二〇一二
外山幹夫『医療福祉の祖　長与専斎』思文閣出版
　二〇〇二
荒井保男『日本近代医学の黎明』中央公論新社二〇一一
斎藤多喜夫『幕末明治横浜写真館物語』吉川弘文館
　二〇〇四
白石壽『島村志津摩』海鳥社　二〇〇一
稲村量平『奥村晴湖』大空社　一九九五
安藤英男『頼山陽日本政記』白川書院　一九七六

おわりに

天は二物を人にあたえずといわれますが、裏返せば、誰しも完璧な人間ではありえないのでしょう。しかし、洋の東西を問わず、古来、民衆はなぜか英雄の出現を期待し、時には偶像化までして、神のように祭りあげてしまいます。

明治維新から百五十年、節目の年を迎え、幕末・維新の疾風怒濤の時代を生きた多くの群像が注目されています。なかでも維新三傑と称される西郷隆盛・大久保利通・木戸孝允（桂小五郎）の再評価が行われています。

多くの歴史家・評論家そして小説家から描きつくされたかに見える維新三傑ですが、視点により驚くほど人物像が異なっています。それは筆者の立ち位置や歴史観に大きく影響されているからかもしれません。特定の人物を主人公にした歴史小説の執筆に際し、読者の英雄待望や既成の人物像にとらわれることには、心して毒されないことが大切なのでしょう。

ところが、偉大な作家により、いったん描きだされた人物像は、おそろしいほど人々の心のなかで生き続け、史実に化けてしまうこともあります。「司馬史観」あるいは司馬遼太郎氏の描いた人物が独り歩きを続ける現象などは、その典型なのではないでしょうか。坂本龍馬や西郷隆盛などは、明らかに実像を超えたスーパーヒーローになってしまいました。その真逆が、司馬氏による木戸孝允の人物評が、「うつ病」だとか「逃げの小五郎」などと、大家としては表面的な洞察になっている点は、うなずきがたいものがあります。推測ですが、薩摩ひいきだった徳富蘇峰翁の人物評に、多少なりとも影響を受けられたのではないでしょうか。

筆者はこれまで、実像より低い世評に甘んじている人物に光を当てようと試みました。

近世では「千利休」の陰に埋もれている「小堀遠州」であり、近代では「森鷗外」であり、それぞれ、「小堀遠州茶会記」と鷗外の「独逸日記」「小倉日記」などから史実を掘り起こす作品を上梓してまいりました。

この度も、「木戸孝允日記」や「木戸孝允関係文書」を精読の上、愚直に記述することに努めました。これまで古川薫氏の「桂小五郎」や村松剛氏の「醒めた炎」など木戸孝允の優れた評伝小説があるにもかかわらず、あえて再評価の筆をとらずにはおれなかったのです。

理由は、木戸孝允と西郷隆盛が大病を患いながら、憂国の思いから国事に一命を捧げようとした事実を、誰も把握して執筆していなかったからです。

明治六年の夏以降、木戸と西郷の行動は、すさまじいまでの闘病記として理解できると思います。木戸の場合、決して「うつ病」や「逃げの小五郎」でないことを、一人の医師として、心ある方々に知っていただきたいとの一念から、ほぼ五年の歳月をかけた本書の執筆に注力いたしました。医師としての責務に近い感慨をいだいていたといえましょう。

司馬遼太郎氏は、筆者も尊敬する大作家ではありますが、「司馬史観」を鵜のみにできないことも確かな思いとしてあるわけです。

医師として維新三傑に興味を覚えたのは、三人三様の個性であり、人間としての生き方あるいは人生観でもあります。さらにいえば、彼らの運命と日本の歴史を変えた病気についてでもありました。『生老病死』はこの世に命あるものに必定の宿命でもありますが、維新三傑は三様の死を壮年期に迎え、自らの「老い」については深く体験することなく旅立ったわけです。西郷は自裁、大久保は暗殺と、いずれも日本刀の白刃により絶命しますが、木戸は消化器癌との闘病の末に病死します。「木戸孝允日記」の明治十年元旦から死に至る五月までの日々の記録を、筆者は医師として、末期癌患者の闘病記として拝読し、胸の熱くなる思いをしました。

現代の医学であれば、未然に診断や手術ができ、明治六年八月末日の馬車事故による硬膜下血腫も完治できたことを思えば、日本の近代医学あるいは教育の充実を重視した木戸孝允だからこそ、残念に思われてなりません。木戸の病は、西郷との〈征韓論〉大分裂や西南戦争などの悲劇の遠因になっていたのです。また「うつ病」や「愚痴る性格」と誤って描かれている木戸の日常が、苦しい闘病のためであり、民衆の幸せを望む憂国の思いであることを、再認識していただきたかったわけです。

さらに、明治維新の最大の政治変革である源頼朝以来の封建制打破、すなわち「廃藩置県」が木戸の宿願であり、派生する社会問題に死の間際まで、心を砕いていたことは、国民の一人として感謝の気持ちを忘れてはいけないと、胸に刻みました。同時に、独裁政治をおこなった大久保政権下の業績は、その実態が失政であり、文明開化路線も木戸の功績に負うものが大きかったことを、賢明な読者諸氏にはご理解いただけることでしょう。教育や伝統文化を尊重する国家像も高く評価すべきだと考えます。

翻って、現在の世界情勢を俯瞰してみるならば、朝鮮半島をめぐる極東の緊迫した情勢のみならず、国益むきだしの大国の確執についても、幕末から明治にかけて、志士たちが思考し行動した成功と挫折の歴史的教訓から、多くのことを教えられるはずです。

「木戸孝允は明治の大樹であった」これは本書を記し終えた日に、筆者の痛感した思念でもありました。その思いをこめて本書を木戸孝允・松子夫妻に捧げたいと思います。

本書は可能な限り「木戸孝允日記」の書体を留め、あえて漢語を残すべく努力しましたので、読みづらさがあると思いますが、筆者の深意をお汲みとりください。同時に登場する多数の人名には「小堀遠州茶会記」の参会者と同様の意義があると考え、省いていないこともあり、饒舌とのご批判は甘受いたすつもりです。

大部の長編を上梓するに際し、方針をご教示いただいた文藝春秋元専務寺田英視様、査読の機会を与えてくださったカドカワ会長角川歴彦様に謝意を表します。

これまで、医師と兼務の執筆活動を温かく励ましていただいた作家の斎藤栄様ご夫妻、津本陽様、鎌倉ペンクラブ会長伊藤玄次郎星槎大学教授、澤田ふじ子様、三木卓様、京都新聞元文芸部長清原邦雄氏に心から感謝いたします。

出版文化受難の時代にもかかわらず、これまで著作の大半をお世話いただき、今回も長編の上梓を快諾していただいた鳥影社百瀬精一社長のご温情とご英断に、心からの敬意と感謝を捧げます。

二〇一八年　新春　　中尾　實信

（上下巻収録）

〈著者紹介〉

中尾實信（なかお　よしのぶ）

1940年福岡生まれ、医師。九州大学医学部。

京都大学医学部第一内科医員の後、アメリカにて研究生活。

神戸大学医学部第三内科助教授、藍野学院短期大学教授を経て、

現在は近江温泉病院副院長。

著書『静かなる崩壊』（かまくら春秋社）

『花釉』『いのちの螺旋』

『青春—遠い雪の夜の歌』（以上鳥影社）

『小説　森鴎外』（新人物往来社）

編著『内科診断学』（医学書院）

共著『臨床内分泌学』『臨床代謝学』（朝倉書店）等

小説　木戸孝允　上巻

定価（本体3500円+税）

乱丁・落丁はお取り替えします。

2018年 2月20日初版第1刷発行

2018年 4月30日初版第2刷発行

著　者　中尾實信

発行者　百瀬精一

発行所　鳥影社 (www.choeisha.com)

〒160-0023 東京都新宿区西新宿3-5-12トーカン新宿7F

電話 03(5948)6470, FAX 03(5948)6471

〒392-0012 長野県諏訪市四賀229-1（本社・編集室）

電話 0266(53)2903, FAX 0266(58)6771

印刷・製本　モリモト印刷・高地製本

ISBN978-4-86265-660-5　C0093